Der Schlachtenlärm war schon seit Stunden verstummt. Eine trübe Nachmittagssonne hing über der Ebene von Anschan und beschien die hingestreckten Leiber der Gefallenen. Raben schwebten in der dunstigen Stille und stießen heisere Schreie aus. Immer niedriger zogen die Todesboten ihre Kreise, und manchmal stieß einer von ihnen wie ein kühner Späher hinab, ob die Tafel schon gedeckt sei. Doch noch regten sich einige Schwerverwundete, und die Sterbenden stöhnten leise.

Plötzlich flatterte der dunkle Schwarm erschreckt auf. Schattengleich huschten Gestalten hinter den Bäumen und Felsen hervor, verteilten sich in der Ebene und beugten sich zu den Opfern hinab. Messer blitzten, gierige Hände rafften Beute an sich, Schmerzensschreie ertönten, gefolgt von rauem Lachen und kehligen Lauten.

Jazid, der Sohn des persischen Stammesfürsten Ardaschir, kam zu sich und blinzelte verwirrt in die Sonne. Von fern drangen Schreie und fremde Laute an sein Ohr, dann vernahm er ein dumpfes Stöhnen, diesmal ganz in seiner Nähe. Er wandte vorsichtig den Kopf und erblickte einen jungen Krieger mit spärlichem Bartwuchs, die Augen weit geöffnet und im Schmerz erstarrt. Jazid erkannte sofort, dass es einer jener wilden Nomaden aus den Steppen im Norden war, gegen die sie gekämpft hatten: Das lange Haar war wie ein Pferdeschweif gebunden, und er trug fremdartige Ohrgehänge und einen ledernen, fellbesetzten Brustpanzer. Die rechte Hand des Mannes umklammerte den abgebrochenen Schaft einer Lanze, deren Spitze in seinem Leib steckte.

Jazid versuchte, sich aufzurichten, dabei durchzuckte ein stechender Schmerz seinen linken Arm. Er sah, dass ihm Blut von der Schulter rann; sein Kettenhemd war aufgerissen und das Fleisch bis auf den Knochen aufgeschlitzt. Jazid biss die Zähne zusammen und rollte sich vorsichtig auf die andere Seite. Dabei gelang es ihm, den Kopf zu heben und das Schlachtfeld zu überblicken.

Der Anblick flößte ihm Entsetzen ein: Er war allein in einem öden Tal, angefüllt mit Leichnamen. Verzweifelt ließ er sich wieder fallen. Da hörte er wieder das Stöhnen neben sich.

Der Kaschkäer lebt noch, dachte Jazid, *aber mit der Lanze in seinem Gedärm muss ich ihn nicht mehr fürchten.* Er hörte ihn schwer atmen.

»Wasser«, flüsterte der Kaschkäer, »bei den barmherzigen Geistern der Steppe, gib mir Wasser!«

»Wasser?«, krächzte Jazid. »Du Sandläufer mit dem Hirn eines hohlen Baumstammes, glaubst du, diese Ebene des Todes sei eine gedeckte Tafel, an der ich dir aufwarte?«

Der junge Krieger wandte mühsam den Kopf, und seine Züge verzerrten sich voller Hass, als er den Feind erkannte. »Ein Parsumach!«, keuchte er. »Ein stinkender Ziegenhüter! Mögen sich Würmer in deinen Wunden versammeln!«

Jazid verstummte betroffen vor diesem unfreundlichen Wunsch. Dann gab er giftig zurück: »Möge deine Lästerzunge austrocknen wie ein Flussbett im Sommer!«

Der Kaschkäer antwortete nicht, nur die Raben krächzten unermüdlich und zogen ihre Kreise. Jazid hob den Kopf. Er bereute seine Antwort. Waren sie nicht beide dem gleichen Schicksal ausgeliefert? »He du! Ich habe kein Wasser, ich bin selbst halb verdurstet.«

Immer noch schwieg der Kaschkäer, sein Atem ging rasselnd. Jazid betrachtete das verzerrte Gesicht des Sterbenden, da lag kein Feind mehr. Er neigte sich, so gut es ging, zu ihm hinüber. »Glaub mir, ich würde jetzt gern mit dir zusammen einen Krug Dattelwein leeren. Nun sieht es so aus, als könnten wir das erst im Jenseits tun.«

Ein flüchtiges Lächeln, der Nomade stöhnte und verstummte. Plötzlich fürchtete Jazid, er könne sterben. Dann wäre er ganz allein. »Ich bin Jazid.«

»Ein verlauster Perser bist du!«

»Und wie ist dein Name?«

»Taraschkin. Und nun lass mich! Ich habe einen Speer in den Gedärmen.«

»Meine Schulter ist verwundet.«

»Nicht so schlimm. Gleichgültig! Sie werden dich auch holen.«

»Wer?«, krächzte Jazid.

»Die Geister der Toten, die über dem Tal schweben. Siehst du sie nicht?«

Jazid zuckte zusammen. »Solange wir leben, können sie uns nichts tun«, flüsterte er. »Lass mich nicht allein unter so vielen Toten!«

Ihm antwortete ein verächtliches Schnauben. Jazid horchte. Waren da Stimmen? Er richtete sich unter Schmerzen auf. Ein hämisches Lächeln zerteilte die Züge seines Feindes. »Du bist wohl erst kürzlich unter den Röcken deiner Mutter hervorgekrochen, um süßen Heldenruhm zu schlecken, und der Geruch des Todes schmeckt dir noch nicht? Komm, wenn du auch ein Perser bist, sei barmherzig und zieh mir den Speer aus der Wunde, damit ich sterben kann. Ich selbst habe nicht mehr die Kraft dazu.«

Jazids Augen füllten sich mit Tränen, wenn er zurückdachte. Übermütig und siegessicher war er mit den Kriegern seines Vaters geritten, um die verhassten Eindringlinge aus den Steppen zu verjagen, die jedes Jahr die Dörfer plünderten. Und nun lag er neben dem sterbenden Feind und konnte ihn nicht hassen. Er versuchte, den von Blut glitschigen Speerschaft zu packen. »Ist es auch deine erste Schlacht?«, fragte er leise, bemüht, den anderen nicht merken zu lassen, dass er mit den Tränen kämpfte.

Der Kaschkäer schüttelte den Kopf. »Viele Schlachten – gute Kämpfe – viele Siege. Heute wird Taraschkin zu seinen Ahnen eingehen und ihnen berichten von tapferen Taten und von ...« Er zögerte und streifte Jazid mit einem glanzlosen Blick. »von einem persischen Ziegenhirten mit dem Rock eines Kriegers und dem Herzen eines Weibes, der mir den Weg in die andere Welt leichtmachen möge.«

Jazid schluckte. Er konnte den Speer nur mit der gesunden Hand packen und rutschte immer wieder ab. Der Kaschkäer stöhnte. »Nein, tapferer Taraschkin«, keuchte Jazid. »Berichte deinen Ahnen, dass nicht ein Ziegenhirte, sondern der Sohn des ...«

Plötzlich fiel ein Schatten auf ihn. Eine Hand griff nach den goldenen Ohrgehängen des jungen Nomaden und riss sie herunter. Jazid stieß einen erstickten Schrei aus und tastete nach seiner Waffe. Ein Stiefel trat seine Hand in den Boden.

Über ihm stand breitbeinig ein hochgewachsener, schlanker Mann mit langem, schwarzem Haar, das er zu einem Schweif hochgebunden hatte. Die nackte Brust war behängt mit Goldketten, Tierzähnen und vielfältigen Amuletten. Er trug eine Hose aus Ziegenfell und lederne, geschnürte Stiefel.

Der Kaschkäer stieß ein entsetztes Gurgeln aus. »Großer Geist der Steppe, erbarme dich meiner! Lass mich sterben, bevor ...« Ein furchtbarer Schrei beendete sein Jammern. Der unheimliche Fremde hatte ihm die Augen ausgestochen.

Jazid war stumm vor Grauen. Weshalb tat der Mann einem Sterbenden das an? Jetzt beugte sich der Langhaarige zu Jazid hinab, seine schwarzen Augen glühten in wilder Freude, und eine kehlige Stimme sagte: »Was für ein Geschenk macht mir Belial! Du lebst und bist nur leicht verwundet.« Jazid wurde brutal an den Schultern gepackt und hochgerissen. Er brüllte vor Schmerzen, und ihm wurde schwarz vor Augen. Hätte der Fremde ihn nicht gehalten, wäre er vor Schwäche wieder zu Boden gesunken. Der Mann bog ihm die Arme auf den Rücken, um ihn zu fesseln. Rasender Schmerz durchzuckte Jazid.

Der Fremde besah sich die Wunde und grinste. »Dieser Kratzer wird bald heilen.«

Jazid erschauerte. »Du tötest mich nicht?«

»Nicht sofort.«

Jazid wusste, was das bedeutete. »Wer bist du?«, stammelte er. »Du bist grausamer als die Aasvögel.«

»Stimmt!«, grinste der Fremde. »Die schwarz Gefiederten hacken nur den Toten die Augen aus, ich bin anspruchsvoller.«

»Ein Feigling bist du«, stöhnte Jazid, »der sich an Sterbenden vergreift. Ein Leichenschänder bist du, menschlicher Unrat, du bist …«

»Sei still! Du krächzt wie ein alter Rabe!« Ein Knie wurde ihm ins Kreuz gerammt. »Los, du Hund!«

Jazid stolperte vorwärts. Er warf noch einen scheuen Blick auf den Kaschkäer, doch der rührte sich nicht mehr. Fast beneidete er ihn. Er wurde über die ausgeraubten Leichen hinweg zum Waldrand getrieben, wo sich die Lasttiere dieser Unholde befanden. Dahindämmernd zwischen Bewusstlosigkeit und Stunden voller Angst und Schmerzen, hing Jazid auf dem Rücken eines Maultiers. Zu seinen Schmerzen gesellte sich ein dumpfes Grauen. War er den Daivas in die Hände gefallen? Wesen, die sich abwechselnd in Wölfe, Dämonen oder Menschen verwandeln konnten. Sie hausten in düsteren Felsennestern und pflegten ihre zu Tode gemarterten Opfer in den Abgrund zu stoßen.

Wenn er es wagte, einen Laut von sich zu geben, stießen ihm seine Bewacher die stumpfen Enden ihrer Lanzen in den Leib. Manchmal ritt der Mann, der ihn gefangen genommen hatte, an ihm vorüber; Jazid zuckte jedes Mal zusammen, wenn er ihm in die dunklen, hungrigen Augen sah.

Der Weg führte sie tief ins Gebirge. Nach stundenlangem Ritt legten sie eine Rast ein. Zu Tode erschöpft ließ sich Jazid auf den harten Erdboden fallen. Der Fremde hockte sich auf einer Pferdedecke zu ihm. Jazid hatte jetzt Gelegenheit, ihn genauer zu betrachten. Obwohl er sich durch seine Kleidung kaum von den anderen Männern unterschied, hielt Jazid ihn für den Anführer. Er war es gewohnt, zu befehlen und dass man ihm gehorchte.

Die Furcht drückte ihm den Atem ab. *Ich habe wohl schweres Wundfieber, das mir Bilder vorgaukelt, die nicht da sind,* dachte er. *Es sind wilde, grausame Männer, aber keine Dämonen, keine Geister, keine Daivas.*

6

Plötzlich kroch eine vage Erinnerung in ihm hoch, die so unheimlich war, dass es ihn schüttelte. Er kannte diesen Mann, er war ihm schon einmal begegnet. Und dann fiel es ihm ein:

Hinter der Bergkette im Süden seiner Heimat erstreckte sich Sumpfland. Dort gab es eine uralte, halb versunkene Stadt, die seit Jahrhunderten verlassen war. Die einst mächtigen Paläste und Tempelbauten waren verfallen, doch an einigen Stellen fanden sich Reste von herrlichen Wandmalereien, Treppenaufgängen, gesäumt von steinernen Fabelwesen und Säulen mit eingelegten Mosaiken. Dort hatte eine unversehrte Statue gestanden. Das muss ein Gott sein, hatten die Menschen geglaubt, oder ein mächtiger König jenes untergegangenen Volkes. Viele Menschen strömten dorthin, um sie zu sehen, und man erzählte sich wundersame Dinge von ihr.

Auch Jazid hatte sie bewundert. Die Figur war lebensgroß und ganz aus Alabaster geschnitten, die großen Augen mit Malachit eingelegt. Sie funkelten wie lebendig, und der herrische Mund schien sprechen zu wollen. Ein Stirnreif umspannte die Stirn, langes Haar breitete sich über einen nackten Rücken, und von der Hüfte abwärts fiel ein langer, fransenbesetzter Rock, wie ihn Könige trugen. Und dieser Anführer einer Rotte von Räubern, Mördern und Leichenschändern ähnelte jener Statue wie ein Zwillingsbruder! Die Erkenntnis traf Jazid wie ein Schlag. Konnte das möglich sein? War der Geist aus seinem steinernen Körper herausgetreten und weilte jetzt als menschliches Ungeheuer auf der Erde? Waren das Zufälle, oder walteten hier übersinnliche Kräfte? Spielte ihm seine Verzweiflung einen Streich, oder glänzten die Augen seines Peinigers wie Malachit?

Sein Peiniger riss ihn brutal aus seinen Träumen. »Jetzt sprich, du persischer Bastard, gezeugt von einem räudigen Hund und geboren von einer Straßenhure! Hat der armselige Wicht, der dein Vater ist, einen Namen?«

»Fürst Ardaschir von Sargatien«, murmelte er.

»Du bist ein Fürstensohn?« Der Fremde schnalzte mit der Zunge und wischte sich über die Lippen, als habe er soeben einen Leckerbissen verspeist. »Vortrefflich. Ich bin Midian, der Sohn Belials. Hast du je von mir gehört?«

»Nein«, erwiderte Jazid leise.

Der Fremde lachte tief in der Kehle. Dann fuhr er mit teilnahmsloser Stimme fort: »Wir werden Lösegeld für dich verlangen. Ich hoffe, dein Vater hat seine Schatzkammer nach gutem Brauch mit dem Gold seiner fleißigen Untertanen gefüllt, denn meine Gefährten lieben das Gold.« Er spielte gedankenverloren mit einem Amulett auf seiner Brust. »Ich hoffe es für dich, edler

Prinz, denn ich – ich liebe den Schmerz.«

Jazid schöpfte ein wenig Hoffnung. »Wenn du Lösegeld willst, gib mir Wasser, gib mir Brot! Willst du, dass ich sterbe? Auf dem Schlachtfeld gab es genug Tote für dich.«

»Zu viele Tote, zu wenige Lebende!«, lachte Midian heiser. »Das ist meistens so nach einer Schlacht. Man nimmt die Verwundeten mit, und uns bleiben die Kadaver. Diesmal hatten wir mehr Glück. Die Überlebenden sind wie die Hasen geflohen und ließen ihre Schwerverwundeten zurück.«

»Das nennst du Glück?«, fragte Jazid erstickt. Er dachte daran, dass der Kaschkäer noch gelebt hatte, als der Fremde ihm die Augen ausgestochen hatte.

»Dauern dich deine Feinde, Perser?«, fragte der Fremde verächtlich.

Jazid zuckte mit den Schultern. »Feind oder Freund, was du getan hast, war abscheulich. Einen Sterbenden zu quälen, ist ohne Würde, ohne Ehre. Wenn du ein Mann wärst ...«

»Schweig! Du kannst mich nicht beleidigen, denn du bist eine Laus! Aber auch eine Laus zerdrückt man, wenn sie einen zwickt, also sieh dich vor, dass du nicht meinen Zorn weckst.«

»Ich habe nichts mehr zu verlieren, soll ich deinen Zorn fürchten?«

»Du einfältiger, junger Mensch! Bist du nicht bis jetzt wie ein König auf einem Maultier geritten, weil mich deine Verwundung und deine Jugend dauerten? Erhalte dir mein Erbarmen und verhalte dich demütig, sonst hacke ich dir die Füße ab und schleife dich auf deinen Stümpfen hinterher.«

Jazid wurde schlecht bei dem Gedanken, er senkte den Blick. Da schob ihm Midian einen Krug mit Wasser und ein Stück Brot mit Ziegenkäse hin. »Du bist blass geworden. Hier, iss und trink, damit du dich nicht vorzeitig davonmachst. Wie heißt du eigentlich?«

Jazid hob den Kopf. Die Worte hatten mitfühlend geklungen. Aber als er dem Fremden ins Gesicht sah, in das Antlitz jener Statue mit den malachitglänzenden Augen, die den Staub der Jahrhunderte überdauert hatte, sah er die ungezähmte Gier hinter dem Lächeln. »Jazid«, murmelte er.

»Und dein Vater ist wirklich ein persischer Fürst, he?«

Jazid nickte.

»Wenn ich deinen Vater einsichtig finde, lasse ich dich vielleicht laufen. Zeigt er sich jedoch starrsinnig, so werde ich dich in Stücke schneiden; jeden Tag ein bisschen Fleisch aus dir heraushacken. Nach ein paar Wochen siehst du dann aus, als hätte dich eine Hyäne halb verdaut ausgespuckt.« Midian schnalzte mit der Zunge. »Eigentlich liebe ich starrsinnige Väter.«

Jazid lag eine wütende Antwort auf der Zunge, aber er unterdrückte sie, trank begierig das Wasser und verschlang das Brot.

Midian bedachte ihn mit einem verschlagenen Lächeln. »Weißt du wirklich nicht, weshalb man den Kriegern die Augen ausstechen muss, solange noch Leben in ihnen ist?«, fragte er plötzlich.

Jazid verschüttete beinah sein Wasser. »Nein!«, stammelte er.

»Auf diese Weise gelangen sie niemals ins Totenreich, der Weg zu ihren tapferen Ahnen ist ihnen verwehrt. Blind stolpern sie durch eine unendliche Finsternis und heulen nach ihren verstorbenen Angehörigen, die sie niemals finden werden. Auf diesen Irrwegen wird ihre Seele von Dämonen gemartert und findet niemals Ruhe.«

Jazid würgte an seinem Brot. Erstickt fragte er: »Und daran glaubst du?«

»Ich glaube es nicht, aber die Steppenvölker glauben es, und darauf kommt es an, oder nicht? Sie sterben in dem Glauben, auf ewig verloren zu sein.«

Jazid starrte ihn ungläubig an. »Und der Gedanke freut dich?«

»Ich schlürfe die Qual ihrer verlorenen Seelen wie süßen Wein und sättige mein Herz an dem ewigen Grauen, das sie erwartet. Belial selbst mästet sich mit ihnen wie am fetten Fleisch eines starken Widders.«

»Wer ist Belial?«

»Belial ist einer der mächtigsten Dämonen, der die Menschen schon seit Jahrtausenden mit Plagen heimsucht.«

Jazid begriff, und vor Entsetzen riss er die Augen weit auf. »Ahriman?«, flüsterte er. »Du dienst Ahriman, dem Widersacher, dem Feind aller Menschen?«

Midians Augen glühten. »Dem Feind aller schwachen Menschen! Seine Diener beschenkt er reichlich. Sieh dich doch um in der Welt! Erfreuen sich die Tugendhaften des Glücks? Werden die Schlechten von Armut und Pestilenz heimgesucht? Nein! Die Boshaften triumphieren, die Mörder schwelgen in Genüssen, und Belial schenkt von allen die Unvergleichlichsten.«

Jazid fröstelte, doch Midian fuhr höhnisch fort: »Unglückseliger! Deine Geburt stand unter keinem guten Stern, denn die Götter wollten es, dass du Midian, dem Wolf, in die Hände fielst. Ich liebe es, die Menschen leiden zu lassen, vergiss das nie. Wenn du auf Mitleid bei den Schwarzen Wölfen hoffst, bist du verloren. Also füge dich klaglos in dein Schicksal.«

»Aus dir spricht dein ekelhafter Dämon Belial«, flüsterte Jazid. »Aber gegen die Macht des Lichts vermag er nichts. Vor Ahura Mazda ist dein Belial nur ein Staubkorn.«

»Wenn du das Licht anbetest, weshalb winselst du dann und hoffst beim Herrn der Finsternis um Gnade? Glaubst du, ich kenne euren Gott nicht? Ihr Perser glaubt den Visionen eines entmachteten Magiers, der mit ein paar mageren Kamelen durch die Wüste gezogen ist, wo Wind und Hunger ihm das Hirn gedörrt haben, sodass es rasselte wie Kiesel in einer Schüssel.«

»Zarathustra?«, presste Jazid hervor.

»Den meine ich. Als ihm in langen, einsamen Nächten der Quell seiner Lenden verdorrte, stiegen ihm dafür die Begierden in den Kopf, und er verbreitete unsinniges Geschwätz über einen Lichtgott ...« Midian zog hörbar die Luft durch diese Nase. »Ahura Mazda! Natürlich nur in den Häusern der Reichen, wo er ihnen aus Dankbarkeit, dass sie ihm zuhörten, den Speichel von den Mundwinkeln leckte! Stets dienten doch solche Märchen dazu, die Mächtigen noch mächtiger und die Priester noch fetter zu machen! Schrecke Kinder mit diesem Spuk! Ich schrecke Männer! Ich erschrecke und verstümmele sie, und ich töte sie! Ich nehme ihnen die Seelen, dass sie auf ewig zähneknirschend im Höllenpfuhl sitzen müssen!«

»Du Vermessener!«, schrie Jazid, dem der heilige Zorn Mut verlieh. »Weißt du nicht, dass Ahura Mazda am Ende der Welt Gericht halten wird über die Guten und Bösen? An diesem Tag verkriecht sich Belial mit seiner Dämonenschar heulend in der Finsternis, und die ihm dienten, werden im ewigen Feuer brennen.«

Midian schnaubte verächtlich. »Hat einer eurer Magier, die Keuschheit predigen, aber Geilheit leben, deine Mutter im Haomarausch niedergeworfen und geschwängert, sodass du daherredest wie ein Sohn der Feueranbeter, die den Menschen die Ohren vollblasen, sie möchten ein frommes Leben führen, auf dass es den Priestern wohlergehe auf Erden! Spar deinen Atem, Perser, denn du sprichst mit Midian, der wohl abergläubischen Jurtenbewohnern das Sterben schwermacht, aber selbst an nichts glaubt, verstehst du? Es gibt keinen Großen Geist, der alle Menschen richtet. Das sind Märchen für die Furchtsamen!«

Geschmeidig sprang er auf. »Und nun sieh zu, dass du auf dein Maultier kommst, Sohn des Ardaschir, es geht weiter. Wir haben noch bis zum Abend zu reiten.«

2

Der junge Mann stand zögernd in der Türöffnung, bevor er sich bückte, um unter dem Türrahmen hindurchzutreten. Verlegen stand er in dem karg eingerichteten Raum. Er trug den Peplos, einen gerade von den Schultern herabfallenden Rock aus grobem Wollstoff, die gewöhnliche Kleidung eines Spartiaten. Verschlossenheit und Härte prägten seine Züge, aber weiche, fein geschwungene Lippen und goldbraune, schulterlange Locken milderten die Strenge.

»Was ist mit dem Kind?«, fragte er leise, und das Eis in seinen grauen Augen schmolz, der herrische Zug um die Mundwinkel verschwand.

»Es ging den Weg, den die Götter bestimmten«, erwiderte die kräftige Frau, die sich jetzt im Hintergrund erhob.

Asandros trat näher. »Die Götter oder die Alten?«, fragte er verächtlich.

Pherenike war eine starke Frau, und die Geburt hatte sie nicht geschwächt. Asandros, ihr Erstgeborener, sowie seine Schwester Elena waren hochgewachsen und stark wie die Zypressen im Haine Apollons, doch die beiden Kinder nach ihnen waren schwächlich gewesen und hatten ihr Grab im Apothetai, einem tiefen Loch im Taygetosgebirge, gefunden. Auch diesem Kind war es nun wie den anderen ergangen. Die Ältesten hatten ihre grauen Häupter über dem teilnahmslosen Säugling mit der fahlgelben Haut geschüttelt und das Urteil gefällt. Eurysthenes, sein Vater, Mitglied der Gerusia, hatte keine Aussetzung gestattet und das Bündel mit eigener Hand in die Tiefe geschleudert. Dabei hatte er laut die Götter verflucht und leise die Mutter. Die Kraft des eigenen Samens hatte der über Sechzigjährige niemals bezweifelt. Als man der Mutter die Botschaft überbrachte, durfte sie keinen Schmerz zeigen, denn kein schwächliches Kind durfte in Sparta aufgezogen werden.

Pherenike kam näher. Die warme Stimme ihres Sohnes tröstete sie. Er war hier in ihrer schlimmen Stunde, und doch durfte er nicht hier sein, denn das Töten eines lebensunwerten Säuglings durfte nicht beachtet werden. »Du hättest deinen Platz in der Garnison nicht verlassen sollen.« Ihre Stimme war hart.

Wie jeder Spartaner war Asandros daran gewöhnt, körperliche und seelische Schmerzen mit Gleichmut zu ertragen. Aber jetzt drängte es ihn, seine Mutter zu umarmen. »Ich musste kommen.«

»Nein, geh!«, sagte sie mit fester Stimme. »Dein Mitgefühl ist unpassend. Sohnesliebe erweist du mir nicht, indem du Befehle missachtest.«

Asandros wagte es nicht, sich seiner Mutter zu nähern, aber in seiner Miene war Auflehnung. »Mein Bruder ...«

»Du hast keinen Bruder gehabt.«

»Asandros!«, kam da eine schneidende Stimme von der Tür. »Dich erwartet die Peitsche!« Auf der Schwelle stand ein Mann seines Alters, ebenso schlicht gekleidet, mit langen, schwarzen Locken und funkelnden Augen.

Asandros blieb gelassen. »Du vergisst dich, Ilkanor. Weshalb begrüßt du nicht meine Mutter, wie es sich geziemt?«

Flüchtig verneigte sich Ilkanor, küsste den Saum ihres Gewandes und murmelte einen Segenswunsch. Starren Blicks nahm Pherenike seine Begrüßung entgegen. Dann wandte sie sich ab und verließ mit steifem Kreuz das Zimmer.

»Du hattest kein Recht, die Kaserne zu verlassen!«, zischte Ilkanor und wippte anzüglich mit einer Gerte.

Asandros stieß ihn zur Seite. »Davon verstehst du nichts.« Er warf einen Blick zurück auf die Tür, die sich hinter seiner Mutter geschlossen hatte. Gern hätte er noch ein Wort mit seiner Schwester gesprochen, doch Ilkanors Gerte peitschte ungeduldig den Türpfosten.

Asandros überquerte mit schnellen Schritten den Hof, Ilkanor folgte ihm aufgebracht. »Spartas Frauen sind mannhafter als du«, schalt er. »Hätten die Ältesten deine weibische Schwäche erahnt, hättest du schon damals mit dem Abgrund Bekanntschaft gemacht.«

Da ertönte vom Balkon eine helle Stimme: »Ilkanor, Ilkanor, steht vor dem Kasernentor!«

Wütend fuhr er herum. Es war lange her, dass er diesen Spottvers zum letzten Mal gehört hatte. Oben am Geländer stand ein Mädchen und machte ihm eine Nase. Goldbraune zerzauste Locken fielen ihm in die Stirn. Halb zornig, halb übermütig funkelten helle Augen in einem schmalen, gebräunten Gesicht.

»Elena!« Asandros stürmte die Stufen zur Galerie hinauf und umarmte sie. Ilkanor peitschte wütend den Sand. Wer wusste nicht, dass Asandros' Schwester zu den schönsten Mädchen in ganz Sparta gehörte? »Willst du dich auch noch von sämtlichen Tanten, Neffen und Nichten verabschieden?«, fauchte er.

Elena beugte sich über das Geländer. »Ereifere dich nicht, Sohn des Lysandros! Ganz Sparta weiß, dass du als Knabe täglich zur Kaserne geprügelt werden musstest, weil du nicht vom Rockzipfel deiner Mutter lassen wolltest.«

Trotz seines Kummers lachte Asandros hell auf.

»Dein Rücken wird bekommen, was er verdient hat!«, zischte Ilkanor ihm zu.

Asandros küsste seine Schwester auf die Stirn. »Ich muss gehen. Möge Artemis dich beschützen.« Er lief die Stufen hinunter und drohte Ilkanor mit der Faust. »Spiel dich nicht auf, sonst setze ich dir das hier mitten in dein Gesicht, sodass du künftig als Nasenloser die Phalanx anführen wirst.«

Ilkanor schwieg. Mit Asandros berüchtigtem eisernem Arm

wollte er keine Bekanntschaft machen. Beim Hinausgehen tönte es ihm hinterher:»Ilkanor will nicht rein, wird doch nie ein Krieger sein.«

Den Fußmarsch in die Kaserne legten sie schweigend zurück. Ilkanor stieß ärgerlich Steine aus dem Weg, während er Asandros' schnellen Schritten folgte.»Dreizehn Jahre hast du am Eurotas Schilf gebrochen«, unterbrach er jäh das Schweigen,»hast Härte und Gehorsam gelernt. Weshalb heute diese Schwäche?«

»Nennst du es Schwäche, wenn ich mich um meine Familie sorge?«

»Du sorgst dich um jeden flügellahmen Spatz, der dich anpiepst. Und das macht mir Sorgen.«

Asandros sah Ilkanor verächtlich von der Seite an. Sein Gefährte versäumte keine Gelegenheit, sich Asandros gegenüber spartanischer als die Ephoren zu geben.»Übertreib nicht so maßlos! Und beeil dich! Den Freund anschwärzen, ist Spartanerpflicht.«

Sein Kommandant Aristarchos maß ihm eine empfindliche Strafe zu: Fünfzig Hiebe für unerlaubtes Verlassen des Lagers auf dem Platz vor versammelter Mannschaft. Sein Blick ruhte auf Ilkanor, und er gab ihm die Peitsche. Dieser zuckte kurz zusammen. Sofort erhob sich ein missfälliges Murmeln. Keine Schwäche wurde verziehen, zumal die meisten wussten, dass Ilkanor in seinen schönen Gefährten verliebt war.

Während des Vollzugs war Schweigen geboten. Asandros biss die Zähne zusammen und ertrug den Schmerz, wie er ihn zeit seines Lebens ertragen hatte. Als man ihn schließlich losband, taumelte er kurz, niemand versuchte ihn zu stützen, das wäre eine Kränkung gewesen. Asandros bückte sich nach seinem Gewand und streifte es sich über den roten, geschwollenen Rücken. Blut war nicht geflossen. Ilkanor hatte behutsam zugeschlagen.

Der Platz leerte sich langsam. Obwohl Aristarchos ihm einen missbilligenden Blick zuwarf, drängte sich Ilkanor an Asandros Seite.»Ich habe dich nur gestreichelt«, flüsterte er ihm zu.

Obwohl sein Rücken wie Feuer brannte, zischte Asandros:»Glaubst du, die anderen haben es nicht gemerkt? Wolltest du mich auf diese Weise vor ihnen demütigen?«

»Ich wollte dir nur Wundfieber ersparen«, gab Ilkanor leise zurück, während seine Schulter Asandros berührte, der in seiner Schwäche nicht ausweichen konnte.

»Ach ja? Willst du mit deiner angeblichen Nachsicht deine schwachen Hiebe bemänteln?«

Ilkanor lachte verhalten.»Sei heute Abend am Hundefelsen, dann beweise ich dir, wie stark ich bin, nicht nur in den Armen, du wirst schon sehen.«

Körperliche Beziehungen waren üblich unter den Männern und ein wesentlicher Teil der spartanischen Erziehung. Man hielt es für befremdlich, wenn ein edler Spartiate keinen Geliebten unter seinen Gefährten fand. Und wenn auch weltferne Gemüter die geistige Verbindung betonten und mehr als einen scheuen Kuss für verwerflich hielten, bei den Spartiaten hatte sich längst ein handfest sinnliches Verhältnis entwickelt, das sich im Laufe der Zeit sogar göttliche Weihen und Gesetzeskraft erworben hatte.

Aber Asandros hatte Ilkanor bisher stets die kalte Schulter gezeigt, denn sein Liebhaber war der Kommandant Aristarchos. Deshalb verspürte er keine Lust, Ilkanors Drängen nachzugeben. »Du durftest mich schlagen, was willst du noch?«

»Hochmut macht auch den Schönsten hässlich«, gab Ilkanor gereizt zur Antwort. »Wie lange glaubst du, hält das Feuer deiner Jugend Aristarchos' Verlangen am Glühen?«

»Willst du darauf warten?«, neckte Asandros.

»Niemand verbietet es dir, dich neben ihm noch einem anderen Mann zuzuwenden«, antwortete Ilkanor trotzig. »Aristarchos schuldest du Gehorsam, mir gegenüber aber bist du frei.«

»Ja, frei dich abzuweisen.«

Ilkanor warf ihm einen erbitterten Blick zu. »Was hast du gegen mich? Sag es mir offen.«

»Als Gefährte nichts, Ilkanor, als Liebhaber aber bist du mir zu kalt.«

Ilkanor schoss das Blut in den Kopf. »Soll ich mich vor dir aufführen wie eine korinthische Porneia?«

Asandros lächelte herablassend. »Es genügt, wenn du dich wie ein Freund benimmst.«

3

Ein schwindelnd steiler Pfad führte hinauf zu einer düsteren Bergfestung, deren äußere Mauern halb zerfallen waren. Einst hatte sie als Vorposten gegen den Einfall der Steppenvölker in die fruchtbaren Täler des Zweistromlandes gedient. Damals beschützten die Herren von Mari das Land. Ihre gewaltige Palastanlage lag längst begraben unter dem Wüstensand, die Namen ihrer Könige waren vergessen; neue Reiche waren aufgeblüht, und andere Völker hatten sich erhoben. Mächtige Herrscher waren gekommen und gegangen. Die mächtigen Quader des Hauptgebäudes der alten Festung aber hatten den Zeitläufen widerstanden.

Dort hatten sich die Schwarzen Wölfe niedergelassen, eine Horde Gesetzloser, ausgestoßen aus der menschlichen Gemeinschaft.

Sie lebten hier nach ihren eigenen grausamen Gesetzen und bildeten eine Schreckensgemeinschaft der Entrechteten. Jedermann im Umkreis wusste, dass Bestien auf Dur-el-Scharan hausten, und niemand wagte sich in die Nähe der hoch aufragenden schwarzen Felswände.

Der Herrscher auf Dur-el-Scharan war Semron, der Einäugige. Seine Herkunft lag im Dunkeln wie die seiner meisten Kumpane, denn niemand sprach gern über seine Vergangenheit. Einst hatte Semron einen zweijährigen Knaben von einem seiner Raubzüge mitgebracht und ihn wie einen Sohn aufgezogen. Seine Männer hatten gesehen, dass es ein schöner Knabe war, und untereinander gespottet: »Semron will sich wohl mit dem Liebesabenteuer mit seiner schönen Mutter brüsten, die in Liebe zu ihm entbrannte, als sie seiner herrlichen Gestalt ansichtig wurde. Freilich, sein Schwert weiß er zu führen und auch seine Gefolgsleute, aber das Herz einer schönen Frau entflammt er nur schwer mit seinem verfilzten Haupt- und Barthaar und seinem ungefügen, schwarz behaarten Leib, der weder ein Bad noch wohlriechende Salben kennt.«

Semron kümmerte sich nicht um das Gerede und gab den Knaben in die Obhut seiner Männer. Von denen wurde er wie ein Maskottchen verhätschelt, bis er zehn Jahre alt war. Von diesem Tag an nahm ihn Semron mit auf seine Raubzüge, und weil der Knabe tapfer kämpfte und kaum verletzt wurde, schworen die Männer, sie hätten von seinem Haupt Flammen ausgehen sehen, und das Blitzen seiner Augen allein habe seine Feinde gelähmt. Midian freilich lachte über solche Dinge und spottete, sie hätten wohl die Strahlen der untergehenden Sonne gesehen und seine Behändigkeit mit göttlicher Unverwundbarkeit gleichgesetzt.

Midian wuchs heran, groß und schlank wie eine Dattelpalme mit dem Blutdurst eines ausgehungerten Schakals und einem Verstand, so scharf wie ein geschliffener Dolch. Als Midian zum Mann geworden war, musste Semron erkennen, dass der nächste Rudelführer sich bereits die Lippen leckte. Doch noch war er Herr auf Dur-el-Scharan.

Semron betrachtete die Beute der heimgekehrten Männer und lauschte vergnügt ihren Schandtaten. Er hielt die Schmuckstücke ans Licht und nickte anerkennend. »Dafür kann man sich in der Stadt viele Frauen kaufen.«

Midian grinste. »Aus diesem Grund gehört der größte Anteil dir, denn von dir fordern sie stets den doppelten Preis.«

Semron hörte die Männer kichern. Er lief dunkelrot an. »Möge Belial in eure Schwänze fahren! Ihr haltet eure schwieligen Leiber wohl für ansehnlich und eure zernarbten Gesichter für schön?«

Dann richtete er seinen wütenden Blick auf Midian. »Du hast recht, Hurengold für mich, für dich – nichts! Denn dich bedienen die Weiber umsonst.«

Midian spannte seine Kiefernmuskeln; seine Freunde murrten. Solche Auseinandersetzungen waren in letzter Zeit häufig, und jedes Mal kosteten sie ihn mehr Beherrschung. Er warf Semron die Ohrgehänge des unglücklichen Kaschkäers auf den Tisch und rief: »Wie du willst! Du bist es, der hier befiehlt! Nimm sie und schmücke dich mit ihnen, damit die Weiber dir nachlaufen!«

Semron wendete die Schmuckstücke ungerührt zwischen den Fingern. »Herrliche Stücke, fürwahr! Missgönnst du deinem alten Vater die Wollust? Ein Vergnügen, das noch besser wird, wenn es mit Gold erkauft oder mit Gewalt erzwungen wurde.«

»Oder, wenn es gegen göttliches Gebot verstößt«, fiel einer der Männer schmutzig grinsend ein. »Du solltest wissen, Semron, dass Midian einen hübschen, jungen Perser als Gefangenen mitgebracht hat.«

Semrons Augen blitzten auf. »Ach, ist das wahr? Warum wurde mir das verschwiegen?«

»Weil er mir gehört!«, zischte Midian. »Er ist der Sohn eines persischen Fürsten, eines Feueranbeters! Mir gehört seine Seele, wenn sein Körper in Ahrimans Hölle fährt!«

Semron leckte sich die Lippen. »Was für ein glücklicher Fang, mein Sohn! Er soll leiden, er soll brennen, gewiss – aber wir dürfen nicht vergessen, wie reichlich das Lösegeld für den Sohn eines Fürsten ausfallen wird. So ein edel geborenes Bürschlein weht der Wind einem nicht jeden Tag ins Haus.«

Midian zuckte mit den Schultern. »Ich warte, aber nicht ewig. Meine Begierden werden nicht mit Gold gelöscht.«

»Ich weiß, ich weiß«, antwortete Semron freundlich. »Wir alle verschmähen nicht den Anblick gerösteten Perserfleisches, aber wir wären Narren, wenn wir Gold verschmähten. Es bedeutet mehr Macht als ein Schwert. Gedulden wir uns noch etwas und in der Zwischenzeit ...« Semron sah sich feixend um, »muss man ja nicht völlig enthaltsam sein, was das Fleisch des Persers angeht, oder?«

Allgemeines Gelächter antwortete Semron. Midian atmete tief und wölbte seine Brust. »Du bist unersättlich, Semron! Du willst mein Gold und meine Geisel! Das Gold kann ich entbehren, aber der Perser ist ein Leckerbissen, er gehört mir allein!«

»Allein?« Semron sah Midians Faust, die sich um den Griff seines Bogens spannte. »So einen fürstlichen Hintern hätten wir alle gern einmal gespalten. Sind die edel Geborenen nur für deinen Schweif geschaffen?«

Midian schnaubte verächtlich. »Solange Frauen mir die Beine

öffnen, muss ich mich nicht an gefangenen Kriegern versuchen.« Mit diesen Worten verließ er zusammen mit seinen Freunden seinen Vater.

Jazid lag, umzingelt von hungrigen Ratten, mit Wundfieber in fauligem Stroh. Noch gelang es ihm, sie zu verscheuchen, aber jedes Mal antwortete ihm ein gespenstiges Kichern hinter der Tür seines Kerkers. Eine Klappe öffnete sich, zahnlose Münder grinsten in bleichen, fleckigen Gesichtern. Rot geränderte Augen starrten ihn gierig an und warteten darauf, dass die Ratten den Sieg davontrugen. Es waren die alten Frauen, die ihm seine Mahlzeiten brachten. Vor Ewigkeiten waren sie auf diese Festung verschleppt worden, sie hatten fast alle den Verstand verloren.

Jazid unterschied eine männliche Stimme. *Sie holen mich,* dachte er. Aber er fürchtete sich nicht. Er begrüßte den Tod, der ihn aus diesem Loch befreite. Vielleicht würde das grausame Lachen des schönen Anführers ihn beim Sterben begleiten. Sollte er doch lachen und Belial mit ihm! Lieber wollte Jazid den wölfischen Blick jenes Midian ertragen, als weiterhin diese wahnsinnigen, alten Weiber.

Die Tür wurde aufgesperrt. Ein junger Mann drängte die neugierigen Weiber zur Seite. »Fort, mich euch! Schert euch in die Küche! Ihr habt euch lange genug an ihm sattgesehen.«

»Vom Sehen wird man nicht satt, Joram, niemals«, kicherten sie. Und in schauerlichem Singsang fügten sie hinzu: »Lass ihn uns ganz, lass ihn uns ganz, und wenn wir ihn hatten, dann lass ihn den Ratten!«

Der Mann lachte, schloss die Tür hinter sich und trat nach den Ratten, die sich vorübergehend verkrochen. »Was für ein Gestank!« Er bückte sich und leuchtete Jazid mit einer Schnabellampe ins Gesicht. »Lebst du noch?«, fragte er ihn in gepflegtem Persisch.

Jazid hatte den jungen Mann im Gefolge Midians gesehen. Er blickte in ein gut geschnittenes Gesicht und dunkle Augen, in denen Mitgefühl schimmerte. Aber das musste ein Irrtum sein. »Ja«, stöhnte er. »So eine Herberge kann man weiterempfehlen.«

Der junge Mann lächelte dünn und kniete neben Jazid nieder, um sich die Wunde anzusehen. Er schüttelte den Kopf. »Da ist nichts mehr zu machen. Diese verwünschten Narren! Ich muss dir den Arm abschneiden, wenn du überleben sollst.«

Jazid schüttelte verzweifelt den Kopf. »Ich will nicht weiterleben. Bitte töte mich!«

»Jammere nicht! Wen kümmert, was du willst. Du musst leben, damit dein Vater das Lösegeld für dich zahlt.« Dann hämmerte er an die Tür und rief: »Bringt mir Tücher!«

Jazid versuchte, mit seinem gesunden Arm die Knie des Mannes zu umfassen. »Aber nicht mein Arm! Bitte tu es nicht! Er wird heilen, wenn ich nur aus diesem Loch herauskomme, ich schwöre es bei Ahura, dem Gerechten.«

»Ach ja, ein Fürstenzimmer für einen Fürstensohn, wolltest du das sagen?« Die Tür öffnete sich, die Frauen brachten Tücher, die so schmutzig waren wie die Lumpen, die sie am Leib trugen. Der junge Mann scheuchte sie fort. »Saubere Tücher natürlich, ihr Schlampen!« Dann sah er auf den jungen Perser hinunter, der zusammengekrümmt zu seinen Füßen lag, und lachte bitter. »Kümmern! Ich soll mich um dich kümmern, hat Midian gesagt. Wie stellt er sich das vor bei einem halb Toten?«

»Midian?«, krächzte Jazid. »Schickt dich dieser schwarze Dämon?«

Da lachte der junge Mann, es war ein weiches Lachen. »Ja. Und der Dämon will deine Seele fressen.« Er zog sein Schwert. »Eine erbärmliche, einarmige Seele.«

Die Frauen brachten neue Tücher, und Joram fing sie auf, bevor die Weiber sie auf den Boden werfen konnten. Er kaute auf seiner Unterlippe und steckte sein Schwert fort. »Vielleicht versuche ich es mit dir, Perser.« Er wickelte ihn in die Tücher. Dann trug er ihn eine hohe, enge Treppe hinauf in das ehemalige Turmzimmer. Dort legte er ihn auf ein Strohlager und reinigte mit sanften und geschickten Händen die verkrustete Wunde von Eiter, entfernte die eingedrungenen Stofffetzen und verband den Arm notdürftig. Dann lächelte er den leichenblassen Perser an. »Ich bin Joram.«

»Du hast behutsame Hände, Joram«, flüsterte Jazid. »Du bist nicht so grausam wie – wie dieser Midian.«

Joram lachte kurz auf. »Täusche dich nicht und erwarte keine menschlichen Regungen von uns. Auf Dur-el-Scharan leben wir ohne Vergangenheit und ohne Götter.«

»Weshalb lebst du hier auf dieser schaurigen Festung?«

»Das will ich dir erzählen: Ich komme aus Juda, wo man Jahwe verehrt, den Gott Abrahams und Isaaks. Ich stand vor den goldenen Cherubim, die seinen Thron tragen, und forderte ihn heraus, den alten Gott, der einst mein Volk mit Feuer und Blitz durch die Wüste führte. Ein Priester überraschte mich und ich ...« Joram breitete die Arme aus. »ich habe ihm den Kopf abgeschnitten. Seitdem bin ich ein Gesetzloser.«

»Was habe ich zu erwarten? Wird man mich leben lassen, wenn das Lösegeld eintrifft?«

Joram zog die Oberlippe hoch. »Wohl kaum. Aber das wird Midian entscheiden.«

»Midian – er ist ein Nachtgeschöpf«, stieß Jazid hervor. »Weißt du das nicht?«

Joram lachte. »Ja, Wölfe jagen nachts, und Midian ist ein guter Leitwolf.«

»Er dient Belial! Er dient Ahriman!«

»Wir alle dienen Belial, denn wir hassen, und wo Hass ist, wohnen die bösen Geister gern.«

»In deiner Stimme ist kein Hass, Joram.«

Joram sah den Perser betroffen an. »Beim dreifach Geschwänzten! Dein Ohr ist scharf.«

Jazid lächelte schwach. »Liefere mich ihm nicht aus, bitte!«

Joram warf Jazid einen schmalen Blick zu. »Genug geschwatzt! Ich kann dir nicht helfen, aber ich gebe dir einen guten Rat: Was auch geschehen mag, ertrage es wie ein Mann!« Dann wandte er sich ab und verließ das Zimmer.

Ein schneidender Wind heulte um die Felsnadeln von Dur-el-Scharan. Er wirbelte die ersten Schneeflocken heran. Einige Gestalten verließen in Pelze gehüllt und mit geschultertem Bogen die Burg, um auf die Jagd zu gehen. Im großen Saal saßen die Schwarzen Wölfe hustend um ein qualmendes Feuer, dessen Rauch nicht abziehen wollte.

Mesrim, der hagere Amoriter, der von seinen Gefährten »Klinge« genannt wurde, weil er geschickt mit dem Wurfmesser tötete, schob brummend ein paar Scheite nach, aber das Holz war noch feucht und wollte nicht brennen. Der Wind trieb den Qualm durch den hohen Kamin in den Raum hinein. Die Männer fluchten mit tränenden Augen und hüllten sich enger in ihre pelzgefütterten Mäntel. Starker, mit Zimt gewürzter Wein wärmte ihre Mägen.

»Bei Beelschemin, dem Gehörnten, du würdest besser brennen als das nasse Zeug, das du aufs Feuer legst, Klinge!«, rief Joram, der dunkellockige Hebräer mit dem sanften Blick und der Geschmeidigkeit einer Katze.

»Ich werde noch gebraucht, Kadesche«, gab der Amoriter grinsend zurück, »aber wie wäre es, wenn du unsere Gemüter mit einem feurigen Tanz erwärmtest?«

»Ja, mit einem Schleiertanz«, flötete Zorach, der beleibte Syrer, der stets ein gutmütiges Lächeln zur Schau trug, und der es liebte, seine Opfer lebend am Spieß zu braten.

»Beim Schwanz eines Hengstes! Kadesche ist ein hübscher Bengel, aber was gäbe ich jetzt für eine richtige Frau«, seufzte Tyrsus, der kleine, krummbeinige Jazyge, ein ausgezeichneter Reiter und Bogenschütze.

»Eine richtige Frau will einen richtigen Mann«, spottete Joram, »und keinen, der sich auf einen Hengst berufen muss.«

»Hast du mehr als ich aufzuweisen? Dann zeig her, Kadesche!«

Die Männer neckten Joram gern, weil sie ihn begehrten, aber außer schlüpfrigen Bemerkungen blieb ihnen nichts. Joram ließ keinen heran.

Als der junge Hebräer zum ersten Mal auf Dur-el-Scharan erschien, war es dort zugegangen wie in einem Bienenschwarm. Die nach jungem Fleisch ausgehungerten Männer schnurrten wie die Katzen und machten ihm schöne Augen. Sie hätten sich zweifellos seinetwegen die Schädel eingeschlagen, wäre nicht Midian zornentbrannt dazwischengetreten und hätte seinen Männern befohlen, den unseligen Hebräer, der die Männer verführte, in die Schlucht zu stürzen. Doch Joram hatte seinen gekrümmten Säbel gezogen und Midian geschmäht: »Was forderst du mein Leben, du Bastard? Aus dem Schlamm zog dich Semron, wo Würmer dich gefressen hätten, und schimpfst mich eine Hure? Den Sohn Hilkijas, den Nachkommen Aarons, der von Angesicht zu Angesicht mit dem Herrn sprach?«

Auch Midian hatte sein Schwert gezogen. Noch nie hatte es jemand gewagt, so mit ihm zu reden. »Wer will schon wissen, welche Tempeldirne dich gesäugt hat und vor welchem Götzen deine Vorväter auf dem Bauche rutschten?«

Die Männer bildeten rasch einen engen Kreis um die Streitenden, die sich wie junge Löwen belauerten. Sie gaben den Hebräer verloren, denn niemand konnte es mit Midian aufnehmen. Aber Joram fühlte, dass Midian den Kampf vermeiden wollte. Er warf seine Waffe fort und entblößte seine Brust. »Du willst das Blut deines Gefährten, um die zu schützen, die mir nachliefen wie einer läufigen Hündin? Dann stoß zu! Aber es wäre besser, du stießest dein Schwert den hitzigen Böcken zwischen die Schenkel, dann dürften sie sich als Eunuchen ein Leben in den Palästen Babylons erhoffen.«

Da brachen die Umstehenden in ein schallendes Gelächter aus, und der wölfische Sohn Semrons, der noch nie einen Gegner geschont hatte, musste ebenfalls lachen und steckte sein Schwert fort. Joram streckte die Hand aus, und alle waren Zeuge, dass Midian sie ergriff.

Seit jenem Tag konnte sich Joram frei und unbelästigt auf Dur-el-Scharan bewegen. Ein Name aber war an ihm hängen geblieben: »Kadesche«. So nannte man die Tempelhuren in seiner Heimat.

Semron, dessen schwarzbärtiges Gesicht stark vom Wein gerötet war, schlug mit der Faust auf den Tisch. »Bei Harkon, dem Affengesichtigen, wisst ihr von nichts anderem zu schwatzen als von jungen Weibern und der Länge eurer Werkzeuge? Dabei wächst mir die Rute, und mir bleibt nichts als die hölzerne Bank, auf der ich herumrutsche.«

»Recht hast du, Semron!«, ließ sich ein hochgewachsener, rothaariger Mann vernehmen. Elrek, ein entsprungener Sklave. Als er noch ein Knabe war, hatten schwarzhaarige Männer sein Dorf überfallen. Ihm war die Erinnerung geblieben an dunkle Wälder und grimmige Winter. Nüchtern hatte er ein weiches Gemüt, doch wenn er betrunken war, brach eine unheimliche Wildheit aus ihm hervor, die sich nur mit Blut besänftigen ließ. »Wenn wir auf Frauen verzichten müssen, sollten wir uns die Köpfe über sie nicht heißreden. Aber Männer wie wir wissen auch mit anderen Dingen das Verlangen zu stillen.« Dabei warf er einen schnellen Blick auf Midian, der gelangweilt mit seinem Messer Kerben in die Tischplatte schnitt. »Und die sind nicht so unerreichbar wie Jorams Lager, das wahrscheinlich nur dein geliebter Sohn teilen darf.«

Jetzt stieß Midian das Messer heftig ins Holz.

Elrek warf Joram einen herausfordernden Blick zu. »Ich spreche von deinem Zögling, den du im Turmzimmer untergebracht hast, diesem Perser. Wie lange gewähren wir ihm nun schon Gastfreundschaft?«

»Drei Monate!«, rief Zorach dazwischen. »Drei Monate mästet er sich schon auf unsere Kosten, und wir Tölpel warten auf das Lösegeld.«

»Das ist richtig«, fuhr Elrek fort, »Aber wo ist es? Hat einer von euch es schon gesehen? Ist es vielleicht verteilt worden, als ich auf der Jagd war?«

»Vielleicht weiß die Kadesche mehr, sie ist doch Tag und Nacht nicht von der Seite des Persers gewichen.«

»Er wird schon seine Gründe gehabt haben«, grinste Zorach. »Vielleicht hat der Perser einen hübschen Hintern.«

»Ja, den möchten wir alle einmal sehen!«, fiel Semron ein und warf einen raschen Blick auf Midian.

Elrek nickte. »Der Perser ist dein Gefangener, Midian, aber ich meine, die Zeit seiner Schonung ist abgelaufen. Von seinem Vater haben wir nichts gehört, also muss er sterben. Unsere Gemüter sind erhitzt, und ich denke, es ist der rechte Zeitpunkt, dass uns dieser Bastard zeigt, wie man langsam stirbt.«

»Wahr gesprochen, Elrek!«, rief Semron. Auch die Männer murmelten beifällig. »Aber bevor wir ihn tanzen lassen, sollten wir ihn uns vornehmen. Bei Belial, ich hätte dieses Bürschchen längst bestiegen, aber Midian gibt ihn nicht heraus, als sei er ein kostbarer Edelstein.«

Midian zuckte die Achseln. »Ihr tragt Flöhe zum Hund! Auch

ich möchte gern wissen, wie persische Ochsen brüllen, wenn sie zur Schlachtbank geführt werden. Aber Joram fand ständig neue Ausflüchte – he, wie war das mit seinem Arm, Joram?«

Joram sah finster in die Runde und schwieg verdrossen.

»Ja, erzähl es uns, Kadesche!«, forderte Mesrim und lächelte kalt, während seine Finger die Schneide seines Messers prüften, das schon lange kein Blut mehr geschmeckt hatte.

Joram sah sich gereizt um. »Midian selbst wollte, dass ich mich um den Perser kümmere!«, rief er. »Als ich ihn fand, hatte sich die Wunde vereitert, und der Perser hatte hohes Fieber.«

»Was für eine traurige Geschichte«, seufzte Mesrim, »hoffentlich geht sie gut aus.«

»Ihr könnt aufatmen, meine Freunde«, warf Midian ein, »es nahm ein gutes Ende. Joram wollte dem armen Kerl den Arm nicht abhacken – so war es doch, oder?«

»Ganz recht«, gab Joram finster zurück, »Es stellte sich heraus, dass es nicht notwendig war.«

»Da bin ich aber erleichtert.« Midian grinste. »Hoffentlich ist er jetzt wieder ganz genesen?«

Joram spuckte verächtlich auf den Boden. »Ja, er ist in guter körperlicher Verfassung, aber ich gebe ihn nicht heraus.«

Midian hob erstaunt die Brauen. »Wie? Ich kann mich nicht erinnern, dir meine Geisel geschenkt zu haben.«

Da zog Joram sein Messer und rief: »Ich fordere das Gastrecht für den gefangenen Perser, und ich verteidige meine Forderung mit der Waffe!«

»Hört, hört!«, ließ sich Mesrim vernehmen, während er an einem abgenagten Knochen schmatzte, »der Perser muss ja mächtig gut im Bett sein!«

»Versuch es doch einmal mit mir, Kadesche«, gurrte Zorach, »dann kämpfe ich auch für deinen Perser.«

»Du lüsterner Bock!«, schrie Joram, »kannst du denn nur daran denken?«

»Zorach hat recht«, warf Semron ein, »wir sind Männer und keine Bäume, denen im Winter die Blätter abfallen und der Saft eintrocknet.«

»Ja, Männer sind wir«, seufzte der Jazyge, »aber leider keine Raben, die nach Arbela fliegen können, wo Mädchen in warmen Betten jetzt andere als uns verwöhnen.«

Midian erhob sich, und augenblicklich verstummten die Männer. »Was lärmt ihr wie Sperlinge auf einem abgeernteten Weizenfeld um einen Gefangenen, der mir gehört?« Er wandte sich an Joram: »Und du ziehst hitzig den Dolch für den Perser? Bring einige gute Gründe vor, weshalb er vor uns Gnade finden soll.«

Joram steckte das Messer weg. »Ich hätte den Perser verfaulen lassen können, aber wir wollten Lösegeld. Also brachte ich ihn hinauf in den Turm und pflegte ihn.«

Die Männer schwiegen. Midian räusperte sich. »Ja und? Ich habe noch keine Gründe gehört, die für Gnade sprechen.«

Joram biss sich auf die Lippen, und Midian musterte ihn geringschätzig. »Weder deine rührende Pflege noch dein Mitleid retten den Perser, Joram. Lass dir etwas Besseres einfallen.«

»Ja!«, rief Semron. »Von uns Mitleid oder Gnade zu erwarten, ist eine Beleidigung!«

Mit zornrotem Gesicht und geballten Fäusten stand Joram verlassen da. In diesem Zustand tat er nur einem leid: Elrek. »Es ist gegen unsere Grundsätze, einem Gefangenen das Leben zu lassen, aber wir können den Perser schnell töten, würde dir das reichen?«

»Ja!«, rief Joram schnell, der begriffen hatte, dass er weitere Zugeständnisse nicht erhalten würde.

Was die Männer davon hielten, sagten sie nicht, sie blickten auf Midian, dem der Perser gehörte. Der zuckte mit den Schultern. »Ich bin einverstanden.«

»Aber ich nicht!«, polterte Semron und sprang auf. »Wollt ihr dieser pflaumenweichen Memme etwa nachgeben?«

»Wer stimmt für Joram?«, fragte Midian ungerührt.

Die Männer hoben zögernd die Hände, sahen aber betreten auf Semron, dem die Zornesader schwoll. »Feiglinge, Kriecher!«, schrie er. »Küsst Midian doch die Füße und leckt den Staub von seinen Stiefeln! Wisst ihr noch, wie Midian euch ›Weiber‹ genannt hat, weil ihr Joram nachgelaufen seid? Dabei möchte er den hübschen Hebräer lieber heute als morgen bespringen, und wenn Joram ihm dies verweigert, dann wahrscheinlich nur, weil er die Krätze am Hintern hat!«

»Du alte, einäugige Krähe!«, gab Joram hitzig zurück. »Du würdest mich noch wollen, wenn ich Aussatz hätte, aber ich ließe dich nicht, und wenn du ein Gott wärst!«

»Männer!«, rief Semron mit hochrotem Gesicht. »Hört ihr, was Joram sich erfrecht, mir ins Gesicht zu sagen? Aber er wagt es nur hinter Midians breitem Rücken. Ihr werdet der Kadesche doch nicht den Sieg gönnen? Mag der Perser sein jämmerliches Leben noch eine Zeit lang behalten, aber nur, wenn er uns allen noch heute Abend zu Willen ist. Das ist mein Vorschlag, Männer, wer stimmt zu?«

Alle außer Midian hoben grinsend die Hand. Midian wandte sich gelassen an Joram: »Wenn ich recht unterrichtet bin, ist das für einen Perser schlimmer als der Tod.«

»Mir gehört er zuerst!«, rief Semron und lachte schmutzig. »Die

Perser bestrafen Knabenliebe mit dem Tod, die Schwarzen Wölfe jedoch schenken ihm dafür das Leben!«

Joram schnaubte. »Das ist eure erbärmliche Rache, weil ihr mich nicht haben könnt!« Er wandte sich ab. »Ich werde Jazid fragen, was er vorzieht, die Schande oder den Tod.«

Jazid saß fröstelnd im Turmzimmer, in eine dünne Decke gewickelt. Hätte der freundliche Hebräer ihn nicht manchmal aufgemuntert, hätte die Verzweiflung ihn längst besiegt. Plötzlich stand Joram in der Tür, Jazid hatte ihn nicht gehört. Ein zaghaftes Lächeln erschien auf seinem Gesicht, während Joram ernst blieb. »Hörst du sie feiern?«, begrüßte er Jazid.

Jazid schüttelte den Kopf. »Nein. Ich höre nur den Wind um den Turm heulen, es ist kalt geworden. Eine weitere Decke könnte ich gut gebrauchen.«

Joram ging auf ihn zu. »Die Wölfe wollen dich sehen.«

»Mich sehen?« Jazid berührte Joram am Arm. »Du siehst mich so merkwürdig an. Sie werden doch nicht ...«

»Dich töten?« Joram schüttelte unwillig Jazids Hand ab. »Nein, noch nicht.«

»Wann?«, flüsterte Jazid.

»Ich habe einen Aufschub für dich erreicht. Und wenn das Lösegeld nicht bald eintrifft ...« Joram machte eine flüchtige Handbewegung. »Sie gewähren dir einen leichten Tod.« Er verhärtete seine Züge. »Aber für den Aufschub musst du einen Preis zahlen.«

»Ich habe doch nichts, was ich ihnen geben könnte.«

»Du bist jung und hübsch.«

»Was – heißt das?«, stammelte Jazid.

»Kannst du es dir nicht denken?« Joram schloss die Tür und lehnte sich mit verschränkten Armen dagegen. »Du wirst schon bemerkt haben, dass es hier nur alte, hässliche Weiber gibt, damit sich die Männer nicht um sie prügeln und erschlagen. Jetzt im Winter ist es fast unmöglich, zu den Huren nach Arbela hinunterzugehen. Die Männer um Semron sitzen am Feuer, trinken und erhitzen ihre Gemüter mit lüsternen Reden. Dabei steigt ihnen der Saft in die Lenden und trübt ihren Geist. Sie wollen dich statt einer Frau.«

»Nein«, gurgelte Jazid, »das können sie doch nicht tun! Ich bin Perser. Nach meinem Glauben wäre ich auf ewig verdammt!«

Joram schnippte mit den Fingern. »Reiß dich zusammen und sei froh, dass sie dich heute noch nicht umbringen. Zeig dich mannhaft! Leg dich einfach hin und lass sie gewähren. Wenn es vorüber ist, werden sie friedlich sein. Ich bringe dir dann von dem gewürzten Wein, dem Braten und auch noch ein paar Decken.«

Jazid war völlig in sich zusammengesunken. »Nein«, wimmerte er. »Entehrt will ich nicht sterben.«

»Entehrt will ich nicht sterben!«, wiederholte Joram ärgerlich. »Was für ein hehres Wort! Was für ein lächerliches Wort! Wegen ein paar Schwänzen im Hintern wirft man nicht sein Leben weg.«

»Ich schon«, flüsterte Jazid. »Wenn ich das dulde, verwirft mich der Herr des reinen Feuers am Tag des Gerichts.«

Joram bekam schmale Augen. »Du Narr! Dein Ahura wird dich nicht verurteilen, aber die Schwarzen Wölfe sind erbarmungslos. Einen schnellen Tod kannst du vergessen, wenn du dich sträubst.« Er ging zu Jazid, der ins Leere starrte, und half ihm aufzustehen. »Komm, ich stütze dich. Zeig dich kaltblütig, das nimmt ihnen gleich die halbe Freude.«

Eine höhnische Stimme durchschnitt jäh Jazids Empfindungen: »Wie rührend! Wahrlich, es lohnte die Mühe der vielen Stufen, dich heulend in Jorams Armen zu sehen.« Midian stand in der Tür und warf Joram funkelnde Blicke zu. »Alle warten auf euch. Es ist nicht notwendig, dass du Jazid vorwärmst, mein Freund.«

»Der schwarze Teufel!«, entfuhr es Jazid.

Midian trat näher und betrachtete den gebrochenen jungen Perser eingehend. »Nein, nein, du irrst dich«, sagte er freundlich. »Wir nennen uns ›Schwarze Wölfe‹, nicht ›Schwarze Teufel‹, obwohl eine solche Änderung unseres Namens eine Überlegung wert wäre. Aber vielleicht sind wir teuflische Wölfe?« Er lächelte boshaft.

»Du bist Ahriman, der leibhaftige Böse Geist!«, stammelte Jazid.

»Ich wollte, ich wäre es«, sagte Midian sanft, »denn dann wäre meine Macht unvorstellbar, und ich gebäte nicht nur über diese alten, elenden Gemäuer.«

Da hörten sie Elreks Stimme auf den Stufen: »Und ich sage dir, Tyrsus, die beiden vergnügen sich da oben allein mit dem Perser, und uns schimpfen sie dann Knabenschänder.«

Als Elrek in der Tür erschien und hinter seinem breiten Rücken das Bocksgesicht des Jazygen, gab Midian dem Perser einen Stoß, sodass er Elrek in die Arme taumelte. »Hier habt ihr ihn! Wir mussten ihm erst ein bisschen Mut machen.«

Jazid wehrte sich verzweifelt gegen den festen Griff des Rothaarigen, der ihm die Arme auf den Rücken bog und ihn die Treppe hinuntertrieb. Joram hörte einen erstickten Schrei, dann höhnisches Gelächter. Er sah Midian abwartend an. »Und du?«

Midian zuckte mit den Schultern. »Ich töte Männer, ich umarme sie nicht.«

Joram lachte verhalten. »Das gilt vielleicht für den Perser, gilt das auch für mich?«

Midian stieg eine flüchtige Röte in die Stirn. »Du bist anmaßend, Joram. Die Männer würden dich gar nicht bemerken, wenn
sie genug Frauen hätten. Und auch ich suche mein Vergnügen woanders.«

»Ach! Wo denn?« Joram blieb vor Midian stehen. »Spiel doch
nicht den Kühlen! Na gut, manche glauben, du seist ein Dämon.
Aber Dämonen sind bekanntlich lüstern wie Ziegenböcke. Gib es
zu, du brennst wie die anderen.«

»Und wenn! Ich würde lieber verbrennen, als dich anzurühren!«

Joram ließ sich grinsend auf Jazids Strohsack fallen. »Was du
nicht sagst. Sind die Huren in Arbela hübscher als ich?«

»Wenigstens sind es Frauen und haben keine haarigen Hintern«, gab Midian barsch zur Antwort und ging zur Tür.

»Du willst schon gehen?« Jorams Stimme gurrte. »Du weißt genau, dass mein Hinterteil glatt ist wie ein Kiesel. Wenn nicht, will
ich es dir gern einmal zeigen.«

Midian fuhr herum, dunkelrot im Gesicht. »Verführe andere
mit deinem Weiberlächeln, aber lass mich zufrieden!«

Joram spielte an seinem Gürtel und senkte den Blick. »Hast du
Angst vor mir? Angst, dich einmal nicht in der Gewalt zu haben?«

Midian zischte verächtlich, aber Joram lachte meckernd. »Wenn
dir das Blut so in die Lenden schießt wie in den Kopf, musst du einen gewaltigen Spieß haben.« Er löste seinen Gürtel.

Midians Hand legte sich an den Dolch. »Reize mich nicht, Hebräer! Du spielst mit deinem Leben.«

Joram nestelte weiterhin an seiner Hose. »Reize ich dich? Habe
ich den stolzen Jünger Belials heißgemacht? Seine Unnahbarkeit
erschüttert?« Jäh erhob sich Joram und zog den Gürtel wieder fest.
»Du glaubst doch nicht wirklich, ich hätte mich mit dir eingelassen? Weder mit dir noch mit anderen. Sieh nun zu, wie du deinen
Spieß wieder loswirst!«

Haarscharf fuhr das Messer an Jorams Hals vorbei, der nur mit
Mühe ausgewichen war. Es prallte von der Wand ab und fiel auf
den Boden. Joram wollte es aufheben, doch mit einem Sprung war
Midian bei ihm und schlug ihn mit der linken Faust nieder, während seine Rechte nach dem Messer griff. Joram schüttelte sich.
Wie eine Katze war er wieder auf den Beinen, doch Midian warf
ihn auf das Bett und richtete das Messer auf seinen Unterleib. »Du
hebräischer Kläffer glaubst es mit Midian aufnehmen zu können,
weil ich dich einmal verschont habe? Niemand macht mich heiß
und hält mich dann ungestraft zum Narren!« Er zögerte kurz,
dann stieß er Joram das Messer in den linken Oberschenkel. Das
Blut spritzte aus der Wunde, und Joram brüllte wie ein Stier. Dann

winkelte er vorsichtig das unverletzte Bein an und rammte es Midian mit voller Wucht vor die Brust, sodass er zurücktaumelte. Dann versuchte Joram, die Wunde zusammenzupressen, und schrie: »Ich verblute, du Ungeheuer, mein Gott, ich verblute!«

Midian hielt sich die schmerzenden Rippen und keuchte: »Jetzt rufst du deinen Gott an, statt allein mich zu fürchten. Bei Belial! Ich hätte dir den Bauch aufschlitzen sollen.« Er wickelte sich sein Tuch von den Hüften und warf es Joram zu.

Schnell und geschickt wand sich Joram das Tuch fest um den blutenden Schenkel, während er Midian giftige Blicke zuwarf. Der sah ihm gleichmütig zu. »Bis zur Schneeschmelze ist das wieder verheilt.«

Der Hebräer erhob sich, unterdrückte ein Stöhnen und humpelte zur Tür. Midian wischte das blutige Messer herausfordernd an seinen Beinkleidern ab und folgte ihm. Auf der Treppe strauchelte Joram. Midian hielt ihn fest.

»Nimm deine blutbefleckten Hände von mir, du Heuchler!«, zischte Joram. »Lieber breche ich mir alle Knochen!«

Midian lachte verhalten, und Joram spürte Midians starken Arm. Ein Verlangen stieg in ihm auf, das er gestorben wähnte seit jenen Tagen in Aschkalon, die ihn zu einem Gesetzlosen, die ihn zu einem Wolf gemacht hatten.

»Lass mich! Du fürchtest dich vor Gefühlen. Du wolltest mich, aber deine Antwort war Gewalt, du kennst nichts anderes.«

Midian drängte Joram an die Wand und sah ihn durchbohrend an. »Hebräer! Von allen Männern auf Dur-el-Scharan schätze ich dich. Weshalb musstest du mich zur Wollust verführen? Kennst du mich, wenn der Taumel der Begierden mich fortreißt und mir die Besinnung raubt? Ich zerreiße meine Opfer! Hätte ich meiner Lust nachgegeben, wärst du jetzt nicht verwundet, sondern tot!«

Joram starrte in die flackernden Lichter des schönen, starken Tieres, das ihn festhielt. »Lass mich bitte los«, murmelte er.

Midian gab ihn frei, und Joram wandte sich wortlos ab. Er konnte jetzt nicht darauf antworten, aber Midians Worte vergaß er nicht.

4

»Silas! Wir haben keinen Kohl mehr! Bist du nicht diese Woche für das Gemüse zuständig?« Asandros klappte ärgerlich den leeren Kasten zu, in dem nur noch einige verwelkte Strünke lagen.

Silas schoss das Blut zu Kopf. »Ja, ich war draußen, aber der Kohl ist schon abgeerntet.«

Asandros fuhr herum. »Abgeerntet oder gestohlen? Von Damianos und seinem Halunkenpack. Hol den Kohl zurück!«

Obwohl in der Kaserne Heloten für die niedrigen Arbeiten verpflichtet wurden, waren die Spartiaten doch angehalten, für ihre Unterkünfte und Verpflegung selbst zu sorgen, damit sie nicht verweichlichten. Auch daraus hatte sich ein ständiger Wettkampf entwickelt, der von den Oberen gern gesehen wurde. Asandros erwartete von Silas, dass er nun seinerseits Vorräte von Damianos stahl, denn ein guter Dieb bewies, dass er listig und wendig war, aber Silas rührte sich nicht.

»Worauf wartest du noch?«, fragte Asandros gereizt. »Glaub nur nicht, dein hübsches Gesicht verschaffe dir Sonderrechte.«

Silas starrte ihn trotzig an, aber bevor er eine Antwort fand, warf ihn eine kräftige Maulschelle zu Boden. Silas machte den Fehler hocken zu bleiben und sich die brennende Wange zu halten. Das brachte ihm einen zusätzlichen Tritt ins Gesäß ein.

»Damianos ist so stark wie ein Büffel«, keuchte er. »Er wird mich totschlagen.«

»Nur, wenn er dich erwischt, also sei klüger als er!«

Die anderen, die mit Asandros eine Baracke teilten, taten, als hätten sie nichts bemerkt. Polydoros trug die verwelkten Schilfmatten aus der Hütte. Ireneos fegte den gestampften Lehmboden sauber, und Alkeos trug frische grüne Schilfbündel hinein, die schon an der Wand aufgeschichtet lagen. Asandros hatte keinerlei Befehlsgewalt in der Baracke, aber sie respektierten sein Auftreten, seine Stärke und seinen Sinn für Gerechtigkeit. So ergab es sich von allein, dass sie ihm oft das Kommando überließen.

Asandros begab sich zu einer Bank, auf der mehrere Schwerter und Lanzen lagen, und nahm die Waffen sorgfältig in Augenschein. »Wer kocht heute?«

Ilkanor schleppte Äste herbei und schob sie unter den rußigen Kessel, um das Feuer zu schüren. »Das bin ich. Aber ich habe keinen Kohl.«

Asandros erhob sich gemächlich, ging zu dem Kasten, in dem das Gemüse aufbewahrt wurde, griff hinein und hielt Ilkanor die welken Reste unter die Nase. »Und was ist das? Wirf sie ins Wasser, sie geben noch eine annehmbare Suppe ab.«

Ilkanor starrte ihn entgeistert an. »Aber das sind nur welke Blätter.«

Asandros zuckte die Achseln. »Bedankt euch bei Silas.«

»Das Zeug werde ich nicht kochen!«, rief Ilkanor aufgebracht. »Die Suppe kannst du allein auslöffeln.« Die anderen wohnten stumm dem Wortwechsel bei und nickten.

Asandros lächelte boshaft. »Du und ihr alle, ihr seid doch harte

Männer. Gefüllte Wachteln gibt es in Athen, hier ist Sparta.«

»Aber das Zeug ist bereits verdorben«, mischte sich Polydoros ein.

»Ist es das?« Asandros packte eine der Lanzen. »Und was ist das?« Er hielt Polydoros die Lanze hin. »Hattest du nicht den Auftrag, die Waffen nachzusehen?«

Polydoros wich unwillkürlich einen Schritt zurück. »Das habe ich getan.«

»So?« Asandros Stimme hallte wie ein Gewitter in den Bergen. »Und was ist das hier?« Er zog die lockere Spitze vom Schaft und warf sie Polydoros vor die Füße. »Das gehört nicht in eine Spartiatenfaust! Das ist Abfall!«

Bevor Polydoros etwas erwidern konnte, hatte Asandros zugeschlagen. Ihm spritzte Blut aus der Nase, er fiel rückwärts gegen den heißen Kessel und verbiss sich rechtzeitig einen Schmerzensschrei. Asandros sah sich um. »Noch jemand, der heute die Suppe nicht essen will?«

Nicht immer war das Leben der Spartaner von Gehorsam, Disziplin und soldatischem Drill geprägt gewesen. Ihre dorischen Vorfahren waren in ein fruchtbares Tal gekommen und hatten reiche Ernten eingefahren. Doch zermürbende Kriege mit dem benachbarten Messenien hatten sie Furcht vor der Auslöschung und das Kämpfen gelehrt. Knapp zwanzig Jahre war es nun her, dass sie König Aristomenes in einem elfjährigen Kampf besiegt hatten, der sich auf der Bergfeste Hira verschanzt hatte. Er hatte einen Aderlass zur Folge gehabt, den die spartanische Bevölkerung bis heute nicht überwunden hatte. Und sie taten einen Schwur: Niemals mehr durfte ein Feind die Grenzen überschreiten, niemals mehr ein spartanischer Krieger zurückweichen. Es galt das Land zu schützen, und dafür war den Spartanern jedes Mittel recht.

Das tägliche Üben mit der Waffe wurde selbstverständlich. Ebenso der Drill in der Phalanx, wo die Krieger wie ein Mann marschierten und kämpften. Nichts Schwaches, Verzärteltes wurde geduldet. Dabei verstand es sich von selbst, dass ein spartanischer Krieger das Land nicht mehr selbst bebauen konnte. Das eroberte Land wurde in Güter aufgeteilt, und die besiegten Messenier wurden zu rechtlosen Knechten herabgewürdigt. Man nannte sie Heloten, das bedeutete Gefangener. Und die Spartaner taten mit ihnen das, was man mit Gefangenen stets tat, sie versklavten sie. Die Messenier mussten nunmehr ihre eigenen Felder für ihre Feinde bebauen. Dennoch fürchtete man sie, denn sie waren in der Überzahl, und der Funke des Aufruhrs war nie erloschen. Deshalb erklärte man ihnen jedes Jahr erneut den Krieg, um ihre Reihen rechtmäßig und regelmäßig zu dezimieren.

Ilkanor stand im Schatten einer Akazie und sah Asandros über den Platz eilen. Aristarchos trat aus seinem Zelt, ging auf ihn zu, legte ihm den Arm um die Schultern und ging einige Schritte mit ihm. Ilkanor wandte sich hastig ab, da wäre er beinah mit Polydoros zusammengestoßen, der ihn mit seinen tief liegenden Augen spöttisch musterte. »Kannst du es immer noch nicht verwinden, dass Asandros ihn erwählt hat?«

»Geh zum Hades!«, zischte Ilkanor.

Sofort schlug Polydoros zu, Ilkanor wich aus, wehrte sich, und unversehens waren sie in ein Handgemenge verwickelt. Weitere junge Burschen, erhitzt und streitsüchtig, hatten nur darauf gewartet. Plötzlich balgten sich alle auf dem Tempelplatz wie junge Katzen.

Asandros blieb stehen und sah sich um, doch Aristarchos nahm ihn beiseite. »Du wirst dich doch nicht in das Getümmel stürzen? Komm, gehen wir in den Tempel, da ist es jetzt kühl.«

Zwischen den Säulen empfing sie die Stille, und die überlebensgroße erzene Statue des Apollon Karneios sah sie aus starren Augen an. Ihr Thron war mit Reliefs verziert; sie erzählten Geschichten aus dem Leben der versunkenen Heroen Achilleus und Herakles.

Asandros hatte schon oft hier gestanden, doch jedes Jahr wieder verharrte er in schweigender Bewunderung, und seine Brust schien ihm zu eng, um die auf ihn einstürmenden Gefühle zu bergen. Eine Ahnung überfiel ihn, als müsse es jenseits von Härte und Gehorsam noch andere Werte geben, zu denen ihm der Zugang verschlossen war.

Er fühlte sich von Aristarchos in eine Nische hinter dem Standbild gedrängt. »Rasch, verbergen wir uns vor seinem erzenen Blick, damit Apollon nicht neidisch wird auf meinen Geliebten, der so viel schöner ist als er selbst, und er nicht seine schwarzen Pfeile auf uns schleudert.«

Und sie liebten sich in Gegenwart der Statue, die bei diesem Ereignis sicher gern lebendig geworden wäre.

Als sie später den Tempel verließen, stand Ilkanor auf den Stufen und starrte sie an. Weder Asandros noch Aristarchos würdigten ihn eines Blickes, aber als sie an ihm vorüber waren, sagte Aristarchos: »Dein glutäugiger Gefährte brennt. Wirbt er immer noch erfolglos um dich?«

»Ja, er ist hartnäckig.«

Aristarchos nickte nachdenklich. »Es ist nicht gut für einen Mann, wenn er brennen muss, das hinterlässt nur Asche.« Er zögerte und fuhr dann fort: »Vielleicht findest du eine Lösung.«

In den nächsten Tagen sprachen die Männer viel über das neuntägige Fest der Karneen, das in einigen Wochen in Amyklai zu Ehren Apollons stattfinden würde und an dem auch die Frauen Spartas teilnahmen. Sportliche Wettkämpfe bildeten wie stets den Höhepunkt, und es wurde bereits eifrig trainiert.

Ilkanor traf Asandros beim Diskuswerfen. Eine Gruppe hatte sich um ihn geschart, und Ilkanor gesellte sich dazu.

»Übertriff diesen Wurf!«, rief Alkeos und schleuderte kraftvoll die schwere Scheibe.

Asandros lächelte schwach. »Du hast dich verbessert, aber zum Sieg reicht es nicht.«

Jetzt trat der hagere Polydoros in den Kreis und wog herausfordernd die schwere Scheibe. »Wisst ihr, wie man in Athen einen siegreichen Athleten ehrt?«, fragte er.

Ilkanor sah ihn finster an. »Was weißt du schon über das entartete Athen?«

»Er erhält einen Kuss von einem schönen und jungfräulichen Mädchen.«

Asandros lächelte dünn. »Da wir uns jedoch in Sparta befinden, müssen wir wohl ausschließlich um die Ehre kämpfen, denn ich kann hier weder Jungfrauen noch Mädchen erblicken.« Er trat in den Kreis, und Polydoros reichte ihm einen neuen Diskus, nachdem er dem eigenen Wurf zufrieden nachgeschaut hatte.

Alkeos grinste. »Anstelle einer reizenden Jungfrau wird sich Ilkanor sicher gern anbieten.«

»Aiolos, schick mir den Boreas, damit ich der Strafe entgehe!«, stieß Asandros in gespieltem Schrecken hervor.

Alkeos hatte sich mit einem großen Sprung vor Ilkanors Fäusten in Sicherheit gebracht, doch der beachtete ihn nicht, sondern verfolgte den Wurf. Auch Asandros beschattete die Augen. Es schien, als hätte Aiolos seinen Wunsch erhört, denn er hatte Polydoros' Marke um Längen verfehlt.

»Das wäre nicht geschehen, wenn Aristarchos dich nicht im Tempel geschwächt hätte«, höhnte Ilkanor.

»Bist du uns vielleicht nachgeschlichen?«, fragte Asandros scharf.

Ilkanor schnaubte verächtlich. »Es genügte, euch beim Herauskommen zu beobachten.«

Asandros zuckte die Achseln. Er ärgerte sich über seinen Fehlwurf und blieb Ilkanor eine Antwort schuldig. Beleidigt drehte dieser sich um und verließ den Platz. Eine Weile später fielen Asandros Aristarchos' Worte ein. Er ging Ilkanor nach und fand ihn auf einem Felsen sitzen.

»Was versuchst du mit deinem hübschen Hinterteil den

Stein?«, grinste Asandros. »Der macht es dir nicht.«

Ilkanor knurrte etwas und scharrte wütend kleine Kiesel zur Seite.

»Weshalb hast du dich von der Gemeinschaft abgesondert wie ein trotziger Knabe?«, fragte Asandros und setzte sich neben ihn.

»Dein Geturtel mit Aristarchos geht mir auf die Nerven!«

»Hm. Ich habe dein Fehlen mit Missfallen zur Kenntnis genommen.«

»Du würdest mich nicht bemerken, wenn ich dir als Zeus höchstpersönlich erschiene.«

»Der verführt doch nur Frauen. Komm, gehen wir in den Tempel, um Abbitte zu leisten für dein Benehmen.«

»Der ist jetzt geschlossen.«

»Aber ich kenne eine Hintertür, sie führt in die Waffenkammer.«

Die Waffenkammer, von der Asandros sprach, war ein heiliger Raum, den nur die Priester des Apollon betreten durften. Dort wurden die Waffen aufbewahrt, die Gläubige aus Dankbarkeit für einen geschenkten Sieg dem Gott geweiht hatten. Ilkanor war entsetzt, aber Asandros beruhigte ihn. »Glaub mir, niemand wird uns dort entdecken. Wenn du mir etwas zu sagen hast, dort ist der beste Ort, es zu tun.«

Ilkanor hätte sich um nichts in der Welt vorwerfen lassen, ein Feigling zu sein. So folgte er Asandros, bis sie im Schatten der Säulen vor einer kleinen Tür standen. »Ist sie denn unbewacht?«, flüsterte Ilkanor.

Asandros stieß sie vorsichtig auf. »Ja, der alte Alkmeon schläft. Und sie zu verschließen, ist nicht nötig.« Er lachte leise. »Wer seine Hand frevelnd nach den Waffen ausstreckt, dem fällt sie ab.«

»Darüber spottet man nicht«, flüsterte Ilkanor und wäre fast über die hohe steinerne Schwelle gestolpert, als er Asandros in den stockfinsteren Raum folgte.

»Wir wollen ja nichts stehlen. Zieh die Tür leise wieder heran und komm!«

Als sie beide in der Finsternis allein waren, schlug Ilkanor plötzlich das Herz bis zum Hals. Er hörte Asandros geräuschvoll atmen. »Was hast du?«

Ilkanor spürte, wie sich kräftige Finger um sein Handgelenk schlossen. »Weshalb glaubst du, sind wir beide hier?«

»Göttlicher Ares!«, flüsterte Ilkanor. »Du bist zur Vernunft gekommen.«

»Was faselst du von Ares? Heute bin ich der Göttervater und du mein Ganymed.«

»Beim Bogen des Eros! Du wirst doch nicht ausschließlich

Mundschenkendienste von mir fordern?«

»Du bist ja ein Poet, Ilkanor. Liest du etwa heimlich ionische Verse?« Sie streiften sich die dünnen Tuniken vom Leib und umarmten sich.

»Dieses Vergnügen hättest du mir schon eher gönnen können«, stöhnte Ilkanor.

Asandros stieß einen langen Seufzer aus. »Und ich hätte mich längst mit deinen Lanzenkünsten befassen sollen.« Dabei packte er zu, als müsse er einen Wettkampf im Speerwerfen austragen.

Ilkanor spürte Asandros Lippen an seinem Hals, an seiner Wange, dann scheu auf seinem Mund. Ilkanor hielt Küssen für weibisch und wendete sich ab. Asandros lachte leise, und sein Mund folgte dem Widerstrebenden, bis er dessen Lippen wieder berührte. Ilkanor duldete jetzt den sanften Druck, wie von selbst öffneten sich seine Lippen, und er gab sich seligen Empfindungen hin, die er im wachen Zustand als unentschuldbare Schwäche gegeißelt hätte. Überall streichelten ihn warme Hände, liebkosten ihn heiße, trockene Lippen mit einer Zärtlichkeit, die er nicht einmal bei einer Frau vermutet hätte. War das der Mann, der sie im Dauerlauf über die Hügel peitschte und sie in der Mittagshitze in voller Rüstung so lange erbarmungslos über den Platz hetzte, bis der Erste umfiel?

Ilkanor fiel das Denken unendlich schwer. Zu vergessen, was er Sparta schuldete, war süß. Träumte er nur, oder befand er sich wirklich in der geweihten Waffenkammer, zwischen seinen Schenkeln den Kopf des Mannes, den er bewunderte? Gleichgültig, es war ein herrlicher Traum.

5

Auf Dur-el-Scharan lag der Schnee meterhoch im Burghof. Die steilen Wege, die hinaufführten, waren jetzt unpassierbar. Deshalb rieb sich Doros, ein junger, stämmiger Bursche aus dem wilden Thrakien, an diesem Morgen verwundert die Augen. Er hatte Wache, war aber über seinem heißen, gewürzten Wein eingeschlafen. Über den tief verschneiten Pfad kamen drei Männer heraufgestapft, in dicke Pelze gehüllt.

Doros stieß seinen schlafenden Gefährten an. »Yasnar, he, wach auf! Beim Tartaros! Siehst du auch, was ich sehe? Semron sagt, es gibt keine Geister, aber wer kommt da den Berg herauf?«

Yasnar blinzelte in das grelle Sonnenlicht. »Männer! Es sind Männer! Geister tragen keine Pelze. Was treibt denn diese Unseligen zu uns herauf? Komm, wir müssen sofort Semron benachrichtigen.«

Die Stimmung der Männer war gereizt. Den größten Teil des Tages verbrachten sie dösend vor ihrem Weinkrug, und wenn sie die Köpfe hoben, redeten sie vom Frühling und neuen, unerhörten Taten. Ihre persische Geisel, die ihnen die Langeweile vertrieben hätte, ruhte unter Jorams Fittichen, und Midian wollte keinen Streit mit Joram.

Und dann geschah, womit niemand mehr gerechnet hatte. Aus dem fernen Sargatien waren drei Männer über den tief verschneiten Pfad nach Dur-el-Scharan gekommen. Die vermummten Gestalten erwiesen sich als die Boten Ardaschirs, die niemand mehr erwartet hatte. Vor Erschöpfung konnten sie sich kaum auf den Beinen halten. Aber am Kaminfeuer des großen Saales erholten sich die drei Perser schnell. Sie ließen den Reif auf ihren Gesichtern schmelzen, tranken heißen Wein und sprachen von Lösegeld, während die Schwarzen Wölfe sich erwartungsvoll um sie geschart hatten.

»Lebt Jazid noch, der Sohn unseres Fürsten Ardaschir?«, fragte einer der Perser, der sich als ihr Wortführer herausstellte.

Semron ließ sich neben den Mann auf die Bank fallen. »Ja, die Ratte lebt noch. Bringt ihr das Lösegeld?«

Der Perser nickte.

Semron rieb seine behaarten Pratzen und sah sich triumphierend um, als sei das Ganze sein Verdienst. »Und wo ist es?«

Ihn traf ein verächtlicher Blick. »Wenn ich Jazid gesehen habe, erfährst du mehr.«

»Willkommen auf Dur-el-Scharan.« Joram, der immer noch leicht hinkte, hatte sich dazugesellt. »Ich bin Joram, und wie ist dein Name?«

»Ich bin Andragoras, Hauptmann der Palastwache von Kirman und ein Freund meines Fürsten.«

Semron schlug mit der flachen Hand auf den Tisch, dass der Wein aus den Bechern spritzte. »Ich meine, ihr habt jetzt genug getrunken, und warm sitzt ihr auch. Also beginnen wir mit den Verhandlungen.«

Joram warf Semron einen verächtlichen Blick zu. »Ein ungehobelter Klotz zu sein, ist noch keine Auszeichnung.«

Midian lächelte wie ein Tiger. »Ihr kommt spät, Männer aus Sargatien. Wir glaubten schon, Ardaschir habe seinen Sohn vergessen.«

»Durch widrige Umstände erreichte ihn die Nachricht von der Gefangennahme seines Sohnes erst bei Einbruch des Winters.«

Midian musterte die Perser der Reihe nach. »So stattliche Krieger und doch Narren. Wegen jenes Milchbarts habt ihr euer Leben weggeworfen. Was, wenn ihr vergebens gekommen wärt und euer Fürstensöhnchen bereits in Ahuras Himmel säße?«

Die Schwarzen Wölfe sahen, dass Andragoras Midians brennendem Blick standhielt. »Wir gingen davon aus, dass die Gesetzlosen das Gold mehr lieben als das Morden«, gab er kühl zur Antwort.

Midian befeuchtete die Lippen. »Ein Irrtum. Aber ihr habt Glück, euer Prinz lebt noch.«

»Lasst uns jetzt über das Gold reden«, fiel Semron ungeduldig ein. »Wie kommt es in unsere Hand?«

»In Arbela warten zwei Maultierlasten Gold. Im Gasthaus »Zum Löwen« werdet ihr zwei unserer Männer antreffen. Wenn Jazid lebend dort eintrifft, werden sie euch zu dem Gold führen. Andernfalls seht ihr nicht einen Schekel davon.«

»Ha!«, schrie Semron. »Das gefällt mir nicht. Sollen wir bis zum Frühjahr warten, bis die Wege gangbar sind?«

Auch die anderen Männer betrachteten verlegen ihre Fußspitzen. Mitten im Winter war es ein gefahrvoller und beschwerlicher Weg, wer sollte den auf sich nehmen?

Semron beendete das Hüsteln und Füßescharren mit donnernden Faustschlägen auf die Tischplatte und bellte eine Reihe von Namen. Acht Männer!

Midian lachte leise und schlich um die drei Perser herum wie ein hungriger Schakal. »Acht Wölfe für vier Ziegenhirten? Wie jämmerlich wäre das! Ich werde mit dem Fürstensöhnchen hinuntergehen.«

»Du allein?«, fuhr Semron dazwischen.

»Ich brauche keine Eskorte. Die Perser bleiben hier als Geiseln. Wenn das Gold da ist und ich sicher zurückgekehrt bin, können sie gehen.«

»Hm.« Semron machte ein finsteres Gesicht. »Wir sollten den Bastard töten und überlegen, wie wir trotzdem an das Gold kommen.«

Midian lachte spöttisch. »Der Sohn Ardaschirs hat ohnehin den Verstand verloren, wusstest du nicht, dass er inzwischen wahnsinnig geworden ist?« Er blinzelte Andragoras zu. »Die lange Gefangenschaft, verstehst du? Aber ihr wollt den Fürstensprössling sicher sehen? Ich hole ihn.«

Midian stand in der Tür und betrachtete Jazid. Ein struppiger Bart bedeckte sein eingefallenes, graues Gesicht, das Haar hing ihm strähnig auf die Schultern. Jazid löffelte eine Suppe; er hob den Kopf nicht, als Midian eintrat.

»Lässt du dir die Kost auf Dur-el-Scharan schmecken, mein Prinz?«, fragte Midian und schloss die Tür hinter sich. Er wies auf einen Schemel. »Erlaubst du, dass ich mich zu dir setze?«

Jazid hob den Kopf, und in seinen Blick trat Erkennen. »Midian!«

»Du erinnerst dich also an mich, mein Freund?«

»Ich glaubte, es wäre eine von den Frauen«, murmelte Jazid. Dann wandte er sich wieder seiner Suppe zu und aß weiter.

Midian ärgerte sich darüber, dass sein Erscheinen bei Jazid keine Furcht auslöste. »Wenn es dir nur schmeckt!«, sagte er giftig. »Kannst du dir nicht denken, weshalb ich hier bin?«

»Die Suppe ist warm, ich muss sie essen, bevor sie kalt wird. Es ist so kalt hier oben.«

»Ich bin gekommen, um dich zu holen. Du weißt doch, wovon ich spreche, Jazid? Heute ist der Tag, und über dem Burgfelsen heult der Wind. Er ruft dich, denn du hast eine Verabredung mit ihm.«

»Muss ich heute sterben?«, fragte Jazid teilnahmslos. »Gut. Dann ist die Zeit meiner Leiden endlich vorbei.«

Midian musterte ihn mit schmalem Blick. Jazid schien nicht wahnsinnig zu sein, wie die Frauen erzählt hatten. Das bot Midian nicht, was er sich erhofft hatte. »Du glaubst, dein Tod sei leicht und alles rasch vorbei. Hat dir das Joram erzählt?«

»Ja, das hat er mir versprochen.«

»Hat er das? Ja, wir wollen uns heute am Felsen versammeln, um deinen Todesschrei zu hören, wenn du hinuntergestoßen wirst.«

Jazid leckte den Napf aus. »Die Schlucht ist tief. Die scharfen Felsen werden barmherziger sein als du.« Leise setzte er hinzu: »Ich habe die Bedingungen erfüllt.«

Midian lachte. »Natürlich. Ich habe die Nacht nicht vergessen, in der du den Hurenbock für dreißig betrunkene Männer gespielt hast. Ich fürchte, dafür wird dich Ahura in alle Ewigkeit rösten.«

Jazids Lippen begannen zu zittern. Midian zog seinen Schemel dichter an Jazid heran, bis er ihn mit den Knien berührte. »Du erinnerst dich gern daran, nicht wahr? Komm, erzähl mir, wie es war.«

Jazid umklammerte den leeren Napf und starrte Midian an. Wieder erkannte er die Ähnlichkeit mit jener Statue. Und diese Ähnlichkeit war nicht nur äußerlich. War er nicht, obwohl ein Mensch aus Fleisch und Blut, gefühllos wie sein Doppelgänger aus Alabaster? Nein, er war schlimmer. Denn Statuen waren nicht bösartig.

Midian leckte sich die Lippen. »Du weißt, dass wir im Winter enthaltsam leben müssen, und das ist für keinen Mann gut. Wie angenehm hattest du es dagegen! Du brauchtest deine Gefangen-

schaft nicht in Keuschheit zuzubringen, denn den Sohn des Ardaschir wissen die Schwarzen Wölfe zu verwöhnen. Du wurdest doch
verwöhnt, wie?« Midian setzte sich dicht zu ihm und legte ihm
den Arm um die Schultern.

»Rühr mich nicht an!«, brüllte Jazid und stieß Midian von sich.
»Rühr mich nie wieder an, nie wieder!«

»Heulst du jetzt und schlotterst?«, höhnte Midian. »Wo war
denn deine reine Seele in jener Nacht? Hat sie es ausgehalten in
deinem geschändeten Körper, oder hat sie einen kleinen Ausflug
gemacht, bis alles vorüber war?«

Jazid starrte abwesend auf die Tür. »Sie kommen, hörst du sie?
Sie wollen mich wieder holen!«

Midian tat, als lausche er. »Wer kommt? Die Schwarzen Wölfe?«

»Ja. Sie kommen jede Nacht, hocken auf meinem Bett, flüstern
und kichern und berühren mich. Sie sagen unanständige Worte
und lachen über mich. Sie sind schon auf den Stufen, hörst du sie
nicht?«

Midian ging zur Tür und legte sein Ohr an das Holz. »Ich höre
meinen Vater keuchen, gleich ist er hier. Verkriech dich unter der
Decke.«

Jazid kroch wie ein krankes Vögelchen darunter und zitterte am
ganzen Leib. »Schick ihn weg!«, wimmerte er.

»Ich habe ihn weggeschickt, er ist fort, aber ich bin bei dir, Jazid. Und ich erwarte ein wenig Dankbarkeit, das ist doch nicht zu
viel verlangt?«

»Ich danke dir!«, stammelte Jazid, während er furchtsam zur
Tür sah.

»Keine Worte, mein junger Freund, beweise mir deinen Dank
mit Taten.« Midian setzte sich zu ihm und strich ihm über Wange.
»Es muss reizvoll sein, jemanden zu besteigen, der den Verstand
verloren hat.«

»Nein!« Ein furchtbarer Schrei gellte durch die Burg.

Midians Augen glühten. »Du armseliger Wicht! So wie du aussiehst, mögen dich nicht einmal die Ratten benagen, und du
glaubst, ich wollte mich an dir vergreifen? Nicht einmal die Hexen
auf Dur-el-Scharan wollen dich noch!«

Von der Tür kam ein Schrei: »Jazid!«

In der Tür stand Andragoras. Er eilte zu ihm. »Gütiger Gott, er
erkennt mich nicht!«

Midian lächelte scheinheilig. »Ich weiß nicht, was er hat, als ich
ihn ansprach, bekam er Krämpfe.«

»Verrückt oder nicht«, brummte Semron, der nun hinter Andragoras auftauchte. »Die Sache mit dem Gold ist doch ausge-

macht? Der Gefangene lebt, also steht uns das Lösegeld zu – für seinen Körper. Für seinen Verstand hätten wir mehr gefordert.« Er lachte aus vollem Halse. »So ist es doch, Midian?«

Andragoras war bleich. »Jazid ist krank. In diesem Zustand überlebt er den Abstieg nicht.«

Semron zuckte die Achseln. »Es ist nicht unsere Schuld, dass er die Gefangenschaft so schlecht vertragen hat. Du siehst selbst, dass wir ihn nicht im Kerker, sondern im Turmzimmer untergebracht haben. Überzeuge dich davon, dass er unverletzt ist, bis auf die Narbe, die er in der Schlacht davongetragen hat.«

Joram kam herein, und Semron wies auf ihn. »Hier, er hat euren Prinzen wie einen Bruder gepflegt, stimmt doch, Joram?«

Joram würdigte ihn keiner Antwort.

Jazid hatte sich inzwischen beruhigt, aber er schien nicht zu wissen, wo er sich befand. Mit glanzlosem Blick musterte er die Anwesenden, doch plötzlich klärten sich seine Züge, er lächelte. Andragoras deutete es falsch und meinte, Jazid habe ihn erkannt, aber Jazid sah Midian an.

Joram folgte verwundert diesem Blick. »Was hat er, Midian? Er betrachtet dich, als seist du eine wunderbare Erscheinung.«

»Bin ich das etwa nicht?«

»Seine Augen!«, stieß Andragoras hervor. »Seht ihr das nicht? Er muss eine Vision haben.«

»Gilgamesch!«, flüsterte Jazid, »du lebst. Du bist herabgestiegen von deinem Sockel aus Alabaster. Aus der Ewigkeit neigst du dich zu mir. Nein, komm nicht näher, deine Schönheit blendet mich. Wie könnte ein Sterblicher den Glanz deiner ewigen Jugend ertragen? Ich bin dein Diener, verfüge über mich.«

Während Jazid so sprach, geriet er in Verzückung und wollte aufspringen. Andragoras hielt ihn fest. »Ruhig Jazid, bleib ruhig. Ich bringe dich zu deinem Vater. Er wartet schon lange auf dich, komm!« Behutsam half er Jazid aufzustehen.

Der tat einige Schritte auf Midian zu und streckte beide Hände nach ihm aus. »Du bringst Freiheit, wo Knechtschaft war, du füllst die leeren Hände und gibst dem Acker Frucht. Die Traurigen machst du lachen und die Hartherzigen sanftmütig.«

Midian wich vor dem wirr Redenden zurück. Er herrschte Andragoras an: »Schaff uns den Verrückten vom Hals!«

»Er zitiert aus unseren Schriften«, murmelte dieser verstört. »Aus alten Legenden, in die sich sein Geist hineingeflüchtet hat.« Er führte Jazid zur Tür.

Der fuhr sich mit der Hand über die Augen. »Wo ist sie geblieben?«

»Wer, Jazid?«, fragte Andragoras vorsichtig.

»Die Statue. Ich sehe sie nicht mehr. Sie ist verschwunden.«

»Vielleicht erinnert er sich an ein Standbild aus dem Palast seines Vaters«, gab Joram zu bedenken.

»Zwei Tagesreisen von Kirman entfernt liegen die Ruinen einer verfallenen Stadt«, sagte Andragoras. »Manche halten den Ort für die Wohnstatt von Geistern und meiden ihn. Ich selbst glaube, es ist nichts als eine alte Stadt, die einst schön und mächtig war. Dort soll man eine Statue unversehrt aus den Trümmern geborgen haben. Es könnte Gilgamesch gewesen sein, er war König von Uruk. Vielleicht war Jazid dort und hat sie gesehen.«

»Diese merkwürdige Statue würde ich mir gern einmal ansehen«, meinte Joram. Er wandte sich an Midian. »Hast du gehört, was Jazid gesagt hat? Die Statue, die dir so ähnlichsieht, ist ein Heilsbringer.«

»Narretei!«, versuchte Semron abzulenken. »Für alte Städte begeistern wir uns nur, wenn noch Schätze unter ihren Trümmern liegen.«

Auch Midian winkte ab. »Du misst den Worten eines Verrückten zu viel Bedeutung bei.«

Bevor Andragoras antworten konnte, brach Jazid mit einem Klagelaut zusammen. Er hatte einen Schwächeanfall erlitten. Andragoras trug ihn auf dem Arm die Stufen hinunter.

»Beim Affenschwanze Belials«, brummte Midian, »ich fürchte, ich werde ihn noch nach Arbela tragen und mir dabei seine Visionen anhören müssen.«

»Du hast ihn doch erst in den Irrsinn getrieben!«

Midian grinste. »Ich fürchte, ich habe diesen Perser nie so genießen können, wie ich gewollt hätte.«

Midian hatte sich ein Wolfsfell über die Schultern geworfen und trug ein wollenes Gewand, das ihm bis zu den Knien reichte. Darunter schauten seine Beinkleider aus Ziegenfell hervor, die er sommers wie winters trug. Seine Füße steckten in pelzgefütterten Stiefeln mit bis zum Knie hochgeschnürten Riemen. Die Zähne des wilden Ebers schmückten sein langes, hochgebundenes Haar, und um seinen Hals hingen die Amulette, die er seinen getöteten Feinden abgenommen hatte. In der um die Hüfte gewundenen Schärpe steckte ein Dolch. Midian schulterte den ledernen Proviantsack, dazu ein prächtiges, mit Riemen zusammengeschnürtes Bärenfell und war reisefertig.

Er stapfte hinaus in den Schnee und hielt die Nase witternd in die eiskalte Morgenluft. »Es wird nicht schneien, der Himmel ist klar, und wir haben Westwind.«

Elrek trat auf ihn zu und legte ihm die Hand auf die Schulter.

»Dennoch wird es kein Spaziergang werden, Midian. Du weißt auch nicht, was in Arbela auf dich wartet. Lass dich nicht zu Unbesonnenheiten hinreißen, denn wir brauchen dich noch. Du siehst es selbst, Semron ist alt geworden. Du musst uns zukünftig führen.«

Midian erwiderte den Schulterschlag. »Wenn ich zurückkehre, Elrek, sind wir um einiges Gold reicher. Der alte Wolf wird dann froh sein, wenn er noch sein Fressen bekommt.«

Er warf einen kurzen Blick auf Joram, der im Schatten des Eingangs stand und ihn stumm ansah. Midians Lachen verschwand, seine Lippen wurden schmal.

Da trat Jazid aus der Tür, vermummt in Felle und Leder. Er schulterte wie Midian einen Ledersack und für die Nacht ein Ziegenfell. Jazid hatte sich in den letzten Tagen gut erholt. Er schaffte es, ohne zitternde Knie durch die Halle zu gehen, vorbei an den Schwarzen Wölfen, deren Anblick ihm ein Gräuel war.

Sein unsicherer Blick, den er Joram zuwarf, wurde nicht erwidert, was Jazid bedauerte, und er fragte sich erneut, was den hübschen Hebräer zu den Schwarzen Wölfen getrieben hatte. Jetzt blieb ihm nur noch Midian, der Mann, den er von Anbeginn gefürchtet hatte und mit dem er nun den schweren Abstieg wagen musste.

Midian lächelte ihm zu. Es sollte aufmunternd wirken. Jazid las darin nur Verachtung und Spott. »Bist du bereit, Sohn des Ardaschir?«

Jazid zuckte zusammen, dann nickte er stumm und versuchte, seine Angst hinunterzuschlucken vor dem, was ihn an der Seite des schwarzen Dämons erwarten mochte.

Midian drehte sich wortlos um, und Jazid folgte seinen Fußstapfen. Sie überquerten den Hof und verließen Dur-el-Scharan durch das hohe Tor, hinter dem der schmale, zugeschneite Pfad hinunter ins Tal begann.

Joram sah ihnen nach, bis sie verschwunden waren, dann ging er in die Halle zurück. Sie war groß und kalt, denn das Feuer wärmte sie nur mäßig. Doch heute erschien sie ihm kälter als sonst. Midian war fort, und Dur-el-Scharan wurde ihm zum Gefängnis inmitten des eisgepanzerten Zagros.

Jorams Blick streifte abwesend seine Gefährten. *Im Grunde habe ich zu ihren Herzen nie Zugang gefunden*, dachte er. *Ich lache und trinke mit ihnen, kämpfe und töte mit ihnen. Und es gab Tage, da hat es mir gefallen, Leiber aufzuschlitzen und Gliedmaßen abzutrennen, weil der Blutrausch mir zu Kopf stieg wie starker Wein. Die Tage des Abscheus aber verbarg ich tief in meinem Innersten. Ich zwinge mich zur Härte, aber ich bezahle dafür mit der Einsamkeit meiner Seele. Was ist Glückseligkeit? Ich weiß es nicht mehr. Manchmal fühle ich mich wie ein umgestürzter Krug. Doch was darf einer wie ich vom Leben erwarten?*

Und Midian? Wie eine schöne Blume ist er herangewachsen auf dem mit Blut gedüngten Acker Belials, aber er ist kalt. Das hat er bewiesen, als ich bereit gewesen war, etwas von meinen Gefühlen preiszugeben. Außerdem ist er roh, zynisch und ungebildet. Weshalb konnte er dann den Platz des Mannes einnehmen, von dem ich glaubte, dass nach ihm die Welt eine Wüste sein müsse, und den ich vergessen wollte bei den Schwarzen Wölfen? Weshalb fühle ich mich ohne Midian verlassen? Weshalb spüre ich ein starkes Verlangen, ihm das zu schenken, was ich jedem verweigere?

Joram erglühte, wenn er daran dachte. Nur Verlangen? Nein, es ist eine tiefe, geheimnisvolle Sehnsucht, mich von ihm verschlingen zu lassen, nicht mehr zu leben, außer in ihm. Furchtbare, demütigende Sehnsüchte sind das. Weshalb lasse ich zu, dass sie mich jetzt bedrängen? Habe ich sie nicht immer verschlossen gehalten und mir nur gelegentlich gestattet, unerfüllbaren Träumen nachzuhängen? Sie kommen, weil er fort ist. Ihn nah zu wissen, genügte, um einen Hauch von Seligkeit zu empfinden. Midians Stimme war überall, sein Lachen, sein dröhnender Schritt. Wenn die Wölfe sich stritten, genügte es, wenn er sich erhob, manchmal träge wie eine Riesenschlange, dann wieder geschmeidig wie ein Panther.

Sein Blick konnte missbilligend sein, dann war er scharf wie ein Dolch, und im Zorn war er wie versengendes Feuer. Ich aber habe in seinen Augen nie etwas anderes erblickt als den Abglanz jenes unbekannten Gottes, der in ihm wohnt. Und manchmal traf mich flüchtig sein warmer Schein, so wie ein Sonnenstrahl plötzlich durch dichte Laubkronen dringt.

Jazid, Jazid! Meine Gedanken begleiten dich voller Neid, denn du wirst mit ihm allein sein im Berg und in den eisigen, sternklaren Nächten neben ihm liegen und seinen Atem hören.

Könnte ich dich doch hassen, Midian! Aber ich konnte es nicht einmal, als du mich verwundetest. Hätte dich danach verlangt, ich hätte dich mein Blut trinken lassen. Schlimme, wahnwitzige Gedanken, die aus den Abgründen meiner Seele aufsteigen! Würde dein Tod sie auslöschen?

»Stürz von der Wand, Midian!«, murmelte Joram, während er durch die Halle ging. »Irgendwann werden sie dich finden und mir deinen Dolch bringen. Wie sanft wird die scharfe Klinge dann durch meine Kehle gleiten, und unsere Schatten werden tanzen zur schaurigen Musik gepeinigter Seelen in Belials Reich.«

Midian und Jazid stapften schweigsam durch den Schnee, Midian voran, der Jazid in der eisklaren Luft hinter sich keuchen hörte. Wenn Jazid zurückblieb, verlangsamte er seinen Schritt. »Bleib in meiner Spur!«, das war alles, was er zu Jazid gesagt hatte, und nun waren sie schon fünf Stunden ohne Rast unterwegs.

Jazid war schnell erschöpft, aber er sagte nichts. Er fürchtete sich, in die hungrigen Augen Midians schauen zu müssen, die sich aus seiner Schwäche die Kraft zum Leben zu saugen schienen. Unermüdlich schritt Midians hohe Gestalt vor ihm her, als sei er kein Mensch, den Müdigkeit und Hunger überwältigen. Jazid tränten die Augen vom scharfen Wind, und seine Beine zitterten vor Anstrengung. Pfeifend entwich ihm der Atem. Trotz der Kälte schwitzte er, und der Schweiß gefror auf seinem Gesicht.

Zu Tal donnernde Felsbrocken erschreckten ihn, das Knirschen des Eises, Schneespalten, die sich plötzlich vor seinen Füßen öffneten. Immer öfter blieb er zurück; einmal lähmte ihn die Angst so sehr, dass er keinen Schritt mehr tun konnte. Midian stemmte die Fäuste in die Hüften und lachte ihn aus. »Willst du dort festfrieren?« Dann reichte er ihm die Hand. »Fürchte dich nicht, die Stiefel sind aus Eselshaut und rutschen nicht.«

Jazid fühlte sich von starker Hand sicher über die Spalte geführt, die senkrecht abglitt in bodenlose Schwärze. Ihn schauderte bei dem Gedanken, dass Midian ihn ebenso gern hinuntergestoßen hätte.

Danach wurde der Pfad breiter. Midian grinste. »Hast du Angst gehabt?«

Jazid schwieg. *Was soll ich ihm antworten?*, dachte er. *Dass ich vor Angst wie gelähmt war? Auf dieses Geständnis wartet dieser menschliche Wolf doch nur.*

Midian bemerkte das Flackern in Jazids Augen. War es wieder soweit, dass sein Geist abtauchen wollte in Visionen? Das konnte er jetzt nicht gebrauchen. »Jazid?« Er schlug ihm leicht auf die Wange. »Was ist mit dir? Hat dich der Berggeist stumm gemacht?«

»Wann rasten wir?«, stammelte Jazid.

»Rasten? Sind wir nicht eben erst aufgebrochen?«

Erst am späten Nachmittag, als man den Pfad kaum noch erkennen konnte, suchte Midian nach einer trockenen und windgeschützten Stelle. »Hier bleiben wir«, sagte er und rollte sein Bärenfell aus.

Dann zog er den Proviantsack zu sich heran und holte Brot, Käse und etwas getrocknetes Fleisch heraus. »Willst du nichts essen?«

»Ich habe keinen Hunger«, flüsterte Jazid mit den Zähnen klappernd.

Midian beobachtete ihn lauernd. »Wenn du nichts isst, wirst du erfrieren.«

Mit klammen Fingern nestelte Jazid an seinem Proviantbeutel. Sie aßen schweigend. Danach rollte sich Midian in sein Fell und drehte sich auf die Seite.

Wie ein Kind im Mutterleib krümmte Jazid sich unter dem Ziegenfell zusammen und lauschte dem Heulen des Windes. *Ich werde diese Nacht ganz sicher nicht überleben*, dachte er, *aber er wird mich nicht jammern hören, lieber will ich sterben.*

Midian hörte Jazids rasselnden Atem. *Der wird mir wegsterben*, dachte er. *Überzüchtete Brut. In Samtkissen groß geworden.* Midian tastete nach dem leise stöhnenden Jazid und schüttelte ihn. »Jazid? Sind dir die Finger und Zehen schon abgefroren?«

Midian antwortete nur das Heulen des Windes. Er stieß einen Fluch aus und tastete nach Jazid, der sich nicht regte. Midian schüttelte ihn, da stöhnte er leise.

»Lass mich sterben«, flüsterte er.

»Warum nicht?«, zischte Midian, »aber erst, wenn ich das Gold habe. Steh auf, wir tauschen die Decken.«

Halb steif und benommen kroch Jazid in das Bärenfell, während Midian sich schweigend in das Ziegenfell wickelte. Jazid war zu erschöpft, um über diesen Tausch nachzudenken. Ihn umfing sofort wohlige Wärme, und er streckte sich behaglich wie ein Hund am Feuer. Seine froststarren Wangen drückte er in das dichte Fell, das den Schweißgeruch seines grausamen Feindes ausströmte, und so schlief er dem nächsten Morgen entgegen.

Jazid erwachte, weil er unter nassem Schnee fast erstickte. Er prustete und spuckte und blinzelte in die grelle Morgensonne. Midian stand breitbeinig über ihm, das Ziegenfell aufgerollt, und sagte spöttisch: »Wie lange willst du hier noch liegen? Bis die Dohlen Nester auf dir bauen?«

Jazid rappelte sich auf. Er legte sich hastig seinen Wolfspelz um und zog es vor, zu schweigen. Was hätte er schon sagen sollen, da ihm der Atem vor dem Mund gefror?

Midian wies nach vorn und sagte: »Siehst du dort das Geröllfeld? Das wird kein leichter Abstieg, es ist völlig vereist, also achte darauf, wohin du deine Füße setzt.«

»Essen wir denn nicht vorher?«

Midian musterte Jazid anzüglich. »Ich habe schon gegessen, während du es dir allzu lange unter meiner Decke bequem gemacht hast. Also beeil dich!«

Schweigend schlang Jazid sein karges Frühstück herunter. Midian lehnte sich an eine Felswand und betrachtete mit zusammengekniffenen Augen den grauen Schneehimmel. Jazid warf ihm kurze, verstohlene Blicke zu und konnte sich ein Gefühl der Bewunderung nicht versagen. *Er sitzt dort*, dachte er, *als sei er mit dem Fels verwachsen. So mag man sich den Gebieter dieser Gipfel vorstellen.*

Ein versteinerter Gott! Blitzartig überfiel Jazid die Erinnerung. Wäre Midian aus Granit gemeißelt, er hätte jener Statue nicht ähnlicher sein können. *Welches Geheimnis umgibt diesen Mann?*, grübelte Jazid. *Ist Midian in ein Geheimnis eingebunden, ohne es zu ahnen?*

»Was starrst du mich so an?«, fuhr Midian Jazid grob an und zerriss jäh den mystischen Schleier.

Jazid zuckte zusammen. »Ich habe dich nicht angestarrt«, leugnete er schwach.

»Lüg nicht, du hast mich angestarrt und mir den Tod gewünscht, nicht wahr? Du hast dir vorgestellt, wie die Raben mir das Gesicht zerhacken!«

»Das ist nicht wahr!«, schrie Jazid erhitzt.

»Streite es nur ab, ich weiß, dass ich recht habe. Na, mich stört es nicht, denn weshalb solltest du dir keine vergnüglichen Gedanken machen?«

»Ich hatte eine Vision«, erwiderte Jazid verstört.

Midian schlug sich vor die Stirn. »Bei Belial! Schon wieder eine Vision. Was war es diesmal?«

»Du warst erstarrt zu Alabaster, und ein Feuerschein ging von deinem Haupt aus und wollte die Welt zerstören.«

Midian sah ihn aus schmalen Augen an. »Alabaster? Du hast schon einmal von einem Standbild gefaselt. Was hat es mit dieser Statue auf sich?«

»In Elam gibt es eine uralte, halb versunkene Stadt, in ihren Ruinen hat man sie gefunden. Sie gleicht dir, Midian, als habest du ihrem Schöpfer als Modell gedient. Ich habe sie gesehen. Doch ihr Geheimnis kenne ich nicht. Ich weiß nur, was die Menschen sich erzählten. Sie hielten die Statue für einen König oder für einen Gott, bis sie auf geheimnisvolle Weise wieder verschwand.«

»Sie ist fort?« Midian lachte spöttisch. »Ich verstehe. Mein geheimnisvolles Spiegelbild hat sich in Luft aufgelöst. Deine Visionen taugen nichts, Jazid.«

»Ich glaube, dass sie sich immer noch in Tissaran befindet. Ihr angebliches Verschwinden soll habgierige Leute nur abhalten, nach ihr zu suchen.«

Midian kniff die Augen zusammen und betrachtete Jazid nachdenklich. »Wo liegt diese Stadt?«, fragte er schließlich.

»Zehn Parasange östlich von Kirman in einem Sumpfgebiet.«

Midian fuhr sich mit der Zunge über die Lippen. »Damals im Turm hattest du in deinem Wahn noch andere Dinge erwähnt«,

fuhr er gedehnt fort, »aber ich habe dem keine Bedeutung beige-
messen, denn ich glaube nicht an Geister. Aber vielleicht sollte ich
mir das Wunderding einmal ansehen. Denn wenn die Statue tatsächlich ein Geheimnis birgt, so kann sie mir vielleicht Macht
schenken, wirkliche Macht!« Er ballte die Faust und drohte dem
Himmel. »Macht, vor der selbst Nabupolassars Thron vergeht wie
Kamelpisse im Wüstensand.« Er lachte heiser. »Nicht dass ich
wirklich daran glaube, denn ich habe gelernt, dass nur Narren auf
Götter und Dämonen vertrauen. Was ich brauche, erkämpfe ich
mir selbst. Allerdings ...«, er sah Jazid schräg von der Seite an,
»manchmal geschehen unerklärliche Dinge, und Semron ist nicht
mein Vater.«

Jazid schüttelte heftig den Kopf. »Sprich nicht voreilig von
Macht und Reichtum, ich habe so etwas nicht erwähnt. Wir kennen doch das Geheimnis der Statue beide nicht.«

Midian machte eine ärgerliche Handbewegung. »Wenn es nicht
Macht ist, was sollte die Reise zu ihr lohnen? Soll ich tote Steine
betrachten?«

»Ja, du hast recht«, sagte Jazid müde. »Wenn ich es recht bedenke, gab es da überhaupt keine Ähnlichkeit. Die Figur strahlte
Güte aus, während du voller Bösartigkeit bist.«

Midian schnaubte verächtlich. »Hört nur, wie der Sperling sich
aufplustert! Ich werde darüber nachdenken, ob man deiner Fabel
Aufmerksamkeit schenken sollte. Mein Ebenbild ist ja aus Stein
und wird sich nicht davonmachen, sodass ich die Reise getrost auf-
schieben kann. Finde ich das Ding allerdings nicht, ersticke ich
dich im Sumpf, mein Freund.«

Der Abstieg über das vereiste Geröllfeld dauerte acht harte Stunden, die Midian erbarmungslos ohne Pause durchhielt und Jazid
die letzten Kräfte raubte. Der Sturm zerrte an seinem Körper, riss
ihn fast um, und er wäre bös gefallen, hätte Midian ihn nicht gepackt und hochgerissen. Vor Jazid stand das erbarmungslose Lächeln; er spürte den warmen Atem, der ihm über die Wange strich,
und den brennenden Blick. Midians starke Hand hielt ihn, als sei
er ein Freund, doch seine Nähe war wie ein Glutofen, dessen Wände zu zerspringen drohten.

Jazid durchjagte ein Schauer, und seine Knie drohten nachzugeben. Schwankend und nach Atem ringend, hing er in Midians Armen.

»Ein Schwächeanfall, Jazid?«, spottete Midian. »Mach den
Mund zu, sonst fliegen dir Eisvögel in den Magen.«

»Jetzt möchtest du mich töten, Midian«, flüsterte Jazid. »Ich
spüre es.«

Midian schnaubte verächtlich und ließ Jazid los. »Ich kenne Besseres, als dir deinen erbärmlichen Hals abzuschneiden. Ich habe Freuden gekostet, die du dir nicht vorstellen kannst.«

Jazid fröstelte. »Entsetzliche Freuden müssen das gewesen sein, wie man sie in der tiefsten der sieben Höllen genießt.«

»Unsinn! Die Hölle ist hier auf Erden! Lern, sie zu beherrschen, und du brauchst sie nicht zu fürchten.«

Jazid schüttelte den Kopf. »Wie kann Joram nur so blind sein«, murmelte er.

»Was hat das mit Joram zu tun?«, fragte Midian ärgerlich.

»Er liebt dich, wusstest du das?«

»Hat er das gesagt?«, fragte Midian scheinbar gelangweilt.

»Nein, aber ich weiß es. Er sagte, er würde dich niemals verlassen.«

»Wohin sollte ein Ausgestoßener schon gehen?«

»Würdest du ihn denn gehen lassen?«

»Joram ist ein freier Mann.«

»Gewiss, das ist er.« Jazid stolperte keuchend hinterher, der Wind blies ihm die Wortfetzen vom Mund. »Ich meine, ob du ihn nicht vermissen würdest.«

Midian lachte trocken. »Alle würden ihn vermissen, den hübschen Jungen mit den Gazellenaugen und den Gliedern des Hirsches.«

Plötzlich strauchelte Midian nahe am Abgrund. Geschickt fing er sich und lachte schallend, dass es von den Wänden widerhallte: »He Perser! Da wäre ich doch beinah Rabenfutter geworden, und du hättest zu Hause an deines Vaters Herdfeuer etwas Lustiges erzählen können. – Wenn dir der weitere Abstieg ohne mich geglückt wäre, was ich bezweifele.«

»Du irrst dich, ich wünsche nicht deinen Tod«, sagte Jazid müde.

»Warum nicht?«, fragte Midian lauernd.

Vor Jazid löste sich jäh ein Felsbrocken und donnerte zu Tal. Midian sprang zur Seite und lachte boshaft. »Das war knapp, mein Prinz, ich sah meine Goldstücke schon davonrollen. Kein Wunder, dass du blass geworden bist.«

Jazid biss sich auf die Lippen. »Du hast auch nur Glück gehabt.«

Midian schüttelte den Kopf. »Ich hörte das Knirschen bereits, als der Stein sich oben löste; wer in den Bergen aufgewachsen ist, hört den Schnee schmelzen und die Steine singen.«

Jazid schwieg. Nach einer Weile kam er wieder auf ihr Gespräch zurück. »Joram war gut zu mir. Ich mochte ihn. Und du?«

Midian blieb stehen. »Sieh dich an, Jazid, du lebst, es geht dir gut, und du bist auf dem Weg zu deinem Vater. Weshalb glaubst du, ist das so? Ich hätte dir dein Fleisch langsam von den Knochen gebrannt, aber Joram wollte es nicht. Um seinetwillen habe ich dich verschont. Ist dir das Antwort genug?«

»Und das Gold?«, fragte Jazid leise.

»Das Gold?« Midian packte Jazid und funkelte ihn an. »Ich habe es nie gewollt. Du warst meine Beute! Und ich hätte sie mir geholt! Aber Joram erhob ein Geschrei deinetwegen, und so behieltest du dein jämmerliches Leben und wurdest nur ein wenig hergenommen.«

Jazid schwindelte vor so viel Bösartigkeit, er lehnte sich gegen die Felswand. »Nur kurz verschnaufen«, flüsterte er.

Midian gab ihm einen Stoß. »Nichts da! Erträgst du die Wahrheit nicht? Wer so viel fragt wie du, erhält manchmal Antworten, die ihm nicht gefallen. Es wäre die Pflicht meines Vaters gewesen, den Schwarzen Wölfen das Lösegeld zu verschaffen. Aber Joram lag mir deinetwegen in den Ohren. Joram, den Belial verfluchen möge, weil er nach Dur-el-Scharan gekommen ist. Für ihn rette ich dein Leben, Jazid, denn keiner der Männer hätte den Abstieg mit dir gewagt.«

»Dann liebst du ihn?«

Midian stapfte voran und knurrte ärgerlich. »Du redest zu viel, Perser. Dabei schnauftest du erst kürzlich wie ein Wasserbüffel, als der eisige Wind dir in die Lungen blies. Doch jetzt möchtest du ein Schwätzchen halten, als säßen wir in der Halle beim Feuer.«

»Weil du nicht über Joram reden möchtest?«

Midian drehte sich um. »Joram wird nie ganz zu uns gehören, denn er macht sich zu viele Gedanken um andere Menschen. Und er ist der Sohn eines Priesters.« Midian spuckte aus. »Er ist das, was man einen gelehrten Mann nennt, und er kennt die Schriften. Das setzt ihm Flausen in den Kopf, und er tötet nicht mit der gleichen Leidenschaft wie ein Schwarzer Wolf.« Vor sich hinmurmelnd fügte er hinzu: »Ich habe noch nie einsehen können, wozu diese Krähenfüße gut sein sollen, die sie in Stein meißeln oder auf Papyrus kritzeln; nichts als Worte von irgendwelchen Dummköpfen!«

»Wohnt allein in dir die Weisheit der Welt, Midian?«

»Die Weisheit der Welt ist nichts als Hundepisse! Das Überleben zählt, der Rausch der Macht, die Lust der Sinne. Ja, ich kann die Schriften nicht lesen, was macht das schon? Ich lese in den Spuren der Tiere, im Raunen des Windes, im Wispern der Bäume und im Stöhnen der Felsen. Ich lese in den Augen meiner Feinde die Angst, in ihren Gesichtern das Entsetzen, in ihren Wunden das Verrinnen ihres Lebens. Ich lache über Abgründe und kämpfe mit

Steinschlag und brechendem Eis. Ich bin frei wie der Adler, der seinen Horst in unzugänglichem Fels baut, und nicht einmal der König im fernen Babylon in seinem goldenen Palast kann mir gebieten.«

»Das sind stolze Worte«, sagte Jazid und ärgerte sich, dass es Midian so schnell gelungen war, von Joram abzulenken.

Als sie das schreckliche Geröllfeld endlich überquert hatten, war selbst Midian erschöpft. Der Weg führte jetzt über eine kahle, windige Hochebene. Es war nicht daran zu denken, sie noch vor dem Dunkelwerden zu überqueren. Einen Platz für die Nacht, der Schutz bot, gab es nicht, also rollte Midian das Bärenfell aus, setzte sich darauf und holte Brot und Käse aus seinem Beutel.

Obwohl Jazid froh war, dass er sich endlich ausruhen durfte, sah er sich entmutigt um. »Hier werden wir beide erfrieren.«

Midian warf ihm einen missbilligenden Blick zu. »Siehst du vielleicht irgendwo ein Gasthaus? Wir bleiben hier, und erfrieren werden wir auch nicht.« Er griff noch einmal in seinen Beutel und holte grinsend einen Wasserschlauch hervor. »Dattelwein!«

Beide nahmen einen kräftigen Schluck, und er glitt wie flüssiges Silber durch ihre eisigen Kehlen. »Beim Gehörnten, das ist fürstlich!«, rief Midian und trank erneut. Er reichte den Schlauch Jazid. »Nun, geht es dir schon besser?«

Jazid ergriff ihn mit beiden Händen und trank, als wolle er ihn in einem Zug leeren.

»Lass mir auch noch einen Schluck! He, dieser Perser säuft ärger als ein Kamel!«

Jazid reichte den Schlauch Midian und lächelte. »Das ist der beste Wein, den ich je im Leben getrunken habe.«

Midian lachte und setzte den Schlauch an die Lippen. »Er war schon für den Steuereintreiber bestimmt und lagerte in fünfzig Schläuchen im Keller eines feisten Bauern, da nahmen wir ihm den beschwerlichen Weg in die nächste Stadt ab. Stattdessen gaben wir ihm heißes Öl zu trinken, und er zeigte uns aus Dankbarkeit einen lustigen Tanz, bis ihm seine ...«

Jazid hielt sich die Ohren zu, und Midian reichte den Schlauch wieder zurück. »Was hast du gegen ein kurzweiliges Gespräch? Hier, nimm und trink, du Langweiler!«

Der Wein belebte Jazids geschwächten Körper, und er fühlte sich leicht wie ein Vogel. »Ist gar nicht mehr so kalt«, stammelte er.

»Das macht der Wein, deshalb ist dir warm. Diese Nacht werden wir uns beide zusammenrollen wie die Bären im Winterschlaf.«

Midian breitete das Ziegenfell auf dem Boden aus, darüber legte er seinen Wolfspelz. Ihre Proviantsäcke beschwerte er mit Steinen. Dann schlüpfte er unter den dichten Bärenpelz und winkte Jazid.

»Komm her! Worauf wartest du? Dass ich dich in den Schlaf singe?«

»Nein!« Jazid wurde schlagartig nüchtern.

»Nein? Seit wann bestimmst du hier?«

»Mir ist gar nicht mehr kalt.«

»Das glaubst du nur. Aber morgen früh wirst du steif gefroren daliegen. Wenn wir uns heute Nacht nicht zusammenrollen wie die Hamster im Winterschlaf, sind wir morgen tot. Das hier nennen wir das Bett des Bergriesen. Er schläft gern hart und deckt sich mit dem heulenden Wind zu.«

Jazid schwieg. Der Gedanke, in Midians Armen die Nacht zu verbringen, weckte furchtbare Erinnerungen.

»Weshalb zögerst du denn?«, fragte Midian treuherzig. »Ich will dich vor dem Erfrieren bewahren, und du suchst Ausflüchte.«

Jazid schloss kurz die Augen, sprach in Gedanken ein kurzes Gebet und legte sich an Midians Seite, dabei versuchte er, sich sehr klein und sehr dünn zu machen.

Midian zog Jazid wie eine Puppe an seinen Körper. »Es wird ziemlich eng werden, was?«

»Ja«, flüsterte Jazid. Er wagte kaum zu atmen. Midians Körperwärme und der genossene Wein betäubten seine Sinne. Langsam fiel die Angst von ihm ab und wich einem Gefühl der Geborgenheit. Wäre Midian nicht einer von den Schwarzen Wölfen, müsste es herrlich sein, ihn zum Freund zu haben.

Wie eine Python ihren muskulösen Leib um einen dicken Ast windet, drängte sich Midians starker Körper an ihn, und Jazid hörte das Herz seines Feindes schlagen. Er spürte den heißen Atem über seinem Gesicht, der nach Dattelwein und Ziegenkäse roch. *Was mag er jetzt fühlen?*, überlegte Jazid. *Ist er erschöpft wie ich und will nur schlafen, oder überlegt er, wie er seinem Opfer in tödlicher Umschlingung das Leben herauspressen kann?*

Einige Minuten lagen sie schweigend beieinander. Jedes Mal wenn Midian sich regte, klopfte Jazid das Herz bis zum Hals. *So fühlt sich der Hase in den Fängen des Habichts*, dachte er, und fand keinen Schlaf.

»Ist dir der Wein bekommen?«, fragte Midian plötzlich.

Jazid zuckte zusammen. Offensichtlich konnte Midian auch nicht schlafen. »Mir ist etwas schwindelig, aber sonst gehts mir gut.«

»Ha! Mir ist er gewaltig zu Kopf gestiegen. So muss ein junger Baum sich im Frühling fühlen, wenn die Säfte ihm wieder ins Holz steigen. – Aber du zitterst. Wovor fürchtest du dich? Dass ich dir im Schlaf die Kehle durchschneide?«

»Ich fühle mich wie ein Lamm in den Fängen des Löwen«, flüsterte Jazid.

Das bist du auch, dachte Midian, und spürte, wie seine Begierden sich auftaten wie ein dolchzahniger Rachen. *Wenn ich den Perser jetzt töte, habe ich keine Verpflichtungen mehr. Den Männern auf Dur-el-Scharan kann ich sagen, er sei erfroren, abgestürzt, irgendwie umgekommen. Wiegt nicht die Befriedigung einer überschäumenden Lust alles Gold der Welt auf?*

Midians Dämon wütete in seinem Hirn und stürmte brüllend gegen seine Lenden, strömte Hitze aus.

»Ja, ich fürchte mich vor dir«, sagte Jazid heiser. Der heiße, fordernde Körper neben ihm wollte mehr als Sinnenlust, er wollte töten.

Midians Augen glänzten, weil allein die Macht seiner Gedanken genügt hatte, Jazid Furcht einzujagen. Ihn durchflutete unbezähmbare Gier, den zitternden Körper in seinen Armen zu zerreißen. Er tat einige tiefe Atemzüge, um sein Blut zu beruhigen. »Dummkopf!«, sagte er leichthin, »wovor hast du Angst? Es sind nur die Geister, die im Wein wohnen, sie haben mein Blut zum Kochen gebracht. Komm, Jazid, kühl mir die Hitze.«

Jazid spürte plötzlich an seinem Hals eine feuchte Zungenspitze, die ihm rasch und heiß über die Kehle fuhr und sich in seine Halsgrube bohrte. Er wurde starr vor Entsetzen. Sofort standen die Schreckensbilder vor ihm, die ihn in seinen Träumen verfolgten: Lachende, schwitzende Männer, die ihm die Kleider vom Leib rissen. Nie würde er ihre Hände vergessen, die überall waren, ihr widerliches Lachen, das ihn verhöhnte, bis er blutig und bewusstlos liegen blieb. Er hatte sterben wollen in jener Nacht, und doch war er irgendwann in seiner Dachkammer wieder erwacht zu einem Leben, das ihn anklagte, weil er noch zu atmen wagte.

»Bitte nicht«, flüsterte er sinnlos.

Midians Atem ging jetzt keuchend, und ungeduldig zerrte seine Hand an dem Gurt, der seine Beinkleider aus Ziegenfell zusammenhielt. »Zieh dich aus! Mach schon, beeil dich!«

Jazid zog schützend die Knie an und versuchte verzweifelt, sich aus Midians Umarmung zu winden, doch der hatte sich in ein hitziges Tier verwandelt und hielt ihn mit stählernem Griff. »Keinen Widerstand, sonst lasse ich dich erfrieren!«, zischte er.

»Bitte, Midian«, wimmerte Jazid, »ich ertrage es nicht noch einmal!«

Midians Zunge fuhr ihm in den Mund, glitt tief hinein und bewegte sich schlängelnd hin und her, sodass sie Jazid fast erstickte. Als Midian seinen Mund wieder freigab, stieß Jazid einen gellenden Schrei aus, den Midian mit einem heiseren Lachen beantwortete. »Du bist verloren, Sohn des Ardaschir, denn du gehörst Midian, dem Wolf!« Er führte Jazids widerstrebende Hand an seine Lenden. »Fühl, wie das Feuer meine Männlichkeit gehärtet hat. Bring sie zum Glühen, Jazid! Schmiede sie zu einem ehernen Speer!«

Jazid hatte das Gefühl, der Schädel müsse ihm zerspringen. Midians jähe Leidenschaft erdrückte ihn, raubte ihm jeden klaren Gedanken. Und doch war es anders als in jener schrecklichen Nacht. Die Männer hatten ihn roh genommen wie ein Fuder Heu, das den Ochsen vorgeworfen wird. Midians Sinnlichkeit aber überströmte ihn, machte ihn willenlos und weckte verbotene Lüste.

Es wäre besser gewesen, zu erfrieren oder in die Schlucht zu stürzen, dachte er, doch seine Hände glitten Midian zwischen die Schenkel. Bis in seine Fingerspitzen fühlte er die Hitze, seine Wangen glühten, und in seine Lenden schoss das Blut. Da wusste Jazid, dass er das wilde Spiel genoss und begierig war, Midian in sich eindringen zu fühlen. Und als es geschah, stöhnte er laut, und sein Körper dampfte unter Midians Stößen wie ein Acker im sommerlichen Gewitterregen.

Doch jäh hörten die Liebkosungen auf, Midian stieß einen durchdringenden Schrei aus, der Jazid erschauern ließ. Er nahm eine schnelle Handbewegung wahr, dann durchzuckte ihn ein scharfer Schmerz. Und schon holte Midian erneut aus. Jazid streiften zwei, drei hitzige Messerstiche am Arm und an der Schulter. Dann legten sich ihm Hände um den Hals und würgten ihn. Er hörte Midians stoßweises Hecheln, sein gieriges Wimmern nach mehr Erfüllung. Die Hände lösten sich von seiner Kehle, tasteten über sein Gesicht, suchten seine Augen.

Jazid besann sich in seiner Todesangst darauf, dass er selbst ein Krieger war. Er stieß Midian den Ellbogen in die Gurgel, sodass dieser mühsam nach Luft rang. Der Liebesakt schwächte ihn, plötzlich erschlafften seine Hände. Midian stieß einen langen, klagenden Laut aus, der zitternd verklang. Dann hörte Jazid ihn tief atmen.

Jazid wusste nicht, welcher Dämon über seinen Leib gerast war, aber er wusste, es war vorbei.

Midians warme Lippen legten sich auf Jazids. »Lebst du noch?« Ein Kuss, der Jazid noch mehr verwirrte. »Ich habe Schmerzen«, flüsterte er.

»Leidenschaft und Tod sind Brüder, und du hast den Totentanz gewonnen, Jazid. Ihn und das Spiel mit der Lust.«

»Du wolltest mich zerreißen, beim gerechten Gott, du wurdest zum wilden Tier«, erwiderte Jazid, während er versuchte, mit seinem Gürtel die Wunden zu bedecken, um wenigstens das Blut zu stillen.

»Ja, die Wollust ging mit mir durch wie ein wilder Hengst.« Midian lachte verhalten. »Das ist meine Art zu lieben. Du hattest Glück. Andere bezahlten mit ihrem Leben.« Midian streckte sich unbekümmert. »Dennoch hast du es genossen«, grinste er. »Ich liege nicht zum ersten Mal bei einem Mann, um das nicht zu merken.«

Jazid antwortete nicht, weil Midian recht hatte, und Midian verschwieg ihm, dass ihn seine Manneskraft auf dem Höhepunkt verließ, dass sie schlaff wurde wie die eines kastrierten Hengstes. Als wolle Belial ihn durch diese Schwäche noch enger dem Bösen verpflichten, musste Midian töten, wenn er lieben wollte.

Erschöpft vom Wein und vom Liebesspiel schliefen beide, bis die Sonne schon hoch am Himmel stand. Jazid erwachte in Midians Armen, und sofort stand die vergangene Nacht vor seinen Augen, aber einen schlafenden Wolf musste er nicht fürchten. Midians Gesicht lag im Halbschatten, in den Wolfspelz vergraben, schön wie ein schlafender Gott, und jäh kam Jazid das geheimnisvolle Antlitz aus Alabaster in den Sinn. Jazid schmiegte sich behaglich an ihn und genoss ein völlig neues Gefühl.

Midian erwachte etwas später. »Wir haben lange geschlafen«, sagte er mit rauer Stimme, die nur schlecht verbarg, dass der junge Perser in seinen Armen ihn wieder erregte.

»Ja«, murmelte Jazid und wand sich vorsichtig aus Midians Umarmung. Der hielt ihn fest. »Eilt es dir so, hinaus in die Kälte zu kommen?«, fragte er spöttisch.

»Es – ist schon sehr spät, nicht wahr?«

»Spät?« Midian zögerte kurz, aber dann ließ er ihn los.

Jazid band den Gürtel fester um Arm und Schulter und biss vor Schmerz die Zähne zusammen. Midian machte keine Anstalten, ihm zu helfen. Er kramte in seinem Beutel nach etwas Essbarem. Jazid rollte die Schlafsäcke auf, band sie zusammen und wagte erst jetzt, etwas zu essen. Midian hockte mit untergeschlagenen Beinen vor ihm und lächelte freundlich. »Noch Schmerzen?«

Jazid warf ihm einen finsteren Blick zu und kaute weiter an dem kalten, zähen Hammelfleisch.

»Na ja, was sind ein paar Schrammen gegen die Lust, die du dabei empfinden durftest, nicht wahr?«

»Es ist gegen den Willen Gottes, dass zwei Männer miteinander Unzucht treiben.«

Midian kaute und schmatzte unbekümmert. »Gegen den Willen der Priester, willst du sagen. Die Priester verdammen alles, was

Freude macht. Freude macht die Menschen frei. Wenn sie sich frei fühlen, fürchten sie die Götter nicht und brauchen keine Priester. In einer glücklichen Welt sind Priester überflüssig. Vom Unglück jedoch nähren sie sich wie Maden vom Unrat und werden darin fett. Deshalb mehren sie das Unheil und geben dann vor, den Weg zum Heil zu weisen.«

Midian schlug Jazid grob auf die Schulter. »Glaub mir! Nur der Rausch des Augenblicks zählt, und vor der Wollust flieht die Tugend.« Er erhob sich und legte sich den Pelz um die Schultern. »Sieh mich an, Jazid! Ich tue, was mir gefällt, und warum? Weil ich mich nicht von euren Göttern knechten lasse, die euch unfrei machen. Vergiss, was du gelernt hast von euren scheinheiligen Priestern, und wirf es auf den Kehricht! Lern von den Bergen, den Wäldern, den Flüssen, von Sonne und Wind, wie du leben sollst, dann werden dir keine unnötigen Bedenken mehr kommen.«

Er redet selbst wie ein Priester, dachte Jazid. »Lehren dich die Berge auch zu töten?«, fragte er.

6

»Attalos ist ermordet worden! Er liegt mit durchschnittener Kehle an der Quelle der Artemis!«

Der Ruf pflanzte sich fort, und auf dem Versammlungsplatz hatten sich die Männer bewaffnet um Laernas geschart, der den Toten gefunden hatte. Aus allen Baracken und Zelten strömten sie herbei und schlugen unheilvoll auf ihre Schilde; in ihren verzerrten Gesichtern standen Wut und Mordlust.

Auch Asandros und seine Gefährten waren herbeigeeilt. »Das gibt ein Blutbad, denn niemand kann diese Männer aufhalten«, sagte Ilkanor, an Asandros gewandt.

Irritiert sah dieser Ilkanor an. »Ein Blutbad an wem? Weiß man denn schon, wer Attalos getötet hat?«

Ilkanor zischte verächtlich. »Wer schon, wenn nicht ein dreckiger Messenier.«

»Kann es nicht auch ein anderer gewesen sein?«

»Einer der unseren meinst du? Ein Spartiate?« Ilkanor legte all seine Empörung in die Stimme. »Ein Spartiate tötet seinen Rivalen im Zweikampf. Attalos jedoch wurde heimtückisch von hinten die Kehle durchgeschnitten.«

Asandros schwieg. Er war bestürzt, wie begierig die Männer den Vorfall aufnahmen, als begrüßten sie den Mord, um einen Grund zum Losschlagen gegen den ewig verhassten Feind zu haben. Wenn er schuldig war, musste es eine Strafaktion geben, aber zuvor musste eine Untersuchung stattfinden. Er beschloss, darüber mit Aristarchos zu sprechen.

Im Zelt seines Kommandanten hatten sich bereits andere Männer eingefunden, die lautstark den Tod von Heloten forderten. »Machen wir Arna dem Erdboden gleich!«, hörte er sie rufen. Arna war das Dorf, in dessen Nähe der Tote gefunden worden war. Asandros bahnte sich nur mit Mühe eine Gasse durch den Haufen und versuchte, sich in dem Lärm Gehör zu verschaffen.

»Wegen eines Mannes einen Massenmord zu begehen, ist ein Verbrechen, an dem ich mich nicht beteiligen werde!«, rief er.

Sie wandten ihm ihre zornigen Gesichter zu. »Was die Männer hier fordern, ist Vergeltung für einen heimtückischen Mord«, antwortete ihm Kleanthes, einer aus der Gruppe um Damianos. »Das ist ihre Pflicht Attalos gegenüber. Die Pflicht zu tun, ist Spartaner-ehre!«

Klirrend legte Asandros seine Hand ans Schwert. Sein ohnmächtiger Zorn machte ihn bleich. »Glaubst du, dass das vergossene Blut von Frauen und Kindern ehrenvoll ist?«

Aristarchos hob die Hand. »Schweigt! Ihr lärmt wie ein Haufen Krähen im Winter. Die Sache mit Attalos wird untersucht. Verlasst jetzt das Zelt. – Asandros! Du bleibst.«

Sobald die Männer das Zelt verlassen hatten, ging er langsam im Zelt auf und ab, die Hände auf dem Rücken verschränkt und betrachtete nachdenklich seinen besten Mann, wie er aufrecht vor ihm stand, die Hand herausfordernd am Schwertknauf. Das braune, schulterlange Haar, von der Sonne goldblond gebleicht, die hellgrauen Augen, hart wie Kiesel, die weichen Lippen, die selten lächelten, der gebräunte, durch Abhärtung gemeißelte Körper, den er so gut kannte; da war nichts Verzärteltes, nur kriegerische Schönheit, eine Verschmelzung von Ares und Apollon, das Ideal eines Spartiaten.

Doch die Vollkommenheit hatte einen Riss. Mehrere Risse, wenn Aristarchos es recht bedachte. Asandros fiel es schwer, sich anzupassen, und Vorschriften als göttlich gegeben hinzunehmen. Ja, manchmal schien er die Götter gänzlich infrage zu stellen. Häufig erhob er die eigene Sichtweise über das Gesetz, heilige Überlieferungen nannte er barbarisch, weil er – und das war am bedenklichsten – zu Schmerzen und Tod die falsche Einstellung hatte.

»Hast du mir etwas zu sagen, Asandros?«

»Was gedenkst du, wegen des Mordes an Attalos zu unternehmen?«

»Bin ich da vor allem dir Rechenschaft schuldig?«

»Die Männer wollen Blut sehen, das vernebelt ihr Denken. Solchen Männern geht es nicht mehr um ihre Ehre. Sie plappern diese Worte nach wie gelehrige Raben, doch ich lese nur Mordgier in ihren Augen, und Attalos' Tod ist ihnen eine willkommene Rechtfertigung.«

»Du findest starke Worte gegen deine Gefährten, überhebliche Worte. Es ist nicht ratsam, als Einzelner eine andere Meinung zu haben als die von den Göttern und dem spartanischen Volk erlassenen Gesetze. Und dein starker Arm macht dich noch nicht zum Führer oder gar mir ebenbürtig.«

»Sollen wir unbewaffnete, verängstigte Bauern angreifen?«

»Es wird kein Kampf sein. Es ist ein Vergeltungsschlag.«

»Vergeltung an womöglich Unschuldigen?«

Aristarchos schüttelte unwillig den Kopf. »Kein Messenier ist unschuldig. Jeder ist unser Feind von Geburt an, das weißt du.«

»Dann willst du wirklich alle Frauen und Kinder in Arna umbringen lassen?«

»Ich habe noch nichts entschieden. Doch das ist gleichgültig. Von dir erwarte ich Härte und Gehorsam, verstanden?«

Asandros schluckte Speichel hinunter und schwieg.

»Ob du verstanden hast?«, brüllte Aristarchos ihn an.

»Ja«, brachte Asandros mühsam hervor.

»Oder glaubst du, dass deine Schönheit dir gewisse Vorrechte einräumt?«

»Nein, Kommandant.«

»Gut! Kommen wir also zum Wesentlichen. Wenn es keiner aus Arna war, wer war es dann? Hast du eine Vermutung?«

Der Ton wurde wieder sachlich, und Asandros atmete auf. »Ich neige zu der Ansicht, dass es Rebellen waren. Rebellen wie beim letzten Aufstand unter Aristomenes.«

»Von denen haben wir keinen übriggelassen.«

»Aber seit damals sind neue Männer herangewachsen. Ich spreche nicht von den friedlichen Bauern in Arna, ich spreche von Unzufriedenen, die sich in den Wäldern versteckt halten.«

»Hast du Beweise?«

»Noch nicht, aber ich könnte ...«

»Du könntest?«, unterbrach in Aristarchos. »Schaffst du mir diese Rebellen herbei, und es stellt sich heraus, dass sie nicht von Arna unterstützt wurden, dann wird dem Dorf nichts geschehen. Hast du bereits einen Anhaltspunkt?«

»Nein, aber in der Nähe der Artemisquelle gibt es eine Reihe von Höhlen, gute Verstecke für jede Art von Gesindel. Wenn du erlaubst, werde ich die Gegend auskundschaften.«

Aristarchos nickte. »Tu das. Du darfst dir die Männer dazu selbst aussuchen. Sind deine Rebellen aber nur ein Hirngespinst, dann wird das Strafgericht an Arna vollzogen.«

Bevor Asandros aufbrach, wurde ihm ein Tag Urlaub bei seiner Familie zugestanden. Er musste viel erzählen, und besonders die Frauen, die aus der Nachbarschaft gekommen waren, lauschten hingerissen, denn das Lagerleben und die lange Abwesenheit entfremdete ihnen die Männer.

Die spartanische Frau, Schutzbefohlene der jungfräulichen Artemis, hatte ihre Rechte aus grauer Vorzeit herübergerettet in einem Staat, der alten Traditionen verhaftet geblieben war wie kein anderes griechisches Volk. Sie lebte freizügig wie ein Mann, aber sie hatte andere Aufgaben.

Elena, Asandros Schwester, Tochter eines Mitglieds der Gerusia, würde einst Herrin über ein großes Haus mit vielen Dienstboten sein. Sie würde ihrem Mann heldenhafte Söhne und kräftige Mädchen schenken, das war die Pflicht jeder Spartanerin.

Aber sie war erst siebzehn, also lagen ihre ehelichen Pflichten noch in der Ferne. Heute trug sie ein Kleid, das jedem anderen Griechen die Schamröte ins Gesicht getrieben hätte: Es war an den Schenkeln bis zur Hüfte geschlitzt, und sie lag wie ihre Freundinnen mit den Männern an der Tafel. Hier nahm niemand daran Anstoß, im Gegenteil. Sparta hatte Nachwuchssorgen, und es wurde alles getan, um die jungen Männer in die Ehe zu locken, denn – obwohl die Spartanerinnen schön waren – die allzu lange Bindung an den Freund im Lager erwies sich oft als stärker. Der Staat belegte Junggesellen mit einer Geldbuße. Aber viele zahlten sie gern – so hieß es.

Solche Sorgen bekümmerten die Geschwister heute nicht. Sie genossen die kurze Zeit, die ihnen blieb, einander näherzukommen, denn mit dem siebten Lebensjahr hatte Asandros wie alle zukünftigen Spartiaten das Elternhaus verlassen, und nur zu seltenen Anlässen war ihm der Besuch aus dem Ausbildungslager erlaubt worden.

Elena zog ihren Bruder in den Laubengang. »Ach, ich wünschte, ich könnte dich begleiten. Weshalb dürfen Frauen auch keine Krieger werden? Hier ist es so furchtbar langweilig.« Sie blies eine widerspenstige Locke aus der Stirn und funkelte ihren Bruder mit hellen Augen an. »Oder bist du der Meinung, Frauen können kein Schwert führen, keinen Schild halten und keinen Speer schleudern?«

Asandros zog sie zärtlich an sich. »Ich bin überzeugt, sie könnten es, aber wir Männer können keine Kinder gebären, und so bleibt uns der Kampf und euch das Haus. Glaub mir, es ist der bessere Teil.«

»Unsinn!« Sie schmiegte sich an ihn. »Alles, was du erzählst, ist herrlich aufregend. Es macht mir auch nichts aus, auf Binsen zu schlafen. Wenn ich bei dir wäre, wäre ich dein Geliebter, der dir den Schild trägt und ihn im Kampf über dich hält.«

»Nun, ich hoffe, den kann ich allein tragen. Und wenn du einen Geliebten suchst – ich habe einen eingeladen, er wird bald kommen. Unser Kommandant hat es ihm erlaubt.«

Elena machte sich los. »Wen denn?«

»Ilkanor.«

»Was? Dieses aufgeblasene Muttersöhnchen?«

Asandros lachte. »Ilkanor hängt schon lange nicht mehr am Schürzenzipfel, außerdem sieht er gut aus, und er hat ein Auge auf dich geworfen. Seine Familie ...«

»Hat er das?«, unterbrach Elena ihn wütend. »Ich aber nicht auf ihn. Außerdem suche ich mir meine Liebhaber selbst aus. Und heiraten werde ich noch lange nicht, schon gar nicht den Sohn des Lysandros mit seinem vorgeschobenen Kinn, als stehe er ständig vor einem Haufen ungehorsamer Krieger.«

»Das macht er doch nur aus Unsicherheit«, beschwichtigte Asandros. »Im Übrigen ist er mein Freund.«

»Ist er dein Geliebter?«, fragte Elena keck.

»Das geht dich nichts an – nein, nur ein Freund.« Asandros lächelte. »Oh, ich sehe, er ist gerade eingetroffen. Komm Elena, begrüßen wir ihn.«

Der Perioke Antalas besaß ein Gut in Larmas, das er im Auftrag des spartanischen Besitzers mit Heloten bewirtschaftete. Gleichzeitig war er der Dorfvorsteher. Er besaß keine Familie und wohnte allein in seinem Haus, bis auf einen alten Sklaven, den man niemals sprechen hörte.

In diesen Tagen bekam er Besuch aus Sparta: Zwei junge Krieger, die bei ihm Quartier nehmen sollten. Er wusste nicht, was sie hier zu suchen hatten, und es ging ihn auch nichts an. Seine Aufgabe war es, ihnen die Kammer unter dem Dach herzurichten.

Asandros und Ilkanor waren mit der Unterkunft zufrieden, sie waren keinen Luxus gewöhnt. Das Dorf Arna, in dessen Nähe sich die Höhlen befanden, war einen halben Tagesmarsch von hier entfernt. Doch zuvor wollten sie sich in Larmas etwas umhören. In Larmas wohnten viele Perioken, freie Bürger, die jedoch kein Stimmrecht besaßen und keine Kriegsdienste leisteten. Den Heloten gegenüber fühlten sie sich aber ebenso überlegen wie die Spartiaten selbst. Nur wenige sahen Veranlassung, mit den Staatssklaven gemeinsame Sache zu machen. Aber als die beiden Spartiaten sie ausfragten, wussten sie nichts von Rebellen, und es war nicht klar, ob sie die Wahrheit sagten oder diese schützten.

Zwei Tage weilten Asandros und Ilkanor nun schon in Larmas,

und Ilkanor konnte sich den Spott nicht verkneifen, weil Asandros' Rebellen sich offensichtlich als Gespenster herausstellten.

Asandros runzelte die Stirn. »Sie lügen«, sagte er. »Aber warum? Sie haben doch von den Messeniern im Ernstfall auch keine Gnade zu erwarten.«

»Das kommt, weil deine Rebellen nur in deinem Kopf existieren.«

»Und wer hat Attalos ermordet, wenn es keiner von uns war?«

Ilkanor zuckte die Achseln. »Leute aus Arna. Kann eine Frauengeschichte gewesen sein. Attalos war dafür berüchtigt, in den Gefilden messenischer Mädchen zu wildern.«

Am Brunnen stand ein gebeugter Mann, der Wasser schöpfte. Als die beiden Männer vorübergingen, hob er kurz den Kopf, und sein Blick traf Asandros. Es war ein flüchtiger Blick, dann senkte er schnell wieder den Kopf und wandte sich seiner Arbeit zu.

»Weshalb bleibst du stehen?«, fragte Ilkanor. »Das ist nur der alte Laryon, Antalas' Haussklave.«

»Ja, ich weiß. Aber ich habe ihm noch nie in die Augen gesehen.«

Ilkanor hob irritiert die Brauen. »Weshalb solltest du auch?«

»Sein Blick. Hast du nicht bemerkt, wie er mich angesehen hat?«

»Dieser schmutzige Helot verdient ausgepeitscht zu werden, wenn er es gewagt hat, dich anzustarren.«

»Er hat mich nicht angestarrt, sein Blick hat mich zufällig gestreift, aber darin lag so viel Trauer, soviel Hass und gleichzeitig so viel Würde, die mich bei dem alten Mann erstaunt hat.«

»Was du alles in den Augen dieses Heloten gesehen haben willst!«, höhnte Ilkanor. »Diese abgestumpfte Kreatur hat den verblödeten Blick eines Schafes und die aufrechte Haltung eines verschrumpelten Lederbeutels.«

Asandros überhörte die gehässige Bemerkung. »Seit wann mag er bei Antalas arbeiten?«

Ilkanor warf einen verächtlichen Blick auf den ausgemergelten Körper, der sich über den Brunnenrand beugte. »Antalas sagt, schon lange. Ist das wichtig?

Asandros sah den Heloten nachdenklich an. »Wozu hält sich Antalas diesen alten, gebrechlichen Mann? Es gibt doch genug junge, kräftige Männer im Dorf.«

Ilkanor zuckte gleichgültig die Achseln. »Frag Antalas doch selbst.«

»Das werde ich tun.« Asandros warf noch einen Blick über die Schulter zurück, doch der Sklave war fort. War sein Blick ein Hilfeschrei gewesen? *Nein*, dachte er, *es war Zufall, dass sein Blick auf mich fiel. Und die Sonne hat mich geblendet, als ich glaubte, mehr in seinen Augen zu sehen.*

Als sie sich ihrer Unterkunft näherten, hörten sie hinter einer Mauer ein Schnaufen und Keuchen, dann unterdrücktes Lachen und ein leises Weinen. Asandros blieb stehen, Ilkanor zog ihn weg. »Komm, das geht uns nichts an!«

»Was ist da los?« Asandros stieß Ilkanor von sich. »Da weint doch jemand.«

Ilkanor lachte und machte eine unanständige Handbewegung. »Ein Weib. Das weint, weil es nicht genug kriegt.«

Asandros sah hinter die Mauer. Dort waren zwei Männer mit einer Frau beschäftigt, und den einen Mann kannte er. Es war Damianos, sein Feind von Kindertagen an. Wieso war er hier? Der andere war offensichtlich einer aus Larmas. Während Damianos sich anstrengte, seine Sache zu Ende zu bringen, hielt der andere die Frau, die aus einer Kopfwunde blutete, an den Haaren hoch und zischte: »Beeil dich, bevor sie ganz hinüber ist.«

Jetzt bemerkte Damianos Asandros. Er lachte gehässig. »Du kommst zu spät, erst komme ich dran, und danach ist sie wertlos, es sei denn, du treibst es gern mit einer Toten.«

Unkontrollierte Wut stieg in Asandros auf. Aber seine Faust ging ins Leere, denn Ilkanor hatte ihn von hinten gepackt und von Damianos fortgerissen. »Misch dich da nicht ein!«, zischte er, sonst ...«

Die Worte wurden ihm vom Mund gefetzt, ihm schoss Blut aus der Nase. Der Faustschlag, der Damianos zugedacht war, hatte ihn getroffen. Damianos ließ die Frau los, der andere schloss hastig seinen Gürtel und verschwand.

Die Frau kroch halb benommen durch Staub und Disteln, richtete sich an der gegenüberliegenden Mauer auf, schwankte und lief weiter auf die Gasse hinaus.

»Die Hure läuft weg!«, rief Damianos, verstummte aber nach einem Schlag in den Magen, der ihn in den Staub streckte. Dann warf sich Asandros auf ihn und prügelte wie besinnungslos auf ihn ein.

Ilkanor stand bleich daneben und wusste nicht, was er tun sollte. Gewöhnlich mischte man sich in eine Prügelei nicht ein, jeder focht seine Streitigkeiten selbst aus. Aber Asandros war dabei, Damianos umzubringen. Schließlich packte er Asandros an den Schultern. »Komm zu dir!«, schrie er. »Wie kannst du einen Gefährten töten wollen für eine halb tote Hure?«

Asandros erhob sich und spuckte auf den regungslosen Körper. »Ich bringe jeden um, der wehrlose Frauen ...« Er zögerte und wandte sich hastig ab. Dann sah er sich nach der Frau um, aber sie war verschwunden.

Langsam kam Damianos wieder zu sich. Wütend rappelte er sich auf, taumelte etwas und stieß unflätige Flüche aus. Asandros wandte sich ihm wieder zu und packte ihn am Rock. »Was tust du in Larmas, Damianos?«

Damianos wischte sich das Blut aus dem Gesicht. »Mit welchem Recht schlägst du mich nieder, du Sohn einer Kröte.«

Asandros stieß ihn von sich und hielt ihm die Faust unter die Nase. »Mit dem Recht des Stärkeren, Damianos.«

»Anmaßung und Verblendung haben dir die Götter in die Wiege gelegt, du Nachkomme von Würmern. Du hast mich feige von hinten angegriffen.«

»So bin ich eben, wenn mein Kämpferherz mit mir durchgeht. Und nun sagst du mir, was du hier sonst noch treibst, außer Frauen zu vergewaltigen.«

»Ich bin hier, weil Aristarchos mich geschickt hat.«

In Asandros stieg Ärger auf. »Wozu?«, bellte er.

Damianos grinste. »Um dich zu beschützen.«

»Ich kann selbst auf mich aufpassen. Du bewegst deinen Hintern sofort wieder dahin, wo du hergekommen bist. Schon dein Schatten lässt Übelkeit in mir aufsteigen. Hörst du? Verschwinde, oder ich bringe dich tatsächlich um.«

Damianos zog sich vorsichtig zurück. Außer Reichweite rief er: »Ich gehe. Aber du missachtest einen Befehl unseres Kommandanten. Das wird dich teuer zu stehen kommen.«

»Das muss nicht deine Sorge sein.«

Nachdem Damianos sich davongemacht hatte, bemerkte Ilkanor: »Das war unklug von dir.«

Asandros machte eine wegwischende Handbewegung. »Ha! Den hat doch niemals Aristarchos geschickt. Niemals. Er war nur neidisch, dass wir beide die Kaserne verlassen durften.«

Während Ilkanor in die Dachkammer hinaufging, trat Asandros bei Antalas ein. Im Hintergrund erhob sich ein hochgewachsener Mann von der Bank am erloschenen Herdfeuer. Ehrerbietig schob er Asandros einen Schemel hin.

Asandros blieb stehen und sah sich um. Zu seinem Unwillen bemerkte er am anderen Ende des Raums zwei solide Stühle mit hoher Lehne. »Weshalb bietest du mir diesen altersschwachen Hocker an, wo du dort zwei Stühle hast, die für unseren Feldherrn nicht zu schade wären?«

Antalas zog bedächtig einen der Stühle heran. »Verzeih mir, ich habe selten Gäste aus Sparta.« Er wischte ein paar Mal über den Sitz, obwohl er sauber war, und schob ihn Asandros hin. »Darf ich dir etwas anbieten?«

»Bring Brot, Wein und Käse, und dann setz dich. Ich habe mit dir zu reden.«

Antalas nickte und verließ den Raum. Kurz darauf kam er mit dem Gewünschten zurück und stellte das Tablett vor Asandros auf den Tisch.

»Du bedienst mich selbst? Hast du nicht einen Sklaven?«

»Laryon, ja. Aber er arbeitet gerade im Garten.«

Asandros musterte seinen Gastgeber. Antalas mochte in Laryons Alter sein. Wie dieser war er hochgewachsen und noch kräftig. Haupt- und Barthaare waren ergraut, aber in seinen Augen brannte eine schlecht verhohlene Feindseligkeit. Woher mochte diese rühren?

»Weshalb begnügst du dich mit diesem alten Mann, Antalas? Du bist der Dorfvorsteher, du kannst jeden Heloten für dich arbeiten lassen.«

Antalas furchte die Stirn. »Wenn ich sie brauche, arbeiten sie für mich«, erwiderte er mit unbeteiligter Stimme, »aber Laryon lebt hier im Haus.«

»Und warum er?«

»Weil ich ihm etwas schulde.«

»Einem Heloten?«

»Er hat mir das Leben gerettet – damals in Messenien.«

»Lass dir nicht jedes Wort aus der Nase ziehen. Erzähl! Ein Mann, der Freunde unter den Heloten hat, könnte auch Rebellen unterstützen.«

Antalas zeigte keine Furcht. »Das könnte er. Aber ich tue es nicht. Hier gibt es keine Rebellen, und wir wären auch nicht so töricht, ihnen Unterschlupf zu gewähren. Wir kennen das Schicksal, das unser Dorf dann treffen würde.«

»Du sagst es, Antalas. Aber es hört sich für mich so an, als sei dein Herz auf ihrer Seite.«

»Mein Herz ist bei denen, die den Frieden wollen. Damals kämpfte ich gegen die Feste Hira. Die Messenier saßen dort oben wie die Schwalben, und wir hockten im Dreck. Wir haben sie gehasst, und sie haben uns gehasst. Doch dann kam der Tag, als ich in eine Wolfsfalle geriet und mir ein Bein brach. Ein Spähtrupp der Messenier fand mich.« Antalas tat einen tiefen Atemzug. »Ihr Anführer war Laryon. Damals war er ein junger, unerschrockener Krieger. Er zog mich aus der Grube. Ich erwartete den Tod oder Schlimmeres. Doch er schiente notdürftig mein Bein und meinte, ich solle zurück zu meiner Einheit humpeln.«

»Warum hat er das getan?«, fragte Asandros verblüfft.

»Er meinte, Männer sollten sich töten, wenn sie sich im Kampf begegnen, aber nicht, wenn sie wehrlos in einer Wolfsgrube liegen.«

»Beim Schild des Ares! Er handelte wie ein Spartiate!«, entfuhr es Asandros. Doch beschämt fügte er in Gedanken hinzu: *Nein, kaum jemand von denen, die ich kenne, hätte so gehandelt.*

»Ich glaube, er handelte wie ein Mensch«, sagte Antalas einfach.

Asandros gab ihm recht, aber er konnte es nicht zugeben. Vor einem Periöken musste er das Gesicht wahren. *Doch was für ein Gesicht?*, fragte er sich.

»Du weißt es selbst«, fuhr Antalas fort, »die Belagerung dauerte noch elf Jahre. Die Gefangenen wurden zu Sklaven gemacht, auch Laryons Kinder, die damals noch klein waren. Seine Tochter lebt hier in Larmas und arbeitet als Magd. Sein Sohn ist in Pharis.«

»In den Marmorsteinbrüchen?«

»Ja. Für sie konnte ich nichts tun. Laryon habe ich aufgenommen.«

Asandros schwieg. Ihm ging einiges durch den Kopf. Waren Rebellen um Arna herum aufgetaucht? Er hielt es für möglich. Vielleicht stand Laryon sogar mit ihnen in Verbindung, obwohl Asandros sich nicht vorstellen konnte, auf welche Weise. Vielleicht war es aber doch ein erzürnter Liebhaber gewesen, der Attalos zum Verhängnis geworden war. Die Rebellen waren Asandros im Grunde nur eingefallen, um vorerst ein Blutvergießen abzuwenden.

In dieser Stimmung wollte er Ilkanor nicht begegnen, der für seine Empfindungen wenig Verständnis gehabt hätte. Er verließ das Haus über den Hof. Dort sah er den alten Laryon gebückt im Gemüsebeet arbeiten. Asandros warf ihm einen flüchtigen Blick zu. Der Mann nötigte ihm mehr Respekt ab, als ihm lieb war. Doch in seinem Kopf und seinem Herzen bewegte er wichtigere Dinge als das Schicksal eines alten Heloten, den die Götter vergessen hatten. Da hörte er hinter sich seinen Namen flüstern. Er drehte sich um, und ihm entfuhr ein verblüffter Laut. »Du kannst sprechen?«

»Wenn ich es für nötig halte.« Laryon stand hoch aufgerichtet vor ihm, als wolle er unterstreichen, dass er ein Mensch war wie Asandros und vor ihm sein Antlitz nicht verbergen musste. In seinem Gesicht waren weder Furcht noch Demut.

Asandros wandte sich an den Alten. »Was willst du von mir?«

»Bitte höre mich an, damit ich in Frieden sterben kann.«

»Was für eine ausgefallene Bitte. Aber sprich, ich höre!«

»Bitte, bring meine Tochter in Sicherheit.«

»Ich kenne deine Tochter nicht, und selbst wenn, weshalb sollte ich das tun?«

»Du hast ihren Peiniger niedergeschlagen, ich habe dich beobachtet. So etwas habe ich einen Spartiaten noch nie tun sehen.«

»Das war deine Tochter? Nun, alle ehrenhaften Männer würden so handeln.«

Laryon lachte bitter auf. »Bist du sicher? Mir kannst du nichts erzählen. Du musst wissen, ich habe damals unter Aristomenes gekämpft.«

Asandros tat, als höre er das zum ersten Mal. »Ach ja? Und das wagst du, mir zu sagen?«

»Ich bin alt und friste als Sklave mein Leben. Wovor soll ich mich noch fürchten?« Er bückte sich, um ein paar Blätter Löwenzahn auszurupfen, die am Zaun wuchsen. »Für die Kaninchen«, sagte er und lächelte aus tausend Falten. »Auch ich war einmal ein junger stolzer Krieger, so wie du. Ich habe nur meine Heimat verteidigt. Das, was du auch tust.«

Asandros sah hinunter auf den knorrigen, gebeugten Rücken, und gegen seinen Willen fühlte er sich bewegt, denn der Alte sagte die Wahrheit. Aber wenn er auch alt war, er war ein Feind, und Asandros war beigebracht worden, die Heloten zu hassen. Dennoch dauerte es eine Weile, bis Asandros seine Stimme in der Gewalt hatte. »Du dauerst mich, alter Mann, aber ich kann nichts für dich tun. Ich bin nicht hier, um die Heloten zu beschützen.«

Laryon erhob sich. »Wer weiß«, flüsterte er. »Vielleicht doch.« Er verstaute den Löwenzahn in den tiefen Taschen seines einfachen Rockes und ließ sich auf die Knie nieder, um ein paar Disteln auszureißen, denn er war es gewohnt zu arbeiten. »Bist du nicht schön wie der lichte Apollon, den auch wir einst angebetet haben, als wir noch die Herren waren im fruchttragenden Messenien? An dem Tag, als du nach Larmas kamst, blühte eine frühe Hyazinthe.«

»Seniles Geschwätz!«, stieß Asandros hervor, gleichzeitig fühlte er, wie ihm die Röte ins Gesicht stieg. Unschlüssig, was er tun sollte, blieb er bei ihm stehen. Aber Laryon schien ihn über seine Gartenpflege vergessen zu haben.

»Nimm an, ich wollte mich um deine Tochter kümmern«, sagte Asandros. »Von wem wird sie bedroht?«

»Von Laomedon, bei dem sie als Magd dient, wenn du verstehst, was ich meine.«

»Ich glaube schon, aber ich kann ihr nicht helfen. Sie ist eine Staatssklavin, ich kann nicht über sie verfügen.«

»Aber du könntest sie für deinen eigenen Haushalt fordern. Sicher hast du gute Verbindungen.«

»Ich lebe in der Kaserne.«

»Ich spreche von deinem Haus in Sparta.«

Asandros war die ganze Angelegenheit unangenehm, er war

noch nie in eine solche Lage gebracht worden, und das drohte, seine Festigkeit zu erschüttern. Missverständnisse, Streitigkeiten und andere Auseinandersetzungen zwischen den Gefährten waren leicht aus der Welt zu schaffen mit Methoden, die er beherrschte. Er hielt sich an Gesetze, Regeln und Vorschriften, und Gefühle ließ er nur zu, sofern sie Sparta dienten. Was verband ihn mit diesem Heloten? Nichts! Oder irrte er sich? Gab es da doch ein Band, von dem er nichts wusste und das jetzt an ihm zerrte?

»Was ist mit deinem Sohn? Du hast doch einen Sohn?«, fragte er, um sich mit dieser Frage nicht befassen zu müssen,

Laryon zuckte zusammen. »Er ist tot.«

»Ich hörte aber, er sei in Pharis.«

Laryon zögerte mit der Antwort. Schließlich flüsterte er: »Wer überlebt schon Pharis?«

»Der alte Laryon hat mich auf einen Gedanken gebracht«, sagte Asandros zu Ilkanor. »Bevor wir nach Arna aufbrechen, möchte ich noch mit einem gewissen Laomedon sprechen, vielleicht verbirgt er etwas.«

»Ich bin dabei.«

»Nein, wir sollten nicht gleich wie eine Phalanx auftreten, das wird ihn nur verstören und verstockt machen. Ich will, dass er frei redet.«

Ilkanor stieß ein verächtliches Grunzen aus. »Von gewissen Methoden, jemanden zum Sprechen zu bringen, hältst du wohl nicht viel?«

»Nicht, wenn es sich vermeiden lässt. Man erfährt dann leichter die Wahrheit. Unter Schmerzen sagen sie nur das, was du hören willst. Außerdem wären mir ohnehin die Hände gebunden, denn Laomedon ist ein freier Mann.«

»Ein Perioke?« Ilkanor spuckte aus. »Ich habe den Verdacht, in Larmas halten diese Leute zu den Heloten.«

Laomedon verdiente seinen Lebensunterhalt mit der Herstellung und dem Verkauf von Ackergeräten. Aus einem an seinem Haus angebauten Verschlag ertönte ein Sägen und Hämmern. In der Werkstatt erfuhr Asandros, dass sich der Hausherr im Wohntrakt aufhalte.

Asandros stieß die Tür auf und trat gebückt durch den niedrigen Türrahmen in einen dämmerigen Raum. »Laomedon?«

Hinter einem klobigen Tisch erhob sich ein beleibter Mann mit kurzen grauen Locken und fleischigem Gesicht. »Wer fragt nach mir?«

»Ein Soldat Spartas. Ich bin Asandros und habe einige Fragen an dich.«

»Wohl wegen angeblicher Rebellen?«, brummte Laomedon. »Habe schon davon gehört, dass zwei im Dorf herumlaufen und Fragen stellen. Ich weiß von nichts, aber bitte, setz dich!« Er klopfte an die Tür, die zum Nebenzimmer führte. »Xenia, wir haben einen Gast. Bring Brot, Wein und Käse, aber schnell!« Er kehrte an den Tisch zurück, und Asandros konnte ihn, nachdem sich seine Augen an das Halbdunkel gewöhnt hatten, besser erkennen.

»Xenia? Deine Tochter?«

»Tochter?«, brummte Laomedon verächtlich. »Pah, das ist nur eine Helotin. Habe sie mir ins Haus geholt, als meine Frau gestorben ist. Kocht ganz anständig und ist auch sonst gut zu gebrauchen.« Er grinste und blinzelte Asandros zu, als zähle er auf dessen geheimes Einverständnis.

Asandros überhörte die Anspielung. Der Mann stieß ihn ab, deswegen fuhr er mit frostiger Stimme fort: »Ins Haus geholt? Hast du eine Genehmigung dafür?« Man wollte in Sparta stets unterrichtet sein, wo sich die Heloten befanden, wo sie sich verdingten und wo sie eingesetzt wurden. Die meisten arbeiteten auf den Feldern, doch einige wurden auch im Haus beschäftigt. Da dieses Arbeitsverhältnis in der Regel mehr Nähe schuf, musste über alle Hausklaven Bericht erstattet werden.

Laomedon hatte keine Genehmigung, aber bevor er sich eine Antwort zusammenstottern konnte, kam Xenia herein. Zögernd stand sie in der Tür und starrte den Spartaner an wie ein Kaninchen die Schlange. Das Tablett zitterte in ihren Händen, Krug und Becher klirrten.

Laomedon hieb leicht mit der Faust auf den Tisch. »Was bleibst du an der Tür stehen, dummes Luder. Willst du unseren Gast verärgern? Stell die Sachen da hin, und dann scher dich wieder an deine Arbeit!«

Sie huschte zum Tisch und setzte hastig das Tablett vor Asandros ab. Dabei hielt sie den Kopf gesenkt, ihr langes Haar fiel herab und verdeckte ihr Gesicht. Asandros bemerkte dennoch die Spuren ihrer Vergewaltigung. Als sie fortwollte, packte Asandros ihren Arm. »Bleib hier!«

Augenblicklich versteifte sich ihr Körper. Ihr Haar flog zurück, und für Sekunden blitzte Hass in ihren schmalen Augen auf. Aber dann öffneten sich ihre Lippen zu einem vagen Lächeln. Vor einem Spartiaten gab es nichts als Unterwerfung und Gehorsam. Sie wusste es seit ihrer Geburt. Sie spürte seine Hand an ihrem Kinn. Der Spartaner schenkte ihr ein Lächeln. Das Lächeln des Siegers.

»Du bist Laryons Tochter?«

Sie nickte.

»Komm, setz dich zu uns.« Asandros rutschte zur Seite und

machte ihr auf der Bank Platz. Sie zögerte, aber er übte einen sanften Druck auf sie aus. Sie zuckte zusammen wie ein verwundetes Tier. »Hab keine Angst. Niemand will dir etwas tun.«

Xenia hob langsam den Kopf. »Du kannst mich nehmen«, flüsterte sie, »du bist mein Herr.«

Für einen Augenblick war es still. Asandros befremdete ihre Haltung. »Ich bin nicht hergekommen, um Frauen zu schänden«, gab er ärgerlich zur Antwort. Dann fügte er milder hinzu: »Erkennst du mich denn nicht? Ich habe dich vor dem Grobian beschützt.«

Er bekam keine Antwort.

Asandros griff zum Becher und trank einen Schluck, um das Schweigen zu überbrücken. Er sah Xenia von der Seite an. Unter Demut verbarg sie ihre Feindseligkeit. »Ich wollte nur freundlich sein«, sagte Asandros verärgert. »Nicht jeder Spartaner ist ein bissiger Hund.«

Xenia warf Laomedon einen ängstlichen Blick zu. Der wich ihrem Blick aus. Ihm schwanten Unannehmlichkeiten. Der Soldat wusste genau Bescheid über Xenia. Was wollte er bloß von ihr? Diese dumme Gans wusste doch gar nichts. Oder doch?

Xenia starrte auf den Tisch. »Wir haben euch bisher nur als bissige Hunde erlebt.«

»Wir beißen, wenn wir müssen«, erwiderte Asandros barsch, während er überlegte, weshalb er eigentlich hier war. »Ich möchte mit deinem Bruder sprechen«, ließ ihn eine Eingebung sagen. »Laryon hat doch einen Sohn?«

Xenia machte eine fahrige Handbewegung, stieß dabei den Krug um, und der Wein ergoss sich über Asandros' Rock.

»Du Trampel!«, brüllte Laomedon und wollte aufspringen, aber Asandros hob herrisch die Hand. »Reiß dich zusammen, Mann!«, zischte er.

»Ich ...« Laomedon sackte wieder zurück auf die Bank. »Weshalb hast du Nachsicht mit einer dreckigen Sklavin?«

»Weil ich zur Härte erzogen wurde, aber nicht zum Flegel«, gab Asandros schroff zurück. Dann wandte er sich an Xenia: »Wasch mir den Rock draußen am Brunnen. Ich begleite dich.«

Xenias Blicke huschten gehetzt vom einen zum anderen. Offensichtlich erwartete sie von keinem der beiden Hilfe, eher das Gegenteil. Doch sie folgte Asandros hinaus, während Laomedon wütend etwas vor sich hin brummelte.

Am Brunnen stand Xenia mit gesenktem Kopf vor Asandros. »Du musst den Rock ausziehen, Herr.«

»Nicht nötig. Ich wollte nur mit dir allein sein. – Nein, nein, nicht, was du denkst«, fügte er rasch hinzu und hob beschwichtigend die Hand. »Du hast nichts von mir zu befürchten, das sagte ich schon.«

Xenia schwieg.

»Ich komme von deinem Vater. Er bat mich, dich in Sicherheit zu bringen. Ja, so drückte er sich aus. Ich nehme an, vor diesem unhöflichen Klotz da drinnen.«

Jetzt sah Xenia ihn an. »In Sicherheit? Wo bin ich in Sicherheit?«

»Ich könnte dich für meine Mutter anfordern. In ihrem Haushalt werden Sklaven gut behandelt.«

»Es gibt Tausende von Frauen wie mich. Weshalb willst du das für mich tun?«

»Weil mir dein Vater Respekt abnötigt. Er und ...« Asandros zögerte eine Winzigkeit. »und dein Bruder.«

Sie zuckte zusammen. »Askanios?«

Sie hat Angst um ihren Bruder, erkannte Asandros. Er sah es in ihren Augen.

»Askanios heißt er?«

»Ja.« Ihr Gesicht hatte sich gerötet. Ihre Demut war verschwunden, jetzt wirkte sie angriffslustig. »Aber er ist nicht hier. Er ist in Pharis, und wir haben nie wieder etwas von ihm gehört.«

»Weshalb erschrickst du dann, wenn ich ihn erwähne?«

»Wir haben immer Grund, uns vor euch zu fürchten.«

»Ein Spartaner wurde mit durchschnittener Kehle aufgefunden. Ich suche seinen Mörder.«

»Weshalb kommst du dann zu mir?« Xenias Stimme klang etwas gefasster. »Askanios kann damit nichts zu tun haben.«

»Nicht, wenn er noch in Pharis ist. Ich habe einen Boten hingeschickt, der sich erkundigen soll«, log Asandros. »Wenn er noch dort ist, werde ich mich auch für ihn einsetzen.«

»Und wenn Askanios nicht in Pharis ist?«, fragte sie leise.

Asandros' Blick verdunkelte sich, und seine Stimme wurde hart wie Eisen. »Er ist also entflohen! Ist er hier? In Larmas? Oder in Arna?«

Xenias Gestalt straffte sich. »Ich weiß es nicht. Aber wenn ich es wüsste, ich würde es dir niemals sagen.«

Asandros nickte verständnisvoll, aber seine Miene blieb verschlossen. »Natürlich nicht, aber wenn er Attalos getötet hat, muss er sich stellen. Tut er es nicht, wird das ganze Dorf für seine Tat büßen. Willst du das?«

Xenia stieß ein spitzes Gelächter aus. »Wir büßen unentwegt dafür, dass wir besiegt wurden. Askanios tut, was er tun muss. Auch du tust deine Pflicht als Spartiate.«

Asandros durchfuhr es wie ein Stich. Er war nun ziemlich sicher, dass sich Xenias Bruder nicht in Pharis aufhielt. Was wusste sie wirklich, und was wusste Laryon? Ein alter Kämpfer wie er, was mochte der für einen Sohn haben! Einen gefährlichen Sohn. Auch wenn er nicht der Mörder von Attalos war, so war er doch ein verurteilter Straftäter. Für solche Gesetzlosen gab es überall genug Verstecke in den Bergen. Ob er ein Einzelgänger war oder Gleichgesinnte um sich scharte, er musste gefasst werden.

»Was weiß dein Vater?«, fragte er scharf.

»Nichts, gar nichts!«, rief Xenia schnell. »Er glaubt, Askanios sei in Pharis, er glaubt es wirklich.«

»Aber dort ist er nicht?«

»Nein. Aber ich schwöre, ich weiß nicht, wo er sich aufhält.«

Wenn Xenia es weiß, hatte sie zeitweise Kontakt zu ihm, überlegte Asandros. *Ihr Bruder war also in Larmas, oder er hat ihr eine Nachricht zukommen lassen.* Asandros wusste, er müsste sie auf der Stelle zum Sprechen bringen, aber er dachte daran, wie Damianos sie misshandelt hatte und dass die beiden Männer sie beinahe getötet hätten, und er scheute davor zurück.

»Wir finden ihn«, stieß er grimmig hervor. »Auch ohne dich. Und dann kann ich das Verhängnis von diesem Dorf nicht abwenden.« Er wandte sich brüsk ab und wollte gehen, doch dann blieb er noch einmal stehen. »Wegen Laomedon – ich kümmere mich darum. Aber wenn dein Bruder schuldig ist, kann ich nichts für dich tun.« Dann drehte er sich rasch um und ging.

Schlecht gelaunt kehrte Asandros zu Ilkanor zurück, der bei einem dünnen Bier bei Antalas saß. Ein Verdacht hatte sich ergeben, ein schlimmer Verdacht, und es wäre seine Pflicht gewesen, auf Laryon und Xenia jenen Druck auszuüben, den Ilkanor meinte, um mehr über diesen Askanios zu erfahren. Doch es widerstrebte ihm, und er wusste immer noch nicht so recht, weshalb. Er hatte schon Gefolterte gesehen und das Vorgehen stets für richtig gehalten. Aber der alte Laryon hatte ihn beeindruckt, und ein junges Mädchen zu foltern, das hielt er für barbarisch, obwohl er wusste, dass man es in diesem Fall von ihm erwartet hätte, schließlich galt es, einen Mord an einem Gefährten aufzuklären. Da durfte man sich keine Empfindlichkeiten erlauben, und zwei Heloten waren in den Augen der meisten nur zwei Hundehaufen, die man zusammenfegte und zum Kehricht tat.

Deshalb musste er seinen Gefährten Ilkanor anlügen. Das fiel ihm nicht schwer, denn das Lügen lernte ein Spartaner von Kindesbeinen an. Allerdings durfte er es nur zum Wohl der Gemeinschaft anwenden, und das war hier nicht der Fall. Mit einer Kopfbewegung befahl er Ilkanor hinauf in die Dachkammer.

»Laomedon war geschwätzig wie eine Elster. Ein übler Bursche, aber er hasst die Heloten wie wir. Er traut den heimtückischen Mord nur einem Mann zu, einem gewissen Askanios. Ein gefährlicher Mann, der angeblich in Pharis sitzen soll, aber Laomedon meint, der Bursche könne entflohen sein, es sei nicht sein erster Fluchtversuch.«

»Und wo soll er sein?«

»Das müssen wir herausfinden. Ich möchte, dass du zurück ins Lager gehst und einen Boten nach Pharis schickst. Sollte der Mann wirklich geflohen sein, nimmst du dir fünf Männer und gehst mit ihnen nach Arna. Ich werde auch dort sein.«

Ilkanor hätte gern gefragt, weshalb sie nicht die Rollen tauschten, aber er wusste, dass er bei einem Streit unterliegen würde, und nickte widerwillig.

7

Midian und Jazid erreichten Arbela um die Mittagszeit. Niemand achtete auf sie, als sie sich dem Strom der Händler und Bauern mit ihren Eselskarren anschlossen. Am Tor saß die Stadtwache mit verbeulten Helmen und zerrissenen Sandalen beim Würfelspiel, umringt von einem Haufen Gassenjungen.

Die Straße führte auf einen Platz, der von Händlern wimmelte. Er hallte wider von ihrem Geschrei. Dahinter schloss sich eine Ansammlung niedriger Lehmhütten an.

»Das ist Arbela, gefällt es dir?«

Jazid zog die Nase kraus. »Es stinkt«, brummte er. »Außerdem laufen einem die Schafe und Ziegen zwischen die Beine, und die kleinen Kinder raufen mit den Hunden um einen Bissen.«

»Na ja, es ist nicht Babylon«, gab Midian zu. »Es ist nur ein dreckiges, verlaustes Nest, aber für jemand wie mich, der wochenlang auf Dur-el-Scharan eingesperrt war, ist es das Paradies.« Er verneigte sich leutselig nach rechts und links, und die Gegrüßten verneigten sich noch tiefer vor ihm. »Ich mache mit ihnen Geschäfte«, antwortete er auf Jazids erstaunten Blick.

Aus einem Verschlag humpelte ein dunkelhäutiges Männlein in einer schmutzigen Tunika. »He, Midian, König der Betrüger und Halsabschneider! Bist du es wirklich, oder sitzen Fliegen auf meinen Augen? Wahrhaftig, wie könnte man dich verwechseln!«

»Sachlemeth, du vertrockneter Mistkäfer, wie geht es dir und deiner verwanzten Kinderschar?«, begrüßte Midian den Kaufmann herzlich.

»Sind alle wohlauf, den Göttern sei Dank.« Er warf einen Blick auf Jazid. »Den kenne ich nicht. Wo hast du denn den kleinen Krummbeinigen gelassen?«

»Tyrsus?«

»Ja, er hat jedes Mal wenigstens drei von meinen Bogen gekauft. Was führt dich so früh im Jahr her?«

»Geschäfte, Sachlemeth, die keinen Aufschub dulden.«

»Ich habe einen neuen Mann in Susa, der beliefert mich mit den besten Schwertern, die du je gesehen hast. Solche Waffen trägt die königliche Leibgarde.«

»Später, Sachlemeth, wir kommen später vorbei.«

»Wann treffen wir die Boten meines Vaters?«, drängte Jazid.

»Morgen. Ich muss erst einmal herausfinden, ob es sich bei ihnen um harmlose Boten handelt.«

Midian und Jazid durchquerten ein paar schmutzige Gassen, bis sie an ein zweistöckiges, aus Lehmziegeln errichtetes Haus kamen, von dem der ockerfarbene Anstrich abblätterte. Über der Tür hing eine Holztafel, auf der in grellen Farben von linkischer Hand ein Weinkrug und eine nackte Frau gemalt waren, umgeben von einem Laubkranz, und Jazid las:

URDUWANS GASTHAUS
Der Wein ist billig,
die Mädchen sind willig.

Jazid musste lachen. »Stammt der begnadete Vers vom Wirt selbst?«

»Ja, aber Urduwan schmiedet nicht nur Verse. Sein Wein ist das reinste Flusswasser, seine Würfel fallen stets auf die falsche Seite, und seine Gästezimmer sind bereits an Kakerlaken und Wanzen vermietet. Er ist der größte Gauner und Halsabschneider in Arbela und im Umkreis.«

Die Schenke war voller Menschen, die tranken, lachten und würfelten. Schwitzende Jungen mit blassen Gesichtern schleppten schwere Krüge, wischten Weinlachen und Erbrochenes von Tischen und Fußböden und bemühten sich, den Betrunkenen auszuweichen, die ihnen zwischen die Beine griffen. Dirnen in schmutzigen Kleidern und fettigen Haaren standen bei den Männern, die um Kupfer würfelten, und feuerten sie an.

Jazid schlug der Dunst von Wein, Bier, Schweiß und Erbrochenem entgegen; angeekelt wich er zurück; er hätte das Gasthaus gern wieder verlassen, doch Midian schob ihn vorwärts. »Da, setz dich hin, wo die beiden Meder sitzen.« Er deutete auf zwei Krieger, die am Ende eines langen Tisches vor ihren Weinkrügen saßen und mit glasigem Blick den Tanz einer Frau verfolgten, die von zwei Flötenbläsern und einem Trommler begleitet wurde.

Jazid zögerte. »Dort ist kein Platz mehr.«

Midian trat auf zwei junge Burschen zu, die mit halb offenem Mund der Darbietung folgten und darüber das Trinken vergaßen. »Seid so freundlich und macht mir und meinem Freund einen Platz frei, ihr Ochsentreiber!«

Ein Blick auf den hochgewachsenen Gast mit den Amuletten auf der nackten Brust genügte, sie verschwanden.

Midian deutete auf die Bank. »Jetzt haben wir Platz, setz dich.«

»He!«, dröhnte da eine Stimme aus dem Hintergrund. »Wer verscheucht da meine Gäste? Das kann nur Midian sein. Alter Freund, welche Freude, dich hier zu sehen!«

Urduwans zweieinhalb Zentner Leibesgewicht schwabbelten behände durch das Gedränge; sein feistes Gesicht glänzte vor Freude. »So früh in diesem Jahr? Was hat das zu bedeuten?« Sein Blick fiel auf Jazid. »Wer ist das? Doch nicht ein Neuzugang auf eurem Adlernest?«

»Nur ein persischer Geschäftsfreund.«

Er musterte Jazid mit flinken Augen. »Hübsch, jung und aus einem vornehmen Stall. Aber sehr blass. Was trinkt er? Ziegenmilch?«

»Bring uns Wein, vom Besten, aber schenke bis zum Rand voll, hörst du, Urduwan?«

»Für dich stets das Beste, Midian. Und für deinen – äh – Freund natürlich auch. Wollt ihr etwas essen? Lammbraten?«

Midian nickte. »Ja, aber ich will auch eine Nachspeise. Hast du etwas da?«

»Nein«, sagte Urduwan belegt, »da musst du Ramazur fragen.«

»Ist die Ratte hier?«

Urduwan nickte. »Er hockt dort drüben bei den Spielern.«

»So, und weshalb kommt er nicht herüber? Er muss mich doch gesehen haben? Schick ihn zu mir!«

Urduwan nickte, und seine umfangreichen Massen setzten sich wieder in Bewegung. Kurz darauf erschien Ramazur, der sich selbst als den erfolgreichsten Sklavenhändler Babyloniens bezeichnete, am Tisch und verzog das Gesicht zu einem geheuchelten Lächeln. »Midian, mein Freund, es ist schön, dich zu sehen! Ich war so von dem Falschspiel eines Elamiters hingerissen, dass ich dich nicht bemerkt habe. Verzeih mir, aber ich habe dich nicht um diese Zeit erwartet. Weshalb bist du im Winter heruntergekommen?«

»Ich habe gute Gründe.« Midian lächelte den schlanken Mann mit dem Rattengesicht freundlich an. »Setz dich doch zu uns.«

»Es ist mir eine Ehre«, murmelte Ramazur und warf Jazid einen raschen, abschätzenden Blick zu.

»Das ist Jazid, ein Perser.«

»Will er Sklaven kaufen?«

»Ich will Sklaven kaufen, Ramazur!«, sagte Midian scharf. »Also sprich, was hast du anzubieten?«

»Nichts, gar nichts diesmal«, erwiderte Ramazur und hob beschwichtigend die Hände. »Nichts für deine Ansprüche, Midian.«

»Willst du mich zum Narren halten? Eben wolltest du doch Jazid Sklaven zum Kauf anbieten!«

Ramazur senkte den Blick und flüsterte: »Für deinen Freund habe ich etwas. Gute Ware, teure Ware, verstehst du, Midian? Nichts für eine Nacht.«

Ein magerer Knabe schob sich zwischen sie und wuchtete mühsam zwei große Krüge auf den Tisch. Midian sah, wie er absichtlich etwas verschüttete und Jazid dabei unschuldig ansah. »Oh, tut mir leid, ich wische es weg.«

Jazid nickte gleichgültig, und der Knabe bückte sich, wobei er seine Hand zwischen Jazids Schenkel schob. Midian gab dem Jungen einen heftigen Stoß, und der stürzte so unglücklich, dass er mit dem Kreuz gegen eine Tischkante stieß. Es gab ein Geräusch, als breche morsches Holz.

Midian hatte sich bereits von ihm abgewandt. »Was willst du damit sagen?«, setzte er das Gespräch fort. »Dass gute Ware für mich zu schade ist, he? Es ist ein langer, harter Winter, und es war ein gefährlicher Abstieg. Ich habe Hunger, Ramazur, und ich zahle jeden Preis, verstehst du? Oder willst du kein Geld mehr verdienen?«

»Midian«, rief Ramazur beschwörend, »ich habe dich immer gut bedient, aber die Sklaven, die ich deinem Freund anbot, kann ich dir nicht verkaufen, schließlich habe ich einen Ruf zu verlieren. Und die Bauern sind feist und frech geworden, sie verkaufen ihre Kinder nicht mehr, es geht ihnen gut – zu gut, wenn du mich fragst. Schlechte Zeiten für Sklavenhändler.«

»Und das Geschmeiß, das sich in diesem Gasthaus herumtreibt? Hat Urduwan es nicht von dir gekauft? Die hässlichen Vetteln und die verhungerten Bälger?«

»Das war vor etlichen Monaten.«

Jazid berührte Midian leicht am Arm, er war totenbleich. »Ich glaube, du hast dem Jungen das Rückgrat gebrochen.«

Midians Hand fuhr in die rechte Hosentasche, und er zog zwei Silberstücke hervor. »Gib das Urduwan. Ich denke, damit ist er reichlich bezahlt für den mageren Welpen.«

Jazid starrte Midian fassungslos an.

»Er hat uns belästigt«, fügte dieser gereizt hinzu, »hast du das nicht gemerkt? Er wollte sich einen Kupferschekel verdienen, weil er glaubte, wir trieben es mit Kindern, dieser Hurensohn! Er ist es nicht wert, dass du dir seinetwegen Gedanken machst. Setz dich wieder hin, bevor du dich und mich zum Gespött machst.«

Jazid setzte sich, am ganzen Leibe vor Empörung zitternd. Er war allein inmitten dieses Abschaums, was konnte er tun? Ramazur klopfte ihm beschwichtigend auf die Schulter. »Ich kümmere mich um den Jungen, du bist schließlich Midians Freund, also auch meiner.«

Midian lachte höhnisch. »Wie, Ramazur? Hast du gerade dein gutes Herz entdeckt, oder verkaufst du den lahmen Esel noch an Kunden mit besonders ausgefallenen Wünschen?«

»Deine Seele wird von Jahr zu Jahr finsterer«, sagte Ramazur vorwurfsvoll. »Ich vermiete ihn natürlich. Solche Krüppel sind eine wahre Goldgrube, wenn man sie zum Betteln an den Straßenrand setzt.«

»Mach mit dem Jungen, was du willst, aber sieh zu, dass du heranschaffst, wonach ich verlange!«

»Du bist nie um diese Zeit in Arbela«, jammerte Ramazur und rang die Hände. »Hätte ich geahnt, dass du kommst, wäre mir kein Weg zu weit gewesen, um etwas für dich aufzutreiben. Das Missgeschick will es, dass du zwei Wochen zu spät gekommen bist. Ich hatte eine wahre Perle, und du kannst dir denken, wer sie gekauft hat.«

»Urduwan.«

»Du sagst es. Sechzehn Jahre, für ein Bauernmädchen fast hübsch, gehorsam, flink, nicht einmal dumm. Na ja –« Ramazur räusperte sich, »das ist nicht wichtig in deinem Fall, aber sie ist bestimmt gut im Bett. Nicht unberührt natürlich, schließlich lebt Urduwan nicht enthaltsam, aber vielleicht ist das sogar ein Vorteil. Sie ist dann nicht so zimperlich und macht dich schön heiß, bevor du sie – ich meine, bevor du zum Höhepunkt kommst.«

Midians Augen funkelten. »Schildere mir nicht ihre Vorzüge, wenn sie doch nicht mehr dir gehört, sondern dem Fettwanst, du Auswurf deines Standes. Willst du mich verrückt machen mit einer Sache, die ich vor zwei Wochen hätte haben können?«

»Vielleicht verkauft Urduwan sie dir.«

»Meinst du, er würde das tun?« Midians Augen flammten auf. »Rasch, geh zu ihm und frag ihn. Für dich springen dann auch zwei Silberlinge heraus, Rattengesicht!«

Jazid hielt ihn am Arm fest. »Was ist mit dem Jungen?«

»Oh ja, den hatte ich vergessen.« Midian ging auf den Jungen zu und trat ihm ins Kreuz, sodass seine Wirbel gänzlich brachen. Dann gab er Ramazur die beiden Silberlinge, die er noch in der Hand hielt. »Gib das Urduwan für den Jungen. Er wird doch nicht so unverschämt sein und noch mehr fordern?«

»Ein guter Preis«, sagte Ramazur schnell.

»Kindermörder!«, kreischte Jazid.

»Muchannath!«, zischte Midian zurück. Und das besagte auf Persisch nichts anderes als Lustknabe.

Jazid sah sich entsetzt um, ob es jemand gehört hatte. Ramazur sah ihn mit aufgerissenen Augen an. »Ist das wahr? Beim Gehörnten, ich beginne zu verstehen.« Er stieß Midian an. »Hinterlistiger! Du erscheinst mit einem Edelknaben und willst mir eine billige Nutte abkaufen. Sieh mal an, sagtest du nicht, er sei ein Perser? Ich wusste gar nicht, dass die Anhänger Ahura Mazdas sich auch diesem Gewerbe hingeben. – Was forderst du für eine Nacht, hübscher Knabe? Ich habe einen erlesenen Kundenkreis. Oder gehörst du Midian allein?«

»Ich gehöre niemand, du schmierige Krämerseele! Ich bin ein Mann von Stand, und dass ich ein Muchannath sein soll, ist eine verdammte Lüge!«

»Wenn man bedenkt, dass du kein Geld dafür genommen hast, stimmt es sogar«, sagte Midian bissig.

Jazid nahm einen großen Schluck aus dem Weinkrug. Midian zwinkerte Ramazur zu. »Vergiss Urduwan nicht und das Sklavenliebchen.« Dann machte er sich über den Lammbraten her. Er warf Jazid einen fragenden Blick zu. »Isst du nichts?«

Jazid schob seine Schüssel fort. »Ich habe keinen Appetit«, murmelte er. »Gib es den Jungen.«

Midian zog die Schüssel zu sich heran. »Ich habe es bezahlt, und ich werde es auch essen.«

Als er mühelos die zweite Schüssel geleert hatte, wischte er sich mit dem Handrücken den Mund ab und winkte einer Frau, die am Nebentisch saß und ihrem volltrunkenen Begleiter gerade in aller Ruhe die letzten Schekel aus dem Beutel stahl. Dass Midian sie dabei beobachtete, störte sie nicht. Sie steckte das Geld in ihr fleckiges Kleid und kam Hüften schwingend heran mit einem Lächeln, das verführerisch wirken sollte.

»Zeig mal, was du hast«, sagte Midian und musterte sie abschätzend.

Sie öffnete ihr Mieder und ließ ihre schweren Brüste sehen. »Gefällt dir das?«

»Ich bin beeindruckt. Und das Übrige?«

»Das zeige ich nicht umsonst«, entgegnete sie schnippisch.

Midian öffnete seine Hand, und ihre Augen wurden groß wie pralle Kirschen, denn sie sah dort wahrhaftig ein Goldstück liegen. »Reicht das?«

»Das ist ...« Sie schluckte und fing sich. »Das ist sehr großzügig«, flötete sie, »man sieht doch gleich, dass du mehr kannst als Heuschrecken rösten.« Sie hob ihren Rock, und Midian sah, dass ihre Hüften und Schenkel noch festes Fleisch hatten. So nah hatte er lange keine nackte Frau mehr gesehen, und sein Atem ging schneller. Aber er wusste, dass er sich nicht näher mit ihr befassen durfte, so sehr ihn auch die Begierde quälte.

Es war in Urduwans Gasthaus geschehen, und er würde es niemals vergessen. Siebzehn Jahre war er gewesen, als Semron ihn zu Urduwan geschleppt hatte. »Das ist Midian, mein Sohn. Kannst du dir vorstellen, dass er noch unberührt ist? Sieh ihn dir an, man glaubt kaum, dass er erst siebzehn Jahre alt ist, nicht wahr?«

»Bei Harkon, dem Rotgesichtigen, nein! Er ist ein Löwe, eine Zeder, ein Nimrod«, beeilte sich Urduwan zu versichern.

»Er ist ein Wolf, Urduwan, du wirst verstehen, was ich meine. Und er ist ein Mann, aber noch fehlt ihm das, was einen Mann erst vollkommen macht, also gib ihm eine gute Hure, die es ihm besorgt.«

»Mit Freuden, alter Freund! Du hast bereits zu lange gezögert, ihn zu mir zu bringen, denn in seinem Alter sollte er bereits einige Erfahrungen haben. Nimmst du ihn schon mit auf die Jagd?«

»Seit seinem zehnten Lebensjahr, du Maulwurf! Midian erschlägt zwanzig Männer allein im Kampf.«

»Krieger oder Bauerntölpel?«

»Wenn du nicht mein Freund wärst, Urduwan, klebte dein bisschen Hirn jetzt an der Wand. Nicht einmal unter meinen Wölfen kann es einer mit ihm aufnehmen.«

»Und bei all dem Zeitvertreib gab es nie eine Bauerndirne, der er die Beine spreizen konnte?«

»Bauerndirnen genug und auch andere Weiber. Aber Midian versteht es nicht, mit Frauen richtig umzugehen. Ich hoffe, er wird bei dir auf einen anderen Geschmack kommen.«

Urduwan grinste über sein schon damals fettes Gesicht, während Midian ihn finster musterte. Natürlich konnte Urduwan ihm nicht eine von seinen eigenen Sklavinnen geben, die waren für das gemeine Volk. Für den Sohn seines Freundes Semron musste es etwas Erlesenes sein, zumal es Midians erste Nacht sein sollte.

Midian war wenig begeistert gewesen über den Ehrgeiz seines Vaters, ihn auf diese Weise zum Mann zu machen. Aber es stimmte, er war schon vielen Frauen begegnet, aber sie hatten ihn kalt gelassen.

Urduwan war es gelungen, für Midian eine Frau zu finden, die nicht wie eine Dirne aussah. Sie war hübsch, etwas älter als Midian und selbstbewusst. Dass ihr Midians Aussehen die Sprache verschlug, wusste sie geschickt hinter artigem Schweigen zu verbergen. Als sie hereinkam und – wie man es von ihr verlangte – den Blick errötend senkte, als sei sie nicht käuflich, sondern aus gutem Haus, lächelte Midian sie an.

Semron schrie: »Mein Sohn sieht eine Frau und lächelt! Ich kann es nicht fassen. Ein guter Anfang, ein sehr guter Anfang!«

Ja, Midian lächelte, weil sie ihm gefiel. Er stellte sich vor, wie er sie entkleidete und ihren nackten Körper berührte, und die Gedanken waren angenehm. Er fühlte sein Glied steif werden und wünschte sich, bei ihr zu liegen. Sie gingen hinauf in ein Zimmer, und ihre Leidenschaften entflammten füreinander, so wie es vorgesehen war. Bis es dann geschah: Auf dem Höhepunkt versagte Midian, sein Glied wurde schlaff, und die Flamme seiner Erregung erlosch jäh, als hätte man ihn mit einem Schwall kalten Wassers übergossen. Vor Enttäuschung und Schande heulte er auf wie ein gefangenes Tier. Er hatte als Mann versagt! Sein Schädel dröhnte, als habe ihn ein stattlicher Krieger mit der Axt bearbeitet. Die Frau versuchte, ihn zu beruhigen, wie es eine erfahrene Frau bei einem Mann tut, dem so ein Missgeschick widerfährt. Doch Midian war außer sich, und ihre sanften Worte brachten ihn nur noch mehr auf. Grob stieß er ihre Hände fort, die ihn streicheln wollten.

Es ist nicht wahr!, dachte er, *es kann nicht wahr sein. Doch wenn es wahr ist, brauche ich nicht die Trostworte eines Weibes, um mich als Mann zu fühlen. Sie hat mich mit ihrem Lächeln und ihren Händen umgarnt, mich mit ihren Zärtlichkeiten verrückt gemacht und mir so die Männlichkeit gestohlen! Ich werde sie nehmen, wie ich es nicht anders kenne: mit Gewalt!*

Aber Midian war nicht der erste Mann, der es auf diese Weise bei ihr versuchte, und als sie merkte, worauf er hinauswollte, unterstützte sie ihn und spielte das schwache, unterwürfige Weibchen, das sich seiner Gewalt zitternd unterwarf, denn schließlich wurde sie gut bezahlt für die Arbeit.

Als jedoch auch dieses Bemühen Midians fruchtlos blieb und der wütende Stier sich im entscheidenden Augenblick in ein zahmes Kälbchen verwandelte, war Midians Gesichtsausdruck derartig verwirrt und hilflos, dass sie sich nicht mehr beherrschen konnte und in ein helles Gelächter ausbrach.

Midian starrte sie an. »Dafür wirst du sterben!«, flüsterte er heiser. Er zog sein Messer und hielt es der erschrockenen Frau an die Kehle. Das Bild war ihm vertraut. Süßes Gift strömte durch seine Adern und in seine Lenden. Dann spritzte warmes Blut auf ihn, und er fühlte den Höhepunkt nahen. Er röchelte wie ein Sterbender und schluchzte wie ein Kind. Als er sich erhob, war er ein verzweifelter Mann und ihr blutiger Leichnam der Beweis für sein Versagen. Die Einsicht betäubte ihn.

Später versuchte er, die Sache zu vergessen. Er ging Frauen aus dem Weg, wenn es möglich war. Aber er wusste, dass er verdammt war, niemals lieben zu können, ohne zu töten. Und er suchte seine Lust bei billigen Sklaven, die er von Ramazur kaufte. Sklaven, deren Schicksal so elend war, dass sein Dolch kein Schrecken mehr für sie war.

Midian kniff der Frau, die ihre Scham vor ihm entblößte, leicht in die Schenkel. »Du bist so, wie es sein soll, kümmere dich um meinen Freund hier.« Er wies auf Jazid, der an seinem vierten oder fünften Krug hing, weil er seine Umgebung vergessen wollte.

»Für den sorge ich«, kicherte sie und ließ ihren Rock wieder fallen. Sie zerrte Jazid mit sich, und der, betrunken wie er war, ging willig mit.

»Der arme Kerl«, murmelte Midian grinsend, »da habe ich ihm wieder eine schwere Prüfung auferlegt.«

Kurz darauf kam Urduwan in Begleitung von Ramazur an seinen Tisch und besetzte mit seinem breiten Hintern gleich zwei Plätze, sodass sich Ramazur in die schmale Lücke quetschen musste. »Du willst meine Naema kaufen?«, begann Urduwan ohne Umschweife.

»Naema heißt sie? Was für ein schöner Name. Leider so flüchtig wie der Duft einer Rose, den der Wind dir zuträgt«, spottete Midian.

»Flüchtig, verweht, tot meinst du, wie?«, brummte Urduwan. »Ich verkaufe sie nicht.«

»Den Bauernbalg? Mehr als fünf Silberstücke hast du schwerlich für sie bezahlt. Ich gebe dir das Doppelte.«

»Ich weiß, dass du gut zahlst, Midian, aber sie gefällt mir, und ich gebe sie nicht her. Naema ist ein Glücksfall: hübsch, anstellig, gehorsam und ...«

»Ach!« Midian winkte ab. »Erzähle mir nichts von ihren Vorzügen! Du willst nur den Preis treiben. Was willst du für sie haben? Eben hat mich eine deiner Huren ein Goldstück gekostet, ich gebe dir zwei. Nun Urduwan? Zwei Goldstücke für ein mageres Bauernkind, das noch nach Ziegenstall duftet.«

»Das Spiel mit dem Tod lässt du dich viel kosten.«

»Das ist meine Sache. Nun?«

»Du kennst sie ja noch gar nicht.«

»Ramazur sagte, sie sei eine Perle, und ich kann mich auf ihn verlassen.«

»Wozu willst du Perlen, wenn du sie zertreten willst?«

Midians Lippen verzerrten sich vor Wut. »Ich sagte schon, das ist meine Sache!«, schrie er. »Bei Belial, gib mir das Mädchen, oder ich brenne dieses verfluchte Hurenhaus nieder mitsamt den Gästen!«

»Geht dein hitziges Blut wieder mit dir durch?« Urduwan klopfte Midian auf die Schulter. »Ich kenne dich schon so lange, weshalb diese albernen Drohungen einem alten Freund gegenüber? Na gut, drei Goldstücke, und du hast sie.« Er hielt die Hand auf.

Midian spuckte aus, legte ihm das Geld in die Hand und wandte sich an Ramazur. »Du musst mir noch einen Gefallen tun. Geh in das Gasthaus Zum Löwen. Erkundige dich nach zwei Persern, die dort vor ungefähr zwei Wochen abgestiegen sind. Finde heraus, ob sie allein sind und mit wem sie sich in Arbela getroffen haben.«

Am nächsten Tag, als die Sonne schon hoch stand, klopfte Ramazur an die Tür von Midians Schlafkammer. Zur selben Zeit schlief Jazid noch in den Armen einer leise schnarchenden Dirne. »Midian, bist du schon wach? Ich bin es, Ramazur.«

»Komm herein!«

Der sah sich neugierig um. »Wo ist Naema?«

»In ihrer Kammer.«

»Und ist sie jetzt ...« Ramazur räusperte sich. »Ist sie tot?«

»Du kommst hierher und fragst mich aus. Hast du nicht einen Auftrag bekommen? Berichte! Die Perser sind wichtig, nicht diese Dirne.«

»Natürlich, deshalb bin ich ja hier, Midian. Ich war für dich schon sehr früh auf den Beinen. Noch ehe der Hahn krähte, bin ich in das Gasthaus Zum Löwen gegangen und holte Naharjas aus dem Bett. Das ist der Wirt.«

»Ich kenne Naharjas«, gähnte Midian. »Fasse dich kurz!«

»Er behandelte mich zu der frühen Stunde sehr unfreundlich«, fuhr Ramazur ungerührt fort. »Als er hörte, dass ich eine Auskunft von ihm wollte, hielt er tatsächlich seine breiten Pratzen hin und glaubte, ich würde etwas Blinkendes hineinfallen lassen. ›Abhacken werde ich sie dir!‹, rief ich, und da hat er mich doch tatsächlich ...« Umständlich zog er ein Tuch und schnäuzte sich die Nase, womit er andeuten wollte, dass er Manieren hatte und nicht wie das gemeine Volk den Boden beschmutzte.

Doch bevor er zum Weiterreden ansetzen konnte, hörten sie Schreie, dann Stille, dann das Schlagen einer Tür und eilige Schritte.

»Was war das?«, fragte Ramazur bleich.

»Was weiß ich? Komm, lass uns hinunter in die Schankstube gehen. Da ist es nicht so laut.«

Ramazur räusperte sich. »Du hat recht. – Wo ist denn dein persischer Freund?«

»Er schläft noch, ich habe ihm eine Hure besorgt.«

Sie setzten sich in den leeren Schankraum. Urduwan schlief

noch, aber einer seiner jungen Sklaven kam sofort herbei und fragte unterwürfig nach den Wünschen. Midian bestellte Wein und etwas zu essen für sich und Ramazur.

Wein wurde gebracht, und Ramazur fuhr mit seinem Bericht fort. Inzwischen war auch Jazid zu ihnen hinuntergewankt, noch völlig benommen von der vergangenen Nacht. Man bot auch ihm einen Becher an, aber der stieß ihn von sich. Er hatte fürchterliche Kopfschmerzen.

Ramazur meinte, Naharjas halte die beiden Perser für harmlose Kaufleute, und Midian nickte. »Das hört sich gut an. Also gehen wir!«

Auf dem Weg zu der Schenke Zum Löwen sah sich Midian immer wieder nach allen Seiten um, doch er konnte nichts Auffälliges bemerken. Als sie vor dem Haus standen, das einen besseren Eindruck machte als Urduwans Absteige, wandte sich Midian an Ramazur: »Jazid und ich gehen jetzt hinein. Ich glaube nicht, dass es eine Falle ist, aber Vorsicht ist besser. Bleib du hier und behalte die Straße im Auge. Wenn du etwas Verdächtiges bemerkst, kommst du herein. Es gibt einen Hinterausgang, den ich im Notfall benutzen kann.«

Ramazur nickte. »Verlass dich auf mich!«

Im Hintergrund des Schankraums, der um diese Zeit leer war, saßen zwei Männer, die sich leise unterhielten. »Bleib hinter mir!«, zischte Midian, dann ging er auf die Fremden zu. Sie waren wie persische Kaufleute gekleidet, doch ihre hochgewachsenen, sehnigen Körper verrieten Midians scharfem Blick die kampferprobten Krieger. Sie wandten ihm die Köpfe zu und musterten ihn rasch und abschätzend.

Jetzt trat Midian zur Seite und ließ Jazid vorbei, der zögernd auf sie zuging und dann einen hellen Freudenschrei ausstieß. »Arghun und Gharzan!«, rief er und lief auf die beiden Männer zu.

Nun lächelten die beiden Männer. Sie erhoben sich und umarmten Jazid. »Endlich!«, flüsterten sie. »Wie geht es Andragoras und den anderen?«

»Als ich die Burg verließ, ging es ihnen gut«, gab Jazid leise zurück, und fast hätte er vor Freude geweint. Arghun und Gharzan waren seine Waffengefährten und seine besten Freunde. »Dass ihr kommen würdet, hatte ich nicht mehr zu hoffen gewagt. Ihr könnt euch nicht vorstellen, wie froh ich bin, euch nach all diesen entsetzlichen Monaten zu sehen.«

Midian stemmte die Hände in die Hüften und beobachtete das herzbewegende Wiedersehen. »Auch ich bin froh, euch zu sehen«, mischte er sich ein. »Ihr habt es doch mitgebracht, das Geschenk, von dem euer Hauptmann sprach?«

Die beiden musterten Midian befremdet. Sein Auftreten war bestimmend und gebieterisch, sein Äußeres das eines ungebildeten, halb nackten Wilden. Wie sollte man dem Mann gegenübertreten?

Arghun, der Ältere, dem bereits ein ansehnlicher Bart stand, erhob sich. »Das, wovon du sprichst, ist da. Jazid lebt, also wirst du es bekommen. Bist du ein Unterhändler Semrons, den man den Einäugigen nennt?«

»Ich bin Midian, sein Sohn, den man den Falkenäugigen nennt! Und wer seid ihr?«

»Wir gehören zur Leibwache des Andragoras. Mein Name ist Arghun und das ist Gharzan, mein Waffengefährte und Freund.«

Gharzan nickte Midian kurz zu, die Hand locker am Gürtel. »Willst du dich zu uns setzen und Wein mit uns trinken? Wir in Persien verkehren selbst mit unseren Feinden höflich.«

Midian lächelte und setzte sich ihnen gegenüber. »Ein ehrenvoller Brauch, den auch wir auf Dur-el-Scharan pflegen.«

Arghun warf Gharzan einen kurzen Blick zu. »Bist du allein gekommen, oder sind noch andere Männer bei dir?«

»Der Löwe braucht keine Eskorte, wenn er zum Hund geht.«

Arghun und Gharzan warfen ihm einen tödlichen Blick zu, aber sie beherrschten sich. »Das Gold ist am Fluss versteckt. Warten wir, bis es dunkel wird. Inzwischen können wir zusammen etwas trinken, und du erzählst uns etwas über die Schwarzen Wölfe, die man in dieser Gegend wie den Leibhaftigen fürchtet.«

»Aufgebauschtes Geschwätz kleinmütiger Krämerseelen«, wehrte Midian bescheiden ab. »Wir sind nur Männer, die ihr Auskommen auf dieser Welt suchen. Aber gegen einen guten Wein habe ich nie etwas einzuwenden. Ich bevorzuge Dattelwein.«

Arghun rief nach dem Wirt. Als Naharjas gegangen war, fragte er Midian: »Kennt er dich? Er hat Angst vor dir.«

»Viele fürchten die Schwarzen Wölfe.«

»Aber du fürchtest dich nicht und bist allein in die Stadt gekommen?«

»So fragt man Leute aus. – Ah, da kommt ja unser Wein!« Midian lächelte Naharjas zu. »Nicht zittern, du verschüttest ja das kostbare Nass!« Midian tat einen langen Schluck und setzte den Krug hart ab. »Auf der Burg haben wir drei Geiseln. Mutige Männer, beim Feuerhaupte Belials! Und so edelmütig.«

»Davon scheinst du nicht viel zu halten, Sohn Semrons. Freilich, dein Vater hat einen ganz anderen Ruf, den eines Menschenschlächters.«

»Jeder übt das Gewerbe aus, das er beherrscht«, gab Midian liebenswürdig zurück. »Trinken wir auf das Gold!«

»Und auf die glückliche Heimkehr von Jazid«, ergänzte Arghun.

»Das ist auch mein Wunsch«, sagte Midian und schenkte Jazid ein warmes Lächeln, das diesen erröten ließ. »Womit schlagen wir nun die Zeit bis zum Abend tot? Mit Würfeln oder mit Weibern?«

»Mit Würfeln«, sagte Jazid schnell.

Seine Freunde nickten. »Die Frauen hier sind nicht nach unserem Geschmack.«

»So? Eure Schwänze sind sicher vergoldet und duften nach Sandelholz. Ja, dann würfeln wir eben. – Naharjas! Bring uns Würfel!«

»Wie hältst du es denn mit Frauen, Midian?«, fragte Gharzan beiläufig. »Da oben in eurem Felsennest wird es wohl keine geben, oder?«

»Nur verschrumpelte Hexen, die die Frauenarbeiten besorgen. Ich bediene mich hier in Arbela, was bleibt einem Gesetzlosen wie mir übrig? Spielen wir um Kupfer oder um Silber?«

»Spielen wir doch um das Leben der Geiseln«, sagte Jazid schnell.

Midians Augen blitzten auf. »Was für ein reizvoller Einsatz!«

Arghun zog finster die Brauen zusammen. »Um ihr Leben? Was soll das heißen? Werden sie nicht freigelassen, wenn du das Gold hast?«

Midian öffnete die Handflächen. »Ich würde ihnen nichts tun, aber für die anderen Wölfe kann ich nicht sprechen.«

»Er lügt!«, rief Jazid hitzig. »Er wird sie alle töten. Ich kenne ihn. Er ist ein blutdürstiger Dämon.«

Midian strich Jazid freundlich über die Wange. »Du übertreibst. Aber mein Vater Semron, ja, der ist ein ziemlicher Wüstling. Würde die hilflosen Männer vielleicht sogar foltern – natürlich nur, wenn er betrunken ist. Aber wenn ich sie an euch verliere, das würde er respektieren. Spielschulden sind Ehrenschulden.«

»Dann würfeln wir eben«, brummte Gharzan. »Aber können wir deinem Wort trauen? Du musst schwören auf etwas, das dir heilig und unverletzlich ist.«

Midian sah gelangweilt zur Decke. »Was ist schon heilig und unverletzlich?«

»Schwöre beim Leben Jorams!«, rief Jazid.

Midian warf Jazid einen missbilligenden Blick zu. »Du überschätzt seine Bedeutung gewaltig«, erwiderte er schroff, »aber es sei! Bei Jorams Leben.« Er zog ungeduldig die Mundwinkel nach unten. »Das wäre geklärt, und nun zu eurem Einsatz. Was haltet ihr dagegen?«

»Unser Leben«, erwiderte Arghun beherzt.

»Euer Leben? Das wäre doch nur ein Tausch, mehr nicht.« Midian lehnte sich behaglich zurück. »Aber wie wäre es mit euren

Seelen?«

»Was willst du?«, rief Arghun.

»Seelen. Drei Leben gegen drei Seelen, das scheint mir gerecht.«

»Was soll der Unsinn?«, fragte Arghun barsch. »Seelen sind doch keine Brotlaibe oder Silberschekel, die man verkaufen oder verspielen kann. Willst du uns zum Narren halten?«

»Oder Vögel, die man einfangen und einsperren kann«, ergänzte Gharzan. »Die Seele ist feiner als Luft, die du atmest. Du willst ein Nichts von uns, und ein Nichts kannst du bekommen.«

»Das schwört ihr?«, fragte Midian schnell.

»Ich schwöre es«, erwiderte Arghun verächtlich.

»Ich ebenfalls«, sagte Gharzan und lachte unsicher. »Meine Seele!« Er streckte seine Hand aus. »Hier Midian, hier habe ich sie, schlag ein, dann fängst du sie.«

Midian schob Gharzans Hand zur Seite. »So einfach wollen wir es uns nun doch nicht machen, mein Freund.« Er beugte sich über den Tisch und sah die beiden Perser durchdringend an, während Jazid, der blass dabeisaß, schreckliche Ahnungen überfielen. »Ihr werdet eurem Ahura abschwören und Belial anbeten. Ihr werdet ihn Gott nennen und Ahura Mazda einen Affen!«

Arghun und Gharzan sprangen wie ein Mann auf. »Du bist größenwahnsinnig!«, schrien sie. »Du bist ...« Verstört hielten sie inne, als habe man ihnen die Sprache geraubt. Ihre Gesichter waren grau wie ungewaschene Schafwolle. Jetzt erst ging ihnen auf, was sie diesem Teufel geschworen hatten. Sie starrten Midian fassungslos an.

Jazid wurde von einem hysterischen Lachanfall geschüttelt, und Midian gab ihm eine Maulschelle. »Wenn ihr tut, was ich verlange, verliert ihr eure Seelen, nicht wahr?«

»Das wird niemals geschehen!«, krächzte Arghun, der sich als Erster fasste. Gharzan nickte stumm dazu.

Midians Augen bekamen einen hellen, kalten Glanz. »Ihr sagt niemals? Heißt das, Perser sind eidbrüchige Halunken?«

»Vermessener!«, schrie Gharzan. »Welcher Mensch, mag er auch stark sein wie du, darf sich den Göttern widersetzen? Bist du blind, dass du ihr Wirken nicht erkennst, oder hast du dich auf die dunkle Seite geschlagen? Rufst du Dämonen an, opferst du ihnen Kinder und treibst mit Ghulen und anderen Gespenstern Unzucht? Bist du ein Magier des Teufels, den wir Ahriman nennen?«

»Ich bin ein Gesetzloser, der mit seinen Freunden in einer halb verfallenen Burg hoch in den Bergen haust, wo der Winter uns vier Monate einschließt, sodass wir fast den Verstand verlieren. Wir leben vom Raub, und wir sind nicht zimperlich mit unseren Opfern, weil das Leben uns grausam gemacht hat, deshalb sind unsere Späße manchmal etwas ausgefallen. Die Menschen halten uns in ihrer Furcht für Dämonen, ein Irrglaube, den wir gern nähren.«

Arghun schüttelte den Kopf. »Mit heiligen Dingen treibt man keinen Spott. Gott wird uns unsere Weigerung nicht als Eidbruch anrechnen.«

»Ihr wollt also nicht würfeln? Dann werden eure persischen Brüder sterben.«

»Sie würden ebenfalls lieber sterben, als einen derart entehrenden Schwur zu befolgen.«

Da öffnete sich die Tür, und Ramazur lugte herein. Midian zuckte kurz zusammen, doch Ramazur schüttelte grinsend den Kopf und kam näher. »Keine Gefahr, Midian, aber ich glaube, ich habe mir jetzt auch einen Schluck verdient.«

»Setz dich zu uns!« Midian wies auf seine Begleiter. »Das sind meine persischen Freunde. Eigentlich wollten wir gerade würfeln.«

Ramazur sah in die Runde. »Darf ich mithalten?«

»Leider wurde das Spiel abgesagt. Meinen Freunden hier war der Einsatz zu hoch, und auch für dich dürfte das zutreffen.«

»Worum war es denn gegangen? Um Gold?«

»Um Seelen, mein Freund. Und da du keine hast, hättest du nicht setzen können.«

Als die Dunkelheit hereinbrach, marschierten die vier Männer mit ihren Maultieren auf dem schmalen Pfad, der den Fluss Badhar säumte, um das Gold zu holen. Es war in einer sandigen, stark überwucherten Uferböschung vergraben.

»Jazid, bleib bei den Maultieren!«, befahl Midian. »Ihr beide geht vor und grabt die Säcke aus. Ich warte hier am Wasser. Sollten euch falsche Gedanken kommen, so denkt an eure Freunde auf Dur-el-Scharan.«

»Wir denken an nichts anderes«, zischte Arghun, »sonst wärst du bereits tot!«

Midian lachte verhalten, sagte aber nichts. Arghun und Gharzan verschwanden im Schilf, und bald darauf kamen sie mit sechs schlammnassen Säcken wieder hervor. Sie trugen sie nach oben und leerten sie aus. Zwischen den nassen Mehlklumpen schimmerte das Gold, der Preis für Jazids Leben. Zwei Säcke enthielten Goldmünzen, die anderen enthielten Schmuck und Zierwaffen. Es war der größte Goldschatz, den Midian je auf einem Haufen gesehen hatte. Dennoch bewahrte er kühles Blut. Gold war eine nützliche Sache, um Menschen zu kaufen, aber sonst bedeutete es ihm wenig.

»Dein Vater ist ein reicher Mann«, sagte er.

»Ist das genug?«, fragte Arghun. »Sind die Schwarzen Wölfe damit zufrieden?«

»Ich glaube schon, denn meine Freunde sind leicht zufriedenzustellen. Rasch, sammelt das Gold in die Säcke und bindet sie auf die Tiere.«

Als die Arbeit getan war, wollten die beiden Perser so rasch wie möglich mit Jazid verschwinden, doch Midian hielt ihn am Arm fest. »Nicht so schnell, Fürstensöhnchen. Erkläre doch zuvor deinen beiden Freunden die siebte Tugend Belials, die du so gut beherrschst.«

»Die siebte Tugend?«, stotterte Jazid. »Ich weiß nicht, wovon du sprichst, ich kenne sie nicht.«

»Aber Jazid«, sagte Midian milde lächelnd, »du warst doch mein bester Schüler und bist inzwischen selbst ein Meister darin. Es ist die Wollust, und ihre Schwestern heißen Unzucht und Hurerei. Und am liebsten treibst du es mit Männern, denn das ist Ahura besonders verhasst. Um sein Bild zu besudeln, gabst du dich den Schwarzen Wölfen hin, und unsere Umarmung in den Bergen war dein Gottesdienst. Komm, du Leuchte der Keuschheit und erkläre deinen Freunden, weshalb es so schön war, so können sie noch etwas lernen.«

Jazid wich alles Blut aus dem Gesicht. »Warum?«, schluchzte er. »Warum hast du es gesagt?«

»Weil es mich ärgerlich macht, dass ihr Perser aus der Keuschheit eine Tugend macht, obwohl die Wollust ein Geschenk der Götter ist.« Er strich Jazid über die Wange. »Vergiss mich nicht und denk manchmal an unser nettes Erlebnis oben im Berg.« Bevor Jazid sich räuspern konnte, war Midian bereits in der Dunkelheit verschwunden. Plötzlich hörte er Midian rufen: »Tissaran? Hieß das Dorf Tissaran?«

»Ja!«, schrie Jazid.

Ein entferntes leises Lachen erklang.

8

Die Nachricht aus Pharis war ernüchternd. Dieser Askanios war niemals dort angekommen und schon auf dem Weg dorthin entwischt. Der Vorfall war aus verständlichen Gründen vertuscht, der Geflohene für tot erklärt worden. Also suchte sich Ilkanor fünf Männer aus, die ihn nach Arna begleiten sollten. Sie waren begeistert von dem Vorhaben, etwaige Rebellen aufzustöbern. Von den Höhlen in der Nähe der Artemisquelle hatten sie gehört, doch in all den Jahren niemals Veranlassung gehabt, sich dort umzusehen.

Sie marschierten um die Mittagszeit los, und am Abend erreichten sie das Dorf, das sie aber nicht betraten, sondern sie schlugen ihr Nachtlager in der Nähe auf.

Asandros stieß nach einer Weile zu ihnen. Niemand machte viele Worte. Sie wollten wissen, was Asandros herausgefunden hatte. »Weiter oben gibt es eine Höhle«, flüsterte er. »Ich kenne sie, denn ich habe einmal im Winter dort Zuflucht gesucht. Sie scheint wieder benutzt zu werden. Ich sah eine dünne Rauchfahne, und es roch nach gebratenem Fleisch. Mehr konnte ich nicht erfahren, denn ich wollte mich der Höhle nicht weiter nähern.« Er sah sich im Kreis um. »Wir sind sieben. Ich schlage vor, fünf von uns nähern sich der Höhle, zwei bleiben hier und halten uns den Rücken frei.«

Bald darauf schlichen fünf Männer durch das Unterholz, Ireneos und Alkeos blieben zurück. Es ging ständig bergauf. Der Fichtenbestand wurde dichter. Hin und wieder blieben sie stehen, um zu lauschen. Es knackte und knisterte in den Zweigen, aber das war nur der Wind.

»Die Höhle muss ganz nah sein«, flüsterte Asandros.

»Wenn dort Rebellen wären, würde ich sie hören«, raunte Silas.

»Ich rieche was«, murmelte Timaios.

Sie hielten ihre Nasen in den Wind. »Ja, Brandgeruch. Haben sich wahrscheinlich einen Hasen gebraten. Die müssen sich sicher fühlen. Vielleicht schlafen sie gerade.«

Asandros richtete sich aus seiner halb gebückten Haltung auf. »Was war das eben?«

Die anderen verharrten und lauschten. »Nichts.«

»Mir war, als hätte ich aus der Richtung unseres Lagers einen Schrei gehört.«

Alle horchten in die Dunkelheit und warteten, doch da war nichts zu hören.

»War bestimmt nur eine Eule«, meinte Ilkanor wegwerfend, der mit wildem Eifer voranstrebte und keine Verzögerung wollte.

Asandros berührte glatten Fels. »Hier muss es sein. Ich gehe voran.« Sie packten ihre Schwerter. Timaios trat in etwas Staubiges, es knackte unter seinen Stiefeln. Er bückte sich und hatte warme Asche in der Hand. Rasch ließ er sie fallen, denn darunter war noch ein bisschen Glut. »Sie waren hier, aber sie sind fort.«

»Woher weißt du das?«, schnaubte Polydoros, während er sich ärgerlich Zweige aus dem Gesicht schlug. »Glaubst du, die Rebellenärsche leuchten wie Fackeln?«

»Wir würden sie schnarchen hören«, grinste Timaios.

»Nicht mal eine Katze sieht in dieser Finsternis«, meinte Silas.

»Wenn sie doch drin sind, räuchern wir sie aus!«, rief Polydoros, packte sich einen Ast und entzündete ihn an der schwachen Glut. Jäh erhellte sich ihre Umgebung. Im Feuerschein erkannten sie den Höhleneingang. Asandros zischte ihm noch ein »Vorsicht!« zu, aber Polydoros war schon mit seiner Fackel in die Höhle eingedrungen. »Kommt her!«, rief er, »sie ist leer.«

»Etwas gefällt mir nicht«, murmelte Asandros.

»Mir auch nicht«, sagte Ilkanor, der Asandros auf dem Fuß folgte. »Wenn sie in der Nähe sind, geben wir hier gute Ziele für ihre Pfeile ab.«

Polydoros tauchte wieder auf und zeigte einen abgenagten Knochen vor. »Sie waren hier und haben in aller Ruhe geschmaust.«

Asandros wich vor dem brennenden Ast in die Dunkelheit zurück und rief heiser: »Wenn sie nicht mehr hier sind, dann sind sie unten! Sie sind im Lager. Dann habe ich doch einen Schrei gehört. Lösch das Feuer, Polydoros!«

Der wollte gerade den brennenden Ast am Felsen ausschlagen, als Asandros die Hand hob. »Halt! Ich höre etwas.«

Ilkanor drückte sich in eine Felsspalte. Am Rand des Feuerscheins huschten lautlose Schatten heran. Asandros sah sie auch, nur Polydoros, der im Licht stand, konnte sie nicht sehen. Asandros verschmolz mit der Dunkelheit und spähte zu den Schatten hinüber. Sie standen jetzt mitten auf dem Pfad, der zur Höhle heraufführte. Kurz verharrten sie, dann brachen plötzlich drei Gestalten aus dem Dunkel hervor und stürzten sich auf Polydoros. Geistesgegenwärtig zog er mit dem brennenden Ast einen Kreis um sich, Asandros sprang in das Licht, sein Schwert zuckte wie eine Flamme und tötete lautlos und schnell. »Ilkanor?«, rief er halblaut.

Da fiel ihm ein Rebell mit gespaltenem Schädel vor die Füße, und von oberhalb der Höhle hörte er Ilkanor lachen. »Hier oben treiben sie sich auch herum!«

Polydoros warf den fast heruntergebrannten Ast fort. »Warte, ich komme zu dir! Hier unten hat mir Asandros keinen übriggelassen.«

Plötzlich war es dunkel. Das Holz glimmte nur noch. Asandros presste sich an die Felswand und kniff die Augen zusammen, ob den Dreien noch andere folgten. Aber der Pfad war jetzt in Schwärze getaucht. Und es war still.

Asandros überlegte noch, ob es ratsam war, an der Glut ein neues Scheit zu entzünden, da hörte er über sich ein Brechen von Zweigen. »Polydoros? Ilkanor?«

Ein Gurgeln antwortete ihm, dann die fröhliche Stimme von Ilkanor: »Ich habe noch einen erwischt! Aber diese Finsternis ist wie ein Fluch.«

»Wo ist Polydoros?«

»Kann ihn nicht sehen. Muss auf der anderen Seite wieder hinuntergeklettert sein. Und bei dir?«

»Nichts. Jedenfalls sehe ich nichts.«

Von links kam ein Knirschen. Asandros hob das Schwert. »Polydoros?«

»Stirb, Spartaner!«, hörte er es zischen, aber der Helot hätte seinen Atem bei einem Mann wie Asandros lieber sparen sollen, dem dieser Augenblick genügte, sein Schwert tief in den schattenhaften Körper zu stoßen, der röchelnd zusammenbrach.

Asandros wagte nicht, seine Freunde zu rufen, um seine Stellung nicht zu verraten. Er trat vorsichtig über den Getöteten und kroch durch das niedrige Gebüsch, bis er an scharfkantigen Steinen Halt fand und nach oben kletterte. Wo sich seine Gefährten befanden, wusste er nicht. Auch nicht, wie viele Rebellen hier noch auf sie lauerten. Er stieß gegen etwas Weiches. Vorsichtig bückte er sich, er fasste in rauen Stoff. »Ilkanor«, flüsterte Asandros, »bist du hier?«

»Asandros!«, hörte er da seinen Namen als ersterbendes Röcheln. »Sie sind hier. Fliehe, rette dich – ich ...« Es folgte ein grässliches Stöhnen, dann war Stille.

Asandros ließ sich augenblicklich zu Boden fallen und kroch durch das Dickicht, dabei verhielt er immer wieder mit angehaltenem Atem, ob er ein verräterisches Geräusch oder einen Schatten bemerkte. Plötzlich war das Stöhnen ganz nah. Asandros stützte sich an einem Fichtenstamm ab und richtete sich vorsichtig auf. Dabei bekam seine Hand ein Bein zu fassen, es war nass von Blut. »Ilkanor?«, stieß er erschüttert hervor, doch das verriet ihn. Asandros erhielt einen schweren Schlag in den Nacken und brach zusammen.

Als er wieder zu sich kam, war es hell. Er lag gefesselt in der Höhle und war allein. Vom Nacken her breiteten sich heftige Schmerzen in seine Arme und seinen Rücken aus, und er hatte Durst.

In der Höhle stand ein hochgewachsener, athletisch gebauter Mann, der eine Fackel hielt. Gekleidet war er in ein Lederwams und einen wollenen Rock, und an seinem Gürtel hing ein spartanisches Schwert. Ein um den Kopf geschlungenes Tuch hielt ihm das schulterlange Haar aus dem Gesicht, und der leichte Anflug eines Bartes zeigte, dass sein Träger noch jung war. »Ich bin Askanios«, sagte er und stellte sich breitbeinig vor Asandros hin, der sich bemühte, eine sitzende Haltung einzunehmen, doch Askanios trat ihm brutal gegen die Schulter, sodass er der Länge nach hinfiel. »Friss Staub, Spartaner!« Ein zweiter Tritt traf ihn in die Rippen.

»Ich habe von dir gehört, Askanios«, knirschte Asandros. Von seiner Lippe tropfte Blut. »Ich hielt dich für einen ehrenhaften Gegner, aber du bist nur ein tollwütiger Hund.«

»Weshalb sprichst du von Ehre, Spartaner? Ich bin nur ein schmutziger Helot, der keine Ehre kennt.«

»Was ist mit meinen Männern? Wo sind sie?«

Askanios lächelte wie ein Wolf. »Geflohen. Bis auf einen, den ich da oben erwischt habe.«

Asandros schob sich mit dem Rücken langsam an der Wand hoch, um in eine sitzende Position zu gelangen. Wen hatte es erwischt? Er hatte ihn nicht erkennen können, auch nicht seine ersterbende Stimme. Waren die anderen wirklich vor einem einzigen Mann geflohen? Oder hatte Askanios noch mehr Männer hier?

»Die beiden anderen unten im Lager wirst du auch nicht wiedersehen. Macht drei und Attalos vier, aber von meinen Männern starben fünf, also bleibst du mir noch einen schuldig, nicht wahr?«

Der Mörder von Attalos! Wie schnell waren sie ihm in die Falle gegangen. Asandros wusste, er würde in dieser Höhle sterben, und das war nur gerecht, denn eine solche Niederlage sollte kein Spartaner überleben. Er musste nur noch wissen, wer der Tote oberhalb der Höhle war.

»Er hat mir seinen Namen nicht verraten«, grinste Askanios, »aber ich will ihn dir gern zeigen.« Er packte Asandros. »Komm mit!«

Asandros sah einen Mann an einer Fichte hängen, den Leib aufgeschlitzt vom Magen bis zu den Geschlechtsteilen; am herausquellenden Gedärm fraßen schon die Bergdohlen. Es war Silas, der Jüngste in ihrer Gruppe, der sich vor Damianos' Schlägen gefürchtet hatte. Asandros schloss für einen Moment die Augen, gleichzeitig erleichterte es ihn, dass es nicht Ilkanor war, und er schämte sich dafür.

Ihn traf ein Knie im Rücken. »Geh wieder hinein! Was wendest du schmerzerfüllt den Blick ab? Das Leiden dieses Jungen wiegt nicht das Leid meines Volkes auf.«

»Nein«, murmelte Asandros, »aber er war fast noch ein Knabe.«

»Sind bei euch nicht die Siebenjährigen schon Männer?«, höhnte Askanios, während er Asandros mit einem Tritt wieder in die Höhle beförderte. Er ging vor ihm in die Hocke, um ihm in die Augen zu sehen, und spielte mit einem langen Messer. »Was ich wissen möchte, woher kanntet ihr unser Versteck? Wer in Larmas hat geredet?«

»Niemand. Ich kenne diese Höhlen.«

»Ach so. Dann war es also dein Verstand, der euch hergeführt hat?«

»Du sagst es.«

Askanios spielte weiter mit dem Messer. Plötzlich stieß er zu, tief in die linke Schulter. Asandros Lippen bebten vor Selbstbeherrschung und Schmerz. Er hörte Askanios schwer ausatmen.

»Gefällt dir das?«

Asandros machte sich innerlich bereit, einen qualvollen Tod zu erleiden. Es war schwer, selbst ein Spartiate fühlte den Schmerz, aber er hielt ihn aus, das unterschied ihn von anderen Griechen.

»Ich fragte, ob dir das gefällt?«, zischte Askanios, während er das Messer an seinem Rock abwischte.

»Nein.«

Askanios hatte wohl eine andere Antwort erwartet, etwas Heroisches vielleicht. Verblüfft sah er Asandros an.

»Ich kenne niemanden, dem das gefällt.«

»Das ist mal eine ehrliche Antwort.« Askanios grinste und warf einen flüchtigen Blick auf Asandros Wunde, die immer noch heftig blutete. »Das muss man verbinden«, murmelte er. Er ging hinaus und kam bald darauf mit einem Streifen Stoff wieder. Der dazugehörige Rock hatte wahrscheinlich Silas gehört.

Asandros begriff nicht, weshalb Askanios das tat. Sicher nicht aus Menschenfreundlichkeit.

»Ich kenne dich«, sagte Askanios, während er Asandros die Wunde auswusch und einen Kräuterverband anlegte. »Du bist mit deinem schwarz gelockten Freund nach Larmas gekommen, um herumzuschnüffeln.«

»Weshalb hast du Attalos ermordet?«

»Er hat sich an unsere Frauen herangemacht, als würden sie auf dem Markt feilgeboten.«

»Dafür wollte unser Kommandant Arna dem Erdboden gleichmachen.«

»Aber er hat es nicht getan.«

»Jemand konnte es verhindern.«

»Jemand, der seinen eigenen Gefährten niederschlug, um eine Helotin zu schützen?«

Asandros schwieg.

Askanios verknotete den Verband. »Du bringst mich in Schwierigkeiten, weißt du das?«

»Ich glaubte, ich sei derjenige, der in Schwierigkeiten steckt.«

»Ich möchte dich töten. Ich möchte dich aufschlitzen wie deinen Freund da oben an der Fichte.«

»Und was hindert dich daran?«

»Mein Vater.«

»Laryon!«

»Ja. Er sagt, du bist kein schlechter Mann.«

»Da sind wir einer Meinung.«

»Es geht dir offensichtlich schon besser.«

»Wie Ares in den Armen von Aphrodite, allerdings, nachdem sie überrascht worden sind.«

»Auch Xenia, meine Schwester, legte ein gutes Wort für dich ein. Was soll ich nun mit dir machen?«

»Vielleicht gibst du mir etwas zu trinken? Ich sterbe vor Durst.«

Askanios gab ihm seinen Wasserschlauch, und Asandros trank, bis er leer war. Dann wischte er sich über die blutverkrusteten Lippen und ließ ihn fallen. »Danke. Das war großmütig von dir. Nun lass mich durch das Schwert sterben wie ein Krieger.«

Askanios durchmaß die kleine Höhle mit kurzen schnellen Schritten. »Ich kann dich nicht töten«, stieß er gepresst hervor. »Ich habe es Laryon und Xenia versprochen.«

»Als Krieger entbinde ich dich von diesem Versprechen. Tu, was du tun musst, Askanios.«

»Was würdest du tun, wenn ich dich laufen ließe?«

»Ich wäre verpflichtet, dich zu jagen und zu töten. Und ich würde den Tod meiner Gefährten rächen.«

Askanios sah ihn nachdenklich an. »Ja, das würdest du tun.« Eine Weile schwieg er, dann sagte er: »Aber du wirst mich niemals finden, also könnte ich das Risiko wohl eingehen. Wenn du mir versprichst, keine Gewalt gegen meine Familie auszuüben.«

»Das ist nicht meine Vorgehensweise.«

Askanios lachte, und Asandros ertappte sich dabei, dass er den gut aussehenden Heloten flüchtig unter anderen Gesichtspunkten betrachtete. »Ich werde Sparta verlassen«, sagte dieser. »Vielleicht solltest du das auch einmal in Erwägung ziehen, Spartaner.«

»Ich sollte mein Land verlassen? Niemals. Wie kommst du auf eine so absurde Idee? Weshalb sollte ich das wollen?«

»Du hast keine spartanische Seele.« Askanios hob beschwichtigend die Hand. »Versteh das nicht falsch. Mein Vater hat das gesagt, und er hat das als Kompliment gemeint.«

Asandros hatte eine leise Ahnung, wovon Askanios sprach, aber es missfiel ihm dennoch. »Bei allem Respekt vor dem alten Mann, aber hier irrt er. Sparta ist meine Heimat, hier lebt meine Familie, leben meine Freunde, hier wurde ich zum Mann erzogen. Draußen in der Welt wäre ich ein Fremdling, der Söldnerdienste leisten müsste.«

»Ein edler Mann hat die ganze Welt zum Vaterland. Denk darüber nach. Sparta ist kein Land, es ist ein Kerkermeister, und ein freier Geist muss hier ersticken.« Askanios trat auf Asandros zu und schnitt ihm die Fesseln durch. »Ich werde jetzt gehen. Such nicht nach mir, in Lakonien wirst du mich nicht finden.«

Asandros richtete sich auf und rieb sich die taub gewordenen Handgelenke. Die Schulter schmerzte, aber er beachtete sie nicht. Viel schlimmer war die Qual der Niederlage und der Demütigung. Ein Helot hatte ihn besiegt und schenkte ihm großmütig das Leben. Dazu versorgte er ihn auch noch mit absurden Ratschlägen, über die er sogar nachdachte, statt sie sogleich als abwegig zu verwerfen. Aber das musste daran liegen, dass sein Verstand noch zu betäubt war, um einen klaren Gedanken zu fassen. Er wusste nur, er durfte Askanios jetzt nicht gehen lassen. Nicht, um ihn anzugreifen. Er brauchte ihn noch. Aber wofür? Weshalb fiel ihm das Denken so schwer?

Bilder durchzuckten ihn, schienen ihn zu warnen. Doch wovor? Er musste jetzt etwas sagen. Bedanken durfte er sich nicht. Es war eine Schmach, besiegt zu werden, denn ein Spartiate kämpfte bis zum Tod. Er ließ sich sein Leben nicht vom Gegner schenken. Wie konnte er Askanios also für dieses schändliche Geschenk dankbar sein? Und doch war er es. Er wollte nicht sterben. Die Erleichterung, weiterleben zu können, beschämte ihn zutiefst, und der Edelmut seines Feindes ergriff ihn, statt ihn zu verhöhnen. Mit solchen Gefühlen umzugehen, hatte Asandros nie gelernt. Woher kamen sie? Sie mussten schon immer in ihm geschlummert haben, ohne dass er es gewusst hatte. Hatte er wirklich keine spartanische Seele?

Askanios schien besser zu wissen, was in ihm vorging. Er steckte sein Messer ein, nahm den Wasserschlauch an sich und wandte sich zum Gehen. »Sag nichts, Spartaner, ich weiß, wie du dich fühlst. Aber das ist nicht mein Problem. Ich muss mein Wort halten.«

»Weshalb muss ich Männer wie dich bei meinen Feinden finden?«, murmelte Asandros. Und plötzlich wusste er, was ihn beunruhigte. »Geh noch nicht!«, rief er.

Askanios drehte sich im Höhleneingang um und grinste. »Ist dir meine Gesellschaft so angenehm?«

»Deine Familie!«, stieß Asandros hervor. »Laryon und Xenia. Du musst sie mitnehmen auf deiner Flucht. Ich kann sie nicht beschützen, jetzt nicht mehr.«

»Glaubst du, das hätte ich nicht längst selbst erwogen? Aber ich kann mich in Larmas nicht blicken lassen. Nicht in Larmas und in keinem anderen Dorf. Ich und meine Männer überleben nur in den Wäldern. Alles, was ich weiß, habe ich durch einen vertrauensvollen Boten erfahren, der bei Antalas arbeitet. Er ist übrigens kein Messenier.«

»Dann müssen wir uns etwas überlegen.«

»Wir?«

»Deine Familie wird nach dem, was hier vorgefallen ist, einer Vergeltungsaktion zum Opfer fallen, ist dir das nicht klar?«

Askanios starrte Asandros überrascht an. Schließlich stieß er einen kurzen Seufzer aus. »Ich habe mich für den Widerstand entschieden. Alle, die hier mit mir leben, wissen, was das für ihre Familien, ihre Dörfer bedeutet. Man nimmt sie als Geiseln, um uns zu brechen, aber wir dürfen darauf keine Rücksicht nehmen, wenn wir frei sein wollen. Mein Vater und meine Schwester denken wie ich. Sie unterstützen meinen Kampf und fürchten den Tod genauso wenig wie ich.«

Stolze Worte, dachte Asandros. *Doch jeder fürchtet den Tod, das habe ich soeben selbst erlebt.*

»Ich könnte dir helfen, Laryon und Xenia in Sicherheit zu bringen.«

»Du? Weshalb solltest du so eine Torheit begehen wollen?«

»Weil ich mich gefragt habe, weshalb ich eigentlich hier bin. Alles begann mit dem Mord an Attalos. Ich behauptete wider besseres Wissen, dass Rebellen an Attalos' Tod schuld seien, womit ich recht hatte, aber das habe ich damals nicht gewusst. Ich wollte nur eine übereilte Strafaktion an Arna verhindern. Und nun ist alles nur noch schlimmer gekommen. Was wir beide miteinander auszufechten haben, ist eine andere Sache, aber für mein Leben schulde ich dir das Leben deiner Familie. Allerdings müssten wir sofort aufbrechen, Eile tut not.«

Und er erläuterte ihm seinen Plan.

Nachdem der Spartiate sie verlassen hatte, wusste Xenia, dass ihr Bruder verloren war. Er, ihr Vater und sie selbst. Es war nur noch eine Frage der Zeit, bis der Feind in das Dorf einfallen würde. Hilfe war von keiner Seite zu erwarten. Die Perioken hielten sich heraus, und nach dem Vergeltungsschlag würde man ihnen neue Sklaven zuweisen. Nur einen kannte sie, der ein Herz hatte, Antalas, der Dorfvorsteher. Aber auch ihm waren die Hände gebunden. Dennoch drängte es sie, ihn aufzusuchen, denn sie wollte in der Stunde der Not bei ihrem Vater sein. Deshalb umschmeichelte und umgarnte sie Laomedon so lange, bis dieser ihr erlaubte, ihren Vater zu besuchen.

Als sie sich von ihrem gemeinsamen Lager erhob und den schnarchenden Laomedon widerwillig betrachtete, kam ihr eine Idee, die sie unter gewöhnlichen Umständen nie ausgeführt hätte, doch nun spielte nichts mehr eine Rolle. Sie hatte schon vor einiger Zeit einen Vorrat an giftigen Beeren und Pflanzen angelegt, um sich, wenn es nötig war, selbst den Tod zu geben. Doch jetzt sollte erst einmal ein anderer sterben. Sie tat Laomedon von dem Gemisch in seinen Morgenwein und huschte aus dem Haus.

Als seine Leute Laomedon am nächsten Tag tot im Bett fanden, beschuldigten sie sich gegenseitig, den verhassten Brotherrn umgebracht zu haben, doch auf die scheue Xenia fiel kein Verdacht. Ihre Abwesenheit fiel zuerst nicht einmal auf. Antalas wurde mit der Sache betraut, und dieser tat, als rühre er fleißig die Hände, um die Tat aufzuklären, aber in Wahrheit weinte er dem Opfer keine Träne nach. Er ahnte, wer ihn vergiftet hatte, aber er sprach Xenia nicht darauf an.

Laryon, der einen leichten Schlaf hatte, erwachte von lauten Männerstimmen, dann hörte er ein Hämmern unten an der Tür. *Spartaner!*, durchzuckte es ihn schmerzlich. *Sie sind schneller gekommen, als ich dachte. Nun heißt es, Abschied nehmen von dieser Welt.* Er warf einen kurzen Blick auf die Tür, wo Xenia schlief, dann erhob er sich und suchte nach einem Licht. Von unten war nun lautes Stimmengewirr zu vernehmen, er meinte, Antalas' ruhige Stimme herauszuhören. Und dann war es ihm, als riefe jemand seinen Namen mit einer Stimme, die er lange nicht mehr vernommen hatte. Er lauschte kurz, dann schüttelte er den Kopf. Das musste eine Sinnestäuschung sein.

Dennoch hastete er die schmale, dunkle Treppe hinunter und stand plötzlich einem breitschultrigen Mann gegenüber, der ihm den Weg versperrte. Ein Spartiate! Er erkannte ihn an dem schwarzen Kriegshelm, der das Gesicht bedeckte und nur die grausamen Augenschlitze offen ließ. Dieser verhasste Anblick, der ihn sein Leben lang verfolgt hatte, verfehlte nicht seine lähmende Wirkung auf ihn. Bewegungsunfähig starrte er dem Feind entgegen. Doch er fühlte sich gepackt und an eine breite Brust gedrückt. »Vater! Ich bin es, Askanios!«

»Gütiger Himmel! Wie ist das möglich?«, stammelte Laryon.

Askanios nahm den Helm ab. »Vater, wir müssen fliehen. Wo ist Xenia? Bei Laomedon ist sie nicht.«

Laryon, noch völlig verwirrt, machte eine schwache Handbewegung nach oben. Da stürmte ein weiterer Spartiate aus dem Dunkel die Treppe hinauf. Laryon konnte gerade noch einen Blick auf ihn erhaschen. Es war der freundliche Mann, der seine Tochter beschützt hatte. Aber wie, beim Zeus, war es möglich, dass er und Askanios – Laryon begriff gar nichts mehr.

Auch Xenia hatte der nächtliche Lärm aus dem Bett getrieben. Als sie vor ihre Kammer trat und einen spartanischen Krieger auf sich zu stürmen sah, stieß sie einen Schrei aus. Asandros hielt ihr den Mund zu, nahm sie auf den Arm und trug sie die Stiege hinunter. Unten ließ er sie auf eine Bank gleiten. Xenia saß dort wie erstarrt, ihre ungläubigen Blicke glitten zwischen Asandros und dem großen Mann hin und her, der sich wieder mit dem Helm getarnt hatte. »Was hat das zu bedeuten?«, flüsterte sie.

Aber Asandros hatte keine Zeit, Fragen zu beantworten. Er folgte bereits Antalas durch eine Hintertür auf den Hof, wo ein Ochsenkarren bereitstand. Sie beluden ihn mit den notwendigsten Dingen, die für eine Flucht benötigt wurden.

Der große Spartaner mit dem Helm legte Xenia eine Hand auf die Schulter. »Alles wird gut«, flüsterte er, »aber jetzt ist keine Zeit für Erklärungen.« Dann verschwand auch er. Laryon setzte sich zu seiner Tochter und sagte: »Es ist Askanios, es ist dein Bruder, er wird mit uns fliehen.«

»Askanios? Aber er ...«

»Er und der andere Spartaner, meinst du? Dieser Asandros? Ich kann mir nicht zusammenreimen, was passiert ist, aber im Moment sieht es so aus, als wollten uns die beiden in Sicherheit bringen.«

»Einer von beiden muss ein Verräter sein«, stammelte Xenia.

Laryon nickte bedächtig. »Da hast du wohl recht.«

Vor Aristarchos standen drei geschlagene Männer und erstatteten Bericht über ihr misslungenes Abenteuer. Alle drei wünschten sich den Tod, denn alles war besser, als dem Hohn der Gefährten ausgeliefert zu sein. Aber sie waren geflohen, als plötzlich mehr als zehn Männer aus dem Dickicht aufgetaucht waren. Männer, die dort jeden Baum kannten und in der Dunkelheit sehen konnten wie Eulen. Vier von den eigenen Leuten hatten sie bei ihrer Flucht zurückgelassen, vier Tote, und ihre Namen klagten sie an wie ein Heulen aus der Finsternis: Ireneos, Alkeos, der junge Silas und – ja, und Asandros.

Aristarchos hörte ihnen zu. Was er bei dieser Nachricht empfand, konnten die drei Männer nur ahnen, seine Miene jedoch war wie aus Stein gemeißelt.

»Ihr wagt es, vor mir zu erscheinen und mir das zu melden? Den Tod von vier Männern, darunter Asandros, gegen den ihr Fliegen seid. Ja, lieber möchte ich tote Fliegen betrachten, als in eure erbärmlichen feigen Gesichter zu schauen.«

Ilkanor gab sich einen Ruck. »Wir sind bereit zu sterben.«

»Zu sterben? Weshalb seid ihr nicht im Kampf gegen die Heloten gestorben? Jetzt ist es zu spät. Ich werde euch ausstoßen aus den Reihen der Kämpfer, ihr werdet zu Periöken erniedrigt.«

Die drei erbleichten. Diese Strafe war die schwerste, die sich ein Spartiate vorstellen konnte. Sie wurde bei schwerwiegendem Fehlverhalten verhängt. Mancher Spartiate hatte sich anschließend das

Leben genommen, was aber in den Augen der anderen noch verwerflicher war. Es gab einen Weg zurück, aber er war schwer und erniedrigend. Man musste sich anderen Kriegern als Waffenknecht andienen und sich in Schlachten auszeichnen, indem man sich selbstmörderisch in die vordersten Linien warf, bevor die Phalanx der Spartiaten angriff.

Polydoros und Timaios wurden der Gruppe um Damianos zugeteilt. Sie hätten die Kaserne auch ganz verlassen können, aber sie hatten nichts gelernt außer dem Dienst an der Waffe. Wenn sie nicht wie die Heloten auf den Feldern arbeiten wollten, mussten sie diese Schmach ertragen.

Ilkanor wurde der persönliche Adjutant des Kommandanten Aristarchos. Wenn er geglaubt hatte, mit ihm das bessere Los gezogen zu haben, hatte er sich geirrt. Aristarchos vergab ihm nicht, dass Asandros auf dem Schlachtfeld geblieben war, während Ilkanor lebte. Der Mann, der behauptet hatte, Asandros zu lieben. Eine Sache allerdings machte Aristarchos zu schaffen. Die Leichen der drei anderen Männer hatte man gefunden, wenn auch ihrer Kleider und Waffen beraubt, doch von Asandros' Leiche fand sich keine Spur. Damianos, der über den Tod seines Rivalen innerlich frohlockte, hatte gemeint, seine Leiche sei wahrscheinlich in eine Schlucht geworfen worden, wo ihn die Tiere verschleppt hätten.

Askanios trug den Helm von Ireneos, den er unten im Wald erschlagen hatte. Asandros trug seinen Eigenen. Sie saßen beide auf dem Kutschbock und machten einen gefährlichen Eindruck. Kaum jemand würde es wagen, sie aufzuhalten, es sei denn, eine spartanische Einheit. Aber sie hofften, sie würden keiner begegnen.

»Wohin fahren wir?«, fragte Xenia.

»Zuerst an die Küste nach Kyphania. Dann sehen wir weiter.«

Sie nahmen den Weg über die Felder und fuhren auf holperigen Karrenpfaden in die buschbestandenen Hügel jenseits des Dorfes. Nach einer guten Stunde querten sie die Heerstraße nach Attika und nahmen einen Pfad, der östlich in die Berge führte. Nach kurzem Anstieg sahen sie die gewundene Straße unter sich liegen, dann erblickten sie die Spartaner.

»Ich zähle zwölf«, stieß Askanios hervor. »Beim Hades! Nie hätte ich gedacht, dass sie unsere Spur so schnell finden würden.«

Asandros packte sein Schwert. »Damianos, das Narbengesicht, und Kleanthes, der Schnarchsack!«, rief er grimmig. »Und hinter ihnen die ganze vertrottelte Schar.«

»Wir verstecken Laryon und Xenia in den Felsen und schlagen sie zusammen«, rief Askanios grimmig und zog ebenfalls sein

Schwert.

Asandros schüttelte den Kopf. »Sie sind in der Überzahl, und alle sind mit Bögen bewaffnet. Macht euch davon. Aber auf dem Weg könnt ihr nicht bleiben. Ihr müsst den Wagen stehen lassen und zu Fuß über den Pass. Ich werde sie ablenken.«

»Wie denn ablenken?«, rief Askanios. »Du wirst ...«

»Schweig! Du kannst hier den Helden spielen und dich aufspießen lassen, mir wäre das egal, aber du bist für zwei Menschen verantwortlich, die nicht kämpfen können. Also geh und beschütze sie. Geh schon!«

Ohne eine Antwort abzuwarten, sprang Asandros vom Wagen. Die Krieger hatten sich inzwischen auf eine Speerlänge genähert, als Asandros zwischen den Felsen herausstürmte und über sie kam wie raues Wetter. Seine verletzte Schulter spürte er nicht mehr in der Hitze des Kampfes. Fünf Männer erschlug er, bevor er der Übermacht erlag, und er hörte Damianos' knarrenden Befehl: »Den will ich lebend!«

Sie warfen Asandros auf den Karren. Damianos und Kleanthes setzten sich auf den Kutschbock, die übrigen Krieger jagten den Flüchtigen nach. Damianos und Kleanthes kehrten nach Larmas zurück, wo sie Asandros in einen Schuppen des Dorfvorstehers sperrten.

Sie selbst quartierten sich bei Antalas ein.

Diese neuen Gäste waren weitaus unbequemer als die vorherigen. Sie führten sich in seinem Haus auf wie die Herren, obwohl Antalas ein freier Bürger war. Er hatte ihnen Wein eingeschenkt, und die beiden Männer hatten schon eine beachtliche Anzahl Becher geleert, was ihnen in der Kaserne verboten war. Auch die Beine mitsamt den Stiefeln auf den Tisch zu legen, war ihnen dort nicht beigebracht worden.

Antalas wusste, dass er sich über die schlechten Manieren der beiden bei der Kommandantur beschweren durfte, aber das würde nur weiteren Ärger nach sich ziehen, und er hoffte, dass das stürmische Wetter bald vorüberziehen möge.

Natürlich fragten sie ihn nach den Flüchtlingen aus. Antalas hielt sich an die Wahrheit, aber nicht allzu dicht. »Die beiden Spartaner standen einfach vor der Tür und führten meinen Sklaven und seine Tochter fort. Sie zwangen mich, ihnen meinen Ochsenkarren zur Verfügung zu stellen, was hätte ich als alter Mann tun sollen? Dass sich hinter dem einen Spartaner in Wahrheit ein Rebell verbarg, konnte ich wirklich nicht wissen.«

Damianos machte eine träge Handbewegung. Ihn kümmerte es wenig, was Antalas zu sagen hatte. Sie hatten Asandros, und die anderen würden sie auch bald gefunden haben. Und dann würde er es diesem Günstling des Kommandanten, der sich als gemeiner Verräter entpuppt hatte, ganz gewaltig heimzahlen, dass er ihn mitten im Dorf vor den Augen von Heloten niedergeschlagen und verprügelt hatte.

Am nächsten Tag kehrte der Rest der Männer ohne die Flüchtlinge zurück. Mit einem Mann wie Askanios, der schon wochenlang in den Wäldern lebte, konnten sie es nicht aufnehmen. Damianos schäumte vor Wut. Er scheuchte Antalas aus seiner eigenen Wohnstube, und die Männer nahmen an dem großen Tisch Platz, wo Antalas auch gewöhnlich Versammlungen abhielt.

Damianos machte sich zum Wortführer. Genau wie Asandros hatte er wie selbstverständlich die Führung der Gruppe übernommen, aber er besaß ein völlig anderes Gemüt. Wütend schlug er mit der Faust auf den Tisch. »Wir können es doch nicht hinnehmen, dass unsere Gefährten ungerächt bleiben!« Vor Zorn war er dunkelrot angelaufen, an den Schläfen pochten seine Adern.

»Wir haben Asandros«, warf einer ein.

»Der Verräter wird vor Gericht gestellt«, sagte Kleanthes.

»Unsinn!«, wehrte Damianos barsch ab, und sein Arm fegte dabei durch die Luft. »Im Lager weiß niemand, dass er noch lebt, sie halten ihn für tot. Also können wir mit ihm machen, was wir wollen.«

»Und was wollen wir?«, fragte ein anderer, während er hinterhältig grinste.

»Das entscheiden wir gemeinsam«, sagte Damianos großzügig und wusste dabei alle Männer auf seiner Seite. Immerhin hatte Asandros fünf ihrer Gefährten getötet. »Aber Asandros ist nicht genug«, fuhr er fort. »Wir könnten ihn tagelang martern, aber wöge das die Schmach auf, die uns die Heloten angetan haben? Vergesst nicht, sie haben Attalos und drei weitere von uns abgeschlachtet. Ihr Anführer konnte abermals entfliehen. Das schreit nach Vergeltung.«

»Wir haben keinen Auftrag dafür«, wandte Kleanthes ein.

»Den wir von Aristarchos auch nie bekommen werden«, brummte Damianos. »Deshalb werden wir zu einer List greifen.«

Am Rand des Dorfes standen die niedrigen strohgedeckten Hütten der Heloten. Kleanthes, der seiner weichen Züge wegen für die Aufgabe am geeignetsten erschien, lief gebückt durch einen kleinen Olivenhain, bis er auf den ersten Zaun traf. Ein Hund schlug an. Eine Tür öffnete sich, ein stämmiger Mann trat heraus und sah sich um. In der Hand trug er eine Sichel. »Was ist denn los, Skylax?«, brummte er. Ein zweiter Mann trat neben ihn.

»Es ist nichts«, sagte der Erste, und sie gingen wieder ins Haus.

Kleanthes wartete eine Weile, dann trat er in die niedrige Hütte, in dessen Mitte sich die Familie um einen großen Tisch versammelt hatte und ihre Abendmahlzeit verzehrte. Medon, ein bärtiger, kräftiger Mann, der den Spartiaten mit einem einzigen Faustschlag hätte zu Boden strecken können, erhob sich. »Deshalb also hat Skylax angeschlagen. Sei willkommen und setz dich zu uns.«

Seine Stimme war beherrscht, aber die anderen, Männer, Frauen und Kinder, sahen furchtsam auf den Fremden. Kleanthes bemühte sich um ein herzliches Lächeln, was ihm misslang. »Habt keine Furcht, ich komme als Freund.«

Medon lachte bitter und spuckte aus, während er einen schnellen Blick auf die Sichel warf, die er an die Wand gehängt hatte.

»Nicht jeder von uns ist ein reißender Wolf.« Kleanthes legte die Hand auf die Brust, als schlüge dort ein menschenfreundliches Herz. »Ihr habt sicher schon davon gehört, was sich im Dorf zugetragen hat. Männer von eurem Stamm haben sich gegen unsere Gesetze vergangen, haben Leute entführt und ermordet.«

Einige nickten angstvoll.

»Ich bin gekommen, um euch zu warnen. Aus Sparta ist eine Abteilung Krieger unterwegs, die über Larmas ein Strafgericht halten wollen. Nicht alle von uns heißen solche Vergeltungsaktionen gut«, betonte er mit samtweicher Stimme. »Ich und meine Gefährten sind zur Zeit Gäste bei Antalas, eurem Dorfvorsteher. Wir wollen kein Blutvergießen, deshalb rate ich euch dringend, vorübergehend in den Wäldern Zuflucht zu suchen und euch dort zu verstecken. Wir werden mit den Männern aus Sparta reden, und ich bin sicher, wir werden sie zur Umkehr bewegen können.« Und um seiner menschenfreundlichen Aussage Nachdruck zu verleihen, ging Kleanthes an den Tisch und legte dem einen oder anderen beruhigend die Hand auf die Schulter. Seine Aufgabe war es, die Heloten zu veranlassen, die Dorfgrenze zu überschreiten. In ihren Häusern waren sie sicher, denn sie waren Staatssklaven, die nur mit Zustimmung der Obrigkeit getötet werden durften. In den Wäldern jedoch waren sie Vogelfreie.

»Was sollen wir also tun?«, fragte Medon leise.

»Ladet alles, was ihr benötigt, auf einen Karren und versteckt euch in den Höhlen oben an der Schlucht der zwei Quellen. Sagt auch euren Nachbarn Bescheid, aber verhaltet euch leise.«

Etwas später beobachteten Damianos und seine Männer, wie die Heloten einen Wagen mit Decken, Krügen und Säcken beluden. Sie spannten einen Ochsen davor, Medon schwang sich auf den Sitz und lenkte das Gespann den holperigen Weg zur Schlucht hinauf. Hinter der nächsten Wegbiegung sprangen die Krieger wie junge Löwen auf den Wagen und schnitten allen die Kehlen durch. Während sie den Ochsenkarren mit den Vorräten zur Höhle lenkten, lief Kleanthes zurück zu den Hütten der Heloten. Den jungen Burschen, der ihm ahnungslos die Tür öffnete, schrie er an: »Lauft alle hinauf in die Höhle, rasch! Verbergt euch dort, ich führe euch. Sie kommen aus der Schlucht herauf und wollen euch alle töten. Bald werden sie hier sein.«

Der bedächtige Medon konnte keine Einwände mehr erheben. Die entsetzten Bewohner ließen alles liegen, die Frauen rissen ihre Kinder an sich, und alle folgten dem wild aussehen Fremden, der sich so selbstsicher als Freund und Retter anbot.

Die Männer vor der Höhle sahen, wie Männer Frauen und Kinder den Weg heraufkeuchten, offensichtlich auf der Flucht. Jetzt zögerten sie, blieben stehen und verharrten.

»Kommt näher!«, rief Damianos, und seine höhnische Stimme war wie eine scharfe Klinge.

»Wo ist Medon?« Einer der Männer hatte das gefragt.

»Im Hades!«, schrie Damianos.

»Heloten!«, brüllte Kleanthes. »Töten wir sie!«

»Ja!« Aus sieben Kehlen erscholl ein triumphierendes Geheul. Dann stürzten sie sich auf ihre Opfer, und es begann ein schauriges und unbarmherziges Gemetzel. Die jungen Spartiaten waren noch nie in einer Schlacht gewesen, hatten noch nie jemanden getötet, doch jetzt überkam es sie wie ein Rausch. Das Gefühl der Macht war wie der Ritt auf einem Adler.

Das Massaker an den Heloten war vorerst unbemerkt geblieben, da ihre Hütten sich am Rand des Dorfes befanden und die Flucht im Morgengrauen stattgefunden hatte. Doch Damianos selbst sorgte dafür, dass es bekannt wurde, schließlich sollte ihre Tat den Anschein des Rechts erhalten, und dafür sollte Antalas bürgen. Er teilte dem entsetzten Mann mit, dass er und seine Männer leider gezwungen gewesen seien, ein paar Heloten zu töten, die sich ganz offensichtlich den Flüchtlingen hatten anschließen wollen.

»Wir mussten das tun. Zur Abschreckung. Das verstehst du doch?«

Antalas konnte vor Grauen kaum ein Wort herausbringen. »Wie viele?«, krächzte er.

Damianos zuckte die Achseln. »Ein paar Hütten. Keine Sorge, wir werden euch neue schicken. Gehorsame Leute, keine aufsässigen Ruhestörer.«

Antalas dachte an seine Arbeiter. Zu manchen hatte er ein freundschaftliches Verhältnis gepflegt, obwohl das nicht gern gesehen wurde.

»Ich möchte, dass die Leichen im Laufe des Tages beseitigt werden. Ihr findet sie bei den zwei Quellen. – Was mich und meine Männer angeht, so wollen wir jetzt ein gutes Fass Wein leeren nach der anstrengenden Arbeit.« Damianos gähnte herausfordernd und grinste.

Antalas floh förmlich vor diesem Mann. Er brauchte Luft zum Atmen. Plötzlich überfiel ihn ein unkontrolliertes Zittern. Er lehnte sich an die Wand und wartete eine Weile, bis es vorüberging. Dann holte er den Wein aus einem Verschlag und warf dabei einen Blick auf den Schuppen, in dem der Spartaner gefangen gehalten wurde. Heute stand dort keine Wache. Antalas lachte in sich hinein. Nach diesem Gemetzel wollten sich alle betrinken, niemand wollte Wache schieben.

Seit zwei Tagen lag Asandros gebunden im Schuppen, und seine einzige Nahrung waren Schläge und Fußtritte gewesen. Er erduldete sie gleichmütig und blieb in seiner gekrümmten Haltung liegen, auch als er seine Fesseln längst an der schartigen Sichel zerschnitten hatte, die er unter dem fauligen Stroh entdeckt hatte. Als sich die Tür knarrend öffnete und Asandros einen hohen Schatten im Gegenlicht erblickte, sprang er ihn an wie ein Wolf. Beide Männer fielen ins Stroh. Erst als Asandros über ihm kniete, sah er, dass es Antalas war. Der stöhnte und brummte, er sei schon höflicher empfangen worden.

Asandros entließ ihn sofort aus seiner Umklammerung. »Du? Verzeih mir, ich hatte dich nicht erkannt, ich glaubte ...«

»Du glaubtest, es sei einer deiner liebenswürdigen Freunde, nicht wahr?« Antalas erhob sich und klopfte sich das Stroh aus den Kleidern. »Du bist nicht gefesselt?«

»Zum Glück fand ich vorhin das Stück einer zerbrochenen Sichel unter dem Stroh. Und dann habe ich auf Besuch gewartet.« Asandros grinste. »Leider kam der Falsche.«

Antalas nickte. »Ich konnte dir nicht helfen, sie hatten immer eine Wache vor dem Schuppen. Aber heute haben sie es versäumt, weil ...« Antalas versagte plötzlich die Stimme, er begann zu zittern, und Asandros berührte ihn mitfühlend am Arm. »Was ist passiert, Antalas? Haben sie die Flüchtlinge gefunden?«

Antalas schüttelte matt den Kopf. »Nein. Aber ihre Wut über ihr Versagen war so groß, dass sie ...« Er ballte beide Fäuste. »Sie haben die Heloten aus ihren Häusern gelockt, angeblich, um sie vor einem Vergeltungsschlag zu schützen, und an der Höhle der Zweiquellenschlucht haben sie alle gemeuchelt, Alte, Frauen und Kinder.«

»Damianos!«, knirschte Asandros. Er ging zur Tür und spähte vorsichtig hinaus. Niemand war zu sehen. »Wo sind sie jetzt?«, fragte er finster.

»Sie haben sich betrunken, um das Massaker zu feiern. Ich nehme an, jetzt schlafen alle sieben auf meinem Dachboden.«

In Asandros' Augen trat ein böses Funkeln. »Hör mir zu, Antalas. Du musst nach Sparta gehen und nach Aristarchos fragen, er ist der Kommandant der fünften Garnison. Ihm berichtest du alles, was hier vorgefallen ist. Er ist ein gerechter Mann und wird wissen, was zu tun ist.«

»Und du, Asandros?«

»Ich habe mein Leben verwirkt. Aber mach dir um mich keine Sorgen. Geh jetzt, und gehe schnell. Alles, was du verlierst, wird dir ersetzt werden.«

Antalas war keine Sekunde zu früh gegangen. Kaum war er fort, spähte der Nächste zu Asandros hinein. Es war Kleanthes. Mit einer Fackel leuchtete er dem Gefangenen ins Gesicht, dabei schwankte er wie eine Kiefer im Sturm. »Verräter! Lebst du noch?«, lallte er. »Das ist gut, sehr gut. Damianos wird dafür sorgen, dass du noch lange lebst, sehr lange.« Kleanthes kicherte vor sich hin.

»Halte dich gerade, Spartaner!«, erwiderte Asandros eisig. »Nur Schweine und Heloten saufen so unmäßig.«

Kleanthes, an Zurechtweisungen gewöhnt, zuckte zusammen. Dann fiel ihm ein, wer es gesagt hatte. »Schweine und Heloten werden geschlachtet, und wir, wir haben sie geschlachtet.« Er torkelte ein paar Schritte auf Asandros zu. »Danach wird sich ein richtiger Mann doch wohl einen Becher Roten genehmigen dürfen.«

Da schoss vor ihm aus dem Stroh etwas Bedrohliches in die Höhe, packte ihn, riss ihm die Fackel aus der Hand und schleuderte ihn mit einem Fußtritt zu Boden. Die Fackel fiel in das trockene Stroh. Asandros floh aus dem Schuppen und verriegelte die Tür. Rasch stand alles in Flammen. Als er Kleanthes' verzweifelte Schreie hörte, spannte Asandros seinen Brustkasten und atmete tief und zufrieden ein.

Die Männer bei Antalas schliefen ihren Rausch aus. Einige lagen auf den Bänken oder unter den Tischen, aber Damianos hatte es offensichtlich noch geschafft, auf seinen Strohsack unter dem Dach zu taumeln.

Ein Schatten bewegte sich im gedämpften Morgenlicht, das in die Zimmer fiel, und beugte sich hinab zu dem Schlafenden. Asandros schüttelte ihn. Damianos erwachte verwirrt und wollte eine Lampe anzünden. Sie wurde ihm aus der Hand geschlagen, sodass sich ihr Öl über den Fußboden ergoss. Dann legte sich ein Strick um seine Kehle, der seinen Kopf nach hinten riss. Der Strick wurde um den Bettpfosten geschlungen und festgezurrt.

»Wer bist du?«, gurgelte er.

Eine Fackel leuchtete ihm ins Gesicht. »Asandros bin ich. Wen hast du sonst erwartet?«

Damianos wollte den Kopf wenden, aber der Strick schnitt ihm in die Kehle. Er begann zu brüllen, der Strick würgte ihn, sein Brüllen erstarb zum Röcheln. Eine Flüssigkeit tropfte auf sein Gesicht. Ein Feuerschein zuckte vorüber, blendende Helligkeit erfüllte für die Dauer eines Lidschlags seine Welt, dann zerbarst sie zu Schwärze, denn vom heißen Lampenöl schmolzen seine Augäpfel wie Blei und schienen langsam in sein Hirn zu tropfen. Sein Mund öffnete sich zu einem grässlichen Schrei, die brennende Fackel wurde hineingestoßen und erstickte ihn. Damianos' Gesicht verbrannte zu Kohle, während seine Glieder in wildem Todestanz zuckten.

Asandros rannte aus dem Haus und schloss die Türen. Wie im Fieberschauer schleuderte er brennende Äste ins Gebälk und auf das mit Schilf gedeckte Dach. »Verbrennt zu Asche!«, brüllte er. »Der Wind soll eure Leiber in schwarzen Wolken über die Felder treiben!« Das Brennen begleitete er mit einem entsetzlichen Lachen, und seine Augen in dem rauchgeschwärzten Gesicht funkelten wie Irrlichter in einem Abgrund.

Da wurde er plötzlich von zehn, fünfzehn Männern umringt, die ihn überwältigten und zu Boden warfen. Leute aus dem Dorf, die nicht wussten, was geschehen war, die nur sahen, dass ein Verrückter alles in Brand setzte.

Die Zelle war klein, dunkel und stickig wie alle Kerkerzellen. Schräg fiel etwas Sonnenlicht durch ein kleines Fenster unter der Decke und malte Streifen auf den nackten Lehmboden. Es gab schlimmere Verliese, die tief unter der Erde lagen, wo das Stroh feucht und vermodert war, wo die Gefangenen in Ketten langsam verfaulten, weil ihre Gerichtsverhandlung hinausgezögert oder vergessen wurde.

Asandros war das gleichgültig. Die Hinrichtung, der er entgegensah, schreckte ihn nicht. Der Rausch der Vernichtung hatte ihn umarmt wie ein Freund, und die Erinnyen waren vergangen in prasselnder Glut. So als hätte der Kerker ihm zu einer klareren Sicht verholfen, die sein Denken erhellte und es reinigte von den dunklen Schleiern des Zweifels.

Er hockte mit hochgezogenen Knien an der Wand und wartete darauf, dass die Zeit verstrich. Wie lange hatte er sich nicht waschen können, wie lange nicht sein Haar scheren? Er wusste es nicht mehr. Da klopfte der Wärter gegen die Tür. »He, du hast Besuch!« Er schloss umständlich die Tür auf, und ein junger, stolzer Mann trat ein und verscheuchte den Wärter mit einer kurzen Handbewegung.

Asandros zuckte zusammen. »Ilkanor!«

Der blieb an der Tür stehen und betrachtete Asandros wie ein Geschenk. »Ja, ich bin es. Überrascht es dich?«

Asandros wollte seinem Blick nicht begegnen. »Weshalb bist du gekommen?«

»Um den Mann zu sehen, in den ein böser Geist gefahren ist, wie man sagt.«

»Sagt man das?«

»In Larmas sind zwölf Männer tot, sie starben durch deine Hand.«

»Nur zwölf? Ich wünschte, es wären mehr gewesen!«

»Du bist wirklich verrückt geworden. Was trieb dich zu dieser wahnwitzigen Tat?«

»Ist das wichtig?«

Ilkanor zog die Tür hinter sich zu. »Wir alle hielten dich für tot, aber du hast überlebt. Nun ist auch klar, warum. Askanios hat dir das Leben geschenkt. Du hast dich mit unserem schlimmsten Feind verbrüdert. Wie konntest du das tun?«

»Ich fürchte, das würdest du niemals begreifen. Es spielen da eine Menge Dinge eine Rolle, die dir fremd sind. Ich stand auf der falschen Seite. Ich habe immer auf der falschen Seite gestanden.«

»Aber nun wirst du sterben wie ein ehrloser Verbrecher!«, stieß Ilkanor bestürzt hervor. »Nicht ruhmvoll auf dem Schlachtfeld.«

»Der Tod ist überall hässlich, du Narr!«

»Ja vielleicht. Besonders, wenn es einen Freund trifft.«

»Was redest du von Freundschaft, Ilkanor? Ein Spartaner hat keinen Freund, der im Kerker auf seine Hinrichtung wartet, weil er sich mit Heloten verbündet hat. Geh! Gib dich nicht mit einem Verräter ab, das könnte deine spartanische Ehre beschmutzen.«

»Die habe ich längst verloren.«

Asandros kniff die Augen zusammen. »Wie meinst du das?«

Ilkanor ließ sich neben Asandros ins Stroh fallen und schüttelte ihn. »Beim Hades! Von mir aus hättest du diesen Askanios zum König von Sparta machen können, wenn wir nur zusammenbleiben könnten!«

»Ilkanor!« Asandros packte ihn seinerseits bei den Schultern. »So etwas darfst du nicht sagen!«

»Ich bin doch nicht allein mit dieser Meinung.« Dann berichtete er, was damals bei den Höhlen vorgefallen war und wie Aristarchos ihn, Polydoros und Timaios dafür bestraft hatte.

Asandros war fassungslos. »Er hat euch zu Periöken erniedrigt?«

Ilkanor nickte. »Ich bin sein Adjutant, und jeder Tag in seinem Dienst ist eine Bestrafung für meine Feigheit. Aber heute hat er mich belohnt.«

»Belohnt? Womit?«

Ilkanor lächelte. »Weshalb glaubst du, bin ich hier? Weil Aristarchos es erlaubt hat. Als er hörte, dass du überlebt hast, da ...« Ilkanor zögerte und grinste. »Seine Reaktion und sein Verhalten waren jedenfalls sehr unspartanisch, soviel kann ich sagen.«

Da umarmte Asandros ihn. »Danke, Ilkanor. Danke, dass ich noch gute Freunde habe. Ich glaubte schon, der Himmel über Sparta sei eingestürzt.«

»Noch jemand ist hier, der dich sehen möchte. Ich habe sie mitgebracht.«

»Sie?« Asandros packte Ilkanor bei den Armen. »Ist es meine Schwester? Ist es Elena?«

Ilkanor nickte.

Die kleine Elena! Asandros sah sie immer nur als Kind vor sich, obwohl sie bei seinem letzten Besuch daheim schon sechzehn gewesen war. So selten sie sich begegnet waren, so hatten sie sich doch immer eng verbunden gefühlt. Elena war ein quirliges Kind gewesen, immer zu Streichen aufgelegt, aber hatte er sie wirklich gekannt? Zweifellos war sie längst in die Rolle einer stolzen Mutter geschlüpft und im Begriff, dem Staat neue Helden zu gebären.

Asandros schüttelte heftig den Kopf. »Schick sie weg! Sie soll mich so nicht sehen. Mein Name ist ausgelöscht aus dem Verzeichnis der tapferen Söhne Spartas. Ich würde mich vor ihr schämen.«

»Schon wieder redest du Unsinn, Sohn des Eurysthenes«, schalt Ilkanor. »Du kennst deine eigene Schwester nicht. Sie liebt dich und würde dich auch lieben, wenn du dich über Nacht in einen üblen Athener verwandeln würdest.«

Asandros musste tatsächlich lachen und sich ganz schnell etwas Feuchtigkeit aus den Augen wischen. »Dann hol sie«, flüsterte er. »Ich würde sie wirklich gern noch einmal sehen.«

»Ich muss jetzt gehen, Asandros. Was auch geschieht, vergiss nicht, dass ich dich liebe, dich immer geliebt habe. Nimm dies.« Er drückte Asandros rasch einen Schlüssel in die Hand. »Geh nach der Wachablösung, niemand wird dich aufhalten. Aristarchos ist eingeweiht.«

Asandros starrte ihn mit offenem Mund an, und Ilkanor sprengte es schier die Brust, aber es durfte keinen tränenreichen Abschied geben. Wortlos drehte er sich um und ging hinaus.

Asandros bewegte den Schlüssel in seiner Hand. Diese Wende der Ereignisse war zu plötzlich gekommen, er wusste nicht, was er davon halten sollte, nicht einmal, ob es gut für ihn war. Aber ihm blieb nicht viel Zeit zum Nachdenken, denn Elena stürmte herein und warf sich gleichzeitig lachend und schluchzend an seine Brust.

Asandros klopfte ihr den Rücken. »Schon gut, etwas mehr Beherrschung, Schwesterlein. Du bist Spartanerin.«

»Ach, ich bin das, was du willst«, entgegnete sie und nahm sein Gesicht in beide Hände. »Es ist so furchtbar, was passiert ist, und dieses Loch hier, in das sie dich gesteckt haben, aber endlich kann ich dir einmal nah sein, so nah, wie ich es nie konnte. Das ist so wunderbar. Und dass du ...« Sie sah sich vorsichtig um und fuhr flüsternd fort: »dass du nicht hierbleiben musst. Du hast ihn doch, den Schlüssel?«

Asandros nickte. Seine Hand umklammerte ihn. »Es tut mir so leid, dass ...«

»Still!« Sie legte ihm einen Finger auf die Lippen. »Ich will überhaupt nichts hören, denn ich weiß, alles was du getan hast, war richtig, weil du einfach immer das Richtige tust. Und du tust das Richtige, weil du ...«

Asandros lachte. »Jetzt hör aber auf. Ich bin kein Gott, nur ein einfacher Soldat Spartas, jedenfalls war ich es einmal.«

Elena setzte sich neben ihn und machte ein ernstes Gesicht. »Du wirst ein neues Leben anfangen. Dabei würde ich dich gern begleiten, aber ich weiß, es geht nicht. Ich kann nicht lange bleiben, deswegen hör mir jetzt gut zu, was ich dir zu sagen habe. Unsere Mutter ist in Gedanken bei dir. Nein, sie verachtet dich nicht. Sie hat mir das hier für dich mitgegeben.« Elena holte ein Kästchen aus ihrer Rocktasche. Sie öffnete es, und es war voll mit kostbarem Schmuck.

Asandros starrte sie ungläubig an. »Woher hat Mutter den?« Die Spartaner pflegten keinen Reichtum anzuhäufen, ihre Geldwährung war aus Eisen, das außerhalb der Grenzen keinen Wert besaß. Gold oder gar Schmuck einzuführen, war verboten, weil es die Gemüter verwirrte und die Seelen verweichlichte.

»Er ist ein Geschenk unseres Vaters.«

»Unseres Vaters? Sei nicht albern. Woher soll Eurysthenes denn den Schmuck haben? Und wenn, hätte er ihn nicht unserer Mutter geschenkt. Was hätte sie auch damit anfangen sollen?«

»Unser Vater ist nicht Eurysthenes.«

»Wie bitte?«

Elena kam mit ihrem Mund nahe an sein Ohr. »Ich weiß es auch erst seit Kurzem. Mutter hat mir ihr großes Geheimnis verraten.«

Ungeduldig schüttelte Asandros den Kopf. »Was für ein Geheimnis? Dass Eurysthenes nicht unser Vater ist? Das glaube ich niemals.«

»Nein, das Geheimnis unserer toten Geschwister. Wir beide leben und sind gesund, die drei nach uns waren schwach. Weißt du es noch? Es liegt daran, dass wir beide einen anderen Vater haben. Mutter hat es mir erlaubt, dir davon zu erzählen, weil du für immer fortgehen wirst. Und den Schmuck wirst du in der Fremde brauchen.«

Asandros musste schlucken. »Und – wer ist unser Vater?«

»Damals während der schlimmen Kämpfe mit Messenien hat Eurysthenes Mutter an den Hof von König Eurykrates geschickt, um sie zu schützen. Dort war ein Mann zu Gast, in den sich Mutter verliebte. Eurysthenes konnte sie nur selten besuchen, du weißt selbst, wie das Soldatenleben ist. Deshalb schöpfte er keinen Verdacht, als sie dich und mich gebar. Er glaubte, bei den zwei oder drei Gelegenheiten, in denen er sie beglückte, hatte seine Manneskraft zwei großartige Kinder gezeugt.« Elena musste kichern.

Asandros fand das Gehörte gar nicht spaßig. »Willst du damit sagen, unser Vater ist gar kein Spartaner? Er ist ein Fremder?«

»Ja. Er heißt Zalmunna und ist Statthalter in Tadmor.«

»In Tadmor? Wo liegt denn das?«

»Mutter hat es mir gesagt, es ist eine Oasenstadt in Syrien.«

»Syrien«, murmelte Asandros. »Ist das nicht ein Land weit im Osten, wo es nur Wüsten gibt?«

»Weit ist es, das stimmt schon.« Sie streichelte ihm zärtlich die Wange. »Ich habe es dir gesagt, weil du Sparta verlassen wirst. Du sollst wissen, dass auch fremdes Blut in dir fließt.«

Asandros legte seine Hand auf die Hand seiner Schwester. »Du wirst es vielleicht nicht verstehen, aber ich fühle mich erleichtert. Ja, sehr erleichtert.«

9

»Midian ist wieder da!« Tyrsus, der gerade Wache hatte, sah ihn durch das Tor kommen und ließ jauchzend einen Pfeil von der Sehne schnellen. Er lief auf ihn zu und schwenkte den Bogen. »He, Midian, wo ist das Gold?«

Sie stießen sich zur Begrüßung die Fäuste in die Rippen. »Ich lebe noch, altes Krummbein, aber dass du zuerst nach dem Gold fragst, ist unverschämt!«

»Das Wichtigste zuerst«, lachte Tyrsus, »und dass du wohlauf bist, sehe ich. Sag es mir, bevor die anderen kommen: Hast du es?«

»Beim Gestanke Belials! Weshalb bietest du mir nicht einen Becher Wein an und ein weiches Lager, auf dem ich meine müden Glieder ausruhen kann, du geldgierige Krähe! Ich habe das Gold, ja. Ich werde dir den Bauch aufschlitzen und deinen Wanst damit stopfen!«

»Stopfe nur, du von den Göttern geliebter Besitzer des Schatzes!«, flötete Tyrsus und streckte die Hände aus. »Hier, diese armseligen Hände, die vergessen haben, wie sich Gold anfühlt, stopfe sie zuerst, über meinen Bauch reden wir später, aber ich habe furchtbar flinke Beine.«

Beide lachten schallend, und Midian hob den kleinen Jazygen, der ihm kaum bis zur Schulter reichte, hoch und schwenkte ihn im Kreis. »Es ist großartig, wieder bei euch zu sein.«

Jetzt kamen auch die übrigen Männer herbeigelaufen. Midian wurde mit neugierigen Fragen bestürmt, umarmt und mit lauten Hochrufen begrüßt. »Gebt doch Ruhe!«, rief er lachend. »Gönnt einem müden Mann, der drei Tage in den Bergen war, eine Verschnaufpause.«

»Du bist niemals müde, Midian! Dein Körper glänzt frisch wie junger Tau.« Joram deutete ein Lächeln an, ihre Blicke begegneten sich. »Schön, dass du wieder da bist.«

»Ja.« Midian wandte sich ab, damit er ihm nicht in die Augen sehen musste. Er räusperte sich, »Wo ist Semron? Ich sehe ihn nicht.«

»Dein Vater erwartet dich in der Halle«, sagte Elrek. »In ihm ist jetzt viel Bitterkeit, er weiß, dass die Zeit gekommen ist, seine Herrschaft an einen Jüngeren abzutreten. Aber versuch ihn zu schonen, denn er war groß in seiner Zeit und hat die Schwarzen Wölfe zu dem gemacht, was sie heute sind. Wir sollten das nicht vergessen.«

Semron erhob sich von seinem Platz vor dem Kamin und kam mit ausgebreiteten Armen auf Midian zu. »Komm an meine Brust, mein Sohn! Ich wollte nicht mit hinausgehen, weil meine Knochen die Kälte immer schlechter vertragen.«

Midian umarmte ihn kurz. Sie waren nicht gewohnt, zärtlich miteinander umzugehen.

»Ich bin sehr stolz auf dich, dass du es geschafft hast, und habe auch schon etliche mannshohe Krüge Wein herschaffen und genug Ziegen schlachten lassen, damit wir deine Rückkehr gebührend feiern können.«

»Und danach schlachten wir die Perser«, schrie Zorach.

»Gold- und blutgierig wie immer«, zischte Joram.

»Du willst sie doch nur schonen!«, kreischte Zorach. »Aber du wirst es schon schaffen, Midian das Vergnügen wieder auszureden!«

»Ruhe!«, brüllte Midian. »Wir wollen jetzt endlich dem versprochenen Wein und dem Ziegenbraten zusprechen.« Er winkte

Joram heran. »Setz dich zu mir!«

Zögernd stand Joram auf, er fühlte viele Blicke auf sich gerichtet. Er ging zu Midian, wo Elrek für ihn zur Seite rutschte. »Du wirst Feindschaft bei den Männern säen, wenn du mich so offen an deine Seite rufst«, sagte Joram leise, ohne ihn anzusehen. »Ohnehin glauben sie, dass du mich bevorzugst. Hast du nicht gehört, was Zorach gesagt hat?«

»Was Zorach sagt, ist so viel wert wie seine Blähungen! Ich werde der Anführer der Schwarzen Wölfe sein, und dass ich dich zu meiner rechten Hand mache, soll jeder sehen.«

»Zu deiner rechten Hand?«, wiederholte Joram betroffen. »Das kannst du nicht tun, das ist nicht Brauch bei uns, wir haben alle die gleichen Rechte.«

»Die gleichen Rechte schon, aber nicht die gleichen Fähigkeiten.«

»Gewiss, aber weshalb wählst du mich? Elrek ist stärker, Mesrim gewandter, Zorach blutgieriger und ...«

»Und du bist schöner und gebildeter«, unterbrach Midian ihn lächelnd und reichte ihm eine saftige Keule. »Für dich das beste Stück, Joram.«

Joram nahm überrascht das Fleisch und flüsterte: »Verspotten kann ich mich selbst. Seit wann sind Schönheit und Bildung bei den Schwarzen Wölfen geachtet? Diese Tugenden machen mich eher ungeeignet.«

Midian packte ein Bratenstück mit beiden Händen und biss herzhaft hinein. »Ich will dich an meiner Seite«, sagte er mit vollem Mund, »das ist ein Befehl!«

»Und ich sage dir, du begehst einen großen Fehler!«, murmelte Joram, dem vor Verlegenheit das Blut ins Gesicht schoss. »Sie werden sagen, dass ich dich beeinflusse. Und meiner Bildung hast du bisher nur Verachtung entgegengebracht.«

Midian wischte sich das Fett vom Mund und sah sich im Saal um. »Mein Wille wird Gesetz sein auf Dur-el-Scharan! Ich will mich nicht begnügen mit ein paar armseligen Dörfern und einigen unerfahrenen Kaufleuten, die der Zufall in unsere Gegend treibt. Ich will, dass selbst Nabupolassar im goldenen Babylon um seine Schätze zittert, wenn er den Namen der Schwarzen Wölfe hört! Dabei ist Bildung vielleicht von Vorteil.«

»Bei allem Respekt, Midian, aber sind deine Vorstellungen nicht zu anmaßend? Wozu willst du die Macht des Königs herausfordern? Solange wir uns von ihm fernhalten, kümmern sich seine Soldaten nicht um uns, wie man auch fernes Donnergrollen nicht beachtet. Doch wenn du ihn reizt, wird er uns mit seiner Stärke erdrücken.«

»Was fürchtest du denn?«, fragte Midian verächtlich. »Den Tod? Er ist herrlich, wenn er im Kampf kommt. Ich verbringe nicht vier lange Wintermonate hier oben mit den Männern. Ich werde hinausziehen, sie Beute machen lassen, bis sie trunken vom Reichtum sind. Wir werden rauben, niederbrennen, verwüsten und töten! Wir werden den Wein der Besiegten trinken, ihre Weiber schänden, ihr Gold verspielen. Was für ein Leben kann sich ein Schwarzer Wolf sonst wünschen? Willst du das mit mir teilen?«

»Ich folge dir überall hin«, erwiderte Joram, aber er war blass geworden.

Midian schlug ihm freudig auf die Schulter. »Dann trinken wir darauf! Und wenn du im Kampf fallen solltest, werde ich den Sterbegesang für dich anstimmen und dich beweinen, was hältst du davon?«

Joram musste lachen. »Bei der hohen Ehre stirbt man ja fast gern!«

Midian füllte ihm den Becher. »Du wirst bei meinem Tod natürlich das Gleiche tun«, erwiderte er ernsthaft. »Auf unsere Freundschaft, Joram!«

Joram stieß mit ihm an und leerte seinen Becher in einem Zug. Überschäumende Freude, Midian von nun an sehr nah zu sein, erfasste ihn, und Furcht, dieser Freundschaft nicht gewachsen zu sein, denn er wusste, dass Midian ihn nur so lange achten würde, wie er stark war.

Midian sprang auf den Tisch, breitete die Arme aus und rief mit funkelndem Blick: »Die Schwarzen Wölfe brauchen einen neuen Leitwolf. Wer mir folgen will, der hebe seinen Becher auf mein Wohl!«

Alle verstummten und sahen betreten auf Semron, der bedächtig an seinem Becher nippte. Elreks Hand zuckte, doch er wagte nicht, der Erste zu sein, der offen von Semron abfiel.

Midian sah abwartend in die schweigenden Gesichter. Da erhob sich Semron, hielt Midian seinen Becher entgegen und rief: »Ich gehe mit meinem Sohn!«

»Midian! Midian!«, brüllten da alle erleichtert.

»Ich führe euch in die Hölle!«, schrie Midian und lachte heiser. »In die Hölle für die anderen – für uns das Paradies! Trinken wir auf herrliche Gemetzel und unermessliche Beute!«

Alle erhoben sich und tranken ihm zu. »Mit Midian in die Hölle!«, schrien sie und sprangen auf die Tische; sie umarmten sich, stampften mit den Füßen und schlugen sich vor Freude fast die Rippen ein.

»Lasst Wein in Strömen fließen!«, brüllte Tyrsus und goss seinen Becher über Zorach aus. Der kippte Tyrsus den Rest seines eigenen Bechers ins Gesicht. »Nein, lasst Blut in Strömen fließen!« Er starrte mit glasigen Augen auf Midian. »Was ist mit den Persern? Sollen wir sie so lange durchfüttern wie den Sohn Ardaschirs?«

Midian öffnete bedauernd seine Handflächen. »Tut mir leid, Zorach, ich habe sie beim Würfeln verspielt.«

»Was?«, schrie Zorach enttäuscht. »Alle drei? So schlecht spielst du nicht! An wen?«

»An Jazid.«

»Der Bursche hat dich beim Würfeln übertölpelt?«

»Er hatte mehr Glück.«

»Und du lässt die Perser wegen eines Würfelspiels frei?«, höhnte Zorach, während er sich mit beiden Händen den Wein aus den Haaren schüttelte.

»Fang dir selbst ein paar Perser, wenn du Blut sehen willst.«

»Die Wolfshöhle ist zum Schafstall verkommen«, brummte Zorach und rammte sein Messer tief in die Tischplatte.

Jorams Wangen glühten. »Ist das wahr?«, fragte er Midian, »du hast die Perser verspielt?«

»So ist es. Nur Andragoras habe ich behalten.«

»Wie wäre es«, fragte Joram ungehalten, »wenn du noch einmal würfeln würdest, diesmal mit mir um Andragoras?«

»Ich sehe deinen Einsatz nicht. Wer um ein Menschenleben spielen will, muss ein anderes Leben dagegensetzen.«

Joram schlug auf den Tisch. »Es gilt!«

Midian lächelte Joram unter halb geschlossenen Lidern an. »Wie scheinheilig! Du weißt ganz genau, dass ich meinen Gewinn nicht eintreiben werde.«

»Weiß ich das?« Joram zeigte auf seine Narbe am Oberschenkel. »Ich bin mir nicht so sicher.«

»Besser ein Messer im Bein als im Bauch, Joram. Du weißt doch, weshalb ich es tat.«

»Nichts weiß ich!«, schnaubte Joram. »Verlierst du den Verstand, wenn dich die Wollust packt? Ist es das?«

Midian stieg das Blut zu Kopf. »Nein! Es ist so, dass ...« Er warf Joram einen ärgerlichen Blick zu. »dass ein Mann darüber nicht sprechen kann.«

»Worüber kann ein Mann nicht sprechen?«, fragte Joram unwillig und fügte dann gedehnt hinzu: »Es sei denn, er – aber das kann ich nicht glauben.«

Midian packte ihn am Rock. »Sag mir, was du denkst!«

»Vielleicht hier, wo jeder es mithören kann?« Er warf Zorach, der lange Ohren machte, einen ärgerlichen Blick zu.

»Hm.« Midian sah sich um. »Komm mit!« Den anderen rief er

zu, sie gingen eine Runde würfeln. Sie nahmen ihre Becher und hockten sich in eine Nische auf den Fußboden.

Joram rückte vorsichtig aus Midians Reichweite. »Ich will dich nicht kränken«, sagte er zögernd. Dann räusperte er sich. »Womöglich versagst du im entscheidenden Augenblick als Mann?«

Midian lachte unfroh. »Behutsamer hätte es ein unberührtes Mädchen seinem Mann in der ersten Nacht nicht beibringen können.«

»Ich habe es also getroffen?«

»Ja, nur wenn ich dabei töte, versage ich nicht. Deshalb habe ich dich zurückgewiesen.«

»Das ist furchtbar«, murmelte Joram und wusste nicht, wohin er in seiner Befangenheit den Blick lenken sollte.

»Ich musste es tun. Und nun vergiss, dass ich es dir erzählt habe.«

»Wie kann ich das vergessen?«, flüsterte er. »Weißt du nicht, wie sehr ich dich begehre?«

Midian zuckte zusammen, ein stechender Schmerz fuhr ihm durch den Kopf. Joram? Ausgerechnet Joram, der allen die kalte Schulter zeigte? Begehren? Was bedeutete das? Liebe? Bei Belial! Nur keine Liebe! »Du weißt nicht, was du redest!«, fuhr er Joram barsch an. »Schenke anderen dein Herz. Ich bringe den Tod.«

»Aber mich würdest du nicht töten.«

»Nicht bei klarem Verstand. Im Rausch kenne ich mich nicht mehr.«

»Vielleicht wirst du bei mir nicht versagen«, sagte Joram leise.

Midian lächelte. »Hier sind alle scharf auf deinen hübschen Hintern, und ich auch. Bei Belial, so ist es eben! Wenn die anderen dir schöne Augen machten, bin ich kühl geblieben, obwohl mir manchmal der Atem versagte. Aber es ist zu gefährlich, und ich will nicht, dass wir deswegen zu Feinden werden.«

Joram griff sich an die Schläfen. In seinem Kopf war ein Klingen, als jubilierten dort Lerchen und Nachtigallen.

»Was hast du denn? Ist der Wein dir so schnell zu Kopf gestiegen?«, brummte Midian, »oder verkneifst du dir mühsam ein Kichern?«

Joram strahlte Midian an. »Cherubim und Seraphim, du liebst mich! Beim Geiste Samuels, es ist wahr!« Er sprang auf, schwang seinen Becher und stieß einen so durchdringenden Freudenschrei aus, dass sich alle nach ihm umsahen.

»Joram ist ja schon jetzt völlig besoffen«, dröhnte Semron.

Der begann selig lächelnd mit wiegenden Schritten zu tanzen, wobei er Stück um Stück seiner Kleidung ablegte, bis er halb nackt war. Das Lachen und Schreien der Männer verstummte, sie starrten auf Joram, dessen schöner Körper sich mit sinnlichen Gebärden zu einer lautlosen Musik bewegte.

»He!«, röchelte Zorach, »das ist kein Spaß mehr. Du musst es ihm verbieten, Midian!«

»Ja, Joram muss sich nicht wundern, wenn wir über ihn herfallen!«, rief ein anderer.

Joram zückte sein Messer und duckte sich herausfordernd. Mit dem Messer in der Hand begann er sich weiter zu drehen, die anderen aus den Augenwinkeln beobachtend.

Midian hockte am Boden und verfolgte Jorams Tanz mit flackernden Blicken. *Dieser hinterhältige Hebräer!*, dachte er. *Zuerst führt er sich auf, als habe er das ewige Leben erhalten, und dann lässt er mich an meiner Wollust ersticken. Natürlich hat Zorach recht, man muss es verbieten. Ich sollte wenigstens die Augen schließen.*

Semrons Gesicht war blaurot angelaufen. »Diese Hure, diese verdammte Hure!«, zischte er, konnte aber nicht den Blick von Joram wenden, und unter dem Tisch wanderte seine Hand an einen Ort, der sich sehr einsam fühlte.

»Man sollte ihn vom Felsen stürzen!«, stöhnte Zorach und verdrehte die Augen. Selbst Mesrim, der hagere Amoriter, verbarg sein heißes Gesicht hinter einem großen Krug.

Joram bewegte seine flachen Bauchmuskeln, ließ herausfordernd seine Hüften kreisen und hielt seinen leeren Becher hoch. »Wer von meinen Freunden schenkt mir ein?«

Ein allgemeines Scharren war zu hören. Jeder wollte gern in Jorams Nähe kommen und ihm zu Diensten sein. Aber Midian, der Joram am nächsten saß, kam den anderen zuvor. Er sprang auf und reichte Joram den eigenen Becher. »Trink!«, forderte er ihn heiser auf, »trink, und dann hör auf damit!«

»Danke, Midian«, hauchte Joram entzückt, »aber mir ist nach Tanzen. Ich höre nur auf, wenn du mir sagst, dass du mich liebst.«

»Ich liebe dich, und du hast mich verrückt gemacht, genügt dir das?«, gab Midian leise zurück.

»Nein.« Joram schenkte Midian ein betörendes Lächeln. »Überlass mir den Perser!«

»Du Schlange! Hundert Perser gäbe ich dafür, wenn ich dich jetzt haben könnte. Bei Belial! Es ist hinterhältig, mich so in die Enge zu treiben, obwohl du weißt, dass –«

»Was weiß ich?«, lachte Joram unbekümmert. »Ich habe alles vergessen, das sollte ich doch? Schenk mir Andragoras und eine Nacht, dann setze ich mich folgsam zu den anderen, trinke meinen Wein und bete zum Gott meiner Väter.«

»Du kannst ihn haben, damit du Ruhe gibst«, zischte Midian,

»und sei es nur, um Zorach zu ärgern. Aber das andere vergiss!«

»Man kann nicht gleich alles haben«, grinste Joram und wandte sich mit hocherhobenen Armen an die Schwarzen Wölfe: »Freunde! Der Tanz ist aus, sagt euren Gemächten, sie können sich wieder schlafen legen. Aber was seid ihr für faule Lumpen? Könnt ihr nur saufen und euch den Bauch vollschlagen? Ich will, dass unser Lied gesungen wird. Wer erhebt sich und trägt den ersten Vers vor?«

Semron, der sich erleichtert hatte, stand auf und strahlte. »Ja, unser Lied! Das ist heute ein großer Tag, also müssen wir auch das Lied singen. Ich kann natürlich nicht anfangen, meine Stimme klingt wie eine verrostete Türangel.«

Zorach, von Wein und Tanz beflügelt, wollte die ersten Worte krächzen, aber er wurde niedergeschrien. Elrek stand auf und grinste verlegen. »Stell dich auf den Tisch, damit es weiter klingt!«, rief sein Nachbar. Elrek wurde rot wie ein Knabe, aber er stieg auf den Tisch und sagte: »Ich beginne, um Midian, unseren Anführer, zu ehren.« Und er sang mit rauer Bassstimme die ersten Verse:

> Sage mir, Ostwind, wann es tagt
> und wann am Berg das Eis bricht,
> dass ich mein geliebtes Schwert umgürte.
> Dass ich umgürte meinen Dolch
> mit der schönen, scharfen Klinge
> und in die Ebene hinabsteige.
> In die Ebene und in die Dörfer
> und die lange Straße der Karawanen
> und mache satte Raben.

An dieser Stelle fielen die anderen Männer in die schwermütig getragene Melodie mit ein. Manchmal etwas falsch, aber brausend und ungestüm wie ein Wildwasser kam ihr Gesang:

> Ich mache auch ganz Reiche arm
> und dass die Frohen nicht mehr lachen,
> aus Leben mach ich schwarzen Tod.
> Ich mache Mütter ohne Söhne
> und Weiber mach ich ohne Männer
> und dass die kleinen Kinder weinen.
> Dass sie weinen ohne ihre Mütter
> und die Sonne nicht mehr sehen.
> Sage mir, Ostwind, wann es tagt!

Als die letzten Töne verklungen waren, schwiegen sie eine Zeit lang, so ergriffen waren sie von ihren eigenen Worten. Zögernd und fast verlegen griffen sie zu ihren Bechern, und der kleine Jazyge versteckte sich dahinter, denn ihm rollten dicke Tränen in seinen struppigen Bart, weil er an die Zeit dachte, als er noch mit seinen Brüdern am Lagerfeuer in der Steppe gesessen und gemeinsam mit ihnen ähnliche Lieder gesungen hatte.

Mesrim, die Klinge, unterließ ausnahmsweise eine zynische Bemerkung, weil auch er einst eine Heimat gehabt hatte zwischen grünen Hügeln am Jordanufer, wo in der Ferne die schneebedeckten Gipfel des Libanon in der Sonne glänzten.

Midian kannte diese verdächtige Stille; er hatte nur Verachtung dafür übrig, denn seine Heimat war Dur-el-Scharan in den zerklüfteten Felsen des Zagros, eine andere Erinnerung hatte er nicht. Andragoras' Tod wäre jetzt die passende Antwort auf das Lied gewesen, doch Jorams Reize hatten ihn zu einer unbedachten Zusage verleitet.

Der stand noch immer halb nackt vor ihm und war der glücklichste der Schwarzen Wölfe an diesem Abend. Eine ungewohnte Zärtlichkeit für den hübschen Hebräer ergriff Midian plötzlich, und ein heftiger Schmerz, ihm seine Sehnsucht nicht erfüllen zu können. Er ärgerte sich, dass er jetzt ebenso betreten wie die anderen dreinschaute, und schüttelte sich. Dann lehnte er sich an die Wand und schloss die Augen. Jäh durchbrachen Töne von wunderbarer Tiefe und Klarheit das Schweigen, wie ein breites Wasser, das gewaltig und doch ruhig dahinströmt. Midian sang, und noch nie hatte ihn jemand singen hören. Die vertraute Melodie erfüllte den Saal, schön und schrecklich zugleich wie die himmlischen Posaunen des Jüngsten Gerichts:

> Sage mir, Ostwind, wann es tagt,
> und wann die goldenen Städte brennen
> und die Paläste graue Asche werden.
> Ich mache Menschen ohne Hoffnung,
> und Tempel mach ich ohne Götter,
> und dass die Götter weinen ohne ihre Opfer.
> Dass sie weinen ohne ihre Priester
> und die Altäre nicht mehr kennen.
> Ich mache auch Völker ohne König.
> Könige mach ich ohne Reiche,
> in denen unter Blut die Saat verdirbt
> und unter Leichen ihre Flüsse.
> Mit meinem Schwert steige ich hinab,
> wenn das Eis bricht im wilden Zagros.

Wenn im Osten der neue Tag anbricht.

Als Midian geendet hatte, bebte er am ganzen Leib, und seine Erregung teilte sich den anderen mit, wie ein Funke überspringt und das trockene Stroh in Brand setzt. Wie Joram sie durch seinen Tanz in wollüstiges Entzücken versetzt hatte, so rauschte jetzt, aufgepeitscht durch die Worte, die von der auf- und abschwellenden Melodie getragen wurden, das Blut durch ihre Adern und weckte das Verlangen zu töten. Die Stimme Midians, alles durchdringend, aufwühlend und dabei wunderbar samten, entfesselte ihre Sinne bis zum Rausch; ihre Begierden zerrten und heulten wie hungrige Kettenhunde. Auch Joram erlag diesem Taumel.

»Wann wird es endlich Tag?«, schrien sie und begannen, die Verse in wildem Durcheinander zu grölen, doch das Eis im Zagros brach noch nicht. Noch verschreckte der eisige Atem des Winters die lauen Frühlingswinde, und unter dem Krachen und Bersten der Gletscher wagte sich kein Grashalm hervor.

Die Schwarzen Wölfe aber spürten bereits die Frühlingsstürme in sich toben. Sie drängten sich um Midian wie ein Bienenschwarm, schlugen ihm begeistert auf die Schulter und fragten: »Was hast du vor? Willst du uns bis nach Babylon führen?«

»Nur bis Babylon?«, wiederholte Midian lachend. »Ist dort das Ende der Welt?«

Semron kratzte sich den Bart und sah Midian durchdringend an. »Deine Stimme zu hören und danach untätig sein zu müssen, reißt einem Schwarzen Wolf das Herz aus dem Leib. Hast du die Perser wirklich verspielt? Ist da nichts zu machen?«

Midian, ebenso in Flammen wie die anderen, warf Joram einen lauernden Blick zu. »Ich fürchte, ich kann die Perser nicht länger vor den Männern beschützen«, flüsterte er.

»Dann gib ihnen Andragoras, der gehört jetzt mir«, warf Joram heiser ein. »Ich habe nicht geschworen, ihn zu verschonen.«

Midian starrte ihn an. »Was sagst du? Willst du, dass er stirbt?«

Joram sah Midian an, und seine Augen waren dunkel, glänzend und hungrig »Die Männer wollen es, und du willst es, Midian. Für dich will ich den Tod heute Abend zu Gast laden, damit dein Herz sich sättige, wie du meins gesättigt hast.«

»Ha«, lachte Midian, »du weißt nicht, was du redest. Du hast den roten Rausch.«

»Ja!«, rief Joram herausfordernd, »du nicht?«

»Du erstaunst mich, Joram, ich erkenne dich nicht wieder.«

»Ich weiß selbst nicht, was mich so aufgewühlt hat. Woher kommt das Fieber? War es dein Lied oder ist es deine Nähe, die mich trunken macht? Ich brenne, Midian, das Entzücken überschwemmt mich. Lindere das Feuer, es bedarf nur eines Wortes von dir.«

Semron grinste. »Ist dir endlich ein Wolfsherz gewachsen, Joram? Nun, ich finde, das bist du uns auch schuldig nach deinem aufreizenden Tanz, der alles versprach, aber nichts erfüllte.«

»Alle Blicke ruhen auf uns«, stieß Joram heiser hervor, »zeig es ihnen, Midian! Wenn wir uns im Liebesrausch umarmen, soll ihnen vor Verlangen der Schaum von den Lippen tropfen.«

Jorams Worte peitschten Midians Blut wie aufbrandende Meereswogen. Heftig zog er ihn zu sich heran und schob ihm seine Hand unter das Gurtband, bis dieser laut stöhnte. »Weißt du, Joram, dass der fiebrige Glanz deiner Augen unwiderstehlich ist? Wie schön ist es, dass du heute ein Wolf bist und ich dich ...« Er verstummte und grub ihm leidenschaftlich die Zähne in den Nacken, sodass Joram vor Lust aufschrie und sich alle nach ihnen umsahen.

Der Anblick verschlug allen, außer Zorach natürlich, die Sprache. »Wer hätte das gedacht!«, stieß er mit rotem Gesicht hervor, »unser spröder Jahweanbeter lässt sich beißen!«

Die anderen sahen den beiden gebannt zu, denn es war ein ungewohnter Anblick, die beiden schönen Männer in sinnlicher Umarmung zu sehen. Nur Zorach konnte seinen Mund nicht halten: »Midian küsst ihn, das ist ungerecht. Hier muss alles geteilt werden, auch die Wollust. Weshalb haben wir denn damals die Weiber vom Felsen gestürzt? Weil mancher sie für sich allein haben wollte!«

»Das stimmt«, brummte Semron, »aber Joram ist kein schwaches Weib. Sein Dolch ist scharf, und sein Liebhaber ist Midian. Reiß ihn aus seinen Armen, wenn du kannst, Zorach, sonst schweig still!«

»Du bist wirklich alt geworden«, maulte Zorach, »früher hast du anders geredet.« Er trank hastig seinen Becher leer und stierte auf Midian und Joram, die er verschwommen hinter dem Dunstschleier der Trunkenheit wahrnahm.

Midian betrachtete Joram, der hektische rote Flecken im Gesicht und am Hals hatte. Jetzt war dieser zu allem bereit. Aber da war die Stimme, die ihm zuflüsterte: Wenn du vor ihren Augen versagst, bist du ihrem Hohngelächter ausgeliefert! Dann musst du die Schwarzen Wölfe verlassen oder dir am besten gleich selbst die Kehle durchschneiden. Doch wenn der Perser dabei stirbt, werde ich nicht versagen.

Als die Sonne aufging, schliefen die Schwarzen Wölfe unter Tischen und Bänken ihren Rausch aus. Midian und Joram lagen zusammengerollt unter einem Tisch auf dem blanken Fußboden. Es war kalt. Joram erwachte fröstelnd als Erster. Ein durchdringender Geruch nach abgestandenem Wein, Urin und Blut stieg ihm in die Nase.

Joram fühlte sich zerschlagen, erschöpft, schmutzig, und sein Magen rebellierte. Der Anblick, den der Saal und seine Gefährten nach einer solchen Nacht boten, war für ihn nichts Neues, und doch war dieser Morgen anders. Joram kroch unter dem Tisch hervor. Er hatte das dringende Bedürfnis, sich zu säubern. Er streifte seine schmutzigen Sachen ab, lief ins Freie und rieb seinen Körper hastig mit Schnee ab. Die Kälte stach, brannte und wurde zu Hitze. Erinnerungen überwältigten ihn, die er nicht zulassen durfte. Er schlich zurück in den Saal, zurück zum Kamin, wo ein Bärenfell an der Wand hing. Darin hüllte er sich ein, hockte sich auf eine Bank und starrte in das erloschene Feuer. *Ich habe den tapferen Mann diesen Bestien ausgeliefert*, dachte er, *ich muss wahnsinnig gewesen sein.*

Jemand setzte sich neben ihn, legte ihm den Arm um die Schultern. »Schon so früh auf den Beinen, Joram?« Es war Midians vertraute Stimme.

Joram schwieg.

»Sehr gesprächig bist du heute nicht.« Midian zog ihn an sich. »Mir ist immer noch kalt, lässt du mich mit unter dein Fell schlüpfen?«

»Bitte, lass mich allein«, bat Joram gequält.

»Weshalb? Bedrängen dich heute die schwarzen Vögel, spürst du das Rauschen ihrer Fittiche in deinem Hirn? Lähmt ihr dumpfer Flügelschlag dir die Sinne, und treibt dich ihr Krächzen in die Verzweiflung? Gib nicht mir die Schuld daran! Schuld war allein das Fieber. Und ich weiß nicht, wer es schickt, weißt du es?«

»Ich ganz allein bin schuld«, murmelte Joram. »Ich habe mich wie ein Rasender gebärdet. Ich war toll vor Sinnenlust.«

»Und jetzt versinkst du in Schwermut und betreibst Selbstzerfleischung, was bringt dir das? Ist es wegen des Hauptmanns, den wir geschlachtet haben? Bei Belial! Du bist ein Schwarzer Wolf und kannst nicht einen Toten auf deinem Gewissen verkraften?«

»Diesmal war es etwas anderes.«

»Schade, ich war stolz auf dich, dass du endlich fühltest wie ich. Was für ein prächtiges Fest! Erinnerst du dich, wie wir gesungen haben? Das hat uns alle aufgewühlt. Und dein sinnlicher Tanz. Bei Belials Gemächte! Es geschah im Liebesrausch, was kannst du mehr verlangen?«

»Nein, es geschah im Blutrausch.«

»Jedenfalls im Rausch, im Fieber, im Wahnsinn! Niemand ist daran schuld, Joram, niemand.« Midian löste sanft Jorams Finger, die das Bärenfell vor der Brust zusammenhielten. Es rutschte ihm von den Schultern. Midian beugte sich über seinen Nacken und küsste ihn.

Joram zuckte zusammen. Midian, der sein Fühlen und Denken beherrscht hatte, war sein Geliebter geworden. Aber war er es wirklich? Joram wich dem Druck der Lippen aus, Midian folgte seiner Bewegung und verstärkte den Druck, bis Joram stillhielt. Das lange Haar fiel herab und bedeckte Jorams nackte Schultern. Lange blieb Midian über seine bereitwillige Beute geneigt, bevor er sie losließ. »Jetzt gehörst du mir«, flüsterte er.

Joram bebte wie Schilfrohr. »Dennoch hast du nicht gewagt, mich zu nehmen.«

»Nein«, erwiderte Midian rau, »aber es gibt auch andere Wege, die zur Befriedigung führen.«

»Alle Wege führen in den Tod, hast du gesagt.«

»Ja, ich weiß!«, antwortete Midian sanft, »aber seit gestern kann ich dich nicht mehr ansehen und kalt bleiben.«

Joram lächelte. Nachtigallen jubilierten in seinem Inneren, jedoch nach außen blieb er kühl, denn Midian war erbarmungslos, selbst in der Liebe, und er würde Joram fressen, wenn er schwach war. »Ich liebe dich, Midian, aber du kannst nicht lieben. Was also hoffst du, bei mir zu finden?«

Midian fasste Jorams Kinn. »He, was ist denn mit dir? Willst du mich plötzlich nicht mehr, nachdem du gestern vor lauter Seligkeit beinah dem Dasein entschwebt wärst?«

»Ja, ich brenne«, sagte Joram leise, »aber ...«

»Dann ist ja alles gut«, unterbrach ihn Midian. »Meine Leidenschaft steht in Flammen.«

»Ich brenne«, wiederholte Joram, »aber du kannst meine Flammen nicht löschen. Daher muss ich das Feuer sein.«

Midian zog ihn an seinen Körper. »Mach doch nicht so viele Worte um eine Sache, die man mit dem Fleische tut.«

Joram wand sich aus der stürmischen Umarmung. »Du hast mich nicht verstanden«, sagte er kühl. »Kannst du nicht der Hengst, musst du die Stute sein.«

»Bist du größenwahnsinnig? Du willst, dass ich hinhalte?« Midian schnippte mit den Fingern. »Du kannst von einem richtigen Mann doch nicht erwarten, dass er sich besteigen lässt!«

»Nein?« Joram erhob sich und ließ herausfordernd den Pelz fallen. Er wandte sich zum Gehen. Midian sprang auf und eilte ihm nach. Er packte ihn bei den Schultern. »Warte auf mich! He, du kannst mir doch nicht einfach den Rücken zudrehen und mich hier sitzen lassen!«

»Lass mich los! Was willst du von mir? Geh nach Arbela und

kauf dir richtige Männer!«

»He, he, sei doch nicht so aufgebracht!« Midian lächelte entschuldigend. »Das mit dem richtigen Mann ist mir herausgerutscht. Tut mir leid.«

Joram genoss Midians Werben um seine Gunst wie einen Frühlingstag nach einem langen Winter, aber er zeigte es nicht. »Schon gut«, sagte er scheinbar gelangweilt, »ich habe es bereits vergessen.«

»Dann lass uns jetzt auf deine Kammer gehen«, gurrte Midian. »Ich weiß andere Sachen, die auch Spaß machen.«

»Ich weiß nicht«, erwiderte Joram zögernd und bückte sich nach dem Fell. Da umfasste Midian ihn von hinten und lachte. »Bei Belials Feueratem! Was ist das? Während dein Mund unschlüssig ist, wächst dein bestes Teil vor Ungeduld.«

Da lachte auch Joram, und sein Widerstand löste sich in Midians Armen auf.

10

Demetrios, der Wirt vom Nemeischen Löwen, stand vor seiner Tür und fluchte. Ein großer Wagen, hoch beladen mit Amphoren, versperrte die enge Gasse und hinderte eilige Passanten, Sänftenträger und Bauern mit ihren Fuhrwerken am Vorwärtskommen. Ein schmächtiger junger Mann mühte sich, die Krüge abzuladen. »Was soll ich machen?«, rief er. »Helenos ist krank, ihm tut der Rücken weh.«

»Es ist nicht zu glauben«, schimpfte Demetrios, »heutzutage legen sich die Sklaven schon mit Rückenschmerzen ins Bett. Helenos, so ein starker Kerl, aber er hat nur Weiber im Kopf. Dabei wird er sich wohl was im Rücken verrenkt haben!«

Ärgerlich lud sich Demetrios selbst einen Krug auf. Da fiel ihm ein junger Mann auf, der an der gegenüberliegenden Hauswand lehnte und sich lächelnd die ganze Sache besah. Er trug ein abgetragenes Lederwams, und die Riemen seiner Sandalen waren mehrfach gerissen und zusammengeknotet. Aber er war stark. »He, Bursche, du stehst da, als hättest du gerade nichts zu tun!«

Asandros lachte. Bursche hatte ihn noch nie jemand genannt. »Du irrst dich, Wirt, ich bin gerade mächtig beschäftigt, dir beim Entladen der Krüge zuzusehen.«

»Witzbold! Willst du dir nicht einen guten Schluck Wein und ein paar Oboloi verdienen? Meine beiden Söhne sind auf dem Markt, und der Sklave des Weinhändlers ist leidend.« Demetrios spuckte aus.

»Gern.« Asandros ging hinüber zum Wagen, lud sich einen nahezu mannshohen Krug auf, als sei er ein Strohballen, und trug ihn in den Keller. Der Wirt stand vor seiner Tür und betrachtete wohlgefällig, wie der Fremde den ganzen Wagen allein ablud. Der junge Mann stieß Asandros heimlich in die Seite. »Du Dummkopf, du machst ja die ganze Arbeit allein. Jetzt steht Demetrios da und lacht sich ins Fäustchen.«

»Das macht nichts, mein Junge. Er ist nicht mehr der Jüngste, und für mich ist das Körperertüchtigung.«

Demetrios kam zufrieden lächelnd auf Asandros zu und klopfte ihm auf die Schultern, wobei er sich ein wenig recken musste. »Ich danke dir und den Göttern, die dich geschickt haben. Komm herein, du hast dir deinen Wein verdient.«

Asandros trat in die Gaststube, setzte sich an einen leeren Tisch, und Demetrios ließ ihm gekühlten Wein bringen.

»Das tut gut bei der Hitze, sei bedankt.«

Demetrios räusperte sich. »Bist du fremd in Athen?«

»Sieht man das?«

»Du siehst – verzeih mir – etwas abgerissen aus. Aber einen starken Burschen wie dich könnte ich brauchen.« *Der Trottel wird mich nur das Essen kosten*, dachte Demetrios.

Asandros lächelte. »Ja, ich fürchte, ich sehe aus wie ein Tagelöhner. Aber ich habe andere Pläne. Kann man bei dir auch etwas zu Essen haben?«

Der Wirt nickte. »Magst du Bohnensuppe?«

Während Asandros aß, kam ein Mann in mittleren Jahren mit flatternden Gewändern und aufgeregt gestikulierenden Händen hereingeweht. »Demetrios, meinen Wein, rasch! Aber einen Chier, nicht etwa wieder den sauren Landwein. Ach, es ist eine Katastrophe, ein wahres Unglück!« Er ließ sich auf einen Stuhl fallen und wischte sich den Schweiß von der Stirn.

»Was ist denn los, Achylides?«, fragte Demetrios gelassen, der diesen Auftritt schon kannte. »Setz dich doch erst einmal hin und verschnaufe.«

»Verschnaufen? Ich? Dürfen diese Hände die Muße kennenlernen? Umso weniger, als meine Gläubiger nun schon dreist durch das Haupttor kommen als seien sie geladene Gäste. Diese Kulturbarbaren kennen nur ihr Geld und wissen nichts von den Qualen eines Künstlers.«

Demetrios setzte sich zu ihm. »Was hält dich denn vom Schaffen ab, edler Achylides?«

»Was? Frag lieber: Wer!« Er hielt inne und holte ein Schnupftuch heraus, um sich erneut den Schweiß abzuwischen. »Hissarion, dieser ungebildete Tropf, hat bei mir einen Sonnenwagen bestellt, du weißt es, ich erzählte dir davon.«

»Ja, ich erinnere mich. Und? Hat er den Auftrag rückgängig gemacht?«

»Schlimmer, Demetrios, viel schlimmer! Er will ihn in seinem Garten aufstellen gleich neben dem Bassin, wo seine Familie und seine Sklavinnen in schamloser Nacktheit baden. Das konnte ich ihm ausreden. Dieser Barbar! Der Sonnenwagen gehört natürlich an das Tor mit dem Säulenportal.«

»Selbstverständlich. Und steht er jetzt da?«

»Wie kann er, wo er doch noch nicht fertig ist. Es fehlt etwas.«

»Ah – ja, das verstehe ich. – Und was fehlt noch?«

Achylides übte einen sorgenvollen Augenaufschlag. »Demetrios, du bist ein Schankwirt, und ich verzeihe dir. Du kannst in der Mythologie natürlich nicht bewandert sein. Es fehlt der Wagenlenker: Phaeton, Helios ungestümer Sohn, der den Wagen hoch hinauf zum heißen Himmelsgestirn lenkte.«

Demetrios nickte verständnisvoll und hob die Augenbrauen. »Phaeton, gewiss, der muss dabei sein. Und – weshalb hast du ihn noch nicht – äh – gemeißelt?«

»Weil Hissarion ein Esel ist. Wie kann ich ohne Modell einen Phaeton schaffen? Zwei feurige Rösser haben meine Hände, die du hier siehst, dem Marmor entrissen, würdig, das Prytaneion zu schmücken. Dann schickt er mir seinen Gärtner!«

»Seinen Gärtner? Wozu?«

»Wozu? Verhüllt euer Antlitz, ihr Musen! Als Modell für meinen Phaeton. Wollte ich einen Hephaistos schaffen, rief ich, dann käme mir dein Gärtner gerade recht.«

»Du Ärmster. Und was willst du nun tun? Ich hoffe, dass du noch meinen Wein bezahlen kannst. Hat dir denn Hissarion keinen Vorschuss gezahlt?«

»Gewiss, aber der ging für den Marmor drauf. Ich bin ein toter Mann, wenn ich kein Modell finde!«

»Na, Hissarion wird dich nicht gleich hinrichten lassen, wenn du seinen Wagen nicht fertigstellst.«

»Hinrichten! Wer spricht denn davon? Als Künstler bin ich tot, verstehst du? Ich könnte den Gärtner nehmen, aber darf ich die Kunst besudeln? Wenn ich es tue, flieht mich die göttliche Eingebung.«

»Das wäre schlimm«, nickte Demetrios und schenkte ihm noch einmal ein. »Ich hoffe, du findest deinen Phaeton noch. Mich entschuldigst du, ich habe noch andere Gäste.«

»Geh, geh, widme dich deinem profanen Gewerbe, es ist nicht jedem gegeben, mit den Musen zu tanzen.«

»Gewiss nicht«, brummte Demetrios und entfernte sich kopfschüttelnd. Achylides trank seinen Wein und erhob sich seufzend. »So muss ich denn ungetröstet heimwärts eilen, und ich fürchte, ich werde den Hintereingang benutzen müssen.« Gerade wollte er entschweben, als er Asandros erblickte, der sich über seinen Teller Bohnen beugte und Brot hineinbrockte. »Ha!«, schrie Achylides und raffte seine Gewänder zusammen.

Asandros sah hoch. »Kann ich etwas für dich tun, mein Freund?«

Achylides streckte seine geöffneten Handflächen nach ihm aus. »Ihr Olympischen, ihr seid mir hold! Kaum wage ich es, meinen Augen zu trauen. Du weilst auf Erden!«

»Wo sollte ich sonst weilen?«, fragte Asandros verwundert.

»Ich kann es nicht glauben. Zeus sah dich, schönen Jüngling, und hat dich nicht geraubt?«

»In seinem Eifer, schöne Frauen zu verführen, hat er mich sicher übersehen. Womit kann ich dir behilflich sein, du Jünger der Musen?«

»Jünger der Musen? Schlägt hinter diesem abgeschabten Wams gar das Herz eines Kunstfreundes edelster Bildung und Gesinnung?«

»Ich muss dich enttäuschen, ich habe nur das Kriegshandwerk gelernt.«

»Das Kriegshandwerk!« Achylides hielt die Hand fest, die gerade den Löffel zum Munde führte, und betrachtete sie mit leuchtenden Augen. »Wahrlich, in diese sehnige Faust schmiegen sich vortrefflich die Zügel.«

»Du meinst, ob ich einen Streitwagen lenken kann?«, fragte Asandros und zog seine Hand zurück.

»Nein, nein. Ich suche ein Modell, verstehst du? Darf ich mich vorstellen? Ich bin Achylides, ein Bildhauer.«

»Sei gegrüßt, Achylides, ich bin Asandros, ein Soldat Spartas.«

»Asandros! Du bewahrst mich vor dem Schimpf, einem Barbaren einen Hephaistos als Phaeton verkaufen zu müssen. Du wirst mir doch helfen, nicht wahr?«

»Was müsste ich denn tun?«

»Nichts. Nur die Welt mit deinem Anblick beglücken, so wie ich die Welt mit einem Phaeton beglücken werde, um den Helios mich beneiden wird. Du stehst da! Bekleidet mit einem weißen Chiton! Gebieterisch greift deine Hand in die Zügel, den herrischen Blick gegen den Himmel gerichtet, den du stürmen willst. Das ist alles.«

»Das ist wirklich einfach.«

Achylides tat einen Luftsprung. »Du tust es, du tust es! Rasch! Entfliehen wir diesen niederen Gefilden des Daseins, wo Wein-

dunst und Bohnengeruch die höheren Sphären des Geistes verne-
beln.«

»Und wohin gehen wir?«

»In mein Haus, Vortrefflicher. Und wir marschieren durch den
Haupteingang.«

Achylides wohnte im keramischen Viertel in der Nähe des Süd-
marktes. Sein Haussklave, ein kleiner, alter Mann, kam ihnen ent-
gegengeschlurft. »Sieh her, Pittakos, ich habe Phaeton gefunden!«,
begrüßte ihn Achylides, während er sich den Mantel abnehmen
ließ.

Pittakos bedachte Asandros mit einem mürrischen Blick. »Endlich! Den ganzen Vormittag musste ich mich mit den lästigen Bettlern herumschlagen.«

»Bettler?«, wunderte sich Asandros. Er konnte sich nicht vorstellen, dass die Bettler scharenweise ausgerechnet an diese Tür
klopften.

Achylides zuckte die Achseln. »Er meint den Bäcker, den Bar-
bier, den Fleischhauer und den Steinbruchbesitzer. Ihr Götter, sie
sind so gierig, wo sie doch wissen, dass ich nicht arbeiten kann,
wenn ich ihr Geschrei höre. – Sind sie alle gegangen, Pittakos?«

»Ja, aber sie haben die Stadtwache geholt.«

»Dieser Pöbel! Und wo ist sie hin?«

»Auch fort, weil du nicht da warst, Herr, aber sie kommen wieder.«

»Sollen sie! Welche niederen Mächte vermögen sich jetzt noch
gegen mich zu stellen, da ich Phaeton gefunden habe?«

Der Alte nickte und sah Asandros kaum an. »Wunderbar. Aber
der schäbige Kerl hat den Marmor wieder mitgenommen.«

»Was hat er? Warzen soll er bekommen! Ich schulde ihm doch
das Geld erst seit zwei Monaten!« Achylides legte Asandros den
Arm um die Hüften und schob ihn in den Innenhof. Dort herrschte keine Unordnung, es herrschte das Chaos. Überall lagen und
standen Figuren, Marmorplatten, abgebrochene Hände, Köpfe
und Füße, und über allem lag feiner, weißer Staub.

»Mach dir nichts draus, Asandros. Ich schaffe den Marmor wieder herbei. Warte hier solange auf mich! – Pittakos, richte das Gästezimmer her, aber räum die Aphrodite weg, sie stört mich sowieso
schon lange, und stell die hübsche Erosfigur hin. Dann koch uns
etwas Gutes, ach ja, und wisch vorher den Tisch ab.«

Später stand Asandros Achylides in seiner Werkstatt Modell
und nahm willig jene kühne Pose ein, die Achylides vorschwebte.
Während er arbeitete, sprach der sonst geschwätzige Mann kein
Wort. Nur seine Hände und Augen waren unermüdlich tätig. Er

dachte dabei weder an Essen noch an Schlaf, während Asandros die Faust am Zügel einschlief und sein herrischer Blick bald zum müden Blinzeln wurde.

»Erbarmen, Beherrscher des Marmors«, stöhnte er, den Mund voller Staub. »Ich bin durstig.«

Achylides sah zerstreut auf, »Mein Hippolyt, wie unaufmerksam von mir!« Er legte den Meißel nieder und begleitete Asandros in das Gästezimmer. Dort blies er den allgegenwärtigen Staub von der Tischplatte und wischte mit seinem Ärmel nach. Pittakos brachte Brot, Käse und Feigen.

»Feigen zu dieser Jahreszeit sind etwas Köstliches.« Achylides holte mit spitzen Fingern eine aus dem Körbchen und schob sie Asandros in den Mund. »Wie süß ist diese Frucht, doch süßer noch sind deine Lippen, wie müssen da erst deine Küsse schmecken!« Er seufzte und wischte ein paar Splitter vom Stuhl, bevor er sich vorsichtig hinsetzte. »Ach, wäre ich zehn Jahre jünger, dann dürften wir nicht so unbefangen plaudern.«

Asandros nahm ihm gegenüber Platz und brach ein Stück Brot ab. »Du bist doch noch ein stattlicher Mann«, meinte er nachsichtig lächelnd.

»Stattlich? Du scherzt. Meine Jugend ist dahin. Die Knaben mit dem schmalem Gesäß und den Pfirsichwangen, die abends über den Marktplatz flanieren, nennen mich Alterchen und fragen, ob sie mir tragen helfen dürfen. Mir bleibt nur noch, aus fühllosem Stein zu formen, was einst heiß und lebendig unter meinen Händen seufzte.« Achylides sprang plötzlich auf. »Wo ist denn der kleine Eros? Pittakos sollte ihn doch hier aufstellen. Er ist mir gut gelungen, ich bildete ihn nach dem Sohn des Nachbarn.«

»Die Aphrodite war auch ganz reizend. Ich hatte nichts gegen sie.«

»Eine Auftragsarbeit, dann verließ ihn die Geliebte, mir blieb der Stein treu. Natürlich erhielt ich auch kein Honorar, vielleicht mag ich sie deswegen nicht. Nein, lass mich den Erosknaben holen, er schmückt so reizend das Zimmer.« Nach wenigen Augenblicken war er wieder zurück mit der Figur. »Sieh nur«, sagte er und strich zärtlich über das Gesäß des steinernen Knaben, »wie fest und sanft mir seine Rundungen gelangen. Ach, Eteokles, süße zwölf Jahre zähltest du damals, nur der Stein blieb jung, doch dir sprießt nun schon ein Bart, und auch an anderen Stellen sperrt borstiges Haar mir die Lust.«

»Dein Eros ist ein Meisterwerk, aber er ist noch ein Kind, und sein Lanzettchen regt sich noch nicht gegen die Hand. Ich ziehe das Fertige vor.«

»Das Fertige? Wie treffend und doch nicht schamlos gesprochen! Du schärftest wohl nicht nur dein Schwert in Sparta. Deine Zunge ist nicht so behäbig, wie man den Kriegern bei euch nachsagt, und auch dein fertiges Lanzettchen hast du sicher nicht stumpf werden lassen. Beneidenswert der Stein, an dem du es geschliffen hast.«

Asandros antwortete nicht darauf. »Ich hole uns frisches Wasser.«

»Nein, bleib! Lass es mich holen. Ach, beim Hermes! Ich weiß nicht, weshalb ich immer wieder darauf zu sprechen komme. Ich sollte in meinem Alter wirklich zurückhaltender sein, nicht wahr?«

»Du kokettierst mächtig mit deinem Alter, Achylides. Du dürftest nicht älter als fünfundvierzig sein.«

Achylides hob die Augenbrauen. »Ich bin dreiundvierzig! Nun ja, der Staub und das schlechte Licht lassen mich älter aussehen. Ich bin gleich zurück.« Er kam mit einem Krug Wasser und einem Krug Wein wieder. »Ich hoffe, du trinkst ihn gemischt wie ich, du könntest sonst auf dumme Gedanken kommen, nicht wahr?«

»Auf sehr dumme«, bestätigte Asandros lächelnd, »und das wäre Achylides überhaupt nicht recht, wenn ich auf sehr, sehr dumme Gedanken käme.«

»So ist es! Ich lebe nämlich keusch, schon seit Jahren.«

»Das ist vernünftig, Achylides. Trinken wir auf deinen Phaeton!«

Achylides lächelte. »Oh, er wird mein Meisterstück!«

Phaeton hatte begonnen, Gestalt anzunehmen. Achylides arbeitete jetzt entspannter und legte häufiger Pausen ein. Es hatte sich herumgesprochen, dass er ein Modell gefunden hatte, und seine Gläubiger geduldeten sich.

Soeben hatte Achylides seinen Meißel beiseitegelegt. Asandros besah sich das Werk. Die edlen Züge der marmornen Statue waren unverkennbar seine eigenen. »Gefällt es dir?«, fragte Achylides.

»Es schmeichelt mir gewaltig. Ich wünschte, ich wäre so ein Prachtbursche, dann läge mir Athens Weiblichkeit zu Füßen.«

Achylides zuckte mit den Schultern. »Frauen! Gekünstelte Küsse, verschleierte Blicke, gezierte Reden. Keine Stelle, an die sich deine Hand spielerisch verirren möchte.« Er wies mit dem Kopf zum Ausgang. »Komm, wir haben uns ein gutes Gespräch unter Männern verdient. – Pittakos!«

Der schlurfte um die Ecke. »Ich habe alles hergerichtet, ganz wie du befohlen hast«, brummte er. »Das Festmahl für den Göttersohn steht im Esszimmer.«

Wenig später lüftete Asandros neugierig die Deckel. Es roch

gut. »Was ist das?«, fragte er schmunzelnd den alten Sklaven.

Ohne eine Miene zu verziehen, antwortete er: »Entenbrüstchen mit Feigen in Weinsoße, Lammbraten mit Wacholderbeeren, Seezunge in Sauerrahm und zum Nachtisch Honigbrot mit Sahne und Dattelmus und in Honig gegarte Zitronen. Dazu reichen wir achäischen Zimtwein.«

»Olympisch! Und das hast du alles zubereitet, Pittakos?«

»Nein. Achylides hat Symachos gemietet, Athens besten Koch. Er kostete fünfzig Drachmen.«

»Ja, ja, du kannst gehen!«, rief Achylides und scheuchte ihn mit wedelnden Armen hinaus.

»So viel Geld für mich?« Asandros schüttelte den Kopf. »Das hättest du nicht tun sollen. Hissarion hat dich doch noch nicht einmal bezahlt.«

»Wie prosaisch, in dieser Stunde über Mammon zu reden.« Achylides tänzelte um die Tafel herum. »Ich habe keine Sklaven zur Bedienung gemietet. Gestattest du, dass ich das übernehme?« Er häufte Asandros von allem etwas auf den Teller und goss ihm den Becher voll.

Asandros hielt sanft seinen Arm fest. »Jetzt musst du mir aber erlauben, dein Mundschenk zu sein.«

Als sich Achylides auf dem Diwan ausstreckte und sorgfältig seine Gewandfalten ordnete, bebten seine Hände. »Es ist ein großer Tag«, flüsterte er.

Asandros ließ die Rührung vorübergehen und trank ihm lächelnd zu. »Ich konnte in Athen keinen großzügigeren und freundlicheren Gastgeber finden als dich. Dafür möchte ich dir danken, mein Freund.«

»Du mir? Lächerlich! Ich bin der Beschenkte.« Achylides schwieg einen Augenblick, weil ihm die Kehle eng wurde. Schließlich räusperte er sich und sagte: »Der Phaeton ist fast fertig, und es gibt keinen Grund mehr für dich, in meinem Haus zu bleiben.« Er sah Asandros prüfend an, doch der schwieg, weil er das Gefühl hatte, dass Achylides weitersprechen wollte. »Wohin wirst du gehen? Du hast nie über dich gesprochen.«

»Nein. Ich will meine Vergangenheit vergessen.«

»Und deine Pläne in Athen? Sicher hattest du nicht vor, einem alten Mann Modell zu stehen?«

Asandros lachte. »Das war eine Überraschung. So etwas kennen wir in Sparta nicht.«

»Und auch keine Entenbrüstchen in Weinsoße, möchte ich meinen. Dafür Blutsuppe!« Achylides schüttelte sich.

Asandros erinnerte sich an die verwelkten Kohlstrünke und lächelte vor sich hin. »Ja, das Essen hier ist etwas besser.«

Achylides legte nachdenklich den Finger an die Nase. »Wie ich sehe, hast du überhaupt noch keine Pläne. Aber das macht nichts. Ich werde dich mit Männern bekannt machen, die dir weiterhelfen können. Sosiades gibt die besten Gastmähler in Athen.«

»Gastmähler?« Asandros tunkte etwas Fladenbrot in die würzige Wacholdersoße. »Zu lange schon lebe ich wie ein Müßiggänger in deinem Haus. Ich denke, es ist Zeit, mir eine Beschäftigung zu suchen. Deshalb bin ich nach Athen gekommen.«

Achylides beobachtete hingerissen sein schönes Modell beim Essen. »Müßiggänger? Unsinn! Aber du hast recht. Natürlich solltest du dich einer edlen Beschäftigung widmen. Einer Beschäftigung, die eines Halbgottes würdig ist.«

»Mir genügt es, mein Auskommen zu haben, um eine Familie zu ernähren und ihr ein Dach über den Kopf zu bieten«, antwortete Asandros bescheiden.

Achylides hob theatralisch die Arme. »Haben die Götter sich darum an dich verschwendet, dass du dem Weibe nachstellst, das dich ans Haus fesseln wird mit zwei, drei kleinen Rotznasen? Zerriss nicht auch Achill dereinst die schmachvollen Fesseln, die ihn ans Weiberhaus ketten sollten? Geh und such dir deinen Patroklos, das ist deine Bestimmung!«

Er fuhr fort, Sosiades und dessen berühmte Gastmähler zu schildern. Dort erst einmal eingeführt, sei der erste und wichtigste Schritt zu einem angenehmen Leben in Athen getan. Andernfalls blieben ihm nur die lichtlosen Hütten unten am Eridanos, wo er wohl nicht hausen wolle.

Asandros wandte ein, er könne sich auch als Leibwächter verdingen, doch Achylides rief erregt: »Gütiger Zeus! Sollen sich diese blühenden Glieder, die von der Sonne geküsst werden sollten, in ein enges Kettenhemd oder einen abgelegten Soldatenrock zwängen? Stets hältst du dich zwei Schritte hinter deinem Herrn, hast Ärger und Verdruss den ganzen Tag und hörst abends noch seine Vorwürfe. Törichter könntest du nicht wählen!« Achylides naschte von den süßen Zitronenstückchen und wusch sich die klebrigen Finger in einer Wasserschale. »Außerdem solltest du eine Aufnahme im Gymnasion in Erwägung ziehen«, fuhr er fort.

Asandros zerteilte stillschweigend lächelnd die Seezunge. »Hm. Ich hörte, das Gymnasion sei für Ausländer gesperrt.«

Achylides machte eine nachlässige Handbewegung. »Man macht Ausnahmen. Für dich wird man eine machen. Aber um dort deinen Körper zu stählen, musst du dich der Muße widmen können.«

Asandros sagte nichts dazu. Das Leben in Athen schien auf ihn zu warten wie ein fröhliches Spiel, aber Gastmähler und Muße, nur unterbrochen von sportlichen Vergnügungen, die offensichtlich ohne ernstes Ziel abgehalten wurden, das entsprach nicht seiner Erziehung. Er konnte sich nur ein erfülltes Leben in einer Gemeinschaft vorstellen, um ihr mit all seinen Kräften zu dienen. Andererseits wollte er seinen Gastgeber nicht vor den Kopf stoßen. Er nickte lächelnd zu allem, was Achylides mit glühenden Wangen vortrug. Und als er schließlich satt und zufrieden mit geschlossenen Augen auf seiner Liege ruhte, hörte er das eifrige Plappern wie ein entferntes Summen, es lullte ihn ein, und unversehens schlummerte er hinüber in diese neue Welt.

11

Aparschad, der Kämmerer des Königs Kyaxares von Medien, ließ seinen schwergewichtigen Körper aufstöhnend in die Kissen seines Diwans sinken und spreizte seine gepflegten Hände mit den lackierten Nägeln. »Malik«, sagte er zu seinem Gast, einem hageren Mann mit wettergegerbtem Gesicht, »ich bin in Verlegenheit, in großer Verlegenheit und in Sorge, oh ja, in großer Sorge.«

»Was beunruhigt dich denn, Aparschad?«, fragte Malik unmutig. »Dass Kyaxares' Tochter vor den Augen des babylonischen Herrschers keine Gnade finden könnte?«

Malik war ein erfahrener Karawanenführer, der für die Sorgenfalten des fettleibigen Höflings kein Verständnis hatte.

Der streichelte die große, dicke Katze, die an seinem Bein entlang strich. »Hast du noch nichts von den Schwarzen Wölfen gehört?«

»Nein. Wie du weißt, bin ich erst seit vier Tagen wieder im Land. Wer sind die Schwarzen Wölfe?«

»Eine Bande von Verbrechern, die man versäumt hat zu pfählen; Gesetzlose, die sich zusammengetan haben, um zu rauben und zu töten.«

Malik zuckte gleichmütig die Achseln. »Wegelagerer hat es schon immer auf den Straßen gegeben. Solche Männer sind mordlustig und feige. Sie töten nur, wo sie leichte Beute finden; den starken Gegner meiden sie. Margiane wird von meinen Männern bewacht: zwanzig unerschrockenen Burschen, die ausgezeichnet mit Schwert und Bogen umgehen können. Verlass dich auf mich wie stets, Aparschad.«

»Ich wünschte, ich könnte es, aber dass du die Schwarzen Wölfe unterschätzt, ist ein Fehler. Die Bevölkerung beginnt bereits, ihnen dämonische Kräfte zuzuschreiben, weil niemand lebt, der sie gesehen hat. Natürlich ist das Unsinn, aber das einfache Volk ist rasch zu beeindrucken.«

»Wenn sie so gefährlich sind, weshalb unternimmt Kyaxares nichts gegen sie?«

Aparschad lachte geringschätzig. »Damals haben Kyaxares und Nabupolassar das grausame Assur und das blühende Ninive dem Erdboden gleichgemacht, und beide haben sich den Kuchen geteilt. Heute ergibt sich Kyaxares dem Wohlleben, und außerhalb der Stadtmauern ist das Leben unsicher geworden. Das war anders unter Assyriens Schwertern. Jetzt breiten sich solche Mörderbanden aus wie die Fliegen, und niemand hindert sie an ihren Verbrechen. Du meinst, sie seien am Dialas, aber sie sind bereits am Unterlauf des Choaspes und töten die Fischer und Schilfhändler wie Schafe.«

»Ich glaube, du hast dich von der abergläubischen Furcht der Bauern anstecken lassen, Aparschad. Sie mögen grausam sein und die unruhigen Zeiten nach den großen Kriegen für ihre Zwecke nutzen, aber Marduks geflügelten Drachen werden sie nicht wagen anzugreifen.«

»Bist du sicher, dass sie vor dem königlichen Wappen zurückschrecken? Elende Schurken, denen nichts heilig ist?«

»Ganz sicher. Sie würden doppelten Zorn auf sich laden: den unseres Herrschers Kyaxares und den Nabupolassars. Glaubst du, sie wagen es, sich mit den beiden größten Männern dieser Welt anzulegen?«

»Ja, ja, das ist wahr, das wäre sehr unklug von ihnen«, murmelte Aparschad und hob die schnurrende Katze auf seinen Schoß. »Zerstreue meine Bedenken, Malik, zerstreue sie, damit ich schlafen kann. Freilich, Nabupolassar würde schäumen vor Wut und vielleicht versuchen, die Schwarzen Teufel zu fangen, aber bis dahin bin ich schon am Pfahl verfault.«

»Ja, lass den Pfahl nur bereits zuspitzen, wenn du vor Kyaxares verlauten lässt, dass dir die Knie zittern vor ein paar feigen Verbrechern.«

»Ich fürchte, du hast recht. Dennoch werde ich eine Ziege und einen Hahn im Tempel opfern und die Priester befragen, ob die Götter uns gewogen sind.«

Malik verneigte sich lächelnd. »Das kann nicht falsch sein.« Bei sich dachte er, dass die Priester es nicht wagen würden, ein schlechtes Gelingen vorauszusagen. Den Göttern selbst aber, davon war Malik überzeugt, war es völlig gleichgültig, ob diese oder jene Karawane ihr Ziel erreichte. Die Götter spielten gern, und vielleicht würfelten sie auf der Seite der Schwarzen Wölfe.

Der bewaffnete Geleitzug der medischen Prinzessin war ohne Zwischenfälle über die steilen Pässe und durch die engen Schluchten des Hochlands zwischen Ekbatana und Babylon in das grüne Flusstal des Euphrats gelangt. Dort wurden Maliks Männer sorgloser, und dort schlug der Tod zu. Er hatte im Schilf gewartet und den Schrei der Ibisse nachgeahmt. Er hatte hinter friedlich dümpelnden Fischerbooten gesessen oder auf dem starken Ast einer Sykomore. Die Schwerter der kampferprobten Krieger kamen nicht aus der Scheide und die Bogen nicht in ihre Fäuste.

Der Überfall kam jäh wie ein Sturzregen und ließ ihnen keine Zeit zur Gegenwehr. Das Ende aber kam langsam wie ein gemächlich trottender Gaul zu den Männern. Die Fische und die Raben feierten mit den Schwarzen Wölfen und diese mit der Tochter des Kyaxares und ihren Hofdamen.

Hauptmann Malik genoss das Fest gepfählt auf dem Feldzeichen des babylonischen Königs. Der goldene Drache Marduks ragte aus seinem Bauch und funkelte in der Sonne, als verhöhne er die ferne Macht seines Besitzers.

Im nahen, fast undurchdringlichen Gehölz schlugen die Schwarzen Wölfe ihr Lager auf. Niemand, der die Götter der Finsternis nicht herausfordern wollte, wagte sich in das Unterholz, wo Blut saugende Wesen und Menschen fressende Schlangen hausten.

Stundenlang ergötzten sich die Schwarzen Wölfe an den Martern der Männer. Sie vergruben den größten Teil der erbeuteten Schätze und zogen mit gesättigtem Leib und gesättigten Herzen weiter nach Süden.

Drei Monate waren vergangen, seit sie im Frühling von Dur-el-Scharan aufgebrochen waren. Es war eine Zeit des Sieges gewesen, eine Zeit des Überschwangs, der Fülle und unbändiger Lebenslust. Jeder von ihnen war unsterblich und folgte seinem Gott Midian, der ihnen überschäumendes Leben schenkte, indem sie den Tod brachten. In ihre bleichen Wintergesichter war die Farbe zurückgekehrt, in ihren Augen brannte das ewige Feuer; ihre Körper waren geschmeidiges Kupfer, und ihre Herzen waren Tigerherzen.

Sie waren unbesiegbar, unverwundbar, trunken vom Leben und von der Lust zu töten. Sie taumelten von einem Gemetzel in das andere und schwelgten in Beute, doch sie hatten wenig Zeit, sie auszugeben. Im Winter mochte man noch lange in Schenken und Gasthäusern sitzen. Jetzt in der warmen Jahreszeit pochte das Blut in ihren Schläfen und trieb sie, die Berge und Wälder zu durchstreifen wie Götter ihr Reich.

Inzwischen waren sie in die Gegend gelangt, die man das Meerland nannte, und die von den Resten der Elamiter bewohnt wurde. Es war eine laue Nacht. In einer buschbestandenen Landschaft hatten sie ihr Lager aufgeschlagen. Alle schliefen, bis auf die Männer, die Wache hatten.

Midian und Joram lagen eng umschlungen unter einem Busch. Gewöhnlich schlief Midian tief und ruhig, aber in dieser Nacht stöhnte er und bewegte die Lippen, dann wälzte er sich auf die andere Seite und griff mit der Hand ins Leere. Joram rollte sich zur Seite, damit nicht unversehens Midians Faust auf seiner Nase landete.

Am nächsten Morgen fragte Joram ihn, ob er schlecht geträumt habe. Midian sah ihn überrascht an. »Ja, ich hatte einen merkwürdigen Traum, woher weißt du das?«

»Du hast im Schlaf gestöhnt und gesprochen. Erzähl ihn mir!«

»Wozu?«, fragte Midian ungehalten. »Träume kommen vom fetten Essen. Gestern der Wildschweinbraten war etwas üppig.«

Joram schwieg.

Der Platz, den sie zur Nacht aufgesucht hatten, war ein guter Platz. Er war wasserreich, und die Büsche boten Schatten und Schutz vor Feinden. Sie beschlossen, einige Tage zu bleiben, um zu faulenzen, zu schwimmen und zu jagen. Außerdem mussten Kleidung und Waffen ausgebessert werden.

Joram setzte sich in den Schatten und erneuerte die zerrissene Sehne an seinem Bogen. Er wies auf Midians abgewetzte Beinkleider aus Ziegenfell. »Dir ist an der Seite die Naht geplatzt, du solltest die Hose ausbessern.«

Midian zog die Hose aus und warf sie Joram hin. »Du bist gerade dabei. Zieh doch die Naht mit ein paar Stichen zusammen. Meine Finger sind zu ungeschickt für so eine feine Arbeit.«

»Du musst nur ein paar grobe Fäden durch das Leder ziehen und keine Stickerei ausführen.«

»Ach, ich verabscheue solche Arbeiten. Ich werde mir nachher ein anderes Gewand aus der Beute heraussuchen, die Hose hat lange genug ihren Dienst getan.«

»Eher fließen die Flüsse rückwärts, als dass du das geliebte Stück aufgibst. Also gut, ich mache dir die Naht, wenn du mir dafür deinen Traum erzählst.«

»Den Traum? Sei nicht kindisch! Alte Weiber erzählen sich ihre Träume.«

»Nun sag schon, hat man dich im Traum als Herrscher Babylons gekrönt?«

Midian drehte sich lachend auf den Bauch. »Nein, ich habe von dieser merkwürdigen Statue geträumt, von der Jazid erzählt hat, erinnerst du dich?«

»Oh, dann haben seine Worte doch Eindruck auf dich gemacht. Hast du der Statue im Traum ihr Geheimnis entreißen können?«

Midian schüttelte den Kopf. »Ich fand die alte Stadt, von der er faselte, die Ruinen, und dann stand ich der Statue gegenüber. Ich – glaubte, in einen Spiegel zu schauen. Und dann ...« Midian zögerte und lächelte entschuldigend, »dann reichte sie mir die Hand. Es war eben ein Traum.«

Joram hörte gespannt zu. »Ja, und weiter?«

»Ich ergriff die Hand, und als wir uns berührten, wurden wir eins, der Stein und ich. Ich hatte das Gefühl, schon seit ewigen Zeiten diese Stadt zu beherrschen, doch als ich mich gebieterisch umsah, war die Stadt plötzlich verschwunden.«

»Und dein Traum zu Ende?«, fragte Joram enttäuscht.

»Nein. Ich ging auf einen Hügel zu und blieb vor einem hohen, verschlossenen Tor stehen, das mit seltsamen Zeichen bedeckt war. Es sah aus wie der Eingang zu einem unterirdischen Tempel. Ich wollte das Tor öffnen, doch da stand plötzlich ein Mann davor, der mich mit einem feurigen Schwert abwies, aus dem Flammen schlugen. Sein Schild zeigte den goldenen Drachen Marduks; sein Antlitz strahlte wie die Sonne, sein Haar hatte die Farbe wilden Honigs, und seine Augen schimmerten wie Bergkristalle.«

Joram räusperte sich. »Bemerkenswert. Du träumst von schönen Männern.«

»Unsinn! Ich entriss ihm den Schild, denn ich war zornig, weil er mir den Weg versperrte, aber ich trug keine Waffe und konnte ihn nicht weiter bedrohen. Dann verschwand er plötzlich wie ein Spuk, und das Tor stand weit offen.«

»Hast du den Tempel betreten?«, fragte Joram.

»Ja, aber hier verwischen sich die Bilder, ich erinnere mich an nichts mehr. Mir war kalt, und ich bin aufgewacht.«

»Bist du einem ähnlichen Mann wie in deinem Traum schon einmal begegnet?«

»Nein.«

»Dann war dein Traumbild keine Erinnerung, es war ein Blick in die Zukunft.«

»In was für eine Zukunft? Bist du unter die Wahrsager gefallen? Träume können sehr eindringlich sein und doch nichts bedeuten als Magendrücken.«

»Auch du weißt nicht alles, was zwischen Himmel und Erde geschieht«, widersprach Joram. »Der Traum kann eine Botschaft gewesen sein.«

»Eine Botschaft von wem?«

»Der Mann vor dem Tor! Weißt du, dass du mit deinen Worten den Erzengel beschrieben hast, der das Paradies bewacht?«

»Stammt das Märchen von deinem Urgroßvater Abraham?«, spottete Midian.

»Nein, die Geschichte hörte ich von einem Kriegsgefangenen in Hebron. Es war eine schöne Geschichte vom Anfang der Menschheit, und er sagte mir, dass die Perser sie aus dem wilden Hyrkanien mitgebracht hätten. Von dort sollen ihre Vorfahren vor langer Zeit aufgebrochen sein, bevor sie sich im Süden niederließen.«

»Und weshalb ist es wichtig zu wissen, aus welchem Schlammloch sie dereinst gekrochen sind?«

»Weil du ihre Träume träumst, Midian«, gab Joram lächelnd zur Antwort. »Die Perser tragen die Erinnerung an jenes Land in ihren Herzen und nennen es das Paradies. Ihre heiligen Schriften berichten darüber. Es war ein Land, so sagen sie, wo statt Wasser Milch und Honig flossen und die Bäume ewig Frucht trugen. Dort schufen die Götter das erste Menschenpaar; sie schufen es aus Ton, einen Mann und eine Frau, doch eine Schlange kam aus der Erde gekrochen und verführte sie dazu, die Götter zu lästern. Die Perser nannten sie Ahriman, andere nennen sie Belial. Das Böse hat viele Namen.«

»Beeindruckend«, sagte Midian trocken. »Aber ich kenne die blühende Fantasie der Priester. Und was ist mit dem Engel?«

»Ahura Mazda war aufs Äußerste erzürnt und schickte seinen schönsten und furchtbarsten Engel, um die Tore des Paradieses mit einem Flammenschwert zu bewachen, denn es soll der Menschheit für immer verschlossen bleiben, weil sie die Götter nicht achten.«

»Dann ist dieser Ahura doch nicht so erbärmlich, wie ich dachte. Weshalb sollten die Menschen sich auch von Milch und Honig ernähren?« Midian betrachtete Joram, wie er seine Hose flickte, und rieb sich die Hände. »Jedenfalls habe ich dem göttlichen Wächter im Traum den Schild entrissen! Das bedeutet, mir steht das Paradies offen. Ach, was sag ich? Leben wir nicht bereits, als flössen Milch und Honig für uns? Ernten wir nicht die saftigsten Früchte und erlaben uns am Jammer und Elend unserer Opfer?«

»Wir leben nicht im Paradies«, erwiderte Joram bitter. »Unsere Siege haben uns übermütig gemacht, aber wir sind nicht unsterblich, auch wenn wir es gern glauben, weil wir anderen den Tod bringen.«

»Es genügt, sich eine Zeit lang unsterblich zu fühlen. Milch und Honig, ha! Ich ziehe Blut und Tränen vor.«

Jorams Miene blieb unbewegt. »Und was ist mit der Statue, mit der du verschmolzen bist?«

»Die Statue? Sie war die Macht, die von mir Besitz ergriffen hat, um den Engel des Lichtgottes zu vertreiben und über das Paradies zu herrschen.«

»Ach! Jetzt deutest du die Träume nach deinen Wünschen?«

Midian grinste. »Muss ich wohl, da die Statue stumm blieb, wie es Steine nun einmal an sich haben.«

Joram legte die Hose zur Seite. »Der Traum ist ein Zeichen, Midian, und du solltest ihm nachgehen!«

»Nachgehen? Was meinst du damit?«

»Hast du es vergessen? In irgendeiner zerfallenen Stadt wartet dein steinernes Ebenbild auf dich. Jazid hat es gesehen, es ist kein Traum. Nach seiner Beschreibung müssen wir sogar in ihrer Nähe sein. Du solltest sie dir ansehen. Danach kannst du immer noch über das Märchen lachen.«

»Sie soll wie ein Gott verehrt werden«, stimmte Midian nachdenklich zu. »Was meinst du, würden die Menschen mich dann für einen Gott halten?«

»Ja, bis du ihnen die Kehlen durchschneidest«, lachte Joram. »Und für einen solchen Gott würden sie sich bedanken.«

»Vielleicht würden sie mich anbeten«, fuhr Midian sinnend fort, »wäre das nicht vortrefflich? Sie würden Hymnen singen mir zu Ehren, ihre Gesichter in den Staub drücken, mir Palmenzweige und Blumen auf den Weg streuen und mir ihre Kinder schlachten, so wie die Meeresvölker es tun – stimmt doch, oder?«

»Ja«, brummte Joram, »die Phönizier.«

Midian grinste und breitete die Arme aus. »Bin ich erst ein Gott, mache ich dich zu meinem Priester. Jeden Tag wirst du nackt vor meinem Altar knien und ihn schmücken.«

»Auf deinem Altar verbrenne ich höchstens deine alte Hose, du geiler Bock!«

Sie lachten beide. Dann wurde Joram ernst. »Such die Statue, Midian!«

Der warf Joram einen nachdenklichen Blick zu. »Du glaubst wirklich daran, nicht wahr?«

»Ich glaube an nichts, aber ich weiß, dass Semron nicht dein Vater ist, genügt dir das?«

»Mein Vater war ein Fischer in den Schilfsümpfen des Kuranflusses, den er aufgeschlitzt und ins Wasser geworfen hat.«

»Das sagt Semron. Glaubst du das?«

»Weshalb sollte er lügen? Meinst du, er hat mich aus einer königlichen Wiege geraubt?«

»Ich weiß es nicht. Aber eher bist du Belials Sohn als der eines Fischers. Wenn du einen ansiehst – weißt du eigentlich, dass du Menschen mit deinem Blick bezwingen kannst?«

»Dich habe ich damit noch nie beeindrucken können.«

»Weich nicht aus! Wann brechen wir auf?«

»Wir? Würdest du denn mitkommen?«

»Ich sterbe selbst vor Neugier.«

12

Der Athener liebster Zeitvertreib war das Flanieren über die Agora und der Austausch von Neuigkeiten und Klatsch. Nichts war langweiliger als ein Ereignis von gestern. Die Fertigstellung des Phaeton war für eine kurze Weile Stadtgespräch.

»Es heißt, er sei bereits im Garten des Hissarion zu bewundern.«

»Nein, ich hörte, Achylides muss ihn noch polieren.«

»Seit er an diesem Phaeton arbeitet, ist er fast eine Berühmtheit geworden.«

»Er oder sein Modell? Sie sollen heute Abend bei Sosiades geladen sein.«

»Ein Spartaner soll ihm Modell gestanden haben. Kann man das glauben?«

»Achylides soll ganz vernarrt in ihn sein.«

»Gehst du auch zu Sosiades heute Abend?«

»Leider nein. Ich habe andere Verpflichtungen.«

»Du Unglücklicher. Ich werde dir alles erzählen.«

Sosiades, der Abkömmling eines Seitenzweiges der Eupatriden, des mächtigen attischen Adelsgeschlechts, das Athen beherrschte, hielt sich für einen Philosophen, weil er glücklich verheiratet war. Er hatte sich den Ruf eines großzügigen Gastgebers erworben, der bei seinen Gästen darauf achtete, dass sie durch ihre Persönlichkeit zum Gelingen der geselligen Treffen beitrugen.

Die Sänfte setzte Achylides und Asandros vor der Villa am Ilissos ab. Achylides war in einer lang wallenden Tunika erschienen, über die er einen weiten Umhang geworfen hatte, denn er liebte es, wenn der Stoff ihn umflatterte wie stymphalische Vögel. Der Hausverwalter geleitete sie in den Innenhof und weiter durch Laubengänge in das Megaron, den Saal der Männer.

Sosiades ließ es sich nicht nehmen, ihnen entgegenzugehen. Mit ausgebreiteten Armen kam er auf Achylides zu. »Willkommen, willkommen! Ihr werdet schon erwartet.« Er hauchte Achylides einen Kuss auf jede Wange. Dann richtete er seinen Blick auf Asandros, der bescheiden im Hintergrund wartete. »Der lebende Phaeton! Er weilt unter uns. Heißt es nicht, der Übermütige sei vom Himmel gestürzt? Zeus muss ihn wieder zum Leben erweckt haben. Das nenne ich eine spartanische Herausforderung ganz anderer Art.«

Trotz seiner überschwänglichen Begrüßung umarmte er Asandros nicht, er nickte ihm nur freundlich zu. Asandros erwiderte das Nicken.

Achylides hatte ihn in einen festlichen Chiton gesteckt, gesäumt mit goldenen Stickereien. Asandros fühlte sich unwohl darin. Er hatte gemeint, darin sehe er wie ein Mädchen aus, worauf Achylides kichernd geantwortet hatte, dass er so breite Schultern und so stramme Schenkel noch bei keinem Mädchen gesehen habe.

In der Mitte des langen, schmalen Festsaales standen niedrige Tische, die Gäste ruhten auf bequemen Liegen, die meisten stützten sich dabei mit dem linken Arm auf, führten Essen und Trinken mit der rechten Hand zum Mund und plauderten miteinander. Viele trugen Kränze im Haar. Manchmal sah man ältere Männer zusammen mit hübschen Knaben, nackt oder mit hauchfeinem Gespinst bekleidet, das nichts verbarg. Sie spielten die Leier oder die Doppelflöte und ließen sich liebkosen.

Asandros bemerkte zu seinem Erstaunen, dass auch Frauen anwesend waren, denn er hatte gehört, dass die Athener ihre Frauen sehr streng bewachten und von der Öffentlichkeit fernhielten. Im Gegensatz zu den Knaben trugen sie schöne Gewänder; sie plauderten mit den Männern, durften aber nicht wie jene zu Tische liegen, sondern saßen gesittet auf Stühlen.

»Kurtisanen«, flüsterte Achylides. »Nimm dich vor ihnen in Acht, sie wollen klüger sein als die Männer.«

Asandros lächelte. »Frauen sind meist klüger als Männer, aber weil sie klug sind, verbergen sie es.«

Sosiades geleitete sie an ihren Platz. Asandros folgten viele neugierige Blicke, aber man war zu höflich, um ihn zu bedrängen. Achylides übernahm die Aufgabe, ihn mit seinen Nachbarn bekannt zu machen. Hier saßen Großhändler und Geldverleiher neben Priestern und Beamten, Großgrundbesitzer neben Offizieren, Philosophen und solche, die sich dafür hielten, neben Künstlern.

Ein etwas beleibter Mann schob sich heran. Er beugte sich zu Achylides hinunter und schüttelte dessen Hände leidenschaftlich mit seinen großen Pranken. »Ein Meisterwerk! Ein wahres Meisterwerk! Meiner Frau gefällt es auch. Was sage ich? Sie ist hingerissen!«

Achylides lächelte dünn. *Jetzt drückst du mir die Hände, du Heuchler*, dachte er, *vor zwei Monaten jammertest du noch, ich würde dein Geld verschwenden.* Er machte ihn mit Asandros bekannt. »Hissarion, mein Auftraggeber. Ihm gehört eine Weberei.«

»Die größte in Attika«, erwiderte Hissarion bescheiden. Er rief nach einem Sklaven. Der schob rasch eine weitere Liege heran, und Hissarion ließ sich fallen. »Du bist also Asandros, von dem ganz Athen spricht?«

»Ich weiß nicht, worüber Athen spricht«, erwiderte Asandros

freundlich, »aber wenn man Achylides' Werk rühmt, tut man es mit Recht. Ich habe allerdings keinen Verdienst daran.«

»Was für ein bescheidener Mann. Sind alle Spartaner so wie du?«

»Das glaube ich kaum.«

»Hm.« Hissarion strich sich über den ansehnlichen Bauch. »Benötigt ihr in Sparta vielleicht gute Tuche?«

»Die Spartaner stellen ihre Tuche selbst her«, erwiderte Asandros freundlich. »Derbe, aber haltbare Stoffe.«

Hissarion fasste sich an den Kopf. »Richtig! Ihr habt ja eure Heloten dafür, nicht wahr?«

»Periöken, mein Freund. Die Heloten sind Bauern, sie bestellen die Felder.«

»Nun, Sklaven eben, wo ist da der Unterschied?«

Achylides hob seinen Becher und goss ihn langsam auf Hissarion Schoß. »So ein Unglück«, flötete er.

Hissarion sprang mit hochrotem Kopf auf. »Das hast du absichtlich gemacht!«

»Ich bin untröstlich, Freund Hissarion, aber meine Hände zittern immer so, wenn Banausen in der Nähe sind.«

Asandros deutete ein zartes Lächeln an, und Hissarion entfernte sich schimpfend.

»Der junge Phaeton, nehme ich an?«, mischte sich eine sanfte, angenehm klingende Stimme ein. Asandros sah einen mittelgroßen Mann mit einer großen Nase, einem willensstarken Mund und einer hohen Stirn, von der sich braune Locken ringelten. »Darf man hier Platz nehmen? Unserem Freund Hissarion ist wohl ein Missgeschick passiert?«

Achylides wollte sich ehrerbietig erheben, doch der Gast hob die Hand. »Nicht doch. Ich bin es, der sich vor deiner Kunst verneigen muss.«

Achylides errötete und flüsterte Asandros zu. »Du musst ihm den Saum seines Gewandes küssen, er ist ein großer Staatsmann und Dichter, und man wird ihn zum Archonten Eponymos wählen. – So ist es doch, edler Solon?«

»Ich hoffe es, denn es wäre zum Besten für Athen.« Dann wandte er sich an Asandros, den er mit großzügiger Geste davon abhielt, ihn auf diese Weise zu begrüßen. »Hissarion ist ein tüchtiger Kaufmann, aber ein Schwätzer. Gerade wollte ich euch von seiner Gegenwart befreien, als unser Freund Achylides mir zuvorkam.«

»Ich möchte mir über ihn kein Urteil anmaßen«, antwortete Asandros zurückhaltend.

»Hm. Athen nimmt gern sein Geld und ist ihm dankbar. Ich übrigens auch. – Wie gefällt dir Athen?«

»Ich bin noch nicht lange hier. Es scheint eine freie und stolze Stadt zu sein mit ebenso freien und stolzen Bürgern.«

»Hast du dir schon Gedanken über deine Zukunft gemacht?«

Asandros war verwundert. Weshalb nahm ein offensichtlich hochrangiger Adliger so Anteil an ihm? »Vielleicht werde ich noch woanders als Modell gebraucht«, scherzte er.

Solon warf ihm einen belustigten Blick zu. »Das sagt der Sohn des Eurysthenes, Geront von Sparta?«

Asandros erbleichte. »Woher weißt du das?«

»Beruhige dich. Der Areopag zieht über jeden Spartaner Erkundigungen ein. Wer immer aus dem düsteren Sparta den Weg zu uns findet, hat eine – sagen wir dunkle Vergangenheit. – Du hast also noch keine festen Pläne?«

Asandros Miene wurde hart. »Nein!«

Achylides erhob sich raschelnd. »Es ist so heiß hier. Ich gehe hinaus auf den Laubengang, um frische Luft zu schöpfen.«

Asandros sah ihm nach. Hatte Achylides dieses Treffen herbeigeführt? Er sah Solon lächeln. »Ein Sohn Spartas wird doch nicht dem Müßiggang anhängen wollen?«

Asandros warf Solon einen kühlen Blick zu. »Das wäre mir verhasst!«

»Ich erfuhr, dass du mit dem Gedanken spielst, das Gymnasion zu besuchen?«

Asandros verzog unwillig das Gesicht. Wie konnte Achylides nur so schwatzhaft sein? »Ja. Aber ich hörte, Fremde werden nicht aufgenommen.«

»Vielleicht macht man bei dir eine Ausnahme? Ich kann mich für dich verwenden.«

Asandros machte schmale Augen. »Wenn ich den Eindruck bei dir erweckt haben sollte, deine Gunst zu erschleichen, bitte ich um Verzeihung.«

Solon lächelte nachsichtig. »Fürsprache ist nichts Verwerfliches, ganz im Gegenteil. Man wird sagen, wenn Solon sich für ihn einsetzt, muss dieser Asandros ein vortrefflicher Mann sein.«

Ein Knabe warf ihnen lachend Kränze über das Haar. Asandros war dankbar für diese Ablenkung und schob ihn umständlich zurecht, obwohl er ihn gern entfernt hätte. »Ich bin bereit, mein Schwert und meine Erfahrungen in den Dienst Athens zu stellen«, sagte er, »aber du kennst mich nicht. Vielleicht bin ich deine Fürsprache nicht wert.«

»Ja, das ist möglich. Kein Mensch ist vor Irrtümern gefeit, aber ob es ein Irrtum war, werde ich doch erst sehen, wenn ich das Wagnis mit dir eingehe, oder? Die Stadt braucht gute Männer und nicht nur verzogene Faulenzer, die sich auf den Lorbeeren ihrer

Geburt ausruhen. Den Spartanern eilt ein besserer Ruf voraus.«

»Hat Achylides über mich gesprochen, edler Solon?«, fragte Asandros gerade heraus.

»Nun, er erwähnte dich.« Plötzlich lachte Solon herzlich. »Wie schlecht ich lüge! Er redet den ganzen Tag von nichts anderem. Deswegen plagte mich die Neugier und ich kam. Du scheinst mir ein hoffnungsvoller, junger Mann zu sein, und es ist wichtig, die richtigen Pflanzen zu gießen. Wenn ich mich dir widme, diene ich nur meiner Vaterstadt.«

»Du beschämst mich. Ich bin ein geflohener Brandstifter und Mörder.«

»Das mögen spartanische Gerichte beurteilen. Aber jetzt bist du hier.«

»Und was hält Solon von einem spartanischen Krieger, der einem Phaeton Modell gestanden hat?«

Solon lächelte. »Ich denke, dass dieser Spartaner durch seine Schönheit der Kunst und damit der Stadt Athen einen großen Dienst erwiesen hat, wenngleich das Kunstwerk bald im Garten des Hissarion stehen wird, aber das tut seinem Wert keinen Abbruch. Und er hat Achylides einen Dienst erwiesen, der ein großartiger Mensch ist.«

»Du hältst ihn für großartig? Die Athener halten ihn für verrückt, so sagte er mir.«

»Er ist ein begnadeter Bildhauer mit einer großen Seele. Einige lachen über ihn, weil er etwas überschwänglich ist und Knaben liebt, die seinem Alter nicht entsprechen, aber nur sehr dumme Menschen verachten ihn deshalb.«

»Warum bin ich Menschen wir dir nicht früher begegnet?«

»Es ist nie zu spät umzukehren und ein verständiges Leben zu führen.«

»Ich habe immer ein hartes Leben gehabt, worüber ich mich nicht beklage. Aber nur hart zu sein, lässt anderen Werten keinen Raum. Ich bin hungrig nach so vielen anderen Dingen.«

»Beim Zeus, ein Hunger, den ich manchem hochmütigen Athener wünsche«, seufzte Solon. »Du bist auf dem richtigen Weg.«

Er verabschiedete sich mit freundlichem Nicken. Kaum war er fort, kam Achylides wieder herein, seine Augen strahlten. »Beim Hermes! Solon scheint dich zu mögen. Wenn du dich seiner Gunst erfreust, wirst du in Athen hoch geachtet. Ich freue mich so für dich.«

Asandros fischte grinsend ein Hühnerbein von der Tafel. »Und du, so hörte ich, kannst dich vor Aufträgen kaum retten.«

»So ist es! Nun brauche ich neue Modelle.« Achylides stieß Asandros an. »Siehst du den Jungen dort neben der Säule? Der mit dem verträumten Blick. Siehst du, mit welcher Anmut er den Wein einschenkt? Es ist der junge Glaukos, der Sohn des Hausverwalters.«

Ein Mann rauschte vorüber, und Achylides ergriff ihn beim Gewand. »Stylichos! Wohin eilst du?«

Der Angesprochene wandte sich um. »Achylides? Du weißt es ja. Hierhin und dorthin, wohin immer mich Erato und ihre Schwestern treiben.«

»Göttlicher! Ich brauche deine Hilfe. Schreib mir ein Gedicht, aber voller Leidenschaft und voller Erotik muss es sein!«

»Und wer ist diesmal der angebetete Gegenstand deiner Leidenschaft?«

»Ach, es ist der reizende Glaukos. Ich will ihm das Briefchen anonym zukommen lassen, damit ich mich an seinem Erröten weiden kann.«

Stylichos verneigte sich spöttisch. »Immer zu Diensten. Wär' Marmorstein mein Schwengelchen, bockt' ich dich, hübsches Bengelchen. Doch abwärts fällt der Wicht wie Wachs, wie seinerzeit Astyanax.«

»Statt Kerze hat der Stylichos nur einen Docht in seiner Hos'!«, giftete Achylides zurück.

Asandros hielt sich den Bauch vor Lachen. Er winkte dem hübschen Glaukos. »Komm her, Knabe, und entlocke den beiden noch mehr Verse. Beim Kronos! Euch zu lauschen, ist wahrlich amüsanter als den Heldengesängen des Tyrtaios!«

Asandros wachte mitten in der Nacht von einem polternden Geräusch auf. Aus alter Gewohnheit fuhr er sofort aus dem Schlaf und tastete nach seinem Schwert. Dann lächelte er. Er befand sich nicht in Sparta. Der Schein einer Kerze geisterte durch das Zimmer, und dahinter erblickte Asandros Achylides in einem langen Nachtgewand und hörte ihn fluchen, weil er wieder einmal über einen Marmorsockel gestolpert war.

»Was machst du hier mitten in der Nacht?«, fragte Asandros amüsiert.

»Habe ich dich aufgeweckt? Das wollte ich nicht. Ich – äh – suche meinen Stichel.«

»Um diese Zeit und bei mir im Zimmer?«

»Ich bin manchmal zerstreut, weißt du, dann lege ich die Sachen irgendwo hin und vergesse sie. Ich brauche ihn morgen für die Feinarbeit an den Gewandfalten. So etwas fällt mir manchmal erst in der Nacht ein.« Er trat näher und leuchtete Asandros mit seiner Kerze an. »Du schläfst doch nicht etwa nackt, du Schamloser?«

Asandros grinste. »Leider hast du mir nicht so ein kleidsames Nachtgewand herausgelegt, wie du es trägst, göttlicher Achylides.«

»Du kannst einen verlegen machen. Der Stichel ist wohl nicht hier? Nun, dann werde ich mich wieder schlafen legen. Gute Nacht, und verzeih die Ruhestörung.« Achylides riss sich los vom Anblick der nackten Schultern und wandte sich so hoheitsvoll wie möglich ab, um hinauszuschreiten, da schnappte sich Asandros einen Zipfel seines Nachtgewands.

Achylides blieb wie angewurzelt stehen. »Du – du hast doch nicht an meinem Hemd gezogen?«

»Allerdings.« Asandros zog ihn näher zu sich heran. »Weshalb willst du schon gehen? Du hast doch deinen Stichel noch nicht gefunden.«

»Er – ist nicht hier«, gab Achylides mit gepresster Stimme zurück.

»Du hast nicht richtig gesucht, mein Freund. Aber das macht nichts, ich habe ihn nämlich gefunden.«

»Was?« Achylides drehte sich um. Asandros lächelte und lüpfte ein wenig die Decke. »Hier unten habe ich ihn versteckt, willst du nicht nachsehen?«

Achylides antwortete nicht, nur die Kerze knisterte leicht.

»Ist Achylides nun selbst zu Marmor geworden? Sieh nur, es ist ein Prachtstück von einem Stichel.«

»Nein«, flüsterte Achylides und bewegte sich nicht.

»Nur Mut, er sticht nicht.«

»Bitte – ich möchte gehen, ich ...«

»Na komm schon, setz dich her zu mir. Was ist denn das für eine Schüchternheit? Da lerne ich einen ganz neuen Achylides kennen.«

»Ich – ich will das nicht. Ich lebe wirklich keusch, das ist die Wahrheit.«

»Aber um das zu ändern, bist du doch gekommen, oder nicht?«

»Ja«, stammelte Achylides, »aber es war ein Fehler, ein großer Fehler.«

»Ich verstehe«, sagte Asandros ironisch. »Ich bin kein zwölfjähriger Knabe mehr mit zartem Flaum auf den Pfirsichen, aber vielleicht versuchst du es trotzdem mit mir?«

»Freilich, verspotte mich nur, ich habe es verdient. Was kann ich dafür, dass er sich noch regt? Dass mir noch das Blut in die Wangen steigt, wenn ich männliche Schönheit erblicke? Aber ich wollte dich nicht kränken, das wollte ich nicht.«

»Nun steh doch nicht da wie deine Statuen! Setz dich hier auf die Kante, das verpflichtet dich zu nichts.«

Achylides ließ sich vorsichtig dort nieder. »Danke. Du bist so freundlich zu mir. Es ist schön für einen älteren Mann, dir so nah sein zu dürfen. Aber es ist spät, und du bist müde.«

»Nicht mehr, deine Suche nach dem Stichel lässt mich nicht schlafen, weißt du.«

»Hör zu, Asandros, lass uns ernsthaft sein. Ich weiß, dass ich nicht begehrenswert für dich bin. Beim Zeus, ich kenne meinen Wert. Wenn ein Mann wie ich die Gunst eines schönen Jünglings begehrt, muss er ihm sehr, sehr teure Geschenke machen. Ich bin ein leidlich guter Bildhauer, aber kein Liebhaber für dich.«

»Sonst lauschte ich gern deinen Reden, doch jetzt höre ich nur törichtes Zeug. Ein Apoll bist du nicht, aber auch kein schmerbäuchiger Silenos. An den Schläfen wurde dein Haar etwas lichter, aber durch deinen Beruf blieb dein Körper kräftig und fest.« Asandros schob ihm die Hand unter das Hemd, und Achylides schloss die Augen. »Lass mich sehen, ob die lange Keuschheit großen Schaden angerichtet hat. Beim Ares! Ist mir die Hand vom Zügel halten steif geworden, oder vermag sie ihn wirklich kaum zu umfassen? Lass mich doch mehr sehen. Gib den Blick frei, und verbirg deinen Schatz nicht unter dem schrecklichen Hemd, das jede Lust tötet, wie ein Geizhals, der sein Gold unter dem Stroh versteckt!«

Achylides seufzte laut. Er fühlte sich wie ein Kind, das nicht weiß, wie ihm geschieht. Asandros zog ihn sanft zu sich ins Bett und führte die Hand des Widerstrebenden an seine Lenden. »Nur Mut, was du ergreifst, gehört dir heute Nacht.«

»Weshalb tust du das?«, flüsterte Achylides, überwältigt von Lust und Scham. »Du kannst in Athen die göttlichsten Knaben finden.«

»Göttlich, glatt und langweilig. Unter diesem Gezelt fand heute Achill seinen Patroklos, dessen verzauberte Hände es verstehen, Götter zu erschaffen.«

»Asandros du beschenkst mich reichlicher als Kroisos es vermöchte. Werden mich die neidischen Götter nicht strafen für die süße, verbotene Lust, die du mir aus Mitleid gewährst?«

Achylides fühlte das Schwellen seines Fleisches und die drängenden Küsse auf seinen Lippen, die so lange nur Staub gekostet hatten. Zwischen seine Schenkel schob sich mit sanftem Druck das Glied und bewegte sich dem Höhepunkt entgegen.

»Was einst der junge Eteokles mir errötend und zögernd gewährte, suchst du nun bei mir«, hauchte Achylides, »du machst mich wieder zum rosenwangigen Knaben.«

»Still, du bist es, der mich beschenkt, mein Freund«, flüsterte Asandros.

»Du scherzt, doch Achylides liebt Asandros' Scherze. Er liebt sie – oh, ihr Götter, so rasch, so rasch diesmal! Ihr neidischen Moiren! Weshalb zerschneidet ihr so früh den Faden?«

»Schilt nicht die Töchter der Nacht für das, was Achylides selbst verschuldet hat durch seine Hitze. Durst löscht man mit vielen kleinen Schlucken. Aber ich will dir einen neuen Becher reichen und sehen, ob du meinen Rat beherzigst.«

»Und wenn du mich eintauchtest in das weindunkle Meer, es könnte meine Hitze doch nicht kühlen. Der Olympos bebt, denn Zeus beneidet heute den Achylides!«

Asandros wohnte immer noch bei Achylides, aber er fand es unerträglich, dass er nichts zum Lebensunterhalt beitrug. »Ich bin ein junger, gesunder Mann, ich kann mich nicht von dir ernähren lassen. Gewiss, Solon will sich für mich verwenden, aber bis es soweit ist, kann ich doch nicht auf der faulen Haut liegen.«

Doch jeden seiner Vorstöße in diese Richtung verhinderte Achylides konsequent. Er raufte sich die Haare und schlug sich an die Brust, als wirke er in einer Tragödie mit. »Wann wirst du endlich wie ein Athener denken? Leibwächter, Hafenarbeiter, Ladengehilfe! Haben wir dafür nicht genug Sklaven? Der edle Athener schult seinen Geist in Gesellschaft anderer edler Männer. Deshalb habe ich dich bei Sosiades eingeführt, nicht, damit du seinen sauren Wein trinkst. Du sperrst Augen und Ohren auf, lernst die Männer kennen, die wichtig für dein Fortkommen sind. Und wenn es an der Zeit ist, wird man dir eine Stellung geben, die deiner würdig ist.«

Asandros Gewissen beruhigte das wenig, aber er sagte sich, dass in Athen tatsächlich andere Gesetze galten als in Sparta und dass er sich an sie gewöhnen musste. Auch Achylides erweiterte sich standesgemäß. Er ließ zwei Zimmer anbauen, denn ein angesehener Bildhauer sollte ein herrschaftliches Haus haben. Natürlich konnte Pittakos die Arbeit nicht mehr allein bewältigen, und Achylides schickte Asandros, er solle ihm tüchtige Sklaven besorgen. »Aber keine hübschen«, fügte er hinzu. »Die lenken mich nur von der Arbeit ab.«

Er bedauerte rasch, dass er keinen vernünftigeren Mann ausgeschickt hatte. Asandros brachte ihm eine Frau mit Kind, die er entkräftet auf der Straße aufgelesen hatte, und Pheidon, einen kräftigen, aber zurückgebliebener Samier, den Asandros aus Mitleid gekauft hatte.

»Eine verhungerte Frau und ein Schwachkopf!«, jammerte Achylides. »Weshalb besuchst du nicht den Sklavenmarkt, wo Ware angeboten wird, die sich in einem herrschaftlichen Haus zu bewegen weiß?«

Doch Asandros überzeugte Achylides davon, dass er für seine Bildhauerwerkstatt einen kräftigen Mann und keinen Dichter brauche. Die Frau sei sehr fleißig und halte die Wohnräume in Ordnung. Seitdem müsse man vor dem Schlafengehen wenigstens keine Marmorsplitter mehr aus seinem Bett entfernen. Außerdem habe sie nichts gekostet. Und der Schwachsinnige sei auch billig zu haben gewesen.

Pheidon ließ sich nicht davon abbringen, Asandros jeden Morgen zur Begrüßung die Füße zu küssen.»Ich lasse dich auspeitschen, wenn du den Unfug nicht sein lässt!«, hatte Asandros ihn angeherrscht, aber Pheidon hatte geantwortet: »Ja, Pheidon auspeitschen, Pheidon ist ungehorsam. Aber dann wieder Füße küssen von gutem Herrn.« Da hatte Asandros es aufgegeben.

13

Midian und Joram überraschten die anderen mit ihrem Wunsch, einmal auf eigene Faust die Gegend durchstreifen zu wollen. In Susa wollte man wieder mit den Männern zusammentreffen.

Die Schwarzen Wölfe, die sich daran gewöhnt hatten, dass Midian und Joram ein Verhältnis hatten, zeigten Verständnis, aber ohne Spott ließ man sie nicht ziehen.

»Wenn wir uns in Susa verfehlen, werde ich die Stadtmauer nach deinem Leichnam absuchen«, grinste Elrek.

»Pass auf, Midian, dass Joram dich nicht schwängert«, feixte Tyrsus.

»Seht ihr zu, dass man euch in Susa nicht mit den Ratten verwechselt und euch die Schwänze anzündet!«, gab Midian zurück.

»Bring mir die Haut eines feisten Elamiters«, dröhnte Semron, »ich brauche neue Stiefel.«

»Pah, darauf wartest du vergebens, Semron«, warf Mesrim höhnisch ein. »Joram ist dabei, und das bedeutet, sie gehen turteln und Blumen pflücken.«

»Stimmt«, grinste Semron, »die Kadesche kann kein Blut sehen. He Joram, im Tempel der Ischtar brauchen sie noch Jungfrauen. Es wird schon keiner merken, dass du ein Mann bist.«

»Leihst du mir deinen Kopf dazu? Die Tempelsklaven brauchen noch Reisigbesen.«

Unter dem Gelächter ihrer Gefährten verließen Midian und Joram mit zwei Maultieren das Lager in östlicher Richtung. Midian hatte sich von seiner geliebten Hose getrennt und wie Joram in die ungewohnten Gewänder eines Kaufmanns gezwängt. Während man Joram den ehrenwerten Handelsmann abnahm, entsprach ihm Midian mit seinem langen, ungebändigten Haar und den breiten Schultern weniger. Deshalb einigten sie sich schließlich darauf, dass sich Midian nicht als Kaufmann, sondern als Schmied ausgeben sollte.

Sie waren nicht die Einzigen, die auf der Straße nach Susa unterwegs waren. Zu beiden Seiten erstreckten sich flache Lehmhütten, wo die Menschen gemeinsam mit ihrem Vieh hausten. Kinder und Halbwüchsige lungerten vor den Türen oder spielten am Straßenrand. Hoch beladene Kamele schwankten vorüber, Bauern waren mit ihren Eseln auf dem Weg zum nächsten Markt. Im Schatten der Bäume saßen Gruppen alter schwatzender Männer, die Jungen arbeiteten hinter den Hütten auf den Feldern.

Manchmal kamen Soldaten vorbei. Müde von der Hitze trotteten sie einem meist finster blickenden Hauptmann hinterher, und wenn er nicht hinsah, blieben sie bei einem jungen Mädchen stehen, machten schöne Augen und unanständige Bemerkungen.

Auch hohe Beamte aus Susa in vornehmen Wagen fuhren vorüber. Manche reisten mit ihren Frauen, die stets verschleiert waren. Voraus ritt ein Mann der Leibwache, um die Straße freizumachen. Halb nackte, braun gebrannte Kinder liefen hinterher, um einen Blick auf die vornehmen Herrschaften zu werfen und vielleicht ein Kupferstück zu ergattern.

Midian musterte alles mit brennend verlangendem Blick. Er sah die prächtigen Rösser, die sie vor ihre Wagen spannten, herausgeputzt wie Huren. Er musterte begehrlich das versilberte Zaumzeug, die bunt gestickten Decken und die golddurchwirkten Gewänder der Herolde, deren feiste, rote Gesichter schier vor Hochmut platzen wollten.

»Bei Belial! Wie prächtig würdest du darin aussehen, Joram, und wie gut würde diesem Pfau ein gespaltener Schädel stehen.«

Joram lächelte. »Du hast recht. Aber ziemen diese Worte einem einfachen, gottesfürchtigen Schmied, der gedenkt, sein ehrbares Handwerk unter dem Schirm und Schutz des gütigen Schuschinak, Statthalter von Susa, auszuüben?«

»Beim dreifach Geschwänzten! Und wie viele lahmende Maultiere, beladen mit Krügen ranzigen Öls, willst du in Susa unter die Leute bringen?«

»Bei der Schurkenehre meiner Ahnen! Ich gelobe, nicht ein einziges ehrliches Geschäft abzuschließen und den Leuten dafür so viel Gold wie möglich abzunehmen.«

»Wahrlich! Deine Vorsätze sind eines Halsabschneiders würdig. Was hältst du danach von einem köstlichen Festmahl: Schuschinak auf glühenden Kohlen im eigenen Fett schmurgelnd?«

»Du Vater aller Schmiede! Auch der Kochkunst kannst du dich

wahrlich rühmen. Darf ich den Braten zuerst anschneiden?«

Midian lachte. »Still, mein Magen meldet sich mit Macht bei dieser Vorstellung. Bei Belial, habe ich einen Hunger!«

»Dort drüben die Frau verkauft Früchte«, sagte Joram. Sie stiegen von ihren Tieren, und Joram erstand eine Melone und Feigen in Honig. Midian verzog das Gesicht. »Eine Näscherei für Kinder. Ich könnte jetzt ein ganzes Kalb verzehren.«

»Bis zum Abend kommen wir sicher an ein Gasthaus«, meinte Joram zuversichtlich, holte Brot aus den Satteltaschen, und sie hockten sich am Straßenrand nieder. Während Joram die Melone zerteilte, machte sich Midian über die verachteten Feigen her, und sie schmeckten ihm so gut, dass Joram noch eine Portion kaufen musste. Midian schleckte sich den Honig von den Fingern und wischte den Rest an seinem Rock ab.

Da bemerkte Midian eine Bewegung bei ihren Maultieren, die im Schatten einer Ulme angebunden standen. Ein halbwüchsiger Junge machte sich an ihren Satteltaschen zu schaffen. Wie ein Schatten glitt er unter den Bäuchen der Tiere hindurch, doch Midian war schneller. Er sprang auf, packte ihn bei den Haaren und riss ihn hoch. Der Junge stöhnte, ließ aber seine Beute, einen Gürtel mit etwas Kupfer, nicht los.

»Wen haben wir denn hier? Einen frechen Dieb, der am helllichten Tag ehrliche Kaufleute bestiehlt!«

»Beim Gotte Abrahams, er hat meinen Gürtel!«, tat Joram entrüstet und stellte sich drohend vor ihm auf, aber der Junge trat nach ihm und traf ihn am Schienbein.

Joram rieb sich fluchend die Stelle, und Midian lachte, während er den Jungen noch bei den Haaren gepackt hielt. »Was macht der Statthalter von Susa wohl mit Dieben?«, fragte er genüsslich. »Schlägt er ihnen die Hände ab, oder hängt er sie auf?«

Dabei betrachtete er den Knaben genauer, der ihn aus grünen Augen anfunkelte. Das halblange Haar war verfilzt, das Gesicht schmutzig, aber fein geschnitten; die weichen Lippen entblößten kräftige, weiße Zähne. Der Junge spuckte ihn an und trat nach ihm. Midian stieß ihn gegen den Stamm der Ulme. »Nicht so heftig, du Wildkatze! Gib mir erst einmal den Gürtel zurück!«

»Nein!« Der Junge presste ihn an sich und funkelte Midian trotzig an. Dann glätteten sich seine Züge plötzlich, und er verlegte sich aufs Jammern: »Lasst mich doch laufen, was ist für so vornehme Herren schon ein bisschen Kupfer? Ich muss die Familie ernähren: acht Geschwister, eine kranke Mutter, einen kranken Vater, einen kranken ...«

»He, he!«, unterbrach ihn Midian scharf, »bei euch ist wohl eine Seuche ausgebrochen?«

»Eine Seuche, ja!«, rief der Junge schnell. »Viele sind tot, viele sind krank, und niemand hat etwas zu essen!«

»Ist das nicht traurig?«, wandte Midian sich an Joram, der grinsend neben dem Baum stand und sich mit einer Hand am Stamm abstützte. »Dieser arme Junge ist gezwungen zu stehlen, weil er sonst verhungern würde.«

»Abgrundtief traurig«, bestätigte Joram ernsthaft. »Dabei ist Stehlen so verwerflich. Geradezu schändlich ist es, fremdes Eigentum nicht zu achten!«

»So ist es«, nickte Midian. »Ein Elend, dass du so jung bist und schon so verdorben.« Midian kniff ihm in die Oberarme, die stramm und glatt waren. »Und wie verhungert du bist! Wahrlich, es kann einen jammern!«

»Lasst mich doch laufen! Die Stadtwache von Susa wirft mich in die Rattenfalle.«

»In die Rattenfalle? Das hört sich aber nicht gut an, was Joram?«

Der schüttelte den Kopf. »Schrecklich! Ich mag keine Ratten – du etwa?«

»Wer mag sie schon? Erzähl uns doch mehr von dieser Rattenfalle – äh, wie war doch gleich dein Name, mein junger Freund?«

»Illuschin!«

»Oho! Du sprichst deinen Namen aus, als müsse man ihn fürchten.«

»Meine Brüder und ich, wir nennen uns die Sumpfschlangen.«

»Deine Brüder? So, dann seid ihr also eine Bande, die vom Stehlen lebt? Und uns willst du weismachen, dass deine Familie verhungert!«

»Ich habe keine Familie«, gestand Illuschin, »aber die Sumpfschlangen stehlen auch nur, um zu überleben.«

»Gewiss«, sagte Midian sanft. »Man überlebt solange, bis die Rattenfalle zuschnappt, nicht wahr? Wie alt bist du?«

»Siebzehn.«

»Junges Fleisch für die kleinen Nager! Und wie darf man sich diese Rattenfalle vorstellen?«, fragte Midian hinterhältig.

»Der Abwassergraben wimmelt von Ratten. Diebe werden gefesselt hineingeworfen und lebendig gefressen.«

»Was für eine liebenswerte Stadt!«

Joram stieß Midian an. »Du wirst doch einen aus dem gleichen Gewerbe nicht ans Messer liefern!«

Midian musterte unschlüssig den jungen Dieb mit den schrägen Katzenaugen und den langen, schwarzen Haaren. »Da uns der Weg nicht nach Susa führt, müssen wir uns das Schauspiel mit den Ratten wohl versagen, aber laufen lassen können wir dich nicht, schließlich hast du uns bestohlen.«

»Ich habe mich erwischen lassen«, knirschte Illuschin, »das ist mir noch nie passiert. Recht geschähe mir, wenn ich für meine Unachtsamkeit zu den Ratten müsste, aber was hättet ihr davon?«

»Gerechtigkeit«, säuselte Midian und strich mit seiner Hand unruhig über die Hüfte, wo sein Dolch hing.

Illuschin sah es und sagte hastig: »Ich könnte euch nützlich sein, ich arbeite für euch, ich ...«

»Tötest du auch für uns?«, unterbrach ihn Midian kalt.

»Töten?«, stammelte Illuschin. »Nein.«

Midian tippte ihm auf die Schulter. »Das ist ein Fehler, Junge, ein großer Fehler. Weshalb bleibst du ein kleiner Dieb? Wenn du schon den Weg der Gesetzlosigkeit einschlägst, weshalb strebst du nicht nach Größe? Lehre deine Sumpfschlangen, reichen Kaufleuten die Hälse abzuschneiden, und ihr werdet wie die Fürsten leben! Schont niemanden und seid wie die Ratten, die kennen auch kein Mitleid.«

»Wer seid ihr?«, fragte Illuschin betroffen.

»Frag nicht so viel! Wirst du meinen Rat beherzigen? Dann darfst du den Gürtel behalten.«

Illuschin nickte, und seine Augen glänzten. Aber er blieb unschlüssig stehen. »Ich kann gehen?«

Joram legte ihm die Hand auf die Schulter. »Ja, lass deinen Sumpfschlangen Giftzähne wachsen, aber denk daran: Es ist nicht leicht zu töten, wenn es das erste Mal ist.«

»Ihr beide habt wohl schon oft getötet?«

»Nur, wenn es sich nicht umgehen ließ«, erwiderte Midian grinsend und spielte am Griff seines Dolches.

»Ich glaube, ihr könntet mir viel beibringen, darf ich nicht bei euch bleiben? Ich wäre euch ein gehorsamer Diener.«

Midians Hände bewegten sich unruhig. Er räusperte sich und begann sie nachdenklich zu kneten, bis die Gelenke knackten. »Zu uns kann nur kommen, wer bereit ist, dem Blinden den Stock und dem Lahmen die Krücke rauben. Einen wie dich wirft das Leben ohnehin in die Rattengrube, also verschwinde! – Nein, warte!« Midian packte Illuschin am Arm. »Du kannst etwas für uns tun. Als Dieb kennst du dich aus. Gibt es hier im Umkreis eine alte Stadt, die unbewohnt ist?«

»Und in der man eine Statue gefunden hat«, fügte Joram hinzu.

»Es gibt viele alte Gemäuer in der Nähe«, erwiderte Illuschin. »Verfallene Ruinen, Treppen, die ins Nichts führen, unterirdische Gänge, von Gestrüpp überwuchert. Manchmal suchen meine Brüder und ich dort Unterschlupf, aber man erzählt sich, dass an diesen Stätten böse Geister hausen.«

»Von einer Statue weißt du nichts?«

»Nein, nicht hier. Vielleicht sucht ihr die Stadt hinter dem Schlangenhügel? Er liegt hinter den Sümpfen, in denen ich zu Hause bin. Aber der Weg dorthin ist gefährlich und schwer zu finden.«

»Was ist das für eine Stadt? Birgt sie ein Geheimnis?«

»Das ist möglich, aber niemand wagt, es zu ergründen. Es ist ein Ort, wo die Dämonen nach dem betörenden Gesang der Lilith tanzen, die nachts den Menschen, die sich im Freien aufhalten, das Blut aussaugt.«

Midian und Joram warfen sich einen kurzen Blick zu. »Sicher«, erwiderte Midian sanft, »aber ist das alles? Ich meine, das ist doch nur ein Märchen für Furchtsame, oder?«

»Vielleicht, aber ich würde mich nicht in die Nähe wagen, und ihr solltet es auch nicht tun. Es soll dort einen unzerstörten Tempel geben, in dem blutige Rituale zu Ehren einer unbekannten Göttin stattfinden. Am Fuß des Schlangenhügels liegt das Dorf Tissaran, dort wohnen ihre Priester, von denen man sagt, sie rauben Kinder, um sie ihr zu opfern. Möglich, dass es dort auch eine Statue gibt, aber was wollt ihr an diesem verfluchten Ort? Wenn es dort Gold gibt, so wird es von den Krallen der Dämonen bewacht.«

Midian lächelte und sagte zu Joram: »Die Geschichte ist recht schauerlich und zum Fürchten. Was meinst du, ist das die Stadt, die wir suchen?«

»Wir werden ja sehen, ich nehme doch an, dass uns unser junger Freund Illuschin den Weg zeigen wird? Schließlich ist er eine Sumpfschlange.«

Illuschin war blass geworden. »Ich bin bestimmt kein Feigling«, stammelte er, »aber gegen die finsteren Mächte sind wir Menschen nun einmal machtlos.«

»Wie wahr. Aber deine Dämonen werden sich als Füchse und Eulen entpuppen, und deine Lilith als harmlose Fledermäuse, die gern in alten Gemäuern leben. Und dieses Dorf wird einen Haufen altersschwacher Greise beherbergen, die vor der Welt geflohen sind. Weißt du nicht, dass es keine Geister gibt?«

»Ihr glaubt nicht an Geister?«, fragte Illuschin verwundert.

»Nein, wir glauben aber an Rattengruben, in denen es dir sicher schlimmer ergehen würde als in der Gemeinschaft von Geistern. Also machen wir uns auf den Weg!« Midian holte ein Goldstück aus seinem Gürtel und zeigte es ihm. »Das gehört dir, wenn du uns gut führst.«

Illuschin seufzte ergeben und ging voran. Nach zwei Wegstunden erreichten sie ein Gasthaus, und da es dunkel wurde, beschlossen sie, hier zu übernachten. Nach einer ausgiebigen Mahl-

zeit, bei der Illuschin die beiden mit einem ungeheuren Appetit
überraschte, stiegen sie hinauf in die Dachkammer. Illuschin, von
dem vielen Wein ermattet, taumelte voran. »Ein hübscher Junge«,
grinste Midian und stieß Joram an. »Wenn du willst, nimm ihn dir
heute Nacht.«

»Danke, dafür brauche ich nicht deine Erlaubnis. Willst du ihn
nicht?«

»Ich möchte schon, aber das wäre sein Tod, und das wollen wir
doch beide nicht, oder?«

Joram brummte etwas Unverständliches.

»Sei nicht so mürrisch, Joram! Ich bin es doch, der eine ganze
Nacht untätig neben dem hübschen Bengel schlafen muss. Eine
wirkliche Verschwendung! Lass mich wenigstens zusehen, wie du
ihn hernimmst.«

»Ich treibe es nicht mit jedem Hergelaufenen.«

Midian zog Joram zu sich heran. »Das gefällt mir so an dir. Besinnen wir uns also auf die Dinge, die wir beide gut beherrschen.«

Am nächsten Morgen, noch bevor der Hahn krähte, machten sich
die drei auf den Weg. Illuschin führte sie einen Weg abseits der
Hauptstraße, wo sie bald in sumpfiges Gelände kamen. Mit sicherem Tritt fand er die schmalen Pfade, die sich zwischen den dunklen Tümpeln und trügerischen Grasnarben hinzogen. Midian und
Joram waren abgestiegen und führten ihre Tiere am Halfter. Hin
und wieder ragten geborstene Mauern oder umgestürzte Pfeiler
aus dem Morast. Bisamratten verschwanden klatschend im
schwarzen Wasser, träge zogen ferne Wolken am weiten Horizont.

Schwarze Vögel hockten auf den abgestorbenen Ästen ertrunke-
ner Bäume, dann und wann erhob sich ein Fischreiher oder ließ
sich ein Entenschwarm geräuschvoll auf dem Wasser nieder. Die
Sonne brannte unbarmherzig, und das niedrige Buschwerk bot
keinen Schatten.

Auf einer grasbewachsenen Erhebung unter verkrüppelten Birken machten sie Rast. »Wie weit ist es noch?«, fragte Joram und
wischte sich den Schweiß von der Stirn.

»Gegen Sonnenuntergang werden wir den Schlangenhügel erreichen.« Illuschin ließ sich in das Gras fallen, verschränkte die
Arme hinter dem Kopf und blinzelte in die Sonne. »Aber ich werde
vorher zusammenbrechen, wenn ich nichts zu essen bekomme.«

Midian stand an den Satteltaschen und warf ihm einen ärgerlichen Blick zu. »Willst du auch noch bedient werden, kleine Kröte?« Er warf ihm Brot und Käse zu und ein paar getrocknete Datteln. Dann setzte er sich neben ihn und sagte lächelnd: »Du bist
unverschämt, das gefällt mir. Wenn du jemals von diesen Sümpfen

genug haben solltest, geh nach Norden in den wilden Zagros und frag nach der Festung Dur-el-Scharan. Niemand wird dich dorthin begleiten wollen, aber wenn du sie findest, kannst du dich uns anschließen.«

»Euch? Wer seid ihr denn?«

»Gesetzlose wie du. Wir nennen uns die Schwarzen Wölfe.«

»Den Namen werde ich mir merken«, versprach Illuschin. »Ihr gefallt mir, weil ihr die Geister und Dämonen nicht fürchtet.«

»Verdirb doch den Jungen nicht, Midian«, grinste Joram. »Wenn Zorach ihn sieht, ist es vorbei mit seiner Unschuld.«

Midian legte Illuschin die Hand auf den Schenkel. »Bist du noch unschuldig?«

Er zuckte zusammen, und die Röte stieg ihm ins Gesicht. »Ich habe schon Mädchen geküsst«, stotterte er.

»Bei Ischtar! Ist das wahr?«

Illuschins Blick huschte hin und her, dann sprang er auf und versteckte sich hinter den Birken. »Ich bin ein Dieb, aber so einer nicht!«, rief er.

»Komm her! Niemand will dir etwas tun«, rief Midian. »Wir sind viel zu erschöpft für solche Spiele.«

Illuschin näherte sich vorsichtig, dabei sahen sich seine Katzenaugen nach einem Fluchtweg um. »Wenn ihr mich anfasst, findet ihr Tissaran und die versunkene Stadt nie!«

»Du hast uns in der Hand, das wissen wir, Illuschin. Wir haben doch nur gescherzt, also setz dich wieder her.«

Doch kaum hatte er zögernd neben Midian Platz genommen, warf der sich auf ihn und erstickte den jungen Elamiter, der wie ein Fisch unter ihm zappelte, mit leidenschaftlichen Küssen. Illuschin gurgelte, rollte mit den Augen und versuchte vergebens, sich aus dem stählernen Griff zu befreien. Midians Stärke drückte ihm den Atem ab. Verlangend schob er ihm seine Hand unter den groben Stoff seines Rockes. Illuschin schrie, und Midian stieß einen verblüfften Schrei aus.

»Bei Belial! Du bist ja ein Mädchen!«

»Na und?«, fauchte Illuschin und strampelte mit den Beinen.

Midian warf den Kopf in den Nacken und lachte. Ohne zu überlegen, spreizte er seinem Opfer die Schenkel und machte sich bereit. Jäh stand der Tod in seinen Augen.

Er fühlte sich an den Schultern gepackt und zurückgerissen. »Du lässt sie los! Sofort!«

Midian machte eine Handbewegung, als verscheuche er eine lästige Fliege. »Nur ein Mädchen, verstehst du nicht?«, rief er heiser. »Lass mich das hier zu Ende bringen! Lass mich!«

Das Mädchen Illuschin schlug mit ihren Fäusten um sich, traf

Midian an der Brust und an den Schultern. »Geh weg!«, schrie sie.

Midian riss ihr das Hemd herunter, um zu sehen, ob dieses als Knabe verkleidete Ding auch schöne Brüste hatte. Ihr verzweifeltes Kämpfen begleitete er mit einem kehligen Lachen. »Schlag nur, Mädchen, das macht mich heiß.«

Dann brummte er und hielt sich den Schädel. Joram hatte ihn mit einem Knüppel liebkost. »Du Narr! Wer soll uns den Weg nach Tissaran zeigen, wenn du sie umbringst?«

Midian fluchte, denn das Fleisch seiner Lenden stand aufrecht wie ein Schiffsmast, und er hatte ihr Blut schon auf den Lippen gespürt. »Dann nimm ihn in den Mund, du Hure, na los, mach schon!«

Joram schloss die Satteltaschen und räusperte sich. »Vielleicht verschiebst du deinen Zeitvertreib auf später, denn ich möchte noch vor der Dunkelheit aus dem Sumpfgebiet herauskommen.«

Midian zwang ihren Mund hinunter und zischte: »Du wirst nicht lange brauchen. Aber wenn du zögerst, werfe ich dich in das nächste Sumpfloch, und glaub nicht, dass Joram dich vor meinem Dämon retten kann.«

Etwas später zogen sie weiter. Joram legte Illuschin den Arm um die Mitte. Sie ließ es geschehen. »Wie ist dein Name, Mädchen? Doch wohl nicht Illuschin?«

Sie warf trotzig das Haar zurück und drehte sich hasserfüllt zu Midian um. »Ich habe es vergessen!«

Joram lachte. »Warum hast du ihn nicht kräftig gebissen dabei?«

»Dieser Wüstling hätte mich umgebracht.«

»Das wird er auch tun, wenn du uns nicht gut führst«, gab Midian kalt zur Antwort.

»Weißt du was?«, schlug Joram vor. »Wenn du deinen Namen vergessen hast, geben wir dir einen neuen, einen, der zu dir passt. Zu einem mutigen Mädchen, das wie ein Dieb in der Wildnis lebt.«

»Und das stinkt und schmutzig ist«, ergänzte Midian grob.

»Hör nicht auf ihn. Wie wäre es mit Tabita? In meiner Sprache heißt das ›Gazelle‹.«

»Gazelle«, höhnte Midian. »Was heißt ›Tochter einer Hündin‹ in deiner Sprache?«

Ihn traf ihr vernichtender Blick. »Sohn eines Skorpions!«, zischte sie leise.

Midian verzog gelangweilt den Mund. »War mein Stachel so giftig?«

Joram schob sie rasch nach vorn. »Nein, wir werden dich Aschima nennen. Das ist eine Göttin aus Hamat. In meinem Land ist es verboten, sie zu verehren, aber sie ist schön und mehrt den Kindersegen.«

Da zeichnete sich plötzlich eine schwarze Wand vor ihnen ab. Sie hatten den Schlangenhügel erreicht. Er war nicht sehr hoch, aber es dämmerte bereits, und im Dunkeln wollten sie ihn nicht mehr überqueren. Sie sahen sich nach einem geeigneten Rastplatz um, doch als sie sich nach Illuschin umsahen, die jetzt Aschima hieß, war sie verschwunden.

»Bei Belials feurigem Atem!«, schrie Midian, »wenn ich diese Hühnerdiebin erwische ...«

»Lass sie laufen«, sagte Joram, »wir brauchen sie nicht mehr.« Midian brummte etwas, aber selbst er war zu müde, um sie zu suchen. Sie legten sich zur Ruhe und schliefen tief und traumlos vor Erschöpfung.

Als Midian am nächsten Morgen erwachte, lag sein Geldbeutel geöffnet neben ihm. Er zählte nach, und es fehlte ein Goldstück. »Diese Sumpfratte!«, lachte er. »Sie hat es wirklich gewagt und sich von Midian ihr Goldstück geholt. Schade, dass sie nur ein Mädchen ist.«

Langsam ritten sie den sanft ansteigenden Pfad hinauf, der sie ohne Zwischenfälle zum Gipfel führte. Dort sahen sie die schmucklosen Häuser von Tissaran unter sich liegen und dahinter die Ruinen der alten Stadt. Ein Teil der Mauer war noch erhalten, auch die alten Gassen waren noch zu erkennen. Zwischen geborstenen Pfeilern, die kein Dach mehr trugen, lagen zerbrochene Kapitelle, wucherte Unkraut auf Freitreppen, die jäh endeten. An einigen Gebäuden waren noch die Platten mit den Reliefs zu erkennen, die sie schmückten: Stier- und Löwenkörper mit menschlichen Gesichtern, Drachenwesen und lang gewandete Männer mit hohen Hüten.

Joram wies aufgeregt nach vorn: »Sie doch, Midian, der Tempel, von dem das Mädchen sprach.«

Sie erblickten ein unzerstörtes dreistufiges Bauwerk, das an die babylonische Zikkurat erinnerte. Schneeweiße Alabasterplatten blendeten das Auge. Doppelköpfige Stierkapitelle krönten anmutige Säulen, die ein überdachtes Portal flankierten. An der linken Seite führte eine Freitreppe hinauf zur obersten Plattform, an deren Fuß zwei steinerne Löwen wachten. Das Gebäude stand inmitten eines blühenden Gartens.

Langsam ritten sie in das Dorf hinunter. Es schien menschenleer zu sein, aber als sie auf den kleinen Marktplatz ritten, erblickten sie dort eine Schar von Männern, die lange, weiße Gewänder und hohe Hüte trugen. In ihrer Mitte brannte auf einem steinernen Altar ein Feuer.

»Priester, Feueranbeter!«, zischte Midian verächtlich. »Da haben wir unsere Gespenster.«

Aus der Gruppe löste sich ein Mann und kam auf sie zu. In seiner rechten Hand trug er einen Stab, der einem Lilienstängel glich und oben in einer Blüte endete. Eine goldene Schlange wand sich um seine hohe Kopfbedeckung, und ihr Haupt erhob sich mitten auf seiner Stirn. Er war bartlos, und sein schulterlanges Haar schon weiß. Je näher er kam, desto zögernder wurden seine Schritte. Er beschattete seine Augen und verharrte.

Midian winkte ihm. »Komm her, Priester!«

Der alte Mann hielt abwehrend den Stab vor sein Gesicht. »Blendwerk weiche! Baal gib Kraft, schenk Erleuchtung!«, murmelte er. Er schloss die Augen, aber als er sie wieder öffnete, war die Vision nicht verschwunden.

»Du bist doch ein Priester?« Midian streckte herrisch die Hand aus. »Rede! Wer bist du? Wer wohnt hier?«

Der alte Mann sank ächzend auf die Knie, sich mühsam auf seinen Stab stützend.

»Ich bin Avarrhoaz, Priester der mütterlichen Göttin, der schneegekrönten, der waldumgürteten, die war, die ist und die sein wird. Ich bin ein Diener der Anath.«

Midian sah Joram an. »Wer ist Anath?« Er wusste, Joram, als Sohn eines Priesters, kannte sich aus.

»Eine Kriegsgöttin aus dem Land Kanaan. Eine ziemlich unangenehme Erscheinung, grausam und blutrünstig.«

Midian lächelte grausam. »Dann sollten auch wir sie anbeten, nicht wahr?« Er schnippte mit den Fingern. »Hör zu, du Schwätzer! Für Märchen habe ich nichts übrig. Und für deine mütterliche Göttin habe ich ein vortreffliches Werkzeug bei mir, das ihre Schneekrone ins Wanken bringen wird. Wer wohnt in dem Tempel da drüben?«

Avarrhoaz erhob sich. Mit brüchiger Stimme erwiderte er: »Gebieter, vergib mir, dass ich dich für ein Trugbild hielt, aber du bist wahrhaftig gekommen. Mot wurde besiegt. Gepriesen seien Anath und Baal.«

»Schwätzer!«, zischte Midian und machte Joram ein Zeichen. »Kümmere du dich um den Verrückten, bevor ich die Geduld verliere.«

Joram ging auf Avarrhoaz zu und half ihm auf. »Mein Freund hat manchmal eine heftige Art. Hab keine Furcht. Ich bin Hebräer und kenne den Mythos um Baal, Mot und –«

»Hebräer?«, krächzte Avarrhoaz und wich zurück. »Verflucht sollst du sein, du und deine Nachkommen!«

Joram machte unwillkürlich eine unheilabwehrende Geste. »Ich bin nicht dein Feind. Mein Volk hat mich verstoßen. Wir sind hier, weil wir von einer Statue gehört haben.«

»Die Statue? Ja, sie ist da.« Avarrhoaz Augen bekamen Glanz. »Sie steht auf dem Dach des Tempels.«

»Es gibt sie also wirklich?«, stieß Midian hervor.

»Gewiss Gebieter. Und du sollst sie sehen. Folge mir!«

»He, nicht so eilig! Ich bin es nicht gewohnt, Befehle zu erhalten. Andere könnt ihr mit eurem Spuk wohl schrecken, aber mich beeindruckt ihr nicht mit euren Gewändern, den undurchsichtigen Worten und eurer Geheimnistuerei. Wenn ich will, schlage ich dir auf der Stelle deinen hochmütigen Kopf ab und setze mir deinen Schlangenhut auf, was sagst du dazu, Alter?«

Der Priester schien sich inzwischen gefasst zu haben. Er wirkte nicht mehr so furchtsam wie zu Anfang, etwas hatte sich geändert. »Was soll ich einem Narren antworten? Bist du nicht durch den fieberheißen Sumpf gekommen, weil die Statue dich gerufen hat?«

»Ich wollte nur klarstellen, wer hier die Befehle erteilt«, brummte Midian und warf Joram einen unsicheren Blick zu. »Aber ich warne euch. Solltet ihr einen frommen Betrug im Sinn haben, seid ihr alle des Todes!« So redete Midian, weil er nicht zugeben wollte, dass er auf das Geheimnis brannte wie ein kleines Kind. Immerhin hatte der Priester ihn Gebieter genannt.

Avarrhoaz schien das zu wissen. Er drehte sich um und machte den anderen Priestern ein Zeichen, dass sie nicht folgen sollten. Dann warf er Joram einen finsteren Blick zu. »Er darf das Heiligtum nicht besteigen, sie würde das niemals erlauben.«

»Sie?« Midian packte Avarrhoaz am Gewand. »Wer ist sie?«

Avarrhoaz schloss die Augen vor Midians brennendem Blick. »Furchtbar blitzt dein Auge im Zorn, doch ihr Herz wird frohlocken, wenn sie sieht, dass du ihren Ruf gehört hast.«

»Vielleicht wird sie aber nicht mehr lange frohlocken, wenn sie meinen Freund zurückweist!«, erwiderte Midian drohend.

Joram schüttelte den Kopf. »Geh nur mit ihm, ich warte solange bei den Maultieren.«

Gewöhnlich hätte Midian seinen Willen durchgesetzt, doch er brannte auf das Geheimnis, also folgte er dem Priester.

Avarrhoaz führte ihn durch die Ruinen der einst blühenden Stadt, dann standen sie vor den beiden Löwen, die am Fuß der Treppe Wache hielten. Plötzlich beschlich Midian ein sonderbares Gefühl, sein Traum fiel ihm ein. Avarrhoaz wies hinauf. »Sie wartet auf dich, Gebieter.«

Midian zögerte. Er witterte eine Falle. »Draußen sagt man, diese Stadt werde von bösen Dämonen beherrscht. Natürlich ist das Unsinn, aber das muss doch einen Grund haben.«

»Der Ort wird von Anath beschützt, sie ist es, die Furcht in die Herzen der Menschen senkt. Du aber, Gebieter, bist hier willkommen.«

Midian sah nach oben. »Geh voran, Priester!«

»Ich bin nicht auserwählt.«

»Wer ist schon auserwählt?«, brummte Midian. »Die euch eure Pfründe sichern?«

»Du bist auserwählt.«

Midian verharrte mitten im Schritt, und er konnte nicht verhindern, dass seine Handflächen feucht wurden. »Ja«, stieß er heiser hervor, »das hat Jazid auch gesagt. Woher, beim Gehörnten, hat er das alles gewusst? Habt ihr den Besuchern mit Haschisch das Hirn vernebelt? Habt ihr eine Magie angewandt, die nur eure schlauen Priester ausbrüten können? Sprich! Wer hat mich auserwählt? Wozu?«

»Du musst warten, bis sie dir deine Fragen beantwortet.«

Midian warf ihm einen verächtlichen Blick zu. Die Hand am Dolch erklomm er rasch die ersten Stufen, die Letzten nahm er in zwei, drei Sprüngen, verharrte dann mitten in der Bewegung. Er stand vor seinem steinernen Ebenbild. Die eingelegten Augen aus Malachit funkelten kalt und herrisch, um die fein gemeißelten Lippen spielte ein herablassendes Lächeln. Der Stein war so lebensecht, als müsse er jederzeit von seinem Sockel herabsteigen und einem die Hand reichen.

Schreckensbleich starrte Midian sie an. »Unglaublich!«, stieß er hervor. »Wer hat das geschaffen?« Aber er wagte nicht näherzutreten. Er wartete darauf, dass sich sein Abbild ihm zuneigte. Keine Sekunde zweifelte er daran, dass dies möglich sei. Aber sie reichte ihm nicht die Hand wie im Traum, sondern blieb, was sie war: Stein.

Eine Zeit lang verharrte Midian vor ihr, während ihm tausend Gedanken durch den Kopf gingen. Er sah sich nach dem Priester um, aber der war verschwunden. »Wer bist du?«, flüsterte Midian. »Wer hat dich gemacht und wozu?«

Aber die Statue blieb stumm. Midian streckte vorsichtig die Hand aus und berührte ihre leicht nach vorn gestreckte, offene Handfläche. Ein Schauer durchjagte ihn, aber er konnte nicht sagen, ob die Statue ihn verursacht hatte oder ihm seine Sinne einen Streich spielten. Er hielt die steinerne Hand fest umklammert. »Jazid hatte recht, und seine Visionen, die hast du ihm geschickt, nicht wahr? Was habe ich von dir zu erwarten? Wirst du mir Macht schenken? Unermessliche Macht? Werde ich die Throne der Erde stürzen mit deiner Hilfe oder werde ich –? Nein, du wirst doch nicht wollen, dass ich zukünftig wie dieser Avarrhoaz mit einem Lilienstängel in der Hand die Menschheit beglücke? Dann hast du dir den Falschen ausgesucht!«

Er räusperte sich und stellte beschämt fest, dass er mit einem Stein redete und sogar Antwort erwartete. Jäh ließ er die Hand los. »Im Traum vereinten wir uns«, zischte Midian. »Hier aber bleibst du das, was du bist: Eine von Menschenhand gefertigte Figur, und ich bin so ein Narr, mich verblüffen zu lassen. Gewiss, wer auch immer dich schuf, war ein großer Meister, aber um Midian, den Schwarzen Wolf, zu beeindrucken, bedarf es mehr als guter Steinmetzarbeit. Und ich werde auch noch dahinterkommen, wer mich so genau kennt. Die Priester sind schlau, aber nicht schlau genug für mich!«

Er breitete die Arme aus und schickte von der Spitze des Tempels sein herausforderndes Lachen. »Götter, Priester und Dämonen! Freut euch! Der Herr von Tissaran ist gekommen.« Einen letzten Blick warf er auf sein Abbild und grinste. »Eins muss man dir lassen: Du bist ein prächtiges Mannsbild, Midian.«

Avarrhoaz wartete unten auf ihn. Sein ängstlicher Gesichtsausdruck war gespannter Erwartung gewichen. Midian ging auf ihn zu und machte eine herrische Handbewegung. »Jetzt gehen wir zum Tempel, aber Joram begleitet mich, ganz egal, was deine Anath dazu sagt.«

Avarrhoaz streckte den Arm aus. »Ich habe nicht die Macht, es ihm zu verwehren. Aber geht den Weg ohne mich. Die Herrin erwartet euch.«

Joram brannte darauf, etwas über die Statue zu hören, doch Midian winkte ab. »Jetzt nicht. Zuerst muss ich wissen, was hinter der ganzen Sache steckt.«

Vorsichtig näherten sie sich dem Portal, die Hände an den Waffen. Immer wieder sahen sie sich um. Dann standen sie vor einem großen Tor aus Zedernholz, das von einem bronzenen Riegel verschlossen wurde. Midian befiel heftiges Herzklopfen, und er wagte nicht, die Hand nach dem Riegel auszustrecken, denn die Zeichen und Figuren auf dem Tor waren jene, die er in seinem Traum gesehen hatte. Nur der Mann mit dem feurigen Schwert fehlte.

»Es gibt die Figur, und es gibt das Tor«, murmelte er. »Aber wo ist sein Wächter? Wer treibt da ein Spiel mit mir? Zeige dich, du Feigling, ich will dir deinen Schild entreißen und dir meinen Dolch in die Kehle stoßen!«

Doch nur der Wind strich leise um die Ecken und schien ihn zu verhöhnen, weil er mit einer Tür sprach. Schließlich öffnete Midian den Riegel mit einem Ruck. Er ließ sich leicht heben, und die Torflügel schwangen weit auseinander. Sofort duckte er sich, die Hand am Gürtel, sein Blick nahm wachsam das Innere des Tempels in sich auf.

Sie standen in einer großen Halle, deren Wände mit Reliefs bedeckt waren. In säulenumstandenen Nischen standen Figuren, anbetende Menschen, Fabelwesen mit menschlichen Gesichtern und Stierleibern, geflügelte Löwen und Drachen. Zum Altar im Hintergrund führten einige Stufen; Fackeln brannten an beiden Seiten, aber es gab kein Götterbild.

Einer jähen Eingebung folgend, bat Midian Joram, ihn hier allein zu lassen.

»Wie du willst. Es war dein Traum, und es ist dein Heiligtum. Ich warte draußen bei dem Alten mit dem Schlangenhut. Ehrlich gesagt schlägt mir diese Umgebung auf den Magen.«

Midian verschwand im Tempel, und Joram schaute ihm besorgt nach. Aber seine Sorge zu zeigen, hätte diesen nur gekränkt.

14

Es hatte sich rasch herumgesprochen, dass Solon auf den jungen Spartaner aufmerksam geworden war. Man bemühte sich um seine Freundschaft. Auf den Straßen und Plätzen sprachen ihn wildfremde Menschen an, die ihm ein Anliegen vortragen oder ihre Dienste anbieten wollten. Asandros war gern bereit zu helfen, aber viele machten seine Ratschläge verdrießlich: Sie sollten sich der Selbstdisziplin und der Bescheidenheit befleißigen.

Auf einem seiner Morgenspaziergänge auf der Agora hörte er in der Nähe des Lykeions Gelächter. Er kam näher und erblickte einige jener jungen Männer, die meinten, ihre adlige Geburt enthebe sie jedes weiteren Beweises ihrer Tauglichkeit. Sie hatten sich um eine junge Frau geschart, die einen verwahrlosten Eindruck machte. Das lange Haar war verfilzt, ihr Kleid hing nur noch in schmutzigen Fetzen herunter. Aber das hinderte sie nicht daran, ihre Fäuste in die Hüften zu stemmen und eine flammende Rede zu halten, die offensichtlich von Beschimpfungen lebte, denn Asandros fing Worte auf wie: »Rickenschwänze!«, »Schlammhirne!« und »Eselsschänder!«

Dioskorides, der Sohn des Ephialtes, eines geachteten Mitglieds des Areopags, wurde von seinem Begleiter angestoßen. »Das Weib gehört ins Arbeitshaus! Komm, wir gehen!«

»Aber sie ist hübsch«, grinste Dioskorides. »Wenn sie ein Bad genommen hat, kann man ein paar Mal über sie steigen.« Er ging auf sie zu und packte sie am Arm. »Hübsches Kind, du erregst Aufsehen. Komm mit, sonst sperren die Büttel dich ein.«

Die Frau riss sich los und spuckte vor ihm aus. »Hier ist ein öffentlicher Platz. Hier kann jeder reden!«

»Aber nicht eine Dirne, die aus den Abwasserkanälen heraufge-krochen ist«, antwortete Dioskorides milde. »Hast du eine Erlaub-nis, hier dein Gewerbe auszuüben?«

»Was für ein Gewerbe?«, fauchte sie. »Ich frage dich ja auch nicht, weshalb du hier herumlungerst!«

»Hui! Was für ein Mundwerk!«, lachte Dioskorides' Begleiter.

Dioskorides wollte ihr eine Maulschelle geben, aber sie duckte sich und zog sich einige Stufen höher zurück.

»Die Hurerei ist auf der Agora verboten!«, rief er.

»Ha!«, schrie sie. »Habe ich dir vielleicht ein Angebot gemacht? Für hundert Drachmen würdest du nicht einmal meinen Hintern küssen dürfen!«

Alle verfolgten amüsiert den Wortwechsel. Eine hübsche, auf-sässige Frau, das war ein seltenes Ereignis unter diesen heiligen Säulen. Auch Asandros stand mit verschränkten Armen im Schat-ten des Wandelgangs und hörte eine Weile zu. Als er jedoch sah, dass Dioskorides ihr folgte und die Faust gegen sie erhob, war er mit schnellen Schritten bei ihm und riss ihn zurück. »Du Schand-fleck deiner Sippe! Du willst Frauen schlagen?«

Dioskorides wurde weiß vor Wut. »Der Spartaner!«, stieß er hervor. »Solons Hätschelknabe! Was hast du hier zu suchen?«

Asandros gab ihm einen Stoß vor die Brust, sodass Dioskorides rückwärts in die Arme seiner Freunde taumelte. »Geh Murmeln spielen!« Er wandte ihm den Rücken zu und spähte den Wandel-gang hinunter; die Frau war verschwunden. Dioskorides schäumte vor Wut, aber seine Freunde besänftigten ihn und zogen ihn mit sich. Langsam zerstreute sich die Gruppe.

Am Ende des Gangs sprang die Frau hinter einer Säule hervor. »Asandros?«, flüsterte sie.

Er erkannte sie an ihren Augen, die blank und hell wie Bachkie-sel waren, und er erschrak. »Elena?«

»Du erkennst mich also?« Mit einer hilflosen Geste fuhr sie durch ihr struppiges Haar, als wollte sie es glätten. »Ich sehe schlimm aus, nicht wahr?« Sie lächelte zaghaft.

»Elena! Was bei allen Göttern tust du in Athen?« Asandros leg-te den Arm um sie und zog ihren Kopf an seine Brust. »Was ist ge-schehen?«

»Den Göttern sei Dank, dass ich dich gefunden habe.« Sie nahm Asandros bei der Hand und führte ihn in den Schatten der Säulen. Sie setzten sich auf einen Sockel, und sie legte ihm den Kopf in den Schoß.

Zärtlich strich Asandros über ihre wirren Locken. Noch konnte er es nicht fassen, dass es seine kleine Schwester war, die schmutzig und zerrissen auf seinen Knien lag. »Elena, sag doch, was ...«

Sie nahm seine Hand und legte sie an ihre Wange. »Frag mich jetzt nicht. Lass mich ausruhen an meinem Ziel.« Sie schloss die Augen und atmete den Duft seiner staubigen Haut, spürte das weiche Leder seines Rockes, seine festen Schenkel, seine warme Hand. Spürte, dass ihr Bruder lebte und dass er fortan ihr gehörte.

Plötzlich fragte sie: »Hast du ein eigenes Haus?«

»Nein, ich wohne bei einem Freund.«

Sie richtete sich auf, lachte ihn an und tippte auf seine Mundwinkel. »Lach doch auch, Asandros, oder freust du dich gar nicht, mich zu sehen?«

Er hielt ihre Hände fest, sie legte den Kopf schief und schnitt eine Grimasse. Da schenkte er ihr sein Lachen. »Immer noch ein Kind, Elena! Bei Zeus! Ich freue mich unbeschreiblich, dich zu sehen, aber du siehst aus ...«

Sie erhob sich flink und zupfte an ihrem Kleid. »Die Fetzen, meinst du?« Sie breitete die Arme und aus drehte sich im Kreis. »Ein Bad, ein neues Kleid, und du wirst sehen, deine Schwester ist ganz ansehnlich.«

Ein Bad, ein neues Kleid, ein Heim! Asandros stieg vor Beschämung das Blut zu Kopf. Offensichtlich erwartete seine Schwester, die aus unerfindlichen Gründen nach Athen gekommen war, all diese Dinge von ihm. Jetzt verfluchte er es, dass er immer noch von Achylides abhängig war.

»Wo bist du untergekommen?«, murmelte er.

»In einem feinen Haus.« Sie griff nach seiner Hand. »Komm, ich zeige es dir, ich habe es selbst gebaut, unten am Eridanos.«

»Du wohnst im Elendsviertel wie eine Dirne?«, fragte Asandros bestürzt.

»Dort wohnen auch Dirnen, aber ich bin keine – noch nicht. – Oh! Mach nicht so ein griesgrämiges Gesicht.« Sie streichelte ihm die Wange. »Ab heute darfst du deine kleine Schwester beschützen.«

Es war ein weiter Weg hinaus zu den sumpfigen Ufern des Eridanos, wo die Ärmsten ihre Hütten aus Abfall gebaut hatten. Kinder mit kranken Augen und gelber Haut hockten apathisch im Kot der Schweine und Ziegen, die überall frei herumliefen. Bei jedem Schritt stoben ganze Schwärme von Fliegen und Mücken auf, setzten sich überall auf der Haut fest und erschwerten das Atmen. Es stank erbärmlich.

»Hier lebst du?«, stieß Asandros hervor, während er ununterbrochen auf sich herumklatschte, was Elena mit einem leisen Lachen beantwortete. »Hier leben viele Menschen, weshalb nicht auch ich?« Sie blieb auf dem morastigen Pfad stehen und drehte sich zu ihm um. »Wo bleibst du denn?«

Asandros fluchte, weil er mit dem rechten Fuß im Schlamm stecken geblieben war. »Wie lange wohnst du schon hier?«

»Weiß nicht, drei Wochen? Vier Wochen?« Elena bückte sich und schlüpfte unter ein speckiges Tuch, das wie ein Zelt über ein paar Äste gebreitet war und an den Rändern mit Kieseln beschwert. Sie wies auf etwas Heu in der Ecke. »Hier schlafe ich.« Sie krabbelte hinein und kuschelte, als liege sie in seidenen Kissen. »Komm doch! Es ist warm und weich.«

Kopfschüttelnd bückte sich Asandros und lugte hinein. »Aber es stinkt vom Fluss her, und das Ungeziefer frisst einen auf.«

»Sei doch nicht so empfindlich!« Elena streckte die Arme nach ihm aus. »Ein Spartaner verspeist Spinnen und Käfer zum Frühstück, oder nicht?« Ihr helles Lachen weckte süße Kindheitserinnerungen in Asandros. Er legte sich neben sie ins Heu, sie schlang die Arme um seinen Hals und flüsterte: »Endlich habe ich meinen Bruder gefunden, und ich lasse ihn nie mehr los.«

Eine Weile lagen sie schweigend beieinander, Asandros war übervoll mit Fragen an seine Schwester, aber er wagte nicht, das Schweigen zu zerstören. Sie hielt seine Hand. Hin und wieder sah sie ihn an, als wollte sie sich vergewissern, dass er wirklich da war. Dann kitzelte sie seine Nase mit einem Strohhalm. »Ich glaube, wir können jetzt gehen. Du hast dich daran gewöhnt, dass ich da bin.«

Asandros stolperte hinaus, Elena beschattete die Augen und spähte über den Fluss. »Hier war ich die längste Zeit zu Haus. Gehen wir. Ich habe Hunger.«

Asandros wischte die lästigen Fliegen aus seinem Gesicht. Kinder mit großen Augen und dürren Beinen starrten ihn an, Mütter wiegten schmutzstarrende Säuglinge, halbwüchsige Mädchen entblößten mit unschuldigem Lächeln ihre Körper. »Einen Obolus«, flüsterten sie.

»Wie konntest du hier leben!«, stieß Asandros hervor. Er zerrte Elena an den gelben Elendsgesichtern vorbei.

»Ich habe auf die kleinen Kinder aufgepasst, damit sie nicht in den Fluss fielen. Ich habe sie gewaschen und gefüttert. Dafür gab man mir zu essen.«

»Die Tochter des Eurysthenes!«, schnaubte Asandros. »Hattest du das nötig, diese verdreckten, verhungerten ...« Er unterbrach sich. »Ich meine, du hättest krank werden können.«

»Ja. Hier sterben viele.« Sie riss sich von ihm los. »Ich nehme an, du schläfst in feinem Linnen?«

»Jeder Mensch ist Herr seines Schicksals, er muss es nur in die Hand nehmen«, erwiderte er unwillig.

Elena lachte spöttisch. »Der edle Falke, den selbst seine Feinde rühmten, sollte der nach so kurzer Zeit schon zum vollkommenen Athener Schwätzer geworden sein?«

»Ich will mich nicht mit dir streiten. Ich weiß nur, dass du hättest in Sparta bleiben sollen.« Asandros setzte sich auf einen Stein. »Ich weiß nicht, was ich mit dir machen soll. Ich besitze nichts, ich wohne bei einem Freund, aber dort ist es beengt. Ich bin selbst ein Fremder in dieser Stadt.«

Elena setzte sich zu ihm, ganz nah rückte sie an ihn heran. »Ich habe es zu Hause nicht mehr ertragen. Alle Freunde wandten sich von uns ab, seit du im Gefängnis warst. In aller Eile wollten sie mich mit dem alten Myrmidonios vermählen. Sie meinten, die Schwester eines Mörders könne froh sein, in eine so angesehene Familie zu kommen. Dabei ist Myrmidonios älter als unser Vater, ich meine als unser Stiefvater.«

Asandros gab ihr einen Nasenstüber. »Vor dem wäre ich auch geflohen. Trotzdem! Wo soll ich dich unterbringen?«

»Ich schlafe in deiner Kammer, dagegen wird dein Freund doch nichts haben?«

»Achylides? Hm, er hält Frauen für ein Unglück. Ich müsste ihn äußerst schonend darauf vorbereiten.« Er dachte nach. »Spyridon, der Sohn des Theogenes – er ist ein guter Freund, aber ein arger Schürzenjäger.«

Elena küsste ihren Bruder auf die Wange. »Keine Sorge. Wie alle Spartanerinnen weiß ich mich zu verteidigen. Ich habe bisher jeden solchen Kampf gewonnen.«

Spyridon war ein Mann in Asandros' Alter. Sie hatten sich in Sosiades' Haus kennengelernt und angefreundet. Theogenes, sein Vater, Berater des Archonten Dykomedes, bewohnte ein Haus am Ilissos. Spyridon war sofort bereit, Asandros Schwester vorübergehend aufzunehmen. Eine Bezahlung lehnte er rundheraus ab. Elena wurde von den Sklavinnen sogleich ins Bad gebracht, und Asandros versprach seiner Schwester, sie am nächsten Tag zu besuchen.

Als Asandros nach Hause kam, saß Pheidon auf der Schwelle und sonnte sich. Als er seinen Herrn herankommen sah, sprang er schuldbewusst auf. »Pheidon ist nicht faul, Pheidon guckt, ob Bäcker kommt. Dann hilft Pheidon Brot reintragen.«

Asandros schlug ihm lächelnd auf die Schulter. »Bleib ruhig in der Sonne sitzen, der Bäcker war schon heute Morgen da.«

»Du denkst nicht, dass Pheidon faul ist?«

»Pheidon ist ein sehr kluger Sklave. Er ruht sich aus, damit er später Kraft hat für seine Arbeit. Hat Joseba schon gekocht?«

»Ist noch dabei«, grinste Pheidon glücklich, »ich gehe vor die

Tür und warte, bis Essen fertig.«

»Dann können wir ja bald gemeinsam essen.«

»Oh ja, Joseba macht mächtig großen Truthahn!«, rief Pheidon und rieb sich den Bauch.

Asandros drohte lächelnd mit dem Finger. »Aber Pheidon bekommt nicht so ein winziges Stückchen davon, wenn er wieder Füße küssen will.«

»Pheidon vorigen Herrn nie geküsst«, maulte er. »War sehr schlecht zu Pheidon, aber du gut zu Pheidon, nie schlagen, nie hungern lassen, nie einsperren.«

»Aber du weißt Bescheid: Wenn Füße küssen, marsch zurück zu altem Herrn!«

»Dann läuft Pheidon weg und kommt wieder rein durch Hintertür«, grinste er, wohl wissend, dass Asandros gescherzt hatte. Der lachte und betrat die Werkstatt. »Achylides, du alter Steinmetz! Bist du am Hämmern?«

Der erschien staubbedeckt, einen kleinen Hammer schwingend. »Wo warst du den ganzen Vormittag? Du hast hohen Besuch.«

Pheidon schaute um die Ecke. »Ich vergessen, Herr. Der edle Solon wartet in Empfangshalle. Ich und Joseba wischen eine lange Zeit, bis alles sauber.«

»Solon?« Asandros lief hinaus zum Brunnen, um sich wenigstens vorher die Hände zu waschen, da sah er Solon auf der Bank dort sitzen. Bevor Asandros etwas sagen konnte, erhob sich Solon und ging auf ihn zu. Er begrüßte Asandros, indem er seine Handgelenke umfasste. »Keine unnötigen Worte, mein Freund. Ich habe mich nicht gelangweilt. Ich durfte in der Zwischenzeit Achylides Werkstatt besichtigen.«

»Was für eine Ehre, edler Solon.« Asandros machte eine verlegene Handbewegung zum Megaron hin. »Ich hoffe, man hat dort Ordnung geschaffen.«

Um der Höflichkeit zu genügen, plauderten sie über das Tagesgeschehen, bis Solon sagte: »Gute Nachrichten. Du wirst ins Gymnasion aufgenommen.«

Asandros hatte nie daran gezweifelt, aber jetzt war er doch überrascht. Er dankte Solon für seine Bemühungen, doch dieser erwiderte: »Danke nicht mir, sondern Miltiades, dem Leiter des Gymnasions, der noch nie viel von Standesdünkel gehalten hat. Als er hörte, es käme ein Spartaner, hat er gejubelt. Diese felsharten Burschen bringen frischen Wind unter einige verwöhnte Hintern, hat er gesagt.«

»Ich werde versuchen, seiner Vorstellung gerecht zu werden«, erwiderte Asandros ernsthaft. »Und mein Antrag auf Erteilung der

Bürgerrechte?«

Solon machte ein ernstes Gesicht. »Das wird nicht so einfach sein. Im Areopag denkt man über Spartaner nicht so freundlich. Außerdem hast du Feinde.«

»Wer ist gegen mich?«

»Nun ...« Solon faltete die Hände. »Erst einmal alle, die auch gegen mich sind. Dann die Neider. Aber ich werde dir keine Namen nennen, du wirst sie mit der Zeit selbst herausfinden.«

»Du meinst, es ist aussichtslos?«

»Keineswegs, es dauert nur seine Zeit. Nach den Anthesterien wird das Ergebnis meiner Wahl zum Eponymos bekannt gegeben. Wenn ich im Areopag den Vorsitz erhalte, kann ich mehr für dich tun.«

»Ich habe noch nichts geleistet«, antwortete Asandros beschämt. »Ich kann nichts tun als dir versprechen, dass ich deine Erwartungen nicht enttäuschen werde.«

»Wenn du sie erfüllst, freue ich mich, wenn du sie nicht erfüllst, wirst du dich weiterhin bemühen.« Solon räusperte sich. »Ich möchte dir noch einen guten Rat geben. Wenn du ein Amt in einem Archontat anstrebst, solltest du verheiratet sein. Wenn du weiterhin unbeweibt bei Achylides wohnst, werden die Gerüchte nicht verstummen.«

»Welche Gerüchte?«, fragte Asandros scharf.

»Dass ihr ein Verhältnis habt«, erwiderte Solon offen. »Verstehe mich richtig. Ich schätze Achylides sehr, aber meine Stimme allein ist nicht entscheidend.«

»Woher soll ich denn eine Frau nehmen?«, fragte Asandros ärgerlich. »Das ist eine Entscheidung fürs Leben und kein Würfelspiel.«

»Hm, da ist Phryne, die Tochter des Theogenes, Spyridons Schwester.«

»Ja, ja, ich kenne sie«, gab Asandros unwirsch zur Antwort. »Sie ist noch ein Kind.«

»Sie ist fünfzehn, durchaus das richtige Alter«

»Aber ich bin noch zu jung für eine Ehe. In Sparta tritt kein Mann vor dem dreißigsten Lebensjahr in den Ehestand.«

»Hältst du es für klug, auf spartanische Sitten hinzuweisen, wenn du Athener Bürger werden willst?«

»Ich bin noch nichts und besitze nichts. Da müsste ich mich ja schämen vor Theogenes.«

»Es genügt, wenn dir Phryne öffentlich versprochen ist.« Solon sah ihn an. »Was hält dich wirklich davon ab, zu heiraten? – Ist es eine andere Frau?«

»Nein.«

Solon nickte. »Dann sind deine Ausreden erbärmlich. Ein anderer Mann ist kein Grund.«

»Ich habe überhaupt kein Verhältnis«, schnaubte Asandros.

Solon machte ein besorgtes Gesicht. »Beim Zeus, das wäre ja noch erbärmlicher.« Dann lachte er.

Asandros geleitete Solon schweigend hinaus. In der Tür drehte dieser sich noch einmal um und strich sich über den Bart. »Dykomedes möchte einen tüchtigen Kriegsmann in Polemarcheion haben. Die spartanische Ausbildung hat er schon immer bewundert. Ich dachte, das solltest du wissen.«

Spyridon saß im Arbeitszimmer seines Vaters, als Elena eintrat. Sie schien keine Scham darüber zu empfinden, dass der durchsichtige Stoff ihre Nacktheit nur unzureichend verbarg. In Sparta waren die Frauen stolz auf ihre Körper und traten wie die Männer nackt zum sportlichen Wettkampf an.

Davon wusste Spyridon nichts. Er war entsetzt, dass Asandros' Schwester die Frauengemächer eigenmächtig verlassen hatte, dass sie ohne Begleitung bei ihm eintrat und in einer liederlichen Aufmachung.

»Ich wollte mich bedanken für deine Gastfreundschaft.« Sie drehte sich einmal im Kreis und breitete die Arme aus. »Ein hübsches Haus hast du, viel heller und luftiger als meins in Sparta.«

»Es freut mich, dass es dir gefällt«, brachte Spyridon mit Mühe heraus.

»Ja, und das Bad war sehr angenehm. Jetzt möchte ich Asandros besuchen. Kannst du mich begleiten?«

»Das – das ist unmöglich«, stotterte er.

»Dann gib mir doch bitte einen Sklaven mit. Ich weiß nicht, wo dieser Bildhauer wohnt.«

»Asandros hat gesagt, er wird dich besuchen!« Spyridon erhob sich und wies zur Tür. »Ich muss dich bitten zu gehen, Elena. Es schickt sich nicht für dich, die Männerräume aufzusuchen und dazu in einem Gewand, das nichts verhüllt.«

»Ich wollte es auch nicht anziehen, daheim haben wir gute, wollene Gewänder. Vielleicht sagst du deiner Sklavin Bescheid, dass sie mir ein Kleid für die Straße herauslegt, sie wollte mir nämlich keins geben.« Elena verzog bekümmert das Gesicht. »Damit ich den Frauenhof nicht verlasse, verstehst du? Aber da halte ich es nicht lange aus.« Sie legte Spyridon zu seinem Entsetzen die Hand auf den Arm. »Tut mir leid, deine Schwester Phryne ist ein liebes Mädchen, aber irgendwie doch sehr – wie soll ich sagen?«

»Was denn?« Spyridon stand Schweiß auf der Stirn.

Einfältig wollte Elena sagen, aber sie verschluckte es. »Sehr kindlich eben, dabei ist sie doch schon fünfzehn.«

»Sie ist gut erzogen«, stammelte Spyridon.

»Phryne ist hübsch, aber so entsetzlich blass. Und so still. Ich glaube, sie langweilt sich sehr. Kann ich sie nicht mitnehmen?«

»Nein«, gurgelte Spyridon. Er sah, wie sie sich erhob und aus seiner Nähe entschwand. »Elena!«, würgte er hervor.

Sie drehte sich an der Tür um. »Ich komme später wieder. Tut mir leid, ich wusste nicht, dass du krank bist. Ganz rot und schwitzig bist du, das wird doch nicht ein böses Fieber sein? Du solltest dich hinlegen.«

Als sie fort war, bearbeitete er den Tisch mit Fäusten. Dann ließ er nach Artemisia rufen, der Wirtschafterin, die seit dem Tod seiner Mutter die Aufsicht über die Frauengemächer hatte. Es erschien eine rundliche Frau mit einem schweren Haarknoten und wogendem Busen. Ihr trug er auf, Elena darüber zu belehren, wie man sich in einem herrschaftlichen Athener Haus zu benehmen hatte. Danach begab er sich seufzend wieder an seinen Arbeitstisch.

Am nächsten Tag ließ sich Asandros entschuldigen. Dafür erschien Artemisia und berichtete, dass sie mit ihren Belehrungen wenig Erfolg gehabt habe. Elena habe sie eine gute Seele geheißen und sie kurzerhand aus dem Zimmer geworfen. Dann sei sie nackt in den Brunnen gestiegen und habe danach merkwürdige Verrenkungen gemacht, die sie Gymnastik nannte. Phryne habe von der Galerie zugesehen und sich auch einen so schönen Körper gewünscht, und Elena habe ihr geraten, mehr an die Sonne zu gehen und Sport zu treiben.

»Sport zu treiben?«, wiederholte Spyridon fassungslos. »Und was tat sie noch?«

»Sie schimpfte uns blasse Pflanzen ohne Saft und Kraft und zog sich dann mit Phryne auf ihr Zimmer zurück. Ich glaube, Phryne bewundert Elena.«

»Das fehlte noch!«, stieß Spyridon hervor. »Rasch! Lass nach Asandros schicken. Er soll sie abholen, sofort!«

Asandros war nicht daheim. Dafür erschien Elena am Abend in einem hochgeschlossenen, langen Gewand, das auch die Arme bedeckte, im Megaron, wo Spyridon mit einem Geschäftsfreund becherte. Der Türhüter wollte sie nicht hineinlassen, doch sie schob ihn einfach beiseite. »Ich muss deinen Herrn sprechen. Die Posse in diesem Haus muss ein Ende haben!«

Aigidios war ein Mann in mittleren Jahren und einem rötlichen Gesicht, dem man ansah, dass er einen guten Tropfen liebte. Als Elena hereinkam, blieb sein Mund offen stehen, das Wort unausgesprochen. Ihr Gang war geschmeidig und fest, ihr funkelnder

Blick kannte weder Scham noch Zurückhaltung.

Elena strahlte die beiden Männer an. »Du hast Besuch und mir kein Wort davon gesagt. Endlich eine Abwechslung in diesen Mauern.«

Die Ungezwungenheit, mit der sie sich ganz selbstverständlich in männlicher Gesellschaft bewegte, machte den Gastgeber fassungslos und entzückte den Gast. Natürlich hielt Aigidios sie für eine käufliche Dirne, allerdings für eine Dirne, wie er sie noch nie gesehen hatte. »Wo kauft man so etwas?«, murmelte er.

Elena tat, als habe sie nichts gehört. »Bietest du mir keinen Platz an, Spyridon?«

Aigidios sprang beflissen auf und schob ihr eine Liege zu, die an der Wand gestanden hatte. »Das ist Elena, die Schwester eines Freundes«, sagte Spyridon heiser.

»Eines Freundes, ich verstehe.« Aigidios grinste verständnisvoll. »Von deiner Neuerwerbung hast du mir nichts erzählt. Was für eine gelungene Überraschung.«

Spyridon begann wieder zu schwitzen. »Elena ist keine ...«

»... keine Frau, die sich in den Frauengemächern langweilen möchte«, ergänzte sie schnell und lächelte Aigidios liebenswürdig an, dessen Hand so bebte, dass er den Wein verschüttete.

Spyridon schenkte ihr ein. Es gelang ihm ohne Zittern. Elena roch leicht nach Lavendel. Es war ein Duftstoff, der von den Frauen in seinem Hause alltäglich benutzt wurde, an Elena roch er wie göttliches Ambrosia.

Elena trank einen Schluck Wein und naschte etwas Gebäck. Sie sah Aigidios ernst an. »In Korinth kann man schöne Frauen kaufen, das müsstest du doch wissen. Mich kann man leider nicht kaufen, es sei denn ...« Sie stieß ihn lachend an, »es sei denn, Athen würde Sparta in einem Krieg besiegen und alle Spartanerinnen feilbieten, aber so weit ist es zum Glück noch nicht.«

»Ein guter Scherz!«, lachte Aigidios. Er war von Elena so hingerissen, dass er seine Begeisterung in Unmengen von Wein ertrank, Spyridon hingegen wurde immer verschlossener. Er hätte beide Gäste am liebsten an die Luft gesetzt. Natürlich waren die Sklaven gut erzogen, aber Spyridon hatte das Gefühl, das ganze Haus tuschele über ihn.

Aigidios war von der Liege gefallen. Diskret schafften die Diener ihn ins Bett. »Endlich!«, seufzte Elena.

Spyridon spielte nervös an der Borte seines Rocks. »Wir sollten jetzt auch schlafen gehen.«

Elena nickte. »Geh schon vor. Ich will mich noch vorbereiten.«

»Worauf denn vorbereiten?« Spyridon versuchte, sich zu erheben, dabei schwankte er ein wenig. Elena hielt seinen Arm. »Fall nur nicht um wie dieser fette Aigidios. Es dauert nicht lange. Hoffentlich bist du keine Enttäuschung. Du hast einen sinnlichen Mund, der gefällt mir. Aber hoffentlich nicht so viele Haare auf der Brust wie auf deinen Beinen.«

Spyridon starrte etwas einfältig auf seine Beine. »Was? Ich habe zu viele –? Was hast du vor?«

Sie lachte silberhell. »Dich von deiner Krankheit zu heilen, mein Freund.«

Elena verschwand, und Spyridon ließ sich mit zitternden Knien auf sein Ruhebett fallen. Hatte er sie richtig verstanden? Hatte Elena ihm soeben ein eindeutiges Angebot gemacht? War Elena gar eine – Hure?

Da meldete man ihm einen späten Besucher: Asandros.

Spyridon stürzte förmlich auf ihn zu und überfiel ihn mit einem derartigen Wortschwall, dass Asandros seinen Freund derb schütteln musste. »He, alter Freund! Wie viele Becher waren es heute Abend?«

Spyridon starrte auf die Tür. »Deine Schwester! Ich kann nichts dafür, das musst du mir glauben. Ich habe sie nicht angerührt.«

»Was für ein Unsinn!« Asandros schob seinen verwirrten Freund leicht von sich und schenkte sich ein. »Das weiß ich doch. Du würdest doch keine Frau überfallen, die ich dir anvertraut habe.«

»Anvertraut!«, keuchte Spyridon. »Seit sie hier ist, bin ich nicht mehr Herr im eigenen Haus. Du musst sie ...« Da schwebte Elena herein, die schaumgeborene Aphrodite, süßen Duft verbreitend, am Körper einen Hauch von blauen Schleiern.

»Zeus strafe mich!«, murmelte Spyridon, dem aufging, dass er ohne Asandros' Erscheinen mit diesem entzückenden Geschöpf die Nacht verbracht hätte. Auch Asandros starrte seine Schwester an, die er noch nie in ihrer voll erblühten Schönheit erblickt hatte, dazu frisch gebadet, gekämmt und verführerisch gekleidet.

Als Elena ihren Bruder erblickte, flog sie auf ihn zu und umarmte ihn stürmisch. »Endlich bist du da!«. Sie schmatzte einen lauten, brüderlichen Kuss auf seine Wange. »Du musst mich noch heute Abend mitnehmen. Hier ist es so furchtbar langweilig.«

Asandros schob sie befremdet von sich. »Wie siehst du aus? Du duftest nach Rosen und Mandeln und hast fast gar nichts an.«

»Ich bin schön, nicht wahr?« Sie sah von einem zum anderen, als erwarte sie in deren Blicken Bestätigung. »Und ich rieche gut.«

»Ja, und deine Haut ist heiß. Was ist das für ein Fieber, das dich zu nächtlicher Stunde in das Megaron treibt?«

Elena stolzierte mit ausgebreiteten Armen durch das Zimmer und ließ ihre Schleier wie eine Verheißung durch die Luft wirbeln.

»Oh, ich sehe, du hast dich in kürzester Zeit zu einem echten Athener entwickelt. Was sucht deine leicht bekleidete Schwester im Megaron?« Sie fuhr herum und stieß Asandros ihren Finger fast ins Gesicht. »Vielleicht sucht sie einen Mann, und Spyridon gefällt ihr, wenn er auch behaarte Beine hat. Hast du vergessen, dass eine Spartanerin frei ist, sich ihre Liebhaber auszusuchen? Und wage es ja nicht, mich in die Frauengemächer zu verbannen!«

Eine Frau, die sich den Mann nahm, der ihr gefiel! Dennoch keine Dirne. Eine Spartanerin! Spyridon war der Gedanke fremd, eine Frau könne ein derart freies Leben führen, und jetzt liebte er Elena dafür. Was für ein überschäumendes Gefühl, von einer Frau erwählt zu werden. Ja, er wünschte sich, ihr Liebhaber zu sein, ganz nach ihrem Willen.

Auch Asandros war heimlich stolz auf seine ungezähmte Schwester, aber er ahnte, dass ihr wilder Freiheitsdrang in Athen nicht angemessen war und sie beide in arge Schwierigkeiten bringen würde.

»Ich nehme dich mit«, murmelte er und wusste gleichzeitig, was er damit in seinem Haus heraufbeschwören würde. »Wir reden später darüber.«

Elena umarmte Spyridon, der vor Verlegenheit steif wie ein Stock dastand. »Ich besuche dich und Phryne. Lass mir bitte meine Sachen nachschicken.«

Spyridon warf Asandros einen hilflosen Blick zu, der schlug ihm beruhigend auf die Schulter. »Tut mir leid, es war ein Fehler, sie zu dir zu bringen.«

Die Kerameikos war finster und still, als sie aus der Sänfte stiegen. In Achylides' Haus schliefen alle. Asandros zog Elena rasch hinter sich her über den Hof und schob sie in einen dunklen Raum. »Die Gästezimmer sind unmöbliert«, flüsterte er. »Diese Nacht kann ich dir nichts anderes anbieten als meine Schlafkammer.«

»Ist dein Gastgeber wirklich so ein Ekel?«

»Ein Scheusal, wenn es um Frauen geht, glaub es mir!« Asandros tappte in der Dunkelheit zum Schuppen und holte ein zusammenlegbares Bett, darauf legte er zwei Decken. »Und jetzt still und geschlafen. Morgen sehen wir weiter.«

Er hörte, wie sie die Decken ausbreitete und sich hinlegte. »Gib mir einen Kuss zur Nacht, dann kann ich besser einschlafen.«

Asandros lächelte in die Dunkelheit. »Du bist doch noch ein Kind.« Er stand auf und beugte sich über sie, da schlang sie ihm die Arme um den Hals. »Ich bin so glücklich, bei dir zu sein, Asandros.«

»Ja, ich freue mich auch«, gab er belegt zurück und küsste sie auf die Stirn.

»Küsse mich, wie du eine Frau küsst«, bat sie und zog ihn tiefer zu sich hinab.

Asandros fasste nach ihren Armen und wollte sie von seinem Hals lösen. »Nein, das schickt sich nicht.«

»Ich bin kein Kind mehr, Asandros.« Sie nahm seine Hand. »Ich bin eine Frau. Fühl doch, wie voll meine Brüste sind.« Sie führte seine widerstrebende Hand unter ihr Gespinst, und er zuckte zurück. »Ich weiß, dass du eine Frau bist«, sagte er rau. »Schlaf jetzt!«

»Gib mir einen Kuss auf den Mund, sonst kann ich nicht einschlafen.«

Flüchtig berührte er sie mit seinen Lippen, ihr Haar duftete und kitzelte ihn am Hals, sie nahm seine widerstrebenden Hände und legte sie auf ihre Brüste, ihre Haut war samtig, glatt und heiß. »So küsst du eine Frau, Asandros?« Ihre Zunge öffnete seine Lippen, glitt in seinen Mund, ihre Brüste spannten sich unter seinen Händen, wurden hart. Asandros küsste sie begierig und saugte ihre Zunge in sich hinein. Sie gab seinen Mund frei. »Meine Haut ist heiß, nicht wahr? Heiß nach deiner Männlichkeit. Gib sie mir, Asandros, gib sie mir!«

Ihre Worte brachten ihn wieder zur Vernunft. Er versuchte, sich von ihr zu lösen, aber sie klammerte sich an ihm fest. »Bleib doch! Von allen Männern liebe ich dich, nur dich!«

»Elena«, stammelte er, »das hättest du nicht tun sollen. Ich habe mich vergessen, es tut mir leid.« Asandros wischte sich über die Stirn und spürte kalten Schweiß. »Versprich mir, dass du nie wieder solchen Unsinn reden wirst.«

Elena löste ihre Arme von ihm. Sie fühlte, dass sie zu weit gegangen war, in dieser Nacht würde sie nichts mehr erreichen. »Schlaf gut, Geliebter – geliebter Bruder«, flüsterte sie.

Asandros aber fand keinen Schlaf. Gegen Morgen endlich schlief er so fest ein, dass er erst aufwachte, als die Sonne schon hoch am Himmel stand. Sein Blick fiel auf das Bett neben ihm, es war leer.

Böses ahnend schlich Asandros hinaus auf den Hof. Er hörte ein feines Hämmern; Achylides war bei der Arbeit. Asandros lächelte und schaute zuerst in der Küche nach. »Joseba? Meisterin der Pasteten und Kuchen, wo bist du?«

Joseba war dabei, den Herd zu reinigen. »Ich bin hier«, sagte sie mürrisch, ohne den Kopf zu wenden.

»Was gibt es zum Frühstück, Wohltäterin meines Magens?«

»Kalten Braten von gestern Abend.«

»Wo sind die anderen?«

»Sie haben schon gefrühstückt.«

»Weshalb hat mich denn niemand geweckt?«

»Es wollte dich niemand stören, Herr.«

Joseba schnitt von dem Braten ein paar Scheiben ab und trug sie zusammen mit Brot und einem Krug Milch in das Esszimmer an den großen Tisch, wo Asandros jetzt allein sitzen musste. »Das sind ja ganz neue Sitten«, wunderte er sich. »Seit wann will ich zum Frühstück nicht gestört werden? Wer hat das gesagt?«

»Der Gebieter Achylides.«

»So.« Asandros räusperte sich. »Ich habe gestern Nacht eine neue Hausbewohnerin mitgebracht. Hat sie auch schon gegessen?«

»Weiß nicht. Ist früh weggegangen.« Joseba stemmte die Arme in die Hüften. »Brauchst du mich noch, Herr?«

Weggegangen?, dachte Asandros bestürzt. »Eh – was hatte sie denn an?«

Joseba warf die rußigen Lappen in einen Bottich. »Hat sich von mir ein Kleid geliehen. Von mir! Ich habe ihr das braune Wollkleid gegeben, allerdings ...« Joseba schniefte und schwieg, denn das unscheinbare Kleid hatte plötzlich einen Glanz gehabt, den ihm Joseba nie hatte verleihen können.

Asandros lächelte. »Setz dich doch einmal her zu mir.«

»Ich habe wenig Zeit, muss noch den ganzen Hausputz machen.«

»Dabei kann dir Elena nachher helfen. Nun komm schon!«

Joseba setzte sich widerwillig. Als Asandros den Arm um sie legte, zuckte sie zusammen. »Was hat denn meine Beherrscherin der Töpfe und Pfannen heute Morgen, hm?«

»Nichts, gar nichts.«

»Ist es wegen der Frau? Ist sie nicht willkommen in diesem Haus?«

Joseba zuckte die Schultern. »Ist ja nicht mein Haus.«

»So, so, daher weht der Wind. Und Achylides? Lässt er sich auch ihretwegen nicht blicken?«

»Da musst du ihn schon selbst fragen, Herr.«

»Das werde ich tun – später. Jetzt frage ich erst einmal dich: Was hast du gegen sie?«

»Nichts. Ich kenne sie ja nicht.«

Asandros versuchte, an ihr weiches Herz rühren. »Denk dir, Joseba, als ich sie fand, hauste sie am Eridanos. Stell dir vor, wie verlassen sie sich gefühlt hat.«

»Die?«, giftete Joseba. »Wer so schön ist, ist nicht verlassen, niemals!« Plötzlich fing sie an zu schluchzen.

Asandros zog die Stirn kraus. »Was heulst du denn jetzt? Du

hast keinen Grund dazu, dir geht es doch gut, oder nicht?«

»Ja, ja«, schluchzte Joseba weiter, »aber was soll ich mit ihr anfangen? Zum Arbeiten wird sie sich zu fein fühlen; solche Frauen verbringen den halben Tag vor dem Spiegel. Bald wird sie hier die Herrin spielen wollen.« Joseba glaubte nichts anderes, als dass ihr Gebieter Asandros sich eine Geliebte ins Haus geholt hatte.

»Du bist dumm! In anderen Häusern mag das so sein, aber dass ich jemanden vorziehe, hast du bisher noch nicht erlebt, oder?«

»Sie ist so schön«, flüsterte Joseba. »Du wirst sie ganz einfach mehr lieben als uns.«

»Törichtes Gänschen! Du bist doch nicht etwa eifersüchtig?«

»Ich?«, rief Joseba zutiefst beschämt? »Oh nein, Herr. Wie kämen mir solche Gefühle zu? Ich bin doch nur eine hässliche Küchenmagd.« Während sie das sagte, verbarg sie ihr Gesicht tief auf der Brust.

»Aber du machst die schmackhaftesten Pasteten, die ich je gekostet habe«, erwiderte Asandros unbedacht.

Joseba sprang in die Höhe. »Ja?«, heulte sie. »Dann lass mich jetzt an meine Arbeit gehen, damit ich dir heute Mittag genügend davon vorsetzen kann, Herr!«

Für einen Augenblick wollte Asandros der Zorn übermannen. Joseba war noch nie aufsässig gewesen, stets still und bescheiden. Vielleicht zu still, zu blass. In der Tat, er hatte sie kaum jemals richtig angesehen. Sie war nicht hässlich, aber unscheinbar, was für eine Frau noch schlimmer sein mochte.

Wie musste eine Frau wie Elena auf sie wirken? Dennoch! Ihre Aufsässigkeit durfte er nicht dulden. »Ich will dein schlechtes Benehmen übersehen, Joseba«, sagte er mit Schärfe. »Aber wenn du gedenkst, dich weiterhin so aufzuführen, brauchst du dich in den nächsten Tagen nicht hier blicken zu lassen, hast du mich verstanden?«

Joseba starrte ihn entsetzt an. Noch nie hatte Asandros so mit ihr geredet. Ihr war, als würde man ihr das Herz herausreißen. »Vergib mir, Herr!«, rief sie weinend.

»Schon gut. Geh jetzt an deine Arbeit.«

Asandros begann mit dem Essen und überlegte, wie er es Achylides beibringen sollte. Nach einer Weile streckte Pheidon seinen Kopf vorsichtig um die Ecke. »Herr zornig?«

»Nein, wer sagt das? Hast du auch schon gegessen?«

»Pheidon hat gegessen. Hat nicht geschmeckt.«

»Wenn du noch Hunger hast, komm her und iss mit.«

Freudig kam Pheidon der Aufforderung nach. Er grinste über das ganze Gesicht. »Jetzt schmeckt es Pheidon wieder.«

»Weshalb hat es dir heute Morgen denn nicht geschmeckt?«

»Herr war nicht am Tisch, und alle haben mächtig schlechte Laune. Auch Herr Achylides.«

»Und du, Pheidon? Wie gefällt dir der neue Gast?«

»Schöne Frau, zu schön für Pheidon, zu schön für dieses Haus.«

»Ist Schönheit denn etwas Schlechtes?«

Pheidon lächelte schlau. »Hier im Haus ist nicht wie in anderem Haus. Es kommen viele schöne Jungen, und Achylides – ich meine der Herr Achylides hat dann mächtig gute Laune. Dann viel Spaß im Haus, aber wenn schöne Frau, Spaß verlassen Haus.«

»So, so, und ich darf mir nichts gönnen? Schöne Frau machen Asandros mächtig gute Laune, weißt du?«

»Ja, Pheidon weiß. Aber Joseba weint.«

»Sie hat überhaupt keinen Grund dazu.«

»Joseba keine schöne Frau, Pheidon sehen viele Sklavinnen bei schlechtem Herrn. Alle hübsches Gesicht, feine Kleider. Aber keine geben Pheidon heimlich Stück von Braten oder Kuchen so wie Joseba. Mächtig gute Frau. Ist auch mächtig verliebt in dich, Herr.«

»Verliebt? Ach, red doch keinen Unsinn, Pheidon!«

»Pheidon wissen genau. Kein Unsinn. Josebas Gesicht wie Fladenbrot, aber Herz genauso wie bei schöner Frau, kein bisschen anders.«

Asandros sah Pheidon überrascht an. Dann lachte er und schlug ihm auf die Schulter. »Pheidon ist ein mächtig weiser Mann. Ich bin stolz auf ihn.«

Pheidon wurde dunkelrot. »Pheidon ist nicht weise, etwas dumm, aber nicht sehr dumm.«

Asandros stand auf. »Dann will ich mal Achylides begrüßen.«

Als er den Hof überquerte, sah er Joseba am Brunnen stehen und die Lappen auswaschen. Vorsichtig schlich er sich an sie heran. »Nun, meine kleine Heckenrose? Noch böse?«

Joseba fuhr zusammen. »Das war ich doch nie«, stammelte sie.

»Doch, doch, böse und eifersüchtig. Und das ganz grundlos. Ich habe dich doch gern.«

Jetzt lächelte Joseba, und ein rosiger Hauch bedeckte ihre Wangen. »Ich war so ungezogen, Herr. Ich verspreche dir, dass ich mich wie eine Schwester um sie kümmern werde.«

»Danke. Du weißt ja, dass wir wie eine große Familie sind. Das wollen wir auch bleiben.« Asandros gab ihr einen flüchtigen Kuss auf die Wange und schämte sich, weil er nicht vermochte, ihr mehr zu geben. Joseba war eben allzu reizlos. Aber sie erglühte bei der flüchtigen Berührung und huschte verlegen davon.

Asandros sah ihr nach und rieb sich das Kinn. Joseba hatte ein großes Herz und kochte gut, aber seine Sinne vermochte sie nicht zu erregen. Er betrat die Werkstatt. »Guten Morgen, Achylides.«

»Guten Morgen, Asandros«, erwiderte dieser spitz und fuhr fort, an seinem augenblicklichen Kunstwerk, einem Hermes, zu arbeiten.

Asandros räusperte sich. »Wir haben uns heute Morgen noch gar nicht gesehen.«

»Du wirst mich nicht vermisst haben.«

»Ich habe euch alle vermisst.«

»Wir wollten dich schonen.«

»Seit wann denn das?«

»Nun, wir dachten, du würdest mit deiner Geliebten lieber allein speisen.«

»Ich möchte dich darum bitten, sie hier wohnen zu lassen. Du hast doch nichts dagegen?«

»Nein, ich bin begeistert!« Achylides ließ klirrend den Hammer fallen.

Asandros bückte sich und reichte ihn hinauf. Er gedachte, das Spiel vorerst mitzuspielen. »Eine Jugendfreundin aus Sparta. Sie kam völlig verelendet in Athen an, hatte kein Heim, keine Freunde.«

»Wie traurig! Aber in dir fand sie einen, denn du bist nicht hartherzig, das gefällt mir so an dir. Rein zufällig ist das arme Ding nicht eben hässlich.«

»Wenn du sie nicht im Haus haben willst, musst du es sagen. Es ist dein Haus.«

»Und wenn ich sage, sie muss gehen, gehst du dann auch?«

»Nein. Dann werde ich ihr eine andere Unterkunft besorgen müssen.«

Achylides hielt in der Arbeit inne. »Du würdest mich nicht verlassen?«

»Nein, nicht für eine Frau.«

»Ist das wahr?«, jubelte Achylides, doch dann räusperte er sich und fuhr mit unbeteiligter Stimme fort: »Ich weiß natürlich, dass du lügst, aber sie mag bleiben. – Ihr habt doch nicht vor, unzüchtige Dinge in meinem Haus zu treiben?«

»Unzüchtige Dinge? Was für ein Abgrund! Unter diesem Dach haben doch Unschuld und Keuschheit ihre Wohnstatt genommen.«

»Ganz recht. Einem hübschen Knaben aufs Gesäß zu schauen, ist ganz natürlich, finde ich, aber mit Frauen ist es Unzucht.«

»Da muss ich dir beipflichten. Elena wird Joseba bei der Arbeit helfen und ihr Kind beaufsichtigen. An etwas anderes habe ich nie gedacht.«

»Heuchler! Lügner!«

»Du kränkst mich. An andere Dinge denke ich nur, wenn ich dich ansehe.«

Achylides hob drohend den Finger. »Du willst mich besänftigen. Aber ich zürne noch.«

»Hoffentlich nicht mehr lange, edler Achylides, denn wer vermöchte lange deinen Zorn zu ertragen?«

Asandros wandte sich zum Gehen.

»Ah! Ich wusste es, dass du mich nicht mehr magst!«, rief ihm Achylides hinterher. »Sonst hast du mich immer mit einem Kuss begrüßt.«

»Ich dachte, du bist noch am Zürnen?«

»So arg zürne ich natürlich nicht mehr.«

Asandros umarmte ihn lachend. »Da bin ich aber erleichtert. Übrigens, ich vergaß es zu erwähnen: Elena ist nicht meine Geliebte, sie ist meine Schwester.«

15

Midian schlenderte neugierig im Tempel herum und sah sich alles an. Hier war nichts verfallen, kein Staub lag auf dem Heiligtum und den betenden Figuren. Die Schlange und die Lilie tauchten in verschiedenen Formen immer wieder auf, aber auch Körbe mit Früchten; Figuren, die Krüge hielten, aus denen das Lebenswasser rann. Dann entdeckte Midian ein Relief, das ihm gefiel: Eine Frau, deren Körper in einem Schlangenleib endete, tanzte auf erschlagenen Feinden, um ihren Hals trug sie eine Kette aus Totenschädeln. Im Hintergrund wurden Leichenberge von Flammen verzehrt, und große Vögel entflohen mit Eingeweiden im Schnabel.

Midian ballte lachend die Faust gegen das Bild und rief: »Was ihr in Stein bannt, jämmerliche Scharlatane, das ist meine Wirklichkeit!«

Sein Lachen hallte wider in der großen Halle und kehrte aus allen Ecken zu ihm zurück. Das gefiel ihm. Er stellte sich mit ausgebreiteten Armen vor dem Altar auf und lachte noch einmal, jetzt viel lauter, und sein Lachen erfüllte den Tempel mit schauerlichen Klängen. Doch jäh hielt er inne, ihm war, als habe er eine Stimme gehört. Er lauschte.

»Wer stört mich?« Die Stimme war von durchdringender Klarheit und Schärfe.

Midian erblickte eine Frau von atemberaubender Schönheit, die seinen Puls rasen ließ und ihm die Lippen dörrte vor Begierde. Sie trug ein Gewand aus goldenen Schuppen, das ihre vollendeten weiblichen Formen wie eine Schlangenhaut umhüllte. Die Fülle ihres langen, schwarzen Haares wurde gebändigt durch geflochtene goldene Schnüre. Ihre Lippen schienen Midian wie flüssige Lava, ihre Augen verhießen abgründige Freuden.

Geblendet von ihrer Erscheinung starrte Midian sie an und konnte kein Wort hervorbringen. Langsam schritt sie auf ihn zu, und jetzt sah Midian, dass sie eine Peitsche trug. »Wer stört mich?«, fragte sie erneut, und ihre Stimme glich dem Geräusch eines surrenden Pfeils. »Wer bist du, und was willst du in meinem Haus?«

Midian straffte sich. Nachdem er sich von seiner Überraschung erholt hatte, dachte er: *Sie ist hinreißend, aber nur eine Frau, und wer fürchtet sich schon vor Weibern?* »Ich bin Midian!«, rief er stolz. »Midian, der Schwarze Wolf! Und wer bist du, dass du mich nicht kennst, wo doch auf dem Dach deines Hauses mein Abbild steht?«

»Komm näher, damit ich dich besser erkennen kann, Fremdling«, sagte sie und senkte ihre Stimme zu einem dunklen, heiseren Flüstern.

Er tat einige Schritte auf sie zu. »Die Priester haben mich sofort erkannt«, rief Midian spöttisch, »aber deine Augen scheinen ...«

Er schrie auf und wich zurück. Auf seiner Brust zeichnete sich eine blutige Strieme ab. Mit wutverzerrtem Gesicht riss er den Dolch aus dem Gürtel, doch da legte sich die Peitsche zischend um sein Handgelenk, und die Waffe flog klirrend zu Boden.

»Wage es nie wieder, in frevelndem Übermut die Waffe gegen mich zu ziehen, Midian! Aufgewachsen im Schatten Semrons, dem Auswurf der Menschheit!«

»Du kennst mich also doch!«, zischte Midian und rieb sich die schmerzende Hand. »Die Peitsche weißt du zu gebrauchen, Frau ohne Namen, aber ich warne dich, ich ...«

»Du warnst mich?«, unterbrach sie ihn höhnisch, und es erinnerte Midian an das Geräusch brechenden Eises im Zagros. »Wovor? Vor deinem himmelstürmenden Zorn? Vor dem Häuflein deiner Wölfe? Vor dem starken Arm deiner Rache? Mach dich nicht lächerlich, denn du bist ein Nichts im Angesicht der Göttin!«

Midian wies mit ausgestrecktem Finger auf sie. »Hochmütiges Weib! Wenn ich dich verschone, so nur um deiner Schönheit willen, die ich gleich genießen werde, so wie es eines Weibes Bestimmung ist. Deine Peitsche wird dich davor nicht retten, die ich dir rasch entwinde, wenn ich will.«

»Ein Narr bist du wie alle Männer und sprichst mit den Worten männlicher Narren, von denen die Welt voll ist. Wenn ich will, zerstöre ich mit einem Hieb das, was dich zum Mann macht!«

Midian wich ein paar Schritte zurück, um aus der gefährlichen

Nähe der Peitsche zu kommen, und sagte etwas gemäßigter: »Nur ein Tor stochert leichtfertig mit einem Stock im Wespennest. Ich gebe zu, im Augenblick bist du im Vorteil. Aber weshalb stehen wir hier und schmähen einander? Der Priester Avarrhoaz hat mich zu diesem Tempel geführt. Ich bin kein Eindringling, ich habe ein Recht, hier zu sein. Ich habe die Statue gesehen.«

»Du hast sie gesehen? Was hast du empfunden? Den Hauch der Ewigkeit?«

Midian verzog das Gesicht. »Ihr beschäftigt einen guten Steinmetz, das ist alles. Und nun wirst du mir einige Fragen beantworten. Zuerst: Wer bist du?«

»Ich bin Atargatis, die Priesterin der Anath, der Berggeborenen, der Schneegekrönten, die dem Schoß der Erde entspross. Ich diene Aschera, Inanna und Ischtar. Ich bin die Priesterin der Großen Mutter, der keimenden Saat, Herrin der Wälder, Flüsse und Seen, Beschützerin und Verderberin, Herrin von Geburt und Tod, Vernichtung und Auferstehung.«

»Atargatis?« Midian lächelte geringschätzig. »Nun, ich gebe zu, du bist die schönste Frau, die ich je gesehen habe, und die schlangenbehütete Zunft da draußen magst du mit deinem Auftreten vielleicht beeindrucken, aber nicht Midian, den Wolf.« Er machte eine ungeduldige Handbewegung. »Lass uns jetzt von der Statue sprechen. Weder sprach sie mit mir noch stieg sie von ihrem Sockel. Lüfte also ihr Geheimnis!«

»An ihr ist nichts Geheimnisvolles, Midian, außer ihrer Schönheit. Und ist diese nicht Geheimnis genug? Hat sie dich nicht berührt in ihrer Vollkommenheit? Spürtest du nicht den Hauch des Göttlichen in dir selbst?«

Die Worte brachten Midian flüchtig zum Erröten. Er lächelte selbstgefällig und erwiderte herablassend: »Ich weiß, dass ich schön bin. Um das zu erfahren, hätte ich nicht den beschwerlichen Weg durch den Sumpf machen müssen. Aber dort, wo ich herkomme, zählt Schönheit wenig. Glaub mir, ich habe schon manchem hübschen Burschen den Schädel gespalten. So rasch ist Schönheit dahin!«

»Jedes Kind kann zerstören, erschaffen jedoch ist göttlich.«

Midian winkte ab. »Dann werde ich das Geheimnis der Statue eben selbst lüften. Und ich hoffe, dass sich der Marsch durch den Sumpf gelohnt hat, und ich nicht vergebens gekommen bin.«

»Vergebens? Drücke dich genauer aus.«

»Gern. Du ziehst jetzt deine goldene Schlangenhaut aus, ich lege mich zu dir, und dann wird dir eine göttliche Offenbarung zuteil. Du brauchst einen Mann wie mich, denn deine vertrockneten Priester können einer Frau wie dir nichts bieten. Deshalb hast du in Stein abbilden lassen, was du lebendig in dir spüren möchtest. Heute ist der Mann gekommen, auf den du gewartet hast; von dem du geträumt hast in langen, einsamen Nächten.«

»Freilich«, erwiderte Atargatis höhnisch, »von einem Mann, der eine Frau mit der wilden Kraft des Stieres bespringt und sich mit dem Stachel einer Mücke vorzeitig zurückziehen muss!«

Midian stieß einen Wutschrei aus. »Woher weißt du das?«, keuchte er. Das Blut der Beschämung stieg ihm so heftig zu Kopf, dass rote Schleier vor seinen Augen tanzten.

»Es sei denn, er tötet sie«, fuhr Atargatis kalt fort, »zerfleischt ihr Gesicht, ihre Brüste, bis er vom Blutrausch überwältigt seinen Samen in ihren sterbenden Körper spritzt. Ist es das, wovon ich geträumt haben soll?«

Midian schlug aufstöhnend die Hände vor das Gesicht. »Du Hexe!«, knirschte er, »dafür stirbst du, und dein Tod wird fürchterlich sein. Kein Weib lebt, das so mit mir spricht!«

»Nun, ich spreche so mit dir, und ich lebe, Midian! Und wenn du Vergeltung willst, so spüre meine Peitsche, wie Semron sie gespürt hat.«

»Semron?«, schrie Midian. »Du kennst ihn? War er hier bei dir im Tempel?«

»Gewiss. Und er redete so wie du. Hochfahrend, herablassend, gewalttätig, eben wie ein Mann! Leider war er nicht so schön wie du, er glich eher einem Affen. Natürlich hielt er sich für unwiderstehlich, er und seine Bande Schwarzer Wölfe. Da schlug ich ihm ein Auge aus, aber sag selbst, konnte ihn das noch mehr entstellen?«

»Das warst du?« Midians Verstand taumelte von einer furchtbaren Enthüllung zur nächsten. Dann senkte er die Stimme. »Er hat nie darüber gesprochen, wie er sein Auge verlor. Auch dich erwähnte er mit keinem Wort. Wie konnte er eine Frau wie dich nicht erwähnen?«

»Er hatte seine Gründe, dein finsterer Vater, der nicht dein wahrer Vater ist.«

»Mein wahrer Vater?«, wiederholte Midian. Er schlug sich erregt das Haar aus dem Gesicht. »Aber du weißt, wer mein Vater ist, nicht wahr?«

»Du hast sein Standbild gesehen.«

»Dann ist das nicht mein Abbild auf dem Dach deines Tempels?«

Atargatis lächelte spöttisch. »Nein.« Sie wies mit einer anmutigen Handbewegung auf eine Seitentür. »Stehen wir nicht länger herum wie zwei zankende Marktweiber. Ich bin nicht deine Feindin, aber ich bin auch kein schwaches Weib, das sich dir unterwirft. Ich denke, das hast du begriffen, Midian?«

Ihr spöttischer Ton brachte ihn zur Weißglut, aber er sagte sich, dass ihn sein Zorn hier nicht weiterbrachte. »Du bist eine starke Frau«, gab Midian zu. »Ich bin es nicht gewöhnt, von einer Frau zurechtgewiesen und gedemütigt zu werden, aber wenn du dich als ebenbürtig erweist, so muss ich es hinnehmen. Darf ich mir meinen Dolch holen?«

»Wenn du dich damit stärker fühlst.«

Midian steckte ihn zu sich, und Atargatis führte ihn in ein kleines Zimmer, wo Erfrischungen auf einem Tisch bereitstanden.

»Du hast mich erwartet«, lächelte Midian. »Weshalb warst du am Anfang so unnahbar und kühl?«

»Ich bin, wie ich bin, außerdem brauchte dein männlicher Stolz eine Zurechtweisung.«

Midian räusperte sich. Diese Frau machte ihn verlegen und raubte ihm seine Handlungsfreiheit. Sie hatte die Peitsche neben sich gelegt und schenkte ihm Wein ein. Dabei sah sie ihm in die Augen, und Midian glaubte, jetzt etwas mehr Zärtlichkeit in ihnen zu erblicken, aber er konnte sich auch täuschen. *Sie ist nur eine Frau*, dachte er, *aber eine Frau, nach der sich jeder Mann ein Leben lang sehnt.* »Du kennst meinen Vater«, begann er, um von seinen sinnlichen Gedanken abzulenken. »Ist er ein mächtiger Mann? Ein König vielleicht?«

Atargatis musterte ihn mitleidig. »Ein König! Glaubst du, das Blut eines Königs sei wertvoller als das eines Knechtes? Oder das eines – Gesetzlosen? Glaubst du das, Midian?«

Midian wich ihrem harten Blick aus und kratzte sich am Knie. »Ich denke – äh – natürlich nicht, nein! Jedoch – so eine Abstammung verleiht gewisse Rechte, Macht, nicht wahr?«

»Macht?« Atargatis fuhr sich über die Lippen, als schmecke dieses Wort wie Wein. »Ist es das, was du willst, Midian?«

»Wer will sie nicht?«, sagte er und ballte die Fäuste. »Ich spreche vom Auserwähltsein, verstehst du? Ich hätte nämlich nichts dagegen, wenn man mir die Krone Babylons anbieten würde oder sonst eines namhaften Herrschers. Statt Karawanen auszurauben, würden meine Steuereinnehmer das Volk aussaugen, was auf dasselbe herauskommt, denke ich.«

»Verehrst du nicht Belial? Ich weiß, du glaubst nicht wirklich an ihn, doch seine Verkörperung des Bösen erregt dich. Wenn du der Welt in seinem Sinn dein Zeichen aufdrücken könntest, würde dich diese Aussicht zufriedenstellen?«

Midians Augen flammten heißhungrig auf. »Ich sollte triumphieren in Belials Namen? Bei meinem Haupte, das hieße nie endender Genuss, ständiges Entzücken, ewiger Rausch!«

»Du Hitzkopf! Ob du dein abgründiges Paradies verwirklichen wirst, liegt ganz bei dir. Ja, du bist auserwählt, Belials Herrschaft auf Erden zu errichten, aber nicht so, wie du glaubst. Du weißt nur wenig von der Welt, deshalb achte auf meine Worte und beherzige sie: Bevor du die Herrschaft über andere anstrebst, musst du dich selbst beherrschen. Um dich selbst zu beherrschen, musst du dich selbst erkennen. Du musst vordringen bis an die Wurzeln deines Daseins, und die liegen nicht in Dur-el-Scharan, wie du jetzt weißt.«

»Du redest, als liege es in deinen Händen, mir dazu zu verhelfen. Wer bist du?«

»Deine Mutter. Du bist mein Sohn.«

Midians Erregung erlosch wie eine Flamme im Regen. »Nein!«, flüsterte er. »Nein, das ist nicht wahr!«

»Es ist wahr. Das männliche, das grausame Zeitalter hat begonnen, denn du bist zurückgekehrt an den Ort, wo du geboren wurdest.«

Midians Fäuste öffneten und schlossen sich. »Heißt das, ich bin der Sohn einer Priesterin?«

»Ja. Und ich weiß, es war ein Zeichen, dass mir ein Knabe geschenkt wurde, denn das Zeitalter der Großen Mutter neigt sich seinem Ende zu.«

Midian beugte sich über den Tisch und packte seine Mutter bei den Armen. Er schüttelte sie, während seine Blicke loderten. »Diese Worte!«, schrie er. »Immer diese dunklen, unverständlichen Worte! Ich kann nichts mit ihnen anfangen!«

»Setz dich!«, herrschte sie ihn an. »Glaubst du, ich will deine Unarten ertragen, die dir der Affe Semron auf Dur-el-Scharan beigebracht hat? Mein Sohn ein Gesetzloser, ein Wegelagerer! Schande genug und Semrons Rache für sein Auge, aber nun bist du hier und wirst dich benehmen, wie es deiner Bestimmung entspricht.«

Midian ließ zerstreut von ihr ab und setzte sich wie ein gehorsamer Sohn. »Meine Bestimmung? Ich glaubte, ich hätte keine Vergangenheit als die des Zagros.«

»Wie? Du wusstest doch, dass Semron nicht dein Vater ist! Oder hieltest du dich für felsgeboren?«

Midian machte eine wegwischende Handbewegung. »Der Spott eines Weibes. Muss ich mir das anhören? Ich weiß nur, dass die einzige Frau, die ich hätte lieben können, unerreichbar für mich ist! Bei Belial! Ich kann mit einer Priesterin nichts anfangen. Ich liebe das Leben, das mir Semron geboten hat. Hier zwischen den Trümmern mit deinen Priestern, was wäre aus mir geworden? Ist es meine Bestimmung, wie sie in langen, weißen Gewändern herumzustolzieren und Lilienstängel herumzutragen?«

»Nein. Die Leben schaffende Göttin trug mir auf, den Zerstörer zu gebären.«

Midian furchte die Stirn. »Wozu?«

»Um der abgefallenen Menschheit einen männlichen Erlöser zu schenken!« Atargatis lachte leise. »Der sie erlöst von weiblicher Knechtschaft und ihr die Herrschaft des Mannes beschert. Du wirst das Werkzeug sein, Midian.«

»Und die Welt zerstören?«, fragte Midian unsicher.

»Nein, aber ihr die Augen öffnen, was sie verloren hat, als sie die weibliche Herrschaft nicht mehr würdigte und vernachlässigte. Unter den männlichen Göttern wird menschliches Glück ersticken wie unter einem Leichentuch.«

»Das klingt gut«, sagte Midian nachdenklich, »aber du solltest zuerst meine Rolle dabei erwähnen. Bisher habe ich nur verstanden, dass ich dein Werkzeug sein soll, und das gefällt mir nicht, selbst wenn es Belials Weg wäre. Ich treffe selbst meine Entscheidungen.«

»Du Tor! Selbst die Göttin hat sich dem Schicksal zu beugen.«

»Ein Werkzeug des Schicksals, das hört sich gut an«, höhnte Midian. »Ich aber soll das Werkzeug eines Weibes sein. Was war das für ein ehrloses Zeitalter, das von Weibern regiert wurde? Wahrlich, es hat verdient unterzugehen.«

»Deine Worte beweisen des Mannes Armseligkeit, dessen Nützlichkeit offenbar allein in seinen Hoden sitzt. Außerdem ist er streitsüchtig, gewalttätig und grausam, so wie du. Wohlan! Fortan soll die Erde bersten von so vortrefflichen Männern wie du es bist, denn die Welt wird zugrunde gerichtet durch den Mann, so wie sie durch die Frau lebt!«

»Purer Unsinn!«, hielt Midian dagegen. »Frauen gleichen leeren Krügen, und erst ein Mann füllt sie und verleiht ihnen so ihre Bestimmung. Aber bevor wir darüber streiten, würde ich gern mehr über meinen Vater erfahren.«

Atargatis' Nasenflügel bebten, ihre Augen wurden groß und funkelnd. »Nun gut. Du wurdest gezeugt in einem Zelt am Fuß des Jamalgebirges, dem Lande Zamorans, das ihm gehörte bis zum Horizont. Zamoran, der Fürst der Midianiter, nach dessen Stamm du deinen Namen trägst. Er war reich, denn er besaß unzählige Schafherden, und er gebot über viele Fäuste und Schwerter, die Freiheit zu verteidigen.«

»Ein Schafhirte?«, unterbrach Midian enttäuscht die leidenschaftlich vorgetragene Schilderung.

Atargatis bedachte Midian mit einem eisigen Blick. »Du wärst wohl lieber Semrons Sohn? Zamoran war ein Fürst. Keiner, der die Geschicke der Völker bestimmte, aber ein Mann, dem sich die stolze Tochter Habazzinjas hingab, die Priesterin der Anath, die nie einem Manne gehören wollte. Das allein erhob ihn über die Könige dieser Welt. Als er starb ...« Atargatis machte eine kraftlose Handbewegung, »... da erloschen die Feuer am Fuß des Jamal, sein Volk zerstreute sich, und die Priesterin der Anath musste mit seinem Sohn fliehen. Doch heller als die Feuer der Brandopfer auf den Höhen Gilgals loderte die Flamme des Hasses seitdem in ihrer Brust.«

Midian gefiel der Hass in den Augen seiner Mutter, er lächelte raubtierhaft und setzte sich neben sie. Sie legte ihm die Hand auf seinen Arm. »Ich wusste, dass du eines Tages kommen würdest, meine Träume haben es mir gesagt. Bei Aschera! Ich sehe dich an, und mir ist, als sei Zamoran auferstanden in all seiner wilden Schönheit.«

Midian brach der Schweiß aus. Mutter. Das war nur ein Wort, doch was er fühlte, war etwas anderes. Er lächelte. »Hast du meinen – diesen Zamoran auch mit einer Peitsche empfangen?«

Tief in ihren Augen glühte die Erinnerung wie ein verlöschender Stern. »Anath tanzt auf den abgeschlagenen Köpfen ihrer Feinde, Anath trinkt das Blut der erschlagenen Jünglinge, Anath badet in den Tränen der Besiegten. Ich war ihre Dienerin. Doch bei Zamoran vergaß ich die Göttin. Heiß wie der Wüstenwind waren seine Umarmungen, mein Herz erhob sich wie eine Schwalbe, und ich erfreute mich am Gesang der Frauen, wenn sie zum Brunnen gingen, und am Lachen der Kinder, wenn sie Kiesel über den Fluss warfen.«

Atargatis verstummte. Midian fühlte sich unsicher. Begehrte sie ihn wie einst Zamoran? Wenn es so war, dann durfte er nicht länger hier sitzen wie ein Krieger, der nicht wusste, wo sein Schwert ist. Aber als er ihr in die Augen sah, erblickte er dort keine Zärtlichkeit, nur Kälte.

»Als Zamoran tot war«, fuhr Atargatis mit lebloser Stimme fort, »erfroren meine Gefühle. Im Angesicht Anaths legte ich einen Schwur ab, dass niemals wieder ein Mann mir Schmerz zufügen sollte. Als ich dich im Tempel auf mich zukommen sah – da musste ich dich züchtigen, denn dein Anblick fuhr mir in den Leib wie glühendes Eisen.«

Midian schüttelte seine Mähne wie ein Löwe, der den Rivalen aus dem Feld geschlagen hat. Er packte Atargatis bei den Armen. »Vergiss, dass ich dein Sohn bin!«, rief er heiser. »Ich bin Zamoran, wenn du es willst.« Schon beugte er sich über sie, doch Atargatis stieß ihn mit überraschender Kraft zurück.

»Nein!«, zischte sie. »Du bist nicht Zamoran! Du bist Midian, der Schwarze Wolf, der ein kurzes Vergnügen sucht. Dein Gemüt ist finster wie die Schluchten des Zagros, aus dem du kommst.«

»Ja!« Midian wischte sich das Haar aus der erhitzten Stirn. »Gesetzlose gleichen Raubvögeln und nicht nacktärschigen Säuglingen.« Dann lachte er und griff nach ihren Brüsten. »Ich kann auch sanft sein.«

Atargatis wich ihm geschmeidig aus. »Wann?«, höhnte sie. »Bei Kindertränen oder dem verführerischen Lächeln deines hebräischen Freundes?«

Das kühlte Midian ab. Er brummte etwas Unverständliches. Atargatis ordnete gelassen ihr Haar. »Du musst dich nicht rechtfertigen, Midian. Dich will ich grausam, denn ein Schwert muss scharf sein. Ich brauche keinen Liebhaber, sondern einen Rächer.«

Midian verschränkte die Arme. »Für Zamoran? Ich kannte ihn nicht. Räche ihn doch selbst, oder hast du es verlernt, auf den Gebeinen Erschlagener zu tanzen?«

»Und du, Midian?«, fragte Atargatis und lehnte sich herausfordernd in die Kissen. »Befiehlt Belial dir nicht zu töten?«

»Mir befiehlt niemand!« Midian starrte angestrengt zur Seite. »Ich töte, wenn mir danach ist, und Belial ist nur ein Name. Alle Götter sind nur Namen für das, was uns bewegt. Dein Hass heißt Anath.«

Atargatis neigte das Haupt. »Willst du nicht triumphieren in Belials Namen?«

Midian zerquetschte einem unsichtbaren Gegner die Gurgel. »Nichts anderes tue ich bereits. Ich ziehe mordend durch das Land, überfalle Karawanen, brenne Dörfer nieder, foltere die Männer, schände die Frauen und verbrenne ihre Kinder!«

»Ich weiß«, entgegnete Atargatis eisig. »Du bist ein Wegelagerer, der sich vor den Häschern Nabupolassars verbergen muss.«

»Ha!« Midian machte eine großartige Armbewegung. »Nabupolassar! Der Hund sendet seine Flöhe nach uns aus. Lästig, mehr nicht.«

»Immerhin ist dieser Hund der König von Babylon. Und du sitzt in einer zugigen Burg.«

Midian lächelte. »Du hast mir noch nicht verraten, weshalb du dich in meinem Leben so gut auskennst, Dienerin der Anath. Gehören auch Zauberkünste zu deinem Gottesdienst?«

»Zauberei ist eine Sache von Dummköpfen. Und deine Mutter ist kein Dummkopf. Vielleicht berichtet mir einer deiner Wölfe?«

Midian wurde dunkelrot vor Wut. »Aber Joram ist es nicht, oder?«

»Der Hebräer?« Atargatis' Stimme war kalt. »Nein! Niemals würde ich einem Hebräer vertrauen.«

Midian schwieg. Was war das für eine Frau, die ihn sprachlos machte? Die mehr über ihn wusste, als jeder andere Mensch außerhalb Dur-el-Scharans? Die auf ihn gewartet hatte wie eine Spinne, die seinen Vater bis zum Wahnsinn geliebt hatte, im Sohn aber nur ein Werkzeug ihrer Rache sah?

»Wenn du Macht willst, Midian, die größer ist als die deines Vaters«, sagte Atargatis, »dann räche ihn.«

»Ist das alles? Sag mir, wer ihn getötet hat, und ich lege dir seinen Kopf zu Füßen.«

»Zamoran fiel im Kampf. Ich weiß nicht, wer den tödlichen Streich führte, aber ich weiß, wer daran schuld ist. Es ist König Joschija von Juda.«

»Du verlangst von mir einen Königsmord?« Midian streckte seine Finger. »Das dürfte nicht einfach sein, nicht einmal für einen Schwarzen Wolf. Was für Macht sollte ich dadurch gewinnen?«

»Wenn du mir zuhörst und meinem Rat folgst, den Thron des babylonischen Königs, so wie du es dir gewünscht hast.«

Midian lachte dröhnend, weil er das als Scherz auffasste, doch jäh brach er ab, weil ihm bewusstwurde, dass seine Mutter keineswegs scherzte. »Des babylonischen Königs«, wiederholte er mehr für sich selbst.

Atargatis beobachtete, wie Midian nachdenklich wurde. »Du glaubst, das wäre unmöglich? Ich sage dir, mein Sohn, einem Mann wie dir sollte in dieser Welt nichts unmöglich sein, wenn du es nur willst.«

»Mein Fuß auf dem Nacken der Völker«, murmelte Midian. »Mein Wille Gesetz. Bei Belial! Das solltest du der Menschheit besser nicht antun, ich weiß nicht, ob ich jemand übriglasse.«

Atargatis lächelte kühl. »Kitzeln Zerstörung und Vernichtung deine Empfindungen? Verschaffe dir diese Lust, aber behalte stets einen kühlen Kopf, sonst machen sich das deine Feinde zunutze. Auch ungezügelte Grausamkeit ist eine Schwäche. Doch nun sollst du erfahren, wie alles begann.«

Habazzinja saß mit untergeschlagenen Beinen in dem geräumigen Zelt des Midianiterfürsten Achior und griff mit seinen fleischigen, beringten Fingern in die gemeinsame Schüssel. Der beleibte Oberpriester des Baalammon war diese Sitzhaltung nicht gewöhnt, deshalb schaukelte er, um jeweils das eine oder andere Bein zu entlasten, unauffällig von einer Seite auf die andere, jedenfalls glaubte er, dass sein Gastgeber es nicht bemerken würde, denn das schöne bärtige Antlitz Achiors zeigte sich unverändert väterlich mild. Habazzinja sah sich zufrieden im Zelt um. Die erlesene Ausstattung konnte sich durchaus mit der seines Hauses in Jerusalem messen. Auch das Gewand, das Achior trug, musste ein Vermögen wert sein; Hals- und Armbänder waren mit Smaragden und Rubinen besetzt.

Ja, dachte Habazzinja, während er sich schmatzend die Finger leckte, es scheint, als habe man die Wahrheit gesprochen, als man mir erzählte, wie reich der Fürst der Midianiter sei. Ich denke, wir werden uns einigen.

Die beiden Männer saßen schon geraume Zeit beieinander, genossen gutes Essen und guten Wein und unterhielten sich prächtig. Sie wollten ihre Kinder miteinander verehelichen, aber darüber redeten sie selbstverständlich nicht. Sie sprachen über Viehzucht, Ernten und das Wetter, über die schlechten Zeiten, habgierige Herrscher und die neidischen Götter.

Jetzt wurden geröstete Nusskuchen in Honig aufgetragen, Habazzinja wischte sich mit einem feuchten Tuch den Schweiß von der Stirn und griff ächzend nach der Köstlichkeit. Dabei versuchte er, sein linkes Bein zu verlagern, in dem es wie tausend Ameisen kribbelte.

»Mein Freund, mach es dir ruhig bequem«, lächelte der schlanke Midianiter und nahm selbst eine halb liegende Haltung ein, um den Gast nicht zu beschämen. Erleichtert legte sich auch Habazzinja nieder. Vor dem Zelt hörte er jetzt Hufgetrappel, das Schnauben eines Pferdes, Stimmen und Gelächter. Kurz darauf wurde die Zeltbahn zur Seite geschlagen. Ein junger Mann trat ein, hochgewachsen, gut einen Kopf größer als der Priester. Er war wie ein Schafhirte gekleidet, kurzer Rock, Fellweste, derbe Stiefel. Um die Stirn hatte er ein Tuch gewunden, das sein schulterlanges Haar aus dem Gesicht hielt. Seinem ungebändigten Blick, den er Habazzinja zuwarf, bevor er sich verneigte, folgte ein halb gezähmtes Lächeln.

»Mein Sohn Zamoran«, sagte Achior.

Habazzinja nickte dem ungestümen Mann zu, der ihn mit nachtschwarzen Augen rasch musterte.

Zamoran wusste, weshalb Habazzinja hier war, aber auch er tat, als säße der Priester alle Tage dort bei seinem Vater. »Die Amalekiter treiben schon wieder ihre Tiere auf unsere Flussseite.«

»Oreb und seine Söhne?«

Zamoran nickte und wies ein blutiges Messer vor. »Barak, der Rote. Zwei starke Widder musste er mir überlassen, dafür überließ ich den Hunden seinen Leichnam.«

»Hast du Wachen aufgestellt?«

»Wozu? Der Gestank, den die Amalekiter verbreiten, reicht bis zu unseren Zelten.«

»Geh und reinige dich von der Bluttat. Dann komm und iss.« Habazzinja sah Achiors Sohn nachdenklich hinterher. Er schien rau und ohne Mitleid zu sein wie die sonnendurchglühten Felsen des Jamalgebirges, an dessen Hängen er die Schafe weidete und seinen Speer scharf hielt. Atargatis würde er gefallen, der kriegerische Fürstensohn mit dem falkenkühnen Blick und der Schönheit eines rassigen Hengstes.

Zamoran trieb die Unruhe bald wieder hinaus. Nach ein paar Bissen verabschiedete er sich höflich von Habazzinja. Achior strich sich den Bart und beobachtete seinen Gast. Habazzinja blinzelte verlegen. »Du hast einen prächtigen Sohn, Achior.«

Auf dem Berg Ebal rauchten die Feuer. Um einen von hoch aufragenden Felsen beschirmten Platz drängten sich Frauen, die Palmenzweige schwangen. Einige von ihnen waren schwanger, andere bereits alt. Immer mehr kamen den steinigen, beschwerlichen Weg herauf. Sie holten Tonfiguren aus ihren Gewändern und stellten sie in der Mitte des Platzes neben das Feuer auf einen Stein. Zwischen zwei heiligen Pfählen, die Aschera und Anath darstellten, stand eine hinreißend schöne Frau. Sie hielt die Augen geschlossen, bis eine Dienerin im Hintergrund auf ein Becken schlug.

Atargatis schlug die Augen auf und lächelte, als sie die versammelten Frauen erblickte. »Wir sind hier zusammengekommen im Namen von Aschera und Anath, unter deren Schutz wir uns begeben und an die wir unsere Bitten richten.«

Eine Dienerin reichte ihr eine Schale mit duftendem Öl, und Atargatis besprengte die Pfähle und die Tonfigürchen damit. »Ihr beschützt Milch und Samen, ihr verleiht die Kraft zu zeugen und zu gebären.«

Sie reichte die Schale zurück und begann die Tonfigürchen zu zerbrechen und ins Feuer zu werfen. Sie waren hohl und mit Kräutern gefüllt. Würzig duftender Rauch trug die Bitten hinauf zum Himmel. Zuletzt holte Atargatis aus ihrem Gewand eine Tonfigur, zerbrach sie und warf sie ins Feuer. Eine Dienerin reichte ihr einen kleinen Behälter, aber Atargatis wies sie zurück. Sie wollte sich heute nicht berauschen. »Im Weib liegt alles, was in der Welt sich regt, und es gibt keinen Zustand, der dem des Weibes überlegen wäre«, begann sie mit klarer Stimme. Die Frauen hoben ihre Köpfe und lauschten verwundert.

»Die Welt lebt durch die Frau«, fuhr Atargatis fort, »aber zugrunde gerichtet wird sie durch den Mann! Den Mann, der glaubt, er sei das Salz der Erde.«

Ein Raunen ging durch die Zuhörerinnen. Sie starrten Atargatis gebannt an, die es wagte, Ungeheuerliches auszusprechen.

»Männliche Götter rissen die Herrschaft an sich, missbrauchten die Göttin, machten sie zur Magd männlicher Wünsche. Die Leben Schenkende wurde zur Lustspenderin.«

Zustimmendes Seufzen.

»Was hat man euch noch gelassen außer Sinnlichkeit und Mutterschaft? Was einst Sinnbild der Fruchtbarkeit war, ist verkommen zur Orgie. Der Schoß der Frau, einst als Quelle allen Lebens verehrt, wird von den Leviten als Einfahrtstor zur Hölle verdammt. Sie bekämpfen die Dreieinigkeit von Jungfrau, Mutter und Göttin durch ihren Gewittergeist Jahwe, dessen Herz lacht, wenn seine Anhänger morden, bis sie in Blut ersticken, und dessen Grimm tobt, wenn hübsche, nackte Mädchen Hymnen der Fruchtbarkeit singen und sich dann in Lust mit einem Mann vereinen.«

Schwer atmend und schweißgebadet hielt Atargatis inne. Eine weißhaarige Frau erhob sich. »Was können wir tun?«, rief sie mit zittriger Stimme.

Atargatis schüttelte ihre schwarzen Locken und legte ihre Hände ausgebreitet auf die beiden Pfähle. »Die Leviten rühmen sich lautstark, der Menschenopfer entsagt zu haben, während sie unsere Blutopfer schmähen. Das tun sie, um unsere Götter zu schwächen. Doch was tun die Judäer, wenn sie auf ihren Kriegszügen die Bewohner einer feindlichen Stadt bis auf den letzten Säugling ausrotten und es gleichwohl als gottgefällige Tat preisen? Es sind alles machtgierige und hoffärtige Heuchler.«

»Ja, so ist es«, zischelte es um sie herum.

Atargatis trat jetzt vor das Feuer, streckte die Arme aus und strich mit katzenhaft kreisenden Bewegungen an den auf dem Boden hockenden Frauen vorüber, dabei berührten sich knisternd ihre Gewänder. »Frauen von Samaria, von Hebron, Jerusalem und Aschkalon! Welches Opfer sollten wir Aschera und Anath bringen?«

»Menschenblut, so wie es die Judäer für Jahwe vergießen!«

Plötzlich hielt Atargatis ein funkelndes Messer in der Hand. »Dann bringt mir das Opfer!«

Plötzlich waren alle still. Sand knirschte. Zwei verschleierte Frauen kamen hinter den Felsen hervor und brachten einen halbwüchsigen Knaben zum Feuer.

»Blut für Aschera und Anath!«, schrie Atargatis, während der Knabe zu Boden gestoßen wurde.

»Halte ein, Priesterin!«

Atargatis erstarrte. Eine Männerstimme hier an diesem geweihten Ort, den nur Frauen betreten durften? Er trat in den Schein des Feuers, wild und heidnisch wie einer der Kedarim aus den Wüsten südlich von Edom. Mit nackter Brust und einer Hose aus Ochsenleder. Über seine Brust spannte sich ein breites Band, das den Köcher mit Pfeilen hielt. Um sein langes Haar zu bändigen, hatte er es in vier schwere Zöpfe geflochten, von denen ihm zwei vorn bis zum Gürtel hingen. Aus ihm ragte ein Dolch mit kostbarem Griff, und links an der Hüfte hing ein langes, gekrümmtes Schwert. Rötlicher Staub aus dem Abarimgebirge lag auf seinen Haaren und seiner Haut.

Atargatis stand zitternd mit erhobenem Dolch vor ihm. »Du wagst es, diesen heiligen Ort zu schänden? Wer bist du?«

»Ich bin Zamoran, der Fürst der Midianiter.« Er ging auf den Knaben zu, die verschleierten Frauen wichen vor ihm zurück. »Meine zukünftige Frau soll mir Kinder gebären, keine Kinder schlachten.«

»Zurück!«, rief Atargatis eisig. »Rühr ihn nicht an!« Zamoran lächelte und beugte sich hinab, um dem Knaben aufzuhelfen. Mit einem Wutschrei stürzte sich Atargatis auf ihn, Zamoran wich zur Seite, die Klinge ritzte seinen Oberarm. Während er den Knaben fortschob, wischte er sich über die Schramme und leckte sich das Blut von den Fingerspitzen. »Blut für die Götter, aber weshalb opferst du nicht das Blut eines Kriegers? Mein Blut, Atargatis?« Zamoran lachte, in seinem verschwitzten, staubigen Gesicht blitzte es. »Wenn du dazu imstande bist.«

Atargatis entblößte ihre Zähne. Wie eine Wölfin stand sie vor ihm. »Mein Arm ist schwach«, rief sie, »aber wenn mein Hass ein Schwert wäre und meine Verachtung ein Speer, wärst du jetzt tot!«

Zamoran packte ihre Hand, die den Dolch hielt. »Du wirst doch nicht den Vater deiner unzähligen Kinderschar töten wollen?«

»Zamoran!«, zischte sie und versuchte, ihre Hand aus seiner Faust zu lösen. »Ich hörte, ich sei dir versprochen. Doch erinnere ich mich nicht, dieser Verbindung zugestimmt zu haben. Wie viel weniger jetzt, nachdem du dich frech hier eingeschlichen hast.«

»Du hast das Herz einer Tigerin, und es hat mich in den Fängen.« Zamoran zog sie an sich. »Wehr dich nicht«, flüsterte er. »Anath ist grausam und Leben spendend zugleich. Opfere ihr heute deine Jungfräulichkeit statt des Knaben, und sie wird die Frauen und ihre Bitten segnen.«

Die Zeit der Schafschur kam, und die Zeit der Schafschur ging vorüber, auf den Sivan folgte Tammuz, der Fruchtbare. Habazzinja ließ die Hochzeit seiner Tochter Atargatis mit Achiors Sohn vorbereiten. Aber Anath hatte Atargatis' Schoß bereits gesegnet, bevor die Hochzeitsformel gesprochen war.

»Es ist ein Sohn, Baal sei gepriesen!«, rief Habazzinja, während er mit wehenden Gewändern durch die Gänge seines Hauses in Sichem lief. Er befal seinen Dienern, Süßigkeiten und Kupferschekel zu verteilen. Vor seiner Haustür hatten sich Freunde und

Nachbarn versammelt, die ihn zu dem Enkel beglückwünschten und die Hände aufhielten. Andere schleppten Schafe, Ziegen, Weinkrüge, Brot und Früchte herbei, um Baal durch einen ungeheuren Schmaus zu ehren. Dabei störte es kaum jemand, dass das Brautpaar nicht anwesend war. Atargatis und Zamoran hatten sich in die Berge zurückgezogen und liebten sich unter den Sternen.

Zur gleichen Zeit überfiel König Joschija in Jerusalem ein heftiger Zorn, geschürt durch die Priester von Anatoth, voran ihr Hohepriester Hilkija, und sie nannten es heiliger Zorn. Im Namen Jahwes wurden plötzlich überall im Land die Kulthöhen verwüstet, Pfähle umgehauen und Altäre zerstört, die Astarte und Milkom geweiht waren. Unrein sei das alles und dem Herrn ein Gräuel. Ein Gräuel jedoch waren den Leviten die Lebensfreude der Götzendiener, die sie »Orgien« nannten, und der Reichtum der Baalspriester, der an ihnen selbst vorüberging.

König Joschija, ein Mann mit grämlichen Zügen, fahler Gesichtsfarbe und einem dünnen, schwarzen Bart, hatte bereits mit acht Jahren den Thron bestiegen. Nach den unbotmäßigen Königen Ahab und Manasse, die taten, was dem Herrn missfiel, und vor allem nichts, was den Leviten gefiel, war der Knabe für die entmachteten Priester ein Geschenk des Himmels gewesen.

Sie ließen ihn in dem Glauben aufwachsen, er müsse dem Jahwe-abtrünnigen Juda ein zweiter Mose werden und dem Land die alten Gesetze wiedergeben. Diese besagten, dass alle, die sich mit dem unsichtbaren Eingott Jahwe nicht anfreunden konnten, ausgetilgt gehörten wie Schädlinge im Weinberg. Vornehmlich, wenn es sich um so etwas Sündhaftes handelte wie eine Frau, die es wagte, Priesterdienste zu verrichten, zu opfern und den Göttern Bitten vorzutragen. Eine Frau, die so schön war, dass selbst die verdorrten Lenden der Asketen schwellende Frucht trugen, und die einem Priester von Anatoth einfach über den Mund fuhr, wenn er gewisse weibliche Tugenden pries, die ausschließlich den Männern angenehm waren.

Natürlich hasste Hilkija die Tochter Habazzinjas, denn sie hatte ihn zurückgewiesen, als er sich ihr unter dem Vorwand väterlicher Zuneigung im Garten ihres Vaters genähert hatte. Er hatte Atargatis versprochen, auf dem Dach seines Hauses einen Altar der Anath zu errichten, wenn sie ihn dort besuche, doch sie hatte ihm geantwortet, dass Anath sich zu seinem ärmlichen Nomadengott nicht herablassen werde.

Nach den Zerstörungen und Entweihungen der Höhen und der Altäre ließ Joschija überall im Land die Baalspriester umbringen, wo er sie fand. Weil aber die Bevölkerung ihnen anhing, befahl er seinen Häschern, bei Nacht in ihre Häuser und Tempel einzudringen und sie zu ermorden. Tags darauf wurde verkündet, dass der Zorn des Herrn sie getroffen habe. Auch in das Haus Habazzinjas waren die Mörder gekommen. Und sie töteten ihn wenige Tage, nachdem er die Geburt seines Enkels gefeiert hatte.

»Bringt mir die Tochter Habazzinjas und schleppt sie als Sklavin in mein Haus!«, hatte Hilkija gebrüllt, und seine würdigen Bartspitzen hatten dabei gezittert. Doch Atargatis weilte um diese Zeit bei ihrem Geliebten und wusste nicht, was in Juda geschah.

Als Zamorans Männer ihm die Nachricht brachten, dass König Joschija aus Juda ein Schlachthaus gemacht hatte, um die machthungrigen Leviten zu befriedigen und ihrem Gewittergeist zu huldigen, stampfte er wie ein Stier und brüllte wie ein Löwe. Er rief über dreihundert Männer zusammen. Atargatis aber gab Zamoran einen Bogen und sagte: »Dies ist Anaths Bogen. Er verleiht unsterblichen Ruhm. Nimm ihn und räche meinen Vater!«

»Ich habe deinen Vater nie wiedergesehen.« Atargatis' Gesicht war bleich wie der Mond. »Damals beseelten mich Schmerz und Hass in so großem Maße, dass ich aberwitzige Pläne fasste. Ich wollte ganz Jerusalem anzünden, Juda zu einer Wüste machen. Ich flehte Anath und Baal an, Hagel und Blitz, Hungersnöte und Seuchen zu schicken. Doch dann kamen Freunde meines Vaters, die dem Gemetzel entkommen waren. Auch Frauen waren zu mir hinaus in die Wüste gekommen, und sie rieten mir, die Rache einem anderen zu überlassen. Du hast einen Sohn, sagten sie.

Einen Säugling! Ich wollte nicht warten, aber am Ende ließ ich mich überzeugen. Um den Häschern Joschijas zu entgehen, floh ich mit dir und einigen Getreuen nach Osten. Der Sinpriester Jerubbaal gewährte mir in Tissaran Unterschlupf. In diesem alten Tempel, der wie durch ein Wunder unzerstört geblieben war, begann ich wieder Anath zu dienen und ließ mir ein Bild von deinem Vater machen.«

»Und Semron?«, unterbrach Midian endlich ihren Redefluss. »Wie kam ich zu ihm?«

»Semron?«, wiederholte Atargatis leise. »Das Scheusal, das mir meine Racheträume geraubt hat.« Sie lächelte verzerrt. »Heute weiß ich, dass es der Wille Anaths war. Du musst wissen, dass Jerubbaal – nun, man fürchtete ihn. Niemand wagte sich nach Tissaran, aber die Schwarzen Wölfe schreckten weder Dämonen noch Zauberspuk. Sie vermuteten Schätze hier. Bei Anaths Brüsten! Den einzigen Schatz, der sich hier verbarg, nahm mir Semron – es war seine Rache, weil ich dem Lüstling ein Auge ausgeschlagen habe.«

Midian war nachdenklich geworden. Wer oder was spann hier unsichtbare Fäden, in dessen Netz er sich womöglich verstrickte?

War es nur ein Zufall, dass sich ein Hebräer bei den Schwarzen Wölfen befand? Der Gedanke an Joram ernüchterte Midian. »Du redest viel von deiner Rache«, sagte er, »aber noch weiß ich nicht, ob ich sie zu meiner Sache machen soll. Ein Sohn sollte die Schmach seiner Eltern rächen, so mag das jenseits des Zagros sein, wo ich aufgewachsen bin. Bei den Schwarzen Wölfen jedoch gelten die Gefährten alles, der Rest der Welt nichts. Wie stehst du zu Joram, der mein Freund ist?«

»Er ist mein Todfeind. Und nur um deinetwillen schenke ich ihm das Leben, das er verwirkt hatte, als er seinen Fuß in meinen Tempel setzte.« Als sie sah, dass Midian die Zornesader schwoll, lachte sie bitter. »Weißt du nicht, dass Joram Hilkijas Sohn ist?«

Midian zuckte zusammen. Hatte er das gewusst? Vielleicht hatte Joram den Namen seines Vaters irgendwann einmal erwähnt – es war unwichtig auf Dur-el-Scharan, wo niemand eine Vergangenheit hatte. Und jetzt erwies es sich abermals, dass alles miteinander verwoben war. Midian spürte Groll in sich aufsteigen, dass sein Leben nur Teil eines geheimnisvollen Plans sein sollte.

»Dass Joram aus einer Priesterfamilie stammt, weiß ich«, erwiderte Midian zögernd. »Aber Joram hat keinen Anteil mehr daran, er ist ein Schwarzer Wolf. Und ich warne dich, solltest du deine Rachegelüste auf ihn ausdehnen wollen.«

»Reden wir von deiner Zukunft, Midian«, wich Atargatis aus. »Das Schicksal hat Großes mit dir vor, doch du kannst es auch mit Füßen treten. Und wenn der Mensch in seiner Verblendung in das eigene Verderben rennt, halten selbst Götter es nicht auf.«

»Und mein Verderben ist Joram. Willst du das damit sagen?«, fragte Midian drohend.

»Die Schwäche des Herzens wäre dein Verderben. Auf dem Weg zur Macht sind Liebe und Freundschaft nur hinderlich, und hast du sie erst errungen, sind es deine Freunde, die sich gefährlicher als Skorpione erweisen.«

»Das weiß ich.« Midian wischte die Belehrungen seiner Mutter wie eine lästige Fliege fort. »Aber bevor ich meinen Freunden ein Messer in den Rücken stoße, möchte ich Genaueres darüber wissen, wie ich mir Nabupolassars seidene Kissen unter den Hintern stopfen kann. Du willst dich rächen, das habe ich verstanden. Aber was hat das mit der Herrschaft eines neuen Zeitalters zu tun?«

»Als Priesterin der Anath bin ich verpflichtet, ihren Auftrag zu erfüllen. Ihre Vergeltung und meine Rache sind eins, denn Juda muss vernichtet werden – wegen deines Vaters. Sein geistiges Erbe jedoch muss die Welt erobern, um die Menschheit zu züchtigen für ihren Abfall von den weiblichen Gottheiten.«

»Aber man verehrt doch Ischtar, Astarte, Mylitta und Isis und noch etliche andere, soviel ich weiß.«

»Gewiss, doch sie sind zum Dahinsiechen verdammt. Dort, wo die alte Dreiheit der Jungfrau, Mutter und Göttin in den Abgrund sinkt, steigen die sieben Tugenden der Hölle herauf. Wenn die Frau, welche die Milch und den Samen beschützte, ihre Kraft verliert, wird das finstere Zeitalter anbrechen, das Zeitalter des Mannes.«

Midians Augen glänzten. »Der Mann herrscht, wer sonst? Und so muss es bleiben! Wer möchte schon in einer Welt leben, in der die Weiberröcke die Macht haben?«

»Du kennst nur die armseligen, blassen Geschöpfe, denen von ihren männlichen Unterdrückern bereits das Blut ausgesaugt wurde. Die sich nicht mehr wehren und klaglos ihr Schicksal ertragen. Heute ist die Frau herabgesunken zum Beiwerk, zur bloßen Zierde, zum Gebären von Söhnen. Ihre Tugenden nennt man Schwäche und zwingt sie unter das Gewaltjoch der Männer. Nur da, wo die Weiblichkeit den Mann entzückt, wird sie geduldet, doch sonst verachtet. Diese Gewächse verdienen, dass man sie beugt. Ich rede von einem Zeitalter, mein Sohn, da war die Frau den niederen Geschöpfen überlegen, die auf die Jagd gingen und Kriege führten, denn der Mann versteht nur zu töten, er kann kein Leben erschaffen. Besitzgier, Raublust, Vergewaltigungstriebe beherrschten ihn und wurden durch die Frau gezähmt. Doch er versuchte zu demütigen und zu unterwerfen, was er nicht lieben konnte. Vielleicht wird der Mann die Erde völlig zerstören, doch wenn der Himmel es zulässt, wird sich aus tausendjährigem Elend die Große Mutter wieder erheben und die Menschen in ihrem Schoß versammeln.«

»Möge der Tag fern sein«, brummte Midian. »Und was soll ich bei der Sache tun? Das Geisterreich der Weiber stürze ich mit Freuden!«

»Ich weiß. Aber du musst Wissen erwerben. Ein Wegelagerer kann nicht die Welt verändern.«

»Bin ich denn nicht längst das Werkzeug deiner Rache?«

»Nein«, entgegnete Atargatis eisig. »Was ihr tut, ist das Austoben einer wilden Affenhorde und der Rache einer Göttin nicht angemessen. Armselig ist es, einige unwichtige Dörfer zu zerstören und ein paar Kaufleute aufzuschlitzen, wer fragt nach ihnen? Nicht einmal König Kyaxares oder Nabupolassar haben es für nötig gehalten, euch entgegenzutreten, weil ihr wie Fliegen auf ihrem Kuchen seid. In jedem Krieg werden mehr Menschen getötet, als die Schwarzen Wölfe jemals töten werden.«

»Nun, was erwartest du?«, fragte Midian unwillig. »Man kann nicht die ganze Menschheit ausrotten, es sei denn, man risse die Sonne vom Himmel und setzte die Erde mit ihr in Flammen. Doch wenn deine Göttin dazu nicht imstande ist, was soll ich geringer Sterblicher dann tun?«

»Es ist nicht das Ziel meiner Rache, die Menschheit auszurotten. Sie muss leiden unter der männlichen Herrschaft, damit sie die Blindheit von ihren Augen tut, das Gift wegschüttet und das Heil ergreift. Das Göttliche ist groß nur in der Frau. Die Form des Weibes ist das Fundament der Welt. Alles Männliche geht aus ihr hervor. Im Weib liegt alles, was in der Welt sich regt, und es gibt keinen Zustand, der dem des Weibes überlegen wäre.«

»Ich glaubte manchmal, ich sei anmaßend«, stieß Midian betroffen hervor. »Aber deine weibliche Überheblichkeit nimmt größenwahnsinnige Züge an.«

»Der weibliche Größenwahn wird nur noch übertroffen durch männlichen Zerstörungswahn«, erwiderte Atargatis kühl.

»Du bist es doch, der die Welt zugrunde richten will!«, erwiderte Midian gereizt.

»Nein, nur bestrafen. Das Gift befindet sich bereits in der Welt. Du sollst dafür sorgen, dass es sich wie eine Seuche verbreitet und nicht ungenutzt in kleinen Rinnsalen versickert.«

»Wieder redest du in undurchsichtigen Worten«, sagte Midian ungehalten. »Ich weiß zu töten, von Weiberlist verstehe ich nichts.«

Atargatis seufzte. »Semron hat viel verdorben. Du vermagst dich nicht in großen Gedanken zu bewegen. Nur, ob dem nächsten Opfer das Hirn aus dem Schädel spritzt, ist dir wichtig.«

»So ist es! Töten schenkt Macht!«, entgegnete Midian aufbrausend. »Wenn du mich nicht als Henker brauchst, wozu dann? Zerstören die Männer am Ende nicht ohnehin die Welt? Weshalb überlässt du nicht die Welt ihrem Schicksal?«

»Weil das Schicksal nur durch die Menschen wirken kann, du Narr! Nichts geschieht von allein, jeder ist ein Werkzeug!«

»Vielleicht bin ich aber ungeeignet dazu«, giftete Midian. »Zu barbarisch, zu ungebildet, einfach dumm, nicht wahr? Ich bin schließlich nur ein unwichtiger Mann.«

Atargatis berührte die Peitsche. »Du sprichst wie ein Narr. Muss ich dich erst züchtigen, bis der Schmerz dich zur Vernunft bringt?«

»Das wagst du nicht, ich bin dein Sohn und deine Hoffnung.«

»Ich schlage dich tot und weine dir keine Träne nach«, erwiderte sie eisig. »Wenn ich dich wie eine Mutter lieben soll, musst du dich zuerst als guter Sohn erweisen. Ja, du bist dumm, denn du verleugnest deine eigene Göttlichkeit, die dir durch Anath verliehen ist.«

»Ich wäre gern ein Gott, warum auch nicht?«, höhnte Midian.

»Aber leider bin ich weder unsterblich noch allmächtig.«

»Allmächtig ist nicht einmal das Schicksal, selbst das ist dem Weltengesetz unterworfen. Und Unsterblichkeit ist eine männliche Kopfgeburt, eine Illusion, die der Mann an die Stelle der Gebärfähigkeit setzen möchte. Die wahre Unsterblichkeit liegt in der Wiedergeburt der Seele.«

Midian zuckte die Schultern. »Wiedergeburt? Seelenwanderung? Ich bin sehr sachkundig auf dem Gebiet der Seele. Ich treibe sie durch Folter und Wahnsinn aus, aber ich selbst glaube nicht an sie.«

»Weil du an nichts glaubst. Ein anmaßender Fehler. Menschen vergehen und werden wiedergeboren. Wie ein Same ruht der göttliche Funke oft lange, bis er durch die Hoffnungen der Menschen erneut das Licht der Welt erblickt. Was würdest du dazu sagen, wenn du in den letzten tausend Jahren bereits zweimal gelebt hättest?«

»Ich würde über solchen Unsinn lachen.«

»Möchtest du nicht trotzdem wissen, wer du warst?«

»Ist vielleicht ganz amüsant, das zu erfahren.«

Atargatis lächelte milde. »Du Ungläubiger! Beide Male warst du ein König. Beide Männer waren nicht durch ihre Geburt Könige, sondern durch ihren Verdienst. Beide waren stark und schön. Sie waren klug, und beide wurden von gefährlichen Leidenschaften beherrscht.«

»Wie tröstlich, dass mein Hintern wenigstens in der Vergangenheit einen Thron unter sich spüren durfte«, spottete Midian. »Beim dritten Mal bin ich ziemlich tief gesunken: vom König zum Gesetzlosen.«

»Das wurdest du nur, weil Semron dich geraubt hat. Das göttliche Erbteil jedoch erhebt dich über alle Menschen. Dein Verdienst wird es sein zu vollenden, was jene Männer begannen.«

»Prächtig.« Midian grinste. »Nach deinen Worten bin ich schon der Herrscher der Welt, doch in Wahrheit ist mein Leben keinen Kupferschekel wert, wenn mich des Königs Häscher fangen. Nabupolassar würde deinen göttlichen Sohn ohne Bedenken im eisernen Korb schmoren.«

»Dazu wird es nicht kommen, wenn du klug bist und auf mich hörst.«

»Ich wäre gern ein mächtiger Mann, ein König, ein Gott, aber ich will mich nicht zum Narren machen. Sag mir mehr über jene sagenhaften Könige, deren Wiedergeburt ich angeblich bin.«

»Da war der Herrscher von Uruk, sein Name war Gilgamesch. Er vollbrachte große Taten, sein Herz war edel, doch ungestüm sein Begehren. Als die Menschen ihre Hütten noch aus Stroh flochten, baute er eine gewaltige Stadt und umgürtete sie mit einer starken Mauer. Sie bot den Menschen Schutz, und er ließ ihnen Gerechtigkeit widerfahren. Seine Gegner bezwang er, gegen die Besiegten war er großmütig, Feinde machte er zu Freunden.«

»Ein wahrer Menschenfreund«, brummte Midian. »Und wie hielt er es mit den Weibern – ich meine mit den Frauen?«

»Gilgamesch war noch aufgewachsen im Schatten der Großen Göttin, doch als er zum Mann wurde, begann sich das Gleichgewicht langsam zugunsten der Körperkraft, der Gewalt, des männlichen Heldentums zu verlagern.«

Midian lächelte selbstgefällig. »Ich habe also das schändliche Weiberjoch beseitigt?«

»So darfst du es auffassen. Gilgamesch war sehr stolz. Damals begehrte ihn die Göttin Inanna, denn er war der Schönste aller Sterblichen, doch er wandte sich einem Mann zu: Enkidu, der aus der Wildnis gekommen war, wo er zusammen mit den Tieren des Feldes gehaust hatte. Anfangs waren sie Gegner, und sie kämpften miteinander. Gilgamesch besiegte ihn, doch Enkidus rohe Kraft weckte seine dunklen Leidenschaften. Er schloss ihn in sein Herz, und diese Freundschaft galt ihm mehr als die Liebe der Göttin. Derart zurückgewiesen, wandelte sich Inannas Liebe in Hass, und sie versagte den Menschen ihre Güte, welche rohe Kraft der Liebe vorzogen.«

»Und was wurde aus Gilgamesch?«

»Inanna schickte den Himmelsstier auf die Erde, der verwüstete die Felder vor Uruk. Gilgamesch und sein Freund nahmen mutig den Kampf mit ihm auf, doch sein Freund wurde dabei getötet. Gilgamesch war untröstlich. Über den Verlust seines Freundes verlor er fast den Verstand, und Inanna weidete sich an seinem Kummer. Von nun an bestimmten Angst und Hoffnungslosigkeit das Leben des einst so strahlenden Helden, denn die Rache der Göttin war furchtbar. Rastlos trieb es ihn umher, der Verlust des Freundes hatte Todesfurcht in sein Herz gesenkt: Muss auch ich einst dahingehen wie er, fragte er sich, kalt und tot daliegen, bis die Würmer mich fressen? Bleibt nichts von meiner Herrlichkeit? Ist alles Erdendasein vergebens und gleicht dem Staub in der Wüste?«

Midian sah sie gespannt an, und Atargatis fuhr fort: »Gilgamesch konnte sich nicht abfinden mit dem Schicksal, sterben zu müssen wie jeder Mensch. Er hatte schon viele dahingehen sehen, doch erst, als der Tod nach seinem Freund gegriffen hatte, nahm er ihn zur Kenntnis. Von den Mondpriestern erbat er sich ewige Jugend, Schönheit und Stärke, doch sie konnten ihm nicht helfen.«

»An die Göttin hat er sich nicht gewandt?«

»Nein, das wagte er nicht, aber auch sie hätte ihm nicht helfen können, denn jedes Menschen Schicksal ist der Tod, so ist das Gesetz der Welt. Gilgamesch aber meinte, das Gesetz gelte nur für andere, nicht für ihn selbst. Und als er eifrig überall nachforschte, erfuhr er, dass es ein Menschenpaar auf Erden geben solle, das unsterblich sei.«

Midian lächelte spöttisch. »Er kann es nicht gefunden haben, sonst würde Gilgamesch heute noch leben, und ich müsste nicht als seine Wiedergeburt herumlaufen.«

»Und doch hat er es gefunden, du Spötter. Utnapischtim und sein Weib Zinsudra lebten noch vor der großen Flut, und sie werden weiterleben in allen kommenden Welten und Zeitaltern. Doch sie sind den Blicken verborgen, denn das Geheimnis der Unsterblichkeit darf nicht in Menschenhände geraten.«

»Gilgamesch fand sie dennoch?«

»In jenen Zeiten waren Himmel und Erde noch nicht so weit entfernt voneinander wie heute. Dinge konnten geschehen, die nimmermehr geschehen werden. Ja, Gilgamesch fand die Insel Tilmun, auf der das Paar lebte. Und weil es gütige Menschen waren, verrieten sie dem so flehentlich Bittenden nach einigem Zögern, wo das Kraut der Unsterblichkeit wuchs.«

Midian räusperte sich. »Ach! Nie hätte ich gedacht, dass Unsterblichkeit so wohlfeil sei. Man muss sich nur bücken und sie abpflücken.«

Atargatis lächelte. »Und man muss sie suchen. Nur Gilgamesch war bestimmt, sie je zu finden, denn er war größer als alle Menschen zuvor. Gilgamesch fand das Kraut, und er nahm es an sich. Auf dem Rückweg in seine Stadt rastete er an einem Fluss und schlief ein, doch Inanna schlief nicht. Aus dem Schlamm des Flusses schuf sie eine Schlange, die sich um den Schlafenden ringelte und ihm das Kraut raubte. So verlor der Mensch seine Unsterblichkeit im Schlaf.«

»Wie hinterlistig und rachsüchtig!«, schimpfte Midian. »Wenn es nicht nur ein Märchen wäre, müsste ich dir ernsthaft zürnen, denn wer sonst verbirgt sich hinter Inanna als deine Anath? Missgunst, Eifersucht und Neid trieben sie, keine edlen Beweggründe. Weshalb trat sie Gilgamesch nicht mutig entgegen und hat das Kraut von ihm gefordert? Hätte sie ihm standhalten können? Nein, heimtückisch, wie nur Frauen sind, hat sie ihn im Schlaf bestohlen.«

»Seine Schuld, weshalb schlief er!«

»Ein Mensch muss doch auch einmal schlafen!«

»Ja, und ein Mensch muss auch einmal sterben! Wer sich die Unsterblichkeit anmaßt, muss allen menschlichen Bedürfnissen entsagen, Schlaf darf er nicht auf seine Lider senken lassen, Trank und Nahrung kann er entbehren. Gilgamesch aber war ein Mensch, den hungerte und dürstete, den die Müdigkeit übermannte. Siehst du nun, wie lächerlich es für den Menschen ist, nach Unsterblichkeit zu streben?«

»So habe ich es noch nie betrachtet«, gab Midian zu. Er kratzte sich am Kopf. »Dann habe ich wohl auch nichts Besseres zu erwarten als jener Gilgamesch?«

»Dein Körper ist dem Verfall unterworfen, deine Seele aber wird weiterleben.«

Midian nickte. »Ja, ja, das sagtest du schon, und unterhaltsam war die Geschichte von Gilgamesch auch, aber noch immer hast du nicht beweisen können, dass er und ich dieselbe Person sind.«

»Du forderst schnöde Beweise! Wenn du nicht selbst spürst, dass seine Seele in dir weiterlebt, ist alles vergeblich. Doch selbst, wenn es nicht so wäre, so ist es doch eine lehrreiche Geschichte, die den Grundgedanken aufgreift, von dem ich sprach.«

Midian verzog spöttisch die Mundwinkel. »Ich wusste es. Es ist also nur eine Legende, die mich in der Spur halten soll. Was ist mit dem zweiten König?«

»David? O, er glich dir weit mehr als Gilgamesch. Er liebte die Frauen, aber nur im Bett, und wenn sie sich weigerten, scheute er auch vor Gewalt nicht zurück. Seine Herrschaft war nahezu ohne weibliche Züge. Eroberungen, Plünderungen, Mord und Vernichtung brachten ihn an die Macht. Bevor er König von Israel wurde, lebte er wie du von Raub und Mord und diente dem Feind seines Volkes, einem Philisterfürsten, als Söldner. Moral schätzte er nur, wenn sie ihm diente, seinen Feinden gegenüber war er erbarmungslos, und er bediente sich rücksichtslos der Priester, wenn es darum ging, die Bewohner einer feindlichen Stadt bis auf den letzten Säugling auszurotten und es gleichwohl als gottgefällige Tat zu preisen.«

»An seine Wiedergeburt will ich eher glauben, der Mann hatte bereits ein Wolfsherz wie ich.«

»Ja, in seiner Jugend war er dir gleich, doch im Alter wurde er weiser. Er hielt die Stämme seines Volkes zusammen, er machte annehmbare Gesetze und regierte mit Weitblick, Schläue, Härte und Güte. Das Volk liebte ihn, seine Feinde fürchteten ihn, und weil sie ihm zu Füßen lagen, schonte er sie. Er liebte Musik und Tanz, nicht nur den Schwerterkampf. Er zeigte Größe, und er verlor sich in kleinlicher Bosheit, er war grausam und großmütig. Die Herrschaft des Mannes war schon gefestigt, aber manchmal erhellte ein schwacher Abglanz der Muttergöttin sein Gemüt, während deins, wie es scheint, völlig verfinstert ist, Midian.«

Der zuckte die Achseln und murmelte etwas vor sich hin.

Seine Mutter hob die Augenbrauen. »Du brauchst dich vor mir nicht zu rechtfertigen. Zartbesaitet will ich dich nicht, denn dann würdest du nicht zum Werkzeug der Rache taugen, der Rache einer sterbenden Parwati, einer vergessenen Durga, einer ungeliebten Aschera, einer entthronten Ischtar, einer vergehenden Kybele. In dir soll sich die dunkle Seite der Himmelsgöttin offenbaren. Kali, die Schwarze, Anath, die Grausame, werden triumphieren!«

»Mir genügt es, wenn ich triumphiere. Und nachdem du mir von zwei Königen erzählt hast, möchte ich jetzt erfahren, wann ich selbst zur Macht gelange!«

»Was empfindest du wirklich für Joram?«, fragte sie unvermittelt, ohne auf Midians Anliegen einzugehen.

»Joram ist mein Freund. Und ich warne dich ...«

»Schon gut. Möglicherweise wurde der Hebräer auch vom Schicksal berufen. Vertraust du ihm?«

»Wie mir selbst.«

»Oh, dann ist es eine wirkliche Freundschaft so wie die von Gilgamesch und seinem Freund Enkidu. Sieh dich vor, dass du dich nicht an ihn verlierst.«

»Ich bin jederzeit Herr meiner Gefühle«, erwiderte Midian ärgerlich. »Ich würde Joram nur ungern verlieren, aber wenn es geschieht, wird mich das nicht um meinen Verstand bringen.«

»Gut. Denn in Juda liegt das Drachenei verborgen, das bald schlüpfen wird. In Jerusalem keimt langsam, aber unaufhaltsam die Saat, die David säte, und wenn sie aufgeht, wird sie der Welt für lange Zeit die Dunkelheit bringen. Die verblendeten Menschen aber werden sie Zeit des Lichts nennen. Denn das ist das Teuflische an dem Gift: dass nur wenige es als Gift erkennen werden. Es funkelt wie Wein, und es gleitet wie Honig, aber es vermag die erhabensten Ideen, die edelsten Gedanken, die besten Absichten ins Gegenteil zu verkehren. Und wer glaubt, Blumen zu pflücken, der wird Skorpione in den Händen halten.«

»In Juda?«, wiederholte Midian verächtlich. »Soweit ich unterrichtet bin, ist das ein winziger, unbedeutender Flecken. Wäre nicht Joram, ich hätte nie davon gehört. Wer kennt schon jenes Nomadenvolk? Wer kennt seine Könige? Ist es nicht ein assyrischer Vasall?«

»Du sprichst von ihren Königen und hast ihren Gott vergessen. Jahwe, der Unsichtbare, der Weltenschöpfer, dessen Namen man nicht aussprechen darf.«

»Joram sprach von ihm«, sagte Midian schulterzuckend. »Aber er hat keine Macht, denn Joram spuckte auf sein Heiligtum, das von zwei goldenen Engeln bewacht wird, und Jahwe rächte sich nicht.«

»Was hast du erwartet? Götter wohnen nicht im Himmel, sondern in den Sehnsüchten der Menschen. Die Idee Jahwes lebt, und sie ist gefährlich. Seine Priester, die Leviten, sind kluge Köpfe und nicht zu unterschätzen. Als die Hebräer noch mit ihren Herden durch das Land zogen, beteten sie zu vielen Göttern, und ein Stamm unter ihnen verehrte Jahwe, einen großen Streiter, der sich in Sturm und Gewittern offenbarte. Ein Stamm, dessen Namen du trägst: die Midianiter. Moses, einer ihrer Führer, ein unbarmherziger Mann, nahm eine Frau aus diesem Stamm. Ihn betrachten die Leviten als ihren Ahnherrn. Sie erkannten rasch, dass es nicht gut war, Jahwe mit anderen Göttern zu teilen. Wenn alle Stämme denselben Gott anbeteten, förderte das den Zusammenhalt des Volkes und kam seinen Dienern zugute, die von den Gaben lebten, die man ihm brachte.«

»Wie wahr!«, stimmte Midian zu, »doch auf diesen Einfall sind nicht nur die Leviten gekommen. Überall sind die Priester fett, weil sie in Opfergaben schwelgen, die persischen Feueranbeter ebenso wie Marduks Drachenwächter. Nur deine Priester sind recht mager. Nun ja, wer opfert schon auf dem Altar einer sterbenden Göttin?«

»Du, Midian. Du wirst mir deine finstere Seele zum Opfer bringen. Angst und Schrecken werden regieren, wo einst Tanz und Spiel waren, wo man frohe Lieder sang und Früchte darbrachte.«

Midian räusperte sich. »Du wiederholst dich mit deinen Hasstiraden. Noch sehe ich nicht, wie du mir das Schwert der Vergeltung in die Hand drücken willst. Muss ich mir dazu wirklich die Lebensgeschichte des hebräischen Volkes anhören?«

»Werde nicht ungeduldig. Sei klug und beherrscht, wie David es war. Zu seiner Zeit erhoben die Leviten den Feuergeist Jahwe in einer Anmaßung ohnegleichen zum Schöpfergott der Welt schlechthin und ebneten David den Aufstieg vom Hirten zum König. Sie verkündeten, dass Jahwe mit Israel einen Bund geschlossen und es dadurch auserwählt habe vor allen Völkern. Wer hört das nicht gern? Den israelischen Stämmen, die bis dahin ein armseliges Nomadenleben geführt hatten, klang es angenehm in den Ohren. Besagte es doch, dass die übrigen Völker Gottesfeinde waren und ihr Land unrechtmäßig besaßen. Es konnte sich daher nur um ein gottgefälliges Werk handeln, sie abzuschlachten und das Land für Jahwe in Besitz zu nehmen.«

»Natürlich!«, sagte Midian, »so denken wir auch auf Dur-el-Scharan. Die Schwarzen Wölfe allein gegen die Welt!«

»Ja, aber ihr seid ohne Glauben und ohne Priester.«

»Wir glauben an Belial.«

»Nein, ihr benutzt seinen Namen, um euren Schandtaten eine

dämonische Ausstrahlung und göttliche Rechtfertigung zu verleihen. Zusammen hält euch nur die Verzweiflung, denn ihr seid Ausgestoßene.«

»Dann mach du uns zu Herrschern dieser Welt!«

»Du hältst die Welt in deiner Faust, wenn du die Priester beherrschst. Ich weiß, du magst sie nicht, aber sie sind ein besseres Werkzeug auf dem Weg zur Macht als jedes Schwert.«

»Du meinst, weil sie auch David dazu verholfen haben?«

»Ja. Und es gelang ihnen nicht nur, Könige zu machen; sie machten aus einem Gewittergeist den Schöpfer der Welt. Jahwe ist ein Gott der Schlachten, daran ist nichts Besonderes. Jedes Volk hat seinen Kriegsgott, aber Jahwe übertrifft in seiner Unbarmherzigkeit sogar die blutige Gottesvorstellung der Assyrer von der Weltherrschaft Aschschurs. Zudem verehren jene auch die Weiblichkeit im Kult der Mylitta. Der hebräische Gott jedoch ist die Verkörperung des vermännlichten Denkens in seiner reinsten Form. Nur Israel kennt keine weiblichen Priester, niemand verflucht und verdammt den Kult der Ischtar, der Aschera, der Anath so nachhaltig wie die Jahwepriester. Männlichkeitswahn und Männlichkeitsdünkel haben sich nirgendwo besser gefestigt als in diesem unsichtbaren Gott.«

Atargatis atmete heftig vor Erregung, und Midian fragte: »Soll ich die Leviten für dich töten? Dann verschwindet dieser Jahwe wieder in der Versenkung.«

»Nein, du Narr! Leben soll er, leben! Seine Herrschaft soll die Menschen heimsuchen wie die schwarze Pest.«

»Jahwe? Ich sehe nicht, wie er der Menschheit schaden könnte. Wer glaubt schon an ihn außer den Hebräern? Und wer fragt nach ihnen? Ist nicht Babylon groß, wo Marduk herrscht, wird nicht überall Baal verehrt? Und überall verbreitet sich die persische Lehre von dem Lichtgott Ahura Mazda. Was fragst du nach diesem Jahwe? Geh hinaus auf die Dörfer, niemand wird ihn kennen.«

»Und doch ist es ihm beschieden, die Welt zu beherrschen. Alle Götter, die du genannt hast, sind heute groß, aber sie werden zerfallen, niemand wird sie mehr kennen. Marduk, Baal, Aschschur, Ahura Mazda, sie werden keinen Platz mehr haben im Götterhimmel, wo allein Jahwe regieren wird. Wahrlich, ein Gott, den die Menschheit verdient hat! Und du wirst dafür sorgen, dass er seinen Siegeszug über die Welt antreten kann. Unter seinem Joch wird die Welt stöhnen, dass es die Himmelsfeste erschüttert, doch mein Herz wird jauchzen und frohlocken dabei, denn nichts kommt der Rache in ihrer Süße gleich.«

Midian lächelte. »Du bist wirklich eine bemerkenswerte Frau. Wären alle Frauen wie du, dann wehe den Männern!«

Atargatis streifte Midian mit einem flüchtigen Blick der Trauer und Zärtlichkeit, jedoch nur für einen Augenblick, dann wurde er wieder kühl. »Glaub nicht, ich sei den gleichen furchtbaren Leidenschaften verfallen wie du. Meine Rache soll die Menschheit nicht strafen, sondern sie von ihrer Verblendung heilen, und wenn ich das nicht täte, weil ich Mitleid mit den Menschen hätte, so würde das Schicksal andere Wege finden.«

»Hast du denn Mitleid?«, fragte Midian verächtlich.

»Das Erbarmen ist eine Urkraft der Muttergöttin, aber für lange Zeit muss es schweigen.«

»Ich hoffe, es schweigt für immer«, sagte Midian roh, »denn ich verachte es. Man sollte es von der Erde tilgen.«

Atargatis schüttele den Kopf. »Du beherrschst Folter und Mord, lerne künftig, auch auf feineren Instrumenten zu spielen. Verachte die Schwäche an dir, doch begrüße sie bei anderen, denn sie öffnet dir das Tor zu ungeahnten Freuden.«

»Ich weiß!«, stieß Midian schwer atmend hervor, »ich habe bereits auf solchen Instrumenten gespielt, aber du vermagst ihnen noch süßere Klänge zu entlocken.«

»Ja, und wenn du das begriffen hast, wirst du mit deiner Affenhorde nicht mehr wahllos morden, denn Tote kennen keine Verzweiflung mehr. Willst du ihnen das Leid der Welt ersparen?«

»Ich – nein«, gab Midian zu. »Aber soll ich künftig darauf verzichten, Kehlen durchzuschneiden und Schädel zu spalten? Der Spaß mag kurz sein, aber ich habe weder Zeit noch Lust, die Leute jahrelang dabei zu beobachten, wie sie unter Jahwe leiden.«

»Du kannst immer nur wenige töten, und der Spaß sei dir gegönnt, aber alle anderen sollen das Gift schlucken. Die Menschen sollen sich selbst vor der Ewigkeit fürchten. Wer die Gesetze im Leben übertritt, büßt sie mit endloser Qual noch im Jenseits.«

Midian winkte ab. »Die Perser glauben an eine solche Hölle, doch ich habe sie als furchtlose Männer kennengelernt, die nicht den Eindruck machten, als beschwere sie unsägliches Leid.«

»Die Hölle der Perser, ja.« Atargatis' Augen funkelten. »Die Tschinvatbrücke aus glühendem Metall im Reiche der Drug, wo Karpan und Kavi die Seelen ängstigen. Weißt du, dass den Jahwepriestern eine Hölle fremd ist? Und ist das nicht bedauerlich? Eine so erlesene Hölle, wie sie sich die Feueranbeter ausgedacht haben, sollte jedem offenstehen, findest du nicht? Vereint mit den unhaltbaren Geboten der Leviten, wird kaum ein Mensch die Möglichkeit haben, ihr zu entfliehen. Gute Taten allein werden nicht genügen, um das Paradies zu erlangen, nur ein Leben in Mühsal, Pein und Qual wird den Weg dorthin ebnen.«

»Und weshalb ist es bei den Persern nicht so?«

»Weil erst die Verbindung beider Religionen die rechte Mischung bringt, verstehst du? Das Vermengen der richtigen Zutaten zeichnet die Giftküche aus, und glaub mir, die Hölle der Perser wird nur eine Zutat von vielen sein. Nimm aus jedem Götterglauben das Finsterste, das Abwegigste und schaffe dann einen völlig neuen Glauben! Einen Glauben, dem alle Völker anhängen werden, weil er wie ein tröstliches Licht den Weg zu weisen scheint, doch in Wahrheit das höllische Feuer ist. Aus einem Korb mit köstlichen Früchten wird die Menschheit giftige Kröten herausziehen. Und dann, eines Tages, werden sie diese Männerherrschaft verfluchen und zur Muttergöttin zurückkehren, weil sie dann erkennen werden, was sie an ihr verloren haben.«

Midian sah missmutig drein. »Das Ziel gefällt mir, doch bis ein neuer Glaube heranreift und allen Menschen die Atemluft abdrückt, werden Jahrhunderte vergehen, selbst wenn dein Plan sich verwirklichen lässt, was ich bezweifle.«

»Du wirst schon bald Macht erlangen, Midian, Macht über die Seelen der Menschen, und du wirst sehen, wie sie deinen Verführungen erliegen. Lust wirst du schöpfen aus ihrer Blindheit und aus dem Wissen um ihre trostlose Zukunft, deren Schöpfer du sein wirst. Bald wirst du, ein Gesetzloser, mit den Mächtigen dieser Welt spielen. Könige und Priester werden an deinen Lippen hängen, und wer mit ihnen spielt, ist Gott.«

Midian lächelte ungläubig. »Ich werde mit Nabupolassar also spielen, he? Er wird mich nicht rösten, sondern mir seine Seele verkaufen.«

»Nabupolassar ist unbedeutend. Wesentlich mehr Augenmerk verdient sein Sohn, aber davon später. Ich sehe, du glaubst mir nicht.«

»Ich bemühe mich, dir zu glauben, denn du verheißt mir ein aufregendes Leben, so wie ich es schätze. Auf der anderen Seite aber redest du von Dingen, die nur Priester begreifen können. Vielleicht bin ich nicht der Mann, den du brauchst, vielleicht bin ich zu misstrauisch und zu ungebildet. Ich habe bisher ein wildes Leben geführt und würde nicht einmal wissen, wie man sich bei einer Audienz des Königs verhalten muss.«

»Du hast doch deinen Freund Joram. Er ist gebildet und der Sohn eines Priesters. Er wird dir alle Wege ebnen, ohne dass du strauchelst. Und du wirst schnell lernen.«

»Welche Wege? Soll ich die Schwarzen Wölfe verlassen?«

»Ist die zugige Festung Dur-el-Scharan dein Lebenszweck? Es ist an der Zeit, dass du aus dem Nest krabbelst und die Welt siehst. Bisher hast du dich abseits durch die Büsche geschlagen und hin und wieder ein Wild gerissen. Frag Joram, ob er nicht lieber mit dir nach Juda geht.«

»Nach Juda? Ich soll nach Juda gehen?«

»Nach Jerusalem, ja. Sagte ich nicht, dass dort die Drachensaat keimt?«

»Aber Joram darf nicht dorthin zurückkehren, er hat gegen seinen Gott gefrevelt und wurde verstoßen. Wenn er zurückkommt, steinigen sie ihn, das hat er mir gesagt.«

»Keine Sorge. Joram wird von Hilkija, seinem Vater, mit offenen Armen aufgenommen werden, wenn er von euren Plänen erfährt.«

»Von unseren Plänen? Ich habe keine Pläne mit diesem Hilkija.«

»Aber das Schicksal, mein Sohn.«

»Darf man darüber Näheres erfahren?«

»Das Schicksal verrät seine Pläne nicht, es lässt sie reifen. Geh mit Joram nach Juda, alles andere wird sich finden. Und wenn du noch zweifelst, so denk an deinen Traum.«

»Was weißt du von meinem Traum?«

»Träumtest du nicht von meiner Stadt?«

»Wie kannst du davon wissen?«, stieß Midian hervor.

»Du musst mir meine Geheimnisse lassen.«

Midian starrte seine Mutter an. »Beinah möchte ich dir glauben, dir vertrauen. Du besitzt Wissen und Klugheit und große Willensstärke. In meinem Traum war aber nicht alles so, wie ich es hier vorfand. Das Tor führte nicht in einen Tempel, sondern in einen Erdhügel, und vor dem Tor stand ein Engel mit einem Flammenschwert.«

»Der Erdhügel weist auf das Innere der Erde, wo sich die Menschen die Hölle vorstellen, obwohl sie nur in ihren Herzen existiert. Der Engel ...« Atargatis' kühler Blick wurde unsicher.

Midian spürte ihr Zögern und zog die Stirn kraus. »Er trug den Mardukdrachen auf dem Gürtel. Dient er Nabupolassar? Lebt er in Babylon? Ist er mein Gegner? Was habe ich von ihm zu erwarten? Streng deine Schwingungen an! Kann er mir gefährlich werden?«

»Er ist – eine mächtige Kraft, die meine Pläne durchkreuzen könnte.«

»Warum? Ist er ein mächtiger Herrscher? Verfügt er über große Macht? Was ist das für eine Kraft?«

»Die menschliche Vernunft. Wenn sie siegt, dann fallen alle Götter, dann schwindet der unheilvolle Einfluss der Priester, dann stürzt Jahwe, dann wird das Schreckensregiment des Mannes nicht aufgerichtet.«

Midian stieß ein ärgerliches Schnauben aus. »Vernunft! Heißt das, ich diene der Unvernunft? Ich halte mich für sehr vernünftig. Es ist eine gute, eine männliche Kraft.«

»Nein, diese Art von Vernunft ist nicht an das Geschlecht gebunden. Wenn sie siegt, sterben Göttinnen und Götter, dann leben Männer und Frauen nach ganz neuen Regeln zusammen. Mit jenem Engel dämmert ein neues Zeitalter herauf, das mit den Mächten der Finsternis im Kampf liegen wird. Doch dafür ist die Zeit noch nicht reif. Zuerst musst du dafür sorgen, dass der dumpfe Aberglauben den Sieg davonträgt. Denn nur mit der Wiederkehr der Muttergöttin kann der Vernunft der Weg bereitet werden.«

»An mir soll es nicht liegen«, brummte Midian. »Sein Flammenschwert wird an Belials Schild zerschellen. Sollte ich ihm begegnen, bringe ich ihn um.«

»Euer Kampf wird nicht mit Waffen ausgetragen. Mit dem Schwert kannst du keinen lebendigen Gedanken töten.«

»Was soll ich dann tun?«

»Deine dunklen Kräfte müssen mit ihm ringen, sich mit ihm messen. Aber sei wachsam! Dabei kann er dich zu Fall bringen.«

»Geschwätz! Er kann mich nicht überwinden! Ich ringe selbst mit den Teufeln der Unterwelt, wenn es sein muss.«

»Er ist stärker als jene, denn er hat das Flammenschwert, Midian. Das ist kein gewöhnliches Schwert, es ist das Symbol für das verzehrende Feuer der Liebe und das strahlende Licht der Vernunft. Er wird dich begehren, wie der sonnendurchglühte Tag sich verzehrt nach der Kühle der Nacht. Und wenn du seine Liebe erwiderst, hast du den Kampf verloren.«

Midian lächelte abgründig. »Also Belials singender Knochenspeer gegen seinen feurigen Strahl! Den Kampf nehme ich auf!«

»Ja«, murmelte Atargatis, »aber es ist weise, den Gegner nicht zu unterschätzen, und du tätest gut daran, ihn zu meiden, wenn du ihm begegnest. Jedoch ich fürchte, das Schicksal wird hier nicht mit sich reden lassen.«

»Sei unbesorgt!«, beruhigte sie Midian. »Im Traum entriss ich ihm seinen Schild, und er verschwand spurlos. Ist das nicht ein gutes Zeichen?«

Atargatis schwieg.

»Glaubst du, ich verliebe mich in den Mann, der meinen Zielen im Weg steht?«, fuhr Midian erregt fort. »Ich liebe nur Joram, aber der ist ein Schwarzer Wolf.«

»Du hast noch nie geliebt«, erwiderte Atargatis verächtlich. »Und nun meinst du, für alle Zeit gegen dieses Gefühl gefeit zu sein? Glaubst du denn, du kannst der Liebe, wenn sie dich erfüllt, noch befehlen, nach Freund und Feind zu unterscheiden?«

»Ich bin Herr meiner Gefühle! Soviel habe ich auf Dur-el-Scharan gelernt!« Midian ballte die Faust. »Ich bringe dir sein zuckendes Herz und quetsche seine Liebe heraus! Ich zerre ihn an den

Haaren herbei und demütige ihn vor deinen Augen, bis seine Vernunft verdampft!« Midians Augen flammten, hitzige Röte stieg in seine Wangen, und er schüttelte sein langes Haar in den Nacken.

Da sah ihn Atargatis seltsam an und lächelte. »Dein Dämon will heraus, er will kämpfen bis zur Erschöpfung, nicht wahr?«

Midian sprang auf und legte beide Hände an seinen Gürtel. »Ich wünsche mir den Kampf jetzt, ja!«

Atargatis lächelte. »Wie schön du bist in deiner Kampfeslust. Schenk mir deine unbändige Kraft! Umarme mich!«

»Was?« Midian schoss das Blut zu Kopf. »Als ich Zamoran für dich sein wollte, hast du dich geweigert.«

Sie zuckte die Achseln. »Wir mussten uns erst kennenlernen, und unser Gespräch stand am Anfang. Jetzt weiß ich, dass du sein würdiger Nachfolger sein wirst. Endlich darf sich Inannas ungestillte Liebe zu Gilgamesch erfüllen. Midian, Midian, seit ich von dir träumte, erwache ich jede Nacht schweißgebadet und stöhne vor Einsamkeit, weil du nicht an meiner Seite bist.«

Midian zögerte. Am Anfang des Gespräches war seine Mutter ihm noch fremd gewesen, doch inzwischen ...

Atargatis bemerkte sein Schwanken »Du hast Bedenken? Bist du nicht ein Gesetzloser? Stehst du nicht über der lächerlichen Moral von Menschen und Göttern? Es ist ein uraltes Mysterium, dass der Sohngeliebte eintaucht in den Schoß der Mutter.«

»Aber das ist verrückt!«, stieß Midian hervor. »Unermüdlich erzählst du mir, wie sehr du die Männer verachtest. Ist das vielleicht eine Prüfung? Willst du meine Standfestigkeit erproben?«

»Du hast natürlich nicht zugehört, ungeratener Sohn«, erwiderte Atargatis mit einem Lächeln, das sanft war wie das Fallen eines Rosenblatts. »Habe ich nur einmal erwähnt, dass ich sie im Bett nicht schätze? Wenn Männer eine Daseinsberechtigung haben, dann die, mit ihrer Männlichkeit eine Frau zu beglücken. Du bist der Sohn der Meisterin. Zeig mir, dass du deine Mutter in der Kunst noch übertriffst.«

Midian wurde rot wie ein Mädchen. »Bei der höllischen Finsternis!«, stöhnte er. »Meine Begierde ist wie ein Orkan, aber ich darf dich nicht berühren. Du kennst meine Schwäche.«

»Du wirst nicht versagen, wenn du mit der Dienerin der Anath schläfst, Midian.« Atargatis erhob sich, und ihr Schuppenkleid raschelte. Ihre Hände öffneten geschickt seinen Gürtel, und ihre Nähe brachte Midian fast um den Verstand.

»Du Ärmster«, flüsterte sie, als ihre Hände das ertasteten, was sie gesucht hatte. »Hast du diesen furchterregenden Pfeiler die ganze Zeit hochhalten müssen?«

Midian riss ihr mit einem Schrei das Kleid vom Leib, und die goldenen Schuppen tanzten wie Perlen über den Fußboden. Sie war nackt darunter, und der Schimmer ihres Leibes glich dem kühlen Licht des Mondes. Als er sie trunken vor Begierde auf den Diwan werfen wollte, glitt sie ihm geschmeidig aus den Armen, und er strauchelte, lachte, ließ sich fallen. Sie war über ihm, drückte ihn nieder, öffnete ihre Schenkel und ließ sich nieder auf seinen zuckenden Pfahl, um sich in unbändiger Lust durchbohren zu lassen, und ihr Haar löste sich unter ihrem rasenden Tanz, der ihre Brüste springen ließ wie junge Zicklein.

Midian stieß in den rasenden Körper mit der Kraft eines jungen Hengstes, sein Körper glänzte vor Schweiß wie flüssiges Gold, und er stöhnte wie ein verwundetes Tier.

Atargatis schrie und empfing aufschluchzend seinen warmen Strom. Dann warf sie sich über Midians erschöpften Körper und stieß ihm ihre Zunge in den Mund. »Nimm mich noch einmal, noch zehnmal! Midian, Geliebter! Hätte ich dich doch zur Errettung und nicht zum Fluch der Menschheit geboren!«

Midian verstand sie nicht, ihn schwindelte, in seinen Ohren rauschte das Blut.

»Nimm mich!«, stöhnte sie immer wieder, und er flüsterte: »Ich kann nicht.« Da glitt sie behänd zwischen seine Schenkel und erweckte mit ihren Lippen neu seine Kraft. Das Rad der Wollust begann sich erneut zu drehen, immer schneller, bis es brach.

Midian war völlig erschöpft und zitterte am ganzen Körper, während Atargatis frisch wie junger Tau lächelnd neben ihm saß, ihn streichelte und sagte: »Mein feuriger Stier, nicht einmal im Bett bleibt ihr Männer Sieger. Aber du hast dich wacker geschlagen.«

Midian wollte etwas Bissiges erwidern, aber er brachte nur ein Stöhnen zustande. »Fast möchte ich jetzt glauben, dass eine Göttin in dir wohnt. Nimm den Fluch ganz von mir, mit dem ich geschlagen bin.«

»Das kann ich nicht, Midian.«

»Aber weshalb habe ich bei dir nicht versagt?«

»Weil du dich hingegeben hast. Bisher hast du versagt, weil du in der Liebe herrschen wolltest.«

»Aber ich kann mich anderen nicht unterwerfen!«, schrie Midian.

»Dann wirst du mit deinem Fluch leben müssen. Du wirst nur lieben können, wenn du tötest.«

»Ist das nicht so, wie du mich haben willst?«

»Ja«, erwiderte sie rau. Midian sah sie an, sie war schön und sanft wie Jasminblüten auf einem Teich. Schon fühlte er seine Kraft zurückkehren und unbarmherzig pochen. »Lass mich die

Nacht bei dir bleiben!«, flüsterte er. »Deine Art zu lieben lässt mich rasen, lässt mich ohne Besinnung in deinen Armen.«

»Ich fände keine Ruhe ohne den Strom deiner Lust«, antwortete sie zärtlich und beugte sich zu ihm hinunter, um unter dem dichten Schleier ihres herabfallenden Haares aus der Quelle zu trinken.

16

Das Herz der Sklaven eroberte Elena im Sturm. Achylides hatte sich vorgenommen, mindestens drei Monate lang zu grollen. Es gelang ihm nicht drei Tage. Elena wusste ihn so lange zu necken, bis er lachen musste. Er schätzte es, dass sie überall mit anpackte, keine schlechte Laune kannte und dass sie seine Werkstatt nie unaufgefordert betrat und niemals dort aufräumte. Nein, Elena war nicht wie die anderen Frauen, die Achylides zu kennen glaubte.

Pheidon, der Asandros vergötterte, übertrug diese Gefühle auch auf seine Schwester. Zu Elenas Entsetzen hatte er sie als neues Opfer seines Füßeküssens auserkoren, das Asandros nie hatte würdigen können. Geschickt verstand sie es, Pheidon mehr Arbeit und Verantwortung zu übertragen; ihn dadurch glauben zu machen, er sei unentbehrlich und schon deswegen nicht dazu gemacht, anderen Leuten die Füße zu küssen. Manchmal strich ihm Elena über das Haar oder gab ihm einen Kuss auf die Wange, was Pheidon jedoch sehr unangenehm war, denn ihm zitterten jedes Mal so sehr die Knie, dass er eine Zeit lang zu keiner Arbeit fähig war.

Selbst Asandros fand, dass sie die Standesgrenzen manchmal überschritt, doch Elena hatte nicht nur hier ihren eigenen Kopf. Seit Pheidon zu mehr Fleiß angehalten worden war, hatte Joseba mehr Zeit. Zeit zum Entspannen. Elena setzte sich dann des Öfteren zu ihr und setzte ihr Flausen in den Kopf, beispielsweise, dass Frauen nicht zum Dienen geboren seien. Joseba dachte: *Schöne und reiche Frauen, die wohl nicht, aber solche wie ich – der Vater verschuldet, drei von acht Geschwistern in die Sklaverei verkauft, ich wegen des unehelichen Kindes auf die Straße geworfen. Frauen wie ich dürfen glücklich sein, wenn sie jemand zum Dienen will.*

Elena hatte für solche Gedanken nur ein Wort übrig: Narretei! Sie erzählte Joseba, dass sie das Recht auf eigenes Vergnügen habe, ja sogar das Recht, lesen zu lernen. Und dass Sklaverei kein niedriger, sondern ein ungerechter Zustand sei. Elena trieb auf der Agora einen Lehrer für sie auf. Asandros hielt das für übertrieben, und Joseba entwickelte auch keine rechte Lust an der Lesekunst, aber Elena ereiferte sich noch Tage danach über Asandros' Ansichten, dass Joseba schließlich sehr gut kochen könne und mehr brauche sie nicht zu lernen.

Da außer Joseba keine andere Frau im Haus war, versuchte Elena mit all ihrer Hingabe, wenigstens diese unscheinbare Knospe zum Erblühen zu bringen. Joseba erfuhr von Elena, dass jede Frau eine verborgene Schönheit besitze. Sie schenkte Joseba einige von ihren Kleidern und flocht ihre Haare zu einem anmutigen Kranz. Verschämt schaute Joseba in ihren zerkratzten Bronzespiegel, und sie gefiel sich.

An den Zwischenfall ihrer ersten Nacht in diesem Haus hatten weder Elena noch Asandros jemals wieder gerührt. Dafür verging kaum ein Tag ohne Streit zwischen Bruder und Schwester. Die Fetzen flogen, und häufig endete er damit, dass beide wütend das Haus verließen. Undenkbar für eine vornehme Athenerin. Und keiner wusste, wohin sie ging, was Elena damit begründete, dass Asandros ihr ebenfalls nicht verrate, was er den ganzen Tag über trieb.

Seit einigen Tagen besuchte Asandros regelmäßig das Gymnasion, um seinen Körper im sportlichen Wettkampf stark und geschmeidig zu halten. Asandros war von der Ausstattung beeindruckt. Mit seinen Umkleide- und Baderäumen in Marmor glich es einem Palast. In Sparta war alles aus Holz gewesen und gebadet wurde ausschließlich im Fluss.

Es gab Ruhezonen mit Liegen, einen Garten mit schattigen Wegen, Bänke zum Ausruhen und flache Bassins zum Erfrischen. Noch großzügiger waren die Sportanlagen. Da gab es ein Stadion zum Laufen, einen Rasen zum Diskus- und Speerwerfen. Sand war aufgeschüttet für den Weit- und Stabhochsprung. Innen war die Palästra, der Raum für das Ringen und den Faustkampf, nebenan wurde mit Kurz- und Langschwertern gefochten, so wie sie die Barbaren trugen.

Miltiades, der Leiter der Sportschule, war von Asandros begeistert. Nachdem er einige Proben seines Könnens gesehen hatte, hielt er ihn für den geborenen Fünfkämpfer. Er rieb sich die Hände, denn er gedachte, Asandros auf die Olympischen Spiele vorzubereiten. Bei einigen rief das Neid hervor, doch die meisten Männer bewunderten ihn und fragten nicht nach seiner Herkunft, sondern schätzten seine Bescheidenheit und Hilfsbereitschaft. Asandros war stets bereit, von anderen zu lernen, und gab sein Wissen ohne Einschränkung weiter. Er ermutigte die Erfolglosen und bekannte sich zu den eigenen Schwächen.

Heute war er spät dran. Als er in die Umkleideräume kam, traf er dort nur Dioskorides, den Sohn des Ephialtes. Er war gerade dabei, sich einzuölen, als Asandros eintrat. Asandros nickte ihm flüchtig zu, denn von allen hier war ihm Dioskorides verhasst. Ephialtes, sein Vater, war einer der mächtigsten Männer im Areopag und Dioskorides von unerträglicher Überheblichkeit.

Asandros wandte ihm gleichmütig den Rücken zu und begann sich auszukleiden. *Der Tag fängt schlecht an*, dachte er, *das Gesicht hätten mir die Götter heute Morgen ersparen können.*

Plötzlich stand Dioskorides hinter ihm. Asandros fuhr herum. Dioskorides lächelte spöttisch. »Schreckhaft, Spartaner?«

»Was willst du?«

»Lässt du dich mal anfassen?«

»Verschwinde!«

»So redest du nicht mit mir! Und den Verschämten nehme ich dir nicht ab.«

»Geh mir aus dem Weg, ich will mich einölen.«

»Lass mich das machen!« Dioskorides schnappte sich Asandros Ölflasche und hielt sie hoch. »Ich möchte wissen, wie sich ein Adonis anfühlt. Komm, ich mache es dir wirklich gut.«

»Wenn du Streit suchst, Sohn des Ephialtes, dann kannst du ihn haben. Ich wollte heute sowieso für den Faustkampf trainieren.«

»Werde nicht unverschämt, Spartaner!« Dioskorides Augen wurden dunkel. »Willst du mir den Unberührbaren vormachen? Das ist lächerlich.« Er gab ihm einen Stoß. »Du stellst dich jetzt mit dem Rücken an die Wand und lässt mich ein bisschen spielen.«

Asandros zeigte ihm die Faust. »Augenblicklich nimmst du deine schmutzigen Finger von mir!«

»Wer ist hier schmutzig, he? Du bist es doch, der durch seine Anwesenheit das Gymnasion beschmutzt. Hast du Achylides nicht nackt Modell gestanden? Dir kann es doch nichts ausmachen, wenn du auch bei mir etwas Entgegenkommen zeigst.«

»Lieber soll der Schwanz mir abfaulen!«, zischte Asandros. »Geh, oder ich prügele dich hinaus!«

»Du elender Narr!«, lachte Dioskorides heiser, »du kannst nichts gegen mich ausrichten. Schlag mich doch zusammen! Dann kannst du dich in Athen nicht mehr blicken lassen!«

»Wie? Kriechst du unter das aristokratische Hemd deiner Eupatridensippe? Ich schlage dich zum Krüppel, dass du die Stufen zu deiner väterlichen Villa hinaufkriechen musst und den Rest deines Lebens nur Brei essen kannst. Dann wird ganz Athen über dich und deinen Vater lachen.«

»Mein Vater würde dich zerquetschen wie eine Laus!«, zischte Dioskorides. »Niemand in Athen würde es wagen, seine Hand schützend über dich zu halten, wenn du dich mit einem Eupatriden anlegst. Und dein Freund Achylides würde als Bettler aus Athen hinausgejagt werden, denn niemand würde ihm noch Aufträge geben.«

»Deine ganze Erbärmlichkeit und Widerlichkeit spuckst du hier vor mir aus«, entgegnete Asandros verächtlich. »Hast du noch nie darüber nachgedacht, dass dieses Verhalten deinem Vaterhaus die größere Schande bereitet?«

Dioskorides zuckte zusammen. Was war das für ein Mann, der sich vom Adel seiner Geburt und der damit verbundenen Macht nicht beeindrucken ließ? Das war eine Umkehrung der Dinge, ein Eingriff in die göttliche Ordnung, und doch geschah es. Dioskorides war verwirrt, und er flüchtete sich in Beleidigungen: »Du aufgeblasener Hirsefresser! Kaum bist du einige Wochen im Land, machst du dich schon zwischen Athens aristokratischer Jugend breit und glaubst, deine barbarischen Soldatenangewohnheiten im Gymnasion ausleben zu müssen. Wie viele Schwänze hast du für das Privileg lecken müssen, hä?«

Asandros lächelte überlegen. »Wie erbärmlich du bist! Du erstickst vor Neid, weil ich dich in sämtlichen Disziplinen übertreffe! Man hat sich wegen meiner herausragenden Leistungen für mich verwendet.«

»Mag sein«, zischte Dioskorides, »aber ich ertrage es nicht, dass ein Spartaner mich aus dem Rennen wirft. Seit du hier bist ...«

Sie wurden unterbrochen, denn Hermogenes, einer der Kampfrichter, kam herein, die neben anderen Aufgaben auch regelmäßig die Räume kontrollierten. »Was macht ihr denn da?«

»Asandros hat mich gebeten, ihn einzuölen«, gab Dioskorides frech zur Antwort.

Hermogenes sah beide misstrauisch an. »So? Dann beeilt euch, ihr seid spät dran. In einer Stunde lärmen die Unterstufen hier herum.« Er wies auf Asandros. »Und dich will Miltiades sprechen.«

»Du trainierst doch den Fünfkampf«, empfing ihn Miltiades ohne lange Vorrede. »Wo hast du noch Schwächen?«

Asandros ließ sich seinen Ärger über Dioskorides nicht anmerken. »Verbessern kann ich mich überall, aber im Weitsprung und im Laufen bin ich an dritter Stelle, da müsste ich aufholen.«

»Tu das. Du musst der Erste bei allen fünf Disziplinen sein, denn bei den Spielen treffen sich die Besten aus ganz Hellas. Wo stehst du beim Ringen?«

»Im Gymnasion habe ich keinen Gegner, der mich auf die Matte wirft. Auch im Speer- und Diskuswerfen liege ich vorn.«

»Und wie steht es mit dem Faustkampf?« Miltiades duckte sich lächelnd und deutete einige kurze Schläge an. »Obwohl er keine

olympische Disziplin ist, solltest du dich auch hier vervollkomm-
nen. Wer kann dir gefährlich werden?«

»Laertos und ...« Asandros zögerte. »und Dioskorides.«

»Dioskorides, ja, vor einem Jahr war er unsere Hoffnung für den
Fünfkampf, aber in den letzten Wochen lässt er nach. Ich glaube,
ich kann ihn bei den Spielen nicht mehr aufstellen. Aber im Faustkampf wird er bestehen, was meinst du?«

»Frag besser die Kampfrichter«, wich Asandros aus.

Miltiades sah Asandros verwundert an. »So mürrisch? Du nei-
dest doch sonst niemandem den Ruhm.«

»Ich neide ihm nichts. Er mag sich den Ölzweig holen.«

»Den Ölzweig bekommt der Beste. Beim Hades, es ist schwer
genug, die Eifersüchteleien zwischen den Männern bei den Spielen im Zaum zu halten. Jeder möchte aufgestellt werden.« Miltiades forschte vergebens in Asandros Zügen nach einer Regung. Er
räusperte sich. »Also, wegen des Faustkampfes will ich noch ein
paar Kämpfe zwischen euch sehen und dann entscheiden. Ich erwarte euch beide in einer halben Stunde in der Palästra.«

Als Asandros dort eintraf, war Dioskorides schon dabei, sich am
Sandsack warm zu machen. Sein finsterer Blick war voller Hass.
»Hast du Miltiades eingeredet, dass er mich in Olympia nicht zum
Fünfkampf aufstellen soll?«, zischte er.

»Deine Leistungen sind miserabel«, entgegnete Asandros verächtlich, »da brauche ich niemandem etwas einzureden. Die
Kampfrichter haben selbst Augen.«

Für einen Augenblick senkte Dioskorides den Blick. »Ich bin
schlechter geworden, seit du dieses Haus betreten hast«, sagte er
heiser, »daher ist es besser, dass du verschwindest.«

»Miltiades wird mich aufstellen, weil ich für Athen den Ölzweig
holen soll, und wenn du ihm die Suppe versalzen willst, wirst du
auch keinen guten Stand mehr im Gymnasion haben.«

»Wir werden sehen. Ich schlage dir einen Handel vor, Spartaner.
Ich lasse dich zufrieden, und du lässt mich heute beim Faustkampf gewinnen.«

Asandros stieß verächtlich die Luft durch die Nase. »Sei besser
als ich, wenn du mich besiegen willst.«

Bevor Dioskorides antworten konnte, traten Miltiades und Hermogenes ein. »Seid ihr bereit?«

Der Eupatride schlug sich besser, als er geglaubt hatte. Drei
Runden hielt er sich auf den Beinen, dann erwischte es ihn so, dass
er aus Mund und Nase blutend liegen blieb.

»Du warst schon besser«, tadelte ihn Hermogenes. »Deine
Schläge haben Kraft, aber du verteilst sie manchmal ziellos. Ich
hatte den Eindruck, dass du mit Hass kämpfst, der ist ein schlech-

ter Ratgeber. Für dein blindwütiges Draufschlagen ist Asandros ein viel zu wendiger Gegner. Verbessere deine Technik, sei ruhiger, auch das Zurückweichen ist manchmal notwendig, du bist in seinen letzten Schlag richtig hineingelaufen, da hatte Asandros leichtes Spiel.«

Dioskorides erhob sich schwankend und wischte sich das Blut aus dem Gesicht, während Asandros sich die Lederriemen von den Fäusten wickeln ließ.

»Bin ich draußen?«, murmelte Dioskorides.

»Ich denke ja, das war nicht sehr beeindruckend.«

Dioskorides wickelte sich langsam die Riemen von den Händen, um sich zu sammeln. »Wir sind noch nicht fertig miteinander«, murmelte er.

»Du bist krank vor Neid, Dioskorides«, gab Asandros leise zur Antwort. »Du könntest deine Leistungen merklich verbessern, wenn du deinen Hochmut zügeltest und bescheidener wärst. Weshalb vergeudest du deine Kraft, indem du mich mit Hass verfolgst, statt deinen Körper zu stählen und deinen verfinsterten Geist zu erhellen?« Dann drehte er sich um und ließ Dioskorides stehen.

An der frischen Luft reckte sich Asandros und überquerte rasch die Agora, um die Kerameikos zu erreichen. Er war froh, als er wieder zu Hause war. Bei Achylides machte er seinem Ärger Luft über den hochgeborenen Eupatridensprössling.

»Dioskorides, der Sohn des Ephialtes?« Achylides machte eine wegwerfende Handbewegung. »Ich kenne ihn, schon als Dreizehnjähriger begann ihm das Haar überall zu sprießen, er war nie sonderlich begehrenswert.«

»Ich habe auch gute Nachrichten. Miltiades will mich bei den Spielen als Fünfkämpfer aufstellen.«

Achylides zuckte die Achseln. »Er hat keinen Besseren. Und es wird nicht der einzige Ölzweig sein, den du zurück nach Athen bringen wirst, göttlicher Ares!«

»Du hättest mich wenigstens beglückwünschen können«, maulte Asandros.

»Um die neidischen Erinnyen zu wecken? Du bist ein Geschenk für Athen, und wenn die Herren im Areopag oder im Gymnasion das langsam erkennen, spricht das nur für ihre guten Augen.«

Asandros nickte lächelnd, erhob sich und räumte abwesend den Tisch ab. Achylides fiel ihm in den Arm. »Wozu haben wir Sklaven? Joseba, Pheidon!« Er lief aufgeregt um den Tisch herum. »Der beste Athlet Athens weilt unter meinem Dach und trägt das Geschirr in die Küche! Die Götter mögen mein Haus strafen!«

Asandros schlich sich von hinten an ihn heran und umfing ihn lachend. »Es macht mir aber Spaß, Sklavenarbeit zu verrichten, erhabener Achylides!« Er küsste ihn in den Nacken.

»Lass mich sofort los, du lüsterner Satyr! Ich muss an meinem Hermes weiterarbeiten!«

»So? Und ich glaubte, meine Umarmungen seien dir wichtiger.«

Achylides zuckte die Achseln. »Nun ja, soeben hast du mich mit deinen Küssen beleidigt, jetzt muss ich mich rächen und dich ebenfalls küssen.«

»Ich unterwerfe mich!« Asandros hielt ihm seine gespitzten Lippen hin.

Achylides lächelte. »Nein, nein, das wäre keine Strafe. Nicht auf den Mund.«

»Wohin dann, du Schamloser?«

»Dorthin, wo Joseba den Erosknaben immer am gründlichsten abstaubt.«

»Das kann ich nicht erlauben«, entgegnete Asandros mit gespielter Zurückhaltung, »da müsste ich ja erröten.«

»Ich meinte seine Schultern! Du Verworfener hast natürlich an etwas anderes gedacht!«

»In der Tat, ich dachte an seine Füße.«

»Lügner! Aber ich verzeihe dir noch einmal.« Hoheitsvoll wollte sich Achylides entfernen, da stieß er mit Pheidon zusammen, der gerade um die Ecke schlurfte und grinste. »Oh Verzeihung, Gebieter Achylides, ich wollte gerade Tisch abräumen.«

17

Joram hatte unruhig geschlafen und war irgendwann in der Nacht aufgewacht. Midian war nicht an seiner Seite. Joram sprang aus dem Bett und tastete sich fluchend durch das finstere Zimmer. Niemand hinderte ihn am Verlassen des Hauses. Im schwachen Licht des Mondes schimmerten die Ruinen wie verblichenes Gebein. Ein früher Vogel sang. Vorsichtig bahnte sich Joram den Weg zwischen Gestrüpp, gestürzten Pfeilern und Felsgestein zum Tempel. Der Riegel öffnete sich leicht und geräuschlos. Weit und einladend schwangen die Türen auf; dahinter gähnte völlige Finsternis. Joram räusperte sich und betrat die Halle. Er tastete sich an den Wänden entlang. Die undurchdringliche Schwärze machte ihn nahezu blind. Plötzlich verspürte er einen Luftzug. Er fuhr herum, da sah er im blassen Schein des Eingangs, dass die schweren Türen wieder zurückschwangen und er im Tempel gefangen war.

Joram lehnte sich gegen einen Pfeiler, damit er den Rücken freihatte, hielt den Dolch gezückt und schrie mit aller Kraft Midians Namen.

»Midian! Midian!«, kam es vielfach zu ihm zurück.

»Nur ein Echo«, murmelte Joram enttäuscht, »sonst ist hier nichts. Midian, wo bist du?«

Da drang ein zitternder Lichtschein rechts von ihm aus der Wand. Joram wich zurück, den Körper angespannt, bereit zum Kämpfen. Eine Tür hatte sich geöffnet, und Joram ließ erleichtert das Messer sinken, denn dort stand eine Frau. Sie war unglaublich schön mit ihrem aufgelösten Haar und einem flüchtig übergeworfenen Gewand, beleuchtet vom Schein einer Fackel, die sie in der rechten Hand trug.

Obwohl er im Dunkeln stand, sah sie zu ihm hinüber. »Welcher Frevler wagt es, in meinem Tempel zu lärmen?« Ihre Stimme war scharf und bebte vor verhaltenem Zorn.

Joram trat zögernd in den Lichtkreis. »Verzeih mir, ich wollte dich nicht in deiner Nachtruhe stören, schöne Frau. Ich bin besorgt um meinen Freund, der in diesem Tempel verschwunden ist.«

»Verschwunden?« Ein leises Lachen folgte. »Bist du Joram, der Hebräer?«

Joram überlief es kalt, als er seinen Namen aus ihrem Mund hörte. »Ja«, antwortete er tonlos.

»Haben dich meine Priester nicht verpflegt und dir ein Nachtlager gegeben? Was stolperst du in der Finsternis durch mein Heiligtum?«

»Wo ist Midian?«, fragte Joram, verärgert, dass ihn eine Frau zurechtwies.

»Er schläft. Bist du seine Kinderfrau, dass du ihm nachts hinterherläufst?«

»Es war nicht die Rede davon, dass er über Nacht fortbleibt. Ich kenne diese Stadt nicht und nicht deine Priester. Weshalb sollte ich ihnen trauen? Und weshalb sollte ich dir trauen? Wenn Midian schläft, so führe mich zu ihm!«

»In diesen Mauern haben die Befehle eines Mannes keine Bedeutung. Geh zurück in das Dorf und leg dich schlafen. Midian wird morgen früh wieder bei dir sein.«

»Nein«, rief Joram herausfordernd. »Mein Schlaf war unruhig, als drohe Midian ein Unheil. Ich gehe nicht, bevor ich ihn gesehen habe.«

»Du Narr! Wenn dich absonderliche Träume plagen, solltest du an die frische Luft gehen und dich nicht in unbekannten Gemäuern aufhalten. Es könnten dich Fledermäuse erschrecken.« Sie lachte spöttisch, und es klang wie silbernes Glockengeläut.

Gerade als Joram wütend auf den Spott antworten wollte, erschien Midian unter der Tür. Sein Aufzug war unmissverständlich, denn er war nackt. »Bist du das, Joram?« Er blinzelte verschlafen.

Joram starrte ihn sprachlos an.

»Was tust du denn hier mitten in der Nacht? Solltest du nicht bei den Priestern bleiben?«

Joram fing sich wieder, er kochte vor Zorn. »Ja!«, zischte er, »und nun weiß ich auch, weshalb. Während ich vor Sorgen um dich nicht schlafen kann, wärmst du dieser Hure hier das Bett. Hast du das Geheimnis der Stadt nun entschleiert? Wahrlich, auch ich komme langsam dahinter: Hier draußen hinter den Sümpfen hat man ein verstecktes Bordell eingerichtet!«

Midian warf seiner Mutter einen entsetzten Blick zu, doch sie war amüsiert. »Sieh an, Midian, wie eifersüchtig der Junge ist. Er fürchtet nicht einmal Anaths Priesterin, wenn es darum geht, dein kostbarstes Körperteil vor Abnutzung zu schützen.«

»Bitte, lass das!« Midian wollte auf Joram zugehen, doch der rief schneidend: »Fass mich nicht an! Ich gehe zurück zu den Schwarzen Wölfen, wo mein Platz ist. Du kannst hier unterdessen ein Hurenhaus eröffnen!« Er wandte sich heftig ab und wollte gehen, doch Midian eilte ihm nach und hielt ihn fest. »Joram, benimm dich nicht kindisch! Es ist nicht so, wie du denkst.«

»Ich habe noch sehr gute Augen. Sicher habt ihr nicht miteinander gewürfelt. Und deine Manneskraft scheint dich bei ihr auch nicht zu verlassen, wie seltsam!«

»Hör auf mit dem Unsinn! Du machst dich lächerlich mit deiner Eifersucht. Mit welchem Recht stellst du an mich Ansprüche?«

»Ansprüche? Ich bin deinetwegen vor Sorge fast umgekommen. Hast du vergessen, was für ein Ort das ist? Du bist nicht wiedergekommen. Was hätte ich wohl denken sollen? Freilich, dass du in den Armen einer ...«

»Still! Meine – ich will sagen, ich verbiete dir, gewisse Worte in den Mund zu nehmen. Geh jetzt wieder schlafen, ich erkläre dir morgen früh alles.«

»Mich schickst du nicht fort wie deinen Diener!«

Atargatis lächelte. »Jetzt hast du ihn verärgert. Wenn dein armer Freund nicht allein schlafen kann, so lass ihn herein. Hat er sich bisher doch tapfer durchgeschlagen und alle bösen Geister und Dämonen unterwegs besiegt.« Sie ging auf Joram zu und berührte leicht sein lockiges Haar. »Komm, fürchte dich nicht. Wo du einmal hier bist, kann ich dich auch einmal ausprobieren. Du bist ein hübscher Junge.«

»Lass ihn!«, rief Midian heftig. »Joram macht sich nichts aus Frauen!«

»Ich weiß, ich weiß.« Atargatis lächelte und streichelte Joram, der nicht wusste, was er sagen sollte, die Wange. »Darauf kann ich keine Rücksicht nehmen, nicht wahr?«

»Was wird hier gespielt?«, schrie Joram und wich etwas zurück. »Erklär mir das, Midian!«

»Erklär es ihm, mein Sohn, aber nicht hier.« Atargatis fasste Joram freundlich am Arm, und er ließ es geschehen, dass sie ihn mit sich in das Zimmer zog. Midian folgte mit finsterer Miene.

Joram ließ sich zögernd auf dem zerwühlten Diwan nieder, Atargatis nahm neben ihm Platz und lächelte ihn an. »Du machst dir nichts aus Frauen? Dann werde ich mein Gewand nicht öffnen, der Anblick würde dich langweilen. Aber ich mache mir etwas aus Männern. Bitte leg doch deinen Gürtel ab und zeig mir dein Spielzeug.«

Joram wurde dunkelrot und sah Midian fragend an. Der wandte sich schulterzuckend ab und schlang sich eine Decke um die Hüften. »Was soll das?«, fragte er ärgerlich. »Ist das nicht unter deiner Würde?«

»Wenn ich mich mit einem Mann vergnügen möchte? Nichts könnte erhabener sein! – Bei den Jungfrauen der Astarte! Dein Freund ist reizend, wenn er errötet.«

Joram brach der Schweiß aus. Weshalb verhielt sich Midian dieser Frau gegenüber so zahm? Weshalb brachte er nur schwache Einwände gegen sie vor und ließ sie gewähren?

Midian schien Jorams Gedanken zu erraten, und das machte ihn nicht froher. »Ich weiß nicht, ob das dem Auftrag dienlich ist, den ich für dich übernehmen soll«, zischte er seine Mutter an.

»Dein Auftrag?« Atargatis hatte begonnen, Joram, der unfähig war, sich zu rühren, den Gürtel zu öffnen. »Was hat denn dein Auftrag mit diesem vollendet geformten Schwanz zu tun, den du ja bereits kennen- und schätzen gelernt hast?« Und während sie sich anschickte, ihn zu berühren und zu streicheln, wurden ihre Augen dunkel wie ein Abgrund, und mit eisiger Stimme fuhr sie fort: »Ich weiß, es behagt euch nicht, dass eine Frau einen Mann nach ihrem Gutdünken benutzt. Aber in meinem Tempel halte ich das Heft in der Hand, und das kann man wörtlich nehmen.«

Joram wäre vor Scham am liebsten im Boden versunken, denn Atargatis rieb sein Glied mit einer Unbefangenheit, als putze eine Küchenmagd Gemüse. Sie sah nicht einmal hin und amüsierte sich über Midians Gesicht. »Was hast du, Midian? Kommen Belials Diener Schamgefühle an?«

»Wenn du nicht meine Mutter wärst, so würde ich dich ...« Er vollendete den Satz nicht und starrte finster auf seine hochgezogenen Knie.

»Was bist du?«, würgte Joram hervor. »Midians Mutter?«

»Ja, die Mutter eines ungeratenen Sohnes«, seufzte Atargatis und beschleunigte den Vorgang, sodass Joram sekundenlang keine Zeit hatte, darauf zu antworten.

»Siehst du, nun haben wir Ruhe vor dem unruhigen Ding.« Atargatis lachte hell, und Joram bedeckte hastig seine Blöße und schloss seinen Gürtel. »Ich würde dich gern auf das andere Ufer locken«, gurrte Atargatis, »aber heute Nacht hat Midian meinen Bedarf reichlich gedeckt. Vielleicht besuchst du mich ein anderes Mal, ich habe selten hübsche Männer in meiner Einsamkeit.«

»Du schläfst mit deiner Mutter?«, fragte Joram entsetzt.

Statt Midian antwortete Atargatis: »Nein, ich schlafe mit meinem Sohn. Der Himmel ist nicht herabgestürzt, als es geschah.« Sie berührte Joram am Kinn. »Hast du dich gefürchtet?«

»Nein, weshalb sollte ich?«, erwiderte er trotzig.

»Ich hatte den Eindruck, obwohl ein Schwarzer Wolf natürlich nichts fürchtet, schon gar nicht Frauen, nicht wahr?«

»Ich wollte nicht unhöflich sein«, gab Joram gepresst zur Antwort, »obwohl die Sitten in deinem Tempel mich befremden.«

»Es soll Menschen geben, die sind von den Sitten auf Dur-el-Scharan befremdet«, gab sie kühl zurück.

Joram wurde blass, und Atargatis lächelte nachsichtig. »Ist es Zufall oder Fügung, dass du Hebräer bist? Jedenfalls begünstigt es die Sache sehr. Wenn Midian meinen Weisungen folgt, wird er die Geschicke der Welt verändern, und du kannst ihm dabei helfen.«

»Ich wusste immer, dass Midian zu Größerem bestimmt ist, als einen Haufen Gesetzloser anzuführen.«

»Das mag sein. Dennoch ahnst du nicht im entferntesten die Wahrheit, ich will dir einiges darüber erzählen.«

Atargatis begann mit leise singender Stimme zu reden. Joram bekam in der Morgendämmerung wunderbare, staunenswerte und grauenvolle Dinge zu hören. Und als alle seine atemlosen Fragen beantwortet waren, wusste er, dass er einbezogen war in einen entsetzlichen Plan, den abzulehnen über seine Kraft gegangen wäre, denn er sollte sich an der Seite Midians verwirklichen.

Auf dem Marktplatz vor dem Ischtartempel in Susa hatte sich fahrendes Volk eingefunden, und der Platz war erfüllt vom Geschrei und Lachen vieler Menschen. Die Färber mit den rot geränderten Augen verließen ihre Farbtröge, die Schmiede wischten sich die rußigen Finger am Rock ab und die Töpfer versteckten ihre tonverschmierten Hände hinter dem Rücken.

Aus dem Ischtartempel waren die Tempeldirnen gekommen; ihre Aufmerksamkeit galt den starken, behaarten Ringern, die sich in einer rötlichen Staubwolke keuchend auf dem Boden wälzten. Die Umstehenden schlossen Wetten auf den Sieger ab.

Ein großer, muskelbepackter Kerl mit einem Kahlkopf und einem gewaltigen Bart schien der Favorit zu sein. Er schleuderte seinen Gegner jedes Mal mit einem gewaltigen Krachen zu Boden, sodass man um sein Leben fürchten musste, aber er überstand die raue Behandlung besser als erwartet und schnellte immer wieder hoch, um den Kahlen an der Gurgel zu fassen.

Unter den Zuschauern waren Männer, denen man ansah, dass sie hier fremd waren. In zottigen Zöpfen steckten Tierzähne, Federn und Knochen, breite Gurtbänder und protzige Gürtelschnallen spannten sich um Hüften und Brustkörbe. Jedem hing ein Bogen über der Schulter und ein wohlgefüllter Köcher; am Gürtel steckten lange, kostbare Dolche.

Die Fremden schlossen hohe Wetten ab, und wenn sie verloren, lachten sie. An Gold schien es ihnen nicht zu mangeln. Als der Kahle seinen Gegner endgültig niedergeworfen hatte und ihm die Luft abdrückte, bis er aufgab, trat von den Fremden ein rothaariger Hüne nach vorn und stellte sich breitbeinig vor den Kahlen hin. »Du hast schwache Gegner, mein Freund, versuch es einmal mit mir.«

Der Kahle musterte den Rothaarigen aus kleinen Augen. »Bist du ein Ringer?«

»Was kümmert es dich, Kahlkopf?«

»Du bist ein stattlicher Bursche, aber wenn du das Handwerk nicht beherrschst, breche ich dir das Kreuz.« Er spuckte aus. »Nicht, dass du mein Bruder wärst, Rotschopf, aber wenn dir etwas passiert, bekomme ich Schwierigkeiten.«

Der Rothaarige wandte sich lächelnd an seine Gefährten: »Er meint, er wird mir das Kreuz brechen, das verspricht hohe Wetten, wie?«

Ein grölendes Gelächter folgte. Einer von ihnen trat vor und hob ein Goldstück in die Höhe. »Seht her, Leute, das setze ich zehn zu eins für meinen Freund, wer hält mit?«

Die Zuschauer drängelten sich neugierig nach vorn, aber ein Goldstück auf einen Fremden zu setzen, wagten sie nicht.

Ein untersetzter Mann drängte sich nach vorn und musterte den Fremden. »Du willst ein Goldstück zehn zu eins gegen Hamath setzen? Das ist sehr wagemutig.« Er grinste und rieb sich die Hände. »Bist du bereit, Hamath?«

Der spuckte gelassen in die Hände und nickte. »Die Wette haben wir schon gewonnen.«

Der Rothaarige legte seine Waffen ab und zog sich die Lederweste aus. »Damit du es weißt, Kahlkopf! Es gilt das Leben. Ich kämpfe immer nur um den höchsten Einsatz.«

»Nein, nein, das geht nicht!«, warf der Untersetzte ein, dem offensichtlich die Ringertruppe gehörte. »Kämpfe auf Leben und Tod verbietet die Stadtverwaltung von Susa.«

»Dann ziehen wir doch vor das Tor«, schlug der Rothaarige gelassen vor.

Hamath sagte gar nichts mehr. Er war blass geworden, aber er wagte keine Einwände, weil die Summe fürstlich war, wenn er gewann.

Der Besitzer der Ringer aber schüttelte den Kopf. Er war geldgierig, aber nicht unvorsichtig. »Nein, so etwas macht nur Schwierigkeiten, ob in Susa oder vor der Stadtmauer. Der Tod eines Gegners zieht Blutrache nach sich, ich will damit nichts zu tun haben.«

»Dein Kahler ist doch ein Bulle von einem Mann, was fürchtest du? Wir achten die Regeln. Wenn du willst, erhöhen wir die Quote. Zwanzig Goldstücke, wenn ich auf der Strecke bleibe.«

Dem Untersetzten trieb es den Schweiß auf die Stirn. Er biss sich auf die Unterlippe. Zwanzig Goldstücke! Beim Barte Hamaths, so viel Geld hatte der Koloss ihm während seiner ganzen Zeit nicht eingebracht. Die Frage war nur, ob der Rote ein Maulheld war oder Hamath wirklich besiegen konnte.

Während er noch überlegte und zu der Stadtwache hinüberschielte, zwei blassen Burschen, die im Ernstfall sicher davonlaufen würden, wandte sich der rothaarige Fremde an die Umstehenden und fragte laut: »Wollt ihr einen richtigen Kampf sehen oder Kinderspiele? Was euch bisher geboten wurde, waren nichts als Schaukämpfe. Wenn dieser König der Ringer wagt, es mit mir aufzunehmen, werdet ihr sehen, dass ich die Wahrheit sage.«

Natürlich wollten alle einen richtigen Kampf sehen, solange sie nicht ihr eigenes Kreuz hinhalten mussten. Das Geschrei der Zuschauer brachte den Untersetzten in eine schwierige Lage, zumal er im Gesicht seines besten Mannes keine Begeisterung mehr entdecken konnte.

Da trat plötzlich ein Mann aus der Menge und schlug dem Rothaarigen auf die Schulter. »Aber Elrek, weshalb bringst du diese braven Schausteller in so arge Verlegenheit? Du solltest dich lieber mit mir messen.«

Der fuhr herum. »Midian! Wo kommst du denn her? Ist Joram auch da?«

»Ich bin hier, Elrek.«

Sofort waren Joram und Midian von den Männern umringt, und die Ringer vergessen. »Du wolltest dich mit dem Kerl doch nicht im Staub wälzen?«, lächelte Midian. »Der Fettwanst ist kein Gegner für dich.«

»Aber seine Knochen wären mit einem herrlichen Geräusch gesplittert!«, warf Zorach hässlich lachend ein und hielt noch sein Goldstück in der Hand. »Das wäre es wert gewesen.«

»Da hat er recht«, mischte sich eine raue Stimme von hinten ein. Der finstere, einäugige Semron trat vor. »Ihr seid nicht lange fortgewesen. Habt ihr keine Beute gemacht?«

Midian antwortete nicht. Semron zuckte die Achseln. »Kommt! Wir wollen den Wirt Zum Wilden Eber um ein paar Schläuche Wein und einige Ziegen erleichtern.«

Sie machten sich auf den Weg, da gab es hinter ihnen einen Tumult. In die Zuschauer um die Ringer war Bewegung geraten. Eine schmale Gestalt mit langen Haaren löste sich aus der Menge und flitzte die Straße hinunter. Hände griffen nach ihr, aber sie wich behänd aus, dabei presste sie etwas gegen ihren Körper. Sie umrundete flink die Stadtwache, bevor diese ihre Lanzen heben konnten. Fast wäre sie in einer Seitengasse verschwunden, doch da lief sie einem dicken Mann geradewegs vor den Bauch.

Zorach packte sie schmerzhaft am Handgelenk, und ein wohlgefüllter Gürtel fiel zu Boden. »Lauf doch nicht weg, hübscher Knabe!«

Der Junge sah den Dicken lächeln, aber seine Augen waren kalt wie ein Abgrund. Zorach bückte sich nach dem Gürtel, da schob sich eine Lanzenspitze zwischen ihn und den Jungen. »Danke, Fremder, dass du den unverschämten Dieb gefasst hast.«

Zorach zeigte den Gürtel vor. »Den hat er mir gestohlen. Eine saubere Stadt, euer Susa. Hackst du ihm die Hände ab. Jetzt gleich?«

Der Junge zischte und spuckte Zorach an.

Der Büttel packte den Jungen. »Damit machen wir uns nicht die Hände schmutzig. Er kommt in den Wassergraben, da werden die Ratten ihre Freude an ihm haben.« Der Mann drehte seinem jungen Gefangenen den Arm auf den Rücken und stieß ihm das Knie ins Kreuz.

Zorach verstaute grinsend den Gürtel, als er grob zur Seite gestoßen wurde. »Verschwinde!«, fauchte Joram. Dann stellte er sich dem Schergen breitbeinig in den Weg und hielt ihm auf der flachen Hand ein Goldstück hin. »Verkaufst du mir den Jungen, Hauptmann?«

Der Mann hob bei dieser Anrede den Kopf etwas höher und kniff misstrauisch die Augen zusammen. »Du willst einen Dieb freikaufen? Weshalb?« Dabei schielte er begehrlich auf das Gold.

»Der Junge hat mir einmal einen Gefallen getan. Was ist? Gibst du ihn frei oder nicht?«

Der Hauptmann kratzte sich am Kopf und sah sich nach dem Dicken um, aber der hatte sich aus dem Staub gemacht. »Hm. Das ist sehr schwierig. Die Leute wollen das Urteil vollstreckt sehen, und sie haben recht. Zu viele sind schon bestohlen worden.«

»Halt keine Reden!«, gab Joram verächtlich zur Antwort. »Nenne mir deinen Preis!«

»Drei Goldstücke.«

Joram lachte auf. »Für den erbärmlichen Dieb willst du einen halben Bauernhof? Das ist unverschämt!«

»Der Dieb ist keinen Kupferschekel wert«, gab der Hauptmann zu, »aber ich werde sehr viel Ärger mit den Leuten hier bekommen. Dafür musst du mich entschädigen.«

Joram stieg das Blut zu Kopf. Er war es nicht gewohnt zu bitten. Was die Schwarzen Wölfe wollten, das holten sie sich gewöhnlich. Da sah er Midian heranschlendern. Hastig holte er die geforderten Goldstücke hervor und drückte sie dem Hauptmann in die Hand. »Hier hast du! Und nun lass ihn sofort frei!«

Das Gesicht des Hauptmanns verzog sich zu einem breiten Grinsen. Er griff sich das Gold und verschwand im Dunkel der Gasse. »Danke«, sprudelte der Junge und wollte fortlaufen, doch Joram zerrte ihn mit sich. »Gleich sind die anderen hier, komm mit!«

Da stand Midian im Weg und stemmte die Fäuste in die Hüften. »Wenn das nicht Illuschin, unsere Sumpfgazelle ist.«

Sie versuchte, sich hinter Joram zu verstecken. »Er soll mich nicht anfassen!«

Joram legte beschützend seinen Arm um sie und grinste Midian an. »Sie heißt Aschima.«

»Aschima oder Chimäre! Was hast du für die Hühnerdiebin gegeben?«

»Das geht dich gar nichts an! Wenn ich will, pflastere ich Susas Straßen mit meinem Anteil!«

»He, sei nur nicht so aufmüpfig! Du hast uns alle um ein Schauspiel gebracht, das wirst du vor den Männern verantworten müssen.«

»Das werde ich auch.« Joram wandte sich an Aschima. »Hör nicht auf diesen bösartigen Menschen.«

»Du Schwachkopf!«, zischte Midian. »Was willst du mit ihr? Nicht mal zum Stehlen taugt sie, sie hat sich schon zum zweiten Mal erwischen lassen. Besser, sie kommt jetzt in den Rattengraben, solange wir noch in der Stadt sind.«

»Darauf antworte ich gar nicht.« Joram zwinkerte Aschima zu. »Jetzt wollen wir uns erst einmal stärken, dann sehen wir weiter.«

Wie ein Bienenschwarm fielen sie in das Gasthaus Zum Wilden Eber ein. Die anwesenden Gäste verließen beim Anblick der wilden Horde fluchtartig den Raum. Semron griff sich den Wirt, packte ihn mit der Faust beim Kragen und schüttelte ihn derb. »Was ist denn das für ein Empfang für die Leibwache des Königs? Rasch, schaff Wein und Braten herbei, sonst schneiden wir dir deinen mageren Hals durch und braten dich am Spieß!« Dann setzte er ihn unsanft wieder ab und brummte: »Weiber wollen wir auch, aber keine hässlichen, verstanden?«

»In meinem Haus verkehren keine solchen Mädchen«, gab der Wirt verstört zur Antwort.

»Dann schaff welche heran! Beim Geschwänzten, habe ich nicht vorhin einen Ischtartempel gesehen mit Jungfrauen, die scharf darauf sind, ihre Schöße dem heiligen Dienst zu weihen?«

»Bei der heiligen Göttin! Diese Frauen betreten doch kein Gasthaus«, stammelte der Wirt und wischte sich den Schweiß von der Stirn. »Die Vereinigung darf nur in den Räumen des Tempels vollzogen werden.«

»Dann geh hinüber und sag den lausigen Priestern, dass hier im Wilden Eber ein neuer Tempel eingeweiht wird zu Ehren der Ischtar und dass wir dazu ihre Jungfrauen benötigen, sonst müssen wir dazu deinen hässlichen Hintern benutzen!«

Der Wirt verschwand wie ein Wiesel, und man konnte ihn Befehle brüllen hören.

Geräuschvoll ließen sich die Schwarzen Wölfe an den Tischen nieder und riefen ungeduldig nach Wein. Jetzt kam auch Joram mit Aschima herein. Die Wölfe starrten auf den hübschen Knaben. Midian verschränkte die Arme und machte ein unbeteiligtes Gesicht.

»Das ist Aschima«, sagte Joram. Er zeigte ihr einen Platz, wo die Männer sie nicht umringen konnten, und setzte sich neben sie.

»Aschima?«, kam es vielstimmig zurück. »Ein Mädchen?«

»Ja. Sie hat uns durch die Sümpfe geführt.«

Zorach machte runde Augen. »Ein Weib?« Dann brach er in Gelächter aus, und alle fielen dröhnend ein. Das verhieß nichts Gutes, aber Joram blieb kühl. »Wer sie anrührt, stirbt!«

Die Drohung schien auf die Männer keinen Eindruck zu machen. Sie ließen keinen Blick von Aschima, und ihr Atem ging schneller. Semron schlug mit der flachen Hand auf den Tisch. »Bring sie fort, Joram! Niemand hier hat etwas dagegen, wenn du eine Nutte mitbringst, aber eine, die wir nicht anfassen dürfen – das geht zu weit.«

»Zuerst wird sie etwas essen«, erwiderte Joram gelassen. »So viel Beherrschung wird man von euch wohl erwarten dürfen.«

Semron sah mürrisch zu Midian hinüber. »Erzähl mir mal, Sohn, was ihr beide angestellt habt! Statt Beute liest dein Freund Joram eine magere Straßenkatze auf. Hast du womöglich ein paar

Waisenkinder aufgesammelt?«

»Spiel dich nicht schon wieder auf, als seist du noch der Anführer«, erwiderte Midian kalt. »Hast du vergessen, dass ich das inzwischen bin?«

Semron verschluckte sich und hustete. »Was ist denn in dich gefahren? Habe ich dich beleidigt?«

»Beleidigt?« Midian sprang auf und sah ihn durchbohrend an. »Belogen hast du mich seit meiner Kindheit! Ich sollte dich zerquetschen wie reifes Obst, dass dir Därme und Hirn bis an die Decke spritzen!«

Die Schwarzen Wölfe hörten erstarrt zu. Plötzlich hatte sich lähmende Stille auf die Gaststube gelegt. Semron wäre fast der Becher aus der Hand gerutscht. »Was meinst du damit?«, würgte er hervor, seine Unterlippe zitterte.

»Ich war in Tissaran!«

Semron traf die Antwort wie ein Schlag. »Tissaran«, wiederholte er mechanisch. »Das kann nicht sein.«

»Weshalb nicht? Es liegt nicht auf dem Mond, es liegt hier in Elam.«

»Wie hast du es gefunden?«, fragte Semron tonlos. »Es liegt fast unzugänglich hinter Sümpfen.«

»Ich fand es, weil ich eine göttliche Eingebung hatte. Nein – weil ich selbst ein Gott bin.« Midian verzog den Mund. »Nicht der Sohn irgendeines Fischers, wie du mir weismachen wolltest.«

Semron war kalkweiß. »Ich raubte dich, ja!«, schrie er, »aber zu deinem Besten. Habe ich nicht gut für dich gesorgt und dich zu einem wirklichen Mann erzogen?«

»Du hast meine göttliche Abstammung verleugnet. Ich war zu Größerem bestimmt, als ein Schwarzer Wolf zu werden.«

Semron lachte verächtlich. »So, von göttlicher Abstammung bist du? Hat sie dir das gesagt? Womit hat sie dir die Ohren vollgeblasen? Mit Weibergewäsch, womit sonst! Sie sei die Muttergöttin oder so etwas Ähnliches, und du fällst darauf rein. Ist es nicht besser, wie ein Wolf zu leben als bei ihren vertrockneten Priestern aufzuwachsen?«

»Du schmähst meine Mutter!«, rief Midian schneidend. »Dafür werde ich dich auf einer Lanze pfählen!«

»Mach keinen Unsinn!«, rief Semron und sah sich entsetzt um. Aber die Schwarzen Wölfe waren viel zu verblüfft, um sich zu rühren.

Midian lachte heiser. »Wer von euch Männern besorgt mir einen Speer und ein Kohlenbecken? Ich will ihn dem Mann, der mir mein Leben gestohlen hat, rotglühend durch den Hintern spießen.«

223

»Der Wirt wird eins haben«, warf Zorach herzlos ein.

»Besorg mir auch den Spieß dazu!«, rief Midian.

Zorach erhob sich tatsächlich, und Semron lief blau an vor Angst. »Männer!«, rief er erstickt, »Ihr würdet zulassen, dass er mich spießt?«

Da brüllte Midian plötzlich laut vor Lachen und wies mit ausgestrecktem Finger auf Semron. »He, hoffentlich hast du dir jetzt nicht in die Hose gemacht! Kannst du keinen Scherz mehr vertragen?«

»Das sollte ein Scherz sein?«, stammelte Semron.

»Wie er unter Schwarzen Wölfen üblich ist, nicht wahr? Oder willst du mich zahm?«

Semron ließ sich noch zitternd auf einen Stuhl fallen. »Aber du warst in Tissaran?«

»Ja, ich war dort. Aber ich bin nicht wirklich verärgert, ich wollte dich nur etwas erschrecken, das hast du verdient.«

»Ich bin alt geworden«, murmelte Semron. »Bei Belial! Ich hatte eine höllische Angst, dass du ernst machen würdest.«

Midian lachte. »Du bist mein Vater, daran wird sich nichts ändern. Du hast mich zum Wolf gemacht; dafür danke ich dir, denn sonst hätte ich womöglich als entmannter Priester mein Leben beschließen müssen und wäre nie für den großen Plan erwählt worden.«

»Was für ein Plan?«

»Davon erzähle ich später. Lasst uns jetzt auf meine Mutter trinken, die ich in Tissaran wiedergefunden habe.«

Erleichtert hoben alle ihre Becher. Der Streit zwischen Midian und Semron hatte sie betroffen gemacht. Doch niemand verargte Midian den Scherz, ein Schwarzer Wolf musste das aushalten. Nur Zorach war dunkelrot geworden, trank ganz still seinen Wein, und wagte nicht, Semron anzusehen. Der aber hatte Zorachs Übereifer offensichtlich schon vergessen.

»Du hast sie also gesehen: Atargatis, die schönste Frau, die auf Erden lebt. Gewiss, wenn man sie ansieht, ist es leicht, an eine Göttin zu glauben. Hast du sie begehrt? Ich meine, bevor du wusstest, dass sie deine Mutter ist?«

»Darüber rede ich nicht«, grinste Midian, »jedenfalls habe ich meine beiden Augen noch.«

»Das habe ich ihr nie verziehen!«, zischte Semron. »Ich konnte ihr damals nichts anhaben, sie ist sehr mächtig in ihrem Tempel. Aber als wir Tissaran verließen, tapste mir ein bildschönes Knäblein vor die Füße. Ich wusste, dass es ihr Sohn war und dachte daran, wie köstlich meine Rache wäre, wenn dieses göttliche Kind auf Dur-el-Scharan bei meinen Wölfen aufwachsen müsste. Und so nahm ich dich kurzerhand mit.«

»Und lehrtest mich, Belial zu dienen statt Weibern. Es war der beste Einfall, den du je hattest.«

Dann hielt Midian es für angebracht, die Männer von seinem Vorhaben zu unterrichten, dass er und Joram für ein Jahr nach Juda gehen würden. Wie Midian befürchtet hatte, brach ein Sturm der Entrüstung los.

Nur Semron war die Aussicht, die Schwarzen Wölfe wieder ein Jahr lang zu führen, nicht unangenehm. Schwankend erhob er sich und rief: »Ich weiß wohl, dass deine Mutter dahintersteckt. Atargatis, die Göttliche. Wer weiß, vielleicht kann sie dich zum Herrn der Welt machen. Dann will ich, von nackten Weibern umgeben, in einem Palast wohnen, kannst du mir das versprechen?«

»Was Semron möchte, das möchte ich auch!«, schrie Tyrsus. »Werden wir in einem Jahr wirklich wie Fürsten leben?«

Midian hob seinen Becher. »Ja, das verspreche ich euch. Lasst uns auf eine goldene Zukunft trinken. Die Schwarzen Wölfe sollen zu reißenden Tigern werden in einer Welt voller zitternder, blökender Schafe!«

»Das will ich meinen! Und jetzt plagt mich ein gewaltiger Hunger. Beim Geschwänzten! Wo ist der feige Wirt geblieben?«

Der ließ rasch auftragen, und kurze Zeit später hörte man ein eifriges Grunzen und Schmatzen. Die Männer warfen heimliche Blicke auf ihren weiblichen Gast, der die gleichen Mengen wie sie mühelos verschlang. Aschima wischte sich über die Lippen. »Ihr lebt gut. Kann ich nicht bei euch bleiben?«

»Unmöglich.« Joram schob ihr süßes Brot hinüber. »Wenn es dunkel ist, gehst du wieder zu deinen Sumpfschlangen.«

»Ein elendes Leben. Du siehst, ich lebe als Taschendiebin und muss bei der kärglichen Beute noch täglich um mein Leben fürchten. Ihr seid stark, unerschrocken, gut genährt, und man fürchtet euch.«

»Aber wir sind Männer, Aschima. Muss ich mehr sagen?«

»Ich lebte immer unter Männern. Außerdem hat dein Freund Midian es mir angeboten, erinnerst du dich nicht?«

Joram sah zu Midian hinüber, der sich lebhaft mit Elrek unterhielt. »Er hätte dich nicht einmal aufgenommen, wenn du ein Mann wärst, Aschima. Oder könntest du dir mit der Waffe oder der Faust gegen die anderen Geltung verschaffen?«

Aschima nestelte abwesend an den Bändern, die ihre Weste stramm über den kleinen Brüsten schnürten. »Du könntest mich beschützen.«

Er betrachtete ihre schmalen Finger mit den schmutzigen Nägeln. »Das kann ich nicht.«

Sie schniefte, zog ein Band aus ihrem Gürtel und band sich das Haar zusammen. Dabei streiften ihre grünen Augen Midian. »Aber er. Sag es ihm, Joram. Er ist der Anführer. Auf ihn müssen die Männer hören, nicht wahr?«

Joram lächelte und füllte ihren Becher. »Trink das! Trink, damit du uns erträgst, denn wir werden bald alle betrunken sein.«

Aschimas Wangen waren bereits vom Wein gerötet. Sie trank den Becher in einem Zug leer. »Das Mädchen säuft wie ein Söldner«, rief Zorach. Midian drehte sich um und sah den Wein durch ihre Kehle rinnen. Er fing Jorams Blick auf. »Sie will ein Schwarzer Wolf werden, Midian.«

Aschima setzte den Becher ab und nickte. »Ja.«

Midian streifte sie mit einem geringschätzigen Blick. »Iss und trink, Mädchen, und dann verschwinde in die Nacht. Für Kurzweil sorgen wir allein.«

Zorach spitzte die Ohren. Er beugte sich zu ihr hinüber. »Du willst eine von uns werden? Du meinst, du willst mit uns kämpfen und töten und ...« Er zögerte und lachte schmutzig. »und Weiber – äh – Männer schänden?«

»Ich bin eine Gesetzlose wie ihr, oder nicht?«

»Aber ein Mädchen.« Zorach kratzte sich an der Nase. »Wir auf Dur-el-Scharan haben ein Gesetz ...«

»Das gilt aber nicht, wenn eine Frau ein Wolf werden will, das gilt nur für Huren«, warf Elrek ein, der sich ebenfalls dazugesellte.

Zorach beugte sich so weit vor, dass Aschima seinen übel riechenden Atem im Gesicht spürte. Sie anzufassen wagte er nicht, weil Joram neben ihr saß. »Das wäre mal etwas Neues, so ein hübsches Ding, das die Bauern aufschlitzt und danach für uns tanzt und danach mit uns ...« Zorach machte eine entsprechende Handbewegung.

Joram schob Zorachs Hand angeekelt beiseite, als entferne er Unrat. »Wer würde dich schützen vor solchen dicken Aasfliegen, Aschima?«

Sie senkte kurz den Blick, dann hob sie den Kopf und rief mit heller Stimme: »Wenn ich Midians Geliebte wäre, würde niemand es wagen, mich anzurühren.« Sie heftete ihre Katzenaugen herausfordernd auf ihn. »Das stimmt doch? Niemand würde es wagen, mich dann zu belästigen?«

Es war ganz still geworden. Midian legte beide Arme auf die Banklehne und streckte die Beine aus. »Du würdest mich nehmen, wie?«

»Warum nicht?« Aschima schniefte noch einmal und sah in die grinsenden Gesichter ringsum. »Du bist doch ein ganz ansehnlicher Mann.«

»So? Freut mich, das aus Kennermund zu hören.« Er spreizte die Schenkel und machte eine unanständige Bewegung. »Komm, dein Geliebter möchte dir etwas schenken, das schmeckt besser als Wein, wie du weißt.«

»Ich habe schon Besseres gekostet«, erwiderte sie schnippisch.

»Ist das wahr?« Midian erhob sich wie ein satter Löwe und hob den hüfthohen Krug vom Boden, aus dem der Wein geschöpft wurde. Er setzte ihn mit Leichtigkeit an die Lippen und trank, der Wein lief über sein Kinn, seine Schultern und über seine Brust. Lange stand er so, und alle sahen ihm atemlos zu. Dann schleuderte er den leeren Krug in die Gaststube, wo er auf dem Boden zerschellte. Midian starrte auf die Scherben, schwankte leicht und ließ sich fallen. Er grinste schief. »So eine verhungerte Streunerin will Midians Geliebte sein! Belial schenke mir ein Besäufnis bis zur Bewusstlosigkeit.«

Aschima umklammerte ihren Becher, gegen Midians Trinkgefäß war er dürftig, aber sie hatte ihn schon mehrere Male geleert. »Ich bin nicht hässlich!«, sagte sie trotzig. »Und im Sumpf wolltest du mich auch!«

Midians Augen wurden rasch glasig. Er lachte meckernd. »Frag Joram, was ich da mit dir gemacht hätte.«

Aschima öffnete ihren Mund zu einer heftigen Antwort, aber Joram legte ihr die Hand auf die Lippen. Er schüttelte ernsthaft den Kopf. »Reiz ihn jetzt nicht. Er bringt dich um.«

»Ja«, erwiderte Midian mit schwerer Zunge, während er unter schläfrigen Augenlidern ihren schmächtigen Körper bereits mit den Blicken zerfleischte. »Das würde mir Spaß machen.«

Da mischte sich Semron ein. Er hob die Faust und rief: »Sie muss ohnehin sterben. Habt ihr vergessen, dass sie weiß, wer wir sind? Was ist, wenn sie uns an Susas Statthalter Schuschinak verrät?«

Aschima sah verstört Joram an, der blass geworden war. Dann in die Gesichter der übrigen Wölfe. Rasch hatte sich ihre Wollust in Mordlust verwandelt. Midian in seiner trunkenen Trägheit hatte sich nicht gerührt, nur seine Lippen zuckten in Vorfreude auf sein Opfer.

Aschima fröstelte, aber sie hatte keine Zeit, sich zu fürchten. Geschmeidig sprang sie auf den Tisch und genoss erst einmal die Verblüffung der Männer. Dann breitete sie die Arme aus und rief: »Feiglinge seid ihr alle, dass ihr euch vor einer Frau fürchtet! Hätte ich das gewusst, wäre ich bei den Sumpfschlangen geblieben. Das waren alles Halsabschneider, aber sie hätten niemals einen der ihren ans Messer geliefert. Wenn ihr glaubt, ich würde eine solche Ehrlosigkeit begehen, bedeutet das nur, dass ihr selbst Verrat an euren Gefährten üben würdet.«

Der Rothaarige sah zu ihr hinauf und strich sich den Bart. »Starke Worte, Mädchen. Aber du bist nicht unser Gefährte.«

»Sie ist eine Gesetzlose, das allein stellt sie unter unseren Schutz«, sagte Joram schnell.

Elrek schüttelte den Kopf. »Nein. Wir sind nicht die Beschützer aller kleinen Gauner dieser Welt. Wer zu uns gehören will, muss bereit sein, Taten zu vollbringen, die gewöhnliche Menschen erbleichen lassen.« Er wandte sich an Aschima: »Wenn du bei uns leben willst, musst du lernen, grausam zu sein. Du darfst weder Kinder noch Greise schonen. Mit Lust zu töten ist eines der Gesetze auf Dur-el-Scharan!«

»Dazu bin ich bereit«, sagte Aschima, ohne zu zögern, vielleicht etwas zu schnell.

»Ein Versprechen wiegt leicht.« Midians Stimme war leise. »Wir lieben Taten. Jeder Neue muss eine Mutprobe ablegen, das wird bei euch Sumpfschlangen nicht anders gewesen sein.«

»Feige bin ich nicht!« Aschima stemmte ihre kleinen Fäuste in die Hüften, um ihren Worten mehr Ausdruck zu verleihen.

»Mut hast du dir heute Abend angetrunken, aber bist du auch kaltblütig?«

»Nun, ich denke ...« Aschima sah Joram fragend an. Der nickte ihr zu. »Ich denke, ja.«

Midians Zunge spielte mit seinen Zähnen, und seine Augen wurden kalt und schwarz wie eine Winternacht. »Du wirst in das Färberviertel gehen. Ihre Hütten liegen außerhalb der Stadtmauern – wegen des Gestanks, du kennst dich dort aus?«

Aschima nickte.

»Sie sind unbewacht, es ist ein Kinderspiel. Du zündest eine ihrer Hütten an, und während alle wegen des Feuers zusammenlaufen, dringst du unbehelligt in die übrigen Hütten ein und schneidest ihren schlafenden Bälgern den Kopf ab. Die Köpfe bringst du uns noch in dieser Nacht, sonst wird es dein Kopf sein, der im Sack liegt.«

Aschima starrte Midian mit offenem Mund an. Von irgendwo kam heiseres Gelächter.

Da sprang Midian auf und zerrte Aschima vom Tisch herunter. Er packte sie an beiden Armen, schüttelte sie und blies ihr seinen weingetränkten Atem ins Gesicht. »Sieh mich nicht an wie ein gelähmtes Kaninchen! Tu, was ich dir sage, oder ich zerreiße dich!«

»Lass sie los!« Joram war aufgesprungen, in seiner Hand blitzte ein Messer. Midian warf einen verächtlichen Blick darauf, ließ Aschima aber nicht los. Zorach gluckste im Hintergrund. »Tu Midian nur nicht weh, Joram!«

Wütend hob er den Arm, aber Midian fing ihn trotz seiner Trunkenheit ab. Er hielt Jorams Handgelenk gepackt und lächelte wie ein Tiger. »Um dich mit Midian zu messen, musst du schneller sein, du tapferer Beschützer kleiner Mädchen.«

Joram knirschte mit den Zähnen. Midian quetschte ihm das Handgelenk, und Joram musste das Messer fallen lassen. Midian stieß ihm Aschima in die Arme. »Hier, tröste sie, bevor wir sie schlachten.«

Joram drückte sie rasch auf die Bank und atmete erleichtert auf. Er hatte etwas Zeit gewonnen. Gleichzeitig durchströmte ihn Erleichterung. Jeder andere, der gegen Midian die Waffe gezogen hätte, wäre des Todes gewesen.

Joram rieb sich das Handgelenk. »Wer wird hier geschlachtet? Aschima wird die Mutprobe bestehen, aber nicht mit deinem bösartigen Vorschlag. Das ist von keinem der Wölfe je verlangt worden. Allerdings muss sie töten können. Sie wird uns einen Kopf bringen. Überlassen wir es ihr, welchen.«

Midian sagte nichts, Semron erhob sich und rief: »Darüber muss abgestimmt werden.«

Bis auf Midian hoben alle die Hand. Niemand hatte etwas gegen diesen hübschen Neuzugang einzuwenden. Elrek legte Aschima seine Pranke auf die Schulter. »Wenn du ein Wolf bist, hast du dreißig Freunde, die ihr Leben für dich geben, wenn es sein muss.«

»Und die dich lieben«, fügte Midian höhnisch hinzu.

Joram stieß sie an. »Geh jetzt, geh gleich, bevor sie es sich anders überlegen.« Er hob sein Messer auf und gab es ihr. »Nimm die Waffe.« Und flüsternd setzte er hinzu: »Wenn es dir misslingt, dann flieh so weit dich deine Füße tragen. Sie werden dich hetzen wie ein Wild.«

Aschima sah sich noch einmal um, dann nahm sie den Dolch und huschte hinaus in die Nacht.

Als der Morgen dämmerte und sie alle schliefen, schlich sich Aschima wieder in die Schankstube. Sie trug etwas in einem blutigen Tuch bei sich. »Ich habe es getan«, flüsterte sie, dann legte sie das blutige Messer neben Joram, der mit dem Kopf auf der Tischplatte schlief. Auf der Bank lag Midian auf dem Rücken ausgestreckt, der nackte Oberkörper nass von verschüttetem Wein, und schnarchte leise. Aschima hockte sich neben ihn auf den Boden und legte den Kopf auf seinen Oberschenkel. »Jetzt bin ich ein Schwarzer Wolf«, flüsterte sie, »du kannst mir nichts mehr tun.«

18

Die politischen Verhältnisse in Athen waren gespannt, mehr noch, sie waren kurz vor dem Zerreißen. Der eupatridische Adel lebte von den Erträgen einer tief verschuldeten Bauernschaft. Die Armen wurden immer ärmer, die Bauern und Handwerker gerieten zusehends in Schuldknechtschaft. Armee und Regierung waren das ausschließliche Privileg weniger Familien, die korrupten Gerichte entschieden jeden Prozess zu ihren Gunsten. Die Verbitterung der an den Rand gedrückten Bevölkerung wuchs. Die Reichen, die ihren Besitz und ihre Vorrechte bedroht sahen, forderten strenge Strafen gegen den Pöbel, ein Bürgerkrieg lag in der Luft.

In dieser kritischen Zeit setzten die Vernünftigen beider Seiten ihre Hoffnungen auf einen Mann: Solon. Ein Mann, der in seiner Jugend feurige Gedichte geschrieben hatte und dessen Moral wankelmütig gewesen war wie der Mond. Später wurden seine Gedichte schlechter, seine Moral besser, seine Ratschläge ausgezeichnet. Sein ererbtes Vermögen hatte er mit Jünglingen und jungen Mädchen durchgebracht. Später widmete er sich dem Handel und wurde ein ehrbarer, aber erfolgreicher Kaufmann. Er erwarb sich den Ruf der Anständigkeit und Rechtschaffenheit, sodass Vertreter des Mittelstandes ihn aufforderten, sich zum Archon Eponymos wählen zu lassen, um der Spannungen Herr zu werden. Der Archon Eponymos war der erste Mann im Areopag und besaß diktatorische Vollmachten. Die adligen Familien waren skeptisch, nur langsam ließen sie sich überzeugen. Wie alle erfolgreichen Männer hatte Solon genug Feinde, aber die Vernunft setzte sich durch. Er gewann die Wahl.

Von diesen Hintergründen ahnte Asandros wenig, als sich das beliebte Weinfest der Anthesterien näherte. Ihm gingen die Lenäen voraus. An diesem Tag blieb in Athen niemand nüchtern. Asandros und Achylides wurden zu den Feierlichkeiten bei Sosiades erwartet. Man wollte diese mit dem Wahlerfolg Solons verbinden.

Es dunkelte schon, als die Sänfte Spyridons vor dem Haus hielt. Achylides öffnete, Weindunst schlug ihm entgegen. »Du kommst spät.«

Spyridon hielt sich am Türrahmen fest. »Heute Abend ist es fast unmöglich, eine Sänfte zu bekommen. Ich habe unsere eigenen Sklaven bestechen müssen. Ist Asandros fertig?«

»Ich komme, Spyridon.«

»Wie prächtig du aussiehst! Ich danke den Göttern, dass es dunkel ist im Hain, neben dir hätte ich keine Chancen.«

Asandros warf sich lachend einen kurzen Mantel über. »Achylides? Was ist das? Du bist ja immer noch nicht aus deiner staubigen Tunika heraus.«

»Geht ihr nur allein. Ihr wollt mich nur zu den rasenden Mänaden schleppen, die jeden Mann zerreißen. Ich trinke in Phaleron einen Becher Wein, dort ist es jetzt ruhig.«

»Kommt nicht infrage!« Asandros, ebenfalls weinselig, kniff ihn in die Seite, und Achylides juchzte. »Schäm dich! Du bist ja betrunkener als Pheidon. Was soll denn der edle Spyridon von uns denken?«

Spyridon war schon dabei, das Festgewand aus der Truhe zu holen.

Er schwenkte es durch die Luft und besah es sich von allen Seiten. »He, Asandros, das ist nicht das richtige, glaube ich.«

»Doch, doch, gib es her!«

»Es hat keine Löcher!«, brüllte Spyridon und krümmte sich vor Lachen.

»Spaßig, sehr spaßig!«, rief Achylides, während Asandros ihn nötigte, sich die Tunika überzustreifen. »Weshalb sollten meine Gewänder wohl Löcher haben? Joseba sieht die Wäsche immer genau durch und legt gegen die Motten Pfefferkörner in die Truhen.«

»Löcher an den richtigen Stellen, damit die Satyrn heute Abend nicht so viel Mühe haben«, gurrte Asandros in sein Ohr.

Achylides wurde dunkelrot und schimpfte Asandros einen sittenlosen Strolch.

»Wo ist denn die scharfzüngige Elena?«, fragte Spyridon, als sie in die Sänfte stiegen.

»Bei einer Freundin.«

»Oh«, erwiderte Spyridon langgezogen, »eine Freundin. Kennst du diese Freundin, Asandros?«

»Ich habe keine Ahnung«, kam es kurz angebunden. »Die Freundin ist wahrscheinlich ein Mann, aber ich bin nicht Elenas Hüter.«

»Ein schlechter Ruf deiner Schwester würde auch dir sehr schaden, das weißt du.«

Die gut bezahlten Sklaven, die heute auf eine ausschweifende Nacht verzichteten, hoben die Sänfte an und trugen sie im Laufschritt die kurze schmale Gasse hinunter zur Villa des Sosiades.

Das Haus war bereits voller Gäste, und viele hatten sich um Solon versammelt, um ihn zu beglückwünschen. Asandros wartete bescheiden, bis die Schar der Bewunderer Solon etwas Luft ließ. Doch Solon bemerkte ihn und winkte ihn heran. In seiner Gesellschaft befanden sich zwei Männer, die Asandros als sein Neffe Peisistratos und der Polemarch Dykomedes vorgestellt wurden. Während der vornehme Peisistratos Asandros kühl zunickte, schlug ihm Dykomedes so hart auf die Schulter wie einst sein Ausbilder

Aristarchos. »Edelmut, kühner Geist und ein starker Arm, Spartaner! Ich hörte nur Gutes von dir.«

»Gern würde ich mir so viel Lob verdienen«, erwiderte Asandros gemessen.

»Du hast heute deine reizende Schwester mitgebracht?«, unterbrach Solon, um ein ernstes Gespräch abzuwenden. »Wann werden wir sie kennenlernen?«

»Elena?«, fragte Asandros betroffen. »Du musst dich irren, edler Solon. Ich bin mit Achylides gekommen.«

»Oh! Sah ich das Mädchen nicht vorhin im Garten?«

Asandros schoss das Blut zu Kopf. »Davon weiß ich nichts.«

Peisistratos hob die linke Augenbraue. »Du weißt es nicht?«

»Entschuldigt mich bitte.« Asandros wollte sich auf die Suche nach Elena machen, da kam Sosiades auf ihn zu und fasste ihn am Arm. »Asandros! Ich habe zwei Gäste, die dir gefallen werden.«

Er zog den leicht Widerstrebenden zu einer Gruppe von diskutierenden Männern, die in einem Säulengang standen. Höflich machten sie Sosiades und Asandros Platz. »Ich will euch nicht stören«, wehrte Sosiades lächelnd ab und wandte sich an zwei Jünglinge, die bereits die Gelassenheit und Würde erfahrener Männer ausstrahlten. »Ich möchte euch nur mit Asandros bekannt machen. Er ist Spartaner, aber er kam nach Athen, um Ares gegen Eros zu tauschen, und möchte nun auch Athenes Weisheit erringen.«

Die beiden nickten Asandros freundlich zu. »Wenn du Wissen erwerben willst, entsag dem Aberglauben.«

»Lass dich nicht von ihnen einschüchtern«, lachte Sosiades. »Hier, unser blonder Freund ist Anaximandros aus Milet, und neben ihm der Dunkle mit dem ernsthaften Blick ist sein Freund Pherekydes.«

»Seid gegrüßt, Anaximandros und Pherekydes«, sagte Asandros. »Ich bin nie abergläubisch gewesen.«

»Nein? Du glaubst nicht an den blitzeschleudernden Zeus, den weithin treffenden Apollo und die schaumgeborene Aphrodite?«

»Ich nehme an, es sind menschliche Träume, die göttliche Gestalt angenommen haben.«

»Bemerkenswert. Und woran glaubst du?«

»An mich.« Asandros lächelte verlegen.

Pherekydes schmunzelte und nickte, Anaximandros blieb ernst. »Weißt du, woher der Blitz kommt?«

»Aus den Wolken.«

»Und die Wolken? Wer schickt sie?«

»Der Wind, denke ich.«

»Doch wer hat den Wind gemacht? Wer gab ihm die Freiheit,

zu wehen, wo er will?«

»Ich weiß es nicht. Wisst ihr es?«

Anaximandros lächelte. »Das Volk glaubt, es sei Aiolos, der Gott der vier Winde. Aber wir wollen dich nicht verwirren. Pherekydes und ich beschäftigen uns mit den Vorgängen in der Natur, interessiert dich das?«

»Ich bin unwissend wie ein ausgedrückter Schwamm und genauso durstig.«

»Wir sind der Meinung, dass alles in der Welt natürlichen Ursprungs ist, nicht von sogenannten Göttern beeinflusst oder beherrscht. Glaubst du das?«

Asandros lächelte. »Wenn ich es glaubte, würde ich statt Zeus und Apollo Anaximandros und Pherekydes glauben.«

»Eine treffliche Antwort. Das gemeine Volk liebt den Mythos mehr als den Logos. Anaximandros und ich bemühen uns um die Wahrheitsfindung, und wenn wir einen Schritt vorangekommen sind, suchen wir nach dem Beweis unserer Schlussfolgerung, damit wir nicht der Versuchung erliegen, uns selbst zu betrügen und als Scharlatane zu gelten.«

Die beiden Männer verwickelten Asandros in ein längeres Gespräch, dem dieser wissbegierig und erstaunt folgte. Er erfuhr Dinge, die ihm einleuchteten, nämlich, dass der Wind durch kalte und warme Luft verursacht werde. Aber er hörte auch, dass die Erde keine Scheibe sei, sondern eine Kugel.

»Auch die Sonne ist eine Kugel. Sie ist ein riesiger Feuerball, sehr viel größer als die Erde. Weil sie aber sehr weit entfernt ist, erscheint sie uns nicht größer als ein Kohlkopf. Auch die Sterne sind Feuerbälle, aber weiter entfernt, als du dir vorstellen kannst. Deshalb nimmst du sie nur noch als Punkte wahr.«

Asandros dachte eine Weile nach. »Wenn das stimmt, wer hat das alles erschaffen, wenn nicht Götter?«

»Wir glauben, dass es Urkräfte waren, die aus dem Nichts entstanden und sich nach ihrer eigenen Gesetzmäßigkeit entfalteten. Aber auch wir können die Frage nach dem Anfang und dem Warum aller Dinge nicht beantworten. Vielleicht wird das nie ein Mensch können.«

Von der Terrasse drang Lärm herein, als gebe es dort eine Unruhe. Aber Asandros achtete nicht darauf. Das Gespräch hatte ihn in den Bann gezogen. »Und das Unsichtbare, das Geheimnisvolle in der Welt wollt ihr nicht gelten lassen?«

»Mit der Frage nach dem Übersinnlichen beschäftigen sich die Priester«, sagte Anaximandros. »Ein schlüpfriger Boden, wenn du mich fragst, bar jeder Logik. Er ist wie ein trügerischer Sumpf, und wir beide ziehen es vor, auf fester Straße zu marschieren.«

Aber Pherekydes fügte hinzu: »Lern auch von den Priestern, damit du dein Wissen erweiterst und dir selbst auf deine Fragen die Antwort geben kannst.«

»Und wenn ich die Antworten auf meine Fragen kenne, was gewinne ich dadurch?«

»Das Verlangen, noch mehr zu erfahren. Der Hunger nach Wissen und Erkenntnis ist der edelste Trieb und vielleicht der Sinn des menschlichen Lebens.«

»Ich glaubte immer, Mitgefühl und Erbarmen seien der edelste Trieb im Menschen.«

»Diese Gefühle wachsen erst aus der wahren Erkenntnis. Edler als Mitgefühl ist das Streben nach Gerechtigkeit. Gib ein Almosen aus Erbarmen, und du tust ein gutes Werk für einen Tag, aber verschaff dem Bettler Gerechtigkeit, und du gibst seinem Leben einen neuen Sinn.«

»Einem Bettler Gerechtigkeit?«, wiederholte Asandros nachdenklich. »Wie kann das geschehen?«

»Gib ihm seine Menschenwürde zurück, indem du ihn aus dem Straßenstaub hebst, seine Bettelschale zerbrichst und ihm Arbeit gibst. Hat er ein Gebrechen, schick einen Arzt zu ihm. Kann er nicht mehr geheilt werden, so pflege ihn, wie du deinen alten Vater pflegen würdest.«

»Das sind gute Worte, aber es gibt zu viel Elend.«

»Ja, weil die Erkenntnis gering ist unter den Menschen, und weil der Weg dahin steinig ist. Glaubst du denn, es sei so einfach, einen Abend über erhabene Dinge zu plaudern und geläutert daraus hervorzugehen?«

»Aber ihr seid noch jung und sprecht schon wie Männer, die Erkenntnis besitzen.«

Anaximandros lächelte. »Die Erkenntnis ist wie ein schöner Vogel mit bunten Federn. Du läufst ihm nach, du wirfst dein Netz nach ihm aus, aber nur selten fängst du ihn. Auch uns ist er bis jetzt entkommen, wir können dir nur beschreiben, wie er aussieht.«

»Ich habe ihn noch nicht einmal zu Gesicht bekommen«, sagte Asandros enttäuscht.

»Öffne Herz und Augen weit, vielleicht fliegt er dir eines Tages zu, weil er in dir sein Nest bauen will.«

Asandros lächelte verlegen. »Ich fürchte, bis heute bin ich blind durch die Gegend gestolpert und habe dabei viel zertreten.«

»Der Töpfer, dem sein Krug zerbricht, setzt sich an die Töpferscheibe und fertigt einen neuen. Wichtig ist nur, dass ihm der Ton nie ausgeht.«

Der Lärm auf der Terrasse wurde lauter. Ein Mann schien eine

laute, flammende Rede zu halten, sie wurde von Zurufen oder Gelächter unterbrochen.

»Wer ist das?«, fragte Asandros.

»Es ist Tyrandos, ein Demeterpriester aus Eleusis. Er sammelt
verwirrte Schwärmer um sich. Hör nicht auf diesen Schwätzer!«,
brummte Anaximandros.

»Doch, geh hin und hör ihm zu!«, ermunterte ihn Pherekydes.
»Scheide dann selbst die Spreu vom Weizen.«

Asandros bedankte sich bei den beiden für das aufschlussreiche
Gespräch und ging hinaus auf die Terrasse.

Etliche Gäste hatten sich um einen hageren Mann geschart, der
sich einen gelben Schal um den Kopf gewunden hatte, unter dem
sein schwarzes Haar ihm bis auf die Schultern fiel. Seine Augen
waren so dunkel, dass sie alles Licht zu verschlucken schienen,
und seine Stimme scharf wie ein Schwert.

»Oh ihr stolzen Athener! Oh ihr gottlosen Athener!«, hörte er
ihn rufen. »Kehrt um und tut Buße! Reinigt eure Seelen von der
Verderbnis, von der Sünde der Hurerei und von jeglicher Blutschuld und verworfenen Gedanken. Kommt in den Tempel des
auferstandenen Orpheus, des wiedergeborenen Dionysos, reinigt
euch, reinigt euch und werdet sündenlos wiedergeboren!«

Asandros drängte sich durch die Zuhörer, um den Mann näher
zu betrachten, der es wagte, der Elite Athens solche Dinge ins Gesicht zu sagen. Tyrandos' Blick richtete sich auf ihn, und Asandros
hatte das Gefühl, in das Gesicht einer Gorgo zu schauen. Asandros
stieg eine dunkle Röte ins Gesicht, aber er konnte sich nicht von
dem bannenden Blick des Priesters lösen. Um sich herum hörte er
verhaltenes Gelächter. Offensichtlich betrachtete man den Priester
als eine abwechslungsreiche Darbietung im Programm des
Abends. Aber nicht alle lachten.

»Eure Gedanken sind voller Fäulnis und eure Hände blutbe-
fleckt«, fuhr der Priester fort und breitete seine Arme aus wie die
Schwingen einer Harpyie.

Eine warme Hand legte sich auf Asandros' Arm. »Was hältst du
von ihm?«

»Elena!« Asandros zog ärgerlich die Stirn kraus. »Wie konntest
du ohne mein Wissen hier erscheinen?«

Ihm entging nicht, wie schön sie war, trotz ihres keuschen Gewandes, am Hals geschlossen, bis auf die Knöchel fallend, das wilde Haar gebändigt mit unzähligen Kämmen und Spangen. Sie bemerkte seinen Blick und lächelte spöttisch. »Wenn ich auf dich
warten wollte, könnte ich in meinen Gemächern verschimmeln.«

»Eine ehrbare Frau kann in Athen nicht gehen, wohin sie mag.«
Elena nickte einem Gast freundlich zu, der sie mit seinen Bli-

cken fast verschlang. »Verzeih mir, Bruder, aber die männliche Auffassung von weiblicher Ehrbarkeit ist lächerlich. Ich werde mich nicht damit befassen, solange die Männer um mich herum mit Dirnen und Knaben den Abend vertändeln.«

Asandros verschränkte die Arme. »Ich will dich nicht maßregeln, aber es sind wichtige Männer hier, die über dein Verhalten befremdet sind. Du schadest mir damit, willst du das?«

Sie funkelte ihn wütend an. »Kriech zu ihnen und küsse ihre Rocksäume, opfere die Freiheit deiner Schwester ihrem Dünkel!«

Sie erregten bereits Aufmerksamkeit, Asandros zog Elena in eine Nische und zischte. »Wenn du dich hier aufführst wie eine Megäre, lege ich dich übers Knie und verprügele deinen hübschen Hintern vor allen Gästen.«

Elena neigte ihren Kopf und lehnte ihn an seine Schulter. »Was für ein pikanter Beitrag zum Gelingen des Abends wäre das.«

Betroffen über ihre Nähe zuckte er zurück. »Du hast mich angelogen«, sagte er belegt. »Statt zu einer Freundin bist du zu einem Mann gegangen.«

»Nein, ich habe mich mit Phryne getroffen.«

»Mit diesem Kind?«

»Das war sie, und das wäre sie geblieben. Aber Phryne ist klug, sie hört mir zu und lernt. Einige Frauen aus der Nachbarschaft besuchen uns regelmäßig, was wir tun, spricht sich herum, eines Tages werden wir viele sein.«

»Viele?« Asandros verstand sie nicht, aber Elena würde immer ihren eigenen Weg gehen, und sie war stark genug dazu. Er legte ihr sacht den Arm um die Mitte. »Komm, lass uns in den Garten gehen. Dieser Priester – seine anklagende Predigt erdrückt mich. Er kann einem den ganzen Abend verderben.«

»Ich finde, er hat recht«, sagte Elena. »Was für eine Verschwendung in diesem Haus, was für ein Luxus im Hause Spyridons. Und was für ein Elend in den Hütten am Eridanos.«

»Gewiss, es gibt Ungerechtigkeiten«, räumte Asandros ein. »Deshalb vertraue ich Solon. Das ist ein Mann, der die Verhältnisse ändern kann. Tyrandos jedoch spricht von einer Wiedergeburt in Dionysos – was soll ich damit anfangen?«

»Jedenfalls wagt er es, den Leuten die Wahrheit zu sagen. Er mag besessen sein, aber das gefällt mir. Man muss glühen für das Neue, für die Veränderung. Was tust du, um zu verhindern, dass täglich Hunderte in die Schuldknechtschaft wandern?«

»Nichts!«, zischte Asandros. »Das ist nicht meine Aufgabe. Und überhaupt, woher kennst du die Verhältnisse in Athen so genau?«

»Ich habe mich umgesehen, während du auf die Brosamen deiner Freunde Solon und Dykomedes wartest.«

An der Mauer hinter einem Rosengebüsch vernahmen sie Gekicher, und sie hörten eine weintrunkene Stimme singen: »Hole Wein mir, hole Blumenkränze, Knabe, nur geschwind! Denn jetzt beginne ich mit Eros einen Faustkampf.«

Stylichos, der Jünger der Dichtkunst, und Achylides lagen im Gras und ließen sich von zwei Knaben Wein in den Mund gießen. Leier und Doppelflöte lagen auf dem Boden, die Knaben widmeten sich anderen Instrumenten.

Beide Männer waren bereits so betrunken, dass sie Asandros und Elena nicht bemerkten. Leise entfernten sich die beiden wieder. Elena fasste nach Asandros' Hand. »Achylides – vor ihm hast du mich gewarnt, aber er ist einer der liebenswürdigsten Männer von Athen.«

Asandros erwiderte ihren Händedruck. »Das ist er.« Ihr Streit war wie weggewischt, die Wärme ihrer Hand durchströmte seinen ganzen Körper. Sie strich über seinen Arm hinauf, seine Härchen richteten sich auf. Er fühlte verbotene Begierden aufsteigen. Sie zog ihn auf eine steinerne Bank. »Küss mich wie in jener Nacht, Asandros.«

Er erschrak. So lange hatte er die Erinnerung verdrängt. War es wirklich geschehen, dass er seine Schwester begehrt hatte? Nicht nur begehrt, er hatte sie verschlingen wollen mit der Gier eines Söldners, der nach monatelangem Heerlager zum ersten Mal wieder auf einer Hure liegt. Ihre Lippen waren ganz nah, sie glänzten feucht, ihre Augen waren weit geöffnet. Sie war bereit für ihn, kannte keine Scham, keine Reue. Und sie waren allein. Er küsste sie, seine Zunge glitt über ihren Hals, sie legte den Kopf in den Nacken, bog sich nach hinten, er streifte ihr wie benommen das Kleid herunter und atmete tief den Duft zwischen ihren Brüsten. »Damit muss Schluss sein«, keuchte er. »Hörst du?«

»Nein! Ich begehre dich, was kümmert es mich, dass du mein Bruder bist? Du bist der junge Falke, dessen Ruhm mir zugetragen wurde, mein Falke!« Sie riss sich das Gewand noch weiter auf. »Sieh doch, wie schön ich bin! Du begehrst mich ebenso wie ich dich, nicht wahr?«

»Nein«, stöhnte er, »ich liebe dich wie eine Schwester. Wir dürfen uns nicht lieben wie Mann und Frau.«

Da hörten sie Schritte auf dem Kies. Elena raffte ihre Ärmel hoch und verschwand in den Büschen.

Es waren Solon und Peisistratos. Asandros wäre vor Verlegenheit am liebsten davongerannt wie ein Knabe, der beim Apfelstehlen erwischt worden war. Die beiden Männer blieben erstaunt stehen. »Asandros?«

Er erhob sich und strich sich verlegen den Rock glatt. »Solon!

Verzeih, ich war in Gedanken.«

»Du scheinst durcheinander, mein Freund. Ist dir heiß? Es ist doch ein milder Abend.«

»Ich – ja, ich gestehe, ich bin etwas verwirrt. Es liegt an dem Priester.«

»Tyrandos? Lass dich nicht von ihm einschüchtern. Er sammelt Schäfchen, und Schafen sagt man Dummheit nach. Verstehst du?«

Asandros sah sich noch einmal um und schloss sich dann ihrem Rundgang an. »Du meinst, er ist ein Lügner?«

»Ein schlimmes Wort. Er ist Priester, muss ich mehr sagen? Verführt er die Menschen, oder bringt er ihnen das Heil? Ich für meinen Teil glaube das Erstere.«

»Er wirkt düster und unheimlich. Mich fröstelte, als ich ihm zuhörte. Er sprach von Reinigung und Erlösung. Glaubst du, dass das möglich ist?«

»Ich kann es dir nicht sagen. Die Eleusinischen Mysterien sind nur Eingeweihten zugänglich, und ich selbst habe nie das Bedürfnis gehabt, mich von einer Schuld zu reinigen, die mir der Priester zuvor eingeredet hat.«

»Aber – es gibt Menschen, die mit Schuld befleckt sind. Die Schuld zu tilgen, sündenlos wiedergeboren zu werden, ist das möglich?«

Solon strich sich über den Bart. »Damit lockt Tyrandos die Schäfchen in seinen Stall, aber ich denke, nein. Man sagt, dass ihm vornehmlich die Armen und Sklaven nachlaufen, die in diesem Leben nicht viel zu erwarten haben, denn er redet ihnen ein, dass alle Menschen gleich seien. Das ist natürlich purer Unsinn, wie jeder weiß.«

»Du hältst die Sklaverei für gerecht?«

Solon wiegte den Kopf. »Das ist eine philosophische Frage. Zweifellos nutzt sie dem Staat.«

»Aber Anaximandros war der Ansicht, wer die wahre Erkenntnis besitzen will, der muss zuerst nach Gerechtigkeit streben.« Asandros war froh, von Solon in ein Gespräch verwickelt zu werden, das ihn ablenkte.

»Gehörst du etwa zu diesen versponnenen Weltverbesserern, die alle Sklaven befreien wollen?«, fragte Peisistratos misstrauisch. »Die verkünden, dass alle Menschen gleich seien und dieselben Rechte haben müssten? Das würde mich wundern, wo man in Sparta sogar arbeitsame Bauern wie rechtloses Vieh behandelt und sie nach Willkür tötet.«

»Leider hast du recht«, entgegnete Asandros kühl, »solche Dinge geschehen bei uns. Und weil sie geschehen, habe ich mein Volk verlassen. Aber ich habe nie behauptet, man müsse die Sklaverei abschaffen. Ich will auch nicht die Welt verbessern, nur mich selbst.«

Solon nickte lächelnd. »Das ist weise. Was Anaximandros und Pherekydes verkünden, ist nur für freie Geister. Und nur, wer die Sorge um das tägliche Brot nicht kennt, kann sich mit Muße höherer Erkenntnis zuwenden.«

»Dann wären also alle Sklaven, Bauern und Handwerker davon ausgeschlossen?«

»Das Erhabene darf nicht jedermann zugänglich sein, sonst verliert es an Glanz. Wenn jeder Bauer aus goldenem Geschirr äße, wer würde es dann noch schätzen?«

»Und was ist mit den Frauen?«

»Ich verstehe dich nicht.«

»Mit denen, die wie Gefangene in den Frauengemächern gehalten werden.«

Solon schwieg, und Peisistratos erwiderte kühl: »Die Pflichten und Tugenden unserer Ehefrauen sind eine der Säulen des Staates. Daran zu rütteln, ist Hochverrat.«

In den nächsten Wochen widmete sich Asandros mit Fleiß dem Weitsprung und dem Wettlauf, um sich zu verbessern. Da wurde er plötzlich zu Miltiades gerufen. Sonst hatte der Asandros stets mit lobenden Worten empfangen und ihm begeistert auf die Schultern geschlagen, doch heute lief er nervös mit auf dem Rücken verschränkten Händen auf und ab. Als er eintrat, hörte Asandros ihn Flüche murmeln.

Asandros blieb höflich stehen und wartete, bis Miltiades das Wort an ihn richtete, doch der warf nur einen verdrossenen Blick auf ihn und setzte seine Wanderung fort. »Dass der Styx austrocknen möge! Dass der Hades einstürzen möge! Ha! Die Moiren wollen mein Unglück!«

Asandros seufzte ungeduldig. »Was ist denn geschehen, Miltiades, dass du so verzweifelt bist? Ich habe dich doch nicht unabsichtlich erzürnt?«

»Erzürnt? Meine Hoffnungen hast du zunichtegemacht, Athens Hoffnungen. Du bist so gut, so gut! Selbst die Epheser hätten wir diesmal geschlagen, und natürlich auch die Spartaner – ha! Die Spartaner!«

»Was ist mit ihnen? Die werde ich auch schlagen.«

»Du würdest es, Asandros, du würdest es, wenn du in Olympia kämpfen könntest. Aber du wirst nicht gehen. Beim Barte des Zeus! Weshalb hast du mir das verschwiegen?«

Asandros war sich keiner Schuld bewusst. »Was denn verschwiegen?«

Miltiades warf ihm einen schmalen Blick zu. »Du weißt es wirklich nicht? Dass du mit einer Blutschuld aus Sparta geflohen bist. Eine Blutschuld! Damit darfst du auf Olympias heiligen Boden nicht einmal deine Sandale setzen.«

Asandros brach kalter Schweiß aus. »Das hatte ich nicht bedacht«, flüsterte er.

»Nicht bedacht!«, wiederholte Miltiades zornig. »Weiß man von dieser Vorschrift in Sparta nichts?«

»Sie war mir entfallen«, murmelte Asandros. »In Sparta – wir durften nie von Schuld sprechen, wenn es ums Töten ging.«

»Ja, ja, ich kenne mich aus. Aber das gilt doch nicht, wenn ein Spartaner seine eigenen Leute umbringt?«

»Nein, natürlich nicht.« Asandros biss sich ärgerlich auf die Lippen. Er hatte sich über den göttlichen Ursprung der Olympischen Spiele schlicht keine Gedanken gemacht.

»Ich habe es von Dioskorides erfahren, aber ich wollte ihm nicht glauben. Doch Pausanias, ein angesehener Richter Spartas, schrieb mir über den Vorfall. Er schloss mit der Warnung, dass du zeitweise den Verstand verlierst und zur rasenden Bestie wirst, und er riet uns, dich auszuliefern.«

»Ich habe getötet«, stammelte Asandros, »aber ich hatte meine Gründe.«

Miltiades ging auf Asandros zu und legte ihm die Hand auf den Arm. »Das brauchst du mir nicht zu sagen. Ich kenne und schätze dich als geradlinigen Mann. Aber der Weg nach Olympia ist dir für alle Zeiten versperrt.«

Von Miltiades erfuhr Asandros die Hintergründe: Dioskorides hatte Asandros bespitzeln lassen. Als er seinen Lebenswandel einwandfrei fand, hatte er Nachforschungen über seine Fluchtgründe aus Sparta angestellt. Pausanias hatte ihm geliefert, was er wollte.

»Trotz seiner Hinterlist solltest du ihm dankbar sein«, fuhr Miltiades fort, »denn wenn Dioskorides nichts gesagt hätte, wärst du beladen mit deiner Blutschuld in Olympia angetreten, und das hätte den Fluch der Götter für Athen und für dich den Tod bedeutet.«

»Und das Gymnasion? Muss ich es nun verlassen?«

»Nein, trainieren darfst du weiterhin, auch andere Wettkämpfe sind dir gestattet, nur nicht jene, die den Göttern geweiht sind.«

Miltiades legte Asandros beide Hände auf die Schultern. »Trag es Dioskorides nicht nach. Du bist der Beste. Einst war das Dioskorides, und wo steht er heute? In deinem Schatten, das ist hart für ihn.«

»Erlaubst du, dass ich meine Mitleidstränen zurückhalte?«, zischte Asandros. Er ging hinaus in den Garten und suchte sich die einsamste Ecke, die er finden konnte. Ihm war zum Heulen zumute, aber er sagte sich, es sei eine Schande, deswegen Tränen zu vergießen. Wenn er nicht bei den Olympischen Spielen antreten konnte, war das nicht das Ende der Welt. Er hatte schon weitaus Schlimmeres durchgestanden.

Selbst Mordgedanken gegen Dioskorides gingen ihm durch den Kopf, aber das war ein Rückfall in spartanische Denkweise. *Ich halte mich für großartig*, dachte Asandros, *aber bin ich in meinem Stolz nicht genauso unerträglich wie Dioskorides, weil ich der Beste bin?*

Da durchschnitt eine kalte, höhnische Stimme seine Gedanken: »Wo ist er nun geblieben, der Traum vom olympischen Lorbeer, du Meuchelmörder?«

Dioskorides hatte beobachtet, wie Asandros Miltiades mit niedergeschlagener Miene verlassen hatte, und natürlich war er ihm gefolgt. Asandros war die Stimme wie ein Stich in den Rücken. Er richtete sich auf und erwiderte mit eisiger Stimme: »Du hast erfahren, was sich in Sparta zugetragen hat? Und du hast die Stirn, mich weiterhin zu belästigen? Fürchtest du nicht, dass ich dich totschlage?«

Dioskorides erbleichte. »Dann – dann würde man dich ...«

»Hinrichten? Hat man mich denn in Sparta hingerichtet, du Narr? Dort habe ich fünf Männer abgeschlachtet und sieben verbrannt und stehe doch vor dir.«

»Ich hatte keine andere Wahl«, murmelte Dioskorides. »Ich muss nach Olympia.«

»Ich muss auch hierbleiben und sterbe nicht daran«, gab Asandros frostig zurück.

»Du bist ein Fremder. Wenn ich, der Sohn des Ephialtes, ausgeschlossen werde, ist das für mein Vaterhaus eine unauslöschliche Schande.«

»Die Schande hast du ihm selbst zugefügt. Ich bin für deine schwachen Leistungen nicht verantwortlich.«

»Und ich nicht für deine Bluttaten in Sparta!«

»Wie günstig für dich, dass du auf sie gestoßen bist!«

»Zugegeben. Trotzdem – wir könnten uns versöhnen. Wie denkst du darüber?« Dioskorides streckte ihm die Hand hin.

Asandros übersah sie. »Ich habe lieber aufrichtige Feinde im Rücken, als falsche Freunde.«

Dioskorides hätte Asandros gern weiterhin gedemütigt. Freundliche Worte brannten wie Schlangengift auf seiner Zunge, aber sein Vater hatte ihm geraten, sich dem Günstling Solons vorerst versöhnlich zu zeigen. »Wir müssen keine Freunde werden, aber wir können doch vernünftig miteinander reden, oder nicht?«

»Was verstehst du darunter? Dass ich mich deinen Drohungen beuge?«

»Ich will Frieden zwischen uns. Das ist alles, worum ich dich bitte.«

»Deine Bitten sind wie Dolche, die eines dunklen Tages in meinem Rücken stecken werden.«

Dioskorides ballte seine Hände zu Fäusten. »Du willst, dass wir Feinde bleiben?«, knirschte er.

Asandros musterte ihn von oben bis unten. »Hat der Löwe Feinde bei den Krähen?« Er ließ ihn stehen und ging.

Elena hatte ihre Sachen gepackt und war ausgezogen. Sie hatte ein leerstehendes Haus in der Nähe des Achäischen Tores gemietet, doch obwohl das Gerücht von zahllosen Liebhabern umging, konnten die Moralwächter des Areopags ihr keinen unsittlichen Lebenswandel vorwerfen. Ihr Liebesleben blieb im Dunkeln.

Anfangs empfing Elena ausschließlich Frauen in ihrem Haus, zuerst nur Sklavinnen, dann fanden sich immer mehr Töchter angesehener Häuser dort ein. Elena behauptete, sie zu unterrichten und dadurch ihren Lebensunterhalt zu bestreiten.

Asandros war froh, dass seine Schwester offensichtlich vernünftig geworden war. Nachdem Asandros Sosiades' Haus längere Zeit gemieden hatte, verlangte ihn wieder nach fröhlicher Gesellschaft. Er erschien mit seinem Freund Spyridon.

Sosiades begrüßte seine beiden Gäste herzlich wie immer. »Asandros! Ich glaubte schon, Zeus habe seinen Mundschenken gewechselt. Weshalb hast du dich so lange nicht blicken lassen? Wir haben dich vermisst.« Sie umarmten sich. Danach umarmte Sosiades Spyridon. »Wie geht es deinem Vater, dem vortrefflichen Theogenes? Was macht sein Rheuma?«

»Danke. Seit er in den heißen Quellen von Eritrea badet, geht es ihm besser.«

»Mögen die Götter ihm auch weiterhin gewogen sein.« Sosiades geleitete sie an einen ruhigen Platz hinter zwei Säulen und empfahl ihnen seine Tanzgruppe aus Kreta, die einen kultischen Stiertanz vorführte.

Der Abend verstrich angenehm mit Tanz, Gesang und Unterhaltung. Da verdunkelte plötzlich ein Schatten ihre Nische. Dunkle, glühende Augen starrten Asandros an. Doch bevor er etwas sagen konnte, war die dunkle Gestalt vorübergegangen.

»Wer was das?«, fragte Spyridon betroffen.

»Es war dieser Priester aus Eleusis«, murmelte Asandros. »Was wollte er hier? Beim Hades, er ist mir unheimlich.«

»Tyrandos? Dieser asketische Langweiler?«, grinste Spyridon.

»Ein Langweiler?«, sagte Asandros nachdenklich. »Seine Anwesenheit fällt jedes Mal wie ein düsterer Schatten auf die Feststimmung. Ich verstehe nicht, weshalb Sosiades ihn hier duldet.«

»Tyrandos ist mächtig«, flüsterte Spyridon. »Böse Zungen behaupten, mächtiger als der Areopag. Und er ist ein Eumolpide. Ihn auszuschließen, kann sich niemand erlauben. Natürlich folgen ihm aus unseren Kreisen nur wenige, aber die Volksmassen hat er hinter sich und die Sklaven.«

»Was weißt du über die Mysterien?«

»Nichts. Es heißt, nur die Eingeweihten tun bei den Zeremonien einen Blick ins Jenseits und werden neu geboren. Aber wer darüber spricht, den trifft ein fürchterlicher Fluch.«

»Glaubst du an Flüche?«, fragte Asandros schulterzuckend. »Ich nicht.«

»Ich weiß nicht. Es ist besser, sich an die Regeln zu halten.«

Sie hörten ein Hüsteln. »Darf man stören?« Es war Sosiades.

»Du störst niemals, Sosiades.«

Sosiades sah ihre verstörten Mienen. »Tyrandos ist hier gewesen, nicht wahr? Macht euch nichts daraus, im Grunde ist er im Gefängnis seiner Askese und seiner Jenseitsliebe zu bedauern. Vergessen wir ihn! Ein anderer Gast ist gekommen, er möchte dich kennenlernen, Asandros. Er bittet dich, ihm für eine Weile Gesellschaft zu leisten.«

»Wer ist denn dieser geheimnisvolle Gast?«, fragte Asandros, als er mit Sosiades durch die Säulenhalle schritt. »Kenne ich ihn?«

»Nein, er ist kein Grieche. Er ist ein Abgesandter König Nabupolassars aus Babylon.«

»Nabupolassar? Was für ein seltsamer Name!«

»Hast du noch nie von ihm gehört?«, wunderte sich Sosiades. »Es heißt, er sei der mächtigste Herrscher der Welt – der Welt außerhalb von Hellas natürlich.«

Asandros schüttelte den Kopf. »Nein. Hoffentlich kann ich mir seinen Namen merken.«

»Mein babylonischer Gast hört auf den Namen Schagaraktischuriasch«, fügte Sosiades schadenfroh hinzu.

Asandros griff sich an den Kopf. »Erbarmen! Wie soll man denn diesen Menschen anreden, ohne unhöflich zu sein? Und was will er von mir?«

»Das wird er dir selbst sagen.«

»Ach Sosiades! Du bringst mich in die unangenehme Lage, mich vor ihm mit seinem unaussprechlichen Namen zu blamieren. Nun – ich hoffe, lange wird die Unterhaltung mit diesem – äh – Babylonier wohl nicht dauern.«

19

Das Tal Ge-Hinnom bei Jerusalem war dunkel von Rauchschwaden; an drei Stellen waren große Holzstöße aufgetürmt, deren Feuer das Kostbarste verzehrte, was demütige Menschen den Göttern opfern konnten. Dumpfe Trommelschläge übertönten die Schreie der Mütter und begleiteten den Singsang des Priesters:

»Milkom und Astoreth! Segnet unsere Felder mit reichen Ernten. Hagelschlag soll sie nicht vernichten, Heuschrecken sie nicht fressen. Segnet die Schöße unserer Frauen mit Fruchtbarkeit und lasst sie Söhne gebären. Lasset das Vieh sich vermehren und Krankheit es nicht schlagen. Erfreut euch am würzigen Duft des Brandopfers. Söhne sind es und erstgeboren, wie ihr es verlangt. Wir haben euch keine Sklavenkinder oder Mädchen untergeschoben noch das verkrüppelte Kind eines Bettlers gestohlen. Baalim, Ascherim! Die Mütter wehklagen, die Väter stehen stumm vor Schmerz. Groß ist ihr Opfer, und groß möge auch euer Segen sein. Lasst uns stark sein im Angesicht unserer Feinde, damit wir sie vernichten können. Verflucht seien die Leviten, die eure heiligen Pfähle umstürzen, eure Altäre entweihen und verbieten, dass man euch auf den Höhen opfert, wie es schon unsere Vorväter taten.«

Gemarja, der Sohn Hilkijas, beobachtete zusammen mit seinem Freund Eleasa von einer Anhöhe aus kopfschüttelnd und grimmig das Treiben. »Diese syrischen Knechte! Diese assyrischen Totengräber! Diese ammonitischen Teufelsanbeter! Halb Juda ist auf den Beinen, wenn im Tal des Todes die Feuer rauchen.«

Eleasa lächelte fein. »Ja, viel mehr Menschen als bei den öffentlichen Lesungen deines Vaters. Hier können sie ihren blutrünstigen Götzen in die Fratzen schauen. Zugegeben, es gibt erfreulichere Anblicke, aber immer noch besser als Jahwe, den man überhaupt nicht sieht.«

»Still, du lästerst!«

»Aber es ist doch wahr. Glaubst du denn wirklich an jenen unsichtbaren Streiter, der uns einst in dieses Gelobte Land geführt hat? Milkom und Astoreth mögen nur Götzen sein, aber die Sonne scheint, der Regen fällt, das Vieh gedeiht, und wer das alles bewirkt, ist nur eine Frage der Auslegung. Und hat nicht Isaschar, der Diener aller Baalim, ein weitaus prächtigeres Haus als dein Vater?«

»Ach!«, wehrte Gemarja unwillig ab, »dass du ein ungläubiger Spötter bist, weiß ich längst. Aber es geht um mehr als um einen Glaubensstreit. Ich könnte sie einfach Verblendete schelten, die dort unten ihre eigenen Kinder verbrennen, doch wo findest du so starken Glauben noch bei uns? Gibt es denn einen in Jerusalem, der seine Kinder opfern würde für Jahwe? Und wenn nicht für ihn, dann für Juda?«

»Niemand«, nickte Eleasa.

»Ja, und so geht unser Land zugrunde.« Gemarja ballte die Faust. »Nie war die Stunde günstiger als heute, unsere Unterdrücker abzuschütteln. Assur-u-Ballit, dieser Hasenfuß, sitzt zitternd in Harran. Müssen wir da noch fremde Götter anbeten? Aber wie wollen wir Juda aus der Hand seiner Eroberer retten, wenn das Volk ihnen mehr vertraut als dem Gott Abrahams? Opferbereitschaft und Ergriffenheit brauchen wir, aber nicht in Ge-Hinnom, wo sie an Götzenbilder verschwendet werden.«

»Gewiss, doch wie willst du das ändern? Das Volk wird bei der nächsten guten Ernte jubeln und sich wieder hier versammeln, um den Baalim zu danken. Jede Missernte jedoch werden die Baalspriester den Leviten anlasten.«

»Man müsste ihnen etwas geben, das sie wieder für Jahwe begeistert«, murmelte Gemarja. »Einen Helden, der für ihn streitet, wie seinerzeit Gideon.«

Eleasa lachte. »Mit alten Legenden wirst du nichts bewirken. Erblickst du ringsum wohl einen Gideon oder einen Simson?«

»Nein, aber zu Notzeiten traten stets Retter für das Volk auf. Das wirst du doch nicht bestreiten wollen?«

»Zu Notzeiten? Ja, vielleicht, aber es geht dem Volk doch gut.«

»Nicht allen, es gibt viel Ungerechtigkeit und Not.«

»Jetzt redest du wie dein Bruder Jeremia, dessen Geschrei die Gassen Jerusalems erfüllt. Aber keiner hört mehr hin, alle haben es satt.«

»Jeremia geht seinen eigenen Weg, einen schweren Weg, denke ich. Aber er ist erfüllt von seinem Gott mit der Kraft, die ich allen Judäern wünsche.«

»Mag sein, aber er erweist dem Land keinen guten Dienst mit seinem unheilvollen Gekrächze. Weshalb spricht er ständig von Untergang, statt allen Mut zu machen?«

»Ich weiß es nicht, so ist er eben. Er sagt, dass seine Gedanken und Worte von Gott kommen und dass Gott mit ihm spricht.«

»Gewiss, und von solchen heiligen Männern ist das Land voll. Oder wird es Jeremia sein, der Juda rettet? Und wovor rettet, mein Freund?«

»Vor der Fremdherrschaft. Ist Juda denn frei in seinen Entscheidungen? Zahlen wir nicht Tribut an Assyrien und müssen ihre Götzen in unserem Tempel dulden?«

»Nun«, entgegnete Eleasa schulterzuckend, »Juda war niemals frei, jedenfalls nicht mehr seit König Hiskia.«

»Aber es war groß und mächtig zur Zeit Salomos. Weshalb sollten sich jene Zeiten nicht wiederholen? Der assyrische Löwe ist gelähmt, und selbst der feige Schakal könnte ihm die Zähne ziehen.«

»Der assyrische Löwe hat eine hungrige Brut hinterlassen, vergiss das nicht.«

»Bevor sie sich sammelt, müsste Juda stehen wie ein Fels. Und das kann es nur, wenn es in einem Gott fest zusammensteht und auf ihn baut. Hast du vergessen, dass Jahwe über Israel herrschte, als Salomo König war?«

»Du solltest als Sohn eines Priesters besser unterrichtet sein«, spottete Eleasa. »Sein Vater David tanzte wohl noch vor der Bundeslade, doch bereits Salomo holte die fremden Kulte ins Land, und sein Harem war ihm stets wichtiger als der Gottesdienst im Tempel.«

»Natürlich weiß ich das«, erwiderte Gemarja ungehalten, »doch das ist im Volk vergessen. Nicht vergessen ist seine glorreiche Herrschaft, und sein Tempel ist noch heute berühmt unter den Völkern. Der mächtige König Hiram von Tyrus war sein Verbündeter, und selbst der Pharao schickte ihm seine Tochter. Wer hätte es damals gewagt, den Löwen von Juda anzugreifen? Selbst der assyrische Bär verkroch sich in seiner Höhle. Als Sohn eines Priesters weiß ich, dass allein diese Dinge zählen.«

»Aber König Joschija ist unentschlossen, wankelmütig. Er ist weder ein Löwe noch ein Fels, sondern ein Spielzeug in den Händen der Priester aus Anatoth. Du selbst weißt es doch am besten, Gemarja, dass dein Vater einen unheilvollen Einfluss auf ihn hat.«

»Er hat ihm den Weg zum rechten Glauben gewiesen«, erwiderte Gemarja ungehalten. »Das war nach einer langen Reihe Jahwe abtrünniger Herrscher wichtig, und Joschija tut, was dem Herrn gefällt.«

»Was Hilkija gefällt«, verbesserte Eleasa. »Siehst du in ihm wirklich den Retter vor unseren Unterdrückern?«

»Joschija ist König auf dem Thron Davids, und wenn es Jahwe gefällt, wird er ihn unter allen Königen erheben und unsere Feinde zuschanden machen.«

»Möge es geschehen«, sagte Eleasa leise. »Komm, lass uns gehen! Ich habe nie mit ganzer Seele an Jahwe glauben können, aber selbst, wenn er nur eine Lüge wäre, so wollte ich sie Milkom vorziehen, dem man Kinder brät.«

»Ja Eleasa. Wir Juden haben doch nur Jahwe, und wenn wir ihn verlassen, sind wir ein Volk ohne Halt, also müssen wir ihm vertrauen, denn sonst verlieren wir uns selbst und werden in den mächtigen Reichen um uns herum aufgehen, so wie es den zehn Stämmen ergangen ist.«

Sie kehrten durch das Scherbentor zurück in die Stadt. Den Bettlern am Tor warfen sie etwas Kupfer zu. In den Straßen lungerten magere, zerlumpte Krieger herum, die neidische Blicke auf die Bettler warfen. Einer streckte die Hand aus. Eleasa gab ihm ein Kupferstück.

»Du fütterst unsere Feinde?«, zischte Gemarja.

»Der arme Hund«, sagte Eleasa. »Die assyrische Garnison ist seit Wochen vom Nachschub abgeschlossen; Ben-Hadad lässt seine Männer verhungern.«

»Mögen sie krepieren! Wie kannst du mit ihnen Mitleid haben, die selbst niemals Mitleid kannten?«

»Es sind Krieger, Gemarja. Es ist Boschet, sie an Hunger sterben zu lassen, statt durch eine Lanze.«

Gemarja lächelte böse. »Mir gefällt ihr Anblick. Mögen alle unsere Feinde so zugrunde gehen!«

Da wurde er von einem Fremden in einem weiten Mantel angerempelt, dessen Gesicht im Schatten einer Kapuze verborgen lag. »Pass doch auf, Sohn eines Kamels!«, schimpfte Gemarja.

»Friede sei mit dir, mein Bruder«, erwiderte der Fremde sanft.

»Und mit dir«, brummte Gemarja und wollte weitergehen, als der Fremde seine Kapuze abnahm. Eleasa stieß einen verblüfften Schrei aus, und Gemarja wurde bleich. Er kannte das schmale, von schwarzen Locken umrahmte Gesicht mit dem sinnlichen Mund und den samtenen Augen. »Ihr Engel des Herrn, steht mir bei!«, flüsterte er, »Ein Geist.«

Eleasa fasste sich schneller. »Joram! Du lebst? Du bist hier in Jerusalem?«

»Ja, ich bin zurückgekehrt. Wie schön, euch wiederzusehen.« Joram schickte sich an, Eleasa zu umarmen.

Der wich entsetzt vor ihm zurück. »Nein! Du bist verflucht, ausgestoßen. Es ist verboten, dich zu berühren.«

Joram verzog keine Miene. »Und du, Gemarja? Willst du deinen Bruder nicht willkommen heißen?«

»Du musst wahnsinnig sein, hierher zurückzukehren!«, stammelte der. »Du bist des Todes, und ich darf nicht einmal mit dir sprechen.«

»Aber du sprichst mit mir. Und auch den Friedensgruß hast du mir entboten.«

»Ohne zu wissen, wer du bist. Geh fort, flieh augenblicklich aus der Stadt, und ich will vergessen, dass ich dich gesehen habe.«

»Ich bin gekommen, um zu bleiben.«

»Dann willst du dich stellen? Trieb dich die Reue zurück?«

Joram lachte verächtlich. Er schlug Eleasa auf die Schulter, der zurückwich, als habe ihn eine Schlange gebissen. »Du warst doch immer ein vernünftiger Mann, Eleasa, Sohn des Schafan. Glaubst du, dass ich da draußen in der Fremde gelernt habe, mich in kraftloser Reue zu verzehren? Dann hätte ich kaum überlebt. Wenn ich nach Juda zurückgekehrt bin, dann nur, weil ich diesen Flecken aus seiner überheblichen Bedeutungslosigkeit herausholen will ans Licht.«

»Du, ein Ausgestoßener vor dem Angesicht Jahwes?«, schrie Gemarja. »Du hast die Ehre unserer Familie besudelt mit Hurerei und Mord.«

»Dazu könnte ich viel sagen, Bruder. Ich habe nichts vergessen. Doch wie du weißt, spucke ich auf euren Gerichtsspruch. Ja, Jahwe selbst spuckt auf sein auserwähltes Volk, denn ich sehe noch fremde Krieger in euren Straßen und Götzenbilder vor den Säulen des Allerheiligsten. Der Rauch über Ge-Hinnom zieht herüber bis in die Gassen der Stadt, doch wo sind unsere Wachen, die die heidnischen Priester erschlagen? Oder ist es in Juda nicht mehr verboten, für Milkom durchs Feuer zu gehen?«

»Also gut, es gibt Missstände bei uns, aber du bist nicht der Mann, der darüber richten darf. Geh, oder ich rufe die Wachen!«

»Rufe sie!«, verlangte Joram kühl.

Gemarja zögerte und sah Eleasa an. »Wer einen Vogelfreien schützt, wird selbst gerichtet«, murmelte er.

»Du Feigling!«, schrie Joram. »Rufe die Wachen!«

»Ich kann nicht. Joram, ich beschwöre dich, bring dich in Sicherheit!«

»Weshalb? Fürchtest du, auf mich den ersten Stein werfen zu müssen, wie ich es seinerzeit tun musste? Das wäre hart, nicht wahr?«

»Du hast den Verstand verloren. Ich werde nicht zögern ...«

»Mich dem Gericht auszuliefern? Wahrscheinlich, denn so will es das Gesetz Mose, nicht wahr? Aber kann ein reuiger Sünder nicht auch Gnade finden?«

»Du Heuchler! Deine Reue ist so wahrhaftig wie die Götzen der Ammoniter.«

Eleasa zog Gemarja zur Seite. »Man wird schon auf uns aufmerksam. Gehen wir zum Schiloachturm, dort sind wir ungestört.«

Gemarja war unentschlossen. »Wenn wir mit ihm gehen, machen wir uns schuldig.«

»Willst du deinen eigenen Bruder anzeigen?«

»Das Gesetz verlangt es.«

»Ich denke, von uns, die wir ihm Freund und Bruder sind, verlangt es erst einmal Barmherzigkeit. Ich bin dafür, dass wir uns anhören, was Joram zu sagen hat. Er muss einen triftigen Grund haben, wenn er sich zurück in die Höhle des Löwen wagt.«

Gemarja blickte finster, aber er ging mit. Der Schiloachteich unterhalb des Turms war menschenleer, nur Enten tummelten sich auf seinem Wasser. Sie ließen sich an seinem Rand nieder. Von hier aus schweifte der Blick ungehindert über die Dächer der Stadt. »Zion, schön und erhaben bist du«, sagte Joram. »Lange habe ich die Heimat nicht gesehen.«

»Einer wie du hat keine Heimat mehr, er hat sie verwirkt«, entgegnete Gemarja grimmig. »Ich gab Eleasa nach und höre dir zu, aber sprich rasch! Deine Gegenwart befleckt meine Ehre.«

»Deine Ehre?«, wiederholte Joram verächtlich. »Was bist du denn? Ein assyrischer Knecht! Ich aber bin ein freier Mann, der die Grenzen der Mächtigen nicht achtet und ihre Götter verhöhnt. Ihr steht den Baalsanbetern hilflos gegenüber. Weshalb marschiert ihr nicht gegen eure Feinde, wo doch Jahwe selbst euer Feldherr ist? Weil Jahwe schwach geworden ist durch euren Unglauben. Weshalb opfern die Massen auf den Höhen und beten die Ascherim an? Weil sie kein Vertrauen mehr in einen unsichtbaren Gott haben, der sein auserwähltes Volk seit Jahrhunderten seinen Feinden überließ.«

Gemarja starrte Joram an. »Du redest mit meiner Stimme und fühlst mit meinem Herzen. Brennt denn in dir die gleiche Flamme wie in mir? Das ist doch unmöglich. Juda ist ein zerbrochener Stecken in deiner Hand, den du auf der Flucht in den Jordan geworfen hast.«

»Nein! Jahwes Stimme, die eure verstockten Herzen nicht mehr erreicht, erreichte mich in der Fremde, und ich erinnerte mich an das Land meiner Väter wie an eine gedeckte Tafel bei einem Hochzeitsfest. Ich gedachte seiner wie der verlassenen Braut, die des Bräutigams harrt.«

»Du hast nie den Glauben Abrahams und Mose geteilt«, erwiderte Gemarja eisig. »Deine Worte sind so aufrichtig wie das falsche Lächeln einer Tempeldirne.«

»Aber ich teile deine Träume, Gemarja. Deine und die aller Judäer. Also sprechen wir von Juda.«

»Dir ist noch daran gelegen?«

»Wäre ich sonst hier und würde mich mit solchen Holzköpfen, wie ihr es seid, herumärgern?«

»Träume können Juda aber nicht helfen.«

»Ich komme nicht mit Träumen, ich komme mit der Rettung.«

»Die Rettung soll von einem Ausgestoßenen kommen?«, fragte Eleasa spöttisch. »Wahrlich, Jahwes Wege sind verschlungen und unbegreiflich.«

»Nein«, warf Gemarja giftig ein, »mein Bruder hat in der Fremde den Verstand verloren. Jetzt haben wir zwei Verrückte in der Familie. Jeremia sagt Juda den Untergang voraus, Joram die Rettung.

Wem soll ich nun glauben?«

»Jeremia?«, fragte Joram leise, »wie geht es ihm? Ist er immer noch so schwermütig?«

»Deine Familie ist für dich gestorben«, entgegnete Gemarja grob. »Und ich bin ein Narr, dass ich hier sitze und dir zuhöre.«

»Hör ihm zu!«, sagte Eleasa ernst. »Haben wir nicht erst vor Kurzem davon gesprochen, dass ein Retter für Juda aufstehen muss?«

»Ja, aber keiner wie Joram, der einen Mord im Allerheiligsten begangen hat. Das kann niemals verziehen werden.«

»Alles kann verziehen werden«, sagte Joram verächtlich, »wenn es nur der Sache dient. Oder sind die Söhne Aarons plötzlich wahrhaftig geworden?«

»Was willst du damit sagen?«, rief Gemarja zornig.

»Dass sie stets nur ein Ziel gekannt haben: Jahwes Herrschaft zu sichern und somit ihre eigene. Sie werden alles verzeihen, wenn es Judas und Jahwes Größe dient.«

Eleasa lächelte. »Ja, alles, bis auf solche unbequemen Wahrheiten. Du hast dich sehr verändert, Joram. Du hast Mut und Feuer in dir. Damals warst du nur verzweifelt und voller Hass.«

»Ja«, fiel Gemarja ein, »und deshalb bist du auch zurückgekommen. Du willst dich rächen, und deshalb streust du uns Sand in die Augen und nährst unsere Hoffnungen mit falschen Prophezeiungen.«

»Habe ich eine ausgesprochen? Ich bin weder Prophet noch Priester.«

»Was bist du dann?«

»Ein Mann der Tat und des Schwertes, Gemarja. Braucht Juda keine Schwerter?«

»Es braucht Tausende von Schwertern.«

»Tausende von Männern können aufstehen in unserem Land, aber wer wird ihnen die Kraft verleihen, den Feinden zu widerstehen? Wer schmiedet unser zerrissenes Volk wieder zusammen zum Schwert Jahwes, das die nichtigen Götter der Heiden zerschmettert?«

»Nun wer? Du, Joram?«

»Nein. Ein Stärkerer als ich, wenn sich die Verheißung des Bundes erfüllt.«

»Was für eines Bundes?«

»Muss ich das dem Hilkijas Sohn ins Gedächtnis rufen? Ich spreche vom Bund, den der Herr mit David geschlossen hat. Niemals wird der Thron Davids untergehen, was auch geschehen mag.«

»Nun, die Verheißung ist in Kraft. Joschija ist der rechtmäßige

Erbe auf Davids Thron«, antwortete Gemarja. »Aber er scheint mir ein Zauderer zu sein, von dem große Entscheidungen nicht zu erwarten sind.«

»Jeden kann Jahwe zum Werkzeug bestimmen, auch den Geringsten.«

»Hör zu, Joram, ich bin es leid, von einem Meuchelmörder über Jahwes Wege belehrt zu werden. Ich bin ebenfalls ein Mann des Schwertes, wenn mein Vater auch ein Priester ist. Ich sehe die Rettung Judas nicht im Gebet, das sage ich dir ganz offen.«

Joram lächelte. »Dann sind wir uns einig. Aber das genügt nicht. Ganz Juda muss einig sein, die Baalspriester aber müssen zum Zeichen ihrer vernichtenden Niederlage in ihren Heiligtümern geschlachtet und auf ihren Ascherim gepfählt werden.«

»Das ist es, was wir wollen!«, riefen Gemarja und Eleasa wie aus einem Munde.

»All das wird geschehen. Ihre Kultpfähle werden verbrannt, ihre Götzen aus dem Tempel gerissen. Die assyrische Garnison wird über die Grenzen nach Harran gejagt, und dann wird Joschija aus Juda wieder ein Reich machen, das man fürchtet. Es wird seine alten Grenzen wiedererhalten, wie sie zu den Zeiten Davids und Salomos bestanden. Aber Joschija wird nicht die Fehler Jerobeams wiederholen, sondern dem Volk ein guter Hirte sein. Jahwes Name aber wird sein wie ein leuchtendes Feldzeichen auf dem Berg Horeb.«

»Und wenn wir aus dem Traum erwachen, sitzen wir in den Kerkern Babylons oder Ägyptens, wie?«

»Hüte dich vor den falschen Propheten, sagen die Ältesten«, lächelte Eleasa, »Bist du es, Joram, oder Jeremia?«

»Vielleicht haben wir beide recht. Juda wird sicherlich untergehen, wenn ihr wie Schafe dem Schlächter folgt, statt ihn wie ein Stier auf die Hörner zu nehmen.«

»Also gut, nimm an, wir glauben dir. Nehmen wir ferner an, die Priesterschaft verzeiht dir – und Wunder hat Jahwe lange nicht mehr getan – wie ist dein Plan?«

»Ich habe keinen Plan, ich verkünde euch die Wiederkunft Davids.«

»Du meinst Joschija?«

»Ich meine nicht einen Nachkommen Davids, ich meine ihn selbst.«

»Ihn selbst?« Gemarja lachte höhnisch. »David ist seit vierhundert Jahren tot.«

»Er wurde wiedergeboren.«

Eleasa schüttelte den Kopf. »Der Glaube ist eine mächtige Waffe, aber uns brauchst du mit solchen Märchen nicht gewogen zu machen. Sag uns die Wahrheit! Es gibt einen Mann, der sich für den wiedergeborenen David ausgibt?«

Joram sprang mit flammendem Blick auf. »Der wahre David ist gekommen, um Juda zu retten! Doch wäre er auch ein Betrüger, und das Volk glaubte an ihn, so wäre auch das schon ein Sieg. Die Wahrheit jedoch ist mächtiger als der Sturmwind, der die Fäulnis hinwegfegen und ein neues Zeitalter ankündigen wird.«

Gemarja sah seinen Bruder nachdenklich an und kratzte sich am Bart. »Der Gedanke ist gut, wirklich gut. Das heißt, wenn der Mann überzeugend ist. Wo ist er?«

»Er ist bereits hier.«

»Du willst sagen, in Jerusalem?«

»Du sagst es.«

»Und weshalb hat er vierhundert Jahre mit seinem Erscheinen gewartet?«, fragte Eleasa spöttisch.

»Weil die Zeit reifen musste. Wie viele Male hat Jahwe diesem Volk die Gelegenheit gegeben zu bereuen? Und wie oft hat es bereut? So oft es sich von ihm abwandte, so oft fiel es den Feinden in die Hände, doch jetzt ist die Zeit der Entscheidung. Der Feind ist schwach, das Volk der Götzendienerei ergeben, doch Joschija hält Jahwe die Treue. David wird an die Seite seines Bruders im Herrn eilen und diese Treue belohnen. Es ist Jahwes letzte Prüfung, die er Juda auferlegt. Besteht es sie nicht, ist es dem Untergang geweiht, wie Jeremia verkündet.«

»Das hört sich gut an, aber du bist ein Abtrünniger. Weshalb nimmst du den Namen Jahwes in den Mund wie eine Verheißung? Weshalb glaubst du an diesen David? Sagtest du nicht, du verhöhnst alle Götter dieser Welt?«

Joram lächelte und nahm zwei Steine auf. Dann hielt er sie auf seinen ausgestreckten Armen von sich. »Links ist die Vernunft und rechts der Glaube. Beides hält die Welt im Gleichgewicht.«

»Ich fürchte, an solchen Steinen wirst du bald zugrunde gehen, du und dein Freund David. Schlaue Reden kannst du führen, aber von solchen Männern haben wir hier genug. Zeig uns deinen David!«

»So plump sind Gottes Wege nicht. Ihr werdet ihn selbst erkennen, wenn es an der Zeit ist.«

»Wenn es an der Zeit ist«, äffte Gemarja ihn nach. »Und wann ist sie gekommen? Unsere Geduld ist am Ende.«

»In diesen Tagen wird sie sich erfüllen.« Joram berührte Gemarja am Arm. »Bruder, es ist eine Freudenbotschaft, die ich zu verkünden habe, und dir wollte ich sie zuerst bringen. Deshalb wagte ich es, dich anzusprechen, bevor das Wunder offenbar wird. Hast du mich denn vollkommen aus deinem Herzen verdrängt?«

Gemarja entzog ihm den Arm nicht. »Auf dir liegt Jahwes Fluch«, murmelte er. »Weshalb sonst solltest du mit der abscheulichen Krankheit geschlagen worden sein?«

»Mit welcher Krankheit?«, fragte Joram bestürzt.

»Mit der sündhaften Lust nach dem gleichen Geschlecht.«

Joram unterdrückte mühsam ein Grinsen. »Ach, diese Krankheit meinst du. Fürchte dich nicht, sie ist nicht ansteckend.«

»Und der Aschmodai beherrscht noch immer deinen Körper?«

»Ich gefalle ihm eben.«

»Du hältst also fest an deiner Verworfenheit?«

»Was soll ich tun? Der Aschmodai ist stärker als ich.«

»Dann lass ihn austreiben!«

»Das möge der Herr verhüten!«, lachte Joram. »Danach laufe ich womöglich den Weibern hinterher. Eine entsetzliche Vorstellung!«

Während Eleasa grinste, entzog Gemarja Joram unsanft den Arm. »Du bist ein Schandfleck unter Aarons Söhnen. Isch-Boschet! Wie kann auf dir und deinen Werken die Gnade des Herrn ruhen?«

»Über wen der Herr seine Gnade ausgießen möchte, überlass seinem Willen, oder willst du Jahwe vorschreiben, wen er erhöht und wen er erniedrigt?«

»Die flinke Zunge hast du mit Jeremia gemeinsam. Also gut, ich warte bis zum Schabbat. Wenn das Wunder, von dem du sprichst, bis dahin nicht eingetreten ist, werde ich dich anzeigen.«

Eleasa legte Joram rasch den Arm auf die Schulter. »Nein, das wird er nicht.«

Joram schüttelte sie unwillig ab und erhob sich. Finster sah er auf seinen Bruder. »Was habe ich mit euch verbohrten, verblendeten Leuten eigentlich zu schaffen? Am besten, die Erde verschlingt Juda wie einst Sodom und Gomorrha. Dort, wo ich mein Herz habe, hat Gemarja die Thora.«

»Ich werde Gemarja schon besänftigen«, sagte Eleasa. »Wo sehen wir dich wieder?«

»Ich werde euch finden.«

20

Der Babylonier mit dem unaussprechlichen Namen lag lässig hingestreckt an der Tafel und naschte von den Trauben, die vor ihm auf einer Schüssel lagen. An seiner Seite lag ein schlankes, glutäugiges Mädchen aus seiner Heimat in bunte Schleier gekleidet, die mehr zeigten als sie verbargen.

»Hoffentlich erwartet er keinen Kniefall«, flüsterte Asandros.

»Hier wird er wohl darauf verzichten«, erwiderte Sosiades lächelnd, »aber in seiner Heimat ist das Brauch.« Er wollte Asandros vorstellen, doch der Babylonier winkte ab. Leutselig wies er auf die Ruhebank gegenüber. »Du bist Asandros, der Spartaner, der Stolz eures Gymnasions. Dich vorzustellen, hieße, Honig zu den Bienen tragen. Dein Ruhm flog dir voraus wie ein Adler. Ich danke dir, dass du meiner Bitte gefolgt bist.«

Asandros nickte dem hohen Gast freundlich zu. »Die Ehre ist auf meiner Seite, edler – äh ...«

»Bel-Schagar. Nenn mich Bel-Schagar, das bedeutet ›Herr Schagar‹. Die Anrede genügt mir, obwohl mir in meiner Heimat viele Ehrentitel zustehen. Und wie darf ich dich ansprechen? Wie lautet deine Ehrenbezeichnung?«

»Ich begnüge mich mit meinem einfachen Namen.« Asandros stand abwartend, und der Babylonier wies noch einmal auf den Diwan. »Setz dich, Asandros.«

Der musterte den Fremden flüchtig. Er war ein Mann mittleren Alters, von stattlichem Wuchs, dessen Würde ein prächtig gelockter Bart unterstrich, in den Perlen eingeflochten waren. Das schulterlange Haar, ebenfalls perlengeschmückt und gelockt, umspannte ein goldener Reif, und edelsteinbesetzte Ohrringe baumelten ihm fast bis auf die Schultern. Ein breiter Kragen bedeckte seine Brust, darunter trug er ein langes, fließendes Gewand, dreifach gefältelt und mit breiten Fransen an den Rändern besetzt. Kostbare Ringe blitzten an seinen Fingern, und seine Handgelenke umspannten massive Goldarmbänder. Inmitten der anderen Gäste wirkte er wie ein bunter, fremdländischer Vogel aus einem verzauberten Reich.

Asandros betrachtete ihn mit einer Mischung aus Neugier und Zurückhaltung. »Du hast mir noch nicht die Herrin an deiner Seite vorgestellt«, sagte er höflich.

Schagaraktischuriasch, der sich Bel-Schagar nennen ließ, verzog seine sinnlichen Lippen. »Beachte sie nicht, sie ist nur eine Sklavin.«

Asandros setzte sich zögernd. »Dann darf ich bemerken, dass Bel-Schagar eine ganz reizende Sklavin besitzt. Darf man ihren Namen erfahren?«

»Sie hat keinen.«

»Du scherzt. Wie rufst du sie?«

»Sklavin, Hündin oder was mir gerade in den Sinn kommt.«

»Das scheint mir recht unhöflich zu sein.«

Das Lächeln des Babyloniers war undurchdringlich. »Weshalb? Ich schulde ihr keine Höflichkeit. Gebe ich vielleicht dem Weinkrug hier, aus dem ich trinke, einen Namen?«

Asandros beherrschte aufsteigenden Zorn. »Ich würde es für unpassend halten, deine schöne Begleiterin mit einem leblosen Weinkrug zu vergleichen.«

»Oh, sie gefällt dir? Wie unaufmerksam von mir. Natürlich schenke ich sie dir.«

Asandros schoss das Blut zu Kopf. »Nein, das kann ich nicht annehmen!«

»Ich bitte dich, mein Freund. Es ist nur eine bescheidene Aufmerksamkeit an einen verdienstvollen Mann, der mir heute Abend die Ehre erweist. Glaub mir, sie ist wertlos, und ich hätte es nicht gewagt, dich mit einem so geringen Geschenk zu beleidigen, wenn du sie nicht erwähnt hättest.«

Asandros sah sich betroffen um, aber Sosiades hatte sich diskret zurückgezogen.

Bel-Schagar zischte seiner Begleiterin etwas zu. Sie wurde blass und schüttelte den Kopf. Der Blick ihres Herrn verfinsterte sich. Rasch erhob sie sich und warf sich vor Asandros auf den Boden.

Befremdet verfolgte Asandros das Schauspiel. »Steh auf, Mädchen, was soll das?«, herrschte er sie an und warf Bel-Schagar einen ärgerlichen Blick zu.

»Sie will dir zeigen, dass sie fortan dir gehört. Berühr ihren Scheitel, damit sie weiß, dass du sie annimmst.«

»Nein, ich will sie nicht! Du verschenkst sie gegen ihren Willen.«

In den dunklen Augen Bel-Schagars glomm es kurz auf. »Du hast es also bemerkt, dass sie widerspenstig war? Wie demütigend für mich! Ich wollte dir eine ungehorsame Hündin schenken.« Er zischte ihr etwas zu, und sie schmiegte sich wieder an seine Seite. »Natürlich nimmst du sie nicht. Der Henker wartet in Babylon auf sie.«

»Der Henker?«, wiederholte Asandros betroffen. »Weshalb?«

»Sie war ungehorsam und undankbar«, erwiderte Bel-Schagar, »aber das braucht dich nicht zu bekümmern. Ihr Leben ist wertloser als ein Stein in der Wüste.«

Asandros erhob sich. »Wenn du so leichtfertig über das Leben eines Menschen entscheidest, betrachte ich unser Gespräch als beendet.«

»Oh, jetzt habe ich dich erzürnt, nicht wahr?« Bel-Schagar streckte mit einer großen Geste die Hand aus. »Verzeih mir, ich habe mich töricht verhalten und mich nicht eingehend genug nach deinen Gepflogenheiten erkundigt. Verzeihst du mir mein Versäumnis? Mir liegt viel daran, unsere Bekanntschaft zu vertiefen – in Freundschaft zu vertiefen, wenn es möglich ist.«

»Das liegt bei dir«, sagte Asandros kühl und nahm zögernd wieder Platz.

»Gewiss. Reden wir nicht mehr von dem Mädchen, sondern von dir und deinen Verdiensten.«

»Ich habe keine Verdienste aufzuweisen. Wenn man dir etwas anderes erzählt hat, ist es gelogen.«

»Du bist zu bescheiden. Ich weiß mehr über dich, als du denkst.«

»Und weshalb ziehst du über einen unbedeutenden Soldaten Spartas Erkundigungen ein, Abgesandter des großen Nabupolassar?«

»Weil dieser unbedeutende Soldat eine Ausbildung hinter sich hat, die an Härte, Tauglichkeit und Können nicht ihresgleichen kennt; dieser unbedeutende Spartaner ist bereits mit zweiundzwanzig Jahren einer spartanischen Geheimorganisation zugeteilt worden. Dieser junge, bescheidene Mann ist der beste Fünfkämpfer Athens.«

»Du bist wirklich gut unterrichtet, aber dann wirst du auch wissen, dass in Sparta ein Todesurteil auf mich wartet und dass ich meine Fähigkeiten im Fünfkampf nicht einsetzen darf.«

»Gewiss, doch das ist ohne Bedeutung für mich und meinen König. Die Gerichtsbarkeit Spartas kümmert mich ebenso wenig wie eure Götter und Gesetze, denn in Babylon haben wir unsere eigenen. Du bist hervorragend ausgebildet, furchtlos, tapfer und edel. Ich suche Männer wie dich.«

»Ich diene nicht als Söldner.«

»Das würde ich dir niemals anbieten. Dir gebührt ein hoher Rang an Nabupolassars Hof – Marduk möge ihm ein langes Leben schenken.«

»Findet dein Herrscher keine tüchtigen Männer in seiner Umgebung?«

»Glücklicherweise ist unser Herrscher von fähigen, klugen und ergebenen Männern umgeben, das ist seiner Weisheit zu verdanken. Aber Nabupolassar ist größer als alle Könige, und deshalb will er nicht nur die Auslese Babyloniens an seinen Hof ziehen. Mich schickt er auf weite Reisen, um die vorzüglichsten Männer auszusuchen.«

»Dann fühle ich mich geehrt«, gab Asandros kühl zurück, »doch ich fürchte, dass ein freier Hellene am Hof eines so mächtigen Herrschers nicht die richtige Luft zum Atmen findet.«

»Ich weiß um eure Freiheitsliebe, Asandros, und ich schätze sie ebenso wie mein König. Freilich, Sklavenseelen lässt er vor sich im Staub kriechen, aber freie, mutige Männer stehen zur Rechten seines Throns, und er hört auf ihren Rat. Einen Mann wie dich würde er niemals beugen wollen, sondern zu seinem Freund machen.«

»Der Freund eines Tyrannen lebt gefährlich, sagen wir bei uns. Weshalb sollte ich meine Freunde in Athen verlassen, um dir in ein Land zu folgen, dessen Sitten und Gebräuche mich befremden?«

»Du bist sehr voreilig. Kennst du Babylon so gut?«

»Unsere kleine Auseinandersetzung um das Mädchen war sehr aufschlussreich.«

»In Babylon darfst du deine Sklaven behandeln, wie du willst.«

»Darum geht es nicht. Wenn du um einer Nichtigkeit willen einen Menschen dem Henker ausliefern lässt, kannst du nicht mein Freund sein.«

»Dass du so zartbesaitet bist, wusste ich nicht. Ich hörte, du habest in Sparta zwölf Männer getötet, davon einen zu Tode gefoltert, die übrigen bei lebendigem Leibe verbrannt.«

»Sie hatten es verdient«, murmelte er.

»Und das entscheidest du?«

»Ich nahm mir das Recht dazu. Ich wurde dafür verurteilt.«

»Du bist also nicht immer ein Gegner von Gewalt?«

»Nein. Den menschlichen Abschaum muss man bekämpfen und ausrotten.«

Bel-Schagar nickte. »So denkt auch mein Herrscher. Und wozu wäre ein Herrscher gut, wenn er sein Volk nicht vor dem Übel beschützen würde? Dabei helfen ihm die Besten, denn wenn er nur Mittelmäßigkeit um sich versammelt, können die Bösewichter frech ihr Haupt erheben.«

»Das hört sich gut an. Doch verpflichte ich mich einmal zu Gehorsam, dann muss ich gegen jeden ziehen, den dein Herrscher als verworfen bezeichnet, obwohl er vielleicht nur seine Rechte einfordert.«

»Du bist weitsichtig, Asandros, und du hast recht. Vor solchem Missbrauch schützen dich weitreichende Vollmachten, die dir Nabupolassar geben würde, weil er dir vertraut.«

»Er kennt mich doch gar nicht.«

»Wenn ich dich empfehle, ist es, als habe er dich selbst erwählt.«

»So viel Vertrauen ist überwältigend«, erwiderte Asandros spöttisch. »Aber dein Angebot kommt zu überraschend, ich kann dir darauf noch keine Antwort geben.«

»Natürlich. Ich erwarte nicht, dass du dich sofort entscheidest. Lass dir Zeit, ich bin noch einige Zeit in Athen.« Bel-Schagar glättete abwesend die Falten seines Gewandes. »Eins solltest du noch wissen: Babylon ist eine Stadt, die ihresgleichen nicht auf der Welt hat. Glaub mir, Athen ist ein staubiger Flecken dagegen. Füllt es einen Mann wie dich aus, auf Gastmählern herumzulungern?«

»Ich werde bald ins Polemarcheion berufen.«

»Bist du sicher?« Bel-Schagar zog die Augenbrauen hoch und nahm sich einen Honigkuchen. »Du hast viele Gegner im Areopag, und bis heute hast du nicht einmal die Athener Bürgerrechte. Doch wie die Entscheidung auch ausgehen mag, es würde deinem Amt nicht schaden, wenn du vorher die Welt gesehen hättest, nicht wahr?«

Asandros gefiel es nicht, dass der Babylonier so gut über alles unterrichtet war. »Ich werde darüber nachdenken«, sagte er. »Wenn ich ablehne, hoffe ich, dass wir dann trotzdem ohne Groll voneinander scheiden.«

»Gewiss. Mögen die Götter dir dabei helfen, eine weise Entscheidung zu treffen.«

Nachdenklich kehrte Asandros zu Spyridon zurück. Der sah ihm gespannt entgegen. Asandros ließ sich fallen und zuckte die Achseln. »Ein Paradiesvogel, dieser Schagaruschti – nun, wie auch immer. Ich durfte ihn Bel-Schagar nennen. Er kommt aus dem fernen Babylon. Ein etwas undurchsichtiger Mensch.« Er berichtete kurz über ihre Unterhaltung.

Spyridons Wangen röteten sich. »Babylon! Klingt das nicht wie Musik? Ein Land der Magier, voller Geheimnisse, ein Land der tausend Götter und mit einer Hauptstadt, gegen die Athen ein Dorf sein soll.«

»Hm, findest du?«, brummte Asandros. »Für mich klingt es nach brutaler Machtentfaltung und Selbstherrlichkeit, nach Menschenverachtung und Hochmut.«

»Du wirst also nicht annehmen?«

»Ich werde darüber nachdenken. Hältst du den Chaldäer für einen ehrenwerten Mann?«

»Er ist ein Fremder, und Fremde betrachten wir mit zwiespältigen Gefühlen. Wir fürchten sie, aber wir sind auch hingerissen von ihnen.« Spyridon lächelte weltmännisch. »Aber du möchtest doch etwas bewegen, verändern. Mit der Gunst eines so mächtigen Herrschers könntest du sicher viel bewirken.«

Asandros ging das Angebot jenes Babyloniers nicht aus dem Kopf. Seine Sache im Areopag kam nicht voran, Solon hatte jetzt wenig Zeit für ihn und vertröstete den ungeduldigen Spartaner, den nicht einmal mehr das Gymnasion über seinen Müßiggang hinwegtrösten konnte. *Ich führe ein unnützes Leben*, dachte Asandros. Er schämte sich vor Elena, aber er konnte sich ebenso wenig dazu entschließen, seine gesellschaftliche Stellung durch die Ehe mit Spyridons Schwester zu festigen. Er grollte mit der Athener Oberschicht, die so viel blinder war als ein ferner, unbekannter König, der ihn offensichtlich mehr schätzte als die eigenen Landsleute.

Andererseits hatte er viele Freunde in Athen gewonnen. *Wirkliche Freunde*, dachte Asandros, *bei denen ich eine Heimat habe. Nur ein Narr tritt diese Werte mit Füßen, weil ein goldener Vogel pfeift. Ich muss Geduld haben, mich Solons Fürsprache als wert erweisen. Dykomedes und Theogenes wären enttäuscht, würde ich Rat und Schwert einem fremden Herrscher anbieten.*

Asandros hielt sich, wie jeder gesunde männliche Athener, selten zu Hause auf. Er flanierte, knüpfte Kontakte, machte sich neue Freunde und neue Feinde, und er wartete. Kurz vor Beginn der Eleusinien gab ihm Solon endlich den ersehnten Bescheid, dass der Areopag seinem Antrag auf Erteilung der Athener Bürgerrechte stattgegeben hatte – gegen den heftigen Widerstand bestimmter Kreise, was Solon ihm verschwieg. Am selben Tag erreichte ihn die Nachricht des Babyloniers, dass dieser beabsichtige, bald abzureisen, er erwarte Asandros Antwort. Asandros ließ ihm mitteilen, dass er nun doch in Athen bleiben werde. Seine Aufnahme ins Polemarcheion sei nur noch eine Formsache.

Leider hatte Solon ihn erneut wegen der Heirat gemahnt. Asandros beschloss, deswegen endlich bei Theogenes vorzusprechen – auch das würde nur eine Formsache sein, wenn er erst sein Amt angetreten hatte.

Da sich die Stadt im Mysterienfieber befand, suchte Asandros einen kleinen, der Hestia geweihten Tempel auf, der sich unter den rotgolden schimmernden Zweigen von Esche und Ahorn verbarg. Er wollte dort in Ruhe darüber nachdenken, in welche Worte er seine Werbung um die Tochter des Theogenes kleiden sollte. Außerdem würde er sich hoch verschulden müssen, um der verwöhnten Phryne ein standesgemäßes Heim zu bieten und die erforderlichen Mittel beim Antritt seines Amtes im Polemarcheion vorzuweisen. Seine Mittellosigkeit war ein unverzeihlicher Makel.

Hätte ich in den gehobenen Kreisen nicht überraschend schnell eine Menge Freunde und Gönner gefunden, überlegte er, *wer weiß, was aus mir geworden wäre, denn ewig kann ich mich von Achylides schließlich nicht aushalten lassen. Aber hat nicht sogar ein babylonischer König meine Dienste begehrt?*

Asandros hatte noch genug Zuversicht und Daseinsfreude in sich, um die Welt herauszufordern. Über sein Grübeln hatte er nicht bemerkt, dass es dunkel geworden war und kühler. Der Himmel hatte sich bewölkt, ein blasser Mond schickte fahles Licht durch graue Schleier. Der milde Herbstabend warf jäh einen winterlichen Schatten. Gerade wollte sich Asandros erheben, da raschelte es im Laub. An dem kleinen Nymphenbrunnen zur Linken lehnte eine dunkle Gestalt, deren Umrisse mit dem Hintergrund verschmolzen.

»Wer bist du?«, rief Asandros.

Aus der Finsternis schwebte ein Schatten, wie Adlerflügel blähte sich im trüben Licht ein Umhang. Vor Asandros stand wie ein schwarzes Verhängnis die dunkle Gestalt des Eleusispriesters und starrte ihn an.

Asandros zuckte zusammen. »Was schleichst du hier herum und beobachtest mich?«

»Ich muss mit dir reden, Asandros, Sohn des Eurysthenes.« Der Priester wickelte sich in seinen langen Mantel. Asandros erkannte aus der Nähe eine goldene Stickerei auf dunkelrotem Samt. Um sein Haupt hatte er die heilige gelbe Binde der Mysten geschlungen.

»Such mich auf, wie es Brauch ist«, gab Asandros abweisend zur Antwort. »Weshalb störst du mich hier wie ein lästiger Bittsteller?«

Tyrandos verzog keine Miene, nur seine Augen glühten. »Asandros, auch deine Hände sind befleckt von Blut und Hurerei. Auch deine hübsche Larve wird das Feuer der Verdammnis verzehren, wenn du nicht umkehrst.«

»Und wenn du nicht umkehrst, du Unheil verkündende Krähe, wirst du das Feuer der Verdammnis unter deinem Hintern spüren!«

Tyrandos lachte leise. »Weshalb so aufgebracht, Spartaner? Ich bin dein Freund.«

»Ich zähle keine Priester zu meinen Freunden. Mit deinen freudlosen Bekehrungsversuchen magst du andere beglücken. Ich fühle mich nicht befleckt.«

Die dunkle Gestalt des Priesters schwebte näher. »Du möchtest als Fünfkämpfer in Olympia antreten, aber deine alte Blutschuld aus Sparta hindert dich daran.«

»Das – ist etwas anderes.«

»Du kannst gereinigt werden. Wusstest du das? Gereinigt durch die Kraft der Mysterien.«

Asandros zuckte die Achseln. »Ich habe mir sagen lassen, dass nichts als Scharlatanerie dahintersteckt.«

»Du hörtest es«, sagte Tyrandos spöttisch. »Von Gegnern der Orphik zweifellos. Gegner, die selbst alles nur vom Hörensagen kennen.«

»Das ist wahr. Alle sagten übereinstimmend, dass man über diese Geheimlehre nichts wisse.«

»Das kann auch niemand, es sei denn, er wird ein Myste, und dann muss er schweigen.«

»Und wenn er redet?«

»Dann trifft ihn ein entsetzlicher Fluch. Einem Mysten, der darüber spricht, versagt die Zunge, er beginnt zu stottern, dann versagen ihm die Stimmbänder den Dienst. Er bricht in kalten Schweiß aus und beginnt zu zittern. Die Lähmung erfasst seinen Nacken, seine Arme. Hilflos bricht er zusammen und endet im Wahnsinn.«

»Und weshalb so eine fürchterliche Strafe bei einer angeblich guten Sache?«

»Weil sie heilig ist. Das Heilige darf nicht wie gewöhnliche Dinge offenbart werden, weil es sonst seine Kraft verliert. Es muss sich schützen.«

»Verstehe.« Asandros unterdrückte eine spöttische Bemerkung. »Und nun möchtest du auch mich dafür begeistern. Was müsste ich denn tun, um den Weg der Reinigung zu beschreiten?«

»Du müsstest im Telesterion bei Eleusis an unseren Gottesdiensten teilnehmen, deren Einzelheiten ich dir nicht verraten darf.«

Asandros lächelte ungläubig. »Und das ist alles? Nach dieser Zeremonie wird man mich nicht ausschließen von Olympia?«

»Nein. Dann bist du ein Myste. Ein Myste ist den Göttern geweiht, er kann auch Apollons Stätte nicht entweihen.«

»Weshalb gaben mir Miltiades und Sosiades nicht selbst den Rat?«

»Weil sie nichts von der Erlösungslehre halten. Es sind verworfene Zyniker und Spötter.«

»Das bin ich auch. Ich glaube nicht an deine Erlösung.« Asandros war im Begriff zu gehen. Doch er blieb noch einmal stehen. »Weshalb willst du gerade mir helfen?«

Tyrandos folgte ihm. »Weil du nach einem Ausweg suchst.«

»Ein Priester weiß immer eine Antwort.«

»Vielleicht weiß ich noch mehr Antworten. Willst du mich nicht besuchen – draußen in Eleusis? Auch wenn du kein Myste werden willst, es wäre zu deinem Besten.«

»Wenn du mir etwas zu sagen hast, dann sage es gleich!«

Tyrandos Stimme senkte sich zu einem Flüstern. »Du brauchst Freunde, wenn du weiterkommen willst. Solon schätzt dich, aber bisher hat er noch nicht viel für dich tun können, nicht wahr? Du möchtest ins Polemarcheion. Ich bin der Meinung, du müsstest längst Feldherr sein. Mehr noch, ich meine, du müsstest an Dykomedes Stelle sitzen. Du siehst, ich bin ein Mann, der deine Fähigkeiten erkennt.«

»Und dein Preis für so viel Entgegenkommen?«

»Mich zu deinen Freunden zählen zu dürfen. Wann darf ich mit deinem Besuch rechnen?«

Du willst mir weismachen, dass der Fuchs Eier legt, dachte Asandros. Aber er konnte nicht umhin, ein wenig Neugier zu verspüren. Er räusperte sich. »Triff mich morgen bei Sonnenaufgang am Athenetempel.«

Asandros hörte, wie sich Schritte hallend entfernten; es war kühl. Er nahm sich die Binde von den Augen und sah sich um. Er befand sich in einem großen, fensterlosen Gewölbe, in das von oben schräges Licht aus einer verborgenen Öffnung fiel. Weshalb hatte er sich auf dieses Abenteuer eingelassen? Seine Hand glitt zum Gürtel.

»Hier brauchst du keine Waffe, Asandros.«

Er fuhr herum. Lautlos war Tyrandos hinter ihn getreten. »Es tut mir leid, dass ich dir die Augen verbinden musste, aber da du kein Myste bist, muss dir der Eingang verborgen bleiben.« Tyrandos hatte sein Haupt mit einer Kapuze verhüllt, sein glühender Blick schien dem Tod mehr zugewandt als dem Leben.

»Widmest du dich stets jedem, der eingeweiht werden möchte, mit so großer Anteilnahme wie mir?«

»Du bist nicht irgendjemand, sondern derzeit Athens bester Athlet.«

»Ist das eine bessere Voraussetzung für die Weihen als ein Straßenkehrer zu sein?«

Tyrandos lächelte dünn. »Erst im Jenseits sind wir alle gleich. Folge mir.«

Tyrandos ging voran und leuchtete Asandros durch einen langen Gang. Schließlich blieb er vor einer Pforte stehen, die Asandros übersehen hatte. Er öffnete sie, und sie traten auf eine Galerie, die ein schwerer Vorhang von dem darunterliegenden Raum trennte.

Asandros nahm gedämpfte Stimmen und merkwürdige Geräusche wahr. Tyrandos zog langsam den Vorhang zur Seite. Asandros erblickte einen großen, verschwenderisch ausgestatteten Saal. Der Fußboden war bedeckt mit erlesenen Teppichen, seidenen Kissen, und überall standen Tische mit den köstlichsten Speisen. Die Menschen, die sich dort aufhielten, waren leicht bekleidet oder nackt und gaben sich allerlei Ausschweifungen hin. Aber viele lagen apathisch auf ihren Kissen, in ihren Gesichtern Überdruss und Leere.

»Wozu zeigst du mir das?«, fragte Asandros abweisend und wollte den Vorhang wieder zuziehen. »Glaubst du, ich fände an so etwas Gefallen?«

»Das will ich nicht hoffen. Die Menschen dort sind Gläubige, die ich auf das große Mysterium vorbereite. Die Tore menschlicher

Eitelkeiten müssen durchschritten werden, bevor die Läuterung eintritt. Jeder wählt seinen Schicksalslauf selbst. Diesen hier wird gestattet, sich der Wollust zu ergeben, bis es sie anekelt. Der Selbstekel reinigt sie von ihren schmutzigen Begierden. – Komm, ich will dir den nächsten Raum zeigen.«

Asandros schüttelte den Kopf. »Ich kann diesen Ritualen nichts abgewinnen. Ich möchte ...«

»Du möchtest in Olympia antreten«, unterbrach ihn Tyrandos lächelnd. »Wir kommen jetzt zum Raum der Läuterung.«

Die Menschen im nächsten Raum geißelten sich oder stießen sich spitze Nadeln ins Fleisch. Einige wälzten sich auf dem Boden und stießen verzückte Schreie aus.

Tyrandos wies auf sie. »Nachdem sie ihre Körper mit Schmutz besudelt haben, sehnen sie sich nach Strafe. Der Schmerz tötet die Begierden des Fleisches.«

»Was hast du nur gegen diese Begierden einzuwenden, Tyrandos«, murmelte Asandros kopfschüttelnd. »Du verdammst sie, als seien sie der größte Fluch der Menschheit.«

»Sie sind es«, erwiderte Tyrandos dumpf. »Nur der gesittete Mensch, der nach den Regeln der Väter lebt, ist den Göttern nahe.«

»Das ist wahr, doch diese Menschen machen sich in meinen Augen zu Narren.«

»Du empfindest Abscheu, aber ohne Reinigung gibt es keine Erlösung. Schaue jetzt den dritten Saal.«

Es war der Größte von den Dreien. Weiß gekleidete Menschen trugen Fackeln in den Händen und sangen Hymnen auf den wiedergeborenen Dionysos, der in Gestalt eines kleinen Kindes, das in einem Korb voller Weizenähren und Früchten lag, verehrt wurde. Neben dem Korb kniete ein weiß gewandetes Paar.

»Die Herrin gebar einen Knaben!«, riefen die Gläubigen ekstatisch und wiederholten diesen Ruf verzückt immer und immer wieder.

»Das alte Spiel von Werden und Vergehen, von Sterben und Auferstehung. Es sind Geweihte, die das Mysterienspiel aufführen.«

»Und jetzt sind sie frei von Schuld?«

»Vor den Göttern ja. Wären sie es nicht, könnte dann dieser Friede, diese stille Heiterkeit und Gelassenheit von ihnen ausgehen?«

Fast war Asandros geneigt, Tyrandos zu glauben, doch als er genauer in ihre Gesichter sah, bemerkte er, dass die Gelassenheit Abwesenheit war, die Heiterkeit ein mechanisches Lächeln, das die Augen nicht erreichte. Diese Menschen gehörten nicht mehr sich selbst.

»Ich finde, sie gleichen Puppen, bleichen Gespenstern.«

»Aber ihre Seelen sind rein.«

»Rein und blutleer. Was sollte mir ein solches Leben? Nein Ty-randos, lieber trage ich weiterhin die Bürde meiner Schuld, als mich ihnen anzuschließen. Ich liebe meinen Körper und seine Be-gierden. Solche Weihen begehre ich nicht.«

»Dann wirst du zur alten immerwährend neue Schuld häufen.«

»Mag sein, aber als Mensch muss ich schuldig werden dürfen. Nur, wenn ich die Möglichkeit habe, das Böse zu begehen, kann ich es vermeiden. Diese Menschen sind losgelöst von ihren Begier-den, doch das ist auch ein lebloser Stein.«

Tyrandos lachte auf, und Asandros hatte ihn noch nie so lachen hören. »Komm! Ich will dich jetzt zu einem vierten Raum führen, der anderen verschlossen ist.«

Der Weg schien tiefer in den Berg hinunterzuführen. Sie muss-ten etliche Türen durchschreiten, zu denen nur Tyrandos die Schlüssel besaß. Asandros durchzuckte flüchtig der Gedanke, dass er allein nie wieder herausfinden würde. Wer mochte wissen, was dieser undurchsichtige Priester mit ihm vorhatte. Er verfluchte sich für seine Neugier. Aber seine Hand lag am Griff des Schwer-tes. Eine etwaige Schurkerei würde Tyrandos nicht überleben.

Vor einer kleinen, schlichten Pforte blieben sie stehen. »Schließ kurz deine Augen, Asandros, denn was du siehst, wird dich blen-den.«

Asandros warf Tyrandos einen misstrauischen Blick zu, der lä-chelte ihn an. *Er hat sich verändert*, erkannte Asandros, *aber was ist es?* Die Züge unter der Kapuze, die das halbe Gesicht im Schat-ten ließ, waren nur undeutlich zu erkennen.

»Mach schon auf, Priester!«, herrschte Asandros, »deine ge-heimnisvollen Andeutungen haben keine Wirkung auf mich.« In Wahrheit klopfte ihm das Herz vor Neugier bis zum Hals.

Tyrandos schob den Schlüssel ins Schloss, drehte ihn zweimal und öffnete schwungvoll die Tür, die geräuschlos in ihren Angeln schwang. Was Asandros zu sehen bekam, übertraf seine kühnsten Erwartungen. Er stand in der Schatzkammer des Priesters, und bis hinauf zur Decke funkelten und gleißten Kostbarkeiten, achtlos übereinandergestapelt wie Holzscheite. Da lagen Säcke voller Gold- und Silbermünzen, als seien es Hirsesäcke. Edles Tafelge-schirr, Schmuck und andere Wertsachen quollen aus Krügen und Kesseln wie überlaufender Brei.

Tyrandos weidete sich an Asandros atemlosem Erstaunen. »Überrascht? Ja, ich denke, ich bin reicher als Kroisos. Wie du siehst, herrscht eine ziemliche Unordnung, das liegt am Platzmangel. Als ich dieses Gewölbe als Versteck für meinen Goldschatz aussuchte, ahnte ich nicht, wie schnell er sich vermehren würde.«

Asandros fasste sich langsam. »Woher hast du es? Kein Mensch erwirbt solchen Reichtum auf ehrlichem Weg.«

»Und doch ist es so. Nichts ist geraubt, gestohlen oder widergesetzlich angeeignet. Es sind Geschenke der Gläubigen.«

Asandros dachte unbehaglich an die weiß gekleideten, abwesend lächelnden Menschen. »Du hast sie zu willenlosen Geschöpfen gemacht und ihnen dann alles abgenommen.«

»Jedes Goldstück wurde freiwillig gegeben; gegeben aus tiefster Überzeugung, dass das irdische Dasein verworfen ist und Reichtum eitler Tand, der nur zum Bösen verführt.«

Tyrandos sprach noch wie der Priester, den Asandros kannte, aber seine Stimme war nicht mehr dieselbe. Sie hatte nicht mehr jenen salbungsvollen oder einpeitschenden Klang, sondern troff vor Hohn. Asandros starrte ihn an. »Und wozu häufst du das Glitzerwerk des Bösen hier unten an, statt es im Eridanos zu versenken?«

»Weil ich das Glitzerwerk liebe«, erwiderte Tyrandos freimütig. Er schlug die Kapuze zurück. »Erschreckt dich das?«

Aus dem hageren, gut geschnittenen Gesicht war die düstere Glut verschwunden, aber die Augen blieben eindringlich und wachsam. Ein kluger Mann, der davon lebte, den Menschen die Lust am Dasein und ihr Vermögen zu rauben.

»Nun hast du deine Maske fallen lassen, Tyrandos.«

»Ja, vor dir brauche ich sie nicht länger zu tragen, nicht wahr? Du bist einer von denen, die ihre Stärke aus sich selbst schöpfen, du würdest nie ein Myste, was soll ich einem Ebenbürtigen länger von diesem Unsinn schwatzen?«

»Einen Unsinn, den die Vernünftigen nie geglaubt haben«, erwiderte Asandros kühl. »Fast möchte ich deinen genialen Betrug bewundern, aber du betrügst die Menschen um ihre Hoffnungen, das ist ein Verbrechen.«

»Dumme Menschen«, lächelte Tyrandos. »Was kann dir an ihnen liegen?«

»Möglicherweise nichts.« Asandros ballte die Hände zu Fäusten. »Aber es gefällt mir nicht, selbst zu den Betrogenen zu gehören. Ich kam hierher, um von meiner Blutschuld gereinigt zu werden. Was ich bisher gesehen habe, war von dir vorbereitetes Narrenspiel und hatte mit Erlösung so wenig zu tun wie Brot mit einem Stein. Also rechtfertige dich!«

Tyrandos zuckte die Schultern und wies auf seine Schätze. »Nichts reinigt besser von einer Blutschuld als das da, wusstest du das nicht?« Er griff mit beiden Händen in einen Sack voller Münzen und hielt sie hoch. »Sieh her, davon ernährt sich ein Dorf ein Jahr, ein Reicher bezahlt damit ein einziges Festmahl.« Lachend ließ Tyrandos die Goldstücke zurück in den Sack prasseln. »Blutschuld? Wenn ich Pausanias diesen gefüllten Sack schenke, lässt er einen Raubmörder noch vom Kreuz holen und zum Fünfkampf antreten. Ein Wort von mir genügt, und jeder wird mir glauben, dass du die erforderlichen Weihen genossen hast. Du siehst, Asandros, ich kann dir alle verschlossenen Türen öffnen.«

»Und zu welchem Preis?«, fragte Asandros fröstelnd.

Tyrandos lächelte milde. »Ich fordere nichts, bei uns gibt jeder freiwillig.« Er legte Asandros die Hand in den Nacken und streichelte ihn. »Einige halten dich für den schönsten Mann Athens – ich übrigens auch. Allerdings ist Schönheit allein noch keine Voraussetzung für das Polemarcheion.«

Asandros schüttelte die Hand ab und erwiderte spöttisch: »Aber offensichtlich eine für dich, Tyrandos. Beim Zeus! Dann wäre ich der erste Myste, der durch Unzucht geweiht wurde, du falscher Asket!«

Tyrandos lachte. »Unsinn! Meine Askese ist nicht geheuchelt; ich lebe meistens keusch. Doch wenn ich ihr entsage – was nicht oft vorkommt –, dann stelle ich höchste Ansprüche.«

Asandros zuckte die Achseln. »All die Geheimnistuerei, um mich ins Bett zu kriegen? Du enttäuschst mich, Tyrandos.«

»Nein, nein, das allein ist nicht mein Anliegen.« Tyrandos schloss die Tür seiner Schatzkammer. »Aber ich würde es schätzen, wenn wir unser Bündnis durch eine leidenschaftliche Verbindung festigten.«

»Was für ein Bündnis?«

Tyrandos lächelte liebenswürdig. »Komm! Stehen wir nicht länger auf dem Gang herum. Lass mich dir bei einem Becher Wein erklären, worauf die Anziehungskraft der Mysterien beruht, dann verstehst du mich und die Verblendeten, wie du glaubst, vielleicht besser.«

Tyrandos führte Asandros in seine fürstlich eingerichteten Privatgemächer. Der Wein war gut, und Tyrandos hatte nichts Unheimliches mehr an sich. Er legte seinen Mantel ab, ließ sich zwanglos auf einem seltenen Tigerfell nieder und trank Asandros zu. »Gefällt dir mein bescheidenes Zuhause?«

»Ein königliches Quartier. Hier also sitzt die Spinne und saugt ihre Opfer aus.«

»Weshalb so dramatisch? Ich habe Macht, und ich besitze sie durch mystische Überzeugungskraft und Gold. Du wunderst dich über den Zulauf der Gläubigen zu den Mysterien und ihre Bereitschaft, sich den Weihen hinzugeben. Dich irritieren die Gegensätze von Unzucht, Selbstkasteiung, gipfelnd in anbetender Fröm-migkeit. Ich bin aus dem Geschlecht der Eumolpiden, die von je-her Hüter der heiligen Geräte waren und die Mysterien leiteten. Es waren verständige, heilige Männer, die ihr Amt gewissenhaft ver-sahen, doch dabei außer einigem Ansehen nicht viel gewannen. Ich hingegen erkannte früh, dass die bereitwillige Frömmigkeit der Leute geeignet war, um meine Macht auszubauen und zu festigen. Die Mysterien erlangten eine immer höhere Bedeutung, weil ich es verstand, in ihnen die drei Hauptströmungen im Land zu vereini-gen.«

Tyrandos machte eine kleine Pause und schenkte Asandros er-neut ein, der dem klugen, skrupellosen Priester finster zuhörte.

»Du kommst aus Sparta, wo man ausschließlich auf Ares schwört«, fuhr Tyrandos fort, »aber im übrigen Land gibt es drei wichtige Kulte, die ich versuche, zusammenzuschmieden.«

»Zum Wohle der Menschen?«, fragte Asandros höhnisch, »oder zu deinem Wohl?«

»Ich bemühe mich um beides«, gab Tyrandos geschmeidig zu-rück. »Da ist der uralte Fruchtbarkeitskult der Demeter – du wirst als gebildeter Hellene den Mythos um sie und ihre Tochter Perse-phone kennen. Er ist außerordentlich beliebt im Volk und darf von mir nicht vernachlässigt werden, obwohl ich für diese kindischen Feiern nur Verachtung übrighabe. Dann ist da die Bewegung aus Thrakien um Dionysos, die immer mehr Anhänger findet und die Ekstase gewählt hat, um den Göttern näher zu sein. Auch er ist die Auferstehung, er ist der wahre Weinstock, verwandelt Wasser in Wein und Fleisch in Geist.«

Asandros räusperte sich ungeduldig. »Wozu erzählst du mir das alles? Ich bin diesem Aberglauben nicht zugeneigt, und den der anderen nutzt du schamlos aus.«

Tyrandos nickte. »Aber glaub nicht, ich machte die Menschen unglücklich, sonst hätten die Mysterien nicht diesen Zulauf.«

Asandros nickte. »Zugegeben. Philosophisch erhebt sich hier die Frage, ob man die Menschen mit verbrecherischen Mitteln glücklich machen darf. Ich bin nicht dein Richter, aber in deinen Reden kamen diese sinnenfrohen Kulte doch nicht vor. Ich erinne-re mich, dass du die Menschen stets mit deinen düsteren Predig-ten von Askese und Selbstaufgabe geschreckt hast.«

Tyrandos lächelte. »Ja, das ist die Lehre der Orphiker und mein vollkommenstes Werkzeug beim Schmieden der Macht. Mit ihr erfasse ich alle Menschen, die mit der Last ihres Lebens nicht fer-tig werden, und wer hat keine Sorgen? Da ist es verlockend, sie in die Hände von Göttern zu legen, so wie auch du hofftest, sie könn-ten dir deine Blutschuld nehmen. Jedes irdische Ungemach jedoch wird unscheinbar vor der Ewigkeit, die den Gläubigen verheißen wird. Bei vielen wird die Erlösungslehre zur selbstmörderischen Sucht, sich zu quälen und zu zerstören. Der Körper als das Gefäß der Unreinheit und Sünde muss leiden und dadurch den Geist befreien. Je unsäglicher die Qual auf Erden, desto seliger das Leben im Jenseits. Wer wünscht sich das nicht, Asandros? Und was man sich wünscht, das glaubt man auch. Ja, ich diene ihrem Erlösungswahn. Dass ich dabei an nichts glaube – wem schadet das?«

Asandros fühlte sich unbehaglich vor diesem zynischen, aber offenen Bekenntnis. Solcher Denkweise war er noch nicht begegnet, und es fiel ihm schwer, ihr etwas entgegenzusetzen, außer seinem Willen, sich dieser Auffassung nicht anzuschließen, aber wollte Tyrandos das denn?

»Du spielst mit der Schwäche und den Hoffnungen der Menschen, ein ekelhaftes Spiel. Das kann nicht meine Welt sein.«

»Es gibt nur eine Welt, Asandros, und jeder spielt darin die Rolle, die ihm angemessen ist. Du und ich, wir gehören zu den Siegern.«

»Was ist das für ein Bündnis, von dem du gesprochen hast?«

Tyrandos beugte sich vor und versuchte, Asandros mit seinem durchbohrenden Blick zu fangen. »Es sind Bestrebungen im Land, die mir missfallen. Die alte Ordnung droht zerstört zu werden. An der Spitze jener Männer, die das wollen, steht Solon.«

»Ein kluger und rechtschaffener Mann. Es wundert mich nicht, dass er dir missfällt«, erwiderte Asandros kühl.

»Ha, du setzt dich für ihn ein, weil er dir einen Knochen hingehalten hat.« Tyrandos Augen funkelten zornig. »Ja! Einen Knochen und nicht mehr. Seit Wochen hechelst du diesem Knochen hinterher wie ein verhungerter Köter.«

Asandros wurde rot vor Ärger. »Inzwischen bin ich Athener Bürger, und bald werde ich ...«

»Was wirst du?«, unterbracht ihn Tyrandos höhnisch. »Nichts wirst du! Vielleicht wird dir Dykomedes einen Posten in der Verwaltung verschaffen, wo du die Ausgabe der Verpflegung an die Truppen überwachst. Alle erstrebenswerten Ämter sind besetzt, wusstest du das nicht? Besetzt von der nach Hunderten zählenden Sippe der Eupatriden.«

»Wenn es so ist«, entgegnete Asandros finster, »was kannst du daran ändern?«

Tyrandos schnippte mit den Fingern. »Was für eine dumme Frage. Es gibt niemand, den mein Gold nicht kaufen kann. Und ich wünsche mir Männer da oben, die Entscheidungen in meinem Sinne fällen.«

»Weder Dykomedes noch Theogenes sind bestechlich.«

»Aber die Männer, die sie nächstes Jahr wählen. Wie rasch ist man unzufrieden mit der Amtsführung, nicht wahr? Etwas Gold in die richtigen Hände, und sie wählen dich an die Spitze des Polemarcheions. Als Polemarch musst du vermögend sein. Du wirst in Fülle besitzen. Die kleine, dumme Phryne musst du auch nicht heiraten. Jede Frau von Stand kannst du dann bekommen.«

»Und was müsste ich tun, um so von dir mit Wohltaten überschüttet zu werden?«, fragte Asandros unbewegt.

»Mit jenen Männern zusammenarbeiten, die ich dir nennen werde. Mit vernünftigen Männern, die Athen nicht an den verschuldeten und verhungerten Pöbel verschleudern wollen.«

Asandros lehnte sich zurück. »Wirklich verlockend. Leider bin ich ebenfalls nicht bestechlich.«

»Kannst du dir so viel Hochmut leisten, Spartaner? Ich mag dich sehr und bewundere dich, aber mich zum Feind zu haben, ist nicht ratsam. Ich bin mächtiger als du glaubst. Einflussreiche Männer des Areopags sind bei mir verschuldet, einige haben die Weihen genommen und gehorchen mir widerstandslos.«

Asandros war bestürzt. Dieser falsche Priester schien so etwas wie der heimliche Herrscher Athens zu sein. Aber er gab sich kaltblütig. »Wenn du einen Sumpf aus dem Areopag gemacht hast – ein Grund mehr, auf der Seite jener Männer zu kämpfen, die ihn trockenlegen wollen.«

Tyrandos lachte verächtlich. »Ein Habenichts wie du? Ein hergelaufener Flüchtling? Du wirst nichts bewirken, es sei denn, du stellst dich auf meine Seite.«

»Ich bin ein Habenichts, aber wenn ich dein Gold nähme, wäre ich deine Kreatur!«

»Wie lächerlich!« Tyrandos machte eine wegwerfende Handbewegung. »Du neigst dazu, die Dinge zu dramatisieren.« Eindringlich fuhr er fort: »Denk doch daran, wie viel Elend du mit einem kleinen Teil dieser Schätze lindern könntest.«

»Wolltest du die Bauern nicht gerade verhungern lassen?«

»Beim Wiedergeborenen! Wer schlachtet wohl die Kuh, die Milch gibt? Ich will nur, dass sie Bauern bleiben. Jeder muss wissen, wo sein Platz ist. Ebenso wie die Frauen und die Sklaven. Wer diese Verhältnisse ändern will, ruft zum Bürgerkrieg auf.«

»Solon will diese Verhältnisse nicht ändern. Soviel ich weiß, will er nur die drückenden Schulden und die Schuldknechtschaft abschaffen, damit sich die Wirtschaft erholen kann.«

»Was ist ein Erlass der Schulden anderes als Diebstahl am Besitz der Vermögenden?«

»Die Not ist zu groß geworden. Auch die Armen wehren sich. Es hat schon Aufstände gegeben. Der Bürgerkrieg, den du verhindern willst, steht bevor, wenn kein Ausgleich geschaffen wird.«

Tyrandos hieb mit der Hand auf den Tisch. »Und eben diese Aufstände müssen in Blut erstickt werden. Der Archont des Heerwesens muss dies fordern und mit aller Härte durchgreifen.«

Asandros starrte ihn an. »Du willst sie alle im Elend lassen, um deine Schätze zu mehren?«

»Und deine, mein Freund. Sieh mich nicht so entsetzt an. Ein edles Herz bereitet nur Kummer. Bemüh deinen Verstand, Asandros, sei klug und bleib mir gewogen, so wie ich dir gewogen bin, dann wird es für alle von Nutzen sein.«

»Wenn du jeden kaufen kannst, weshalb kaufst du dann nicht jene Lumpen und Blutsauger, die du für deine widerwärtigen Pläne brauchst?«

»Du hast deine Fähigkeiten. Einen Mann wie dich sehe ich nicht gern auf der anderen Seite.«

Asandros schüttelte fassungslos den Kopf. »Wie konntest du glauben, ich hätte einen dermaßen verworfenen Charakter?«

Tyrandos lächelte böse. »Nun, vielleicht lebst du noch nicht lange genug in unseren schönen Mauern, um zur rechten Einsicht zu gelangen. Zur Einsicht, dass machtgierige, goldbesessene Männer sich die Herrschaft teilen, während du in schlichter Einfalt Listen führst, wie viel Gerste und Wein dem Fußvolk zusteht. Wer nicht bei den Wölfen steht, wird wie ein Schaf geschoren.«

»Wenn du erlaubst – ich möchte jetzt gehen«, sagte Asandros müde.

Tyrandos breitete die Arme aus. »Schade, wirklich schade, dass du ein Narr bist. Ich könnte dich mächtig machen.« Er erhob sich und holte einen neuen Krug. »Ich gebe dir selbstverständlich Bedenkzeit, Asandros. Trinken wir zum Abschied noch einen Becher von diesem guten kretischen Tropfen.«

Asandros trank. Es war ein vorzüglicher Wein. »Fürchtest du nicht, dass ich etwas von unserem Gespräch verrate?«

»Noch hat deine Stimme das Gewicht eines Spatzen in der Versammlung der Adler«, lächelte Tyrandos. »Und – hast du Zeugen?« Er strich sich über das Kinn. »Aber lassen wir doch dieses unerfreuliche Thema jetzt. Ist der Wein gut? Steigt er dir zu Kopf? Hättest du nicht Lust, jetzt mit mir Fruchtbarkeit und Ekstase zu vereinen?«

Asandros zog angewidert die Lippen zurück. »Lieber soll es mir eine bösartige Viper besorgen.«

Tyrandos hob amüsiert eine Braue. »Mach dir nichts daraus, dass du nun wieder beladen mit deiner Blutschuld von mir gehst«, erwiderte er sanft. »Aber bedenke: Wer keine Zähne hat, muss Brei essen.«

21

Midian und Joram waren in einem bescheidenen Gasthaus abgestiegen, um unauffällig Erkundigungen über die Verhältnisse im Land einzuholen. Vor allen Dingen widmete sich Joram dieser Aufgabe, während Midian sich im verrufenen Tempelviertel am Fischtor aufhielt, wo die Dienerinnen und Diener der Baalim die heilige Prostitution ausübten, sehr zum Unwillen der gläubigen Juden. Hier verkehrte das einfache Volk, das sich von den lebensfrohen, fremden Kulten stärker angezogen fühlte als von dem gestrengen Jahwe.

Auch Midian fühlte sich in dieser Umgebung wohl. Wenn er sich in eine Schenke setzte, gab es guten Wein und trinkfeste Mitzecher, handfeste Raufbolde und willige Frauen, alles, was ein Mann nach Midians Meinung brauchte. Er traf auch auf wilde, bärtige Freischärler aus den Bergen. Wenn diese rauen Burschen in die Stadt kamen, waren sie mit ihrer Rauflust der Schrecken der Männer, und oftmals endeten ihre Händel mit Totschlag.

Pachhur war einer ihrer Hauptleute, ein ungeschlachter, hässlicher Kerl mit einer riesigen roten Narbe auf der Stirn. Auf seine Ergreifung war wegen einiger Morde ein hohes Kopfgeld ausgesetzt, doch niemand wagte es, ihn anzuzeigen. Es verwunderte kaum, dass er Midian besonders in sein Herz geschlossen hatte. Mit sicherem Gespür hatte er in ihm den Wolf gewittert.

»Jenseits der Stadtmauern spielt sich das wahre Leben ab«, sagte er zu Midian, »östlich des Jordans, wo ein Mann noch ein Mann sein darf und mit dem Schwert in der Hand sein Recht und seine Beute findet. Willst du uns nicht begleiten?«

»Ob ich nicht will? Davon kann keine Rede sein!«, brummte Midian ungehalten. »Wie lange habe ich schon keinem Viehhirten mehr den Schädel gespalten und meinen Spaß mit ihren Weibern gehabt. Aber es geht nicht, das habe ich dir schon tausendmal erklärt, du Holzkopf!«

»Schade, wirklich sehr schade«, brummte Pachhur. »Aber wenn du einmal bei uns mitmachen willst, sag mir Bescheid. Wir ziehen morgen los in die Hochebene von Moab. Die Moabiter haben dort ihre Weideplätze. Fleisch, Decken, Zelte, Hausgerät, das lässt sich alles gut verkaufen. Und Hälse genug zum Abschneiden.«

»Das Letztere würde mich reizen«, erwiderte Midian lächelnd, »aber es geht nicht, nicht hier in Juda.«

»Ach, das sagtest du schon! Ärgerlich, sehr ärgerlich. Du hast das Zeug zu einem guten Anführer. Wenn wir von deiner Sorte mehr in Juda hätten, würden wir selbst die ägyptischen Horden vernichten und den babylonischen Götzenanbetern aufs Haupt schlagen. Wo sind die alten Zeiten geblieben und die alten Helden!«

»Wenn ihr nur in der Vergangenheit lebt, werdet ihr ewig Unterdrückte bleiben. Seht euch nach neuen Helden um.«

»Könntest du nicht unser neuer Held sein, Midian?«

»Möglich. Meine Zeit wird kommen.«

»Was meinst du damit? Würdest du für Juda das Schwert ziehen?«

»Für Juda und für Jahwe«, grinste Midian.

»Bei den gehörnten Baalim, du bist doch kein Levitenfreund, oder?«

»Verehrst du denn nicht Jahwe, Pachhur?«

Der zuckte die Schultern. »Wenn er mir hilft, warum nicht? Aber augenblicklich halte ich es mehr mit Melkart und Kamos. Hier.« Er holte ein Amulett hervor, das er um den Hals trug. »Das bringt mir Glück im Kampf. Jahwe?« Er spuckte verächtlich aus. »Der hat mir noch nie geholfen. Seinerzeit, als er unser Volk aus Ägypten geführt hat, da mag er noch ganz wacker vorangeschritten sein. Schließlich haben wir ja Kanaan erobert, nicht wahr? Aber später hat er arg nachgelassen. Man muss schließlich sehen, wo man bleibt, und es mit den starken Göttern halten. Göttern, die sich nicht nur von Ziegenfleisch ernähren, wenn du weißt, was ich meine.«

»Gebratene Kinder?«

Pachhur sah sich vorsichtig um. »Ja, aber nicht so laut, das ist verboten.« Er senkte seine Stimme zu einem Flüstern: »Mein Vater sagte immer, je mehr Menschenblut ein Gott verlangt, desto mächtiger ist er. Da ist was dran, he?«

Midian nickte nachdenklich. *Und ich muss Jahwe unterstützen,* dachte er missmutig. Er schlug Pachhur auf die Schulter. »Da denke ich wie dein Vater. Aber manchmal ist es klüger ...«

Er wurde unterbrochen, weil ihn jemand von hinten anstieß. »Hier finde ich dich endlich! In vier Schenken war ich schon, aber ich hätte in der Übelsten beginnen sollen.«

Pachhur stemmte die Fäuste in die Seiten und sah den jungen Mann von oben bis unten an. »In solchen Kreisen hast du Freunde? Er sieht aus wie ein königlicher Spitzel und riecht nach Narde, pfui! Ein echter Mann sollte nach Schweiß riechen. He, woher kommst du, feiner Knabe? Aus Joschijas Stall?«

»Und du? Aus einem Schweinestall?«

Die Narbe Pachhurs begann zu glühen. »Du Sohn einer hüftlahmen Eselin! Du nimmst das zurück, oder ich spalte dir deinen vornehmen Schädel!« Er warf einen Blick auf Midian. »Du wirst dich doch nicht einmischen?«

Midian lehnte sich mit verschränkten Armen zurück. »Auf keinen Fall. Wenn der Bursche dir frech kommt, schlag ihm nur aufs Haupt.«

Doch bevor Pachhur seinen Säbel ziehen konnte, lag er schon lang auf dem Boden und griff sich an die gebrochene Nase. Er fühlte Blut und einen scheußlichen Schmerz. Verdutzt schaute er sich um, doch niemand beachtete ihn.

Pachhur rappelte sich auf und wischte sich das Blut aus dem Gesicht. Midian grinste. Pachhur warf seinem Gegner einen verkniffenen Blick zu, dann sagte er zu Midian: »Das war nicht anständig von dir, das musst du zugeben. Du hättest mich warnen müssen, dass dein Freund eine eherne Faust hat.«

»Das kommt davon, wenn man die Männer nach ihrem Duft beurteilt«, spottete Midian.

Pachhur lachte. »Wie heißt du, mein Freund?«

»Joram.«

Er reichte ihm die Hand. »Nichts für ungut, Joram.«

»Mach dir nichts draus«, lächelte dieser. »So siehst du viel hübscher aus als vorher.«

»Hab die Weiber sowieso nie vorher gefragt, ob ich hübsch genug für sie bin«, gab Pachhur mit dröhnendem Lachen zurück; »habe sie mir immer genommen.«

Joram stieß Midian an. »Gehn wir jetzt?«

Midian schlug Pachhur auf die Schulter. »Grüß mir die Raben auf der Hochebene von Moab und bereite ihnen ein Festmahl!«

»Darauf kannst du dich verlassen, Midian. Und wenn du selbst einmal zum Schwert greifst, auf mich und meine Männer kannst du zählen.«

»Wer war denn das?«, fragte Joram, als sie draußen waren. »Kaum wendet man dir den Rücken zu, treibst du dich in der übelsten Gesellschaft herum.«

»Pachhur dürfte nicht übler sein als die Gesellschaft, in der du dich augenblicklich bewegst«, gab Midian aufmüpfig zurück. »Höflinge und Priester! Mir wird schlecht.«

»Und dir wird noch schlechter werden, denn die Zeit ist reif. Jetzt müssen wir es erreichen, dass König Joschija dich empfängt. Ich hoffe da auf deine übersinnlichen Fähigkeiten, denn wenn sie ausbleiben, wie sollte dich sonst jemand für David halten? Spürst du selbst denn nichts?«

Midian zuckte die Schultern. »Was denn?«

»Du hast dieses Land vor vierhundert Jahren beherrscht.«

»Es muss sich seitdem verändert haben«, grinste Midian. »Nein, ich erinnere mich an nichts. Aber nehmen wir doch meine Mutter nicht zu sehr beim Wort. Genügt es nicht, wenn ich behaupte, David zu sein?«

»Keinesfalls! Wenn du selbst nicht davon überzeugt bist, dass du Davids Wiedergeburt bist, können wir Juda noch heute verlassen.«

»Glaubst du es denn?«

Joram sah Midian von der Seite an. »Ich wäre sonst nicht hier. Morgen früh gehen wir zum Tempelberg. Wir werden den Hügel Zion besteigen, den du selbst dereinst Melchisedek, dem Jebusiter, entrissen hast.«

»Ach, habe ich das?«

»Ja, du besiegtest die Jebusiter und machtest ihre Stadt Jerusalem zu deiner Hauptstadt. Dein Sohn Salomo baute dann seinen Tempel auf dem Hügel, wo schon Abraham seinen Sohn opfern wollte. Es ist uralter, heiliger Boden.«

»Schön zu wissen, dass du über David besser unterrichtet bist als ich«, grinste Midian. »Solltest nicht besser du den David spielen?«

»Du nimmst die Sache nicht ernst, wie? Na gut, meine Mutter war es nicht, die mich mit einer Mission hergeschickt hat. Wenn du willst, kehren wir Juda wieder den Rücken und setzen uns in die gute, alte Halle von Dur-el-Scharan.«

»Kein schlechter Gedanke«, brummte Midian. »Aber wo wir einmal hier sind, werden wir die Herausforderung auch annehmen. Vielleicht sollte ich den König fragen, ob er mit seinen Leviten zu den Schwarzen Wölfen kommen will.«

Joram lächelte. »Wir schlafen eine Nacht darüber, und morgen wirst du als David erwachen, wie ich hoffe.«

König Joschija erwachte schweißgebadet. Er erhob sich, taumelte noch schlaftrunken auf die Brüstung und starrte in den Innenhof, in dessen Mitte sich ein Brunnen befand. Der Hof war menschenleer bis auf zwei Schildwachen am Tor. Joschijas Blick wanderte dorthin, als erwarte er jemanden. »Nichts«, murmelte er und ging nachdenklich wieder zurück in sein Schlafzimmer. Er rief nach seinem Leibdiener. »Jischmael, hilf mir, mich anzukleiden. Ich will heute Morgen im Tempel beten.«

Jischmael verneigte sich und brachte die heiligen Gewänder. Als er sie seinem Herrn anlegen wollte, fiel etwas klirrend zu Boden. Jischmael bückte sich. »Sieh nur, mein König!«, rief er erfreut, »hier ist er ja, der Ring, den du schon so lange vermisst hast. Er muss in den Gürtel gerutscht sein.«

Joschija griff danach. »Ja, wahrhaftig. Ich danke dir. Ich habe ihn, wie du wohl weißt, von meinem Vater erhalten, und er ist mir sehr teuer. Was für ein glückliches Vorzeichen!«

Ich werde den Herrn heute im Tempel um Vergebung bitten, dachte Joschija, *denn ich hatte meinen treuen Diener Jischmael damals insgeheim verdächtigt, ihn gestohlen zu haben.*

Schafan, sein Schreiber, trat ein und bat um Gehör. Er wollte dem König, wie an jedem Morgen, den Tagesablauf vorlegen, doch Joschija winkte ab. »Später. Mein Herz ist unruhig wie eine gefangene Elster; ich will zuerst zum Tempel gehen und Stärke vom Herrn erbitten.«

Schafan verneigte sich. »Du wirst Hilkija dort antreffen. Auch er hat sich zu früher Stunde dorthin begeben.«

Von zwei Wachen begleitet, schritt Joschija zum Neutor des salomonischen Tempels, in dessen Allerheiligstem seit den Tagen Davids die Bundeslade mit der Thora aufbewahrt wurde. Doch nicht einmal Joschija durfte es betreten, ja selbst Hilkija, dem Oberpriester, war es nur einmal im Jahr gestattet.

Vor dem Eingang lief ihm ein Knabe entgegen, der Sohn eines Tempelwächters. Der Vater versuchte vergeblich, ihn zurückzuhalten. »Adonija, sofort kommst du hierher!«

Vergebliches Rufen bei einem Zehnjährigen, der sich etwas anderes in den Kopf gesetzt hat. Joschija sah den ungehorsamen Knaben, der vor ihm niederkniete, streng an. Der hielt ihm eine Rose entgegen. »Ein Geschenk für dich, mein König«, murmelte er und wurde so rot wie die Blütenblätter.

»Fort mit dir!«, schalt ihn des Königs Wache. »Was schenkst du deinem König eine Rose, von der genug in seinem Garten blühen?«

»Sie stammt von dem alten Rosenstrauch«, flüsterte der Knabe.

»Doch nicht von dem uralten, verdorrten Rosenstock, den man den Davidsstock nennt?«, fragte Joschija bleich.

»Ja, er blüht, mein König. Und er sollte doch schon ausgerissen werden.«

Joschija nahm die Rose mit zitternden Händen entgegen. »Der Herr hat dich gesegnet, mein Junge«, sagte er. Er winkte dem Vater. »Auf ihm ruht die Gnade des Herrn, deshalb will auch ich ihm eine Gnade gewähren. Was wünschst du dir für ihn?«

»Oh – wenn er zum Schreiber ausgebildet werden könnte ...«, stotterte der Vater.

»Dein Wunsch sei dir gewährt.«

Der König, der von Jugend auf eine fahle Gesichtsfarbe hatte, wirkte jetzt noch bleicher, und sein schwarzer Bart unterstrich die Blässe. Im Innenraum fand er Hilkija im Gebet. Schweigend kniete er sich neben ihn und legte die Rose auf den Opferaltar. Hilkija warf einen kurzen, befremdeten Blick darauf, sagte aber nichts.

Nach dem Gebet erhoben sich beide und gingen in den Innenhof. »Was trieb dich zu so früher Stunde zum Gebet, mein König?«, fragte Hilkija, der Priester aus Anatoth und mächtigster Mann am Hof.

»Wie einst ein Engel Abraham im Traum erschien, so schickte auch mir der Herr heute Nacht einen verwirrenden Traum.«

Hilkija warf ihm einen betroffenen Blick zu, aber er schwieg.

»Ich wollte den Herrn nach seiner Bedeutung befragen«, fuhr Joschija fort. »Aber im Gebet habe ich keine Antwort erhalten.«

»Weshalb hast du keinen Traumdeuter gefragt?«

»Jetzt bist du hier, Hilkija. Vielleicht kannst du mir den Traum deuten?«

»Mit der Hilfe des Herrn will ich es versuchen.«

»Ich sah einen Priester, der aß nach dem Gottesdienst von den geweihten Schaubroten. Und als er sie verzehrt hatte, leuchtete sein Antlitz im himmlischen Glanz. Da öffneten sich – kaum mag ich es aussprechen – die Pforten des Allerheiligsten, und heraus trat der geflügelte Cherub. Er berührte den Priester mit einem Stab. Der erhob sich, und sein Leib war zu schimmernder Bronze geworden, das Antlitz aber zu purem Gold. Da breitete der Cherub seine Flügel aus, und sie bekamen eine gewaltige Spannweite, sodass sie die Pforten des Tempels sprengten und ganz Jerusalem überschatteten. Der bronzene Jüngling aber wurde von dem Cherub über die Stadt getragen, und ich hörte ihn mit Donnerstimme die Worte rufen: ›Siehe David, das ist deine Stadt! Das ist dein Volk! Erinnere es an den Bund, den du mit dem Herrn geschlossen hast!‹ Nachdem jene Donnerworte verklungen waren, erwachte ich und fand mich schweißgebadet und verwirrt.«

Hilkija hatte seinem König mit wachsendem Erstaunen und sichtlicher Beklemmung zugehört. Als Joschija geendet hatte, konnte ihm Hilkija nicht antworten. Obwohl es kühl in den Mauern war, lief ihm der Schweiß von der Stirn.

»Weshalb sagst du nichts?«, flüsterte Joschija. »Du hast Angst. Bringt er Juda das Unheil?«

»Was er bedeutet, Joschija, das kann ich dir nicht sagen, aber das Herz bebt mir vor Furcht und Erregung, denn wisse, ich hatte denselben Traum in dieser Nacht.«

»Ist das wahr?« Joschija packte Hilkija erregt beim Handgelenk. »Ein Zeichen, ein großes Zeichen! Hilkija, der Herr ist mit uns. Das heißt es doch, nicht wahr? Weißt du, dass heute der alte Rosenstock geblüht hat?«

»Die Davidsrose!«, stieß Hilkija hervor. »Hast du sie auf den Altar gelegt?«

»Ja. Der Alte Bund, er wird erneuert werden. Ist es so, Hilkija?«

Hilkija umarmte seinen König. »Lass uns den Herrn preisen. Ich will das Volk zusammenrufen. Es soll tanzen vor dem Tempel und ihm neue Lieder singen.«

Die guten Vorzeichen häuften sich an diesem Tag. Zurück im Palast erfuhr Joschija, dass die Frau seines Kämmerers Ebed-Melech gesunde Drillinge zur Welt gebracht hatte. Er ließ sie reichlich beschenken.

Die vorerst letzte Überraschung brachte ihm Jischmael. »Mein König, geh doch hinaus auf die Galerie und sieh in den Hof. Du wirst kaum glauben, was du dort hören wirst.«

Joschija eilte, auf alles gefasst, hinaus. Am Brunnen saß Jeremia, der Sohn Hilkijas, und er, der stets nur Unheil verkündet hatte, spielte die Harfe und sang ein Lied zum Lobpreis Jahwes. Als er Joschija erblickte, fügte er seinem Lied noch weitere Strophen hinzu, die Joschija priesen, den guten König auf Davids Thron, der wandelt im Herrn immerdar. Und er pries das Geschick Judas, das durch die große Güte Gottes vor dem Sturz in den Abgrund gerettet worden sei.

»Was hat ihn so verändert?«, stammelte Joschija. »Rasch, hol ihn herauf zu mir!«

Jeremia, dessen Stirn meist düster umwölkt war, kam mit leuchtenden Augen zu seinem König. Die beiden Männer umarmten sich. »Verrate mir den Grund deiner Fröhlichkeit, Jeremia! Siehst du Juda nun nicht mehr in den Abgrund taumeln?«

»Die Gnade des Herrn wird es davor bewahren, ausschließlich seine Gnade, denn verdient haben es nur wenige.«

»Und woher kommt deine neue Zuversicht, mein Freund? Hat dein Vater dir von unserem Traum erzählt?«

»Von einem Traum weiß ich nichts, Joschija, aber ich habe meinen Bruder gesehen.«

»Gemarja? Was ist daran Besonderes?«

»Nicht ihn, sondern Joram.«

»Joram?« Joschija zog die Stirn kraus. »Deinen jüngsten Bruder? Jenen verworfenen Mörder, der das Heiligtum Jahwes geschändet hat? Er ist in Jerusalem? Der Tod erwartet ihn hier! Weshalb macht dich sein Anblick so froh und lässt dich auf Rettung hoffen?«

»Oh Joschija, weshalb ändert ihr nicht eure verhärteten Herzen? Ich habe meinen Bruder gesehen, den ich verloren glaubte, er lebt! Ist das nicht Grund zur Freude? Und als wir uns umarmten, glaubte ich Gottes Abglanz zu berühren und des Herrn Stimme zu hören, wie er einst aus dem brennenden Busch zu Mose sprach. Siehe, aus dem Verworfensten habe ich euch den Retter erwählt.«

»Du meinst – Joram? Er ist der Auserwählte, der neue Gideon, auf den wir alle hoffen?«

»Gott hat ihn geschickt, Joschija. Ob er ein neuer Gideon ist, das weiß ich nicht, aber seine Gegenwart erfüllt mein Herz mit Zuversicht und Freude. Ich vernahm die Botschaft ganz deutlich, mit ihm wird das Heil kommen. Das Heil, Joschija, das uns der Herr so lange verweigert hat, weil wir die Baalim mehr liebten als ihn.«

»Setz dich, Jeremia, setz dich«, murmelte Joschija benommen. »Heute ist ein Tag, der große Entscheidungen verlangt. Dass du deinem verstoßenen Bruder begegnet bist, ist nicht das einzige Zeichen, das der Herr geschickt hat.« Und er berichtete Jeremia, was sich noch zugetragen hatte.

»Was zögerst du noch?«, rief Jeremia jubelnd. »Kannst du noch zweifeln an Ihm?«

»Ich habe oft gezweifelt, ich bekenne es, doch jetzt weiß ich, dass mir meine Zweifel vergeben wurden. Aber nicht nur ich, alle im Volk müssen umkehren. Ja, ich spüre, dass eine neue Zeit für Juda anbrechen wird, und mich dürren Stecken hat der Herr dazu berufen, sie zu vollenden.«

An diesem denkwürdigen Morgen kamen vom Osttor her zwei Männer, die an einem Brunnen vor dem Tempel haltmachten, um sich zu erfrischen. »Der berühmte Tempel Salomos«, sagte Joram und wies auf das stattliche Gebäude. »Gefällt er dir?«

»Verschwendete Pracht für euren Hirtengott! Und da drin hast du damals den Priester erschlagen?«

»Ja.«

Midian grinste. »Das gefällt mir. Mörtel klebt am besten mit Blut, und ein so mächtiges Bauwerk sollte geziemend begossen werden.« Midian setzte sich auf den Rand des Brunnens und schaute eine Weile in die Tiefe. Joram beobachtete ihn von der Seite. »Spürst du nichts?«

»Nein, sollte ich?«

»Das ist der Davidsbrunnen.«

»Du meinst, ob ich mich an mein früheres Leben erinnere? Nein, überhaupt nicht.«

»Dann lass uns jetzt auf den Hügel steigen; vielleicht spürst du dort Davids Geist.«

Midian sah verdrießlich nach oben. »Es ist heiß, und da oben sehe ich nur Steine. Bei einem kühlen Wein in einer Schenke lasse ich mich von Davids Geist lieber überraschen.«

Joram seufzte und schwang sich neben Midian auf den Brunnenrand. Sie ließen die Beine baumeln und sahen dem bunten Treiben auf dem Platz zu. »Für dich ist alles nur ein Spiel, Midian.«

»Ich spiele gern. Heute spielt Pachhur mit den Moabitern Fangen, da wäre ich gern dabei gewesen.«

»Ich wünschte, die Moabiter spielten Fangen mit Pachhur«, brummte Joram. »Abgehäutet gibt er einen guten Fliegenfänger ab.«

»Wie wahr.« Midian lächelte einem Mädchen zu, das vorüberging. »Schenk mir dein Herz, schönes Kind, und ich schenke dir meins«, flötete er.

Das Mädchen errötete und ging schnell vorüber. Joram stieß Midian an. »Lass das! Man spricht hier keine Frauen auf der Straße an. Dafür kann man bestraft werden.«

»Sie hat mir zugezwinkert«, behauptete Midian grinsend. »Beim Gehörnten, seid ihr langweilig! Da ist es am Fischtor viel aufregender. Vorgestern haben sich zwei Dirnen um einen Freier geprügelt und sich dabei die Kleider in Fetzen gerissen. Da konnte man alles sehen, und mein ...«

»Still!«, unterbrach ihn Joram und wies auf die Tempelpforte. »Da kommt mein Vater. Der Mann neben ihm ist Schafan, der Schreiber des Königs. Auch mein Bruder Jeremia ist bei ihm. Es scheinen sich Dinge ereignet zu haben, von denen ich nichts weiß. Mein Vater ist ganz offensichtlich erregt.«

»Hast du schon mit ihm gesprochen?«

»Nein. Er weiß aber, dass ich in der Stadt bin. Offensichtlich will er nichts gegen mich unternehmen, das habe ich sicher Jeremia zu verdanken. Dennoch will ich nicht unvorsichtig sein.« Joram sprang vom Brunnenrand. »Wir sollten uns unauffällig unter das Volk mischen; es scheint, dass die Einwohner Jerusalems sich vor dem Tempel versammeln werden.«

»Weshalb unauffällig? Lass uns die Sache doch abkürzen. Ich gehe zu ihm hinüber, dann werden wir ja sehen, wofür er mich hält. Für David oder für einen Betrüger.«

Joram hielt ihn am Arm zurück. »Nein, das geht nicht. Mit deinem zügellosen Benehmen würdest du alles verderben. Deine Hochfahrenheit wäre völlig unangemessen vor seinem hohen Amt.«

Midian machte sich mit einer herrischen Bewegung von Joram los. »David war König von Israel!«, erwiderte er kalt. »Er leckte Priestern nicht die Hände, sondern war deren Sonne, an der sie sich ihre Bäuche wärmten. Wenn Midian David ist, werden Judas Priester seine Fußschemel sein.« Dann wandte er sich von Joram ab, der ergeben die Schultern zuckte, und ging respektlos auf den hoch geachteten Priester zu.

Er kam nicht weit, die Lanzen der königlichen Leibwache versperrten ihm den Weg. »Halt Fremder, nicht weiter! Willst du in den inneren Tempelhof, geh da links hinüber.«

»Zu Hilkija will ich, eurem Priester.«

»Dann lass dich bei ihm vormerken. Man spricht ihn nicht auf der Straße an wie einen Bauern. Bist du aus Edom?«

»Ich bin aus Elam, mein Freund, aber meine Seele weilt schon seit etlichen Jahrhunderten in diesen alten Gemäuern, verstehst du? Und nun hat sie sich dazu entschlossen, Hilkija etwas mitzuteilen, das ihn sehr überraschen wird. Also gönne ihm die Überraschung und belästige mich nicht mit dem Stecken hier, den ich dir aus der Hand schlage, wenn ich will.«

»Ruhig, Fremder, sonst verbringst du einige Tage in einer dunklen Zelle. Heute ist unserem König der Herr erschienen, das ist ein Grund zur Freude, deshalb halt auch du Frieden und höre, was Hilkija dem Volk zu sagen hat. Vielleicht hört er dich danach an.«

Midian warf einen raschen Blick auf Hilkija, der nicht weit entfernt von ihm stand. »Ich bin es aber nicht gewohnt, dass man mich warten lässt!«, rief er und zerrte an der Lanze des Wächters, als wolle er sie ihm aus der Hand reißen. Sofort richteten sich die anderen Lanzen auf ihn. »Werft den Unverschämten ins Verlies!«, schrie der Hauptmann wütend. »Dort wirst du bleiben, bis du etwas demütiger geworden bist!«

Midian wehrte sich, und es entstand ein beabsichtigter Tumult, der Hilkija nicht verborgen blieb. »Was ist da los?«

»Sicher ein Baalsanhänger, der die friedliche Versammlung stören will«, meinte Schafan. »Aber die Leibwache hat ihn schon überwältigt.«

»An diesem Tag will ich vor den Toren des Tempels keine Gewalt. Bringt den Mann zu mir! Wenn er Unfrieden stiften will, werde ich versuchen, ihn zu besänftigen.«

Jeremia lächelte. »Das war ein gutes Wort, Vater. Wollte der Herr, dass du auch über Joram, deinen jüngsten Sohn, so denkst.«

Midian richtete sich in seiner vollen Größe vor dem Priester auf. Er trug einen einfachen, wollenen Rock, das milderte seine Wildheit, aber im langen, geflochtenen Haar steckten Federn und goldene Ringe. Sein hoher, sehniger Wuchs verriet den erfahrenen Kämpfer. Besorgt sah Schafan auf den langen, kostbaren Dolch am Gürtel des Fremden, den Hilkija so leichtfertig in seine Nähe ließ.

Der sah in die Augen des Fremden und wurde leichenblass. Er griff sich zuerst an die Brust, dann an die Kehle und gurgelte etwas Unverständliches. Nur Jeremia hörte Hilkija flüstern: »Jahwe, steh mir bei!« Er hatte den verbotenen Namen ausgesprochen. Dann fiel er in sich zusammen wie ein ausgeleerter Hirsesack.

Sofort wichen die Menschen vor Midian zurück, als sei er ein böser Geist. Nur Jeremia konnte Midians Blick ruhig erwidern, aber auch er war blass geworden. »Du bist es«, flüsterte er. »Du bist es, den der Herr gesandt hat. Aber ein Schleier legt sich auf meine Augen. Ich weiß nicht, ob mein Herz jubilieren oder verzagen soll.«

Midian war bei aller Selbstsicherheit überrascht von dem Ausmaß der Betroffenheit, die sein Erscheinen ausgelöst hatte. *Priester!*, dachte er verächtlich. *Nie weiß man, woran man bei ihnen ist.*

Hilkija hatte man inzwischen aufgeholfen. »Wer bist du?«, fragte er mit tonloser Stimme.

Midian sah in die Gesichter ringsum, die ihn furchtsam anstarrten. Dann sah er dem mächtigsten Mann Judas in die verwirrten, hilflosen Züge, in das sprachlose Erstaunen, das nach der mühsam gestammelten Frage noch auf den Lippen zitterte.

»David aus dem Hause Juda!«

Wie einen Fluch und wie eine Verheißung stieß er den Namen hervor. Hilkija tat einen langen Seufzer. Dann nahm er Midians Hand und küsste sie ergriffen.

Midian nahm die Huldigung gelassen entgegen. Er fühlte sich, als stünde er auf einem Hügel, und ein Sturm blies um sein Haupt. Jahrhunderte rauschten an ihm vorbei und erfüllten seine Sinne mit vergangenen Stimmen und Geräuschen. Seine Augen erblickten die Ewigkeit, die ihn trunken machte wie junger Wein. Jetzt hob ihn der Sturm in die Luft, und er sah tief unter sich die Erde liegen: ausgetrocknet, zerklüftet, von leidenden Kreaturen wimmelnd. Ein Hilfeschrei drang aus den schwarzen Kratern des Elends zu ihm herauf, und sein schwerer Stiefel trat erbarmungslos mitten hinein und erstickte ihn, sodass die Erde auseinander barst und den Himmel verdunkelte.

Midian richtete seine Blicke wieder auf seine Umgebung. Da lagen die Menschen auf den Knien und beteten laut zu ihrem Gott. Nur Jeremia stand aufrecht und hatte die Hände zum Himmel erhoben.

Ich habe gewonnen!, triumphierte Midians Herz. *Ich habe sie! Sie werden mir aus der Hand fressen, diese Narren!*

Da berührte ihn jemand am Arm. Es war Joram. Auch er war blass. »Was ist geschehen?«, fragte er leise. »Deine Blicke sprühten Blitze, du warst nicht Midian und nicht David, du warst ...«

»Ich war ein Gott und richtete die Welt«, gab Midian kalt zurück. »Ja Joram, ich bin die Erfüllung. Und es wird sich grauenhaft erfüllen.«

Joram sah erschüttert hinab auf seinen Vater, der in einer fürchterlichen Verkennung der Wahrheit Midian die Hand geküsst hatte. Nicht einmal Jeremia hatte erkannt, dass Juda in dieser Stunde dem uralten Widersacher die Tore weit geöffnet hatte. Wenn Midian wirklich Davids Wiedergeburt war, so hatte er im Laufe der

Jahrhunderte eine schreckliche Wandlung erfahren. Von diesem David war keine Rettung zu erwarten, er brachte den Tod.

»Ich wünschte, es müsste sich nicht erfüllen«, murmelte Joram.

Da ging eine Bewegung durch die Menge. Es nahte König Joschija.

Hilkija erhob sich, und Besorgnis stand in seinen Augen. Er legte Midian den Arm um die Schultern und drängte ihn fort. »Rasch, gehen wir in den Tempel. Der König darf dich nicht so unvorbereitet sehen, es könnte sein Ende sein, er hat ein schwaches Herz.«

Midian ließ sich nur ungern abdrängen. Die Vorstellung, König Joschija könne bei seinem Anblick tot zu Boden fallen, gefiel ihm. Aber jetzt musste er David sein und seine Gelüste bezähmen.

»Und ich?«, fragte Joram.

Hilkija schien ihn jetzt erst zu bemerken. Heiliger Zorn stand auf seiner Stirn, doch er zögerte. Midian bemerkte es. »Joram hast du es zu verdanken, Hilkija, dass ...« Er zögerte kurz. »dass der Herr mich zur rechten Stunde nach Juda sandte, denn ihn hat der Herr ...«

»– erleuchtet«, ergänzte Joram schnell.

»Das wollte ich sagen.« Midian lächelte sanft.

»Wenn es so ist, hat dir der Herr wohl vergeben«, murmelte Hilkija. Es fiel ihm schwerer, Joram die Hand zu geben, als die Midians zu küssen. Doch schließlich überwand er sich und umarmte Joram kurz. »Ich hätte dir nie vergeben, aber wenn Er dir vergibt, werde ich es auch tun.«

Jeremia stand mit einem zufriedenen Lächeln daneben. Dann umarmte auch er seinen Bruder und flüsterte: »Was bringst du uns, Joram?«

»Ich verstehe dich nicht, Jeremia.«

Der nahm ihn kurz beiseite. »Der Mann, mit dem du gekommen bist, ist David, das sagt mir meine Stimme, und sie hat mich noch nie getrogen, denn sie kommt vom Herrn, aber weshalb kann ich mich nicht so von Herzen darüber freuen, wie es angebracht wäre? Kannst du mir mehr dazu sagen?«

Joram schüttelte langsam den Kopf. »Ich kann nicht darüber sprechen.«

»Ist der Mann dein Freund? Vertraust du ihm?«

»Ja.«

»Bringt er Juda die Rettung oder den Untergang?«

»Er kämpft für den Sieg Jahwes«, erwiderte Joram wahrheitsgemäß.

»Natürlich, für wen sonst sollte David kämpfen? Aber das beantwortet meine Frage nicht. Schickte der Herr ihn, um Juda zu erhöhen oder zu verderben?«

»Woher soll ich das wissen?«, stammelte Joram.

Jeremia legte Joram sanft die Hände auf die Schultern. »Sorg dich nicht. Ich nehme den Willen des Herrn an, wie er auch lauten mag.«

»Midian ist nicht euer Feind«, sagte Joram rasch.

Jeremia nickte. »Ich weiß. Und nun will ich dir auch sagen, was ich glaube: Dass der Herr uns leibhaftig den Mann sandte, mit dem er einst den Bund geschlossen hat, bedeutet eine letzte Warnung für unser Volk. Rettung und Verderben! Beides wurde jetzt in die Waagschale geworfen.«

Hilkija ließ Midian kurz allein, um Joschija entgegenzugehen. Jeremia trat an Midians Seite. »Du siehst aus wie ein edomitischer Wegelagerer, David.«

Midian verschränkte die Arme und sah Jeremia herausfordernd an. »Ich bin ein Wegelagerer, Sohn des Hilkija, aber vergiss nicht, dass dein Vater vor mir auf die Knie gesunken ist.«

»Auch David war ein Räuber, bevor er König von Juda wurde«, erwiderte Jeremia lächelnd. »Danach diente er dem Philister Achis als Söldner. Er war schön und stark, unbeherrscht und wild, kühn und grausam, bevor er weise und gütig wurde – so sagt man.«

»Mit der Weisheit will ich mir noch Zeit lassen«, sagte Midian spöttisch, »sie ziert das Alter. Auch Güte ist nicht angebracht, denn der Feinde sind viele.«

»Jedenfalls hat Juda jetzt wieder einen Helden – nicht wahr, Joram?« Jeremia lächelte seinen Bruder verschmitzt an. »Einen sehr schönen Helden.« Damit drehte er sich um und verließ den Vorraum des Tempels.

Midian lachte. »Dein Bruder ist klüger als alle hier zusammen; er gefällt mir.«

»Jeremia ist nicht nur klug, er ist auch großherzig. Ganz anders als Gemarja, mein ältester Bruder.«

Da öffneten sich die Pforten, und Hilkija kam mit Joschija herein. »Bei den heiligen Cherubim, es ist der bronzene Reiter!«, flüsterte Joschija. Sein sonst bleiches Gesicht war rosig angehaucht. Er vergaß seine königliche Würde und ging mit ausgebreiteten Armen auf Midian zu.

»Er will dich an seine königliche Brust drücken«, zischte Joram Midian zu. »Sei ebenso überwältigt und teile seine Freude, so wie David es tun würde. Benimm dich menschlich und nicht wölfisch!«

Midian erwiderte die Umarmung des schmächtigen Königs so fest, dass dem die Luft wegblieb. Dann spürte er auf seinen Wangen zwei feuchte Küsse der Rührung und hörte gestammelte Worte, auf die er kaum achtete, weil es immer die gleichen waren.

In ehrfurchtsvoller Entfernung standen die königlichen Begleiter und sahen auf Midian wie auf die leibhaftige Erscheinung des Herrn. Zuletzt traten zwei Männer ein, die kühleres Blut bewahrten.

»Da kommen Gemarja und sein Freund Eleasa«, sagte Joram. Er ging rasch auf sie zu und wies triumphierend auf Midian. »Nun, ihr Ungeduldigen, seid ihr jetzt zufrieden?«

»Joschija umarmt diesen Fremden!«, stieß Gemarja erstaunt hervor. »Einen Mann, dem ich im Dunkeln nicht begegnen möchte.«

»Auch dein Vater ist ergriffen«, fügte Eleasa hinzu und schüttelte den Kopf. »Ich würde es nicht glauben, wenn ich es nicht sehen würde.«

»Dieser Mann soll David sein?«, fragte Gemarja misstrauisch. »Er trägt Knochen und Federn in seinem Haar wie ein Heide.«

»Aber er ist stark wie Goliath«, entgegnete Eleasa. »Wer er auch sein mag, wenn er auf unserer Seite kämpft, bin ich beruhigt.«

»Ich nicht«, brummte Gemarja. »Siehst du nicht, dass er meinen Vater und den König an den Löffeln hält wie zahme Kaninchen? Das gefällt mir nicht.«

Gemarja und Eleasa waren Männer, die man mit Wundern nicht so schnell beeindrucken konnte. Joram erkannte das. Nur die Gläubigen warfen sich vor dem Namen David in den Staub, die anderen musste man mit Taten gewinnen.

»Hast du nicht selbst gesagt, Joschija sei ein schwacher König?«, warf Joram ein. »Was stört dich nun daran, dass ein Stärkerer das Ruder ergreift, he?«

»Joram hat recht«, sagte Eleasa. »Dieser – David scheint mir ein gutes Schwert zu führen, und Hilkija stärkt sein Rückgrat durch den Glauben. Ist es nicht das, was wir gewollt haben, Gemarja?«

»Gewiss, aber das Wunder ist für meinen Geschmack zu dick aufgetragen, verstehst du?«

»Solltest du dir nicht erst Gewissheit verschaffen, bevor du dich in Vorurteilen ergehst?«, fragte Joram kühl. »Außerdem hat unser Vater mir verziehen.«

»So?« Gemarja musterte Joram überrascht. »Das scheint mir das größte Wunder von allen zu sein. Weiß er denn auch, dass du deiner Verworfenheit nicht entsagen willst?«

»Sei nicht kindisch! Als ob das jetzt eine Rolle spielte, wo es um das Schicksal Judas geht. Wenn es der Wille des Herrn ist, rettet er es durch eine Schar finsterer Dämonen.«

»Und was sagt Jeremia dazu?«

»Dass Midian David ist und Judas letzte Hoffnung.«

22

Verstört und zornig auf sich selbst kehrte Asandros nach Hause zurück. Kurz vor der Haustür kehrte er um. Er konnte und wollte jetzt mit niemandem reden, keinem Rechenschaft ablegen über einen beschämenden Vorfall, den er selbst in seiner Neugier herausgefordert hatte. Er hastete die Gasse zur Agora wieder hinauf. Der Platz war belebt wie immer, Asandros lehnte sich an eine Hauswand und starrte in das Gewimmel von Menschen, Marktständen, Ausrufern und Ordnungshütern. *Was soll ich tun?*, dachte er. *Athen diesem Wahnsinnigen überlassen? Aber wer wird mir glauben?*

Er winkte Sänftenträgern, die müßig unter einem Baum saßen. »Bringt mich zum Hause Solons – ja, des Archonten.«

Er traf Solon nicht an. »Ich warte«, sagte Asandros. Er wartete zwei Stunden.

Solon war überrascht, Asandros in seinem Hause anzutreffen. Mit großen Schritten durchquerte er den Raum. »Ich hoffte, dich bei Sosiades zu treffen, und nun bist du hier.« Seine Sklaven nahmen ihm den Mantel ab und brachten Wasser. Solon wusch sich die Hände. »Ich habe eine Nachricht für dich, aber niemand wusste, wo du bist.«

»Eine Nachricht?«, wich Asandros der indirekten Frage aus.

»Ja. Theogenes wird die Bürgschaft für dich übernehmen. Fünfhundert Drachmen, das ist die erforderliche Summe, die du auch künftig jährlich aufzubringen hast. Dykomedes fragt mich täglich, wann er dich im Polemarcheion begrüßen kann.«

»Ja«, murmelte Asandros. »An mir liegt es nicht.«

»Ich weiß, ich weiß. Ich will versuchen, deine Wahl morgen auf die Tagesordnung zu setzen. – Du hast ein Anliegen?«

»Was hältst du von Tyrandos?«, fragte Asandros gerade heraus.

Solon zog die Stirn kraus. »Hast du einen Grund, mich das gerade jetzt zu fragen?«

»Er – ist dein Gegner, wusstest du das? Dein Feind.«

Solon nickte. »Der halbe Areopag ist mein Gegner, jeden Tag schlage ich mich mit meinen Feinden herum, Tyrandos gehörte noch nie zu meinen Freunden.«

»Aber er ist gefährlich! Er scheut nicht einmal vor Mord zurück!«

Solon hob die Augenbrauen. »Eine schwere Anschuldigung. Woher weißt du das?«

»Nun ...« Asandros Blick irrte ab, »ich kann es nicht beweisen. Aber ich musste einfach herkommen und dich warnen.«

Solon legte ihm die Hand auf die Schulter. »Danke, mein

Freund. Aber der Eumolpide ist viel zu gerissen, um sich mit Mord einzulassen. Leider ist der halbe Areopag bei Tyrandos verschuldet. Er ist sehr reich.«

Asandros begriff nicht, wie Solon so ruhig bleiben konnte. »Weißt du auch, dass sein Reichtum durch Orgien verdient wurde, die als Gottesdienst verkauft werden?«, schäumte Asandros.

Solon zuckte mit den Schultern. »Willst du die Leute von ihren Narrheiten abhalten?«

»Er – benutzt Zaubertränke, um sie zu willenlosen Werkzeugen seiner unersättlichen Machtgelüste zu machen!«

»Wären es doch Zaubertränke«, lächelte Solon bitter. »Nein, es ist purer Unverstand, der die Menschen in seine Arme treibt.«

»Und das wird geduldet?«

»Nun, Tyrandos gehört einem alten, ehrwürdigen Athener Geschlecht an, das sein heiliges Priesteramt von jeher auf den Sohn vererbte. Er selbst ist kein Gläubiger, aber er weiß, dass man Frauen und niederes Volk durch Wundergeschichten und Geheimnisse zur Götterfurcht bringen muss, und Götterfurcht heißt Furcht vor dem Gesetz. Tyrandos erweist dem Staat einen unschätzbaren Dienst, indem er die Massen zu friedlichen Bürgern macht, die mit ihrem harten Los – sei es Armut oder Sklaverei – zufrieden sind, weil sie auf eine bessere Welt im Jenseits hoffen. Das erspart dem Staat Aufruhr und Revolten.«

»Das ist ein Abgrund!«, stieß Asandros angeekelt hervor.

»Nein, das ist Politik, mein Freund. Und dir rate ich gut, es mit ihm nicht zu verderben – noch nicht, Asandros. Du bist noch nicht stark genug, den Kampf mit dem Hierophanten aufzunehmen.«

Asandros hielt Solon beide geballten Fäuste entgegen. »Dann gib mir die Stärke, gegen diesen Wahnsinnigen zu kämpfen, denn diesen Kampf lohnt es, zu führen.«

»Wir stehen mittendrin Asandros.« Solon ergriff seine Handgelenke. »Und weil es so ist, wünsche ich mir einen Mann wie dich im Senat. Jung, unerschrocken, wissbegierig und edelmütig. Einen Mann, der etwas verändern will und der noch nicht verdorben ist von Korruption und Machtgier. Aber mit stumpfer Axt ist nicht gut Holz hauen. Morgen wollen wir sie schärfen.«

Tief in Gedanken begab sich Asandros nach Haus, und in Unruhe verbrachte er den nächsten Tag. Er verging ohne eine Nachricht. Vor Achylides verbarg er seine Anspannung. Jetzt war ihm seine spartanische Erziehung sehr nützlich.

Im Hof ging ein hochgewachsener, stattlicher Mann auf und ab, angetan mit einer prächtigen Uniform, in der linken Hand einen phrygischen Helm. Flüchtig betrachtete er die vielen Figuren und Büsten, die herumstanden. Ein Mann in staubbedecktem Chiton war erschienen, hatte ihn angestarrt und etwas von Ares gemurmelt, der sein Haus beehre, doch er hatte ihm gesagt, er sei weder Ares noch der Göttervater Zeus. »Mein Name ist Askanios, finde ich hier den Spartaner Asandros?«

Achylides hob die Augenbrauen. »Bist du ein Freund von ihm?«

»Ja.«

»Das behaupten viele«, sagte Achylides spitz und musterte den Fremden anzüglich. »Ich habe deinen Namen noch nie gehört. Warte hier, ich will sehen, ob er für dich Zeit hat.«

Achylides entfernte sich mit seinem stolzierenden Gang, und Askanios sah ihm kopfschüttelnd nach.

»Askanios!«

Er drehte sich um. Da stand Asandros, der Falke – lachend, blendend aussehend – und dennoch! War das derselbe Mann, der oben in der Höhle sein Gefangener gewesen war?

»Askanios!«, schrie Asandros und lief auf ihn zu. Er umarmte ihn stürmisch. »Du lebst? Du bist in Athen?« Nach seiner Flucht ein bekanntes Gesicht wiederzusehen, überwältigte ihn und ließ ihn vergessen, dass es seine Pflicht war, den jungen Silas und die anderen Gefährten zu rächen.

Askanios hatte sich vor dieser Begegnung gefürchtet, aber als Asandros ihn ohne Vorbehalt so herzlich willkommen hieß, stieg ihm die Freude heiß in die Kehle. Dieser unglaubliche Spartaner! Der seinen Vater und seine Schwester gerettet hatte um den Preis des eigenen Lebens. »Asandros! Es ist schön, dich wiederzusehen!«

Nachdem sie sich eine Weile lachend gegenseitig umarmt und auf die Schulter geschlagen hatten, trat Asandros einen Schritt zurück und betrachtete Askanios. »Was für ein schmucker Aufzug!«

»Ich gehöre jetzt zur Palastwache des Tyrannen Kleisthenes von Samos.«

»Prachtvoll! Komm, du musst mir alles erzählen. Wir gehen ins Esszimmer, da ist es jetzt ruhig. – Hast du Achylides schon kennengelernt?«

»Einen merkwürdigen, leicht ergrauten Mann mit völlig verstaubtem Rock?«

»Ja, ihm gehört das Haus. Er ist Bildhauer; alle diese Statuen hat er geschaffen. Er ist ein großer Künstler, nicht wahr? Aber lass ihn nicht hören, dass du seine grauen Haare bemerkt hast.« Asandros führte Askanios durch die Küche ins Esszimmer. »Setz dich. Ich hole Wein und sehe nach, ob noch etwas Braten da ist.«

Askanios errötete. »Mach keine Umstände meinetwillen. Du

kannst mich doch nicht bedienen.«

Asandros drückte ihn auf den Diwan. »Wenn ich gewusst hätte, dass du kommst, hätte ich ein Festmahl gegeben.« Er holte eine Amphore herbei, stellte zwei Becher auf den Tisch und goss ein. »Auf unsere Freundschaft!«

»Hast du Freundschaft gesagt?«

»Was in Sparta geschah, ist Vergangenheit. Ich will dieser Last ledig sein. Hier ist Athen.«

Askanios lächelte. »Du bist mir immer noch ein Rätsel, Asandros.« Sein Lächeln verschwand plötzlich, und er stieß ihn in die Seite. »Das, was du damals getan hast – ich hätte dich erwürgen können. Beim Olympier! Wochenlang mussten wir glauben, du seist tot. Bin ich ein Mann, der sich von anderen heraushauen lässt?«

»Du nicht«, schmunzelte Asandros, »aber Xenia war wohl wenig geübt im Umgang mit der Waffe, und auch dein Vater war dafür schon zu betagt. Was wäre aus ihnen geworden, wenn die Krieger uns beide erschlagen hätten?«

»Erschlagen?«, schnaubte Askanios, »Ich hätte diese Spartaner ...« Dann lachte er dröhnend und schlug Asandros krachend auf die Schulter. »Du lebst, ich lebe, Xenia ist verheiratet. Lass uns noch einmal darauf trinken!« Dann ließ er sich mit sattem Lächeln auf die Bank zurückfallen. »Und nun erzähl, mein Freund. Erzähl mir alles!«

»Ach, lass doch die alten Geschichten, da wird mir ja der Wein im Becher sauer.« Aber dann berichtete er doch von seinem Mordrausch in Larmas, von seiner Gefangennahme und seiner Flucht. Seine Augen wurden dunkel. »Dabei half mir ein Freund – Ilkanor. Ich wüsste gern, was aus ihm geworden ist.«

Askanios bekam schmale Augen. »Ein Ilkanor, so kam mir zu Ohren, leitet die Marmorsteinbrüche in Pharis, wo die Heloten wie die Fliegen sterben.«

Asandros wechselte die Farbe. Er freute sich für Ilkanor, der offensichtlich wieder in Aristarchos' Gunsten stand, aber er empfand Scham vor Askanios, obwohl er selbst niemals auf den Gedanken gekommen wäre, die Verwendung von Heloten in den Steinbrüchen infrage zu stellen.

Askanios legte ihm rasch die Hand auf die Schulter. »Lass uns nicht mehr darüber sprechen. Erzähl, wie es dir dann ergangen ist.«

Asandros berichtete von seiner Athener Zeit und dass er augenblicklich wegen seines Wahlergebnisses wie auf einem heißen Ofen sitze. »Es entscheidet über meine Zukunft, Askanios, verstehst du? Es gibt Männer in Athen, die durch und durch schlecht sind und sich mit ihrer Verworfenheit noch brüsten. Männer wie Damianos. Der Kampf geht weiter.«

Askanios nickte nachdenklich. »Du sagtest aber auch, dass die Vernünftigen, die jenen Solon gewählt haben, in der Mehrzahl sind. Also stehen deine Chancen gut. Wenn du nicht so unfromm wärst, könnten wir im Tempel der Athene ...«

Asandros legte ihm die Hand auf den Arm. »Ich bin ehrfürchtig, abergläubisch nicht. Im Namen mancher Götter scheint mehr Unheil in der Welt zu sein als ohne sie.«

Joseba kam mit dem Frühstück. Pheidon schleppte einen Stuhl herbei. Achylides steckte seinen Kopf zur Tür herein. Sein Blick ruhte wohlgefällig auf dem gut aussehenden Gast. »Pheidon! Bring uns Wasser!« Er wischte seine staubigen Hände verlegen an seinem Rock ab.

»Wozu ist Brunnen da?«, murmelte der, zog aber ab. Nachdem Pheidon mit dem Wasser gekommen war und alle sich die Hände gewaschen hatten, stellte Asandros seinen Freund vor. Dann begannen alle mit dem Essen.

Der Türklopfer wurde betätigt, und Pheidon ging öffnen. Als er zurückkam, neigte er sich zu Asandros hinunter und flüsterte: »Gebieter, der edle Solon ist draußen, möchte Herrn allein sprechen.«

Asandros sprang auf. »Die Entscheidung ist gefallen, entschuldigt mich!«

Solon saß unter einem verblühten Oleander an der Mauer des Gemüsegartens, seine Miene war ernst. Asandros eilte auf ihn zu. »Weshalb bemühst du dich selbst und schickst keinen Boten? Bedeutet das schlechte oder gute Nachricht?« Er wollte ihn hineinbitten, doch Solon schüttelte den Kopf.

»Dir eine gute Nachricht zu überbringen, hätte ich mir niemals nehmen lassen. Mich vor einer schlechten Nachricht zu drücken, wäre feige. Ein tapferer Mann erträgt auch Niederlagen. Asandros, du bist abgelehnt worden.«

»So.« Langsam ließ sich Asandros auf die Bank nieder. Ihm war, als höre er Tyrandos höhnisches Gelächter. »Aus welchem Grund?«, fragte er tonlos.

»Angeblich wegen deiner Vermögensverhältnisse.«

»Aber Theogenes hat doch gebürgt für mich?« Asandros starrte Solon an. »Oder hat er die Bürgschaft zurückgezogen?«

Der schüttelte den Kopf. »Nein. Aber plötzlich genügte sein Wort nicht mehr. Du musst ein entsprechendes Vermögen bei Antritt deines Amtes vorweisen.«

»Tyrandos«, flüsterte Asandros. »Es war Tyrandos, der das vorgebracht hat, nicht wahr? Der gegen mich gestimmt hat.«

»Nein.« Solons Stimme war leise. »Tyrandos hat für dich gestimmt. Gegen dich waren merkwürdigerweise vier Männer, die bisher auf unserer Seite gestanden haben. Sie haben ihre Ansicht plötzlich geändert.«

Asandros schloss die Augen. »Natürlich. Dieser gerissene Fuchs! Sein Gold besticht vier Wahlmänner, während er als Ehrenmann auftritt.«

»Ja«, nickte Solon. »Jeder glaubt, dass Bestechung im Spiel ist, aber niemand kann es beweisen. Das Argument mit dem Vermögen ist ziemlich stichhaltig.« Solon sah Asandros ernst an. »Der Kampf hat erst begonnen. Du wirst doch nicht aufgeben?«

»Was soll ich tun? In Hissarions Tuchfabrik als Sklavenaufseher arbeiten? Oder Verpflegungslisten in der Verwaltung führen?«

»Die Zeiten werden sich ändern. Du musst Geduld haben und auf deine Gelegenheit warten.«

»Solange ein Tyrandos das Schicksal Athens in der Hand hält, wird sich hier nichts ändern!«, schnaubte Asandros.

»Tu nichts Unüberlegtes.« Solon legte ihm die Hand auf den Arm. »Das versprichst du mir, nicht wahr?«

Asandros sah ihn an. »In Babylon schätzt man Männer wie mich. Der Abgesandte Nabupolassars verlässt in fünf Tagen Athen. Ich werde auf seinem Schiff sein, wenn es segelt.«

Nachdem Solon gegangen war, blieb Asandros noch eine Weile im Hof sitzen, bevor er wieder zu den anderen hineinging und mit unbewegter Miene Solons Nachricht und den eigenen Entschluss verkündete. Er hätte auch sagen können, der Feind habe soeben Athen eingenommen. Die Stille war lähmend. Askanios räusperte sich, wollte sich aber als Gast nicht einmischen. Schließlich stieß Achylides ärgerlich hervor: »Nebelhafte Heldentaten spuken dir im Kopf herum! Kannst du nicht Polemarch werden, verschwindest du wie ein trotziger Knabe, der es der Welt beweisen will. Was hoffst du, in Babylon zu finden?«

»Ich weiß es nicht. Jedenfalls einen Mann, der weder nach meinem Vermögen noch nach meiner Herkunft fragt.«

»Kalte, herzlose, machtbesessene Wesen!«, schimpfte Achylides. »Aber was soll man von ihnen anderes erwarten? Nur Künstler sind wahre Menschen, und du, Asandros, wärst einer geworden, wenn du nicht in Sparta aufgewachsen wärst, denn du hast die empfindsame Seele eines schöpferischen Geistes.«

Pheidon schluchzte laut bei diesen Worten.

»Diese Chaldäer«, mischte Askanios sich ein, »sollen rechte Barbaren sein. Ein Menschenleben gilt ihnen nichts, und sie leben von Traumdeuterei und Zauberei.«

»Ja, ja«, fiel Achylides ein, »dort spricht man doch nicht einmal

Griechisch.«

»Mit der Zeit werde ich auch ihre Sprache lernen. Und an Nabupolassars Hof wird es sicher Höflinge geben, die des Griechischen mächtig sind.«

»Wenn er Kultur besitzt«, seufzte Achylides. Er sah Askanios an. »Sag doch auch etwas! Was ist, wenn die Barbaren ihn totschlagen? Außerdem gibt es Piraten.«

»Ja, mir kann auch eine von deinen Büsten auf den Kopf fallen«, gab Asandros zurück, »das ist sogar viel wahrscheinlicher. Gestolpert bin ich oft genug über deine Steine.«

So gingen ihre Worte hin und her. Doch am Ende umarmten sich alle, und keiner schämte sich seiner Tränen.

23

In Jerusalem hatte sich die Begeisterung über den neuen David gelegt. Midian wirbelte durch den Palast wie ein Sturmwind und bezeichnete alles als Geschmeiß, was zu viel betete oder sonst herumfaulenzte. Allzu beleibten Höflingen empfahl er eine Abmagerungskur in der Wüste.

»Ist das eine Schweinemast oder der königliche Palast?«, schrie er sie an. »Entweder ihr habt es in euren Köpfen oder in euren Armen, aber an Bäuchen habe ich keinen Bedarf. Ha! Juda wartet auf Wunder von oben. Packt selbst an, dann hilft euch Jahwe – vielleicht.«

Midian sprach den Namen stets respektlos aus, zum Ärger von Hilkija. Auf seine Zurechtweisungen entgegnete er grob: »Eines verdienstvollen Mannes Taten sind bessere Gebete als des Dummen Andacht. Jahwe ist doch ein großer Kriegsherr? Dann wird er auch geradlinige Männer wie mich schätzen.«

Höfische Umgangsformen verschmähte er. Als man ihn behutsam darauf aufmerksam machte, dass er dem König auf dem Thron wenigstens eine Verbeugung schuldig sei, hatte er Joschija vor versammeltem Hof erwidert: »Nimm es als Verbeugung, wenn David sich am Hintern kratzt, mein König.«

Hätte Midian sich jedoch nur Unverschämtheiten herausgenommen, wäre der überspannte Bogen bald gebrochen. Aber er beeindruckte auch durch tatkräftige Entscheidungen. Von Joschija ließ er sich umfangreiche Vollmachten geben. Vordergründig ging er daran, das Heerwesen zu ordnen und mit eisernem Besen die Götzenanbetung zu beseitigen. Thron und Altar mussten ihm vertrauen, bevor er beide ins Unglück stürzte. Joram und seinen Bruder Gemarja schickte er mit einer Handvoll auserlesener Männer nach Samaria, wo Ben-Hadad, der Statthalter Assur-u-Ballits, saß. In einem Handstreich nahmen sie die verwahrloste Garnison und nahmen Ben-Hadad gefangen.

Dem einst gefürchteten Mann, der sich inzwischen dem Wohlleben ergeben hatte, ließ er die Augen ausreißen und den Blinden in den Straßen Jerusalems von Hunden zerreißen, damit das Volk sah, wie elend ein Besatzer sterben konnte.

Den assyrischen Kriegern gegenüber erwies sich Midian überraschend milde. Jeder, der für Juda kämpfen wollte, wurde den eigenen Kriegern gleichgestellt. Die verhungerten Männer liefen in Scharen über. So stärkte Midian durch ihre Kampferfahrung die Truppe.

Gemarja hätte sie lieber tot gesehen. Midian versöhnte ihn, indem er ihn damit beauftragte, das Land von falschen Göttern und falschen Priestern zu reinigen. Bei diesem Vorhaben begleitete ihn Joram. Sie schritten wie Würgeengel durch das Land, ließen die Ascherim umhauen, die Götzen verbrennen und schlachteten an die fünfhundert Baalspriester. Isaschar, ihrem Oberpriester, gelang es trotzdem, mit einigen Anhängern zu fliehen.

Die Frauen und Kinder der Priester verschonten sie. Das war ein Fehler. In Scharen flohen sie nach Jerusalem, versammelten sich vor Salomos Tempel und schrien zu Joschija um Erbarmen, denn sie wussten nicht wohin und fürchteten zu verhungern. Der Platz vor dem Tempel war schwarz von Menschen.

Midian war über Gemarja verärgert, der die nutzlosen Esser am Leben gelassen hatte. Er stand zusammen mit dem König und Hilkija auf der Dachterrasse und sah hinunter auf die Menschenmenge. »Als der Wolf in der Grube lag, wollte er ein Lamm werden«, spottete er. »Man sollte ihre Familien nicht anders behandeln als Aasfliegen, die sich zu lange von Judas Fleisch ernährt haben.«

»Du meinst, wir sollten sie alle umbringen?«, fragte Hilkija.

»Nein!«, rief Joschija. »Das werde ich nicht zulassen. Es sind Verirrte, die wir zum Herrn zurückführen müssen.«

»Verirrte, die dem Feind beim nächsten Angriff die Tore öffnen«, erwiderte Midian kalt. »Lass kein Mitleid in dir aufkommen und töte sie, wie auch David mit den Jebusitern kein Erbarmen kannte.«

Joschija und Hilkija sahen sich an. »Der Herr lehrt Erbarmen mit dem reuigen Sünder.«

»Harte Zeiten erfordern harte Maßnahmen. Was glaubst du, Hilkija, wird jetzt geschehen, nachdem wir die assyrische Garnison aufgelöst und die Baalspriester getötet haben? Und du, Joschija, meinst du vielleicht, dass Nabupolassar oder Pharao Necho dich dafür ihren Bruder nennen und dir Tribut bringen werden?«

»Aber ein Gemetzel an den Wehrlosen würde das Volk gegen uns aufbringen«, gab Hilkija zu bedenken, der den neuen David inzwischen mit gemischten Gefühlen betrachtete.

»Wenn Tempel und Palast vereint und mit neuer Kraft beweisen, dass für die Abtrünnigen keine Schonung zu erwarten ist, wird Jahwe ein starkes Schwert geschmiedet. Furcht ist eine gute Zuchtrute.«

»Das Volk darf nicht allein durch Furcht regiert werden«, widersprach Joschija. »Der Glaube an den Herrn muss es einen, doch der muss aus Überzeugung, nicht aus Angst vor dem Schwert wachsen.«

»Ja, warte nur darauf, dass er wächst«, höhnte Midian. »Inzwischen übersteigen die Feinde unsere Mauern und halten reiche Ernte, ohne Jahwe zu fragen. Zugewartet habt ihr lange genug, und heilige Männer durchstreifen das Land wie Sandflöhe, doch nur das Unkraut auf den Äckern wächst davon und die Bäuche derer, die davon leben, dass sie ihnen nicht zuhören.«

»Der Herr wollte uns David schicken und sandte einen Spötter«, entgegnete Hilkija unwillig. »Die heiligen Männer, von denen du ...«

»Ach!«, winkte Midian ungeduldig ab. »Ich habe nichts gegen sie, aber wir müssen uns um andere Dinge kümmern. Die Befestigungen müssen ausgebessert, die Truppen vergrößert werden, notfalls auch mit Söldnern aus Syrien oder Edom, meinetwegen aus der Hölle, aber Männer müssen her, denn Nabupolassar lacht über euren Jahwe und steckt seine Nase bestimmt bedenkenlos in das Allerheiligste.«

»Still! Dein Lästern ist unerträglich!«

»Verzeih mir, edler Hilkija, aber Zimperlichkeit bringt uns nicht weiter. Wenn der Feind kommt, wird Jahwe keinen Schild über uns breiten. Und bevor es soweit ist, müssen die inneren Feinde vertilgt werden wie Mäuse im Getreidespeicher. Joschija, gib mir den Befehl, und ich säubere den Platz da unten von wimmernden Weibern und Kindern, die bisher den Schutz der Baale erfleht haben.«

Midians Stimme war scharf, seine Augen flammten, und Joschija fühlte sich hilflos vor diesem schrecklichen David. Aber er antwortete: »Nein. Ich bin der König, und ich will es nicht!«

»Schwachkopf!«, gab Midian respektlos zurück. »König auf einem morschen Thron mit einer Zunge, die dir schon zum Hals heraushängt vom dauernden Lecken des assyrischen Hinterns. Und nun, wo ich ihn dir fortgeschafft habe, meinst du, dein Thron stehe wie eine Zeder.«

Joschija wurde dunkelrot. »Ich muss mich nicht von dir beleidigen lassen!«, schrie er.

»Nein, das musst du nicht. Ich kann diesem erbärmlichen Flecken auch den Rücken kehren und euch eurem Schicksal überlassen. Vielleicht komme ich dann als Nabupolassars Feldherr zurück, um Jahwes Zorn an euch zu vollenden!«

»Beruhige dich«, bat Hilkija. »Sieh noch einmal in dein Herz und prüfe dein Gewissen. Willst du wirklich so viele Hilflose niedermetzeln lassen?«

Midian zischte durch seine Zähne. »In meinem Herzen ist nur Frohlocken über den Tod von Götzenanbetern.« Er wies mit dem Arm hinunter. »Seht doch! Frauen, die ihre Brüste vor den Ascherim entblößten und in abscheulichen Orgien Götzenkinder gebaren und sie Kamos und Melkart weihten. Bindet sie an ihre Pfähle, vor denen sie nackt tanzten, und verbrennt sie lebendig. Pfählt ihre kleinen Kinder auf den Hörnern ihrer Stiergötter und nagelt sie an das verfluchte Holz ihrer Unzucht! Zerhackt ihre Leiber und röstet sie in der Glut ihrer brennenden Baalim, sodass ihre verdammten Seelen geradewegs in den schwarzen Abgrund fahren, wohin sie gehören!«

Midian hatte sich in Hitze geredet, und es schien Joschija, als schlügen Flammen aus seinem Haupt. Er erschauerte, während Hilkija stammelte: »Der gerechte Zorn des Herrn spricht aus ihm!«

Midian lächelte böse und dachte: *So verblendet seid ihr, dass ihr meine Gelüste für den Zorn Gottes haltet.*

»Ich übergebe sie dir«, stöhnte Joschija und barg sein Gesicht in den Händen. Midian nickte zufrieden. Dann entfernte er sich rasch, damit der wankelmütige König sein Einverständnis nicht wieder zurückziehen konnte.

Midian rief einige Unterführer zu sich, erteilte ihnen die entsprechenden Befehle und begab sich wieder auf das Dach des Palastes, um den Zorn Jahwes zu genießen. Jetzt stand er dort allein, denn Joschija und sein Gefolge hatten sich feige zurückgezogen.

Als Midian sah, wie die Krieger wüteten, durchströmte ihn ein selbstzufriedenes Behagen. Was für ein gewaltiger Schritt vorwärts auf dem Weg zum Ziel! Rechtschaffene Männer hatte er zu Handlangern Belials gemacht, zu wilden Bestien, und sie glaubten, dabei Gott zu dienen. »Bei Belials feurigem Atem«, murmelte er, »wie eifrig die guten Leute meinen Rat beherzigen. Ja, du hattest recht, Atargatis! Eine Welt, in der Menschen in ihrer Blindheit zu solchen Taten fähig sind, hat den Untergang verdient.«

Jeremia, der sich zu diesem Zeitpunkt am anderen Ende der Stadt aufhielt, kam die Sache zu Ohren. Er eilte in den Palast und verlangte sofort den König zu sprechen, doch der ließ sich verleugnen, an seiner Stelle trat ihm stolz Midian entgegen.

»Wer hat das befohlen?«, stieß Jeremia heiser hervor.

»Jahwe, der Rächer«, gab Midian kalt zur Antwort.

»Das würde er nicht befehlen. Solche Grausamkeiten denken sich nur Menschen aus! – Weiß es Joram?«

»Joram ist nicht hier.«

»Mach ein Ende da draußen, Midian! Die Krieger sind schlimmer als reißende Wölfe.«

»Ich habe die Einwilligung des Königs, ich habe das Wohlwollen deines Vaters, und ich habe die Zustimmung Jahwes, soll ich da auf dich hören?«

»Kennst du denn keine Barmherzigkeit?«

»War David barmherzig mit den Feinden Jahwes? Wenn ich euch helfe, babylonische Schädel zu zertrümmern, ist meine Härte wieder gefragt. Weshalb sollte ich vor dem gerechten Leiden der Götzendiener weich werden?«

»Aber sie stecken kleine Kinder auf glühende Spieße!«

»Das ist der rechte Lohn für die Früchte der Unzucht.«

Jeremia barg den Kopf in den Händen. »Die Stimmen, sie blieben schon so lange aus. Mein Kopf ist verwirrt. Schreckliche Zeiten, schreckliche Zeiten!«

»Nur für die Feinde Jahwes, nicht für Juda. Juda wird erstarken wie zur Zeit Salomos, ja, ich werde seine Grenzen weit darüber hinaus vergrößern zum Ruhme des Herrn.«

»Das ist nicht Sein Wille, dass Juda über alle anderen Völker wie ein Despot herrsche. Juda ist gering unter den Völkern, deshalb hat der Herr es auserwählt.«

»Wenn es gering bleiben will, muss es das Joch tragen und fremde Götter anbeten. Doch Jahwe gleicht dem Adler und ist es müde, über Spatzen zu herrschen.«

»Manchmal glaube ich, du bist der wilde Wegelagerer geblieben, der Juda nur als Beute betrachtet.«

»Mit Gebeten allein ist auch David nicht groß geworden.«

»Aber du betest überhaupt nicht. Dein Gott ist nicht – Jahwe.«

»Jahwe macht zum Werkzeug, wen er will.«

»Vielleicht bist du gar nicht sein Werkzeug.«

Midian lachte trocken. »Es hätte mir auch besser gefallen, wenn Gott mich in ein mächtigeres Reich gesandt hätte, um seinen Ruhm über den Erdkreis zu verbreiten. Ist nicht Babylon groß und herrlich, wo Marduk herrscht, der geflügelte Drache? Wer möchte sich nicht auf Nabupolassars goldenen Thron setzen? Aber ich harre hier aus. Du weißt recht gut, dass deines Vaters Gebete allein nichts bewirken.«

»Gewiss, ich sehe wohl, dass nur ein ungewöhnlicher Baumeister das Haus neu bauen kann, aber das Leid Unschuldiger gibt keine festen Grundpfeiler.«

»Wenn Juda erst stark ist und Jahwe selbst in Babylon verehrt wird, darf man auch Milde zeigen, doch unter Wölfen muss es erlaubt sein, zum Tiger zu werden.«

»Gern möchte ich glauben, dass der Herr deine Wege leitet, aber seit deiner Ankunft ist mein Kopf von einer Mauer umgeben, die kein Licht mehr hereinlässt. Ist das Sein Wille, dass wir für eine Weile blind umherirren, um seines Glanzes hernach umso besser gewahr zu werden?«

»So wird es wohl sein«, erwiderte Midian knapp, wandte sich ab und ließ ihn stehen.

Zwei Tage später trafen Gemarja und Joram wieder in Jerusalem ein und erfuhren durch Jeremia von dem Gemetzel. Gemarja war verärgert, Joram schwieg.

»Sag uns endlich die Wahrheit über deinen Freund!«, wandte sich Gemarja schnaubend an Joram. »Weshalb lässt er Frauen und Kinder massakrieren wie Vieh, das an einer Seuche leidet?«

Joram schwieg, aber Jeremia antwortete: »Der Herr braucht ein scharfes Schwert für die Sünder. Er wusste, wen er erwählen musste.«

Joram starrte Jeremia an. »Mein Gott!«, flüsterte er, dann verließ er ihn erschüttert. Midian, Belials erster Diener, wie er sich selbst gern nannte, war mit seinen Schandtaten, mit seiner höllischen Freude am Bösen, zum Werkzeug Gottes aufgerückt! Atargatis' Rachetraum schien sich zu erfüllen.

Joram traf Midian an der Ostmauer, wo er sich um die Befestigungsanlagen kümmerte. Er trug einen kegelförmigen Helm mit Nackenschutz und bronzener Spitze und war schön wie Ninurta.

Er bemerkte Joram sofort und kam auf ihn zu. »Ihr seid schon zurück? Berichte.« Midian führte Joram in einen notdürftigen Unterstand für die Krieger, wo ein mürrischer, alter Mann ihnen sauren Wein einschenkte. Joram berichtete, wie er und Gemarja überall im Land das Heidnische ausgemerzt und viele Priester erschlagen hatten. Gemarjas Ärger über das Gemetzel auf dem Tempelplatz erwähnte er nicht. Vorwürfe waren für Midian lästige Mücken, die er totschlug.

Aber Midian kam selbst darauf zu sprechen; er war stolz auf seine Unerbittlichkeit und rühmte sich, wie er Hilkija und den König mit dem gerechten Zorn Gottes beschwindelt hatte. Dann schwelgte er schamlos in Einzelheiten des Massakers und verhöhnte am Ende die Dummheit aller Beteiligten. Sich selbst fand er großartig und die ganze Sache – wie immer – sehr unterhaltend. »Bei Belial, das hat mein Herz gesättigt«, schloss Midian. »Glaub mir, du hast etwas versäumt, aber ich sehe schon, du willst das gar nicht hören. Ja, ich vergaß, dass du solche Lustbarkeiten nicht schätzt.«

»Ganz recht«, erwiderte Joram tonlos. »Und du sagst, der König und mein Vater haben zugestimmt?«

»Da fragst du noch? Selbst Jeremia ist davon überzeugt, dass ich die Geißel Gottes bin. Habe ich nicht eine vortreffliche Mutter? Sie hat alles vorausgesagt.« Midian schlug Joram begeistert auf die Schulter. »Weißt du, anfänglich behagte mir mein Auftrag nicht sehr, aber jetzt beginnt er, mir zu gefallen. Dennoch bezweifele ich, ob ich in Juda am rechten Platz bin. Stell dir vor, welche Werke ich in Babylon vollbringen könnte!«

Joram zuckte zusammen. »Werke?«, wiederholte er betroffen. »Solche wie das Tempelmassaker?«

»Gewiss. Hätte ich Nabupolassars Hof die gleiche Vertrauensstelle wie hier – was für eine Machtfülle wäre das in meiner Hand!«

Dabei schweiften Midians Gedanken weit fort, hinaus aus dem begrenzten Juda, zu den mächtigen Nachbarn Babylon und Ägypten. Er wusste, sie würden bald heraufziehen, dann musste er bereit sein. Genauer gesagt, er musste König von Juda werden, um Verbündete zu gewinnen. Syrien, Edom und Moab, dann die phönizischen Städte. Er sah, wie er sie alle gegeneinander ausspielte und sie dann vor die Füße seines Throns zwang. Die Weltherrschaft Jahwes – sie war seiner Meinung nach nur mit dem Schwert durchzusetzen und mit einem Herrscher, dem alle Länder vom westlichen Meer bis zum Indus huldigten. Für Midian stand zweifelsfrei fest, wer dieser Herrscher sein würde.

Bei dieser Vorstellung röteten sich seine Wangen. Jäh überwältigte ihn das Verlangen, er zog Joram zu sich heran und küsste ihn. Joram bebte. Diese wilde Zärtlichkeit war der Hunger Belials. Aber das Verhängnis war nicht mehr aufzuhalten, es sei denn, einer stünde gegen Midian auf und führte seinen Sturz herbei. Aber gab es diesen Mann? Und wenn es ihn gab, würde er dann nicht zusammen mit Midian stürzen?

Geißel der Menschheit

Die Seuche zieht vor ihm her,
die Pest folgt seinen Schritten.
Wenn er kommt, wird die Erde erschüttert,
wenn er hinblickt, zittern die Völker.

(Hab 3,5f.)

Kein Tier lebt so versklavt wie die Menschen, die Götter erfanden.

1

In aller Stille traf Asandros seine Vorbereitungen zur Abreise. Nur seine besten Freunde waren eingeweiht. Das große Abenteuer begann ihm zu gefallen, er war in Aufbruchstimmung. Nur der Gedanke an Elena bedrückte ihn. Seit jenem Vorfall in Sosiades' Garten hatten sie sich nicht mehr gesehen. Ihre zuchtlosen Freiheitsbestrebungen, die wie ein frischer Wind durch Athen fegten, verunsicherten ihn, als kündige sich in der Brise der Sturm an, der Männerrechte eines Tages hinwegfegen würde. Asandros bewunderte sie dafür und teilte heimlich ihre Auffassungen. Aber er war ein Mann und konnte sich nicht selbst entmachten. Gegenwärtig jedenfalls stand ihm eine Frau wie Elena im Weg, und es war gut, dass er die Dinge in Athen eine Weile ruhen lassen konnte, während er in Babylon war.

Im Morgengrauen stand Asandros an Deck eines stolzen Fünfzigruderers. Das Rahsegel war gesetzt; die letzten Ballen wurden an Bord geschleppt. Die Rudermannschaft bestand aus freien Griechen; die griechischen Kapitäne bemannten ihre Schiffe nicht gern mit Sklaven; Lohnarbeiter ruderten ausdauernder und schneller.

Asandros beobachtete die Sklaven des Babyloniers: halb nackte, hagere Burschen mit schmalen Augen und zottigen, schwarzen Haaren. Bel-Schagar trat an ihn heran. »Kriegsgefangene Kaschkäer.«

Asandros fiel auf, dass sie sehr schlecht behandelt wurden und unterernährt waren. Aber er schwieg. Die Spartaner behandelten ihre Gefangenen in den Bergwerken nicht besser.

»In Jatnan nehmen wir noch einmal Frischwasser und Proviant an Bord, dort werden wir auch die Rudermannschaft auswechseln.«

»Dann sollen diese ausgemergelten Gestalten an die Riemen gehen?«, fragte Asandros verwundert.

»Für mich ist es billiger, die eigenen Leute rudern zu lassen. Die Athener kosten mich eine unverschämte Summe. In Jatnan gehen sie mit dem nächsten Schiff zurück, und wir werden bis Tyrus keinen Hafen mehr anlaufen. – Keine Sorge«, fügte er lachend hinzu, »die Gefangenen sind zäher als du denkst. Sie rudern gut, denn sie wissen, wer zusammenbricht, wird über Bord geworfen.«

»Aber nicht, solange ich auf diesem Schiff bin!«, erwiderte Asandros mit scharfer Stimme.

Bel-Schagar warf ihm einen kühlen Blick zu. »Du bist mein Gast, aber nicht der Kapitän. Es sind Kriegsgefangene. Hatte ich mich nicht richtig ausgedrückt?«

»Noch kann ich von Bord gehen«, erwiderte Asandros drohend.

Bel-Schagar befremdete das ungestüme Aufbrausen, er sah den jugendlichen Trotz in den grauen Augen des schönen Spartaners. Klug lenkte er ein. »Wenn du willst, schenke ich dir meine Sklaven; dann bist du ihr Herr und kannst entscheiden.«

Ein Babylonier hätte das höfliche Angebot nicht wörtlich genommen, doch Asandros nahm es ernst. »Was soll ich an Land mit Rudersklaven anfangen?«

Bel-Schagar räusperte sich. »In Tyrus kauft jedermann gute Ruderer.«

»Ich handele nicht mit Menschen!«

Bel-Schagar seufzte. »Du bist schwierig.«

»Findest du? Vielleicht glaubt das dein König auch und schickt mich wieder nach Haus?«

»Nabupolassar – Marduk schenke ihm hundert Jahre – weiß, dass ein guter Mann stets schwierig ist.«

»Vielleicht ist dein König weise, aber diese Männer sind unterernährt, und wenn ich ...«

»Bitte!« Bel-Schagar hob beschwichtigend die Hand. »Diese Männer sind bereits tot, verstehst du das nicht? Kriegsgefangene können keine Schonung erwarten, und wenn wir sie leben lassen, dann nur im Dienst dieses Schiffes.«

»Dann nehme ich dein Geschenk an.«

Bel-Schagar verbarg geschickt seinen Zorn. Er verneigte sich leicht. »Sie gehören dir.«

»Und in Jatnan wird für die Männer zusätzlich Verpflegung an Bord genommen! Ich bezahle das.«

Bel-Schagar verzog keine Miene. »Gewiss.«

Ein junger Mann in Asandros Alter kam aus der Kajüte und sagte etwas zu Bel-Schagar. Er musterte Asandros mit einer Mischung aus Hochmut und Neugier. Breite Armbänder und Halsketten deuteten auf einen hohen Rang hin.

»Das ist mein Neffe Nabuapaliddin«, stellte Bel-Schagar ihn vor. »Leider spricht er kein Wort Griechisch.«

Asandros lächelte höflich, Nabuapaliddin antwortete mit einem kaum merklichen Kopfnicken. Er unterhielt sich kurz mit seinem Onkel, und Asandros bemerkte, wie Nabuapaliddin jäh den Mund verzog.

»Dieser dreifach von den Windgeistern heimgesuchte Grieche hat mich mit seinem Starrsinn alle meine Rudersklaven gekostet«, teilte Bel-Schagar seinem Neffen in gedämpfter Tonlage mit. Und er erzählte ihm, wie es dazu gekommen war.

»Verzeih mir Asandros«, wandte sich Bel-Schagar wieder an ihn, »mein Neffe hat mir eben ausgerichtet, dass wir gleich ablegen. Unter Deck ist ein Frühstück bereitgestellt.«

Die Laufplanke wurde schon hereingezogen, da rief jemand: »Halt! Wartet auf mich!«

Ein junger Mann lief mit rudernden Armen über den Kai. Er trug die Uniform der Palastwache von Kleisthenes auf Samos, und an seiner Hüfte baumelte neben dem Schwert ein phrygischer Helm.

»Askanios!«, schrie Asandros. Er lief ihm entgegen, sprang mit einem Satz von der halb heraufgezogenen Planke auf den Kai und umarmte ihn. »Du kommst mit?«

»Ja. Zum Hades mit Kleisthenes! Ich habe die ganze Nacht kein Auge zugetan.« Askanios sprang an Bord. Bel-Schagar sah ihn verwundert an. »Wer ist das?«

»Das ist Askanios, ein Freund. Er kommt mit.«

»Davon war nicht die Rede.«

»Er kommt mit, oder ich bleibe auch hier«, funkelte Asandros ihn an.

Bel-Schagar seufzte. »Ich sagte es schon, du bist der schwierigste Mann, den ich kenne. Er sieht wenigstens wie ein Krieger aus. Ist er brauchbar?«

»Der Beste!«

Askanios lächelte und trat vor. »Nein, das ist Asandros, aber ich bin der Zweitbeste.«

»So? Und essen wirst du für drei, so kräftig wie du bist.«

»Ich kann die Überfahrt bezahlen. Ich war Hauptmann bei Kleisthenes von Samos.«

Bel-Schagar nickte. »Das ist wenigstens eine gute Empfehlung. Also gut, ich nehme dich mit.«

Asandros hieb Askanios kräftig auf den Rücken. »Endlich noch einer, mit dem ich Griechisch reden kann. Jetzt erst beginnt mir die Sache zu gefallen. Komm, unten in der Kajüte wartet schon das Frühstück auf uns.«

Bel-Schagar sah ihnen nach. *Scheint ein furchtloser Bursche zu sein, hoffentlich nicht so zartbesaitet wie der Spartaner, sonst werde ich ein armer Mann.*

Das Schiff legte ab, und eine verschleierte Frau sah ihm aus einer Sänfte nach. »Würde ich an Götter glauben, mein Geliebter, so würde ich ihnen opfern und sie bitten, dich gesund heimkehren zu lassen«, flüsterte sie. Dann hob sie die Hand. »Zum Achäischen Tor!«, befahl sie den Trägern.

2

Jatnan lag einige Stunden hinter ihnen. Askanios hatte wieder einmal grün über der Reling gehangen und war dann fluchend unter Deck in seine stickige Koje gekrochen. Er fühlte sich sterbenselend. Auch Asandros hatte befürchtet, von dem schlimmen Gefühl im Magen überfallen zu werden, doch glücklicherweise war es ausgeblieben. Nach der Abendmahlzeit, die ohne Askanios stattgefunden hatte, war Asandros noch an Deck gegangen. Es war fast windstill. Die Nacht vermittelte Frieden, und ein großes Glücksgefühl durchströmte ihn. Fremde, neue Wunder warteten auf ihn in Begleitung eines Freundes.

Das regelmäßige Klatschen der Ruder störte seinen Frieden. Seit Jatnan ruderten die fremden Sklaven – seine Sklaven! *Na wenn schon!*, dachte Asandros. *Auf allen Schiffen gibt es Rudersklaven. Dennoch sollte ich jetzt, wo ich die Verantwortung trage, einmal nachsehen, wie man sie behandelt.*

Da hörte er hinter sich eine leise Stimme nach ihm rufen. Asandros sah sich um. Unter einem Verschlag kauerte ein halb nackter Mann; einer von den Rudersklaven. Er hatte sich versteckt, weil es den Sklaven verboten war, das Deck zu betreten. Was Asandros überraschte, war, dass der Mann Griechisch sprach.

»Du sprichst meine Sprache?«

»Ja Herr, aber nicht sehr gut.« Er kletterte hervor und stand verlegen grinsend mit hängenden Schultern vor Asandros.

»Wer bist du? Was suchst du hier?«

Er war mager wie die anderen, sein von grauen Strähnen durchzogenes, verfilztes Haar hing ihm bis auf die Schultern; ein dünner, ungepflegter Bart zierte sein eingefallenes, wettergegerbtes Gesicht. Über hohen Backenknochen blinzelten schmale Augen in die Sonne. Seine Schultern waren von Peitschennarben übersät. »Ich Ischpuini, mein Stamm die Kaschkäer im Norden von Hattusa.«

»Was machst du hier?«, fragte Asandros streng. »Dein Platz ist unter Deck. Ist es euch nicht bei Todesstrafe verboten, heraufzukommen?«

Ischpuini zuckte die Schultern und grinste verschmitzt. »Du bist nun Herr, du kannst töten Ischpuini.«

»Das werde ich vielleicht tun – später«, versprach Asandros kalt. »Was willst du von mir?«

»Männer sehr zufrieden mit neuem Herrn. Geben gutes Essen. Werden sehr gut rudern für dich, Herr.«

»Das hoffe ich«, erwiderte Asandros schroff. »Bist du hier, um mir das zu sagen?«

»Ja, sie schicken mich, weil ich spreche deine Sprache. Sie fragen, warum tust du das? Einige sagen, du sie vielleicht mästen wie Gänse und verkaufen an Maschunas. Maschunas essen Menschenfleisch. Aber ich sage Nein.« Ischpuini setzte ein schlaues Lächeln auf. »Unser Gebieter will nur, dass wir gut rudern.«

»So ist es«, sagte Asandros kühl. »Und nachdem du mir das gesagt hast, bist du sicher bereit zu sterben?«

»Ischpuini war tapferer Krieger als jung gewesen. Keine Angst vor dem Tod. Du sagst, spring ins Wasser, Herr, und ich springe.«

»Und wenn ich dich an der Rah aufhängen lasse, den Möwen zum Fraße?«

Ischpuini warf einen unsicheren Blick nach oben. »Luftiger Platz für Tod. Besser da sterben als immer unten rudern.«

»Denken die anderen auch so?«

Ischpuini hielt den Kopf schief und blinzelte Asandros an. »Vielleicht.«

»So?« Asandros setzte sich auf einen zusammengerollten Tampen und bedeutete Ischpuini, sich ebenfalls hinzusetzen.

»Du sitzen zusammen mit Rudersklaven und reden mit ihm wie Freund?«

Asandros legte dem Mann beide Hände auf die Schultern und sagte: »Sag deinen Brüdern, sie müssen nur noch ein paar Tage durchhalten. In Tyrus werde ich euch alle freilassen.«

Ischpuini war nur kurz verblüfft, dann grinste er über das ganze Gesicht. »Du machst nur einen riesigen Scherz, Herr?«

»Es ist kein Scherz. Ich gebe dir mein Wort.«

»Du musst haben sehr starken Gott.«

»Sehr stark«, nickte Asandros. »Du siehst selbst, was für prächtige Schiffe mein Volk unter ihrem Schutz baut.«

»Und ich muss nicht sterben, weil ich an Deck gekommen

bin?«

»Nein. Nun geh hinunter und sag den anderen Bescheid.«

Ischpuini fiel wie vom Blitz getroffen in den Staub. Asandros zog rasch seine Füße zurück. »Beim Zeus! Bitte kein Füßeküssen!«

Ischpuini hob den Kopf, er hatte Tränen in den Augen. »Danke«, flüsterte er und huschte davon. Asandros sah ihm nachdenklich hinterher, als er Bel-Schagar kopfschüttelnd an der Reling stehen sah. »Du hältst ein Schwätzchen mit einem Rudersklaven?«

»So ist es, edler Bel-Schagar«, grinste Asandros. »Ist doch mein Sklave, oder?«

»Allerdings«, knirschte Bel-Schagar. »Habe ich recht gehört, du willst sie alle in Tyrus freilassen?«

»Dein Ohr ist scharf, oh Vater eines Luchses.«

»Du verlierst eine Mine Silber.«

»Und gewinne Erkenntnis.«

»Ich dachte, die gab es bei Sosiades umsonst«, gab Bel-Schagar giftig zurück.

»Nein. Dort gab es nur Worte, ich lasse Taten folgen.«

»Die Taten eines Narren«, brummte Bel-Schagar.

»Ich weiß«, erwiderte Asandros lächelnd, »doch oft sind die Narren die weiseren Menschen.«

Bel-Schagar zog es vor, darauf nicht zu antworten. Er zwang sich zu einem entgegenkommenden Lächeln und lud Asandros zu einem Abendtrunk in seine Kabine ein. Dort leistete ihnen auch der hochmütige Nabuapaliddin Gesellschaft. Sie öffneten manchen Krug im Laufe des Abends, und bald herrschte eine ausgelassene Stimmung. Mit der Hilfe Bel-Schagars konnten sich alle drei einigermaßen verständigen.

»In Babylon kennt man also auch die Knabenliebe«, stellte Asandros fest. »Ich hörte, sie sei eine spartanische Erfindung.«

Bel-Schagar lachte dröhnend. »Keine Stadt der Welt hat mehr Lustknaben als Babylon. Und sie sind reizend, aber teuer. Ich selbst mache mir allerdings nichts aus ihnen. Mein Neffe kann dir da besser Auskunft geben.«

»Aus Frauen macht er sich nichts?«

»Frauen oder Männer! Das nehmen wir in Babylon nicht so genau. Vor einem babylonischen Schwanz ist keine Öffnung sicher.« Er kicherte.

»Worüber lacht ihr beide?«, fragte sein Neffe.

»Über dein vergebliches Bemühen, bei Schumukin, dem Sohn des Kupferschmieds, die Eier zu finden.« Bel-Schagar krümmte sich vor Lachen. »Er war nämlich Eunuch«, fuhr er an Asandros gewandt fort. »Die Entmannten sollen die besten Stuten sein, habe ich mir sagen lassen. Hattest du schon mal einen Eunuchen,

Asandros?«

»Nein, ich dachte ...«

»Du dachtest, da geht nichts mehr, wie? Halb Babylon besteht aus Verschnittenen, und die Hälfte von ihnen macht mehr Kinder als ein altgedienter Bock.«

»Weshalb gibt es so viele?«

»Babylon handelt mit ihnen. Jedes Jahr erhält es fünfhundert Knaben als Tribut von den unterworfenen Provinzen. Unsere Ärzte sind berühmt für die fachgerechten Operationen.«

Asandros zog es vor, darauf zu schweigen. Er fing Nabuapaliddins brennenden Blick auf, der schnell zu Boden sah, als Asandros ihn anschaute. Bel-Schagar stierte mit leicht glasigen Augen um sich. »Weshalb sagst du nichts mehr, Asandros?« Seine Hand mit dem Becher fiel schwer auf die Tischplatte.

»Ich denke, es ist Zeit, schlafen zu gehen«, sagte Asandros. »Ich habe schon ziemlich viel getrunken.« Als Asandros sich erhob, stand auch Nabuapaliddin auf. Beide wünschten Bel-Schagar eine gute Nacht. Als Nabuapaliddin seine Kabine betreten wollte, fühlte er eine warme Hand auf seinem Arm. Asandros lächelte ihn an.

Am nächsten Morgen besuchte Asandros Askanios in seiner Kajüte. »Wie geht es dir, mein armer Freund?«

Askanios versuchte zu lächeln. »Besser. Wann sind wir endlich in Tyrus?«

»Wenn das Meer so ruhig bleibt und wir keinen Piraten begegnen, morgen Nachmittag. Willst du jetzt etwas essen?«

»Essen?«, würgte Askanios. »Sag dieses Wort nicht!«

»Willst du nicht lieber an die frische Luft gehen?«

»Um die Wassergeister tanzen zu sehen? Nein, sie verwirren mich, drehen mir den Magen um, diese Biester! Gebe Zeus, dass wirklich keine Piraten auftauchen, denn wie sollte ich dir dann beistehen? Das endlose Schaukeln macht ein Weib aus mir.«

»Dann bleib liegen. Wenn du mich suchst, ich bin bei Bel-Schagar, um Babylonisch zu lernen.«

»Das ist keine Sprache, sondern das Gurgeln einer Abflussrinne!«

»Das stimmt«, grinste Asandros.

3

Juda strebte einer neuen Blüte zu. Die Stimmung bei den Truppen war zuversichtlich; neues Selbstvertrauen stärkte sie. Ob Jahwe selbst ihnen neuen Mut eingeflößt hatte oder ob es dem tatkräftigen Fremden zu verdanken war, der als wiedergeborener David mittlerweile immer energischer die Zügel in die Hand nahm? Wer konnte das wissen.

Der neue David war grausam und unerbittlich, daran bestand kein Zweifel, aber im ganzen Land gab es keine Kultpfähle mehr, waren die Feuer in Ge-Hinnom erloschen, und Juda war nicht mehr besetzt. Assur-u-Ballit hatte sich nicht gerührt, als man seinen Statthalter Ben-Hadad schmählich abgesetzt und getötet hatte. Das gefürchtete Assyrien war schwach geworden – ein Triumph Jahwes, was sonst? Unterwürfig schickten die stets aufsässigen Stämme Geschenke an Joschija und versicherten ihre Bereitschaft, ihm zu dienen. Das Joch der Assyrer hatte sie alle gedrückt, und wer es zerbrach, musste ein großer König sein. Juda vergaß dabei gern, dass nicht die eigene Stärke den assyrischen Löwen gebändigt hatte, sondern dass die Babylonier und Meder ihn in seine Höhle gejagt hatten, aus der er sich nicht hervorwagte.

Midian vergaß es nicht. Er sah Judas Schwäche, und weil er nicht an Jahwe glaubte, glaubte er auch nicht an eine wunderbare Rettung. Durch sein energisches Vorgehen hatte er seine Stellung als Gottgesandter festigen können, dabei unterschätzte er jedoch nicht die Gefahr von außen. Im Heer fanden seine Bedenken Gehör; da waren nüchterne Männer, die mehr ihrem Schwert als Gott vertrauten, doch am Hof, wo die Priester, an ihrer Spitze Hilkija, ihren Einfluss geltend machten, wollte man von äußerer Gefahr nichts wissen. In seinem Bestreben, Judas Grenzen auszuweiten, erfuhr Midian von Hilkija keine Unterstützung, und er machte sich Gedanken, auf welche Weise sich Jahwes Lehre überall auf der Welt durchsetzen sollte.

Auch um Joram, der ihm zu entgleiten drohte, machte er sich Gedanken. Während Midian sich unter dem rauen Kriegsvolk am wohlsten fühlte, hatte sich Joram wieder seiner Familie angeschlossen. Midian bewohnte Räume im Palast, Joram war in das Haus seines Vaters gezogen.

Heute gelang es Midian, Joram vor seinem Haus abzupassen. Er vertrat ihm den Weg. »Ich muss mit dir reden.«

Joram lächelte verlegen. »Midian! Um diese Zeit bist du gewöhnlich bei den Hauptleuten aus Hazor und Jesreel an der Nordmauer.«

»Jetzt bin ich hier. Gehst du ein Stück mit hinunter zum Basar?«

Joram nickte. »Worum geht es?«

»Du entfernst dich von mir.«

»Weil ich nicht mit deinen Kumpanen bis spät in die Nacht hure und saufe?«

»Das Gewäsch der Leviten hörst du wohl lieber?«

»Unsinn! Außer in meiner Familie habe ich keinen Umgang mit ihnen.«

»Das solltest du aber, denn ich eigne mich nicht zum Beten und Absingen von Lobeshymnen auf Jahwe, den Vortrefflichen. Die Priester, dein Vater an der Spitze, machen mir das Leben schwer mit ihren Gesetzen und Vorschriften, die zu befolgen Juda nicht einen Schritt voranbringen.«

»Voran zu welchem Ziel?«

»Juda stark und unüberwindlich zu machen. Hast du unsere Aufgabe vergessen? Wie soll die Welt auf Jahwe hören, wenn die Judäer nicht über ihren unbedeutenden Flecken hinauswachsen wollen?«

»Du denkst nur an Waffengewalt, Midian. Wer weiß, vielleicht soll seine Botschaft auf ganz andere Weise in die Welt kommen.«

»So? Und auf welche, du Vater der Klugheit?«

»Durch das Wort. Jeremia schreibt an einer Geschichte Israels und Judas.«

»Schreiben?«, wiederholte Midian verächtlich. »Wer wird das schon lesen?«

»Jedenfalls nicht die, die nicht lesen können«, bemerkte Joram anzüglich.

Midian warf ihm einen ärgerlichen Blick zu. »Sehr spaßig, ich kann kaum an mich halten vor Lachen.«

»Es ist aber nicht zum Lachen. Ich verkenne keineswegs die Macht des Schwertes, aber ohne das Wort ist es nur ein Schlächterwerkzeug ohne Segen.«

»Wird Nabupolassar sich die Schriftrollen zuschicken lassen?«, spottete Midian. »Wahrlich, er wird begierig sein, mehr über diesen Wüstengott zu erfahren, und ihm hernach einen Ehrenplatz neben Marduk einräumen.«

»Spotte nur, was geschrieben steht, vergeht nicht. Außerdem verfasst Jeremia ein weiteres bedeutsames Werk, das, wenn wir klug vorgehen, den vergessenen Bund Jahwes mit seinem Volk wiederbeleben und das Vertrauen in ihn wiederherstellen wird. Du weißt selbst, Midian, wie wichtig Selbstvertrauen im Kampf ist.«

Midian nickte. »Gewiss, aber wie kann ein Buch das bewirken?«

»Jeremia kam durch dich auf die Idee. Ein leibhaftiger David erscheint. Jeremia fügt das Wort hinzu, den alten Bund und das alte Gesetz Mose, nach dem David gelebt hat.«

»Ich dachte, dieses Gesetz gebe es bereits?«, wunderte sich Midian.

»Hauptsächlich in mündlicher Überlieferung. Daneben finden sich verstreut Texte im Land: die Abschriften von Abschriften. In diesem günstigen Augenblick muss die echte Handschrift Mose, das Buch der Thora, aus ehrwürdiger Vergangenheit das Licht der Gegenwart erblicken. Jeremia fasst die Ereignisse jener denkwürdigen Tage zusammen und fügt noch etliches hinzu, damit sich auf wunderbare Weise alte Prophezeiungen als erfüllt herausstellen können. Mein Vater wird das Buch plötzlich in einem vergessenen Winkel des Palastes finden, vergilbt, verstaubt, etwas zerfleddert, so als habe es dort die Jahrhunderte überdauert. Es wird das zweite Wunder sein, das wir dem Volk anbieten, verstehst du?«

Midian grinste. »Ein zweiter Priesterbetrug – das gefällt mir! Aber weshalb gibt sich Jeremia dafür her?«

»Weil er der Meinung ist, dass ein frommer Betrug erlaubt ist, wenn Juda dadurch wieder auf den rechten Weg geführt wird.«

»Bei Belial! Diese Priester sind schlau und gefährlich!«

»Jeremia ist kein Priester, er ist Prophet.«

Midian winkte ab. »Das ist doch dasselbe! Und warum hast du mir davon noch nichts gesagt?«

»Weil du die Schriften verachtest.«

»Hm – so ein verstaubtes Exemplar könnte auf einfältige Gemüter Eindruck machen – als stünde euer Moses wieder auf, nicht wahr? David und der alte Moses! So müsste Juda zu packen sein!«

»Ja, aus diesem Grund wollte ich mit Eleasa sprechen. Schafan, sein Vater, soll in die Sache eingeweiht werden. Wie du weißt, ist er Schreiber bei Joschija.«

»Joschija!«, brummte Midian missmutig. »Er ist mir im Weg. Bei Jahwes Gewitterwolken! Er hört mehr auf deinen Vater als auf mich, und dein Vater sieht misstrauisch auf meine Anstrengungen bei den Truppen.«

»Weil er in Sorge ist. Er will den Frieden.«

»Wird Babylon danach fragen?«

»Mein Vater würde, wenn es soweit wäre, lieber einen ehrenhaften Frieden mit Nabupolassar schließen. Dann begnügt sich Babylon vielleicht mit Tributzahlungen und lässt keine Besatzung hier.«

»Ihr Schwächlinge! So wird euer Jahwe ewig Diener von Marduk und Melkart bleiben. Ich muss den Thron von Juda besteigen, verstehst du? Sonst kann ich das Schiff nicht lenken. Mein Befehl muss in Juda Gesetz werden, damit Jahwes Gesetz über die Völker herrschen kann.«

Joram lächelte. »Belials Gesetz, meinst du wohl?«

»Jahwe oder Belial! Wo ist da der Unterschied?«, schnaubte Midian. »Die Götter sind, was wir aus ihnen machen.«

»Joschija ist noch nicht alt«, grinste Joram. »Du wirst noch eine Weile warten müssen. Außerdem hat er Söhne.«

»Diese Knaben! Versuche, deinen Vater hier zu beeinflussen.

David war König und muss es wieder werden, der Meinung bist du doch auch?«

»Macht man den Fuchs zum König der Gänse? Du würdest Juda zugrunde richten.«

»Was schert mich dieser Flecken? Nicht Judas Herrschaft, sondern Jahwes bin ich gekommen aufzurichten. Aber dich dauern wohl die paar abgeschnittenen Hälse?«

»Dem Massaker an den Wehrlosen steht man sehr zwiespältig gegenüber. Noch so eine Grausamkeit, und dein Ruf als der errettende David dürfte arg lädiert sein.«

»Halte mich nicht für einen Trottel! Ich spüre genau, wie weit ich gehen kann – vorerst noch. Die Edomiter, Moabiter und Ammoniter krochen vor Joschija zu Kreuze. Diese Völker haben ein Gespür für eine starke Hand, was du grausam nennst.«

»Der Wille deiner Mutter ist unablässiges Leiden. Das wünsche ich meinem Volk nicht!«

»Ha! Ich merke schon lange, dass du kein Schwarzer Wolf mehr bist. Du kriechst wieder unter die Rockschöße deiner Familie.«

»Warum nicht? Ich bin kein Gesetzloser mehr.«

»Aber mein Freund oder nicht?«, fragte Midian drohend.

»Das bin ich, und wir haben beide dasselbe Ziel: Jahwes Herrschaft. Aber ich will, dass Juda unter seiner Herrschaft blüht und nicht stöhnt.«

Sie hatten inzwischen den Basar erreicht. Einer der Händler ließ, als er Midian herankommen sah, blitzschnell etwas unter dem Tisch verschwinden. Die hastige Handbewegung entging Midian nicht. Er blieb vor dem Mann stehen, der grün vor Angst wurde und Midian gequält angrinste. »Schöne Stoffe, gottgesandter David. Stoffe für schöne Frauen und edle Männer.« Seine Stimme kam heiser und gebrochen, seine Augenlider flatterten.

Midian befühlte einen der Ballen, die auf dem Tisch lagen. Er lächelte sanft. »Ich möchte gern das kaufen, was du unter deinem Tisch versteckt hast, ehrenwerter Sohn eines Tuchhändlers.«

»Unter dem Tisch?«, würgte der unglückliche Mann schlotternd vor Angst hervor. »Da habe ich nur wertloses Zeug, was ich abends an die Armen verteile.«

»Ist das wahr? Was für ein frommer Mann! Gott wird es dir lohnen und dein Geschäft gedeihen lassen. Lass mich doch sehen, was du für die Armen erübrigst.«

»Erbarmen Herr, ich habe fünf Kinder«, begann der Händler zu schluchzen, und Midian zog die Augenbrauen hoch. »Fünf Kinder? Gott hat dein Weib mit Fruchtbarkeit gesegnet, aber was hat das mit den Armen und der Sache unter deinem Tisch zu tun?«

Zitternd holte der Händler eine tönerne Figur hervor. Midian nahm sie ihm lächelnd aus der Hand; es war eine nackte, weibliche Figur. »Astaroth, Göttin der Fruchtbarkeit und der – äh – Wollust, wenn ich mich nicht täusche. Was kostet sie?«

»Nichts, Erhabener«, stammelte der Händler.

»Du irrst dich, guter Mann«, erwiderte Midian freundlich, »sie kostet das Leben.«

Der unglückliche Kaufmann wollte um Gnade flehen, aber er brachte keinen Ton heraus. Mit halb geöffnetem Mund starrte er auf das unselige Götzenbild und bot ein Bild des Jammers.

»Lass den armen Mann in Ruhe!«, bat Joram. »Sind nicht schon genug Gräuel geschehen?«

Midian wendete die Figur in seinen Händen und tat, als habe er Jorams Worte nicht gehört. »Der König hat ein neues Gesetz erlassen«, sagte er beiläufig. »Der Handel mit Götzenbildern ist Gotteslästerung, und der Übeltäter ist der Säge zu unterwerfen.«

Der Händler sank mit einem erstickten Schrei zusammen. Midian packte ihn am Rock und riss ihn hoch. »Wer außer dir handelt hier noch mit diesem Schund? Ich will alle Namen, oder du schmeckst vorher die Folter!«

»Niemand«, gurgelte der Mann, »ich hatte nur vergessen, sie wegzuwerfen.«

Midian lachte und gab ihm einen Stoß. Seine Finger glitten spielerisch über die Rundungen der Statuette. »Eine nackte Frau, so etwas habe ich lange nicht gehabt«, murmelte er. Er betastete die Brüste und den Schoß. Seine Handmuskeln spannten sich, und die tönerne Figur zerbrach unter seiner Kraft. Er lächelte Joram an. »Das meine ich.«

Er warf die Scherben dem Händler vor die Füße. »Dein Glück, dass du sie zerbrochen hast. Der Herr ist reuigen Sündern gnädig.« Dann wandte er sich zum Gehen und grinste Joram an. »Ich musste mich davonmachen, der Kerl hat sich vor Angst in die Hosen gemacht.«

»Bei Gott, das war eine äußerst spaßige Einlage, großer David!«

»Ich habe hier sehr wenig Spaß«, sagte Midian nachdenklich. »Ich sollte einmal zum Fischtor gehen und nach meinem Freund Pachhur sehen.«

»Dieser Raufbold ist deiner Würde als David wenig zuträglich.«

»Zur Hölle mit dieser Würde, wenn ich nicht einmal eine Frau unter mir spüren darf, die ich nach Brauch und Sitte richtig spießen kann und bei der es nicht beim halbherzigen Gefummel bleiben muss.«

»Und die du töten kannst«, murmelte Joram.

»Bei Belial, ja! Es wird doch auch in Juda Weiber geben, nach denen niemand mehr fragt.«

»Weiber, die von deiner Hand sterben wollen, werden hier nicht feilgeboten«, spottete Joram.

Midian grinste. »Vielleicht entdecke ich noch eine Astaroth; sie soll die Manneskraft stärken, wenn man sie sich drei Tage lang um die Lenden hängt.«

Joram lachte. »Vielleicht hilft es. Du hättest die kraftspendende Göttin eben nicht zerbrechen sollen.«

»Ach was! Ich hätte diesen lausigen Tuchhändler unter die Säge hängen lassen sollen, das hätte mich gleich zweimal erleichtert.« Midian griff sich eine Melone und warf ein Kupferstück auf den Tisch. Er zerteilte sie mit seinem Messer in zwei Hälften und gab eine davon Joram. »Gib mir rechtzeitig Bescheid, wenn das verschollene Buch wieder aufgefunden wird; ich hoffe, du wirst mir daraus vorlesen.«

Nachdem sie sich getrennt hatten, ging Midian hinaus zu den Truppen an der Nordmauer. Er trat zu Gemarja ins Zelt. Der empfing ihn mit ernster Miene. »Schlechte Nachrichten, Midian. Unsere Leute haben einen Boten aus Harran abgefangen. Assur-u-Ballit hat nach Pharao Necho geschickt.«

»Nach dem Ägypter?« Midian hatte sich in der kurzen Zeit einigermaßen über Judas Feinde und die politische Lage unterrichtet und wusste so viel, dass Necho der nächste große Herrscher neben Nabupolassar war, den man fürchten musste. So rasch zog sich das Unwetter zusammen, und Midian hatte wenig Zeit.

Pharao Necho wollte ebenso wie der Babylonier Juda erobern, daran bestand kein Zweifel. Der Hilferuf des Assyrers kam ihm dabei gelegen. Freilich, einst waren die Assyrer gefürchtete Feinde gewesen, jetzt verbündete man sich besser mit ihnen gegen den neuen mächtigen Feind Babylon. Beim Ringen dieser Riesen würde Juda wie zwischen zwei Mühlsteinen zermahlen, es sei denn, die beiden Großmächte brachten sich gegenseitig eine so große Schlappe bei, dass Juda die notwendige Luft zum Atemholen bekam.

Wer kein Löwe ist, muss vom Fuchs lernen, dachte Midian.

4

Joschija hatte sich in sein Arbeitszimmer begeben, wo seine Diener ihm Erfrischungen bereitgestellt hatten. Er genoss es, für Augenblicke allein zu sein. Er pflückte einige Beeren von einer dunkelroten Traube und lehnte sich aus dem bogenförmigen Fenster, das zum Hof hinausführte. Die drückende Hitze des Tages war gewichen, der Duft von Rosen und Jasminblüten kam mit dem Abendwind, es würde bald dunkel werden.

Joschija dachte an die Nachricht, die ihm Jiftach, der Oberbefehlshaber des Heeres, überbracht hatte. Pharao Necho zog aus dem Delta herauf nach Harran, um Assur-u-Ballit gegen Nabupolassar beizustehen. Zwei mächtige Heere wälzten sich auf das kleine Juda zu. Doch Joschijas Herz zitterte nicht. Er spürte die Hand des Herrn, die auf allem lag.

»Ja«, seufzte er, »seine Wege sind manchmal furchtbar, doch wer kann ihn aufhalten in seinem Zorn, wenn er gegen die Heiden wütet?«

Im Heer standen fünfzigtausend Mann unter Waffen. Diesem kriegerischen Aufgebot sollte nun das geistige Rüstzeug zur Seite gegeben werden. Ein feines Lächeln umspielte die Lippen des Königs. Er ließ Jischmael, seinen Leibdiener, rufen.

»Mir ist zu Ohren gekommen, dass die Pfeiler am Neutor schadhaft geworden sind. Ich möchte, dass sie wiederhergerichtet werden. Bei dieser Gelegenheit soll auch nach weiteren Schäden gesucht werden.«

Jischmael neigte sein Haupt. »Ich werde es sofort veranlassen. Wie viel Schekel aus den Steuereinnahmen stehen zur Verfügung?«

»Nichts aus den Steuern, nein. Bitte Hilkija, die Opferkästen dafür zu leeren. Erst, wenn das nicht reichen sollte, wollen wir über weitere Maßnahmen nachdenken.«

Als Jischmael gegangen war, setzte sich Joschija an einen Tisch, auf dem Tafeln und Papyrusrollen lagen, aber er betrachtete sie nur flüchtig. In Gedanken eilte er den Ereignissen voraus.

Die Dunkelheit senkte sich schnell auf Jerusalem. Diener entzündeten Öllampen im Zimmer des Königs. Joschija hatte einige Priester und Ratgeber um sich versammelt, als zu fortgeschrittener Stunde Hilkija um Erlaubnis bat, seinen König zu sprechen. Er überreichte Joschija einen Behälter. »Dies, mein König, fand ich in einer schadhaften Mauerstelle zwischen den Opferkästen.«

Es war ein Kasten aus Akazienholz, verschlossen mit einem Bronzeriegel. Joschija wog ihn in der Hand. »Er muss sehr alt sein, wie lange mag er in der Nische gelegen haben? Öffne ihn, Hilkija.«

Der schob den bronzenen Riegel mit sanfter Gewalt zurück, er öffnete sich leicht, denn das Holz war bereits morsch. Den offenen Kasten reichte er Joschija. Der griff vorsichtig mit Daumen und Zeigefinger hinein. Er holte eine Schriftrolle heraus, eine dunkelgelbe, stellenweise bräunlich gefleckte, brüchige Rolle, die er kaum zu öffnen wagte.

»Hilf mir, Hilkija, sie vorsichtig auf dem Tisch auszubreiten, damit sie keinen Schaden nimmt.«

»Sie muss sehr alt sein«, bestätigten alle ehrfürchtig und versammelten sich gespannt um den Tisch.

Es gelang Joschija und Hilkija, den Papyrus Stück für Stück aufzurollen; er war mit kleiner Schrift sehr eng beschrieben.

»Schafan! Lies sie uns vor!«, wandte sich Joschija an seinen Schreiber.

Der verneigte sich und hob das brüchige Pergament dicht an seine Augen. »Das sind die Worte, die Moses vor ganz Israel gesprochen hat – Hiermit liefere ich euch das Land aus. Zieht hinein, und nehmt es in Besitz, das Land, von dem ihr wisst: Der Herr hat euren Vätern Abraham, Isaak und Jakob geschworen, es ihnen und später ihren Nachkommen zu geben ...«

Als Joschija die ersten Worte hörte, schrie er auf. Dann lauschte er atemlos weiter. Als Schafan weiterlas, schluchzte Joschija laut, zerriss sich die Kleider und raufte sich die Haare. Hilkija erhob sich und rief: »Das sind die Gesetze des Herrn, wie er sie Mose in der Ebene von Moab gegeben hat, als er den Bund mit ihm schloss. Sie wurden missachtet und mit Füßen getreten! Groß ist die Güte des Herrn, dass er uns erleuchtete, denn er öffnete unsere Augen und schickte uns David, welcher der Feuersäule gleicht, die unseren Vätern in der Wüste leuchtete und den Pharao voller Schrecken zurückweichen ließ.«

Joschijas Gejammer und Hilkijas Rede waren beeindruckend, und die Auffindung des Gesetzes Mose verbreitete sich in Windeseile im Palast, im Tempel und unter dem Volk, denn Hilkija ließ sie mehrere Male auf dem Tempelplatz verlesen und Boten in alle wichtigen Städte entsenden, wo die Priester dem Volk das zweite Wunder verkündeten. Das kleine Juda barst vor übermütigem Stolz. Allenthalben lagen die Menschen auf den Knien, lobpriesten Jahwe, und selbst die Armen und Ausgebeuteten schöpften neue Hoffnung. Die Törichten! Als hätte jemals ein Gott sich ihrer erinnert oder erbarmt.

Midians Ansehen wuchs gewaltig durch das Buch, auch bei denen, die dem neuen David misstrauten, weil er sich wie ein Heide benahm. Als Joram ihm Stellen daraus vorlas, amüsierte er sich köstlich, denn Jeremia hatte Midians Geschichte mit David genutzt und auch aus Joschija eine Wiedergeburt gemacht, die Wiedergeburt des Mose. Er wurde nicht müde zu erwähnen, dass seit Moses nicht seinesgleichen aufgestanden sei, außer David, und seine Vorzüglichkeit zu loben, fand er kein Ende. Daneben hatte er die Leviten nicht vergessen und ihre Privilegien gefestigt und vermehrt. Am Ende standen die Priester und das Herrscherhaus in vollem Glanz da, und wenn das Volk daran teilhaben wollte, sollte es die Gesetze Jahwes halten.

Midians Respekt vor Jeremia wuchs, und seine Einstellung zum geschriebenen Wort änderte sich, als er erkannte, dass das Volk sich dadurch am besten betrügen ließ. Allerdings fand er, dass man dem einfachen Mann das Lesen nicht erlauben sollte, damit er nicht zu schlau werden und sich über den Inhalt falsche Gedanken machen könnte.

Midian nahm seine alten Beziehungen zu Pachhur wieder auf, um für das Abenteuer mit den Babyloniern kühne, verwegene Männer anzuwerben. Nächtelang trieb er sich am Fischtor herum und versammelte bald eine ansehnliche Schar furchtloser Kämpfer um sich, die sich ihm freimütig unterordneten und bereit waren, auf sein Zeichen hin loszuschlagen.

Inzwischen näherte sich aus dem Süden Nechos Heer und erreichte die südpalästinische Hafenstadt Aschkalon.

An einem Nachmittag kam Midian vom Fischtor in den Palast zurück. Er torkelte den Gang entlang, der zu seinen Räumen führte. Midian war angetrunken und sah übernächtigt aus. Wer ihm begegnete, ging ihm aus dem Weg. Die Wachen vor seiner Tür grüßten vorschriftsmäßig. Midian stieß sie zur Seite und stolperte in sein Zimmer.

Es war ein heller, luftiger Raum, der auf eine weiträumige Dachterrasse hinausführte, von der aus man die Stadt bis zu den Bergen überblicken konnte, deren schneebedeckte Gipfel in der Sonne glänzten. Aber Midian hatte dafür keinen Blick. Er wollte sich auf sein breites Bett werfen, um zu schlafen, als er die junge Frau erblickte, die auf der Terrasse stand. Sie kam herein und starrte ihn an. »Willkommen, Gebieter«, sagte sie mit leiser Stimme und verneigte sich leicht. Eine flüchtige Röte überzog ihr Gesicht, verlegen senkte sie den Blick. Midians Gewand war fleckig, er roch nach Wein und Schweiß, und sein Gesicht zierten ungepflegte Bartstoppeln.

»Was tust du hier?«, herrschte er sie an.

»Ich tue Dienst in deinen Gemächern, Gebieter. Heute bin ich für die Nachmittagsstunden eingeteilt.« Sie hob nicht den Blick, denn heute schämte sie sich für ihren Herrn, den sie schon in einem ganz anderen Aufzug gesehen hatte: hoch zu Pferd, im Rock des Kriegers, schön wie einer der Erzengel.

Genau genommen vor fünf Tagen, dachte sie. Der Tag, an dem sie Mattanja, den Hausmeister, gebeten hatte, ihr den Dienst in Midians Räumen zuzuteilen.

»Hinaus mit dir! Ich will schlafen!«, fuhr Midian sie grob an. »Ich liebe es nicht, wenn sich die Dienerschaft in meiner Abwesenheit hier aufhält.«

»Ich habe nur frische Blumen hingestellt«, stammelte sie, erschrocken von seiner Heftigkeit.

Midians leicht verschwommener Blick glitt von ihr ab und entdeckte eine Schale mit frischen Hibiskusblüten auf dem Tisch. Sein Gesicht verzerrte sich. Mit einer brutalen Armbewegung fegte er sie hinunter, sodass die Schale zerbrach und die Blumen weit im Raum verstreut wurden. »Habe ich nach solchem Tand verlangt?«, schrie er.

Sie sank vor Entsetzen in die Knie, dann wollte sie an ihm vorbei aus dem Zimmer fliehen, aber er packte sie schmerzhaft am Arm, dass sie stöhnte. »Wie heißt du, he?«

»Sarah«, flüsterte sie. »Bitte, lass mich los Herr, ich habe nichts Unrechtes getan.«

»Du bist hübsch. Wenn du schon mal hier bist, kannst du gleich die Beine für mich breitmachen. Na los, leg dich da hin!« Er gab ihr einen Stoß, doch sie stolperte nur und fing sich. Sie entfloh auf die Terrasse, ihr Herz schlug wild vor Angst und Scham. *Bei Gott*, dachte sie, *nie hätte ich für möglich gehalten, dass er sich so benimmt, wenn er betrunken ist.*

Midian setzte sich auf das Bett, zog sich aus, schleuderte die Sachen in eine Ecke und warf sich rücklings auf das Lager. »Komm schon, du kleine Hure.« Er verschränkte die Arme hinter dem Kopf und wartete. Von der Terrasse hörte er ihr schnelles Atmen. Er lachte in sich hinein und genoss ihre Angst, denn etwas anderes gab es nicht zu genießen. Er wusste, dass er sie nicht haben konnte; sie nicht und keine andere in diesem verfluchten Juda. Niemand verkaufte ihm hier seine Kinder für ein paar Schekel, und Ramazur war weit. Er seufzte, wenn er an Arbela und Dur-el-Scharan dachte.

Nach einer Weile kam Sarah hervor, weil sie dachte, Midian schliefe. Der blinzelte und packte sie, als sie gerade vorbeihuschen wollte. Sie schrie auf. Er zog sie zu sich auf das Bett und hielt ihr den Mund zu, damit sie nicht um Hilfe schrie. »Hör auf zu zappeln, sonst drücke ich dir die Gurgel ab!«

Sie wurde sofort ruhiger.

»Wirst du schreien?«

Sie schüttelte den Kopf. Er ließ sie los. »Zieh dich aus!«

Sie tat, als ob sie ihm gehorchte, doch plötzlich sprang sie vom Bett und rief: »Nein! Du stinkst! Du bist ungewaschen, und dein Atem riecht nach Wein. Nicht einmal die Kadeschen würden für dich ihre Röcke heben!« Sie sprang zur Tür, riss sie auf und rief ihm aus sicherer Entfernung zu: »Außerdem bist du brutal und tust mir weh! Ich werde dir nie wieder Blumen bringen!«

Sarah rannte völlig aufgelöst hinüber zu den Behausungen der

Dienerschaft. Sie teilte ihre Kammer mit Magdala, einem zwei Jahre älteren Mädchen aus Hebron, das schon seit drei Jahren im Palast diente. Damals war sie mit hochrotem Kopf zu ihr gelaufen, denn sie hatte den jungen David erblickt, den sie alle Midian nannten. »Ach Magdala, ich glaube, ich sterbe!«, hatte sie atemlos gerufen. Und dann hatte sie von Midian erzählt, wie er über den Hof geritten sei wie der Herr der Heerscharen, so stolz, so schön und unbezwingbar.

Magdala hatte ihr lachend den Finger auf den Mund gelegt. »Der Herr der Heerscharen hat einen langen, weißen Bart. Das war Midian, von dem sie sagen, er sei der wiedergeborene David, aber einige nennen ihn nur den Schlächter. Du solltest dich von ihm fernhalten.«

Sarah hatte den Rat ihrer Freundin nicht befolgt. Stattdessen konnte sie ihr bald freudestrahlend berichten, dass Mattanja ihr gestattet habe, mit der alten Jochebed den Dienst zu tauschen. Leider war Midian tagelang abwesend, aber heute war die Gelegenheit so günstig gewesen. Jetzt saß sie in Tränen aufgelöst bei Magdala und berichtete, wie es ihr ergangen war.

»Du hast selbst Schuld, törichtes Ding!«, schalt sie, »nun sitz nur und heule! Und sei froh, dass dir nichts Schlimmeres widerfahren ist.«

Sarah schluchzte. »Natürlich bin ich schuld, aber ich liebe ihn doch.«

»Immer noch?«, fragte Magdala spöttisch.

Sarah zuckte mit den Schultern. »Ich weiß es nicht; wahrscheinlich war er nur betrunken und deshalb so wild.«

»Nur betrunken?«, höhnte Magdala. »Und das um diese Stunde? Geziemt sich das für einen Mann von seinem Stand? Und dann sein Aufzug! Sagtest du nicht, er habe ausgesehen wie nach einer Wirtshausrauferei?«

»Das stimmt, er sah aus wie ein edomitischer Wegelagerer.« Dann lachte Sarah. »Aber morgen sehe ich ihn vielleicht wieder, wenn er nüchtern ist.«

»Gib acht auf dich, er ist roh. Noch niemand im Palast hat ihn je mit einer Frau gesehen, und Mattanja hat ihm nachts noch nie eine auf sein Zimmer schicken müssen, ist das nicht merkwürdig? Ich muss es wissen, denn ich bin schon lange hier, und Mattanja erzählt mir fast alles. Ich sage dir, Midian ist ein Dämon, der Davids Gestalt angenommen hat, um uns alle ins Unglück zu stürzen.«

»Ach, was redest du für einen Unsinn!«, fuhr Sarah auf. »Würde unser König ihn dann so ehren?«

»Er fürchtet ihn. Ja, und die Priester auch.«

»Das glaube ich nicht. Die Priester fürchten nur Gott.«

»Ich weiß, was ich weiß. Damals, als Midian das Massaker befohlen hat, soll selbst Hilkija bleich geworden sein.«

»Hast du es gesehen?«

Magdala schlug die Hände über dem Kopf zusammen. »Davor sei Gott! Nein, aber ich hörte davon. Auf dem Tempelplatz sollen tausend Frauen und Kinder abgeschlachtet worden sein.« Magdala machte ein wichtiges Gesicht. »Es hat geheißen, es seien alles Götzendiener gewesen, aber furchtbar ist es trotzdem, oder?«

»Tausend? Du willst dich nur aufspielen. Sicher waren es nur wenige, die nicht von den Baalim lassen wollten, und der König war ja wohl auch einverstanden?«

»Natürlich«, fuhr Magdala eifrig fort, »aber ungern, wie es hieß. Einige der Hauptleute sollen sich hinterher erhängt haben, weil sie Abaddon mit seinem Heuschreckenheer aufgeweckt haben und von ihm so gepeinigt worden sind, dass sie es nicht mehr ertrugen.«

»Wie lächerlich! Und wie gotteslästerlich! Es heißt doch, wir sollen nicht an Dämonen glauben?«

»Sollen wir nicht, aber geben tut es sie doch!« Magdala warf Sarah einen forschenden Blick zu. »Willst du nicht lieber um einen anderen Dienst bitten? Auch Midian ist ein Dämon, glaub mir. Weshalb hat er keine Frau? Ich will es dir sagen: weil er nachts von Lilith besucht wird, die ihn mit ihren Fledermausflügeln umfängt und liebkost. Und dann, wenn er ihr seinen – na du weißt schon, was ich meine, dann empfängt er ihr Gift, das ihn unsterblich macht und ihm ewige Jugend schenkt.«

»Hör mal, Magdala«, erwiderte Sarah empört, »ich gebe zu, dass er sich schlecht benommen hat, aber die Märchen, die du verbreitest, lass nur die Leviten nicht hören.«

Magdala zuckte die Achseln. »Märchen? Wenn er dich erst in seinen Klauen hat, dann ist es zu spät zum Jammern.« Sie stand auf und spreizte furchterregend die Hände. Mit tiefer Stimme fuhr sie fort: »Du wirst in der Unterwelt auf ewig seine Sklavin, denn wer sich in einen Dämon verliebt, ist verloren.«

Da lachten sie beide.

5

Als Midian am nächsten Tag sein Zimmer verließ, war er in Begleitung von Gemarja und Eleasa; sie gingen die Stufen zum Garten hinunter und unterhielten sich. Im Garten kniete Sarah zwischen den Rosenbüschen und pflückte die welken Blätter von den Zweigen. Wieder hatte sie es einrichten können, dass sie Midian sah, und heute war er wieder ihr Erzengel, wie sie ihn nannte, denn die Erzengel waren Gottes mächtige Helfer und von so großer Schönheit, dass sterbliche Augen ihren Glanz nicht ertrugen. Wie herrlich funkelten und blitzten die bronzenen Dornen auf seinen Brustriemen! Wie stolz war seine Haltung, wie federnd sein Schritt! Gemarja und Eleasa verblichen neben ihm zur Bedeutungslosigkeit.

Als die Männer sich näherten, richtete sie sich etwas auf, als müsse sie die oberen Zweige erreichen. *Ob er mich bemerkt und wiedererkennt?*, fragte sie sich klopfenden Herzens. *Eine leichte Drehung seines Kopfes, ein Aufblitzen in seinen Augen würden mir schon genügen. Ob ich ihm noch einmal Blumen hinstellen soll? Magdala hat mich darauf hingewiesen, dass frische Blumen jeden Tag in die Zimmer gehören. Ich werde ihm ein paar Rosen hinstellen, am nächsten Tag werde ich ja sehen, ob er sie angerührt hat.*

»Ah, ich verwette mein Schwert gegen einen rostigen Nagel, wenn das nicht die kleine Hexe von gestern ist.«

Sarah blieb fast das Herz stehen. Sie zuckte zusammen und sah auf. Dunkelrot vor Verlegenheit verneigte sie sich vor den Männern.

»Heute Gartendienst, schönes Kind?«, fragte Midian spöttisch.

Sarah war der Mund trocken, der Hals wie zugeschnürt, aber sie musste antworten. »Ich habe viele Pflichten«, erwiderte sie kaum hörbar. Fahrig zupfte sie an den Blättern herum.

»Vorsicht, du reißt ja die Blüten mit ab!«

»Tut mir leid«, stotterte sie, »es ist – es liegt an der Hitze. Ich glaube, mir ist nicht wohl.«

»Dann solltest du in den Schatten gehen.«

Midian beobachtete sie, wie sie mit der einen Hand ihr langes Haar aus dem Gesicht strich, mit der anderen ihr Gewand hob, um vorsichtig zwischen den Rosenbüschen hindurchzugehen, ohne hängen zu bleiben. Aber sie blieb doch hängen. Das Blut stieg ihr zu Kopf. Sie wagte nicht, den Kopf zu heben, und nestelte hastig an den Dornen, die sich im Stoff verfangen hatten.

Dann glaubte sie, in Ohnmacht sinken zu müssen, denn Midian war an sie herangetreten und zog mit einer leichten Bewegung den dornigen Zweig aus ihrem Kleid. »Das ist nicht die passende Kleidung für diese Arbeit.« Wie ein witterndes Tier nahm Midian ihren frischen Schweißgeruch wahr, der nichts mit der Wärme zu tun hatte, sondern bloße Erregung war. Sie roch nach Lust und Erfüllung, und sie roch nach Tod.

»Danke für die Mühe, Herr«, hauchte sie.

»Schon gut. Und wegen gestern – ich hatte wohl zu viel getrunken. Vergiss es einfach!« Er schloss sich wieder seinen Begleitern an, die auf ihn gewartet hatten.

»Ein hübsches Ding, sie gefällt dir wohl?«, neckte Eleasa.

»Ja, ganz nett«, brummte Midian. »Wer ist sie?«

Eleasa zuckte die Achseln. »Eine neue Dienerin, nehme ich an. Der Aussprache nach stammt sie aus dem ärmeren Norden; wir können Mattanja fragen, wenn sie dich interessiert.«

»Nein, es ist nicht wichtig. Weshalb Aufhebens um sie machen?«

»Nun, immerhin hast du ihr geholfen, das Kleid aus den Dornen zu ziehen, das ist sehr aufschlussreich.«

»Das stimmt«, fiel Gemarja ein, »du hältst dich sonst von Frauen sonderbar fern. Das ist nicht gut für einen Mann. Nimm das Mädchen ruhig ein paar Nächte zu dir, daran ist nichts auszusetzen.«

»So ist es«, bekräftigte Eleasa, »später gibst du ihr ein paar Kleider und etwas Silber, das wird sie gebrauchen können.«

»Danke für eure Anteilnahme, aber ich will sie nicht!«

»Sie mag dich«, fuhr Gemarja fort, »hast du das nicht bemerkt?«

»Wahrscheinlich war sie nur deinetwegen im Garten«, grinste Eleasa.

Midian machte eine wegwerfende Handbewegung. »Na wenn schon! Ist vielleicht die Zeit, sich um Weiber zu kümmern?«

»Dafür sollte man sich immer Zeit nehmen; nachts finden doch keine Übungen statt, oder?«

»Nachts schlafe ich.«

»Mit Joram?«, kam unerwartet ein scharfer Seitenhieb von Gemarja.

Midian blieb stehen und funkelte ihn an. »Wie kommst du darauf? Das wäre eine Todsünde!«

»Mach mich nicht lachen!«, rief Gemarja. »Das wäre die erste Sünde, vor der du zurückschreckst. Jedenfalls ist mein Bruder nachts oft bei dir.«

»Dürfen zwei Freunde nicht mehr die Nacht miteinander verbringen?«

»Nun, wenn der eine von ihnen an dieser – äh – Frauenkrankheit leidet, ist anzunehmen, dass der andere sie auch hat.«

»Hast du Beweise?«

»Nein, aber man redet darüber, und das ist nicht gut, gar nicht gut, verstehst du, Midian? Wenn David mit einem Mann schliefe, das wäre unverzeihlich. Jahwe mag verschlungene Pfade gehen, aber den kannst du den Leviten nicht zumuten.«

»Deshalb ist es gut«, ergänzte Eleasa, »wenn es sich im Palast herumspricht, dass ein junges Mädchen dein Lager wärmt.«

»Es gibt Männer, die sich aus guten Gründen von Frauen fernhalten«, wich Midian aus und beschleunigte den Schritt.

6

Midian kehrte spät abends zurück, nüchtern, aber verschwitzt und staubig von den Waffengängen. Sein Sinn stand ihm nach Schlaf, und so tastete er, ohne die Lampe anzuzünden, nach seinem Bett, legte seine Waffen und seine Kleider ab, warf sie auf den Boden und ließ sich erschöpft fallen. Er war froh, dass die Tage anstrengend waren; er wusste, dass er schnell einschlafen und dass sein Schlaf tief sein würde.

Doch nach ein paar Atemzügen schob sich das Bild des Mädchens vor seine geschlossenen Augen. Er sah sie, wie sie erschrocken und verlegen im Rosenbeet stand, das Haar anmutig aus dem Gesicht streichend, mit der anderen Hand – Midian brummte etwas und warf sich auf die andere Seite. Das Bild ließ ihn nicht los. Und plötzlich wusste er auch, weshalb. Der Duft, den der Garten ausgeströmt hatte, hing schwer im Zimmer. Es waren nicht die Düfte, die der Nachtwind von der offenen Terrassentür hereinwehte, sondern ein starker Rosenduft vom Tisch her erfüllte den Raum.

»Weibsstück!«, knirschte Midian und sprang aus dem Bett. Er entzündete eine Öllampe und sah die kurzstieligen Blüten in einer Schale mit Wasser schwimmen. Schon hob er den Arm, um das unnütze Zeug vom Tisch zu fegen, doch dann senkte er den Arm wieder und nahm sich eine Rose heraus. Nachdenklich starrte er sie an und zerdrückte sie in seiner Faust. Traurig taumelten die Blütenblätter zur Erde. Er ließ die Schale stehen und ging hinaus auf die Terrasse.

Ich sollte im Bett sein, dachte er grimmig, *denn morgen früh wollen wir in die Berge* – seine Gedanken verfingen sich und verweilten bei einer sanft geneigten Gestalt, die mit unsicheren Bewegungen welke Blätter zupfte und Verlangen ausströmte wie eine brunftige Hirschkuh. *Wenn sie jetzt zwischen den Tamariskensträuchern auf mich wartete, dann würde ich sie – nein, das darf nicht geschehen. Heißt sie nicht – Sarah? Weshalb erinnere ich mich an ihren Namen, den unwichtigsten in ganz Juda?*

Ich brauche eine Frau, dachte er. *Wenn ich nicht mehr schlafen kann, ist das bedenklich. Ich werde Pachhur bitten, mir eine von seinen Raubzügen mitzubringen. Eine einfache, derbe Hirtin, deren fünf oder sechs Röcke man hochschlägt und während des Geschäfts langsam das flache, plumpe Gesicht zerschneidet, ihre Schreie trinkt, bis –*

Midian stöhnte auf. *Ich Narr! Pachhur wird keine Zeit dazu haben, die Zeit der Raubzüge ist erst einmal vorbei. Wir bereiten uns vor auf die Babylonier.*

Ich werde zu Joram hinübergehen, überlegte er. *Joram ist geschickt und weiß, was ich brauche. Er schmilzt immer noch in meiner Umarmung, wenn er mir in letzter Zeit auch ausweicht. Aber es ist unmöglich, unbemerkt zu ihm zu gehen, jetzt, wo Gemarja Verdacht geschöpft hat!*

Midian fühlte sich wie in einem Gefängnis. Was immer er überlegte, es war undurchführbar. *Morgen werde ich die Übung absagen,* dachte er. *Wenn ich sie um eine Woche verschiebe, wird das gehen? Eine Woche mit Pachhur und seinen Gesellen nach Herzenslust herumstreifen, in die Dörfer der Hirten einfallen, sie metzeln und vergewaltigen, nur eine einzige Woche! Eine Woche wieder leben wie ein Schwarzer Wolf. Weshalb habe ich das aufgegeben?*

Gut, ich darf Joschija über den Mund fahren, ich darf mich Hilkija widersetzen, doch was bedeutet das schon? Nichts im Vergleich zu einem einzigen Tag mit meinen Gefährten in Dur-el-Scharan.

»Verflucht sei dieses Land, wo man seinen natürlichsten Regungen nicht nachgeben darf!«, murmelte Midian, »und verflucht Gemarja mit seinen durchdringenden Wieselaugen, die überall Befleckung sehen. Er ist ein guter Mann, aber er trotzt mir. Er will mich maßregeln und hat nie David in mir gesehen. Ein gefährlicher Mann! Besser, es trifft ihn irgendwann ein Pfeil aus dem Hinterhalt.«

Midian warf noch einen entsagungsvollen Blick auf die Rosen, dann löschte er die Lampe und legte sich auf das Bett. Er kam schnell, und er schlief traumlos danach.

7

Midian hatte sich mit Pachhur und seinen Männern ins Abarimgebirge begeben, um die Wege zu erkunden, die das babylonische Heer auf dem Weg nach Jerusalem nehmen musste.

Sarah gab sich in seiner Abwesenheit süßen Träumen hin; in Midians Zimmer, wo sein Duft und seine Stimme noch im Raum schwebten. Die Begegnung im Garten bewahrte sie wie einen duftenden Laib Brot, von dem sie jeden Tag ein Stückchen brach. Und die Rosen hatte er stehen lassen; nur einige Blütenblätter hatten auf dem Boden gelegen. Sie sah ihn, wie er am Tisch stand und sie gedankenverloren auszupfte. Oft saß sie entrückt in ihre Traumwelt auf seinem Bett oder auf der Terrasse und stellte sich aufregende, süße Dinge vor. In ihren Träumen war Midian sanft, niemals betrunken, schön und edel.

Dann stand er überraschend vor ihr. Um sein langes Haar zu bändigen, hatte er es in vier schwere Zöpfe geflochten, von denen ihm zwei vorn bis zum Gürtel hingen. Seinen linken Arm verunzierte eine blutige Schramme.

Sarah war wie gelähmt von seinem plötzlichen Erscheinen. Midian lachte. In seinem verschwitzten, staubigen Gesicht blitzte es. *Wie schön er ist, wenn er lacht,* dachte sie, *und betrunken ist er auch nicht.*

»Du bist doch das Rosenmädchen, hm?« Midian sah zum Tisch hinüber. Diesmal standen purpurne Chrysanthemen dort. »Hat man dir jetzt mein Zimmer als Kammer zugewiesen?«

Sie bemühte sich um Fassung. »Verzeih mir Herr, ich habe mich nur ein wenig ausgeruht.«

Midian stand in der Terrassentür und versperrte ihr den Weg. Er freute sich, sie zu sehen. Ihre Haut war wie dunkler Samt, das rührte von der häufigen Arbeit im Freien. Sie war ungeschminkt, ihr langes Haar unbedeckt und locker im Nacken gebunden. Schöner war sie als die Chrysanthemen und ihr Anblick nach drei harten Wochen im Gebirge entzückend. Doch bei Belial! Der Tod stand zwischen ihnen.

»Der Blick zu den schneebedeckten Gipfeln ist schön«, antwortete sie leise. »Bitte verzeih mir, dass ich meine Arbeit darüber vergaß und etwas verweilte. Dein Kommen wurde uns nicht gemeldet, sonst hätte ich nicht die Dreistigkeit besessen, dich zu stören, Herr.«

»Hast du mir wieder Blumen gebracht?«

»Magst du keine Blumen, Herr?«

»Ich finde, sie passen nicht in das Zimmer eines Kriegers.«

»Das hier ist dein Schlafgemach«, erwiderte sie errötend. »Legst du dein Schwert auch nachts nicht ab?«

Midian lächelte. »Doch, aber ich habe einen Speer, den ich niemals ablege.«

»Wenn dich die Blumen stören, lass sie mich hinausbringen«, sagte sie hastig und wollte sich an ihm vorbeidrücken. Sie erschauerte unter seinem Griff; diesmal tat er ihr nicht weh, und es störte sie nicht, dass er ungewaschen war und sein schweißgegerbtes Ziegenleder einen scharfen Geruch ausströmte.

Er hielt sie fest und küsste sie; sanft zuerst, dann fordernd. Seine Zunge öffnete ihre Lippen und fand ihre Zunge. Gleichzeitig schob er sein linkes Knie zwischen ihre Schenkel und drückte sie an die Wand. Sein Schwertgehenk klirrte und der Griff seines Dolches drückte sich schmerzhaft in ihren Magen.

Er legt nicht einmal seine Waffen ab, überlegte sie abwesend, er fällt über mich her, aber so will ich es. Ich würde mich ihm hingeben, und wenn es mein Tod wäre! Durch ihr dünnes Gewand spürte sie seine drängende Männlichkeit und setzte seinem Druck den des eigenen fiebernden Körpers entgegen. Er griff nach ihren Brüsten, grob zuerst, dann sanfter. Mit einer kurzen Drehung seines Oberkörpers ließ er den Köcher von den Schultern gleiten, dann fanden seine Lippen ihre aufgerichteten Brustwarzen.

Heute werde ich dich glücklich machen, und heute werde ich dich töten, dachte Midian. *Für uns beide gibt es kein Zurück.* Er streifte ihr das Gewand ganz ab. Sie hielt die Augen geschlossen, den Mund leicht geöffnet und bewegte sich nicht. Schweißperlen glitzerten auf ihrer samtenen Haut, und ihre Schenkel bebten.

Sie hörte, wie er sein Schwert abgürtete und es fallen ließ. Als Midian den Dolch aus dem Gürtel zog, zitterte seine Hand. Er schleuderte ihn in die hinterste Ecke des Zimmers, aber er wusste, es war vergeblich.

Vielleicht werde ich heute nicht versagen? Was sagte meine Mutter, die kluge Atargatis? Unterwirf dich, dann wirst du lieben können. Doch wie soll ich mich diesem Geschöpf unterwerfen, das danach hungert, von mir genommen zu werden?

Sie fortschicken? Lächerlich! Es ist zu spät dazu. Weshalb soll ich den roten Rausch des Tötens nicht genießen? Wer ist sie schon? Eine Magd, eine Bauerndirne, eine von vielen, die ich besessen und denen ich keine Träne nachgeweint habe. – Ich werde sie schnell töten, auf dem Höhepunkt des Entzückens, ohne dass sie etwas merkt.

Midian blähte die Nasenflügel und sog geräuschvoll die Luft ein. Langsam, um die süße Qual zu verlängern, lockerte er den Gürtel. *Sie ist unerfahren, sonst würde sie das tun*, dachte er. *Vielleicht ist sie noch Jungfrau. Beim Gehörnten! Sie ist zu schade, um sie gleich beim ersten Mal in die Hölle zu schicken!*

»Sarah?«

Sie schlug die Augen auf. Ihr Herz schlug heftig, weil er sich ihres Namens erinnerte. »Ja Herr?«

»Hast du es noch nie – ich meine, hast du noch nie bei einem Mann gelegen?« Midian hatte Frauen stets grob und rücksichtslos behandelt. Es war schwierig, die richtigen Worte zu finden, wenn er sie nicht verschrecken wollte.

»Nein Herr, aber du kannst mit mir tun, was du willst.«

Midian lachte leise. »Du hast doch keine Angst, oder?«

Sie schüttelte den Kopf und lächelte zaghaft. Dabei sah sie ihn verlangend an. Zum ersten Mal spürte er so etwas wie Verlegenheit. »Ich komme vom Gebirge, da war es heiß und staubig, und plötzlich standest du da, es war wie ein Geschenk, und ich – ich sollte wohl zuerst baden, oder?«

Midian hatte das aus Unsicherheit, nicht aus Überzeugung gesagt, da fiel ihm ein, dass ein Bad ihr das Leben retten konnte. Aber sie schüttelte den Kopf. »Wenn du jetzt gehst, Herr, wird das Feuer erlöschen.«

Da hat sie recht, dachte Midian. *Und welcher Trottel würde jetzt ein Bad nehmen?* »Willst du mir nicht helfen, oder muss ich mich allein ausziehen?«

»Ich wusste nicht, wie du es magst«, lächelte sie, fasste sich ein Herz und befreite Midian von seiner Lieblingshose, die mit der Zeit immer haltbarer zu werden schien. Dabei übte er einen sanften Druck auf ihre Schultern aus, und sie verstand. Ihr Mund kühlte rasch Midians erste Hitze, dann sanken sie auf das Lager.

Midian zögerte ihre Vereinigung hinaus, und Sarah war von seinem zärtlichen Vorspiel hingerissen. Wenn dann Midian, durch ihr Fingerspiel und ihre wilden Küsse erleichtert, neben ihr lag und seine fiebrigen Gedanken kurz zur Ruhe kamen, fasste er tausend Entschlüsse, schickte sie hundertmal in Gedanken fort, aber wenn die Lust sich erneut bei ihm regte, war alles vergessen.

Midian kam auf ihren Rücken zu liegen; ihr Körper war feucht und heiß. »Möchtest du jetzt sterben?«, fragte er heiser.

»Ja«, hauchte sie ahnungslos.

»Ich werde dich töten.«

»Du tötest mich mit jedem Atemzug, in jeder Sekunde sterbe ich ein bisschen vor Glück.«

Er biss sie in den Nacken, dabei hob sich ihr Becken verlangend, halb gegen seinen Willen drang er in sie ein. Als er es spürte, war es zu spät. Jetzt stieg ihm das Blut zu Kopf, raste durch seinen Schädel und betäubte seine Sinne. Seine Lenden kannten nur noch ein Ziel.

Draußen klopfte es an die Tür, er hörte es nicht. Der Wachsoldat hatte sehr zaghaft geklopft. »Man sollte ihn jetzt wirklich nicht stören«, sagte er noch einmal und grinste verlegen. Aber Joram hatte jederzeit Zutritt zu ihm.

»Er hat eine Frau da drin«, sagte der andere.

»Ach!« Joram verlor etwas Farbe. »Wen denn?«

»Das Mädchen, das hier saubermacht.«

Joram räusperte sich. Schon wollte er wieder gehen, da überfiel ihn ein schrecklicher Gedanke: Midian und eine Dienerin aus dem Palast! Das mochte schlecht enden. »Mein Anliegen duldet keinen Aufschub!«, stieß er hervor und klopfte hart an die Tür. »Midian?«

Er bekam keine Antwort; außer eindeutigen Geräuschen war

nichts zu hören. Dann gellte plötzlich ein furchtbarer Schrei durch die Stille.

»Oh mein Gott«, murmelte Joram; ihm brach der Schweiß aus. Die Wachen warfen sich entsetzte Blicke zu.

Zeugen! Es darf keine Zeugen geben, dachte Joram verzweifelt. »Was für ein gewaltiger Lustschrei – was?«, brachte er mit verzerrtem Lächeln hervor.

»Das war kein ...« Der Mann gurgelte und brach mit durchschnittener Kehle zusammen. Bevor der andere es gewahr wurde, hatte Joram ihm seinen Dolch durch die Brust gestoßen. Rasch schleifte Joram die Leichen in eine Nische und stürzte zu Midian hinein. Midian saß schweißnass und bleich neben ihr und starrte sie an. Seine Lippen bewegten sich. »Es tut mir leid«, hörte Joram ihn flüstern. Seine Hände waren blutig.

Langsam dämmerte Midian, dass Joram ins Zimmer gekommen war. Er sprang auf und sah den Abscheu, der ihm entgegenflammte. »Ich habe es nicht gewollt«, murmelte er und begann ziellos im Zimmer herumzulaufen und die verstreuten Sachen aufzusammeln. Als er das Schwert aufhob, reichte er es Joram. »Es ist mein Fluch, du weißt es. Ich habe es nicht gewollt, diesmal nicht. Schlag mich tot, wenn du willst.«

Joram riss es ihm aus der Hand. »Du Scheusal! Bemitleide dich nicht selbst! Draußen liegen noch zwei Tote. Wir müssen die Leichen beseitigen, und zwar rasch!«

»Du – du hast recht.« Midian bemühte sich um Fassung. Bewundernd stellte er fest, wie kaltblütig Joram sein konnte, wenn es darum ging, ihn zu schützen. Sie versteckten die Leichen in einem Nebenraum.

»In der Morgendämmerung werde ich sie fortschaffen«, sagte Joram. »Du selbst solltest dich jetzt im Palast sehen lassen.«

Midian nickte nur. Unschlüssig stand er herum. »Es wird nicht wieder vorkommen, ich schwöre es dir.«

»Schwöre nicht, was du nicht halten kannst.« Jorams Stimme war eisig.

Midian zog sich an. »Danke für deine Hilfe.«

Joram schwieg.

Als Midian fertig war und seine Waffen wieder an sich genommen hatte, fühlte er sich besser. *Weshalb stehe ich vor Joram wie ein getretener Hund mit eingezogenem Schwanz?*, dachte er. *Ich bin ein Schwarzer Wolf und habe jederzeit das Recht, mir zu verschaffen, was ich brauche.* Aber er sagte nichts, sondern verließ schweigend den Raum.

8

Um das spurlose Verschwinden der beiden Wachsoldaten und des Stubenmädchens gab es viele Gerüchte im Palast, aber es wurde nie aufgeklärt. Nur die Küchenmagd Magdala wusste die Wahrheit: Midian, der Dämon, hatte sie alle drei in die Unterwelt verschleppt, um sich dort von ihrem Blut zu nähren, damit er jedes Mal verjüngt zur Erde heraufsteigen konnte. Aber sie erzählte es keinem.

Außerdem geriet das Gerücht bald durch ein wichtigeres Ereignis in Vergessenheit. In Jerusalem war eine Abordnung Pharao Nechos erschienen. Joschija empfing den Abgesandten inmitten seines versammelten Hofstaats.

Der Ägypter erschien mit einer Eskorte von zwanzig Kriegern. Er war ein hochgewachsener Mann mit den schlanken Hüften der Nilbewohner. Über seiner Brust kreuzten sich die goldenen Flügel des Horusfalken, und über seiner Stirn richtete sich die Uräusschlange auf. Mit festen Schritten ging er auf den Thron zu, verneigte sich knapp vor Joschija und überreichte mit hochmütiger Geste eine Schriftrolle, die Schafan Joschija übergab.

»Ich bin Nefer-Ib-Re, der Sohn des Uhem-Ibre-Neko, dem Herrscher von Ägypten und aller nördlichen Provinzen, dem Sohne des Re, der geliebt wird von Isis. Der Pharao entbietet seinem Bruder auf dem Thron Judas Grüße und Wünsche für ein langes, weises Leben.«

Joschija lächelte dünn. »Wir danken unserem Bruder, dem Pharao, und wünschen auch ihm Weisheit und Besonnenheit, ja, dies vor allem.« Dann wandte er sich an Schafan. »Lass hören, was uns unser Bruder mitteilen will.«

Das Schreiben erwies sich als eine höfliche, aber unmissverständliche Aufforderung, sich von nun an als ägyptische Provinz zu betrachten, und die Auflistung der als Geschenke bezeichneten Gegenstände war eine unverhohlene Tributforderung.

Joschija hob die Rolle hoch und ließ sie Nechos Sohn vor die Füße flattern. »Es muss sich hier um ein bedauerliches Missverständnis handeln. Mein königlicher Bruder im fernen Delta will ein Pferd besteigen, das er noch nicht gefangen hat, geschweige denn gezähmt. Dieses Land hat der Herr dem Haus Davids gegeben von Ewigkeit zu Ewigkeit. Sag das dem Pharao!«

Der junge Ägypter sah sich verächtlich im Thronsaal um, dann erwiderte er ohne jede Höflichkeit in schneidendem Ton: »Joschija, König von Juda, du bist schlecht beraten. Mein Vater steht mit seinem Heer vor Aschkalon, und schon morgen tränkt er seine Pferde im Jordan. Syrien und Palästina werden vor ihm sein wie

Korn unter der Sichel, da willst du, Juda, der Schleifstein sein? Einem Zwerg passt nur ein kurzer Rock. Unterwirf dich, dann wird die Sonne des Re auch dir scheinen.«

»Juda ruht in der Hand des Herrn und wird allein von seiner Gnade beschienen«, erwiderte Joschija scharf. Dann wies er mit ausgestrecktem Finger auf Nefer-Ib-Re und rief: »Die Schlange und der Falke. Du trägst deine Götzen am Leib, Verworfener! Weiche mit deinen falschen Göttern und wage es nicht, sie in dieses Land zu tragen.« Er breitete die Arme aus. »Herr, du zerschmetterst Isis und Osiris, Horus und Seth, denn sie sind Blendwerk und ganz und gar nichtig.«

Der Ägypter legte klirrend die Hand ans Schwert. »Ihr Narren! Wenn der Wurm dem Boden flucht, wo will er kriechen?«

Joschija wurde blass vor Wut. »Pharao Necho wird bald merken, wer hier der Wurm ist!«, zischte er unbeherrscht.

»Deine Worte bedeuten Krieg.«

»Wir sind dazu bereit.«

Nefer-Ib-Re lachte verächtlich; er wies auf die Schriftrolle, die am Boden lag. »Du tätest gut daran, die Bedingungen zu erfüllen, wenn du Blutvergießen vermeiden willst.«

»Drohungen sind Weiberwaffen! Juda ergibt sich nicht!«

Nefer-Ib-Re verneigte sich knapp. »Ich werde es meinem Vater ausrichten.« Dann verließ er hoch erhobenen Hauptes mit seinem Gefolge den Saal.

Kaum war die ägyptische Abordnung fort, beendete Joschija den Empfang und befahl die Hauptleute und Hilkija zu sich. Er strahlte vor Zuversicht und Stolz, denn er hatte mit dem Ägypter gesprochen, wie ein großer Herrscher den lästigen Bittsteller zurückweist. Zustimmung heischend blickte er in die Runde. Bei seinen Hauptleuten sah er Begeisterung, auf dem Gesicht Hilkijas Bedenken.

»Ich habe Nechos Sohn wohl die Antwort gegeben, die er verdiente«, begann Joschija selbstbewusst und sah Hilkija scharf an.

Der durfte den König nicht offen tadeln, da seine Worte der Wahrheit entsprochen hatten. Juda war das Erbe Davids, und die ägyptischen Götter waren Götzen.

»Deine Worte waren gut, mein König, aber ob sie auch weise waren? Jetzt ist der Kampf unvermeidlich, und du weißt, dass ich für den Frieden bin.«

»Um den Preis, ägyptische Provinz zu werden?«, fragte Joschija ärgerlich.

»Nun, Pharao Necho wird nicht verlangen, dass wir zu Horus beten. Er will Tribut, und das hat Juda schließlich schon immer gezahlt.«

»Nicht zu den Zeiten Davids und Salomos«, widersprach Joschija heftig. »Und das Reich besteht jetzt wieder in diesen ruhmreichen Grenzen. Wen haben wir zu fürchten, wenn der Herr in Gestalt Davids leibhaftig an unserer Seite kämpft?«

»Unseren Stolz«, warf Jeremia ein, der bescheiden im Hintergrund stand.

»Stolz ist Mannestugend!«, fuhr Gemarja herrisch dazwischen.

»Nicht, wenn er mit Verblendung einhergeht.«

Joschija wollte keinen Disput mit Jeremia und sah ungeduldig auf seinen Heerführer Jiftach. »Was sagst du dazu?«

»Mein König, die Truppen sind vorbereitet. Wir können die Ägypter schlagen.«

»Und deine Meinung, Midian?«

Der lehnte mit verschränkten Armen an einem Pfeiler. »Jiftach hat recht. Fegen wir die Ägypter aus Juda hinaus! Aber ich gebe zu bedenken, dass wir uns zwei Feinden gegenübersehen; das babylonische Heer steht vor der syrischen Grenze. Daher ist es angebracht, über die nächsten Schritte zu beraten, statt sinnlose Auseinandersetzungen über Krieg oder Frieden zu führen, da die Entscheidung bereits für den Krieg gefallen ist.«

Die Hauptleute murmelten zustimmend.

»Lass uns deine Pläne hören, Midian«, forderte Joschija ihn auf.

»Der Ägypter hat geglaubt, das herrische Auftreten des Milchbarts genüge, Juda das Fürchten zu lehren. Dass wir Widerstand leisten und kämpfen wollen, wird ihn überraschen und ihn zwingen, seine Taktik zu überdenken. Syrien und Palästina liegen noch keineswegs wie abgemähte Ähren auf dem Feld, wie er es hochfahrend ausdrückte, er muss sie erst erobern. Unser Heer steht bereit; warten wir ab und beobachten genau Nechos Schritte, dann ist es möglich, ihn dort abzufangen, wo wir ihn haben wollen. Je länger wir ihn aufhalten, desto rascher kann der Babylonier Harran erobern. Er wird sich dafür erkenntlich zeigen, dass wir ihm den Rücken freigehalten haben. Mit einigem Geschick könntest du, König Joschija, es erreichen, dass Nabupolassar in Juda keinen Vasallen, sondern einen Verbündeten sieht.«

Hilkija nickte. »Dein Plan ist gut. Möge der Herr ihn segnen.«

»Und deine Freischärler?«, fragte Gemarja.

»Wir werden auch die babylonischen Truppen nachhaltig schwächen, wenn sie durch das Gebirge kommen. Die Zeit, in der Nabupolassar seine Wunden leckt, werden wir nutzen, um ein ebenbürtiger Gegner für die Großen dieser Welt zu werden, die eine ständige Bedrohung für uns bleiben, ganz gleich, wie viele Bündnisse geschlossen werden.« Und an Hilkija gewandt fuhr er fort: »Glaubst du, der Herr brachte David und das Buch der Thora nach Juda, um es hilflos zu lassen? Jahwe geziemt die Weltherrschaft, oder nicht?«

Zum ersten Mal sprach Midian es offen aus, und Hilkija wurde blass vor Erregung. »Die Weltherrschaft?«, wiederholte er zögernd und ließ das Wort auf der Zunge zergehen. »Du meinst ...«

»Ja! Ist es nicht unerträglich, wie sich Babylon und Ägypten mit ihren falschen Göttern die Erde teilen? Die Zeit ist reif für den einzig wahren Gott!«

Midian beglückwünschte sich selbst zu seiner Rede, die alle überzeugte und selbst Hilkija entflammte. Nur Jeremia rief: »Ihr Narren! Der Herr brauchte nur seinen kleinen Finger auszustrecken, und der Erdkreis stünde in Flammen. Wenn er die Weltherrschaft wollte, hätte er dann Israel gewählt, den geringsten unter den Knechten? Wenn der Herr über den Nil herrschen wollte, hätte er dann nicht ebenso zum Pharao sprechen können wie zu Abraham und Moses? Und wenn er hätte Herr sein wollen über den Euphrat und Tigris, wären dann nicht alle assyrischen Herrscher seine Knechte gewesen? Ich sage euch, der Herr will Frömmigkeit und Gehorsam von seinem Volk, mit dem er einen Bund geschlossen hat. Aber ihr wollt den Herrn für eure eigensüchtigen Ziele missbrauchen.«

Midian empfand so etwas wie Bewunderung für Jeremia. Er war von allen der Klügste, und er war weise. Aber er war ein Gegner. Jeremias Ziele standen denen Midians entgegen. »Glaubst du, dass ich David bin?«, fragte er ihn.

»Du bist es«, erwiderte Jeremia schlicht.

»Dann sage ich dir, dass Jahwe den Bund durch mich erneuert hat. Er will ein neues und ein starkes Juda. Gab er euch nicht auch Kanaan? Aber er legte es euch nicht in den Schoß, was ihm ein Leichtes gewesen wäre, sondern er ließ es euch erobern in seinem Namen! Er will, dass sein Name durch Juda in die Welt kommt, nicht durch seine eigene Allmacht. Jetzt prüft er euch, und er wird euch mit dem Sieg belohnen, wenn ihr ihm gehorcht.«

Midian hatte gewonnen.

Wo hat er gelernt, so zu reden?, überlegte Joram. *Ja, er ist David, aber seine dämonische Wiedergeburt. Wenn ich ihn töte, ist die Welt frei von ihm, und das ruchlose Ziel seiner ebenso verworfenen Mutter wird hinfällig. Aber ohne Midian gibt es kein Leben für mich, keine Luft zum Atmen.*

Sie waren sich seit jenem Vorfall mit dem Mädchen aus dem Weg gegangen. Jetzt fing Joram einen Blick von Midian auf. Inmitten der anderen hatten seine Augen ihn gesucht, hatte er ein Lächeln für ihn gefunden. Joram erwiderte das Lächeln nicht, aber seine finsteren Gedanken vergingen wie Tau in der Morgensonne.

9

Babylon – Tor der Götter! Glanzvoller Mittelpunkt des Zweistromlandes. Wer kann wetteifern mit dir, du Königin der Städte, beschienen von Marduks Glanz, beschirmt von Schamaschs Gerechtigkeit und eingehüllt in Ischtars Liebreiz? Zu dir führen alle Wege, du sprichst mit hundert Zungen, und in deine Tore strömt der Reichtum der Welt.

Asandros und Askanios sahen die Stadt in einer grünen Ebene liegen, umgeben von einer riesigen Mauer, deren Enden sie nicht erblicken konnten. Mitten durch die Stadt floss der palmenumsäumte Euphrat. Die Mauer glitzerte aus der Ferne, als sei sie ganz aus Lapislazuli erbaut. Sie überquerten eine Brücke, und aus der Nähe erkannten sie, dass die Sonne sich in Abertausenden von dunkelblau glasierten Ziegeln spiegelte. An einigen Stellen waren sie herausgebrochen, doch überall waren Handwerker damit beschäftigt, die schadhaften Stellen auszubessern und den Bau zu erweitern. Unzählige braune Gestalten schleppten in Tragekörben auf ihren Schultern sonnengetrocknete Ziegel herbei. Im Schatten kleiner Hütten aus Palmwedeln saßen Aufseher und beobachteten die Arbeiter.

Seit Tyrus hatten Asandros und Askanios ihre Reise auf Kamelen fortsetzen müssen, was Askanios verdross, weil er das Schaukeln nun auch an Land ertragen musste, aber es setzte ihm nicht so zu wie der Seegang, und bald hatte er sich daran gewöhnt. Jetzt sahen sie sich vom Rücken der ungewohnten Reittiere staunend und bewundernd um. Bel-Schagar beobachtete Asandros und lächelte fein. Stolz zeigte er auf ein zur Hälfte fertiggestelltes Tor, das mit glänzenden Tierreliefs geschmückt wurde. »Das Doppeltor der Ischtar. Es soll das Haupttor der Stadt werden.«

Eine breite Straße führte in die Stadt. Zu beiden Seiten waren Mauerleute beschäftigt, Ziegel auf Ziegel zu türmen. »Die Aibur-Schabu, die Prozessionsstraße der Ischtar«, fuhr Bel-Schagar fort. »Zu beiden Seiten lässt der König Mauern und Wachtürme errichten, sodass man in die Stadt einfahren wird wie in einen Palast. Und der Feind, der die Tore durchbrechen würde, wäre in ihr gefangen.«

Die beiden Freunde nickten nur; sie wollten alles aufnehmen, nichts übersehen. Vor ihnen erhob sich jetzt ein Gebirge aus Mauern und Türmen, die gewaltige Tempelanlage des Marduk mit der Zikkurat Etemenanki. Nördlich von ihm lag auf einem Hügel der Palast des Königs, wie Bel-Schagar erklärte. Seit sie die Stadt betreten hatten, hatten ihre Kamele keinen Sandboden mehr betreten. Zu allen wichtigen Gebäuden führten gepflasterte Wege, die mit weißen und roten Fliesen ausgelegt waren. Sie näherten sich einem von zwei Basaltlöwen bewachten Tor und betraten den Innenhof, wo sie von den Tieren abstiegen. Auch hier herrschte emsige Bautätigkeit. Ein kreisförmiger Säulengang war fast fertiggestellt; Asandros sah, dass er ein Dach trug, auf das Erde hinaufgeschafft wurde.

Bel-Schagar folgte seinen Blicken. »Da oben will der König einen Garten anlegen lassen, aber das alles könnt ihr euch später in Ruhe betrachten. Jetzt wollen wir uns von der langen Reise ausruhen und erfrischen.«

Links führte eine Treppenflucht zu einem ausgedehnten Gebäudekomplex. Das Geländer war mit Reliefs geschmückt, und an jedem Treppenabsatz dräuten geflügelte Stiere. Davor standen Schildwachen mit langen, blau und golden bestickten Gewändern. »Die Audienzhalle«, sagte Bel-Schagar. »Wir gehen nach rechts, wo die Gästezimmer sind.«

Sie durchschritten einen langen, kühlen Gang, dessen Ziegelwände mit Teppichen verhängt waren. Alle zwanzig Schritte stand ein mit einem Speer bewaffneter Wächter. Ein graubärtiger Mann in einem schlichten weißen Kittel kam ihnen entgegen und fiel vor Bel-Schagar auf die Knie. »Willkommen daheim, Gebieter. Gelobt sei Marduk, der dich auf deiner Reise beschützt hat.«

»Steh auf, Scheschaschared. Ich habe Gäste mitgebracht. Ihren Befehlen ist zu gehorchen als hätte ich sie erteilt.« Dann wandte er sich an Asandros: »Das ist Scheschaschared, der Vorsteher des Ostflügels. Er wird euch in allem zu Diensten sein, was ihr begehrt.«

Asandros hatte den Namen nicht behalten, aber er nickte ihm freundlich zu, Askanios blieb respektvoll hinter ihm stehen. Größe und Pracht verschlugen ihm den Atem. Die Bediensteten waren gekleidet wie Könige, die wenigen Mädchen, die er hatte vorüberhuschen sehen, waren schön und anmutig wie Lilien.

Scheschaschared warf sich vor Asandros und Askanios zu Boden und begrüßte sie respektvoll. »Wenn ich schon eure Sprache könnte«, brummte Asandros, »dann würde ich ihm verbieten, vor mir im Staub herumzukriechen.«

Bel-Schagar hob die Augenbrauen. »Ich rate dir, dich unseren Gepflogenheiten anzupassen, wir sind nicht mehr auf dem Schiff. Oder willst du Verwirrung unter den Sklaven stiften? Erlaubst du ihnen, sich dir zu nähern wie einem Ebenbürtigen, werden sie dich verachten. Was für eine Schande wäre das für den König, wenn sie sich in den Nischen zusammentäten und heimlich über dich kicherten.«

Asandros nickte. »Ich werde es mir merken. Was ich als Gast

deinem Herrscher schulde, weiß ich, aber Grausamkeiten dulde ich auch hier nicht.«

Bel-Schagar schüttelte den Kopf. »Wie kommst du darauf, dass dir im Palast Grausamkeiten begegnen könnten? Palastsklaven sind keine Ruderknechte.«

Dann verabschiedete er sich von den beiden, denn er wusste sie bei Scheschaschared in guter Obhut. Asandros und Askanios erfuhren bald, was es hieß, Gast bei Babylons König zu sein: Sie stiegen in bronzene, im Boden eingelassene Becken mit lauwarmem Wasser, parfümiert mit Rosen- und Lavendelöl. Um sie herum schwirrte eine Vielzahl von Sklavinnen und Sklaven. Lautlos versahen sie ihren Dienst, jeder war nur für eine bestimmte Handreichung da. Von irgendwo her ertönte sanfte Musik. »Was für ein Leben«, stöhnte Askanios. »Zeus auf seinem Olymp würde hier neidisch werden.«

Asandros nickte. Der Falke, der sein Leben lang auf einer Binsenmatte geschlafen und in den eisigen Fluten des Eurotas gebadet hatte, rekelte sich in wohltemperiertem Wasser, auf dem Rosenblätter schwammen, und statt Blutsuppe wurden gefüllte Wachteln serviert. Askanios meinte, er könne immer so leben, aber Asandros antwortete: »Wer will schon jeden Tag Honig essen?«

Bereits am nächsten Tag ließ der König nach Asandros schicken. Nabupolassar, ein ehemaliger General, war ein untersetzter Mann mit buschigen Augenbrauen, willensstarkem Kinn und wachem Blick. Als er Asandros empfing, trug er einen einfachen, fransenbesetzten Rock mit halblangen Ärmeln; das gelockte Haar und den sorgfältig gekräuselten Bart trug er wie Bel-Schagar lang. Er saß auf einem gepolsterten Stuhl mit hoher Lehne, seine Füße ruhten auf einem Schemel. Mit entgegenkommender Gebärde hielt er Asandros von dem Kniefall ab, den man ihm eingeschärft hatte. »Willkommen in Babylon, Asandros, Sohn Spartas und freier Bürger Athens.«

Nabupolassar begrüßte Asandros zu seinem Erstaunen in flüssigem Griechisch, allerdings gefärbt von dem gutturalen babylonischen Akzent. Er wies auf einen kostbar geschnitzten, aber harten Holzstuhl mit unbequemer Lehne. Nur ein dünnes Samtkissen lag auf dem Sitz. »Setz dich, Asandros. Harte Stühle für harte Männer, ist das so bei euch in Griechenland, ja?«

Asandros nickte und nahm Platz. »In Sparta schon, aber sonst lassen sich die Griechen nur dann auf harten Stühlen nieder, wenn sie zu arm sind, sich Polster zu leisten.«

»Ist dein Volk denn arm?«

»Es gibt Arme und Reiche, doch wie könnte Griechenland mit Babylons Reichtum wetteifern?«

»Der Reichtum Griechenlands liegt in Männern, wie du einer bist.«

»Ich bin davon überzeugt, dass sich auch in deinem Reich viele vortreffliche Männer und Frauen finden.«

»An Vortrefflichkeit kann nie Überfluss herrschen. Gold und Silber besitze ich, doch Mut, gepaart mit Aufrichtigkeit und Großherzigkeit sind die Geschmeide, mit denen sich ein Herrscher schmücken sollte.«

»Diese Tugenden, großer König, die überall in der Welt geschätzt werden, sind mir nur unvollkommen zu eigen. Wenn man dir etwas anderes erzählt hat, so hat man übertrieben.«

»Nun, nicht so bescheiden, stolzer Grieche. Du bist doch stolz, oder?« Ohne Asandros Antwort abzuwarten, fuhr der König fort: »Ich liebe Griechenlands freie und stolze Menschen. Deshalb spreche ich auch deine Sprache. Hat dich das nicht überrascht?«

»Das hat es«, gab Asandros zu. »Ich bin erleichtert, dass wir uns nicht über einen Dolmetscher unterhalten müssen.« Asandros wollte höflich bleiben, sonst hätte er erwähnen müssen, dass die Griechen keineswegs alle frei und stolz waren und dass die auf dem Boden herumkriechenden Höflinge ebenfalls keinen freien und stolzen Eindruck machten.

»In Babylon leben etliche Griechen. Ich weiß viel über dein Land, aber ich möchte noch mehr erfahren. Ihr habt weise Männer, ihr habt vorzüglich geschulte Krieger, und ihr habt berühmte Dichter und Steinschneider, nicht wahr?«

»Ja, leider auch Dummköpfe, Feiglinge, Faulpelze und Betrüger. Vielleicht hat man es nie gewagt, dir die ganze Wahrheit zu sagen.«

»Doch du wagst es. Bei Anu, das gefällt mir. Schagaraktischuriasch hat eine gute Wahl getroffen.« Nabupolassar spielte an seinen Fingerringen. »Asandros, ich bin womöglich der mächtigste König der Welt, obwohl die Gelehrten sagen, dass die Welt noch achtmal so groß sei wie mein Reich, was ich kaum glauben kann. Du hast schon einen Eindruck meiner Macht gewonnen, nehme ich an, aber du darfst dich nie vor ihr fürchten. Du sollst stets zu mir sprechen wie zu einem Freund, wirst du das tun?«

»Das verspreche ich gern, mein König.«

»Gut. Ich brauche jemand, dem ich in die Augen sehen kann, ohne zu befürchten, dass er im Rücken ein Messer hat.«

»Unaufrichtigkeit und Ränke sind mir fremd. Ich will meine bescheidenen Fähigkeiten gern in deine Dienste stellen, soweit mein Gewissen das erlaubt.«

»Dein Gewissen?« Nabupolassar nickte nachdenklich. »Darauf legst du großen Wert, das hörte ich schon. Du stellst es über den

Gehorsam zu deinem König?«

»Das wird nie nötig sein, wenn der König nichts Unbilliges verlangt.«

»Eine kühne Antwort. Ich wäre enttäuscht, wäre sie weniger kühn, doch ich wäre erzürnt, käme sie von einem meiner Untertanen.«

»Welcher Mensch wäre so weise, dass er niemals irrte in seinen Entscheidungen? Mit Respekt, nicht einmal der König von Babylon ist unfehlbar.«

»Das ist den Göttern vorbehalten«, stimmte Nabupolassar zu. »Aber nur wenige Menschen erkennen sich selbst, die meisten bedürfen der Führung. Hier bin ich ein Gott, wusstest du das?«

»Und wofür hält sich Nabupolassar selbst?«

Der König lächelte matt. »Für einen armseligen Sterblichen.«

»Ich denke, es muss ein besonderer Verdienst sein, sich inmitten dieser Machtfülle für einen gewöhnlichen Menschen zu halten.«

»Bei Ischtar! Das Rheuma in meinen Knochen gemahnt mich recht eindringlich daran, oder hat wohl einer der Himmlischen mit Gicht zu kämpfen?«

Da lachte Asandros. »Sicher nicht. Du bist sehr offen.«

»Für einen König, willst du sagen. Zu anderen spreche ich nicht so, doch weshalb bist du schließlich hier? Meinen bestickten Königsmantel habe ich nicht umgelegt, lass mich nun auch die Maske des Herrschers ablegen, die mir zeitweise die Luft abschnürt, denn du kannst das nackte Gesicht dahinter ertragen, ohne mich zu verachten.«

»Ich achte jeden Menschen, wenn er mir menschlich begegnet.«

»Jeden? Bei Nebo, das fiele mir schwer. – Fürchtest du die Götter?«

»Ich erfülle die Bräuche«, wich Asandros aus. »Wenn es sich dabei nicht um blutige Opfer handelt«, fügte er rasch hinzu.

»Du verwechselst uns mit den abscheulichen Phöniziern oder den Sandläufern, die Melkart anbeten. Mein Sohn führt gerade einen Feldzug gegen sie, ich erwarte ihn bald zurück aus Harran.«

»Möge er siegreich zurückkehren.«

»Vielleicht legst auch du mir eines Tages eine blühende Stadt zu Füßen und führst so Marduks milder Herrschaft neue Völker zu.«

»Sicher gibt es in deinem Reich friedlichere Aufgaben«, wich Asandros aus.

»Oh ja, Pflügen und Teppiche knüpfen. Aber sei versichert, dass diese Tätigkeiten bereits von vielen fleißigen Leuten in meinem Reich ausgeübt werden.«

»Auch an guten Kriegern wird es dir nicht mangeln, mein König.«

»Gewiss nicht.« Nabupolassar sah Asandros eine Weile nachdenklich an. Dann sagte er unvermittelt: »Das Bandenwesen nimmt überhand. Selbst die Tochter des Kyaxares, die meinen Harem zieren sollte, wurde auf dem Weg zu mir umgebracht, und noch ist sie ungerächt.«

»Räuberbanden zu bekriegen, ist ein schwieriges Unterfangen. Ich biete dir gern meine Hilfe an, aber noch kenne ich mich nicht aus in euren Bergen und Wäldern.«

»Wer tut das schon? Mein Reich ist riesig und in weiten Teilen unwirtlich. Wenige Stadien vor der Stadtmauer beginnt die Wildnis. Wir hatten einen langen und schweren Krieg, bei dem das starke Assyrien fiel; danach lag alles darnieder. Natürlich lasse ich Gasthöfe bauen, die Straßen pflastern, bewaffnete Truppen die Straßen kontrollieren, aber sie können nicht überall sein, und die Arbeiten gehen langsam voran.«

»Dann ist dein Reich zu groß, und dennoch ist dein Sohn dabei, neue Länder zu erobern.« Asandros war sich bewusst, dass seine Antworten mehr als kühn waren, doch er wollte vor dem mächtigen Despoten keine Schwäche zeigen. Nabupolassar schien gerade das zu gefallen.

»Glaubst du, die kleinen Gaufürsten, Steppenhäuptlinge oder Hirtenkönige denken über ihre Stammesgrenzen hinaus? Besser, es kümmert sich ein mächtiger Herrscher um einiges, als viele um nichts. Das Bandenwesen ist nicht meine einzige Sorge, aber ich muss ihm entgegentreten. Ich hörte von Schagaraktischuriasch, dass du eine entsprechende Ausbildung in einem Männerlager genossen hast, die dich befähigen würde, Gesetzlose in ihren Schlupfwinkeln aufzuspüren.«

Asandros nickte. »Ja, aber deine Männer ...«

Nabupolassar machte eine schwache Handbewegung. »Meine Männer sind tapfer – am Tag. In der Nacht jedoch bringst du sie nicht aus ihren Zelten. Sie fürchten sich vor den Schatten, der Dunkelheit, den unbekannten Geräuschen. Und selbst am Tag – sie gehen kaum in einen dichten Wald, scheuen zurück vor dichtem Unterholz. Ein plötzlich aufkommender Nebel lässt sie zurückweichen. Überall hausen Dämonen, Blutsauger, Seelenschlürfer, in der singenden Einsamkeit der Steppe, im Pfeifen des Windes, im Knarren der Gletscher, im Zucken der Blitze. Die Gesetzlosen haben den Nutzen davon; sie sind mit den finsteren Mächten im Bunde und verbergen sich dort, wo meine Männer das Grauen vermuten. Die Überlebenden ihrer Überfälle berichten von Schattenwesen aus der Arallu, die mit ihren krallenbewehrten Klauen die Leiber aufgerissen und das Blut der noch Lebenden getrunken hätten.«

Asandros lächelte schwach. »Glaubst du das auch?«

Nabupolassar rieb sich den Bart. »Ich möchte nicht, aber die Welt ist voller Rätsel. Du glaubst nicht an Geister und Dämonen, nicht wahr?«

»Nein. Alles Rätselhafte hat seine natürlichen Ursachen, und alles Böse kommt aus der menschlichen Seele.« Asandros lächelte entschuldigend. »Ich selbst bin kein Gelehrter, aber so hörte ich es in Athen von Männern, die es sich zur Aufgabe gemacht haben, die Welt so zu betrachten, wie sie ist.«

»Auch wir haben unsere Überlieferungen, haben unsere Gelehrten, Magier, Traumdeuter, Sterngucker und Hellseher. Doch niemand von ihnen leugnet die unsichtbaren Kräfte des Bösen. Die Welt zu betrachten, wie sie ist, das hört sich gut an, doch sie gibt ihre Geheimnisse den sterblichen Menschen nicht preis. Die Götter hüten sie eifersüchtig.«

»Man kann schon den Schleier von manchem Unsinn lüften«, widersprach Asandros, »besonders, wenn es Lügengespinste sind, die über die Wahrheit gebreitet wurden. Wenn man seinen Verstand benutzt, statt eigensüchtigen Priestern hinterherzulaufen, erhellt sich vieles, was dunkel war.«

»Das kommt meinen Zielen entgegen. Überlassen wir also die Dämonen und Götter den Priestern, aber das Land nicht den Gesetzlosen. Was sagt dein Gewissen dazu? Ist mein Wunsch unbillig?«

Asandros errötete. »Nein. Dein Vertrauen ehrt mich. Diese Pflicht erfülle ich gern. Doch ich bin allein, der Sprache nicht mächtig und des Landes unkundig.«

»Du wirst Unterstützung bekommen, dich einleben und die Sprache lernen. Sag mir Bescheid, wenn du bereit bist.« Nabupolassar erhob sich. »Für heute sei es genug.« Er entließ Asandros mit einer Handbewegung.

10

Der Speer traf die gekreuzten Balken genau in der Mitte.

»Ein ausgezeichneter Wurf«, sagte Gemarja anerkennend zu Joram. »Besser, wenn es Nechos Brust gewesen wäre.«

Joram zog den Speer gelassen aus dem Holz und reichte ihn seinem Bruder. »Jetzt du. Auf wen wirst du zielen?«

Gemarja lachte und wog den Speer in den Händen. »Es gilt Nabupolassar persönlich. Wo willst du, dass ich ihn treffe?« Er trat zurück, und der Speer fuhr etwas unterhalb der Marke Jorams ins Holz.

»Das war sein Magen«, sagte Joram trocken. »Jetzt lass uns die Entfernung vergrößern.« Joram maß fünfzehn Schritte ab.

»Triffst du deine Marke von hier aus wieder? Das möchte ich sehen.«

Jorams Speer glitt durch die Luft wie ein Falke, der die Beute erspäht hat. Zitternd blieb er in dem zersplitterten Holz des ersten Wurfes stecken. »Unübertroffen!«, staunte Gemarja. »Wo hast du das gelernt? Bei den Gesetzlosen?«

»Ja.«

»Respekt! Waren deine Gefährten genauso gut?«

»Sie sind es noch.«

»Oh, dann muss man sie fürchten. Ich hoffe doch, sie verschonen Juda mit ihren Raubzügen«, scherzte Gemarja. »Wie hattet ihr euch genannt? Schwarze Wölfe?«

»Ja.«

»Nun bin ich wohl an der Reihe?«, sagte Gemarja, der merkte, dass Joram nicht über seine Vergangenheit sprechen wollte. Er schätzte die Entfernung grob und wog den Speer lange in der Hand. »Das ist mächtig weit«, murmelte er. Schließlich wagte er den Wurf. Der Speer streifte den Balken leicht und bohrte sich dahinter in den Erdboden. Noch bevor Gemarja einen Fluch ausstoßen konnte, zischte aus dem Hintergrund eine Lanze heran und fuhr dort in das Holz, wo Gemarja zuvor getroffen hatte. »Gut zielen ist gut, aber treffen gilt«, hörte er hinter sich die bekannte Stimme Midians.

Gemarja starrte ihn an. Midian stand von Joram noch gute zehn Schritte entfernt. »Das ist unglaublich!«, stieß Gemarja hervor.

Midian kam lächelnd näher. »Du musst vorher zu Jahwe beten wie ich, das hilft.«

»Meine Hochachtung. Bist du mit dem Schwert genauso gut?«

»Besser.« Midian wandte sich an Joram. »Kann ich dich allein sprechen?«

»Wir haben nichts miteinander zu bereden«, entgegnete er schroff.

Gemarja sah ihn erstaunt an. »Habt ihr Streit?«

»Streit?«, wiederholte Joram. Er besann sich. »Nein, ich bin bloß ...«

»Na, ich gehe schon, wenn ihr allein sein wollt«, sagte Gemarja anzüglich.

Joram sah Midian finster an. »Worum geht es?«

»Du hast seit drei Wochen kein Wort mit mir gesprochen!«

»Jetzt rede ich mit dir. Was wolltest du mir sagen?«

»Ich wollte dich bitten – zur Hölle, hör auf, auf und ab zu gehen! Bleib stehen und sieh mich an, wenn ich mit dir rede!«

Joram blieb stehen. »Ja?«

»Ich habe gesagt, dass es mir leidtut!«, schrie Midian, »Was willst du noch hören? Ein größeres Zugeständnis kannst du von mir nicht erwarten.«

»Was willst du?«, fragte Joram ungerührt.

»Zuerst diesen leidigen Vorfall zwischen uns aus der Welt schaffen.«

»Du willst also über das Mädchen reden? Wozu? Es ist aus der Welt. Ich habe sie und die beiden Wachen fortgeschafft. Aus. Vorbei.«

»Ich weiß, du warst sehr umsichtig, sehr kaltblütig, ich habe dir zu danken. Aber weshalb trägst du mir das so lange nach? Sie war nicht die Erste, der ich die ...« Er zögerte. »der ich das angetan habe.«

»Du hast es mitten im Palast getan! Du stehst zur Rechten des Königs von Juda! Hier ist nicht Dur-el-Scharan! Hier ist kein Bergdorf, über das wir hergefallen sind!«

»Ich war unbedacht, gewiss, aber ...«

»Unbedacht? Du bist unzurechnungsfähig!«, schrie Joram wutentbrannt. »Du hast dich nicht in der Gewalt, das ist es! Wie ein wildes Tier schlägst du von Blutdurst benebelt deine Beute, ohne an die Folgen zu denken!«

»Ich weiß.« Midian warf Joram einen unsicheren Blick zu, doch der gab nicht zu erkennen, dass er weicher gestimmt war. »Ich weiß«, wiederholte Midian, »aber muss ich mich rechtfertigen für meine natürlichen Regungen? Schuld an allem ist die lachhafte Gesetzgebung in diesem verlogenen Juda. Schuld ist dein Bruder Gemarja, der uns bespitzelt. Ich wäre lieber zu dir gekommen, aber er hat Verdacht geschöpft. Ich brauchte eine Frau. Weißt du, wie lange ich keine hatte? Seit Tissaran!«

»Mir kommen die Tränen. Hast du nicht zwei geschickte Hände?«

»Du bist ein Spaßvogel, wie?«, zischte Midian. »Aber wollen wir uns wegen dieser Sache wirklich entzweien?«

»Ist das alles?«, fragte Joram ungeduldig.

»Nein. Geh nicht mit Jiftach nach Megiddo, komm mit mir ins Abarimgebirge, bitte! Es würde mir viel bedeuten.«

Joram sah zu Boden. Es war selten, dass Midian um etwas bat, das machte ihn hilflos. Midian trat hinter ihn. »Wollten wir nicht die Totenklage für den anderen anstimmen, wenn einer von uns stirbt?« Er zog Joram an sich und küsste ihn in den Nacken.

»Nach dem Empfang des Ägypters habe ich daran gedacht, dich

zu töten«, sagte Joram ruhig, während er die Küsse duldete.

Midian stieß ihn augenblicklich von sich. »So? Und warum hast du mich nicht in meinem Zimmer umgebracht, als ich dich dazu aufforderte?«

»Das war nicht der richtige Zeitpunkt.«

»Nein? Vielleicht ist er jetzt günstig?« Midian zog den Dolch aus dem Gürtel und hielt ihn Joram hin. »Hier! Bedien dich! Tu es gleich!«

Joram trat einen Schritt zurück. »Wen soll dein unglaubwürdiger Auftritt beeindrucken?«

»Du nimmst ihn nicht?« Midian lachte höhnisch. »Ach, vielleicht möchtest du einen ehrenhaften Zweikampf? Davon rate ich ab, mein Freund, denn dabei unterliegst du. Du musst mich schon erdolchen, wenn ich waffenlos bin.«

Joram zuckte mit den Schultern. »Vielleicht ist es einfacher, wenn du mich tötest. Du schläfst mit mir und verschaffst dir den ersehnten Höhepunkt, wenn du mir die Kehle durchschneidest.«

Midian nahm den Dolch, steckte ihn wieder zu sich und breitete die Arme aus. »Weshalb benehmen wir uns kindisch? Wir beide können doch nur zusammen leben oder zusammen sterben, und ich denke, leben ist besser.«

Joram schwieg.

»Wirst du mit mir in die Berge kommen?«

Joram nickte stumm.

In Midians Augen trat ein triumphierendes Funkeln. »Bei Belial und Jahwe, weshalb bin ich so vernarrt in dich?« Er zog Joram in seine Arme und küsste ihn zärtlich. Gemarja stand in einiger Entfernung auf seinen Speer gelehnt und murmelte: »Beim Gotte Abrahams und Isaaks! Wer hat uns diesen David gesandt? Jahwe oder der Aschmodai? Aber wenn uns ein Todsünder retten soll, so geschehe der Wille des Herrn.«

11

Während Midian mit Pachhurs wilden Haufen im Abarimgebirge auf das babylonische Heer wartete, sammelte Joschija sein Heer und eilte Necho entgegen; sie trafen sich bei Megiddo. Bevor seine Männer den Übermütigen zurückhalten konnten, stürmte Joschija, erfüllt von seinem Gott, Necho auf seinem Streitwagen entgegen, herausfordernd die Lanze schwingend. Da sprengte Necho selbst vor die Linie, und seine Lanze traf den Heranstürmenden mitten durch die Brust.

So fiel Joschija, der stets getan hatte, was dem Herrn gefiel, als

Opfer seines Gottes und zum Entsetzen seiner Männer, die zu keiner Gegenwehr mehr fähig waren. Juda fiel Necho kampflos in die Hände.

Während dieser bereits auf Jerusalem marschierte, saßen Midian und seine Männer ahnungslos beim Würfeln. Sie wussten nicht, dass der babylonische Feldherr Nebukadnezar umgekehrt war, als er vom Sieg des Ägypters erfahren hatte. »Kannst du nicht wie andere Männer nur aus Spaß raufen?«, wandte sich Pachhur an Midian, »du bringst meine Männer fast dabei um.«

»Das eben ist mein Spaß.«

Pachhur lachte dröhnend. »Kannst du deine Ungeduld nicht bezähmen, bis die Babylonier kommen? Wenn du mit meinen Männern nicht vorsichtiger umgehst, behalte ich die Nomadenweiber selbst, und du kannst dein Ding in ein Astloch stecken!«

»Deine Hafergrütze brauche ich nicht, wenn ich Entenbraten habe.« Dabei warf er Joram einen vielsagenden Blick zu.

»Ein Braten, den du nicht mit uns teilen willst«, dröhnte Pachhur. »Ist das die wahre Freundschaft?«

»Pass auf deine Würfel auf, Pachhur!«, rief Midian. »Schon wieder habe ich dir zwei ägyptische und drei babylonische Huren abgewonnen.«

»Den Behemot hast du! Ich habe zehn Augen und du acht. Hat dich die lange Enthaltsamkeit blind gemacht?«

»Was unter den Tisch fällt, zählt nicht. Ist doch so, Joram?«

»Das stimmt. Du musst deinen Wurf wiederholen, Pachhur.«

Der rieb die Würfel zwischen den Händen und spuckte auf sie. »Adrammelech, steh mir bei!«

Von draußen drang ungewohnter Lärm herein. Midian trat vor das Zelt, seine Freunde folgten ihm. Fremde Männer waren gekommen, reich gekleidet, bärtig, mit finsteren Mienen und herrischem Auftreten. Die auf sie gerichteten Lanzen beachteten sie nicht.

»Der mit der Goldkette um den Hals behauptet, er sei ein König«, flüsterte man Midian zu.

Der musterte die Fremden flüchtig. »Assyrer!«, stieß er überrascht hervor.

Der Bärtige mit der Goldkette stemmte die Hände in die Hüften und sah sich verächtlich um. »Was ist das hier? Ein Räuberlager?« Er streckte seinen Arm aus und wies mit dem Finger auf Midian. »Bist du der Anführer dieser ungewaschenen Meute? Sag ihnen, sie sollen mich nicht so dreist anstarren. Ihre schmutzigen Gesichter beleidigen mich. Seid ihr Amoriter, Moabiter, Edomiter und was der Sandflöhe mehr sind? Oder seid ihr gottlose Tiere, die schamlos ihren Blick aufheben zum Sonnenglanz Schamaschs, des

Ewigen?«

Midian blinzelte in die Sonne und versagte sich ein spöttisches Lächeln. Er setzte eine grimmige Miene auf und sah sich um in der Runde seiner Männer, die sich um die Fremden versammelt hatten. »Senkt eure Lanzen und wascht eure Gesichter, wir haben einen göttlichen Gast, wie es scheint.«

Ein allgemeines Gelächter antwortete ihm. Midian bemühte sich, ernst zu bleiben. »Wir sind Hebräer, und wer bist du, Erhabener?«

»Hebräer? Ah!« Der Fremde schien zufrieden. »Dann seid ihr meine Untertanen. Ich erlaube euch, mir zu huldigen.«

Midian hob die Augenbrauen. »Unser König ist Joschija aus dem Hause Davids«, antwortete er milde, während sein Blick abschätzend über das Gefolge glitt.

»Dann bin ich unter Freunden.« Der Fremde schickte seinen herrischen Blick in die Runde. »Ja, jetzt sehe ich, was für tapfere Krieger ihr seid. Löwen seid ihr und Falken. Eure zornigen Blicke spalten Felsen. Vor eurem Feldgeschrei flieht der Feind wie die Hasen und Feldmäuse vor dem Fuchs. – Du!«, wandte er sich an Midian, »wie heißt du?«

»Ich bin Midian. Und wer bist du?«

Im Gefolge des fremden Besuchers erhob sich ein missfälliges Raunen. Der Assyrer mit dem gepflegten Haupt- und Barthaar, das er sorgfältig in kleine Locken gelegt trug, und dessen hochgewachsene Gestalt der Midians nicht nachstand, schien befremdet. »Mein Name gleicht dem Dröhnen der Kriegstrommel und fährt wie ein vernichtender Sturm unter meine Feinde. Wer hätte ihn nicht gehört, wer verbirgt nicht angstvoll sein Antlitz bei seinem Klang? Von meinen Freunden wird er in Ehrfurcht genannt, im Kreise der Götter geliebt. Assur-u-Ballit bin ich, König von Assyrien und Herrscher der Welt. Seit Anbeginn der Welt, als Chanisch, der Donnerer, das Weltenei spaltete, herrschten meine Vorfahren über diese Erde.«

In Midians Augen war Triumph. Was für eine Geisel! König Nabupolassar würde ihm die Füße dafür küssen. Er verneigte sich tief und musste sich kneifen, um nicht vor Lachen zu platzen. »Du findest uns beschämt, edler Herrscher. Hättest du deine glanzvolle Erscheinung durch Herolde ankündigen lassen, so hätten wir dich geziemend empfangen.« Midian wies auf seine Begleiter. »Ist das dein ganzes Gefolge, mein König?«

»Es sind die, die mir treu geblieben sind.«

»Darf ich das so verstehen, dass du – vorübergehend – nicht mehr Herrscher der Welt bist?«

Assur-u-Ballit ballte zornig die Fäuste. »Der große Drache hat sich gewälzt, und seine Zuckungen erschütterten die Himmelsfesten. Die Ameisen nutzten das Chaos, sie krochen aus ihrem Bau und stahlen dem Bären den Honig. Doch Assur wird seine Faust recken über das Gelichter und es von der Erde tilgen!«

»Lassen wir einen König doch nicht im Freien stehen«, sagte Joram und stieß Midian unauffällig in die Seite. »Weshalb geleiten wir ihn nicht in das Prunkzelt König Joschijas?«

»Weilt König Joschija denn unter euch?«, fragte Assur-u-Ballit.

Bevor Midian antworten konnte, fiel Joram schnell ein: »Wir halten stets ein Zelt für ihn bereit, falls er uns unerwartet besucht.«

Assur-u-Ballit nickte zufrieden. »Lobenswert, ihr tapferen Söhne Judas. Wart ihr mir doch von jeher die liebsten und treusten Untertanen. Ich bin sicher, dass Joschija mir sein Zelt gern überlässt.«

Midian warf Joram einen erstaunten Blick zu. Der lächelte unbefangen und wandte sich an Assur-u-Ballit: »Wir sind geehrt, einen so großen Herrscher bei uns zu haben. Leider ist hier ein Kriegslager, und wir sind auf höfische Zeremonien nicht vorbereitet. Ich stelle deinem Gefolge mein eigenes Zelt zur Verfügung.« Eine Kopfbewegung genügte, und die Männer trennten das Gefolge des assyrischen Königs. Joram führte den König zu einem gewöhnlichen Zelt am Rand des Lagers. Midians Gesicht verfinsterte sich. »Ha, das ist mein ...«

Joram trat ihm auf den Fuß und ließ Assur-u-Ballit den Vortritt. Der Assyrer trat ein und sah sich um, als sei er hier zu Haus. Die harten Sisalteppiche und einige zusammengerollte Decken erschienen ihm weder einladend noch königlich. Midian bemerkte den missbilligenden Blick.

»So wohnt euer König?«

»Nein«, entgegnete Midian frostig, »so wohne ich, und ich bin keine Hofschranze, sondern ein Krieger.«

»Ach! So ist das nicht das Zelt eures Königs?«

Midian wies ungehalten auf eine Decke. »Lass deinen königlichen Hintern dort nieder und vergiss deine vornehme Herkunft. Deine Urahnen und deine angebliche Weltherrschaft machen auf uns nicht den geringsten Eindruck. Dein Statthalter Ben-Hadad wurde in den Straßen Jerusalems von Hunden zerrissen, du hast keine Untertanen mehr, du bist ein König ohne Land. Bist du nicht vor Nabupolassar aus Harran geflohen wie ein erbärmlicher Feigling? Und waren es nicht meine Männer, die dich unten auf der Karawanenstraße abgefangen haben?«

Assur-u-Ballit musterte Midian eingehend, dann lächelte er unvermittelt, während er es sich mit gekreuzten Beinen auf dem Boden bequem machte. »Es ist so, wie du sagst.« Seine Stimme hatte jeden hochfahrenden Klang verloren. Er sah Joram an. »Ich danke dir, dass du vor deinen und meinen Männern ebenso den Schein gewahrt hast, wie ich ihn wahren musste. Ein König bleibt auch in der Niederlage und der Schande ein König.«

Midian zuckte die Schultern und stellte sich breitbeinig vor Assur-u-Ballit auf. »Davon weiß ich nichts. Du hast mich lediglich amüsiert. Aber nun wollen wir nicht mehr scherzen, großer König. Dir ist doch klar, dass du mein Gefangener bist?«

»Er ist unser Gast«, warf Joram milde ein und nahm neben ihm Platz.

»Schluss mit den Albernheiten!«, herrschte Midian. »Wir wollen nicht lange um die Sache herumreden. Wohin wolltest du fliehen?«

»Zu König Necho.«

»Zu unserem Feind also.«

Assur-u-Ballit lächelte fein. »Freund oder Feind, wie rasch wechselt das. Ist nicht immer der ein Freund, der einem nützlich ist?«

»Du hast den Ägypter zu Hilfe gerufen, und nun will er Juda erobern.«

»Jeder will Juda erobern, und ist es nicht Necho, wird es Nabupolassar sein.«

»Sehr richtig. Wir aber wünschen von keinem dieser Großmäuler beherrscht zu werden.«

»Du selbst scheinst hier das Großmaul zu sein. Juda kann es mit keiner Großmacht aufnehmen.«

Joram grinste Midian an und räusperte sich vernehmlich. Der gab sich beherrscht. »Soll ich mich von einem Hofhund anbellen lassen, den man aus seiner Hütte vertrieben hat?«

»Ich verstehe nicht«, stellte sich Assur-u-Ballit erstaunt, »Midian? Wer ist das? Ein Mann, der eine Rotte von Strolchen befehligt?«

»Ich habe über dreihundert Männer«, gab Midian gelassen zurück, »du hast nur noch zwölf Gestalten, wenn ich richtig gezählt habe.«

»Das ist nebensächlich. Ich habe die Königswürde, und mir steht Assyriens Thron zu.«

»Der Thron, den du in Ninive im Stich gelassen hast?«

»Du hältst mich für einen Feigling. Ich hätte mich in Harran lieber zum Kampf gestellt, doch der König muss überleben, denn er ist der rechtmäßige Erbe. Wo er ist, ist auch sein Volk und die Gunst der Götter.«

»Du langweilst mich«, stellte Midian ungeduldig fest. »Mir gilt ein König so viel wie ein Kloakenreiniger, und mein Auswurf gilt mir mehr als deine Herrscherwürde.« Er verschränkte die Arme. »Nehmen wir an, ich lasse dich zu Necho gehen, wird er dich wie einen Bruder umarmen und dir deinen Thron zurückgeben?«

»Ja! Necho sähe es gern, wenn ich den Emporkömmling Nabupolassar, dem Krätzemilben den Schlaf rauben mögen, wieder aus Babylon hinausfegte.«

»Hast du den geeigneten Besen dazu?«

»Vielleicht hilfst du mir dabei, Midian?«

»Was würde ich dabei gewinnen?«

»Mehr Macht, als du unter Joschija je haben kannst. Du spielst hier doch dein eigenes Spiel, oder irre ich mich?«

»Es soll mir wohl zu größerer Ehre gereichen, vor dir den Kniefall zu machen? Ist assyrischer Staub kein Dreck?«

»Ein Mann wie du brauchte niemals vor mir im Staub zu liegen. Verhilf mir wieder zu meiner Macht, und ich mache dich zum Tartan. Oder strebst du nach der Königswürde in deinem schwachen Juda?«

»Warum nicht? Wir haben Jahwe«, stellte Midian fest und beobachtete den König lauernd.

Der hustete höflich in die Hand. »Dieses Gespenst? Ich hätte einem Mann wie dir mehr Einsicht zugetraut.«

»Dein Assur hat dich auch nicht auf Händen getragen«, entgegnete Midian ärgerlich.

»Assur hat seine Macht durch Jahrhunderte hindurch bewiesen, doch euer Jahwe?« Assur-u-Ballit lachte geringschätzig. »Juda war nie gefürchtet bei seinen Nachbarn. Sein Gott erweist sich in Worten, doch nie in Taten.«

»Vielleicht ist Assurs Zeit abgelaufen, um Jahwe Platz zu machen«, warf Joram ein. »Wir jedenfalls sind angetreten, seinen Worten mit Taten Weltgeltung zu verschaffen.«

Assur-u-Ballit lachte spöttisch. »Mit dem Räubergesindel, das ich vorhin gesehen habe? Während ihr in euren verlausten Zelten sitzt, stellt Necho im Tempel Salomos wahrscheinlich schon seinen Horusfalken auf. Glaubt ihr, Jahwe wird ihn durch einen Blitz zerschmettern?«

»Euer hässlicher Assur schmückt den Tempel auch nicht besser«, brummte Joram.

»Necho wird Jerusalem nie einnehmen«, sagte Midian. »Der Babylonier wird ihn nach Ägypten zurückjagen.«

»Welcher Babylonier? Nebukadnezar ist umgekehrt und wieder auf dem Weg nach Babylon.«

»Nebukadnezar?«, wiederholte Midian erstaunt.

»Ja, Nabupolassars Sohn befehligt den Feldzug, wusstest du das nicht? Nachdem er Harran eingenommen hat, hat er sich rasch zurückgezogen, er wollte es wohl auf einen Zusammenstoß mit dem Ägypter nicht ankommen lassen.«

»Er überlässt Juda kampflos dem Ägypter?«, stieß Midian kopfschüttelnd hervor. Er sah Joram an. »Das stößt meinen ganzen Plan um.«

Joram sprang auf. »Dann ist Juda verloren. Joschija allein kann Necho nicht standhalten.«

»Habt ihr auf babylonische Hilfe gehofft?«, spottete Assur-u-Ballit.

»Wir hoffen auf gar nichts!«, unterbrach Midian ihn ärgerlich.

»Nebukadnezar, dieser Feigling! Kneift vor dem Ägypter, und wir sitzen hier und würfeln, während Necho ...« Er unterbrach sich und grinste Assur-u-Ballit an. »Was sagtest du vorhin in deiner Weisheit? Ein Freund ist immer der, der einem nützlich ist? Einigen wir uns also mit dem Pharao. Necho wird mir dankbar sein, wenn ich dich unversehrt und wohlbehalten mitbringe.« Dabei schlug er seinem assyrischen Gast so derb auf den Rücken, dass der meinte, seine Rippen müssten splittern.

12

Sie merkten es sofort, als sie sich Jerusalem näherten: Jahwe hatte Osiris und Horus das Feld überlassen. Überall hatten sich Menschen versammelt und redeten über das Ereignis: Joschija, der König, war vor Megiddo gefallen, Necho, der Ägypter auf dem Weg in die Hauptstadt.

Vor dem Osttor verabschiedete sich Pachhur mit seinen Männern. »Es ist besser, ich lasse mich hier nicht blicken«, sagte er zu Midian, »ich werde immer noch gesucht. Aber wenn du das nächste Scharmützel planst, dann denk an mich.« Er spuckte hinter Assur-u-Ballit aus, der es aus unerfindlichen Gründen geschafft hatte, sich einen Wagen zu besorgen. Hocherhobenen Hauptes lenkte er ihn durch das Tor, das zum Tempel führte.

»Da fährt er ein wie ein Sieger, während du auf einem Maultier reitest, Midian.«

»Meine Zeit wird kommen«, lächelte Midian und klopfte seinem Tier den Hals.

Von den Stufen des Palastes kamen ihnen die Leviten in heller Aufregung entgegen, an ihrer Spitze Hilkija. Staub aufwirbelnd fuhr Assur-u-Ballit auf den Platz und brachte seinen Wagen mit knirschenden Rädern dicht vor den Priestern zum Stehen. Er sah sich um wie der künftige Herrscher.

Die Priester wichen zurück und klopften sich den Staub aus den heiligen Gewändern. Das Gefolge des Assyrers hatte sich um den Wagen versammelt und schaute finster. Ebenso finster schaute Hilkija. »Assyrer?«, schrie er und ging auf Midian zu, Joram würdigte er keines Blickes. »Was hat das zu bedeuten?«

Midian stieg von seinem Tier und warf dem herrischen Wagenlenker einen missbilligenden Blick zu. »Es ist Assur-u-Ballit.«

Hilkija ballte die Fäuste. »Ihr König? Nun haben wir die Ägypter im Land und die Assyrer ebenfalls. Joschija, die Hoffnung Judas, ist gefallen. Was hast du dazu zu sagen, großer David?«

»Joschija war nie die Hoffnung Judas«, erwiderte Midian kalt. »Ich allein bin es. Sorgt dafür, dass die Assyrer standesgemäß untergebracht werden.«

Hilkija öffnete den Mund zu einer Antwort, doch Midian schnitt sie ihm mit einer ärgerlichen Handbewegung ab. »Alles Weitere besprechen wir in deinem Haus, oder wollen wir uns hier streiten wie Gassenjungen?«

Zähneknirschend wandte sich Hilkija ab. »Hast du Nachricht von Gemarja?«, rief ihm Joram hinterher.

Sein Vater drehte sich um, er schenkte seinem Sohn einen vernichtenden Blick. »Wahrscheinlich liegt sein Leichnam vor Megiddo«, zischte er, »während du in den Bergen Ziegen gehütet hast. Aber wie konnte ich hoffen, dass der Herr mit uns ist, solange deine Verworfenheit nicht aus unserer Mitte getilgt ist!«

Joram zuckte zusammen, Midian legte ihm die Hand auf den Arm. »Er fürchtet um seine Pfründe«, spottete er leise. »Überlass ihn mir, er wird sich schon wieder beruhigen.«

Hilkija gab dem Palastvorsteher, der sich bescheiden im Hintergrund gehalten hatte, wegen der Assyrer Anweisungen. Assur-u-Ballit war aus seinem Wagen gestiegen und trat auf ihn zu. »Hilkija? Ich habe von dir gehört, du bist ein mächtiger Mann in Juda. Auf dich hört das Volk, selbst der König tat deinen Willen.«

»Der König tat den Willen des Herrn«, erwiderte Hilkija finster.

»Der Wille eures Gottes geht verschlungene Wege«, lächelte der Assyrer. »Er schenkte Necho den Sieg und brachte eurem König den Tod.«

»Manchmal straft der Herr sein Volk für seine Sünden.«

»Oder für seine Torheiten.« Assur-u-Ballit warf einen Blick auf Midian.

Hilkija sah den schönen David hochmütig lächeln, den rechten Arm herausfordernd um Jorams Schultern gelegt. »Der Herr ist weise und gerecht«, murmelte er, dann wandte er den Blick ab und schlug den Weg zu seinem Haus ein, Midian und Joram folgten ihm.

Ihre heftige Auseinandersetzung setzte sich fort. »Wir haben uns nicht feige davongestohlen!«, schrie Joram, als sie vor dem Eingang standen. »Dass der Babylonier nach seinem Sieg über Harran umkehren würde, haben wir nicht ahnen können.«

»Nein?«, höhnte Hilkija. Er wies auf Midian. »Gott spricht zu Jeremia, aber bei David scheint er stumm zu bleiben. Weshalb hat er ihm Nabupolassars Absichten nicht verraten? Im Würfelspiel ist Juda nicht zu gewinnen. Und du, Joram, bist du an seine Seite geeilt, um Babylonier zu schlachten oder um ihm das Zelt zu wärmen?«

Midian stieß die Tür geräuschvoll mit dem Fuß auf und bedachte Hilkija mit einem tödlichen Blick. »Wortfechter! Auch deine Gebete haben den König nicht retten können. Jahwe hat keinen Finger für ihn gerührt.« Midian stapfte voraus auf den Hof. »Einst hast du in mir das Werkzeug Jahwes gesehen und mir dankbar die Hände geküsst, doch heute, wo es eine scheinbare Niederlage gegeben hat, willst du wohl leugnen, dass ich David bin? Du Kleingläubiger! Zweifelst du so rasch an Gottes Plänen?«

»Eine scheinbare Niederlage, sagst du? Woher nimmst du den Mut, das zu sagen? Befindet sich Juda nicht wieder in der Hand seiner Feinde?«

»Auch Necho ist nur ein Werkzeug in den Händen Jahwes«, entgegnete Midian kühl. »Wenn wir klug vorgehen, wird Juda bald mächtiger sein als unter Joschija, der sich für auserwählt hielt, aber vor den Thronen der Welt nur eine Küchenschabe war.«

»Worte!«, zischte Hilkija verächtlich. »Du hast dich geirrt und willst nun deine Haut retten.«

»Meine und deine, du Narr! Erkennst du die Zeichen nicht? Jahwe gab mir den assyrischen König in die Hand, und ich ließ ihn am Leben. Necho wird mir dafür Dank wissen.«

»Bist du sicher?«, brummte Hilkija.

Midian sah sich im Hof um, ob die Dienerschaft Anstalten machte, etwas Nahrhaftes aufzufahren; Joram fing seinen Blick auf und erteilte leise Befehle, denn Hilkija hatte in seinem Zorn sogar vergessen, was er der heiligen Gastfreundschaft schuldete.

»Wenn du mir freie Hand lässt, spiele ich alle drei gegeneinander aus, denn letztendlich will jeder Herrscher nur seine eigene Macht festigen.« Midian ging zum Brunnen und wusch sich den Staub aus dem Gesicht. »Juda wird aus dem Streit als Gewinner hervorgehen.«

»Freie Hand in welcher Hinsicht?«

»Verschaff mir eine Audienz bei Necho. Wir werden ihn davon überzeugen, dass wir schon immer die ägypterfreundliche Partei in Juda vertreten haben im Gegensatz zu Joschija, der so verblendet war, ihn gegen unseren Rat zu bekämpfen.«

»Das ist Verrat!«, brauste Hilkija auf.

»An einem Leichnam«, gab Midian kalt zurück. »Ich spreche für die Lebenden.«

»Ich kann meinen König auch im Tod nicht verraten!«

Midian zog die Oberlippe hoch. »Du langweilst mich. Ich bin Judas Zukunft, merk dir das! Wenn dir meine Vorgehensweise nicht passt, nehme ich die Bundeslade und gehe nach Babylon, um sie in Marduks Heiligtum aufzustellen, denn Jahwe schenkt seine Gunst nur denen, die sich seiner würdig erweisen. Und ich werde nicht gehen, ohne vorher ein paar Bäuche aufgeschlitzt zu haben!«

»Du wagst es, mir zu drohen?«

Midian verlor die Geduld mit dem Priester. Er erhob sich zu seiner vollen Größe, seine Stimme wurde zu Donnergrollen: »Ist David weich gewesen? Hat er Könige geschont, wenn es um Jahwes Ehre ging?« Seine Augen schleuderten Blitze und sie schienen Hilkija zu verzehren wie die Feuersäulen Jahwes. Er wurde totenbleich. Der bronzene Krieger aus seinem Traum stand vor ihm und forderte Gehorsam.

Joram hatte sich bis auf das Hüfttuch entkleidet und wusch sich, während er Midian heimlich aus den Augenwinkeln musterte. Wenn er den Zorn der Götter in sich weckte, war er hinreißend, und Joram erglühte für ihn. Die ärgerliche Stimme seines Vaters riss ihn aus seinen Gedanken. »Du Schamloser! Was entblößt du dich voreilig, solange sich noch Frauen auf der Galerie befinden?«

»Aber Vater«, erwiderte er leise, »du weißt doch, dass sie mir nicht gefährlich werden können.«

»Drohungen und Spott! Ist es das, was ich in meinem Hause ertragen muss? Die Frauen bringst du in Verlegenheit, die so viel männliche Nacktheit erst in ihrer Hochzeitsnacht sehen sollten.«

»Ich habe ja nicht alles preisgegeben«, grinste er.

Hilkija räusperte sich und wandte sich wieder an Midian: »Ich war hitzig, vielleicht hast du recht. Ich höre seit Tagen nur Wehklagen in der Stadt, da verzagte mein Herz, während du mutig nach neuen Wegen suchst.«

»Auch David erlitt Niederlagen, wie du weißt«, warf Joram ein, »sein Ruhm blieb es, trotz allem nie am Herrn gezweifelt zu haben.«

Hilkija nickte. »Jeremia war der Einzige, der auch in der Niederlage an dich geglaubt hat, wusstest du das, Midian?«

Der nickte. »Ja, denn er ist weise. Und ich bin hungrig. Bei den himmlischen Heerscharen! Noch dürfte der Ägypter die Vorräte deines Hauses nicht geplündert haben, Hilkija.«

Am nächsten Tag zog Necho mit seinem Heer in Jerusalem ein. Midian beobachtete seinen Einzug vom Dach des Palastes aus. Er wurde Zeuge, wie Necho von seinem Streitwagen stieg und auf den Assyrerkönig zuging, der ihm entgegeneilte.

Necho begrüßte Assur-u-Ballit als seinen Waffenbruder und zeigte sich als milder Sieger. Er erwies den Priestern die nötigen Ehren und versicherte, dass er nicht die Absicht habe, ihre Religion anzutasten. Er richtete sich für eine Weile im Palast ein, und am vierten Tag gewährte er die von Hilkija erbetene Audienz.

Midian sah Necho sitzen auf dem Joschijas Thron; ihn schmückte die Doppelkrone mit der Uräusschlange. Er hatte das Gewand des Kriegers mit einem langen, fließenden Gewand vertauscht, seine Füße steckten in goldenen Sandalen, die auf einem Kissen ruhten. Neben ihm stand sein schmalhüftiger Sohn Nefer-Ib-Re, in der Hand einen Speer, um den Hals eine goldene Kette. Er trug den knielangen ägyptischen Rock mit der Schoßfalte. Hinter dem Thron standen die Heerführer des Pharaos, links Hilkija mit den Priestern. Dort hatte auch Assur-u-Ballit mit seinem Gefolge Platz genommen. In seinem Gesicht stand ein zufriedenes Lächeln.

Auch Midian hatte verstanden, sich ins rechte Licht zu rücken. Über einem farbenprächtig bestickten Rock trug er einen weiten scharlachroten Mantel, besetzt mit feinem Marderpelz, dazu hohe, geschnürte Stiefel aus weichem Ziegenleder. Das Haar fiel aus einem doppelt geschlungenen Knoten lang herab in den Rücken. Goldene Bänder waren hineingewunden, und ein goldener Reif umspannte seine Stirn. Mit weit ausgreifenden Schritten betrat er den Thronsaal, und es erhob sich ein Raunen. In angemessenem Abstand vor dem Thron blieb er stehen und verneigte sich mit solchem Schwung, dass sein Mantel ihn umwehte wie eine feurige Lohe. »Osiris schenke dir ein langes und weises Leben, oh Pharao.«

Necho verzog keine Miene, sein Gefolge starrte auf den kühnen Besucher; es war still im Thronsaal, nur das Rascheln der Gewänder war zu hören. Joram stand hinter seinem Vater und machte verzweifelte Handzeichen, doch Midian beachtete ihn nicht.

Da neigte sich Nefer-Ib-Re zu seinem Vater und flüsterte ihm etwas zu. Der nickte unmerklich. Nefer-Ib-Re wandte sich daraufhin an Midian: »Der Hohepriester Hilkija sagte uns, du habest einen hohen Rang am Hof, und du weißt nicht, mit welchen Worten man den göttlichen Pharao begrüßt?«

»Der Göttliche möge mir verzeihen, aber was sind Worte? Wir wissen doch alle, wie vortrefflich der Pharao ist und in welchem Maße er alle Sterblichen überragt.«

Alle erstarrten. Nefer-Ib-Re umklammerte seinen Speer fester und öffnete seinen Mund, aber antworten konnte er nicht. Midian trat einen Schritt näher und sah den Pharao an, der ihn unbeweglich musterte. Als ihre Blicke sich trafen, war es Necho, der nicht standhalten konnte, sein Blick schweifte ab. »Als Krieger hast du Juda erobert«, fuhr Midian fort, »auch ich bin ein Mann des Schwertes. Sollen unter Waffenbrüdern Phrasen die Taten ersetzen?«

Noch immer schwieg Necho. Dann nahm er mit gemessenen Bewegungen die Doppelkrone ab und reichte sie seinem Sohn. »Gib mir deinen Speer!«, befahl er.

Joram war wie alle Judäer unbewaffnet, aber er ballte die Fäuste. Necho hatte sich erhoben, den Speer in der Hand. Er stieß ihn mit dem Schaft geräuschvoll auf den Boden. »Ich will dir gegenüberstehen wie der Mann, der deinen König bei Megiddo durchbohrte. Als Krieger. Beim heiligen Nil! Man sagte mir, in Juda gebe es keine Männer mehr, die Götterfurcht habe aus allen Weiber gemacht.«

Midian lächelte. »Die Götterfurcht macht Weiber oder Helden, ganz nach dem Belieben dessen, der sie sich dienstbar zu machen weiß.«

»Bringt einen Stuhl für diesen klugen und mutigen Mann.«

Lässig ließ Midian seinen kostbaren Mantel von der Schulter gleiten und reichte ihn unübertroffen gelangweilt einem Höfling Nechos, der ihn verdutzt entgegennahm. Dann setzte er sich, ohne darauf zu warten, bis Necho wieder Platz genommen hatte.

»Mein Bruder Assur-u-Ballit erwähnte bereits, dass du eine ungestüme Art hast«, fuhr Necho fort. »Was tatest du im Abarimgebirge?«

»Ich wollte die Babylonier in einen Hinterhalt locken. Leider haben sie sich davongemacht.«

»Weshalb hast du dich nicht Joschijas Heer bei Megiddo angeschlossen? Er war dein König.«

»Er war ein Unglück für Juda, denn er setzte sein Vertrauen in einen unsichtbaren Gott, der nur in seiner Einbildung existierte.«

»Jahwe? Du leugnest ihn?«

»Jahwe ist ein Gespenst, um Kinder zu erschrecken. Die Götter Ägyptens hingegen sind uralt und weise, das haben sie durch Jahrtausende bewiesen.«

»Du erstaunst mich. Hilkija meinte, du seist der wiedergeborene David, der zur Zeit des Amenempet über Israel herrschte. Kann David groß sein in Juda ohne Jahwe?«

»David kann groß sein mit Necho«, gab Midian herausfordernd zur Antwort. »Denn du bist der wiedergeborene Osiris.«

»Was erwartest du von mir?«

»Nichts außer deinem geneigten Ohr für meine Ratschläge. Wenn du wieder nach Ägypten gehst, möchtest du sicher ein friedliches Juda zurücklassen und keinen Ort des Aufruhrs. Ich bin der Mann, der hier in deinem Sinn für Ruhe und Ordnung sorgen wird, während du in Memphis nur noch das Gold zählen musst.«

»Joschija hat Söhne. Ich will sie nicht übergehen.«

»Unmündige Bälger!«

»Daher leicht zu lenken. Ein tatkräftiger Mann kann sie in ihren Entscheidungen so beeinflussen, dass sie zum Wohle Ägyptens handeln. Rate mir, David, welchen soll ich wählen?«

Midian machte schmale Augen, aber er beherrschte sich. »Eljakim«, sagte er ohne Zögern.

»Hilkija hat mir zu Joahas geraten.«

»Das wundert mich nicht. Joahas eifert seinem Vater nach und ist ein Levitenknecht. Solange Juda einen König an der Spitze hat, der Jahwe verehrt, wird das Land ein ständiger Stachel in deinem Fleisch sein. Die Gelegenheit ist günstig, diesen gefährlichen Gott, der sich die Alleinherrschaft der Erde anmaßt, zum Verschwinden zu bringen. Mach seinen Bruder Eljakim zum König, der lacht über Jahwe und ist den guten Dingen des Lebens zugeneigt. Mit solchen Vasallen hast du leichteres Spiel als mit fanatischen Gottesanbetern.«

Necho sah zu Hilkija hinüber, der dunkelrot angelaufen war. »Er ist dir nicht besonders gewogen, David.«

Midian lächelte mild. »Priesterzorn ist wie Wind von einem toten Pferd. Wenn du mich handeln lässt, wird dir die Provinz Juda keinen Ärger machen. Ich werde aus diesem Volk den letzten Blutstropfen herauspressen, und du wirst deinem Reichtum weitere Schätze hinzufügen können.«

»Bei meinem Ka, ich bin noch keinem Mann begegnet, der mir so zynisch seinen Machtwillen offenbart hat.« Necho hob abrupt den Arm. »Die Audienz ist beendet, man wird dich über meinen Beschluss unterrichten.«

Necho verließ mit seinem Sohn und seinem Gefolge den Saal. Danach erhoben sich Assur-u-Ballit und Midian gleichzeitig von ihren Stühlen. »Du warst gut«, flüsterte der Assyrer, »ich sah dich schon als gespeerten Leichnam. Vielleicht kannst du mehr als einen Haufen Vagabunden führen.«

Midian hielt einen Mann aus dem Gefolge Nechos an. »Meinen Mantel, Freund.« Dann wandte er sich lächelnd an Assur-u-Ballit: »Davon kannst du ausgehen, mein König.«

Er folgte zusammen mit Joram Hilkija in sein Haus. Der mächtige Priester war einem Tobsuchtsanfall nah. Mit wehenden Gewändern lief er im Zimmer auf und ab.

»Du hast nicht nur mich, du hast alle Leviten beleidigt, unseren Glauben in den Schmutz gezogen!«, schrie er. »Eine solche Demütigung haben wir seit den Zeiten des echten Davids nicht hinnehmen müssen.«

Midian überhörte das mit dem echten David und lehnte sich auf dem Diwan zurück. »Sei froh, dass es nur um eure Ehre ging und nicht um euer Blut. Ich habe ein Spiel gespielt, der Gewinner wird Jahwe heißen. Es wäre nicht der erste Betrug, der euren Gott am Leben hält. Oder geht es dir gar nicht um ihn, sondern nur um deine Pfründe?«

»Es geht mir um ...« Hilkija stockte. »um Jahwe, ich meine – um den Herrn natürlich!« Erschrocken sah er nach oben, als würde ihn Gottes zorniges Auge schon durch die Zimmerdecke anstarren.

»Dann sind wir uns einig! Jahwe wird siegen, denn Eljakim wird tun, was ich ihm sage.«

13

Zwei Wochen nach Nechos Sieg feierten die Judäer das Sukkothfest, an dem sie zum Gedenken an ihre Flucht aus Ägypten Hütten aus Zweigen und Palmwedeln errichteten. Bei dieser Gelegenheit wurde Eljakim, der fünfzehnjährige Sohn Joschijas, zum neuen König von Juda gemacht. Necho hatte ihm den Thronnamen Jojakim verliehen, was bedeutete: Gott erhebt, womit er zweifellos sich selbst meinte. Joahas, seinen Bruder, nahm er drei Wochen später als Geisel mit nach Ägypten.

Jojakim war ein verwöhnter Knabe ohne Selbstbewusstsein und neigte zur Grausamkeit. Midian wusste ihn zu kneten wie Ton und ihn noch niederträchtiger zu machen, wofür Jojakim ihn rückhaltlos verehrte und das Volk ihn hasste. Er saß mit seinen zu kurzen Beinen auf dem Thron, aber Midian herrschte. Ägypten wusste er mit hohen Tributen zu besänftigen, die das Volk in ärgste Knechtschaft stürzten. Das Heer war auf seiner Seite, weil er ihm versprach, es gegen Babylon zu führen, und Assur-u-Ballit war sein Verbündeter, weil er hoffte, durch Midian Nabupolassar den Thron zu entreißen. Die Leviten waren zufrieden, dass man ihnen die Ausübung der Gottesdienste gestattete.

Dem Volk trug Midian mit aller Strenge auf, Jahwes Gebote zu halten, während er und Jojakim es ausplünderten und Jahwe und seine heiligen Bräuche verlachten.

Wagte Hilkija ein Wort, so hielt ihm Midian entgegen: »Was willst du? Sorge ich nicht dafür, dass Jahwes Wort überall im Lande gehört und befolgt wird? Weder Assur noch Horus werden in seinem Heiligtum verehrt. Ich allein sorge dafür, dass der Pharao mit Juda zufrieden ist, und so behielt auch Jahwe seinen Platz. Wenn das Volk stöhnt und jammert, dann nur deshalb, weil es seine Gebote nicht hält. Sicher beten die Bauern noch heimlich zu Melkart und Milkom, das ist für die Hungersnöte in einigen Teilen des Landes verantwortlich.«

»Dass du in Seinem Namen ein strenges Regiment führst, weiß ich«, entgegnete Hilkija vorsichtig, der es mit David jetzt noch weniger verderben durfte. »Aber ich hörte, dass im Palast Orgien gefeiert werden, die sehr viel Ähnlichkeit mit den kanaanitischen Riten haben. Dabei sollen sogar – kaum mag ich es denken – heilige Gefäße aus dem Tempel benutzt und geschändet worden sein.«

Midian erinnerte sich, dass Jojakim in eins der goldenen Gefäße gepinkelt hatte, und erwiderte, ohne eine Miene zu verziehen: »Das würde ich niemals dulden.«

»Der junge König soll ein schlechtes Vorbild im Glauben sein, du duldest, dass er schlechten Einflüssen unterliegt.«

»Jojakim schlägt manchmal über die Stränge wie ein junges Füllen, doch er besucht regelmäßig den Tempel und hört auf die Belehrungen der Priester.«

Das stimmte, denn Jojakim gehorchte Midians Anweisungen und wahrte den Schein. Aber wenn er sich unbeobachtet fühlte, beschmierte er die Wände des Tempels mit obszönen Worten und beschuldigte dann die Kinder der Tempeldiener.

In einem der schattigen Innenhöfe des Palastes rekelte sich Midian halb nackt auf einer Liege. Statt seiner Hose aus Ziegenfell trug er einen Rock aus weißer Wolle. Joram saß bei ihm. Midian blinzelte ihn unter halb geschlossenen Lidern an.

»Du besuchst mich? Was für eine Ehre! Seit Tagen hast du dich nicht blicken lassen.«

»In der Ebene von Jesreel gibt es eine Hungersnot.«

Midian deutete ein Gähnen an. »Du langweilst mich. Hast du Beschwerden, wende dich an den König.«

»Verhöhne andere! Der Knabe ist doch ein Spielzeug in deinen Händen. Du hast die Pflicht, Missstände im Land zu beseitigen, wenn du schon den König spielen musst.«

»Soll das Volk doch zu Jahwe beten. Habe ich vielleicht die Heuschrecken geschickt und den Hagel?«

»Nein, aber statt mit Korn zu helfen, verlangst du Abgaben in unverminderter Höhe. Wovon sollen die Menschen das bezahlen?«

»Setze ich die Abgaben fest? Ägypten ist es, das uns ausbeutet. Sollen die Bauern doch ihre Kinder verkaufen!«

»An dich, wie? Dir fehlt wohl Ramazur?«

»Joram, du bist ein Narr! Hungernde sind leicht zu lenken, sie denken nur an ihre Bäuche, und wer sie füllt, dem dienen sie. Das Volk muss man nicht verwöhnen.«

»Doch du rekelst dich hier wie eine dicke, fette Made.«

»Ich bin nicht das Volk!«, zischte Midian. »Ich bin Atargatis' Sohn, ich bin David, ich bin ein Schwarzer Wolf!«

»Ein Schwarzer Wolf?«, wiederholte Joram verächtlich. »Hast du vergessen, was du ihnen versprochen hast? Reichtümer, Macht und Frauen. Das Jahr ist um, Midian, die Schwarzen Wölfe warten, aber der Mann, dem sie vertrauten, wird nicht kommen. Und um den Auftrag deiner göttlichen Mutter bist du auch nicht mehr bemüht.«

»Geduld. Es ist erst drei Monate her, dass Necho das Land verlassen hat. Was willst du eigentlich? Um mich zu beschimpfen, brauchst du dich nicht herbemühen.«

»Dann tu etwas, aber ersticke nicht in Müßiggang und Völlerei!«, schrie Joram.

Midian strich sich wohlgefällig über den schlanken Bauch. »Hat mir noch nicht geschadet, das gute Leben, wie?« Er verschränkte die Hände im Nacken und lächelte. Dann erläuterte er Joram seine Pläne.

Midian hatte die Zeit nicht so ungenutzt verstreichen lassen, wie Joram angenommen hatte. Assur-u-Ballit würde er fallen lassen wie eine glühende Kohle. Sein Ziel war das goldene Babylon, sein neuer Verbündeter Nebukadnezar. Ihm würde er den Assyrerkönig zu gegebener Zeit ausliefern – und Juda dazu. Zwei fette Happen, für die der Prinz sich sicher gefällig erweisen würde.

»Der Assyrer hätte mich nie zum Tartan gemacht«, sagte Midian, »Nabupolassar wird es tun. Und dann wird Babylon einen neuen Gott haben.«

Joram lachte höhnisch. »Und das bist du?«

»Natürlich gibt es nur einen Gott, und das ist Jahwe«, grinste Midian. »Aber Jahwe ist unsichtbar, das weiß jeder; manchmal spricht er zu seinen Auserwählten oder zeigt sich in Feuersäulen und brennenden Büschen, aber meistens hält er sich im Hintergrund. Da braucht er einen Mann, der ihn auf Erden verkörpert, durch den er herrscht und seinen Willen kundtut: David, die Inkarnation des einzig wahren Gottes.«

»Du lästerst!«, brummte Joram.

Midian verscheuchte eine Fliege von seinem Arm und lachte trocken. »Lästern? Wie kann ich lästern über etwas, woran ich gar nicht glaube? Weshalb darf ich für meine Person nicht die gleiche Erfindungsgabe in Anspruch nehmen wie die Priester? Wenn die Menschen einen Gott brauchen, weshalb soll ich es nicht sein?«

Joram schwieg eine Weile und rieb sich das Kinn. »Wenn du Juda in babylonische Hände gibst – ein Blutbad wird es doch dabei nicht geben?«

Midian lächelte abgründig. »Meine Mutter besteht auf blutiger Rache an den Hebräern, allerdings ...« Er strich Joram beruhigend über die Hand. »Ich werde dafür sorgen, dass niemand aus deinem Volk ein Haar gekrümmt wird.«

Joram seufzte. »Sofern das in deiner Macht steht. Und der Nutzen? Ich meine für Jahwe.«

»Das Drachenei wird in ein fremdes Nest gelegt und dort ausgebrütet. Ich stelle mir das so vor, dass die Auslese der Leviten, voran dein Vater, in Babylon eine neue Gemeinde gründet, wo sie das Wort Jahwes endlich dort verkünden, wo jetzt noch Ischtar, Baal und Marduk herrschen.«

Joram nickte. »Der Plan ist gut, aber wir müssen vorsichtig sein, Necho hat überall seine Späher.«

»Ich weiß. Es wird deine Aufgabe sein, ihn und seine Leute zu überzeugen, dass ich mich wegen der Hungersnot im Norden des Landes aufhalte, während ich mich mit Nebukadnezar in Harran treffen werde.«

14

Die Hitze brütete unerträglich über der Stadt. Wer es sich leisten konnte, suchte am Euphrat Abkühlung, andere zogen sich in die schattigen Innenhöfe zurück. Selbst der junge Grieche, der jeden Tag beim ersten Hahnenschrei aufstand und die Palastmauer dreimal im Dauerlauf umrundete, saß träge an den Stamm einer Dattelpalme gelehnt und hielt die Augen geschlossen. Neben ihm lag ein verbeulter Lederschild. Asandros hatte die Gefechtsübung mit Nebusaradan, dem Hauptmann der königlichen Leibwache, abgebrochen und sich in den Schatten geflüchtet.

Vor fünf Monaten war er nach Babylon gekommen, und seitdem hatte er den Palast und seine Umgebung kaum verlassen. Nabupolassar hatte ihm einen Auftrag erteilt, und Asandros versuchte, ihm mit spartanischem Pflichtbewusstsein gerecht zu werden. Die Tage gehörten dem Erlernen der neuen Sprache, dem Studieren von Geländekarten und Waffenübungen. Unermüdlich verlangte Asandros Auskünfte über Bräuche, Religion und Lebensweise der Babylonier, über die Geschichte des Landes und der Könige. Obwohl er schnell lernte, kamen seine Lehrer oft nicht vorwärts mit ihm, denn er pflegte sie in stundenlange Dispute zu verwickeln. Seufzend meinten sie, der Grieche stelle mehr Fragen, als die Götter beantworten könnten. Er sei ein Zweifler, ein Spötter, ein Gottesleugner und ein Aufwiegler, denn er bringe gefährliche Ideen mit aus seiner Heimat. Doch Nabupolassar hielt seine Hand über ihn, und sie mussten den schwierigen Griechen ertragen.

»Nun Grieche, so ermattet?«, hörte er plötzlich neben sich eine spöttische Stimme.

Da stand ein schmalbrüstiger, mittelgroßer Mann, die schütteren Locken klebten verschwitzt an seinem Kopf. Er hielt ihn leicht zur Seite geneigt, sein linker Mundwinkel zuckte beständig, und seine Augen flackerten unstet, als wollten sie alles festhalten und doch nirgends verweilen.

Asandros beschattete die Augen mit der Hand. Dann sprang er auf und deutete eine leichte Verbeugung an. Vor ihm stand der Kronprinz Nebukadnezar.

»Bleib doch sitzen.« Nebukadnezar lächelte schief. »Heute entschuldigt dich die Hitze. Utus Strahlen rösten uns wie den Missetäter im eisernen Stier. Selbst du hast aufgegeben, du Unermüdlicher.«

»Heute war es Quälerei«, gab Asandros zu und schenkte dem Prinzen ein entwaffnendes Lächeln, das den aber nicht beeindruckte. »Bist du heute Morgen wieder gelaufen?«

»Ja, heute Morgen war es noch frisch.«

»Das stärkt die Waden, hm? Du willst die Räuber wohl im Dauerlauf besiegen?«

Asandros maß den Prinzen, den er mit einem leichten Faustschlag zu Boden strecken konnte, abschätzend. »Du hast jedenfalls noch keinen eingeholt, soviel ich weiß.«

Nebukadnezars Blick verirrte sich irgendwo im Buschwerk, doch seine Stimme wurde frostig: »Die Schmeißfliegen lässt man in Babylon von fremden Handlangern totschlagen.«

Asandros sah sich angestrengt um, dann wieder auf den Prinzen. »Wen magst du damit meinen, du Spross göttlicher Lenden?«

Das Zucken in Nebukadnezars Gesicht verstärkte sich. »Ist es das, was mein Vater so an dir schätzt? Dein loses Mundwerk?«

»Frag ihn selbst, was er an mir schätzt«, gab Asandros zurück.

»Weshalb setzt du dich nicht wieder?«, fragte Nebukadnezar, dem es unangenehm war, dass ihn Asandros um Haupteslänge überragte.

»Gern, wenn du dich zu mir setzt, edler Prinz.«

»Es wäre nicht schicklich, mit dir zusammen im Gras zu sitzen wie zwei Bauern, die Gänse rupfen.«

Asandros verschränkte die Arme und lehnte sich gelassen an den Stamm der Palme. »Was willst du von mir, wenn nicht Gänse rupfen?«

»Man sagt von dir, du bietest jedem die Stirn. Diesen Mann wollte ich kennenlernen.«

Asandros lächelte kühl. »Wenn man mich beleidigt, mache ich keinen Unterschied zwischen Sklaven und Königen, wenn du das meinst.«

Nebukadnezar zog die rechte Augenbraue hoch. »In Babylon fühlt sich selbst der geschmeichelt, der vom König beleidigt wird.«

»Das mag für deine Untertanen zutreffen, edler Prinz, ich bin Grieche.«

»Und ein Unruhestifter dazu. Du willst dich dem Ratschluss der Götter nicht beugen, die doch die Lose ungleich unter den Menschen verteilt haben, sodass der eine herrscht und der andere gehorcht.«

Asandros zuckte die Schultern. »Du magst annehmen, der babylonische Himmel sei dir besonders gewogen, Prinz Nebukadnezar, für mich wölbt sich sein Blau für alle Sterblichen gleichermaßen gnädig.«

»Ein vermessener Gedanke! Denken alle Hellenen so wie du?«

»Gewiss«, log Asandros unbekümmert.

»Und dein Volk wird nicht von sechzigtausend Dämonen gepeinigt?«

»Nicht einmal von sechzig, mein Prinz.«

»Ein glückliches Land muss das sein! Aber Menschen, die keine Götterfurcht kennen, sind gefährlich. Ich werde darüber nachdenken, ob ich es zur babylonischen Provinz mache. Liegt es weit von den Küsten Phöniziens entfernt?«

»Zu weit für dich, Nebukadnezar. Konntest du doch nicht einmal bis an die Küste vordringen, denn wie ich hörte, wolltest du auf deinem Feldzug gegen Harran auch gleich einige Hirtenvölker schlucken, die dort wohnen – Hebräer, glaube ich. Aber du bist umgekehrt.«

»Manchmal ist es klug, zurückzuweichen«, sagte Nebukadnezar, und jetzt war sein Gesicht von einer leichten Röte überzogen. »Aber meine Stunde wird schon kommen.«

Asandros zweifelte daran, aber höflich antwortete er: »Möge Ninurta dir dabei gewogen sein.«

»Weshalb bist du hier, Asandros?«, fragte Nebukadnezar unvermittelt.

Asandros sah ihn verwundert an. »Das weißt du doch, der edle Schagaraktischuriasch hat …«

»Ja, das weiß ich«, unterbrach Nebukadnezar ungeduldig, während er mit den Ringen an seiner linken Hand spielte, »doch was sind deine wahren Pläne?«

»Ich verstehe dich nicht, mein Prinz.«

»Lass das alberne ›mein Prinz‹!«, zischte Nebukadnezar. »Mein Vater hat dich in den Rang eines Hauptmanns erhoben. Ich beobachte dich, du bist sehr ehrgeizig. Man bot dir fürstliche Zerstreuung am Hofe, alle erdenklichen Freuden und Bequemlichkeiten, doch du verachtest sie. Stattdessen peinigst du deinen Körper mit allerlei Entbehrungen. Nicht einmal das Nachtleben scheint dich zu reizen.«

Asandros sah den Prinzen betroffen an. »Das wundert dich? Wenn ich mich in Kaschemmen aufhielte, wäre ich die Gastfreundschaft deines Vaters nicht wert. Erst wenn ich das Bandenwesen erfolgreich zurückgedrängt habe, darf ich mir kräftezehrende Vergnügen erlauben.«

»Bewundernswert«, sagte Nebukadnezar kühl, »und welches Amt wirst du danach anstreben?«

»Ein Amt, wo man mich braucht.«

»Oh, das wirst du zweifellos erhalten. Mein Vater schätzt dich sehr.« Nebukadnezars Stimme hatte einen höhnischen Unterton, und Asandros fragte: »Bedrückt dich das?«

»Vergiss nie, dass ich der Kronprinz bin!«, zischte Nebukadnezar unbeherrscht.

»Wie kommst du darauf, dass ich das vergessen könnte?«, fragte Asandros bestürzt.

»Mein Vater verachtet mich«, gab Nebukadnezar gepresst zurück. »Er hat sich einen strahlenden Helden als Nachfolger gewünscht, so einen wie dich, Grieche.« Nebukadnezar zögerte und musterte Asandros abwartend.

Asandros starrte ihn an. »Was redest du da? Ich – sein Nachfolger, ich – König von Babylon? Wohin versteigst sich dein misstrauischer Geist? Der Gedanke ist absurd.«

»Ist er das? Mein Vater lässt verbreiten, dass ich schwachsinnig sei, doch von dir redet er wie von einem lieben Sohn.«

Asandros richtete sich in seiner ganzen Größe vor dem Prinzen auf, der ihm jetzt bis zur Schulter reichte, und erwiderte kalt: »Erweis dich seiner Größe ebenbürtig, dann brauchst du keinen Rivalen zu fürchten. Ich habe nicht den Ehrgeiz, König zu werden, weder in Babylon noch sonst wo.«

Nebukadnezar wich unwillkürlich einen Schritt zurück. Wieder lächelte er schief. »Ich muss dir glauben, doch eins merke dir, Grieche: jeder, der mich unterschätzt hat, hat es bereut.«

»Das Gleiche können meine Gegner von mir sagen«, erwiderte Asandros kühl, »aber noch betrachte ich dich nicht als meinen Gegner.«

»Gut, wenn es so ist.« Nebukadnezars Augen wurden schmal. »Dann wollen wir dieses Gespräch vergessen.« Er wandte sich um, und Asandros sah ihm schulterzuckend nach. »Giftzwerg!«, murmelte er.

Am Abend erzählte er Askanios von der Begegnung. Der lachte nur und erinnerte Asandros daran, dass ein Mann wie er überall Neider habe. Immerhin habe der Prinz recht, was die Vergnügungen anging, die sich Asandros versagte.

Asandros lächelte. »Und du? Wo treibst du dich herum? In der Amurru?«

Askanios wurde rot. »Da gehe ich nicht mehr hin. Eine Lasterhöhle neben der anderen. Nein, ich habe mich anderweitig umgesehen – im Tempelbezirk.«

»Bei Ischtar! Du hast eine heilige Jungfrau entehrt?«

Askanios lachte. »Von Entehren konnte keine Rede sein, im Gegenteil, wir ehrten die Götter mit jener Handlung, an deren Ende sie keine Jungfrau mehr war.«

»Ich weiß, die Babylonier nennen die Sache Gottesdienst. Ein respektables Volk, das es so treffsicher ausdrückt. – Wer ist sie?«

»Eine Ischtarpriesterin.«

»Oh! Müssen diese Frauen nicht keusch leben?«

»Das stimmt nicht ganz. Darf ich dir Unterricht in babylonischer Frömmigkeit erteilen? Auf der siebten Plattform des Etemenanki steht ein Diwan, und jede Nacht muss dort eine Jungfrau übernachten, um Marduk zu empfangen, der zu diesem Ort hinabsteigt. Am nächsten Morgen findet man das Mädchen erwartungsgemäß entjungfert vor, und alle sind zufrieden, weil Marduk zufrieden war.«

»Ich ahne Schlimmes, Askanios. Du hast dir göttliche Befugnisse angemaßt.«

»So ist es. Für eine Nacht war ich Marduk. Und ich muss sagen, ganz rechtmäßig, denn ich fühlte mich himmlisch.«

»Aber wie konntest du unbemerkt dort eindringen? War das nicht ein recht gefährliches Wagnis?«

»Keineswegs! Die Priester suchen nach verschwiegenen, lendenstarken Männern, um den Brauch erfüllen zu können. Wenn man ein stattlicher Kerl ist und etwas Silber in ihren Händen lässt, darf man die sieben Türme hinaufsteigen.«

»Und wenn der Betrug sich herumspricht?«

»Es ist ja kein Betrug«, lächelte Askanios. »Die Priester reiben deine Stirn mit heiligem Öl ein und murmeln ein Gebet. So wirst du für eine Nacht ein Geweihter. Dein Körper ist nun bereit und fähig, den Gott in sich aufzunehmen. Marduk bedient sich des menschlichen Körpers, um als Gott menschliche Dinge zu tun, so erklärten es mir die Priester. Und ich fühlte mich wahrhaft göttlich. Besonders im unteren Teil meines Körpers muss sich recht viel von Marduks Geist versammelt haben.«

Da lachte Asandros schallend. »Zum Glück hast du nichts Verbotenes getan, denn ich glaube, wenn es um ihre Götter geht, verstehen die Babylonier weniger Spaß als die Griechen.«

15

Nebusaradan, der Hauptmann der Leibwache, ließ sein Schwert sinken und wischte sich den Schweiß von der Stirn. »Beim Sirrusch! Ich wollte, du würdest mich auch einmal siegen lassen, und sei es nur zum Schein, damit ich abends beim Wein etwas prahlen kann, was einem alten Krieger wohl zu gönnen ist.«

»Ich glaube nicht, dass Nebusaradan sich an einem erschlichenen Sieg freuen würde«, lachte Asandros. »Komm, setzen wir uns in den Schatten und trinken kühles Bier.« Sie setzten sich unter einen Bretterverschlag am Rand des sandigen Kampfplatzes, und sofort eilte von irgendwoher ein Sklave herbei und stellte zwei Krüge Bier und zwei Schalen vor sie hin.

»In Babylon lässt es sich leben«, lächelte Asandros und wischte sich den Schaum vom Mund, »aber ich sitze hier, und die Räuber lassen es sich weiterhin wohlergehen. Da gibt es einen besonders üblen Haufen. Gesetzlose, die sich Schwarze Wölfe nennen. Vor einem Jahr trieben sie unten in Elam ihr Unwesen, dann zogen sie weiter nach Osten. Aber seit einigen Monaten sollen sie wieder die Pässe im Zagros unsicher machen, wo sie wahrscheinlich auch ihren Schlupfwinkel haben.«

»Die Schwarzen Wölfe?« Nebusaradan sog geräuschvoll den Rest seiner Schale auf. »Ja, ich habe von ihnen gehört. Damals haben sie die Tochter des Kyaxares überfallen, die für des Königs Harem bestimmt war.«

Asandros nickte. »Ich erinnere mich, der König hat das erwähnt. – Aber für den Zagros müsste ich einen Führer haben, der sich dort auskennt.«

Nebusaradan kratzte sich am Kopf. »Das wird schwierig sein. Die Bevölkerung fürchtet die Schwarzen Wölfe wie leibhaftige Dämonen.«

»Woher weißt du das?«

»Weil Nabupolassar schon einmal Krieger in den Zagros geschickt hat. Sie wurden bis auf den letzten Mann ermordet – zerrissen von riesigen Fledermäusen, so wird gemunkelt. Und die Fledermäuse seien die Abgesandten der Schwarzen Wölfe gewesen.«

»Fledermäuse!«, stieß Asandros verächtlich hervor und klopfte an seine Schale.

»Du glaubst nicht daran, wie? Nun gut, das mögen Gespenster-geschichten sein, aber man hat ihre entstellten Leichen gefunden. Sie sperren auch die Kinder eines Dorfes in eine Hütte und ver-brennen sie. Oder sie zerstückeln ihre Opfer und hängen sie dann in die Bäume.«

»Es sind sicher keine Menschenfreunde«, räumte Asandros ein, »aber Wildheit und Grausamkeit sind nicht übersinnlich. Gesetz-lose verrohen schnell, deshalb müssen es noch keine Dämonen sein.«

»Vielleicht hast du recht, aber die meisten glauben es.«

»Ich werde diesem Aberglauben entgegentreten.«

»Sei nur vorsichtig dabei, Asandros. Die Priester verstehen kei-nen Spaß, wenn du die Geister und Dämonen leugnest.«

»Ich fürchte mich nicht vor Priestern«, antwortete Asandros herausfordernd, doch plötzlich durchzuckte es ihn heiß: Hatte er Athen nicht wegen eines Priesters verlassen? »Du weißt wirklich keinen zuverlässigen Führer, Nebusaradan?«, lenkte er ab.

Der blinzelte in die Sonne. »Frag am besten Nebukadnezar.«

Asandros brummelte vor sich hin. »Der wird mir ungern behilf-lich sein, fürchte ich.« Er trank aus und erhob sich. »Wir machen heute Nachmittag weiter. Ich will mich etwas ausruhen.«

Asandros überquerte den Kampfplatz. Vor dem Treppenaufgang der Audienzhalle sah er zwei Männer im Gespräch stehen. Sie tru-gen lange, fransenbesetzte Röcke, um ihre Handgelenke und Oberarme spannten sich breite Armbänder, und ihre schwarzen, eingeölten Locken glänzten in der Sonne. Asandros wollte schon einen Umweg um die hohen Beamten machen, da erkannte er Bel-Schagar, und auch der hatte ihn gesehen. Er hob grüßend den Arm. »Asandros! Komm doch zu uns!«

Er trat in seiner staubigen Uniform zu den reich gekleideten Männern und grüßte freundlich. Bel-Schagar machte ihn mit dem anderen Mann bekannt. »Eriba-Kudur-Naharsin, der Vorsteher der königlichen Hospitäler.«

Der schlanke Beamte musterte Asandros von oben bis unten und deutete ein Lächeln an. Langsam hob er den Arm, und aus dem weiten Ärmel schob sich eine Hand mit langen, dünnen Fin-gern, an denen mehrere kostbare Ringe blitzten. Er bot sie Asand-ros zum Kuss, und der neigte sich flüchtig darüber, ohne das Knie zu beugen. »Du bist der Grieche, der so viel Verwirrung im Palast stiftet?« Die Stimme war hell und dünn.

»Verwirrung?« Asandros graue Augen blickten kalt, und er schlug an sein Schwert. »Ich bin ein einfacher Soldat des Königs, und jetzt entschuldigst du mich wohl, edler Naharsin, ich bin müde vom Waffengang und will mich frisch machen.«

Bel-Schagar schickte ihm ein Lächeln nach. »Ich sagte dir ja, mein Freund, er ist schwierig, aber der König hat einen Narren an ihm gefressen.«

Naharsin sah Asandros aus schmalen Augen nach, an seinem Halsausschnitt hatten sich rote Flecken gebildet. Er fuhr sich über die Lippen. »Ich will ihn in meinem Haus sehen«, stieß er heiser hervor.

»Asandros? Der wird niemals dein Kunde.«

Naharsins Kinn schoss vor wie ein Geierschnabel. »Ich habe für jeden Geschmack etwas, auch für hochnäsige Griechen.«

»Sieh dich vor, er ist ein Menschenfreund.«

»Nun, dann passen wir großartig zusammen«, grinste Naharsin.

»Ich liebe die Menschen auch – in allen Spielarten.«

Asandros durchquerte mit großen Schritten den teppichverhangenen Gang, der zu seinen Gemächern führte. Da löste sich hinter einem Pfeiler eine schmächtige Gestalt. »Asandros?«

»Nebukadnezar!« Asandros blieb stehen. »Was tust du im Ostflügel?«

»Ich wollte dich sprechen. Gehen wir in dein Zimmer?«

»Du kommst zu mir? Weshalb lässt du mich nicht rufen?«

Nebukadnezar grinste schief. »Ich weiß doch, was ich einem freien Hellenen schuldig bin.«

»Verzeih mein Prinz, aber du siehst es selbst, ich bin staubig und möchte zuerst baden.«

»Dabei können wir auch reden.«

»Wenn du es nicht für ungebührlich hältst, habe ich nichts dagegen. Zumal ich eine Bitte an dich habe.«

Wenig später rekelte sich Asandros im Wasser, während Nebukadnezar auf einem Kissen am Rand des Beckens Platz genommen hatte. Er warf einen Blick auf den gut gewachsenen Sklaven, der abwartend im Hintergrund stand, und verzog leicht den Mund. »Ich hörte«, wandte er sich an Asandros, »dass du außer einem hübschen Gesicht noch andere Qualitäten hast.«

»Sie stehen dir zu Diensten, mein Prinz.«

»Natürlich. Aber zuerst zu deiner Bitte. Sprich!«

»Ich brauche einen guten Mann, der sich im Zagrosgebirge auskennt.«

Nebukadnezar nickte. »Ich werde sehen, was ich für dich tun kann. Ist das alles?«

»Ja. Und womit kann ich dir dienen?«

Nebukadnezar räusperte sich. »Ich werde nach Harran gehen. Es geht um Juda. Vielleicht werden Verhandlungen nötig sein, da hätte ich gern einen Mann dabei, der ein gewinnendes Wesen hat, dabei stark genug ist, sich durchzusetzen.«

»Du denkst doch nicht an mich, mein Prinz?«

Nebukadnezar fuhr ungeduldig mit der Hand durch die Luft. »Ich halte dich für einen ausgezeichneten Gesandten. In Harran treffe ich mich mit einem Mann, der mir Juda vielleicht ohne einen Schwertstreich ausliefern wird. Derzeit ist er der heimliche König von Juda, aber er will mehr.«

»Den Thron Babylons?«, fragte Asandros spöttisch.

Nebukadnezar blickte finster. »Möglich. Seine Boten deuteten an, er strebe das höchste Amt im Reich an: den Tartan.«

Asandros stieg aus dem Bad, und der Sklave im Hintergrund eilte mit Tüchern herbei. Asandros schlang sich ein Tuch um die Hüften und setzte sich zu dem Prinzen. »Nun hast du den zweiten vermeintlichen Thronrivalen ausgemacht, offensichtlich wartet jeder zweite beherzte Mann darauf, dir dein Königtum streitig zu machen. Wie dem auch sei, mir ist es gleichgültig, wer in Babylon König ist und wer in Juda.«

»Wolltest du mir nicht dienen?«

»Nicht mit Ränkespielen.«

»Davon ist nicht die Rede. Du sollst nur in meinem Namen sprechen und dabei die volle Wahrheit sagen.«

»Weshalb ich? Du traust mir doch auch nicht.«

»Der Mann, von dem ich spreche, scheint stark zu sein. Du kannst es mit ihm aufnehmen. Du wirst ihm in die Augen sehen, ohne blass zu werden.«

Asandros lächelte amüsiert. »Sind denn bereits seine Blicke tödlich?«

»Ich habe Erkundigungen über ihn eingeholt. Er ist nicht wie andere Männer, um ihn scheint ein Geheimnis zu sein. Er fürchtet die Götter nicht und achtet Könige und Priester gering, so wie du. Fang ihn mit deinem vertrauenerweckenden Lächeln, aber tritt ihm hart entgegen, wenn er anmaßende Forderungen stellt.«

»Eine Aufgabe, die großes Vertrauen in mich setzt. Dann glaubst du nicht länger, dass ich dein Rivale um den Thron bin?«

»Die Versuchung schläft nicht, Asandros. Aber du bist ein Mann, der ihn mir nicht durch dunkle Machenschaften rauben würde.«

»Ich freue mich, dass du zu dieser Einschätzung gekommen bist.«

Nebukadnezar räusperte sich. »Du begleitest mich also nach Harran. Wenn die Geschäfte dort zu meiner Zufriedenheit verlaufen, will ich dich als Gesandten nach Jerusalem schicken, wo du die weiteren Verhandlungen führen sollst. Ich werde dich noch über die Hintergründe aufklären.«

»Wirst du den Mann zu deinem Tartan machen?«

Nebukadnezar lächelte schwach. »Setze ich mir Skorpione auf die Zunge?«

»Dein Misstrauen macht dich krank. Wenn er ein guter Mann ist, kann er auch hilfreich sein.«

Nebukadnezar sah Asandros durchdringend an, dann sagte er: »Ich werde auf dein Urteil warten.«

16

Über die Straße nach Harran rumpelte ein Ochsenkarren. Er näherte sich dem südlichen Stadttor. Mürrisch trieb der Mann auf dem Bock seine Tiere an; seit Stunden nur Staub und Hitze, denn seit der Belagerung lagen die Felder rund um die Stadt brach, die wenigen Schatten spendenden Bäume waren gefällt worden. Der Mann trug den einfachen Kittel eines Bauern. Um seinen Kopf hatte er ein wollenes Tuch geschlungen, darüber trug er einen breitkrempigen Hut gegen die Sonne. Vor der Stadtmauer boten Weinhändler und Wasserverkäufer den Ankömmlingen ihre Dienste an. Der Mann lenkte sein Gefährt an den Straßenrand, suchte umständlich in seinem breiten, bunt gestreiften Gürtel nach etwas Kupfer und sah sich dabei vorsichtig um. Als ein schmächtiger Wasserverkäufer auf ihn zukam, sprang er von seinem Gefährt; auffallend geschmeidig für einen nach langer Reise erschöpften Bauern. Jetzt konnte man auch sehen, dass er hochgewachsen und kräftig war. Doch niemand achtete auf ihn, als er auf den Wasserverkäufer zuging und sagte: »Hast du Wasser für Juda?«

Der Wasserverkäufer füllte eine irdene Schale aus seinem Wasserschlauch und reichte sie dem Fremden. »Ich habe Wein für Babylon.« Dabei zuckte seine linke Gesichtshälfte nervös.

Der Fremde trank und gab die Schale zurück. »Ich möchte noch mehr von diesem Wein trinken, aber an einem ungestörten Ort.«

Der Wasserverkäufer nickte. »Folge mir!« Er führte den Fremden unterhalb der Stadtmauer einen gewundenen Pfad entlang, der sich zwischen Disteln und Gestrüpp hinzog und die beiden rasch den Blicken der Menge vor dem Stadttor entzog. Vor einer baufälligen Hütte, die von Goldraute und wilden Feigen überwuchert war, blieb der Wasserverkäufer stehen. Er schob einen Balken zur Seite. Gebückt trat der Fremde ein. Sein schmächtiger Begleiter verhängte die Lücke sorgfältig mit einem schmutzigen Stück Stoff.

»Hier stinkt es nach Rattenpisse!«, murmelte der Fremde, legte seinen Hut zur Seite und streifte sich das Tuch vom Kopf; eine Fülle langer, schwarzer Haare ergoss sich über Schultern und Rücken. Er sah sich in dem trüben Licht nach einer Sitzgelegenheit um.

»Aber hier sind wir vor Lauschern sicher.« Der kleine Mann warf achtlos seinen Wasserschlauch in eine Ecke und zeigte plötzlich sehr wache Augen. »Ich hörte, du habest mir ein Geschäft vorzuschlagen?«

»Du weißt, wer ich bin?«

»Ja, Midian, den man auch den David nennt. Necho machte dich zur rechten Hand dieses schwächlichen Knaben Eljakim.«

Midian setzte sich auf den felsigen Fußboden und lehnte sich gegen die Wand, worauf die Hütte bedenklich schwankte. »Du bist ein mutiger Mann, Prinz Nebukadnezar. Was, wenn ich dich hier abstechen würde?«

Der Prinz machte eine ungeduldige Handbewegung. »Was hättest du davon? Tot nütze ich dir nichts.« Aber er war nicht so kaltblütig, wie er scheinen wollte. Unruhig lief er in dem kleinen Raum auf und ab. »Was hast du mir zu sagen?«

»Ich kann dir Juda in die Hand geben.«

»Vielleicht könntest du das. Und deine Gründe?«

»Haben meine Boten das nicht klar ausgedrückt?«

»Ihre Rede war wie Nebelgespinst«, erwiderte Nebukadnezar vorsichtig. »Außerdem – weshalb sollte ich dir trauen? Ein Mann, der sein eigenes Volk verrät, ist eine Ratte.«

»Die Hebräer sind nicht mein Volk.«

»So? Du bist kein Hebräer? Wie konntest du am Hof von Jerusalem so viel Einfluss erlangen?«

»Dir mag genügen, dass meine Fähigkeiten mich dorthin gebracht haben.«

Nebukadnezar warf nachdenkliche Blicke auf den langhaarigen Fremden im Kittel eines Bauern, der ihn mit nur einer Hand erwürgen konnte. »Eljakim, der sich jetzt Jojakim nennt, kann man leicht beseitigen. Willst du König von Juda werden?«

»Wollte ich das, ich wäre es bereits«, entgegnete Midian kühl. »Ich habe andere Pläne.«

»Ja, mit Babylon«, krächzte Nebukadnezar, in seiner Stimme schwang Furcht mit. »Judas Thron ist dir zu gering.«

»Du sagst es. Der König von Juda wird stets ein Diener der Mächtigen bleiben.«

»Aber nur einer kann Marduks Thron besteigen«, gab Nebukadnezar blass zurück.

»Das wirst du sein, mein Prinz, wenn du klug bist. Wenn du dem Ägypter Juda wieder entreißt, wirst du dir die Achtung deines Vaters erwerben. Wer könnte dann noch daran zweifeln, dass das Erbe dir zusteht?«

In dem diffusen Licht konnte Midian nicht sehen, wie das Gesicht Nebukadnezars nun heftig zuckte. »Und dein Preis, Midian?«

»Der Assyrer wollte mich zu seinem Tartan machen. Von dir werde ich nichts Geringeres verlangen, wenn du den Thron besteigst.«

Nebukadnezar schwieg.

»Das hast du doch gewusst, und du bist auch bereit dazu, sonst wärst du nicht hier.« Midian lächelte sanft und schaute zu dem Prinzen hoch. »Wenn ich dir zur Seite stehe, wirst du Babylon zu unerreichter Blüte führen.«

Nebukadnezar lachte heiser. »So wie Juda, wo eine Hungersnot die andere ablöst, während der verwöhnte Knabe Jojakim Pfauenleber speist?«

»Beim Herrn der Heerscharen! Deine Spitzel sitzen bereits in der Hofküche«, stellte Midian grinsend fest.

»Lass die Albernheiten! Ich bin kein Puppenkönig wie Jojakim. Ich will nicht von deinen Gnaden und in deinem Schatten regieren.«

»Du kannst aber auch nicht allein herrschen, Nebukadnezar. Ein König ist groß durch die Männer, die ihm raten und ihn beschützen. Wenn du mich wählst, wird man deinen Namen noch in tausend Jahren nennen, wenn du mich aber abweist, wirst du im Schatten deines Vaters verkümmern und namenlos bleiben.«

»Namenlos?«, wiederholte Nebukadnezar, und seine Stimme zitterte, als sei dies das schlimmste Los, das er sich vorstellen konnte. »Ich werde größer sein als mein Vater, der mich verachtet, größer als alle assyrischen Könige vor mir, ich werde ...«

»Du wirst es sein«, unterbrach ihn Midian ruhig, »wenn du auf mich hörst. Joschija tat es, und ich machte seinen Namen geachtet bei den anderen Fürsten. Die Assyrer jagten wir aus dem Land, die fremden Götter stürzten wir, doch dann begann er übermütig zu werden und meinen Ratschlag zu verschmähen, daher fiel er von Nechos Hand.«

»Und der Ägypter? Weshalb willst du ihn verraten?«

»Die große Zeit Ägyptens ist vorbei. Die Zukunft gehört Babylon. Midian steht nicht an der Seite von Verlierern.«

»Auf welche Weise willst du mir den Assyrer und Juda in die Hand geben?«

»Juda wird mit Assur-u-Ballit und seinen Kriegern gegen Harran ziehen, um die Residenz zurückzuerobern – ein Scheinangriff. Während des Kampfes wird unser Heer sich zurückziehen, dann kannst du ihn leicht gefangen nehmen lassen. Ist er erst in deiner Hand, können wir über die Bedingungen für Judas Übergabe verhandeln. Ich denke, dass ich dir den Assyrer gebe, schafft dafür die besten Voraussetzungen.«

»Das klingt einfach, zu einfach«, sagte Nebukadnezar nachdenklich. Das Glühen in seinen Augen verbarg er hinter gesenkten Lidern.

»Es ist einfach, denn Assur-u-Ballit ist ahnungslos, Jojakim tut, was ich ihm sage, und die Ägypter werden nicht viel Widerstand leisten. Die Beamten und die Hauptleute, die Necho mir zur Seite gegeben hat, habe ich so sehr an das gute Leben gewöhnt, dass sie über ihre dicken Bäuche und ihre nackten Weiber stolpern werden, wenn sie die Flucht ergreifen.«

»Ich muss mich bedenken. Du wirst von mir hören«, erwiderte Nebukadnezar kühl.

Midian erhob sich, schob den Balken zur Seite, bückte sich und stand wieder in der gleißenden Sonne. Er verhüllte sein Haupt mit dem Tuch und setzte sich den Sonnenhut auf. Nebukadnezar hatte sich wieder in einen Wasserverkäufer verwandelt. Leicht schlurfend ging er hinter Midian her. Am Stadttor verschwand er plötzlich in der Menge. Midian sah sich suchend um, dann ging er schulterzuckend zu seinem Ochsengespann, wo ein Knabe bei den Tieren stand. Midian beachtete ihn nicht und wollte auf den Wagen steigen, da fragte ihn der Knabe mit heller Stimme: »Sind das deine Ochsen?«

Verwundert betrachtete Midian den Knirps. »So ist es, du Fliegengewicht! Was piepst du mich an wie ein zertretener Sperling?«

»Weshalb lässt du sie hier in der Sonne stehen? Weshalb führst du sie nicht in die Stadt, wo sie Heu und Wasser bekommen?«

»Hoho!«, lachte Midian, »du bist wohl der Sohn des Stallmeisters, der das Fuder Heu für drei Silberstücke an einfältige Bauern verkaufen will?«

»Du bist mit dem Wasserverkäufer da langgegangen.« Der Knabe zeigte den Pfad hinauf. »Die Tiere hast du stehen lassen. Ein Bauer würde das nicht tun.«

Midian kniff die Augen zusammen. »Du hast uns beobachtet?«

»Ich bin jeden Tag hier und sehe viel. Ich sehe, dass deine Tiere erschöpft sind und nicht mehr weiterkönnen.«

»Dann steig mit auf und zeig mir den Mietstall, damit ich die Ochsen versorgen lassen kann.«

Flink kletterte der Knabe auf den Wagen und machte es sich stolz neben dem Fremden bequem. »Darf ich die Zügel halten?«

Midian gab sie ihm in die Hand. »Auf geht's! Lenk den Streitwagen in die Schlacht, du tapferer Krieger.«

»He, lauft, nun lauft schon!«, rief der Knabe und schwang eine leichte Gerte, die auf dem Sitz gelegen hatte.

Am Tor wurde es eng, und es herrschte ein ziemliches Gedränge von Fuhrwerken aller Art, Eseln, Schafen, Ziegen und Lastträgern, die alle noch vor dem Schließen des Tors hineinwollten. So bemerkte auch niemand, dass von einem der Wagen ein magerer Knabe fiel, unter die Räder geriet und unter die Hufe von unzähligen Tieren. Auch die Stichwunde in seiner Seite war in dem entstellten Körper nicht mehr zu sehen, den die Torwächter zur Seite schleiften. Ein bedauerlicher Unfall.

Ein hochgewachsener Bauer mit Sonnenhut lenkte seine Ochsen an einer langen Reihe wartender Karren vorbei, drückte dem Stallmeister fünf Silberstücke in die Hand und sagte: »Sorg zuerst für meine Tiere, guter Mann, sie sind sehr erschöpft.«

Der Stallmeister sah erstaunt auf das Silber, für das man neue Ochsen kaufen konnte. »Ich lasse sie aus goldenem Trog saufen«, grinste er. Der Fremde mit dem breitkrempigen Hut lächelte ihn an. Seine Augen hatten das Feuer edler Steine. »Morgen früh hole ich sie wieder ab.« Er verschwand in der Menge. In einer schmalen, dunklen Gasse tauchte er wieder auf. Er betrat ein niedriges Haus, ging einige Stufen hinab und legte ein Goldstück in eine ausgestreckte Hand. Dann wurde ihm ein winziges Zimmer geöffnet. Auf schmutzigen Lumpen lag eine nackte, gefesselte Frau. Der Fremde nickte, die Tür wurde hinter ihm geschlossen. Er knotete seinen Gürtel auf, dabei fiel ein blutiges Messer zu Boden. Er hob es auf und ging auf die Frau zu. Er schob seinen langen Kittel hoch, die Frau wimmerte, und er lächelte.

17

Es war die Zeit der fallenden Blätter. Die Stadt Harran wimmelte von Kriegern; Babylonier, Assyrer und Judäer hatten sich wie zu einer großen Verbrüderung zusammengefunden und zogen lärmend durch die Gassen. Sie warteten darauf, dass sie Freigang bekamen. Die Häuser waren mit Girlanden und Fackeln für die Nacht geschmückt; vor den Toren der Stadt waren Zelte aufgeschlagen, und ein Heer von Händlern war damit beschäftigt, seine Stände und Buden aufzustellen. Die Märkte quollen über von Waren aus dem Umland. In den Schenken wurde Wasser zum Wein geschüttet und dieser zu heraufgesetzten Preisen verkauft. Frauen und Mädchen machten sich für die Nacht zurecht; selbst aus benachbarten Dörfern und entlegenen Tempeln hatte man Dirnen angefordert. Krieger, die man nicht mit Wein und Weibern besänftigen konnte, würden sich bald gegenseitig totschlagen.

Umgeben von seinen Hauptleuten, erwartete der Feldherr Nebukadnezar auf dem Vierwege-Platz die Ankunft seines Feindes. Joram und Gemarja standen in einiger Entfernung bei den übrigen Kriegern, stützten sich auf ihre Lanzen und warteten wie die anderen auf den Assyrer. Assur-u-Ballits Streitwagen rasselte die staubige Zufahrtsstraße herauf, die Krieger machten ihm Platz und bildeten eine Gasse, durch die Assur-u-Ballit seinen Streitwagen lenkte. Er würdigte die Verräter keines Blickes. Kraftvoll hielt er die Zügel, herrisch warf er den Kopf in den Nacken, als er den Wagen vor Nebukadnezars rasch errichtetem Podest zum Stehen brachte. Dort sah er sich um und rief: »Ohne den Verrat des langhaarigen Straßenräubers, der König werden möchte, hättest du mich nicht, Nebukadnezar! Sieh dich nur vor, dass er dich nicht in seine Sammlung toter Könige einverleibt.«

Nebukadnezar verzog keine Miene. Midian hatte Wort gehalten, der verhasste Assyrer stand vor ihm, das allein zählte.

»Reden wir heute nicht von Verrat«, gab er kühl zurück. »Manche müssen auf diese Weise lernen, dass ihre Zeit abgelaufen ist. Sei mein Gast in dieser Nacht, Assur-u-Ballit.«

»In dieser Nacht an deiner Seite und in Zukunft in Babylons Kerker?«, höhnte der Assyrer.

»Der Palast meines Vaters hat viele Zimmer, weshalb sollte ich einen König wie einen Dieb behandeln?«

»Du bist ein großmütiger Sieger«, rief Assur-u-Ballit. Er zog sein Schwert und zeigte es ihm. »Darf ich mich mit meiner Waffe zu dir setzen?«

Nebukadnezar nickte. Der Assyrer verließ seinen Wagen und ging die wenigen Stufen hinauf. Er überragte den Prinzen um Haupteslänge, aber diesmal störte Nebukadnezar das nicht. Die imposante Erscheinung war nur noch eine leere Hülle. Der Assyrer legte sein breites Schwert vor sich auf die Holzplatte, Nebukadnezar bot ihm Wein an. Assur-u-Ballit hob den Becher und rief der Menge auf dem Platz zu: »Ich trinke auf Babylon, das unter Ischtars glücklichem Stern zu stehen scheint. Möge es weiterhin, doch in neuem Gewand, von Assyriens Größe künden. Ich trinke auf das verräterische Juda. Möge sein Name und der seiner Könige ausgelöscht sein für alle Zeiten!«

Ein empörtes Geraune erhob sich. Assur-u-Ballit sah sich verächtlich um. Dann leerte er den Becher in einem Zug. Er hielt ihn zum Nachfüllen hin. »Harran ist eine staubige Stadt.«

Nebukadnezar goss ihm eigenhändig nach. Wieder hob Assur-u-Ballit den Becher und rief: »Zum Schluss trinke ich auf den Pesthauch, der Juda heimgesucht hat, auf den Mann, der sich auch David nennt. Möge Nergals giftiger Hauch den Verräter bei lebendigem Leibe verfaulen lassen!«

Über den Platz senkte sich betroffene Stille. Die meisten glaubten daran, dass Flüche sich erfüllten, wenn man nicht sofort einen Gegenzauber anwandte.

Gemarja stieß Joram an. »Ein unfreundlicher Wunsch für deinen Freund.«

Der zuckte mit den Schultern. »Ich kann den Assyrer verstehen. Flüche erleichtern, aber kein Gott hört sie.«

»Oder es trifft ihn nicht, weil Midian selbst Nergals Sohn ist«, fügte Gemarja giftig hinzu.

Assur-u-Ballit setzte den Becher ab und genoss das drückende Schweigen. Dann wandte er sich an Nebukadnezar und sagte: »Erlaubst du, dass ich mich für den herzlichen Empfang in meiner ehemaligen Residenz mit einem Geschenk bedanke?« Er wartete die Antwort des Prinzen nicht ab; mit einer raschen Bewegung packte er sein Schwert und rammte sich die Klinge in den Leib. Einer von Nebukadnezars Hauptleuten sprang geistesgegenwärtig dazwischen. Es gelang ihm, den Assyrer zu packen, bevor die Klinge sich tödlich in seinen Leib bohrte, doch da trat Jiftach vor und stieß ihm die Waffe ganz hinein. Der Assyrer fiel sterbend in die Arme des babylonischen Hauptmanns.

»Wolltest du sein Geschenk nicht annehmen?«, zischte Jiftach ihm zu.

Der Hauptmann legte den Körper sanft auf den Boden. »Es genügt, dass er von euch verraten wurde, musstest du ihn noch morden?«

Seine Worte gingen unter im jubelnden Geschrei der judäischen Kriegsleute, die den Assyrer wegen seiner Verwünschungen nicht betrauerten.

»Das war anständig von dem jungen Hauptmann«, sagte Gemarja. »Anständig, aufmerksam und tapfer.«

»Ja«, sagte Joram belegt. Er hatte das Gefühl, dass der Babylonier ihn ansah, aber das musste eine Täuschung sein.

Ich sehe ihn an, dachte Joram ärgerlich. *Warum?*

Gemarja folgte seinen Blicken. »Ein außergewöhnlich schöner Mann, nicht wahr Joram?«

Der fühlte sich ertappt und wurde rot. »Na und?«, fragte er aufmüpfig.

»Die Nacht wird lang, und Midian ist in Jerusalem.«

»Ich gehe zu keinem anderen Mann als Midian«, gab Joram kühl zurück.

Nebukadnezar erhob sich jetzt und gab ein Zeichen. Darauf hatten alle gewartet. In die Menge kam Bewegung, die Krieger zerstreuten sich erleichtert.

»Ich muss jetzt Freund Eleasa suchen, wir haben ausgemacht,

uns am Schafstor zu treffen. Die Taverne dort wurde uns empfohlen.« Gemarja sah Joram fragend an. »Kommst du mit?«

»Vielleicht komme ich nach«, murmelte Joram. Er ging langsam über den Vierwege-Platz, der sich allmählich leerte. Jetzt verwandelte er sich rasch in einen riesigen Basar. Joram entkam dem Gewühl der Tiere und Karren, indem er in eine schmale Gasse bog, die zum Fluss hinunterführte. Vergebens suchte er nach einem stillen Plätzchen, überall scholl ihm Gelächter entgegen, und die ersten Betrunkenen torkelten vorüber.

Als Joram die Gelegenheit bekam, mit dem Heer nach Harran zu ziehen, war er froh gewesen; Midian hatte ihn kühl verabschiedet. Wie lange hatte er seine Umarmung nicht mehr gespürt; Midian warb nicht mehr wie früher um seine Liebe. *Entfernen wir uns voneinander, bis unsere Freundschaft zerbricht?*, dachte Joram. Ihn fröstelte. Der Gedanke war unerträglich. Musste er ihm gerade in dieser Nacht kommen, wo er allein war in Harran, inmitten von trunkenem Gelächter und Sinnenlust an allen Ecken? »So allein?«, wurde er hundertmal gefragt. »Komm mit mir, du hübscher Junge«, flöteten die Mädchen, »trink deinen Wein bei mir!«, riefen die Schankwirte und versuchten, ihn in ihre von Bierdunst vernebelten Verschläge zu ziehen.

Er kam an einem rostrot angestrichenen Haus vorüber. Da sah er die zwei ineinander verflochtenen Schlangen über der Tür. Die Farbe verhieß ein Bordell, die Schlangen standen für die Vereinigung zweier Phalli. Was in Juda eine Todsünde war, das malten die Babylonier dreist an ihre Hauswand.

Joram sah sich vorsichtig um. Wenn er auch in Harran war, so wollte er doch nicht dabei gesehen werden, wie er ein solches Haus betrat. Die Gaststube war sauber, das war keine billige Schenke. Sofort kam ein Sklave auf ihn zu und fragte ihn nach seinen Wünschen.

Joram ließ etwas Silber in seiner Hand. »Ich möchte einen ruhigen Platz. Bring mir Wein und sorg dafür, dass ich allein bleibe.«

Der Sklave nickte. Joram lehnte sich zurück und beobachtete die Gäste. Er wunderte sich, wie viele Landsleute er sah, die daheim alle gesteinigt worden wären. Man warf auch ihm verstohlene Blicke zu, aber niemand belästigte ihn. Nachdem er zwei Schalen Wein geleert hatte, fühlte er sich nicht mehr so niedergeschlagen. Immer mehr Besucher kamen im Laufe des Abends, auch die anderen Nischen füllten sich mit Gästen. Joram wünschte sich, Midian käme herein.

Da sah er einen Mann in der Tür stehen. Golden funkelte der Sirrusch auf seinem breiten Gürtel, der einen Rock aus blauer Wolle zusammenhielt. Wie Kupfer glänzte seine Haut im Schein der Öllampen, in seinem Haar brachte er das goldene Schimmern des Flusses mit, und seine grauen Augen glitzerten wie Kieselsteine. Joram erkannte den babylonischen Hauptmann. Der Babylonier wechselte ein paar Worte mit dem Türsteher und drückte ihm etwas in die Hand. Der nickte, kam in Jorams Nische und fragte, ob es erlaubt sei, dass der Hauptmann bei ihm Platz nehme.

Joram nickte zerstreut. Es ärgerte ihn, dass ihm das Blut zu Kopf stieg, als der Fremde vor ihm stand und ihn anlächelte. »Ist es erlaubt?« Er sprach das Babylonische mit einem fremden Akzent.

Joram nickte und rutschte zur Seite.

Der Fremde lächelte hinreißend. »Du bist aus Juda?«

Joram wusste, dass der Davidsstern an seinem Gürtel ihn als Judäer auswies. »Ja.«

»Aber nicht zufällig aus Jerusalem?«

»Von dort.« Joram räusperte sich. »Ich habe dich heute schon einmal gesehen.« Seine Stimme war belegt. »Der Vorfall mit dem Assyrer, das warst du doch?«

»Ja, eine unerfreuliche Sache war das. Reden wir nicht mehr davon. Ich bin Asandros aus Athen, und wie ist dein Name?«

»Du bist nicht aus Babylon?«

»Nein, ich bin Grieche, aber vorübergehend in den Diensten Nabupolassars und seines Sohnes.«

»Ich bin Joram.«

»Gott ist erhaben. Ein hübscher Name.«

»Du sprichst meine Sprache?«

»Nein, ich habe nur ein paar Brocken gelernt. Ich bin auf dem Weg nach Jerusalem, da möchte ich verstehen, was hinter meinem Rücken geflüstert wird.«

»Was willst du in Jerusalem?«

»Natürlich im berühmten salomonischen Tempel beten.« Asandros grinste. »Aber das ist unwichtig heute.« Er legte Joram den Arm um die Hüften und strich ihm die schwarzen Locken aus dem Gesicht, da fuhr Joram zurück und zischte ihn an: »Lass mich in Ruhe!«

Asandros lachte leise. »Deine Wangen glühen. Vor Zorn oder vom Wein?«

»Such dir andere Gespielen, das Haus ist voll.«

»Wartest du auf einen anderen?«

Joram zögerte. »Nein.«

»Dann hast du auf mich gewartet«, gurrte Asandros. »Komm, übertreib nicht deine Sprödigkeit. Oder weißt du nicht, was für ein Haus das ist?«

»Ich bin nicht in Stimmung.«

»Deine schlechte Stimmung zu vertreiben, bin ich hier.«

»Bist du dir deiner Sache immer so sicher?«

»Was soll ich tun, junger Freund? Deine Schönheit schürt meine Wollust.«

»Du bist schamlos!«

»Du nicht? Das wäre schade.«

»Bei uns in Juda ist das eine Todsünde.«

»Mach mich nicht lachen! Ich zähle hier wenigstens dreißig heiße Krieger aus deinem Land, die sich dieser Todsünde eifrig hingeben.«

»Ich habe schon einen Freund und habe ihm Treue geschworen.«

»Ich bin der beste Grund für einen Treuebruch.«

»Du bist anmaßend.«

Asandros teilte mit seinen Lippen Jorams Locken und kitzelte ihn im Ohr. »Ich kenne meinen Wert.«

Als Asandros ihn küsste, zitterte Joram wie von Fieberschauern geschüttelt. Keinem Mann außer Midian hatte er Zärtlichkeiten gestattet, und jetzt gelang es diesem Fremden, mit ein paar Worten, einem Lächeln und einem Kuss seinen Widerstand zu brechen. Aus verbannten Erinnerungen stieg ein Gesicht herauf, blutverschmiert, tot. Und nun war es, als sei es wieder auferstanden. Aber eine düstere Ahnung überschattete die Freude.

Joram duldete wie betäubt die Zärtlichkeiten des Fremden, doch Asandros wollte mehr, und Joram schüttelte den Kopf. Ernst sah er Asandros an. »Die Vergangenheit würde mich einholen«, flüsterte er.

Asandros zog rücksichtsvoll die Hand zurück. »Ich wollte dir nicht zu nahe treten.«

Joram war verblüfft, wie rasch Asandros aufgab. Eigentlich ärgerte es ihn. Er kam nicht auf den Gedanken, dass er nur einfühlsam war. Nun saßen sie fremd nebeneinander und tranken ihren Wein.

»Über deine Vergangenheit willst du wohl nicht sprechen?«, fragte Asandros nach einer Weile.

»Du erinnerst mich an einen guten Freund. Er starb von meiner Hand.« Joram biss sich auf die Lippen. Weshalb antwortete er diesem Fremden so freimütig?

»Das ist furchtbar. Sicher ein Unfall?«, sagte Asandros mitfühlend.

»Ich habe schon zu viel gesagt.« Joram umklammerte seinen Becher mit beiden Händen. »Und außerdem muss ich gehen.« Er erhob sich zögernd, warf Asandros einen unsicheren Blick zu, aber der bat ihn nicht, zu bleiben. Er nickte ihm zum Abschied zu. Mit schmalen Lippen und etwas enttäuscht wandte sich Joram ab, da berührte ihn Asandros sacht am Arm. »Auch wenn du schwer daran trägst, mein Freund, du solltest deshalb nicht jede neue Freundschaft ausschließen. Lass die Toten ruhen, und genieße das Leben.«

Soviel Wärme und Anteilnahme von einem Fremden. Joram durchfuhr der sanfte Druck wie ein Schlag. »Es war kein Unfall, es war eine Hinrichtung«, sagte er dumpf.

Asandros Blick verengte sich kurz. »So?« Dann räusperte er sich. »Vielleicht möchtest du mit mir darüber reden? Wenn du willst, begleite mich morgen früh nach Jerusalem.«

Joram schüttelte den Kopf. »Danke mein Freund, aber ich muss in der Stadt bleiben, bis Jiftach, unser Kommandant, den Abmarschbefehl gibt.«

18

In Jerusalem stand ein neuer Palast. Jojakim hatte ihn erbauen und seine Fassaden rot und weiß bemalen lassen. »Ein Spielzeugpalast für einen Knaben«, höhnten einige, doch offen wagte niemand Einwände gegen den Prachtbau zu erheben, der trotz des Elends weiter Teile der Landbevölkerung in wenigen Monaten errichtet worden war. Die Beamten, die Joschija treu ergeben waren, hatte Midian in die Provinz geschickt. In des Königs unmittelbarer Umgebung duldete er nur schweifwedelnde Hunde, wie er sich ausdrückte. Die rückhaltlosen Schmeichler gaben dem Kindkönig das Gefühl, ein mächtiger Herrscher zu sein. Auf ein Zucken seiner Augenbrauen, auf ein leichtes Heben seiner Hand geschah sein Wille. Dass der über die Palastmauern kaum hinausreichte, dafür sorgte Midian.

Den Einfluss der Priester unter Hilkija hatte Midian zurückgedrängt, und doch wurden Jahwes Gesetze im Land strenger beobachtet als unter den Leviten. Während Jojakim in seiner Umgebung Vergnügen daran fand, die alten Rituale der Baalim aufleben zu lassen, und daneben auch die ägyptischen Götter verehrte, ließ Midian mithilfe einiger willfähriger Priester die Schriften so auslegen, dass Unterdrückung, Not und Sklaverei für weite Teile der Bevölkerung zum Alltag wurden.

Den König bestärkte Midian mit zynischen Ratschlägen: »Lass die Landbevölkerung hungern; geschwächte Menschen gebären schwachsinnige Kinder, die man zu willigen Fronarbeitern machen kann, ohne Widerstand befürchten zu müssen.« Auf priesterliche Vorhaltungen antwortete er: »Viele müssen schlecht leben, damit es wenigen gut ergeht, das ist der Lauf der Welt. Man muss beizeiten dafür sorgen, dass es so bleibt und man seinen Wohlstand in Ruhe genießen kann.«

Obwohl diese Auffassung nicht aus dem Buch der Thora hervorging, gelang es den wortgewandten Priestern dennoch, die Schriften so lange zu verdrehen und zu wenden, bis der Wille Jahwes daraus wurde. Ihre Bäuche nahmen dafür an Umfang zu, und häufig fand man sie bei den Tempeldirnen, die in Jerusalem wieder Einzug gehalten hatten.

Pachhur und einige seiner Spießgesellen hatte Midian zu Hofbeamten ernannt. Die Vollstrecker des Zorns Gottes nannten sie sich, waren aber nichts als brutale Sklavenaufseher und Henker.

Midian verfolgte, wie die Säge sich mit widerlichem Geräusch einen Weg durch den Körper eines Mannes bahnte, der an den Füßen aufgehängt war. An den Stamm einer Dattelpalme gelehnt, betrachtete Midian die Gesichtszüge des Sterbenden.

»Das müssen furchtbare Schmerzen sein«, sagte der beleibte Mann neben ihm. Er sagte es teilnahmslos, denn er machte trotz des schrecklichen Anblicks einen zufriedenen Eindruck.

»Ich hoffe es«, war die knappe Antwort. »Er hat am Sabbat seinen Gemüsegarten umgegraben.«

»Schlimm«, bestätigte der Beleibte, ohne eine Miene zu verziehen. Er selbst diente seit seiner Geburt Baal, Aschera, Melkart und anderen Götzen, doch vor allem seinem Geldbeutel. Es war Isaschar, der Oberpriester, der unter Joschija aus dem Land geflohen war. Jojakim hatte ihm wieder eine Vertrauensstelle am Hofe eingeräumt.

Der Mann unter der Säge war tot. Jojakim, der in angemessener Entfernung tafelte, hob den Kopf und hörte auf zu kauen. Er warf einen flüchtigen Blick auf den blutigen Leichnam. »Haben wir heute noch einen Frevel gegen den Herrn zu sühnen?« Er spülte den Essensrest mit Wein hinunter und sah sich fragend um.

Midian begegnete seinem Blick. Er trat lächelnd näher und nahm sich eine kandierte Frucht aus einer Schale. »Nein, mein König.«

Jojakim verzog schmollend den Mund. Dann warf er Isaschar einen schlauen Blick zu. »Wenn die Götter einen unserer Feinde in unsere Hand gegeben haben, muss man sich doch bei ihnen mit Blut bedanken, oder?«

Der Priester näherte sich unterwürfig. »Jeder vernünftige Mensch weiß das«, säuselte er. »Der Zorn des Gottes deiner Väter war deshalb so groß, weil die Leviten das nicht erkannt haben und ihn mit Taubenblut abspeisten.«

Jojakim nickte und leckte sich schmatzend die Bratensoße von den Fingern. »Ich habe gehört, dass die Menschen in einigen Teilen des Landes hungern. Das muss sich ändern.« Isaschar stand in leicht gebeugter Haltung neben ihm und hörte ihm aufmerksam zu. Er nickte beflissen. »Jeder weiß«, fuhr Jojakim fort, »mit welcher Inbrunst ich den Herrn verehre, mit welcher Strenge ich seinen Gesetzen Geltung verschaffe, aber immer noch schickt er Dürre und Hagel. Weißt du da keine Abhilfe, Isaschar?«

Der feiste Priester schluckte und sah sich hilflos um. »Abhilfe?«, wiederholte er belegt, »soll ich die Kornkammern öffnen lassen?«

Jojakims Miene verfinsterte sich. Er hieb mit seiner schwachen Faust auf den Tisch. »Du Esel! Dein Kopf ist so hölzern wie das deiner Götzenbilder. Das bisschen Korn in den Scheunen brauchen wir selbst. Oder willst du, dass der Königshof samt seinem Gefolge darben muss?«

»Ein grauenvoller Gedanke«, murmelte Isaschar. »Doch was erwartest du dann von mir, mein König?«

Jojakim tunkte ein Stück Brot in die Soße und stopfte es sich in den Mund. Ein Höfling tupfte ab, was heruntertropfte. »Wozu bist du Oberpriester aller Baale? Habt ihr ihnen nicht Kinder geopfert, damit die Götter gute Ernten schickten? Mach, dass in meinem Hof die Opferfeuer brennen wie damals im Ge-Hinnom!«

Isaschar wurde aschfahl. »Und die Kinder, woher nehme ich sie?«, krächzte er. »Damals gaben die Menschen sie freiwillig, heute wird niemand mehr dazu bereit sein.«

»Wer fragt danach, wenn dein König sie brennen sehen will?«, warf Midian brutal ein. »Bist du nicht Priester? Verdien dir diese Würde und jammere nicht, als ginge es um deine eigenen Kinder.«

»Ja, Isaschar«, sagte Jojakim, »Midian hat recht. Ich will ein Fest feiern, um die Götter zu ehren. Stell auch Bildsäulen der Aschera auf und sorg für Tempelmädchen.«

»Ich gehorche«, sagte Isaschar leise. »Allerdings ...« Er warf einen seitlichen Blick auf Midian: »Du solltest auf den Abgesandten Nebukadnezars Rücksicht nehmen, den diese Art von Gottesdienst womöglich befremden könnte.«

Midian schob ihn zur Seite. »Dieser Abgesandte wird nicht daran teilnehmen, für ihn denken wir uns andere Zerstreuungen aus.« Er schob die Bratenschüssel zur Seite, die vor Jojakim stand. »Schluss jetzt! Wisch dir den Mund ab und wirf dich in deine königlichen Gewänder. Es ist Zeit, ihn zu empfangen.«

»So früh schon?«, maulte Jojakim. »Ich dachte, das hätte bis zum Nachmittag Zeit.«

»Die Babylonier sind keine Bittsteller!«, gab Midian scharf zur Antwort, und Jojakim wurde blass. »Ja, ja, ich beeile mich.«

Nachdem der König mit seinem Gefolge die Tafel verlassen hatte, ließen sich Pachhur und zwei seiner Gehilfen blutbespritzt daran nieder und vertilgten die Reste. Midian setzte sich zu ihnen. »Immer noch kein Benehmen, Pachhur, hm? Setzt sich an die königliche Tafel und wäscht sich vorher nicht die Hände.«

Der Narbige grinste. »Keine Zeit, sonst machen sich die Fliegen über die Reste her.« Nach einer Weile des Kauens und Schmatzens sagte er: »Habe ich richtig gehört? Jojakim lässt wieder Kinder braten?«

»Skrupel, Pachhur?«

»Ich? Pah! Konnte krähende Säuglinge noch nie leiden. Aber der Knabe ist recht abartig. Ist das dein Werk, Midian?«

»Alles, woran sich das Böse sättigt, ist mein Werk, davon kannst du ausgehen, mein Freund.«

»Du bist schlimmer als alle Priester zusammen. Das Priestersöhnchen Joram passt nicht zu dir.«

»Er geht mir aus dem Weg«, murmelte Midian.

»Lass ihn doch am Rock seines Vaters hängen! Er mag ja bei euch Wölfen ganz wacker gewesen sein, aber jetzt ist er ein Schwächling, das ist meine Meinung.«

»Juda hat ihn verdorben«, sagte Midian finster, »ich hätte ihn nie hierherbringen dürfen.«

»Vergiss ihn doch! Wenn du lendenstarke Männer schätzt, da gibt es unter den Hauptleuten etliche. Achior aus Schebarim ist ein hübsches Mannsbild, soweit ich das beurteilen kann. Also, wenn ich eine Frau wäre ...«

»Bald wirst du eine sein, wenn du so weiterredest«, brummte Midian. »Joram mag sich verändert haben, er ist trotzdem mehr wert als ganz Juda!« Er räusperte sich. »Wenn er aus Harran zurück ist, werde ich mit ihm sprechen.«

19

Eine reichlich mit Tributen und Geschenken beladene Karawane hatte Juda in Richtung Ägypten verlassen. Mit ihr reiste eine stattliche Anzahl ägyptischer Würdenträger, die gegen einen Heimaturlaub nichts einzuwenden hatten. Sie trugen Dankschreiben bei sich für die starke und milde Herrschaft Nechos. Die daheimgebliebenen Ägypter hatte Midian in schönen Häusern am Stadtrand untergebracht, wo sie mit Vergnügungen aller Art bei Laune gehalten wurden.

So war es gelungen, den babylonischen Gesandten unbemerkt im Palast unterzubringen. Jojakim empfing ihn in seinen Privatgemächern. Er saß auf einem hohen Stuhl und ließ nervös die Beine baumeln. Stumm und bleich starrte er dem reich gekleideten Mann entgegen, dessen langes Gewand über den Boden raschelte. Auf seinem Mantel glitzerten silberne und goldene Blumen, Vögel und Ornamente in zierlichen Stickereien. Sie blendeten das Auge. Jojakim fühlte sich nicht wohl. Midian hatte ihm eingeschärft, seinen kindlichen Starrsinn abzulegen und freundliches Entgegenkommen zu zeigen. Aber der verwöhnte Knabe wusste nicht, wie er das anstellen sollte. Er lächelte verkniffen. »Setz dich!«, sagte er mit heller Stimme und wies auf den bequemen Diwan, der für den Gast bereitgestellt worden war.

Der Babylonier mit den hellbraunen Locken unter dem goldenen Stirnband blieb stehen und lächelte frostig. »Werden wir allein verhandeln, König Jojakim?«

Dem schoss das Blut zu Kopf. Sein unruhiger Blick ging zur Tür. »Ich erwarte noch meinen Ratgeber und Vertrauten«, bemühte er sich, mit fester Stimme zu antworten.

»So? Und der besitzt die Unhöflichkeit, sich zu verspäten?« Asandros dachte nicht daran, den Knaben zu hofieren und die Stimmung durch schöne Worte aufzulockern. Er stand hier in dem Bewusstsein, den mächtigsten Mann der Erde zu vertreten, und er wusste, was seine Pflicht war.

»Du darfst mir schon jetzt die Grüße deines Königs übermitteln«, antwortete Jojakim hoheitsvoll. Dabei reckte er den Hals, und seine hohe Kopfbedeckung schwankte bedenklich.

Asandros hielt sich höflich die Hand vor den Mund und räusperte sich, um sein Lachen zu verbergen. »Mich schickt sein Sohn, der Feldherr Nebukadnezar. Er lässt dir seinen brüderlichen Gruß ausrichten, oh Löwe von Juda.«

Jojakim nickte gnädig, dabei rutschte ihm der hohe Hut in die Stirn. Ärgerlich schob er ihn zurück, seine würdevolle Haltung litt darunter. Er sah den Babylonier spöttisch lächeln. Jojakim schwoll der Hals vor Wut wie eine Kröte. Ohne seine schmeichelnden Höflinge fühlte er sich hilflos. »Berichte mir aus Harran!« Er versuchte, seiner Stimme Festigkeit zu verleihen.

Asandros hob die Augenbrauen. »Du bist noch sehr jung, König Jojakim, sonst würdest du mich nicht wie deinen Boten behandeln.«

»Aber ich will wissen, was dort geschehen ist!« Jojakim hieb mit der Faust auf die Armlehne seines Stuhls. »Was ist mit dem Assyrer?«

»Er ist tot.«

»Oh, gut! Weshalb setzt du dich nicht?«

»Weil ich noch nicht weiß, ob ich bleiben will.«

Jojakim zuckte zusammen. Niemand in seiner Umgebung behandelte ihn so; er begann den Fremden zu fürchten und hoffte auf Midians baldiges Erscheinen.

Midian ließ den Abgesandten absichtlich warten. Dass Jojakim eine klägliche Figur abgeben würde, wusste er. Umso mehr würde die Aufmerksamkeit ihm gelten. Hochgemut betrat er den Palast. Er würde sich in prächtige Gewänder werfen, seine Erscheinung würde den Babylonier blenden, sein Blick ihn lähmen.

Er überquerte den Hof mit weit ausgreifenden Schritten. An den Torwächtern vorbei betrat er den Ostflügel des Palastes, den er allein bewohnte. Auf dem Gang verharrte er. Eine Beklemmung überfiel ihn. Die Vorahnung einer Gefahr? Nein, es war etwas anderes, etwas, das keinen Namen hatte. Fremde Gedanken und Gefühle schienen sich seiner zu bemächtigen, als wollte ihm jemand eine Nachricht zukommen lassen. Midian schloss kurz die Augen und fuhr sich über die Stirn.

Die Erkenntnis traf ihn wie ein Schlag. »Er ist hier«, flüsterte er. Er öffnete die Augen. »Ja, der Babylonier ist mit seinem Flammenschwert gekommen.« Midian sog geräuschvoll die Luft durch die Nase und ballte die Fäuste. »Es ist soweit. Wohlan! Mag unser Kampf also beginnen!«

Das Gespräch zwischen Asandros und Jojakim war zum Erliegen gekommen. Jojakim hatte noch einige Versuche gemacht, der Babylonier hatte nicht einmal geantwortet. Da flogen die Türen auf. Midian trat ein, schön wie der junge Ninurta, mit goldenen Bändern im langen geflochtenen Haar, und mit der Majestät des Löwen, wenn er sein Rudel abschreitet. Mit hallenden Schritten durchquerte er das Zimmer, und sein roter Mantel wehte hinter ihm wie ein feuriger Schweif.

Herausfordernd suchte sein Blick die Begegnung mit dem stolzen Babylonier. Der wandte sich ihm gelassen zu, und Midian verharrte jäh, als habe der Engel sein Flammenschwert auf ihn gerichtet. Ein Mantel aus Gold- und Silberfäden umhüllte ihn wie das funkelnde Firmament, und auf dem Gürtel gleißte der Sirrusch. Seine Augen, dunkel wie heraufziehendes Wetter, kündeten von einer Kraft, die in sich selbst ruhte. Kühl begegnete sie seinem flammenden Blick. Midian sah sich einer machtvollen Gewalt gegenüber, die schöner und gewaltiger war als in seinem Traum, und das erschreckte ihn.

Doch sein Gegner war nicht so kaltblütig, wie er glaubte. Asandros fühlte sich bei Midians Anblick wie von einer feurigen Faust zurückgeworfen. Er glaubte zu brennen wie trockenes Schilf. Eine unbegreifliche Macht hatte das Zimmer betreten und blies ihn davon wie Asche.

Die Männer standen sich wortlos gegenüber und maßen einander mit der Gewalt ihrer geistigen Kräfte. Es war mehr als ein stummer Zweikampf. Beide ahnten, dass sie in diesem Augenblick ihrem künftigen Schicksal ins Gesicht starrten.

Die helle, erleichterte Stimme Jojakims riss sie aus ihrer wie zu Eis gefrorenen Bewegungslosigkeit. »Das ist Midian, der bevollmächtigt ist, in meinem Namen die Verhandlung zu führen.«

Das Eis zersplitterte. »Midian?« Asandros spürte, wie der Klang dieses Namens in seinem Innersten nachhallte. »Ist dein Name nicht David?«

»Ich habe viele Namen. Wollen wir uns nicht setzen?«

Seine samtene Stimme berührte Asandros wie das Streicheln des Windes. Seine Gedanken überschlugen sich. *Wer ist er? Weshalb hat er Macht über mich?*

»Ich musste lange auf dich warten, Mann mit den vielen Namen. Ich hoffe, du hast gute Gründe für deine Verspätung?«

Midian wies mit leichter Handbewegung auf den Diwan. »Ich wusste dich in ebenbürtiger Gesellschaft – Mann ohne Namen.«

Asandros blieb stehen. *Langsam verstehe ich Nebukadnezar*, dachte er.

Midian wandte sich an Jojakim: »Deine Pflichten, mein König, und die Sorge um das Reich erlauben es wohl nicht, dass du uns noch länger beehrst?«

Jojakim rutschte vom Stuhl. Er nickte Asandros kurz zu und verschwand, froh dem eisgrauen Blick des Fremden entfliehen zu können.

Midian wandte sich an Asandros und wiederholte seine einladende Geste. »Weshalb setzt du dich nicht?«

Asandros nahm mit gemessenen Bewegungen Platz. »Es war nicht nötig, mir diese Puppe vorzuführen.«

Midian ließ sich schwungvoll neben ihm nieder. »Er ist immerhin der König, und wenn erst Nebukadnezar über Juda herrscht, wer fragt dann nach dem Knaben?« Er streifte Asandros mit einem flüchtigen Seitenblick, und ihre Blicke begegneten sich kurz. Midian lächelte, Asandros Miene blieb unverändert. *Beim Zeus*, dachte er, *niemals habe ich bei einem Mann ein so hinreißendes Lächeln gesehen. Er raubt mir die Besinnung, ich kann nicht klar denken. Bleib wachsam, Asandros, er ist gefährlich.*

»Wie darf ich dich anreden, edler Abgesandter Babylons?«

»Ich bin Asandros«, erwiderte er gereizt. »Hat man dich nicht darüber unterrichtet?«

»Asandros?«, fragte Midian gedehnt. »Ist das babylonisch?«

»Nein, es ist griechisch.«

Midian zögerte kurz. »Du bist Grieche? Weshalb beauftragt Nebukadnezar keinen seiner eigenen Leute?«

»Ich gehöre zu seinen Leuten.«

»Was will Nebukadnezar wissen?«

»Wie deine Bedingungen sind, unter denen du ihm Juda auslieferst.«

»Kein Blutbad, keine Plünderungen, keine Versklavung der Bevölkerung. Er soll nur einige Priester in einem eigenen Viertel Babylons wohnen lassen, wo er ihnen gestatten muss, ein eigenes Gemeindeleben zu führen.«

»Das sind sehr gute und annehmbare Bedingungen«, wunderte sich Asandros, der mit übermäßigen Forderungen gerechnet hatte. »Was ist dein Hintergedanke?«

»Ich verstehe dich nicht.«

»Dein Vorteil bei der Sache, Midian!«

»Oh, ich erwarte, dass mich Nebukadnezar bei seiner Thronbesteigung zum Tartan macht, aber das weiß er bereits.«

»Und die Einzelheiten der Übergabe? Was ist mit den Ägyptern? Gibt es Kreise in Juda, die Schwierigkeiten machen können?«

»Ich versichere dir, dass ich alles bedacht habe. Aber lass uns doch die Einzelheiten später besprechen. Ich würde gern mehr über dich wissen. Willst du nicht mit mir essen?«

»Ich nehme deine Einladung an. Aber ich bin nicht hier, um Auskünfte über meine Person zu erteilen.«

»Weshalb so förmlich, Asandros? Du bist mehr als nur ein gewöhnlicher Gesandter, stimmt es?«

»Was ginge es dich an, wenn es so wäre?«

»Ich möchte unsere Bekanntschaft vertiefen. Spürst du nicht auch, dass etwas Magisches uns verbindet?« Midian schenkte Asandros unerwartet einen heißen Blick. Das kam so überraschend, dass Asandros ein Erröten nicht verhindern konnte. Er wandte sich rasch ab, scheinbar, um seinen Mantel zu richten. Als er Midian wieder in die Augen sah, war sein Blick kalt. »Ich bin kein Freund der Magie. Gerade heraus: Ich sehe keinen Grund, unsere Bekanntschaft zu festigen.«

»Weshalb so abweisend? Wir sind doch nicht verfeindet.«

»Auf dem Platz in Harran hat dich der Assyrerkönig als Pesthauch Judas bezeichnet und dich verflucht. Du hast ihn verraten.«

»Ich verfolge meine Ziele, da darf ich nicht empfindsam sein. Aber was hat das mit uns zu tun?«

»Er hat sich aus Verzweiflung darüber selbst entleibt.«

»Bemerkenswert. Bedauerst du ihn? Er war ein König ohne Reich und der Feind Judas und Babylons.«

»Deine Machenschaften gehen mich nichts an. Meine Aufgabe

ist eine andere, und ich ...«

Midian streckte die Hand aus. »– und du hast noch nicht mit mir gegessen.« Er lächelte entwaffnend, doch den eiskalten Babylonier schien das nicht zu beeindrucken. »Gewiss, wenn du darauf bestehst, werde ich dir aus Höflichkeit dabei Gesellschaft leisten.«

Sie betraten das Zimmer, in dem Midian damals Sarah überrascht hatte, Sarah, die ihm Blumen gebracht hatte. Das breite Bett, in dem die Bluttat geschehen war, stand noch mitten im Zimmer; es war mit kostbaren Fellen bedeckt. Die beiden Männer legten ihre Mäntel ab und warfen sie darüber, sie verschmolzen zu einer rotgoldenen Flamme. Asandros beneidete sie um diese Umarmung. Er sah sich nackt mit Midian auf diesem Bett liegen, und ihn schwindelte. Er wollte das Bild abschütteln und den Wahnsinn, der ihm Zunge und Glieder lähmte. Rasch ging er auf die Terrasse. *Ich muss fort von hier,* dachte er. *Dieser Mann macht mich willenlos, als hätte ich mit Haschisch versetzten Wein getrunken.*

Sie speisten vorzüglich. Asandros erinnerte sich an magere zerlumpte Menschen auf seiner Reise von Harran nach Jerusalem. »Ist es möglich, dass im Norden eine Hungersnot herrscht?«, fragte er vorsichtig.

Midian zuckte die Achseln. »Die Götter schicken Dürre und Hagel nach ihrem Willen.«

»Am Hof von Jerusalem scheint man aber keine Not zu leiden.«

»Soll ich dir Hirsebrei vorsetzen, damit die Bauern Fleisch haben?«

Asandros schwieg.

»Weshalb hast du dein Land verlassen?«, fragte Midian in das Schweigen.

»Ich sehe mich in der Welt um und suche reizvolle Aufgaben.«

»Man hat dich nicht geschickt? Ich meine, du hattest keinen besonderen Grund, nach Babylon zu gehen?«

»Ein Höfling Nabupolassars, dem ich in Athen begegnet bin, bat mich, ihn zu begleiten.«

»Sonst nichts? Er erwähnte nicht Juda? Oder vielleicht – Elam?«

»Nein.«

»Was tust du am Hof, wenn du nicht als Gesandter unterwegs bist?«

»Nichts. Ich gewöhne mich langsam an das Fremde, an die Sprache. Allerdings bereite ich mich darauf vor ...« Asandros unterbrach sich und fuhr kühl fort: »Weshalb soll ich mich von dir ausfragen lassen? Was willst du von mir?«

»Ich suche starke Verbündete, die mir helfen, meine Ziele zu erreichen. Du bist stark, sonst hätte Nebukadnezar dich nicht ausgesucht, mir gegenüberzutreten. Viele fürchten sich vor mir.«

»Haben sie Grund dazu?«

»Ja. Mit meinen Feinden bin ich unbarmherzig.«

»Und deine Freunde verrätst du.«

»Nicht meine wahren Freunde.«

»Sprach der Skorpion und fraß sein Opfer auf.«

Midian lächelte raubtierhaft. *Du hast recht, Grieche*, dachte er. Laut aber sagte er: »Ich bin offen zu dir, Asandros, weshalb bist du so misstrauisch?«

»Du bist offen? Was ist das für eine Geschichte mit David?«

Midian machte eine wegwerfende Handbewegung. »Ein Märchen für die Priester. Sag selbst, ist es nicht erlaubt, die größten Märchenerzähler der Welt selbst ein bisschen zu beschwindeln?«

»Was hast du ihnen erzählt?«

»Dass ich die Wiedergeburt ihres Königs David sei, der vor vierhundert Jahren über Israel geherrscht hat.«

»Und das haben sie geglaubt?«

Midian grinste. »Deshalb sitze ich hier.«

»Unglaublich!« Dann erinnerte sich Asandros an Tyrandos, der die Menschen ebenso erfolgreich blendete. »Du willst Tartan werden? Was sind deine wahren Ziele?«

»Meine Ziele?«, wiederholte Midian nachdenklich. »Ich will den Menschen das göttliche Feuer bringen, das himmlische Licht, verstehst du?«

»Was verstehst du darunter? Erkenntnis? Liebe?«

Midian beugte sich tief über seine Schüssel, um seine Verachtung zu verbergen. »So etwas Ähnliches«, murmelte er. Mit einer raschen Handbewegung streifte er sein Haar aus dem Gesicht.

Das Spiel seiner Muskeln, seine Geschmeidigkeit, der Glanz der Nachmittagssonne auf seiner Haut, das alles nahm Asandros gefangen. Midian war wie gleißendes Geschmeide, doch Asandros war sicher, dass er gefährlicher war als eine Giftschlange.

Der Logos muss den Eros beherrschen, dachte er. *Aber was kann man tun, wenn der übermütige Knabe ein ganzes Bündel von Pfeilen abschießt, ohne Luft zu holen?*

Nach außen blieb Asandros der beherrschte Spartaner. »Ich bedanke mich für deine Gastfreundschaft. Solltest du einmal nach Babylon kommen, werde ich mich erkenntlich zeigen.«

»Ich hoffe, das wird bald sein.«

»Es ist möglich, dass du mich dann nicht mehr in Babylon antriffst. Meine Aufgabe führt mich für längere Zeit ins Zagrosgebirge.«

»In den Zagros?«, wiederholte Midian betroffen. Er warf Asandros einen schrägen Blick zu. »Willst du aufständische Stämme bekämpfen?«

»Nein, nur Straßenräuber.«

»Straßenräuber im Zagros?«, fragte Midian belegt. »Gibt es keine in der Nähe von Babylon?«

»Genug, aber die Bande der Schwarzen Wölfe hat dort ihren Schlupfwinkel. Es scheinen besonders arge Spitzbuben zu sein, die sich nicht einmal gescheut haben, die Braut Nabupolassars zu überfallen und zu töten.«

»Schwarze Wölfe?« Midian zuckte innerlich zusammen, als habe ihn ein Pfeil getroffen. »Was – weißt du von ihnen?«

Asandros zuckte die Schultern. »Nichts. Deshalb suche ich einen Mann, der sich dort auskennt. Wenn ich ihn gefunden habe, breche ich sofort auf. Nebukadnezar hat versprochen, mir da behilflich zu sein.«

Midian schwieg.

»Wenn ich diese Teufel ausgetilgt habe, wird das den anderen eine Warnung sein«, fuhr Asandros arglos fort.

»Der Zagros ist sehr groß, es gibt wilde Tiere und schlimme Wetter. Ein Mann aus der Ebene ist dort verloren – auch ohne Wegelagerer.«

»Ich bin in den Bergen ausgebildet worden«, gab Asandros zur Antwort. »Im Winter allein überleben, Rebellen aufspüren, das habe ich in zehn harten Jahren gelernt.«

»So?« Midian lehnte sich zurück und fuhr sich mit der Zungenspitze über die Lippen. »Ich kenne den Zagros gut.«

»Du? Woher?«

»Unwichtig. Sagen wir, ich bin viel herumgekommen.« Midian sah Asandros lauernd an. »Ich wurde in Tissaran geboren. Kennst du das?«

»Tissaran? Nie gehört.«

Midian nickte zufrieden. »Ein unbedeutendes Dorf in den Sümpfen von Elam.«

»Wenn du im Zagros gelebt hast, musst du von den Schwarzen Wölfen gehört haben. Es sind keine gewöhnlichen Räuber, sondern Bestien, die ihre Opfer wie Raubtiere zerfleischen. In der Bevölkerung hält man sie für böse Geister.«

»Jede Räuberbande verbreitet gern solchen Ruf um sich«, gab Midian verächtlich zur Antwort. »Doch wenn man genau hinsieht, sind es ein Haufen zerlumpter Feiglinge, die beim Wein damit prahlen, auf Rabenschwingen gleich Dämonen durch die Luft zu fahren.«

»Mag sein. Um das beurteilen zu können, bin ich nicht lange genug im Land. Andererseits unterschätze ich meine Feinde nicht gern. Immerhin haben sich harte Krieger geweigert, mit mir zu gehen.«

»Harte Krieger oder alte Weiber?« Midian lächelte hinterhältig.
»Nimm mich zum Führer, ich kenne viele verfallene Burgen, die
den Schwarzen Wölfen als Versteck dienen könnten. Ich kenne die
Karawanenwege und geheime Bergpfade, und ich weiß mit den
Leuten dort umzugehen.«

Asandros konnte nicht verhindern, dass ihm bei der Aussicht,
Midian dabei an seiner Seite zu haben, das Blut zu Kopf stieg,
doch er blieb kühl genug, durch dieses überraschende Angebot gewarnt zu sein. »Wie? Ein Mann wie du, der königliche Würden an-
strebt, will mit mir durch unwegsames Gelände klettern, um ein
paar Räuber zu fangen?«

»Das würde unsere Freundschaft festigen, oder?«

»Deine Eile überrascht mich, und dein Eifer, mein Freund zu
werden, macht mich misstrauisch. Hast du wirklich Zeit und Lust,
monatelang mit einem Mann unterwegs zu sein, den du nicht
kennst, ohne Aussicht auf Ruhm und Reichtümer? Inzwischen
verteilt Nebukadnezar vielleicht Ehrentitel, und du bist nicht dabei.«

Midian spielte mit seinem Armreif. »Noch ist er nicht König,
und wenn er mich später übergehen sollte, wird er es nicht lange
bleiben.«

»Bei meinem Vorhaben brauche ich einen Mann, dem ich vertrauen kann wie mir selbst. Dir kann ich nicht trauen.«

»Dann nimm doch einen Krieger, der sich vor dem Schrei einer
Eule fürchtet und ein Eichkätzchen für einen Baumdämon hält. So
wirst du sicher erfolgreich sein bei den Schwarzen Wölfen.«

»Ich werde mir dein Angebot durch den Kopf gehen lassen und
Erkundigungen über dich einziehen. Du verheimlichst mir deine
wahren Gründe.«

»Welche Gründe sollte ich haben, dich zu hintergehen, dir zu
schaden?«

»Vielleicht möchtest du einen einflussreichen Mann an Nabupolassars Hof beizeiten aus dem Weg räumen?«

Midian schnippte mit den Fingern. »Wollte ich das, ein Meuchelmörder ist für wenig Silber zu haben.«

»Mag sein.« Asandros erhob sich. »Ich will trotzdem vorsichtig
sein. Wann werde ich die Einzelheiten der Übergabe Judas erfahren?«

Midian blieb sitzen. »Du willst wirklich schon gehen?«

Gehen?, dachte Asandros. *Ich möchte die ganze Nacht mit dir
verbringen.* Aber er erwiderte: »Ich will zeitig nach Harran zurückkehren. Es ist wichtig, dass Nebukadnezar handeln kann, bevor
die Ägypter Verdacht schöpfen.«

»Gewiss.« Midian nickte. »Ich werde die Männer versammeln, die eingeweiht sind, es sind Hauptleute aus dem Heer darunter, Beamte und Priester. Alles vernünftige Leute der babylonfreundlichen Partei. Das will ich tun, damit du nicht glaubst, ich allein stünde hinter der Verschwörung.«

Asandros war zufrieden und erleichtert, als er wieder in seine Unterkunft zurückgekehrt war. *Ich war vorbereitet auf unverschämte Forderungen, anmaßendes Verhalten, Wutausbrüche und Schlimmeres, aber nicht darauf, dass ich mich verliebe. Unsinn, verbesserte er sich, es ist Tollheit. Leidenschaft – das Wort ist kraftlos gegen das, was ich fühlte, und er muss es auch empfunden haben. Es ist wahr, wir kennen uns nicht, und doch trieben wir unaufhaltsam aufeinander zu wie zwei Schiffe ohne Steuermann. Vielleicht hätte ich versuchen sollen, ihn zu verführen wie diesen hübschen Hebräer in Harran, und wenn ich ihn gehabt hätte, wäre ich jetzt ruhiger. Weshalb habe ich es nicht gewagt? Von seiner Seite kamen genug versteckte Zeichen, so viel Erfahrung habe ich.*

»Narrheit!«, murmelte Asandros. »Ein schöner Mann ist er, mehr nicht. Andere werden in meinen Armen liegen, und ich werde ihn vergessen.«

20

Gemarja und Joram hatten ihr Kriegsgerät in das Zeughaus am Scherbentor gebracht. Staubig, verschwitzt und erschöpft erreichten beide das Haus ihres Vaters. Hilkija eilte ihnen entgegen. Er umarmte zuerst Gemarja, dann etwas flüchtiger Joram, und entbot ihnen den Friedensgruß. Sie traten in die kühle Halle, wo die Dienerschaft versammelt war und sich verneigte.

»Das ist ja ein Empfang wie für einen Sieger«, lächelte Gemarja, »dabei hat es nur Gefechte mit Weibern gegeben und statt Wunden weintrunkene Köpfe und Magenbeschwerden von üppigen Mahlzeiten.«

»Wenn man bedenkt, dass wir einen Mann dabei vernichten konnten, war es ein Sieg«, bemerkte Joram trocken.

»Der König von Assyrien ersetzt tausend Männer«, bestätigte Hilkija. »Ob wir mit Nebukadnezar besser wegkommen, wird sich zeigen.«

»Necho oder Nebukadnezar sind nicht unser Problem«, antwortete Gemarja grimmig. Dabei sah er Joram von der Seite an. Der wandte sich schulterzuckend ab und ging auf den Hof. Flüchtig wusch er sich den Staub von Gesicht und Hals und stieg die Treppe hinauf. Vor dem Essen wollte er sich etwas ausruhen. In der

Tür blieb er stehen. Midian saß mit untergeschlagenen Beinen auf dem Boden und würfelte mit sich allein.

Jorams Wangen röteten sich vor Freude. »Du bist hier?«

Midian sprang auf und lächelte so sanft wie das Morgenrot. »Joram, endlich! Ich habe dich sehr vermisst.«

Sie umarmten sich. Joram gab sich spröde. »Muss ich das glauben?« Er wollte sich losmachen aus den Armen, in denen er die Welt vergaß, aber Midian hielt ihn fest und versuchte ihn zu küssen. »Wie erhitzt du bist, du riechst nach Leder, und unter dem Rock des Kriegers ahne ich deine staubbedeckte Haut.«

»Ich war zu erschöpft, um zu baden.«

»Baden?«, lachte Midian leise. »Ich will doch keinen blank geschrubbten, nach Lavendelöl duftenden Hintern. Komm, meine Lippen sind kühler als Brunnenwasser.«

Joram erlag und duldete, dass Midian ihn entkleidete und sich sättigte an seiner Nacktheit. Er war heute noch leidenschaftlicher als sonst. Joram schob es auf die lange Trennung. Beide überhörten das zaghafte Klopfen des Dieners, der zu Tisch rief.

»Ich habe Neuigkeiten«, sagte Midian, als er sich langsam wieder anzog. »Wir gehen nach Babylon. Unter Führung deines Vaters wird dort eine jüdische Gemeinde entstehen. Ich warte nur noch auf Nebukadnezars Zustimmung. Und in Babylon werden wir unserer Sache wieder gemeinsam dienen, so hoffe ich.«

»Was sagt mein Vater dazu?«

»Ich habe ihn dafür gewinnen können. In Babylon wird er das Oberhaupt einer blühenden, starken Gemeinde sein, während er in Jerusalem an Einfluss verloren hat.«

»Durch deine Schuld«, knurrte Joram.

»Das gebe ich zu, aber er stimmt heute mit mir überein, dass es richtig ist, Jahwes Lehre auch in anderen Ländern zu verbreiten.«

Joram nickte. »Das hört sich gut an. Und die Ägypter?«

Midian zuckte die Achseln. »Natürlich wird Necho, wenn er erfährt, was hier geschehen ist, sein Heer in Bewegung setzen. Aber wenn die Schlacht der beiden Großen tobt, werden wir beide längst in Babylon sein.«

Joram bückte sich und knotete die Bänder seiner Stiefel zusammen. »Es kommt überraschend. Ich hätte nicht gedacht, dass es solche Eile hat. Aber lass uns jetzt erst einmal hinunter gehen zum Essen.«

Midian hielt ihn am Arm zurück. »Noch nicht. Du musst noch etwas anderes erfahren: Ich bin dem Engel aus meinem Traum begegnet.«

»Oh!«, rief Joram überrascht. Er hatte den Engel völlig vergessen. »Bist du dir auch ganz sicher?«

»Ja. Bei Belial, als ich ihn sah, stockte mir der Atem. Das Haar, der Blick, die Kleidung, es stimmte alles.«

»Wo bist du ihm begegnet?«

»Im Palast. Ich habe mit ihm wegen der Übergabe Judas verhandelt.«

»Ist er noch in Jerusalem?«

»Nein, er reiste noch am selben Tag ab. Er hatte es ziemlich eilig.«

»Und?«, fragte Joram ungeduldig. »Was ist geschehen? Hat er dich auch erkannt? Was habt ihr gesprochen? Wie ging das Treffen aus?«

»Der Grieche war sehr kühl, fast abweisend. Ja, er ist kein Babylonier, aber er steht in Nebukadnezars Diensten.«

Joram durchzuckte eine Ahnung. »Ein Hauptmann Asandros?«, flüsterte er.

Midian zuckte zusammen. »Du kennst ihn?«

»Ich begegnete ihm in Harran.« Jorams Gesicht überzog sich mit einer feinen Röte. Midians Gesicht verzerrte sich. »Weshalb hast du mir das nicht gleich gesagt?«, fuhr er Joram an und schüttelte ihn.

»Weshalb?«, schrie Joram zurück. »Ich konnte nicht wissen, dass es der Mann aus deinem Traum ist!«

»Vielleicht nicht«, keuchte Midian. Er ließ Joram los. »Aber dass du ihn getroffen hast, war kein Zufall – niemals! Wie kam es zu eurer Begegnung? Sprach er dich an? Was wollte er? Hat er dich ausgehorcht?«

»Du bist verrückt!«, rief Joram ärgerlich. »Er kannte mich ebenso wenig wie ich ihn. Wir trafen uns ganz zufällig.«

Midians Backenzähne mahlten. Er starrte Joram finster an. »An den Zufall glaube ich nicht. Der Grieche ist schlau. Ich musste ärger lügen als ein Sklavenhändler. Während mir Öl und Honig aus dem Mund tropften, blieb er kalt wie Marmor. Wie kam es zu eurer – zufälligen Begegnung?«

»Er sprach mich an – in einem Lusthaus für Männer.«

»Wo?«

»Du hast richtig gehört. Glaubst du, andere wollen sich nicht amüsieren, wenn sie fern der Heimat sind?«

»Amüsieren? Dieser eiskalte Grieche? Mit dir?«

»Warum nicht? Ich weiß nicht, weshalb du ihn eiskalt nennst, mir schien er durchaus heißblütig, aber ich wollte nicht und bin gegangen. Wir haben weder über Jerusalem noch über dich gesprochen.«

»Ha! Hätte ich das gewusst, hätte ich stärker mit dem Hintern gewackelt«, erwiderte Midian grimmig. »Wer hätte ahnen können, dass dieser Eisblock gern Männer verführt!«

»Sagte deine Mutter nicht, dass er dich lieben wird?«

Midian runzelte die Stirn. »Ja«, brummte er.

»Und wenn du ihn auch liebst, bist du verloren«, ergänzte Joram.

»Das wäre ich, wenn ich so ein Narr wäre.«

»Warum nicht? Er ist schön wie der junge Dumuzi.«

»Na und? Von hübschen Burschen ist das Land voll, aber ich bin ein Kind des Zagros, unerschütterlich wie seine Gipfel und kalt wie das ewige Eis seiner Gletscher. Wegen eines schönen Gesichts verliere ich nicht den Verstand.«

»Schönheit kann so bezwingend sein, dass sie einen hinab zieht wie in einen Abgrund.« Joram erblasste über seine eigenen Worte.

»Dummkopf!«, gab Midian gereizt zurück. »Ich plane seine Vernichtung, nicht die Bereicherung meines Liebeslebens.«

Joram spürte einen Druck auf dem Magen. »Seine Vernichtung?«, wiederholte er leise.

Midian lächelte zynisch. »So ist es. Und das Schicksal ist mir dabei wohlgesonnen. Nabupolassar hat Asandros den Befehl erteilt, die Schwarzen Wölfe zu vernichten. Dafür sucht er einen ortskundigen Führer, der ihm den Weg nach Dur-el-Scharan zeigen kann.« Midian lachte schallend und stieß Joram an. »Ich habe mich angeboten, wie findest du das?«

»Hat er angenommen?«, fragte Joram leise.

»Noch nicht. Er ist misstrauischer als ein Vater von fünf heiratsfähigen Töchtern. Aber ich werde ihn schon überzeugen. Deshalb müssen wir so schnell wie möglich nach Babylon, bevor Nebukadnezar ihm einen anderen Mann vorschlägt.«

»Angenommen, der Plan gelingt«, sagte Joram gepresst. »Was wirst du mit ihm tun?«

Midian fuhr sich mit der Zunge über die Lippen. »In der Geiergrube wird sein Flammenschwert erlöschen und seine hübsche Larve dazu.«

»Nein!«, entfuhr es Joram. Ihm schoss die Röte in die Stirn. »Das – will ich nicht.«

»Du willst es nicht?« Midian starrte Joram ungläubig an. Dann packte er ihn grob an den Armen. »Du willst nicht, dass ich meinen ärgsten Feind töte? Was willst du dann? Dass ich ihn verschone?«

»Geh ihm aus dem Weg«, murmelte Joram.

Midian stieß ihn ärgerlich zurück. »Träumst du? Ich könnte ihm nicht ausweichen, und wenn ich bis ans Ende der Welt liefe. Bei Belial! Ich kenne dein weiches Herz, aber er ist keine unwichtige Geisel wie Jazid, er kann den Plan meiner Mutter zum Scheitern bringen.«

Joram war leichenblass. »Ich weiß«, flüsterte er. »Aber ich kann nicht zulassen, dass du ihm Schaden zufügst.«

Midian hatte das Gefühl, in eisiges Wasser getaucht zu werden. »Du kannst es nicht zulassen?«, fragte er heiser. »Was meinst du damit?«

Joram wich einige Schritte zurück. »Asandros – er erinnert mich ...« Er stockte und wich noch etwas weiter zurück, denn in Midians Augen stand Sturm.

»Erinnert dich? An wen?« Midians Stimme war ein heiseres Knurren.

»An ihn – ich erzählte dir davon, nicht wahr?«

»An deinen früheren Liebhaber?« Midians Oberlippe war zurückgezogen wie bei einem fletschenden Wolf, in seine Augen stieg Blut. »Den du gesteinigt hast?« Er zog sein Messer.

Joram duckte sich. »Was hast du vor?«

Midian zischte. »Was glaubst du wohl? Ich werde dich töten. Lieber gehe ich an dem Schmerz um dich zugrunde, als einen Verräter leben zu lassen.«

Joram schlüpfte hinter eine Bank. »Verräter? Du glaubst, ich würde dich verraten? Du bist ja von Sinnen.«

»Das glaube ich nicht.« Midian kam näher. »Du wirst mich an den goldhaarigen Menschenfreund verraten, du wirst einfach die Seiten wechseln, Joram.«

Auf der Bank lag noch Jorams Messer, das er vorhin abgelegt hatte. Er griff danach, da fuhr Midians Messer haarscharf neben seiner Hand ins Holz. »Versuche nicht, dich mit mir zu messen!«, rief er schneidend.

»Ich lasse mich von dir nicht abschlachten wie deine Huren!«, brüllte Joram und zog die Waffe heraus.

»Jetzt hast du zwei Messer.« Midian lachte höhnisch. »Wirf sie und triff gut!«

»Du glaubst, ich tue es nicht?«

»Nachdem du bei dem Griechen gelegen hast, ist alles möglich.«

»Ich habe nicht bei ihm gelegen!«

Joram sprang zur Tür, Midian war schneller; er schlug Joram mit einem Handkantenschlag das Messer aus der rechten Hand und mit seinem rasch vorstoßenden Knie die Waffe aus der linken. Dann drückte er Joram an die Wand. »Asandros ist ein begehrenswerter Mann«, keuchte er, »ich wusste es, seit ich von ihm geträumt habe. Aber er ist das Licht, Joram, und es muss dunkel werden auf der Erde.« Brutal riss er ihn herum, das Gesicht zur Wand. Joram konnte vor Entsetzen kein Wort hervorbringen. Midian riss ihm das Hüfttuch herunter und drang heftig in ihn ein. »Du sollst Spaß am Sterben haben.«

Da schrie Joram gellend auf; nicht vor Schmerz, er war fassungslos. Midian kannte kein Erbarmen, und der Rausch kam schnell über ihn, seine zuckenden Finger tasteten über Jorams Kehle, Joram hörte ihn hecheln und fühlte mit Grauen, wie die Hände über sein Gesicht strichen, wie die Fingerspitzen sich seinen Augen näherten.

Da gab es einen dumpfen Laut, Midian stöhnte, seine Hände glitten ab von Joram, er fiel zu Boden. Zitternd drehte Joram sich um. Da stand Gemarja mit einem Knüppel in der Hand und loderndem Blick. »Was hat er dir antun wollen?«

Joram starrte auf seinen Bruder, dann auf Midian, dann band er sich hastig sein Hüfttuch fest und lief aus dem Zimmer. Midian hielt sich den Kopf. »Gemarja? Was tust du hier?«

Der hob den Knüppel. »Beweg dich nicht, sonst schlage ich dich tot!«

Midian kam die Erinnerung. »Wo ist Joram?«

»Fort! Was wolltest du ihm antun, rede!«

Midian verzog den Mund. »Das hast du doch gesehen, Gemarja. Dass einem dabei ein Knüppel auf den Kopf geschlagen wird, weil der andere vor Lust schreit, ist allerdings unüblich.«

Gemarja stand immer noch drohend vor Midian. »Du schändest dieses Haus mit widernatürlicher Unzucht, und obendrein lügst du schamlos. Joram schrie vor Angst.«

»Du machst dich lächerlich. Vor dir und deinem Gerede von Unzucht ist er geflohen. Darf ich mich jetzt erheben?«

Gemarja zögerte, da hörten sie Hilkijas Stimme: »Lass ihn aufstehen. Wir werden Joram fragen.«

Zum ersten Mal wich Midian Hilkijas Blick aus. »Ja«, murmelte er. Er band sich den Gürtel zu und ging an ihm vorbei hinaus auf den Balkon. Er konnte Joram nirgends erblicken. Midian beugte sich über das Geländer und hielt sich den Kopf. Wie kurze, helle Blitze trafen ihn seine nächsten Überlegungen: Er wird mich verraten! Er wird mich hassen! Ich habe ihn verloren! Ich habe versagt! Ich bin verflucht!

Joram, dachte er, *komm zurück! Ich werde diesen Griechen vergessen, wir beide gehen zurück nach Dur-el-Scharan, es wird alles wieder wie früher sein. Meine Mutter mag sich einen anderen Vollstrecker suchen.*

Hilkija und Gemarja kamen heraus. Midian wandte sich an Hilkija. »Sag Joram, wenn er wiederkommt, dass ich ihn im Palast sprechen will.«

Doch Joram blieb verschwunden.

21

Nebukadnezar trug abgewetzte Soldatenstiefel, einen ausgeblichenen Rock, darüber ein rissiges Lederwams. Der Raum in der Garnison war dunkel, durch ein kleines Fenster unterhalb der niedrigen Decke fiel ein schwacher Sonnenstrahl. Er beleuchtete einen fleckigen Holztisch, auf dem ein Tonkrug stand. Von einem Sims an der Wand holte Nebukadnezar zwei angestaubte Becher, wischte sie flüchtig mit der Hand aus und goss Wein aus dem Krug ein. Der Wein schmeckte sauer. »Sehr spartanisch«, lächelte Asandros, »ich fühle mich fast wie zu Hause.«

»Das ist ein Kriegslager«, brummte Nebukadnezar. »Wenn Gefahr droht, muss ich bei meinen Männern sein, und Necho wird bald heraufziehen.«

Asandros nickte und ließ sich auf einer wackeligen Bank nieder. Er hatte noch keine Gelegenheit gehabt, sich umzuziehen, bereits am Tor hatte er erfahren, dass Nebukadnezar ihn unverzüglich sprechen wollte. Er legte seinen Mantel neben sich und streckte seine Beine aus. »Du hast es sehr dringend gemacht.«

»Die Sache ist dringend.« Nebukadnezar wollte seiner alten Angewohnheit folgend im Raum auf und ab gehen, doch Asandros bat ihn, Platz zu nehmen. Nebukadnezar sah ihn schief an, sein nervöses Zucken verwandelte sich in ein verkniffenes Lächeln. »Du siehst mich so treuherzig an, dass ich dir überhaupt nicht trauen sollte.« Er machte eine flüchtige Handbewegung. »Das sollte ein Scherz sein. Immerhin hast du etwas mit dem schwarzen David gemeinsam: dein Gegenüber in den Bann zu ziehen.«

Asandros räusperte sich und berichtete in knappen Worten über die Verhandlung und das Ergebnis. Nebukadnezar sah ihn dabei lauernd an, nickte hin und wieder, unterbrach ihn aber nicht. Erst als Asandros wieder zum Becher griff, fragte er: »Und deine Meinung, Asandros? Was hältst du von ihm? Würdest du ihn zum Tartan machen?«

Asandros hob die Augenbrauen. »Midian? Niemals!«

»Oh!« Nebukadnezar befeuchtete seine Lippen ebenfalls mit einem kleinen Schluck. »Dann ist er nicht so gut, wie du glaubtest?«

»Er ist zu gut, Nebukadnezar. Zu machtgierig, zu hinterhältig, zu bedenkenlos, kurz: zu gefährlich.«

Der Prinz deutete ein feines Lächeln an. »Der Meinung bin ich auch, aber ich würde gern wissen, wie du zu derselben Auffassung kommen konntest. War er nicht entgegenkommend?«

»Midian ist der eigentliche Herrscher von Juda. Die Priester hat er entmachtet, der König ist eine nickende Puppe. Und dieses Juda gibt er dir um einen lächerlichen Preis: die Gründung einer jüdischen Gemeinde in Babylon. Das bedeutet, er verschenkt es. Ein bedenkliches Geschenk, mein Prinz, vielleicht ein tödliches.«

»Du hast vergessen, dass er dafür Tartan werden will.«

»Um seinen Rücken vor dir zu beugen und deine Befehle auszuführen?«

»Dann glaubst du also auch, dass er den Thron Babylons besteigen will?«

»Ein geringeres Ziel setzt sich dieser Mann nicht, davon bin ich überzeugt.«

»Hm.« Der Prinz kaute auf seiner Unterlippe. »Nichts Neues, aber beruhigend, es von dir bestätigt zu finden. Was würdest du mir raten?«

Asandros hielt den Blick des Prinzen fest. »Ich sagte es bereits. Mir ist es gleichgültig, wer den babylonischen Thron besteigt. Ich bin deinem Vater verpflichtet, dir nicht.«

»Du dienst Babylon! Darf es dir gleichgültig sein, ob das Reich diesem finsteren Hebräer oder was er auch sein mag, in die Hände fällt?«

»Midians Herrschaft wäre eine Geißel für Babylon, und das ist mir nicht gleichgültig, aber den Kampf mit ihm musst du aufnehmen.«

»Aber du musst mich unterstützen!« Nebukadnezar wies mit seinem Becher auf Asandros. »Es ist lobenswert, das Land vom Bandenwesen zu befreien, aber kannst du es verantworten, das Land hernach einem noch größeren Schurken zu überantworten als es die Straßenräuber sind?«

»Ich bin kein Königsmacher. Ich war dein Gesandter, ich bin weder dein Berater noch deine Leibwache.«

»Geschwätz!« Nebukadnezar stand auf und lief um den Tisch herum. »Ich brauche gute, vertrauenswürdige Männer bei einem Gegner wie Midian. Du bist der einzige, den ich kenne, der es mit ihm aufnehmen kann. – Das könntest du doch?«

»Ich bin dir gern zu Diensten, mein Prinz, aber mit Midian musst du allein fertig werden. Er mag dein Gegner sein, meiner ist er nicht. Und ich habe geschworen, nie wieder gegen Menschen zu kämpfen, die mir nichts getan haben. Wenn Midian nach mehr Macht strebt, so ist das seine Sache. Er bot mir seine Freundschaft an. Natürlich will er mich dabei nur benutzen wie alle anderen auch, aber deshalb ist er noch nicht mein Feind. Ich werde mich nicht benutzen lassen.«

»Diese Schlange! Mit jedermann verbündet er sich, um ihn im geeigneten Augenblick hinterrücks zu erdolchen. Was hat er dir geboten?«

»Er will mich in den Zagros begleiten und mir dabei helfen, die

Schwarzen Wölfe zu fangen. – Eine besonders üble Bande.«

»Du hast abgelehnt?«, fragte Nebukadnezar lauernd.

»Gewiss. Glaubst du, er will mir aus Freundschaft einen Gefallen tun? Dabei fällt mir ein, dass du dich nach einem geeigneten Führer umsehen wolltest. Hast du jemand gefunden?«

Nebukadnezar grinste verschlagen. »Du hast ihn soeben selbst genannt: Midian.«

Asandros lachte kurz. »Du magst keine Skorpione, aber ich soll mich von einem stechen lassen.«

»Fürchtest du ihn?«

»Er ist unberechenbar.«

»Und sterblich.« Nebukadnezar stützte sich auf der Tischplatte ab und sah Asandros in die Augen. »Möchtest du nicht Tartan bei mir werden, Asandros?«

»Ich bin kein Meuchelmörder«, kam es kühl zurück.

»Das weiß ich.« Nebukadnezar lachte leise. »Aber du brauchst einen Mann für den Zagros. Ich brauche einen Mann, der diesen Midian im Auge behält, seine Pläne erfährt. Wenn ihr euch näherkommt, wenn er dir vertraut, dann ...«

»Bemüh dich nicht!«, unterbrach Asandros ihn kalt, »ich treibe kein doppeltes Spiel.«

Nebukadnezar hob beide Hände hoch. »Nein, du aufrechter Hellene! Wenn Midian nichts Arges gegen mich plant, kannst du unbesorgt sein Freund werden. Plant er aber Verrat, so ist es deine Pflicht, mich zu unterrichten, damit ich mich schützen kann. Ist das unbillig?«

»Ich weiß nicht.« Die Antwort kam zögernd. Nebukadnezar konnte in dem Dämmerlicht nicht sehen, dass Asandros plötzlich blass geworden war.

»Hör zu, Asandros! Du wirst Midian als Führer nehmen! So werden wir beide erfahren, was er im Schilde führt.«

Asandros erhob sich etwas zu hastig. »Ich kann ihn nicht mitnehmen, ich – kann ihm nicht vertrauen. Ich brauche da draußen einen Mann, auf den ich mich verlassen kann.«

»Du fürchtest ihn also auch«, murmelte Nebukadnezar.

Asandros packte der Stolz. »Das tue ich nicht!«

»Dann beweise, dass du ihm ebenbürtig bist! Sei sein Freund, wenn er es wert ist, aber sein unerbittlicher Feind, wenn er dich und mich verraten will.«

Asandros machte eine fahrige Handbewegung, als wolle er sich den Schweiß abwischen, ließ die Hand dann aber sinken. Er hatte das Gefühl, es sei heißer und stickiger geworden. »Ich werde es mir überlegen. Darf ich jetzt gehen?«

»Ja. Aber überleg nicht zu lange. Sicher müssen wir bald nach

Jerusalem aufbrechen.«

»Ich gehe nach Babylon zurück.«

»Du willst also nicht mit Midian sprechen?«

Asandros blieb zögernd in der Tür stehen, dann hob er den Kopf. »Ich bitte diesen Mann nicht. Mag er zu mir nach Babylon kommen, er weiß, wo er mich finden kann.«

22

Tage später schickte Nebukadnezar sein Heer nach Jerusalem. Die ägyptische Garnison leistete keinen Widerstand, weil ihr Hauptmann den Einmarsch der Babylonier in den Armen schöner Frauen schlicht verschlafen hatte. Seine Krieger zogen es daraufhin vor, die Babylonier in angemessener Entfernung hinter ihren Bierkrügen zu beobachten. In aller Stille schloss Jojakim mit Arpachschad, dem babylonischen Heerführer, ein Bündnis. Es verhieß Juda Schutz vor den Ägyptern, gab dem König von Juda einige Scheinrechte, die Unabhängigkeit vortäuschten, und erlaubte die Gründung einer jüdischen Gemeinde in Babylon.

Midian erkundigte sich beiläufig nach dem Hauptmann Asandros. Arpachschad teilte ihm mit, dass er nach Babylon abgereist sei. Midian wollte noch einige Auskünfte, aber Arpachschad konnte nicht damit dienen.

Hilkija hätte vor seiner Abreise gern noch einmal in Jerusalem das Pessachfest gefeiert, das an die Flucht aus Ägypten erinnerte, doch es war Eile geboten. Sehr bald schon würde Necho von den Ereignissen in Juda erfahren.

Isaschar stand auf dem Dach des Palastes und beobachtete mit zufriedenem Lächeln die Abreise seiner ärgsten Feinde, der Leviten. Bald würde niemand mehr in Juda die alten Götter schmähen, in Kidron und Hinnom würden wieder ihre Feuer lodern, und ihre Kultpfähle aufgerichtet werden auf Gilgal, Mizpa, Dan und Gibeon.

Midian aber war hinaufgestiegen auf den Hügel Zion, von wo er die Stadt überblicken konnte. Die Stadt Davids – Jorams Stadt. Er hatte ihn nicht wiedergesehen, und nun musste er ohne Abschied gehen.

Mag er sich in den Höhlen von Mesalot verkriechen!, dachte Midian. *Mag er auf dem verfluchten Hügel Gareb wohnen. Ich brauche keinen Verräter neben mir, keinen Mann, der sich die Lust bei anderen holen muss. Er hat nicht bei ihm gelegen? Lüge! Wie wohlgefällig mag er sich unter den Stößen des Griechen gestreckt haben!* Midian sog tief die Luft ein, bis sein Brustkasten anschwoll wie ein

Blasebalg, und stieß sie in einem furchtbaren Schrei wieder heraus; es war, als heulte eine Meute hungriger Wölfe. »Joram!«, brüllte er, und er hoffte, sein Schrei zerrisse den Himmel über Jerusalem. Einige Schäfer in der Nähe flohen erschreckt in die Felsen. Schafe begannen zu blöken. Hinter ihm knirschten Steine. Midian fuhr herum. Joram stand vor ihm.

»Wie kommst du hierher?«, stieß Midian hervor. Es war, als habe sein Schrei Joram wie von Geisterhand herbeigezaubert.

»Ich sah dich hinaufsteigen und bin dir gefolgt.« Joram lächelte spöttisch, trotz seiner Blässe. »Dachtest du, ich sei ein Gespenst?«

»Bei Belial! Wo warst du?«, schnaubte Midian, der sich schnell beruhigte. »Ich habe dich überall gesucht.«

»Um deine Absicht zu vollenden?«, fragte Joram kühl.

»Ich habe die Beherrschung verloren, aber du musst mir glauben ...«

»Du wolltest mit mir das tun, was du mit Sarah getan hast«, unterbrach Joram ihn schneidend.

Midian sah Joram trotzig an. »Na gut, so war es. Und weshalb bist du mir nachgegangen?«

»Weil ich dich liebe, Midian.«

»Tust du das?« Midians Stimme war heiser und brüchig. »Beim Herrn der Finsternis! Wäre dein Bruder nicht dazwischen gegangen, ich hätte mich anschließend umgebracht.«

»Übertreib nicht«, erwiderte Joram. »Ich bin nur gekommen, um dir zu sagen, dass du unbesorgt nach Babylon gehen kannst. Ich werde in Jerusalem bleiben, so kann ich nicht zum Verräter werden.«

»Joram!« Midian streckte zaghaft die Hand nach ihm aus. »Ich gehe nicht ohne dich.«

»Geh allein! Ich könnte weder dir noch Asandros unbefangen in die Augen sehen.«

»Dann bleibe ich auch. Zur Hölle mit Jahwe und meiner Mutter!«

»Sei kein Narr, Midian! Du überschätzt deine Gefühle zu mir. Soll denn alles umsonst gewesen sein, was du geplant hast? In Babylon wolltest du ein Gott werden, willst du in Juda Nebukadnezars Fußschemel sein?«

»Die Verfolgung meines Plans bedeutet die Vernichtung des Griechen«, warnte Midian.

»Oder auch nicht.« Joram lächelte. »Wenn er stärker ist, wird er Belial in dir besiegen. Dann müsste ich nie mehr fürchten, von dir im Liebesrausch geblendet zu werden.«

Midian spannte die Mundwinkel. »Hoffe nicht darauf. Ich werde ihn töten. Wirst du das ertragen?«

»Ihn zu töten, ist kein Sieg, Midian. Lass ihn dein Spiel spielen, mach ihn zu einem Diener Belials. Doch wenn dir das nicht gelingt, musst du dich geschlagen geben.«

Midian sah Joram nachdenklich an. »Unmöglich.« Dann fügte er rasch hinzu: »Aber ich will es versuchen. Und du, mein Freund, wirst mir dabei helfen – in Babylon.«

Der hochmütige Torhüter an der Pforte des Hauses Egibi und Söhne hatte ihn viermal mit fadenscheinigen Begründungen abgewiesen, bevor Askanios begriff. Fünf Schekel in der Hand des Hochmütigen, die schneller in dessen breitem Gürtel verschwanden als eine Maus im Loch, ließen diesen beflissen antworten: »Heute ist dein Glückstag, mein Herr empfängt dich, obwohl er von Besuchern belagert wird.«

»Mein Glückstag?«, brummte Askanios und schob sich an dem Mann vorbei. »Doch wohl eher deiner. Ich bin schließlich das fünfte Mal hier.«

»Ich weiß es, ich erinnere mich an dich«, säuselte ihm der Wächter hinterher und bog seinen Rücken wie vor einem Würdenträger. »Meiner unermüdlichen Fürsprache ist es zu verdanken, dass du ...«

Doch Askanios war bereits in der Tür verschwunden. Im Hof warteten schon etliche Kunden. Zwei Stunden musste Askanios dort ausharren, bis er in einen halbdunklen, muffigen Raum gerufen wurde, wo ein beleibter, schwitzender Mann in mittleren Jahren auf einer Liege ruhte; ein Sklave fächelte ihm Luft zu, zu seinen Füßen saß ein junger Mann, auf dem Schoß eine frisch geglättete Tontafel. Zur Linken lagen mehrere Schreibutensilien, Griffel in unterschiedlichen Größen, Schreibrohre, ägyptische Tusche, Papyrus, gebleichtes Leder, Tinte, Schwämmchen und eine Schüssel mit Wasser zum Anfeuchten des Tons. Außerdem verfügte er über eine stattliche Anzahl Rollsiegel.

»Name, Herkunft und Anliegen«, schnarrte der Beleibte und schlug dabei nach den Fliegen. Der Schreiber machte ein gelangweiltes Gesicht und kaute auf seinem Griffel, während der Sklave sich vor allem selbst Kühlung zufächelte und dabei Nüsse aus einer Schale naschte.

Askanios fühlte sich unbehaglich. Unsicher sah er sich um. »Askanios aus ...« Er zögerte, denn sein Herkunftsort war hier sicher so unbekannt wie ein Ort auf dem Mond. »Aus Sparta«, fügte er entschlossen hinzu und reckte das Kinn.

Ein dumpfes Klatschen beendete die Bemühungen des Hausherrn. Er hob den Kopf und musterte Askanios scharf. »Aus Sparta? Dort sollen die härtesten Krieger der Welt ausgebildet werden, härter noch als die assyrischen, was ich nicht glauben kann.«

Askanios sah ihn erstaunt an. »Du kennst Sparta?«

Der andere lächelte selbstgefällig. »Das Bankhaus Egibi und Söhne hat Verbindungen mit der ganzen Welt, unsere Wechsel finden den Weg zu Völkern, von denen du noch nie etwas gehört hast.«

»Dann bist du zu beneiden, edler – äh …«

»Nuraddin Egibi, Sohn des Muraschat Egibi. Und du, Askanios? Wer bist du? Was führte dich nach Babylon?«

Askanios sah auf den Schreiber, der den Griffel gezückt hielt. »Schreibt der alles auf, was ich jetzt sage?«

Nuraddin nickte.

»Hm, ich wollte eigentlich nur etwas Geld leihen.«

»Gewiss, ich verkaufe ja keine Schuhe. Aber ich muss wissen, um welche Summe es sich handelt und welche Sicherheiten du besitzt.«

»Ich brauche eine Mina.«

»Eine nicht unbedeutende Summe. Dienst du als Söldner?«

»Nein, ich bin Gast des Königs.«

»So?« Nuraddin zeigte sich unbeeindruckt. »Dann hast du sicher die Empfehlung einer hohen Persönlichkeit dabei, die für dich bürgt?«

»Nein, habe ich nicht.«

»Besorg sie dir, sonst kann ich nicht viel für dich tun, oder hast du Vermögen, Grundbesitz, Häuser?«

Askanios senkte den Blick. »Nichts dergleichen.«

»Hm, und wie willst du eine Mina zurückzahlen? Wenn ich dir eine Mina auf sagen wir zwei Jahre leihe, musst du mir anderthalb Minen zurückzahlen. Das sind drei Jahreslöhne eines einfachen Lanzenknechtes. Wie hoch ist dein Verdienst?«

»Augenblicklich erhalte ich nur freie Unterkunft und Verpflegung«, murmelte Askanios. »Ich warte noch darauf, dass der König uns in den Osten schickt. Bei unserer Rückkehr wird er uns reichlich belohnen, wie ich hoffe.«

»So, du wartest, und du hoffst.« Nuraddin gähnte und wischte sich den Schweiß aus dem Nacken. Er warf einen Blick auf seinen Schreiber, der noch nichts in die Tafel geritzt hatte.

»Bis es soweit ist, bin ich bereit, jede andere Arbeit anzunehmen«, warf Askanios rasch ein.

Nuraddin lächelte dünn. »Für die Arbeit haben wir Sklaven, zu viele, wenn du mich fragst. Und wir haben Tagelöhner, Bettler, Hungerleider, die sich als Sklaven verkaufen, um zu überleben. Babylon ist wie eine Lampe, um die sich die Motten versammeln. Bist du eine Motte, Askanios? Dann kann ich dir nicht helfen. Bist du aber kein dreckiger Lügner, so wie die meisten hier, und wohnst wirklich im Palast, so hast du die besten Beziehungen. Nutze sie und komm dann wieder. Auf deine treuherzigen Augen kann dir Nuraddin nichts leihen.«

In Askanios stiegen Beschämung und Wut auf. Fünf vergebliche Tage des Wartens und fünf verlorene Schekel mahnten ihn an seine Einfalt. »Wie kann ich andere am Hof mit meinen Schulden belästigen?«, gab er ärgerlich zurück. »In Sparta genügt das Wort eines ehrenhaften Mannes als Sicherheit.«

»Mag sein, aber hier ist Babylon, und jeder Babylonier hat eine dreifach gespaltene Zunge. Woher soll ich wissen, dass du die Wahrheit sagst? Ebenso könntest du ein entlaufener Sklave aus Baktrien sein, eh?« Nuraddin gähnte noch herzhafter und deutete damit an, dass er der Unterhaltung überdrüssig war. Mit diesem Fremden würde er kein Geschäft abschließen, er stahl ihm nur die Zeit. Schließlich war der Hof voll von aussichtsreicheren Kunden.

Der Schreiber klopfte nachdrücklich mit dem Griffel gegen die Tafel. Askanios merkte, dass er entlassen war. Grußlos verließ er das Zimmer und stapfte nach draußen. Der Torwächter hatte wieder seine hochmütige Miene aufgesetzt und würdigte ihn keines Blickes. Askanios hätte ihm gern die Faust in das aufgeblasene Gesicht geschlagen und ihm die fünf Schekel wieder abgenommen.

Abwesend beobachtete er die Vorübereilenden. *Ich bin keine Motte, die in der Flamme verbrennt*, dachte er, *ich bin Askanios, der es mit den Spartiaten aufgenommen hat und der einen Falken zum Freund gewann. Ich werde mich auch in Babylon behaupten.*

Als er sich zum Gehen wandte, stolperte er fast über einen langen, dürren Kerl, der sich ihm in den Weg gestellt hatte. Mit seinen rotgeränderten Augen und zwei fehlenden Vorderzähnen machte er keinen vertrauenerweckenden Eindruck. »Keinen Erfolg gehabt bei dem Fettwanst Nuraddin?«, zischte er durch die Lücke hindurch und grinste, wobei er eine Reihe gelber, schadhafter Zähne entblößte.

»Geh mir aus dem Weg!«, gab Askanios barsch zur Antwort, worauf der andere rasch an seine Seite schlüpfte und neben ihm her wieselte. »Fremd in Babylon? Kein Geld? Bist doch ein hübscher, stattlicher Bursche. Es muss dir nicht so gehen wie vielen hier. Hast ein Schwert an der Seite, hast einen federnden Gang und einen kühnen Blick. Behaupte, du seist ein Fürst, und ich werde dir glauben.«

»Behaupte, du seist ein Taugenichts, und du bestätigst meine Vermutungen.«

»Beurteile mich nicht nach meinem Äußeren. Zwar bin ich nicht reich, aber ich kann dir helfen. Ich bin Eschunak aus Nippur, genannt die Stange, und ich beobachte die Leute, die das Bankhaus verlassen. Du hattest keinen – äh – Erfolg?«

»Ich musste erfahren, dass in Babylon das Wort eines ehrlichen Mannes nichts gilt.«

»Diese Erfahrung macht ein Fremder schnell bei uns. Du brauchst dringend Geld? Dann kann ich etwas für dich tun. Ich arbeite für den edlen Naharsin, der ehrenwerten Männern gern etwas leiht.«

»Aber ich habe keine Sicherheiten.«

»Vielleicht traut er deinem Wort? Nicht jeder ist so misstrauisch wie Nuraddin.«

»Ich brauche eine Mina auf ein Jahr.«

»Das dürfte keine Schwierigkeiten machen«, versicherte der Dürre. »Komm, ich bringe dich zu ihm.«

Askanios legte seine Hand unwillkürlich an den Gürtel. Sein Schwert gab ihm ein beruhigendes Gefühl. Er nickte.

Der Weg, den Eschunak einschlug, war Askanios bekannt; er führte in den Westen der Stadt, die Amurru, das verrufenste Stadtviertel Babylons. Totengräber, Leichenwäscher, Henkersknechte lebten hier neben Gauklern, Feuerschluckern, Tierbändigern und Wahrsagern.

»Dein Herr hat sich für seine Geschäfte das beste Viertel ausgesucht«, spottete Askanios, doch Eschunak antwortete: »Soll er den Neid des mächtigen Bankhauses Egibi auf sich ziehen? Er tut seine guten Werke lieber im Verborgenen.«

Hinter einer zerfallenen, von Gestrüpp überwucherten Mauer stand Askanios plötzlich vor einem ansehnlichen Ziegelbau, dessen Wände mit glasierten Steinen geschmückt waren. Zwei riesige Torwächter mit mächtigen Muskeln schauten grimmig und ließen nichts Gutes ahnen, doch der dürre Eschunak scheuchte die beiden zur Seite, und sie machten bereitwillig Platz.

»Man sollte meinen, die beiden bewachen die königliche Schatzkammer«, spottete Askanios, während er die Augen zusammenkniff, um sich an das Dunkel zu gewöhnen, das im Innern des Hauses herrschte. Eschunak lief ihm voraus. »Die Neider«, flüsterte er, »ich sagte es schon, viele Neider. Er muss sich schützen.«

Askanios wurde in ein spärlich möbliertes Zimmer geführt. »Warte hier auf meinen Herrn.«

Kurze Zeit darauf trat ein vornehm gekleideter, schlanker Babylonier in mittleren Jahren ein. Sein lockiger Bart war eckig geschnitten, sein schulterlanges Haar glänzte vor Öl. An den Händen trug er kostbare Ringe. Sein Lächeln war katzenhaft freundlich, und seine Finger bewegten sich ständig.

Wie züngelnde Schlangen, fuhr es Askanios durch den Kopf.

Obwohl der Mann eine gepflegte Erscheinung war, ging von ihm etwas Unangenehmes aus, das Askanios nicht benennen konnte. Doch schließlich wollte er mit ihm keine Freundschaft schließen, sondern Geld leihen.

»Mögen die Götter dir allezeit gewogen sein, die dich in mein bescheidenes Haus führten, mein Freund«, begrüßte ihn der Hausherr und nahm mit gezierten Bewegungen auf einem hohen Stuhl Platz. Jetzt traten Sklaven ein und brachten Wein, Obst und Gebäck. Askanios, den das lange Warten bei Nuraddin hungrig gemacht hatte, griff unbekümmert zu und dachte, dass dies die rechte Art sei, einen Kunden zu empfangen. Er lächelte verlegen. »Ich habe heute noch nichts gegessen.«

»Greif nur zu, mein Freund – Askanios? Ich bin Eriba-Kudur-Naharsin, ein Kaufmann, der es mit einigem Fleiß und Glück zu einem bescheidenen Vermögen gebracht hat. Aber Silber soll nicht in Kisten und Kasten verschimmeln, deshalb helfe ich damit auch anderen.«

Schleim dich nur aus, dachte Askanios, während er mit vollen Backen kaute. *Wenn du mir nichts gibst, gehe ich wenigstens mit vollem Magen.* »Du bist sehr freundlich zu einem Fremden, von dem du nichts weißt. Aber auch du hast kein Silber zu verschenken, nehme ich an. Du weißt, dass ich keine Sicherheiten habe?«

»Oh, du hast genug Sicherheiten für eine Mina.«

»So? Im Hause Egibi und Söhne fand man das nicht.«

»Weil Nuraddin schwach auf den Augen ist. Du selbst bist die Sicherheit. Jung, kräftig, gewandt, aufgeweckt.«

»Ich danke für das Lob, aber was hast du davon?«

»Du bringst mir dreifachen Gewinn, wenn ich dich verkaufe.«

Askanios wurde blass. »Als Sklave?«

»Natürlich. Jeder hier verpfändet seinen Körper, wenn er sonst keine Sicherheiten hat, aber das muss dich nicht erschrecken. Du kannst doch die Summe innerhalb eines Jahres zurückzahlen, nicht wahr? So berichtete mir Eschunak.«

»Äh – ja, gewiss«, stotterte Askanios.

»Ich bin überzeugt, dass du es kannst«, lächelte Naharsin hintergründig. »Ich habe doch dein Wort darauf? Das Wort eines ehrenhaften Mannes?«

»Du vertraust mir?«

»Selbstverständlich. Ich weiß einen Betrüger von einem ehrlichen Menschen zu unterscheiden, ganz im Gegenteil zu Nuraddin, diesem Wasserbüffel.«

Askanios ging alles etwas zu schnell. »Darf ich darüber nachdenken?«

Naharsin zuckte die Achseln. »Tu das, aber du wirst wiederkommen, weil dir in ganz Babylon niemand etwas leihen wird. Fünf Tage hast du vor der Tür dieses schleimigen Reptils gewartet – du brauchst ziemlich dringend Kredit, mein Freund.«

»Der dürre Eschunak hat mich also schon länger beobachtet?«

»Er lebt davon, und ich lebe von den abgewiesenen Kunden Nuraddins. Glaub mir, ich werde dabei reicher als er.«

»Was tust du, wenn ich das Silber einstecke und Babylon einfach verlasse?«

»Mein Freund, du wirst doch nicht unbesonnen handeln? Einem entlaufenen Sklaven gewährt hier niemand Obdach. Man würde dich sehr rasch wieder einfangen und leider recht grob behandeln; mancher ist daran gestorben.«

»Du bist wenigstens ehrlich. Und womit beweist du, dass ich dein Sklave bin?«

»Du wirst einen von mir vorbereiteten Vertrag siegeln. Ich werde ein Duplikat dieses Siegels in meinem Haus verwahren. Du verpflichtest dich, Babylon nicht ohne meine Erlaubnis zu verlassen. Du verpflichtest dich, nach einem Jahr eine Mina und dreißig Schekel zurückzuzahlen. Andernfalls dienst du mir drei Jahre als Sklave.«

Askanios lächelte. »Einverstanden.«

»Gut. Greif nur weiter zu, ich lasse inzwischen den Vertrag schreiben und das Siegel mit deinem Namen anfertigen.«

Einige Zeit später verließ Askanios mit einem gut gefüllten Beutel und einem Tontäfelchen, das Naharsin in feines Tuch hatte einschlagen lassen, das Haus. Er durchquerte den verwilderten Garten, stieg über die zerfallene Mauer und sah in das grinsende Gesicht Eschunaks. »Wie ich sehe, hattest du Erfolg. Sagte ich dir nicht gleich, dass mein Herr dir helfen wird?«

Askanios wollte antworten, da vernahm er ein höhnisches Lachen hinter sich. Er wandte den Kopf, und seine Hand fuhr blitzschnell zum Gürtel, doch ebenso schnell legte sich eine Hand auf seinen Arm. »Lass es stecken!«

Askanios wich einen Schritt zurück. »Du wagst dich hierher? Fürchtest du nicht, dass man dich festnimmt?«

»Wer sollte das tun und aus welchem Grund?«

»Ein Gesicht wie deins vergisst man nicht. Du warst es doch, der dem Wirt vom Krokodil ein Auge ausgeschlagen hat und zwei seiner Mädchen so verprügelt, dass ihre Knochen gesplittert sind.«

Über das Gesicht des Mannes ging ein breites Lächeln. »Ich erinnere mich, es hat eine Rauferei gegeben. Der Wirt wollte mich betrügen. Aber bei Ischtar! Ihm ist nichts geschehen. Sein linkes Auge hatte vorübergehend die Farbe eines faulen Apfels, doch heute sieht er wieder wie ein Falke. Auch seine beiden Weiber machen schon wieder die Beine breit. Und die zerschlagenen Stühle habe ich ihm bezahlt.«

»Hm«, brummte Askanios. Er selbst hatte den Vorgang nicht beobachtet, er hatte den Lärm vom gegenüberliegenden Gasthaus gehört und war hinausgegangen. Dann hatte man ihm etwas zugeflüstert und auf den Mann gezeigt, der jetzt vor ihm stand. »Ich war nicht dabei«, gab Askanios zu. »Dann hat man mir also etwas Falsches erzählt?«

»Ja, die Leute übertreiben gern, weil sie selbst einmal so zuschlagen möchten.« Der Fremde streckte seine Hand aus. »Ich bin Midian, und wie ist dein Name?«

Askanios zögerte. Mit Raufbolden wollte er nichts zu tun haben. »Was willst du von mir?«

»Misstrauisch?« Midian senkte den Arm und lächelte. »Ich habe dich auch schon gesehen – in der Kupferpfanne.«

»Na und?«

»Ganze Nächte hast du manchmal gewürfelt und nicht immer gewonnen, stimmt's?«

»Was geht es dich an?«

»Jetzt bist du in Begleitung dieses Steckens, der für Naharsin arbeitet. Da zähle ich eins und eins zusammen.«

Askanios griff unwillkürlich zum Gürtel, unter dem sein Silber verborgen war. »Deine Rechenkünste magst du bei anderen anwenden, lass mich meines Weges gehen.« Er wollte an Midian vorbeigehen, doch der hielt ihn am Arm zurück. »Weshalb so unfreundlich? Ich glaube, du machst einen Fehler – wie war doch gleich dein Name?«

»Ich heiße Askanios«, gab er gereizt zur Antwort, »und wenn du mich nicht auf der Stelle vorbeilässt, wirst du dich dieses Namens noch lange erinnern.«

Midian klopfte auf das Schwert an Askanios' Seite. »Weil du das hier trägst? Du würdest doch keinen unbewaffneten Mann erschlagen?«

»Wenn du mein Silber willst«, erwiderte Askanios grimmig, »dann sag deinen Spießgesellen, die an den Ecken warten, sie werden sich blutige Köpfe holen.«

»He, he, sehe ich aus wie ein Straßenräuber?«

»Hier ist die Amurru. Wenn du ehrliche Absichten hast, gibst du den Weg frei.«

Midian verneigte sich spöttisch und trat zur Seite. »Wenn du meinen Rat verschmähst, dann geh nur und lauf in dein Unglück.«

»Was soll das heißen?«

»Du hast Spielschulden, hm? Und das Silber hast du von Naharsin geborgt. Wer das tut, dem muss das Gehirn unbemerkt aus den

Ohren geflossen sein.«

»Erklär dich näher.«

»Gern, aber wollen wir das nicht lieber bei einem guten Wein besprechen?«

Askanios machte der Fremde neugierig. »Wenn du mich einlädst.«

»Selbstverständlich. Gehen wir zu meinem Freund ins Krokodil? Er trägt mir nichts nach.«

Der Wirt vom Krokodil, der bereits mit Midians Faust Bekanntschaft gemacht hatte, war ein großer, kräftiger Mann mit einem kahlen Schädel und kleinen Augen, das linke schillerte grünlich. Er verzerrte seine brutalen Züge zu einem entgegenkommenden Grinsen und wies den beiden einen Platz zu, wo sie allein waren. Askanios sah sich vorsichtig in der Absteige um, die Hand ständig am Gürtel.

Midian wandte sich an den Wirt: »Wein bis zum Umfallen, alter Glatzkopf, aber rasch!«

Dann lehnte er sich nach hinten und verschränkte die Arme. »Dieser Naharsin ist so ziemlich das Übelste, was in Babylon herumläuft, und das will etwas heißen.«

Askanios zuckte die Schultern. »Was er treibt, geht mich nichts an. Er lieh mir jedenfalls das Silber, während mir der alte Geizkragen Nuraddin nichts gegeben hat.«

»Gab er dir auch eine Tontafel mit Krähenfüßen?«

»Ja.«

»Zerbrich sie und wirf sie weg! Und denk daran: Wer einen Schreiber beschäftigt, will dich stets betrügen. Was steht drauf?«

Askanios errötete verlegen. »Ich kann eure Schrift noch nicht lesen.«

»Beim heiligen Widdergehörn! Du bist doch ein ausgemachter Trottel! He!« Midian winkte einem Sklaven. »Hol Eschunak! Sag ihm, er soll sein Knochengestell hierher bewegen, aber schnell!«

Der hagere Diener Naharsins betrat vorsichtig die Schenke Zum Krokodil. Der Sklave versetzte ihm einen Stoß, und er stolperte auf den Tisch zu, an dem Midian und Askanios saßen. Dass Midian bei dem Spartaner saß, gefiel ihm gar nicht, er wurde blass. »Womit kann ich euch dienen?«, fragte er und lächelte unterwürfig.

Midian wies auf die Tafel. »Lies diesem aufrechten Manne einmal vor, was dein sauberer Herr ihm aufgeschrieben hat.«

»Oh, ich kann gar nicht lesen«, stotterte Eschunak und wollte sich davonmachen, doch Midian griff ihn sich und drehte ihm sehr schmerzhaft den Arm auf den Rücken. »Erinnerst du dich jetzt, was diese Kratzer bedeuten?«

»Ja, ja«, schrie Eschunak und las mit zitternden Lippen: »Eine

Mina, rückzahlbar mit Zinsen in einer Summe von anderthalb Minen innerhalb eines Monats an Eriba-Kudur-Naharsin, andernfalls der Schuldner sich diesem auf Lebenszeit als Sklave verpflichtet. Gesiegelt mit dem Namen Askanios aus Sparta.«

Es entstand ein hässliches Geräusch. Eschunak wurde weiß im Gesicht, dann brach er gurgelnd zusammen. Midian hatte ihm den Arm gebrochen. »Oh, das tut mir aber leid, du hast ja Knöchelchen so zerbrechlich wie Schilfrohr.«

Askanios hatte kein Mitleid mit ihm. »Geschieht dir recht, dass du jetzt jammerst, und dein feiner Herr wird mich auch noch kennenlernen.« Askanios zerbrach wütend die Tontafel und warf die Scherben Eschunak ins Gesicht. »Er glaubt, ich werde sein Sklave. Sag ihm, dass nicht einmal die Herren von Sparta Askanios dazu machen konnten.«

Midian gab Eschunak noch einen Tritt in den Hintern, die Gäste machten ihm erschrocken Platz; Ibnischar, der Wirt, winkte zwei starken Männern, die den wimmernden Eschunak hinausbrachten. Dann trat er zu Midian an den Tisch. »Hör zu, mit Naharsin will ich keinen Ärger.«

»Und ich lasse nicht zu, dass er meine Freunde betrügt.« Midian schlug Askanios auf die Schulter. »Ich bin jetzt in Stimmung, einen mannshohen Krug zu leeren, du doch auch? Also, Ibnischar, halt keine Reden, sondern bediene deine Gäste.«

Askanios räusperte sich. Als Ibnischar gegangen war, fragte er: »Wer bist du? Weshalb hast du mir gegen den Schurken Naharsin beigestanden?«

Midian fuhr sich mit beiden Händen durch das Haar und schlug es zurück, dabei lächelte er gewinnend. »Du gefällst mir eben.«

Askanios musterte Midian misstrauisch. »Ich lasse mich nicht ein zweites Mal übertölpeln. Du lässt mich womöglich einen Vertrag unterschreiben, nach dem ich dein Haushund werden und bellen muss.«

»Du glaubst, ich wolle dich hintergehen wie dieser Kinderschänder Naharsin? Warum sollte ich das tun?«

Askanios traute Midian so wenig wie einem Sklavenverkäufer, aber er wollte ihn nicht verärgern. »Also gut, trinken wir auf unsere Freundschaft!«

»Das ist ein Wort! Ich werde dich unter den Tisch trinken.«

»Das könnte dir gelingen, ich habe kaum etwas gegessen.«

»Beim Schwanze des Sirrusch! Weshalb hast du das nicht gleich gesagt? He, Ibnischar, ein halbes Kalb für meinen Freund!«

Askanios lachte breit, als der Braten aufgetragen wurde, und machte sich darüber her wie ein Gefangener nach zehn Tagen Hungerhaft. Mit vollem Mund kauend fragte er: »Was mache ich jetzt mit dem Silber?«

»Du gibst es Naharsin einfach zurück, dann hast du den Vertrag erfüllt.«

»Und meine Spielschulden?«

»Die bezahle ich.«

Askanios hustete, als hätte er sich verschluckt. »Jetzt übertreibst du aber. Niemand verschenkt eine Mina Silber. Was steckt dahinter?«

Midian spießte ein Stück Fleisch auf seinen Dolch und sah Askanios unschuldig an. »Freundschaft. In der Amurru trifft man selten auf ein ehrliches Gesicht wie deins.« Er zog das Stück Fleisch langsam mit seinen Zähnen von der Schneide, was wie ein unverschämtes Grinsen aussah. »Vielleicht tust du mir auch einmal einen Gefallen, wenn ich in Schwierigkeiten bin?«

Askanios lächelte kalt zurück. »Werde deutlicher. Was für einen Gefallen?«

Statt einer Antwort fragte Midian: »Im Vertrag stand Askanios aus Sparta. Wo liegt das? In Griechenland?«

»Ja.«

»Man sagt, der König habe eine Vorliebe für Griechen«, fuhr Midian sanft fort, »darf ich diese Vorliebe nicht teilen?«

»Weshalb sagst du nicht gerade heraus, was du von mir willst? Ich helfe dir gern, wenn es nichts Ungesetzliches ist.«

Da beugte sich Midian über den Tisch und sah Askanios eindringlich an. »Du musst sein Freund sein, das fühle ich. In deiner Nähe spüre ich seine Gegenwart ganz deutlich.«

»Wovon beim Styx redest du?«

Midian Pupillen weiteten sich zu undurchdringlicher Schwärze. »Von Asandros!«

Askanios zuckte zurück. »Was willst du von ihm?«

»Ich will ihm helfen bei der Aufgabe, die der König ihm übertragen hat. Er soll doch Gesetzlose jagen, die Schwarzen Wölfe?«

»Das stimmt«, erwiderte Askanios zurückhaltend. »Aber er hat die Männer dafür bereits ausgewählt.«

»Hat er auch schon einen Führer für den Zagros?«

»Prinz Nebukadnezar hat ihm einen Mann versprochen.«

»Der Mann bin ich, und er weiß es.« Midians Stimme senkte sich zu einem Flüstern. »Unser beider Schicksal ist miteinander verknüpft wie Fäden in einem Seil. Wir Babylonier haben Traumgesichte, manchmal reden wir mit den Göttern, manchmal erscheinen sie uns, doch vieles bleibt undurchsichtig.«

Askanios senkte unwillkürlich die Lider vor dem feurigen Blick des langhaarigen Fremden. Ihn fröstelte. »Kennt ihr euch?«

»Wir trafen uns flüchtig in Jerusalem. Hat er dir davon nichts erzählt?«

Askanios schüttelte den Kopf und wunderte sich darüber, dass Asandros über einen Mann wie Midian geschwiegen hatte. »Wenn das stimmt, weshalb suchst du ihn nicht selbst auf und redest mit ihm?«

»Wenn Asandros und ich uns begegnen, treffen Urgewalten aufeinander, es zischt und faucht, wie wenn man Wasser ins Feuer gießt. Deshalb musste ich auf ein Zeichen warten. Als ich dich in der Kupferpfanne würfeln sah, wusste ich, dass ich es gefunden hatte.«

»Ein schönes Märchen«, murmelte Askanios, aber ihm war unbehaglich dabei.

Midian lächelte. »Babylon kennt mehr Geheimnisse als alle Märchenerzähler der Welt. Ich verrate dir einige, wenn du mir etwas über deinen Freund erzählst.«

»Ich glaubte, du wüsstest alles über ihn«, spottete Askanios.

»Und was du nicht weißt, erzählen dir deine Traumgesichter.«

»Ich erinnere mich nur, dass seine Augen die Farbe des Sturms haben«, sagte Midian mit dunkler Stimme.

Askanios zuckte mit den Schultern. »Ich weiß nicht, welche Farbe der Sturm hat«, brummte er.

»Beobachte den Himmel, wenn er heraufzieht.«

»Alberne Schwärmerei!«, fauchte Askanios. »Das Einzige, was ich dir über Asandros sagen werde, ist das: Er ist der Beste unter tausend. Was sage ich, unter zehntausend!«

Midian nickte und hob den Krug an seine Lippen. Er leerte ihn in einem Zug, setzte ihn hart ab und wischte sich die Lippen mit dem Handrücken ab. »Zweifellos ist er das.«

»Und davon, dass eure Wege sich schicksalhaft kreuzen müssen, weiß er gar nichts«, fuhr Askanios erregt fort.

»Er betet die Vernunft an, nicht wahr?«

»Auch wir in Griechenland haben Götter«, wandte Askanios ärgerlich ein. »Und sie segneten Asandros mit ihren vorzüglichsten Gaben. Beim Männer verschlingenden Ares! Asandros könnte König von Babylon sein, denn er besitzt die Kühnheit und Stärke des Kriegsgottes, die Behändigkeit der Artemis und die Klugheit Athenes!«

»Sprich weiter. Das beeindruckt mich, obwohl ich diese Götter nicht kenne.«

Askanios wurde rot und nahm verlegen einen kräftigen Schluck. »Nun ja, sonst bin ich nicht so beredt, mein Schwert ist flinker als meine Zunge.«

»Ich trinke dein Lob auf ihn. Leere den Krug ganz, damit deiner Zunge Flügel wachsen.«

Askanios lachte. »Was möchtest du hören? Wie die Dichter in unserer Heimat die Schönheit besingen?«

»Auch von Männern?«

Askanios seufzte. »In manchen Landstrichen geschieht das.«

»Und in welchen Worten würde ein Dichter Asandros besingen?«

Askanios hob grinsend seine breiten Schultern. »Ich kann keine Verse schmieden, ich habe mein Leben nicht in Athen verbracht. Ich weiß nur, dass Nabupolassar gut beraten wäre, Asandros zur rechten Hand seines Throns zu machen.«

»Ja«, stimmte Midian heiser zu, »und er wird es bald tun, nicht wahr?«

»Leider strebt Asandros nicht nach solchen Ehren.« Askanios zögerte. »Asandros ist manchmal etwas schwierig. Ich glaube, er liebt die Menschen zu sehr.«

»Das hältst du für einen Fehler?«

»Ich denke, dass er manchmal übertreibt. Er lehnt Sklaverei ab, er ist der Meinung, dass Frauen und Männer die gleichen Rechte haben müssten. Damit hat er schon den halben Palast gegen sich aufgebracht.«

»Absonderlich, in der Tat. Aber er ist doch kein Wirrkopf und Träumer?«

»Er hat einen eisklaren Verstand. Beim Hermes, wenn du ihn erst näher kennst, wirst du mich verstehen.«

»Ich hoffe, das wird bald sein.« Midian schwenkte seinen Krug. »He, Ibnischar, lass uns hier hinten nicht verdursten!« Er sah Askanios beim Trinken zu, aber seine Gedanken eilten voraus, und er hörte die Worte seiner Mutter: Mit diesem Mann wird der dumpfe Aberglaube verschwinden, Götter und Göttinnen werden sterben, die menschliche Vernunft wird siegen.

Je mehr Askanios trank, desto geschwätziger wurde er, aber Midian hörte nicht mehr richtig zu. Er wusste jetzt, dass Asandros ahnungslos war, aber auf seine Weise gefährlicher als eine Natter.

Askanios erhob sich taumelnd. »Ich muss nach Hause«, lallte er.

Midian drückte ihn wieder auf die Bank. »Wohin willst du mitten in der Nacht und voll wie ein Schweinetrog? Willst du, dass man dir dein Silber stiehlt, dich halb totschlägt und nackt hinter einer Mauer liegen lässt? Du packst dich jetzt oben auf einen Strohsack, morgen früh sehen wir weiter.«

Askanios ließ seine Hand schwer auf Midians Arm fallen und sah ihm verschwommen in die Augen. »Du bist ein wahrer Freund, ich danke dir – ich ...« Er erhob sich wieder und schwankte ein wenig. Midian warf etwas Kupfer auf den Tisch und half ihm die wacklige Stiege hinauf.

Unter dem Dach war es stickig, und als Midian eine Öllampe anzündete, huschten die Kakerlaken nach allen Seiten davon. Askanios ließ sich einfach fallen, murmelte noch etwas und schlief sofort ein. Midian nahm ihm den Beutel mit Silber ab, warf noch einen unschlüssigen Blick auf ihn und ging hinaus.

23

Naharsin schlief noch nicht, als man ihm den nächtlichen Besucher meldete. Dennoch brauchte er eine gute halbe Stunde, bis er, eine Entschuldigung brabbelnd, auftauchte. Seine Augen waren unnatürlich geweitet, Hals und Wangen mit roten Flecken übersät. Unter einem flüchtig übergeworfenen Mantel war er nackt. Er machte wenige unsichere Schritte zu seinem Stuhl, auf den er sich keuchend fallen ließ. »Midian? Du zu dieser Stunde?«, krächzte er.

»Zu deiner besten Stunde, wie ich sehe«, sagte der verächtlich. »Habe ich dich bei deinen mitternächtlichen Ritualen gestört?«

Naharsin lachte heiser. »Du bist doch nicht hier, um mir dabei Gesellschaft zu leisten? Das ist nicht dein Geschmack, hast du gesagt.«

»Stimmt.« Midian holte Askanios' Beutel heraus. »Kennst du den, Naharsin?«

»Ein ganzer Beutel voll Silber? Bei Ischtars unkeuschen Brüsten, dafür kannst du ein kleines Massaker veranstalten.« Naharsin hüstelte und grinste schmierig. »Das gelbe Zimmer ist frei. Ich habe zwei kräftige Weiber aus Sybaris, mit denen kannst du gehörig ringen, bevor du sie aufschlitzt.«

Midian fuhr sich mit der Zungenspitze über die Zähne. Er dachte an den schlafenden jungen Spartaner, und ein Lächeln entfloh ihm wegen dessen Vertrauensseligkeit. Dann sah er Naharsin an. »Ist dir ein Askanios aus Sparta bekannt?«

»Askanios?«, wiederholte Naharsin gedehnt. »Oh, dieser prächtige Bursche heute Nachmittag? Bei Sins Sichel, mit solchen Dummköpfen mache ich am liebsten Geschäfte. Er ist mein Sklave – nun, sagen wir, so gut wie mein Sklave. Und er muss Muskeln aus Stahl haben, hat dem armen Eschunak den Arm gebrochen.«

»Tut mir leid, Naharsin, Eschunak habe ich selbst behandelt, und du hast keinen Sklaven. Hier ist sein Silber zurück.«

Naharsin hüpfte im Stuhl, als hinge ein Skorpion an seinen edelsten Teilen. »Was soll das, Midian? Mischst du dich jetzt in meine Geschäfte ein?«

»Mit deinen schmutzigen Geschäften wollen nicht einmal die Kakerlaken etwas zu tun haben. Askanios ist mein Freund.«

»Dein – oh, das ist etwas anderes.« Naharsin sah scheel auf seinen schönen Gast. »Ich hätte nie vermutet, dass dieser Grieche solche Freunde hat.«

Midian lächelte. »Hol den lausigen Vertrag und zerbrich ihn. Sofort!«

Naharsin erhob sich widerwillig. »Ja, ja.« Im Vorbeigehen wollte er sich das Silber greifen, doch Midian zog den Beutel zurück. »Leih es mir, Naharsin auf – sagen wir hundert Jahre?«

»Du Dieb, du Halsabschneider, du ...« Naharsin stolperte über Midians Bein und flog lang hin, dabei entblößte er sein nacktes Hinterteil, das mit Striemen bedeckt war. Hastig raffte er sich auf, Midian lachte schallend. »Dein Gesäß schillert ja in den prächtigsten Farben, beschäftigst du auch Künstler in deiner Knabenriege?«

Naharsins Gesicht glich einem überreifen Granatapfel, doch plötzlich verzogen sich seine Lippen zu einem breiten Grinsen. »Hat es dir gefallen? Du kannst es haben, jetzt gleich.«

»Darf ich dich auch mit dem Brandeisen verzieren?«

»Warum nicht? Wenn du mich zusehen lässt, wie du es treibst – oben im gelben Zimmer.« Naharsins Wangen glühten wie im Fieber, und er riss sich den Mantel herunter. »Mach mit mir, was du willst, du göttlichster aller Männer.«

»Und ich behalte das Silber?«

»Du bekommst noch einen Beutel dazu.«

»Du geiler Ziegenbock! Zieh dich an, ich bin nicht käuflich.«

»Dann tu es aus Freundschaft!« Naharsin zitterte am ganzen Körper, er hatte schwere Rauschmittel geschluckt und war jetzt nahe daran, die Gewalt über sich zu verlieren.

Midian packte Naharsin an den Armen und blies ihm ein furchtbares Lachen ins Gesicht. »Aus Freundschaft? Warum nicht? Bring die Weiber aus Sybaris her und sättige mich mit deinem Wahnsinn!«

Gegen Morgen schlüpfte Midian in die stickige Dachkammer zu Askanios und legte sich eng an ihn, den linken Arm um seinen Leib geschlungen, gejagt von hitzigen Gedanken. Askanios schlief fest. Erregt drängte Midian sein Geschlecht gegen ihn und fuhr ihm mit den Lippen über den Hals. Das Zwischenspiel im gelben Zimmer hatte ihn befriedigt, aber nicht erschöpft.

Mit zunehmender Behelligung konnte es nicht ausbleiben, dass Askanios erwachte. Benommen hob er den Kopf, unwillkürlich versuchte er, sich aus der ungewohnten Umklammerung zu lösen. »Was ist das – wer –? Midian, bist du es?«

»Ja«, gurrte dieser, »schlaf doch weiter, es ist noch nicht einmal ganz hell.«

»Ist die Kammer so klein, oder weshalb musst du halb auf mir liegen?«, gab Askanios unwirsch zurück und stieß Midian unsanft den Ellenbogen in die Rippen.

»Der Morgen ist frisch, mir ist kalt«, entschuldigte sich Midian und rückte etwas zur Seite. Askanios warf in dem spärlichen Morgenlicht, das durch die Ritzen fiel, einen misstrauischen Blick auf ihn. »Ist dir zu kalt oder zu heiß?«

Midian lachte weich. »Was wäre dir denn lieber?«

Askanios richtete sich jäh auf. »Ist denn ganz Babylon ein männliches Hurenhaus?«

»Beruhige dich! Niemand hat dir etwas getan. Man wird doch noch einen Versuch machen dürfen.«

»In der Amurru laufen scharenweise Strichjungen und Dirnen herum. Hat ein so ansehnlicher Mann wie du es nötig, andere Männer zu betatschen?«

»Zu betatschen? Hör mal, ich habe dich höchstens – ach, vergiss es! Lass uns noch eine Runde schlafen.«

»Jetzt bin ich wach. Ich werde mich auf den Heimweg machen.«

»Wie du meinst.« Midian hockte sich auf den Strohsack und betrachtete Askanios, wie er sich den Staub und die Flöhe aus den Kleidern schüttelte. Askanios warf ihm einen Blick zu, und beide mussten lachen. »Du bist ein hinreißender Mann, Midian, aber im Bett kann ich mich nur für Frauen erwärmen. Tut mir leid, denn du warst sehr liebenswürdig zu mir.«

»Liebenswürdig?«, brummte Midian, »mir diese Tugend anzuhängen, grenzt an Beleidigung. Aber ich bin weit mehr, Spartaner, ich bin selbstlos aufopfernd.« Er warf ihm den Beutel zu. »Vergiss nicht, dein Silber mitzunehmen.«

»Beim Hades, das hätte ich fast vergessen. Wenn ich es Naharsin nicht zurückgebe, muss ich noch sein Haussklave werden.«

»Das ist nicht mehr nötig, zwischen Naharsin und dir ist alles geregelt. Er hat den Vertrag vernichtet.«

»Woher weißt du das?«

»Während du geschlafen hast, habe ich ihn besucht, und ich konnte ihn überreden, dir das Silber zu schenken, denn Naharsin hat ein weiches Herz, wie jedermann in der Amurru weiß.«

»Zu schenken? Weshalb? Hast du Macht über Naharsin?«

»Vielleicht.«

»Ich zahle dir das Silber zurück, ich bleibe nichts schuldig.«

»Ich auch nicht, mein Freund.«

Askanios musterte ihn nachdenklich. »Ich glaube, du bist ein gefährlicher Mann.«

»Nur für meine Feinde«, erwiderte Midian honigsüß.

24

Gamaliel, das Gemeindeoberhaupt der Hazarim, eines alten jüdischen Viertels im Süden Babylons, hatte seit einigen Wochen hohe Gäste aus Jerusalem: den Oberpriester Hilkija mit seiner Familie und einen dunklen Fremden, von dem es hieß, er sei der wiedergeborene David. Er lebte nicht nach der Väter Art, aber Gamaliel sah, dass Hilkija ihn fürchtete, und so erwies er ihm alle Ehren.

Überall im Viertel wurden alte Mauern niedergerissen, niedrige Häuser aufgestockt, weitere Grundstücke vermessen und neue Mauern hochgezogen. Die Gemeinde erwartete an die dreihundert Einwanderer aus Juda. Es handelte sich ausnahmslos um vornehme Familien, die in der Hazarim gern aufgenommen wurden. Und es ging das Gerücht, es würden noch mehr kommen.

Obwohl die Stärkung der jüdischen Gemeinde auf Midians Einfluss zurückgegangen war, kümmerte er sich wenig um ihre Belange. Sobald er seinen Fuß in die Stadt mit dem aufstrebenden Doppeltor der Ischtar gesetzt hatte, wo die Paläste und Tempel wie Berge in den Himmel ragten; nachdem er ihren Duft tief eingeatmet und ihren unverwechselbaren Geruch der Verderbnis wahrgenommen hatte, war das Entzücken über ihn gekommen. In dieser Stadt Gott sein! Sie in der Hand zu halten wie einen Klumpen Lehm, den der Töpfer verwirft oder gestaltet. Süßen Sieg schmecken bei der Vernichtung des Griechen, bevor er die Stadt Belials mit der Seuche seiner Menschenfreundlichkeit heimsuchen konnte.

Midian witterte die Ausdünstungen der Stadt wie ein Wildhund den Kadaver. Er strich durch finstere Gassen, ging in verlassene Häuser, besuchte die Habgierigen, die Ausgestoßenen, die Verzweifelten und die Besessenen. Er sprach mit machtgierigen Höflingen und fanatischen Priestern, gesellte sich zu verkrüppelten Bettlern, verbrauchten Huren und brutalen Schlägern. Kaum einen Flecken ließ er aus, an dem er Abschaum, Elend und Gier vermutete.

Auf seinen Streifzügen war er oft in der Amurru gewesen. Dann hatte er dort einen Mann getroffen und war bei seinem Anblick zusammengezuckt. Der Mann hatte unmittelbare Berührung mit seinem Feind, dessen war Midian gewiss. Einige Tage hatte er ihn beobachtet. Er kam regelmäßig, und er kam allein. Er spielte, gewann und verlor, aber er verlor mehr als er gewann, und seine Mitspieler waren keine Männer, die das als Scherz aufgefasst hätten.

Midian lächelte vor sich hin. Gestern hatte sich eine gute Gelegenheit geboten, mit dem Tölpel ins Gespräch zu kommen und sein Vertrauen zu gewinnen. Geht der Tropf doch geradewegs zu

Naharsin, dem berüchtigtsten Knabenhändler, Bordellbesitzer und Menschenschinder weit und breit, und glaubt, der werde ihm helfen. Midian meinte, es sei an der Zeit, die Jagd zu eröffnen.

Asandros war verändert aus Harran zurückgekommen. Auf Askanios' Drängen, wann sie nun endlich aufbrächen, sagte er nur, er müsse auf Nebukadnezar warten.

Askanios hatte begonnen, sich zu langweilen und war nächtelang ausgeblieben. Meist besuchte er Schenken mit einfachen Leuten, wo er sein Bier bekam, eine fröhliche Unterhaltung und ein freundliches Mädchen. Doch es hatte ihn auch häufig zu den Spielern in der Kupferpfanne gezogen, bis er an dem einen Abend viel verloren hatte, zu viel. Und als er nicht bezahlen konnte, hatten sie ihre Messer gezogen. Er hatte sich eine Frist ausgebeten, und dann war dieser Fremde gekommen. Wie ein guter Geist war er aus dem Nichts aufgetaucht, und er wusste nichts über ihn außer seinem Namen: Midian.

Askanios schwor sich, die Amurru und das Würfeln künftig zu meiden. Gut gelaunt betrat er den Ostflügel des Palastes, als ihm Scheschaschared entgegentrat und sich verneigte. »Er hat Besuch«, flüsterte er.

Askanios stieß die Türen zu Asandros Zimmer auf und blieb betroffen stehen. Vor dem nachtblauen Vorhang, der den Raum vom Schlafgemach abteilte, erblickte er den Mann, der ihn auf betrügerische Weise hatte zum Sklaven machen wollen: Naharsin.

Als Naharsin Askanios erkannte, zuckte er so stark zusammen, dass ihm ein silbernes Döschen entglitt, welches ein bräunliches Pulver verstreute.

Asandros sah die beiden Männer verwundert an. Askanios' Blick war von Hass verdunkelt, Naharsin Gesichtsfarbe grau wie Lehm. Askanios tat einige Schritte auf ihn zu, die Hand am Gürtel; kurz vor Naharsin blieb er stehen und sah Asandros fragend an: »Was will diese Stinkpflanze bei dir?«

Asandros unterdrückte seine Verblüffung und ein Grinsen. »Du verwechselt diesen edlen Mann, Askanios. Das ist Naharsin, der Vorsteher der Hospitäler, der sich der Gunst der Götter und des Königs erfreut.«

»Aber nicht meiner!«, zischte Askanios. »Es gelüstet mich, dieser Natter den Kopf zu zertreten.«

Naharsin fasste sich und hüstelte leise. Vorsichtig trat er einen Schritt zurück und sah aus den Augenwinkeln nach seinem Döschen. »Askanios – was für ein glücklicher Zufall, dich hier zu treffen. Es hat ein kleines Missverständnis gegeben. Mein Schreiber, dieser Krötenkopf, hat die Angaben verwechselt und ...« Er bückte sich rasch und versuchte, das Pulver mit den Fingern in den Behälter zurückzuschieben, doch Askanios gab der Dose einen Tritt, dass sie unter den Vorhang rutschte und auch das restliche Pulver herausfiel. »Das brauchst du jetzt nicht, ich will weiter deinen Lügen lauschen.«

Naharsin richtete sich auf, dunkelrot im Gesicht. Obwohl er sich vor Askanios fürchtete, schien ihn der Verlust des Pulvers weitaus stärker zu beschäftigen. Er lächelte schief. »Dein Zorn ist berechtigt, aber glaub mir, ich habe sofort nach Erkennen des Irrtums nach dir suchen lassen; meinen Schreiber habe ich auspeitschen lassen. Ich werde meinem Schutzgeist einen Hahn opfern, dass ich dich so schnell gefunden habe. Erlaube mir, dir als Entschädigung das Silber zu schenken.«

»Du verlogener Aasgeier! Du hast es mir bereits geschenkt, weißt du das nicht mehr? Aber nicht aus Menschenfreundlichkeit, sondern weil Midian dir einen Besuch abgestattet hat. Willst du mir schenken, was ich bereits besitze?«

Asandros zuckte zusammen. »Midian?«, wiederholte er.

Askanios drehte sich um. »Ja, dein Mann für den Zagros, nehme ich an. Ich traf ihn in einer Schenke, und er half mir aus einer argen Klemme, in die mich dieser Betrüger hier gebracht hat.«

»Dann ist er in Babylon!«, stieß Asandros hervor.

Askanios stellte sich breitbeinig vor Naharsin auf, damit dieser die verräterische Röte seines Freundes nicht bemerkte, und blies ihm verächtlich seinen Atem ins Gesicht. »Du bist ein einflussreicher Mann in Babylon, wie? Aber du siehst, dass du einen Griechen nicht einschüchtern kannst und einen Spartaner erst recht nicht.«

Naharsin verneigte sich kriecherisch. »Ich habe einen Fehler begangen«, murmelte er. »Gib mir Gelegenheit, ihn wiedergutzumachen.«

»Lass dich nie wieder hier sehen, dann vergesse ich vielleicht deine Betrügerei!«, zischte ihm Askanios zu.

Asandros machte eine flüchtige Handbewegung. »Ich danke dir für die Einladung, Naharsin. Ich werde kommen, schon um die Missstimmigkeiten zwischen uns auszuräumen.«

»Ich werde euch wie Prinzen empfangen«, erwiderte Naharsin, raffte seinen langen Rock und entfernte sich rückwärtsgehend. Asandros wies auf den Vorhang. »Willst du deinen silbernen Behälter nicht mitnehmen?«

»Wenn du mir erlaubst, dein Schlafgemach zu betreten«, säuselte Naharsin und holte sich sein Döschen. Als er gegangen war, lachte Askanios schallend; Naharsin hörte das Lachen auf dem Gang. Er ballte die Faust um den leeren Behälter und eilte mit harten Schritten dem Ausgang zu.

»Was wollte denn dieser Knabenschänder von dir?«, fragte Askanios und ließ sich auf den Diwan fallen.

»Und was hattest du für Geschäfte mit ihm?«, spottete Asandros.

Askanios wischte ärgerlich mit der Hand durch die Luft. »Spielschulden«, brummte er. »Ich wollte dich damit nicht behelligen.«

»Und Midian? Bist du ihm bei Naharsin begegnet?«

»Du kennst ihn aus Jerusalem?«, wich Askanios aus. »Weshalb
hast du mir nichts von ihm erzählt?«

»Ich hoffte, er würde aus meinem Leben verschwinden, wenn
ich ihn totschweige.«

»Deinen rosig angehauchten Wangen entnehme ich eher, dass
du über seine Anwesenheit in der Stadt hocherfreut bist.«

Asandros lächelte schwach. »Nun ja, das bedeutet wohl, dass
ich mich künftig mit ihm befassen muss. Erzähl mir von eurer Begegnung, Askanios.«

Aufmerksam lauschte Asandros dem Bericht seines Freundes,
dann sagte er: »Dass Midian unsere Schicksale auf mystische Weise verknüpfen will, ist immerhin neu. Den übersinnlichen Weg hat
er meines Wissens noch nicht benutzt, um seine Gegner zu verderben.«

»Du hältst ihn für deinen Feind?«

»Wofür sonst? Glaubst du an seine Freundschaft, weil er dir bei
Naharsin geholfen hat? Eher gibt mir zu denken, dass er sich in
seiner Schleimspur aufhält.«

»Gewiss, er ist undurchsichtig, und man fürchtet ihn in der
Amurru, aber welchen Grund sollte er haben, gegen dich zu sein?«

»Vielleicht glaubt er auch, ich wolle den Thron Babylons besteigen. Nebukadnezar fürchtet sich vor jedem Mann, der ihn um
Haupteslänge überragt, und jetzt will er uns gegenseitig ausspie-
len. Wenn wir uns die Köpfe einhauen, ist er beider Rivalen ledig.«

»Du wirst Midian davon überzeugen, dass er dich nicht fürchten muss. Schließ Freundschaft mit ihm.«

Asandros verschränkte die Arme auf dem Rücken und ging auf
und ab. »Dann sollte ich ihn als Führer annehmen?«

»Ich glaube, du wirst nicht mehr ohne ihn gehen.«

»Ich fürchte seine Nähe, Askanios. Ich könnte mich in ihn ver-
lieben, und dann saugt er mich aus wie die Spinne ihr Opfer.«

Über Askanios' Gesicht legte sich ein Schatten. »Du bist Asandros, der Falke! Du bist es, der seinen Gegner in die Knie zwingt,
auch in der Liebe.«

Asandros lächelte abwesend. »Gut. Wenn Midian ein Mysterium ist, will ich es entschleiern.«

25

Über Babylon spannte sich ein wolkenloser Himmel. Noch war die sengende Mittagshitze fern. Asandros erhob sich und streckte die Glieder in der kühlen Morgenluft. Wie still war es um diese Zeit, wenn die quirlige, lebenslustige Stadt noch ihren Rausch ausschlief. Asandros trat auf die Terrasse und atmete den Duft ein, den das blühende Buschwerk verströmte.

Da zuckte er jäh zusammen; ein schauerliches Geheul zerriss die Stille und ließ die Luft erzittern. Es kam aus der Stadt, brach sich als vielfältiges Echo und füllte den Raum, als verströme ein sterbender Gott über der Stadt seine Totenklage.

Asandros sah sich um, nichts war zu sehen, die Bäume wiegten sich im Wind, nur die Vögel waren in dem auf- und abschwellenden Missklang nicht mehr zu hören. Asandros lief ins Zimmer zurück, kleidete sich rasch an und lief auf den Gang in die Halle. Scheschaschared kam ihm entgegen und verbeugte sich. »Es ist der eiserne Stier, Herr, heute brüllt er.«

»Wer?«, rief Asandros. »Bei allen Höllengeistern, das ist unerträglich!« Er packte den Vorsteher am Gewand. »Was ist das? Sprich!«

Scheschaschared wurde blass. »Der Stier des Marduk. Er erhebt seine Stimme nur selten.«

»Fasele keinen Unsinn! Dort schreit doch ein Mensch in höchster Qual.«

Scheschaschared röchelte, Asandros drückte ihm fast die Luft ab. »Du hast noch nichts davon gehört, Herr? Jemand wird im eisernen Stier geröstet.«

»Es ist eine Hinrichtung?« Asandros ließ den Vorsteher los, der erleichtert den Atem ausstieß und furchtsam einige Schritte zurückwich. »Ja Herr, aber bei vollem Bewusstsein wird sie selten vollstreckt.«

»Wie kann sich das Geschrei in ganz Babylon verbreiten?«

Scheschaschared zitterte. Er hatte den freundlichen Griechen noch nie zornig erlebt. »Im Maul des Stiers befindet sich ein Schalltrichter, der die Schmerzensschreie verzehnfacht, verhundertfacht vielleicht. Jeder in Babylon hört es, wenn der Stier brüllt.«

»Wer denkt sich so etwas aus?«, stieß Asandros erschüttert hervor.

»Marduk ist der Stier«, flüsterte der Vorsteher. »Wenn er brüllt, zittert die Stadt, und so soll auch der Erdkreis erzittern vor Babylons Macht.«

Das Schreien hatte aufgehört. Asandros sah das schwitzende

Gesicht des Vorstehers, seine aufgerissenen Augen, aber darin war kein Mitgefühl, nur Furcht. Angewidert wandte Asandros sich ab. *Die babylonische Rechtsprechung geht mich nichts an*, redete er sich ein.

Vor den Unterkünften der Krieger trat ihm Nebusaradan entgegen und schlug ihm auf die Schultern. »Du bist ziemlich blass, Asandros. Ja, so etwas schlägt auf den Magen.«

»Es ist abscheulich. Weshalb sind die Männer noch nicht angetreten?«

»Sie werden nicht kommen. Ich habe sie eingesperrt.«

»Warum?«

»Heute Morgen konnten diese Schnarchsäcke gar nicht schnell genug von ihren Strohsäcken aufspringen. Der Stier, verstehst du? Dieser unmenschliche Stier. Als das Gebrüll anhub, glänzten ihre Augen, und sie wollten hinaus auf den Platz, ihn sehen, aber der Sache habe ich einen Riegel vorgeschoben.«

Obwohl Asandros erleichtert war, verstand er nicht. »Und deshalb hast du sie eingesperrt? Ich dachte, ganz Babylon ...«

»Blödsinn!« Nebusaradans Hand wischte unsichtbare Mücken fort. »Dieses Geschrei ist scheußlich, aber manche meinen, es schrecke andere vom Verbrechen ab.«

»Ich bin froh, dass wir hier die gleiche Auffassung haben«, gab Asandros zur Antwort, »aber zur Hinrichtung zu gehen, ist sicher nicht verboten. Ich verstehe immer noch nicht, weshalb du die Männer eingesperrt hast.«

»Du gibst diesen Schlicktretern das Gefühl, wertvoll zu sein, dafür sind sie dir etwas Rücksichtnahme schuldig.«

»Vielleicht waren sie nur neugierig«, beschwichtigte Asandros, der wusste, dass man diese Dinge auseinanderhalten musste. »Ich freue mich, dass du in dieser Sache so denkst wie ich, aber verlangst du nicht zu viel Einsicht von Männern, die hier aufgewachsen sind?«

»Die können sie heute sammeln«, brummte Nebusaradan.

»Nun, dann werde ich die Zeit nutzen, mich in der Stadt umzusehen.«

»Sagtest du nicht, du habest endlich einen Führer für den Zagros gefunden?«

»Ja.«

»Wo ist er? Weshalb lässt er sich nicht blicken? Braucht er keine Waffenübungen?«

»Ich glaube, Midian kann schon mit dem Bogen umgehen.«

»Midian?«, wiederholte Nebusaradan betroffen. »Doch nicht jener Judäer aus der Hazarim?«

»Du kennst ihn?«, fragte Asandros verblüfft.

»Wenn es der ist, den sie dort den David nennen, ja. Ein mächtiger, ein gefährlicher Mann, Asandros. Ihm willst du dich anvertrauen?«

»Woher kennst du ihn?«

»Ich sah ihn anlässlich der Feier der Laubbekränzung im Tempel Nabus. Er befand sich dort in Gesellschaft des Sinpriesters Xandrames, von dem es heißt, er verstehe sich auf Magie, auf teuflische Magie, verstehst du? Man würde ihn gern ausstoßen, aber man fürchtet ihn und seine Zauberkräfte.«

»Du weißt doch, dass ich daran nicht glaube«, warf Asandros ungeduldig ein. »Sonst weißt du nichts?«

»Ich tat, als reihte ich mich in die Opfernden ein, dabei näherte ich mich unauffällig den beiden, denn wenn ein so auffälliger Mann wie dieser Judäer sich mit Xandrames zusammentut, dann braut sich etwas zusammen.«

»Vielleicht sprachen sie nur zufällig miteinander. Konntest du etwas erlauschen?«

»Nein, sie waren sehr vorsichtig, aber sie waren nicht wegen der Feierlichkeiten gekommen, denn bald darauf verschwanden sie, ohne geopfert zu haben.«

Asandros zuckte mit den Schultern. »Das besagt gar nichts. Ich glaubte, du hättest einen begründeten Verdacht gegen Midian.«

»Noch nicht, aber sei vorsichtig, Asandros. In seinen Augen sehe ich Tod.«

»Du glaubst, er hat es auf mein Leben abgesehen?«

Nebusaradan fasste nach einem verborgenen Amulett, aber so, dass Asandros es nicht sah. »Glaub mir«, murmelte er, »dieser Judäer ist ein Dämon. Er ist ein Wesen, das uns vom Herrn der Finsternis gesandt wurde. Sein Ziel ist Vernichtung.«

Asandros schüttelte den Kopf. »Jetzt übertreibst du aber, Nebusaradan. Midian mag seine Ziele verfolgen und dabei auch bereit sein, über Leichen zu gehen, aber das ist Nebukadnezar ebenfalls.«

»Du musst in seine Augen sehen«, flüsterte Nebusaradan. »Sie sind ohne Mitleid und schwarz wie die Tore zur Unterwelt.«

Asandros lächelte. »Ja, es ist gefährlich, ihm in die Augen zu schauen, aber aus anderen Gründen, wenn du weißt, was ich meine.«

»Bei Ischtar, dann solltest du doppelt vorsichtig sein, Asandros.«

»Vorsicht kann nie schaden«, ließ sich da eine Stimme hinter ihnen vernehmen. Midian stand da und lächelte. Er hielt Bogen und Köcher in der Hand.

Nebusaradan und Asandros verstummten betroffen. Sie hatten sein Herannahen nicht bemerkt. »Wovor sollst du dich hüten,

Asandros? Doch nicht vor mir?«

Nebusaradan war wütend. »Vor Männern, die sich heranschleichen wie die Katzen, um anderer Leute Gespräche zu belauschen!«

»Ihr beide würdet einen Wildochsen nicht bemerken, wenn er heranstürmt. Ich habe nicht gelauscht.«

Asandros war wie gelähmt. Jener hinreißende David stand vor ihm wie ein verbotener Traum. Sein sinnliches Lächeln, jede geschmeidige Bewegung seines kupferglänzenden Körpers waren pure Lüsternheit. Asandros wollte die Augen abwenden von dem Mann, der in den letzten Wochen sein Denken ausgefüllt hatte, aber ihm blieb nur, ihn stumm anzustarren und bestürzt festzustellen, welche Macht er über ihn besaß. Er war sehr erleichtert, dass Nebusaradan das Wort führte. »Wer bist du? Was willst du hier?«

Midian wies seinen Bogen vor. »Ich wollte sehen, ob ich mithalten kann oder noch dazulernen muss.« Er lächelte Asandros an. »Wir kennen uns aus Jerusalem.«

»Das ist kein Grund, hier unangemeldet zu erscheinen«, fuhr Nebusaradan unbeeindruckt fort. »Kennst du nicht den vorgeschriebenen Weg?«

»Ich kenne ihn, er ist mir zu umständlich, edler Nebusaradan.«

»Du bist hier nicht in Jerusalem«, erregte sich Nebusaradan mit hochroten Wangen. »Hast du die Wachen bestochen, oder hat dir Xandrames' Zauberei dazu verholfen, über die Mauer zu fliegen?«

Midian zuckte nicht mit der Wimper. »Du sagst es.« Er wandte sich von ihm ab und fragte Asandros: »Wo sind denn deine tapferen Bogenschützen? Ich wollte mich einmal mit ihnen messen.«

»Sie haben Arrest«, mischte sich Nebusaradan abermals ein, »du kannst also wieder gehen.«

Midian warf ihm einen kalten Blick zu. »Es ist mir neu, dass ich unter deinem Kommando stehe, Rabschake!« Er sah Asandros an: »Was haben denn die armen Burschen verbrochen?«

Asandros hatte sich wieder in der Gewalt. »Seit wann bist du in Babylon?«

»Schon seit etlichen Wochen. Hast du mich eher erwartet?«

»Ich weiß nicht, ob du dein Angebot ernst gemeint hattest.«

»Hast du einen anderen Führer gefunden?«

»Nein.«

»Dann steht mein Angebot. Brauchst du immer noch Bedenkzeit?«

»Nein, aber du brauchst eine Zurechtweisung. Du wirst uns führen, aber ich habe das Kommando.«

»Das habe ich nie bestritten.«

»Dann führe keine losen Reden! Sie untergraben die Disziplin.«

»So empfindlich, Hauptmann Asandros? Ich habe doch nur ge-scherzt.« Midian sah sich um. »Wenn deine Männer nicht da sind, dann miss dich doch einmal mit mir!«

»Hier werden keine Wettkämpfe ausgetragen!«

»Du hast wohl Angst zu unterliegen?«

»Ich kann Niederlagen ertragen. Wärst du der bessere Schütze, was läge daran? Das macht nicht den Wert eines Menschen aus.«

»Ich schließe jede Wette ab, dass ich dich auch in allen anderen Waffengattungen übertreffe.«

Asandros nickte gelassen. »Leb weiter in der Annahme, es sei so.«

Midian lachte, und Asandros rann dieses Lachen durch die Adern wie flüssige Lava. »In Wahrheit brennst du darauf, dich zu beweisen, mein goldhaariger Freund.«

»Du irrst dich«, erwiderte Asandros, doch seine Stimme brach, und an seiner Stelle warf Nebusaradan rasch ein: »So wie du redet man nicht mit seinem Vorgesetzten!«

Midian schlenderte an den beiden vorüber, dabei hängte er sich den Bogen über die linke Schulter und den Köcher über die rechte. »Ich glaubte, Männern zu begegnen, aber hier treffe ich nur übel gelaunte Marktweiber. Dabei begann der Tag doch so vortrefflich mit dem Stier.«

»Schweig still! Ich sperre jeden ein, der den Stier in Asandros' Gegenwart lobend erwähnt«, ereiferte sich Nebusaradan, und sein kantiges Gesicht färbte sich purpurn.

Midian zog die Oberlippe hoch und entblößte seine Vorderzäh-ne wie eine Schlange, die zubeißen will. »Weiß Nabupolassar da-von, dass man hier mit Mördern Mitleid hat und aufrechte Män-ner ins Verlies werfen lassen will?«

»Das mit dem Mitleid kommt ganz darauf an, wer in dem Stier sitzt«, gab Nebusaradan zischend zurück.

»Was willst du denn damit sagen?«, fragte Midian drohend.

»Nebusaradan will damit sagen, dass niemand betrübt ist über das Ende eines Schlächters«, trat Asandros mit kalter Stimme da-zwischen. »Aber hier jubelt auch niemand über die Qualen eines Menschen.«

»Die Morgenmusik war wohl nicht nach deinem Geschmack – Menschenfreund?«

»Glaubst du, ich ziehe deine zynischen Bemerkungen vor?«

»So etwas gibt es nicht in Griechenland, wie?«

»Der Areopag kommt noch ohne den eisernen Stier aus, und ich werde ihn dort nicht empfehlen.«

»Areopag? Ist das euer König?«

»So heißt der Gerichtshof in Athen. Dort sitzen die Männer, die vom Volk gewählt sind, um das Gesetz zu schützen.«

»Hm, und weshalb sitzt du nicht in diesem auserwählten Kreis, Asandros?«

»Weil ich Spartaner bin.«

»Aber du hast Sparta verlassen.«

»Ich war nicht mit allem einverstanden, was in Sparta geschah.« Midian lächelte. »Ein gemäßigtes Wort für Auflehnung und Hochverrat, wie ich annehme? Musstest du aus Sparta fliehen?«

»In Sparta wartet ein Todesurteil auf mich.«

»Ein Todesurteil?« Midians Augen flammten auf. »Dann bist du ein Gesetzloser, wie ...« Er zögerte und schloss sanft: »Wie die Männer, die du fangen sollst.«

»Ja, in Sparta bin ich ein Gesetzloser, aber ich habe mich niemals als Wegelagerer betätigt.«

»Nein.« Midian musterte Asandros herausfordernd von oben bis unten. »Du nicht.«

Asandros schoss das Blut ins Gesicht, und er ärgerte sich. Midian lachte leise und warf Nebusaradan, der ihn finster musterte, einen flüchtigen Blick zu. Dann wandte er sich an Asandros: »Nebusaradan hat dir deine Männer weggesperrt. Willst du nicht die Gelegenheit nutzen, dir mit mir Babylon anzusehen?«

In Asandros Miene regte sich nichts, aber die Aussicht, einen Tag und vielleicht auch die Nacht mit Midian allein in dieser Stadt zu sein, betäubte ihn. Er warf Nebusaradan einen unsicheren Blick zu. »Es ist wahr«, gab er belegt zur Antwort. »Außerhalb des Palastviertels kenne ich Babylon kaum. Bisher hatte ich allerdings wenig Gelegenheit, mich Müßiggang und Vergnügen hinzugeben. Ein Spartaner tut zuerst seine Pflicht.«

»Was für ein großes Wort!« Midian breitete die Arme aus. »Babylon hat viele Gesichter: Es ist prächtig, unergründlich, und sinnlich. Doch wenn du willst, zeige ich es dir als nackte, ungeschminkte Hure.«

Asandros hatte das Empfinden, in Midians Nähe zu glühen und entfernte sich einige Schritte. »Ich weiß. Spelunken in der Amurru, ein zwielichtiger Priester, ein übel beleumdeter Beamter, du hast einen merkwürdigen Umgang nach so kurzer Zeit.«

»Ich bin kein Spartaner«, lächelte Midian. »Ich bin mein eigener Herr und habe die Zeit genutzt.« Er warf einen schnellen Blick auf Nebusaradan. »Aber hier im Dunstkreis von Nabupolassars Günstlingen ist mir die Luft zu schlecht.« Er schlug dem Hauptmann die Hand auf die Schulter. »Nicht wahr, du magst mich nicht?«

»Ich kenne dich nicht«, brummte der und wich Midians Blick aus.

»Unbesorgt, du wirst mich kennenlernen.« Midian schenkte Asandros ein Lächeln, das Steine zu schmelzen vermochte. »Vielleicht gelingt es mir heute auch, dein Misstrauen zu zerstreuen.« Doch bei sich dachte er: *Der Spartaner muss mit Eisbrocken gefüttert worden sein, kein warmer Schimmer regt sich in seinen grauen Augen.*

Asandros aber dachte: *Mein Mund ist staubtrocken, und wenn er mich ansieht, versagt mir die Stimme. Wenn Midian es ahnt, bin ich verloren.* Er nickte kurz. »Einverstanden.«

26

Die Straße führte leicht bergan, ein leichter Wind wirbelte roten Staub auf, und die Sonne brannte wie ein Ofen. Es gab keine Häuser mehr; rechts und links säumten niedrige Felsen und dorniges Buschwerk den Weg. Asandros konnte die östliche Stadtmauer erkennen. Er wischte sich den Schweiß von der Stirn. »Bei Ischtar! Was für eine verlassene Gegend! Hier hausen doch nur Iltisse und Eidechsen. Ist das Babylon, wie du es mir zeigen wolltest?«

»Nur Geduld, wir sind bald da.«

»Du hättest mir sagen müssen, dass wir einen längeren Marsch durch die Hitze vorhaben, dann hätte ich einen Wasserschlauch mitgenommen.«

»Du hast Durst?«

»Die Zunge klebt mir am Gaumen, und einem Wasserverkäufer würde ich ein Silberstück für einen Becher zahlen.«

»Du wirst doch nicht zusammenbrechen?«, spottete Midian und schritt munter vorwärts.

»Das möchtest du wohl?« Asandros ging zwei Schritte hinter Midian und fügte brummend hinzu: »Ich glaubte, es sollte ein Vergnügen sein.«

»Nein, ich sagte, du sollst in Babylons Fratze schauen.«

»Wenn du darauf bestehst. Aber deswegen muss ich doch nicht gleich verschmachten.«

»Glaub mir, du wirst die Sache mit ausgedörrter Zunge besser zu würdigen wissen.«

»Weshalb sagst du mir nicht, wohin es geht?«

»Ich will dich überraschen.«

»Überraschen würde mich eine schattige Taverne mit gutem Wein«, knurrte Asandros. Da traten ihnen an einer Biegung bewaffnete Krieger entgegen und versperrten ihnen den Weg. Midian wechselte einige Worte mit ihnen, und man ließ sie durch.

»Was wollten die Männer von uns?«

»Den Platz, den sie bewachen, darf niemand ohne Erlaubnis betreten. Aber ich kenne den Hauptmann.«

»Wen kennst du nicht?«, murmelte Asandros.

Da tat sich vor ihnen plötzlich ein Talkessel auf, an dessen östlichem Ende die Stadtmauer entlangführte. Zu ihren Füßen fiel der Fels steil ab; seitlich führte ein schmaler, steiniger Pfad hinunter. Nichts wuchs hier, nur Staub füllte einem den Mund. Wie eine erstickende Glocke hing die Hitze über dem Tal, geborstene Felsen bedeckten die Hänge. Und doch schien das gesamte Gelände von furchtbaren Gewächsen übersät zu sein; aus nackten Felsen ragten hölzerne Gebilde wie Bäume ohne Krone mit verkrüppelten Ästen oder Pfähle wie Schiffsmasten, einige geborsten, umgefallen, die meisten gerade, entrindet von Sand und Hitze. An ihnen hingen nackte, menschliche Leiber.

Midian wies hinunter. »Das ist Babylons Hinrichtungsstätte. Das Tal der Pfähle.«

Asandros kniff seine Augen zusammen und blinzelte in das flirrende Licht. »Das ist deine Überraschung? Das haben wir auch bei uns. Wir kreuzigen Verbrecher, aber niemand kommt auf den Gedanken, dorthin einen Ausflug zu machen.«

Midian ließ sich auf einen Stein nieder. »Du hast doch Durst? Überleg einmal, was für einen Durst die da unten haben mögen?«

Asandros schnaubte ärgerlich. »Mit Räubern und Mördern habe ich kein Mitleid.«

»Nein? Dann lass uns hinuntergehen.«

»Ich denke nicht daran. Da unten ist es heiß wie in einem Schmelztiegel, und ich bin kein Verurteilter. Bei Zeus! Ich hätte nicht wenig Lust, dich ordentlich zu verprügeln für deine Verrücktheit.«

Midian wies auf ein schwarzes Zelt zur Linken. »Da haust ein Wächter. Er wird Wasser haben. Dann will ich dir zeigen, dass in Babylon eine Hinrichtung nicht das ist, was sie vielleicht in Athen ist.«

»Es stimmt, dass ich den Stier nicht mag, ich finde das künstlich verstärkte Geschrei widerlich, aber in eure Gesetzgebung mische ich mich nicht ein.«

»Du sollst dich nicht einmischen. Ich will dir nur die Augen öffnen dafür, wie Menschen wirklich sind.«

»Das weiß ich bereits.«

»Du weißt überhaupt nichts, sonst würdest du nicht auf der anderen Seite stehen!«

»Auf welcher Seite?«

Midian biss sich auf die Lippen. »Vergiss es! Nun, wie ist es, hast du Angst vor der Wahrheit?«

»Ich habe Angst, hier am Ende zu verdursten«, murrte Asandros. »Wenn der Wächter wirklich Wasser hat, worauf warten wir?«

Aus dem Zelt trat ein hagerer Mann mit langem, verfilztem Haar, stechenden Augen und wulstigen Lippen, die leicht offen standen und vorstehende Zähne entblößten. Er musterte Asandros erstaunt. »Wen bringst du mir denn hier, Midian? Das ist doch ein Fremder, oder nicht?«

»Mein Freund Asandros.«

»Seit wann?«, fragte dieser bissig.

Der Hagere spuckte aus und rieb sich abwesend die Handflächen. »Freund oder nicht, was wollt ihr?«

Midian holte Kupfer aus seinem Gürtel und drückte es dem Wächter in die Hand. »Wir sind so ausgedörrt wie deine Kundschaft da unten, gib uns Wasser.«

Der Mann verschwand im Zelt. Midian lächelte Asandros heiter an. »Das ist Scheschbassar.«

Scheschbassar kam mit zwei Wasserschläuchen zurück. Sie tranken lange und mit Behagen. Midian setzte den halb leeren Schlauch ab. »Wir wollen hinunter.«

Scheschbassar sah Asandros von der Seite an und dann fragend auf Midian. »Ein Kunde?«

Midian lächelte. »Noch nicht, aber vielleicht kann ich ihn begeistern.«

»Was wollt ihr um diese Tageszeit da unten? Jetzt ist es mörderisch im Kessel, und die Vögel sind angriffslustig.«

»Die haben genug Fleisch, das stillhalten muss«, grinste Midian.

Asandros wischte sich den Mund ab. »Gehen die Vögel nicht nur an Tote?«

»Gewöhnlich ja, aber wenn sich das Opfer nicht mehr wehren kann, machen sie keinen Unterschied.«

»Ich kann den Sinn nicht verstehen, weshalb wir uns diese Sterbenden aus der Nähe anschauen sollten. Kann es sein, dass du dich daran ergötzt? Dann sollst du wissen, dass ich andere Vergnügen vorziehe.«

Midian schulterte seinen Wasserschlauch und wandte sich ab, damit Asandros sein sardonisches Lächeln nicht bemerkte. »Ich bin nur dankbar, dass dem Gesetz hier Geltung verschafft wird. Aber mir geht es nicht um eine gewöhnliche Hinrichtungsstätte. Ich habe dir eine Überraschung versprochen.«

»Die kannst du mir auch hier oben mitteilen.«

»Du würdest es nicht glauben, wenn du es nicht mit eigenen Augen gesehen hättest. Und am Ende würdest du mich einen Lügner schimpfen.«

»Vielleicht will ich von deiner Überraschung gar nichts wissen.«

»Ich denke doch.« Midian sah sich nach ihm um. »Komm! Du wirst etwas erfahren, was dich umtreiben wird. Bist du nicht ein Günstling Nabupolassars? Dann verfügst du auch über Einfluss. Und wer über Einfluss verfügt, kann sich hernach nicht über Missstände beklagen, die er nicht beseitigt hat, obwohl er von ihnen Kenntnis hatte.«

Nun hatte Midian doch Asandros' Interesse geweckt. Er brummte noch irgendeine undeutliche Erwiderung vor sich hin, machte sich aber zusammen mit Midian vorsichtig an den Abstieg. Die Luft wurde zusehends stickiger, es roch nach Exkrementen und faulem Fleisch. Auf einigen Körpern saßen schwarze Vögel und hackten Fleischstücke heraus. Asandros bemerkte erleichtert, dass sie schon tot waren.

»Ich kann kaum atmen«, keuchte er. Selbst Midian hielt sich die Hand vor den Mund. »Ja, kein schöner Ort, um zu sterben.«

Asandros blieb kurz unter einem noch lebenden Körper stehen, und der Verurteilte erblickte die Wasserschläuche. Sein verkrustetes Gesicht verzerrte sich, er gurgelte und bettelte, und seine blutigen Fäuste verkrampften sich in den Stricken, mit denen er am Querbalken festgebunden war.

»Das ist unerträglich!« Asandros wandte den Blick ab. »Lass uns umkehren!«

Midian vertrat ihm den Weg. »Jetzt schon? Das hätte den mühevollen Weg nicht gelohnt.«

»Aber er sieht, dass wir Wasser dabeihaben, das ist unnötig grausam.«

»Das sind alles Verbrecher, sie wurden verurteilt, um zu leiden.« Midian nahm gemächlich seinen Schlauch von der Schulter und tat einen tiefen Schluck. Da erhob sich ringsum ein Stöhnen und Wimmern, und das Wort Wasser schien tausendfach von den Felsen zu hallen.

Asandros riss sich den Schlauch von der Schulter. »Du Unmensch!« Er wollte dem Mann am Pfahl zu trinken geben, doch Midian stieß ihn zur Seite. »Du Narr! Willst du auch hier hängen? Es ist bei Todesstrafe verboten, sie zu tränken. Sie müssen langsam in der Sonne verschmachten. Das ist der Sinn ihrer Strafe.«

Ein Schwarm Krähen ließ sich jetzt auf einem blutigen Körper nieder, der sich wild aufbäumte. Asandros machte eine kraftlose Handbewegung, um sie zu verscheuchen, und Midian lächelte. »Das ist die Dschehenna, und du bist machtlos. Aber das kennst du ja alles schon aus Griechenland, nicht wahr?«

»So nicht«, sagte Asandros matt. Er schloss kurz die Augen, denn die Krähen zerhackten dem Opfer das Gesicht. »Aber ich bin nicht wirklich überrascht, nur abgestoßen.«

»Nun ja, hier vorn hängen sie nicht.«

»Was zum Hades willst du damit sagen?«, schrie Asandros ihn an. »Ich habe wenig Lust, die ganze Senke abzuschreiten. Deiner Überraschung bin ich überdrüssig.«

»Dieser Ort wird von allen gemieden«, fuhr Midian fort, ohne auf Asandros einzugehen. »Er gilt als Tummelplatz böser Geister. Nur Scheschbassars Kunden wagen sich im Schutz der Dunkelheit hierher.«

»Seine Kunden?«

»Ja.« Midian führte Asandros nun einen schmalen Pfad entlang, der zwischen den Felsen verborgen war. Hinter ihnen erblickte Asandros weitere Pfähle.

»Sieh dir diese Verurteilten genau an, fällt dir etwas auf?«

Asandros sagte lange nichts. Dann stieß er heiser hervor: »Ihnen fehlen die Geschlechtsteile, Augen, Arme, man hat sie verstümmelt. Bei allen barmherzigen Göttern, weshalb?«

»Nun ja, Scheschbassar verkauft die Teile.«

»Wie? Die Leichenteile?«

»Bei Marduk, nein! Leichenteile sind wertlos. Die Körperteile müssen von Lebenden geschnitten sein, sonst wirkt der Zauber nicht.«

Nun war es Midian doch gelungen, Asandros aus der Fassung zu bringen. »Du willst sagen, Scheschbassar schneidet den Männern bei lebendigem Leib Glieder ab, um mit ihnen zu handeln?«

»So ist es. In der Stadt werden sie gekocht, zerstampft, zermahlen oder sonst wie zubereitet. Sie helfen fast gegen jedes Leiden, so sagt man.«

»Das ist ungeheuerlich! Weiß der König davon?«

Midian lachte. »Wahrscheinlich, aber er wird es nicht zugeben. Und hättest du es nicht selbst gesehen, hättest du mir geglaubt?«

»Aber diesem schändlichen Treiben muss doch Einhalt geboten werden. Ich werde ...«

»Was wirst du? Scheschbassar zur Rede stellen? Ihn verhaften lassen? Er wird alles leugnen. Er wird die Verstümmelungen den Vögeln und anderen Aasfressern anlasten.«

»Nabupolassar wird mir glauben.«

»Er wird nichts für dich tun. Halb Babylon schwört auf die Tränke und Pulver aus dem Tal der Pfähle. Du hättest alle gegen dich. Es hilft gegen Unfruchtbarkeit und gegen Krankheit, selbst als Schönheitsmittel wird es benutzt und um die Liebesfähigkeit zu steigern. Das alles willst du doch den braven Leuten nicht nehmen?«

Asandros blieb stehen und funkelte Midian an. »Und du? Bist

du auch ein Kunde Scheschbassars?«

Der schüttelte lachend den Kopf. »Bei Belial! Ich halte nichts von Quacksalbern und von solchen Mitteln schon gar nichts.«

»Aber du vermittelst solche Geschäfte?«

»Nein.«

»Wenn man nichts tun kann, wozu hast du mich hierhergeführt?«

»Um dir das andere Babylon zu zeigen. Das Babylon jenseits zederngetäfelter Säle, mosaikgeschmückter Fußböden und bunter Ziegelwände.«

»Meinst du, ich wüsste nicht selbst, dass sich hinter manch goldener Fassade Fäulnis verbirgt?«

»Aber das hier hast du nicht gewusst.«

»Nein«, erwiderte Asandros tonlos. »Aber du hast recht, ein wenig Einfluss habe ich. Ich werde mit Nabupolassar sprechen. Können wir jetzt umkehren? Ich habe genug gesehen.«

Umgehend wandte sich Asandros dem Pfad zu, der aus dem Tal hinausführte. Und obwohl ihm die Zunge wieder am Gaumen klebte, rührte er den Wasserschlauch nicht an, bis sie oben waren. Er warf auch keinen Blick mehr auf das schwarze Zelt. Nach einigen Schritten lehnte er sich gegen die Felswand und trank.

Midian tat es ihm nach. »Du hast dich gut gehalten, Grieche!«

Asandros warf ihm einen verächtlichen Blick zu. »Du hattest wohl gehofft, mich hinauftragen zu müssen?«

»Du meinst, das hätte ich getan?«

Asandros lächelte schwach. »Wahrscheinlich nicht. An meinen Einzelteilen hättest du eine ganze Menge verdient.«

»Das stimmt. Deine edelsten Teile hätten die Liebeskraft von halb Babylon gesteigert.«

»Und wann opferst du dich für das Wohl der Stadt?«

»Ich werde noch woanders gebraucht. Komm, jetzt lade ich dich in eine wirklich gute Taverne ein, das hast du dir verdient.«

»Das ist dein erster guter Einfall heute.« Asandros tat einen Schritt, doch plötzlich versagten ihm die Knie, und er taumelte. Midian packte ihn am Arm, und Asandros machte sich ärgerlich los. »Ein Stein, ich hatte ihn nicht gesehen.«

»Ja, hier gibt es viele Steine, man muss gut auf den Weg achten.« Midians Stimme gurrte, und Asandros war bleich.

Später saßen sie in einem besseren Viertel bei kühlem Bier, das sie aus Halmen tranken. Der Wirt brachte nun schon die fünfte Schale. In Asandros Kopf herrschte ein ziemliches Durcheinander. Die erschütternden Bilder aus dem Tal wurden verdrängt von einem Arm, der ihn gehalten, und einem Blick, der neben Verachtung auch Anteilnahme verraten hatte. Asandros beobachtete Midian, wie er entspannt sein Bier schlürfte. Dann sah er hinunter auf den Euphrat, der hier träge vorüberfloss, auf schwimmende Schilfinseln und seidene Flamingos, die über das Wasser strichen. Der Strom war schön, aber auf Midians nackter Brust perlte der Schweiß; er rann hinab zwischen Lederschnüren, an denen silberne Münzen mit seltsamen Zeichen baumelten.

Asandros wandte den Blick ab und versenkte sich in das Geheimnis des Schaums in seiner Bierschale. »Es war richtig, dass ich es erfahren habe. Danke.«

»Du denkst noch immer an das Tal der Pfähle?«

»Ich werde es lange nicht vergessen können.«

»Es gibt noch andere Dinge in Babylon, von denen du nichts weißt.«

»Ich will heute nichts mehr davon hören. Sieh doch, wie das Schilf und die Wasservögel sich mit dem Wind wiegen und die Wellen mit dem Sonnenlicht spielen. Ich will, dass der Tag mit diesen Bildern zu Ende geht.«

Midian schwieg und spielte mit seinem Strohhalm. »Wer sind eigentlich Helios und Eros?«, fragte er unvermittelt.

»Es sind griechische Götter. Helios ist ein Sonnengott und Eros ist ein Liebesgott; ein kecker Knabe, der die Menschen unversehens mit seinen Pfeilen trifft; ein Kobold und unberechenbar wie die Liebe selbst. Woher kennst du sie?«

»Von Askanios.«

»Ihr habt über den griechischen Götterhimmel gesprochen? Das erstaunt mich. Askanios hat für den ganzen Olymp nicht viel übrig.«

»Er hat für dich viel übrig. Habt ihr ein Verhältnis?«

»Nein.«

»Du ziehst die Freunde anderer Leute vor, wie?«

»Ich verstehe dich nicht.«

Midians Zungenspitze glitt zwischen seinen Lippen hervor und leckte am Rand des Bechers entlang. »Es war in Harran, und er hieß Joram. Erinnerst du dich?«

»An den hübschen Jungen?« Asandros errötete. »Ja. Du weißt davon?«

Midians Augen hielten fest, dass der unnahbare Grieche verlegen wurde. »Joram ist mein Freund.« Er lächelte breit. »Ein merkwürdiger Zufall, findest du nicht?«

Sofort wurde Asandros wieder kühl. »Ja, aber trotzdem nichts als ein Zufall.«

»Was hat dir an Joram gefallen? Bist du nicht eher spröde in solchen Dingen?«

»Nein, bin ich nicht.«

»Warum bist du dann so unnahbar, wenn du mich siehst? Ein Gletscher hat mehr Wärme als du.«

Asandros atmete tief durch. *Midian hat mich nicht durchschaut, auf meine spartanische Erziehung kann ich mich immer noch verlassen.* Er lächelte befreit. »Ich bin ein vorsichtiger Mensch.«

»Du wolltest Joram über mich aushorchen.«

»Lächerlich! Ich kannte weder ihn noch dich, als ich die Schenke betrat.«

»Was hat er dir erzählt?«

»Wir sprachen nicht viel. Er ist bald gegangen.«

»Du willst sagen, ihr habt es nicht miteinander getrieben?«

Asandros hob die Augenbrauen. »Wenn du damit meinst, ob wir uns geliebt haben: Nein.«

»Ihr beide haltet viel von Selbstbeherrschung, wie?«

»Ich weiß nicht, wie Joram darüber denkt. Ich nehme die Liebe leicht. Wenn ich mit einem Mann schlafe, hat das nicht mehr Bedeutung, als würde ich mit einem guten Freund einen Becher Wein trinken.«

Midian lächelte unergründlich: »Und wann trinken wir beide Wein zusammen?«

Asandros drängte den Aufschrei zurück in seine Kehle. »Wenn du mich darum bittest.«

Midian blieb unbewegt. »Ich bitte niemals, aber ich bin bereit, dich dafür zu bezahlen.«

Sie wurden beide zu Statuen und maßen sich mit ihren Blicken. »Wolltest du auch Askanios bezahlen?«

»Askanios ist ein Weiberknecht. Ihm werden die wahren Wonnen auf ewig verschlossen bleiben.«

»Und die findest du bei Männern?«

Midian beugte sich etwas vor. »Mein Körper ist wie die Sehne eines Bogens, den nur ein Mann zu spannen vermag. Er gleicht den Saiten einer Laute, die gespielt werden wollen, doch eine Frau beherrscht das Instrument nicht hinlänglich.«

Asandros schloss kurz die Augen. *Ich möchte deinen Bogen spannen, anmaßender David, und deine Saiten zum Klingen bringen, aber darum wirst du mich bitten müssen!*

»Woran denkst du jetzt?«

»Ich überlege, ob du in Joram nicht bereits einen meisterlichen Lautenspieler gefunden hast, König David!«

Midian legte den Kopf zur Seite. »Du glaubst nicht, dass ich es bin? Du glaubst nicht an die Wiedergeburt?«

Asandros machte eine wegwerfende Handbewegung. »Wer weiß schon, woher wir kommen und wohin wir gehen. Wichtiger ist zu wissen, weshalb du mit mir gehen willst und wohin?«

»In den Zagros, Schwarze Wölfe jagen.« Midian grinste vielsagend. »Das ist doch eine ehrenvolle Beschäftigung für einen Mann wie dich.«

»Was willst du damit sagen?«

Midian zuckte die Achseln. »Da wurde irgendeine Frau umgebracht, vielleicht die Hundertzweiunddreißigste in Nabupolassars Harem, und er schickt dich dafür in die Wildnis. Du sollst ein Rinnsal zum Versiegen bringen und hättest hier einen Sumpf trockenzulegen.«

Asandros kniff die Augen zu einem Spalt zusammen. »Bemerkenswert, wie gut du unterrichtet bist.«

Midian blieb kaltblütig. »Ich habe meine Verbindungen, sie sind notwendig bei dem Ziel, das ich anstrebe und das ich dir genannt habe.«

»Du meinst, ich soll mich nicht um das Bandenwesen kümmern?«

»Das meine ich.«

»Den Sumpf Babylon trockenzulegen, übersteigt meine Kräfte. Über so viel Macht verfüge ich nicht, du überschätzt meine Stellung.«

»Sehr richtig, Babylon wird vor sich hin faulen, bis die Maden es gefressen haben, und die Karawanen werden überfallen, die Dörfer von Banditen geplündert, Frauen vergewaltigt, und du wirst es nicht ändern, weil du die Menschen nicht ändern kannst.«

Asandros schüttelte gereizt den Kopf. »Was willst du eigentlich? Zuerst drängst du dich auf, dann rätst du mir ab. Du zeigst mir Missstände, aber nur, um mir zu klar zu machen, dass ich sie nicht verhindern kann. Was soll ich denn tun deiner Meinung nach?«

Midian beugte sich nach vorn. »Geh zurück nach Griechenland, und gehe schnell!«

»Ist das ein Rat oder eine Drohung?«

»Ein guter Rat, Asandros.«

»Den du sicher begründen wirst.«

»Hier wartet der Tod auf dich.«

»Der Tod erwartet jeden Menschen. Ich habe keine Feinde in Babylon.«

»Wer weiß.«

»Dann nenne sie mir, oder glaubst du, ich mache mich vor ihnen aus dem Staub wie ein Hase, der vor dem Fuchs flieht?«

Midian starrte ihn an. »Tue deine guten Werke in deiner Heimat! Der Tod lauert im Zagros auf dich.«

»Du wirst doch da sein, um mich zu beschützen«, spottete Asandros, »was müsste ich fürchten?«

Midian trommelte auf die Tischkante. »Die Schwarzen Wölfe –

ich habe dich belogen, ich kenne sie. Jeder im Zagros kennt sie, und jeder fürchtet sie. Man wagt es nicht, ihren Namen auszusprechen, man verbirgt sich vor ihnen, denn sie kommen wie ein schwarzes Unwetter vom Gebirge herab und ersticken alles Leben im Umkreis, das nicht vor ihnen geflohen ist.«

Asandros hob die Augenbrauen. »So ist das also, du bist es, der sich fürchtet. Dann musst du mich nicht begleiten, verrate mir nur ihren Schlupfwinkel.«

»Du Narr, den kennt niemand genau. Irgendwo im unzugänglichen Fels steht ihre unbezwingbare Burg, wo sie hausen wie ein Schwarm blutgieriger Fledermäuse.«

»Fledermäuse räuchert man aus. Weswegen hast du dich so angepriesen, wenn du sie fürchtest?«

»Ich – fürchte sie nicht, aber um dich wäre es schade.«

»Eine späte Erkenntnis«, spottete Asandros, der Midian kein Wort glaubte. »Du meinst also, ich werde scheitern?«

»Du bist ihnen nicht gewachsen. Jeder von ihnen ist ein scharfgeschliffener Dolch.«

»Bist du ihnen schon einmal begegnet?«

Midians Lippen zuckten leicht. »Nein, aber ich habe ihre Opfer gesehen. Sie sahen nicht besser aus als die Verurteilten im Tal der Pfähle.«

»Erzähl mir nicht, dass du erschüttert warst.«

Midian räusperte sich. »Nun, es gibt Grenzen, nicht wahr?«

»Die diese Schwarzen Wölfe offensichtlich überschritten haben«, gab Asandros barsch zur Antwort. »Ein Grund mehr, sie vom Erdboden zu vertilgen.«

Midian öffnete die Handflächen. »Sag später nicht, ich hätte dich nicht gewarnt.«

»Du musst nicht besorgt um mich sein, schließlich sind wir weder Freunde noch Brüder. Wir haben nur vorübergehend dasselbe Ziel.«

Der Wirt brachte die achte Schale, und Asandros wischte sich den Schweiß von der Stirn. Er schlüpfte aus seinem Obergewand und legte es neben sich auf die Mauer. Mit Befriedigung stellte er fest, wie Midian ihn ansah. Und weil Asandros genug Erfahrung hatte, wusste er, was dieser Blick besagte.

»Es wird immer heißer, im Zagros ist es hoffentlich kühl?«

»Ja«, erwiderte Midian gedehnt und wandte sich seinerseits dem Schaum in seinem Bier zu. »Möchtest du vielleicht, dass wir heute Abend meinen Freund Naharsin aufsuchen?«

»Ein unangenehmer Mensch. Welche Geschäfte führen dich eigentlich in sein Haus?«

»Naharsin hat die besten Huren in ganz Babylon.«

»Das halte ich nicht für verwerflich. Ist das alles?«

»Wusstest du, dass die Stadt jährlich fünfhundert Knaben an Tribut erhält? Sie sind eine hervorragende Einnahmequelle, wenn man sie entmannt. Eunuchen sind in aller Welt als Sklaven heiß begehrt.«

»Ich weiß«, entgegnete Asandros ungehalten, »selbst auf Athens Sklavenmärkten habe ich sie gesehen. Eine Schande!«

Midian grinste. »Mit dieser Meinung wirst du in Babylon auf keine große Gegenliebe stoßen. Und bei Naharsin erst recht nicht. Er organisiert nicht nur den Handel, er beaufsichtigt auch die Ärzte, die die erforderlichen Operationen durchführen. Er ist schließlich der königliche Aufseher der Hospitäler.«

»Dabei zweigt er wohl auch einige Knaben für sein Bordell ab?«, fragte Asandros abweisend. »Wolltest du mir das mitteilen?«

Midian verscheuchte unsichtbare Mücken. »Ja, aber das ist nicht alles.«

»Noch eine Überraschung? Red schon!«

Midian schob die leere Bierschale von sich. »Meine Worte würden dich nicht überzeugen, du musst es erlebt haben – ebenso wie das Tal der Pfähle. Nur das wirkt nachhaltig. – Oder hast du wieder Angst vor der Wahrheit?«

»Ich durchschaue deine Absicht dabei nicht. Mitleid mit den Opfern Naharsins wird es doch nicht sein?«

»Mitleid?«, wiederholte Midian befremdet. »Wozu? Ich bin nur für Gerechtigkeit. Jegliches Mitleid an das Elend der Welt wäre verschwendet wie ein Regenguss im Wüstensand.«

»Ich nehme an«, gab Asandros spöttisch zurück, »bei dir reichte es nicht einmal zur Spucke auf der Handfläche.«

Midian grinste. »Mein Mitleid reicht so weit wie mein Wasserstrahl.« Er erhob sich. »Die acht Schalen wollen wieder hinaus. Ich gehe eben runter zum Fluss.«

Nun, wo Midian es erwähnte, spürte auch Asandros ein Bedürfnis, aber er nickte nur. Als Midian fort war, ging er um die Ecke und schlug sein Wasser in einen Busch ab. *Bei dieser Hitze läuft er bis an den Fluss*, dachte Asandros, *das kann man doch auch hier erledigen.* Er kehrte wieder an den Tisch zurück und bestellte noch ein Bier. Dann wartete er eine Weile, doch Midian kam nicht zurück.

So lange kann man nicht pinkeln, dachte Asandros ärgerlich. *Wenn er glaubt, ich warte bis zum Abend auf ihn, hat er sich geirrt.* Er zahlte und verließ die Taverne. Draußen sah er sich enttäuscht um, dann schlug er verdrossen den Weg zum Palastviertel ein, doch er setzte seine Schritte zögerlich. Heute war der dunkle Fremde, dieser geheimnisvolle David ihm so nah gewesen – zu nah und zum Sterben schön.

Unbewusst lenkte Asandros seine Schritte hinunter an den Fluss. Hier lagen Fischerboote, doch nach einigen Hundert Metern fand er nichts als Steine, Sand und Schilf. Asandros schlenderte am Flussufer entlang. *Ich hätte schon eher hierher gehen sollen*, dachte er. *Ein guter Ort, um die schrecklichen Bilder und Midians Freude an der Grausamkeit zu vergessen.*

Doch ganz gelang ihm das nicht. *Wohin mag Midian gegangen sein?*, ging es ihm durch den Kopf. *Womöglich zu Naharsin? Was sollten seine dunklen Andeutungen? Und Scheschbassar? Vielleicht geht er heute Nacht wieder seinem schauerlichen Handwerk nach. Jetzt, wo ich es weiß, darf ich es nicht dulden. Ist meine Heimat nicht das Land der Weisheit, wo Dichter und Künstler die gleiche Wertschätzung besitzen wie ein Krieger? Solon hätte gesagt, darum wissen, heißt mitschuldig sein. Und Midian? Wollte er, dass ich mitschuldig werde oder dass ich mich einmische? Immer noch werde ich nicht klug aus ihm.*

Der Fluss strömte in einer sanften Kurve nach Westen. Von hier aus konnte man nur noch die Spitze des Marduktempels erkennen. Die Schilfinseln trieben bis ans Ufer, sie gehörten den Reihern und Ibissen. Im sumpfigen Ufer wuchs das Gras mannshoch; niedriges Buschwerk säumte die Böschung. Da stolperte Asandros über einen menschlichen Körper.

»Pass doch auf, wo du hintrittst, das war mein Magen!«

»Midian! Was tust du denn hier?«

»Ich wiege mich mit dem Wind.«

Asandros schnürte es die Kehle zu, denn Midian war nackt. Er hielt die Arme hinter dem Kopf verschränkt und blinzelte Asandros an, der in der Sonne stand.

»Weshalb bist du nicht zurückgekommen?«

»Du hast mich ja gefunden.«

»Hast du gar kein Schamgefühl, dich hier nackt auszustrecken? Wenn nun jemand vorbeikommt.«

»Wer außer dir sollte das sein?«

»Eine Wäscherin vielleicht, die am Fluss waschen will, oder ein Fischer.«

»Um diese Zeit schlafen diese Leute, aber wenn du einen jungen, hübschen Fischer siehst, schick ihn vorbei.«

Asandros lachte. »Hier ist nur ein junger, hübscher Hauptmann aus Athen.«

»Vielleicht ist der junge, hübsche Hauptmann des Bieres überdrüssig und möchte mit mir Wein trinken?«

»Dein Wein könnte vergiftet sein.«

»Vielleicht ist er es, aber er ist süß.«

Asandros fühlte das Blut in den Schläfen pochen, und seine Beherrschung zersplitterte in tausend Scherben. »Möglicherweise schadet ein Becher nicht.«

»Ich bin nicht geizig und spendiere gern mehr als einen Krug.«

Asandros warf einen bezeichnenden Blick auf Midians Blöße. »Das glaube ich gern, denn wie ich sehe, bist du fast verdurstet.«

»Und du? Zeig mir, wie trocken deine Kehle ist, oder ist dir der Rock angewachsen?«

Asandros war noch nie so schnell aus den Kleidern gestiegen; Einsicht und Verstand wurden herumgewirbelt und fortgeweht wie welke Blätter. Er warf sich auf den begehrenswerten Körper und wurde in eine Umklammerung gezogen, die nicht lieben, sondern bezwingen wollte. Aber Asandros wollte mehr als einen Ringkampf, an dessen Ende der Unterlegene lediglich sein Hinterteil darbot.

Er versagte sich die eigene Stärke, schmiegte sich verlangend an die warme Haut, schob sanft mit dem Mund die schimmernden Münzen zur Seite und leckte den salzigen Schweiß aus der Furche auf Midians Brust und die dunkelbraunen Knospen. Gleichzeitig rieb er mit kreisenden Bewegungen sein Geschlecht an Midians aufgerichtetem Fleisch. Dessen Lenden zuckten, es wurde feucht zwischen den Schenkeln.

»Oh, oh, so schnell verschüttest du den kostbaren Wein«, flüsterte Asandros und nutzte den Augenblick der Schwäche mit der Schnelligkeit der Schwalbe, die vor dem Habicht in ihr Nistloch schlüpft. Midian schrie auf vor Überraschung und Schmerz. Wie ein Wildpferd den ungewohnten Reiter abschütteln will, bäumte er sich auf, in seinen Augen flammten die Lichter des Wolfes. Doch Asandros bändigte ihn mit seiner Kraft, und Midian keuchte: »Dafür bringe ich dich um, ich häute dich lebendig!«

»Schsch, mein herrliches Raubtier«, flüsterte Asandros, »warte doch mit dem Zerreißen, bis ich fertig bin.«

Midian tobte wie ein Stier, an seinen Armmuskeln traten die Adern hervor, er zischte und fluchte, doch Asandros hielt ihn eisern am Boden und lachte. »Mein goldener Fisch, mein schillerndes Reptil, willst du mich verschlingen? Nur zu, beiß mich, oder soll ich dich beißen?« Er grub seine Zähne in Midians Nacken, in seine Schultern und hinterließ rote Male auf seiner Haut.

Midian gab es auf, sich zu wehren. »Ich töte dich«, stöhnte er.

»Ja«, hauchte Asandros. »Lass mich sterben mit meinem Fleisch in deinem Fleisch und meinen Lippen auf deinem Mund.« Er küsste Midian, als sich sein Samen ergoss.

Midian hielt die Augen geschlossen und rührte sich nicht. Sein Kopf lag weit zurückgelehnt im Gras. Als er nach einer Weile zögernd die Lider hob, war Asandros' Lächeln über ihm, und sein langes, goldbraunes Haar kitzelte ihm die Wangen. »Ich habe dir nicht erlaubt, mich als Weib zu benutzen!«, fuhr er Asandros an.

Asandros hatte seinen Griff an Midians Handgelenken nur wenig gelockert. »Worauf soll ich warten, wenn ich einen Mann wie dich unter mir habe? Auf besseres Wetter?«

Midian spannte und entspannte vorsichtig seine Muskeln, doch Asandros gab ihn nicht frei. »Wolltest du Kampf oder wolltest du Liebe?«, keuchte er.

»Ich glaubte, mit dir könne ich beides haben, Grieche!«

»Nein, du wolltest dich nur an mir bedienen, ist es nicht so?«

»Bedient sich nicht jeder bei diesem Spiel?«

»Nein, man schenkt sich, nur dann gewinnt man es.«

»So spricht ein Mann, der viel Erfahrung hat. Wo hast du sie gesammelt, mit Seeleuten in Hafenschenken?«

»Schon möglich, und du? Bei Naharsins Huren? Oder hat Joram dich noch nie gespießt?«

»Lass ihn aus dem Spiel!«, zischte Midian.

»Gewiss, gewiss, weshalb sollte ich an ihn denken, wenn ich dich habe?« Plötzlich breitete Asandros die Arme aus. »Du darfst die nächste Runde ausgeben.«

Obwohl Midian nun frei war, blieb er liegen. Er lächelte. »Du bist wirklich besser als eine Hafenhure, viel besser. Ich glaube, ich werde dir deine Unverschämtheit verzeihen. – Gefällt dir der Platz, den ich uns ausgesucht habe?«

»Der Platz und auch der Mann.«

»Nimm beides als ein Geschenk von mir, denn du gefällst mir auch.«

»Gleichwohl hofftest auch du, dabei beschenkt zu werden, nicht wahr?«

»Von wirklich gutem Wein kann ich nie genug bekommen. Berühr mich noch einmal mit deiner heißen Zunge, aber nasche diesmal auch an anderen Stellen!« Nachdrücklich öffnete Midian die Schenkel.

Midian genoss stöhnend Asandros Zungenspiel, aber als dieser meinte, Midian sei nun bestens vorbereitet, rief dieser: »Nein, nein, hör nicht auf!«

Asandros wunderte sich, dass Midian die Gelegenheit nicht besser nutzen wollte, dennoch brachte er die Sache mit dem Mund zu Ende. Er konnte nicht ahnen, dass dieser Mann, der ihm fast den Verstand raubte, sich fürchtete, in seiner Männlichkeit zu versagen.

Midian ließ ihm nicht lange Zeit zum Nachdenken. Mit der Rechten packte er seinen Schaft, wie ein Krieger den Griff seines

Schwertes, und mit der Linken umschloss er ihm die Hoden, als wolle er einen Granatapfel auspressen. Das war brutal und schmerzte, doch Asandros wurde sofort steif und keuchte vor Lust. Midians Lachen war über ihm. »Dieses Fleisch ist mein!«, hörte er seine raue Stimme.

»Nimm es dir«, flüsterte Asandros, aber Midian ließ ihn plötzlich los, und Asandros machte zwei wilde, verzweifelte Stöße ins Leere. Er hörte Midians leises Lachen. Asandros war verrückt vor Begierde, aber jetzt konnte er ihn nicht überraschen. Er stemmte sich auf die Ellenbogen und blies sich die verschwitzten Strähnen aus dem Gesicht. »Du hast mich heiß gemacht, jetzt leg dich auch hin! Ich will dich noch einmal. Es hat dir gefallen, gib es zu!«

Midian verschränkte die Arme. »Brauchst du es denn?«

»Wie die Luft zum Atmen.«

»Du hintergehst mich nicht wieder wie eine Schlange, die in das Astloch schlüpft, um die Eier zu rauben? Du bittest mich darum?«

»Auf den Knien!«

»Und wenn du mich jetzt nicht haben kannst, verlierst du den Verstand?«

»Ja, ja! Ich werde wahnsinnig. Wenn ich nur den Duft deiner Haut atme, umnachtet sich mein Geist!«

»Ich weiß nicht, worauf du wartest. Auf besseres Wetter?«

Asandros stieß einen Schrei aus und umarmte Midian, der sich wie eine Katze streckte und sich hingab. Später lagen sie nebeneinander, sich an den Schultern und Schenkeln berührend, und schauten in den Himmel. Asandros zitterte vor Erwartung, aber nichts geschah. Midian machte keine Anstalten, nun seinerseits sein Recht einzufordern.

»Gehen wir schwimmen?«, fragte Midian.

Asandros zögerte mit der Antwort. Midians Zurückhaltung machte ihn misstrauisch, doch dann sprang er auf. »Warum nicht?«

Sie liefen durch das Gras und warfen sich in das Wasser. Wie Knaben bespritzten sie sich, tauchten unter das Schilf, rangen miteinander und lachten so laut, dass die Wasservögel erschreckt aufflogen.

Midian hatte im Schilf ein Boot entdeckt. Er kletterte hinein und winkte Asandros. »Komm her, wir machen eine Fahrt über den Strom!«

Asandros schwang sich hinein. Mit den Armen rudernd bewegten sie das Boot durch die treibenden Schilfinseln. Dann erreichten sie das freie Wasser. »Vorsicht!«, rief Asandros. »Die Strömung!«

»Hast du Angst?«, lachte Midian.

»Nein, aber wir werden abtreiben, und unsere Sachen liegen noch am Ufer.«

Midian umarmte Asandros so heftig, dass sie stürzten und das Boot bedenklich schwankte. »Was verschwendest du Gedanken an diesen Tand, wenn du bei mir bist; wenn wir beide uns der Strömung hingeben, ohne zu wissen, wohin sie unsere sonnenheißen Körper tragen wird!«

»Du hast recht«, keuchte Asandros. Er zog Midian über sich und drängte sich ihm entgegen. »Dann nimm mich jetzt, während unser Boot in die Wasserstrudel getrieben wird.«

Ja, dachte Midian. *Und du bist ahnungslos und unbewaffnet, Asandros. Bald werden die Fische dich fressen!*

Als Midian in ihn eindrang, spürte er, mit welch zitternder Erwartung Asandros ihn empfing. Midian trank die Wassertropfen von seiner Haut und bewegte sich sanft und behutsam, sodass Asandros sich trunken vor Lust hin und her warf und gegen das brausende Wasser anschrie. Vor Midians Blick aber schoben sich rote Nebel, und sein rauschhafter Zustand gaukelte ihm wirre Träume vor. Er befand sich in einem riesigen Schiff, das in einen Sturm geraten war. Mit einer Lanze durchstieß er die Planken, ein Schwall Wasser drang herein, Kaskaden schäumender Gischt schlugen über seinem Haupt zusammen. Er drohte zu ertrinken.

Er röchelte, rang nach Luft und hörte wie aus weiter Ferne Asandros Stimme: »Genug, es ist genug, mein feuriger Stier! Du bringst unser kleines Boot zum Kentern! Willst du, dass ich seekrank werde?«

Midian riss die Augen auf und starrte Asandros an. Dann begriff er, dass ein Traum sie beide hinübergerettet, dass er nicht versagt hatte. In wilder Freude umarmte er Asandros, der das verdutzt über sich ergehen ließ, denn es war ungewöhnlich, unmittelbar nach so einem heftigen Liebesakt eine weitere Gefühlsaufwallung zu erleben. »Wunderbar, dass du noch nicht satt bist!«, stöhnte Asandros, während er mit den Händen versuchte, das Gleichgewicht in dem Boot zu halten, »aber wir werden gleich umkippen.«

»Dann liegen wir beide ewig vereint auf dem Grund des Stroms. Wäre das nicht herrlich?«

»Ich würde es vorziehen, im Boot zu bleiben«, gurgelte Asandros, von Midians Küssen halb erstickt.

»Ha! Wahre Leidenschaft ist dir fremd! Nicht einmal sterben möchtest du mit mir.«

»Es muss ja nicht so früh sein!« Asandros rang nach Luft, denn eine Welle überspülte sein Gesicht. Midian ließ von ihm ab. »Dann will ich Gnade walten lassen und noch warten.« Er warf sich neben Asandros rücklings in das Boot und atmete lang und tief. »Ist das nicht ein herrlicher Tag?«

»Ja. Selbst die olympischen Götter kennen nicht solche Wonnen.«

Sie schwiegen eine Weile und sahen hinauf in den glänzend blauen Himmel. »Wohin geht unsere Bootsfahrt, Midian?«

»Ist das nicht völlig belanglos? Irgendwo wird das Boot ans Ufer treiben, und es wird unser Königreich sein.«

»Der Euphrat fließt ins Meer, nicht wahr?«

»Ja, in den unendlichen Horizont. Möchtest du ihn mit mir teilen?«

»Nicht den nebelfernen Horizont, Midian, sondern mein Leben. Und du?«

Midian antwortete nicht sofort. Schließlich sagte er: »Mit dir möchte ich zur Insel Tilmun fahren. Wie man sich erzählt, wächst dort das Kraut der Unsterblichkeit. Mit dir würde ich es teilen.«

Asandros lächelte. »Wenn Unsterblichkeit einen Sinn hätte, dann mit dir.«

»Und doch darf sich der Sohn Belials nur wenige Stunden aus der Welt des Lichts stehlen«, murmelte Midian und umarmte Asandros.

»Zitterst du, Midian?«

»Vor Erregung«, log er und vergrub sein Gesicht in dem Haar, auf das Helios seinen goldenen Glanz gelegt hatte.

»Wer ist Belial? Dein Vater?«

Midians Zunge kitzelte Asandros im Ohr. »Der Herr der Finsternis.«

»Du nanntest dich seinen Sohn.«

»Der Herr der Finsternis ist mein Vater.«

Asandros hielt das für einen Scherz. »Du Glücklicher, du suchst dir deine Verwandtschaft ganz nach deinem Gutdünken aus, während so mancher sich mit unzähligen Neffen und Nichten herumplagen muss. Der Sohn der Finsternis, König David, Abgesandter Judas, mysteriöser Fremdling aus dem Zagros. Ich hingegen habe nur einfache Eltern, einen gichtkranken Vater und eine gebeugte Mutter, der ich nur Kummer bereitet habe.«

»Was meinst du, Asandros: Wenn Tag und Nacht sich begegneten, wer würde siegen? Würde die Nacht die Sonne finster machen, auslöschen?«

»Nein«, gab Asandros nachdenklich zur Antwort. »Die Strahlen der Sonne würden stets die Finsternis durchdringen. Die Nacht müsste ihr weichen. Aber zum Glück ist es so eingerichtet, dass sie abwechselnd die Erde beherrschen.«

»Aber in den Stunden der Dämmerung begegnen sie sich, die Dämmerung ist die Schwester der Nacht, in der die Ungeheuer, die sie geboren hat, aufbrechen zu furchtbaren Taten. Die Finsternis senkt Furcht in die Herzen der Menschen, deshalb ist sie es, die siegt.«

»Aber wer die Dämonen der Angst besiegt, vor dem flieht die Finsternis wie ein böser Schatten.«

»Ja«, erwiderte Midian gedehnt, »aber nur wenige schaffen es.«

»Männer wie du, Midian?«

»Ich muss die Furcht nicht besiegen, ich verbreite sie.«

Asandros lachte. »Gut gesagt.« Er hielt ihr Gespräch für Geplänkel, dem er keine Bedeutung beimaß.

»Wenn du die Finsternis wärst, Asandros, das Böse. Wie würdest du es anstellen, um das Licht zu besiegen?«

»Nun«, gab Asandros zur Antwort, »das Gute kann man nicht bekämpfen, weil es dadurch an Stärke gewinnt. Um es zu vernichten, muss man es verwandeln, es selbst böse machen.«

Midians Augen flammten auf. »Du meinst, das wäre möglich?«

»Gewiss, da das Böse ausschließlich im Menschen wohnt und der Mensch ein wandelbares Herz hat.«

»Aber dennoch bleiben Gut und Böse stets im Gleichgewicht, nicht wahr?«

Asandros war sophistische Gespräche aus dem Hause Sosiades gewohnt, wo es üblich war, sich vorübergehend zum Anwalt einer Lebensanschauung zu machen und sie zu verteidigen. Er freute sich, in Midian einen würdigen Gegner gefunden zu haben. »Ja, das Gleichgewicht ist nicht zu erschüttern. Das Böse kann nicht triumphieren, weil es sich in einer vollkommen boshaften Welt am Ende selbst vernichten müsste.«

»Doch wie, wenn das Böse in der Maske des Guten einherkäme, die Menschen verblendete und sie in dem Wahn ließe, das Gute zu ergreifen, während sie in Wahrheit immer tiefer ins Elend gerieten?«

»Das wäre ein wahrhaft teuflischer Gedanke, doch wie sollte er in die Tat umgesetzt werden?«

»Wie wäre es mit dem Wahn, dem ohnehin alle Menschen verfallen sind?«, fragte Midian listig. »Mit dem Götterglauben?«

»Die Götter sind nicht böse.«

»Es gibt blutgierige Götter. Götter, die Menschenopfer fordern.«

»Sie sind bedeutungslos. Marduk und Ischtar werden verehrt, Schamasch, der Leuchtende, Zeus, der Gerechte, Apoll, der Strahlende.«

»Und Jahwe, der Herr der Heerscharen«, ergänzte Midian.

»Der Gott der Hebräer? Ist er ein grausamer Gott?«

»Vergiss die Götter, die du kennst. Sie sind ohnehin alle Menschenwerk. Denk dir einen neuen Gott: blutgierig wie Moloch, goldgierig wie Baal, kriegslüstern wie Assur, rachsüchtig wie Jahwe, doch von glänzender Gestalt wie die Cherubim und Seraphim. Denk ihn dir vervielfältigt in Tausenden von Abbildern, eingegraben in die Seelen unzähliger Menschen auf der ganzen Welt, von seinen goldenen Lippen das Heil verkündend, doch Unheil verbreitend.«

Asandros schüttelte sich. »Wer sollte sich einen solchen Gott wünschen?«

»Alle, die Vorteile aus allgemeiner Verblendung ziehen.«

Jäh musste Asandros an Tyrandos denken, und das verdarb ihm das Gespräch. »Ja«, murmelte er, »es gibt Priester, die würden diesen Gott begrüßen.« Dann sah er Midian an. »Beschäftigen dich solche Dinge? Stehst du denn den Priestern nahe?«

»Den Göttern«, gab Midian unergründlich lächelnd zurück, »denn meine Mutter ist eine Göttin.«

»Oh, eine neue Enthüllung aus deiner Verwandtschaft! Wie reizvoll. Die Göttin der Unzucht wahrscheinlich.«

»Kann es eine angenehmere Abstammung geben?«, grinste Midian und spielte sanft an Asandros empfindlichsten Teilen.

»Ich merke schon, du sehnst dich wieder nach dem Wein, den ich auszuschenken pflege.«

»Ja, er ist stark und erhitzt mich mehr als mir guttut, du Sohn des Helios, du Schüler des Eros. Ist es so richtig?«

»Du lernst schnell, du Sohn, Bruder und Vetter aller versippten und verschwägerten Lustspender des Himmels. Aber dreh dich vorsichtig um, damit wir nicht ...« Mitten im Satz gab es einen Stoß, und sie schauten über die Bordkante. »Wir sind aufgelaufen.«

»Ja, auf spitze Felsen«, bemerkte Midian und wies auf ein langes Leck im Boden, durch das rasch Wasser ins Boot drang. Sie kletterten ans Ufer und sahen sich um. In der Ferne erblickten sie Babylons Stadtmauer, dazwischen lag eine weite ungemütliche Wegstrecke voller Felsen, Sand und Disteln. Sie sahen sich betreten an, dann brüllten sie beide vor Lachen. »Wir sind doch liebeskranke Trottel, wie?«

Das Boot versank vor ihren Augen. »Nackt und durstig an einsamem Gestade ausgesetzt«, seufzte Asandros und ließ sich in den Sand fallen. »Ein prächtiges Königreich! Und keine Horizonte, keine Insel Tilmun in Sicht.«

»Und unsere Kleider sind am anderen Ufer«, fügte Midian hinzu und hockte sich neben ihn.

»Jetzt muss sich erweisen, dass du nicht nur ein guter Liebhaber, sondern auch ein Freund bist«, sagte Asandros. »Der Sand ist heiß, und es gibt Skorpione, also wirst du mich tragen.«

»Hoho! Ich hatte soeben denselben Einfall, allerdings wollte ich bei dir aufsteigen.«

Asandros berührte Midian am Arm und hielt seinen Blick fest. »Jetzt meine ich es ernst: Bist du mein Freund oder mein Feind? Bist du mein Feind, so sag es mir jetzt.«

Midian zuckte kurz zusammen. »Du glaubst immer noch, dass ich dein Feind sein könnte?«

»Zärtliche Worte, im Liebesrausch gesprochen, zählen nicht.«

»Ich hätte dich längst töten können, wenn ich gewollt hätte.«

»Vielleicht hast du andere Pläne? Ich weiß immer noch nicht, weshalb du dich mir anschließen willst. Was ist das für eine Geschichte, die du Askanios erzählt hast? Unsere Leben seien wie zwei Fäden, die zu einem Seil verschlungen sind? Es klingt ziemlich geheimnisvoll.«

»Das ist es auch. Fast zwei Jahre ist es nun her, da habe ich dich in einem Traum gesehen.«

»Du meinst, lange bevor wir uns kannten? So leibhaftig, wie ich jetzt vor dir sitze?«

Midian grinste. »Nackt warst du nicht. Du trugst die babylonische Hauptmannsuniform und verwehrtest mir den Zugang zu einem Tor. Seitdem wartete ich darauf, dir zu begegnen, denn ich wusste, dass der Tag kommen würde, an dem sich unsere Wege kreuzen.«

»Du glaubst an die Vorsehung?«

»Früher habe ich an den Sturm geglaubt, der die Fichten im Zagros zaust, an das Knirschen seiner Gletscher, den Schrei des Adlers. Daran glaube ich auch heute noch, und doch bin ich anderen, unbegreiflichen Mächten begegnet.«

Asandros nickte. »Das ist möglich, wir kennen nicht alle Geheimnisse der Erde und des Himmels. Doch wenn wahr ist, was du sagst, zu welchem Zweck will uns das Schicksal aneinander ketten?«

»Das wird sich erweisen.«

Asandros lächelte. »Auch wenn du dich irrst, es könnte ein herrlicher Irrweg werden, wenn wir ihn gemeinsam gehen.«

In Midians Augen glomm ein Funke auf. *Ein paar Umarmungen haben genügt, dass du für mich entflammst. Sie hat es gewusst. Nun eilt das Verhängnis für dich herauf. Aber dich zu hassen, ist schwer. Daher muss ich dich lehren, wie erbärmlich die Menschen sind, die dich erbarmen. Vielleicht wird dir aus Verzweiflung, Abscheu und Hass das Gift bereitet, das du schlucken musst, um die Vernichtung zu lieben, ja anzubeten.*

»Der Weg, den wir heute gemeinsam gehen müssen, ist heiß und steinig«, erwiderte Midian lächelnd. »Aber dahinten steigt

Rauch auf. Sicher ein Feuer von Hirten, die vor der Stadt lagern. Gehen wir zu ihnen und holen uns etwas, womit wir unsere Blößen bedecken können.«

Sie trafen auf ein Lager von Schaf- und Ziegenhirten; wenige kümmerliche Zelte scharten sich um einen Feuerplatz. Als die Hirten die beiden nackten Männer plötzlich auftauchen sahen, flohen sie schreiend. Nur zwei mächtige zottige Hunde rannten bellend auf sie zu. Asandros sah sich vergebens nach einem Knüppel um. »Ruft eure Hunde zurück!«, schrie er.

Doch die Männer waren bereits hinter der nächsten Bodenerhebung verschwunden. Midian blieb stehen und ließ die Hunde herankommen. »Hoohoo!«, rief er und stieß einen lang gezogenen Schrei aus, der die Hunde in langsame Gangart fallen ließ. Dann ließ er das Winseln eines jungen Wolfs hören. Die Hunde antworteten und näherten sich schweif wedelnd. Midian sah ihnen in die Augen, und sie senkten die Köpfe, umkreisten die Männer zögernd und schnüffelnd.

Asandros lächelte. »Beeindruckend. Du zähmst nicht nur Männer.« Er streckte die Hand aus, und der Hund ließ sich hinter dem Ohr kraulen.

»Pass auf, sie haben Flöhe«, grinste Midian und ging auf die Zelte zu. Er riss das von der Sonne brüchige Leder zur Seite und suchte in den Habseligkeiten nach Kleidungsstücken. Mit spitzen Fingern zog er einen Umhang heraus und hielt ihn Asandros fragend hin. »Stinkt der nicht nach Ziegenpisse?«

»Erwartest du Rosenöl?«, lachte Asandros. Er fand eine hosenähnliche Beinbekleidung. Sie sah aus wie ein räudiges Schaf, dem die Wolle an den meisten Stellen ausgegangen war. Als er die Hose anzog, war sie ihm zu groß um die Hüfte. Er band sie mit einem zerfaserten Strick fest. Midian riss die Hälfte von dem Umhang ab und wand ihn sich umständlich um die Lenden. Sie sahen sich an und brüllten vor Lachen.

Dann stärkten sie sich an den Vorräten der Hirten und fütterten die Hunde, die sich bei ihnen niedergelassen hatten. Beim Verlassen warf Midian ein brennendes Holzscheit in eins der Zelte. »Das ist dafür, dass sie uns nicht willkommen hießen und die Hunde auf uns hetzten.«

Asandros erstickte das Feuer mit Sand und warf Midian einen verächtlichen Blick zu. »So wie du benehmen sich Wegelagerer und Brandstifter. Und feige ist es obendrein.«

»Feige waren die Ziegenhüter, und wenn ich dich nicht vor den Hunden beschützt hätte, sähest du jetzt ziemlich mitgenommen aus.«

»Also gut. Gehen wir?«

Da Asandros auf dem Marsch schwieg, fragte Midian ihn schließlich: »Du wirst mir doch diese Belanglosigkeit nicht nachtragen?«

Asandros schwieg.

»Hmm«, machte Midian nach einer Weile. »Wann besuchen wir Naharsin? Heute Abend?«

»Damit möchte ich mir noch Zeit lassen. Ein Erlebnis dieser Art genügt mir fürs Erste.«

»Ich will doch nur, dass du meinen kleinen Streich darüber vergisst, wenn du wahre Bösartigkeit kennenlernst.«

Asandros sah Midian zu, wie er mit dem unförmigen Lendenschurz vorwärtsschritt; ein Stofflappen hatte sich hinten gelöst, und er zog ihn hinter sich her. Asandros prustete los. »So willst du Naharsin besuchen? Dein Lendentuch ähnelt jener Vorrichtung, die man nässenden Säuglingen umlegt.«

Midian sah hinter sich und stopfte sich das Tuch wieder oben hinein. »Na und? Ich bin darunter schön. Und an dir haben die Motten genagt.«

»Dann verschieben wir den Besuch besser.«

»Du fürchtest dich, Dinge zu erfahren, die dein schwacher Magen nicht aushält, du Jammerlappen!«

Im nächsten Augenblick schlug Midian lang hin, Asandros war über ihm und schrie: »Wer ist ein Jammerlappen, du selbst gemachter Göttersprössling?«

»Du hast mir hinterhältig ein Bein gestellt!«

»Du hast mich hinterhältig beleidigt!« Asandros drehte Midian einen Arm um. »Bereust du es?«

Midian blitzte Asandros an. »Brich ihn mir! Na los! Bringst du das fertig?«

»Ich würde dir das Kreuz brechen, aber dann bist du für die wirklich angenehmen Sachen untauglich.«

Midian zog ein Knie an und stieß es Asandros in den Bauch, der flog nach hinten. Jetzt warf sich Midian auf ihn und lachte. »Lendenlahm kannst du mich also nicht gebrauchen?« Er legte ihm die Hände um den Hals. »Wenn ich dich jetzt erwürge, kann ich dich nicht mehr an die Kameltreiber verkaufen. Die brauchen noch Männer, die ihre Mistfladen bewachen.«

»Lass mich los, du Sohn einer Sumpfhexe!«, gurgelte Asandros.

»Sumpfhexen haben lüsterne Söhne, sie saugen ihren Opfern das Blut aus!« Midian ging Asandros sanft mit den Zähnen an die Kehle und tat, als wolle er sie durchbeißen. Asandros durchrieselte ein wohliger Schauer, er streckte sich und genoss Midians Liebkosungen.

»Das gefällt dir, wie?«

»Beim Bogen des Eros! Wenn du aufhörst, schreie ich.«

»Deine räudige Hose hat einen großen Fehler, sie ist unten nicht offen.«

»Schneide sie doch auf!«, stöhnte Asandros, halb betäubt vor Verlangen.

Midians Hände glitten fiebrig über die Wölbung. »Ohne Messer, du Spaßvogel?«

Asandros nestelte hastig an seinem Strick, mit dem die Hose zugebunden war, aber die zerfransten Enden hatten sich hoffnungslos verknotet. »Zum Hades! Er geht nicht auf!«

Midian riss mit den Zähnen daran, doch der Strick zog sich nur fester zu. Midian bearbeitete den Sand mit seinen Fäusten. »Es geht nicht, es geht nicht! Baumeln sollen die Sandläufer an ihren stinkenden Stricken!« Midian suchte in seinem vielfach verschlungenen Tuch nach seiner Männlichkeit, und als er sie gefunden hatte, kniete er sich breitbeinig über Asandros Gesicht, und wollte sie ihm in den Mund schieben, doch der wollte nicht. »Was habe ich davon? Mach es dir selbst!«

Midian grinste. »Wie du willst.«

»Aber doch nicht hier! Verschwinde!« Asandros stieß Midian vor die Brust; der rückte etwas nach hinten und setzte sich auf Asandros Bauch. Dann zeigte er ihm eine Vorstellung, die Asandros Augen blank und seine Wangen fiebrig machte. Als Midian ihm danach langsam die Brust abschleckte, wimmerte Asandros wie unter der Folter. Kurz darauf fluchte er: »Beim Styx! Jetzt muss ich mit einer feuchten Hose durch die Wüste laufen.«

27

Sie lachten noch eine ganze Weile darüber, und als sie das Stadttor im Westen erreichten, war es bereits dunkel. Es kostete sie viel Mühe, die Torwachen davon zu überzeugen, dass sie weder Wassergeister noch Wolfsmenschen waren, sondern in Babylon wohnten. Sie schlichen sich durch die dunklen Gassen, aber es waren noch genug Bewohner auf den Beinen, die den beiden hinterher sahen und kicherten.

»Deinetwegen beherrsche ich mich«, schnaubte Midian, »sonst würde ich den Spöttern alle Knochen brechen.«

»Du siehst aber auch zu lächerlich aus«, sagte Asandros und zupfte Midian ein Stück Stoff aus dem Gebinde.

»Lass das! Der Torwächter ist bewusstlos geworden vom Gestank deines räudigen Schaffells.«

»Das stinkt, seit du auf mir gelegen hast.«

»Ich schlitze dir den Bauch auf, wenn wir da sind.«

»Wohin gehen wir eigentlich?«

»In unserem Hofstaat natürlich zu dir in den Palast. Da wird sich wohl auch ein Messer für deine verwünschte Hose finden lassen. Oder willst du, dass wir uns in diesem Aufzug vor Joram sehen lassen?«

»Joram?«, fragte Asandros belegt. »Er ist auch in Babylon?«

»Ja, sagte ich das nicht? Wir wohnen beide in der Hazarim.«

»Ich würde ihn gern wiedersehen.«

Midian blieb abrupt stehen und drehte sich um. »So?«

»Eifersüchtig?«, fragte Asandros schadenfroh.

»Du bist unersättlich wie ein Ziegenbock!«

Asandros drängte Midian an eine Hauswand. »Vorsicht! Ziegenböcke stoßen!«

Midian schob ihn zurück. »Du wirst dir Joram aus dem Kopf schlagen, verstanden?«

»Sollte das nicht Joram selbst entscheiden?« In ihrer Nähe kicherte jemand. Sie räusperten sich und liefen weiter, Midian voraus. Er fand sich im nächtlichen Babylon besser zurecht.

»Du musst ja nicht draußen warten, während Joram und ich gemeinsam einen Krug leeren«, flüsterte Asandros hinter ihm. »Je mehr Mitzecher, desto lustiger das Trinkgelage.«

Aus der offenen Tür einer Schenke taumelten zwei Betrunkene. Im trüben Licht, das auf die Straße fiel, konnte Asandros ein unförmiges, grünes Tier erkennen, das neben der Tür an die Hauswand gemalt war. »Bist du sicher, dass wir hier richtig sind? Mit dem Palastviertel hat die Gegend wenig Ähnlichkeit.«

»Wir sind bei Freunden. Komm!« Midian schob eine altersschwache Holztür zur Seite, die auf ein verwildertes Grundstück führte.

Asandros blieb misstrauisch stehen. »Eine Falle, Midian?«

Der drehte sich um. »Traust du mir immer noch nicht?«

»Wer es je tat, schweigt für immer, nehme ich an.«

»Red keinen Unsinn! Wir besuchen Naharsin, das sagte ich doch.«

»Hast du den Verstand verloren? So, wie wir aussehen?«

»Für Naharsin und seine munteren Fischlein sind wir schön genug.«

Die beiden grobschlächtigen Wächter kamen ihnen entgegen. Als sie Midian erkannten, gaben sie den Weg frei. Asandros folgte Midian in den dunklen Eingang.

»Ist der Hausherr daheim?«, rief Midian, zog einen Vorhang beiseite und hörte sich rasch entfernende Schritte und Getuschel. Er stand in Naharsins Arbeitszimmer und winkte Asandros, näherzutreten. Das Zimmer, in dem Askanios bereits mit Naharsin gesprochen hatte, war spärlich möbliert. Ein hoher Lehnstuhl mit Fußbank war der einzige Luxus. Midian machte es sich gleich auf ihm bequem, Asandros setzte sich auf eine Bank an der Wand.

Naharsin erschien nicht in der Tür, sondern stand plötzlich im Zimmer. Er war aus einem geheimen Gang herausgekommen, der hinter einer Nische lag. Diesmal hatte Midian ihn offensichtlich wirklich im Schlaf überrascht, Naharsin rieb sich die Augen. Er war blass, ein langes Hemd fiel ihm bis auf die Knöchel. Er starrte die beiden merkwürdig gekleideten, ihm wohlbekannten Männer an. Auch er wäre bei ihrem Anblick gern in ein schallendes Gelächter ausgebrochen, aber der Umstand, dass Midian und Asandros ihn gemeinsam besuchten, erstickte es in der Kehle. Wollten sie jetzt Rache nehmen für Askanios? Obwohl Naharsin sich im eigenen Hause inmitten seiner Dienerschaft aufhielt, spürte er Furcht. »Was wollt ihr?«, krächzte er.

Asandros erhob sich. »Ich bin wegen deiner Einladung hier. Sagtest du nicht, ich sei dir stets willkommen?«

Naharsins Blick huschte im Zimmer umher. Er zog die Schultern ein und versteckte seine Hände in den Ärmeln seines Nachtgewandes. »Das stimmt, aber ich bin schlecht vorbereitet. Ich könnte euch nur ein dürftiges Mahl vorsetzen.«

Midian räusperte sich. »Uns hungert nach anderen Dingen«, bemerkte er vielsagend. »Dein Geschäft ist doch Tag und Nacht geöffnet, oder nicht?«

Ein schwaches Lächeln erschien auf Naharsins Lippen. »Ihr seid deswegen hier?«

»Wozu sonst? Ach, du wunderst dich über unsere Gewänder? Die haben wir dir zu Ehren angelegt. Ich hoffe, du zeigst meinem Freund Asandros, welche Freuden er in deinem Hause erwarten darf.«

Naharsin warf Asandros einen schiefen Blick zu. »Du willst Knaben?«

»Zuerst möchte ich sie sehen«, kam es kühl.

»Natürlich«, versicherte Naharsin eifrig, »ich habe die hübschesten Bengel am ganzen Euphrat. Wie alt sollen sie sein? Zehn? Zwölf?«

Als Asandros Miene sich verfinsterte, fuhr er rasch fort: »Acht? Oder noch jünger?«

»Bietest du auch Säuglinge an?«, fragte Asandros bissig.

»Ja – das heißt ...« Naharsin sah unsicher auf Midian, der gelangweilt den Fußschemel auf seinem Fuß balancierte. »Ihr haltet mich doch nicht zum Besten, oder?«

»Nein, du hältst uns zum Besten, Naharsin«, sagte Midian kalt.

»Wenn ich von den Freuden dieses Hauses sprach, meine ich das, was sich im roten Zimmer abspielt.«

Naharsin wurde blass. »Das wäre nichts für deinen griechischen Freund.«

Asandros stemmte die Arme in die Hüften und baute sich vor Naharsin auf. »Midian hat recht, das rote Zimmer, deswegen bin ich hier. Führ uns hin, ich zahle gut, wenn ich zufrieden bin.«

Naharsin wich zurück an die Wand. »Du wirst enttäuscht sein, Asandros, dort gibt es nur Kranke; bedauernswerte Geschöpfe, die die Operation nicht gut überstanden haben, wenn du weißt, was ich meine.«

»Gerade das bringt mein Blut in Wallung.« Asandros Stimme war eisig. »Also eil dich, bevor ich dich zum Obereunuchen mache.«

Naharsin war wachsbleich und schweißnass. »Folgt mir!«, murmelte er. Er bediente einen versteckten Hebel, und sie verließen das Zimmer durch jene Geheimtür, durch die Naharsin eingetreten war. Dahinter erstreckte sich ein schwach beleuchteter Gang, von dem mehrere Türen abzweigten. Midian erklärte: »Jede führt in ein Zimmer, das nach einer anderen Farbe benannt ist. Jede Farbe steht für ein anderes Vergnügen – nicht wahr, Naharsin?«

»Ja«, krächzte er.

»Hast du heute Kunden im roten Zimmer, Naharsin?«

»Zwei.« Man hörte kaum noch seine Stimme.

»Vortrefflich. Dann wird Asandros schnell erkennen, um was für ein Vergnügen es sich handelt.«

Naharsin fuhr herum. »Es sind bedeutungslose Sklaven, schwache Kinder, die keinerlei Wert besitzen!«, kreischte er. »Niemand kann mich dafür belangen!«

»Wer will das tun?«, gab sich Midian erstaunt.

Naharsin wies auf Asandros. »Er!«

»Schwätze nichts herbei, Naharsin!«, antwortete Asandros grob. »Ich werde mich nur beschweren, wenn du magere Kost anbietest, die keinen Schwanz hochbringt.«

»Du bist nicht hier, um mich am Hof anzuschwärzen?«

Midian lachte verächtlich. »Sollen wir dich anschwärzen mit Dingen, die der Hof bereits weiß?«

Naharsin sagte nichts mehr und öffnete die letzte Tür auf dem Gang. Der Raum war finster, es roch nach Schweiß, Kot und Erbrochenem. Asandros wich zurück. Naharsin nahm von einem Ständer an der Wand eine Öllampe, die einen kleinen Lichtkreis verbreitete, und ging voran. »Schlechte Luft, ich sagte es ja, hier liegen Kranke.«

Asandros entriss Naharsin ärgerlich die Lampe. »Weshalb ist es hier so finster?« Er leuchtete in den Raum hinein. Er glaubte, eine Reihe von Strohsäcken zu erblicken, ein Schatten erhob sich von dort und floh in eine Ecke.

Midian blieb mit verschränkten Armen an der Tür stehen und überließ Asandros das Nähertreten. Der leuchtete mit der Lampe, und in ihrem trüben Schein zählte er Strohsäcke, auf denen Kinder lagen. Sie schienen zu schlafen.

»Naharsin! Hol Fackeln!«, brüllte er. »Mach endlich Licht!«

Er hörte Naharsin laufen. Neben Asandros war eine Bewegung. Von dem Strohsack sprang eine Gestalt auf, sie war nackt. Das Licht fiel auf angstverzerrte Züge. Angewidert schleuderte er dem Mann die Lampe ins Gesicht, das heiße Öl spritzte ihm in die Augen. Er schrie, hielt sich die Hände vor das Gesicht und lief wie von Teufeln gehetzt auf die Tür zu, an Midian vorbei und hinaus durch den Gang.

Asandros starrte dem Fliehenden fassungslos hinterher. Da kam Naharsin mit zwei Fackeln zurück. »Manche brauchen das«, sagte er tonlos, als er die Fackeln Midian und Asandros reichte. Dieser beachtete ihn nicht. Er leuchtete in den Raum hinein. »Das soll eine Krankenstation sein?«, stieß er wütend hervor. »Die Strohsäcke sind vermodert, die Jungen mit schmutzigen Lumpen bedeckt.«

Naharsin schwieg, er hatte sich furchtsam an die Tür zurückgezogen.

»Sprich!«, brüllte Asandros ihn an. »Was geht hier vor?«

»Es sind die Opfer jener Verstümmelung, die Babylon reich macht«, bemerkte Midian.

»Manche überstehen es nicht, bekommen das Fieber«, flüsterte Naharsin.

Midian lachte dunkel. »Du solltest Asandros nicht die Wahrheit verschweigen, das wäre unredlich.«

»Und was ist die Wahrheit?«, fragte Asandros drohend und hielt Naharsin die Fackel dicht vor das angstverzerrte Gesicht. Dieser begann zu stottern. »Was soll ich machen? Wenn das Fieber sie erwischt, ist ihnen nicht mehr zu helfen.«

»Nun gut, dann muss ich meinen Freund aufklären«, sagte Midian kalt.

Naharsin stieß einen halblauten Schrei aus. »Nein! Bitte!«

»Die meisten Knaben werden fachgerecht operiert und erhalten gute Pflege«, fuhr Midian ungerührt fort. »Die Unansehnlichen jedoch behält Naharsin für sich. Es gibt Männer, die bezahlen eine Menge Geld dafür, diese kleine Schnippelei selbst durchführen zu dürfen. Es versteht sich von selbst, dass viele Knaben diese stümperhafte Arbeit nicht überleben.«

Asandros, unfähig zu antworten, starrte Midian an. Dann wanderte sein Blick zu Naharsins schreckgeweiteter Miene, die im unruhigen Schein der Fackel zuckte. »War er auch schon dein Kunde?«, fragte er heiser.

»Nicht im roten Zimmer«, versicherte Naharsin.

»Das traust du mir zu?« Midians Miene war ein einziger Vorwurf.

»Genug!«, schrie Asandros. Er hob die Fackel, aber er ließ sie sinken. Schon einmal hatte er in wildem Zorn einen Brand entfacht. Damals hatte er als Gesetzloser aus Sparta fliehen müssen. »Du wirst das hier schließen, dafür werde ich sorgen!«, schrie er Naharsin ins Gesicht, dann versagte ihm die Stimme. Er stürzte hinaus auf den Gang, Midian winkte Naharsin. »Öffne uns die Tür. Mein Freund braucht jetzt frische Luft.«

Als sie wieder in dem verwilderten Garten standen, keuchte Asandros: »Warum musstest du diesen schönen Tag so enden lassen?«

»Er endete, wie er begann«, gab Midian kalt zur Antwort.

Asandros stolperte durch die Dunkelheit des verwilderten Gartens, als müsse er vor Teufeln fliehen. Als er den Ausgang gefunden hatte, lehnte er sich an das Holztor und wartete auf Midian. »Weshalb stürmst du davon wie eine Büffelherde? Ich kenne den Pfad und hätte dich besser geführt, und du hättest nicht Schrammen und Risse davongetragen.«

Asandros wies mit dem Daumen zurück. »In welchem Zimmer bist du zu Gast gewesen?«

»Im gelben Zimmer. Es waren ganz gewöhnliche Huren, das sagte ich schon.«

»Und was wird dort noch geboten? Gewöhnliche Huren gibt es überall in Babylon, weshalb suchst du sie bei Naharsin?«

»Hast du nie das Bedürfnis gehabt, bis an deine Grenzen zu gehen, sie zu sprengen?«

Asandros starrte in die Dunkelheit des Grundstücks. »Ja, aber ein vernünftiger Mann gibt diesem Trieb nicht nach, weil er dabei die Rechte anderer verletzt.«

»Aber Sklaven haben keine Rechte.«

»Und was sind deine Grenzen?«

Midian lächelte. Asandros sah es am Blitzen seiner Zähne. »Ich kenne keine Grenzen, nur der Tod kennt sie. Es ist unvergleichlich, im Liebesrausch zu töten.«

»Heiliger Himmel! Du tötest sie?«

»Sei nicht so zimperlich! Die Sklaven bei Naharsin sind dafür da. Nenn mir einen vernünftigen Grund, weshalb ich mir das Vergnügen nicht gönnen sollte.«

»Nur eine Bestie findet daran Gefallen.«

»Das ist deine Meinung, aber kein Argument.«

»Kommt dir nie der Gedanke, dass auch sie ihr Leben lieben?«

»Denkst du an den Hammel, wenn du Braten essen willst?«

»Aber es sind Menschen!«

Midian winkte ab. »Der Tod einer verlausten Hure bereitet mir keine schlaflosen Nächte.«

Asandros blieb betroffen stehen.

»Du schweigst? Du kannst mich nicht verurteilen, weil du als Menschenfreund geboren wurdest. Das ist nicht dein Verdienst.«

»Du irrst dich, ich wurde zur Grausamkeit erzogen, aber dann erkannte ich aus eigener Kraft, dass es eine Schande ist, andere Menschen zu unterdrücken. Nichts gibt dir das Recht, Menschen zu quälen und zu morden, auch wenn ein schlechtes Gesetz es erlaubt. Ich spreche mit Nabupolassar, sobald er mir eine Audienz gewährt!«

»Übereile nichts!« Midian versuchte, Asandros freundschaftlich den Arm umzulegen. »Du hättest die halbe Stadt gegen dich.«

»Gegen die ganze Welt muss man kämpfen, um solchen Schmutz zu beseitigen!«, schrie Asandros aufgebracht.

»Du bist zu empfindlich. Nimm endlich Abschied von deinen Träumereien, die Menschheit sei etwas wert. Weshalb werden die ekelhaften Mixturen aus dem Tal der Pfähle gekauft? Weshalb ist Naharsin reich? Weil seine abartige Kundschaft zahlreich ist wie die Heuschrecken. Und wenn du das ändern willst, ziehen die Priester heulend und dich verfluchend vor ihre Götter und beschweren sich, dass du die heilige Ordnung störst. Und ringsherum fallen ihre Anhänger auf die Knie und heulen mit.«

Asandros starrte Midian an. »Du hasst alle Menschen!«

»Ich verachte sie. Und du tätest gut daran, den Pöbelhaufen auch zu verachten, deshalb habe ich dir den Schmutz gezeigt, und ich könnte dir noch mehr zeigen. So wie Babylon ist die ganze Welt. Sprich mit Nabupolassar, flehe ihn an! Sind die Menschen deine Mühen wert?«

»Ich glaube immer noch daran, dass sie es wert sind«, flüsterte Asandros. Der Schweiß brach ihm aus, er zitterte, weil er sich davor fürchtete, Midian könne recht haben. »Das da drin waren Kinder.« Er sah Midian beschwörend an, der mit verschränkten Armen vor ihm stand.

Midian zuckte die Achseln. »Niemand fragt nach ihren Leiden, sie sind nur das wert, was sie Naharsin einbringen.«

»Man muss die Gesetze ändern«, murmelte Asandros. »Den Sklaven eingeschränkte Rechte gewähren, die Menschen über ihren Aberglauben aufklären.«

Midian lachte höhnisch. »Da wirst du beim König ein offenes Ohr finden. Er wird hohe Würdenträger hinrichten, die Babylon reich machen, um die sterbenden Bälger zu schützen. Er wird Gesetze erlassen, die die Sklaverei einschränken, und dafür gern halb leere Kassen in Kauf nehmen. Er wird die gesamte Priesterschaft gegen sich aufbringen, um den Menschen die Wahrheit zu sagen. Wo lebst du eigentlich? Im Königreich der Hirngespinste?«

Asandros wandte sich wortlos ab und verschwand im Dunkel der schmalen Gasse. Midian schob sich an seine Seite. »Sei in Babylon ein Fürst, ein König, ja, ein Gott, Asandros!«, sagte er eindringlich. »Beschmutze dich nicht mit dem Kot der Einfältigen, sondern tritt sie in den Staub, wohin sie gehören. Und wenn du das nicht kannst, dann geh zurück nach Griechenland!«

Asandros fuhr herum. »Willst du nicht Tartan werden in dieser Stadt?«

»Ja, aber du könntest ihr König werden.«

»Worüber soll ich herrschen? Über Einfältige, wie du sagst? Was ist ein Tartan? Ein Mann, der sich mit Gold behängt und sich mit Weibern und Lustknaben vergnügt, oder jemand, der die Bevölkerung beschützt?«

»In Babylon leben Menschen so zahlreich wie Ameisen. Draußen im Land leben vielleicht noch zehnmal so viele. Der Tartan beschützt sie, aber er hält nicht ihre Händchen. Und ein König wägt klug ab, denn er weiß, dass nicht alle Kuchen und Braten essen können. Dass nicht jeder feines Linnen tragen und ausgedehnte Ländereien besitzen kann. Gib dem Pöbel alle Rechte, die du für ihn forderst, er wird es dir nicht danken.«

»Ich will nicht König werden«, gab Asandros finster zur Antwort, »und Nebukadnezar hatte auch nie vor, dich zum Tartan zu machen, weißt du das? Er traut dir nicht. Aber auf meinen Rat hört er. Wenn du willst, dass ich mich für dich verwende, dann hilf mir, aus Babylon eine menschenwürdige Stadt für alle zu machen.«

Midian schwieg. Er verstand Asandros nicht. »Ich helfe dir bereits bei den Schwarzen Wölfen«, sagte er schließlich.

»Das genügt nicht. Du hast die Pflicht, dich auf meine Seite zu stellen, nachdem du mir Babylons hässliche Seite gezeigt hast.«

»Du überschätzt meine Möglichkeiten. Noch habe ich keine Macht. Wenn ich erst Tartan bin, können wir darüber reden.«

»Du willst sagen, du habest keinen Einfluss in Babylon?«, höhnte Asandros.

»Nicht dort, wo man Männer wie dich unterstützen würde, Asandros. Und es gibt eine Gruppe, die ist mächtiger als der König und wünscht solche Freigeister wie dich zur Hölle. Es sind die

Mardukpriester. Gegen ihren Willen geschieht nichts in Babylon.«

»Priester!«, zischte Asandros. »Überall auf der Welt begegne ich ihrem unheilvollen Einfluss. Sie sind der wahre Pesthauch der Erde. Weshalb tun wir uns nicht gegen sie zusammen, statt gegen den Pöbel, dessen einziges Vergehen darin besteht, dass er ungebildet ist?«

»Du Narr! Einzelne Priester kannst du töten, den Wahn, den sie verkörpern, kannst du nicht ausrotten. Und deshalb musst du dich seiner bedienen. Beherrsche die Priester, Asandros, dann hast du gewonnen.«

»Ich weiß nicht, wie ich das anstellen soll. Ihre Ränke sind mir fremd, ihre Götter sind mir fremd, ihre Lügen verabscheue ich, ihre heuchlerischen Fratzen beleidigen mich.«

Midian lachte leise. »Überlass sie mir! Sagte ich nicht, dass wir beide die Welt beherrschen können? Vergiss nicht, unsere Schicksale sind verflochten zu einem starken Seil, wenn wir unterschiedliche Wege gehen, wird es zerreißen.«

»Dann geh du meinen Weg!«

»Der führt ins Nichts, in ein Traumland der Schwärmer und Weltverbesserer. Meiner führt ins Paradies. Jeden Morgen werden wir gemeinsam erwachen, noch feucht vom Schweiß unserer Lust. Wir trinken den Wein der Macht, gürten uns mit dem Schwerte des Ruhms, und der Straßenstaub verwandelt sich zu Gold unter unseren Schritten. Die Furcht fliegt uns voran wie ein Adler, die Menschen drängen sich zusammen wie Schafe vor dem Gewitter. Wir schenken ihnen einen neuen Gott und neue Priester, und sie werden auf die Knie fallen und schreien: Ja, ja, du bist die Wahrheit und das Licht! Eine neue Religion nach unseren Regeln, deren Götter wir selbst sind, Asandros!«

»Vermessenheit!«, murmelte Asandros, aber er konnte nicht verhindern, dass Midians leidenschaftliche Rede ihn in den Bann zog.

28

Eine schmale Gasse führte eine kleine Anhöhe hinauf. Anfangs säumten sie zu beiden Seiten hohe, schmalbrüstige Häuser, dann fanden sich rechts und links nur noch vereinzelte Lehmhütten, die zum Teil so zerfallen waren, dass man sie für unbewohnt gehalten hätte, wären da nicht nackte, schmutzige Kinder gewesen, die vor den Türen spielten. Die Gasse endete weit draußen an der östlichen Stadtmauer vor einem niedrigen, verwahrlosten Gebäude. Seine Wände waren aus Steinquadern erbaut, sonst wäre es wohl längst zusammengefallen wie die Mauer aus Lehmziegeln, die es einst umgeben hatte. Wenn das Haus jemals eine Tür gehabt hatte, war sie zu Staub geworden. Ein schwarzes Loch gähnte an ihrer Stelle, und der fensterlose Raum dahinter war in Finsternis gehüllt. Er war leer, wenn man von Ratten und anderem Ungeziefer absah, das in seinem Schatten lebte.

Man hätte meinen sollen, dass sich niemand gern an diesen trostlosen Ort begab, und doch hatten sich drei Männer dort zusammengefunden. Sie waren in lange Umhänge gehüllt und trugen Fackeln, denn es war Nacht. Vor dem Haus verharrten sie kurz, sahen sich um und verschwanden rasch in dem Eingang. Sie leuchteten auf den Boden, der von Staub und hereingewehten welken Gräsern und Zweigen bedeckt war. Einer der Männer bückte sich zielstrebig und hob eine Falltür hoch. Sie öffnete sich leicht und geräuschlos. Offensichtlich wurde sie häufig benutzt. Die drei Männer stiegen hinab in den Schacht, der Letzte zog vorsichtig die Klappe zu. Steile Stufen führten hinunter zu einem Stollen, der in den nackten Fels gehauen war. Es roch modrig und feucht, aber man konnte gut atmen, von irgendwoher strömte frische Luft in den Gang. Die Männer zögerten nicht. Mit schnellen Schritten durchquerten sie den Stollen, der sich jetzt mehrfach verzweigte. Je weiter sie gingen, desto unübersichtlicher wurde der Weg. Ein Fremder hätte wohl nur durch Zufall wieder herausgefunden, doch die Männer fanden sich in dem Labyrinth gut zurecht. Die alten Steintafeln und zerbrochenen Tonfiguren an den Wänden und in den Nischen beachteten sie nicht. Manchmal lag ein bleicher Totenschädel im Weg, er wurde zur Seite gestoßen. Der Gang endete in einem Gewölbe, dem flache Kohlenbecken Wärme und Licht spendeten. Decke und Wände verloren sich in düsteren Schatten.

An den Kohlefeuern hielten etliche Tonfiguren Wache, hässliche Fabelwesen, ausgestattet mit grotesken Flügeln, fletschenden, spitzen Zähnen, riesigen Ohren und monströsen Geschlechtsteilen. Dahinter erhob sich ein langer, flacher Opferstein, bedeckt mit seltsamen Gerätschaften, Schalen und Krügen in verschiedenen Größen. Die drei Männer beachteten das alles nicht, sie setzten sich auf einen prächtigen Teppich, den man an diesem düsteren Ort nicht vermutet hätte, und schlugen ihre Kapuzen zurück. Zur Linken verspürten sie einen Luftzug, und der verführerische Duft von Braten und Backwerk durchzog jetzt das Gewölbe.

Naharsin, der Verwalter der königlichen Hospitäler, war zum ersten Mal in diesem Versteck. Befremdet starrte er auf die beiden Diener, die das Essen hereintrugen. Sie waren nackt – das fand Naharsin nicht außergewöhnlich, es war in etlichen Häusern Babylons üblich, sich von nackten Sklaven bedienen zu lassen. Aber ihre Art, das Essen aufzutragen, war von einer, wie er fand, besonders pikanten Sinnlichkeit, denn der eine hatte keine Augen mehr und der andere keine Füße. Er rutschte auf seinen Knien vorwärts.

Naharsin sah in das lüsterne Gesicht seines Nachbarn, dessen wulstige Lippen halb offenstanden. Scheschbassar, der hässliche Wächter vom Tal des Schreienden Wassers, ergötzte sich an den hilflosen Gestalten. Naharsins Blick wanderte zu dem Dritten in ihrer Runde, dem Hausherrn: Xandrames, der gefürchtete Mondpriester, Beherrscher der Dämonen, wie es hieß. Sein Gesicht war wie aus Holz geschnitzt und hatte die Farbe von dunklem Bernstein. Schwere Lider senkten sich auf leicht geschlitzte, schwarz funkelnde Augen, die vollen Lippen hatten scharfe Konturen, und die Mundwinkel wiesen nach oben, sodass es aussah, als lächele er unentwegt. In Wahrheit lächelte er fast nie. Er bemerkte Naharsins fragenden Blick. »Ich mag Nacktheit in absonderlichen Formen. Gebrechen regen den Appetit an.« Seine Stimme war teilnahmslos.

Naharsin betrachtete die Sklaven, deren Nacktheit durch die unbeholfenen Bewegungen tatsächlich an Reiz gewann. Er leckte sich über die Lippen. »Woher hast du sie?«, fragte er Xandrames.

Scheschbassar zischte durch die Lücke seiner weit auseinanderstehenden Zähne. »Ich beschaffe sie ihm. Das Tal ist voll von denen.«

»Hingerichtete?«, stieß Naharsin ungläubig hervor.

»Tot sehen sie wohl nicht aus«, brummte Scheschbassar. »Ich liefere nur gute Ware. Junge, kräftige Burschen, die nicht länger als einen Tag draußen gehangen haben.«

»Und die Verstümmelungen?«

»Dazu braucht man nichts als ein Messer und eine Axt.« Scheschbassar grinste. »Da hast du doch selbst Erfahrungen.«

Naharsin wurde dunkelrot. Xandrames sah ihn an. »Gefallen sie dir? Du kannst sie haben – nach dem Essen.«

Naharsin räusperte sich. »Ich mag es etwas jünger. Aber für meine Kunden würde ich gern so ein Speisezimmer einrichten lassen. Könntest du bei deinen Lieferungen auch an mein Haus denken?«

»Das lässt sich machen, aber herrichten musst du sie selbst.«

»Wie – ich? Ich dachte, du …«

Scheschbassar schüttelte den Kopf. »Zu gefährlich. Du musst nachts kommen und Gehilfen mitbringen. Ich übergebe dir die Ware gefesselt, das übrige ist dein Teil.«

Die Sklaven hatten inzwischen die letzte Schüssel abgesetzt. Xandrames zischte, und sie wichen furchtsam zurück. Doch plötzlich beugte sich der Blinde vor und spuckte in eine Schüssel. Etwas surrte durch die Luft, und sein Kopf fiel in die Bratensoße.

Scheschbassar seufzte und sah Xandrames vorwurfsvoll an.

»Nie kannst du dich beherrschen«, murmelte er. Er zog den blutigen Kopf an den Haaren heraus und betrachtete die leeren Züge. »Du belustigst keinen mehr, was?« Er schleuderte den Kopf fort.

Xandrames Haut war wächsern vor Zorn, aber in seiner Miene regte sich nichts. »Du hast recht, Scheschbassar, meine Hand ist schneller als mein Verstand. Aber wir haben ja noch ihn.« Er wies auf den Beinlosen. »Ich werde ihn später den Dämonen opfern.«

Scheschbassar gab ihm einen Tritt. »Verschwinde!«

Naharsin und die beiden anderen sahen ihm nach, wie er davonkroch. In diesem Gewölbe wohnte das Grauen. Mitleid war ein Wort, das diesen drei Männern lästig gewesen wäre, wenn sie gewusst hätten, was das ist.

»Was wirst du mit ihm machen?«, fragte Naharsin neugierig.

»Wer den Dämonen geopfert wird«, sagte Xandrames bedächtig, »der stirbt nie. Er ist ein Gutäer, er glaubt daran.«

Naharsin warf einen schiefen Blick auf die steinernen Fratzen, die im roten Licht ihre Zähne bleckten. Dann sagte er: »Der Grieche glaubt aber nicht daran, und auch deine hässlichen Tonfiguren werden auf ihn keinen Eindruck machen.«

»Wenn er gefährlich ist, wird er beseitigt«, gab Xandrames kühl zur Antwort. »Es gibt Dolche, es gibt Gift, es gibt hundert Wege und hundert Hände, die es tun würden.«

»Er wird beschützt«, gab Naharsin zu bedenken.

»Sagtest du nicht, er geht ohne Leibwache aus?«, fragte Xandrames verächtlich.

»Es ist Midian, der ihn beschützt, Xandrames!«

»Midian?« Der Priester zuckte zusammen. »Midian hat mir gesagt, dass er den Griechen vernichten will. Er ist kein Lügner.«

»Vielleicht hast du ihn falsch verstanden.« Naharsin schob angewidert die Schüssel mit der blutigen Bratensoße von sich und nahm sich aus einer anderen eine saftiges Stück Fleisch.

»Du hättest Midian mitbringen sollen«, gab Xandrames gereizt zurück. »Dann hätten wir jetzt Klarheit.«

»Oder säßen alle im Kerker«, entgegnete Naharsin ärgerlich.

»Wenn Midian uns verraten will, was hindert ihn daran?«, fragte Scheschbassar mürrisch.

»Nein.« Xandrames schüttelte den Kopf. »Er und wir haben dieselben Ziele und was noch wichtiger ist, wir schätzen dabei die gleichen Methoden. Wir müssen uns nur klar darüber werden, wie wir mit dem Spartaner umgehen wollen. Ich glaube, dass Midians Freundschaft zu ihm nur geheuchelt ist.«

»Und wenn nicht?« Naharsin berichtete von der nächtlichen

Störung durch die beiden. »Midian hat Asandros absichtlich in das rote Zimmer geführt, damit er mich anzeigen kann. Asandros hat mir damit gedroht, und er wird es tun. Dann wird Nabupolassar mich absetzen.«

»Können wir den Griechen gegen den Willen Midians beseitigen?«, fragte Scheschbassar.

Xandrames schüttelte den Kopf. »Unmöglich.«

»Aber Asandros sitzt wie eine fette Made in der Nähe des Königs, und der leiht ihm sein Ohr. Er ist der Gefährlichere.«

»Gefährlicher ist Midian«, sagte Xandrames. »Wir müssen unbedingt erfahren, wie er wirklich zu dem Griechen steht. Vorher können wir nichts unternehmen. Schagaraktischuriasch, der den Griechen ins Land geholt hat, wo steht er?« Xandrames sah Naharsin an.

»Ich fürchte, treu zum König und somit zu Asandros, wenngleich er seine Ansichten missbilligt.«

»Wir wissen doch, wo Asandros' Gegner sitzen«, knurrte Scheschbassar ungeduldig. »Aber das hilft uns nicht weiter. Solange wir Midians Pläne mit dem Griechen nicht kennen, sind uns die Hände gebunden, oder wollen wir uns auch gegen ihn wenden?«

»Im Notfall ja!«, stieß Naharsin ärgerlich hervor.

»Dummkopf!«, zischte Xandrames. »Hinter Midian steht die gesamte Hazarim, und sie wird noch größer werden. Um Midian werden sich alle Kräfte im Land scharen, die ihr Leben einzig auf das Gesetz der Stärke und Unbarmherzigkeit gründen wollen. Auf Belial, wie er es nennt, auf die dämonischen Kräfte der Finsternis, die ich anbete, die wir alle anbeten, und auf diesen Jahwe, der den Vorteil hat, unsichtbar zu sein und somit als allgegenwärtiges Gespenst die Menschen knebelt und in frommer Knechtschaft hält. Wenn Midian erst Tartan ist, wird ein neues Zeitalter anbrechen, in dem wir die Herren sind und nicht die wankelmütigen Mardukpriester, oder die dünnblütigen Gesetzeshüter, die nach Gerechtigkeit schreien, wo die Peitsche genügt, um jeden Widerspruch verstummen zu lassen. Was wir heute noch im Verborgenen tun müssen, das wird unter Midian Verdienst und Tugend sein.«

»Das weiß ich alles«, geiferte Naharsin, »aber der Grieche will von allem das Gegenteil, und wenn Midian sich in seine seidenweichen Locken verguckt, he? Wenn er die Seite wechselt für ein Lächeln dieses Götterjungen?«

»Midian liebt es, deine Huren zu zerfetzen, das weißt du doch«, erwiderte Xandrames abfällig. »Liebe ist ihm genauso fremd wie uns, wie könnte er sonst das Ziel anstreben, die Menschheit unglücklich zu machen?«

»Midian ist kein zahmes Vögelchen«, gab Naharsin zu, »aber er hat einen hebräischen Freund, und ich sage euch, den liebt er wirklich.«

»Einer von seinen Schwarzen Wölfen, nicht wahr?« Xandrames nickte. »Das ist kein Grund zur Besorgnis. Selbst die Anhänger Belials dürfen untereinander Zuneigung und Treue bekunden.«

»Was weiß man von ihm?«, fragte Scheschbassar. »Hängt er dem Glauben seiner Väter an?«

»Wohl kaum«, spottete Xandrames. »Allerdings lebt er bei seiner Familie und verlässt das Stadtviertel nur selten.«

»Wir wissen also nichts Genaues«, warf Naharsin ein. »Über Midians besten Freund sollten wir besser unterrichtet sein. Hat er Verbindung zu dem Griechen?«

»Meines Wissens nicht«, sagte Xandrames.

»Und der andere Grieche?« Scheschbassar warf Naharsin einen prüfenden Blick zu. »Wie war doch sein Name?«

»Askanios«, knurrte Naharsin und ballte seine Fäuste, dass sich die Nägel in seine Handflächen gruben. »Auch er ein Freund Midians, wie sich herausstellte.«

»Merkwürdiger Zufall«, murmelte Scheschbassar.

»Midians Taktik ist es, überall Freunde zu gewinnen«, widersprach Xandrames. »Wenn die Zeit reif ist, zerquetscht er die falschen Freunde wie faules Obst.«

»Und das sind am Ende wir«, zischte Naharsin.

Xandrames warf ihm einen vernichtenden Blick zu. »Was deinen Knaben unten abgeschnitten wurde, das fehlt dir im Gehirn, wie es scheint. Der Adler hackt nicht nach der eigenen Brut. Midian ist das Schwert der Hasses, die Geißel der Verzweiflung, er ist der Sturmwind der Vernichtung. Gewöhnliche Menschen würden es das Böse nennen, aber es ist nichts als die göttliche Antwort auf Dummheit, Feigheit und Schwäche.«

Xandrames erhob sich und breitete die Arme aus. »Die Dämonen sind unruhig, sie wollen das versprochene Opfer.«

Naharsin kratzte sich an der Nase. »Sollten wir nicht zuerst zu einem Entschluss kommen, wie wir weiter vorgehen?«

Xandrames Blick war eisig. »Du wirst nie den Adlerhorst erklimmen, wenn du schon über das Nest einer Wachtel stolperst. Ich werde euch jetzt ein Beispiel geben für die Macht des Geistes.«

Er verschwand in den Schatten hinter dem Opferstein. Als er wieder ins Licht trat, trug er eine silberne Maske mit Augenschlitzen. Sie bedeckte das ganze Gesicht und war rundum mit einem Strahlenkranz scharfer Stacheln umgeben. Jetzt hob er eine armdicke Bambusröhre an den Mund. Sie gab einen unheimlichen, tiefen Ton von sich, als stöhnten die Toten in den Gräbern. Er wiederholte den Ton dreimal. Die Tür öffnete sich, und zwei kräftige

Sklaven schleiften den Sklaven über den Fußboden. Er war aschgrau im Gesicht, Spuren von Erbrochenem klebten an seinem Mund.

Naharsin beugte sich zu Scheschbassar hinüber und flüsterte: »Wozu hat Xandrames diese Maskerade veranstaltet?«

»Uns will er beeindrucken«, flüsterte Scheschbassar zurück.

»Er sollte lieber die beiden Griechen hierherbringen lassen. Was verspricht er sich von dem halb Toten? Der wird ohnmächtig, wenn man ihn nur anhaucht.«

»Bei deinem Atem bestimmt«, grinste Scheschbassar.

Die silberne Maske wandte sich ihnen zu, und sie verstummten. Dann sprach Xandrames, und seine Stimme tönte wie ein Ghul aus der Unterwelt: »Tiridates, Tiridates! Die Dämonen wollen deinen Leib. Bist du bereit?«

Dem Gutäer standen die Haare buchstäblich zu Berge.

»Der verfluchte Asak, er wohne in deinem Kopf!«

Der Gutäer schrie und hob die Arme vor das Gesicht. Naharsin und Scheschbassar wunderten sich, denn niemand hatte ihm etwas getan.

»Der schändliche Utuk, er wohne in deinem Hals!«

Der Gutäer röchelte, als müsse er ersticken, und lief dunkelrot an.

»Der verderbenbringende Alu, er wohne in deiner Brust!«

Ein tiefes Stöhnen kam aus seinem Innern, seine Lungen rasselten.

»Der böse Ekim, er wohne in deinem Gedärm!«

Als hätte ihn eine glühende Lanze gespießt, krümmte sich der Gutäer und wälzte sich schreiend am Boden.

»Der schreckliche Gallu, er wohne in deinen Füßen!«

Der Gutäer zuckte zusammen, nichts geschah, es war ganz still. Doch plötzlich fiel eine der Statuen mit einem grässlichen Geheule um und zerbrach.

»Du Elender!«, schrie Xandrames. »Der Dämon tobt. Du hast ihn betrogen. Er fand nichts bei dir, wo er hätte wohnen können. Was bietest du ihm als Ersatz?«

»Er fahre in sein Gemächt!«, rief Naharsin im Scherz. Er wunderte sich sehr, als der Gutäer vor Schmerz aufheulte und sich nach vorn beugte. Mit offenem Mund starrte Naharsin auf den zuckenden Körper. *Habe auch ich Macht, die Dämonen zu rufen?*, dachte er.

Xandrames aber zischte: »Tausend Jahre ist den Dämonen nun gestattet, in deinem Körper zu hausen und ihn an ihren Wohnstätten zu peinigen. Grausamer Namtar, nimm jetzt sein Leben und wirf ihn hinab in die schwarze Totenstadt Ereschkigals!«

Der Gutäer wand sich in Krämpfen, als hätte er Gift getrunken. »Tausendjährige Qualen!«, schrie Xandrames, und das Opfer zuckte und wimmerte, bis es plötzlich still war. Der Mann war tot.

Xandrames nahm seine Maske ab und lachte hässlich. Dann heftete er seinen kalten Blick auf Naharsin. »Misch dich nie wieder ein in mein Ritual, hast du verstanden?«

»Aber es hat gewirkt«, grinste er. Er hatte plötzlich nicht mehr so große Furcht vor dem Priester.

»Was hast du mit ihm gemacht?«, fragte Scheschbassar. »Du hast ihn nicht einmal berührt.«

»Das«, sagte Xandrames und wies mit dem Finger auf den Toten, »ist das Ergebnis von Aberglaube und Dämonenfurcht. Der arme Tropf war verrückt vor Angst, daran ist er gestorben.«

»Unglaublich!«, murmelte Naharsin. »Dann würde der Zauber bei Asandros also nicht wirken?«

Xandrames legte Maske und Bambusröhre zurück auf den Altar. »Nein. Nur der Furchtsame erliegt der Magie.«

»Weshalb ist der Grieche dann nicht auf unserer Seite?«

»Nun, es gibt zwei Möglichkeiten, die Welt zu regieren. Entweder man bedient sich der Furcht und des Aberglaubens, um die Masse zu knechten, oder man klärt sie auf, nimmt ihnen die Furcht und macht sie zu seinesgleichen. Asandros will letzteren Weg gehen.«

»Wie töricht!«, entfuhr es Naharsin.

»Du sagst es.« Xandrames setzte sich wieder zu ihnen. »Die kleine Zerstreuung war ich meinen Gästen schuldig. Hat sie gefallen?«

Scheschbassar starrte den Toten an. »Tausend Jahre«, murmelte er. »Für ihn ist es vorbei, er spürt nichts mehr, aber wie entsetzlich, wenn es wirklich so wäre.«

Naharsin grinste. »Daran sollten alle glauben! Könnten wir den Menschen diese Furcht schenken, hätten wir ein unglaubliches Machtinstrument in den Händen.«

Naharsin schüttelte den Kopf. »Das gelingt niemals!«

»Nicht, wenn ihr zweifelt«, bemerkte Xandrames eisig. »Ihr habt soeben gesehen, welche Macht der Glaube haben kann. Tiridates war kein kleinherziger Krämer. Scheschbassar, du weißt es besser.«

»Tiridates war ein gefürchteter Flusspirat, der am Tigris die Handelsschiffe ausgeraubt hat«, nickte er. »Ja, man möchte meinen, er fürchtete weder Tod noch Teufel, doch vor jedem Raubzug küsste er unzählige Fetische, verbrannte stinkendes Zeug und tanzte um einen geschnitzten Pfahl herum. Er schnitt den Ruderern die Hälse ab, aber wenn ein schwarzer Rabe bei Sonnenaufgang von einer Ulme aufflog, brach er das ganze Unternehmen ab.«

Xandrames nickte und wandte sich an Naharsin: »Scheschbassar ist das beste Beispiel dafür, dass es sich lohnt, mit dem Aberglauben Geschäfte zu machen. Das Fleisch aus dem Todestal wird ihm mit goldenen Schekeln aufgewogen.«

»Das weiß ich, aber kann man damit Babylon beherrschen?«

»Die Welt, mein Freund. Kneble sie mit Furcht und locke sie mit Unzucht. Midian wird sein Zepter unter diesen Vorzeichen aufrichten.«

»Und weshalb tust du es nicht selbst, Xandrames?«

»Weil er auserwählt wurde, nicht ich.«

»Auserwählt von wem?«, spottete Naharsin. »Von den Dämonen, an die er selbst nicht glaubt?«

»Vom Schicksal«, erwiderte Xandrames, »und das ist mächtiger als alle Götter der Welt zusammen. Dabei ist es gleichzeitig so blind wie unsere Sklaven, versteht ihr?«

Die beiden schüttelten die Köpfe.

»Es erfüllt sich, wenn die Zeit reif ist, aber es kann nicht sehen, was es anrichtet.« Xandrames lachte meckernd. Auch Scheschbassar fletschte seine schiefen Zähne, doch Naharsin fröstelte plötzlich.

29

Im Hof von Gamaliels Haus hatten sich etliche angesehene Gemeindemitglieder um Hilkija versammelt. Sie hockten in einem Kreis zusammen und hörten dem Priester zu. »Ihr habt sicher davon gehört: Der Pharao ist Nebukadnezar mit einem Heer entgegengezogen, um seine judäische Provinz zu verteidigen. Dabei hat er Harran geschickt umgangen. Nun treffen sie sich bei Karkemisch.«

Sie wandten sich um, denn sie vernahmen Schritte. Midian war in den Hof getreten und hatte die letzten Worte gehört. Hilkija erhob sich und trat ihm finster entgegen. »Was willst du?«

Midian sah sich um und verschränkte die Arme. »Eine Gemeindeversammlung? Und ich wurde nicht eingeladen?«

»Verzeih, dass wir es versäumten, Boten in die Amurru zu schicken«, gab Hilkija bissig zur Antwort.

»Eigentlich suche ich Joram, ist er nicht bei euch?«

»Er hilft Zefanja beim Bau seines Hauses.«

»Wie? Er schleppt Ziegel?« Midian begab sich sofort zu Zefanjas Haus, wo er Joram lehmverschmiert antraf, umgeben von einer

Schar Kinder, die sich mit Lehmkügelchen bewarfen und von ihren Müttern vergeblich zur Ordnung gerufen wurden. Zusammen mit drei anderen Männern schichtete Joram getrocknete Ziegel aufeinander und verstrich ihre Fugen mit Pech. Keiner von ihnen war körperliche Arbeit gewohnt, sie hatten schweißnasse Oberkörper, aber sie lachten bei ihrer Arbeit.

Ein Lehmkügelchen traf Midian am Bein. Er hob den Knirps hoch und sagte: »Pass auf, ich verarbeite dich zu einem Ziegel und mauere dich ein!«

»Kannst du gar nicht«, krähte der Kleine, »ich bin viel größer als ein Ziegel.« Er strampelte mit den Beinen in der Luft, und Midian setzte ihn wieder ab. Da kam die entsetzte Mutter auch schon herbeigelaufen. Sie wusste nicht, ob es für ihr Kind ein Segen oder ein Fluch war, von dem gefürchteten David angefasst zu werden.

Joram klatschte einen Klumpen Lehm gegen die Wand und grinste Midian an. »Gut, dass endlich einer gekommen ist, um auf die Kinder aufzupassen.«

»Wenn man sie nur meiner Aufsicht überließe«, brummte Midian, »dann hättet ihr bald vor ihnen Ruhe.«

Joram wischte sich die Hände am Hüfttuch ab. »Etwas Wichtiges?«

»Ich war vier Tage fort, und du fragst nicht, wo ich war?«

»Du gehst deine Wege, und für mich ist es besser, sie nicht alle zu kennen.«

»Ich glaubte, in Babylon würdest du dich wieder mehr um unsere Sache kümmern, aber du tust lieber Sklavenarbeit und beaufsichtigst Rotznasen.«

»Hast du eine andere Aufgabe für mich?«, fragte Joram kühl.

»Schon möglich.« Midian sah Joram lauernd an. »Ich habe die letzten Tage mit Asandros verbracht.«

»So?« Joram verspürte einen Stich, aber er spielte den Unbeteiligten. »Dann habt ihr wohl Freundschaft geschlossen?«

Midian lächelte. »Das glaubt zumindest der Grieche.«

»Dann nimmt er dich als Führer? Ihr brecht also bald auf?«

»In den Zagros? Nicht so schnell, ich will ihn noch hinhalten. Aber lass uns doch irgendwo hingehen, wo wir ungestört sind. Was hältst du von Sassans Taverne? Dort ist das Bier kalt, er lagert die Krüge im Brunnen.«

Joram war einverstanden. Etwas später saßen sie bei Sassan, dem Hethiter, und schlürften kühles Bier. »Du willst ihn hinhalten? Weshalb? Brennst du nicht darauf, ihn in die tödliche Falle nach Dur-el-Scharan zu locken?«

Midian leckte sich die Lippen. »Ich träume davon, ich lechze nach seiner betroffenen Miene, seiner Ohnmacht und seiner Niederlage. Dennoch – ich will auch das andere nicht unversucht lassen. Ich will ihm eine Chance geben.«

»Ein Schwarzer Wolf zu werden?«, spottete Joram.

Midian lächelte. »Warum nicht? Jedenfalls ein Wolf, der an meiner Seite jagt. Bis jetzt ist er ein Lamm – was seine Gesinnung angeht. Aber ich bin dabei, ihm die Augen zu öffnen.«

»Ich nehme an, Asandros ist ein anständiger Mensch«, gab Joram kühl zurück, »aufrichtig, mitfühlend und großherzig. Das bedeutet nicht, dass er ein Lamm ist.«

»Sehr richtig, dieser vortrefflichen Tugenden kann er sich rühmen. Sie taugen, um heulenden Bälgern die Nasen abzuwischen. Meinen Plänen stehen sie entgegen.«

»Ich weiß. Ich selbst habe dir geraten, ihn für Belial zu gewinnen, nur ...« Joram lächelte überlegen, »das wird dir niemals gelingen.«

»Meinst du?« Midian lehnte sich zurück und streckte sich wohlgefällig. »Da bin ich anderer Meinung. Er ist verrückt nach mir, verstehst du?«

Joram schoss das Blut ins Gesicht, er fühlte es, und es machte ihn zornig. »Ich glaube, du übertreibst! Asandros ist leidenschaftlich, aber in deine Bosheit wird er sich kaum verguckt haben.«

Midian winkte ab. »Leidenschaft? Erfinde ein anderes Wort für das, was wir – was er für mich fühlt. Es ist unaussprechlich, es ist ...«

»Wahnsinn? Hörigkeit? Ich glaube, dass Asandros auch bei dir einen kühlen Kopf behält.«

»Wir werden sehen.« Midians Stimme wurde kalt. »Wenn ich mich in ihm täusche, wird er auf Dur-el-Scharan mit seinem Blut bezahlen. Ich versuche ihn deinetwegen zu schonen, Joram. Wenn dir an seinem Leben liegt, so wirst du mich darin unterstützen, dass Asandros sich mir anschließt.«

»Du willst es meinetwegen? Erzähle das deinen Zechkumpanen, wenn sie unterm Tisch liegen.«

»Gut, ich will es selbst. Ich will diesen edelmütigen Griechen schäumen sehen vor Hass, seine Sanftmut soll sich in Grausamkeit wandeln, seine Friedfertigkeit umschlagen in wilde Machtgelüste. Dann fegen wir die babylonischen Herrscher hinweg wie eine Feuersbrunst und herrschen wie die Götter!«

»Wahnvorstellungen!«, stieß Joram hervor. »Niemals wird Asandros dir in Belials Hölle folgen.«

»Nein?« Midian lachte höhnisch und stieß Joram den Finger vor die Brust. »Hast du vergessen, welche Begierden eine himmelstürmende Liebe entfesseln kann? Hast du nicht den persischen Hauptmann geopfert für meine Umarmung? Und warum? Weil dir diese Umarmung mehr wert war als die gesamte Menschheit. Du wolltest brennen, brennen! Denn das allein sind die Augenblicke, für die es sich zu leben lohnt!«

»Ja«, flüsterte Joram, »aber ich würde es nicht wieder tun.«

»Nein, heute lässt du dich nicht mehr anfassen«, schnaubte Midian. Dann ergriff er Jorams Hand. »Tut mir leid, ich weiß, dass es meine Schuld ist.«

Joram schloss kurz die Augen. »Schon gut. Und wann willst du Asandros über deine wahren Absichten aufklären?«

»Wahre Absichten? Er kennt meine Pläne. Er soll mich unterstützen, damit ich Tartan werde. Er hasst das Priestergesindel wie ich, da stehen wir zusammen. Wir werden die Macht der Mardukpriester brechen und die Herrschaft Jahwes aufrichten; er wird Asandros gefallen: ein Gott, der die Verderbtheit Babylons mit eisernem Besen auskehrt, der nicht mit kastrierten Knaben handelt oder Verbrecher verstümmelt, um ihr Fleisch zu verkaufen. Ich werde dann dafür sorgen, dass aus dem eisernen Besen eine brennende Geißel wird. Asandros selbst wird sie schwingen, und er wird nicht merken, dass er dabei meinen Zielen dient.«

»Du musst Asandros für sehr dumm halten. Ich dachte, er sei ein so starker Gegner? Oder deckt die Blindheit seiner Verliebtheit alles zu?«

Midian beugte sich zu Joram hinüber, seine Augen funkelten. »Ich werde dafür sorgen, dass sein Fleisch nach meinem hungert, dass er nicht atmen kann ohne meine Gegenwart. Seufzen wird er in den Nächten, in denen ich nicht an seiner Seite liege. Du weißt, ich habe Macht über Menschen. Anfangs glaubte ich, er sei kalt, aber ich stellte ihm eine Falle, und er tappte hinein wie ein Bär, der Honig riecht.«

»Weiß er, dass du der Anführer der Schwarzen Wölfe bist?«

»Natürlich nicht. Die Überraschung hebe ich mir für Dur-el-Scharan auf. Dort werde ich ihn endgültig vor die Wahl stellen.«

»Wozu die beschwerliche Reise machen? Offenbare dich doch hier in Babylon. Wenn er dich wirklich liebt, wird er über deine Vergangenheit hinwegsehen.«

Midian hob beide Hände. »Nein, nein, so weit habe ich ihn noch nicht. Das wäre zu gefährlich, viel zu gefährlich. Ich muss noch mehr Einfluss auf ihn gewinnen.« Midian schlürfte geräuschvoll den Rest seines Bieres aus den Gerstenkörnern. »Ich zeigte Asandros das rote Zimmer bei Naharsin – ich erzählte dir davon. Asandros war entsetzt. Ich vermute, er wird sich erst einmal um den königlichen Vorsteher der Hospitäler kümmern.«

»Du willst zulassen, dass Asandros das Verbrechen ausmerzt?«, höhnte Joram.

»Das ist der Köder, Joram. Asandros muss mir vertrauen. Er muss glauben, dass ich die Seite wechsele, verstehst du?«

Joram wich Midians eindringlichem Blick aus. Ihn fröstelte unter Midians Zynismus, aber er gestand sich ein, dass es ihn nur deshalb beunruhigte, weil Asandros das Opfer war.

Der gut aussehende Grieche, der in Harran so schnell zur Sache kommen wollte und in mir eine verschüttete Erinnerung geweckt hat: dass Liebe mehr ist als Begierde, Raserei und Hörigkeit. Dennoch muss ich mich auf Midians Seite stellen, ich muss! Bei Belial! Ich kenne diesen Griechen doch kaum.

»Ich möchte, dass du von der Sache ablässt«, murmelte Joram, und plötzlich überlegte er, wie Midian bei Asandros wohl mit seiner Schwäche umgegangen war, aber er mochte ihn nicht danach fragen.

»Wenn dir an uns beiden liegt, unterstützt du mich!«, entgegnete Midian kalt. »Wenn du hingegen Asandros wählst, dann wird es zum offenen Krieg kommen. Er wird grausam, Joram. Er wird Asandros oder mich und unzählige Opfer zerfleischen und dich in die Verzweiflung treiben.«

Jorams Lippen zitterten. »Ich bin kein Verräter«, flüsterte er.

Midian nahm seine Hand. »Ich liebe dich, du zahmer Haushund unter Wölfen. Und Asandros – ich hasse ihn nicht – ich ...«

»Du liebst ihn, und du fürchtest dich davor«, murmelte Joram. »Du fürchtest weder den Tod noch Belials Hölle, du fürchtest die Gewalt seiner Herzenswärme.«

Midians Lippen zuckten. Seine eigenen Worte kamen ihm in den Sinn: Mit dir möchte ich zur Insel Tilmun fahren, um dort das Kraut der Unsterblichkeit zu pflücken. – Worte, im Liebesrausch gesprochen, zählen nicht, hatte Asandros gesagt. Midian verschluckte eine gehässige Antwort und räusperte sich. »Lass uns keine Gefühle herbeireden. Wer würde nicht vorübergehend schwach in seinen Armen? Mancher Bauer streichelt seine Lämmer, bevor er sie schlachtet.« Midian schob seine Bierschale von sich. »Gehn wir?«

Joram nickte. Midian zahlte, und sie traten hinaus auf die Straße. Midian sah ihn fragend an, aber Joram wich seinem Blick aus. Er fühlte sich leer.

30

Kanäle und breite Straßen zerteilten die Stadtmitte. Unzählige Gässchen verbanden sie und bargen unter dem Schatten ihrer vorspringenden Dächer den Basar von Babylon, der sich Besuchern schon aus der Ferne durch sein Geschrei und seine Gerüche ankündigte. Unentwegt schoben sich die Menschenmassen an den kleinen Läden und Verkaufsständen vorbei. Sklaven, die sich mit Sänften durch das Gedränge einen Weg bahnten, wurden beschimpft und mit faulem Obst beworfen, und manchmal traf das Geschoss den Gebieter selbst: Parfümierte, bezopfte oder zierlich gelockte Männer mit Stirnbändern im Haar, weißen Leinenkitteln und etlichen Rollsiegeln am Gürtel, die ihre Wichtigkeit betonten. Hohe Priesterhüte, wunderlich gehörnte, gespitzte und geschweifte Helme hochgewachsener Krieger schaukelten über den Köpfen, die bunten, lang gefältelten Röcke der Frauen raschelten im Staub, ihre Fußspangen klingelten.

Asandros und Askanios machten einen Bummel über den Basar, und Askanios hoffte, dass sie nicht Midian begegneten, denn in den letzten Stunden hatte Asandros nur von ihm gesprochen. An Asandros' Vorliebe für das männliche Geschlecht hatte sich Askanios langsam gewöhnt, aber diese überschäumende Begeisterung, die Asandros Liebe nannte, passte seiner Meinung nach nicht zu dem Falken, der die Sinnlichkeit wohl schätzte, aber dabei immer unverbindlich geblieben war. Askanios neidete ihm nicht das himmelstürmende Gefühl, aber genauer betrachtet, wer kannte diesen Midian schon wirklich? Undurchsichtig, geheimnisvoll und schön, mochte er himmlische Freuden, aber auch ungeahnte Schrecken bergen, und aus besinnungsloser Verliebtheit war oft schon rasender Hass geworden. Askanios beschloss, seine Augen offenzuhalten.

Asandros schlenderte langsam von Stand zu Stand und musterte die feilgebotene Ware eingehend. Manchmal blieb er stehen, beobachtete die Kunden und lauschte ihren Gesprächen. Er hatte nicht vor, etwas zu kaufen, er wollte dem grausigen Geheimnis auf die Spur kommen, von dem Midian ihm erzählt hatte. Dazu hatte er sich unauffällig gekleidet. Zum knielangen, ärmellosen Kittel trug er einen schmalen Ledergürtel, von dem vorn sein Geldbeutel und ein Rollsiegel herabhingen, an der Seite steckte ein Messer in einer schmucklosen Scheide.

Bei einem Stand, der ihm verdächtig vorkam, blieb er stehen. Er gehörte einem Kräuter- und Gewürzhändler, von denen es viele gab, dennoch wurde er stärker umlagert als andere. Der Händler griff oftmals unter den Tisch oder verschwand mit Kunden hinter einem Vorhang im Haus. Gerade kam er mit einer gebeugten alten Frau heraus, die ihm überschwänglich die Hände küsste und ihn humpelnd verließ. Asandros bat Askanios, hier auf ihn zu warten, dann ging er der Frau nach. Wo die Gasse sich gabelte, hielt er die Frau an. »Gute Frau«, sagte er und schenkte ihr ein vertrauenerweckendes Lächeln, »auf ein Wort.«

Die Frau fuhr herum und starrte ihn an, Asandros sah panische Angst in ihren Zügen. Er bereute, die Frau erschreckt zu haben, aber es war nicht mehr zu ändern.

»Was willst du?«, flüsterte sie, dabei wich sie zurück an die Wand und umklammerte unter ihren Rockfalten irgendetwas wie einen Schatz.

»Zeig her, was du da verbirgst!«, sagte er streng.

»Nur Kräuter«, wisperte sie. »Meine Tochter ist krank. Es sind Heilkräuter.«

»Ich will sie sehen. Es ist möglich, dass der Händler dich betrogen und dir giftigen Sumach beigemischt hat, das würde deiner Tochter schlecht bekommen. Auf dem Basar gibt es viele Betrüger, wusstest du das?«

»Nein, nein«, sagte sie schnell, »ich kaufe oft bei ihm und war immer zufrieden.«

»Und deiner Tochter geht es besser?«

»Ein wenig«, murmelte sie. Sie schlug die Augen nieder und zitterte.

Asandros berührte sie am Kinn und zwang sie, ihm in die Augen zu sehen. »Fürchte dich nicht. Ich will dir helfen.«

Seine Stimme war sanft, aber er war hochgewachsen, schön und Ehrfurcht gebietend. Solche Männer wollten nie helfen, sie brachten den Armen Unglück. Mit behutsamer Gewalt löste er ihre Hände von dem Stoff, und es fiel ein Päckchen zu Boden. Asandros hob es auf. Obenauf lagen getrocknete Kräuter, Thymian, wie er wild an den Wegrändern wuchs. Darunter fand er einen Salbentiegel und ein eingewickeltes Stück Holz, wie es schien. Er öffnete den Tiegel und roch daran. Angewidert verzog er das Gesicht. »Das stinkt wie eine Grube voller Aas!«, stieß er hervor, »was ist das?«

»Salbe aus dem heiligen Gehörn eines Widders«, gab die Frau schnell zur Antwort.

»Hm«, brummte Asandros und hatte einen ganz anderen Verdacht. Er wickelte das andere Päckchen aus. Als er sah, was es enthielt, nickte er grimmig. Es war kein Holz, wie er zuerst angenommen hatte, sondern eine vertrocknete menschliche Hand. Er hob sie mit spitzen Fingern hoch. »Stammt das auch von einem Widder?«, fragte er scharf.

Die Frau bückte sich und wollte entwischen, aber er hielt sie am Ärmel fest. »Weißt du, woher das ist?«, fuhr er sie an.

Sie wimmerte. »Ich weiß es nicht. Aber nur das hilft, die Priester haben es gesagt.«

»Wie können verschimmelte Knochen helfen?«, schnaubte

Asandros. Dann besann er sich. Die alte Frau wusste es nicht besser. »Was hast du dafür bezahlt?«, fragte er gemäßigter.

»Gib es mir wieder, mein Kind stirbt«, jammerte sie. »Ich habe zwei Silberschekel dafür gegeben.«

»Dafür könntest du einen richtigen Arzt holen lassen!«, schimpfte Asandros. Er ließ sie los. »Weißt du nicht, dass dieses ekelhafte Zeug von Verurteilten stammt? Von Menschen, die noch leben, wenn man ihnen die Hand abschneidet?«

Die Alte rieb sich die Stelle, wo Asandros hart zugefasst hatte, und nickte zu seiner Verblüffung. »Nur dann ist der Zauber mächtig.«

»Und hat er deinem Kind geholfen?«

»Er hilft«, versicherte sie. »Mir sind erst zwei Kinder gestorben, und meiner Nachbarin schon das Vierte. Sie hat einen Arzt kommen lassen, aber der konnte auch nicht helfen.«

»Woran starben die Kinder?«

»Der Arzt sagte ...«, sie zögerte. »Er sagte, von dem schlechten Wasser aus dem Kanal, an dem unsere Häuser liegen, und wir sollten nicht daraus trinken, nicht einmal waschen sollten wir unsere Kinder darin, aber wir haben kein anderes Wasser, und da sagte er, der Kanal habe keinen Abfluss mehr, er sei von Schlamm und Unrat verstopft und vergiftet. Und wir sollten uns an die Baumeister wenden und an die Vorsteher der Schöpfwerke, und die sagten uns, wir müssen Brunnen bauen, bis der Kanal fertig ist, und das kostet so viel Silber, wie es das ganze Viertel zusammen nicht aufbringen kann.«

Erschöpft schwieg sie, und Asandros antwortete mitleidig: »Ich sehe das Problem, gute Frau, aber ich sehe nicht, wie diese stinkende Salbe und eine verfaulte Hand es lösen können.«

Sie blinzelte ihn verwundert an, als sei Asandros ein unwissendes Kind. »Jeder weiß doch, dass der Pestdämon Namtar den Kanal verstopft hat. Er macht es schwarz und bitter, damit die Seuche unsere Kinder holt. Aber wenn man sie mit dieser Salbe einreibt, kann ihnen das Wasser nichts anhaben. Sieben Zaubersprüche sind in ihr gebannt. Die Hand vergrabe ich an der Umzäunung meines Hauses, sie hält das Unheil fern, denn ich rufe Lolgalgirra an, der seinesgleichen nicht hat. Ich rufe Narudi an, Gallal und Latarak. Sie sind stark und mächtig. Namtar fürchtet sie, Namtar kommt nicht über die Schwelle, Namtar verkriecht sich im Schlamm. Das Wasser kann den Kindern nichts mehr anhaben, denn Namtar flieht vor Lolgalgirra.«

Asandros seufzte. »Hat der Kanal, in dem Namtar haust, einen Namen?«

»Er heißt Schilfgraskanal.«

»Geh jetzt nach Hause.« Er drückte der Frau etwas in die Hand, und sie starrte darauf, als erlebe sie ein Wunder. »Davon kaufst du dir eine Ziege, du lässt die Kinder nur Milch trinken. Du kaufst gutes Essen, damit sie stark werden. Du hörst darauf, was der Arzt dir sagt und kaufst nie mehr diesen Unrat. Du verbietest den Kindern, an den Kanal zu gehen. Inzwischen werde ich Namtar auf meine Art austreiben. Bald werden die guten Geister des klaren Wassers im Schilfgraskanal wohnen. Bis es soweit ist, werde ich nach dir sehen. Hast du meine Befehle nicht befolgt, werde ich nicht sieben, sondern siebenundsiebzig höllische Dämonen auf euch niederfahren lassen, hast du mich verstanden?«

Die Frau war wohl einfältig, aber was Gold ist, begriff sie blitzartig. Sie fiel nieder zu seinen Füßen. »Du gebietest über die Wesen des Lichts, Herr, dir dienen Samas, Gibil und Nusku, die freundlichen. Dir dienen ...«

Sie zählte noch eine ganze Schar von gütigen Geistern auf, aber Asandros hatte sich umgedreht und war gegangen. Er fand Askanios in angeregtem Gespräch mit einer jungen Frau, wobei sie immer wieder lächelnd den Kopf schüttelte und Askanios heftig nickte. Asandros näherte sich ihr von der Seite und raunte ihr zu: »Vorsicht, schönes Kind, dieser schwarzbärtige Mann ist Namtar-Schamtar, der Dämon des Basars, der schöne Mädchen frisst.«

Sie lachte und zupfte kokett ihr Brusttuch zurecht, dabei musterte sie Asandros unbefangen. »So? Von dem habe ich noch nie etwas gehört. Und wer bist du?«

»Das ist Schuschu-Schu, der Lügendämon«, warf Askanios ein, »du darfst ihm kein Wort glauben, denn er betört die Mädchen mit schönen Worten. Ich hingegen bin der Sohn eines ehrlichen Gemüsehändlers.«

»Jedida! Komm sofort hierher!«, ließ sich eine hohe, durchdringende Stimme vernehmen. Aus einer Sänfte lugte das spitze Gesicht einer älteren Frau. »Und tu sofort den Schleier vor dein Gesicht, du schamloses Geschöpf!«

Jedida zog mit einer anmutigen Bewegung den durchsichtigen Stoff vor das Gesicht und sagte bedauernd: »Die Aufseherin des Dämonenpalastes hat mich leider gerufen. Lebt wohl.«

Askanios wandte sich grinsend an Asandros: »Und du läufst alten Weibern hinterher. Beim Donnerer! Über die strammen Hinterbacken deiner Freunde hast du wohl vergessen, wie ein schönes Mädchen aussieht?«

»Bist du blind? Gerade schickte sich die Kleine an, mit mir den Basar zu verlassen, weil ich ihr ein umwerfendes Lächeln schenkte, während dich der Geruch verfaulter Zwiebeln umgibt, du Sohn eines Gemüsehändlers.«

»Beim Hermes, versagen deine Augen? Die alte Vettel aus der Sänfte wars, die dir zuzwinkerte.«

Asandros lachte und fasste Askanios am Arm. »Hab noch einen Augenblick Geduld.« Er trat auf den beleibten schwitzenden Händler im schmutzigen Kaftan zu, der noch immer seine Kräuter anpries. »Ich suche etwas Bestimmtes«, raunte Asandros ihm zu.

Der Mann verzog keine Miene. »Etwas gegen Kopfschmerzen, trübe Augen, Magenschmerzen, Furunkel, geschwollene Füße?«

Asandros beugte sich leicht nach vorn und murmelte: »Ich bin nicht krank. Aber es käme mir sehr gelegen, wenn ein anderer krank würde.«

»Meine Kräuter heilen, ich bin kein Giftmischer«, gab der Händler kühl zur Antwort.

»Willst du mich falsch verstehen? Ich brauche kein Gift, das ist zu gefährlich. Ich brauche einen kräftigen Zauber, bei dem kein Verdacht aufkommen kann. Man hat dich empfohlen.«

Der Händler wurde um einen Schein blasser, aber gefasst fragte er: »So? Es scheint, es will mich jemand verleumden. Wer ist es?«

»Sein Name ist Scheschbassar!«

Der Händler fuhr sich mit einer Hand an die Gurgel. »Oh!«, rief er ächzend. Dann sah er sich um wie ein Wiesel. »Und wer bist du?«

»Frage ich nach deinem Namen? Sie sollten bei solchen Geschäften ohne Bedeutung bleiben, nicht wahr?«

Der Händler nickte und bat Asandros hinter den Vorhang in seinen kleinen Laden. Askanios schlenderte indes weiter, sah sich fleißig nach den Mädchen um und stellte sich vor, er sei der Dämon des Basars, und das gefiel ihm.

Asandros musterte flüchtig die Säcke und Krüge, die herumstanden, und richtete seinen durchdringenden Blick auf den Händler, der mit nervös auf dem Bauch verschränkten Fingern vor ihm stand. »Ich will offen mit dir sein, Kaufmann! Ich habe einen Feind, und er muss sterben. Aber es muss so aussehen, als habe ihn plötzlich eine schlimme Krankheit befallen, und ich will, dass er langsam unter Qualen dahinsiecht, verstehen wir uns?«

»Ich weiß nicht – ich glaube ja«, erwiderte der Händler heiser und wischte sich große Schweißtropfen aus dem fettigen Haar.

»Ich habe mir von einem Priester, dessen Namen ich nicht nennen kann, eine mächtige Beschwörungsformel geben lassen«, fuhr Asandros ungerührt fort. »Sie darf nur einmal im Leben ausgesprochen werden, so furchtbar ist sie.«

»Und was kann ich für dich tun?«, flüsterte der Mann.

»Ich brauche Fleisch, geschnitten aus lebenden Körpern; nimmersatte, aus Schmerz entstandene Dämonen, lechzend nach neuer Nahrung. Frische Augäpfel für die Erblindung, Hände und Füße für schwärenden Aussatz und warmes Gedärm für einen langsamen Tod.«

Der Händler ließ sich totenblass auf einen Sack fallen. »Woher soll ich – das ist …«

»Kannst du damit nicht dienen?«, fragte Asandros scharf. »Scheschbassar sagte mir, dass nahezu jede Woche eine Hinrichtung stattfindet. Manche werden nur mit Seilen festgebunden, um langsam zu verdursten. Sie eignen sich am besten. Aber ich will die Entnahme der erforderlichen Stücke selbst verfolgen, damit ihr mich nicht betrügt und mir Leichenteile unterschiebt, deren Dämonen schwach sind wie ein Hühnerfurz.«

»Eine gefährliche Sache, eine höchst gefährliche Sache«, stöhnte der Dicke.

Asandros zog einen Beutel hervor. »Ich zahle gut. Der ist mit Gold gefüllt, nicht mit Kupfer.«

Dem Mann quollen die Augen aus den Höhlen. »Mit Gold?«, krächzte er. »Ich glaube, ich treffe Scheschbassar morgen, dann werde ich …«

»Ich glaube, du triffst ihn heute«, gab Asandros kühl zurück.

»Gewiss, heute!«, nickte der Händler eifrig und schielte nach dem Beutel. »Wo kann ich dich danach treffen?«

»Ich komme morgen wieder. Dann vereinbaren wir den Zeitpunkt und den Ort des Eingriffs.« Asandros ließ etwas Silber liegen. »Das ist die Anzahlung. Ich hoffe, du wirst mich nicht enttäuschen.«

Er verließ den vor Angst und Habgier gleichermaßen zitternden Händler und sah sich draußen nach Askanios um. Im Gedränge konnte er ihn nicht erblicken, und ihm fiel auch der Mann mit der wachsgelben Haut nicht auf, der sich über die ausgebreiteten Kräuter beugte. Er sah Asandros nach, wie er in der Menschenmenge verschwand, dann betrat er den kleinen Laden hinter dem Vorhang.

Asandros bog in eine andere Gasse ein, wo die Töpfer und Steinschneider ihr Handwerk ausübten. Angeregt sah er ihnen bei der Arbeit zu und verfolgte ihre flinken, geschickten Hände. Er erstand einen aus Onyx geschnittenen Sirrusch für Achylides und lächelte gedankenverloren, wenn er seines unaufgeräumten Hauses gedachte. Dabei achtete er nicht auf den Weg und stieß mit einem Mann zusammen, der wohl ebenso in Gedanken war wie er. Sie erkannten sich sofort. Der andere wich betroffen zurück, dabei lief er einem Dritten vor die Füße, der ihn unsanft beiseitestieß.

»Joram! Mein hübscher Hebräer aus Harran! Was für eine Überraschung!« Asandros lachte und streckte die Hand aus. »Wie schön, dich wiederzusehen!«

Joram brachte ein gequältes Lächeln zustande und ergriff Asandros Handgelenk. »Ja – ich ...«

Asandros zog ihn heran und umarmte ihn. »Wie heiß du bist. Komm, setzen wir uns da drüben in den Schatten!« Er zog den Widerstrebenden mit sich zu einer niedrigen Mauer unter einer Platane. Es war nur noch wenig Platz an dem schattigen Plätzchen, und sie quetschten sich dazwischen, was Asandros recht war, denn so mussten sie sehr eng beieinandersitzen. Er legte Joram auch gleich den Arm um die Schultern. »Du hast mich doch wiedererkannt, oder?«

Joram nickte. »Wusstest du nicht, dass ich in Babylon bin?«, brachte er heraus.

Asandros fühlte, wie Joram sich versteifte. »Ich wusste es, Midian hat es mir gesagt. Ich wollte euch demnächst in der Hazarim besuchen. Und nun treffen wir uns auf dem Basar, ich freue mich – und du? Dich scheint unser Wiedersehen nicht eben zu beglücken.«

»Es kommt überraschend«, murmelte Joram.

»Eine prächtige Überraschung, finde ich.« Asandros zog ihn enger an sich heran. »Noch immer auf dem Keuschheitspfad?«

Jorams Herz begann zu hämmern, seine Stimme war belegt. »Hier steht Midian zwischen uns.«

Asandros musste diese Bemerkung falsch auffassen. »Ist er eifersüchtig? Oder bist du es? Joram, wir drei sind erwachsene Männer, und ich hoffe, dass wir Freunde werden und uns nicht kindisch benehmen.«

Nein, dachte Joram bitter, *es ist keine Eifersucht, es ist viel schlimmer als du denkst, für dich und auch für mich. Und Midian lacht über uns beide.* »Midian ist besitzergreifend, er lässt sich nichts wegnehmen«, sagte Joram leise.

»Und du lässt dich von ihm gängeln? Das kann ich nicht glauben. Midian tut doch auch, was er will.«

Joram nickte. »Es ist aber besser, Streit zu vermeiden. Er soll dich in den Zagros begleiten, da brauchst du einen zuverlässigen Mann an deiner Seite, der dir nicht übelwill. Gefühle wie Eifersucht und Hass kommen ungerufen.«

»Du hast recht. Nun, ich will dich nicht bedrängen. Gehen wir noch ein Stück zusammen? Hier sitzt man sehr eng, und das ist für uns beide nicht gut.«

Joram lächelte. »Einverstanden.«

Als sie gingen, löste sich eine Gestalt aus dem Schatten des Baumes und folgte ihnen.

Asandros sah sich um. »Eigentlich bin ich in Begleitung, aber mein Freund ist verschwunden. Wahrscheinlich hat er sich blindlings an die schlanken Fersen einer weiblichen Person geheftet.«

»Askanios?«

»Du kennst ihn?«

»Midian erzählte mir von ihm. Merkwürdig, irgendwie scheinen wir alle voneinander zu wissen und uns scheinbar zufällig zu treffen.«

»Du glaubst aber nicht an diesen Zufall?«

»Vielleicht ist alles vorbestimmt im Leben, könnte doch sein?« Asandros nickte. »Das wäre aber eine unangenehme Vorstellung. Ich möchte schon Herr meiner Entscheidungen bleiben.«

»Bist du das immer? Auch wenn du liebst?«

»Ich weiß, was du meinst«, lachte Asandros, »aber auch dann behalte ich einen kühlen Kopf.«

»Was hast du da am Gürtel?«, lenkte Joram ab.

»Der Sirrusch? Ach, ein Geschenk für einen Freund.«

»Für Midian?«

»Nein, für einen Freund in Athen. Er ist Bildhauer, und ich habe mich seinetwegen umgesehen, aber außer dieser Figur hat mir nichts gefallen. Die Babylonier verstehen es nicht, Wunderwerke aus Stein oder Bronze zu schaffen.«

Joram wies auf die Auslagen. »Hier findest du die besten Erzeugnisse Babylons. Sie sind alle wunderbar gelungen, finde ich.«

»Du kennst nicht die griechischen Plastiken. Sie sind von unerreichter Vollkommenheit und Schönheit. Mein Freund in Athen ist ein Meister in seinem Fach. Mich hat er übrigens auch schon verewigt, ich stehe in irgendeinem Garten als Phaeton auf einem marmornen Streitwagen, das ist der Sohn des Sonnengottes. Kannst du dir das vorstellen?«

»Ich sehe ihn vor mir«, flüsterte Joram. Dann blieb er stehen. »Du suchst eine vollkommene Arbeit? Ich weiß, wo du sie finden kannst. In Elam, in Tissaran.«

»Tissaran?«, wiederholte Asandros. »Den Namen habe ich schon einmal gehört.«

»Dort wurde Midian geboren. Und dort steht sein Abbild. Wenn du es siehst, wirst du deine griechischen Meisterwerke in den Steinbruch werfen.«

Asandros durchrann eine Glutwelle. »Von Midian gibt es eine Statue? Ist sie zu erwerben?«

Joram lächelte. »Ich glaube nicht. Seine Mutter hat sie anfertigen lassen, und sie hängt sehr an ihr. Aber wenn du nach vergleichbaren Meisterwerken Ausschau hältst, lohnt auch das Ansehen.«

»Da würde ich gern«, murmelte Asandros. »Beim Zeus, ich würde jeden Preis für sie zahlen. Wie weit ist Tissaran von hier entfernt?«

»Zwanzig Tagesreisen.«

»Ich werde Midian bitten, mich zu begleiten – nachdem wir die Schwarzen Wölfe gefasst haben.«

»Ja, er wird ...« Joram wurde plötzlich totenblass und erstarrte. Dann drehte er sich jäh um und schrie: »Haltet den Dieb! Haltet den Dieb!« Bevor sich Asandros von seiner Verblüffung erholt hatte, war Joram in der Menge verschwunden. Asandros wandte sich an einen der Händler: »Hast du etwas bemerkt?«

»Nichts«, sagte der, »aber hier gibt es viele Taschendiebe. Sie schneiden die Beutel von den Gürteln und verschwinden im Gewühl.«

»Joram hatte gar keinen Beutel dabei«, murmelte Asandros und sah Joram enttäuscht nach, dessen Gesellschaft er gern noch länger genossen hätte. Da stieß ihn jemand grob zur Seite. »Aus dem Weg, Blondschopf!«

Asandros wirbelte herum. Vor ihm stand ein Hüne, der ihn um einen halben Kopf überragte. Er trug einen roten, ungepflegten Bart, sein langes Haupthaar hatte er zu einem Schopf hochgebunden. Federn, bunte Steine und Knochen waren darin eingeflochten. Ein gewaltiger Bogen hing von seinen Schultern. Die nackte, behaarte Brust war behängt mit Ketten aus Wolfszähnen und knöchernen Amuletten. Zwei Dolche steckten in seinem Gürtel, und seine Beinkleider waren aus verschiedenen Fellen zusammengenäht. Hinter ihm scharten sich drei ähnlich gekleidete Gestalten, deren finstere Mienen nichts Freundliches verhießen.

Sie wollten weitergehen, doch Asandros vertrat ihnen den Weg. »Du hast dein Benehmen wohl am Stadttor abgegeben, Rotschopf!«

Der Angesprochene zog verwundert die Augenbrauen hoch. Er war es gewöhnt, dass man ihm widerspruchslos Platz machte. »Hast du Fäuste, du Wicht?«, brummte er.

»Zwei, und manchmal benutze ich sie, allerdings nicht bei ungewaschenen Landstreichern.«

»Hoho! Fäuste willst du haben? Ungewaschen soll ich sein? Ich stopfe dir ...«

»Gib Ruhe, Elrek!«, zischte es von hinten. Ein junger Mann mit grünlich schimmernden Katzenaugen trat vor und lächelte Asandros an. »Er hat eine aufbrausende Art, wir entschuldigen uns.«

Asandros bemerkte sofort den geschmeidigen Körper, das fein geschnittene Gesicht. *Ein hübscher Junge*, dachte er flüchtig. *Wie kommt der in die Gesellschaft dieser Halbwilden?* Aber der Rothaarige schien auf den Jungen zu hören und trat zur Seite.

»Sag deinem Freund, die Stadtwache kühlt so feurige Gemüter gern einige Tage in frischer Kerkerluft ab.« Asandros sah den Fremden noch eine Weile nach und bemerkte, dass die Menge ihnen furchtsam auswich und eine Gasse bildete, wo sie vorüberkamen.

An der nächsten Ecke wartete Askanios auf ihn. »Was waren denn das für Schönheiten der Wildnis?«

»Wahrscheinlich Bergbewohner, die sich unter Stadtmenschen nicht zu benehmen wissen. Wo kommst du jetzt her?«

»Wir hatten uns verloren, dann sah ich dich unter der Platane sitzen, aber ich wollte nicht stören, du hattest einen so hübschen Jungen im Arm.«

Sie schlenderten noch eine Weile über den Basar. Gegen Abend kehrte Asandros in den Palast zurück, während Askanios eine seiner Lieblingsschenken aufsuchte. Er betrat die niedrige Gaststube mit den schilfgedeckten Wänden, die um diese Zeit nur schwach besetzt war. Aber hinter einer Wand hörte er polternde Geräusche und laute Stimmen. Er schlenderte hinüber und sah die vier ungehobelten Gestalten vom Basar dort sitzen. Zu seiner Überraschung saß bei ihnen auch der junge Mann, den Asandros Joram genannt hatte, er war aufgeregt und blass.

Eine feine Gesellschaft, dachte Askanios. *Woher mag er die wilden Gesellen kennen? Er selbst ist gut gekleidet und gepflegt.* Neugierig nahm Askanios an einem Tisch neben ihnen Platz, bestellte Wein und tat, als vertiefe er sich in das Getränk, dabei sperrte er seine Ohren auf.

Das erste verständliche Wort, das er aufschnappte, war »Midian«. *Das verspricht interessant zu werden*, dachte er, und rückte unbemerkt näher. Die Männer beachteten ihn nicht. Askanios konnte dem Gespräch jetzt gut folgen.

»Ihr seid wahnsinnig, hierherzukommen!«, zischte Joram. »Babylon ist nicht Susa.«

»Midian hat nicht Wort gehalten«, polterte Elrek. »Fast zwei Jahre sind ins Land gegangen. Hat er uns vergessen?«

»Midians Aufgabe ist noch nicht beendet, aber er hat euch zu keinem Zeitpunkt vergessen. In den nächsten Wochen wollte er nach Dur-el-Scharan aufbrechen, ihr habt alles gefährdet.«

»Will er noch unser Anführer sein?«

»Ja, im Herzen ist er ein Schwarzer Wolf geblieben.« Joram sah Aschima an. »Du lebst noch?«

In ihren hellen Augen schimmerte ein kalter Glanz. »Anfangs war es schwer, aber Elrek hat mich stets vor den anderen beschützt.«

»Und was ist mit Semron?«

474

»Semron ist tot.«

»Hat sich totgesoffen«, fügte Mesrim hinzu.

»Was für ein Verlust!«, spottete Joram.

»Wann können wir Midian treffen?«, fragte Elrek ungeduldig.

»Geht in die Amurru in die Taverne Zum Krokodil, der Wirt heißt Ibnischar. Dort ist Midian bekannt. Mietet euch dort ein. Ich sage Midian Bescheid, er wird kommen. Aber rührt euch nicht weg von dort und fangt keinen Streit an. Ein Mann ist auf euch angesetzt, er kann es sogar mit Midian aufnehmen, das sage ich euch, damit ihr ihn nicht unterschätzt. Wenn er erfährt, dass ihr in der Stadt seid, ist euer Leben keinen Kupferschekel mehr wert.«

»Wer ist es?«, fragte Mesrim. »Ich lauere ihm auf, mein Messer trifft unfehlbar, dann haben wir ihn vom Hals.«

»Nein! Midian braucht ihn noch, er hat Pläne mit ihm. Der Mann vertraut ihm, aber wenn wir nicht vorsichtig sind, enden wir alle beim Henker, Midian ebenso.«

»Ich glaube, dass wir dort enden, wenn wir den Mann nicht unschädlich machen«, zischte Mesrim.

»Ihr werdet nichts unternehmen, bevor ihr nicht mit Midian darüber gesprochen habt«, zischte Joram zurück. »Euch sind die Verhältnisse hier nicht vertraut.«

»Schon gut, wir werden warten«, warf Aschima ein, »aber wir lassen uns nicht länger von Midian hinhalten. Entweder er kommt zurück, oder er bietet uns endlich das, was er uns damals in Susa versprochen hat: Macht und Reichtum.«

Joram warf ihr einen verwunderten Blick zu. »In Susa hattest du noch das Wiegenstroh am Hintern. Bei Belial! Ein verängstigtes Mädchen bist du nicht mehr.«

»Wer den Finger in den Honig steckt, leckt ihn ab«, gab Aschima schnippisch zur Antwort.

Joram lächelte. »Hühnerdiebin! Wahrhaftig, du hast schnell gelernt. Früher konntest du kein Blut sehen.«

Aschima räusperte sich ärgerlich und spielte verlegen an ihrer Gürtelschnalle.

»Es ist nicht mehr so wie früher«, warf Elrek ein, »wir machen reiche Beute, aber damals war es lustiger, verstehst du?«

»Er meint, es war blutiger«, sagte Aschima verächtlich. »Die Schwarzen Wölfe kümmern sich nicht mehr um furchtsame Seelen, sie verbrennen keine Kinder mehr, manchmal gibt es Überlebende.«

»Das Dämonische ging verloren«, brummte Zorach. »Wir wurden zu gewöhnlichen Wegelagerern, weil die Männer sich vor dem Mädchen schämten. Jeder wollte von ihr geliebt werden, verstehst du?«

475

Ihre lebhafte Unterhaltung ging weiter. Niemand achtete darauf, dass der Schwarzbärtige am Nebentisch zahlte und die Schenke verließ. Askanios war schlecht, ihn schwindelte. Wie sollte er das Gehörte Asandros beibringen? Er rannte durch die Straßen, stieß Passanten beiseite und schimpfte auf behäbige Eselskarren, die ihm den Weg versperrten. Schwerfälligen Schrittes, als habe er Felsbrocken an den Füßen, überquerte er den Innenhof des Palastes, schwer atmend stand er vor Asandros' Gemächern und hoffte, ihn nicht anzutreffen. Aber er war da. Fröhlich wie stets begrüßte er Askanios: »Schon so früh zurück?« Dann sah er die Schweißperlen auf seinem Gesicht, die Blässe, das Flackern seiner Augen. Askanios ließ sich fallen. »Ja«, murmelte er. »Mit schlechten Nachrichten.«

Asandros erschrak, aber er ließ es sich nicht anmerken. Er ließ Askanios Zeit, bis er sich gefasst hatte. »Ich wünschte«, begann er heiser, »ich könnte dir diese Wahrheit verschweigen. Midian und Joram ...« Er zögerte und senkte den Kopf, er konnte Asandros nicht dabei ansehen. »Sie gehören zu der Bande der Schwarzen Wölfe. Midian hat dich von Anfang an belogen. Er wollte dich auf seine Burg im Zagros locken, um dich unschädlich zu machen.«

Asandros wich das Blut aus dem Gesicht. »Du bist verrückt!«, stieß er heiser hervor, aber im Innern wusste er, dass Askanios nicht log und nicht verrückt war. Dass er die Bitternis schlucken musste, dass der geliebte Mann ein Verräter war oder Schlimmeres.

»Du selbst bist ihnen heute auf dem Basar begegnet«, fuhr Askanios fort. »Joram muss sie vor dir gesehen haben, deshalb ist er so schnell verschwunden. Ich traf sie zufällig wieder in Siseras Schenke und konnte ihr Gespräch belauschen.« Dann berichtete er Asandros, was er mit angehört hatte.

»Sie werden im Krokodil wohnen, ich kenne die Taverne, eine üble Spelunke. Dort kannst du sie alle gefangen nehmen. Ein Kinderspiel! Die Schwarzen Wölfe sitzen in der Falle.«

»Ja«, murmelte Asandros und starrte an Askanios vorbei. Er wusste, er musste jetzt Maßnahmen erwägen und durchführen, aber in Wahrheit konnte er überhaupt nicht denken. Seine Überlegungen wurden wie von einem Wasserstrudel in die Tiefe gezogen. Joram? Auch er gehörte zu diesen Bestien? Und Midian? Ja, er war grausam. Asandros musste sich eingestehen, dass es ihn kaum gestört hatte. Was ihn wirklich niederschmetterte, war Midians kaltblütiger Verrat an ihrer Liebe. An ihrer einseitigen Liebe, wie er jetzt feststellen musste, denn Midians Gefühle waren nur kalte Berechnung gewesen.

Alles nur Berechnung? Seine wilden Zärtlichkeiten auf dem Fluss, seine Blicke, seine Gesten, seine Worte? Ihr gemeinsames

Lachen? Alles ohne Wert, ohne Sinn?

»Was wirst du tun?«, drängte ihn Askanios.

»Ich muss mit Midian sprechen«, murmelte Asandros.

»Nein!«, schrie Askanios, »das wäre Wahnsinn! Die Überraschung muss auf unserer Seite sein. Wenn Midian erfährt, dass du alles weißt, wird er versuchen, dich zu töten. Die Schwarzen Wölfe wären gewarnt und könnten die Stadt verlassen.«

Asandros hatte Askanios kaum zugehört. »Ich muss Gewissheit haben«, fuhr er mit abwesendem Gesichtsausdruck fort. »Die Gewissheit, wie er zu mir steht.«

»Das weißt du doch jetzt!«, gab Askanios erregt zur Antwort. »Er wollte dich benutzen und dann seinen Wölfen zum Fraß vorwerfen.«

»Vielleicht auch nicht«, sagte Asandros leise. »Er sagte, wir seien wie zwei verschlungene Fäden eines Seils untrennbar miteinander verbunden. War das alles nur Lüge?«

»Natürlich! Sieh der Wahrheit ins Gesicht. Midian hat dich mit süßen Worten und seinem falschen Lächeln betört, aber in Wirklichkeit ist er eine gefühllose, giftige Viper.«

»Nein«, flüsterte Asandros. »Vier Tage waren wir zusammen. Ich kenne jeden Fingerbreit seines Körpers, jede Abschattung seines Lächelns, jede Färbung seines Tonfalls, den wechselnden Schimmer seiner Augen. Kann ein Mensch sich mit jeder Faser seines Körpers so lange verstellen?«

»Wenn man so blind ist wie du, der in seinen Fehlern Tugenden sehen will, dann gehört nicht viel dazu. Vergiss eure Liebesnächte und gedenke der Tatsachen, die gegen ihn sprechen.«

»Ich weiß, aber wie kann ich Midian dem Henker ausliefern?«

»Beim Zeus! Du hast Damianos und seine Leute getötet, und ich fürchte, dieser Midian ist noch weitaus schlimmer!«

»Ich werde zu ihm gehen«, fuhr Asandros fort, »vielleicht verlässt er mit den Schwarzen Wölfen Babylon, und ich – ich werde dem König sagen, dass ...«

»Dass der Falke seinen Verstand im Taubenschlag gelassen hat und sein spartanisches Pflichtbewusstsein sich verflüchtigt hat wie Nebel unter der Sonne«, unterbrach ihn Askanios grimmig.

Asandros musterte ihn mit leerem Blick. »Ich muss Midian die Gelegenheit geben, sich zu rechtfertigen, verstehst du das nicht?«

»Nein!« Askanios funkelte Asandros an. »Midian wird dir die Gelegenheit nicht geben. Du wirst sterben, aber vielleicht willst du das ja. Sterben von der Hand deines Geliebten, was für ein schöner Tod!«

»Schweig! Ich – muss darüber schlafen. Morgen werde ich klarer denken können.«

31

Joram stürmte ins Haus. »Ist Midian hier?«

Sein Bruder Gemarja saß mit Freunden im Hof und musterte ihn befremdet. »Wir haben Gäste.«

»Schalom«, murmelte Joram. »Ist er zu Hause?«

»Nein. Hast du schon in den Abwasserkanälen nachgesehen? Ratten musst du dort suchen.«

Joram überhörte den gehässigen Einwurf. »Hat er keine Nachricht hinterlassen?«

»Der göttliche David weiht uns armselige Sterbliche nicht ein in seine himmlischen Wege.«

»Schandmaul«, murmelte Joram und ging missmutig auf sein Zimmer. Dort warf er sich auf sein Bett und starrte an die Decke. Er hatte Angst um zwei Männer, er hatte Angst vor der Entscheidung, die er mittragen musste. Einer von beiden würde sterben, aber es war nicht wie früher, als er bedenkenlos auf Midians Seite gestanden hätte.

Über das Grübeln schlief er ein. Er erwachte, als ein Bote eine Nachricht überbrachte. Sie war für Midian. Joram nahm das Täfelchen aus dem Tonbehälter heraus und las:

Besuch mich im Ostflügel. Ich sehne mich nach dir.
Asandros.

Hastig legte Joram das Täfelchen zurück und verbarg den Behälter unter seinen Kissen. Inzwischen war es dunkel geworden. *Midian wird nicht mehr kommen*, dachte Joram. *Vielleicht ist er im Krokodil, und mir bleibt es erspart, ihn zu unterrichten.*

Da kam er herein. Unter einem weiten Mantel trug er einen bunten Rock, darüber einen breiten Gürtel. Er band ihn auf und warf ihn auf das Bett. »Du hast auf mich gewartet?« Er legte den Mantel ab und warf ihn hinterher. »Ich habe noch nichts gegessen. Gehen wir zu Sassan? Er macht gute Fleischspieße.«

»Nein. Setz dich, ich muss mit dir reden. Jetzt gleich.«

»Das klingt nach Vorwürfen.«

»Midian! Die Schwarzen Wölfe sind in Babylon!«

»Was? – Wo?«

»Im Krokodil bei Ibnischar. Nicht alle natürlich, nur deine engsten Freunde. Elrek, Zorach, Mesrim und – Aschima.«

Midian zog die Oberlippe hoch. »Diese verdammten Narren!« Er ballte die Faust. »Konnten sie nicht warten – nur wenige Wochen noch?« Er ließ sich verdrossen auf seinen Mantel fallen. »Und Aschima ist auch bei ihnen? Ein wirklich zähes Luder. Wie haben sie dich gefunden?«

»Ich entdeckte zuerst Elreks roten Haarschopf auf dem Basar. In dem Gewühl hätte ich sie fast wieder aus den Augen verloren, dann sah ich sie in Siseras Schenke einkehren und folgte ihnen.« Kurz berichtete er von ihrer Unterhaltung. Von Asandros erwähnte er kein Wort.

»Bei denen scheint Aschima inzwischen das Wort zu führen«, knurrte Midian. »Bei Belial, was für eine Schande! Eine Taschendiebin zähmt die Schwarzen Wölfe.« Er spuckte aus. »Die ganze Bande scheint nach Semrons Tod den Verstand verloren zu haben.«

»Du musst mit ihnen reden.«

»Reden? Natürlich, aber was? Dass sie hier sind, stößt alle meine Pläne um.« Midian verschränkte die Hände und ließ seine Finger knacken. »Jetzt bleibt mir keine Zeit mehr.«

»Zeit wozu?«

»Diesen Griechen zu schonen, verstehst du? Ihn auf meine Seite zu ziehen. Es gibt keinen Ausflug in den Zagros mehr. Wie lange wird Asandros brauchen, um hinter die Wahrheit zu kommen?«

»Asandros verkehrt nicht in der Amurru.«

»Aber sein Freund Askanios. Außerdem beginnen seine Leute, überall herumzuschnüffeln wegen Scheschbassar und Naharsin, da wird er sehr bald auf unsere Männer stoßen.«

»Das hast du selbst so gewollt.«

»Ich weiß, doch jetzt hat der Hund sein Fell gewechselt. Wer dem Feind Zeit lässt, den Bogen zu spannen, den trifft sein Pfeil, also muss er sterben.« Midians Augen funkelten. »In den alten Grabkammern findet ihn niemand, und Xandrames bekommt ein neues Spielzeug.«

»Nein!«, gurgelte Joram. »Nicht zu diesem Unhold, das darfst du nicht tun!«

»Unhold!«, wiederholte Midian verächtlich. »Wir alle dienen auf die eine oder andere Weise Belial, und deine zarten Bedenken sind unangebracht. Glaubst du, Asandros würde den Mantel der Liebe über uns breiten? Wir würden im Tal der Pfähle in Gesellschaft von Raben und Dohlen erwachen.«

»Noch ist Zeit genug, mit den anderen Babylon zu verlassen«, sagte Joram eindringlich. »Lass uns wieder auf Dur-el-Scharan leben, mach die Schwarzen Wölfe zur Geißel des Zagros, aber verzichte auf deine Machtgelüste in Babylon!«

Midian lachte höhnisch. »Soll ich die Herrschaft der Welt für ein Lächeln dieses Spartaners hergeben?«

Joram zog wortlos den Behälter unter den Kissen hervor und reichte ihn Midian. Der nahm das Täfelchen heraus. »Was ist das?«

»Eine Nachricht dieses Spartaners. Er schreibt: Besuch mich im Ostflügel. Ich sehne mich nach dir.«

Joram sah, dass Midian zusammenzuckte wie unter einem Peitschenhieb und die Farbe wechselte.

»Was hast du denn? Es müsste dir gelegen kommen, seine Liebe auszunutzen, das wolltest du doch?«

»Ja.« Midian starrte auf die eingeritzten Zeichen. »Zeig mir, wo sein Name steht.«

Joram wies mit dem Finger darauf.

Midian strich nachdenklich über die Einkerbungen. »In vier Strichen ist dein Name eingefangen: Asandros. Dahinter verbirgt sich unendlich viel und doch sind es nur – Tonscherben!« Er warf das Täfelchen heftig auf den Boden, und es zerbrach in viele kleine Stücke. Midian sah Joram an. »Kann man es jetzt noch lesen? Kann man einen Mann lieben, der blind und verstümmelt über den Fußboden kriecht, um Xandrames und seine Gäste zu bedienen? Asandros ist eine Illusion, und ich werde sie zerstören!« Er erhob sich und legte Mantel und Gürtel wieder an. »Ich gehe zu ihm. Unsere Freunde im Krokodil werde ich morgen besuchen.«

Joram sagte nichts. Midian drehte sich in der Tür um und kam zurück. Er legte Joram die Hand auf den Arm. »Denk einfach, es habe ihn nie gegeben.« Dann wandte er sich ab und ging schnell hinaus.

32

Als man ihm Midian meldete, hatte Asandros bereits geschlafen. Er hatte nicht damit gerechnet, dass Midian so rasch kommen würde. Kaum hatte er sich schlaftrunken erhoben, kam Midian schon durch die Tür, ungestüm wie der Nordwind, mit dem Lachen des Tigers und in den dunklen Augen die verhaltene Glut seines Hungers. Mit einer lässigen Bewegung ließ er den Mantel von den Schultern gleiten und warf ihn durch den Raum. »Ich habe deine Nachricht erhalten und bin zu dir geeilt. Aber dass du mich gleich nackt empfängst, ist wohl übertrieben.«

Asandros zwang ein Lächeln in sein Gesicht. »Ich hatte schon geschlafen.«

»Schon geschlafen? Wie konnte deine Sehnsucht dich schlafen lassen?« Midian drückte Asandros auf das Bett zurück und warf sich über ihn.

Asandros wandte das Gesicht ab. »Kann es sein, dass du nach Bier stinkst?«

»Und du stinkst nach Mottenkraut.«

»Dafür kann ich nichts, sie legen es in die Betttücher. Halt, nicht so stürmisch! Da darf man mich nicht anfassen, bevor ich nichts in der Hand halte.«

»Daran ist mein unerbittlicher Gebieter schuld«, grinste Midian und ließ sich nicht von dem Platz vertreiben. »Ich muss stets seinen Willen tun.«

»Was will er denn?«, fragte Asandros, während er Midian den Gürtel löste und die Bänder über der Brust. Obwohl er wusste, was er ihm offenbaren musste, machte ihn Midians Nähe verrückt, und er konnte sein Verlangen nicht zügeln. Hungrig glitten seine Hände unter den Stoff und strichen über einen heißen Rücken, der sich sofort spannte.

»Er will, dass du ihm dienst, bis du vor Erschöpfung zitterst«, gurrte Midian.

Asandros legte seine Hände auf zwei feste Wölbungen, öffnete sie mit leichtem Druck und schob seine Hände zwischen die Schenkel, die sich bereitwillig spreizten. Beide Handflächen schlossen sich um pulsierendes Fleisch.

Sie bewegten sich jetzt im Gleichklang ihrer Lust, und ihre Worte und Gedanken wurden hinweggespült von der schäumenden Gischt ihrer Lenden.

Midians Zunge drang in seinen Mund und weckte neuen Hunger, ein Begehren so heiß, dass es schmerzte. Ein langer, besitzergreifender Kuss, gegen den jedes Aufbegehren Ohnmacht gewesen wäre. Dann taumelten sie übereinander und tauchten ihre Zungen in die Feuchtigkeit ihrer Körper. Sie schmeckten salzigen Schweiß und sie schmeckten ihren Samen, und sie wurden nicht satt.

Sie bogen ihre Becken, pressten ihre Lenden gegeneinander, die um Erfüllung bettelten, und stießen tief in den durstigen Spalt. Kein Besinnen gab es in ihrer Besessenheit, und erst die endgültige Erschöpfung brachte das Ende.

Das Morgenlicht schimmerte schon durch die Vorhänge. Asandros war noch halb betäubt. Nichts war gesagt worden, was er in stundenlangem Grübeln hin und her bewegt hatte. Midian lag neben ihm wie eine satte Schlange und schien zu schlafen. Der Schwarze Wolf war gekommen und hatte den Falken besiegt.

Besiegt? Ein Wink an die Wachen, und Midian würde den Palast nicht mehr verlassen. Der Mann, der auf seinen Raubzügen Kinder verbrannt und zerstückelt hatte, würde verfaulen im Tal der Pfähle. Er würde kein Gesicht mehr haben, keinen panthergleichen Körper, auf dem der Schweiß glänzte wie flüssiges Gold. Ein Wort nur, eine Geste erhoffte sich Asandros von ihm, die ihm sagte, dass er sich irrte. Dass die letzte Nacht nicht nur eine weitere Lüge war.

Midian rekelte sich und blinzelte. Asandros saß neben ihm, den Kopf gesenkt, die Arme um die Knie geschlungen. Hals, Schultern und Rücken bildeten eine harmonisch geschwungene Linie. *So viel Schönheit als Geschenk für Xandrames Götzen!*, dachte Midian. An seinen Schenkeln fühlte er die klebrige Feuchtigkeit der vergangenen Nacht. *Und so viel Heißblütigkeit*, fügte er in Gedanken hinzu.

Da wandte Asandros den Kopf, sah ihn an, und Midian spürte, dass Schönheit und Sinnlichkeit bedeutungslos wurden vor der Tiefe seines Blicks. Kurz glaubte er, Trauer darin gesehen zu haben, aber das musste eine Sinnestäuschung sein. Und dann lächelte Asandros. »Schon wach? Ich glaubte dich geschwächt bis übermorgen.«

»Das möchte dir gefallen, ich habe noch die Kraft, einen Wasserbüffel zu bespringen, aber ich bleibe liegen, weil du mich erbarmst mit deinen zitternden Flanken.«

Asandros betrachtete Midians erbarmungswürdig geschrumpftes Gemächte und nickte ernsthaft. »Zweifellos, mit diesem Lustkolben lehrst du eine Elefantenkuh das Fürchten.«

Midian lächelte und Asandros lächelte. Sie teilten Hiebe mit Worten aus, ein Gefecht, das keinen ermüdete. Aber Asandros hätte am liebsten geschrien: Lassen wir die Kindereien! Unsere Zärtlichkeiten sind Heuchelei. Ich weiß, dass du ein Schwarzer Wolf bist, aber ich liebe dich. Und ich will von dir hören, dass du mich ebenso liebst, und dann soll die Welt in den Abgrund fahren!

Er sagte es nicht. Er erhob sich und sagte: »Zeit für ein Bad und ein Frühstück.« Und Midian nickte.

»Wir werden wohl nicht in den Zagros gehen«, sagte Asandros beiläufig, als sie beim Essen saßen. Er beobachtete Midian aus den Augenwinkeln, der vergaß, den erhobenen Bissen in den Mund zu stecken.

»Warum nicht? Sind die Priester dagegen?«

»Ich habe den König gebeten, mich vorläufig von der Aufgabe zu entbinden. Du hattest recht, Babylon ist ein Sumpf. Mir erscheint es vordringlicher, ihn auszutrocknen. Dabei wirst du mir doch auch helfen?«

»Die Schwarzen Wölfe, ich meine, das Bandenwesen willst du dann nicht mehr bekämpfen?«

»Vielleicht später. Von den Schwarzen Wölfen hat man lange nichts mehr gehört. Womöglich sind sie zu Schafhirten geworden.«

»Wirklich schade, wir hätten da draußen eine schöne Zeit gehabt.«

»Ja, aber wir können auch in Babylon eine schöne Zeit miteinander haben. Wie unlängst am Fluss, erinnerst du dich?«

»Ja, aber der Tag bot nicht nur Angenehmes.«

»Das habe ich vergessen. In meinen Erinnerungen lebt nur der Strudel, der das Boot mit unseren Körpern forttrug in ein Land, wo die Unsterblichkeit auf uns wartete.«

»Tilmun?« Midian lächelte. »Dort sind wir nie angekommen. Disteln und Skorpione haben uns an den neuen Gestaden begrüßt.«

»Die Ewigkeit und ein Augenblick sind eins. Ich fand die Unsterblichkeit in der Ewigkeit deiner Umarmung.«

Midian schwieg und wischte geschäftig die letzte Soße mit einem Stück Brot aus.

»Tilmun ist hier.« Asandros nahm Midians leicht widerstrebende Hand und führte sie an seine Brust. »Meine Liebe zu dir ist unsterblich.«

Das zärtliche Geständnis fügte Midian einen glühenden Schmerz zu. Asandros' Blick forderte eine Antwort, Midian wollte ihm ausweichen, aber er konnte es nicht. *Wen wirst du in Xandrames' Höhle noch lieben?*, dachte Midian. Mit diesem grausamen Bild wollte er ungeschehen machen, dass seine Hand an Asandros Brust zitterte.

»Was hältst du davon, wenn wir diese Reise noch einmal machen? Lass uns an den Fluss gehen.« Midians Stimme war rau, und Asandros spürte seine Verlegenheit. Eine Verlegenheit, die zärtliche Worte nicht über die Lippen brachte. Seine Augen leuchteten. »Sehr gern.«

Das Schilf stand noch üppiger, tief hingen die Zweige der Weidenbüsche über dem Wasser, Haselnusssträucher und Tamarisken säumten das sumpfige Ufer. Das Rispengras stand hoch.

»Hier hast du gelegen.«

Midian warf sich rücklings in das Gras, das ihn fast verschlang. »So?«, fragte er lachend.

»Du weißt genau, dass es etwas anders war. Du warst nackt.«

»Ja, ich weiß, ich war ziemlich schamlos.« Er wies mit dem Finger auf den Fluss. »Da – bis zu der Schilfinsel sind wir geschwommen.«

Asandros nickte. »Und da haben wir das Boot gefunden. Ob heute wieder eins auf uns wartet?«

»Versuchen wir es doch! Aber diesmal nehmen wir unsere Kleider mit.«

»Warte noch. Ich möchte eine Weile hier mit dir sitzen und auf das Wasser schauen.«

»Hm, wenn du meinst.« Midian verschränkte die Arme im Nacken. »Dann kann ich noch ein bisschen schlafen, in der Nacht bin ich nicht dazu gekommen.«

Nach einer Weile fragte Asandros: »Midian, glaubst du immer noch, dass unsere Leben unauflöslich miteinander verbunden sind?«

»Natürlich«, brummte Midian.

»Willst du mich töten?«

Midian richtete sich jäh auf. »Weshalb sollte ich? Sind wir hierhergekommen, um über den Tod zu reden?«

»Wenn das Glück einen überwältigt, kommen solche Gedanken von allein.«

»Ich bin mit dir an diesen Ort zurückgekehrt, weil ich glaubte, du würdest mich vor Leidenschaft zerreißen, so wie damals. Jetzt führst du Gespräche, wie man sie mit Weibern hat.«

»Tut mir leid, wenn ich dir die Stimmung verdorben habe.«

»Hast du nicht, ich bin da unten zappelig wie ein Fisch auf dem Trockenen.«

»Ich möchte jetzt nicht. Ist das schlimm?«

»Schlimm? Ich habe ja zwei gesunde Hände, aber was plötzlich in dich gefahren ist, das wissen die Götter.«

»Ich habe heute die Erfahrung gemacht, dass man ein unvergessliches Erlebnis nicht einfach wiederholen kann. Die Einmaligkeit ist dahin.«

»Einmal, zweimal! Solche Rechenkunststücke kennt mein Schwanz nicht.«

»Liebst du nie auch mit dem Herzen?«

»Du hast heute deinen gefühlvollen Tag, hm?«

»Und du hast ihn nie.«

Midian seufzte und erhob sich. »Wenn es dir hier nicht mehr gefällt, mache ich dir einen anderen Vorschlag. Ich kenne in der Nähe ein paar alte Grabkammern, da unten gibt es uralte Inschriften und Tonfiguren. Muss alles schon tausend Jahre alt sein. Würde dich das reizen?«

Asandros nickte. »Warum nicht? Alte Knochen stören mich nicht, wenn wir nur keine verstümmelten Kinder vorfinden.«

»Da unten gibt es nur Fledermäuse.«

Asandros lächelte. »Du willst mich doch nicht in die Finsternis locken, um einem hilflosen Mann Gewalt anzutun, weil dein Fisch so zappelt?«

»Weiß man's?«, sagte Midian und ging voran.

Bevor sie das Flussufer verließen und wieder unter Menschen kamen, umarmte Asandros Midian zärtlich, küsste ihn flüchtig und sagte leise: »Tut mir leid, ich war wirklich in schlechter Stimmung. Ich glaube, in den Grabkammern sollten wir auf Fischfang gehen, bei mir könntest du einen Hecht angeln.«

»Das hört sich schon besser an. Was hältst du von einer See-schlange?«

»Immer musst du übertreiben, du Besitzer eines Stichlings.« Asandros Haar kitzelte Midian im Ohr, er spürte seine Lippen und meinte, seine Worte über die Unsterblichkeit zu hören. Midian spürte wieder den fremdartigen Schmerz, ein Würgen stieg ihm in die Kehle. Jäh blieb er stehen und starrte Asandros an.

»Was hast du?«

»Mir fällt ein«, sagte er rau, »dass der alte Mann, der die Grab-kammern bewacht, krank ist. Sie sind geschlossen. Ja, geschlos-sen.«

»Das macht doch nichts. Ist das ein Grund, mich wie einen Geist anzusehen?«

Midian lächelte verzerrt. »Heute will uns nichts mehr gelingen. Vereiteln wir einfach, was dieser mürrische Tag noch mit uns vor-hat, und treffen uns morgen.«

»Vielleicht ist es so am besten«, stimmte Asandros belegt zu. »Ich könnte dann noch eine wichtige Verabredung einhalten.«

»Du hörst von mir.«

Es war ein kühler, hastiger Abschied. Mit jedem Schritt, den Mi-dian sich entfernte, nahm er Asandros ein Stück Luft zum Atmen. Dann blieb Midian stehen. Er drehte sich um und sah Asandros im Schatten eines Hausdaches an einer Wand lehnen und ihm nach-schauen. Er ging den Weg zurück, auch Asandros löste sich aus dem Schatten. Sie gingen aufeinander zu und umarmten sich stumm. Sie hielten sich lange umschlungen und zitterten beide, aber das erlösende Wort fiel nicht zwischen ihnen.

33

Um die Mittagszeit erschien Midian bei Joram. Joram hatte nicht geschlafen, seine Gesichtsfarbe war bleich, er hatte Schatten unter den Augen und war gereizt. »Endlich! Seit Stunden warte ich auf dich.«

Midian machte eine fahrige Bewegung. »Ich will nur etwas es-sen, danach gehe ich ins Krokodil.«

»Und Asandros? Was ist mit ihm?«

»Er lebt.«

»Unten bei Xandrames?«

»Beruhige dich, er ist zu Hause.« Midian ging hinaus auf den Innenhof, brüllte nach Essen und ließ sich auf eine Bank fallen. Jo-ram setzte sich zu ihm.

»Heute habe ich einen Fehler gemacht.« Midian starrte auf den

Boden. »Es wäre ein Kinderspiel gewesen. Ich war mit ihm schon auf dem Weg zu den Grabkammern, da – bin ich umgekehrt.«

Joram atmete auf. »Dann liebst du ihn doch!«

»Unsinn! Aber der Augenblick war schlecht gewählt. Wir waren uns sehr nah gekommen, dann gingen wir an diesen unseligen Fluss. Bei Belial, ich konnte ihn danach nicht zu Xandrames schicken. Ich bin auch nicht aus Stein.«

Joram hatte die Geschichte schon anders gehört. Damals hatte Midian von sich behauptet, kalt wie die Gletscher des Zagros zu sein, aber er hütete sich, das zu erwähnen.

Eine alte Frau brachte das Essen heraus. Scheu stellte sie es vor Midian hin, der beachtete sie nicht. Joram nickte ihr freundlich zu. Dann fragte er Midian: »Was soll nun werden?«

»Lass mich erst mit den Männern sprechen. Wir werden einen anderen Weg finden, Asandros zu beseitigen.« Er aß hastig und ließ die Hälfte stehen. »Ich habe keinen großen Hunger«, murmelte er und stand auf. »Kommst du mit?«

»Geh nur allein. Eure Wiedersehensfreude im Krokodil würde mir schier das Herz brechen.«

Joram begleitete Midian bis an das Tor und sah ihm nach. Er wollte Midian schützen und Asandros gleichzeitig warnen, aber er wusste nicht, wie er das vereinbaren sollte. Gerade wollte er wieder ins Haus zurückgehen, da sah er einen Schatten hinter einem Pfeiler hervortreten und auf Midian zugehen. Joram erkannte ihn und zuckte zusammen. Es war Xandrames. Er zog Midian in die Ruine eines halb abgerissenen Hauses. Joram schlich sich heran und stellte sich hinter die Hauswand. Er konnte jedes Wort verstehen.

»Du bist flüchtig wie ein Dämon der Nacht. Endlich kann ich mit dir reden.« Xandrames sah sich um. »Belauscht uns hier auch keiner?«

»In der Hazarim? Die Hebräer haben andere Sorgen. Was gibt es?«

Xandrames berichtete in kurzen Worten von ihrer Zusammenkunft mit Scheschbassar und Naharsin. »Dein Verhalten verwirrt uns, Midian. Wir müssen wissen, wer Freund und wer Feind ist. Wie stehst du zu Asandros und seinem Freund Askanios?«

»Beide werden sterben, schon bald.«

»Dein Verhalten lässt aber auf eine enge Freundschaft schließen.«

»Der Gegner muss dir vertrauen, damit du ihn in die Falle locken kannst. Jetzt habe ich Asandros soweit. Die Falle wird zuschnappen. Ich schenke ihn dir, Xandrames.«

»Was meinst du damit?«

»Du brauchst doch in deiner Gruft noch Sklaven, die dich ohne

Hände und Füße bedienen, damit dir das Essen besser schmeckt.«
Xandrames lächelte wie ein Schakal. »Dazu willst du mir wirklich den Griechen überlassen? Das wäre sehr anständig von dir. Er beginnt bereits, auf dem Basar herumzuschnüffeln. Bei den sieben blutigen Götzen, wann wird es soweit sein?«

»Morgen.« Midian zögerte und fügte nachdenklich hinzu: »Ja, ich denke, morgen wird der alte Mann, der die Grabkammern bewacht, wieder gesund sein.«

»Da ist noch etwas, Midian. Dein Freund Joram, wie weit kannst du ihm trauen?«

»Wie mir selbst.«

»Nun, gestern saß er eng umschlungen mit dem Griechen mitten auf dem Basar. Ich hatte nicht den Eindruck, dass Joram das nur heuchelte.«

Midian zuckte zusammen. »Joram hat Asandros auf dem Basar getroffen? Davon hat er mir nichts erzählt.«

»Du siehst, meine Bedenken sind berechtigt«, erwiderte Xandrames mit öliger Stimme.

Midian warf den Kopf zurück. »Mit Joram spreche ich. Den Griechen bringe ich dir morgen Abend, und nun muss ich gehen, ich bin in Eile.«

Sie trennten sich, und Joram drückte sich in den Schatten. Als beide außer Sichtweite waren, lief er die Straße hinunter, wo sich hinter den Dächern die Türme der Palaststadt abzeichneten. *Midian hintergeht mich*, dachte er bitter. *Sein angebliches Zögern, sein Erbarmen, alles Märchen! Er hatte nie einen Funken Gefühl für Asandros und wahrscheinlich auch nicht für mich.*

Asandros war nicht allein. Bei ihm war ein breitschultriger, schwarzbärtiger Krieger, den Joram meinte, schon einmal gesehen zu haben. Asandros trug ebenfalls den Rock des Kriegers, als sei er auf eine Schlacht vorbereitet. Als Joram hereinkam, sah er von seinem Arbeitstisch auf. Nichts regte sich in seinem Gesicht, seine grauen Augen musterten ihn kalt, aber in seiner Stimme war Verwunderung. »Du, Joram?«

Joram hatte diese kühle Begrüßung nicht erwartet. Verwirrt blieb er an der Tür stehen. Lag es an dem anderen Mann, dass Asandros seine Gefühle nicht zeigen wollte?

Asandros sah Jorams fragenden Blick. Er bewegte den Kopf träge zur Seite. »Das ist mein Freund Askanios. Was willst du?«

»Kann ich mit dir allein sprechen?«

»Vor Askanios habe ich keine Geheimnisse.«

»Ich gehe schon.« Askanios lächelte Joram zu und verließ das Zimmer.

Joram trat zögernd näher. »Bist du ärgerlich, weil ich auf dem

Basar plötzlich verschwunden war?«

»Nein, wie kommst du darauf? Du musstest doch einen Dieb fangen. Bist du deswegen hier?«

Joram warf einen flüchtigen Blick auf die Täfelchen und Papyri, die auf dem Tisch lagen. »Nein, es geht um Midian – um dich und Midian.«

»Sehr spannend.« Asandros wandte sich scheinbar gleichgültig seinen Unterlagen zu. »Na und?«

Joram trat näher. »Weshalb bist du heute so kalt zu mir? Lässt du es an mir aus, wenn du mit Midian Streit hattest?«

»Ich hatte keinen Streit mit Midian, aber du stiehlst mir die Zeit. Ich hatte wichtige Dinge mit Askanios zu erörtern.«

»Ist dir dein Leben nicht wichtiger?«

Jetzt sah Asandros Joram an. »Was willst du damit sagen?«

»Bevor ich rede, musst du mir schwören, Midian zu verschonen. Du musst ihn unbehelligt ziehen lassen.«

»Ziehen lassen? Wohin? Ich verstehe dich nicht.«

Da packte Joram Asandros erregt am Handgelenk. »Du wirst es schon verstehen. Aber zuvor musst du schwören!«

Asandros schüttelte ihn ab. »Was soll die Vorrede? Sprich endlich!«

Joram starrte ihn an. »Es war ein Fehler, herzukommen!«, stieß er hervor. »Ich – gehe besser.«

Asandros ließ Joram bis zur Tür gehen, dann fragte er mit ätzender Schärfe: »Wolltest du mir erzählen, dass Midian zu den Schwarzen Wölfen gehört? Und du ebenfalls?«

Joram hatte das Gefühl, auf schwankendem Boden zu stehen. Er fiel kraftlos gegen die Wand. »Du weißt es?«

Asandros lächelte kalt. »Ja, aber Midian weiß nicht, dass ich es weiß. Seit gestern Abend ist die Taverne Zum Krokodil von Nebusaradans Männern umstellt.«

»Nein!« Joram taumelte nach vorn und hielt sich an Asandros Stuhl fest, dann beugte er sich leicht nach vorn und flüsterte: »Und was war letzte Nacht?«

Asandros erhob sich und zischte Joram ins Gesicht: »Ja! Ich habe Midian die Nachricht geschickt, weil ich wollte, dass er mir endlich die Wahrheit sagt. Ich hätte auch den Schwarzen Wolf geliebt. Goldene Brücken habe ich ihm gebaut, aber er vertraute mir nicht und fuhr fort, mich zu belügen. Jetzt weiß ich, dass er keine Liebe für mich hatte, niemals!«

Asandros' heißer Atem brannte in Jorams Gesicht, in seinem Leib glühte das Geständnis. »Wollte er dich zu alten Grabkammern führen?«, fragte er leise.

»Ja, aber sie waren geschlossen, weil der Wächter krank war.

Wir sind nicht hingegangen.«

Kurz wurde Asandros Blick trübe, doch dann fasste er sich wieder. »Schlimm für uns alle, dass es so ausgehen musste, nicht wahr, mein hübscher Hebräer? Dich muss ich auch festnehmen lassen, weil du zu den Schwarzen Wölfen gehörst.«

Joram zuckte zusammen, daran hatte er nicht gedacht. Alles war aus. Sie würden alle sterben, und Midian würde glauben, er habe ihn verraten. Er fühlte sich unsagbar elend.

»Verschone Midian«, flüsterte er.

»Hältst du mich für einen Narren?«

»Er liebt dich, ich weiß es.«

»Märchen! Ich weiß es besser.«

»Hör mir zu!«, bat Joram eindringlich. »In den Grabkammern versteckt sich Xandrames, der zauberische Sinpriester. Er liebt es, seine Sklaven zu verstümmeln, bevor sie ihn bedienen müssen, und ergötzt sich an ihren hilflosen Bewegungen, bis er sie nach wochenlanger Qual umbringt. Er hat dich von Midian gefordert.«

Asandros war totenbleich. »Das wollte er mir antun?«, stammelte er.

»Nein, er ist umgekehrt, hast du das vergessen?«

Asandros Lippen zitterten. Er konnte Joram nicht antworten. Der legte ihm stumm die Hand auf den Arm. Asandros sah an ihm vorbei. »Ich werde nicht vergessen«, sagte er mit tonloser Stimme, »dass Midian umgekehrt ist und du mich warnen wolltest. Bei der Bemessung der Strafe werde ich das berücksichtigen. Ich werde nicht grausam sein, aber ihr müsst beide sterben.«

34

Auf der gegenüberliegenden Straßenseite der Taverne Zum Krokodil lag die Kupferpfanne. Sie war für die Mittagszeit ungewöhnlich gut besetzt. Der Wirt kannte seine neuen Gäste nicht, aber sie benahmen sich anständig und zahlten gut.

Gerade erschienen zwei neue Gäste. Den einen kannte er schon, der hatte hier einmal viel Silber verloren. Der andere sah auch aus wie ein Herr. Sie gingen hinein und nahmen neben der Tür Platz.

Die beiden Neuankömmlinge wurden beobachtet. Xandrames hatte Spitzel auf die beiden Griechen angesetzt. Kaum waren Asandros und Askanios im Innern der Schenke verschwunden, lief einer der Spitzel hinüber ins Krokodil. Er fand Midian und die anderen Männer in einem Hinterzimmer. Alle griffen sofort zu den Waffen, als die Tür aufsprang, aber Midian erkannte den Mann und machte eine ruhige Handbewegung. »Das ist ein Freund. Was gibt es?«

»Ihr seid verraten worden!«, schrie er. »Die beiden Griechen sitzen drüben in der Kupferpfanne, und außerdem lungert dort ein Haufen Männer herum, die keine gewöhnlichen Gäste sind.«

Es blieb keine Zeit, überrascht zu sein. »Zum Hinterausgang!«, schrie Midian. Er wusste, dort führte der Weg durch Gestrüpp eine Gasse hinauf, die an der Ostmauer in dem verfallenen Sintempel endete. Aber am Ausgang erwartete sie Nebusaradan mit einer Abteilung Krieger, etwa zwanzig Mann und alle gut bewaffnet. Den Schwarzen Wölfen blieb keine Zeit, zu ihren Bogen zu greifen. »Versucht sie lebend zu fangen!«, schrie Nebusaradan und drang furchtlos auf Midian ein. »Erwische ich dich endlich, du schwarzer Teufel!«

Midian lachte. »Noch hast du mich nicht!« Blitzschnell stieß er dem verdutzten Hauptmann den Stiefel in den Bauch und entriss ihm die Lanze. Der riss das Schwert von der Hüfte, zwei seiner Männer wollten ihm zu Hilfe eilen, doch Midian wich ihnen aus, zog sich in die Gaststube zurück, und als die Männer wütend nachdrängten, stach er dem Ersten den Speer durch den Leib, beim Fallen versperrte dieser in der engen Tür dem nächsten den Weg. Midian sprang hinter einen Tisch und warf einen Stuhl nach Nebusaradan, der mit erhobenem Schwert an den beiden vorbeistürmte. Er wich dem Geschoss aus, da traf ihn ein Messer in den Hals.

Im selben Augenblick fiel Mesrim auf dem Hof von einem Schwerthieb getroffen zu Boden. Zorach kratzte und biss um sich, aber drei Lanzenspitzen, die sich auf seinen Bauch richteten, brachten ihn zur Besinnung. Ihm wurden Fesseln angelegt. Elrek verteilte mächtige Hiebe und schuf sich in seinem Umkreis etwas Luft, aber der Übermacht war er nicht gewachsen. Während er wie ein Bär seine gewaltigen Tatzen in Gesichter und Bäuche grub, hängten sich zwei Männer an seine Beine und rissen ihn zu Boden. Auch Elrek musste die schmachvollen Stricke spüren. Aschima war wie eine Katze ins Gebüsch gesprungen, aber drei Männer nahmen die Verfolgung auf, und nach einer Weile brachten sie sie gebunden zurück.

Midian lief die Stiege hinauf auf das Dach. Er konnte zur Kupferpfanne hinübersehen, dort saßen keine Männer mehr. Er spähte hinunter auf die Straße. Ein alter Mann schlurfte mit seinem Karren vorüber, eine trügerische Ruhe.

Geduckt schlich Midian zur anderen Seite des Daches und ließ sich vorsichtig auf die Knie nieder. Er konnte auf den verwilderten Hof und das Handgemenge hinuntersehen. Es war fast vorbei, seine Männer lagen gefesselt auf dem Boden, Asandros und Askanios konnte er nirgends erblicken.

Vorsichtig rutschte er vom Rand zurück und warf einen seitlichen Blick auf das nächste Dach. Er erhob sich, machte eine leichte Drehung und wollte zum Sprung ansetzen, da sah er, dass er nicht mehr allein auf dem Dach war.

Er verharrte in seiner geduckten Haltung wie ein Tiger vor dem Angriff. Er bleckte die Zähne, in seinen Augen glühte Hass. Der unbändige Hass des Verratenen, des Verlierers. Seine Hand packte den Dolch.

»Wirf ihn weg, Midian!« Asandros Stimme klirrte wie splitternder Fels. Neben ihm stand Askanios.

»Du bist hier, weil Joram mich verraten hat!«, zischte Midian. »Nur er wusste, wo ich bin.«

»Du irrst dich. Es war Askanios, der euch im Krokodil belauscht hat.«

Midian warf ihm einen hasserfüllten Blick zu. Gleichzeitig überschlugen sich seine Gedanken: *Asandros' Botschaft war Heuchelei gewesen. Er hat es schon letzte Nacht gewusst und mit mir gespielt. Wie muss er sich berauscht haben an meiner Ahnungslosigkeit!* Ohnmächtige Wut erstickte seine Stimme, erstickte jedes zärtliche Gefühl.

»Ergib dich Midian, dann werde ich versuchen, ein mildes Urteil für dich zu erwirken.«

Midian knirschte mit den Zähnen. *Jetzt verhöhnt er mich. Als ob ich nicht wüsste, dass der Anführer der Schwarzen Wölfe keine Gnade zu erwarten hat. Er muss seine widerwärtige Rolle als Menschenfreund vor mir spielen, bis mir schlecht wird.* Aus den Augenwinkeln bemerkte er, dass Nebusaradans Männer nun auch die umliegenden Dächer besetzt hatten. Es war vorbei.

Er zog den Dolch aus dem Gürtel und warf ihn vom Dach hinunter. Dann breitete er die Arme aus. »Du hast gewonnen, Asandros.«

»Leg ihm Fesseln an, Askanios.«

Askanios trat an Midian heran, der hielt ihm die Arme hin und lächelte ihm zu. »Schade. Als wir uns das letzte Mal im Krokodil trafen, war es lustiger.«

Askanios wurde rot. »Ja«, sagte er belegt. Er spürte die Ausstrahlung dieses Mannes und begriff, was jetzt in Asandros vorgehen mochte. Midian witterte diese Empfindungen wie ein Wolf, sie machten Askanios für Sekunden unaufmerksam. Das genügte Midian. Während er Askanios in alter Freundschaft zublinzelte, wurden seine ausgestreckten Arme zu Schlagstöcken. Ein Hieb traf Askanios im Gesicht, zurücktaumelnd riss er den Dolch aus dem Gürtel, ein blitzschneller Fußtritt Midians lähmte sein Handgelenk, der Dolch entglitt ihm. Wieder schoss Midians Arm vor und traf Askanios in den Magen; behänd nutzte Midian die schwungvolle Bewegung, den Dolch aufzuheben. Asandros stand wie erstarrt. Noch nie hatte er einen Mann so geschmeidig und schnell mit seinem Körper kämpfen sehen. Schon lag der Dolch an Askanios' Kehle, ohne dass Asandros hätte sagen können, wie es geschehen war. »Zieh deine Männer zurück, Asandros!«, zischte Midian.

»Du kannst nicht fliehen«, stieß Asandros hervor, aber Midian schrie: »Tu es! Sofort! Oder ich töte ihn, und ich tu es gern.«

Da brüllte Asandros Befehle, und Midian sah, wie die Männer die Dächer verließen. »Sie sollen sich alle vor der Kupferpfanne versammeln, da habe ich sie im Auge.«

Asandros befahl ihnen auch das. »Es ist geschehen«, sagte er tonlos, »jetzt lass ihn frei.«

Midian zog sich mit Askanios langsam an den Rand des Daches zurück. »Du bleibst, wo du bist, Asandros!« Er warf einen kurzen Blick auf den Hof. Der war leer, aber das hatte nichts zu bedeuten. Da unten gab es hundert Verstecke, wo sie auf ihn warten konnten.

»Ich habe Wort gehalten, jetzt lass ihn gehen!«

Midian hörte das Zittern in Asandros Stimme. »Wirf erst deine Waffen her zu mir!«

»Tu es nicht!«, gurgelte Askanios.

Asandros warf Schwert und Dolch vor Midians Füße. In Midians Augen blitzte ein schwacher Triumph. »Danke«, sagte er leise. Und während er Asandros Blick festhielt, zog er Askanios langsam das Messer durch die Kehle. »Damit du lernst zu hassen!« Als Asandros mit einem Wutschrei auf ihn zu sprang, stieß Midian ihm Askanios' Leichnam in die Arme, hob blitzschnell die Waffen auf und sprang mit einem gewaltigen Satz auf das nächste Dach. Er hörte hinter sich einen gellenden, verzweifelten Schrei.

»Schrei nur, auch ich habe alles verloren«, murmelte er. Von dem niedrigen Dach sprang er in den Hof, aber er hatte recht gehabt. In den Büschen warteten sie auf ihn, versperrten ihm den Weg, warfen ihre Lanzen nach ihm. Midian wehrte sich wie ein Rasender, tötete etliche von ihnen, aber die Übermacht war erdrückend. Nach einem wilden, verzweifelten Kampf lag Midian, der Schwarze Wolf, zum ersten Mal in seinem Leben blutend und besiegt am Boden.

Sie schleppten ihn vor ihren totenbleichen Hauptmann. Midian straffte sich in seinen Fesseln. Wie ein Sieger stand er vor dem in Schmerz überwältigten Gegner.

»Warum?«, flüsterte Asandros. »Ich wollte dich verschonen, ich habe dich geliebt wie nie einen Menschen zuvor.«

»Und ich habe dich gehasst!«, schrie Midian. »Gehasst und verachtet! Deine Berührungen waren wie kalter Schleim, deine Küsse schmeckten wie Fäulnis. Ich musste dein Liebesgestammel ertragen, um dich auf meine Festung Dur-el-Scharan zu locken, wo du in der Geiergrube verfaulen solltest. Meine Zärtlichkeiten gewährte ich dir voller Abscheu, jedes Lachen, das ich dir schenken musste, würgte mich. Unten am Fluss bei den Schilfinseln hätte ich dich am liebsten im Schlamm erstickt. Wahre Wollust empfand ich nur im Kreis meiner Freunde, wenn ich ihnen schilderte, wie verrückt du nach mir bist. Während wir den kleinen Hurensöhnen die Schwänze abschnitten, machten wir uns lustig über deine Menschenfreundlichkeit und deine sinnlose Liebe. Wir haben über dich gelacht, bis uns die Bäuche wehtaten!«

Midian holte tief Luft und weidete sich am Elend seines Gegners. »Jetzt kannst du mich in das Tal der Pfähle bringen«, fügte er heiser hinzu.

Asandros war nur noch ein Schatten seiner selbst, sein Gesicht eine bleiche, ausdruckslose Fläche. Ein Gespensterkrieger, der darauf wartete, dass sein Gegner zur Hölle fuhr. Und als er antwortete, klang es hohl und dumpf wie aus einem Grab, wo Gespenster wohnen. »Du wirst nicht in jenem Tal sterben, Midian. Auf dich wartet der eiserne Stier. Ganz Babylon wird deine Schreie hören – meine Zeit zu lachen.«

»Gut gewählt!«, rief Midian heiser. »Am Ende siegt doch dein Hass. Der Funken des Bösen, den ich in dir entzündet habe, wird weiterlodern in deiner Brust, Asandros. Am Ende habe ich gewonnen.«

Asandros Stimme war eisig: »Du irrst dich, Midian. Das Böse wird im eisernen Stier verbrennen.«

35

Nebusaradan kam mit einem dicken Verband um den Hals herein. Asandros lag im Bett, er hatte hohes Fieber. Schwach wandte er dem Eintretenden das Gesicht zu. Etwas Glanz trat in seinen Blick. »Du lebst, Nebusaradan?«

»Mich bringt so leicht nichts um«, brummte er und fragte: »Darf ich näherkommen?«

»Ja, setz dich zu mir.« Asandros versuchte ein Lächeln und richtete sich mühsam auf.

»Bleib liegen! Vor mir brauchst du doch nicht den Helden zu spielen.«

Asandros ließ sich in die Kissen fallen. »Danke. In Sparta ...«

»Dein lausiges Sparta geht mich nichts an. Ich wollte dir nur sagen, dass es mir um Askanios sehr leidtut, und die Männer fragen, ob sie etwas für dich tun können.«

Asandros sah mit leerem Blick zur Decke. »Ich wünschte, die Männer könnten ihm zu Ehren die Chorgesänge des Tyrtaios anstimmen, spartanische Heldengesänge für einen Heloten.«

Nebusaradan räusperte sich. »Wenn du willst, werden sie ein babylonisches Kriegslied singen, obwohl sonst bei einem Begräbnis nur die Priester singen.«

Asandros schwieg, und Nebusaradan fuhr fort: »Der König hat dich im Kreis seiner Edlen lobend erwähnt und deinem Wunsch entsprochen, die Urteile über die Schwarzen Wölfe selbst zu fällen und zu vollstrecken.«

Asandros nickte. »Ich hoffe, bald wieder aufstehen zu können. Diese Schwäche ist unentschuldbar, aber das Fieber kam über mich wie ein jähes Wetter. Es wird das Sumpffieber sein, die Kanäle und der Fluss sind teilweise verschlammt.«

Nebusaradan nickte, obgleich er und Asandros wussten, dass der Grund ein anderer war. »Ukschata, des Königs Leibarzt, hat mir gesagt, dass du schon nächste Woche das Bett verlassen kannst. Dann wird alles bereit sein. Das Podest wird bereits errichtet.«

»Welches Podest?«

»Des eisernen Stiers.« Nebusaradan senkte die Stimme. »Es war doch dein Wunsch, dass ...«

»Ja.« Die Erinnerung trübte Asandros' Blick. »Scheschaschared hat behauptet, die Hinrichtung im Stier werde selten bei vollem Bewusstsein vollstreckt. Was heißt das?«

»Meistens gibt der Vollstrecker, der den Verurteilten in den Stier stößt, diesem vorher ein Pulver, das ihn nach wenigen Minuten das Bewusstsein verlieren lässt.«

»Aber dann hätte der Stier seinen Schrecken verloren?«

»Meistens sind es Verwandte oder Freunde des Verurteilten, die den Henker gut dafür bezahlen.«

»So? Du wirst dafür sorgen, dass Midian dieses Pulver nicht erhält.«

Nebusaradan schwieg, und Asandros fügte grimmig hinzu: »Die Männer musst du diesmal nicht wegsperren. Sie sollen ihre Ohren weit aufsperren, um zu hören, wie ein wildes Tier heult.«

Nebusaradan seufzte. »Du hast die Menschen zu sehr geliebt, umso größer ist jetzt deine Enttäuschung. Was ist mit dem Hebräer Joram?«

»Was soll mit ihm sein? Er stirbt am Pfahl wie die anderen auch. Die Zeit der Schonung ist vorbei.«

494

»Er isst nichts mehr, seit er von Midians Gefangennahme und dem Urteilsspruch gehört hat.«

»Dann verhungert er eben!«, schrie Asandros. Er schloss die Augen und atmete heftig. Nach einer Weile des Schweigens fuhr er fort: »Nach den Hinrichtungen gehe ich zurück nach Athen. Ich will Babylon nie wiedersehen.«

Nebusaradan räusperte sich. »Darf ich dir einen Rat geben? Du weißt, ich liebe dich wie einen Sohn und möchte an der Stelle deines Vaters sprechen, der jetzt nicht an deiner Seite sein kann.«

»Ich soll die Urteile mildern?«, fragte Asandros gereizt.

»Nein. Du solltest Babylon noch vor den Hinrichtungen verlassen.«

»Du scherzt.«

»Nein, Asandros. Du kannst Midian nicht stundenlang schreien hören.«

»Oh doch! Tagelang könnte er winseln, und ich würde nicht müde, ihm zu lauschen. Täusche dich nicht, Nebusaradan. Mit meinen Feinden war ich stets unbarmherzig.«

»Hast du sie so geliebt wie Midian?«

»Ein Grund mehr, jetzt Härte zu zeigen.«

»Bist du sicher, dass von dieser Liebe nichts zurückgeblieben ist?«

»Nichts als abgrundtiefer Hass!«

36

Gimirrai, der Oberaufseher des Kerkers, hatte in seinem Leben schon viel gesehen. Sein Leben, das waren vor allem fünfzehn Jahre Kerkerdienst. Als junger Mann war der Kimmerier unter Assurbanipal als assyrischer Kriegsgefangener nach Babylon gekommen. Wild und aufsässig, zum Sklavendienst ungeeignet, wie es hieß. Er selbst hatte in diesen Mauern gesessen und zusammen mit vielen Unglücklichen auf seinen Tod gewartet. Damals hatte er erfahren, was Angst und Grauen sind. »Kimmerische Häute für Assur!«, hatten die Krieger geschrien, und die Eingekerkerten gaben alles von sich, heulten, bettelten, versuchten, sich an den Kerkermauern die Köpfe einzurennen oder umarmten sich still. Dann kam unerwartet die Begnadigung. Sie müssten Kanäle ausheben und an der Stadtmauer arbeiten. Für Gimirrai war es ein Geschenk des Himmels. Aus dem aufsässigen Krieger war ein ernster Mann geworden, der seine Arbeit gewissenhaft ausführte. Sein Gleichmut und seine Ehrlichkeit waren den Aufsehern aufgefallen, und so wurde er von der schweren Arbeit befreit und dem Kerkermeister als Gehilfe zugeteilt. Auch hier zeichnete er sich durch Umsicht und Verantwortungsgefühl aus, und unter Nabupolassar erhielt er seine Freiheit. Als der alte Kerkermeister starb, übernahm Gimirrai seinen Posten.

Er hatte nicht gern Gefangene, die für den Stier bestimmt waren. Auch die hartgesottensten Missetäter weinten, schrien im Schlaf oder hockten sich zitternd in eine Ecke. Sie erinnerten Gimirrai an seine eigene Gefangenschaft. Und er hatte die Erfahrung gemacht, dass auch der finsterste Mörder menschliche Regungen hatte.

Der gut aussehende Straßenräuber aus dem Zagros, den er seit einigen Tagen beobachtete, war anders. Sein Stolz schien ungebrochen, er zeigte keine Anzeichen von Furcht. Er tobte auch nicht, begehrte nicht auf gegen seine Gefangenschaft. Wenn er mit den Wärtern sprach, beschwerte er sich nur über das schlechte Essen, und er konnte so warmherzig lächeln, dass er Besseres bekam. Sein langes schwarzes Haar glänzte wie Rabenfedern. Er pflegte es sorgfältig, hielt es frei von Ungeziefer und hatte darum gebeten, es alle drei Tage waschen zu dürfen. Auch sonst hielt er sich reinlich und rieb seinen muskulösen Körper täglich mit Öl ein. Gimirrai war froh, dass dieser Gefangene solche Hafterleichterungen dankbar annahm. Allerdings, wenn er sich unbeobachtet fühlte, stahl sich ein unheimliches Glühen in seine dunklen Augen, vor dem selbst Gimirrai den Blick senkte.

Gimirrai wusste nicht viel über ihn und das war gut so. Er wollte nie viel wissen über die Menschen, deren letzte Tage er begleiten musste. Aber dieser Mann machte ihn neugierig. Midian hieß er und war der Anführer einer Bande im Zagros gewesen. Seine Männer waren auch hier unten, aber in einem anderen Teil des Kerkers. Schon oft war Gimirrai an seinem Gitter vorübergegangen, und wenn ihre Blicke sich begegneten, erlebte er jedes Mal diese eigenartige Verwandlung in den Augen des stolzen Banditen: das Hinübergleiten von abgründigem Hass zu Wärme.

Gimirrai blieb unschlüssig vor dem Gitter stehen, dann zog er sich einen Hocker heran, zum Zeichen, dass er gesprächsbereit war. Der Gefangene hatte auf dem Boden gesessen, jetzt stand er auf und näherte sich dem Gitter. Seine Bewegungen glichen dem eines jungen Löwen, den Gimirrai einst im Käfig gesehen hatte, denn der König hielt sich wilde Tiere in seinem Garten. »Gimirrai?« Seine Stimme schwang wie der dunkle Ton eines Bronzebeckens. Es war eine Stimme, der Gimirrai gern zuhörte, und er wunderte sich darüber, denn sie löste Empfindungen in ihm aus, die ein langjähriger Kerkermeister nicht haben durfte.

Midian stellte sich an das Gitter und sah auf ihn hinab. »Schön, dass du mir Gesellschaft leisten willst.«

»Hast du einen Wunsch? Brauchst du etwas?«

»Die Freiheit.«

Gimirrai lächelte schwach. »Das steht nicht in meiner Macht. Aber vielleicht noch eine Decke für die Nacht?«

»Ihr behandelt mich hier unten wie einen Fürsten. Bald werde ich Audienzen geben.«

»Die Gefangenen, die für den Stier bestimmt sind, dürfen Hafterleichterung erhalten, das ist Brauch. Was hast du verbrochen, dass du im Stier sterben musst?«

Midian fuhr sich mit der Zunge über die Lippen. »Sagen wir – die Strafe ist angemessen.«

»Du zeigst keine Furcht, das ist selten. Und du pflegst dich, das ist noch seltener. Legst du Wert darauf, in Schönheit zu sterben?«

Midian lachte leise. »So ist es.«

»Aber hoffe nicht darauf, dass man dich wegen deiner Schönheit begnadigen wird. Die Frauen Babylons könnten tagelang den Palast belagern, der König würde unerbittlich sein.«

»Glaubst du, ich wollte durch das Winseln von Weibern begnadigt werden?«, fragte Midian verächtlich.

»Deine Kaltblütigkeit erstaunt mich. Hoffst du vielleicht auf andere Hilfe? Auf Freunde, die dich auslösen oder gar befreien? Das ist aussichtslos, glaub mir.«

Midian grinste und griff an eines seiner Amulette auf der Brust. »Die Dämonen beschützen mich. Ich glaube an ein Wunder.«

»Das Wunder können nicht einmal alle siebenundsiebzigtausend babylonischen Götter bewirken«, lachte Gimirrai. »Der griechische Hauptmann Asandros hat sogar verboten, dir das Pulver zu geben. Diese unerbittliche Haltung ist selten.«

»Was für ein Pulver?«

»Ein Pulver, das dich im Stier bewusstlos macht und dich keine Schmerzen fühlen lässt.«

»So!« Wieder geschah die unheimliche Verwandlung in Midians Zügen; wie Öl glitten die Empfindungen über sein Gesicht, ungezähmter Hass, wilde Grausamkeit, Schmerz, Trauer und dann ein entspanntes Lächeln. »Er beginnt, Belial zu dienen«, flüsterte er. Dann fragte er: »Wie geht es meinen Gefährten?«

»Sie scheinen den Tod ebenso wenig zu fürchten wie du; sie führen stundenlange, lautstarke Gespräche, fluchen und wünschen auf Babylon den Untergang herab. Nur der junge Hebräer liegt teilnahmslos in einer Ecke. Er rührt keine Nahrung an.«

»Joram!« Gimirrai erblickte echte Betroffenheit in Midians Zügen. »Könntest du ihm nicht dieses Pulver verschaffen? Ich habe Gold, ich bezahle dich dafür.«

Gimirrai schüttelte den Kopf. »Ich würde es gern tun, auch ohne dein Gold, aber es geht nicht. Die Gefangenen sind auf dem Weg bis zur Hinrichtungsstätte unter ständiger Aufsicht. Und im Tal selbst – viele haben es bei ihren Angehörigen versucht, sie wurden ergriffen und hingerichtet.«

»Aber nachts – da ist ein Wächter, ich kenne ihn, sein Name ist Scheschbassar. Wenn du ihm das Pulver gibst ...«

»Das alte Triefauge? Das hat sich aus dem Staub gemacht. Der Grieche hat da wohl in ein Wespennest gestochen. Seitdem wird das Tal des Todes streng bewacht, da ist nichts zu machen.«

»Und Naharsin, der Vorsteher der Hospitäler? Er ist ein Freund und hat Einfluss. Wende dich an ihn! Du bekommst zehn Goldstücke, zwanzig, wenn du willst.«

»Zwanzig?«, stieß Gimirrai überrascht hervor. »Du musst ein Vermögen haben! Ja, das hätte ich mir gern verdient, aber der edle Naharsin hat sich ebenso verflüchtigt wie dieser hässliche Wächter, nachdem er vom König all seiner Ämter enthoben wurde. Und mit ihm haben noch etliche Gestalten die Stadt verlassen.«

Zum ersten Mal hörte Gimirrai Midian fluchen. »Es muss doch einen verlausten Babylonier in dieser Stadt geben, der Joram das Pulver geben kann. Für zwanzig Goldstücke verkaufen die Leute ihre Seele.«

Gimirrai nickte. »Vor einigen Wochen wäre das nicht schwer gewesen, aber der Grieche hat innerhalb kürzester Zeit eine Schreckensherrschaft errichtet. Schrecklich für alle Halsabschneider in Babylon, wenn du verstehst, was ich meine. Es sollen furchtbare Dinge vorgekommen sein, und der König war so erzürnt, dass er Asandros alle Vollmachten gegeben hat, mit eisernem Besen auszukehren.«

»Du willst doch nicht sagen, dass er die Bestechlichkeit in Babylon abgeschafft hat?«, schnaubte Midian.

»Nein«, lachte Gimirrai, »aber vorübergehend wagt es niemand, sich gegen den mächtigen Günstling und seine schwer bewaffnete Garde aufzulehnen, die überraschend auftaucht und hart zuschlägt. Die Kerker sind voll. Es gibt einige Todesurteile, viele Körperstrafen. Ein fähiger Mann, dieser Asandros, ein gefährlicher Feind. Du scheinst der Leckerbissen auf seiner Tafel zu sein.«

Midian lächelte raubtierhaft. »Ja, Asandros ist ein Feinschmecker und ein Freund des Gesangs. Wir kennen beide die Melodie des Stiers, und nun gibt er mir die Ehre, eine eigene zu erfinden.«

»Wie sehr muss er dich hassen!«

»Asandros? Er glaubt, es sei Hass, doch er wird zerbrechen an meinem Tod.«

»Woher weißt du das?«, fragte Gimirrai betroffen.

»Lass das mein Geheimnis sein.«

Gimirrai schwieg einen Augenblick. Dann sagte er: »Versuch doch, bei Asandros wegen Joram ein gutes Wort einzulegen. Vielleicht kommt er herunter, wenn ich ihn darum bitte.«

»Eher soll mir die Zunge verdorren!«, zischte Midian. »Lieber ertrage ich, dass Joram Höllenqualen leidet, als vor seinen kalten, grauen Augen um Gnade zu winseln.«

»Dann weiß ich nicht, was ich für dich noch tun kann«, seufzte Gimirrai.

Midian umklammerte die Gitterstäbe. »Eins könntest du doch noch für mich tun, Gimirrai«, stieß er heiser hervor. »Bring mir am Abend vor der Hinrichtung eine Frau! Kannst du das?«

Gimirrai nickte erleichtert. »Das bereitet keine Schwierigkeiten. Ich besorge dir etwas Hübsches, keine Hure aus der Amurru.«

Midians Augen glänzten, Gimirrai sah nur die Freude in ihnen, von welcher Art diese Freude war, konnte er nicht wissen. »Danke«, gurrte Midian. »Du hast ein Herz, du bist nicht wie die anderen. Dafür sollen dir die zwanzig Goldstücke gehören.«

»Ich will nichts dafür, nein! Vor der letzten Nacht ein hübsches Mädchen, das sollte keinem Mann verwehrt sein.«

»Ich bestehe darauf, Gimirrai. Komm, hör mir zu, wo ich sie versteckt habe.«

37

Midian hörte die klirrenden Schritte von Kriegern, er sah Fackeln und hörte laute Stimmen. Gimirrai führte sie zu Midians Zelle. Der sprang auf das Gitter zu. »Ist es heute soweit? Wo ist die versprochene Frau? Du hast mich betrogen!«

»Deine Hinrichtung ist morgen, Midian. Heute bringen dich die Krieger in das Tal der Pfähle, wo du auf Befehl des Hauptmanns Asandros die Hinrichtung deiner Gefährten mit ansehen sollst.«

»Verfaulen soll er!«, knirschte Midian. Aber er leistete keinen Widerstand, als die Krieger ihn gefesselt in ihre Mitte nahmen.

Der sonnendurchglühte, steinige Abhang war von Schaulustigen besetzt. Die Wachen hatten alle Mühe, die Nachdrängenden zurückzuhalten. Die Gefangenen saßen im Halbkreis auf dem Boden, von einer stattlichen Zahl von Kriegern bewacht. Als Midian erschien, auf einem Holzkarren sitzend, der von einem Esel gezogen wurde, ging ein Aufschrei durch die Menge. Das war der Mann, der morgen den Stier brüllen lassen würde. Die Schwarzen Wölfe hoben die Köpfe und wollten nicht glauben, was sie sahen:

dass ihr geliebter Anführer, in schmachvolle Fesseln geschlagen, heran gekarrt wurde wie ein Fuder Mist. Bis jetzt hatten sie ihre Bewacher beschimpft, jetzt waren sie ganz still.

Joram, abgemagert, blass, starrte auf Midian, der in der Haltung eines Eroberers auf dem Karren saß, unberührt von der Haft. Als er seine Gefährten erblickte, ging eine Bewegung über sein Gesicht. »Freut euch!«, rief er heiser. »Wir besaßen die Welt, wir waren Herren über Leben und Tod, jetzt holt uns Belial.« Dann musste er Joram ansehen. »Du hättest etwas essen sollen, durch deine Rippen pfeift der Wind. Du weißt doch, bald wird uns Belial zum ewigen Tanz aufspielen, und du wirst dort unten mein ewiger Geliebter sein. Aber vor Schwäche wirst du keinen hochkriegen, und die Dämonen werden über uns lachen.«

Joram öffnete den Mund, aber er brachte keinen Ton heraus. »Sei tapfer, mein hübscher Hebräer«, murmelte Midian. Er wandte sich ab, denn er konnte den Ausdruck seiner Qual nicht ertragen. Da hörte er Joram flüstern: »Die Totenklage, Midian, vergiss die Totenklage nicht!«

Es entstand eine Bewegung in den Reihen der Krieger. Alle sahen sich um. Dort stand Asandros. Er trug einen bronzenen Kegelhelm mit goldener Spitze, ein bronzenes Schuppenhemd umspannte seine Brust, und ein breiter, silberbeschlagener Ledergurt legte sich um seine Hüften. An seiner Seite stand Nebusaradan, der Rabschake, mit einem leichten Verband um den Hals.

Asandros fühlte sofort alle Augen auf sich gerichtet, aber er sah nur Midian, er sah seine Schönheit und zwang sich, das schleimige Ungeheuer zu sehen, das in seinem Innern hauste. Sein Blick war Eis und Midians war Feuer, und sie wichen einander nicht aus, denn sie waren verdammt, wie zwei Fäden in einem Seil zu sein.

»Wie fühlt man sich, wenn man den Freund sterben sehen muss, Midian?«

»Mich willst du treffen und triffst einen Mann, der sich längst von den Schwarzen Wölfen getrennt hatte.«

»Auch die Ermordeten vergangener Jahre klagen ihn an.«

Da kam ein Krieger heran und flüsterte Asandros etwas zu. Der nickte, und es erschien ein hochgewachsener Mann vor ihm. »Ich bin Gemarja, Jorams Bruder. Im Namen unseres Vaters Hilkija bitte ich dich, verschone Joram von dieser fürchterlichen Strafe.«

Asandros wies mit großer Gebärde auf die Schwarzen Wölfe. »Und wer bittet für diese Männer? Ich kann Joram nicht anders behandeln als sie.«

»Das sind Männer, die Joram längst nicht mehr zu seinen Freunden gezählt hat.«

»Das habe ich anders in Erinnerung«, entgegnete Asandros

kalt, »denn wäre es so, hätte er sie sofort der Gerichtsbarkeit des Königs ausgeliefert. Geh nach Hause, ich kann nichts für dich tun.«

Gemarja presste die Lippen aufeinander und schleuderte Midian einen hasserfüllten Blick zu, den dieser kaltblütig erwiderte. »Der wiedergeborene David verbrennt im Stier!«, höhnte Gemarja. »Hoffentlich erscheinst du uns danach nicht als wiedergeborener Salomo.«

»Du glaubst zu triumphieren, du Narr!«, gab Midian verächtlich zurück. »Aber wenn David stirbt, wird auch der Name deines Volkes sterben, und Jahwe wird vergehen, als habe es ihn nie gegeben.«

Sie überhäuften sich noch eine Zeit lang mit Schmähworten, indessen Asandros Jorams Blick suchte. Joram las in Asandros' Augen die flehentliche Bitte um Verständnis, aber er drehte den Kopf zur Seite.

Nebusaradan fühlte sich von einem seiner Männer am Ärmel gezupft. »Asandros ist sehr blass, er hätte wohl nicht so zeitig das Bett verlassen sollen, man sieht, dass es ihm noch nicht gut geht. Sollten wir nicht besser alles verschieben, bevor er vor allen zusammenbricht?«

Nebusaradan schüttelte den Kopf und flüsterte zurück: »Ich weiß, er fühlt sich sterbenselend, aber es ist nicht das Fieber. Er quält sich selbst. Er will es so.«

Die Arme auf dem Rücken gefesselt, um die Brust ein starkes Seil, so zog man die Verurteilten jetzt hoch, zwängte ihre Köpfe zwischen Astgabeln, schlang ein Seil um ihre Füße und band sie unten am Stamm fest. Vor Schmerz wölbten sich ihre Leiber wie gespannte Bogen, sie röchelten vor Atemnot. Dabei traf es Zorach am härtesten, denn er war sehr beleibt. Nur Elrek lachte verächtlich, und es trat ein, was er erwartet hatte: Der Stamm brach unter seinem Gewicht. Da holte man von einem kräftigen Pfahl mit Querbalken einen Toten herunter und band stattdessen Elrek mit ausgebreiteten Armen daran fest.

Alle waren nackt, nur Aschima war bekleidet. Asandros hatte verboten, sie zu entblößen. Als man im Kerker festgestellt hatte, dass sie ein Mädchen war, wollte Asandros sie nicht am Pfahl sterben lassen, doch sie hatte sich geweigert, ihre Gefährten zu verlassen.

Plötzlich stieß Midian ein durchdringendes Geheul aus, das allen einen Schauer über den Rücken trieb. Sein Kopf lag weit im Nacken, sein mächtiger Brustkasten weitete sich. So klagte ein verwundeter Schakal, so winselte ein Wolf um seinen gerissenen Jagdgefährten.

Die schwarzen Vögel, die auf den Leichen ringsum hockten, äugten neugierig herüber, spreizten aufgeregt die Flügel und begleiteten seinen Gesang mit freudigem Krächzen. Asandros trieb es den Schweiß auf die Stirn, und Nebusaradan flüsterte: »Ich glaube, er ist doch ein wildes Tier.«

Asandros erinnerte sich an die Begebenheit mit den beiden Hunden bei den Ziegenhirten, die Midian allein durch Blicke und weiche Laute gezähmt hatte. »Er steht den Tieren näher als den Menschen, glaube ich.«

Am Abend brachte Gimirrai Midian das versprochene Mädchen. »Das ist Asnath, sie ist siebzehn, aber erfahren wie eine Dreißigjährige.« Er öffnete das Gitter und schob sie durch die Tür. »Gefällt sie dir?«

Asnath hatte volle Brüste, glänzende braune Haut, ebenmäßige Zähne und volles, schwarzes Haar. Midian leckte sich die Lippen und nickte. »Mach es dir da auf dem Stroh bequem«, sagte er, dann wandte er sich an Gimirrai: »Du hast eine gute Wahl getroffen, danke, mein Freund. Nur eine Bitte noch: Bei der Sache habe ich nicht gern Zuschauer, du verstehst? Wäre es zu machen, dass in den nächsten Stunden niemand vorbeikommt?«

Gimirrai lachte. »Natürlich. Darauf kannst du dich verlassen.«

»Hast du das Gold schon geholt?«

»Nein.«

»Hol es dir!«, sagte Midian eindringlich, dann ging er nach hinten zu Asnath, die ihn bereits erwartete. Midian legte sich wortlos zu ihr und umarmte sie, während sie ihm das Hüfttuch abstreifte und seine Männlichkeit mit den Fingern erregte.

»Du musst morgen im Stier sterben?«, flüsterte sie. »Wie furchtbar!«

»Ja.« Midian richtete sich auf, setzte sich mit gespreizten Schenkeln über sie und neigte seinen Kopf auf ihre Brüste, sein langes Haar bedeckte ihren Oberkörper. »Macht dich der Gedanke heiß, dass der Körper, den du jetzt spürst, morgen um diese Zeit nur noch ein verkohltes Stück Fleisch sein wird?«

»Wie kannst du das sagen!«, rief sie entsetzt. »Ich werde mir das morgen nicht ansehen und mir Wachs in die Ohren stopfen. Heute Nacht aber will ich dich noch einmal glücklich machen.«

»Das wirst du, das wirst du«, gurrte Midian. »Macht es dir etwas aus, wenn ich dich dabei fessele? Deine Wehrlosigkeit überschwemmt mich wie heißes Öl und macht meinen Schwanz hart wie Büffelhorn.«

Sie kicherte. Natürlich hatte sie keine Einwände. Sie zerschmolz vor Midian wie heißes Wachs. Midian riss sein Hüfttuch in Streifen und band ihre Arme an eisernen Ringen in der Mauer fest, die für aufsässige Gefangene vorgesehen waren. Dann küsste er sie und liebkoste sie zwischen den Schenkeln. »Du bist schön, aber das ist mir zu wenig«, flüsterte er. »Dir würde es doch gefallen, wenn dein Körper unter meinen Händen tanzt und zuckt?«

Sie stöhnte und nickte.

»Gut«, sagte er freundlich. Dann stopfte er ihr rasch ein großes Stück Stoff in den Mund. »Damit der Wärter deine Lustschreie nicht hört. Und jetzt, meine kleine Asnath, werde ich dir sehr, sehr weh tun. Wenn du den Schmerz nicht mehr erträgst, versuch einfach, ihn zu genießen – so wie ich es tue.«

Als der Morgen dämmerte, schlich Gimirrai zu der Zelle. Er hörte nichts, die beiden schienen noch zu schlafen. Er wollte das Mädchen aus der Zelle entfernen, bevor sie Midian holten. Die Zelle war dunkel, er konnte die Gestalten hinten an der Wand nicht erkennen. Wieder bewunderte er Midian um seinen festen Schlaf kurz vor seiner Hinrichtung. Er klopfte an die Gitterstäbe und rief leise: »Midian! Bist du wach?«

»Ja. Ist es soweit?«

Midian schlief also nicht. »Nein, aber schick Asnath heraus, bevor die Männer kommen.«

»Sie kann nicht aufstehen.«

»Was heißt das? Schläft sie noch? Dann wecke sie!«

Midian lachte furchtbar. »Sie wird nie wieder aufwachen, Gimirrai.«

»Willst du damit sagen, dass sie tot ist?«, fragte Gimirrai entsetzt.

»So tot, wie ein Fleischklumpen nur sein kann.«

Gimirrai holte eine Fackel und leuchtete in die Zelle hinein. Was er sah, konnte er nicht glauben. Vor Entsetzen schloss er die Augen. Langsam kam Midian an das Gitter. Er war nackt, sein Körper schien noch zu dampfen von ihrem Blut, er war über und über damit bespritzt, seine Haare verklebt. »Tut mir leid, Gimirrai«, sagte Midian, und in seinem blutverschmierten Gesicht öffnete sich ein sanftes Lächeln. »Du hast mich anständig behandelt, ich wollte, du hättest das nicht sehen müssen. Aber ich habe es gebraucht.«

Gimirrai starrte ihn fassungslos an.

»Ich werde noch heute grausam dafür büßen«, fügte Midian hinzu. »Leb wohl, Gimirrai.«

Gimirrai konnte nicht antworten. Als er die Schritte der Krieger hörte, die Midian holen wollten, stand er noch immer vor der Zelle und stierte vor sich hin.

38

Marduks Stier wird sprechen! Er wird brüllen! Zwischen zwei Pfeilern erhob sich das hölzerne Podest, mit gespreizten Beinen stand das eiserne Ungetüm darüber, als wolle es jederzeit losstürmen wie seinerzeit der Stier der Inanna, der Uruk heimgesucht hatte. Weit aufgerissen das große Maul, das im Innern eine ausgeklügelt geformte Röhre enthielt, hochgewölbt wie eine trächtige Kuh der Leib, in dem ein Mensch sitzend Platz fand. Die eiserne Außenhülle war nur dünn, innen war der Stier gemauert wie ein Ofen. Das Feuer reichte nicht aus, um das Eisen zum Glühen zu bringen, aber innen wurde das Opfer geschmort wie ein Spanferkel. Die Tür auf der Vorderseite nahm fast die gesamte Höhe des Stieres ein, auf der Rückseite gab es eine kleinere Tür, durch die das Opfer von Zeit zu Zeit beobachtet werden konnte. Dreißig schwerbewaffnete Krieger umstanden das ungeschlachte Tier, als könne es sich auf seinen eisernen Füßen auf und davon machen.

Um den mit roten und weißen Platten ausgelegten Platz hatte sich eine riesige Menschenmenge versammelt. Die Neugierigen standen auf Balkonen und Dächern, waren auf Mauern, Brüstungen und Bäume geklettert. Die meisten mussten sich natürlich mit Stehplätzen begnügen. Nur der König und seine Gefolgschaft saßen auf prunkvollen Stühlen im Schatten von Baldachinen und genossen den kühlen Luftzug großer Fächer, die Sklaven im Hintergrund bewegten. Asandros hatte seinen Platz neben dem Rabschake eingenommen. In seiner Umgebung wurde sich angeregt unterhalten, dabei gelacht und gescherzt, als erwarte man ein Lustspiel. Er selbst saß so steif und unbeweglich auf seinem Stuhl, als habe man ihm einen Stock am Rücken festgebunden.

Die Kerker lagen nur wenige Schritte von dem Platz entfernt, aber der Herr des Zagros ließ auf sich warten, verständlicherweise, denn nach dem Gemetzel in seiner Zelle musste er erst ein Bad nehmen. Dann erschien er, von vier starken Kriegern in die Mitte genommen, nackt bis auf ein Hüfttuch, all seines Schmucks beraubt, die Hände hinten zusammengebunden, die Füße frei. Das Haar bedeckte seinen Rücken bis zu den Hüften. Ein Raunen ging durch die Menge, wie er mit wildem Blick und furchtlosem Schritt dem Stier entgegenging. Mitten auf dem Platz blieb er stehen. Die Krieger ließen es zu, denn die Zuschauer hatten ein Anrecht darauf, den Verurteilten in Muße zu betrachten. Asandros konnte den Blick nicht von Midian wenden. Er stand zu weit weg, um sein Mienenspiel zu erkennen, aber er spürte seinen durchbohrenden Blick, er sah das helle Licht der Morgensonne auf seiner Haut schimmern. Midian schien von innen heraus zu leuchten, eine blendende Helligkeit überflutete den Platz; Flammen schlugen aus seinem Haupt, erfassten die Männer an seiner Seite, sprangen über auf die Menge, setzten den ganzen Platz in Flammen. Asandros schloss vor Schmerz die Augen. Dann fühlte er die beruhigende Hand Nebusaradans auf seinem Arm.

»Er wird Babylon verbrennen«, flüsterte Asandros, der Schweiß lief ihm in die Augen.

»Nein, verbrennen wird nur ein bösartiger Mensch.«

Da wurde es plötzlich ganz still. Und inmitten der Stille erhob sich eine Stimme, die alle erschauern ließ und an tiefe Sehnsüchte rührte. Midian sang der Stadt und sich selbst das Totenlied:

> Sage mir Ostwind, wann es tagt,
> und wann der Himmel Zeichen sendet,
> dass ich im Zagros meine Fackel zünde,
> dass ich von meinen Gletschern springe
> und hinabsteige in das sanfte Tal
> in das Tal und auf die grünen Hügel
> und in die Städte, wo die Kinder lachen,
> mit meinem Feuer steige ich hinab.
> Ich mache, dass die starken Mauern fallen
> aus ihren blauen Ziegeln mach ich grauen Staub,
> und dass die wilden Tiere darin wohnen.
> Ich mache, dass aus Kriegern Weiber werden
> und dass der Thron des Königs kalte Asche wird.
> Ich mache auch ganz neue Herrscher,
> Verzweiflung, Hass und Tod sind ihre Namen,
> und dass sich Menschen nicht mehr lieben
> und Finsternis in ihren Herzen wohnt.
> Mit meiner Fackel steige ich hinab,
> wenn der Stier vor Qual zerbirst,
> wenn für Babylon der letzte Tag anbricht.

Vor der Gewalt seiner Stimme verstummte das Geraune, gebannt lauschte die Menge seinem furchtbaren Lied, hingerissen von der wilden Melodie, gefesselt von dem furchtlosen Sänger und geängstigt von seinen Worten.

Asandros fühlte sich der Stimme ausgeliefert, sie riss Wunden in seinen Hass. Er öffnete den Mund, um den König zu bitten, diesen Auftritt zu untersagen, aber wie unter Zwang musste er sich das Lied zu Ende anhören.

Midian stand vor den Stufen des Podestes. Mit heftiger Gebärde streifte er die Arme seiner Bewacher ab und erklomm schnell die Stufen. Oben sah er sich um, als schaue ein Herrscher auf seine

Untertanen hinab. Sein Haar umwehte ihn wie ein Schwarm dunkler Vögel. »Spartaner!«, rief er mit mächtiger Stimme, »das Lied des Stiers singe ich nur für dich!«

Der Henker öffnete die Tür, Midian sah hinein. »Das Tor zu Belials Hölle«, murmelte er. Dann bückte er sich und ging in das Innere des Stiers. Dumpf wurde die Tür hinter ihm zugeschlagen. Der Henker stieg vom Podest hinab, dann wurde es sofort an allen Seiten angezündet.

Asandros starrte auf die Tür, hinter der Midian verschwunden war. Er wünschte, er würde bewusstlos vom Stuhl sinken, denn dann musste er das, was jetzt kam, nicht ertragen. Aber als Nebusaradan ihn besorgt ansah, wurde sein Gesicht zu einer hölzernen Maske, der man das Lächeln hineingeschnitzt hatte. »Kein Grund zur Sorge.« Es klang wie das Gekrächze einer alten Frau auf dem Totenbett.

Bevor Nebusaradan etwas sagen konnte, erhob sich ein Geraune, und am südlichen Ende des Platzes teilte sich die Menge, um verspäteten Besuchern Platz zu machen. Auf einem Wagen, der von vier schneeweißen Pferden gezogen wurde, stand eine atemberaubend schöne Frau, in ein eng anliegendes Gewand aus goldenen Schuppen gekleidet. In ihrem langen, schwarzen Haar glitzerten unzählige Perlen, und von ihren Schultern wehte ein Mantel, gewebt aus Gold- und Silberfäden, bestickt mit den Symbolen uralter Götter. In ihrem Gefolge befanden sich sechs seltene weiße Kamele und eine Schar alter Männer mit hohen Hüten und langen, weißen Bärten.

Die Frau brachte ihren Wagen vor König Nabupolassar zum Stehen und stieg mit anmutiger Bewegung herunter. Natürlich zog sie alle Aufmerksamkeit auf sich. Sie verneigte sich vor dem erstaunten Herrscher und sagte mit süßer Stimme: »Ich bin Atargatis, eine Priesterin der Ischtar. Verzeih, dass wir uns verspäteten. Wir sind gekommen, um den legendären Stier Marduks mit der Stimme jenes Mannes brüllen zu hören, den die guten Götter für alle Zeiten verflucht haben.«

Sie strahlte den König an, und der verlor sich in ihrem Blick. Nebusaradan, der alte Haudegen, bebte vor Erregung, und Asandros stand jäh in Flammen.

»Du gleichst einer Göttin, schönste Frau«, gab Nabupolassar zur Antwort und gab sich Mühe, seiner Stimme Festigkeit zu verleihen. »Dein Besuch überrascht und ehrt uns. Noch hat das Feuer den Stier nicht erhitzt, du kommst also nicht zu spät.«

In aller Eile wurden für den Besuch weitere Stühle bereitgestellt, Nebusaradan wollte Atargatis freiwillig seinen Platz räumen, aber Asandros erhob sich schneller und bot ihr mit einem Lächeln seinen Platz an. Ihm entging nicht der lange und feurige Blick, den sie ihm zuwarf, die Schuppen ihres Gewandes klingelten wie Glöckchen, als sie sich niederließ.

»Wenn die Hinrichtung vorüber ist, möchte ich dich in meinen Gemächern empfangen«, raunte Nabupolassar ihr zu. »Es ist unentschuldbar, dass ich bisher von deiner Existenz in meinem Reich nichts geahnt habe.«

Das Erscheinen der schönen Priesterin hatte alle verwirrt, und niemand hatte mehr an den Stier gedacht. Doch ein lautes Prasseln lenkte die Aufmerksamkeit der Zuschauer wieder auf das feurige Spektakel. Das Podest war zusammengebrochen und in die schwelende Glut wurde Holz nachgelegt. Jetzt vernahmen auch alle ganz deutlich ein Hecheln und Keuchen, das wie ein scharfer Wind aus dem Maul des Stieres fegte. Asandros zuckte zusammen. Für Augenblicke hatte er Midian vergessen. Das Atmen musste ihm in der heißen Luft Beschwerden machen. Ein unterdrücktes Stöhnen folgte. Plötzlich ein heiserer Aufschrei, dann ein Winseln und Jammern, als wolle er seine Peiniger rühren. Das Jammern wurde lauter und unerträglich. Asandros begann am ganzen Leib zu zittern. Nebusaradan flüsterte dem König etwas zu, der schüttelte den Kopf und sagte leise: »Es ist seine Entscheidung.«

Jetzt wandte sich Nebusaradan an Asandros: »Gib den Befehl, das Feuer so stark zu schüren, dass er erstickt. Lass ab, dich selbst zu quälen.«

Asandros nickte, unfähig ein Wort hervorzubringen. Doch Atargatis meinte mit Befremden: »Was höre ich? Soll der Missetäter etwa geschont werden? Soll alles vorbei sein, bevor es begonnen hat? Habe ich dafür einen langen Ritt durch die Wüste auf mich genommen?« Sie neigte sich zu Asandros, und der verführerische Duft ihrer Haut betäubte ihn. »Ein Mann, der Frauen und Kinder gespießt, verbrannt und zerstückelt hat, ja vielleicht sogar verspeist, dem wirst du doch nicht die Qual verkürzen?«

Asandros ballte die Fäuste, bis seine Knöchel weiß hervortraten. Seine spartanische Erziehung war zur Posse verkommen. »Nein«, würgte er hervor, »ich ...«

Da wurde die Luft von einem ohrenbetäubenden Kreischen zerrissen, und Asandros sprang auf. Er warf den Kopf nach hinten und stieß einen gellenden, lang gezogenen Schrei aus. Nebusaradan und einer seiner Männer drückten ihn sanft auf den Sitz zurück. »Schade«, perlte die Stimme neben ihm, »dass so ein schöner Mann unversehens einen Sonnenstich bekommt.« Sie betupfte seine Stirn mit einem weichen Tuch. Ihr Gesicht war jetzt ganz nah bei seinem, und für einen kurzen Augenblick glaubte Asandros, in die tiefen, dunklen Augen Midians zu schauen.

Ein tiefes, heiseres Röhren drang jetzt aus dem Mund des Stieres, der grauenvolle Gesang eines Sterbenden aus der tiefsten Hölle.

»Bald ist es zu Ende«, tröstete ihn Nebusaradan, aber Asandros hörte ihn nicht. Er sah in eine andere Welt, die ihn lockte mit grässlichen Bildern und ewigem Genuss. *Ich verliere den Verstand,* dachte er. *Ihr Götter, was soll ich tun? Meine Sinne sind umnachtet, ich sehe nichts, ich höre nichts, ich fühle nichts.*

Große, schimmernde Augen betrachteten ihn voller Mitgefühl und doch mit inbrünstiger Lust an seiner Qual. In seiner Nähe spürte Atargatis die Zerrissenheit ihres Sohnes in Liebe und Hass.

Die Stille war furchtbar. Asandros öffnete die Augen. Der Stier war stumm. Die Menge schwieg. Nebusaradan flüsterte: »Es ist vorbei, Asandros, er ist tot.«

Tot? Was für ein endgültiges Wort! Sein Schreien war wenigstens Leben gewesen. Der Henker öffnete die Tür mit einem Haken an einer langen Stange und zog einen zusammengekrümmten, schwärzlichen Klumpen heraus, der mit dumpfem Laut in die glühende Asche fiel. Niemand jubelte, wie es sonst der Fall war. Unheimliches Schweigen lastete auf den Menschen wie ein Fluch. Asandros stieß bei dem schrecklichen Anblick einen klagenden Laut aus und brach bewusstlos zusammen.

Betroffen sah der König auf seinen fähigen, sonst so kaltblütigen Mann, doch bevor er etwas sagen konnte, verstand es Atargatis geschickt, ihn abzulenken.

Als Asandros erwachte, beugte sich Nebusaradan über ihn. Die Erinnerung schüttelte Asandros wie im Frost. »Ich will nicht erwachen«, flüsterte er, »nicht in dieser Welt. Ich habe eine bessere gesehen. Midian und ich, wir waren in Tilmun und ...« Er verstummte und sah sich verstört um. »Bin ich krank? Ist das Fieber zurückgekommen?«

»Du brauchst Ruhe, das ist alles. Der Stier war zu viel für dich. Ich hatte dich gewarnt, aber du wolltest nicht auf mich hören. Du könntest jetzt in deinem schönen Athen sitzen, geehrt und geliebt von deinen Freunden, unter hohen Säulendächern, von denen du oft geschwärmt hast. Aber du musstest die Verzweiflung wählen.«

Asandros starrte ins Leere. »Es hat ihn angeekelt, mich zu berühren.« Er machte eine unheilvolle Pause, dann krächzte er: »Und wer mag ihn jetzt anfassen?« Er bekam einen hysterischen Lachanfall, und Nebusaradan gab ihm eine schallende Ohrfeige.

»Die hätte ich meinem Sohn auch gegeben. So, und nun will ich nichts mehr hören von deinen Kindereien. Ich gehe jetzt, und wenn ich morgen wiederkomme, will ich einen Mann vorfinden, verstehst du? Einen griechischen Helden und kein Klageweib.«

»Wo ist die Frau?«, flüsterte Asandros.

»Die Priesterin? Sie ist noch am selben Tag aus Babylon verschwunden. Eine geheimnisvolle Frau. Ich weiß, du glaubst an nichts, aber ich sage dir, sie hatte übersinnliche Kräfte.«

»Das sagtest du auch von Midian, und jetzt ist er ein ...« Asandros Stimme erstickte, und Nebusaradan verbot ihm, den Namen Midians noch einmal zu erwähnen. In der Tür rief Asandros ihn zurück. »Geh noch nicht!« Er erhob sich schwankend, stellte sich auf die Beine, bis er einen festen Stand hatte. »Geh in das Tal der Pfähle. Sieh nach, ob Joram noch lebt, und wenn er lebt, so lass ihn herabnehmen und in den Palast bringen.«

Nebusaradan schüttelte missbilligend den Kopf. »Ich fürchte, damit tust du dem Hebräer keinen Gefallen mehr.«

Asandros antwortete nicht, er sah Nebusaradan nur an, der brummte etwas und verschwand.

Die Überraschung traf Asandros Stunden später. Nebusaradan, meistens die Ruhe selbst, kam aufgelöst zu ihm zurück. Er stürmte zu Asandros ins Zimmer und rief: »Sie sind fort, verschwunden!«

»Wer?« Asandros hatte offensichtlich seine Beherrschung wiedergefunden, seine Stimme war kühl.

»Die Schwarzen Wölfe. Es ist keiner mehr von ihnen da.«

»Lächerlich! Du musst dich irren, sie können nicht geflohen sein.«

»Aber die Pfähle sind leer.«

»Wer hatte Wache?«

»Scharbaraz. Ich habe mit ihm gesprochen, er kann sich das nicht erklären. Seine Männer haben alle Wege und Zugänge zu dem Tal bewacht.«

»Seine Männer?«, schrie Asandros. »Was sind das für Männer? Betrunkene oder bestochene Halunken!«

»Du irrst dich, Asandros. Für Scharbaraz bürge ich, er ist ein ehrenhafter Mann und ein zuverlässiger Kommandant.«

»So? Wenn er das ist, wie konnten die Schwarzen Wölfe dann entkommen? Sind sie vielleicht davongeflogen wie die Raben? Wo befindet sich dieser Ehrenmann jetzt?«

»Er wartet draußen.« Nebusaradan rief ihn herein. Asandros stellte sich breitbeinig vor dem Unglücklichen auf. »Ich bin gespannt auf deine Erklärung. Hast du eine?«

Scharbaraz war bleich, aber gefasst. »Nein. Ich habe meine Männer eingeteilt nach deinem Befehl. Keine Maus hätte hindurchschlüpfen können.«

»Es sei denn, man hätte sie mit etwas Gold vorübergehend blind und taub gemacht, wie?«

»Das weise ich zurück!« Scharbaraz wurde rot vor Zorn.

»Das kannst du tun!«, rief Asandros, »aber dann will ich von dir hören, wie die Schwarzen Wölfe deinen vortrefflichen Männern dennoch entkommen konnten. Rede, oder ich lasse dir den Kopf abschlagen!«

Scharbaraz warf einen vorsichtigen Blick auf Nebusaradan. »Der Vorfall ist unerklärlich«, stotterte er, »es sei denn ...«

»Es sei denn was?«

»Die Schwarzen Wölfe, so sagt man, sind mit bösen Geistern im Bunde.«

Nebusaradan seufzte, denn er wusste, dass Asandros diese Möglichkeit zuletzt hören wollte. »Oh ja«, höhnte er, »sie verwandelten sich in Vögel und flogen davon. Oder vielleicht in kleine Käfer, die deinen Männern über die Zehen krabbelten? Oder sie ritten auf den Wolken über Babylon hinweg. Das alles hältst du für möglich, aber dass deine Männer bestechlich oder betrunken waren, nicht.«

Scharbaraz senkte den Blick, und er hörte Asandros seinen Befehl wiederholen: »Für diese schändliche Flucht gibt es keine Rechtfertigung. Du, Scharbaraz, wirst sie mit deinem Blut bezahlen, du und jeder zweite deiner Männer! Ich werde solchen Schurken wie Naharsin und Xandrames schon das Handwerk legen. Meinen rechten Arm will ich verlieren, wenn nicht ihr Gold dahintersteckt.«

Da mischte sich Nebusaradan ein: »Sei nicht voreilig in deinem Zorn. Gib mir Zeit, die Sache aufzuklären. Für Hinrichtungen ist dann immer noch Zeit.«

»Eine Woche!«, zischte Asandros. »Mehr nicht. Gebt euch Mühe, denn wenn die Schuldigen nicht gefunden werden, rollen Köpfe.«

Eine Woche später wurden Scharbaraz und die Hälfte seiner Männer hingerichtet. Zu Nebusaradan, der ihm Vorwürfe machte, sagte Asandros: »Die Spinne, die in Babylon heimlich ihr Netz webt, soll wissen, dass ich unnachsichtig bin mit Mördern, Leichen- und Knabenschändern. Oder glaubst du selbst an Geister?«

Nebusaradan schwieg; seine Fürsprache rührte nicht mehr das Herz des früher so edel denkenden Mannes. Seit er den Stier gehört hatte, war es erfroren. Aber Asandros hatte furchtbare Träume. Oft fuhr er schweißgebadet aus dem Schlaf hoch, und die Wachen hörten ihn nachts schreien. Tagsüber gab er sich beherrscht, von abweisender Kälte, doch immer wieder überfielen ihn Visionen, dann redete er wirres Zeug. Seine Männer und Untergebenen, die ihn geliebt hatten, begannen ihn zu fürchten. Natürlich war Asandros in ihren Augen von einem bösen Geist besessen. Aber weil alle wussten, wie er den Aberglauben hasste, wagte niemand, einen Priester zur Beschwörung herbeizurufen.

Endlich bat Asandros um eine Audienz beim König. Er erhielt sie noch am selben Tag.

Der Sitte gemäß tauschten er und der König zunächst Höflichkeitsfloskeln aus, sprachen über Nebensächliches, bis Asandros sagte: »Ich sehne mich nach dem Frieden meines Hauses in Athen.«

Nabupolassar schien geahnt zu haben, was den Griechen zu ihm geführt hatte. Ruhig erwiderte er: »Du willst Babylon verlassen? Das werde ich nicht zulassen.« Als Asandros aufbrausen wollte, hob er lächelnd die Hand. »Nein, nein, ich halte dich nicht mit Gewalt. Aber ich hoffe, du wirst die Bitte eines Königs nicht abschlagen?«

Asandros blieb unbewegt. »Selbst den Befehl eines Königs.«

»Und die Bitte eines Freundes? Sicher, da war diese unangenehme Sache mit den Schwarzen Wölfen und ihrem Anführer, und du hast deinen Freund Askanios verloren. Aber mit dem Verlust von geliebten Menschen müssen wir alle fertig werden.«

»Du kannst mich nicht verstehen, mein König. Ich ersticke in Babylon. Ich muss atmen können, und wenn ich dafür nach Athen fliehen muss.«

»Aber ich brauche dich hier! Wer würde sich sonst wie du gegen Aberglauben, Priestermacht und Verschwörungen auf höchster Ebene durchsetzen?«

»Nebusaradan ist ein fähiger Mann.«

»Er ist mir unentbehrlich als Rabschake, aber ...« Nabupolassar schmunzelte. »... er ist Geomantiker. Unter seinem Kopfkissen hat er eine Tafel mit den acht magischen Pfeilen.«

»Und was soll das bewirken?«

»Nebusaradan meint, dass ihm am nächsten Morgen kein Schuss danebengeht, aber du verlässt dich da auf deine Arme und deine guten Augen, nicht wahr?«

»Nun – ich ...«

»Und auf deinen Verstand«, fügte Nabupolassar hinzu, »auf ihn vor allem. – Aber sprechen wir von dir und deinen Erfolgen in Babylon.«

»Von meinem Erfolg, dass die Schwarzen Wölfe aus dem Tal der Pfähle entkommen konnten?«, fragte Asandros bitter.

»Eine merkwürdige Sache«, stimmte Nabupolassar zu. »Und du hattest recht, die Verantwortlichen hart zu bestrafen. Auch darin, dass Xandrames und seine Anhänger dahinterstecken, stimme ich dir zu. Somit sind die schlimmsten Verbrecher weiterhin auf freiem Fuß. Sie planen mehr als den Handel mit menschlichen Körperteilen. Es ist eine Verschwörung gegen den Thron. Du wirst mich doch in dieser Gefahr nicht allein lassen?«

»Ihr Kopf war Midian. Er wollte unter deinem Sohn Tartan werden. Ohne ihn sind die anderen schwach, mit denen wird Nebusaradan allein fertig.«

Nabupolassar lächelte. »Ich sehe schon, mit deinem König hast du kein Erbarmen. Aber vielleicht brauchst du eine gute Nachricht, um zu bleiben? Der Schilfwasserkanal führt wieder klares Wasser, die säumigen Baumeister wurden hingerichtet. Die Anwohner allerdings ...« Der König machte eine wirkungsvolle Pause. »sie haben einen neuen Gott, er heißt Asandros.«

Dem glitt ein warmer Schein über die Züge. Nabupolassar nutzte die Bewegung und fügte eindringlich hinzu: »Babylons Menschen brauchen dich.«

»Mein Edelmut fault im Grab, mein König«, gab Asandros bitter zur Antwort. Doch als er sah, dass der König des mächtigsten Reiches mutlos die Arme sinken ließ, rührte es ihn. Er beugte kurz das Knie und küsste den Ring der Hand, die schlaff auf dem Knie lag. »Ich bleibe in Babylon, bis die Verbrecher gefasst sind, mein König.«

39

Die Schwarzen Wölfe, deren Verschwinden so viel Kopfzerbrechen bereitete, waren nicht weit. In dem unterirdischen Versteck des Sinpriesters Xandrames erholten sie sich von den Strapazen ihrer Hinrichtung. Dass einige der alten Grabstollen unter der Stadtmauer hindurch in das Tal der Pfähle führten, war den babylonischen Eroberern unbekannt. Selbst die assyrischen Herren hatten die Anlage nicht mehr genutzt, und so war sie vollkommen in Vergessenheit geraten.

Das halb zerfallene Bauwerk an der Ostmauer war einst ein Tempel der Sinpriester gewesen. Aus alten, ererbten Überlieferungen hatte Xandrames von den unterirdischen Gängen erfahren und sie für seine verbrecherischen Neigungen genutzt. Die Männer der Schwarzen Wölfe zu befreien, war einfach gewesen, denn keinem der Wächter war in den Sinn gekommen, dass im Tal plötzlich Männer aus der Erde kriechen würden.

Der dunkle, geheimnisvolle Ort mit den schreckenerregenden Götzenbildern, den bizarren Gerätschaften, die flackernden Feuer, die Xandrames durch Hinzufügen verschiedener Pulver in grüner, gelber oder blauer Farbe leuchten lassen konnte, machte selbst auf die Schwarzen Wölfe Eindruck, und sie glaubten Xandrames gern, dass hier schon mancher seinen Verstand verloren hatte, wenn

Xandrames es wollte.

Zu den Schwarzen Wölfen hatten sich außer Xandrames zwei weitere Gesetzlose gesellt: Scheschbassar und Naharsin. Xandrames hatte sie vor seinem Opferstein versammelt, um ihr weiteres Vorgehen zu beraten. Er musterte die Männer der Reihe nach, und als er zu sprechen begann, ruhte sein träger Blick auf Joram: »Es sind nun drei Wochen seit Midians Tod verstrichen. Wir freuen uns alle, dass Joram mit der Zeit dazu zu bewegen war, etwas Nahrung zu sich zu nehmen. Jetzt befindet er sich wieder in unserer Mitte, und wir können endlich gemeinsam unsere Zukunft besprechen.«

Jorams Augen in dem hageren Gesicht waren groß und glänzend. Er schwieg. Aschima gefiel die höhnische Ansprache nicht. Durch ihren Oberkörper ging ein Ruck, als wolle sie sich erheben, doch Joram drückte sie sanft nieder. Xandrames fuhr leidenschaftslos fort: »Wir haben unterschiedliche Ziele, wir sollten sie dem einen Ziel unterordnen: alle Macht Jahwe, dem Gott der Hebräer, dem Herrn der Heerscharen, denn das war Midians Wille, und wir sind hier, um ihn zu erfüllen.«

»Ich weiß nicht«, meldete sich Elrek zu Wort. »Diesen Jahwe kenne ich nicht, und Midian hat uns von seinen Plänen nichts erzählt. Wir leben vom Raub, weil wir Gesetzlose sind, aber mit Göttern wollen wir nichts zu schaffen haben.«

»Elrek hat recht«, warf Mesrim ein. »Du hast unsere Leben gerettet, dafür werden wir uns erkenntlich zeigen. Aber Priestern kann man nicht trauen.«

Zorach nickte dazu, Aschima sagte nichts, auch Joram schwieg.

Xandrames sah Naharsin und Scheschbassar an, doch die überließen dem Wortgewaltigen das Reden. Xandrames breitete die Arme aus. »Wer spricht von Göttern? Glaubt ihr, Midian wollte ein Levitenknecht werden? Ein Palmenzweigschwinger oder ein Gebetsbeschwörer? Jahwe ist eine Idee wie euer Dämon Belial, und wir werden es sein, der dieser Idee Adlerflügel verleiht, denn noch gleicht Jahwes Anhängerschar flatternden Sumpfhühnern.« Xandrames streckte die Hand aus und wies auf Joram. »Du könntest uns mehr darüber sagen, nicht wahr?«

»Ja, aber ich will nicht.« Joram sah den Priester finster an. »Erwarte von mir keine Dankbarkeit, dass ich noch lebe. Ich gehe umher, und du hörst mich sprechen, aber ich bin tot, und Midians Bestimmung starb mit ihm im Stier.«

Xandrames ständig grinsende Mundwinkel verzogen sich. »Weshalb du als sein Freund sein Vermächtnis nicht in die Welt tragen willst, ist offensichtlich, denn dein weiches Herz scheut vor den Notwendigkeiten zurück, die mit der Weltherrschaft Jahwes verbunden sind.« Er wandte sich an die anderen: »Plünderung, Mord und Raub, Verbreitung von Schrecken und Angst, sind das nicht die Lebensziele der Schwarzen Wölfe? Sie sind es, die auch Jahwe den Thron ebnen, aber Midian wollte mehr. Er wollte nicht als ewiger Gesetzloser auf der Flucht vor seinen Häschern leben.« Xandrames ballte die Faust. »Er wollte wirkliche Macht! Königtum, Priestertum, Gottestum! Er wollte sein wie Jahwe selbst! Und ihr wärt an seiner Seite aufgestiegen zu Fürsten mit Vollmachten, die eure kühnsten Träume befriedigten.«

»Aber er ist gescheitert«, fiel Zorach gehässig ein.

»Ja.« Xandrames sah mit stechendem Blick in die Runde. »Er hatte einen starken Gegner, und er wusste es. Er unterlag, aber sein Geist muss in uns weiterleben, weiterglühen! Und wenn es nicht sein Geist ist, der euch beseelt, so will ich uns in der Rache zusammenschmieden. Rache für Midians Tod!« Er sah Joram an. »Bist du nicht einmal dafür zu gewinnen?«

Der schüttelte den Kopf. »Rache an wem? An unschuldigen Frauen und Kindern?«

»Beim Pesthauche Namtars!«, stieß Xandrames ärgerlich hervor, »an wessen Seite hast du die ganze Zeit gelebt? Wenn Midian sich abends zu dir legte, dampfte er oft noch vom Blut einer zerfetzten Hure, und doch hast du ihn geliebt.«

Jorams Lippen zitterten. »Ja, ich liebte ihn, aber niemals seine Taten.«

Da legte Elrek Joram die Hand auf die Schulter und sagte rau: »Das wissen wir, aber du musst endlich aufhören, dir selbst etwas vorzumachen. Man kann die Taten vom Mann nicht trennen.«

»Ich habe mich dieser Liebe schuldig gemacht«, flüsterte Joram, »und ich hätte am Pfahl sterben sollen, das wäre gerecht gewesen.«

»Ein unbelehrbarer Narr bist du!«, rief Xandrames, »und ich würde dich auf der Stelle wieder dort baumeln lassen, wenn du nicht Midians Freund gewesen wärst.«

Scheschbassar räusperte sich. »Bevor wir hier Unstimmigkeiten austragen, sollten wir uns darauf besinnen, wie es weitergehen soll. Joram mag danach tun, was ihm beliebt.«

»Dafür bin ich nicht«, mischte sich Naharsin ein. »Wer sich so heftig gegen uns stellt, kann zum Verräter werden.«

Da erhoben sich die Schwarzen Wölfe drohend wie ein Mann, und Naharsin verstummte erschrocken.

»Du lausiger Kinderschänder!«, zischte Joram. »Dich hätte Asandros im Stier braten sollen!« Dann wandte er sich an die Übrigen: »Ihr könnt beruhigt weitere Schandtaten planen, ich gehe zurück nach Jerusalem.« Er sah Aschima an. »Und du?«

Der stieg eine trotzige Röte in die Stirn. »Ich werde sehen.«

Xandrames erhob sich, lehnte seinen Rücken gegen den Opferstein und hob die Hände. »Wer unter euch Midian rächen will, der erhebe sich.«

Alle außer Joram standen auf, Aschima zögernd.

»Wer unter euch«, fuhr Xandrames mit lauter Stimme fort, »stimmt mir zu, dass Midian eine Rache wert ist, die Babylon zittern und stöhnen lässt?«

Alle nickten.

»Dann lasst uns einen heiligen Schwur tun, der uns verpflichtet, dieser Rache zu leben, dabei maßlos zu sein im Hass, vor den ungeheuerlichsten Taten nicht zurückzuschrecken und das, was armselige Geschöpfe mit Grausamkeit bezeichnen, als unbeschreibliche Wonnen zu empfinden.«

Zorach stieß einen verzückten Laut aus und tat einen Schritt nach vorn. Naharsin folgte ihm. Die anderen verharrten schweigend. Schließlich sagte Elrek: »Wir sehen ganz gern, wenn auch mal Blut spritzt, aber bisher war noch nicht von fetter Beute und Fürstentümern die Rede.«

»Wenn ihr kein falsches Mitleid kennt und euch ohne Zaudern diesem Schwur unterwerft, wird euch das zuteil. Am Ende wird das reiche, mächtige Babylon euch zu Füßen liegen.«

»Worte, die du nicht beweisen kannst.«

»Midian hättest du geglaubt.«

»Für Midian hätte ich vielleicht auch die Straßen gefegt.«

»Machst du bessere Vorschläge? Willst du unser Wortführer sein? Ich trete dir gern meinen Platz ab, Elrek.«

Der zögerte und sah unsicher auf Aschima.

»Sprich, Mädchen!«, rief Xandrames. »Wozu rätst du den Männern? Midians Tod an Babylon zu rächen, das begierig seinen Schreien gelauscht hat, oder euch wieder in die Berge zurückzuziehen, um Ziegenhirten die Milch zu stehlen?«

»Wir sind keine Säuglinge, Xandrames! Aber ich wüsste doch gern, was du unter ungeheuerlichen Taten verstehst.«

»Brennen, morden, plündern, vergewaltigen, was sonst? Dabei weder Greise noch Kinder schonen. Mütter in den Wahnsinn treiben, Väter in den Selbstmord, Bauern in den Hungertod. Ernten verbrennen, Flüsse vergiften, Dämme durchstechen, fruchtbares Ackerland überschwemmen. Die Bevölkerung ins Elend stürzen, die Mächtigen in die Knie zwingen.«

»Und das alles mit sieben Männern?«, spottete Aschima.

»Wir sind viele«, erwiderte Xandrames. »Unzählige warten auf unsere Befehle, vom Schicksal gedemütigt, hungrig auf Vergeltung wie wir.«

Elrek trat nach vorn. »Das hat mich überzeugt, ich mache mit.«
Auch Mesrim nickte. »Schließlich hingen wir stundenlang als Rabenfutter in der Sonne, was sollen wir mit denen hier Erbarmen haben?«

»Und du, Scheschbassar?«

Der lachte und kam nach vorn. »Mich brauchst du nicht zu überzeugen, Xandrames, ich wetze meine Messer gern auch mal an unschuldiger Haut.«

Aschima sah sich um. Sie stand allein bei Joram. Fragend sah sie ihn an. »Geh mit ihnen, Aschima«, sagte Joram, »du hast sonst keine Freunde auf der Welt. Aber steck die ganze Hand in den Honigtopf.«

»Komm mit uns, Joram. Wäre Midian jetzt hier, würdest du nicht zögern.«

»Wäre er hier«, murmelte Joram, »dann müsste ich dem Schicksal folgen, denn es hatte mich erwählt so wie ihn. Anderen gegenüber habe ich keine Verpflichtungen.«

Da umarmte ihn Aschima und küsste ihn auf die Wange. Dann trat sie zu den anderen. Und als alle vor dem Opferstein versammelt waren, sagte Xandrames: »Wir wollen ein uraltes Ritual befragen, ob die Götter uns gewogen sind.« Er zog sich in den Schatten zurück, und Zorach murrte: »Was soll denn das heißen? Wozu muss er wieder seine Götter bemühen?«

»Ja, wir sind selbst Herren unseres Schicksals«, brummte Mesrim und kratzte mit seinem Messer Scharten in den Stein.

Scheschbassar lächelte. »Xandrames ist nicht abergläubisch, er will uns mit einem Menschenopfer auf unseren Schwur einstimmen.«

Da grinste Zorach. »Wenn das so ist, dann soll er Frömmigkeit walten lassen.«

Nach kurzer Zeit führten zwei Sklaven einen jungen Mann mit verbundenen Augen herein. Hinter ihnen erschien Xandrames, jetzt mit einem schwarzen Umhang bekleidet, der mit silbernen Monden bestickt war. Er trug die silberne Maske mit dem Strahlenkranz.

»Alberne Maskerade!«, flüsterte Mesrim.

Der Priester warf wohlriechende Kräuter in die Kohlenbecken. »Nehmt ihm die Augenbinde ab!« Seine Stimme klang fremd hinter der Maske. Er nahm mit einer Zange ein Stück glühende Kohle auf und ging auf das Opfer zu. »Sin möge uns durch dich den Weg weisen.« Er hob die Zange und drückte dem Mann die Glut in das linke Auge. Vor Schmerz riss sich der Mann von den Sklaven los. »Haltet ihn fest!«, zischte der Priester, und als sie ihn wieder überwältigt hatten, verbrannte er ihm auch das andere Auge. Dann erhielt das Opfer einen Stoß und taumelte brüllend durch den Raum. »Beobachtet ihn!«, rief der Priester heiser, »Es ist wichtig zu erfahren, auf welche Tür oder auf welches Götzenbild er zugeht.«

Der Sklave taumelte auf Aschima zu, die entriss Mesrim, der neben ihr stand, das Messer und stieß es dem Unglücklichen ins Herz. Dann schleuderte sie es dem Priester vor die Füße. Alles war in Schweigen erstarrt, aber hinter der silbernen Maske erklang leises Lachen. Und dann eine Stimme, die allen das Blut in den Adern gefrieren ließ: »Aber Aschima, du kleine Taschendiebin, weshalb verdirbst du uns so schnell den Spaß?«

Hier glaubte niemand an Geister, trotzdem waren alle bleich wie der Tod. Der Priester nahm die Maske ab, und Jorams Schrei erschütterte den Raum: »Midian!«

Der hob gelassen das blutige Messer auf. Dann zischte er Aschima zu: »Wenn das noch einmal passiert, darfst du dich wieder als Sumpfschlange durchs Leben schlagen.« Er ging gemessenen Schrittes in den Halbkreis und genoss die Verblüffung seiner Gefährten. Scheschbassar fasste sich zuerst. »Du bist im Stier verbrannt«, keuchte er. »Ich selbst war dabei. Aber da alle dich sehen können, kannst du wohl kein Trugbild sein.«

»Das stimmt«, flüsterte Naharsin. »Ich habe deinen verkohlten Körper herausfallen sehen in die Glut.«

Midian lachte spöttisch und wandte sich an seine Gefährten, die es immer noch nicht glauben konnten. »Auch ihr seid doch von euren Pfählen wieder herabgestiegen und sitzt jetzt fröhlich beieinander.«

»Aber der Stier war von dreißig Kriegern umstellt«, rief Scheschbassar.

Midian sah ihn herablassend an. »Gewiss, ihr brauchtet nur durch die unterirdischen Gänge zu gehen, für meine Rettung war göttliche Hilfe nötig.« Er wandte sich um, und sein silberbestickter Umhang beschrieb einen schwungvollen Bogen. Dann rief er mit schneidender Stimme: »Aus dem Feuer erhob ich mich wie der sagenhafte Phönix aus der Asche. Ich bin unsterblich, ich bin ein Gott! Ich fuhr hinab in Belials Hölle, doch er sandte mich zurück auf die Erde. Babylon will er in meine Hände geben, bis Jahwe triumphiert. Ihr habt Xandrames Worte gehört. Ich habe ihnen nichts hinzuzufügen. Wer mir dienen will, den werde ich damit belohnen, dass sich alle seine Träume erfüllen.«

»Und wer es nicht tut?«, ließ sich Aschima trotzig vernehmen.

»Den vernichte ich«, erwiderte Midian eisig. »Willst du das zweite Opfer werden, Aschima?«

Joram ging wie ein Schlafwandelnder auf Midian zu und starrte ihn an. »Ja, du warst dort«, flüsterte er, »du hast Belial von Angesicht zu Angesicht gesehen. Herz und Eingeweide sind dir in der Glut zerschmolzen, und zurück blieb schwarze Schlacke.«

Midian wandte sich ab von dem anklagenden Blick und sagte zu den anderen: »Schwarze Schlacke, meint Joram, und er hat recht. Zu schwarzer Schlacke sollen Häuser und Menschen werden, die mich brennen sehen wollten.«

Ehrfürchtiges Schweigen antwortete ihm. Früher hätten seine Gefährten den Totgeglaubten freudeschreiend umarmt, doch jetzt war etwas zwischen ihnen. Midian war nicht mehr der Schwarze Wolf, er war der göttliche Vollstrecker, dem sie folgen durften.

Xandrames kam herein, und Midian lächelte ihm zu. Dann fuhr er fort: »Ich werde nicht immer bei euch sein können, Xandrames wird euch meine Befehle übermitteln. Ihr werdet ihm gehorchen, wie ihr mir gehorchen würdet. An diesem Ort werden wir uns nicht mehr treffen, er ist zu gefährlich. Als Versteck wird uns das Anwesen Naharsins am Chabur dienen.«

»Wird man uns dort nicht zuerst suchen?«, wandte Elrek ein.

»Niemand weiß, dass es Naharsin gehört. Außerdem werden wir in Babylons Umgebung und in den nahen Bergen weitere Verstecke haben, die ihr noch erfahren werdet. Wir müssen überall sein und bei Gefahr ausweichen können.«

»Wann werden wir zuerst zuschlagen und wo?«, fragte Zorach.

»Das werdet ihr am Chabur erfahren. Jeder von euch wird eine Anzahl Männer und eine andere Aufgabe zugeteilt bekommen. Versager bestrafe ich unnachsichtig, Erfolgreiche belohne ich fürstlich.«

Naharsin ballte die Faust. »Und was ist mit dem Griechen? Lass ihn mir!«

»Nein!« Midians Stimme war kalt. »Um ihn kümmere ich mich persönlich.« Er drehte sich um und flüsterte Xandrames zu: »Schick Joram ins Nebenzimmer.« Dann verließ er den Raum hinter dem Opferstein, zurück ließ er eine verwirrte Gruppe.

Midian hatte den Umhang abgelegt. Er war mit Joram allein. Joram zitterte, als Midian auf ihn zuging. »Bitte, fass mich nicht an. Ich habe Angst vor dir. Bist du Midian oder sein Geist?«

Midian hörte nicht auf ihn, er zog Joram zu sich heran, und er tat es mit solcher Zärtlichkeit, dass Joram nicht an seiner Wirklichkeit zweifeln konnte. »Ich habe da draußen ein wenig Gott gespielt, ich hielt es für notwendig, die Zeiten haben sich geändert. Bei Belial! Ich halte dich in meinen Armen, ich spüre dich tatsächlich. Und ich glaubte schon, wir beide würden in Belials Hölle erwachen.«

Keine schwarze Schlacke, dachte Joram glückselig, *er liebt mich.*

Er spielte Gott, und er ist ein grausamer Gott. Aber was zählt das,
wenn ich sein Herz lebendig unter seiner warmen Haut schlagen
höre?

»Wie konntest du entkommen?«, flüsterte er.

Midian lächelte. »Mit der Hilfe meiner Mutter. Ich bin zwar ein
ungeratener Sohn, aber sie hat nur den einen. Ich saß bereits in
dem eisernen Ungetüm, das stimmt, und du würdest sagen, es war
so finster darin wie der Abgrund meines Herzens. Aber auf der anderen Seite hatte der Stier noch eine Tür, sie öffnete sich, und die
Krieger, die den Stier umstanden, erwiesen sich als ihre Männer.
Mit ihren Schilden boten sie mir genügend Deckung. Außerdem
achtete niemand mehr auf den Stier, als meine Mutter mit ihren
vier weißen Rossen erschien, nicht einmal Asandros. Und statt
meiner wurde ein anderer Mann in den Stier gestoßen, dem man
vernünftigerweise die Zunge herausgeschnitten hatte. Ich entfloh
in der Verkleidung eines ihrer Priester auf einem weißen Kamel,
aber ich habe noch sein Jammern gehört, man hört es ja weit über
die Stadtmauern hinaus.«

»Also ist alles mit rechten Dingen zugegangen!«

»Was hast du denn gedacht? Dass ich der Phönix sei?«

»Was hast du mit Asandros vor?«

Midian machte eine ärgerliche Handbewegung. »Schon wieder
dieselben Fragen? Zuerst werde ich mit meiner neuen Schar so viel
Entsetzen verbreiten, dass die Babylonier jeden Preis zahlen, um
es los zu werden. Asandros wird der zahllosen Verbrechen nicht
Herr werden, er wird in Ungnade fallen und stürzen. Nebukadnezar wird mir dankbar sein, wenn ich anschließend wieder für Ordnung im Land sorge, und wenn er König werden will, muss er
mich zum Tartan machen. Aber was hier geschehen muss, würde
dich belasten, daher stimme ich dir zu, dass du nach Jerusalem zu-
rückkehrst. Wenn ich mein Ziel erreicht habe, rufe ich dich wieder
an meine Seite.«

»Wirst du Asandros töten?«

Midian stieß Joram etwas zurück. »Asandros! Asandros! Ich erkläre dir, wie ich Tartan werden will, und du hast nur eine Sorge.
Hast du auch an ihn gedacht, als du am Pfahl hingst?«

Joram hob den Kopf. »Ja, dort habe ich ihm vergeben.«

Joram erwartete eine heftige Antwort, aber Midian zuckte nur
die Achseln und band sich den Gürtel auf. »Das ist deine Sache.
Und jetzt möchte ich mich mit dir vergnügen. Ich bin hungrig wie
zehn ausgehungerte Wölfe, und du?«

»Wie ein ganzes Wolfsrudel«, stöhnte Joram, und sie begannen
sich zu umarmen.

40

Asandros saß nachdenklich auf einem Felsblock und starrte hinunter in das Tal der Pfähle, das seinem Namen nicht mehr gerecht wurde. Die Pfähle waren leer, teilweise umgestürzt. Asandros hatte erreicht, dass diese Art der Todesstrafe nicht mehr ausgesprochen werden durfte.

Jetzt saß er auf dem Stein und dachte angestrengt darüber nach, wie man unbemerkt aus diesem Talkessel entfliehen konnte. Mit der Zeit waren ihm Zweifel gekommen, ob die Männer wirklich bestochen worden waren. Es waren über hundert Krieger gewesen. Gewiss, Naharsin war reich, aber sollte unter ihnen nicht ein ehrlicher Mann gewesen sein? Nur einer, der das schmutzige Spiel nicht mitgemacht hätte, hätte genügt, um es nicht zu Ende zu bringen.

Neben sich nahm er eine Bewegung wahr. Ein kleiner, pelziger Kopf sah ihn mit schwarzen Knopfaugen an, doch als Asandros ihm lächelnd die Hand hinstreckte, verschwand er wie ein Blitz unter der Erde. »Dahin kann ich dir nicht folgen, du kleiner Wicht, da magst du dich sicher fühlen«, murmelte Asandros, doch plötzlich schlug er sich gegen die Stirn. *Unter der Erde! Sie benutzten nicht die Pfade, die aus dem Tal führen, sie flogen auch nicht durch die Luft. Sie marschierten unter der Erde hindurch. Es muss geheime Gänge da unten geben!* Ihm wurde heiß vor Erregung. Er war sicher, die Lösung gefunden zu haben, aber wie sollte er den Eingang finden? Er sah sich in dem unübersichtlichen, steinigen Gelände um. Aussichtslos, hier zu suchen. Man müsste jeden Stein umdrehen. *Aber*, so überlegte er weiter, *wenn es diese Gänge gibt, so müssen sie alt sein. Sie können unmöglich für die Flucht gegraben worden sein. Und wenn sie alt sind, was sind das für Gänge? Vielleicht Fluchtwege für den Fall, dass der Feind die Stadt belagert? Dann muss der Einstieg innerhalb der Mauer liegen; dann muss es in den Palastarchiven Tafeln darüber geben.* Und noch etwas fiel ihm ein: *Hat Midian nicht von alten Grabkammern gesprochen? Und Joram von einem Versteck, in das Midian ihn locken wollte, um ihn Xandrames auszuliefern? Auch über alte Gräber können Unterlagen existieren. Es gibt noch andere Sinpriester in Babylon, die man befragen kann.*

Erhitzt und staubig kehrte er in den Palast zurück und befahl seinen Sklaven, ein Bad zu richten und ihm Früchte und kühlen Wein zu bringen. Dann begab er sich, ganz in Gedanken, in sein Schlafgemach, um sich seiner Kleider zu entledigen, doch in der Tür blieb er wie angewurzelt stehen. Auf seinem Bett saß die schöne, geheimnisvolle Fremde, die Ischtarpriesterin; funkelnd wie ein

Juwel, das Haar gelöst, die feuchten Lippen halb geöffnet. Ihr unergründlicher Blick fing ihn ein, glitt flüchtig über sein erhitztes Gesicht, blieb dann schamlos auf seinen sehnigen Schenkeln haften.

Asandros errötete. So begehrlich hatte noch keine Frau gewagt, ihn zu betrachten. Er genoss es, und sein Glied richtete sich auf. Er war nahe daran, das verlockende Geschenk anzunehmen, ohne die Fragen zu stellen, die sich aufdrängten. Aber seine Vernunft behielt die Oberhand. »Du?«, stieß er hervor. »Ich dachte, du hättest die Stadt längst verlassen?«

»Bleib doch nicht in der Tür stehen.« Ihre Stimme war rau und sanft zugleich. »Komm her, Asandros. Setz dich zu mir und lass mich deine starken Schenkel öffnen.«

»Ich bin schmutzig vom Straßenstaub«, erwiderte er und wurde dunkelrot vor Verlegenheit.

»So will ich dich«, hauchte sie. »Lass mich den staubigen Schweiß lecken, der von deiner Brust herabrinnt und so dein Lebenswasser erregen.«

Asandros kam näher, sein Herz klopfte ihm bis zum Hals, aber er zögerte, sich zu ihr zu setzen. »Nimmst du dir jeden Mann auf diese Weise?«

»Jeden, der mir gefällt.« Sie lächelte. »Ich lasse mich dabei nicht von unnötigen Schamgefühlen leiten, sicher verstehst du das, Asandros?«

Er lachte und hob schwach abwehrend die Hände. »Ja, aber gestatte mir, dir noch einige Minuten zu widerstehen. Ich will mich hier auf den Schemel setzen und dich mit Abstand bewundern, sonst überwältigt mich die Lust.«

»Und davor fürchtest du dich?«

»Ich fürchte keine Frau, aber dein plötzliches Eindringen verlangt eine Erklärung.«

»Danach.«

»Nein, jetzt! Sonst verschwindest du wieder wie ein Spuk.«

Sie legte verführerisch den Kopf zu Seite, ihr Haar folgte schwingend der Bewegung und legte sich um ihre Schultern. »Das Verlangen zwischen Mann und Frau ist kein Geheimnis. Während des Spektakels mit dem Stier saß ich neben dir und wischte dir den Schweiß ab, erinnerst du dich? Du hast mich erregt. Ich war bereits auf dem Rückweg, aber es zog mich zu dir zurück.«

Asandros spreizte leicht die Schenkel und ließ seine Arme in den Schoß fallen. »Schmeicheleien, die sicher jeder Mann in Babylon gern hört, nur glauben muss ich sie nicht, hm?«

»Weshalb nicht? Du bist schön, du bist stark und hast selbst Midian, den schwarzen Teufel aus dem Zagros, besiegt.«

»Aber am Ende bin ich zusammengebrochen.«

»Ich weiß«, sagte sie, und Mitgefühl schwang in ihrer Stimme. »Ich habe erfahren, dass Midian dein Freund war. Es muss hart für dich gewesen sein, deine Pflicht zu tun.«

Asandros fuhr sich mit beiden Händen durchs Haar, um zu verbergen, dass ein Würgen in seiner Kehle aufstieg. »Lassen wir das! Ich möchte vor allem wissen, wer du bist. Dein Erscheinen hat selbst den König um seine Fassung gebracht. Aber dann bist du so schnell verschwunden, wie du gekommen bist.«

»Ich wohne weit von hier und lebe sehr zurückgezogen.«

»Du sagtest, du seist eine Priesterin der Ischtar. Ist dein Name nicht Atargatis?«

»Ja.«

»Und du bist nur gekommen, um Midian – um den Anführer der Schwarzen Wölfe sterben zu sehen?«

»Er war ein Ungeheuer, nicht wahr? Die Gewissheit seines Todes lohnte die Reise. Aber ich bin des Redens müde.« Sie erhob sich und ging auf Asandros zu. »Wenn du nicht zu mir kommst, muss ich zu dir kommen.« Eine sachte Drehung ihres Körpers genügte, und raschelnd fielen die goldenen Blätter von ihrer schimmernden Haut. »Oder bist du der einzige Mann in Babylon, der meinen Reizen widerstehen kann?«

»Niemand könnte das«, keuchte Asandros, und er senkte seine Zunge tief in ihren feuchten Schoß. Sie griff in seine Locken, drängte sich ihm entgegen und ließ ihr Becken in kreisenden Bewegungen schwingen, bis sie den Gipfel der Lust erreichte. Dann neigte sie sich über ihn, hüllte ihn in den Mantel ihres Haars und streifte die Kleider von seinem heißen Körper. Er nahm sie auf dem Fußboden und taumelte in einen Abgrund von Trunkenheit und Raserei. Er spürte keine Schwäche, er war der reißende Strom, der herabstürzende Falke, der durchbohrende Pfeil. Bis er zusammenbrach.

Wie eine Katze entzog sie sich seinen kraftlosen Armen und schlüpfte in ihr Kleid.

»Du bist das Verderben eines jeden Mannes«, stöhnte Asandros, legte sich mit ausgebreiteten Armen auf den Rücken und atmete keuchend. Kaum konnte er den Kopf wenden, da hörte er das Perlengeläute ihres Schuppenkleids. Sie wollte an ihm vorüberhuschen, da packte er sie am Fußgelenk. »Nein, du entwischst mir nicht, hörst du?«

»Lass meinen Fuß los, Asandros.« Ihre Stimme klang lieblich wie zuvor, unberührt von dem heftigen Liebesspiel. »Du vermagst kein Zweiglein mehr aufzuheben und willst mich mit Gewalt halten?«

»Nein«, flüsterte er, »aber ich bitte dich, geh noch nicht!«

Sie kniete sich neben ihn und küsste ihn auf die Stirn. »Wozu soll ich bleiben? Bevor sich bei dir wieder etwas regt, musst du zwanzig Stunden schlafen.«

»Ich muss mehr über dich wissen. Lass mich nicht zurück, als sei alles nur ein schöner Traum gewesen.«

»Es war nur ein Traum, Asandros. Ein Traum, den ich mir erfüllt habe. Und am Ende war es nicht mehr, als hätten wir beide zusammen einen Becher Wein geleert, nicht wahr?«

Trotz seiner Schwäche erhob sich Asandros. »Wer bist du?«

Sie seufzte, als habe sie es mit einem ungeduldigen Kind zu tun. »Ich komme aus Tissaran, hast du je davon gehört?«

»Tissaran?«, murmelte Asandros betroffen. »Midian wurde dort geboren.«

»Ich bin seine Mutter.«

»Du bist –?« Asandros gurgelte etwas Unverständliches. »Wahnsinn!«, stammelte er, »das ist Wahnsinn!« Dann packte er sie mit überraschender Kraft an den Schultern und schrie: »Lügnerin! Wolltest du sehen, wie dein Sohn stirbt? Du hast Midians Hinrichtung genossen, du hast gefordert, seine Qualen zu verlängern.«

»Ließ sein Tod die Welt nicht aufatmen?«, fragte sie kühl.

Asandros starrte sie an. »Aber du hast dich an seinen Todesschreien ergötzt!«

»Du hast doch auch den Schreien deines Geliebten gelauscht, Asandros!«

»Das – war etwas anderes«, stammelte er. »Aber eine Mutter? Hast du ihn denn so sehr gehasst?«

Sanft befreite sie sich von seinem schmerzhaften Griff. »Ich hasse keinen Mann, der so schön ist wie Midian – oder wie du.«

»Was willst du damit sagen?«, fragte Asandros heiser und mit leisem Entsetzen.

»Denk selbst darüber nach. Ich muss jetzt wirklich gehen.«

»Du gehst nicht!«, schrie Asandros unbeherrscht.

Sie zog die Stirn kraus. »Was soll das? Willst du deine Wachen rufen? Willst du mich unter der Folter zu weiteren Aussagen zwingen?«

»Nein«, flüsterte Asandros und sah ihr nach, wie sie zur Tür ging. Dort drehte sie sich noch einmal um und sagte: »Ich bin zu dir gekommen, um Midian besser zu verstehen.«

»Werde ich dich wiedersehen, Atargatis?«

»Nein.«

»Und wenn ich zu dir nach Tissaran komme?«

Über ihr Gesicht huschte eine Blässe. »Ich glaube nicht, dass deine Pflichten in Babylon dir eine so weite Reise erlauben.«

»Atargatis!« Asandros Stimme kam beschwörend. »Du kannst mir bei meinen Aufgaben in Babylon helfen.«

Sie wurde sehr ernst. »Das kann ich ganz bestimmt nicht, Asandros.«

»Doch! Du allein kennst das Geheimnis, das Midian umgeben hat. Ein Geheimnis, in das ich eingebunden bin, so ist es doch?«

»Der Tod löscht alle Geheimnisse aus«, antwortete sie abweisend. Sie sah Asandros traurig an. »Ich muss jetzt wirklich gehen, sonst verzichtet die Göttin am Ende auf ihre Rache.«

»Welche Göttin?«

Sie lächelte. »Ischtar natürlich.«

»Was hat Ischtar mit Midian und mit mir zu tun?«

»Ich sagte es schon, keine Fragen mehr. Leb wohl!« Etwas hastig öffnete sie die Tür.

»Wohin gehst du jetzt? Nach Tissaran?«

»Vielleicht.« Leise schloss sich die Tür hinter ihr. Benommen starrte ihr Asandros nach. Von ihren letzten Worten hatte er nichts begriffen. *Ich habe nicht nach seinem Vater gefragt*, dachte er. *War Midian mehr als ein gewöhnlicher Straßenräuber?* Er wollte sich erheben, aber ihn schwindelte. *Ich habe mit seiner Mutter geschlafen*, dachte er benommen. *Und er? Hat er sie vergewaltigt? Hasst sie ihn deshalb? Sie behauptete aber, ihn nicht zu hassen. Nichts passt zusammen.*

Unterdessen hatten ihm seine Sklaven ein Bad bereitet, aber das klärte seine Gedanken nicht. Später sprach er mit Bel-Schagar über seine Vermutungen, die er im Tal der Pfähle angestellt hatte. Bel-Schagar ließ Nachforschungen anstellen, und es dauerte einige Tage, bis sie in einem Tempel eine alte Schrifttafel fanden, die aus der Zeit des Assyrerkönigs Tukulti-Ninurta stammte, wo dieser die Instandhaltung eines Tempels für den Gott Sin erwähnte:

... ich ersetzte die herausgefallenen Ziegel seiner Umfassungsmauer und machte sie höher als unter meinen Vorfahren. Ihre Fugen verdichtete ich mit Erdharz und schmückte sie mit blauen und weißen Ziegeln. In das Tor fügte ich Türflügel aus Zedernholz mit einem Überzug aus Kupfer. Mit Platten aus Schadusteinen pflasterte ich seinen Hof neu und machte die Schritte der Gläubigen leicht. Den Raum für die Gräber unter dem Tempel ließ ich erweitern, drei neue Gänge ließ ich graben nach Osten hin ...

»An der Ostmauer!«, schrie Asandros, als er das hörte. »Gibt es dort einen alten Sintempel?«

Der alte Priester, der das Dokument gefunden hatte, wiegte bedächtig den Kopf. »Ruinen, die lange nicht mehr genutzt werden.«

»Gibt es dort unterirdische Gräber?«

»Davon weiß ich nichts. Man müsste nachsehen.«

»Das werde ich tun!«, rief Asandros grimmig.

Am darauffolgenden Tag wurde an der Ostmauer sorgfältig jede Ruine, jede zerfallene Mauer untersucht. Bald stieß man auf den alten Sintempel, und nachdem der Boden gereinigt worden war, entdeckte man im Gefüge seiner Platten eine, die nicht so verwittert war wie die anderen. An einer Seite war sie von unten ausgehöhlt zu einem Griff und ließ sich anheben. Der Einstieg zu den alten Grabkammern war gefunden.

Asandros eilte den Männern mit einer Fackel voran. Bald musste er die Männer aufteilen, denn sie gerieten in ein wahres Netz von Schächten und Stollen, von denen einige blind endeten. Nach einer Weile fanden sie die Stelle, wo Xandrames' Götzen gestanden hatten, aber der Raum war leer. Außer einigen Tonscherben und vertrockneten Blutflecken entdeckten sie nichts. Hinter dem Opferstein gelangten sie in zwei geräumige Zimmer, die wohnlich eingerichtet waren. Zur Rechten gab es eine Tür, der Gang dahinter verzweigte sich nach einigen Schritten. Beide Schächte führten zu den erhofften Ausgängen im Tal der Pfähle.

Asandros stieg zwischen Felsen und Dornengestrüpp ans Licht. Ihn fröstelte. Jetzt wusste er, dass er Unschuldige hingerichtet hatte, und sein Magen drohte zu rebellieren. Aber vor seinen Männern durfte er keine Schwäche zeigen. Rasch stieg er wieder hinab, und sie untersuchten die Räume an der Westseite des Saals. Sie fanden niedrige, dunkle Zellen, aus denen es erbärmlich stank. Als die Männer mit ihren Fackeln hineinleuchteten, stießen sie auf halb verweste Leichen, denen verschiedene Gliedmaßen fehlten.

Die Krieger pressten sich ihre Mäntel vor die Gesichter und wichen zurück. Aufgeschreckte Ratten huschten an ihnen vorbei. Asandros wandte sich ab und lehnte sich zitternd an die Wand. Das also waren Xandrames Spielzeuge gewesen! Er gab Anweisung, nichts zu berühren. Womöglich kam einer der Unholde zurück, dann sollte er keinen Verdacht schöpfen.

Erschüttert kehrte Asandros in den Palast zurück. Was für Bestien mochten sich da unten getroffen haben, und eine von ihnen war Midian gewesen! Midian, der Asnath zerfetzt hatte. Es war ein Segen, dass der Stier ihn verschlungen hatte, es gab nichts zu bereuen. Ja, die Hinrichtung von Scharbaraz und seinen Männern war schlimm, aber nicht mehr zu ändern. Asandros beschloss, die Angehörigen reichlich zu entschädigen. Er lernte, sein Herz zu verhärten.

Seine Härte traf unnachsichtig Zauberer, Betrüger, bestechliche Ärzte und Beamte. Viele Halunken stöhnten und meinten, früher sei das Leben in Babylon bequemer gewesen. Besonders die Mardukpriester fürchteten, dass diese neue Ordnung, die sich nicht mehr an die vom Himmel gesetzten Grenzen halten wollte, die alten Götter stürzen könne. Doch Asandros ließen Drohungen kalt; Schmeicheleien und Bestechungsversuche beeindruckten ihn nicht. Man munkelte, der nächste Mann auf dem Thron werde Asandros sein, denn Nabupolassar kränkelte in letzter Zeit, und Nebukadnezar trieb sich auf weit entfernten Schlachtfeldern herum.

Doch dann trafen plötzlich von überall aus dem Reich Unglücksbotschaften ein. Von Überschwemmungen und vernichteten Ernten war die Rede. Ganze Dörfer gingen in Flammen auf, an verschiedenen Orten hieß es, sei die Pest ausgebrochen. Unglücke hatte es stets gegeben, aber jetzt häuften sie sich auf unerklärliche Weise. Die Nachforschungen ergaben, dass weder Unwetter noch feindliche Krieger sie verursacht hatten. Überall stieß man auf vorsätzliche Verwüstungen, durchstochene Deiche, verstopfte Wasserstraßen, vergiftete Brunnen. Die verstörte Bevölkerung hatte keine Erklärung dafür. Spuren von marodierenden Kriegern oder feindlichen Nomaden gab es nicht. Manche berichteten von nächtlichen Schatten, von Stimmen und merkwürdigen Geräuschen. Wieder schien es, als hätten Geister und Dämonen die Herrschaft über das Reich angetreten, und die Mardukpriester frohlockten, denn sie sahen darin den Zorn der vernachlässigten Götter.

Asandros sah darin das Werk kaltblütiger Verbrecher, und er ahnte bald, wer dahintersteckte. Die Berichte ähnelten jenen, die man seinerzeit über die Schwarzen Wölfe verbreitet hatte. Die Handelsstraßen wurden unsicher, dafür strömten auf ihnen die Hungernden und Obdachlosen auf Babylon zu. Asandros ließ Zelte aufschlagen und Korn verteilen, aber täglich wurden es mehr.

Einige der Brandstifter und Brunnenvergifter wurden gefasst. Asandros ließ sie foltern, aber er erfuhr lediglich, dass der große Gott Sin mit der silbernen Maske ihnen befohlen hatte, überall Leid und Verderben zu säen. Weshalb? Sie schüttelten die Köpfe, sie wussten es nicht.

Asandros war ratlos. Jedem Kind war klar, welchen Nutzen Straßenraub hatte, diese Zerstörungen jedoch ergaben keinen Sinn. Wenigstens kannte er jetzt den Hauptschuldigen: Xandrames, der teuflische Sinpriester. War er am Ende wahnsinnig geworden und labte sich an der bloßen Vernichtung?

Tagelang war Asandros mit seinen Männern unterwegs; noch vor Sonnenaufgang saß er im Sattel, und um Mitternacht legte er sich schlafen. Unermüdlich ritt er den Kriegern voran, besah sich die Schäden, befragte die Menschen und leitete Hilfsmaßnahmen ein. Doch das Elend nahm zu, und es brachen Seuchen aus. In den Kanälen trieben Kadaver von Rindern und Schafen, tote Ratten schwammen in Brunnenschächten. Kornspeicher waren in Flammen aufgegangen, das Saatgut vernichtet, die Dämme zwischen den Kanälen aufgerissen, Schöpfwerke zerstört. Grausamer hätte der Feind nicht wüten können. Doch der wollte erobern, um dann zu herrschen. Was wollten diese Mordbrenner erreichen?

Müde ritt Asandros an den unzähligen notdürftigen Zelten unter der Stadtmauer vorbei, er war zu erschöpft, um das Elend noch wahrzunehmen, das Wimmern hungriger Kinder drang nicht mehr an sein Ohr. In dieser Nacht waren acht Männer bei ihren Taten überrascht und gefangen genommen worden. *Acht*, dachte Asandros bitter, *und da draußen wüten vielleicht achthundert.* Im Tal des Todes wuchs wieder der Wald der Pfähle, aber im Land wuchs das Grauen. Die Schuld an allem Unglück gaben die Priester Asandros, den die Götter wegen seines Hochmuts verflucht hatten.

Asandros wollte schlafen, wenigstens zwei Tage und Nächte ausruhen. Er spürte, dass die Erschöpfung nicht nur seinen Körper, sondern auch seine Gefühle abstumpfte. Er wurde gegen Leid und Freude gleichgültig. *Ich sollte nach Athen zurückkehren*, dachte er. *Wozu belaste ich mich mit den Sorgen von Menschen, die mir fremd sind? Ist denn Nabupolassar mein Vater, Babylon meine Heimat? Ich versuchte, einen Augiasstall auszumisten, als Dank schlug mir Feindschaft entgegen. Die Mardukpriester hetzen das Volk auf. Sie sagen, die Elenden vor den Toren werden die Stadt überschwemmen, sie werden Hunger und Pestilenz bringen.*

Als Asandros im Hof Nebusaradan erblickte, schämte er sich seiner bitteren Gedanken. Nicht alle hatten sich von ihm abgewendet. Er hatte viele Freunde, die sich für ihn in Stücke hauen ließen. Der Hauptmann erhob sich von einer steinernen Bank und ging lächelnd auf Asandros zu. »Ich habe auf dich gewartet. Denk dir, wir haben Xandrames gefangen!«

Augenblicklich verflog Asandros' Müdigkeit, seine Wangen röteten sich, in seine Augen trat der alte Glanz. Mit beiden Händen packte er Nebusaradan an den Schultern. »Mein Freund! Das ist eine gute Nachricht. Wo habt ihr ihn aufgegriffen?«

»Wir überraschten ihn, als er sich dreist in sein altes Versteck begeben wollte. Offensichtlich wusste er nicht, dass wir es bereits kannten. Als er die Falltür anheben wollte, nahmen wir ihn gefangen. Leider war er allein. Noch besser wäre es gewesen, wir hätten mit ihm auch die anderen Hauptschurken ergreifen können.«

»Den Kopf der Schlange haben wir!«, rief Asandros begeistert.

»Die Schlange häutet sich, aber ihr wächst kein neuer Kopf. Wo ist er? Ich will ihn sofort sehen!«

Gimirrai, der unglückliche Kerkermeister, war auf Asandros' Fürsprache in seinem Amt belassen worden. Der Tod der Asnath wurde ihm nicht angelastet. Er musste lediglich ein Blutgeld zahlen, und das war ihm leichtgefallen, denn er hatte sich Midians Gold geholt, aber es für schlechte Zeiten zurückgelegt. Seinen Dienst versah er weiterhin gewissenhaft.

Jetzt öffnete er Asandros die Zelle, in der bereits Midian gesessen hatte. Xandrames lag in Ketten. Der gelbhäutige Sinpriester hatte in Gimirrai nur Widerwillen ausgelöst, an Hafterleichterungen war nicht zu denken. Asandros und Nebusaradan traten ein, Asandros hob eine Fackel und leuchtete dem Priester ins Gesicht. »So also sieht das leibhaftige Böse aus«, murmelte er.

Unter den schweren Lidern des Priesters glomm der Hass. »Sin verfluche dich und deine Nachkommen!«, zischte er. »Die sieben Dämonen der Krankheit und des Hungers sollen dich entkräften, der Wahnsinn dich befallen.«

Asandros zuckte die Achseln. »Erschrecke Knaben mit deinen Flüchen. Und jetzt hör mir genau zu, du Ausgeburt des Teufels. Wir haben Pfähle und wir haben den Stier, und du wirst dich nach beidem sehnen, wenn du erst erfährst, welchen Tod ich dir bereiten werde. Beantwortest du mir allerdings meine Fragen, so wird dein Tod leicht sein, obwohl es mir schwerfällt, dich schnell sterben zu lassen.«

Xandrames ständiges Grinsen verzog sich zu einer Fratze aus Gemeinheit und Angst. »Die Kräfte, die mir dienen, werden die Mauern dieses Kerkers einreißen!«, geiferte er. »Sie werden das Land in einen Leichenhügel verwandeln.«

»Welche Kräfte?«, fragte Asandros kühl. »Die Schwarzen Wölfe? Wer gehört noch zu den Anführern? Wo ist euer Versteck?«

»Wir sind sieben«, keuchte Xandrames. »Sieben ist die heilige Zahl des Bösen. Du kennst ihre Namen, und ihre Verstecke sind unzählig wie die Zahl der Skorpione in der Wüste.«

»Ich nehme an, Naharsin und Scheschbassar gehören auch zu der menschenfreundlichen Gesellschaft, dann zähle ich acht. Oder zählst du dich selbst nicht mit?«

Xandrames legte den Kopf schief und blinzelte heimtückisch. »Der Hebräer Joram hat uns leider verlassen.«

»Ist er tot?«

»Nein, er ist fortgegangen und wartet auf unseren Sieg.«

»Er wollte sich wohl nicht an euren Schandtaten beteiligen?«

Xandrames lachte hüstelnd. »Schandtaten? Dumme und schwache Menschen ins Elend zu stürzen, ist ein Verdienst und erquickt die Seele.«

»Du darfst an meiner Tafel das Essen servieren!«, schrie Nebusaradan unbeherrscht, »aber ohne Hände und Füße, wie gefällt dir das?«

Xandrames warf einen schiefen Blick auf Asandros. »Sag deinem Freund, wenn er mich anrührt, werden Babylons Mauern umstürzen wie Wände aus Schilf.«

»Du sollst wissen, Xandrames, dass ich mich mit dem Gedanken des Rabschake anfreunden kann«, fuhr Asandros ungerührt fort. »Ich möchte vor allem erfahren, wozu das alles geschieht. Welches Ziel verfolgt ihr mit den Zerstörungen? Soll der Thron Nabupolassars fallen? Wollt ihr dem Feind an den Grenzen ein schwaches Babylon in die Hände spielen?«

»Dem Feind an den Grenzen?«, höhnte Xandrames. »Du, Asandros, du bist der Feind. Deine Niederlage ist unser Ziel, unsere Taten stehen unter dem Schlachtruf: Rache für Midians Tod! Sturz des verhassten griechischen Emporkömmlings!«

»Denk dir andere Märchen aus, Xandrames!«, erwiderte Asandros verächtlich. »So viel Aufhebens für einen Mann? Selbst wenn ich stürze, wenn ich sterbe oder Babylon verlasse, was brächte euch das für einen Gewinn? Wen wollt ihr an meine Stelle setzen?«

»Wenn deine Ideen fallen, wird Jahwe in Herrlichkeit sein Haupt erheben.«

»Jahwe? Ich dachte, du verehrst Sin und die sieben bösen Geister?«

»Jahwe ist Sin, Jahwe ist Belial, Jahwe ist die zukünftige Macht auf Erden! Ihm werden alle bösen Geister dienen.«

Asandros sah Nebusaradan fragend an. »Der hebräische Gott? Haben wir bislang eine falsche Spur verfolgt? Müssen wir in der Hazarim suchen?«

Der zuckte die Schultern. »Ich weiß es nicht. Die Bewohner der Hazarim galten bisher als fleißige, strebsame und friedfertige Leute. Sie verehren einen Gott dieses Namens, aber dass er bösartig sein soll, höre ich zum ersten Mal. Und dass er auf Erden seine Macht errichten könnte, halte ich für unwahrscheinlich. Die Hebräer sind ein unterworfenes Volk.«

»Dennoch sollten wir dort Nachforschungen anstellen«, sagte Asandros nachdenklich, dann heftete er seinen kalten Blick wieder auf Xandrames: »Für meinen Geschmack sind mir zu viele Götter im Spiel. Ich glaube, dass es um handfeste Machtgelüste fremder

Herrscher geht. Vielleicht bezahlt euch Pharao Necho oder der Meder Kyaxares?«

»Auch diese Männer sind nur das Werkzeug des einen Gottes.«

»Eins dieser Werkzeuge werden wir stumpf machen, Xandrames. Dich!« Asandros wies mit dem Finger auf ihn. »Deine Hinrichtung ist morgen.«

Xandrames Ende war furchtbar. Noch am selben Tag wurden ihm die Füße abgeschlagen. Am nächsten Tag musste er die Strecke vom fast fertiggestellten Ischtartor bis zum Mardukplatz kriechend zurücklegen. Dort hängte man ihn in einem Käfig auf und übergoss ihn mit einer Mischung aus Honig und Exkrementen. In der Sonne faulend, wurde er von Ungeziefer und Gewürm aufgefressen. Er starb nach neun Tagen.

Eine Untersuchung in der Hazarim ergab nichts, was die Hintergründe erhellen konnte. Ihr Hohepriester Hilkija war ein ehrwürdiger und glaubwürdiger Mann. Ja, Midian als der wiedergeborene David wollte Israel großmachen, den Glauben an Jahwe stärken, aber wilde Machtgelüste seien seinem Volk fremd, es wolle nur im Glauben seiner Väter leben, und böse Geister mit dem Herrn in Verbindung zu bringen, sei eine Gotteslästerung. Ja, er habe gewusst, dass Midian und Joram einer Bande von Wegelagerern angehört hatten, doch habe das für ihn in Jerusalem keine Rolle gespielt. Der Herr erhöhe, wen er wolle, und auch David sei in seiner Jugend ein Räuber gewesen.

Närrischer Götterglaube verdunkelt auch hier die Wahrheit, dachte Asandros unmutig, *aber es scheint sich um ehrenwerte Männer zu handeln, die von Midian und seinen Helfershelfern missbraucht wurden.*

Nach dem Tod des Sinpriesters hatten die Verbrechen schlagartig aufgehört. Schon glaubte man, aufatmen zu können, da wurden verstümmelte Leichen über die Stadtmauer geworfen. Doch das war nur eine Ablenkung. Bald darauf durchraste ein Feuersturm die ärmliche Zeltstadt vor den Toren, und die Menschen flohen als brennende Fackeln zum Fluss und stürzten sich in die Fluten. Die Brandstifter wurden nicht gefunden, dafür mussten Asandros Männer nach dem Brand viele verkohlte Leichen einsammeln und die Verletzten in die Stadt lassen, damit man ihre Wunden versorgen konnte.

Asandros ließ die Mauer Tag und Nacht bewachen, aber er hatte nicht genug Männer, um überall zu sein. Das Heer war nicht verfügbar, es kämpfte bei Karkemisch gegen Pharao Nechos Truppen. Wieder durchwachte Asandros mehrere Nächte.

»Die Schlange zuckt auch ohne ihren Kopf«, bemerkte Nebusaradan bitter. »Und hoffentlich wächst ihr kein neuer.«

Jeden Tag wurden Verdächtige aufgegriffen. Wer keinen ein-
leuchtenden Grund für seine Anwesenheit an einem bestimmten
Ort angeben konnte, wurde verhört und hingerichtet. Obwohl
Xandrames tot war, sprachen sie immer noch von einem göttlichen
Vollstrecker mit der silbernen Maske.

»Na ja«, meinte Nebusaradan trocken, »schließlich kann sich
jeder dieses Ding vor das Gesicht setzen, nicht wahr? Jeder Bauerntölpel kann jetzt damit Gott spielen.«

»Ich fürchte nur«, entgegnete Asandros, »wir haben es mit keinem Bauerntölpel zu tun.« Er stand an der Nordmauer und sah
hinunter in die Ebene auf das Gewimmel von Menschen, Zelten
und Tieren, denn längst hatten sich neue Flüchtlinge eingefunden.
Ganze Sklavenheere waren unter der Aufsicht kundiger Baumeister dabei, in den Dörfern die Schäden zu beheben. Asandros ließ
kostenloses Saatgut verteilen. Aber bis die Menschen zurückkehren konnten, würden noch Wochen vergehen.

Nebusaradan folgte seinem Blick. »Du siehst bleich und übernächtigt aus. Ruh dich aus, wir wachen für dich. Wenn du zusam-
menbrichst, tust du nur den Mardukpriestern einen Gefallen.«

»Ja, ich bin müde, Nebusaradan, manchmal bin ich am Ende
meiner Kräfte. Und doch kann ich so wenig tun. So viele Menschen sind tot, so viele im Elend.«

»Hör mal, Asandros«, brummte Nebusaradan. »Was du getan
hast, hätte vor dir keiner der dickbäuchigen Beamten für die Bauern getan. Helft euch selbst, hätten sie gesagt, und dann den
nächsten Gang auftragen lassen.«

»Ich mag kein Lob für Dinge, die selbstverständlich sind«, gab
Asandros abweisend zur Antwort. »Wofür habe ich ein Amt? Um
zu schlemmen? Unfähige Beamte gab es schon immer, aber ich bin
sicher ...«

»Niemals gab es einen Mann wie dich«, widersprach Nebusaradan. »Nicht zu meinen Lebzeiten. Und Nabupolassar, der das erkannt hat, ist ein großer König.«

Da kam ein Knabe auf sie zu und fragte: »Finde ich hier den
Hauptmann Asandros?«

»Der bin ich, was willst du?«

»Ich habe eine Nachricht für dich.« Er reichte Asandros einen
Behälter aus Bambus. Der gab dem Knaben ein Kupferstück und
öffnete sie. Er entnahm ihr einen eingerollten Papyrus, der mit
schwarzer, leicht verwischter Schrift bedeckt war. Der Schreiber
hatte keine Tusche gehabt und mit verkohltem Schilf geschrieben.
Nur mühsam konnte Asandros das Geschriebene entziffern:
»Wenn du weitere Leiden verhindern willst, komm zu dem Heuschreckenhügel, eine Tagesreise südlich der Flussbiegung. Steig

auf den Gipfel, dort siehst du ein Felsen von der Form eines liegenden Schafes. Ich erwarte dich am dritten Tag nach Neumond. Komm allein, sonst werde ich mich nicht zeigen. Es ist keine Falle. Joram hat mir von dir erzählt, und ich wünschte, ich könnte auf deiner Seite kämpfen, aber für mich ist es zu spät. Ich bin Aschima, ein Schwarzer Wolf. Vernichte das Schriftstück, nachdem du es gelesen hast. Wenn es meinen Gefährten in die Hände fällt, zerreißen sie mich.«

»Ein Schwarzer Wolf!«, zischte Nebusaradan. »Und das soll keine Falle sein?«

»Aschima«, sagte Asandros nachdenklich. Er erinnerte sich sofort an das Mädchen mit den grünen Augen und dem langen, schwarzen Haar, das mutig den grausamen Tod seiner Gefährten hatte teilen wollen. »Man sah in dem zarten Ding so etwas wie eine Anführerin, schon seltsam. Aber undenkbar, dass sie hinter all den Gräueltaten steckt.«

»Weil sie ein hübsches Gesicht hat?«, brummte Nebusaradan.

»Denk an Midian, was du von äußerem Schein halten kannst. Und vor der Hinterlist von Weibern musst du dich erst recht hüten. Natürlich wirst du nicht hingehen.«

»Natürlich werde ich hingehen. An eine Falle glaube ich nicht. Man hätte mich schon längst umbringen können, doch nicht einmal einen Mordversuch hat es gegeben. Seltsam, dass mir das jetzt erst auffällt. Man will mich nicht töten.«

41

Die Nachmittagssonne schien auf eine karg bewachsene Erhebung am südlichen Euphrat. Seit ewigen Zeiten hieß sie der Heuschreckenhügel. Ein einsamer Reiter erklomm ihren Gipfel, stieg vom Pferd und sah sich um. Er erblickte einen merkwürdig geformten Felsen, als habe sich ein Schaf zur Ruhe gelegt. Dort nahm er Platz, zog einen Wasserschlauch hervor und trank. Dann wartete er.

Er wartete eine gute Stunde, bis Aschima erschien. Sie trug eine Weste aus Schaffell und eine Hose aus Hirschleder. Am Gürtel hingen Dolch, Wasserschlauch und ein Lederbeutel. Man hätte sie für einen jungen Mann halten können.

Asandros nickte ihr zu. »Komm her! Ich hoffe, wir sind allein.«

Aschima blieb in einiger Entfernung stehen. »Ich bin allein gekommen, aber ich bin dir nicht gewachsen. Ich bleibe lieber hier stehen. Ich kann laufen wie eine Gazelle.«

Asandros lächelte. »Ich gebe dir mein Wort, dass ich nichts gegen dich unternehmen werde. Wir sind doch beide Unterhändler und Personen von Ehre.«

»Mich hältst du für ehrenwert?«

»Du und Joram, ihr passt nicht zu diesen Verbrechern. Oder täusche ich mich?« Asandros wies auf den Stein neben sich.

Aschima errötete und nahm in gebührendem Abstand Platz. Sie sah Asandros von der Seite an. »Wir sind trotz allem erbitterte Feinde, das dürfen wir nicht vergessen.«

»Wir sind es. Aber dennoch willst du mir etwas Wichtiges sagen?«

»Ja. Ich beschwöre dich, Asandros, geh nach Griechenland zurück! Alles, was geschehen ist, geschieht deinetwegen. Wenn du das Feld räumst, wird es aufhören.«

»Ist das alles, Aschima? Das habe ich bereits von Xandrames gehört. Rache für Midian, nicht wahr? Aber ich werde nicht gehen. Glaubst du wirklich, ich ziehe mich feige vor Verbrechern zurück?«

»Wir sind keine gewöhnlichen Verbrecher, und du weißt es. Wir wollen Jahwe zur Herrschaft verhelfen. Unser Ziel ist es, Vernichtung zu säen, um hernach in seinem Namen als Retter auftreten zu können. Doch du stehst uns im Weg, du musst weichen, Asandros, sonst sterben noch Unzählige!«

»Weshalb tötet ihr mich nicht? Das wäre einfach. So oft reite ich unbewacht aus.«

Aschima zögerte mit der Antwort, und Asandros sah das Wechselspiel ihrer Farben auf den Wangen. »So einfach liegen die Dinge nicht. Er, dem wir alle dienen, will nicht deinen Tod, er will sich an deiner Niederlage sättigen.«

»Er? Der Mann mit der silbernen Maske?«

Aschima nickte.

»Seinen Namen!«

Aschima fuhr zurück. »Nein! Ich darf dir nicht alles sagen.«

»Ist es Joram?«

»Nein. Joram ist in – er ist nicht mehr bei uns.«

»Wer bei allen geschwänzten Baalim ist es dann?«, fuhr Asandros auf. »Wer hasst mich so sehr, dass er um meinetwegen ganze Landstriche verwüsten und unzählige Menschen sterben lässt?«

Aschima sprang auf. »Ich darf es dir nicht sagen! Bei meiner Seele, sonst sterbe ich!«

»Wozu bist du dann hier? Um mich nach Griechenland zu schicken?« Asandros musterte Aschima verächtlich. »Ich hatte eine bessere Meinung von dir. Ich glaubte, du wolltest dein Gewissen erleichtern, aber du bist nur das Sprachrohr jenes Teufels, dem du dich verschrieben hast.«

Aschima schüttelte langsam den Kopf. Sie weinte, aber sie merkte es nicht. »Er weiß es nicht«, flüsterte sie. »Aber ich bin am Ende. Ich habe viele seiner Befehle ausgeführt, aber ich will nicht mehr töten, verwüsten, ganze Landstriche entvölkern. Deshalb sollst du gehen, Asandros!«

»Hör auf zu heulen!«, befahl er barsch. »Ich habe schon zu viele Frauen und Kinder weinen gesehen. Wenn du es nicht mehr erträgst, weshalb bleibst du bei ihm?«

»Ich muss«, flüsterte Aschima. »Ich bin eine Gesetzlose, und die Schwarzen Wölfe sind meine einzigen Freunde. Außerdem ...« Sie senkte den Blick und wurde rot. »Da gibt es noch etwas, worüber ich nicht sprechen will.«

Asandros erhob sich. »Nicht nötig, ich kann es mir denken. Schade, ich hatte mehr erwartet. So habe ich einen Tag verloren. Sag deinem Geliebten, dass der Spartaner Asandros Verbrechern nicht das Feld überlässt. Eure Taten kommen über eure Häupter, nicht über meins. Leb wohl, Aschima!«

Als Asandros sich auf sein Pferd schwang, sah er, dass Aschima auf dem Stein zusammengesunken war und schluchzte. Früher hätte er sie in die Arme genommen und getröstet, doch über solche Gefühle war der kalte Wind des Entsetzens hinweggefegt. »Befrei dich von deiner Liebe und töte ihn!«, rief er Aschima zu. »So habe ich es auch gemacht.« Er wendete sein Pferd und galoppierte den Hügel hinunter.

42

Das inmitten eines Palmengartens am Chabur gelegene Anwesen war ausgestattet mit weitläufigen Höfen, Treppen und Säulengängen, seerosenbewachsenen Teichen und steinernen Fabeltieren, die zwischen blühenden Büschen und schattigen Obstbäumen standen. Geschäftige, sauber gekleidete Sklaven besorgten Haus und Garten. Es hieß, das Gut gehöre einem altgedienten General. Früher waren über die südliche Straße oft Gäste mit zwei- und vierspännigen Wagen vorgefahren, und bunt geschmückte Boote hatten an der Anlegestelle festgemacht. Seit einiger Zeit war es ruhig geworden, die wenigen Besucher, die jetzt kamen, zogen die Nacht vor, denn in Wahrheit gehörte das Anwesen Naharsin. Scharhad, der Gutsverwalter, war ein gutmütiger, alter Mann, der von den Untaten seines Herrn nichts wusste. In der Nachbarschaft war er wohlgelitten und stellte eine erstklassige Tarnung dar. Auf Naharsins Veranlassung streute er das Gerücht aus, dass der alte General gestorben sei und sein Sohn sich auf einem Feldzug befinde.

Es war ein milder Abend, und Midian lag angetrunken auf einer mit Fellen bedeckten Liege. Sie stand auf einer weiträumigen, von Palmen umsäumten Terrasse, an ihren Stufen vorbei gurgelte der schwarze Fluss. Midian hatte soeben fünf seiner Unterführer entlassen, die jetzt drüben in den niedrigen Gebäuden neben dem Haupthaus mit Wein und hübschen Mädchen den Abend verbrachten. Alles lief zu seiner Zufriedenheit. Von den über sechshundert im Land verstreuten Anhängern waren dreiundneunzig gefasst und hingerichtet worden. Sie zählten nicht. Man würde sie ersetzen. Und Xandrames? Er war ein zuverlässiger Mitstreiter gewesen, aber der Narr hatte zu sehr an seiner unterirdischen Behausung gehangen. Immerhin, seine Hinrichtung war ein Leckerbissen gewesen. Midian lächelte in Gedanken. *Soviel Sorgfalt hätte ich nicht auf ihn verwandt, wenn seine Stunde gekommen wäre.*

Seine Mutter, die schöne Atargatis, sah ihn lächeln. »Woran denkst du?« Sie genoss zusammen mit ihrem Sohn die weiche Abendluft.

»An unseren Sieg, und er ist nah.«

»Sprich nicht von einem Sieg, solange dein Gegenspieler seinen Fuß noch auf babylonischem Boden hat.«

»Ha! Asandros' Tage sind gezählt! Einige von Nebusaradans Männern stehen in meinen Diensten und unterrichten mich über sein Befinden. Er ist entkräftet und zermürbt vom Leid, das er nicht lindern kann. Nabupolassar ist krank und kann ihn immer weniger schützen. Ich brauche nur zu warten, bis er zerstört am Boden liegt, verstoßen von seinen Freunden, von den Mardukpriestern mit Schimpf und Schande aus der Stadt gejagt. Dann, in seiner Erbärmlichkeit, werde ich ihm meinen Stiefel auf die Brust setzen und ihn vollends zertreten. Seine Grabstätte werde ich zum Platz meiner Notdurft machen.«

»Asandros hat auch Erfolge, und zermürbt erschien er mir nicht«, erwiderte Atargatis spöttisch.

»Was heißt das?«, fuhr Midian auf. »Warst du noch einmal in Babylon?«

»Eine zu schöne Stadt, um sie nur einmal zu besuchen, findest du nicht?«

Ihr sinnlicher Unterton machte Midian wütend. Gereizt zerschlug er seinen Weinkrug auf den Fliesen. »Bist du wegen Asandros zurückgekehrt? Warst du bei ihm?«

Atargatis erhob sich und sah auf den Fluss hinaus. »Ach Midian! Was soll dieser vorwurfsvolle Ton? Deine Mutter geht, wohin sie will, das weißt du doch.«

Midian sprang auf, aber sie anzurühren, wagte er nicht. »Du

hast mit ihm geschlafen!«, stieß er heiser hervor. »Das hättest du nicht tun dürfen, das ist das Letzte, was ich ertrage!«

»Weshalb? Fürchtest du, er könnte der bessere Liebhaber sein?«

Midian stieß ihr den Finger beinah ins Gesicht. »Du fällst mir in den Rücken!«, schrie er halb erstickt vor Zorn. »Für wen geschieht das alles hier? Wozu habe ich mich mit Asandros entzweit? Glaubst du, ich hätte ihn in einer solchen Nacht nicht gern neben mir?« Er schlug sich entsetzt auf den Mund und stieß dann einen lästerlichen Fluch aus.

»Du brauchst nicht zu fluchen«, antwortete sie sanft. »Ich weiß es ohnehin. Den Besten weihst du Belial, das ist angemessen. Erst wenn das Schöne und Edle dem Bösen zum Opfer gebracht wird, kann es triumphieren.«

»Doch zuvor wolltest du genießen, was ich opfern soll!«, höhnte Midian. »Um wessen Rache geht es hier eigentlich?«

Atargatis schüttelte vorwurfsvoll den Kopf. »Du hast Asandros gehabt, um seine Schwächen kennenzulernen und sie zu benutzen. Auch ich kenne gern meinen Gegner.«

»Wo geschah es? Im Palast?«

»In seinen Gemächern.«

Midian schloss kurz die Augen. Die Bilder standen vor ihm: zärtliche und wilde Nächte mit dem hinreißend schamlosen Griechen. »Was sagte er?«, fragte Midian heiser.

»Er war natürlich überrascht, und ich ließ ihn, glaube ich, ziemlich verwirrt zurück. Doch einen Mann wie Asandros zu verwirren, ist köstlich, das musst du zugeben.«

Midian warf sich ärgerlich wieder auf sein Lager. »Du bist natürlich kühl geblieben, wie? Oder haben sich deine Gefühle für ihn geändert und du willst deiner Rache entsagen?«

»Meine Gefühle und meine Ziele trenne ich sorgfältig, und das erwarte ich auch von dir. Dir bleibt keine Wahl.«

»Als ihn zu vernichten?«, fragte Midian vorsichtig.

»Man muss einen Menschen dazu nicht töten«, erwiderte sie ebenso behutsam.

»Dann soll ich ihn leben lassen?«

Atargatis wandte sich ihm zu. »Ich bin sicher, dass du eine Entscheidung treffen wirst, die uns beide befriedigt. Und jetzt bin ich müde, Midian.« Sie verließ mit raschelndem Gewand die Terrasse.

Midian sah ihr finster nach. »Du willst, dass ich ihn schone?«, knirschte er. »Aber weshalb solltest du nicht ebenso leiden wie Asandros, als er glaubte, aus dem Stier meine Schreie zu hören!«

Ein Sklave huschte herbei und sammelte die Tonscherben auf. Ein anderer brachte einen neuen Krug. Midian beachtete sie nicht. Er nahm den Krug und leerte ihn in einem Zug. Dann verlangte er nach einem Neuen. Nach dieser Nachricht musste er sich betrinken.

Aschima hatte nur darauf gewartet, dass die schöne Atargatis schlafen ging. Sie lief auf die Stufen zu, warf einen Blick auf Midian, der sie mit verschwommenem Blick musterte, und legte unbefangen ihre Kleider ab. Dann sprang sie aufklatschend in den Fluss, und nach wenigen Schwimmstößen war sie nicht mehr zu sehen. Jeden Abend nahm sie auf diese Weise ihr Bad. Nach einer Weile kam sie zurück, eilte die Stufen hinauf und schlug sich das nasse Haar aus dem Gesicht. Sie lachte Midian an. »Ich dachte schon, deine Mutter geht nie.«

»Glaubst du, sie verbietet dir das Schwimmen?«, brummte Midian.

»Das nicht, aber vor ihr würde ich mich nicht ausziehen.« Sie setzte sich nackt auf die Stufen, um sich trocknen zu lassen.

»Aber mich musst du mit deiner Nacktheit beglücken!«

Aschima zuckte die Schultern. »Dir macht das nichts aus, du bist wie das Felsgestein im Zagros.« Midian hörte sie kichern.

Midian lachte dunkel. »Ich bin betrunken und unberechenbar, also zieh dir etwas an, sonst vergreife ich mich noch an dir, trotz deiner mageren Hüften.«

Aschima erhob sich und wippte mit ihren kleinen, festen Brüsten. »Du würdest es mit einem deiner Wölfe treiben?« Dabei glitt sie vorsichtig einige Stufen hinunter.

»Der hungrige Wolf frisst Heuschrecken. Naharsins Sklavinnen hatte ich bereits.«

Aschimas Beine tauchten bis zu den Knien ins Wasser. »Das glaube ich dir nicht. Sie leben alle noch.«

Midian sprang auf, aber er kam ins Taumeln, stolperte, und Aschima glitt bereits wie ein Fisch durch die Wellen.

Midian stützte sich auf einen steinernen Löwen neben den Stufen und sah ihr nach. »Der Sandfloh glaubt, er habe Zähne«, murmelte er und setzte sich auf den Rücken des Löwen.

Als Aschima zurückkam und Midian dort sitzen sah, ein breites Lachen im Gesicht, schwamm sie ein Stück zurück, dann im Kreis, und Midian sagte: »Schwimm nur, an mir kommst du nicht vorbei.«

Da stieg Aschima nackt und perlend nass aus dem Wasser. »Wer sagt, dass ich das will?«

Midian glitt von seinem steinernen Sitz und zog Aschima in seine besitzergreifende Umarmung. Dann drückte er den schlüpfrigen Körper gegen den Löwen und küsste ihn. »Aschima, du Hühnerdiebin! In meinen Armen lauert der Tod.«

Aschima erwachte an warmer Haut. Heißer, weingetränkter

Atem strich ihr über das Gesicht. Sie bog den Kopf nach hinten und sah in Midians schwarze Augen. »Bin ich tot?«, fragte sie blinzelnd. Sie lag in seinen Armen, und er lachte. »Ich glaubte schon, du seist es. Als ich dich küsste, wurdest du ohnmächtig. Hast du zu viel Wasser geschluckt?«

»Ich wurde ohnmächtig?« Aschima biss sich auf die Lippen. »Von deinem Kuss bestimmt nicht«, erwiderte sie trotzig. »Was hast du mit mir gemacht?«

»Nichts. Ich habe dich hier niedergelegt und dich bewacht.« Midian grinste. »Was hätte ich denn sonst tun sollen?«

Aschima lächelte. »Bewach mich weiter.«

Da umarmte Midian sie und sagte: »Ich fühle mich einsam ohne Joram. Streichele mich, mach mich ein wenig verrückt.«

Was hatte Asandros gesagt?, dachte Aschima. *Befrei dich von ihm, töte ihn! Was für ein törichter Rat!* Sie schmiegte sich an seine Stärke. »Ich begehre dich, seit du mich niedergeworfen hattest unter den Birken auf dem Weg zum Schlangenhügel, erinnerst du dich?«

Midian lachte weich. Ihre Hände hatten Schwerter und Lanzen geschwungen, sie waren kräftig und packten ohne Scham zu. »Ich erinnere mich, dass du mir ein Goldstück gestohlen hattest.«

»Ja.« Geschickt glitt sie an seinem Körper hinab, rollte sich zusammen wie eine Schlange und streckte sich wieder. »Ich habe es nie ausgegeben, ich trage es um den Hals.«

»Das ist mir nie aufgefallen.« Ihre gespreizten Schenkel lagen jetzt über seiner Brust, und sie spielten das Spiel des Drachen mit den zwei Köpfen, der aus zwei Mäulern Feuer speit.

Danach küsste Midian sie mit ungewohnter Zärtlichkeit. »Heute Abend hast du mir das hitzige Verlangen nach einem anderen gekühlt, dafür danke ich dir.«

»Das Verlangen nach Joram?«

Midian sah an Aschima vorbei und sagte abwesend: »Nein, nicht nach Joram.«

43

Schon seit Tagen war es ruhig. Weder aus dem Umland noch aus dem Zeltlager vor der Stadt wurden weitere Vorfälle gemeldet. Asandros durchschlief fünf Nächte wie ein Bär, und Nebusaradan verbot, ihn zu wecken, selbst wenn etwas vorfallen sollte.

Dann ging er wieder hinaus an die Stadtmauer, um bei seinen Männern zu sein. Der Hauptmann am Zweibrunnentor meldete keine Vorkommnisse. Da traten zwei Männer auf ihn zu, die die alten Grabkammern bewachten, und berichteten von einem Mann, der durch die Falltür in die Grabkammern eingedrungen war. Man habe ihn gewähren lassen, ohnehin könne er nicht entfliehen.

»Dann sehen wir uns den geheimnisvollen Besucher einmal an«, sagte Asandros. Er folgte den beiden Männern in den Schacht. Der rote Schein ihrer Fackeln wies ihm den Weg, bis sie den Saal mit dem Opferstein erreichten.

Asandros blieb überrascht stehen. Der Raum war in eine Kaskade farbigen Lichts gehüllt, die Glut etlicher Dreifüße versprühte blaue und grüne Funken und beleuchtete eine Schar dämonischer Fratzen, die ihre abscheulichen Mäuler bleckten. Auf dem Opfertisch lagen Folterwerkzeuge. Im Widerspruch dazu war alles in den Duft von Zimt und Lavendel getaucht. Die Unterwelt erwartete einen Ehrengast.

Wie lange Asandros diesen Anblick in sich aufgenommen hatte, wusste er nicht, aber als er sich umsah, waren seine beiden Begleiter verschwunden. Er rief nach ihnen, aber niemand antwortete. Hatten die Männer sich vor den Götzenbildern gefürchtet und waren geflohen? Asandros näherte sich mit der Hand am Schwert dem Opferstein und betrachtete die Geräte: Fesseln, Peitschen, Zangen und Haken. *Wie kommt das Zeug hierher? Haben wir einen Gang übersehen? Wer will hier in aller Dreistigkeit ein grausames Ritual vollziehen, wo doch die Grabkammern überall bewacht werden? Und wer wird hier erwartet?*

Im selben Augenblick gab er sich die Antwort: Er selbst war es. Die beiden verschwundenen Männer waren nicht aus Angst geflohen. Sie gehörten nicht zu den Wächtern. Ein eiskalter Hauch berührte ihn.

Da hörte er ein Scharren im Hintergrund. Asandros zog sein Schwert. Kaltblütig rief er: »Wer ist da? Komm her, wer immer du auch bist! Zeig dich!«

Eine Gestalt in einem weiten Umhang, auf dem die Gestirne des Himmels blitzten, trat aus dem Schatten. Eine silberne Maske mit dem Strahlenkranz des Mondes verhüllte ihr Gesicht. Im Innern musste die Maske eine Vorrichtung haben, denn die Stimme klang hohl wie aus einem Gewölbe: »Ich bin hier, Asandros.«

»Endlich!«, stieß Asandros hervor. »Endlich wirst du deinen verdienten Lohn erhalten, du Geschöpf der Finsternis! Nimm die Maske ab und sieh mir in die Augen, oder glaubst du, deine Götzen und deine Farbenspiele beeindrucken mich? Ich habe ein scharfes Schwert, und es trifft immer.«

»Was vermag dein Schwert gegen Belial, du Narr? Das Böse ist unsterblich. Du kannst mich nicht töten.«

»Mit deiner Grabesstimme magst du deine Anhänger das Fürchten lehren«, entgegnete Asandros verächtlich. »Wer bist du wirklich?«

Die Gestalt im Umhang trat an den Opferstein, hob die Hände und nahm mit gemessener Geste die Maske ab. »Ich bin Midian!«

Die bunten Farben irrlichterten über sein Gesicht, aber Asandros hätte ihn unter Tausenden wiedererkannt. Vor Entsetzen sank er in die Knie, das Schwert entglitt seiner kraftlosen Hand. Der Herr der Finsternis breitete die Arme aus, und der silberbestickte Umhang umgab ihn wie eine Kaskade aus funkelndem Licht. »Ein Schatten bin ich, vom eisernen Stier gezeugt und geboren aus verbranntem Fleisch. Das ist der Tag der Vergeltung.«

Fassungslos kniete Asandros vor dem Stein und schloss kurz die Augen, um diese Erscheinung aus seinem Blickfeld zu verbannen. *Eine Sinnestäuschung*, dachte er. *Ein toter Midian wird nicht lebendig. Es ist das Werk von Priestern und Magiern. Die süßlichen Kräuter erzeugen Wahnvorstellungen.* Er wollte sein Schwert aufheben, doch da stürzten von allen Seiten vermummte Gestalten herein, überwältigten ihn, warfen ihn nieder und fesselten ihm die Hände auf den Rücken. Das war kein Traum! *Die Wachen! Schlafen die Wachen?*, dachte Asandros verzweifelt. Er wagte den Mann mit dem Umhang nicht anzusehen, er fürchtete, den Verstand zu verlieren, wenn er in ihm abermals Midians Züge erblicken musste.

Die Vermummten verließen den Saal. Asandros spürte warmen Atem auf seinem Gesicht. Er öffnete die Augen. Über ihm kniete mit gespreizten Beinen Midian, der Umhang war von seinen Schultern geglitten, sein Oberkörper war nackt, von seinem Hals baumelten Lederschnüre mit Silbermünzen, seine Haut schimmerte wie polierte Bronze. Asandros bewegte die Lippen, sie formten seinen Namen, aber er brachte keinen Laut heraus. Wie konnte eine Erscheinung so wirklich sein? Er spürte, dass Midian ihn entkleidete, das waren seine Hände, er fühlte ihre Wärme auf seiner Haut. Asandros sah in sein Gesicht, das ohne Regung, aber zweifellos Midians Gesicht war. Doch auch, wenn er es nicht war, welche Glückseligkeit, es zu träumen!

Midian entkleidete Asandros langsam und schweigend, dabei sah er ihm unverwandt in die Augen. Asandros erwiderte diesen Blick mit einer Gewalt, als wolle er ein Trugbild zwingen, seine wahre Gestalt anzunehmen. »Du musst nackt und gebunden sein, wenn ich dich reiße«, flüsterte Midian. »Wie Asnath – du weißt doch, wer Asnath war?«

Asandros nickte schwach. Er hatte die Zelle nicht betreten, aber Gimirrai, der Kerkermeister, hatte tagelang danach kein Wort mehr gesprochen. *Dieser Mann, der aussieht wie Midian, wird mich in Stücke reißen*, dachte er. *Gerechtigkeit?*

Midian betrachtete Asandros Blöße mit der Miene des Siegers. Dann löste auch er seinen Gürtel und legte sein Hüfttuch ab. Als er nackt war, wusste Asandros, dass es ein Traum sein musste, denn sie waren zusammen wie seinerzeit am Fluss. Natürlich war es ein wenig anders. Er war gefesselt und hörte Midian sagen: »Bevor ich dich töte, werde ich dich nehmen. Es geschieht nur, um dich zu demütigen. Du bist nur ein Stück Fleisch, das meiner Lust dienen wird. Jede schmutzige Berührung wirst du ertragen müssen. Und wenn du mich ansiehst, sollst du nur daran denken, dass meine Hände deinen Tod wollen, meine Lippen dein Blut trinken und meine Augen deine Qual sehen wollen.«

»Du kannst nicht schänden, was dir gehört«, flüsterte Asandros. Er wusste nicht, ob Midian es gehört hatte. Er spürte ihn in sich eindringen und einen heftigen Schmerz. Midian genoss seine Stöße, als könnten sie töten. Seine Augen wurden groß und glänzend und weideten sich an der Lust seines Opfers, dessen halb geöffnete Lippen im Gleichklang zuckten.

Ich liege in meinem Bett, dachte Asandros, *und ich brauche nur die Wachen zu rufen, sie wissen, dass ich oft schlecht träume. Aber aus diesem Traum möchte ich noch nicht erwachen – noch nicht.*

Der gefesselte Körper unter ihm empfing ihn wie ausgedörrte Erde den Sommerregen. Midian spürte die unbändige Lust, Fleisch zu zerfetzen. Er warf sich ganz über Asandros und grub ihm die Nägel in seinen Hals. »Midian«, flüsterte Asandros. Er hatte die Augen geschlossen und schien einen seligen Traum zu träumen. Midians Rücken spannte sich, er stieß ein merkwürdiges Wimmern aus. »Nein«, stöhnte er, »nein!«

»Weshalb hast du aufgehört, Midian?« Asandros bebte vor unerfüllter Begierde.

»Ich will noch warten«, keuchte Midian und umarmte Asandros verzweifelt. Dieser Grieche fürchtete sich nicht, schämte sich nicht, wütete nicht, er glühte nur. »Davon habe ich im Kerker geträumt«, flüsterte Midian. »Ich wollte dich ...«

»Im Kerker?« Asandros wiederholte diese Worte, als seien sie der Schlüssel zu einer verborgenen Wahrheit. »Bist du denn kein Traum? Du lebst, Midian?«

»Bei Belial! Sind meine Lenden so schwach gewesen, dass du mich für ein Gespenst hältst?«

»Aber ich sah deinen verkohlten Leichnam, ich hörte dich schreien.«

»Du hörtest mich schreien?« Ernüchtert richtete sich Midian auf und setzte sich Asandros auf den Bauch. »Das ist eine Beleidigung! Jener Unglückswurm jammerte und winselte. Ich hätte wie ein Löwe gebrüllt und nicht wie ein Schaf geblökt.«

Asandros wurde von einer lähmenden Kälte erfasst. *Das ist kein Traum. Midian lebt, ein anderer ist im Stier verbrannt, er selbst aus unerfindlichem Grund entkommen; entkommen und zum Mann mit der silbernen Maske geworden. Auf seinen Befehl verbrannten die Ernten, ertranken die Äcker, erkrankten und hungerten die Menschen. Und jetzt wird er mich töten.*

»Ich verstehe«, murmelte Asandros. »Wie ein blinder Narr bin ich in deine Falle getappt.«

Midian strich ihm mit beiden Händen über die Brust. »In eine süße Falle, nicht wahr?«

»Ein Pesthauch bist du, der sich mit Zimt und Lavendel tarnt.«

»Ach ja? Was hast du erwartet? Hast du mein Lied nicht gehört? Ich sagte euch das Ende von Babylon voraus, aber ihr habt kein Wort geglaubt. Ihr dachtet, dort geht der Todgeweihte und erhebt zum letzten Mal seine Stimme.«

Asandros schwieg, und Midian umschlang ihn heftig und küsste ihn. Asandros war zu schwach, um sich aufzulehnen. Midians Küsse schmeckten nicht nach Kindermord. Seine Wärme war wie eine zweite Haut und schmiegte sich an ihn, wurde ein Teil von ihm. »Weshalb tust du das?«, flüsterte er. »Ich glaubte, ich sei dir widerwärtig?«

»Ich hole mir von dir, was ich brauche, Spartaner! Spürst du nicht, wie eisig meine Lippen sich auf deinen anfühlen? Das kommt daher, weil sie dir deinen Tod verkünden.«

»Dann verkünde ihn mir mit deiner ganzen Manneskraft, Midian, und lass uns nicht zurück wie zwei hechelnde Hunde an der Kette, die einen Knochen sehen.«

Midian lachte rau und erhob sich. »Das geht leider nicht.« Er ging auf den Stein zu und fegte mit einer heftigen Armbewegung einige Geräte herunter. »Gefallen sie dir? Ich wünschte, du würdest mit Haken und Zangen für meine Liebe zahlen.«

»Und weshalb treibst du den Preis nicht ein, Midian?«

»Man sagt, ich töte, wenn ich liebe, doch das ist falsch. Ich töte aus Wollust. Wenn ich liebe, töte ich nicht.«

»Das verstehe ich nicht«, stöhnte Asandros.

Midian begann sich wieder anzukleiden. Er legte sich den Umhang um und sagte: »Ich verlasse dich jetzt. Ich schenke dir das Leben, aber nur unter einer Bedingung: Geh zurück nach Griechenland! Ich gebe dir sieben Tage, um aus Babylon zu verschwinden. Wenn du trotzig verharrst, wird es weitere Massaker geben.«

»Wozu das alles?«, fragte Asandros erstickt. »Sag mir doch, wozu?«

»Die Zeit, Fragen zu beantworten, ist vorbei, Asandros. Die Zeit, gemeinsam nach der Macht zu greifen und Seite an Seite zu leben, ist vertan. Wir sind wie Scherben einer zersprungenen Schüssel.«

»Weshalb tötest du mich nicht? Wagst du die Wahrheit nicht auszusprechen? Fürchtest du dich vor deinen Empfindungen?«

Midian wandte sich ab. »Meine Mutter will, dass du lebst.« Dann verschwand er in der Dunkelheit, ohne sich noch einmal umzusehen.

»Und du, Midian? Was willst du?«, schrie Asandros. Seine Schreie verhallten, er war allein.

44

Der Palastwache taumelte ein verstörter Mann in die Arme. »Nebusaradan!«, keuchte Asandros, »ruf ihn! Ich muss ihn sprechen.«

Nebusaradan kam. Er fand Asandros schweißüberströmt mit flackerndem Blick. Hilfreich bot er ihm den Arm. »Was ist geschehen?«, fragte er bestürzt. Er führte den Schwankenden über den Hof.

»Der Mann mit der Maske ist – Midian!«, keuchte Asandros.

»Midian?«, wiederholte Nebusaradan befremdet. Er musterte Asandros besorgt. »Du bist erhitzt. Komm mit in meine Unterkunft, wir trinken kühlen Wein, und wenn du dich ausgeruht hast, dann ...«

»Du glaubst mir nicht?«, fuhr Asandros ihn an. »Ich bin nicht verrückt. Ich habe ihn gesehen, ihn berührt, mit ihm gesprochen. Unten in den Grabkammern! Bei Marduk, es ist wahr!«

»Natürlich hast du ihn gesehen«, nickte Nebusaradan. Er ließ Asandros auf einer Holzbank Platz nehmen und schenkte ihm ein. »Trink langsam, und dann erzähl mir alles.«

Asandros streckte die Hand aus. »Gib mir den ganzen Krug!« Er leerte ihn, ohne abzusetzen. Dann stellte er ihn neben sich auf die Bank und wischte sich den Schweiß von der Stirn. »Der Himmel sei mein Zeuge, dass ich nicht lüge«, murmelte er. »Zu mir kamen zwei Männer, die angeblich einen Fremden in den Schacht gehen sahen ...« Er erzählte Nebusaradan sein Erlebnis. Als er geendet hatte, schwieg Nebusaradan nachdenklich. Nach einer Weile sagte er: »Midian ist tot, wir haben seine Schreie gehört und seinen verkohlten Körper gesehen. Dreißig Männer umstanden den Stier, er konnte nicht fliehen, unmöglich! Es kann nicht Midian gewesen sein, der dir in der Grabkammer begegnete.«

»Du meinst, ich hätte den Verstand verloren?«

»Du erlagst einer Sinnestäuschung. Der unheimliche Raum, die verwirrenden Farbspiele, die Götzen, die betäubenden Düfte, das alles umnebelte deine Sinne. Dann kam ein Mann mit einer silbernen Maske herein. Er gab sich als Midian aus, er tat, als sei er dem Stier wie auf göttlichen Schwingen entkommen. Und du glaubtest ihm, weil du es glauben wolltest. Du wolltest Midian sehen, weil du seinen Tod nicht wahrhaben willst.«

»Das ist zu einfach«, murmelte Asandros und schüttelte den Kopf.

»Höre weiter! Er entkleidete dich, er selbst legte seine Kleider ab, dann tauschte er mit dir Zärtlichkeiten aus. Sind das nicht deine geheimen Wünsche? Dein grausamster Gegner kam in Liebe zu dir und umarmte dich, versöhnte sich mit dir. Ist es nicht das, was du ersehnst? Und nun denk dir den wahren Midian: eine Bestie in Menschengestalt. Glaubst du, er würde dich am Leben lassen, Asandros?«

»Du meinst, das Ganze war nur ein Traum?«

»Ein Traum oder eine Täuschung, Asandros. Wer weiß, welche Magie das bewirkt hat?«

»Ich weiß, dass Priester den Zauber beherrschen, die Sinne so zu verwirren, dass man ein anderer wird«, murmelte Asandros, »aber ich hatte nichts zu mir genommen. Es roch nur nach Zimt und Lavendel. Mich überwältigten vermummte Männer und keine Geister. Gewiss, die Höhle ist ein unheimlicher Ort, aber ich lasse mich von Rauchschwaden und tönernen Fratzen nicht beeindrucken, das weißt du.«

»Wie aber hätte Midian entkommen können?«

»Auch die Schwarzen Wölfe sind entkommen, und wir haben das Rätsel gelöst.«

»Sie verschwanden nachts und unter der Erde. Midian starb am Tag auf dem Platz inmitten einer Menschenmenge und vor unseren Augen.«

Asandros starrte Nebusaradan an. »Ich weiß nicht, wie er es gemacht hat, aber es ist ihm gelungen.« Dann durchzuckte ihn die Wahrheit wie ein greller Blitz. »Atargatis«, flüsterte er.

»Wie?«

Asandros legte Nebusaradan eine Hand auf die Schulter und sah ihn eindringlich an. »Ich muss Babylon verlassen. Ich gehe zurück nach Griechenland.«

Nebusaradan stieg die Zornesröte in die Stirn. »Du willst weichen vor den Untaten des Herrn mit der silbernen Maske?«

»Bekämpf du ihn, ich bin nicht würdig. Bin ich einer Vision erlegen, so ist mein Geisteszustand zerrüttet, und ich tauge nicht mehr zu meinem Amt. Ist es aber Midian gewesen, dann habe ich mein Amt in seinen Armen verraten, denn ich genoss die Küsse eines Massenmörders. Ich habe eine Chimäre geliebt und die Mutter einer Chimäre.« Asandros erhob sich und streckte die Arme aus. »Versuch nicht, mich zum Bleiben zu bewegen, Nebusaradan. Nach diesem Erlebnis darf ich das Schwert des Sirrusch nicht mehr führen.«

Natürlich versuchte Nebusaradan es trotzdem, aber diesmal ließ sich Asandros nicht einmal vom König umstimmen. Alle Appelle an sein Ehrgefühl und seine Mannhaftigkeit verhallten, denn er wusste, dass er beides unten in den Grabkammern gelassen hatte und dass er, wollte er wieder zu sich zurückfinden, dem schwülen Babylon entrinnen musste, das Männer wie Midian hervorbrachte.

Solange er lebte, hatte man ihn formen wollen nach fremdem Willen, doch weder das kriegerische Sparta noch das zwiespältige Athen hatten ihm sein Selbst rauben können. Auch Tyrandos mit seiner goldenen Schatzkammer hatte ihn nicht verführen können. In Babylon war er sich weiterhin treu geblieben – bis der Mann seinen Weg gekreuzt hatte, der ihn in einem Traum gesehen haben wollte. Eine unheilvolle Begegnung, die in den Grabkammern ihr beschämendes Ende gefunden hatte.

Asandros brach überhastet auf; er fürchtete sich, dass Midian ihm noch einmal erscheinen könnte – in wahrer Gestalt oder als Vision – das machte keinen Unterschied. In jedem Fall würde er in seinen eigenen Abgrund blicken. Asandros schloss sich der nächsten Karawane an, die Babylon verließ. Und er beruhigte sich erst, als er Babylons Mauern vom hohen Rücken seines schaukelnden Lasttieres aus hinter dem Horizont versinken sah.

Midian und Elrek standen auf der Stadtmauer und sahen dem Zug nach. Als Asandros unter ihnen hindurch ritt, spannte Elrek den Bogen, doch Midian schlug ihn zur Seite.

Unter buschigen Brauen sah Elrek ihn an. »Das war ein Fehler, Midian.«

Midian sah Asandros nachdenklich hinterher. »Das war es.«

»Es ist gefährlich, seine Feinde zu lieben. Er wird wiederkommen.«

»Nein.« Midian wandte sich ab, und sie stiegen auf der seitlichen Treppe hinunter. »Asandros ist mehr als besiegt, er ist gedemütigt. Mag er im fernen Athen seine Wunden lecken.«

45

Die kleine Karawane bestand aus Kaufleuten und Gauklern und marschierte auf sicherer Straße. Sie brachte Asandros bis Borsippa, wo er in einem Gasthaus abstieg, um auf die nächste Karawane in den Westen zu warten.

Aller Verpflichtungen ledig, besuchte er die größte Baustelle der Stadt, den Tempel des Bel, ein Heiligtum des Marduk, der alle Tempel, die er je gesehen hatte, dereinst überragen sollte.

An der Mauer saßen die Jungfrauen, die sich den Fremden für eine Nacht hingaben. Asandros dachte an Askanios, dem es gelungen war, bis zum heiligen Brautbett des Marduk vorzudringen, und ein Schmerz durchzuckte ihn um den verlorenen Freund. Schmerz und Hass auf seinen Mörder und Hass auf sich selbst.

Die Höfe waren schwarz von Menschen. Asandros wurde gestoßen, vorwärtsgetrieben und beschimpft, wenn er stehen blieb. Besonders groß war das Gedränge am Jungfrauentor, wo die Mädchen den Priestern ihr Wachstäfelchen vorzeigten, um das Siegel des Gottes zu erhalten. Asandros musterte die Mädchen, doch keins weckte Verlangen in ihm. Die Töchter von Bauern und Handwerkern waren reizlos wie Gerstenbrot für einen, der es gewohnt war, Honigplätzchen zu essen. Asandros entkam dem Gewühl im fünften Hof, wo die Wahrsagepriester ihre Räume hatten. Hier saßen die Hässlichen und Missgestalteten, für die man nicht einmal ein Kupferstück opferte.

Ein Mann kam vorbei und lachte. »Hast du ein Auge auf die Krähen geworfen? Da hocken sie und werden noch dort sitzen, wenn dieser Tempel fertig ist.«

»Das ist grausam, nicht wahr?«, murmelte Asandros.

»Hässlichkeit ist eine Strafe der Götter, junger Freund. Aber wenn du ein mitleidiges Herz hast, so nimm dich doch ihrer an. Marduk wird es dir lohnen.« Der Fremde lachte meckernd und entfernte sich.

Und was ist Schönheit?, dachte Asandros bitter. *Die verführerische Maske Belials?* Kurz entschlossen ging er auf die Frauen zu. Als sein Schatten auf sie fiel, hoben sie die Köpfe. Aus matten Blicken schlugen ihm Bitternis und Entsagung entgegen. Er warf jeder ein Kupferstück in den Schoß. Sie rührten sich nicht, hielten es für einen schlechten Scherz, und eine sagte mit rauer Stimme: »Geh Fremder und beleidige nicht den Gott. Uns mangelt es nicht an Kupfer, wie sitzen hier nicht, um zu betteln.«

Asandros wies auf das Tor, in dem ein gelangweilter Priester in schmutzigem Gewand hockte und döste. »Ich gab euch das Kupfer, wie es Brauch ist, wenn sich eine Jungfrau dem Gotte weiht.« Er versuchte ein freundliches Lächeln.

Eine Frau erhob sich zögernd. Sie hatte vom Arbeiten auf dem Feld Schwielen an Händen und Füßen, ihre Haut war mit rötlichen Flecken übersät, die sie ständig kratzte. Mit ihrer groben Hand fuchtelte sie Asandros vor dem Gesicht herum. »Bist du blind, Fremder? Wir sind nichts für dich, geh in den ersten Hof!«

Asandros packte sie am Handgelenk. »Da war ich schon, da ist es mir zu voll. Komm mit!« Er zerrte sie über den Hof, und der Priester erhielt einen leichten Fußtritt. Er sprang auf und sah verdutzt auf das ungleiche Paar. »Was wollt ihr?«

»Hier ist die Frau, und hier ihre Tafel!«, schnauzte Asandros ihn an. »Und du siegelst sie jetzt nach dem Brauch, verstanden?«

Der Priester grinste über beide Mundwinkel. »Aber nur, wenn du sie auch siegelst, Fremder. Willst du das wirklich tun?«

»Bist du hier, um dumme Fragen zu stellen?«

Der Priester zog den Stempel aus den Falten seines Gewandes und drückte ihn heftig in das Wachs. »Ich warne dich. Wenn du den Gott betrügst, wird er dir abfaulen.«

»Dann hättet ihr Priester alle längst keine Schwänze mehr. Zeig uns die Kammer!«

Der Priester wies in den dunklen Gang. »Sie sind alle leer, bedient euch!«

In dem kleinen, dämmerigen Raum stand ein Holzgestell, über das geflochtene Matten gebreitet waren. Die Frau setzte sich zitternd. Asandros setzte sich neben sie. »Wovor hast du Angst?«

»Warum hast du das getan?«, fragte sie stockend. »Marduk zu betrügen, ist ein Verbrechen, das er grausam strafen wird.«

»Priestergeschwätz! Du und deine Schwestern sollten besser daheim sein und ihren Familien bei der Arbeit helfen. Marduk ist ein gütiger Gott und wird es verstehen.«

Sie schwieg und wagte nicht, Asandros anzusehen. Der räusperte sich. »Gibt es gegen deinen Hautausschlag keine Salbe?«

»Nicht für die fünfte Tochter eines Schafhirten«, erwiderte sie leise.

»Wie lange hast du dich nicht gewaschen?«

»Gewaschen?«, wiederholte sie. »Früher habe ich manchmal im Fluss gebadet, aber seit ich hier sitze, nicht mehr, das sind viele, viele Monate.«

»Das habe ich befürchtet«, murmelte Asandros. Er streckte zaghaft die Hand nach ihr aus, um sich dafür zu bestrafen, dass er Midians Schönheit erlegen war, zog sie dann aber wieder zurück. Sie roch wie ein Abtritt. »Hör zu, Mädchen«, flüsterte er und küsste sie hastig auf die Stirn, »mein Lebenswasser wird nicht erregt, aber ich denke, Marduk wird den guten Willen für die Tat nehmen.«

Er führte sie hinaus an die Sonne, und der Priester hüpfte herum und kreischte: »Sieben sind es! Es sind sieben!« Denn die anderen standen vor dem Tor und hielten ihre Kupfermünzen hin. Er wollte dem Mädchen den Rock hochreißen, ob es blutete, aber

Asandros schlug ihm auf den Arm. »Du Lüstling! Was begehrst du, den Schoß einer Frau zu sehen, den sie fortan nur vor ihrem Gatten entblößen darf?«

Grinsend siegelte der Priester das nächste Täfelchen. »Kein Wunder, dass dein Werkzeug so hurtig ist, bei dieser versammelten Anmut. Bespringst du sieben Töchter Babylons, so schaffst du sicher auch die Achte.« Er drehte sich um und lüftete seinen schmutzigen Kaftan. Die Frauen kicherten.

Asandros gab ihm einen Klaps auf die Hinterbacken und wandte sich an die Frauen: »Wahrlich, so zeigt sich der Mond in seiner Fülle. Besingt doch dieses edle Rund, bis ich wieder zurück bin.« Er nahm die Nächste mit sich und hörte, wie die Frauen draußen Spottverse auf des Priesters Hinterteil dichteten, der das aber recht vergnüglich fand und sich in seiner Pracht auch von vorn zeigte, sodass der Platz bald von unzüchtigen Bemerkungen und hellem Gelächter widerhallte. Am Ende hatten alle ihren Spaß und die Frauen ihre Siegel. Fröhlich verließen sie die Stätte ihres Wartens, und in den anderen Höfen starrte man den kichernden Mädchen erstaunt hinterher, und viele Frauen meinten seufzend, dass sie sich für diesen Mann gern noch einmal an die Mauer setzen würden.

Asandros verließ gut gelaunt den Tempel. Die Fröhlichkeit hatte seine Beklemmung gelöst, den Bann gebrochen. Mit sich selbst zufrieden, lenkte er seine Schritte in eine Schenke. Ich habe die Götter betrogen. Morgen werden dort andere Frauen sitzen, aber wer wird auf den Gedanken kommen, dass es gut ist, die Götter zu betrügen, wenn sie Unbarmherziges fordern?

In der Schenke kam er mit Kaufleuten von der Kupferinsel Alaschija ins Gespräch. Sie freuten sich, hier einen Griechen zu treffen, und becherten fleißig zusammen. Phelles, der Herr der Karawane, wischte sich den Bart. »Du wirst jetzt keine Karawane nach Westen finden. Die Ägypter machen die Straßen unsicher. Es ist besser, ruhigere Zeiten abzuwarten.«

»Die Ägypter? Ich bin nicht unterrichtet, mein Freund.«

»Nebukadnezar hat den Pharao in die Flucht geschlagen. Bis Hama am Orontes hat er ihn getrieben. Dann erreichte ihn die Nachricht vom Tod seines Vaters, und er ...«

»Nabupolassar ist tot?«

»Ja, er starb ganz plötzlich, so sagt man.«

»Als ich Babylon verließ, schien sich sein Zustand gebessert zu haben.«

Phelles grinste und warf einen bezeichnenden Blick in die Runde. »Es gibt Dinge, die fällen auch den Gesündesten.«

»Du meinst – Gift?«

»Pst!« Phelles sah sich scheu um. »Das darf man nicht offen sagen. Es gibt dafür keine Beweise, aber beim plötzlichen Ableben eines Herrschers kommen immer Gerüchte auf.«

Nebukadnezar oder Midian?, überlegte Asandros. Beide hatten einen Grund, aber vielleicht hatte Nabupolassar auch nur ein schwaches Herz.

»Nebukadnezar ist auf dem Weg nach Babylon«, fuhr Phelles nach einem tiefen Schluck fort. »Wenn wir zur Krönungsfeier die Stadt erreichen, werden wir in Silber schwimmen. Die Feierlichkeiten währen zwölf Tage, und den Menschen sitzt das Gold locker im Beutel. Das bringt einen Aufschlag von hundertfünfzig Prozent auf unsere Waren.«

»Ich wünsche euch Erfolg.«

»Willst du nicht mitkommen? Glaub mir, es ist besser, die Dinge im mauerbewehrten Babylon abzuwarten, als ohne Kopf in Athen anzukommen.«

»Bist du sicher«, fragte Asandros nach einigem Zögern, »dass Nebukadnezar den Thron besteigen wird?«

Phelles sah ihn mit großen Augen an. »Wer sonst? Er ist der Kronprinz, und mir ist von anderen Ansprüchen nichts zu Ohren gekommen.«

»Und wen wird er zu seinem Tartan machen?«

»Woher soll ich das wissen? Er wird wohl Illubani behalten, der schon unter seinem Vater gedient hat.«

»Der unter seinem Vater ergraut ist«, fügte Asandros hinzu. »Vielleicht wird er sich für den zweiten Mann im Reich einen jüngeren Mann suchen.«

Phelles musterte Asandros mit zusammengekniffenen Augen. »Schon möglich, doch was geht uns das an? Oder willst du dich selbst um das Amt bewerben?« Phelles lachte schallend und seine Gefährten mit ihm.

»Babylon!«, murmelte Asandros und war entsetzt, mit welcher Macht es ihn wieder zum leuchtend blauen Ischtartor zog. Wollte ihm das Schicksal zeigen, dass er niemals aus eigener Kraft entfliehen konnte, weil er und Midian zusammengehörten?

»In Babylon gibt es einen Menschen, dem ich nicht begegnen möchte«, sagte Asandros aufrichtig.

Phelles wiegte den Kopf. »Willst du seinetwegen nach Athen gehen? Dann wird er dir dort begegnen. Niemand kann das Schicksal betrügen, mein Freund.«

Asandros nickte. »Danke für deine weisen Worte. Ja, ich muss den Kampf mit ihm aufnehmen.«

46

Der kleine, beinahe schmächtige Mann lächelte, als er dem Begräbnis seines Vaters beiwohnte. Beim Einzug in die Stadt hatte die Bevölkerung ihm zugejubelt. Kein Rivale war aufgestanden, um ihm den Thron streitig zu machen. Bel-Marduk-Nadin-Ach, der Hohepriester, war ihm am Adadtor entgegengeeilt und hatte ihm das Geleit zum Esangila gegeben, wo der Prinz zusammen mit den Priestern geopfert hatte. Und alle wussten es: Er, Nebukadnezar, würde den Löwenthron besteigen. Er dachte an Asandros und Midian. Zwei Männer wie Zedern, und nun hatte der Abgrund sie verschluckt, der Wind sie verweht.

Nebukadnezar war ausgesprochen gut gelaunt und vergaß darüber auch seinen Zorn, dass er die Ägypter nicht endgültig hatte schlagen können. Als er sich von den Feierlichkeiten zurück in den Marduktempel begab, erwarteten ihn an der Euphratbrücke etliche Menschen, die ihm demütig Bittschriften übergaben, so wie es Brauch war, wenn der Herrscher sich unter das Volk mischte. Nur wenige schafften es in dem Gedränge, diese Nebukadnezar selbst zu überreichen, seine Wachen mussten viele zurückstoßen, und nur die Stärksten vermochten zu ihm vorzudringen. Trunken vor Freude über seinen Sieg über die Ägypter und seine bevorstehende Krönung wies Nebukadnezar sein Gefolge an, vor der Brücke zu halten, um auch den Frauen und Kindern Zutritt zu seinem Prunkwagen zu ermöglichen. Huldvoll nahm er ihre Segenswünsche und Gebete entgegen und versprach ihnen, sich ihrer Nöte anzunehmen. Nebusaradan, der weiterhin das Amt des Rabschake versah, hatte alle Mühe, den zukünftigen Herrscher zu beschützen. Er befahl, die Brücke, auf der sich jetzt Hunderte drängten, abzusperren, und die Bittsteller nur einzeln vorzulassen, das aber ohne Ansehen der Person. Dabei achtete er darauf, dass die jungen, starken Männer sich nicht vordrängten.

Da löste sich eine hochgewachsene Gestalt aus der Menge. Sie war ganz in Purpur und Gold gekleidet, und sein Haupt bedeckte ein perlengeschmückter Turban. Ehrfürchtig wichen die Menschen vor ihm zurück, doch ein alter Mann schlurfte unbedacht vor seine Füße, in seinen zitternden Händen ein tönernes Gefäß, welches das Schreiben barg, das er Nebukadnezar überreichen wollte. Ein Stoß von dem Fremden, und es entglitt ihm, fiel auf die Wegplatten und zerbrach. Der Alte stolperte und fiel hin. Ein Halbwüchsiger, der herbeieilte, um ihm aufzuhelfen, wurde ebenfalls zur Seite gestoßen. Nebusaradan fluchte und richtete seinen Speer drohend auf den rücksichtslosen Fremden, doch ein Blick in seine schwarzen Augen ließ ihn erblassen und zurückweichen, denn es war, als habe ihn Ereschkigals eisiger Todesblick getroffen. Der sinnliche Mund des Fremden verzerrte sich höhnisch. Auch Midian hatte Nebusaradan erkannt, aber wortlos schritt er an ihm vorüber. Die Frau, die vor Nebukadnezar kniete, floh vor ihm.

Als Nebukadnezar erkannte, wer auf ihn zu trat, fiel er ächzend zurück auf seinen Sitz, der Schweiß klebte seine dünnen Locken auf der Stirn fest, und er begann so stark zu zittern, dass der bronzene Königsstab ihm aus der Hand glitt und klirrend auf das Pflaster fiel. »Midian!«, krächzte er.

Die Priester stöhnten auf, denn auch sie erkannten den Mann, der eigentlich im Stier verbrannt war, und sie stießen hastige Gebete und Beschwörungsformeln hervor, wobei sie die gespreizten Finger gegen Midian ausstreckten, doch der ließ sich davon nicht beeindrucken. Er reichte Nebukadnezar eine Wachstafel, auf der nur ein Zeichen zu sehen war: ein Mond mit strahlenförmigen Zacken, der eher einer Sonne glich. »Der Herr der silbernen Maske bittet um eine Audienz«, sagte Midian mit leiser Stimme. »Heute Nacht.«

»Hinweg mit dir, du Geist der Finsternis!«, murmelte Nebukadnezar. Seine Augen irrten umher, aber niemand wagte, Hand an Midian zu legen. Der neigte sich etwas hinab und flüsterte: »Der Geist der Finsternis will dich in dieser Nacht heimsuchen – und du wirst ihn empfangen, wenn du König werden willst.«

Nebukadnezar nickte. Ein Höfling reichte ihm seinen Stab, aber er beachtete ihn nicht. Midian nahm ihn an sich und wog ihn lächelnd in der Hand. »Den möchtest du sicher bald gegen den goldenen Stab des Sirrusch eintauschen. Ich gab dir ein Versprechen, und ich halte es, mein Prinz. Halte du nun auch deins.« Er legte den Stab Nebukadnezar in den Schoß und wandte sich ab. Die Menge machte ihm hastig Platz. Vor Nebusaradan blieb er kurz stehen. Der hatte sich gefasst und zischte: »So hat Asandros doch keine Vision gehabt. Du lebst! Welchem Dämon hast du dafür geopfert?«

»Belial«, sagte Midian mit dunkler Stimme, dann verschwand er im Gewühl.

Im Palast verlangte Nebukadnezar, umgehend und wahrheitsgemäß von den unglaublichen Vorgängen unterrichtet zu werden, die sich während seiner Abwesenheit ereignet hatten. Schlechte Nachrichten hatte man dem Sieger über Ägypten und zukünftigen König vorenthalten, jetzt musste Nebukadnezar erfahren, dass das Land im weiten Umkreis schlimmer verwüstet war als nach dem Einmarsch feindlicher Truppen und dass ein Mann mit der silbernen Maske dafür verantwortlich war.

»Midian«, murmelte Nebukadnezar. »Weshalb hat man mir berichtet, er sei hingerichtet worden? Er soll aus dem Stier entkommen sein? Lächerlich! Wer ist für diese Schlamperei verantwortlich gewesen? Weshalb sind da keine Köpfe gerollt?« Durchbohrend sah er Nebusaradan an. Der zuckte mit den Schultern. »Bis heute wusste niemand, dass Midian lebt, Herr.«

»Aber er tut es!«, schrie Nebukadnezar unbeherrscht. »Und der Einzige, der mit ihm fertig geworden wäre, den habt ihr ziehen lassen!«

»Asandros hätte niemand aufhalten können«, widersprach Nebusaradan.

»Er sollte mein Auge sein, mein Ohr!«, zischte Nebukadnezar. »Aber er hat mich verlassen, er hat mich verraten!«

»Nein!« Nebusaradans Wangen röteten sich. »Asandros trifft keine Schuld. Er hat sich wie kein anderer um Babylon und die Menschen bemüht, jedoch das Böse konnte ihn besiegen, weil er zu keinen Göttern betet. Aber wenn Midian heute Nacht zu dir kommt, können wir ihn überwältigen und ...«

»Schweig, du Narr! Wenn Midian sich in den Palast wagt, fühlt er sich sicher, und dafür wird es gute Gründe geben, Gründe, die wir nicht kennen, aber das Ausmaß der Katastrophe, die er und seine Männer anrichten konnten, spricht für sich. Ich werde ihn empfangen, und er wird mein Tartan werden wollen. Im Augenblick habe ich keine Wahl, als ihn dazu zu machen.«

Von der nächtlichen Audienz wussten nur wenige. Die Mardukpriester würden schweigen, und Nebusaradan war dem Thron ergeben. Midian lehnte sich behaglich in seinem Sessel zurück und lächelte freundlich. Wer ihn nicht kannte, mochte ihn für einen herzlichen Menschen und guten Freund halten. »Ich beglückwünsche dich, mein Prinz, du hast es geschafft. Nebukadnezar, König von Babylon! Das klingt gut, und die Götter sind auf deiner Seite, denn sie wollen dich mit einem Tartan beschenken, der deinem Königtum Glanz verleihen wird.«

»Einen Tartan, den ich noch in dieser Nacht töten lassen könnte«, erwiderte Nebukadnezar lauernd.

»Gewiss.« Midian beugte sich etwas vor, sodass sein Knie fast das Knie des Prinzen berührte, und sein Atem diesem über das Gesicht strich. »Aber was hättest du davon, außer einer Menge Ärger?« Er schob seine Zungenspitze vor, als genieße er einen guten Wein auf seinen Lippen. »Auch Asandros wollte mich töten, nicht wahr? Und was bekam er? Großen Ärger, würde ich sagen. Und wo ist er jetzt? Er hockt wieder in seinem provinziellen Athen. Einen Rivalen habe ich dir vom Hals geschafft. Dass du mir dafür nicht Dank weißt, kränkt mich.«

»Mir oder dir?«, spottete Nebukadnezar.

Midian hob die Augenbrauen. »Zweifelst du an meiner Ergebenheit? Ich hätte dir auch einen Empfang bereiten können, an dessen Ende dein ruhmreicher Hintern statt auf dem Thron an der Stadtmauer geklebt hätte.«

Nebukadnezar versuchte ein schiefes Grinsen. »Deine Ausdrucksweise ist der eines Wegelagerers würdig.«

»Wegelagerer war ich auch«, gab Midian zu. »Dann war ich die rechte Hand König Joschijas und seines Sohnes. Ich besaß das Vertrauen Nechos und überwand schließlich Asandros, den Günstling deines Vaters. In aller Bescheidenheit will ich noch erwähnen, dass ich die Wiedergeburt König Davids bin und ein Abgesandter Belials. Aber das alles weißt du natürlich.«

»Alles außer der Sache mit Belial«, nickte Nebukadnezar, »wer soll das sein?«

Midian grinste. »Der Fürst der Unterwelt hat viele Namen. Aus dem Stier bin ich geradewegs zu ihm hinabgestiegen und wurde mit allen Ehren von ihm empfangen. Ich überlasse es der Fantasie der Mardukpriester, wie sie meine wundersame Rettung ausschmücken wollen, damit das Volk ehrfürchtig erschauert.«

»Ich glaubte, du seist Juda zugeneigt und seinem unsichtbaren Gott Jahwe?«

»Das bin ich, und ich hoffe, dass die Hazarim eine blühende Gemeinde wird, wenn ich dein Tartan bin.«

»Tartan«, wiederholte Nebukadnezar und spielte mit dem Siegelring an seiner linken Hand. »Ich kann keinen Verbrecher zum Tartan machen.«

»Du kannst es dir nicht leisten, mich nicht dazu zu machen«, entgegnete Midian kalt. »Dein Königtum ist jung, was du jetzt brauchst, ist tatkräftige Unterstützung und kein Aufruhr im Land.«

»Und Illubani?«

»Schick ihn auf sein wohlverdientes Altenteil.« Midian lehnte sich wieder zurück und verschränkte die Arme. »Fürchte nichts, mein Prinz, Babylon wird blühen, und dein Ruhm wird heller strahlen als die goldene Spitze des Etemenanki in der Sonne.«

Nebukadnezar hüstelte spöttisch. »Hohle Worte! In Wahrheit verachtest du mich.«

»Nein.« Zum ersten Mal verschwand das spöttische Lächeln aus Midians Gesicht. »Du bist ein hervorragender Feldherr, und mit meiner Hilfe wirst du ein ebenso glänzender Herrscher werden.«

»Und dich für immer mit der Rolle des zweiten Mannes begnügen? Den Nachruhm mir allein überlassen?«

»So bin ich eben, großzügig und selbstlos.«

»Ja, du bist der edelste aller Männer«, knurrte Nebukadnezar.

»Nach meiner Krönung werde ich dich zum Tartan ernennen, aber
es wird sehr schwierig sein, dem Land einen Mann anzubieten, der
öffentlich im Stier hingerichtet worden ist.«

»Das sehe ich ein. Halte also deine Priester dazu an, eine gleichermaßen glaubwürdige und Furcht einflößende Geschichte zu
erfinden, die mich entlastet.«

»Ein Mann, der meine Karawanen überfällt und die Götter läs-
tert«, stöhnte Nebukadnezar. »Und weshalb hat Asandros Babylon
verlassen? Ist das auch dein Werk?«

»Ich riet ihm zu gehen – in deinem Sinn, mein Prinz, denn
Asandros hätte einen schlechten Einfluss auf dich gehabt und Babylon zugrunde gerichtet mit seinen lebensfremden Schwärmerei-
en.«

»Lebensfremd? Asandros schien mir ein durchaus klardenken-
der Mann zu sein.«

»Das war er, wenn er nicht gerade an seinen Plänen für die all-
gemeine Sklavenbefreiung arbeitete, für die tägliche Speisung Be-
dürftiger, für zederngetäfelte Decken in den Hütten der Armen,
mehr Rechte für Frauen und Kinder, Tagediebe und Taugenichtse.
An jeder Ecke machte er neue Ausgebeutete und Unterdrückte
aus – mein Prinz, du und dein Gefolge wären innerhalb kürzester
Zeit verarmt, wenn du ihm dein Ohr geliehen hättest. Das Ischtartor hättest du an den meistbietenden Phönizier verkaufen müssen,
um die hungrigen Mäuler zu stopfen, die Asandros herangeschafft
hätte.«

»Und was rät mir Midian?«, fragte Nebukadnezar dünn lächelnd.

»Der Löwe sorgt für sein Rudel dadurch, dass ihm die Schwachen zur Beute werden.«

47

Asandros war zusammen mit den Kaufleuten aus Alaschija in einem Gasthaus der Karawanserei untergekommen. Es war sein
Glück, dass er mit ihnen reiste, denn in Babylon war kein Ratten-
loch mehr frei. Auf den Straßen ausgebreitete Matten wurden
stückweise als Schlafplätze vermietet. Die Garde des Königs hatte
alle Mühe, wenigstens die Prozessionsstraße frei zu halten und
eine Zufahrtsstraße für die Wagen hoher Gesandter aus fremden
Ländern, die dem neuen König huldigen wollten.

Die Wagemutigsten kletterten auf die Mauerzinnen der Aibur
Schabu. Auch Asandros hatte dort einen luftigen Platz erobert und
wartete auf den Geleitzug des Königs.

Im schwarzsilbernen Königsmantel hatte Nebukadnezar auf dem Thron Platz genommen und die Huldigungen seiner Heerführer und seines Hofstaates empfangen. Dann begab er sich inmitten eines prunkvollen Geleitzuges zum Esangila, um dort vom Hohepriester des Marduk gesalbt und mit dem Königsreif gekrönt zu werden. Bel-Marduk-Nadin-Ach, der geehrte, aber ränkevolle und machtgierige alte Mann, versah dieses Amt schon seit über zwanzig Jahren. Er nannte Nebukadnezar seinen lieben Sohn und versicherte ihm, dass ihn die große Königin Ischtar vom Mutterleib an zur Herrschaft bestimmt habe.

Ohne diese Zeremonie wäre Nebukadnezars Machtergreifung nicht möglich gewesen, und Nadin-Ach wusste das. Er war mit dem Thronfolger zufrieden, denn Nebukadnezar hatte nie zu erkennen gegeben, dass er die Macht der Mardukpriester antasten wollte. Als der Reif sein königliches Haupt zierte, fielen alle, die der Zeremonie beiwohnten, auf die Knie und priesen ihren neuen Herrscher. Endlos dehnte sich danach der Zug der Opfertiere, denn die Gäste wollten gut essen, und das Absingen der Gebete, denn die Götter wollten umschmeichelt werden. Die Reihe der göttlichen Ahnen, die Nebukadnezar von den Priestern bei dieser Gelegenheit verliehen wurde, reichte bis zur Erschaffung der Welt, und viel hätte nicht gefehlt, sie hätten in ihrem Überschwang Nebukadnezar selbst zu ihrem Schöpfer gemacht, als sie das Enuma Elisch anstimmten:

»Als droben noch die Himmel unbenannt, als drunten noch die Erde ohne Namen, Apsu, Erzeuger von Uranfang und Mummu-Tiamat, erste Mutter aller, zusammenfließen ließen ihre Wasser, als sich kein Rohrwuchs noch, kein Sumpfland zeigte, als nirgends Götter waren, ihre Namen noch ungeahnt, ihr Schicksal ohne Lauf, da stiegen aus den Wassern Götter auf ...«

Am Ende ergriff Nebukadnezar die Hände der goldenen Mardukstatue. Alles schwieg ergriffen, dann brach der Jubel los. Die festliche Gesellschaft zog hinaus auf den großen Hof, wo Lyra und Trompete, Trommel und Becken, Pauken und Schellen sie begrüßten. Asandros hatte von seinem Platz auf dem Mauerturm eine hervorragende Sicht, denn der Hof grenzte unmittelbar an die Mauer der Prozessionsstraße.

Nebukadnezar hatte auf dem Löwenthron Platz genommen, um die höchsten Beamten im Reich zu ernennen und zu verpflichten. Asandros beugte sich neugierig über die Mauer, denn er kannte viele von ihnen. Er zuckte zusammen, als er den Namen Illubanis hörte, den Nebukadnezar in Ehren entließ. Asandros fühlte seine Handflächen feucht werden. Würde das Gespenst aus Xandrames' Höhle Tartan werden? Er hatte Midian unter den farbenprächtigen

Gestalten nicht ausmachen können.

Da näherte sich eine Abordnung weiß gekleideter Männer dem Thron. Voran schritt ein hochgewachsener, graubärtiger Mann: Hilkija, der Hohepriester Jahwes; an seiner Seite sein Sohn Jeremia. Sie erwiesen dem König die Ehre und verneigten sich tief vor ihm, die Mardukpriester keines Blickes würdigend. Sie schürzten leicht ihre Gewänder, als dürfe der Staub dieses unheiligen Ortes sie nicht beschmutzen.

Nebukadnezar hob huldvoll die Hand. »Ihr und euer Gott seid willkommen.«

Hilkija verzog keine Miene. Leicht war es keinem von ihnen gefallen, den Marduktempel zu betreten. Dann zeigte sich, wem diese Vorhut galt: Über die Aibur Schabu sprengte ein Wagen, bespannt mit zwei schwarzen Rössern. Sein Lenker war wie ein Krieger gekleidet, über dem wollenen Untergewand trug er einen Lederkoller, darüber einen blitzenden Schuppenpanzer, das Langschwert an der Seite. Sein langes Haar bändigte ein breiter, goldener Reif mit dem Davidsstern.

Nadin-Achs Miene verdüsterte sich bei diesem Anblick, die Hebräer jubelten lauter als bei der Krönung Nebukadnezars. Midians eigenwilliges Erscheinen und schwungvoller Auftritt machte allen klar, welche Rolle er künftig in dieser Stadt zu spielen gedachte. Nebukadnezars linke Gesichtshälfte begann zu zucken, denn Midians Auftritt war eine Zurücksetzung seiner Person, und sein Gefolge, das es ebenso empfand, stand starr und stumm, bis Nebukadnezar sich räusperte und Nadin-Ach den respektlosen David mit säuerlicher Miene als Sohn der Sonne begrüßte, den Auserkorenen Jahwes, den weisen Herrn der Berge und des Sturms. Midians Augen funkelten Sieg. Seine Verneigung fiel knapp aus, der Schwung seines Mantels umso großartiger, und sein Schwert klirrte herausfordernd.

Asandros lehnte sich schwer atmend gegen die Mauer. Nun wusste er es: Midian war kein Gespenst. Der Mann, der wenige Schritte von diesen Mauern entfernt den eisernen Stier betreten hatte, war wie ein Eroberer in den Hof des Tempels gefahren, und alle waren vor ihm zurückgewichen, obwohl genug bewaffnete Krieger den Hof umstanden. Ein Mann, der unsagbares Elend über das Land gebracht hatte, wurde öffentlich zum Tartan gemacht. Asandros konnte die feierlichen Worte hören. Ein Mann, der Frauen zerfleischte, wenn er sie liebte, der ihm den Freund getötet und der sich dem Bösen verschrieben hatte und den er ...

»Ich hasse dich«, murmelte Asandros. »Ich hasse dich, weil du mich trotz allem zittern machst.« Er konnte den Blick nicht von ihm wenden, aber er war viel ruhiger als damals in der Höhle. *Jetzt, wo ich weiß, dass du ein Mensch aus Fleisch und Blut bist, werde ich mit dir fertig,* dachte er. *Und ich werde dafür sorgen, dass du an mich denkst, wenn ich Babylon diesmal verlasse.*

48

Die Krönungsfeierlichkeiten nahmen ihren Fortgang. Acht Sänftenträger bahnten sich mühsam einen Weg durch das Gewühl der schmalen Gassen bis zur Hazarim. Unter dem rotgoldenen Baldachin, dessen Mardukbild gnädig von einer Schärpe verdeckt wurde, saß der neue Tartan, angetan mit einem knöchellangen Gewand, das in mehreren fransenbesetzten Bahnen um seinen Körper geschlungen war, und einer hohen Filztiara. Berittene Ausrufer machten den Weg für ihn frei, und die Menschen versuchten hastig auszuweichen, was in der Menge nicht immer gelang. Sie stolperten übereinander, rafften ihre Schlafmatten an sich, drängten sich in Nischen und Toreingänge oder taumelten in ihrer Trunkenheit geradewegs vor die Füße des Ausrufers, der sie mit einer Peitsche verjagte. Niemand wusste Genaues, aber die Gerüchte über den neuen Tartan fegten wie ein Sandsturm durch die Stadt, begleitet von einem Heer Dämonen.

Vor Hilkijas Haus sprang Midian aus der Sänfte, wobei der Stoff über seinen kräftigen Schenkeln riss und eine Borte mit Fransen im Staub schleifte. »Dämlicher Rock!«, schimpfte Midian und nahm noch auf der Straße seinen hohen Hut ab, den er einem der Sänftenträger in die Hand drückte. Dann sah er Hilkija und seine Freunde an der Tür stehen. Bevor jemand die ersten Begrüßungsworte stammeln konnte, ging Midian lachend auf Hilkija zu und schlug ihm gut gelaunt auf die Schulter. »Das war prachtvoll, mein Freund! Babylon verstummte vor David, es verstummte vor der Macht Jahwes, und die Stadt zittert wie die weidwund geschossene Flanke eines Löwen.« Er wandte sich in die Runde und hob die Arme. »Nein, nein, keine Kniefälle mehr, ich bin es leid, von Nacktschnecken umgeben zu sein. Lasst uns rasch hineingehen, damit ich diese unbequemen Kleider loswerde. Schlimm genug, dass ich mich mit dieser lächerlichen Kopfbedeckung durch halb Babylon schaukeln lassen muss.«

In der Hazarim wurde die wundersame Errettung Davids aus dem Stier und seine Ernennung zum Tartan als Gotteswunder gepriesen. Midian hatte hier nicht mehr viele Freunde gehabt, jetzt wandten sich ihm auch die Verstocktesten wieder zu, und Hilkija konnte sich nicht verzeihen, dass er an Gottes Wegen gezweifelt hatte, weil Midian so wenig seiner Vorstellung eines göttlichen

Werkzeuges entsprach. Wieder einmal erwiesen sich die Wege des Höchsten als unerforschlich und menschliches Maß als unzulänglich.

Freilich vermuteten Männer wie Gemarja hinter Midians Auferstehung handfestere Gründe als Gottes unerforschlichen Ratschluss, doch das hinderte sie nicht daran, den Mann gebührend zu bewundern. Als Gemarja Midians Blick traf, wurde er blass und wich zurück in die Reihen, denn seine höhnischen Worte im Tal der Pfähle waren nicht vergessen.

»Wie du siehst, komme ich nicht als Salomo zurück, wie du gefürchtet hast, Gemarja«, hörte er Midian spotten.

»Der Schmerz um meinen Bruder hatte mich verblendet«, murmelte Gemarja. »Aber wenn du meinen Tod willst ...«

Midian lächelte kühl. »Zukünftig wirst du mir mit mehr Begeisterung dienen als bisher, hoffe ich.« Er schritt durch die kühle Halle in den Hof, wo sich rasch die wichtigsten Gemeindemitglieder versammelten. Midian entledigte sich seines Gewands und nahm halb nackt zwischen ihnen Platz. *Wahrlich*, dachte Hilkija, *David, vom Herrn mit Weisheit und Stärke gerüstet, hat Äußerlichkeiten nicht nötig, um sich Respekt zu verschaffen.*

Über die Vergangenheit verlor Midian kein Wort; es war besser, sie in mystischem Dunkel verborgen zu lassen. »Ich bin Tartan des mächtigsten Königs der Welt. Was das für euch bedeutet, brauche ich nicht zu sagen. Ihr seht, dass es weise war, mir zu folgen, denn Babylon wird ein mächtiges, blühendes Reich werden, aber nur die Auserwählten werden darin wie Göttersöhne wohnen. Wenn wir uns mit den Mardukpriestern nicht überwerfen, wird mir Nebukadnezar kaum einen Wunsch verwehren. Mein Antrittsgeschenk an euch: Ihr dürft einen kleinen Tempel bauen und Gottesdienste abhalten wie in Jerusalem. Die Anwesenheit Jahwes dort hatten wir bereits geklärt, nicht wahr?«

Niemand widersprach. Die Aussicht auf ein eigenes Gotteshaus überwältigte sie. Midian sah Tränen in vielen Augen, und er musste an sich halten, seine Verachtung nicht zu zeigen. Er hob die nackten Arme, von denen sein langes Haar wie ein drohender Schatten fiel. »Schon in Jerusalem mahnte ich euch, auf meine Worte zu hören, als spräche sie Jahwe selbst, und so ist es in der Tat. An mir hat er viele Zeichen und Wunder getan, weil ich sein Stellvertreter bin auf Erden, und wer daran zweifelt, wird auf ewig in der Hölle braten.«

Jeremia runzelte die Stirn. »In welcher Hölle, Midian?«

Der hob die Augenbrauen. »In der Hölle, wo alle Gottlosen im ewigen Feuer brennen werden.«

Hilkijas Augen wurden schmal. »Gotteslästerung!«, murmelte

er. »Das ist die Lehre des falschen Götzen Ahura Mazda und seines lügnerischen Verkünders Zarathustra.«

Midian lächelte. »Und was sagen eure heiligen Schriften über das Leben nach dem Tod?«

Verlegenes Schweigen war die Antwort. »Die Toten gehen in das Land ohne Wiederkehr«, antwortete einer zögernd. »Sie essen dort Lehm und Staub und müssen schmutziges Wasser trinken.«

Midian schürzte verächtlich die Lippen. »Das hört sich wenig erfreulich an. Weiß jemand mehr darüber?«

»Die Toten überqueren den Chabur, den Fluss ohne Wiederkehr«, sagte ein anderer. »Danach gehen sie durch sieben Tore, ein jedes nimmt ihnen ein Stück ihrer Erinnerung, bis sie das Finstere Haus erreichen, die Scheol. Was von ihnen bleibt, sind Schatten.«

Midian blies sich eine Haarsträhne aus dem Gesicht. »Diese Märchen hörte ich bereits von den Priestern falscher Götzen, von den Dienern Jahwes hätte ich mehr erwartet, als das Nachplappern dieses unsäglichen Geschwätzes.«

»Niemand weiß, wohin wir nach dem Tod gehen«, antwortete Hilkija.

»Weißt du denn mehr, Midian?«, fragte Gemarja herausfordernd.

Er erhielt einen kühlen Blick. »Selbstverständlich. Wie kann Jahwe, der Gerechte, seinem auserwählten Volk so ein trostloses Schicksal bereiten? Die an ihn glauben, sollten die nicht erhöht werden nach dem Tod? Sollten die nicht herrschen, die auf Erden seinen Willen taten?«

Ihm antwortete beifälliges Gemurmel.

»Und sollten die«, fuhr Midian fort, »die seinen Namen schmähten, sein Heiligtum mit Füßen traten, die den Baalim dienten, nicht bestraft werden für diesen Frevel?«

»Das wäre nur gerecht«, stimmten sie zu.

»Ist sein heiliges Volk verdammt, in alle Ewigkeit mit den Schatten jener Völker zu leben, die seinen Namen nicht kennen, nicht verherrlichen?« Midians Stimme wurde zu einem Grollen. »Ich sage euch, das ist nicht sein Wille!« Er streckte seine Hand aus und wies auf Jeremia. »Du füllst viele Schriftrollen mit der Geschichte deines Volkes, die gleichzeitig ein Lobpreis auf Jahwes Gerechtigkeit ist. So schreib auch dies: Alle Menschen werden nach ihrem Tod vor Gottes Thron gerufen werden, wo sie nach ihren Taten gerichtet werden. Die Frommen ...« Midian machte eine spöttische Handbewegung in die Runde. »zu denen ihr zweifellos gehört, werden ewig im Paradies leben, die Gottlosen im Höllenpfuhl, wo sie auf ewige Zeiten in glutflüssigem Metall geschmort werden, ohne Hoffnung auf Erlösung von diesen Schmerzen.«

»Wie kann ich das schreiben?«, gab Jeremia kopfschüttelnd zur Antwort. »Diese Hölle lehrte jener falsche Prophet Zarathustra, dem sie angeblich von seinem Götzen Ahura Mazda offenbart wurde.«

Ein empörtes Geraune erhob sich, und Midian wartete geduldig, bis es sich gelegt hatte. »Jeremia hat recht«, sagte er kühl, »doch auch Zarathustra ist nur ein Werkzeug Jahwes. Wie der Schmetterling sich aus seinem Kokon befreit, so strebt die Wahrheit Jahwes aus seinem Lügengespinst ans Licht.«

»Wir zweifeln nicht«, entgegnete Hilkija behutsam, »aber wir sind befremdet. Bis heute war es eine Todsünde, den Propheten anderer Götzen zu glauben oder gar ihre Götzen mit dem Herrn gleichzusetzen. Wird der Allmächtige schon morgen aus Marduk sprechen? Das wäre ein unerträgliches Ärgernis.«

»Eure Befremdung wird enden, wenn ihr auf mich hört!«, erwiderte Midian scharf, »denn ich allein verkünde seinen Willen, ich dachte, das hätte ich deutlich gemacht.« Midian sah sich langsam um und fing mit seinem durchbohrenden Blick jeden Zögernden, jeden Zweifelnden. Dann fuhr er mit Donnerstimme fort: »Mit mir wird Judas Geschichte neu geschrieben. Die Scheol, an die eure Väter geglaubt haben, wo der Held neben dem Feigling, der Fromme neben dem Übeltäter sitzt, schafft lachende Schurken, die sich vor keiner Strafe im Jenseits fürchten müssen.« Midian wies auf Hilkija. »Du willst ein demütiges, gläubiges Volk! Du willst, dass die Leviten Jahwes Priester bleiben? Mit der Zuchtrute ewiger Pein und dem Honigkuchen ewiger Paradiesfreuden wirst du die Hebräer lenken wie der Bauer seinen störrischen Ochsen.«

Hilkija wurde blass, Jeremia nagte an der Unterlippe. »Wird man uns nicht vorwerfen, dass wir die Lehre Zarathustras verkünden und nicht mehr die unserer Väter Abraham und Moses?«

Midian lächelte herablassend. »Das zu verhindern, wird Aufgabe eurer Schriftgelehrten sein. Sie waren von jeher Meister der Wortverdrehung und des Geschichtenerfindens.« Als empörte Rufe laut wurden, beendete Midian sie mit einer schroffen Handbewegung. »Es geschah stets, um Jahwe zu verherrlichen, das wissen wir alle – und ihr werdet nun damit fortfahren, denn die Zweifler und Ungehorsamen werden die Ersten sein, die ins ewige Feuer fallen.«

Nachdem die Aufregung sich gelegt hatte, fuhr Midian fort: »Zarathustra erfand auch – ich meine, ihm wurde offenbart –, dass es einen bösen Widersacher Gottes gibt: Ahriman, ein sehr nützlicher Bursche, den ich ebenfalls in euren Schriften sehen will. Er verkörpert die Finsternis, wie Jahwe das Licht. Er verführt die Menschen zum Bösen, das ist jedermann offensichtlich, sonst gäbe es nicht so viele Gottlose, und Jahwe müsste sich nicht von Zeit zu Zeit überlegen, ob er die gesamte Menschheit nicht besser ausrottete. Ahriman ist der Gegner des Allmächtigen, und das Leben des Frommen besteht darin, ihm zu widerstehen.«

»Ein Gegner des Herrn?«, brauste Hilkija auf, schwankend zwischen Midians zynischen Bekenntnissen und dem eigenen Glauben. »Ich bin der Herr, dein Gott, du sollst keine anderen Götter neben mir haben! So brannte es der Herr mit feurigen Schriftzeichen in die Tafeln, die er Mose gab. Wie kann dem Allmächtigen ein Gegner erwachsen? Solches erfinden die Völker der Heiden, die dem Herrn ein Gräuel sind.«

»Und wie ist Jahwe denkbar ohne Gegner?«, fragte Midian herausfordernd. »Gäbe es Ahriman nicht, so wären alle Menschen vollkommen, weil vom Herrn erschaffen, oder will einer unter euch behaupten, der Herr hätte beim Menschen schlechte Arbeit geleistet? Ahriman muss existieren, so wie es kein Licht ohne Schatten gibt.«

»Dann aber wäre der Herr nicht allmächtig, und das wäre undenkbar«, stammelte Hilkija.

»Nun, Ahriman ist immer nur so mächtig, wie der törichte Mensch es ihn sein lässt. Ist nicht auch Jahwe stets nur so mächtig wie der Glaube seines Volkes? Und eben, um diesen zu stärken, ist Ahriman nützlich, und gäbe es ihn nicht, müsste man ihn erfinden.« – *Wie ihr auch Jahwe erfunden habt, ihr Heuchler*, dachte Midian, schwieg aber, um seinen Zuhörern Zeit zum Nachdenken zu geben.

Schließlich räusperte sich Hilkija. »Ich sehe nicht, wie dieser Ahriman der Sache des Herrn von Nutzen sein kann.«

Midian lächelte überlegen. »Mit ihm führst du die Menschen am Gängelband, wollte sagen, zum Guten, und was gut ist, bestimmst du, denn du bist Jahwes Hohepriester. Jeden Missliebigen kannst du der Kumpanei mit Ahriman verdächtigen, jedes unerwünschte Wort unterdrücken mit dem Hinweis, es sei von Ahriman eingeflüstert. Wenn du solchermaßen über die Gläubigen herrschst, besitzt du Macht und Einfluss, das macht das Volk demütig, stärkt die Leviten und somit Jahwe.«

Hilkija schoss das Blut in den Kopf, denn so offen wollte er diese Dinge nicht ausgesprochen wissen. Das Ganze ist ein ungeheurer Betrug, wollte er hervorstoßen, aber er wusste, dass von Anbeginn Betrug – oder besser gesagt fromme Täuschung – das Priestertum begleitet und gefestigt hatte. Zum Wohle des Volkes, wie er sich einredete, aber eben Betrug. Nur die Eingeweihten wussten darum, und die Heiligkeit der Überlieferungen war so stark, dass am Ende alle selbst daran glaubten.

Hilkija fand Midians Einwände bestechend, aber er wäre die Sache lieber behutsam angegangen. Midians Sache war das nicht. Er befahl und erwartete Gehorsam, als könne man den Glauben diktieren wie eine Tributforderung, denn er war Tartan, und er war David. Hilkija dröhnte der Schädel, weil er selbst nicht mehr wusste, was er glauben und was er aus nützlichen Erwägungen heraus gutheißen sollte.

Midian genoss die Verunsicherung, die dadurch bei den Männern entstanden war, dass er ihr wahres Ansinnen erbarmungslos ans Licht gezerrt hatte. »Betrachtet meine Anordnungen wie die Feuerschrift auf dem Sinai – oder war es der Horeb? Ich hörte, um den rechten Berg wird noch gestritten? Aber ich bin sicher, Jahwe wird sich erinnern, wo er Mose begegnet ist.« Mit dieser spöttischen Bemerkung, die er sich nicht versagen konnte, entließ Midian die Männer.

49

Es war schon Nacht, als Midian sich verabschiedete. Er ließ den Trubel der Feiernden hinter sich und genoss es, in die erhabene Stille seiner Räumlichkeiten zurückzukehren, die er seit seiner Ernennung zum Tartan bewohnte, und wo Sklaven ihm lautlos dienten, als sei er ein Gott. Im Gegensatz zu Asandros behagte ihm ihre Unterwürfigkeit, umso leichter konnte er sie verachten. Er befahl ihnen, ein Bad zu richten. Lächelnd öffnete er eine Truhe, wo er Dinge verbarg, die eher auf einen Trödelmarkt als in die herrschaftlichen Räume eines Tartans gehörten: eine abgeschabte Hose aus Ziegenfell, deren Nähte an vielen Stellen mit derben Lederschnüren geflickt waren, abgetretene Stiefel aus Eselshaut, ein ausgeblichenes rotes Tuch und ein Gewirr aus Schnüren, Ketten, Knochen und Federn, Ringen und Armreifen. Midians Finger spielten nachdenklich damit, dann ließ er den Deckel der Truhe wieder fallen. Seine Augen glänzten. Heute Nacht in der Amurru würde er diese Kleidungsstücke tragen. Naharsins Haus war immer noch ein Bordell, wenn der Hausherr auch fern war und keine sterbenden Knaben mehr in geheimen Zimmern zur Verfügung standen.

Eine Schale mit brennendem Steinöl, dem wohlriechende Kräuter beigemengt waren, tauchte das Badezimmer in ein sanftes Licht. Aus dem im Boden eingelassenen bronzenen Becken stiegen weiße Dämpfe. Ein Sklave legte Tücher und eine Schale mit Sandelholzpaste zurecht. Er goss duftendes Zedernöl in das Wasser und stellte wohlriechendes Salböl aus Nardengras bereit.

»Ein Tartan muss wohl wie ein Gewürzbasar riechen«, brummte Midian und ließ sich von einem entzückenden Mädchen entkleiden, das so entgegenkommend war, ihn ausschließlich mit ihrer Nacktheit und ihrer Demut zu erfreuen, statt dummes Zeug zu schwatzen. Bevor er in das Wasser stieg, schob er ihr seine Männlichkeit in den Mund, und als er ihr Befremden darüber spürte, bemerkte er boshaft, ein Mann müsse nach Schweiß und Staub schmecken und nach anderen Dingen, die auszusprechen, ihm sein hohes Amt verbiete.

Dann stieg er in das Becken und verscheuchte die Sklaven; er wollte allein sein, um sich den wollüstigen Bildern hinzugeben, die in dieser Nacht auf ihn warteten. Er schloss die Augen und glitt mit den Händen zwischen seine Schenkel.

Ein Geräusch im Zimmer ließ ihn aufhorchen. Es stammte nicht von scheuen Sklavenschritten. Midian erblickte im dunstigen Licht einen Mann, er stand vor dem Vorhang, der das Badezimmer von den Ankleideräumen trennte. Er kam näher, und Midian entfuhr ein heiserer Laut. »Asandros!« Gleichzeitig flog sein Blick zu dem Dolch, den er beim Auskleiden gedankenlos auf den Fliesen liegen gelassen hatte. Da sah er das Schwert in Asandros Hand funkeln. »Bleib, wo du bist, Midian! Rühr dich nicht!« Asandros stieß den Dolch mit dem Fuß fort.

Midian fasste sich rasch. »Asandros«, wiederholte er leise, »fast hätte ich dich nicht erkannt, du siehst aus wie ein tyrischer Purpurverkäufer. Wie bist du unbemerkt hereingekommen?«

»Wie du siehst, bist du nicht der Einzige, der das geisterhafte Erscheinen aus dem Nichts beherrscht«, gab Asandros kühl zur Antwort und setzte sich auf einen Schemel, das Schwert über den Knien, Midian nicht aus den Augen lassend.

Midian lächelte verkniffen und legte seine Arme auf den Beckenrand. »Ich befahl dir, Babylon zu verlassen, weshalb bist du zurückgekehrt? Du weißt, dass ich unerbittlich bin in der Vergeltung. Ein Wink von mir, und du wirst in Ketten gelegt.«

»Und du liegst in meiner Badewanne«, stellte Asandros gelassen fest.

»Ich weiß, jetzt gehört mir, was du in deiner Narrheit mit Füßen getreten hast. All deine Anstrengungen waren vergebens. Ich bin Tartan, und du ein Nichts vor meinem göttlichen Willen. Was also stellst du dich mir entgegen?«

»Willst du wieder deine vermummten Diener rufen, damit sie mich überwältigen, so wie in Xandrames' Höhle?«, fragte Asandros verächtlich. »Schreckst du davor zurück, dich selbst mit mir zu messen?«

»Bist du deshalb zurückgekommen? Suchst du den Kampf auf

Leben und Tod mit mir? Handele nicht unbesonnen. Einmal ließ ich dir das Leben. Ein kostbares Geschenk, Asandros, das du wie eine Perle hüten solltest.«

Asandros lachte trocken. »Der spartanische Falke gegen einen Straßenräuber! Ich verweigere einem Mann den ehrenvollen Zweikampf, der sich im Erschlagen wehrloser Bauern und Verbrennen von Kindern hervorgetan hat.«

»Dann willst du einen wehrlosen, nackten Mann wohl in der Badewanne meucheln?«, höhnte Midian. »Oder weshalb strecktest du mir dein Schwert entgegen wie einen aufgerichteten Phallus?«

Asandros Miene blieb unbeweglich. »Das Schwert soll dich zwingen, mir zuzuhören. Dein Widersacher, den du im Traum gesehen hast, lebt, und er wird sich dir in den Weg stellen. Er wird dich zu Fall bringen, weil du keine Liebe, kein Erbarmen kennst. Bei deinem Belial! Dafür lohnt es zu kämpfen!«

»Und – was hast du vor?«, fragte Midian lauernd.

»Es wird dich treffen, wenn du unvorbereitet bist. Augenblicklich reise ich mit einer Karawane, die auf dem Weg nach Indien ist.«

»Indien? Ein fernes, ein geheimnisvolles Land, bewohnt von weisen Männern, wie es heißt. Aber wird nicht alle Weisheit der Welt in meiner Umarmung zu Asche?« Midian strich sich abwesend über die feucht schimmernde Haut.

»Bemühe dich nicht, Midian. Ich weiß, dass du schön bist, aber noch einmal verrate ich nicht meine Grundsätze.«

Midian spielte mit seiner Zunge und hielt Asandros Blick fest. Wie wünschte er sich, dieser möge sein langes, unkleidsames Krämergewand abwerfen und zu ihm ins Wasser steigen. Das Begehren war schmerzhaft, und Asandros Kälte steigerte es bis zur Folter. »Grundsätze? Was wiegen sie, wenn das Feuer in den Lenden wütet? Du wünschtest, ich sei hässlich, damit du mich hassen kannst, aber das Böse ist schön und von verlockender Sinnlichkeit, damit man danach verlangt. Hast du das nicht gewusst, als wir uns liebten am Fluss?«

»Nein«, murmelte Asandros, »aber heute weiß ich es.«

»Falsch! Du hast es immer gewusst, aber erst, als ich deinem Askanios den Hals durchschnitt, war der Schmerz groß genug, dein Verlangen vorübergehend zu lähmen.«

Asandros knirschte mit den Zähnen, um die Beherrschung nicht zu verlieren. »Vom wahren Ausmaß deiner Schlechtigkeit wusste ich damals nichts«, stieß er heiser hervor. »Ich glaubte, du könntest eines Tages meine Gefühle erwidern. Nie hätte ich für möglich gehalten, dass ein Mensch so erbärmlich heucheln kann wie du.«

»Ich habe deine Gefühle erwidert, sonst wärst du heute tot. Warst du nicht in meiner Gewalt in Xandrames' Höhle, und habe ich dich nicht gehen lassen?«

»Du wolltest mich den Gelüsten dieses verdorbenen Sinpriesters ausliefern!«

»Ich musste Xandrames einen Knochen hinwerfen, um ihn zu beruhigen. Ich hätte es nicht zugelassen.«

»Du lügst! Ich war dein Werkzeug von Anfang an. Dein Werkzeug für deine finsteren Pläne, die du rücksichtslos verfolgst.«

»Rücksichtslos – ja, aber verwirklichen wollte ich sie mit dir. Du solltest König werden, nicht Nebukadnezar. Nabupolassar liebte dich wie einen Sohn. Wir hätten gelebt wie im Paradies.«

»In deinem Paradies tragen die Bäume grausige Früchte.«

»Ich wäre dir entgegengekommen. Aus meiner Härte und deiner Nachsicht wäre ein Garten mit süßen Früchten gewachsen.«

»Du versuchst, mir Sand in die Augen zu streuen!«, schrie Asandros. »Nie warst du bereit, mit mir die Macht zu teilen. Wenn es so war, weshalb hast du mir nie die Wahrheit gesagt? Dass du zu den Schwarzen Wölfen gehörst?«

»Um meinen Hals leichtfertig in die Schlinge zu legen? So sicher war ich mir deiner nicht.«

»Askanios konnte mich rechtzeitig warnen. Wo wäre ich heute, hätte er es nicht getan? Verfault auf deiner gespenstigen Burg Dur-el-Scharan?«

»Wer weiß. Aber seit dem Stier sind wir quitt.«

Asandros fuhr sich mit der linken Hand über die heiße Stirn. *Ich wusste nicht, dass es so schwer sein würde*, dachte er. *Ich glaubte mich gefestigt, und nun weiß ich immer noch nicht, ob ich Midian glauben kann. Habe ich unsere Zukunft leichtfertig selbst in Trümmer geschlagen? Nein, ich darf ihm nicht trauen, nicht, solange ich sein Geheimnis nicht kenne, das uns beide aneinanderzuketten scheint.*

»Ist dir heiß? Bei Belial! Zieh endlich deinen Kaftan aus, der alles an dir verbirgt, was mich verrückt macht. Komm, Asandros! Du solltest nicht hier sein, aber wo du es einmal bist, lass uns für eine Nacht den Mantel des Vergessens über die Vergangenheit breiten.«

»Es ekelt dich nicht an, mich zu berühren?«

»Hast du den Unsinn geglaubt?«

»Ja.« Asandros Stimme war nur noch ein Hauch.

»Weißt du denn nicht, dass du der einzige Mann bist, der mir Erfüllung schenken kann?«, fragte Midian weich.

»Nein.« Asandros schüttelte verständnislos den Kopf.

»Ich habe mich nur Joram anvertraut und geschworen, mir eher die Zunge abzubeißen, als es dir zu gestehen. Aber wenn du zu mir hereinkommst, werde ich es tun.«

»Ich denke, wenn ich zu dir ins Becken steige, werde ich nicht mehr die Kraft haben, es je wieder zu verlassen.«

»Das wäre bedauerlich. Dann würdest du Indien nie sehen und keine neuen Erfahrungen sammeln, nicht wahr?«

»Die Wahrheit ist, ich gehe nicht nach Indien, ich gehe nach Tissaran! Denn deine Mutter, die dir bei der Flucht aus dem Stier behilflich war, sie besitzt den Schlüssel zu deinem abgründigen Verlies, und den werde ich mir holen.«

»Ha!« Midian schoss hoch, doch vor Asandros Waffe musste er wieder zurück ins Wasser rutschen. »Ich verbiete dir, nach Tissaran zu gehen, hörst du? Du wirst nichts dort erfahren, gar nichts!« Seine Augen loderten vor Zorn.

»Du kannst mir nichts verbieten, Midian! Ruf nur deine Wachen, sie werden nicht kommen. Keiner von Nebusaradans Leibgarde würde mich festnehmen, und weshalb auch? Was liegt gegen mich vor? Nichts! Und Nebukadnezar, der dich fürchtet, würde es begrüßen, wenn ich ihm zur Seite stünde.«

»Wenn du nach Tissaran gehst, dann ...« Die Wut erstickte Midians Stimme, und Asandros ergänzte spöttisch: »Dann werde ich noch einmal mit deiner Mutter schlafen, und sie wird es nicht ablehnen, die schöne Atargatis.«

»Du Narr!«, schrie Midian, »sie wird dich zum Trocknen in die Sonne hängen! Weshalb, glaubst du, hat sie dich verführt? Sie wollte dich demütigen, weil du ihr ärgster Feind bist.«

»So?«, fragte Asandros spöttisch. »Ich fühlte mich aber nicht gedemütigt. Und weshalb bin ich ihr ärgster Feind? Willst du mir nicht mehr enthüllen?«

»Von mir erfährst du nichts!«, knirschte Midian und schlug erbost auf das Wasser. »Lauf nur in deinen Tod und verbreite ihr Geheimnis in der Unterwelt bei den Schatten!«

»Du bist eifersüchtig, obwohl du ihr Sohn bist? Bist du auch ihr Liebhaber?«

»Ich bin ihr Sohn«, zischte Midian, »aber wofür hältst du meine Mutter? Mit ihr hast du ein größeres Ungeheuer umarmt, als ich es je war.«

»Ich verstehe dich nicht.«

»Durchquere die Sümpfe, Asandros! Vielleicht findest du Tissaran, wie es sich erhebt aus den Ruinen einer versunkenen Zeit. Betritt den Tempel ihrer unversöhnlichen Rachsucht! Sie darf dich nicht am Leben lassen, weil du der Einzige bist, der ihr gefährlich werden kann.«

»Ich ihr gefährlich? Das ist absurd!«

»Es ist die Wahrheit. Du könntest sie wankend machen in ihrem Entschluss, so wie du mich wankend machst in meiner Aufgabe, die mir gestellt ist.«

»Welche Aufgabe?«

»Belials Herrschaft aufzurichten.«

Asandros schnaubte verächtlich. »Damit kann ich nichts anfangen. Drück dich verständlicher aus!«

»Gut, du sollst es wissen. Belial ist ein Name für das Finstere, für das Unglück, das über die Menschen hereinbrechen soll. In Babylon werde ich meine Macht als Tartan dafür einsetzen, dass dies geschieht.«

Asandros war entsetzt, das war schlimmer als er vermutet hatte. Hier wollte sich ein Mann nicht nur an der Macht berauschen und sich bereichern, er hatte sich das Verderben selbst zum Ziel gesetzt. Beherrscht fragte er weiter: »Zählen deine Untaten als Herr mit der silbernen Maske dazu?«

»Sie halfen mir, Tartan zu werden und meine Gegner zu Fall zu bringen. Sie brachten mich meinem Ziel näher, aber sie waren nicht das Ziel selbst.«

»Was planst du für Babylon?« Asandros gab sich Mühe, seine Stimme nicht zittern zu lassen.

»Es wird blühen, aber nur für Belials Diener. Die anderen werden unter der Knute stöhnen. Ihr Leben wird aus Angst und Entbehrungen bestehen, dazu geschaffen, den Wohlstand der Besitzenden zu mehren und sich ihren Gelüsten zu unterwerfen. Der Grausame wird Triumphe feiern, der Unbarmherzige schwelgen, bis von einstmals fröhlichen Menschen nur noch bleiche, ausgezehrte Schatten bleiben. Und wie in Babylon, so soll es dereinst überall auf der Welt aussehen.«

»Und wer befiehlt dir so etwas Grauenvolles?«, flüsterte Asandros erschüttert.

»Meine Mutter. Sie säugte mich mit dem Gift der Grausamkeit und Bosheit, damit das große Werk der Rache getan werden kann.«

»Ammenmärchen!«, stieß Asandros verächtlich hervor. »Eine Mutter, die dich mit Gift säugte. Speist du mich mit Fabeln ab? Was ist das für eine undurchsichtige Rache? Was habe ich damit zu tun?«

»Es ist die Rache der großen Muttergöttin für ihren Sturz durch den männerbeherrschten Götterhimmel. Du wurdest als mein Widersacher geboren – allerdings, ohne es zu wissen, wie ich bald bemerkte.«

»Und ich glaubte«, erwiderte Asandros kühl, »dass uns zumindest das eine: dem Aberglauben zu widerstehen und die Machenschaften der Priester zu durchschauen. Jetzt stellt sich heraus, dass du selbst in ihrem schlammigen Fahrwasser schwimmst. Wie enttäuschend!«

Midian hieb zornig auf das Wasser. »Ich verachte ihr Geschwätz wie du, aber ich bin klug genug, sie zu benutzen.«

»Benutze sie, aber nicht mich! Worauf stützt du deinen unsinnigen Verdacht, ich sei als dein Widersacher geboren? Das entbehrt doch jeder Vernunft! Ebenso deine lächerliche Behauptung, du seist der längst verstorbene König David. Oder muss ich das auch glauben?«

»Du kennst meine Mutter nicht – nicht, wie ich sie kenne, sonst würdest du anders reden.« Midian machte eine ungeduldige Handbewegung. »Erlaubst du jetzt vielleicht, dass ich aus dem Wasser steige?«

Asandros hob sein Schwert. »Du bleibst, wo du bist, ich bin noch nicht fertig mit dir.«

»Willst du mich jetzt umbringen, nachdem du die Wahrheit kennst?«

»Habe ich als dein geborener Widersacher nicht die Pflicht, es zu tun? Aber merkwürdig, du und deine Mutter, ihr habt euren ärgsten Feind bisher am Leben gelassen. Weshalb?«

»Weil wir dich noch nicht besiegen konnten.«

»Du hattest hundertmal die Gelegenheit, mich zu töten, zuletzt in Xandrames' Höhle.«

»Unser Kampf wird nicht mit Schwertern ausgetragen, sonst wäre es leicht, Asandros.«

»Und was ist schwer, Midian?«

»Dich zu hassen und das Seil zu durchtrennen.«

»Uns verbindet nichts mehr. Wir sind wie Scherben einer zersprungenen Schüssel, das hast du selbst gesagt.«

»Aber du bist wiedergekommen, und ich weiß, dass ich mich geirrt habe.«

»Erst deine furchtbaren Enthüllungen haben das Band endgültig zerschnitten.«

»Wenn das wahr ist, dann handele! Töte mich!«

»Du bist unbewaffnet.«

Midian stöhnte. »Dann geh! Geh nach Tissaran oder fahr zur Hölle! Mögen deine Knochen in den Sümpfen bleichen, weil du mir Qualen zufügst. Mir, dem singenden Knochenspeer Belials!« Er schloss die Augen. »Geh fort mit deinem lächerlichen Kaftan und lass mich heute Nacht zu den Huren gehen und ihr Blut trinken. Belial weiß, ich hätte mich lieber an deinem Samen gesättigt.«

Asandros stieg das Blut zu Kopf. *Entscheide dich!*, hämmerte es in seinem Schädel. *Wie willst du das Schicksal zwingen, wenn du unfähig bist zu handeln?*

Midian bemerkte Asandros' Unsicherheit und stieg aus dem Becken, Asandros ließ es zu, und erst, als Midian dicht vor ihm stand, drückte er ihm die Schwertspitze in den Magen. »Zurück!«

Midian packte ihn am Handgelenk, sie starrten sich an. »Töte mich«, flüsterte Midian, »und die Dämonen der Reue werden dich mit Wahnsinn schlagen.«

»Lass meinen Arm los!«

Midian ließ beide Hände sinken. Obwohl er nackt vor Asandros stand, ging statt Sinnlichkeit Gefahr von ihm aus. Sein Angriff kam plötzlich, Asandros hatte ihn geahnt, und Midians Stoß mit dem Knie ging ins Leere. Geschmeidig wich er danach dem Schwert aus, sein katzengleicher Sprung galt dem Dolch. Er packte ihn und wartete lauernd, doch Asandros streckte beschwichtigend die Hand aus. »Lass uns ohne Blutvergießen auseinandergehen.«

Midian ließ den Dolch spielerisch von einer Hand in die andere gleiten, Asandros hob noch einmal abwehrend die Hand. Da flog Midians Dolch an seinem Hals vorbei, ritzte seine Haut und blieb in der Vertäfelung stecken. Er hörte Midian lachen. »Wie leichtfertig, mir zu vertrauen, Asandros. Ich hätte dir die Kehle durchbohren können.«

Asandros war totenblass, aber er fasste sich rasch. »Wie dumm von dir, dass du es nicht getan hast.« Mit einer raschen Bewegung zog er sich hinter den Vorhang zurück und verschwand.

Midian ging langsam zur Wand und zog den Dolch heraus. Mit der Zungenspitze fuhr er bedächtig über die Klinge, leckte die Blutstropfen ab und verströmte seine Lust, die ihn an den jungen Spartaner fesselte.

50

Nebusaradan ging unruhig auf und ab. Als Asandros eintrat, seufzte er erleichtert. »Du lebst! Wahnsinniger! Was hat dir die Begegnung gebracht, auf der du bestanden hast? Bist du jetzt glücklicher?«

»Ruhiger«, sagte Asandros, aber Nebusaradan fand nicht, dass Asandros einen gelassenen Eindruck machte. Er war bleich, seine Bewegungen fahrig. Er lächelte gequält. »Ich habe ihn beim Baden angetroffen.«

»Also war er unbewaffnet, die günstige Gelegenheit hast du wohl ungenutzt verstreichen lassen?« Nebusaradan wies bestürzt auf Asandros. »Was ist das? Du blutest ja!«

Asandros betastete abwesend die Wunde. »Ein Beweis seiner – Freundschaft.«

»Schöner Beweis!«, schnaubte Nebusaradan. »Zum Glück hat er schlecht gezielt.«

»Nein, er hat sehr gut gezielt.« Asandros ließ sich in einen Sessel fallen. »Er hasst mich nicht, das macht alles sehr schwer.«

»Dann willst du wirklich in dieses Tissaran gehen und uns diesem Tartan überlassen?«

»Nebukadnezar hat ihn dazu gemacht, was könnte ich tun?«

»Der König fürchtet ihn, aber wenn du ...«

»Nein!« Asandros hob die Hand. »Midian hat tausendfach den Tod verdient, aber ich kann nicht noch einmal sein Henker sein. Sammele die Einsichtigen und Tapferen um dich, halte zu Nebukadnezar und versuche so, das Schlimmste abzuwehren.«

»Midian ist kein gewöhnlicher Sterblicher.« Nebusaradan kratzte sich am Kopf. »Das Volk hält ihn für den leibhaftigen Pazuzu, den grausamen Wüstenwind, der Hunger und Pestilenz bringt. Selbst Nadin-Ach, der ihn hasst, hegt eine ehrfürchtige Scheu vor ihm.«

»Ich bin für den Aberglauben des Volks nicht verantwortlich«, gab Asandros ärgerlich zur Antwort, gleichzeitig bestürzt, wie nah Nebusaradan der Wahrheit gekommen war. »Midian ist ein Mann mit außergewöhnlichen Fähigkeiten, aber kein Dämon.«

»Dich hat er doch auch in seinen Krallen! Wie konnte er einen Mann wie dich dazu bringen, das Böse zu lieben? Wie konntest du vor ihm stehen und Askanios nicht rächen?«

»Askanios wird gerächt werden, aber nicht durch Meuchelmord.«

»Wartest du auf die göttliche Gerechtigkeit?«, höhnte Nebusaradan.

»Vielleicht.« Asandros lächelte schwach und erhob sich. »Entschuldige mich, ich bin sehr müde.«

»Wohin willst du? In dein dunkles Loch in der Karawanserei? Du bist natürlich mein Gast, und dass du nicht sofort bei mir abgestiegen bist, verzeihe ich dir nie.«

Asandros legte ihm den Arm auf die Schulter und sagte warm: »Mein Freund, ich habe dein Leben leichtfertig aufs Spiel gesetzt. Wir wollen Midians Zorn nicht weiter herausfordern.«

»So ein unerträgliches Geschwätz habe ich lange nicht gehört!« Nebusaradan schob Asandros durch zwei weitere Räume in ein Gästezimmer, wo ein breites, bequemes Bett stand. »Du schläfst gefälligst bei deinen Freunden, wenn du in Babylon bist, verstanden?«

Asandros lächelte dankbar und wünschte eine gute Nacht. Nebusaradan ging leise zurück in sein Arbeitszimmer, setzte sich an den Tisch und stützte den Kopf in die Hände. Er dachte darüber nach, weshalb die unberechenbaren Götter diesen schwarzen Teufel zu seinem Herrn gemacht hatten. Da flog die Tür auf. »Ist er hier?«

Nebusaradans Hand fuhr zum Dolch, aber als er den Tartan erkannte, erhob er sich. Midian stand halb nackt im Zimmer, seine Beine steckten in einer mehrfach geflickten Lederhose, darunter schauten geschnürte Stiefel hervor. Der edelsteinbesetzte Griff eines Dolches ragte aus seinem Gürtel. Midian musterte den Rabschake finster, der befremdet auf das merkwürdige Kleidungsstück sah. »Gefällt dir meine Hose nicht? Ich trug sie, als ich ein Schwarzer Wolf war und feisten Kaufleuten die Hälse durchschnitt, deshalb hänge ich an dem Stück.« Er sah sich um. »Ist Asandros bei dir?«

»Er ging fort.«

»So?« Midian ließ sich in den Sessel fallen, in dem kurz zuvor Asandros gesessen hatte. »Schade, heute Nacht hätte ich gern mit ihm die Amurru heimgesucht.«

»Hattest du nicht genug Gelegenheit, ihn dazu einzuladen?«

»Ich war gerade dabei, ihn zu überreden«, grinste Midian, »da kam uns etwas dazwischen.« Sein Finger schoss vor. »Du hast ihn hereingelassen!«

»Er ist mein Freund. Weshalb sollte ich ihm die Tür weisen?«

»Und mein Feind, Kommandant! Du hast wohl gehofft, dass Asandros mich im Bad umbringt?«

Nebusaradan lief rot an. »Ich hätte es nicht bedauert«, zischte er.

Midian starrte ihn an. »Was?«

»Ja, ich wünschte, du wärest tot, Midian«, flüsterte Nebusaradan. Er fühlte sich an der Brust gepackt, die schwarzen Augen funkelten dicht vor seinem Gesicht. »Du bist ein mutiger Mann, Rabschake! Künftig wirst du hier die Latrinen reinigen!« Er zwang ihn zu Boden. »Leck mir die Stiefel, du Hund, bis sie glänzen und mich die Huren lieben!«

»Möge Nergals Pesthauch dich umarmen!«, keuchte Nebusaradan und spie ihm auf die Füße. Er erhielt einen Tritt und spuckte einen Zahn aus.

»Krieche, Kommandant, damit du lernst, wer dein Herr ist!«

Nebusaradan wischte sich das Blut aus dem Gesicht und richtete sich taumelnd auf. »Fahr zur Hölle!«, zischte er. »Ich krieche nicht vor einem Schlächter!« Dabei stieß er mit dem Rücken an einen Kandelaber, und das brennende Öl ergoss sich auf den Fußboden. Geistesgegenwärtig riss Midian einen Vorhang herunter und erstickte das Feuer. Dabei hob er den bronzenen Kandelaber auf. »Damit sollte ich dir den Schädel einschlagen, Nebusaradan!«

»Es war keine Absicht«, keuchte er.

Midian stieß die verkohlten Stofffetzen zur Seite und trat auf den Kommandanten zu. »Ich bin in Stimmung zu töten, mein Freund, und ich frage mich, weshalb ich es nicht tun sollte. Seit Asandros' Reformen hungern die Raben im Tal der Pfähle.«

»Ja, mach die Raben satt, Midian!«, knirschte Nebusaradan, dem der Staub das Gesicht geschwärzt hatte. »Ich ziehe es vor, dort zu sterben, als einem Teufel zu dienen.«

»Woher weißt du, dass ich einer bin, he?« Midian stellte den Kandelaber zur Seite und streckte Nebusaradan die Faust hin, an dessen Mittelfinger ein goldener Ring blitzte. »Kennst du das Siegel des Tartans? Mit ihm habe ich jede der verfluchten Gesetzestafeln gestempelt, die dein Menschenfreund bei Nabupolassar durchgesetzt hat. Siebenundzwanzig Tafeln waren es, Ninharab hat sie mir vorgelesen: Kein Sklave darf grundlos getötet werden! Hier!« Midian ließ seine Faust auf den Tisch fallen. »Unzucht mit Kindern ist verboten! Körperstrafen, die den Leib verstümmeln, sind verboten! Todesstrafen, die Qualen bereiten, sind verboten!« Jede Vorschrift begleitete Midian mit einem donnernden Hieb auf den Tisch. »Und die Frauen hat er auch nicht vergessen. Selbst an die Kriegsgefangenen in den Gruben hat er gedacht. Ihre tägliche Arbeitszeit hat er auf zwölf Stunden herabgesetzt, bald werden sie gar nicht mehr arbeiten, und alle Weiber dürfen ihren Männern widersprechen, ohne dass man sie verprügeln darf. Ich ließ Asandros' Tafeln mit frischem Ton anfeuchten und drückte mein Siegel hinein! Siebenundzwanzigmal! So und so!« Der Tisch dröhnte unter Midians wuchtigen Hieben, und Nebusaradan zuckte jedes Mal zusammen vor seiner Wildheit. »Warum habe ich das getan, Kommandant?«

»Ich weiß es nicht.« Nebusaradan brannten Staub und Schweiß in den Augen. »Weil du Asandros liebst?«

»Vielleicht tu ich das.« Midian nahm den bronzenen Kandelaber und schleuderte ihn an die Wand, dass die Splitter flogen. »Aber ich werde diesen Spartaner ...«

»Was wirst du, Midian?«

Der fuhr herum. »Du – bist noch hier, Asandros?« Seine verzerrten Züge glättete ein Lächeln. »Und das ohne Kaftan.«

»Dafür trägst du ein Prachtstück, das jedem Lumpensammler Ehre machen würde. Hast du wieder einmal einen armen Ziegenhirten ausgeraubt?«

»Hoho!«, lachte Midian, »einen solchen Missgriff wie du damals habe ich nie getan. Dieses Beinkleid hat die Öffnung an der richtigen Stelle.«

Asandros lächelte. Jener Tag stand vor ihm wie ein Krug frischen Wassers. Beiden stieg die Hitze in Wangen und Lenden. »Was wolltest du tun mit diesem Spartaner?«, fragte Asandros.

»Ihn pfählen!« Midians Augen glänzten, und seine Blicke tranken die Schönheit seines Opfers.

»Das kann der Spartaner nicht zulassen.« Asandros Stimme war rau. Er kam näher und sah sich betroffen um. »Was ist hier vorgefallen?«

Nebusaradan senkte den Blick und schwieg.

»Der Kommandant und ich hatten einen Tanz miteinander – nichts von Bedeutung.« Midian lächelte und trat zwischen Nebusaradan und Asandros. »Schläfst du in seinem Gästezimmer?«

»Hat er dir etwas getan?«, fragte Asandros und wollte Midian zur Seite schieben, doch als er ihn berührte, zuckte seine Hand zurück.

Nebusaradan wischte sich hastig die Schwärze aus dem Gesicht. »Wir hatten Streit, aber er ist beigelegt.«

Asandros tat einen Schritt nach vorn, Midian ebenfalls, so standen sie sich gegenüber. »Wenn du ihm etwas antust, dann werde ich …«

»Wie? Nebusaradan? Diesem tüchtigen Kommandanten? Niemals!« Midian schob ein Bein vor und versperrte Asandros den Weg in das Zimmer. »Wohin willst du? Aufräumen werden die Sklaven.«

Jetzt standen sie so dicht beieinander, dass sich ihre Schultern berührten. Beiden stand Schweiß auf den Lippen, auf der Stirn, und sie spürten den heißen Atem des anderen auf ihren Gesichtern. »Ich habe deine letzten Worte gehört, Midian.«

»Geschwätz!«, flüsterte Midian mit heiserer Stimme, »Du musst nichts davon glauben.«

Asandros Lippen bewegten sich kaum. »Ich weiß. Du bist …« Er brach ab und umarmte Midian jäh und heftig. »Vergebt mir, ihr Götter, aber das ist unerträglich!«

»Bei Belial, so ist es!«, stöhnte Midian und erwiderte die Umarmung leidenschaftlich. Sie schafften es taumelnd und mit Mühe, bis in das Gästezimmer vorzudringen; hörten nicht mehr das heftige Zuschlagen der schweren Tür. Nebusaradan trat noch einmal mit dem Stiefel dagegen und lachte grimmig: »Zähme diesen schwarzen Teufel, Asandros!«

Früh am Morgen weckten dumpfe Paukenschläge und schmetternde Trompetenklänge die fleißigen Bewohner Babylons. Die heilige Barke des Marduk verließ den Hafen, um aus Borsippa die Götterbilder seines Sohnes Nabu und dessen Gemahlin Sarpanitu zu holen, damit sie an der Prozession teilnehmen konnten. Im Tempel wurden zwei hölzerne Figuren aufgerichtet und mit Blumen und kostbaren Gewändern geschmückt. Die Stadt erhob sich aus nächtlicher Trunkenheit, um die Feierlichkeiten fortzusetzen.

Asandros und Midian in ihrer schmalen Kammer verschliefen diesen Morgen eng umschlungen. Bel-Marduk-Nadin-Ach, der das Fehlen des Tartans bei den heiligen Zeremonien missbilligend bemerkte, wurde von einem nervösen Rabschake beschwichtigt. Der Tartan – Nebusaradan beugte sich vertraulich zu dem alten Mann hinüber, habe dem Wein zu tüchtig zugesprochen, was Marduk ihm sicher verzeihen werde, der ja selbst einem guten Tropfen und der Lebensfreude schlechthin nicht abgeneigt sei.

Nadin-Ach fand das nicht lustig, sondern blickte muffig drein, wahrscheinlich, so dachte Nebusaradan, weil er wie alle Priester wohl für die eigene, jedoch für die Lebensfreude anderer nicht sehr aufgeschlossen war.

Natürlich stellten sich Asandros und Midian schlafend, weil keiner den Anbruch des neuen Tages wahrhaben wollte. Und natürlich blinzelte mal der eine, mal der andere, um sich danach zufrieden wieder an den anderen zu schmiegen.

Für zwei Liebende muss selbst die Ewigkeit zu kurz sein, dachte Asandros, *doch für den Schuldigen wird jede Stunde zur Ewigkeit.*

Sie ertappten sich, als sie beide gleichzeitig die Augen öffneten. Sie lächelten. »Wie schön, in deinen Armen zu erwachen«, flüsterte Midian.

»Wie grausam, überhaupt zu erwachen«, gab Asandros leise zurück.

»Ja. Doch noch grausamer, wenn es diese Nacht nicht gegeben hätte.«

Asandros schwieg und Midian fuhr fort: »Ich weiß, woran du denkst. Dass Henker und Opfer nicht zusammen schlafen sollten.«

»Es ist so abwegig. Du verkörperst all das, was ich verabscheue.«

»Und du verkörperst all das, was ich bekämpfe, aber ich werde diese Nacht nicht bereuen.«

»Den Erinnyen entkommt niemand, so sagen wir in Griechenland. Sie werden mich verfolgen.«

»Es gibt nur eins, was ein Mensch bereuen sollte«, raunte Midian, »das ist entgangener Genuss. Komm, recke deine müden Glieder, ich liebe es, das Spiel deiner Muskeln zu betrachten.«

Asandros streckte sich und freute sich daran, wie Midian ihn ansah, und dann spürte er seine feuchte, heiße Zunge am Hals.

»Zum ersten Mal weiß ich, dass du mich nicht belügst, wenn du mich küsst.«

»Ich habe dich nie belogen, wenn ich dich geküsst habe, Asandros, nur mich selbst.«

»Es muss bereits hell sein. Sicher haben die Feierlichkeiten schon wieder begonnen, was meinst du?«

»Bestimmt.« Midians Zunge glitt tiefer. »Ich bin gerade dabei, Marduk und seine siebenundsiebzig Söhne anzubeten in Gestalt dieses heiligen Pfahls, den du in frommer Verehrung aufgerichtet hast.«

»Musst du nicht anwesend sein?«, fragte Asandros stöhnend.

»Ich hoffe, dass Nebusaradan mich würdig vertritt. Inzwischen wollen wir unsere Kultpfähle mit heiligem Zedernöl salben, bis Milch und Honig aus ihnen fließen, was meinst du?«

»Beim Zeus! Ich meine, das ist ein Gottesdienst, den wir nicht vernachlässigen dürfen.«

Nachdem sie sich eine Weile eifrig dem göttlichen Ritual hingegeben hatten, fragte Midian: »Willst du immer noch nach Tissaran?«

Asandros blinzelte und strich sich Midians langes Haar aus dem Gesicht. »Vielleicht.«

Midians Finger berührten seine Lippen, folgten dem Schwung ihrer Linien. »Geh nicht, meine Mutter ist gefährlich. Und sie kennt weniger Erbarmen als ich.«

»Vielleicht wird sie mich erbarmungslos zu Tode lieben?«, grinste Asandros. »Das wäre einmal eine Art zu sterben.«

»Diese Art, dich umzubringen, überlass lieber mir.«

»Vielleicht kann ich einen Handel mit ihr abschließen?« Asandros strich Midian lächelnd über Brust und Hüften. »Von dir soll es dort eine Statue geben. Du hast sie gesehen. Ist sie wirklich so schön wie – man sagt?«

»Wie man sagt? Woher weißt du von ihr?«

»Von Joram.«

»Oh! Ja, sie ist ein Meisterwerk – wie ihr Original.« Er verschwieg Asandros, dass die Statue eigentlich seinen Vater darstellte. »Ich will dir ihre Geschichte erzählen, wenn du willst.«

Und so erfuhr Asandros zum ersten Mal Midians Lebensgeschichte, wie dieser – von Semron geraubt – bei den Schwarzen Wölfen aufgewachsen war und durch Jazid zum ersten Mal von der Statue erfahren hatte. Wie er schließlich durch seinen Traum und Jorams Drängen Tissaran und seine Mutter wiedergefunden und diese ihm seine Bestimmung genannte hatte.

»Eine merkwürdige Geschichte, Midian. Ich weiß nicht, was ich davon glauben soll. Aber du scheinst davon überzeugt zu sein, dass deine Mutter die Wahrheit sagt.«

Midian zuckte die Achseln. »Jedenfalls ist bis heute alles eingetroffen, was sie vorausgesagt hat. Und ich kann nicht behaupten, dass es mir missfällt, Tartan zu sein.«

»Und du willst ihr weiterhin bedingungslos dienen und die Menschheit in den Untergang treiben?«

»Ich habe meiner Mutter nur versprochen, Jahwe zu stärken, nicht aber, als Tartan das Reich zugrunde zu richten. Als Anführer der Schwarzen Wölfe berauschte ich mich an der Vorstellung, die goldenen Städte in Asche zu legen, doch heute gehören sie mir. Ich wäre ein Narr, wenn ich sie zerstörte. Ich denke, ich werde nicht fehlgehen, bei zukünftigen Entscheidungen manchmal deiner Denkweise zu folgen.«

»Beim Haupte Baals! Das würdest du tun?«

»Natürlich in Maßen, Menschenfreund. Die Weiber müssen wissen, wo ihr Platz ist, die Sklaven ebenfalls. Aber Dinge, wie sie bei Scheschbassar und Naharsin geschahen, werden nicht mehr vorkommen.«

»Darüber bin ich sehr froh. Du hast sie stets gutgeheißen, nicht wahr?«

Midian grinste und reckte sich. »Wie ich darüber denke, das weißt du. Ich finde mich in den Maßlosigkeiten der Menschen gern bestätigt.«

Asandros drehte sich gemächlich auf den Bauch. »Gerade jetzt würde ich deine Maßlosigkeit sehr schätzen.«

Midian wälzte sich träge auf Asandros Rücken. »Du bist anstrengender als der Zagros im Winter. Nichts kannst du allein machen.«

Mit Midian zusammen zu sein, ist wie das unbeschwerte Spielen von Kindern, die wir beide nie sein durften, dachte Asandros. »Diese Statue, die deine Mutter nach einem Traumbild fertigte, wird sie sie mir schenken, wenn ich sie darum bitte?«

»Was willst du mit der Statue in Athen? Jeden Morgen den Stein küssen?«

»Ja. Ich schenke dir dafür den Phaeton, der in Hissarions Garten steht, damit du mich in Babylon küssen kannst.«

»Phaeton? Bist du das?«

»Ja, allerdings entstand er ohne Traum. Ich musste stundenlang stillstehen, damit aus dem Stein Phaeton wurde.«

»Ich mache den Handel. Ist an Phaeton auch alles dran?«

»Nun, das weiß man nicht, er trägt einen Chiton. Und deine Statue?«

»Hm, einen wadenlangen Rock.«

Sie prusteten los, umarmten sich und schlugen sich klatschend auf den Rücken. »Was für eine Torheit, sich Steine zu schenken, statt uns selbst.«

Sie lagen nebeneinander auf dem Rücken. »Ich muss jetzt gehen«, sagte Asandros nach einer Weile.

Midian schwieg. Asandros sagte auch nichts. Die Zeit verrann.

»Ich werde mich jetzt anziehen.«

Midian ergriff sein Handgelenk. »Bleib – bis die Karawane aufbricht.«

»Dann werde ich niemals gehen können.«

»Geh nicht!«

»Du weißt, das ist unmöglich. Schon, dass ich die Nacht mit dir verbracht habe, ist Wahnsinn.«

»Essen wir noch zusammen?«

»Gern.«

Etwas später saßen sie vor gepökeltem Zingurrufisch, in Honig gedünstetem Schweinefleisch und gebratenem Käse, mit Koriander und Lauch gewürzt. »Schmeckt scheußlich, wie?«, brummte Midian, verschlang aber die Portionen mit sichtlichem Appetit, sodass die Sklaven rasch nachlegen mussten.

Asandros nickte, wischte sich die fettigen Lippen ab und schob in Palmsirup eingelegte Rosinen hinterher. »Wie kann es uns heute schmecken?«, murmelte er, spülte mit Wein nach und verschmähte danach nicht die in Schafbutter gebratenen Gerstenkuchen. »Ich muss mich allein durchschlagen«, sagte er, mit vollen Backen kauend. »Augenblicklich gehen keine Karawanen nach Westen. Zweifellos eine Herausforderung – was meinst du, Midian?«

»Du wirst es schaffen«, meinte dieser trocken und vertilgte das letzte Plätzchen.

»Du bist wenig besorgt um mich«, stellte Asandros fest und setzte eine gekränkte Miene auf.

»Nimm dich vor Straßenräubern in acht«, grinste Midian. »Und solltest du – rein zufällig – an Jerusalem vorbeikommen ...« Midian sah Asandros von der Seite an, »dann könntest du ...«

»Joram?«

»Ja. Briefe dauern augenblicklich Monate, und die meisten treffen nicht ein. Wenn du ihn siehst, dann sage ihm ...«

»Midian! Ich ordnete seine Hinrichtung an. Wie kann ich Joram unter die Augen treten?«

Midian trommelte auf die Tischplatte. »Du bist mir diesen Gefallen schuldig für meine Großzügigkeit in der Gesetzgebung, denke ich.«

»Erpressung!«, knurrte Asandros. »Was soll ich Joram sagen?«

»Er soll auf dem schnellsten Weg nach Babylon aufbrechen – der Tartan sehnt sich nach ihm.« Midian breitete die Arme aus und lächelte entwaffnend. »Fast so sehr wie nach dir, Asandros.«

577

»Wahrlich, ein erfreulicher Auftrag«, gab Asandros verdrießlich zurück, »ich soll dir den Geliebten geradewegs in die Arme treiben.«

»Weiß ich, was du in Athen treibst?«

»Ich werde heiraten, Kinder zeugen und mein Haus bestellen.«

»Bei Belial! Du willst in dein Unglück laufen. Als dein Freund dürfte ich dich nicht ziehen lassen.«

Asandros lächelte. »Harmloser kannst du dir deinen Widersacher nicht wünschen, oder?«

Midian kaute nachdenklich auf einer übrig gebliebenen Rosine herum. »Jetzt stellt sich die Frage, wie wir uns am besten trennen, ohne uns lächerlich zu machen, hm?«

»Ich werde aufstehen und gehen. Und dann werde ich vergessen, dass es dich je gab.«

Midian nickte und spuckte die Kerne aus. »Ja, vorbei und vergessen. So soll es sein.« Er wandte Asandros den Rücken zu. »Also geh endlich! Ich ertrage dich nicht länger, du bist furchtsam, schwatzhaft und hässlich.«

Er vernahm ein scharrendes Geräusch. »Und du bist schmutzig, dumm und noch viel hässlicher als ich. Ich bin froh, dass ich dich nie wiedersehen muss.«

»Ich werde Marduk opfern, wenn du Babylon endlich verlassen hast.«

»Ich werde die schnellsten Kamele mieten, um dir zu entkommen.«

»Ich werde dich ...« Midian hörte die Tür gehen und drehte sich hastig um. Er sah einen leeren Türrahmen. »Ich werde dich niemals vergessen«, murmelte er.

Vergiftete Liebe

Sag mir, Geliebter, ist es wahr,
dass deine Liebe einsam durch Zeitalter und Welten wanderte
auf der Suche nach mir?

(Tagore)

1

Midian stand auf dem Gipfel seiner Macht. Eingetroffen war, was seine Mutter ihm prophezeit hatte: Er spielte mit Königen und Priestern, er spielte Gott. Er hob die Hand, und Tausende standen bereit, seine Befehle auszuführen. Alle, die Midian kannten, duckten sich und zogen wie vor einem drohenden Unwetter die Köpfe ein. Der Herr von Dur-el-Scharan, der jetzt Tartan war und die Stimme Jahwes auf Erden, war nicht zimperlich. Er entzückte mit Ungezwungenheit und brüskierte mit schonungslosen Wahrheiten. Natürlich waren die Mardukpriester seine Feinde, denn Menschen, die wie er furchtlos und unbekümmert in den Tag hineinlebten und die Wahrheit sagten, hatten sich unter Priestern noch nie Freunde gemacht.

Bel-Marduk-Nadin-Ach, der Oberpriester des Marduk, lächelte süßsauer, wenn sie sich begegneten, und schluckte seinen Ärger hinunter. Dieser Fremdling aus Juda besaß nicht nur Dreistigkeit und unverschämtes Glück, ihn umgab auch die geheimnisvolle Aura des Auferstandenen, und gegen Götterlieblinge war selbst Nadin-Ach machtlos. Er hatte Midians Hinrichtung verfolgt und seinen verkohlten Körper gesehen, der lange an der Stadtmauer gehangen und die Fliegen angezogen hatte. Natürlich wusste Nadin-Ach, dass es sich um ein abgekartetes Spiel und kein göttliches Wunder gehandelt hatte, doch was ihn wirklich beunruhigte, war, dass auch nicht das kleinste Gerücht an sein Ohr gedrungen war. Das bedeutete, dass es Kräfte in Babylon gab, die nicht nur mächtig waren, sondern denen es auch gelungen war, ihre Machenschaften vor seinen unzähligen Spitzeln zu verbergen.

Nebukadnezar frönte seiner großen Leidenschaft, dem Bauen. Da er der Freundschaft mit den Medern nicht traute, ließ er eine dreifache Mauer im weiten Umkreis um die Stadt errichten. Das

Ischtartor erhob sich nunmehr vollendet in seiner ganzen Pracht. Den Marduktempel überragte der fünfstufige Etemenanki in neuem Glanz. Oben befand sich der zweistöckige, goldgedeckte Tempel Marduks mit dem Prachtbett für des Gottes irdische Genüsse, außerdem Kulträume für unzählige andere Götter. Jahwe war nicht vertreten.

Midian hatte sich bei Nebukadnezar beliebt gemacht und ihm geraten, seinen Namen nicht nur auf den Gedenktafeln, sondern in jeden Ziegel einbrennen zu lassen. Und so verkündete jeder Baustein:

Nebukadnezar, König von Babylon, Sohn Nabupolassars, König von Babylon, errichtete den Esangila, errichtete den Ninurtatempel, errichtete ...

Nebukadnezars Name verband sich rasch mit Wohlstand und Frieden. Man sprach von ihm als dem König der Könige, dem goldenen Haupt des Reiches und was der Schmeicheleien mehr waren.

Midian schien ihm diesen Ruhm zu gönnen. Unsummen flossen in die Prachtbauten; etwas weniger gab Midian für den Wiederaufbau der zerstörten Dörfer aus. Aber den Bauern wurde geholfen, und manchem ging es jetzt besser als zuvor. Einige Dörfer besaßen jetzt sogar Schulen und Hospitäler. Das tat Jahwe für euch, wurde ihnen beschieden, und die Bauern errichteten einen weiteren Stein oder einen Pfahl für den neuen Gott, denn auf einen mehr oder weniger kam es ihnen nicht an.

Midian war bald aus dem Palast ausgezogen, den er nicht mit Nebukadnezar teilen wollte. Er residierte in Naharsins Villa im Süden der Stadt, und in den weitläufigen Gebäudekomplex waren auch seine Freunde, die ehemaligen Schwarzen Wölfe, eingezogen. Jeder von ihnen bewohnte ein eigenes Haus und hatte Sklaven genug. Ämter hatte Midian ihnen nicht anvertraut. Einzig Aschima, deren beweglicher Geist sich schon seit Langem mit dem Lesen und Schreiben vertraut gemacht hatte, war ihm unentbehrlich geworden.

Bei Naharsin holte Midian sich immer noch das, was er von Zeit zu Zeit brauchte, und weil sein Fluch ihn nicht verlassen hatte, brach er dort das eigene Gesetz, welches das Leben eines Sklaven vor Willkür und Missbrauch schützte. Wenn er von dort zurückkam, war er stets gut gelaunt; sein Lächeln war dann das eines Tigers, der satt und träge von seiner blutigen Mahlzeit ausruhte. Elrek kannte dieses Verhalten Midians von früher, aber er schwieg. Er fand es nur rechtens, dass der einstige Wolf und Herr von Durel-Scharan sich auch weiterhin seinen furchtbaren Tribut holte.

Der Hof und die Priesterschaft jedoch waren entsetzt, dass der Tartan des Reiches sich ganz unbekümmert zu dem fetten Ibnischar ins Krokodil setzte, dazu in einer Aufmachung, welche die hohen Herren schamrot machte.

Nebukadnezar war das ziemlich gleichgültig. Die Herrschaft mit jenem dunklen Midian ließ sich viel besser an, als er geglaubt hatte, da mochte dieser seinen Narreteien nachgehen. Und die Größte von allen: Sämtliche Götter irgendwann durch diesen Jahwe zu ersetzen, blieb auch wenig Erfolg versprechend. Genauer gesagt, es geschah nichts, was dieses Ziel in greifbare Nähe gerückt hätte.

Midian hockte auf einem Teppich, auf seinen Knien eine Tontafel, die mit Schriftzeichen bedeckt war, die jeweils durch drei senkrechte Linien begrenzt wurden. Es handelte sich um eine Liste einfacher Wörter, wie sie in den niedrigen Schulklassen zum Erlernen des Lesens benutzt wurde. Seine Finger fuhren über die Einkerbungen, dabei bewegten sich seine Lippen lautlos. Zorach, Elrek und Mesrim saßen beim Brettspiel, warfen ihm verstohlene Blicke zu und grinsten sich an. Aschima hockte mit untergeschlagenen Beinen vor ihm und wartete geduldig.

Midian sah sie an. »Bist du wirklich der Meinung, dass ein Tartan lesen können muss?«

Sie nickte ernsthaft. »Auf jeden Fall.«

»Ich nicht«, brummte Midian und vertiefte sich erneut in das schwierige Geschäft der Buchstaben und Zeichen. Er hörte die Würfel klappern. Unwillig sah er zur Seite, da hielt ihm Aschima eine frische Tontafel und einen Griffel hin. Midians Gesicht verfinsterte sich plötzlich, und er legte Tafel und Griffel beiseite. »Schluss für heute!«

Aschima lächelte nachsichtig und grub zwei Zeichen in den weichen Ton. »Wie heißt das?«

Midian zuckte die Achseln. »Ich weiß nicht.«

»Joram. Es sind die zwei Silbenzeichen für Joram.«

Midian besah sie sich näher und sah Aschima nachdenklich an. »Nun sind schon vier Monate ins Land gegangen, und noch immer habe ich nichts von Joram gehört. Meinst du, Asandros hat nicht getan, worum ich ihn gebeten habe?«

Aschima strich die Tontafel mit einem Schaber zu neuem Gebrauch glatt. »Wollte er sich nicht allein zur Westküste durchschlagen? Das hättest du ihm ausreden müssen. Wahrscheinlich liegt er irgendwo erschlagen am Weg und wurde ein Fraß für die Raubvögel.«

»Wäre Asandros ein Wickelkind, das auf seinen Reisen die Amme braucht, hätte ihn Nabupolassar nicht aus dem fernen

Griechenland kommen lassen. Ich sage dir, er ist bereits in Athen.«

»Dann ist Joram vielleicht etwas zugestoßen. Oder er zögert noch, weil die Straßen unsicher sind.«

»Wie lange noch? Schließlich befinden sich der Pharao und sein Heer längst wieder in Ägypten. Bei Belial! Diese Ungewissheit sitzt in meinem Gedärm wie ein Nest voller Ameisen.«

Aschima schwieg, und Midian vermutete, dass es ihr ganz recht war, dass Joram nicht hier war. »He!«, dröhnte Elreks Stimme herüber. »Spielt ihr beide noch eine Runde mit uns, oder gehen wir schlafen?«

Aschima erhob sich geschmeidig. »Wir gehen schlafen.« Sie warf Midian einen schnellen Blick zu. »Nicht wahr?«

Der nickte und erhob sich. Er warf noch einen Blick auf seine drei würfelnden Freunde, die seinen Aufbruch nicht beachteten. Drei Männer, einst wie zähe, grausame Wildkatzen, jetzt gezähmt, mit grauen Gesichtern von nächtelangen Ausschweifungen mit Wein und Weibern, aber Leere im Herzen. Wozu würfeln, wenn das Gewinnen nicht lohnte, weil man alles hatte?

Die anderen, die auf Dur-el-Scharan geblieben waren, hatten sich verstreut, man hörte nichts mehr von ihnen. *Die Schwarzen Wölfe gibt es nicht mehr*, dachte Midian, *es ist vorbei mit dem wilden, freien Leben und ihrem Mythos des Schreckens*. Aschima stand an der Tür und sah ihn ungeduldig an. Sie bereute nicht, dass es mit den Schwarzen Wölfen zu Ende war, endlich konnte sie ihr Leben an der Seite Midians genießen.

Jetzt wartete Aschima darauf, dass Midian sich mit ihr in das Schlafgemach zurückzog, denn manchmal fiel ihm noch spät abends ein, die Amurru aufzusuchen. Midian legte Aschima den Arm um die Schulter und ging mit ihr auf den Gang hinaus. Sie hatte sich als Wolf bewährt, und er achtete sie wie seine übrigen Gefährten.

»Die wissen außer Würfeln gar nichts mehr mit sich anzufangen«, sagte Aschima verächtlich. »Gib ihnen doch einiges Sar felsiges Gelände, wo sie noch Räuber spielen dürfen.«

»Mit echten Opfern?«, fragte Midian hinterhältig.

Aschima lachte leise. »Das möchte ihnen gefallen, aber die Zeiten sind vorbei.«

»Du bist dir da sehr sicher, wie?« Midian drückte sie leicht an sich, doch seine Stärke nahm ihr fast den Atem. »Manchmal würde ich gern mitspielen.«

Sie traten hinaus in die Abendluft, betäubend legte sich Jasminduft auf ihre Sinne, der Mond war nur eine blasse Sichel, es war eine dunkle Nacht. Da löste sich von der steinernen Umfassung des Brunnens ein Schatten. Midian glaubte, es sei einer der Sklaven, doch dieser Schatten hatte einen festen Schritt, und seine hochgewachsene Gestalt machte keine Anzeichen, sich zu beugen.

Midian schob Aschima von sich und legte die Hand an den Gürtel. »Wer bist du?«

»Ich bin Avarrhoaz, der Diener der göttlichen Atargatis. Lass deinen Dolch stecken, Midian.«

Midian wunderte sich über die scharfen Augen des Alten, und jetzt erkannte er den hohen Filzhut und das Schimmern seines weißen Haars. »Du bist es selbst?«, stieß er betroffen hervor. »Weshalb schickt mir meine Mutter ihren höchsten Priester?«

Avarrhoaz lächelte, was Midian in der Dunkelheit allerdings verborgen blieb. »Daran sollst du ermessen, wie wichtig ihre Botschaft ist. Die Gebieterin befürchtet, als Tartan könne ihr Sohn noch störrischer sein als zuvor, als er dreißig furchterregende Räuber anführte.«

»Was will sie?«, fragte er mürrisch.

»Sie will dich sehen. In Tissaran.«

»Was?« Midian schnaubte kurz. »Ich verspüre wenig Lust, die Reise in eure Sümpfe anzutreten. Weshalb kommt sie nicht nach Babylon, wenn es so wichtig ist?«

»Die Gebieterin verlässt ihren Tempel nicht«, gab Avarrhoaz mit erhobener Stimme zur Antwort. »Nur einmal hat sie es getan, da ging es um dein Leben.«

»Geht es diesmal um ihres?«, fragte Midian spöttisch. Und als Avarrhoaz nicht antwortete, fuhr er fort: »Ich bin mächtiger als der König von Babylon. Weshalb sollte ich mich wegen des Fingerschnippens eines Weibes sofort auf den Weg machen?«

»Dass du es bist, verdankst du allein ihr!«

»Ich weiß, doch sie wollte mich stark und mächtig. Schon mancher Meister musste sich später vor seinem Lehrjungen fürchten.«

»Was sie dir gab, kann sie dir auch wieder nehmen, du Törichter.«

»Aber dann würde ihre Rache misslingen, nicht wahr?«

Aschima räusperte sich vernehmlich. Sie fürchtete sich vor Midians Mutter und hielt sein überhebliches Auftreten für unklug. Midian brummte: »Also gut, vielleicht komme ich mit dir, Alter.«

Fünf Tage später erreichten sie bereits den Tigris. Midian hatte Aschima mitgenommen, die sich auf die Reise wie ein Kind freute. »Wir werden wieder unter derselben Birke rasten«, rief sie mit leuchtenden Augen, doch Midian blickte finster drein. Es passte ihm überhaupt nicht, dass er die Geschäfte in Babylon Nadin-Ach und Nebukadnezar für ungewisse Zeit allein überlassen musste. Es passte ihm nicht, dass er einem Weib gehorchte, auch wenn sie sich beinah für eine Göttin hielt. Und endlich passte es ihm nicht, dass er tagelang die hohe, schweigsame Gestalt des Priesters vor sich herschaukeln sah. Avarrhoaz besaß nicht einmal genug Rücksichtnahme, sich des Nachts einige Gar entfernt schlafen zu legen. Nicht, dass Midian sich vor dem Weißhaar geschämt hätte, doch Aschima hegte eine Scheu vor ihm und bescherte Midian keusche Nächte, was nicht zur Besserung seiner Laune beitrug.

Nach neun Tagen hatten sie die Schilfsümpfe Elams erreicht. Sie hielten sich an ihrem nördlichen Rand, machten um Susa einen Bogen, überquerten den Karunfluss und drangen in die Bergwelt von Persis ein. Avarrhoaz überredete Midian zu einem Umweg durch das Gebirge, weil er den Weg durch die Sümpfe vermeiden wollte.

Die Pfade führten steil bergan und schlängelten sich an zerklüfteten Berghängen und nebelverhangenen Schluchten entlang. Es war eine menschenleere Wildnis; nur selten begegneten sie einem Hirten oder sahen in der Ferne Rauch aufsteigen. Ihre Pferde hatten sie gegen trittsichere Maultiere getauscht. Avarrhoaz hatte mit der kalten, dünnen Luft zu kämpfen, er ritt voran, weil er als Langsamster die Geschwindigkeit bestimmte; Aschima in einigem Abstand hinter ihm, als letzter Midian. Beide fühlten sich hier wie zu Hause. Aus alter Gewohnheit musterte Midian mit Raubvogelaugen die Pfade und die Schluchten, als wolle er günstige Gelegenheiten für einen Überfall ausspähen, und Aschima sang ein übermütiges Lied.

Der leicht abschüssige Pfad bog nach links ab, und jäh blies ihnen der kalte Wind ins Gesicht. Die Tiere drängten sich dicht an die Felswand, die Reiter zogen ihre wollenen Umhänge fester um die Schultern. Aus der Tiefe kroch grauer Nebel, am Himmel war fahles Gewölk. Feuchte Kälte setzte sich in die Kleider und in die Haare. Aschima hatte aufgehört zu singen und fluchte leise. Midian blickte zurück und sah eine schwarze Wolkenwand über den Grat kommen. »Das Wetter verschlechtert sich«, rief er, »wir müssen einen geschützten Platz suchen.« Da fielen die ersten großen Tropfen, der Wind frischte auf, peitschte feinen Sand an den Felswänden hoch und heulte in den Spalten und Schründen. Er fuhr in die Schlucht und riss die wabernden Nebel in Fetzen. Wie Schleier legten sie sich über die Gesichter der Männer, strichen vorbei wie Gespenster und berührten sie mit ihrem kalten Hauch. Dann öffneten sich die Himmel und ließen ihre Wasser wie eine zweite Sintflut herabbrausen.

»Runter von den Tieren!«, schrie Midian, der Aschima nur noch als Schatten wahrnahm und den Priester überhaupt nicht mehr sah. »Keinen Schritt weiter bei diesem Unwetter! Presst euch gegen die Wand!«

»Absteigen und gegen die Wand pressen!«, gab Aschima brüllend nach vorn weiter. Dann rutschte sie seitlich von ihrem Reittier und fand in der Wand eine schmale Vertiefung, in die sie ihren Körper schmiegte. Midian stand hart mit dem Rücken zur Wand, vor sich nichts als donnernde Schwärze. Er zog sein Tier dicht zu sich heran und spähte mit zusammengekniffenen Augen zur Seite. »Aschima?«

»Dem Braunen und mir geht es gut, wir freuen uns, dass wir endlich ein Bad nehmen dürfen!«, schrie Aschima durch das Geheul des Windes und das Prasseln des Regens.

»Und Avarrhoaz? Kannst du ihn sehen?«

»Nein.«

»Der hält das hier sicher für das Jüngste Gericht!«, dröhnte Midians Lachen. Ein polterndes Geräusch übertönte es. »Was war das?«

»Hört sich an wie ein Steinschlag«, rief Aschima. »Avarrhoaz?« Außer dem Rauschen des Regens erhielt sie keine Antwort. »Ich sehe mal nach dem Priester«, rief sie.

»Nein! Rühr dich nicht vom Fleck! Das Unwetter würde dich in die Schlucht fegen.«

»Aber vielleicht braucht er unsere Hilfe.«

»Was kümmert uns der Alte? Ist er tot, wirst du dich wenigstens nicht mehr zieren.« Midians Lachen hallte durch die Schlucht, als habe er das Unwetter selbst heraufbeschworen.

Aschima schwieg und tastete sich an der Wand entlang. Mehrmals rutschte sie auf den nassen Felsen aus. Wie breit der Weg hier war, konnte sie nicht erkennen, der Abhang verbarg sich vor ihren Blicken hinter einer Wand aus Wasser und Nebel. Sie rutschte mit dem Rücken an dem kantigen Felsen entlang, ihre Hände tasteten sich vor, klammerten sich an Vorsprüngen und Spalten fest. Da war ihr, als höre sie ihren Namen rufen. Sie lauschte. Ja, der Priester rief nach ihr, leise, aber deutlich. »Ich bin gleich da!«, rief sie, da tat ihr Fuß einen Schritt ins Leere. Sie verlor das Gleichgewicht und stürzte mit einem gellenden Schrei in die Tiefe.

»Aschima!«, brüllte Midian. Dann fluchte er lästerlich. Ein Schatten näherte sich, es war das verlassene Maultier, das die Nähe des anderen suchte. Midian band ihre Zügel zusammen und glitt vorsichtig auf dieselbe Weise wie Aschima an der Wand entlang. »Aschima?« Jetzt schwang Besorgnis in seiner Stimme. Als er keine Antwort vernahm, blieb er stehen und schloss die Augen. Wie ein Tier witterte er die Gefahr. Vorsichtig ließ er sich auf den Boden nieder und ertastete die Bruchstelle. Hier war der Weg zu Ende, einfach abgebrochen, in den Abhang gestürzt.

Jetzt drang ein leises Wimmern zu ihm herauf. Gleichzeitig rissen die Wolken auf, zerstreuten die Nebel. Der Regen hörte so jäh auf, wie er begonnen hatte, aus dem klaffenden Schlund vor ihm stieg der verdunstende Regen in weißen Schwaden. Aschima war auf einem Abhang aus lockerem Geröll abgerutscht. Midian sah sie unten auf den Steinen liegen. »Rühr dich nicht, ich komme dich holen!«, rief er. Vorsichtig setzte einen Fuß auf das Geröll, das lose Gestein gab sofort unter ihm nach und polterte in die Tiefe.

Der Abstieg zu Aschima war gefährlich, aber Midian wollte sich dem Berg nicht unterwerfen. Er brauchte einen Mann, der ihn am Seil hinunterließ. »Avarrhoaz!«, schrie er. Es kam keine Antwort. Deshalb holte er die Maultiere, die vor Nässe dampften. Er legte ihnen Zaumzeug und Zügel an wie ein Bauer das Geschirr dem Ochsen, nahm aus einer der Satteltaschen ein starkes Seil und verknüpfte es mit dem Lederzeug. Langsam ließ er sich an dem Seil hinunter und hoffte, dass es lang genug war. Schon war er nur noch auf Armeslänge von Aschima entfernt, da hörte er ein verdächtiges Knirschen. Er wandte den Kopf und sah, dass der Abhang lebendig geworden war und auf ihn zukam. Geistesgegenwärtig warf er sich über Aschimas Körper und rollte sich mit ihr zur Seite, die Gesteinsbrocken donnerten mit ohrenbetäubendem Getöse zu Tal, er fühlte einen stechenden Schmerz im Bein, dann kam ein dumpfer Schlag und hüllte ihn in Schwärze.

Er erwachte mit dem Geschmack von Blut auf den Lippen, einem Rauschen im Kopf und stechenden Schmerzen im linken Bein. Sein Blick fiel auf rauchgeschwärzte Deckenbalken. An den unverputzten Wänden hingen kupferne Töpfe und Pfannen; erlöschende Glut qualmte in einer niedrig ummauerten Feuerstelle. Nur wenig Licht drang durch die Tür, wo sich eine Schilfmatte im Wind blähte. Er lag auf einer ebensolchen Matte, neben ihm stand ein Krug mit Wasser. Midian richtete sich halb auf, ihn schwindelte. Vorsichtig betastete er seinen Kopf und fühlte einen Verband und angetrocknetes Blut an Wange und Kinn. Auch sein Bein war straff verbunden. Er setzte den Krug an die Lippen und leerte ihn bis zum letzten Tropfen. Die Erinnerung kam zurück: Er und Aschima waren vom Steinschlag getroffen worden. Man hatte sie wohl gefunden und in ein Dorf gebracht. Doch wo war Aschima?

»He! Ist da jemand?«, rief Midian.

Der Vorhang wurde aufgehoben. »Du bist wach, Midian?« Aschima stand da und lächelte, weil Midian sie verblüfft ansah. »Mir geht es gut, ich habe nur ein paar Hautabschürfungen davongetragen. Das habe ich wohl dir zu verdanken.« Aschima bückte sich nach dem Krug. »Ich hole dir frisches Wasser.«

»Geht es dir gut, ja? Wie mich das freut!«, schnaubte Midian. »Mir hingegen dröhnt der Schädel, und mein Bein kann ich auch nicht bewegen.«

»Ja, das ist gebrochen«, sagte Aschima ziemlich ungerührt. »Ein heldenhaftes Andenken an deine gute Tat.« Dann hockte sie sich neben Midian und strich ihm zärtlich über das Gesicht. »Du hast mir das Leben gerettet. Als sie uns fanden, hattest du mich mit deinem Körper gedeckt, so sagten sie mir.«

»Bilde dir bloß nichts ein! Ich kam ins Rutschen und fiel zufällig auf dich. Was ist mit den Maultieren?«

»Die sind auch hier, ihnen ist nichts geschehen.«

»Und Avarrhoaz? Hat man etwas von dem Priester gesehen?«

»Nein, der blieb verschwunden. Ob er bei dem Unwetter einfach weitergeritten ist?«

Midian brummte etwas Unverständliches. »Jedenfalls musstest du Närrin ihm nachsteigen und ich zweifacher Narr dir.« Midian hielt Aschimas Hand fest. »Was fährst du mir damit im Gesicht herum? Greif mir lieber unter das Lendentuch, wenn du ein gutes Werk tun willst.«

»Halb tot bist du und schon lüstern«, stellte sich Aschima entrüstet. »Was sollen denn die guten Bauersleute von uns denken?«

»In welchem verlassenen Nest sind wir denn?«

»Es heißt Chaschu. Ein Rinnsal, das sie Fluss nennen und das namenlos ist, bewässert ein paar Weiden.«

»Gibt es einen Dorfältesten? Schick ihn zu mir!«

Etwas später trat ein grobknochiger Mann ein, dem ein rötlicher Bart bis auf die Brust hing. Er trug Beinkleider und eine Weste aus Leder, darüber einen wollenen Umhang. »Ich bin Scharruma.«

Midian lächelte und klopfte auf sein linkes Bein. »Das habt ihr gut behandelt und meine Kopfwunde auch. Was habt ihr draufgetan?«

»Lehm. Wir holen ihn aus einer Stelle am Fluss tief aus der Erde. Er stillt sofort die Blutung, verhindert Entzündungen, wird hart und gibt auch gebrochenen Knochen Halt.«

Da schob sich ein Kopf durch den Vorhang, der Midian wohlbekannt war. »Avarrhoaz!«

Der Priester lächelte dünn. »Es geht dir besser? Wie erfreulich. Ich hatte euch bei dem Unwetter verloren. Und als ihr nicht nachkamt, machte ich mir Sorgen. Ich bat diese guten Leute, einmal nach euch zu sehen.«

Midian sah ihn verdrossen an. Wie es schien, verdankte er sein Leben dem Alten. »Du hattest unverschämtes Glück.« Er sah sich herausfordernd um und verzog das Gesicht. »Habt ihr kein besseres Quartier für mich? Durch die Mauerritzen pfeift der Wind und dunkel ist es hier. Ich brauche Licht und ein richtiges Bett. Außerdem bin ich hungrig und durstig. Aber das Wasser gebt euren

Schafen, ich trinke Wein oder doch wenigstens Bier. Und sorgt für etwas Abwechslung in den nächsten Tagen. Oder soll ich wochenlang nur Flöhe und Kakerlaken zählen?«

Buschige Augenbrauen zogen sich in dem wettergebräunten Gesicht zusammen. Scharruma verneigte sich stumm und verließ die Hütte. Avarrhoaz folgte ihm; draußen flüsterte er Scharruma etwas zu und ging dann in eine andere Richtung fort. Er reiste noch am selben Tag ab.

In den nächsten Tagen langweilte sich Midian schrecklich, seine Kopfwunde war inzwischen verheilt, sein Bein konnte er etwas belasten. Zusammen mit Aschima saß er vor der Hütte in der Sonne und sah den Mädchen nach, die mit ihren Krügen und den Körben mit schmutziger Wäsche zum Fluss gingen. Midian musterte sie mit glitzernden Augen. Mit ihren roten Backen, prallen Zöpfen und runden Hinterteilen waren sie genau das, was er gern unter sich gehabt hätte. Er leckte sich die Lippen, und seine Augen bekamen einen fiebrigen Glanz.

Aschima stieß ihn an. »Die musst du dir aus dem Kopf schlagen.«

Midian grinste. »He, he, du bist doch nicht eifersüchtig? Siehst du, wie die da mit den Hüften wackelt? Das macht sie absichtlich. Ich verliere an diesem Ort noch den Verstand.«

»Du hast doch mich«, flötete Aschima.

»Dir fehlt jegliche Erkenntnis, was ich brauche«, entgegnete Midian ärgerlich.

Aschima zuckte die Achseln. »Es hat sich herumgesprochen.«

»So?« Midian schwieg eine Weile, dann brummte er: »Glaubst du, man würde das Verschwinden eines der Mädchen mit mir in Verbindung bringen?«

»Wag nicht einmal, daran zu denken!«

»Du würdest mich anschwärzen, hm? Das ist also der Dank, dass ich dir das Leben gerettet habe.«

Aschima grinste unverschämt. »Ich dachte, das war der Zufall?«

Da näherte sich ein Reiter mit einer Schar Bewaffneter, ihm voran lief der Rotbart Scharruma. Er blieb vor Midian und Aschima stehen. »Jagamal, der Gebieter von Samucha.«

Aus einer Unzahl von Tüchern und Umhängen ragte ein haarloser Schädel. Der kleine, gekrümmte Leib des Gebieters von Samucha versank in Wogen von Stoff. Seine blassblauen, hervorquellenden Augen streiften kurz Aschima und richteten sich dann auf Midian. Seine Miene war betrübt, seine Stimme hell und durchdringend. »Ich würde euch gern willkommen heißen, aber der weise Alte hat die schwarzen Sturmvögel gesehen.«

»Hat er das?« Midian wollte sich erheben, aber dann hielt er es für klüger, keinen lächerlichen Anblick beim Aufstehen zu bieten.

»Und ich habe grüne Ameisen gesehen. Was mag das bedeuten?«

Jagamal neigte seinen Kopf zur Seite und reckte den Hals, als höre er schwer. »Grüne Ameisen? Ein Glück verheißendes Zeichen, aber die Sturmvögel haben sie verschlungen.« Jagamal nickte traurig zu seinen eigenen Worten. »Das Unwetter, verstehst du? Die Saat wurde vernichtet.«

Midian musterte abschätzend die Krieger hinter dem Zwerg. »Dann sollen das wohl die Vogelscheuchen sein?«

»Nein.« Eine dünne Hand schälte sich aus den Tüchern und winkte. »Es sind die Vollstrecker.« Ein scharfes Geräusch entstand durch das gleichzeitige Ziehen ihrer langen, dünnen Säbel.

Durch Midians Körper ging ein Ruck, als wolle er aufspringen, um die Schar Vollstrecker mit gezielten Hieben zum Schweigen bringen, doch ein stechender Schmerz in seinem Bein mahnte ihn zur Vorsicht. Er kniff seine Augen zusammen. »Das sieht wie eine Drohung aus, Mondgesicht.«

»Ich würde einem Gast niemals drohen.« Der schmächtige Herrscher von Samucha sah sich um und seufzte. »Es ist nur so, dass Parijawatri ein Opfer verlangt.«

»Parijawatri? Natürlich. Das soll ein ganz bezaubernder Bursche sein. Willst du uns nicht mit ihm bekannt machen?«

»Das habe ich vor.« Jagamals Blick verschleierte sich. »Im Tod wirst du ihm begegnen, dem Herrn der Schluchten.« Jagamal sah Aschima an. »Oder sie. Parijawatri lässt euch die Wahl.«

Aschima wurde blass, Midian schnaubte zornig. »Deine Vorstellung ist ganz lustig, Kahlkopf, aber unser Bedarf an Unterhaltung ist gedeckt. Man treibt keine Scherze mit dem Tartan von Babylon, und wenn von Vollstreckung die Rede ist und von Tod ...« Midian zeigte Jagamal die geballte Faust, »dann liegt beides in dieser Hand.«

Jagamal nickte. »Zweifellos. Ein Tartan ist ein wichtiger Mann, nicht wahr? Und Babylon ...« Jagamal schmatzte bei diesem Namen und verdrehte die Augen, »ist eine herrliche Stadt. Sie wäre verwaist ohne dich, nehme ich an?« Sein dünner Arm schoss vor und wies auf Aschima. »Dann ist sie es!«

Die Krieger stürzten sich auf Aschima und banden ihr die Arme auf den Rücken. Sie schrie und strampelte, und Midian bäumte sich auf, aber die Männer überwanden ihn und warfen ihn zu Boden. Jagamal schüttelte missbilligend den Kopf. »Mehr Ehrerbietung vor unserem hohen Gast. Seht doch, ihr habt ihn in den Staub geworfen. Sein Gewand ist beschmutzt. Hebt ihn auf und ...«

Ein Schmerzensschrei ertönte. Midian hatte dem Krieger sein

gesundes Bein in den Leib gerammt. »Die Pest über dich!«, zischte er. »Lasst die Frau los, oder ich mache euer lausiges Dorf dem Erdboden gleich.«

Jagamal hob den Arm, und seine blassen Augen öffneten sich erstaunt. »Sie sollen die Frau loslassen? Bei aller schuldigen Ehrfurcht, du musst dich endlich entscheiden. Willst du damit sagen, dass du dich als Opfer anbietest?«

»Ich bin deine Posse leid, du Wicht!« Midian richtete sich vorsichtig auf, stützte sich an der Wand ab und klopfte sich den Staub aus den Kleidern. »Wenn du deinen Ameisengott schon füttern musst, weshalb bietest du ihm nicht diesen stattlichen Rotbart an?« Midian wies auf Scharruma. »Oder schlachtet ihr nur die, die ihr aus der Schlucht zieht?«

»Wir sind ein gastfreundliches Dorf.« Jagamal sah Aschima mitleidig an. »Aber ihr seid über die heilige Straße gekommen, die Parijawatri vorbehalten ist. Er ist sehr erzürnt über diesen Frevel.«

»Heilige Straße?«, kreischte Aschima. »So ein Unsinn! Avarrhoaz hat uns diese Straße gewiesen.«

»Das stimmt«, sagte Midian. Seine Augen wurden dunkel. »Und er ist sehr schnell abgereist.«

Aschima riss die Augen auf. »Was heißt das?«, würgte sie hervor.

Jagamal machte eine Kopfbewegung. »Das heißt, dass du dem Herrn der Schluchten gehörst. Du wirst in seinen Armen sterben.«

Aschima krallte sich an Midian fest. »Hilf mir doch!« Die Krieger zerrten sie fort. Jagamal beobachtete Midian unter gesenkten Lidern. »Du kannst ihr nicht helfen, das weißt du.«

Midians Gesichtszüge waren steinern. »Ihr werdet alle sterben«, sagte er leise.

»Geh du an ihrer Stelle, und sie wird leben«, warf Scharruma ein.

Midian maß ihn verächtlich. »Für ein Weib gehe ich nicht in den Tod.« Er hörte Aschima seinen Namen schreien, bis er in der Ferne verhallte. »Aber sie wird hundertfach gerächt werden«, fügte er hinzu. Er wollte einen wütenden Schritt nach vorn machen und knickte ein, der Lehm rieselte aus seinem Verband. Seine Hilflosigkeit machte ihn rasend vor Wut. »Jagamal!« Doch der hatte sich abgewandt und war im Davonreiten begriffen.

Midians Faust packte Scharruma. »Lauf ihm nach! Er darf sie nicht opfern, hörst du?«

»Dann willst du selbst gehen?«, keuchte er.

»Vielleicht sehe ich ihn mir einmal an, euren Herrn der Schluchten«, zischte Midian. »Ja, ich werde gehen.«

2

In einem Olivenhain vor den Toren Hebrons waren die Menschen bei der Ernte. Ein junger Mann mit einem breitkrempigen Strohhut lud sich einen vollen Weidenkorb auf die Schultern und trug ihn auf einem Trampelpfad hinüber zu dem Eselskarren, der mit großen Krügen beladen war. Zwei Burschen nahmen ihm den Korb ab und schütteten den Inhalt in einen halb vollen Krug. Der junge Mann wischte sich den Schweiß aus der Stirn und legte den Lederschutz ab, der auf seinen Schultern lag. Die Last hatte rote Abdrücke auf Rücken und Schultern hinterlassen. Er griff zu einem Wasserkrug, der auf dem Karren stand, und trank bedächtig und mit Genuss. Als er den Krug abstellte, wechselte er ein paar Worte mit den anderen. Dann legte er sich den Nackenschutz wieder um und schulterte den leeren Korb.

Ein Fremder trat aus dem Schatten einer Sykomore und wartete am Wegrand. Er sah in das vom Strohhut beschattete Gesicht, und der Mann wandte es ihm zu. Jäh verharrte er, als sei sein Fuß auf eine Natter getreten. Flammende Röte schoss in sein Gesicht, und in seine Augen trat Erschrecken. Langsam ließ er den Korb zu Boden sinken. Der Fremde, bekleidet mit einem Kopftuch und einem Burnus, wie ihn die Wüstenstämme trugen, zog eine Hand aus dem Ärmel, und der junge Mann wich einige Schritte zurück und sah sich nach einem Knüppel um. Doch der Fremde hob die unbewaffnete Hand. »Weshalb weichst du vor mir zurück wie vor einem wilden Tier, Joram?«

»Weshalb verfolgst du mich, Asandros?«, stieß Joram heiser hervor. »Lass mich in Ruhe! Ich habe hier meinen Frieden gefunden.«

»Hast du das? Glücklich, wer das von sich sagen kann. Und die Toten, die Schar der Gemarterten, sie verfolgen dich nicht?«

Jorams Lippen bebten. »Sie sind manchmal in meinen Träumen«, gab er leise zurück, »doch ich habe dafür gebüßt.«

»Nein«, gab Asandros hart zur Antwort. »Du hast dich davongemacht von deinem Marterholz, an dem du langsam zugrunde gehen solltest.«

Joram lachte bitter. »Und nun bist du gekommen, um mich wieder daran aufzuknüpfen?«

Asandros breitete die Arme aus. »Siehst du irgendwelche Schergen, die dich gefangen nehmen sollen? Bist du nicht in deinem Land? Hier habe ich keine Macht.«

»Was willst du dann von mir?«, fragte Joram misstrauisch. Er musterte Asandros Aufmachung. »Du siehst abgerissen aus.«

»Ja. Es war ein langer, harter Weg von Babylon.«

»Von Babylon«, murmelte Joram. Er wagte es nicht, die Fragen zu stellen, die ihm auf der Zunge brannten. »Und du bist zu mir gekommen? Den langen Weg, um mich aufzusuchen?«

Asandros nahm den Weidenkorb auf. »Müssen wir am Weg stehen bleiben? Komm, setzen wir uns dort drüben in den Schatten.«

»Du wirst durstig sein«, fiel Joram hastig ein. »Ich hole Wasser.« Er lief zu dem Karren zurück und holte den Krug. Als er zurückkam, saß Asandros bereits unter der Sykomore und lächelte ihm zu. Verlegen reichte Joram ihm den Krug.

»Sei bedankt, mein Freund.« Asandros trank bedächtig, dann stellte er den Krug neben sich in das Gras und lehnte sich behaglich an den Stamm. »Ich bin auf dem Weg nach Athen«, nahm er Jorams Frage auf. »Aber jemand bat mich, dich aufzusuchen.«

»Jemand?«, fragte Joram heiser.

»Ja. Ahnst du nicht, wer es ist?«

»Midian?« Der Name kam zögernd und sehr leise. »Nein, er würde dich nicht ...«

»Was? Mich nicht am Leben lassen? Mich nicht darum bitten?«

»Ich – weiß nicht, was inzwischen in Babylon geschehen ist. Aber du und Midian ...«

»Ich und Midian«, nickte Asandros und kratzte mit einem dürren Stock abwesend Figuren in den Sand. »Das ist eine fluchbeladene Verbindung.« Er sah hinauf in den heiteren Himmel. »Dort oben wohnen keine Götter, oder doch? Aber was treibt dann sein Spiel mit uns?« Er sah Joram an. »In Babylon hat sich viel ereignet, du sollst alles erfahren.«

»Du verfolgst uns beide nicht mehr?«

Asandros zuckte die Achseln. »Die Töpferscheibe dreht sich. Der Schwarze Wolf ist Tartan geworden und hat mich davongejagt.« Er legte Joram die Hand auf den Arm, und diesen durchzuckte die Wärme wie eine Stichflamme. »Nein, davongejagt hat er mich nicht, mich jagen die Furien, kennst du sie?«

Joram schüttelte den Kopf. »Midian ist Tartan geworden?«, fragte er ungläubig.

Asandros nickte. »Ja, und er sehnt sich nach dir. Du sollst zurückkommen in seine ausgebreiteten Arme und mit ihm in die Samtkissen sinken, die man unter seinen verehrten Hintern gelegt hat. Ist das nicht eine Freudenbotschaft?«

Joram schwieg. Die Gedanken flatterten in seinem Kopf wie ein aufgescheuchter Krähenschwarm. »Und du bist nur gekommen, um mir das zu sagen?«, fragte er schließlich.

»Ich habe es Midian versprochen.«

»Das hört sich an, als seid ihr Freunde geworden?«

»Freunde?«, wiederholte Asandros bitter. »Midian schlug mir

seine Krallen in das Fleisch und trank mein Blut, dann erhob er sich von der Beute wie der grausame Imdugud.« Als Asandros sah, wie Joram erbleichte, hob er beschwichtigend die Hand. »Das meine ich natürlich nicht wörtlich. Nein, er hat mir nichts getan.« Asandros lachte heiser. »Der Beute gefielen die Krallen, verstehst du? Ist das nicht Verblendung? Wahnsinn?« Er schlug sich gegen die Stirn. »Wie lebt Asandros, der Spartaner, damit, dass er für Midians Lächeln seine Seele verkaufte?«

Joram nickte gedankenverloren. »Aber er konnte unsere Seelen nicht festhalten, nicht wahr? Sie sind ihm wieder entschlüpft. Auch ich gehe nicht mehr zu ihm zurück.«

»Was?« Asandros starrte Joram an. »Midian wird dich holen! Er wird dich finden, so wie ich dich gefunden habe.«

»Ich gehöre ihm nicht, und die Welt ist größer als Babylon und Juda.«

»Ja, aber weshalb willst du gerade jetzt nicht zu ihm zurückgehen, wo er an der Seite Nebukadnezars herrscht – und das einigermaßen gesittet, wie ich zu meiner Überraschung bemerkte.«

»Weil ich dabei bin, mich endlich von ihm zu lösen. Hat er dir je von seiner Aufgabe erzählt?«

»Von der Sache mit seiner Mutter und mit Jahwe?«

»Ja. Er mag keine Karawanen mehr überfallen, keine Menschen mehr abschlachten, aber sein Ziel ist es, die Welt zu verderben. Einst war das auch mein Ziel, denn ohne Midian gab es für mich kein Leben. Aber ich will mit dem Racheplan seiner Mutter nichts mehr zu tun haben. Hier leiden die Bauern immer noch unter Midians unheilvoller Herrschaft. Jojakim ist eine Schmeißfliege, die sich vom Aas seiner Schandtaten nährt. Midian hat sich gemästet am Leid meines Volkes, und jetzt wird es den Babyloniern ebenso ergehen. Ich muss mein Verlangen bekämpfen so wie du, Asandros, und ich habe den Weg gefunden, der von ihm wegführt.«

Asandros wurde die Kehle trocken. »Ich habe auch gekämpft, aber ich habe verloren.«

Joram lächelte weich. »Du irrst dich. Da du lebst, muss Midian verloren haben, aber vielleicht gibt es weder Sieger noch Verlierer?« Er erhob sich und wies auf ein niedriges Dach, das hinter der Kuppe des Hügels sichtbar war. »Du bist in Frieden gekommen, sei mein Gast.«

Asandros verlebte eine kurze, unbeschwerte Zeit auf dem Hof von Jorams Vetter, bis Babylons Türme und Midians Bild allmählich verblassten. Er und Joram kamen sich in dieser Zeit sehr nahe, und als Asandros, von Unruhe getrieben, immer häufiger von Aufbruch sprach, sagte Joram: »Darf ich dich begleiten?«

Asandros umarmte ihn. »Ich hatte gehofft, dass du es sagst.«

Sie bereiteten ihre Abreise vor, als über den staubigen Feldweg ein Wagen gerasselt kam. Kein Ochsenkarren, wie in dieser ländlichen Umgebung üblich, sondern ein Streitwagen mit zwei braunen Rössern. Die Knechte, die im Hof zu tun hatten, ließen erschrocken ihre Arbeit liegen und machten sich aus dem Staub, denn Kriegsherren hatten sie schon zu oft gesehen. Sie brachten nie etwas Gutes. Die Rufe des Wagenlenkers blieben daher unbeantwortet. Erst Joram, den der ungewohnte Lärm vor die Tür getrieben hatte, ging furchtlos auf den Ankömmling zu, der seinen Wagen vor der niedrigen Einzäunung zum Stehen gebracht hatte. Er sprang vom Wagen und hob grüßend die Hand.

Joram sah sofort, dass er einen Kriegsmann vor sich hatte. Er trug Lederstiefel, die ihm bis an die Knie reichten, darüber einen dreifach geschlungenen Fransenrock. Rotblonde Bartlocken bedeckten einen silbernen Brustpanzer. Ein breites Lederband hielt das lange Haar aus dem Gesicht, eine Narbe quer über dem linken Auge machte die scharf geschnittenen Züge noch wilder. Seine eherne Miene verriet Willensstärke, sein lodernder Blick Tatendrang.

Ein Abgesandter Midians!, war Jorams erster Gedanke, denn wer sonst von solchen Männern verirrte sich ohne Eskorte in diese dörfliche Einsamkeit. Er ging auf ihn zu. »Schalom«, begrüßte er ihn. »Kann ich etwas für dich tun, Fremder?«

»Ich suche Joram, Hilkijas Sohn.«

»Der bin ich.«

Der Fremde lächelte erfreut. »Dann bin ich hier richtig. Bei dir soll sich ein Grieche aufhalten, Asandros aus Sparta.«

Midian will Asandros zurück!, durchfuhr es Joram heiß. Er ließ sich aber nichts anmerken und erwiderte kühl: »Das ist möglich. Und mit wem habe ich die Ehre?«

»Ich bin Zalmunna, Statthalter von Tadmor.«

Diesen Namen hatte Joram noch nie gehört. »Was willst du von Asandros? Wer schickt dich?«

»Niemand schickt mich.« Er sah sich um. »Gibt es hier wohl jemanden, der meine Pferde versorgt?«

»Wenn wir dich als Gast willkommen heißen, werde ich den Knechten Bescheid sagen, aber noch weiß ich nicht, was du von Asandros willst. Vielleicht möchte er dich nicht empfangen?«

Zalmunna lachte über das ganze Gesicht, und Joram fand ihn nicht unsympathisch, aber er war ein Fremder, und Asandros hatte viele Feinde. »Er wird mich schon empfangen, mein Freund. Sag ihm, sein Vater ist gekommen, um ihn an seine Brust zu drücken.«

Joram musterte den Fremden unsicher. Konnte das möglich sein? Asandros hatte nie von seinem Vater gesprochen, aber ein

Spartaner konnte kaum der Statthalter von Tadmor sein – oder?
»Warte hier«, sagte Joram schließlich. »Ich will ihn fragen.«

Als er sich anschickte zu gehen, kam ihm Asandros bereits entgegen. Auch er war überrascht über diesen Besuch und ahnte Böses, doch bevor er nähertreten konnte, flüsterte ihm Joram zu: »Er behauptet, dein Vater zu sein.«

Asandros zuckte zusammen. Doch er überwand sich und trat mit unbeteiligter Miene auf den Fremden zu. »Zalmunna aus Tadmor, nehme ich an?«

»Bei Baalammon, das will ich meinen. Und du?« Er packte Asandros ungeniert am Kinn. »Lass dich ansehen! Ja, du bist es. Du bist Pherenikes Sohn.«

Asandros drehte unwillig den Kopf zur Seite, aber er blieb beherrscht. »Ich erfuhr deinen Namen, kurz bevor ich Sparta verließ. Du hast dir Zeit gelassen, deinen Sohn zu besuchen.«

»Wohl wahr, aber nicht meine Schuld.« Er klopfte Asandros derb auf den Rücken. »Ich habe dich in Sparta vermutet. Dass du dich schon eine Weile fast vor meiner Nase herumtreibst, konnte ich nicht ahnen, sonst hätte ich dich schon in Babylon besucht. Mein alter Waffengefährte Nebusaradan hat mir von dir erzählt.«

»Du kennst den Kommandanten? Woher wusste er –?«

»Nichts wusste er, aber wollen wir nicht hineingehen? Vielleicht hast du auch einen Krug kühles Wasser für deinen Vater?«

»Vergib mir, natürlich bist du hier willkommen.« Asandros berührte ihn leicht am Arm. »Komm mit ins Haus, Vater.«

Zalmunna flog bei dieser Anrede ein erfreutes Lächeln über die Lippen.

Joram, der nun nicht mehr daran zweifelte, dass dieser Fremde die Wahrheit gesagt hatte, rief nach den Knechten, die zögernd herbeikamen, und befahl ihnen, sich um die Pferde und den Wagen zu kümmern. Dann folgte er den beiden. Im Haus sorgte er dafür, dass der Gast angemessen bewirtet wurde, bevor er sich zu ihnen setzte.

»So, jetzt könnte ich einen guten Landwein vertragen«, lachte Zalmunna, nachdem er einen Krug Wasser geleert hatte.

Asandros musste diesen ihm fremden Mann ständig anschauen. »Nebusaradan, was hat er dir gesagt«, beharrte er ungeduldig. »Er konnte nichts davon wissen, dass du mein Vater bist.«

Joram stellte Zalmunna einen Krug Wein hin. »Danke mein Sohn.« Er leerte auch diesen Krug. Dann wischte er sich den Mund mit dem Ärmel ab und grinste. »Der alte Haudegen und ich, wir waren Waffenbrüder unter Nabupolassar, Gott schenke ihm den ewigen Frieden. Nein, dass ich einen Sohn habe, wusste er nicht. Aber er lässt mir von Zeit zu Zeit Nachricht aus Babylon zukommen, damit ich in Tadmor weiß, was da so getrieben wird, verstehst du? Und in den letzten Monaten erwähnte er immer wieder einen griechischen Hauptmann, der es verdient hätte, den Thron von Babylon zu besteigen. Natürlich hatte ich keine Ahnung, dass du dich dahinter verbirgst. Du scheinst gutes Blut von mir geerbt zu haben, Goldsöhnchen.«

»Das war nur eine von Nebusaradans Marotten«, wiegelte Asandros bescheiden ab. »Ich war lediglich Hauptmann, zuletzt unter seinem Sohn.«

»Wie auch immer«, fuhr Zalmunna fort, und kleine Fältchen brachen auf in seinem sonnengegerbten Gesicht. »Er lobte dich bis in den Himmel, und ich dachte mir, verflucht, so einen Sohn würde ich mir auch wünschen. Aber dann schrieb er mir, dieser Hauptmann würde jetzt nach Sparta zurückkehren, und da wurde ich hellhörig. Ich schickte meine Späher aus und ließ anfragen, was denn aus dem Sohn des Eurysthenes geworden sei. Aber in Sparta hatte man dich nicht in allzu guter Erinnerung. Jedenfalls warst du bereits nach Athen ausgeflogen. Und da wurde ich dann fündig. Bel-Schagar, das Windei, hatte dich nach Babylon geholt, das war seine beste Tat. Leider bist du mir dann auch in Babylon wieder entwischt. Die Spur führte nach Hebron. Liegt nicht gerade um die Ecke. Und dazwischen liegt die Wüste. Aber ich habe es geschafft, wie du siehst.«

Asandros legte seinem Vater eine Hand auf den Arm. »Wenn das so war, dann hast du große Mühen auf dich genommen. Danke. Ich freue mich, dass wir uns endlich kennenlernen.«

»Dann stoß mit mir an!« Zalmunna hob seinen Becher. »Aber du wusstest schon, wo du mich hättest finden können.«

»Ich wollte mich nicht aufdrängen. Woher hätte ich wissen sollen, ob ich willkommen war? Außerdem hatte ich in Babylon genug Probleme.«

Zalmunna nickte. »Hab schon davon gehört.« Er warf Joram einen abwägenden Blick zu. »Und du? Woher kennst du meinen Sohn?«

»Aus Babylon.«

»Ach ja, viele Juden sind umgesiedelt worden. Und du bist zurückgekommen?«

»Ich werde Asandros nach Athen begleiten.«

»Was? Nach Athen?«, polterte Zalmunna. »Du wirst doch jetzt nicht nach Athen gehen, wo wir uns gerade erst begegnet sind, mein Sohn? Du bist natürlich Gast bei mir in Tadmor.«

Asandros zögerte. »Es kommt sehr plötzlich, Vater. Ich muss mir das überlegen.« Er warf Joram einen fragenden Blick zu. Der hob die Schultern und schwieg. Tadmor lag noch im Machtbereich

Nebukadnezars und somit auch Midians. Da wurde Joram von einem der Knechte nach draußen gerufen, und Zalmunna nutzte die Gelegenheit. Er rückte näher an Asandros heran und flüsterte: »Wer ist dieses hübsche Jüngelchen wirklich?«

»Er ist mein Freund«, erwiderte Asandros, etwas irritiert über das Verhalten seines Vaters.

»Ist er auch dein Geliebter?«

An dem Tonfall erkannte Asandros, dass sein Vater darüber nicht erfreut war, aber darauf konnte er keine Rücksicht nehmen. »So ist es. Hast du einen besonderen Grund, weshalb du fragst?«

»Dann stimmt das andere also auch?«

»Das andere?«

»Es heißt, du und der Tartan, ihr hättet ein Liebesverhältnis gehabt.«

Asandros zuckte zurück. »Wer behauptet das?«

»Es gibt Gerüchte.« Zalmunna zuckte die Achseln. »Ich billige solche Verhältnisse nicht, aber ich glaube, du bist bereits den Kinderschuhen entwachsen und nimmst von deinem Vater keine Weisungen mehr entgegen?«

»Damit hast du recht«, erwiderte Asandros gelassen. »Und das Gerücht ist wahr. Wir haben eins gehabt. Gehabt, das bedeutet, es ist vorbei. Und was gewesen ist, war unsere ganz persönliche Angelegenheit.«

»Ich mache mir nur Gedanken, weshalb du Babylon verlassen hast. Es hat doch nichts mit diesem Mann zu tun? Er soll gefährlich sein.«

»Es hat nichts mit ihm zu tun«, log Asandros. »Meine Aufgabe in Babylon war beendet.« Um von dem Thema abzulenken, fuhr er fort: »Du weißt, dass du auch eine Tochter hast?«

»Elena? Natürlich, wie geht es ihr? Damals war sie gerade ein Jahr alt.«

»Es geht ihr gut. Sie lebt jetzt in Athen.«

»Ist sie schon verheiratet und hat Kinder? Bin ich vielleicht schon Großvater?«

Asandros lächelte. »Soviel ich weiß, nicht. Ich glaube, Elena will sich noch Zeit lassen.«

3

Die Wüstenstadt war wohlhabend. Wer von der phönizischen Küste ins Landesinnere wollte, der kam an Tadmor nicht vorbei. Und Zalmunna, obwohl Nebukadnezar abgabenpflichtig, herrschte nahezu unbeschränkt. Asandros und Joram standen auf der Festung und schauten über das Land. Hinter üppigen Palmenwäldern zeichnete sich ein dünner, gelber Sandstreifen ab, dort begann schon die Wüste. Zu ihren Füßen lag die Stadt mit ihren ockerfarbenen, würfelförmigen Häusern, und manchmal ragte die Kuppel eines Tempels über ihre Dächer. Es gab auch Plätze mit stattlichen Gebäuden, breiten Stufen und säulengeschmückten Toren. Und überall Palmen. Unzählige Händler mit ihren Eselskarren und Kamelen wirbelten Staub auf, der als ein gelblicher Schleier über der Stadt hing. In einiger Entfernung lag die Garnison, ein viereckiger Platz, gesäumt von flachen Bauten. Asandros nahm sich vor, sie vorrangig zu besuchen.

Er hatte sich um seinen wahren Vater bisher keine Gedanken gemacht. Für ihn war er ein fremder Mann gewesen, der die Mutter mit zwei kleinen Kindern verlassen hatte. Dafür hatte Asandros ihm nicht gerade Zuneigung entgegengebracht. Doch nun erwies sich Zalmunna als aufrechter, etwas bärbeißiger, aber im Grunde gutmütiger Mensch, und Asandros gefiel er von Tag zu Tag besser. Um ihn wirklich kennenzulernen, hatte er sich entschlossen, ein paar Wochen in Tadmor zu verbringen. Athen lief ihnen nicht davon. Und Joram hatte sich auch damit abgefunden. Zusammen mit Asandros suchte er die Garnison auf, und sie wurden von den Männern herzlich empfangen. Einige hatten bereits von der militärischen Erziehung der Spartaner gehört und bewunderten sie. Die Freunde verbrachten ihre Tage mit Waffenübungen und Ausfahrten in die Umgebung. Zum ersten Mal lenkte Joram einen Streitwagen, und er stellte sich sehr geschickt dabei an. Natürlich luden die Wüstenpisten zu Wettfahrten ein. Und wenn sie abends staubig und erschöpft heimkehrten, wartete auf sie eine reich gedeckte Tafel. Zalmunna gab sich alle Mühe, seinem Sohn und dessen Freund den Aufenthalt so angenehm wie möglich zu gestalten. Und die beiden verlebten unbeschwerte Wochen in Tadmor.

Da wurde Zalmunna vom König nach Babylon gerufen, und sie mussten abreisen. Asandros fiel der Abschied von seinem Vater schwer, aber er versprach, ihn wieder zu besuchen, sobald seine Zeit es zuließe.

Ein wolkenloser Herbsthimmel wölbte sich über Athen. In der klaren Luft schimmerten die Hügel blau, und das Meer funkelte wie ein grüner Kristall. Die beiden Männer, die am frühen Nachmittag die Tethys verließen, hätten mit ihren muskulösen Armen und ausladenden Brustkörben Ruderknechte auf Landurlaub sein können oder Gutssklaven, die die Arbeit auf den Feldern schwarzbraun gebrannt hatte. Sie trugen zerschlissene Tuniken, lange Haare, struppige Bärte und wenige Habseligkeiten in abgewetzten Ledersäcken, die sie sich über die Schultern gehängt hatten. Niemand achtete darauf, als einer von ihnen sein Bündel abstellte und auf die Knie fiel, um den Boden seiner Heimat zu küssen. Der andere ließ sein Gepäck auf den Boden fallen und sah sich neugierig um.

Asandros stand auf und wischte sich unsichtbare Fliegen aus dem Gesicht. »Wie gefällt dir deine neue Heimat?«

Joram nickte und ließ seinen Blick über die ockerfarbenen Häuser, die weißen Tempel und die blaugrünen Hügel schweifen. »Hier muss das Licht geboren worden sein.« Er lächelte Asandros an. »Und die lichten Götter, denen du gleichst.«

»Findest du?« Asandros sah an sich herunter. »Im Augenblick ähneln wir eher den Schmiedegesellen des Hephaistos. Gehen wir lieber, sonst hält man uns noch für entlaufene Sklaven und bietet uns feil.«

Spyros, ein Tagelöhner, dessen Rücken schlecht verheilte Peitschennarben zierten, saß auf einem Schiffstau und kratzte mit den Zehen im Dreck. Missmutig hob er sein Gesicht, als zwei zerlumpte Männer ihm ihre Seesäcke vor die Füße stellten. »Bring das zu Achylides, dem Bildhauer in der Kerameikos. Richte ihm aus, die Sachen stammten von Verehrern seiner Kunst, die ihn demnächst beehren werden.«

Spyros musterte Asandros und Joram von oben bis unten und ließ einen Furz. »Fangt ihn!«, rief er und spuckte aus.

»Sag mir, mein Freund, befinden wir uns in Athen oder in einem Siechenhaus für Greise, die ihren Darm nicht mehr beherrschen können?«, fragte Asandros ungerührt.

Spyros verzog breit den Mund, als wisse er nicht, ob er darüber lachen oder zornig sein sollte. »Ja, ihr befindet euch in Athen, und es ist eine feine Stadt. Die Bürger sehen es nicht gern, wenn Fremde Ungeziefer hereinschleppen.«

Asandros zog einen Beutel aus dem Gürtel, öffnete ihn und ließ Spyros einen Blick hineintun. »Hast du schon einmal etwas von Tagedieben gehört, die lieber in der Sonne ihre Flöhe zerdrücken als müden Reisenden zu Diensten zu sein?«

Spyros sprang in die Höhe wie ein Hund, der nach dem Knochen schnappt. »Wen magst du damit meinen, du Abglanz der Sonne?« Er griff sich die beiden Säcke und schielte begehrlich auf den Beutel. »Spyros ist schon unterwegs. Er bekommt zwei Drachmen.« Fordernd streckte er die geöffnete Hand aus. Asandros gab ihm eine. »Zahlt man jetzt für Lastträger schon Fürstenlohn?«

»Du warst wohl sehr lange in der Fremde, Sohn des Herakles? Für eine Drachme bekommt man in Athen nicht einmal ein Mittagessen. Habt ihr schon eine Unterkunft? Ich weiß auch, wo ihr in netter Gesellschaft den Abend verbringen könnt, ohne ausgeraubt zu werden.«

»Ich kenne mich in der Stadt gut aus«, wehrte Asandros ab. »Ich weiß auch, dass du mit einer Drachme überbezahlt bist und man dafür in Hissarions Weberei zwölf Stunden arbeiten muss.«

»Hissarion? Den kenne ich nicht.« Spyros schulterte flink die beiden Seesäcke und lachte. »Müssen gewaltige Trottel sein. Aber ihr beide, ihr seid vornehme Herren, das habe ich sofort gemerkt, weil ihr euch zu benehmen wisst und ausschaut wie Göttersöhne.«

»Auch Göttersöhne zahlen nur eine Drachme«, erwiderte Asandros ungerührt, »aber vielleicht gibt dir Achylides noch eine, wenn du beiläufig erwähnst, dass die Fremden Nachrichten aus Babylon haben.«

»Und dein Name, du edel Geborener?«

»Eh – Malik, ein Kaufmann aus Tyrus.«

Es pochte heftig am Tor. Pittakos schlurfte über den Hof und stolperte über Pheidons Beine, die er, auf einer Bank sitzend, lang von sich streckte. »Steh auf, du Faulpelz! Es hat geklopft, hast du nichts gehört?«

Pheidon zog die Beine an. »Pheidon hören, aber Pittakos schon auf dem Weg.«

»Verkaufen sollte man dich, du Nichtsnutz! Wer das wohl ist um diese Zeit? Ist doch viel zu heiß, um unterwegs zu sein.«

Es klopfte wieder, und jemand rief: »Ist keiner zu Hause? Ich habe gute Nachrichten und verkaufe sie für zwei Drachmen.«

»Jetzt hausieren die Diebe und Bettler schon mit Nachrichten«, brummte Pittakos, und weil er unschlüssig war, erhob sich auch Pheidon nicht, und so kam es, dass der Hausherr selbst, schweiß- und staubbedeckt wie stets, an seinen beiden Sklaven vorübereilte. »Habt ihr nicht gehört, da ist jemand an der Tür mit einer guten Nachricht. Ach, sicher bringt er mir eine Botschaft von Agathon, dem ich ein Gedicht zugesteckt habe« – *und dreißig Drachmen*, dachte Achylides, aber das sagte er nicht. Er ging und öffnete, doch als er in das grinsende Gesicht des Tagelöhners sah, erstarb seine Hoffnung, seine Stimme wurde spitz. »Was willst du?«

Spyros lugte durch den Türspalt. »Darf ich nicht hereinkommen? Ich bringe dir das Gepäck von zwei edlen Männern.«

Achylides warf einen Blick auf die schäbigen Seesäcke. »Du hast dich wohl in der Haustür geirrt?«

»Du bist doch Achylides, der Bildhauer?«

»Der bin ich, aber wer mich kennt, der weiß, dass ich zur Vordertür nur gut gewachsene Jünglinge hereinlasse.«

Spyros grinste. »Schade, ich dachte, ich könnte mir etwas als Modell verdienen.« Er nahm eine hoheitsvolle Pose ein. »Meleagros? Achilleus? Adonis? Welcher gefällt dir?«

Achylides öffnete die Tür etwas weiter. »Komm herein und lass dir für deine Späße eine Drachme geben. Es gibt heutzutage nicht viele Bettler, die sich in der Mythologie auskennen. Wem gehört das Gepäck?«

»Einem gewissen Malik aus Tyrus«, erwiderte Spyros eifrig, doch zu seiner Enttäuschung zeigte Achylides keine Regung. »Malik? Ich kenne keinen Menschen aus Tyrus und schon gar keinen Malik. Muss ein rechter Strolch sein. Was will er von mir?«

»Er will dich in den nächsten Tagen aufsuchen, Gebieter. Er ist ein Verehrer deiner Kunst und außerdem bringt er Nachricht aus Babylon.«

»Aus Babylon?«, krächzte Achylides. Sein Mund öffnete sich lautlos und schloss sich wieder. »Aus Babylon«, wiederholte er leise, »gute oder schlechte Kunde?«

»Das weiß ich nicht, er meinte nur, ich solle mir von dir zwei Drachmen geben lassen für diese Auskunft.«

»Zwei, drei oder auch vier«, murmelte Achylides. »Nimm einen gefüllten Beutel mit, wenn es die ersehnte Nachricht ist, dass er noch lebt. Doch verkündet sie Gefangenschaft oder Tod, beim Hades! Dann mögest du selbst zum Styx fahren!«

Spyros räusperte sich und sah Pheidon an. »Hörst du nicht, was dein Herr gesagt hat? Vier Drachmen sollst du mir geben.«

Pheidon blickte verwirrt von einem zum anderen, dann verschwand er, während Achylides nachdenklich auf das Gepäck starrte. Als Spyros seine vier Drachmen hatte, wollte er gehen, drehte sich aber in der Tür noch einmal um und rief: »Ich vergaß: Die schmutzigen Kleider sollen gewaschen werden.«

Inzwischen war auch Pittakos gekommen. »Kommt Asandros zurück?«

Achylides wies auf die beiden Bündel. »Sie gehören einem Malik aus Tyrus, und er bringt Nachricht aus Babylon. Denk dir, womöglich hat er Asandros gesehen und mit ihm gesprochen! Ach, meine Leber zittert vor Aufregung. Wenn er tot ist ...«

Pittakos winkte ab. »Wenn dieser Malik von uns verlangt, dass wir seine Kleider waschen, wird er keine schlechten Nachrichten haben.«

»Du hast recht!«, erwiderte Achylides schnell. »Ja, mach mein Herz leicht! Ach, dass jener Malik schon hier wäre!«

»Warum Malik nicht selbst gekommen?«, ließ sich jetzt Pheidon vernehmen. »Ist er gegangen in ein Gasthaus, warum lässt er nicht schmutzige Wäsche dort waschen?«

Achylides starrte ihn an. Seine Kehle wurde ihm trocken. »Du meinst –?«

»Ich denken, guter Herr Asandros machen sich mächtigen

Scherz mit meinem Gebieter«, grinste Pheidon. »Ich denken, Malik sein selbst Asandros.«

»Rasch!«, schrie Achylides. »Lauf diesem Tagedieb hinterher! Schaff ihn wieder herbei! Versprich ihm fünf, nein zehn Drachmen!«

Pheidon erwischte Spyros, als dieser gerade eine Schenke betreten wollte. Als er hörte, dass weiterer Verdienst winkte, war er gern bereit, wieder mitzukommen. Die Sache mit den beiden heruntergekommenen Seefahrern schien sich als ein Glücksfall zu erweisen. »Es waren zwei«, berichtete er Achylides, »und der Malik hieß, sprach fließend unsere Sprache, der andere sagte kein Wort.«

Ob er Apoll geglichen habe? Spyros kratzte sich am Kopf. Also, das könne er guten Gewissens nicht behaupten. Eher hätte er gemeint, zwei Landstreicher vor sich zu haben. Er wolle keine Gerüchte in die Welt setzen, aber beide seien kräftig gewesen wie rechte Totschläger, und da wäre noch der prall gefüllte Beutel. Ja, sie kamen mit der Tethys, aber wenn es ehrliche Männer gewesen wären, so hätten sie die Überfahrt ja leicht bezahlen können. Sie sahen aber aus, als hätten sie im untersten Schiffsraum genächtigt.

Achylides nickte betrübt und ließ Spyros fünf Drachmen aushändigen. »Zehn, wenn du gute Kunde gebracht hättest, mein Freund, aber so muss ich annehmen, dass die beiden Halunken Asandros beraubt haben und mir Lügen auftischen wollen. Barmherziger Zeus! Wenn ihm etwas zugestoßen ist, sollen alle Babylonier Warzen im Gesicht bekommen!«

Es war ein milder Abend, und sie nahmen die Nachtmahlzeit im Fackelschein auf dem Hof ein. Natürlich wurde über den merkwürdigen Kaufmann aus Tyrus gesprochen, als es draußen am Tor klopfte. Diesmal überboten sich Pheidon und Pittakos in ihrer Neugier, der Erste am Tor zu sein, aber Achylides war schneller. Ohne zu fragen, wer draußen sei, riss er das Tor auf und leuchtete dem späten Besucher mit einer Öllampe ins Gesicht. Fast wäre sie ihm aus der Hand gefallen: Zeus schickte ihm Ganymed! Der junge Mann lächelte und fragte mit starkem Akzent: »Bin ich hier richtig bei dem besten Bildhauer Athens, den man Achylides nennt?« Es klang, als habe er den Satz auswendig gelernt. Achylides wurde rot und flötete: »Du bist es, Götterbote. Tritt ein und beschenke uns mit deinem süßen Nektar.«

»Danke«, sagte er und fügte hinzu: »Ich spreche nur schlecht Griechisch.«

Achylides starrte auf die rabenschwarzen Locken, den weichen Mund, die fein gemeißelten Züge. »Bedarf es plumper Worte, wo doch dein Körper und deine Augen die süßeste Sprache der Welt sprechen? Komm herein, folge mir!«

Achylides eilte voraus in den Hof und rief: »Wir haben einen Gast. Rasch! Bringt den besten Wein, die zartesten Fasanenbrüstchen, die süßesten Feigen!«

Pheidon und Pittakos warteten neugierig an den Stufen, Pheidon brummte enttäuscht, denn es war nicht sein Herr Asandros, wie er gehofft hatte. Nur ein junger, hübscher Mann für Achylides.

Joram trat in den Hof und nickte allen freundlich zu. Achylides bat ihn, Platz zu nehmen. »Bist du Malik, der Kaufmann aus Tyrus?«, fragte Pittakos ihn, während er aus einem großen Krug Wein schöpfte und Joseba mit einer Schüssel Wasser herbeieilte, damit sich der Gast die Hände waschen konnte.

Joram sah ihn fragend an. »Tyrus? Ja.«

»Gehört dir das Gepäck, das abgegeben wurde?«

»Still, Pittakos!«, wies Achylides ihn zurecht. »Überfallen wir ihn doch nicht mit Fragen. Darf ich an deiner Seite Platz nehmen?« Er staubte seine Hände oberflächlich am Gewand ab und tauchte seine Hände in die Wasserschüssel, die Joseba ihm reichte. Dann griffen alle zu ihren Bechern, Joram trank Achylides zu, der beglückt, aber verlegen die Augen senkte. »Ich bin Joram aus Juda.«

»Juda? Das ist wohl sehr weit? Welche Sprache spricht man dort?«

»Aramäisch. Das wenige Griechisch, das ich spreche, habe ich auf der Überfahrt gelernt.«

Joram sah sich um und betrachtete neugierig die Büsten und Statuen, die den Hof schmückten und im Feuerschein golden glänzten.

»Du bist doch sicher zusammen mit diesem Malik gekommen?«, fragte Achylides aufgeregt, »habt ihr Nachricht von Asandros?«

Joram nickte. »Mein Freund Malik kennt ihn gut.«

»Aber weshalb ist er noch nicht hier?«, fragte Achylides ungeduldig. »Beim Hermes, weiß er nicht, dass die Ungewissheit mir Tantalosqualen bereitet?«

»Malik ist schon da«, kam es da aus dem Hintergrund. »Aber man hat seine Wäsche noch nicht gewaschen.«

Die Stimme! Achylides sprang auf, seine Liege kippte zur Seite, er eilte mit ausgebreiteten Armen auf Asandros zu, sie umarmten sich, und alle hörten Achylides schluchzen, während Joram sich in Ruhe ein paar Oliven und Fleischstückchen aufspießte.

Pheidon grinste über das ganze Gesicht. »Ich wissen. Ich von allen am besten wissen, dass Malik ist der Gebieter Asandros.« Mit nassen Wangen trat er vor seinen Herrn und fühlte sich von diesem umarmt. »Alter Füßeküsser! Wie freue ich mich, dich zu sehen. Wie freue ich mich, euch alle zu sehen.«

Pheidon machte sich verlegen los. »Ich küsse nicht deine Füße, Herr, schon lange nicht mehr, aber du darfst mich nicht drücken wie Frau, sonst der Gebieter Achylides wirft mich hinaus.«

Achylides räusperte sich und fragte vorwurfsvoll: »Weshalb hast du uns alle in Ungewissheit gelassen und dir dumme Geschichten ausgedacht und andere vorgeschickt?«

»Als wir in Piraios ankamen, glichen wir Landstreichern. Ich wollte dir gewaschen und gekämmt gegenübertreten. Und außerdem wollte ich dir eine kleine Freude bereiten.« Er wies auf Joram. »Ist er nicht ein prächtiges Modell?«

Achylides wurde rot. »Was brauche ich ein Modell, wenn du nur wieder da bist!« Er ließ keinen Blick von Asandros. »Wie unscheinbar machte ich den Phaeton! Ihm fehlt der Glanz, der auf deiner Stirn liegt, göttlicher Achill!«

Asandros lächelte. »Ich hoffe, deine Schaffenskraft hat während meiner Abwesenheit nicht brachgelegen.« Er wusch sich die Hände und nahm Platz im Kreis der Abendgesellschaft. »Weißt du, wie es meiner Schwester geht?«

»Elena?« Achylides schmunzelte. »Um sie brauchst du dich nicht zu sorgen. Ihr Haus ist stadtbekannt. – Nein, nein, nicht, was du denkst. Es ist offen für alle, die einen neuen Zeitgeist wehen lassen wollen – so drückt sie sich aus. Besuch sie doch einfach, in letzter Zeit werden auch Männer in den Kreis aufgenommen.«

»In welchen Kreis?«

»In den Kreis aufgeklärter Menschen – so nennen sie sich. Selbst Solon ist manchmal Gast bei ihr.«

Eine stolze Röte stieg Asandros in die Stirn. Er lächelte versonnen. Elena! Er sah ihre blitzenden Augen, ihre wirren Locken. *Beim Eros! Schöner als alle Frauen Griechenlands sind die Spartanerinnen, doch Elena ist ihre Königin.* Seine Röte vertiefte sich, jetzt vor Verlegenheit. *Weshalb denke ich zuerst an ihre Schönheit? Ist es nicht ihr sprühender Geist, der sie vor allen anderen auszeichnet?*

»Ist sie – verheiratet?«, murmelte er.

Achylides winkte ab. »Wer unter den Männern begehrt sie nicht? Doch weshalb soll sie sich in Fesseln legen lassen? In ihren Reden vor dem Theseion fordert sie Mitsprache der Frauen in allen Staatsangelegenheiten.«

»Beim Zeus, sie hält öffentliche Reden? Und das wird erlaubt?«

»Vor Solon hätte man sie aus der Stadt gejagt, heute hängen viele an ihren Lippen. Natürlich hat sie Feinde, die sie der Gottlosigkeit beschuldigen, weil sie ihr keinen unsittlichen Lebenswandel nachweisen können.«

Asandros lächelte. »Du ereiferst dich für eine Frau, Achylides?«

»Beim Hermes!«, murmelte Achylides und stopfte sich verlegen ein Hühnerbein in den Mund. »Glaub nicht, ich hätte meine schlechte Meinung über Frauen geändert. Deine Schwester lehrte mich nur, dass sie berechtigt ist.«

4

Noch schliefen alle. Asandros erwachte als Erster und schlich sich zum Brunnen, um niemanden aufzuwecken. Etwas später kam Joram, der das frühe Aufstehen ebenfalls gewohnt war. Sie wuschen sich. Nach einer Weile des Schweigens sagte Joram: »So viel Herzlichkeit und Wärme fand ich in diesem Haus. Was um alles in der Welt trieb dich von hier fort nach Babylon? Zu glühenden Stieren, dem Tal der Pfähle, zu Menschen wie Naharsin und Scheschbassar und ...« Joram verstummte.

»Und zu Midian, nicht wahr?« Asandros nickte nachdenklich. »Die Narrheit der Jugend, Abenteuerlust, Überheblichkeit, Hass. Die Unfähigkeit, alle diese brodelnden Gefühle im Gefäß zu verschließen. Ich hatte das Verlangen, den Deckel zu lüften wie Pandora und dem herausströmenden Unheil nachzulaufen wie einer Vision vom Paradies.«

Joram nickte. »Ich glaube, ich kannte bisher nur die Leidenschaft. In diesem Haus spüre ich wirkliche Liebe. Es hat mich berührt, aber ich war nie fähig, dieses Gefühl weiterzugeben. Um das zu tun, muss man es wohl selbst erlebt haben. Ich habe es nie kennengelernt.«

Asandros dachte an seine harte Jugend. »Ich durfte es erfahren, doch ich vertat es. Ungestüm wollte ich die Wärme dieses Hauses der ganzen Welt schenken, und sie zerrann mir unter den Fingern.«

Sie füllten noch einige Krüge mit Wasser und trugen sie in die Küche. Dann ging Asandros in Achylides Schlafzimmer, das neben seiner Werkstatt lag. »Wach auf, mein Freund, wir wollen zum Tempel der Artemis gehen, um der keuschen Göttin zu opfern.«

Achylides schlug die Augen auf und dachte: *Wie schön beginnt doch dieser Morgen, an dem ich von zwei schönen Männern geweckt werde.* Aber das zeigte er nicht. Er rieb sich den Schlaf aus den Augen und meinte schmollend: »Was wisst ihr beide schon von Keuschheit? Sicher stürzt ihr Standbild vom Sockel, wenn sie eurer ansichtig wird.«

»Deshalb nehmen wir dich mit, damit deine Gegenwart sie besänftigt, du Unbefleckter.«

Achylides erhob sich in der vollen Schönheit seines Nachtgewands. Eine feine Röte stieg in seine Wangen, aber er zuckte nur die Achseln. »Was sollte ich abgehärmter Greis neben der blühenden Jugend deines Freundes? Geht nur allein, Arm in Arm und Hüfte an Hüfte. Das ist zwar anstößig, aber ich fürchte, das wird euch nicht kümmern.«

Doch während er so redete, suchte Achylides bereits seine Tunika aus der Truhe, und Asandros, der das Spiel kannte, überredete ihn mit süßen Worten, die Achylides so gern hörte, und am Ende tat er, als ließe er sich erweichen. Er hob die Tunika an die Brust und starrte Joram an. »Na gut, ich komme mit, aber nun müsst ihr mich verlassen, ich will mich anziehen.«

»Da hat er recht, Joram«, sagte Asandros ernsthaft. »Wenn es um die Schicklichkeit geht, ist Achylides stets ein Vorbild gewesen. Komm, es geziemt sich für einen Jüngling nicht, eines Greises Nacktheit zu betrachten.«

Da hatte Asandros ein Kissen im Gesicht. Achylides schimpfte, und Joram lachte über die beiden Streithähne. Am Ende umarmte Asandros Achylides, drückte ihn, dass diesem der Atem wegblieb und rief: »Ergib dich!«

»Nimm die Beleidigung zurück!«, keuchte Achylides.

»Welche Beleidigung, du junger, geschmeidiger Weidenschössling?«

»Ah, jetzt hast du es begriffen!« Achylides atmete langsam aus, und Asandros ließ ihn los. Achylides sah verschämt in Jorams lachendes Gesicht. »Asandros ist ein Kind«, brummelte er, dann nahm er seine Tunika wieder auf und zerknüllte sie verlegen. Asandros berührte Joram am Arm. »Lass uns gehen!«

»Hast du was mit ihm?«, fragte Joram draußen.

»Und wenn?«

»Er ist – alt.«

»Alte Ziegen lecken auch gern Salz. Innerlich ist er ewig siebzehn geblieben.« Asandros schlug Joram lachend auf den Rücken. »Leider verstehst du so wenig von Frauen, sonst wäre ich auf dein Urteil über Elena gespannt.« Asandros streckte den Arm aus. »Ah, da kommt ja unser Jünger der Artemis.« Achylides glitt geschmeidig an seine Seite.

Von der Kerameikos bis zur Agora war es nicht weit. Kaum hatten sie die Straße der Panathenäen betreten, wurde Asandros von unzähligen Bekannten und Freunden erkannt und freudig begrüßt. Joram, der ihre Sprache noch nicht gut verstand, fühlte sich an den Rand gedrängt, überflüssig. Er nutzte die Gelegenheit, sich allein umzusehen.

Die Agora in Athen hatte nur entfernt Ähnlichkeit mit einem babylonischen Basar. Zwar gab es auch hier Unmengen von Verkaufsbuden, Straßenhändlern und Ausrufern, doch vor allem gehörte der Platz mit den überdachten Säulenreihen ringsum den Athenern, die hier ihre Geschäfte abschlossen, Gespräche führten oder bei den unzähligen Weltverbesserern stehen blieben, die ihre Zuhörerschaft im Schatten der Säulengänge um sich scharten.

Eine Menschenansammlung vor einem kleinen Tempel erregte Jorams Aufmerksamkeit. Ein hagerer Mann sprach vor einer gebannten Zuhörerschar. Joram bedauerte, dass er des Griechischen so wenig mächtig war, er konnte nur Wortfetzen verstehen. Als sich Joram zu der Gruppe gesellte, schob ihn sein Nebenmann nach vorn. »Nur Mut, Fremder, such seine Gegenwart. Er kann dich erlösen.«

Joram lächelte verlegen. »Ich spreche nicht gut Griechisch.«

Die Augen des Mannes leuchteten. »Du wirst ihn verstehen, wenn du vor ihm stehst, denn seine Gottesgewalt bedarf keiner Sprache.«

Joram ließ sich, um nicht unhöflich zu erscheinen, nach vorn drängen, bis er dem in Purpur gekleideten Mann auf Armeslänge gegenüberstand. Andere krochen die Stufen zu ihm hin, um seine Füße oder sein Gewand zu berühren und machten dann den Nachdrängenden Platz. Joram spürte nichts. Wie Midian hatte er für Priester nichts übrig, und außerdem verstand er nur wenige Worte wie ewiges Leben, Sünde, reine Menschen, Unzucht.

Die glühenden Augen, die wenig von Barmherzigkeit kündeten, hefteten sich jetzt auf Joram, der sich erkühnte, dem fanatischen Blick standzuhalten. In den scharf geschnittenen Zügen zuckte Missfallen auf, dann erschien auf den sinnlichen Lippen ein feines Lächeln.

Tyrandos spürte sofort, wenn er einen trotzigen Geist vor sich hatte, einen Ungläubigen, einen von Ängsten freien Menschen. *Schöne, fremdländische Züge, ein Syrer oder Ägypter vielleicht,* dachte er. Er beendete ziemlich hastig seine Predigt, indem er zur Umkehr von den Sünden aufrief und dann verkündete, er werde morgen wieder zu ihnen sprechen. Huldvoll breitete er die Arme aus, und Klagerufe begleiteten seinen Abgang in das Innere des Tempels.

Joram wandte sich schulterzuckend ab. Er brauchte die Sprache nicht zu verstehen, um zu begreifen, dass hier ein Priester Schafe scheren wollte. Er kannte das aus Jerusalem, wo die Leviten ebensolchen frommen Eifer entwickelten, doch dieser Priester hier schien besonders begabt zu sein.

Er wunderte sich, als er auf Aramäisch angesprochen wurde:

»Mein Herr wünscht dich im Tempel zu sprechen.«

Joram sah auf die kleine Pforte. »Mich? Das muss ein Irrtum sein.«

»Bestimmt nicht. Willst du mir folgen?«

Joram zögerte, doch dann grinste er und dachte: Warum soll ich diesem Bauernfänger nicht einmal vorführen, was ein Schwarzer Wolf von Priestergeschwätz hält?

Im Tempel gewahrte er eine Männerstatue mit weibischen Formen, die sich auf einen Stab stützte, der oben einen Pinienzapfen trug und von Weinlaub umrankt war. *Ein Gott der Lüsternheit und des Weins*, dachte Joram erheitert, *das passt aber wenig zu dem finsteren Gesicht des Priesters.*

Der saß auf den Stufen des Altares neben einem schwelenden Feuer, das einen harzigen Duft verbreitete. Sein purpurner Mantel war ihm von den Schultern gerutscht, darunter trug er eine weiße, ärmellose Tunika. Er hob grüßend die Hand und wies neben sich auf die Stufen. Dort standen auch ein Krug mit Wein und zwei Schalen, eine davon reichte er Joram. »Erweise Dionysos mit diesem vorzüglichen achäischen Tropfen deine Referenz, Fremder.« Er sprach Aramäisch, und Joram erschien der Priester jetzt viel umgänglicher. Er nahm die Schale entgegen und erwiderte: »Ich danke für die Gastfreundschaft, obwohl ich noch nicht weiß, womit ich sie mir verdient habe.« Er nahm gelassen auf den Stufen Platz und trank. Tyrandos beobachtete ihn aus schmalen Augen, und als Joram die Schale absetzte, trank er ebenfalls. »Ich bin Tyrandos, ein Priester des Dionysos, und woher kommst du?«

»Aus Juda. Man nennt mich Joram.«

»Juda?« Tyrandos war sichtlich überrascht. »Dann bist du ein Anhänger Jehovas?«

Joram lächelte spöttisch. »Die frommen Eiferer verehren ihn, daneben gibt es auch in meiner Heimat genug Götzen, die jedermann etwas bieten.«

Tyrandos nickte. »Melkart, Milkom und Astaroth – welchen verehrst du?«

»Den Engel des Mastemoth«, erwiderte Joram und grinste, während er die Schale zum Nachschenken hinhielt.

Tyrandos füllte ihm die Schale und hob die Augenbrauen. »Mastemoth? Den Namen habe ich noch nie gehört. Ein Dämon?«

»Einer der vielen Namen, mit denen sich der Herr der Finsternis schmückt«, gab Joram gelassen zur Antwort. Es machte ihm Vergnügen, den Priester herauszufordern.

In Tyrandos Augen flammte es auf, doch er war kein Dummkopf. Er betrachtete den schönen Jüngling mit den weichgeschwungenen Lippen und lächelte überlegen. »Ein Scherz, nicht wahr?«

»Natürlich. Ich glaube nämlich an nichts.«

»Das Nichts ist ein jammervoller Ort, von unendlicher Leere«, gab Tyrandos gewandt zurück, »wie kümmerlich, daran zu glauben.«

»Ich meine natürlich an nichts, was die Priester so schwätzen«, sagte Joram unwillig.

»Du bist einer von den Aufsässigen, hm?« Tyrandos wohlwollendes Lächeln blieb unverändert.

»Weil ich nicht einfältig bin?«

»Das gefällt mir an dir.«

»So? Wären alle wie ich, würdest du dich kaum von den Geschenken der Gläubigen mästen können.«

»Sehe ich gemästet aus?« Tyrandos strich sich über den schlanken Körper. »Ich liebe das Maß. Aber von irgendetwas muss auch ein Priester des Dionysos leben.«

»Und was willst du von mir?«

»Es war angenehm, in der Menge einmal ein waches Gesicht zu erblicken. Was führt dich in unsere schöne Stadt?«

»Abenteuerlust und Müßiggang.«

»Oh, eine ehrliche Antwort. Ich verstehe, unter dem strengen Regiment in Jerusalem wollte man dir die Flügel stutzen.«

»Du hast bei deiner Predigt auch keine Lebensfreude vermittelt.«

Tyrandos überhörte den Einwurf. »Du suchst also Zerstreuungen? Athen kann dir viel bieten, besonders, wenn du die richtigen Leute kennenlernst.«

»Leute wie dich?«

»Möglicherweise.« Tyrandos hob den Weinkrug. »Lass mich dir noch einmal nachschenken.«

»Du willst mich wohl betrunken machen? Ich warne dich, ich bin ziemlich trinkfest.«

»Und wenn du betrunken wärst? Was wäre dabei? Dem Gott des Weins könntest du nicht besser huldigen. Aber ich kenne einen Tempel, wo du noch andere vielversprechende Götter anbeten könntest.«

»Götter der Unzucht?«, spottete Joram. »Im Tempel des Bordellon Erotikon?«

Tyrandos lächelte. »Mehr als ein Bordell. Ein Ort himmlischer Freuden, und zu diesen zählen nicht nur die geschlechtlichen, wenngleich sie einen herausragenden Platz einnehmen.«

Joram winkte ab. »Ich lebte geraume Zeit in Babylon, du darfst mir glauben, mir ist nichts fremd, und deine himmlischen Wonnen habe ich sicher schon alle gekostet.«

»In Babylon?« Tyrandos war sichtlich beeindruckt. »Ich beneide dich. Ah, du musst mir von dieser Stadt erzählen, willst du? Natürlich nicht hier. Ich habe ein Haus auf dem Kolonos Agoraios. Sei mein Gast. Eine Sänfte wird dich abholen, wenn du mir sagst, wo du in Athen Quartier genommen hast.«

Joram nannte das Gasthaus, in dem er und Asandros bei ihrer Ankunft abgestiegen waren, und vereinbarte mit Tyrandos den nächsten Tag. Dann verabschiedete er sich mit dem Hinweis, er müsse jetzt seinen Freund suchen, der ihm im Gewühl der Agora verloren gegangen sei.

Er fand Asandros am Hestiatempel inmitten einer Schar von Freunden. »Wo ist Achylides?«, fragte er, um sich bemerkbar zu machen.

»Joram!« Asandros wandte sich sofort ihm zu. »Achylides sitzt in einer Weinstube am Dipylontor und studiert Kunst am männlichen Objekt. Ich möchte dir meine Freunde vorstellen.« Es folgte eine Reihe von Namen, die Joram sich nicht merken konnte, aber jedem lächelte er höflich zu. Ihm gefielen ihre Gesichter, sie waren offen und freundlich. In holperigem Aramäisch sprach ihn ein Graubärtiger an: »Ich bin Sosiades. Mein Haus steht dir offen, Joram aus Juda. Asandros war schon immer ein gern gesehener Gast bei mir. Ist es wahr, dass er in Babylon zu großen Ehren gekommen ist?«

»Ja. Der König liebte ihn mehr als seinen eigenen Sohn, und wäre nicht Asandros' Bescheidenheit, so herrschte er heute über Babylon.«

»Unsinn!«, lachte Asandros. »Joram ist ein gewaltiger Märchenerzähler.« Er nickte den anderen zu. »Heute Abend an Sosiades Tafel.«

Sie schlenderten hinüber zu den schattigen Säulenhallen des Lykeions, wo sie sich in einer kühlen Nische niederließen. »Es ist schön, wieder daheim zu sein«, seufzte Asandros, »aber auch sehr anstrengend. In der letzten Stunde habe ich fünf Einladungen erhalten.«

»Ich bin auch eingeladen worden.«

»Ach! – Du hast doch nicht angenommen? Ohne Empfehlung wird kein Fremder in ein angesehenes Haus eingeladen, es sei denn, der Hausherr hat Hintergedanken.«

»Die hat er bestimmt«, grinste Joram, »glaubst du, das hätte ich nicht erkannt? Ich werde diesen schleimigen Priester verrückt machen, und wenn er kurz vor dem Wahnsinn ist, werde ich mich verabschieden.«

Asandros schüttelte missbilligend den Kopf. »Was für ein Priester muss das gewesen sein, der dir schamlose Angebote macht? Sicher war es kein Grieche, sondern ein Priester der Isis. Sprach er Aramäisch?«

»Ja, und deshalb hoffe ich auf einen unterhaltsamen Abend, denn bei deinen Freunden bin ich noch zum Schweigen verdammt. Er dient Dionysos und scheint mir ein rechter Heuchler zu sein. Seinen Anhängern schien er Verzicht zu predigen, aber als wir allein waren, glänzten seine Augen, und er sprach von einem Tempel der himmlischen Freuden. Ich denke, er verdient es, dass man ihn mit aufgepflanzter Lanze im Regen stehen lässt.«

»Vorsicht! Mach dir nur keine Feinde, die Priester sind tückisch. Bist du ihnen nicht zu Willen, hast du gleich eine Anklage wegen Gotteslästerung am Hals.«

»Keine Sorge, er kennt mich nicht, ich gab unser Gasthaus am Hafen an. Tyrandos lässt mich von dort mit einer Sänfte abholen.«

»Wer?« Asandros schüttelte Joram. »Wie heißt der Mann?«

»Tyrandos, und er scheint recht wohlhabend zu sein, wenn er mich mit einer Sänfte – was hast du denn?«

»Tyrandos«, flüsterte Asandros. »Er sucht mich heim.«

»Du scheinst ihn nicht zu mögen?«

Asandros lachte bitter. »Weißt du, dass Tyrandos der heimliche Herrscher von Athen ist?«

Jorams Augen flammten leidenschaftlich auf. »Ist er dein Feind? Dann überlass ihn mir! Ich schnüre ihn zusammen und werfe ihn in die Latrine hinten auf dem Hof, dann können wir unsere Notdurft auf ihm verrichten, bis er erstickt.«

»Verdient hätte er es«, erwiderte Asandros grimmig, »aber das ist unmöglich. Er ist mächtig, das sagte ich doch. Er ist Eumolpide und der Hierophant der Eleusinischen Mysterien. Es wäre, als würdest du dir den alten Nadin-Ach in Babylon greifen. Wo, sagtest du, wird er dich abholen? In der Taverne zum Goldenen Vlies?«

Joram nickte.

»Ich werde da sein und die anderen Verabredungen absagen.«

Joram saß in der leeren Schankstube vor einem halb vollen Becher und wartete auf die Sänfte. Am Nachmittag füllte sich der Gastraum allmählich, und weil es eine Hafenschenke war, kamen viele Fremde. So achtete auch niemand auf den hochgewachsenen Thraker mit dem weiten Mantel und dem kühn ums Haupt geschlungenen Tuch, der sich bei Joram am Tisch niederließ. Der erkannte erst auf den zweiten Blick den Priester Tyrandos. »Ich bin wirklich erfreut, dass unser Treffen zustande kommt«, raunte er Joram zu und entblößte eine Reihe prächtiger gesunder Zähne.

»Du hast mich lange warten lassen, und beinah hätte ich dich in dieser Verkleidung nicht erkannt.«

»Ich bin untröstlich, aber ich wurde aufgehalten.« Tyrandos sah sich um. »Ein Mann meines Ranges sollte sich hier nicht zeigen, deshalb die Verkleidung. Aber wir beide wissen ja, dass Moral eine fragwürdige Sache ist.« Er wies zur Tür. »Gehen wir? Die Sänfte wartet draußen.«

Da erhob sich vom Nebentisch ein Mann, der ihnen bis jetzt den Rücken zugekehrt hatte. »Nicht so eilig, Tyrandos, ich möchte mich euch gern anschließen.«

Der Priester wurde grau unter seinem scharlachroten Tuch. Er umklammerte mit der rechten Hand die Tischkante. »Asandros«, flüsterte er. Doch so sehr ihn dessen Erscheinen überrascht hatte, er fasste sich schnell; das Blut strömte zurück in seine Wangen, und er lächelte wie eine Katze. »Ich hörte schon, dass du von deiner langen Reise zurück seist, aber ich habe dich nicht an diesem Ort erwartet. Speist du heute Abend nicht bei Sosiades?«

»Ich zog es vor, mit dir zu speisen, edler Tyrandos«, gab Asandros mit lauter Stimme zur Antwort. »Kann es sein, dass du dir heute an diesem Ort einen schönen Knaben für schmutzige Spiele kaufen wolltest?«

Alle wandten die Köpfe und lauschten erstaunt, Tyrandos, weiß im Gesicht, erhob sich und zischte: »Du gottloser Lügner! Dieser Jüngling aus edlem Hause beabsichtigt, ein Myste zu werden, und ich bereitete ihn darauf vor. Sein Vater ist ein Anhänger des Isiskults und wünscht nicht, dass sein Sohn die heiligen Weihen erhält.«

Asandros übersetzte ins Aramäische und fragte Joram: »Stimmt das?«

Der nickte ernsthaft. »Ja, dieser Mann bot mir soeben fünfzig Silberdrachmen, damit ich mein Gesäß für seine heiligen Werkzeuge bereitmache. Je tiefer er sie in mich versenke, desto sicherer werde ich mich des ewigen Lebens erfreuen.«

Er lachte schallend, während Tyrandos sich den Mantel umwarf und hinauslief. Doch bevor er in seine Sänfte steigen konnte, legte sich ihm Asandros' Hand schwer auf die Schulter. »Ich bin wieder da, Tyrandos. Überleg es dir künftig zweimal, ob du der rechten Hand Nebukadnezars Ärger bereiten willst. Und wer Nebukadnezar ist, wirst du sicher wissen.«

Tyrandos schob mit einer leichten Bewegung die Hand von seiner Schulter und säuselte: »Einverstanden, Waffenstillstand.«

5

Sie ritten einen schmalen Pfad entlang, der durch ein Dickicht aus Buschwerk, verfilztem Gehölz, Farnkraut und vereinzelten Palmen führte: Jagamal, der Herr von Samucha, Scharruma und etliche Krieger. Sie hatten Midian in die Mitte genommen, angeblich, um ihn Parijawatri, dem Gott der Schluchten, zu opfern. Dabei entfernten sie sich immer weiter von den Bergen. Midian konnte weder Aschima noch eine Schlucht erblicken, aber er schwieg. Plötzlich schimmerten die Ruinen einer verfallenen Stadt durch das dunkle Grün.

»Tissaran!«, stieß er verblüfft hervor. Er hatte nicht gewusst, dass sie dem Dorf so nah waren. Er drehte sich zu Scharruma und den Kriegern um, aber die Krieger samt ihrem kahlköpfigen Anführer waren verschwunden. Nur der Rotbart schloss auf und hielt sich an seiner Seite. Er nickte ihm zu. Bevor sich Midian von seiner Überraschung erholt hatte, kam ein Reiter auf einem Maultier auf sie zugetrabt.

»Belials Fluch auf dich!«, schrie Midian. Es war Avarrhoaz. Der lächelte. »Willkommen in Tissaran, Midian.«

»Wo ist Aschima?«

»Im Dorf. Es geht ihr gut.«

»Hurensöhne! Wer ist verantwortlich für diesen schlechten Scherz? Ich zerhacke seinen ...« Er unterbrach sich. »Doch nicht meine Mutter?«

Avarrhoaz wies nach vorn zu ihrem Tempel. »Frag sie selbst. Sie ist die wahre Herrin von Samucha.«

»Und dieser Glatzkopf Jagamal, wer ist das?«

»Ein Priester wie ich. Ein lustiger, alter Mann. Seine Rolle hat ihm großes Vergnügen bereitet.« Avarrhoaz zwinkerte mit den Augen. »Ich hoffe, dir auch.«

Midian war bleich vor Zorn. Er presste die Lippen aufeinander und schwieg. Sein Bein schmerzte von dem langen Ritt. Behutsam ließ er sich von seinem Tier gleiten und wehrte den Priester mit einer wütenden Bewegung ab. »Bleib da! Ich kenne den Weg!« Er humpelte den plattenbelegten Weg hinunter, vorbei an dem überwachsenen Gemäuer ehrwürdiger Ruinen, bis er vor dem Tempeltor stand. Er stemmte beide Hände in die Hüften und rief: »Hier steht dein Sohn Midian! Öffne mir das Tor!«

Die Torflügel schwangen auf, und seine Mutter kam heraus. Obwohl Midian darauf gefasst war, überraschte ihre Schönheit ihn immer wieder. »Ich dachte, du wolltest das Tor eintreten«, bemerkte sie spöttisch, »das wäre doch der geziemende Auftritt für dich gewesen.«

Seine wutverzerrten Züge glätteten sich etwas, dennoch fuhr er sie an: »Du weißt recht gut, dass mein Bein gebrochen ist.«

»Dabei hättest du sogar umkommen können, nicht wahr?« Ihre honigsüße Stimme hatte einen boshaften Klang. Sie führte Midian in ihre Gemächer, wo der Tisch bereits gedeckt war. Vergeblich bemühte Midian sich beim Niedersetzen um eine gemessene Haltung, er musste das gebrochene Bein strecken und sich abstützen, um nicht hinzufallen. Seine Mutter kicherte.

Er knirschte mit den Zähnen. »Wo ist Aschima?«

Atargatis blies verächtlich eine unsichtbare Strähne aus der Stirn. »Die Katze ist bei meinen Priestern gut aufgehoben. Hattest du wirklich Angst um sie?« Sie musterte ihren Sohn von oben bis unten, dem vor Zorn die Adern an den Schläfen schwollen.

»Lassen wir Aschima! Rechtfertige diesen albernen Streich, den du mir gespielt hast!«

Atargatis glättete bedächtig ihr Gewand. »Es mag dir wie ein Streich vorkommen, aber ich vergeude meine Zeit nicht mit Kinderspielen.« Ihre Lippen spannten sich. »Du kennst mich.«

»Ja.« Midian krümmte seine Finger. »Aber du kennst mich noch nicht. Ich konnte nicht so recht darüber lachen, vielleicht hole ich das nach, sobald mein Bein geheilt ist.«

»Oh ja, dein Bein.« Atargatis schlug ihre Schenkel übereinander und ließ kupferne Haut schimmern. »Das war natürlich nicht beabsichtigt. Wer konnte ahnen, dass der Herr des Zagros so tölpelhaft vorgehen und einen Abhang hinunterrutschen würde – bei deinem zweifelhaften Belial! Das war eine Enttäuschung für mich.«

»Ich bin deinem entbehrlichen Priester nicht nachgestiegen!«, schrie Midian. »Es war Aschima, diese Närrin!«

»Aber du bist Aschima nachgestiegen.«

»Nun – sie ist meine – sie ist ein Schwarzer Wolf.«

Atargatis nickte. »Gewiss. Aber du hättest dabei dein Leben verlieren können.«

Midian zuckte die Achseln und nahm sich eine saftige Keule, die in einer grünen Soße schwamm. »Schon möglich. Ich bin kein Feigling.«

»Nein, ein einfältiger Tropf!« Sie naschte von einer kandierten Frucht. »Für eine belanglose Fliege wie diese Aschima, die meinen Plänen nicht nützlich ist, wagst du dein Leben und gefährdest unsere Sache?«

»Ja, darüber denke ich anders als du.«

»Es wäre besser gewesen, sie wäre in der Schlucht gestorben. Das Unwetter kam wie gerufen. Leider musstest du dann dein gutes Herz entdecken.«

Midian schnippte mit den Fingern. »Darüber rede ich nicht mit dir. Ich wundere mich nur, in wem eine mächtige Frau wie du ihre Gegner sieht. Ein heimlicher Dolch in den Gassen Babylons hätte doch genügt, oder?«

Atargatis' Stirn umwölkte sich. »Menschen wie Aschima verderben dich, verderben meine Pläne!«

»Eine Taschendiebin!«, stieß Midian höhnisch hervor. »Wie viel Einfluss räumst du ihr auf mein Gemüt ein?«

»Genug!«, zischte Atargatis. »Als ich dich auf die Probe stellte, wolltest du sogar dein Leben für sie wegwerfen, einfach in die Schlucht springen. So ein Mann ist für mich unbrauchbar.«

»Weil ich zu meinen Freunden stehe?« Midians Züge wurden eisig. »Wenn du sie vernichten willst, bin ich gegen dich.«

Atargatis lachte leise. »Freunde wie Aschima, Joram und Asandros! Weshalb finde ich nicht Naharsin an deiner Seite? Weshalb hast du zugelassen, dass Xandrames hingerichtet wurde? Wo sind die Männer, die sich dem Bösen verschrieben haben? Wo sind die Diener Belials? Und wo stehst du selbst, Midian? Stöhnen die Menschen unter deiner Herrschaft und verfluchen dich? – Wisch dir die Soße vom Mund, sie tropft bereits auf den Teppich.«

Midian nahm ein Tuch und fuhr sich damit über den Mund. »Ich bin jetzt Tartan und nicht mehr der Anführer der Schwarzen Wölfe. Soll ich Babylon in Flammen aufgehen lassen?«

Atargatis hob die Augenbrauen. »Deine Aufgabe lautete, die Menschen in Verzweiflung zu stürzen. Anfangs war ich mit dir zufrieden. Du und deine Männer sätet ringsum Verderben, die Ernten verfaulten, es breiteten sich Seuchen aus. Doch kaum spürtest du die Daunenkissen unter deinem Hintern, wurdest du pflaumenweich. Die Bauern erhielten Saatgetreide, die Steuern wurden ihnen erlassen, und die Gesetzestafeln, die du gesiegelt hast und die vorzugsweise die Schwachen stützen, sind eine Schande für den ersten Diener Belials!«

Midian schob einen großen Bissen nach, um nicht sofort antworten zu müssen. Er kaute bedächtig und sagte dann: »Babylon ist die größte und mächtigste Stadt der Welt. Ich als Tartan möchte, dass es so bleibt.«

»Du weichst aus«, erwiderte sie kalt. »Würde es Babylons Glanz verdunkeln, wenn verhungerte Kinder in den Kanälen trieben? Wenn sich in den Armenvierteln Seuchen ausbreiteten? Wenn ausgemergelte Menschen unter Peitschenhieben zur Fronarbeit an den Befestigungsanlagen getrieben würden? Wenn Witwen und Waisen um ihren Besitz betrogen würden von Männern wie Naharsin? Würde es Babylons Reichtum schmälern, wenn Tausende dahinsiechten, wo doch aus dem Umland Menschen wie Ungeziefer in die Stadt strömen? Das Brot gib Männern, die töten, gib es den Soldaten! Gib es den Schmarotzern und Speichelleckern, die kein Gewissen haben, aber nimm es den Gutmütigen, damit sie den Hass lernen, nimm es den Arbeitswilligen, damit sie die Fron spüren, nimm es den Schwachen, damit sie umkommen!« Atargatis riss die Arme hoch, und ihre Augen funkelten. »Muss ich dich erst Bosheit und Grausamkeit lehren?«

Midian schoss das Blut zu Kopf. »Ich glaubte, du erwartest diese Schreckensherrschaft von Jahwe. Ich hielt mich zurück – in Babylon gibt es noch andere, die Macht haben.«

»Ha!« Atargatis warf den Kopf zurück, dass ihre Haare flogen. »Nebukadnezar hat nur Feldzüge und seine Bauwerke im Kopf, er hätte dir freie Hand gelassen. Weshalb willst du die Wahrheit nicht aussprechen? Dass es Asandros war, der dein Wolfsherz in tropfendes Wachs verwandelt hat!«

»Asandros habe ich nach Athen gejagt!«, zischte Midian.

»Gejagt?« Atargatis' Stimme troff vor Hohn. »Wahrlich, du hast ihn aus der Stadt gepeitscht! Seine menschenfreundlichen Gesetze hast du besiegelt, statt sie zu zerschmettern und neue zu erlassen, die Belial würdig gewesen wären. So aber herrscht Asandros' Geist weiterhin über Babylon, mag er auch in Athen sitzen.«

»Also was willst du von mir?«, wich Midian ärgerlich aus. »Soll ich Babylon niederbrennen? Das Land zur Wüste machen? Ich werde es dir beweisen, dass ich kein Erbarmen kenne.«

Atargatis klopfte mit dem Finger auf die Tischplatte und sagte eisig: »Leg mir Asandros zuckendes Herz hierher, so wie du es mir damals versprochen hast.«

Midian zuckte zurück. »Nein!«

»Dann hat er dich besiegt. Dich und mich. Hier sitzen zwei Verlierer, und Asandros triumphiert!«

»Ihn zu töten, ist keine Lösung, war das nicht auch deine Meinung?«

»Manchmal wird man gezwungen, seine Ansichten zu ändern.« Sie wurde um einen Schein blasser und griff ablenkend in ihr Haar. »Reden wir über Jahwe und darüber, wie wir seine zukünftige Herrschaft festigen können, denn das ist der Grund, weswegen ich dich sprechen wollte.«

Midian fischte eine zarte Rebhuhnbrust von der Bratenplatte. »Jahwe!«, wiederholte er verächtlich. »Bist du sicher, dass er es ist, dem die Zukunft gehört?«

»Weshalb zweifelst du daran?«

»Weil der träge Haufen der Hebräer in der Hazarim niemals die Welt erobern wird.«

»Nein, sie nicht, aber ihre Schriften.«

Midian nickte. »Ich habe schon etliche Verbesserungsvorschläge gemacht, aber niemand liest das Zeug. In Babylon herrscht Marduk, niemand ist bisher zum hebräischen Glauben übergetreten, und Hilkija scheint das ganz lieb zu sein. Die Gemeinde will ihren Jahwe nicht teilen, obwohl er doch ihrer Auffassung nach der Gott aller Menschen ist.«

»Erwarte nichts von den Hebräern. Wenn es nach ihnen ginge, gehörte ihnen Jahwe für alle Zeiten allein. Sie werden es nicht sein, die ihren männerverherrlichenden Gott in alle Welt tragen.«

»Wozu habe ich mich dann mit ihnen befasst? Wozu sie nach Babylon umgesiedelt?«

»Es geht um ihre Schriften, das sagte ich doch. Babylon ist für ihre Abfassung und für ihre Verbreitung der beste Ort. Es ist ein wahrer Schmelztiegel aller wichtigen Religionen und Götter. Jeremia will eine gewaltige Chronik seines Volkes schreiben, in der Jahwe verherrlicht werden soll. Doch ständig von Feinden besiegt, vertrieben in die Fremde, lebend inmitten einer bunten Götzenwelt, was, wenn er bei der Wahrheit bliebe, sollte er schreiben? Es würde eine traurige Chronik, verstehst du? Und Jahwe, der Unbesiegbare, würde zu jener Bedeutungslosigkeit schrumpfen, die ihm in der Tat zukommt. Also schöpft Jeremia aus allen Quellen, die ihm zugänglich sind, und macht Jahwe herrlich, seinem Volk verleiht er Glanz und eine strahlende Zukunft.«

»Klingt vernünftig, doch wer wird die Schriften lesen, wenn die Hebräer sie eifersüchtig hüten?«

»Juda wird noch bitterere Niederlagen hinnehmen müssen als bisher, es wird verschwinden. Andere Völker werden sich ihrer Schriften bemächtigen. Deine Aufgabe wird es sein, diese Schriften so zu beeinflussen, dass sie zu gegebener Zeit ihre volle Wirkung entfalten.«

»Darum habe ich mich bereits bemüht, ist das alles?«

»Zeig mir, dass in Babylon der Herr der Finsternis herrscht und nicht Asandros' Vermächtnis. Oder magst du dich nicht mehr am Elend weiden?«

Midian lächelte gedankenverloren. »Ich schätze es, aber nicht in Babylon. Vielleicht kann ich Nebukadnezar überreden, gegen diesen Knaben Jojakim zu ziehen, um in Juda ein Blutbad anzurichten. Es wird leicht sein, Jojakim als Verräter hinzustellen, der sich mit den Ägyptern verbündet hat. Ich denke, ich gebe keinen schlechten Feldherrn ab.«

»Du wärst zweifellos siegreich, mein Sohn, aber mit dir habe ich andere Pläne.«

»Ich bin es leid, ihnen zu folgen. Oder soll ich Avarrhoaz endlich die Kehle durchschneiden?«

»Du wirst nach Athen gehen.«

Midian fiel der abgenagte Knochen in die Soße. »Niemals!«

»Du wirst dich dort mit einem gewissen Tyrandos verbünden«, fuhr Atargatis unbeirrt fort. »Er ist einer der mächtigsten Männer in Athen und ein wahrer Anhänger des Bösen. Seine Lehren wirst du helfen zu festigen, eine zweite Drachensaat werdet ihr pflanzen. Danach wirst du dieses asketische und jenseitsbezogene Gebräu in die Schriften der Hebräer einfließen lassen.«

»Und Asandros?«, schrie Midian. »Tu nicht so, als lebte er nicht in Athen! Soll ich mich verhalten, als sei er Luft?«

»Asandros ist dein Problem. Schon einmal hast du ihm gegenüber versagt, ich gebe dir die Gelegenheit, deinen Fehler wiedergutzumachen.«

»Ich bekämpfe ihn nicht, ich töte ihn nicht, denk darüber, wie du willst.«

»Wenn du es nicht kannst, dann greif zu anderen Mitteln. Schon Tyrandos hätte ihn gern zu seinem Verbündeten gemacht, er ist daran gescheitert, und nun sind er und Asandros Todfeinde. Beweise, dass du besser bist als er, versöhne sie, ziehe Asandros auf eure Seite. Seid ein Dreigestirn am hellenischen Himmel, das weithin in die Zukunft leuchtet.«

Midian lachte rau. »Das ist unmöglich! Ich kann Asandros nicht von den Vorzügen des Bösen überzeugen.«

»Dann gibst du zu, dass du schwach, dass du gescheitert bist.«

»An Asandros – möglicherweise. Aber Jahwe – ich meine, die Schriften Jeremias können auch ohne ihn vervollständigt werden.«

»Natürlich. Ich schicke dich auch nicht zu Asandros, ich schicke dich zu Tyrandos. Aber wenn du dich mit ihm verbündest, wird Asandros dich leidenschaftlicher bekämpfen als in Babylon, es sei denn, du änderst seinen Sinn.«

»Das heißt, du schickst mich, ihn zu töten.«

»Wenn er starrköpfig bleibt.«

»Das kann ich nicht tun. Ich gehe nicht nach Athen.«

»Du weigerst dich? Unklug von dir. Ich habe Aschima.«

Midian machte eine nachlässige Handbewegung. »Aschima oder Asandros, wen glaubst du, werde ich wählen?«

»Ich kann auch Joram vernichten, mein Arm reicht bis Juda.«

Einen Augenblick herrschte Stille. »Das würdest du tun?«, fragte Midian schließlich. »Ich soll alle meine Freunde verlieren für deine Rache? Was bist du für eine Mutter!«

»Zuerst bin ich die Priesterin Anaths, und du bist mein Sohn. Verschmäh deine Göttlichkeit! Sei ein gewöhnlicher Sterblicher, der nach dem Lächeln seiner Freunde hungert, statt die Geißel zu schwingen. Doch was soll mir so ein stumpfes Schwert? Ich glaubte, ich hätte einen heroischen Geist geboren und keinen kümmerlichen Bastard!«

Midian warf wütend seine Weinschale auf den Teppich, wohl wissend, dass er sich wie ein trotziger Knabe aufführte. »Wer hindert mich daran, deinen Tempel niederzureißen und Tissaran zu brandschatzen?«

Atargatis sah ihm in die Augen. »Tu es!«

Midian wich ihrem Blick aus. »Würde sich doch nicht lohnen«, murmelte er.

Atargatis erhob sich. »Willst du dich jetzt nebenan ein wenig ausruhen? Sicher hast du Schmerzen in deinem Bein?«

Midian griff nach dem Krug, aber seine Hand zitterte, und er schleuderte ihn wütend an die Wand. Atargatis schüttelte vorwurfsvoll den Kopf. »Kannst du dich denn nie beherrschen, Midian? Hier könntest du von Asandros lernen.«

Midians Flüche brachen sich mit donnerndem Echo in der Tempelhalle, als er sie zornig und hinkend verließ. Er wollte ins Dorf gehen, da sah er Aschima an den Stufen bei den Löwen stehen. Sie sah ihn auch und flog ihm in die Arme. »Du lebst? Den Baalim sei Dank!«

Midian schob sie von sich und hob ihr Kinn. »Was ist das denn? Du heulst wie ein ganz normales Mädchen? Weshalb sollte ich nicht leben?«

Sie wischte sich verlegen die Tränen ab. »Ich glaubte, sie habe dich in Stein verwandelt.«

Trotz seines Zorns musste Midian schallend lachen. »Ah, du hast meine Statue gesehen? Ich hätte sie dir ohnehin gezeigt. Ein prachtvolles Stück, auf das ich sehr stolz bin, obwohl ich in Wirklichkeit noch besser aussehe. – Hast du schon gegessen?«

Aschima hatte das Bedürfnis, jetzt ihren Kopf an seine Brust zu legen, seine Arme zu spüren, getröstet zu werden, aber sie wusste, dass Midian dafür nichts übrighatte. Also verhielt sie sich, wie er es erwartete. Sie zuckte die Achseln. »Knappe Kost.«

In diesem Augenblick erschien Atargatis. Da zog Midian Aschima eng zu sich heran und küsste sie leidenschaftlich. »Wie habe ich mir nach dir gesehnt! Vor Angst um dein Leben bin ich fast verrückt geworden«, stöhnte er laut.

Atargatis lächelte spöttisch. »Ein wunderschöner Tag. Ich denke, wir speisen heute im Dorf.«

Midian hielt Aschima im Arm und blinzelte in die Sonne. »Schenkst du mir die Statue? Ich brauche sie für einen Freund – sagen wir als Versöhnungsgeschenk.«

»Sag ihm«, erwiderte Atargatis, »dass sie sein Preis sein wird, wenn er auf unserer Seite kämpfen will.«

6

Midian und Aschima blieben in Tissaran, bis sein Bein verheilt war. An einem sonnigen Morgen machten sie sich auf den Rückweg. Sie hatten das Dorf Chaschu umgangen, der Anstieg ins Gebirge begann. Im Schutz von Felsen schlugen sie ihr Lager auf. Midian spähte hinunter in das Tal. Aschima sah ein verhaltenes Glühen in seinen Augen. »Woran denkst du?«

Midian hockte sich neben Aschima. »Woran denkst du in dieser Bergeinsamkeit, hm?«

»Ich freue mich auf Babylon. Und woran hast du gedacht?«

»An den Zagros, an das wilde, freie Leben dort. Wo ein Mann Beleidigungen mit Blut vergalt.«

»Hat dich jemand beleidigt?«

Statt einer Antwort wies Midian hinunter. »In der Richtung liegt Chaschu. Dort hat man uns übel mitgespielt. So etwas vergesse ich nicht.«

»Ach was!« Aschima ging an ihre Satteltaschen und holte getrocknetes Fleisch, Brot und Käse heraus. »Dahinter steckte deine Mutter, das weißt du doch.« Sie legte ein Tuch auf den Boden und breitete das Essen darauf aus.

Midian brach abwesend von dem Brot. Er hatte nicht zugehört. »Ich könnte an einigen Stellen Brände legen«, murmelte er. »Dann warte ich am Dorfausgang und lauere den fliehenden Bewohnern auf. Bevor sie begriffen haben, worum es geht, habe ich ein paar Hälse durchgeschnitten, die anderen lasse ich verbrennen. Wenn ich es geschickt anstelle und den einzigen Zugang zum Dorf mit Reisig versperre, werden nur wenige den Flammen entkommen.«

»Du – scherzt, nicht wahr?«, fragte Aschima mit aufgerissenen Augen.

Midian wischte sich die Krümel von den Lippen. »Nein.« Er musterte Aschima verächtlich. »Du kannst natürlich hier sitzen bleiben, wahrscheinlich könntest du nicht einmal ein schreiendes Balg in den Fluss werfen. Macht nichts, ich gehe allein und genieße allein.«

»Aber du lebst nicht mehr im Zagros! Du bist Tartan!«

»Nicht von Samucha.« Midian warf einen abgenagten Knochen ins Gebüsch. »Meine Mutter hat mich bis aufs Blut gereizt, meine Selbstachtung erstickt, ich brauche wieder Luft zum Atmen.« Er klopfte auf sein Messer am Gürtel. »Es will Blut, und ich muss gehorchen.«

Aschima ließ den Kopf hängen. »Und deshalb musst du wieder unschuldige Menschen umbringen?«

Midian zog sein Messer und fuhr sanft über die blitzende Klinge. »Soll ich es vielleicht meiner Mutter in den Leib rammen?« Er hielt es Aschima an die Kehle. »Oder dir?«

Aschima schob es zitternd von sich. »Nein, aber ...«

»Dann doch lieber diesen Bauern, oder?« Midian lachte höhnisch und steckte es zurück in den Gürtel. »Meine Mutter hat mich vor Freunden wie dich gewarnt, weißt du das? Freunde, die mir meine Wildheit nehmen und mich zähmen wollen. Ich soll kein Wolf mehr sein, sondern ein Hofhund. Nicht wahr, Aschima, das möchtest du doch, dass ich ein Hofhund werde?«

»Nein!«, rief Aschima. »Aber so wie du handelt ein trotziger Knabe, kein Mann!« Sie rückte etwas aus seiner Nähe, bevor sie weitersprach. »Ich dachte, dass eine Frau dich gar nicht demütigen kann! Das ist doch wie das Gezirpe der Grillen.«

Midian lächelte, als er ihre Furcht sah. »Meine Mutter ist nicht wie andere Frauen. Und sie hat recht. Wenn es auch nur wenige Menschen sind, die mir etwas bedeuten.« Er machte eine ärgerliche Handbewegung. »Ich wollte, es gäbe nicht einen.«

»Geh in das Dorf«, flüsterte Aschima, »aber ich werde nicht mehr da sein, wenn du wiederkommst.«

»Hast du als Schwarzer Wolf nichts begriffen?«, zischte Midian. »Es gibt immer nur wenige Menschen, die Wert haben, der Rest ist austauschbar. Obwohl du eine Frau bist, besitzt du diesen Wert, aber nicht, weil du Säuglinge in den Schlaf singst, sondern weil du meine Gefährtin bist. Wenn du nicht auf mich wartest, bist du austauschbar, unwichtig, verstehst du?«

»Genügt es nicht, wenn du einige ...«

»Leg dich hin und träum etwas Angenehmes! Morgen früh werde ich neben dir liegen, als sei nichts geschehen, hm?«

Aschima gab es auf, Widerstand zu leisten. Sie legte sich hin und rollte sich bis über die Ohren in die Decke. Sie hörte, wie sich Midian entfernte. Irgendwann in der Nacht erwachte sie. Sie zuckte zusammen und lauschte. Als sie nichts Verdächtiges vernahm, wagte sie es, ihren Kopf aus der Decke zu stecken. Der Platz neben ihr war noch leer, durch die Bäume schimmerte ein frühes Morgenrot. – Morgenrot? Aschima schlug die Decke zurück, es war noch finstere Nacht, und der Himmel war voller blutroter Flammen. Sie krümmte sich unter der Decke zusammen und flüsterte: »Ich bin nicht unwichtig, Midian, nicht unwichtig.«

7

Babylon wurde von Jahr zu Jahr prächtiger. Die Stadt war rasch in die Höhe geschossen wie eine Sumpfblüte inmitten des von Kanälen durchpflügten Landes. Dem Fremden offenbarte sie sich nach langer Wüstenreise wie eine wunderbare Fata Morgana. Dem, der ihr lange Zeit fern war, wie eine Braut, die all ihren Schmuck angelegt hatte für die Rückkehr des Bräutigams. Es war der Bauwut Nebukadnezars zu verdanken, dass die Stadt am Euphrat zur größten ummauerten Metropole aller Zeiten geworden war, und was war das für eine Mauer! Zwei Vierergespanne konnten sich auf ihrer Krone begegnen. Überwältigend das Ischtartor, geschmückt mit glasierten Ziegeln, darin eingelassen goldmähnige Löwen, bunt gewandete Palastwachen und Marduks heiliger Drache auf blauem Grund. Schnurgerade führte die heilige Straße vorbei am Stufentempel Etemenanki, Grundstein Himmels und der Erde, zu seinem Heiligtum, dem Esangila.

Auf Babylon lagen die Ausdünstungen sumpfiger Kanäle unter brütender Hitze. Aber Midian war immer wieder beeindruckt von seiner barbarischen Pracht. Noch eine andere Witterung nahm Midian auf: den süßlichen Geruch von nahendem Verfall, den üppiger Reichtum, Maßlosigkeit und Unzucht mit sich brachten. Ein Aroma, das Midian mit weit geöffneten Nüstern einatmete. Er konnte es riechen, aber er schätzte den Geruch nicht mehr.

Der Königspalast war erweitert worden, er besaß mittlerweile fünf Höfe, aber die Gemächer des Tartans waren noch unangetastet. Nebukadnezar, so erfuhr er, befand sich, wie konnte es anders sein, auf einem Feldzug, und es hieß, er sei bei Gaza und schlage sich erneut mit den Ägyptern herum, die Midian mit eingezogenen Schwänzen am Nildelta wähnte. Aber der Knabe Jojakim war schon immer etwas aufmüpfig gewesen. Solange Midian in Jerusalem an seiner Seite gewesen war, hatte er nicht aufgemuckt, doch die milde Behandlung durch den Feind musste ihm zu Kopf gestiegen sein. Jedenfalls hatte er die Ägypter wieder herbeigerufen, und diese hätten auch gern wieder in Juda etwas zu sagen gehabt. So verschaffte ihr Heer Nebukadnezar Bewegung und Midian freie Bahn.

Zumindest hatte er das geglaubt, und soweit das den König betraf, stimmte es auch. Was er nicht vorhersehen konnte: Statt Nebukadnezar belästigte ihn seine Mutter, die schöne Atargatis. Weil Midian keine Anstalten gemacht hatte, bei seiner Rückkehr nach Babylon irgendeinen Befehl von ihr zu befolgen, geschweige denn, nach Athen abzureisen, war sie angereist und hatte die Räumlichkeiten des Xandrames-Anwesens bezogen.

Midian hatte in Borsippa die Bauarbeiten einer gewaltigen Zikkurat in Augenschein genommen und sich von dem Fortgang der Arbeiten überzeugt. Atargatis' Spione hatten ihr die Rückkehr ihres Sohnes noch am selben Tag gemeldet. Sie ließ Midian nur einen Tag zum Verschnaufen. Schon am nächsten Morgen rauschte sie durch die Flure, verbot den Wachen, sie zu melden, und stand, wie sie es beabsichtigt hatte, überraschend vor Midian, der einen Haufen Beamte und Schreiber um sich versammelt hatte, um sich von den Zuständen seit seiner Abwesenheit ein Bild zu machen.

Es war klar, dass Atargatis diese Aufgabe nunmehr selbst übernehmen wollte, deshalb scheuchte sie die Leute aus Midians Arbeitszimmer hinaus, und Midian war tatsächlich so verblüfft, dass er es geschehen ließ. Erdbeben und Heuschrecken! Weshalb war sie nicht in Tissaran?

Aber Atargatis hielt nichts von höflicher Zurückhaltung. Die Goldstickereien ihres langen, dreifach gefältelten Rockes raschelten hörbar über die bunten Fliesen, als sie quer durch den großen Raum auf Midian zuging und das Haar zornig schüttelte, sodass ihre Perlenschnüre klirrten. »Willkommen in Babylon, großmächtiger Tartan, Schrecken der Völker!« Wie eine Peitschenschnur legte sich ihre durchdringende Stimme um Midians Kehle. Jedes ihrer höhnischen Worte hatte er bereits geschmeckt, immer wieder durchlebt. Und welche Antwort konnte er geben? Versagt!

Atargatis sah sich suchend um. Dann bückte sie sich, um einen Teppich anzuheben. »Ist es hier?« Sie legte die Hand auf ein Kästchen aus Akazienholz. »Oder hier drin? Oder hast du es hinter dem Vorhang versteckt?« Sie zog ein Stück Stoff zur Seite. »Ich kann es nicht finden.«

Midian verschränkte die Arme über der Brust. »Was suchst du?« Er wusste, er hätte nicht fragen sollen.

»Asandros' Herz. Wolltest du es ihm nicht herausreißen und mir zu Füssen legen?«

Midian suchte einen Pfeiler, lehnte sich dagegen und versuchte gleichmütig zu bleiben. »Ich habe es mir anders überlegt.«

»Und ich muss erfahren, dass Babylon noch immer ohne Führung ist, ohne angemessene Führung, meine ich.« Sie warf Midian einen stechenden Blick zu, der nahm ihn aber nicht wahr, weil er angeregt seine Zehen betrachtete. Natürlich schwieg er, denn er wusste, sie war noch nicht fertig, und er hatte recht.

»Du wirst bemerkt haben«, fuhr sie fort, »dass Babylon noch steht, machtvoller und großartiger als je zuvor. Was könnte man daraus schließen? Nun«, beantwortete Atargatis die Frage selbst, »man könnte daraus schließen, dass diese Stadt blüht und gedeiht.« Sie machte eine kleine Pause, aber sie erwartete keine Erwiderung. »Die Frage ist nur«, fuhr sie kalt fort, »in wessen Taschen der Wohlstand fließt? Wessen Bäuche werden fett, und wer besitzt die Macht, diese Bäuche zu füttern?«

»Ich!«, zischte Midian. »Ich besitze sie, und wer sie antastet, stirbt!«

»Blähe deinen Hals nicht wie eine Kobra, wenn du keinen Giftzahn hast, Sohn! Selbst dein zartfühlender Hebräer hat dich verlassen. Und deine Wölfe sind zahme Haushunde geworden, weil dich dieser Grieche in den Klauen hat.«

Midian zuckte die Achseln. »Ich bin nicht ihr Hüter. Außerdem habe ich deine Klagelieder satt. Ich werde auch zukünftig meine Entscheidungen allein treffen.«

»Ein mannhaftes Wort.« Atargatis setzte sich auf einen Diwan. »Ich hoffe, es werden mannhafte Taten folgen. Nebusaradan und die Mardukpriester! Ihnen gefällt es nicht, dass du Tartan bist.«

Midian lehnte sich an einen Pfeiler. »Die alten Geschichten! Umtriebe gegen mich werde ich grausam und im Keim ersticken. Nebukadnezar ist nicht in der Stadt. Ich sehe nirgendwo Schwierigkeiten und verstehe deine Aufregung nicht.«

»Da ist noch etwas.«

»Ich höre«, sagte er kühl.

»Vor nicht allzu langer Zeit war das Viertel am Zubabator sumpfig, voller Fliegen, und es hatte keinen Namen. An der Stadtmauer klebten die Verschläge von Mietsklaven, Tagelöhnern und Bettlern. Seit Nebukadnezar die Judäer in Babylon angesiedelt hat, heißt das Viertel ›Hazarim‹ und ist ein Schmuckstück. Unser alter Freund Hilkija möchte dort sogar einen Tempel bauen, ein Versammlungshaus, wie er es nennt. Man möchte meinen, du hättest den Hebräern keinen besseren Dienst erweisen können, als sie an die Honigtöpfe Babylons zu setzen.«

»Es war dein Wunsch, nicht meiner. Ich hätte sie alle als Fliegenfänger in die Sonne gehängt. Aber Nebukadnezar ist der König von Babylon.«

»Nun ...« Atargatis befeuchtete ihre Lippen mit der Zungenspitze, »Nebukadnezar ist weit, und du bist sein Stellvertreter. Mach diesen Hebräern das Leben so sauer, dass meine Rache mir nicht wie Sand zwischen den Fingern zerrinnt.«

Midian verschränkte die Hände auf dem Rücken. »Wenn dir so viel daran liegt. Ich werde ihr Viertel niederbrennen und keinen übriglassen. Ein Grund dafür wird sich schon finden.«

Atargatis schüttelte vorwurfsvoll den Kopf. »Ich will sie nicht tot, sie sollen am Leben verzweifeln. Sorg dafür, dass die Hazarim wieder zu einem unbewohnbaren Loch wird, wo ihre Kinder am Sumpffieber sterben und sie ihren Jahwe mit Schnaken und Mücken teilen müssen.«

Die Gegenwart seiner Mutter war Midian plötzlich unerträglich. Sie wollte ihn hart und grausam, sie wollte, dass er die Zügel ergriff, dabei behandelte sie ihn wie einen Lehrbuben, der den Hof fegt. Und ihre aufgewärmte Rache langweilte ihn. War die Hazarim ein Widerstandsnest, so gehörte es ausgelöscht. Wohnten dort fleißige Kaufleute und Handwerker, so mehrten sie Babylons Reichtum, und Midian gedachte nicht, sie zu behelligen. Aber weil er wünschte, dass seine Mutter endlich den Raum verließ, nickte er und sagte auch zu, sie am Abend zu besuchen.

In den darauffolgenden Wochen stellte sich heraus, dass es keine Verschwörungen gegen ihn gab und seine Mutter maßlos übertrieben hatte. Nebusaradan, der Rabschake, stand trotz seiner Abneigung mit der Palastwache zu ihm, und auch die Mardukpriester sahen in Midian offensichtlich nicht den Feind, den es zu bekämpfen galt. So beschäftigten Midian die ständigen Einmischungen seiner Mutter mehr als etwaige Umtriebe gegen ihn.

Er ließ das Sinheiligtum vergrößern und setzte seine Mutter, die bereits Ischtarpriesterin war, auch hier als oberste Hüterin ein, womit er sich allerdings den Unmut der Sinpriester zuzog, da dieses Amt bisher Männern vorbehalten gewesen war. Obwohl er ihr soweit wie möglich entgegenkam, hörte sie nicht auf mit Sticheln, er solle sich endlich um die Hazarim kümmern und die Rechte der Mardukpriester einschränken. Sie beabsichtigte, Nebukadnezar zu stürzen und ihren Sohn auf den Thron zu setzen, und sie glaubte, für so viel Macht und Herrlichkeit müsse ihr Midian die Füße küssen. In Wahrheit war er wenig begeistert. Atargatis wäre entsetzt gewesen, wenn sie geahnt hätte, dass Midian selbst das Amt des Tartans zu ermüden begann.

Nur mit Aschima sprach Midian über solche Dinge. »Elrek, Mesrim und die anderen haben dieser goldenen Stadt den Rücken gekehrt«, sagte Midian zu ihr, als sie eines Abends auf der Dachterrasse lagen und über die scheinbar schlafende Stadt blickten. »Wahrscheinlich sind sie zurück in den Zagros. Recht taten sie! Weshalb sollten freie Männer ihre Zeit auch hier zwischen Krämerseelen verdämmern! Was bedeutet Gold, wenn man es nicht rauben kann? Was bedeutet Macht, wenn man sie nicht missbrauchen kann!«

Aschima räusperte sich. »Missbrauchen?«

»Ich meine, wenn man seine Begierden zügeln muss, weil irgendwelche Gesetzestafeln es so bestimmen. Manchmal glaube ich, es wäre besser, das herrliche Babylon zu zerstören, die Kanäle zuzuschütten, die blauen Ziegel von den Wänden zu hacken, die stolzen Tempel niederzureißen, dann den rauchenden Schutthaufen zu verlassen, um die nächste Stadt heimzusuchen. Mein Name wäre das Feldzeichen der Furcht, und es würde mir vorangetragen bis an die Grenzen der Welt.«

»Träume eines kleinen Bandenführers!«, gab Aschima verächlich zur Antwort. »Nebukadnezars Name wird unsterblich werden, denn er hat aufgebaut. Zerstören kann jedermann.«

Midian reckte sich. »Es geht um den Lustgewinn, verstehst du? Man muss spüren, dass man lebt, und wenn ich Genehmigungen erteile, diesen oder jenen Tempel aufzubauen, hier das Straßenpflaster zu erneuern, dort einen eingefallenen Wehrturm herzurichten, dann spüre ich nur Ziegelstaub zwischen den Zähnen.«

»Du bist doch nur unzufrieden, weil deine Mutter überall hineinredet.«

Midian brummte zustimmend. »Ich kann sie nicht verstehen. Wir beide, Aschima, wir wissen, dass es Spaß macht, ein Dorf zu überfallen und die Bauern auf ihre Heugabeln zu spießen, aber diesen unsinnigen Hass auf die Hebräer, den begreife ich nicht. Sie scheint sich davon zu nähren wie von Honigkuchen.«

Aschima verzichtete darauf, sich zu Midians fragwürdigem Spaß zu äußern. Sie schüttelte den Kopf. »Ich glaube nicht an ihren Hass. Sie will nur deine Glut am Brennen halten und einen Grund haben, dich weiterhin nach ihren Wünschen zu schmieden. Hätte sie die Hebräer oder die Mardukpriester nicht, würde sie andere Gegner erfinden.«

»Bei Belial, so ist es!« Midian tastete nach ihren schlanken Hüften, zog sie zu sich und vergaß eine Weile Atargatis, aber Asandros und Joram konnte er auch in ihren Armen nicht vergessen.

Das jüdische Viertel und sein alter Freund Hilkija! Midian hatte sich um die Umgesiedelten nicht mehr gekümmert, die Anhänger Jahwes waren nie wirklich seine Feinde gewesen und zu unwichtig, um ihnen seine Aufmerksamkeit zu widmen. Aber jetzt kamen aus dem Westen Nachrichten, dass Nebukadnezar die Ägypter bei Gaza geschlagen habe und bereits Jerusalem belagere, diesmal wie ein zorniger Löwe wegen der Unarten des Knaben Jojakim. Wenn es stimmte, bedeutete es, dass zukünftig noch mehr Bewohner Judas nach Babylon strömen würden. Fleißige Leute, die streng nach dem Gesetz lebten – gut zu lenken, wenn man dafür sorgte, selbst das Gesetz zu sein. Leute, die Babylons Götter hassten – gut, sich ihrer zu bedienen, wenn man Verbündete gegen Marduk oder Sin brauchte. Leute, die aus lauter Frömmigkeit zu Jahwe ihren Verstand begruben – gut zu foppen, wenn man Spaß haben wollte. Und Spaß hatte Midian lange nicht mehr gehabt.

Die Sänftenträger bahnten sich einen Weg durch das Menschengewühl der heiligen Straße. Die Träger schlugen den Weg zum Uraschtor ein, bogen kurz vorher links ab und gelangten in ein Gewirr weißer und erdfarbener Mauern mit schmalen Türen, vor denen Alte hockten und Kinder spielten. Beim Anblick der

Sänfte wurden die Kinder in die Häuser gescheucht, wer nicht rechtzeitig ausweichen konnte, drängte sich in Nischen und hinter Hausvorsprünge. Der goldene Sirrusch besuchte die Hazarim!

Im Haus Hilkijas, des ehemaligen Hohepriesters unter König Joschija, hatten sich etliche angesehene Gemeindemitglieder versammelt. Ein Knabe reichte Pistazien und Datteln und verließ den Raum durch einen Vorhang aus Holzperlen. Die Männer hockten im Kreis auf dickem Strohgeflecht, vom offenen Hof her drangen die Geräusche der Straße, Staub wehte herein. Sie achteten nicht darauf, und Hilkija sprach zu ihnen: »Wieder einmal misst sich der babylonische Löwe mit dem ägyptischen Stier.«

»Babylon wird siegen«, murmelte ein kahlköpfiger Mann mit strengen Gesichtszügen und fanatischem Blick. »Denn so spricht der Herr: Ich mache der Pracht Ägyptens ein Ende durch die Hand Nebukadnezars und führe das Ende der Götter von Memphis herbei.«

Die anderen schwiegen ehrfürchtig, denn Ezechiel hatte Gesichter. Hilkija nickte. »Bei allem, was geschieht, dürfen wir auch in der Fremde nicht vom Herrn abfallen. Aber unser Gemeindeleben ist schwach, und unsere Herzen brennen nicht wie in Jerusalem.«

»Wir müssen Geduld haben«, sagte Schafan, der einstige Schreiber König Joschijas, »noch hat nicht jeder sein eigenes Haus, und unsere Frauen jammern über die ärmlichen Verhältnisse.«

»Die Kinder verlassen die Hazarim«, warf ein anderer ein, »sie streifen ungehindert durch die Stadt, wo sie schlechten Einflüssen ausgesetzt sind.«

»Wir brauchen einen eigenen Tempel«, sagte Schafan. »Wenn wir dem Herrn wieder opfern und sein Wort verkünden können, wenn die heiligen Zeremonien seinen Namen verherrlichen, dann wird auch unsere Gemeinde blühen.«

»Wer wird uns diesen Tempel geben?«, schnaubte Gemarja, Hilkijas Sohn. »Jerusalem gleicht einem Schaf auf der Schlachtbank, Jojakim zittert vor Nebukadnezars Heerscharen, und diesmal wird er weniger gnädig mit unserem Volk verfahren.«

»Der König hat uns bisher beschützt«, widersprach Schafan. »Als wir ankamen, hausten hier Ratten und Füchse und heute ...«

»Der König?«, zischte Ezechiel. »Der Herr allein ist es gewesen, und der Herr sei gelobt!«

Sie schwiegen betroffen. Da klirrte der Perlenvorhang, ein Schatten, groß und drohend, verdunkelte den Eingang. Midian war eingetreten. Bei seinem Anblick zuckten sie zusammen und zogen die Köpfe ein, als brause ein Sturmwind über sie hinweg. Furchtsam beugten sie vor dem Sirrusch ihre Rücken.

»Die Wege des Höchsten sind unerforschlich!«, stieß Hilkija heiser hervor, während sich Midian bei ihnen niederließ, als sei er ein freundlicher Nachbar, und das halb nackt.

»Ich bin Tartan des mächtigsten Königs der Welt«, begann er und lächelte gütig. »Nebukadnezar wird Jerusalem vielleicht zerstören, was das für euch bedeutet, brauche ich nicht zu sagen. Ihr handelt darum weise, wenn ihr meinen Worten folgt und mir nicht Vergangenes anrechnet, denn was auch geschehen ist, es waren Gottes Wege.« Midian blinzelte Hilkija zu. »Nicht wahr?«

»Atargatis Brut!«, zischte dieser, doch Ezechiel rief: »Der wiedergeborene David! Was für ein gewaltiges Zeichen.«

Gemarja bedachte ihn mit einem finsteren Blick, während Midian fortfuhr:

»Ihr Judäer liegt mir am Herzen, wenn ihr es auch nicht glauben wollt. Als Beweis meiner Aufrichtigkeit erlaube ich euch, einen kleinen Tempel zu bauen, wo ihr Gottesdienste abhalten könnt wie in Jerusalem.«

Niemand antwortete, nicht einmal ein Räuspern war zu hören. Die Aussicht auf ein eigenes Gotteshaus überwältigte sie. Midian sah sogar Tränen in einigen Augen.

Nur Hilkija blieb unbeeindruckt. Nach einer Weile antwortete er grollend: »Es liegt weder in deiner noch in der Macht des Königs, uns dem Herrn nahezubringen. Babylon ist kein heiliger Boden. Die Schrift sagt, dass der Herr gegenwärtig ist nur in Jerusalem, wo als das Zeichen seiner Anwesenheit die Bundeslade verwahrt wird. Nur dort können wir ihn verehren. Die Hazarim hat der Herr nicht zu seinem Thronsitz erwählt.«

»Und die Bundeslade ist verloren«, warf Gemarja dumpf ein. »Nebukadnezars Männer werden das Allerheiligste nicht verschonen, wenn sie Jerusalem einnehmen.«

»Ihr habt Schwierigkeiten mit Jahwe?«

Ein empörtes Geraune erhob sich, als sie den verbotenen Namen hörten. Hilkija wies mit dem Finger auf Midian. »Du hast dich nicht um uns gekümmert, seit wir in Babylon sind. Musst du jetzt unsere Versammlung stören, indem du Gott lästerst?«

»Weil ich seinen Namen nenne?«, fragte Midian verächtlich. »Ihr Narren! Er freut sich darüber, dass wenigstens einer ihn nicht vergessen hat. ›Herr, Herr‹, das rufen auch die Götzendiener, wenn sie Marduk anflehen.«

»Wir wollen darüber nicht streiten mit einem Mann, der keinen Glauben hat«, antwortete Hilkija kalt.

»Aber ein Haus für den Herrn, das wäre ein guter Anfang«, meinte Schafan. »Der wahre Tempel ist weit, hier können wir seiner nur in Wehmut gedenken.«

»Die Schrift sagt auch«, sagte Ezechiel, »wenn ihr mich mit dem Herzen sucht, so will ich mich finden lassen.«

»Gewiss.« Hilkija nickte ihm zu. »Aber sind unsere Herzen so stark, dass wir seiner gewiss sein können?«

»Braucht ihr dazu wirklich die Bundeslade?«, fragte Midian ärgerlich. »Ist er nicht allgegenwärtig, der unsichtbare Weltenschöpfer?«

»Das ist er«, sagte Hilkija, »aber gerade weil er unsichtbar ist, verlangt das Gesetz ein sichtbares Zeichen von ihm.«

»Dann lasse ich den Kasten hierherbringen«, schlug Midian vor.

Wieder erhob sich unwilliges Geraune. »Nein.« Hilkija schüttelte den Kopf. »Er darf nicht aus dem Allerheiligsten im Tempel zu Jerusalem entfernt werden. Außerdem darf ihn niemand berühren.«

»Er fällt sonst tot um«, ergänzte Midian spöttisch. »Du vergisst, dass dein Sohn Joram noch sehr lebendig ist.«

»Schweig! Mit ihm hatte der Herr andere Dinge vor.«

»So kann man den Rock wenden, bis er passt. Dann muss der Berg eben zum Propheten gehen. Jahwe muss in Babylon ein Zeichen seiner Gegenwärtigkeit setzen.«

Ein gemeinsamer Aufschrei antwortete ihm. »Was meinst du damit?«, fragte Hilkija und sah sich nervös um, denn er wusste besser als die anderen, was von dem Tartan zu erwarten war.

Midian lächelte überlegen und breitete die Arme aus. »Nun, ich sehe einen Sturmwind kommen, darin eine Wolke von Feuer, und daraus glänzt es wie Gold. Vier gewaltige Engel mit riesigen Flügeln sind vor den Thronwagen gespannt, in dem der Herr durch den Himmel fährt, und er lenkt das Gespann nach Babylon, hier heißt er die Engel, sich niederzulassen; sie falten ihre Flügel zusammen, und aus ihrer Mitte kommt ein heller Schein wie das Licht des Regenbogens, die Herrlichkeit Jahwes.« Midian wies auf Ezechiel: »Du! Hattest du nicht denselben Traum? Sprich, was geschah weiter?«

Ezechiel erhob sich, seine Augen glänzten wie im Fieber. »Ja, ich sah den Herrn, sein Geist kam über mich, und er gab mir eine Schriftrolle. Er sprach zu mir: Iss diese Rolle, und sie wird in deinem Mund süß sein wie Honig. Da verschlang ich die Worte des Herrn, um sie euch heute zu verkünden: Der Herr ist nach Babylon gekommen.« Dann wurde Ezechiel kreidebleich, verdrehte die Augen und fiel ohnmächtig nieder.

»Lasst ihn liegen!«, wies Midian die Männer an, die ihm aufhelfen wollten, »Jahwe hat sich seiner bemächtigt, das erträgt kein Sterblicher leicht. Er wird bald wieder zu sich kommen.«

Hilkija sah Midian verstört an, er meinte, ein verstecktes Grinsen auf seinem Gesicht zu sehen. Blass wandte er sich ab, und Midian hob die nackten Arme, von denen sein langes Haar wie ein drohender Schatten fiel. »Schon in Jerusalem mahnte ich euch, auf meine Worte zu hören, als spräche sie Jahwe selbst. Aber Jahwe ist unsichtbar; manchmal spricht er zu seinen Auserwählten oder zeigt sich in Feuersäulen und brennenden Büschen, aber meistens hält er sich im Hintergrund. Da braucht er einen Mann, der ihn auf Erden verkörpert, durch den er herrscht und seinen Willen kundtut. An mir hat er viele Zeichen und Wunder getan, vor mir verstummte Babylon und zitterte wie die Flanke eines waidwunden Löwen.«

Gotteslästerung!, wollte Hilkija schreien, doch als er in die erwartungsvollen Gesichter der Männer sah, murmelte er: »Ja, das ist das erhoffte Zeichen.«

Nachdem die Versammlung sich unter heftigen Debatten aufgelöst hatte, nahm Hilkija Midian beiseite: »Was hast du mit Ezechiel gemacht? Du hattest doch nie diesen Traum von der Ankunft des Herrn.«

Midian grinste. »Nein, aber er war gut, nicht wahr? Und wenn er die anderen überzeugt und sie mit gutem Gewissen das Haus Jahwes bauen, so hat er seinen Zweck erfüllt, will ich meinen.«

»Aber woher wusste Ezechiel –?«

»Er wusste nichts«, grinste Midian, »aber wir wissen doch alle, dass er wunderlich ist. Er war der geeignete Mann, meinen Traum aufzunehmen, um ihn weiterzuspinnen, und er tat es mit Inbrunst.«

»Du hast seinen Glauben ausgenutzt!«

»Zur Ehre des Herrn, und der Herr sei gelobt«, antwortete Midian kühl.

»Noch eins«, sagte Hilkija rau, »weißt du etwas über meinen Sohn Joram?«

Midians Gesicht verfinsterte sich jäh. »Nein. Er hat wohl seinem Volk auf immer den Rücken gekehrt.«

8

Asandros nahm seine alten Beziehungen wieder auf. Nach wie vor strebte er ein Amt im Areopag an. Seine Vermögensverhältnisse waren kein Hindernis mehr, er war Athener Bürger und hatte durch seine Vertrauensstelle am babylonischen Hof einen hervorragenden Ruf. Er sprach mit Solon, der sich über den Erfolg seines Schützlings sehr freute. Allerdings blieb er in einem Punkt hartnäckig. »Warst du schon bei Theogenes?«

Phryne! Er hatte das schüchterne Mädchen zweimal im Haus seines Freundes gesehen. Nun, inzwischen war sie gewiss selbstbewusster, vielleicht sogar keck, respektlos, rechthaberisch, mit einem Wort: keine gute Ehefrau. Das alles musste Asandros annehmen, denn sie besuchte regelmäßig den Salon seiner Schwester. Natürlich hatte diese längst von seiner Rückkehr erfahren, doch sie ließ nichts von sich hören, also müsste sich Asandros zu ihr bequemen, was ihm sehr unlieb war, weil er sich damit auf unbekanntes Gelände wagte.

Asandros knetete verlegen seine Finger. »Du meinst, ich muss wirklich schon heiraten?«

»Ja, Phryne oder ein anderes Mädchen von Stand. Und es ist dringlicher denn je. Dein Ansehen bei Nabupolassar schafft auch Neider.« Solon machte eine Pause und sah Asandros scharf an. »Du hast einen jungen Mann mitgebracht. Er ist hübsch, und die Lästerzungen überbieten sich. Sicher seid ihr mehr als gute Freunde? Wenn du im Polemarcheion ein Amt anstrebst, muss dein Haus untadelig sein. Auch wegen der Sklaven – sie tanzen euch auf der Nase herum, heißt es. Da muss das strenge Regiment einer Hausfrau her.«

Asandros seufzte bei diesen Aussichten.

»Da ist noch etwas«, sagte Solon. »Tyrandos.«

Asandros zuckte zusammen. »Dieser Menschenverderber! Noch einmal wird er sich mir nicht in den Weg stellen!«

»Begrab doch deine alte Feindschaft. Wenn du ihm ein Verbrechen nachweisen kannst, bring ihn vor den Gerichtshof, aber nicht mit spärlichen Beweisen und fragwürdigen Zeugen. Außerdem denke ich, dass Tyrandos sich gern mit dir versöhnen möchte.«

»Soll er vielleicht glauben, ich buhlte um seine Stimme?«

»Geh ohne Hass in dein neues Amt und nutze seinen Einfluss für deine Ziele. Bedenke, dass er sich der Dummheit der Menschen bedient, bediene du dich seiner Leidenschaften.«

Schließlich kam der Tag. Mit einer Stimme Mehrheit wurde Asandros in den Areopag berufen. Er verdankte sie Tyrandos, der sich bis zuletzt enthalten hatte.

Gestärkt durch diesen Erfolg ließ sich Asandros am nächsten Tag bei seiner Schwester melden.

Sie empfing ihn in den Morgenstunden, eine Sklavin öffnete. Etwas beklommen wartete Asandros im Hof und sah sich neugierig um. Gepflegte Wege, schattige Bänke unter Ginster und wilden Feigen, ein kleiner Brunnen mit Nymphe und Mosaikboden, zwei dorische Säulen, umrankt von wildem Wein, eine Panstatue mit Flöte und eine Athenebüste, das alles zeugte von Wohlstand und Geschmack. Asandros setzte sich an den Brunnen und hielt seine

Hand in den Wasserstrahl, den die Nymphe aus einer Amphore goss. *Elena lässt sich Zeit*, dachte er bitter. *Was wird sie heute für mich empfinden? Nur noch Hass oder Verachtung?*

Da spürte er warme Hände auf seinem Gesicht und hörte ihr vertrautes Lachen. Sie hielt ihm die Augen zu. Sie spielte mit ihm, wie sie als Kinder gespielt hatten. »Wer bin ich?«

»Die Medusa? Die Gorgo?« Asandros wurde das Herz leicht bei diesem Spiel.

»Richtig geraten!« Sie gab seine Augen frei, und sie fielen sich lachend in die Arme. Asandros hielt ein jauchzendes Kind im Arm, nur ihre festen Brüste erinnerten ihn daran, dass sie eine Frau war.

Bevor Asandros etwas sagen konnte, fasste Elena ihn bei der Hand und zog ihn zur Südseite des Hauses, wo auf der schattigen Veranda bereits der Tisch gedeckt war. Sie gab ihm einen kleinen Stoß. »Setz dich! Fühl dich wie zu Hause!« Sie wies auf einen zugedeckten Topf. »Hier, Weinsuppe mit geriebenem Ziegenkäse, die mochtest du doch immer so gern. Und deine Nussbällchen habe ich auch nicht vergessen.« Sie klopfte an eine Amphore. »Leichter Erdbeerwein aus Pergamon, damit du dich nicht gleich betrinkst.«

»Elena, ich ...«

»Geröstete Melonenkerne habe ich auch, aber spuck die Schalen nicht auf den Boden. Ich habe dafür ein Gefäß, siehst du?« Sie hielt ihm einen Teller hin. »Sonst isst Larissa immer mit mir, aber heute wollen wir allein sein, nicht wahr?«

Sie lachte und strich sich die Locken aus der Stirn. »Du sagst ja gar nichts?«

»Du bist noch schöner geworden.«

»Und du erst! Oh, der Schimmer deiner Augen, dein seidiges Haar, deine prachtvollen Muskeln.« Sie schob die Lippen vor und fügte trocken hinzu: »Hoffentlich bist du auch klüger geworden.«

»Immerhin gab der babylonische König etwas auf meinen Rat.«

»Könige sind dumme Menschen. Nimmst du es auch mit mir auf?«

»Ich bin erleichtert, dass du wenigstens noch Frauenkleider trägst.«

Elena lachte. »In Männerkleidern schwitzt man nur unnötig.« Sie machte eine Pause. »Es hat lange gedauert, ehe du den Weg zu mir gefunden hast.«

»Ich dachte, du wolltest mich nicht mehr sehen.«

»Unsinn! Du wolltest ausprobieren, wer von uns beiden es länger aushält, ja? Jetzt kann ich es dir verraten, es kribbelte mir in den Füßen, in den Händen, im Kopf – ach, überall! Aber ich bin standhaft geblieben.«

»Der Sieg ist dein«, gab Asandros zu. »Wieder eine Schlacht gegen die Männer gewonnen.«

»Was hat man dir erzählt? Ich führe keinen Krieg gegen die Männer, sondern gegen Unverstand und Arroganz. Letzteres allerdings ist häufiger bei Männern anzutreffen.« Elena trank ihrem Bruder zu. »Erzähl mir aus Babylon, dann berichte ich von mir. Es ist nämlich wichtig, dass du nicht alle Lügen über mich glaubst.«

Am Nachmittag saßen sie immer noch beisammen. Elena ließ alle Besucher abweisen, ihr Salon blieb geschlossen. Asandros hatte zuerst gezögert, ihr die Wahrheit über seine Beziehung zu Midian zu erzählen, dann tat er es doch, und während er erzählte, durchlebte er alles noch einmal, seine Lippen strömten über, und Elena musste ihn mehrere Male unterbrechen, damit er sich beruhigte.

»Es ist vorbei«, sagte sie leise. »Das – ist es doch?«

»Ja, vorbei wie ein böser Traum«, murmelte Asandros.

Elena erhob sich, stellte sich hinter ihren Bruder, schlang ihm die Arme um die Brust und legte ihren Kopf auf seinen. »Ist es deswegen, dass du mich nie wolltest? Weil du nur Männer liebst?«

Asandros schloss die Augen und genoss mit leisem Entsetzen ihre Berührung. »Nein«, sagte er rau, »weil du meine Schwester bist, das weißt du doch.«

»Und wenn ich es nicht wäre?«

»Wenn –? Dann gäbe es keine andere Frau auf der Welt als dich.«

»Diese Frau ist dir nah, so nah.« Elena löste die Schnüre seiner Lederweste. Ihre Sinnlichkeit machte ihm Angst. Aber Asandros sehnte sich nach dem Augenblick, wo Elena seine Haut berühren, seine Gürtelschnalle öffnen und ihn einfach streicheln würde, bis das Pochen aufhörte. War nicht schon sein Begehren krankhaft? Oder war es das Einzige, wofür es lohnte zu leben?

Als er ihre Hände dort spürte, ließ er sie gewähren. »Schlaf mit mir«, flüsterte sie.

»Nein.«

Ihre Zunge fuhr heiß über seinen Nacken. »Was für ein lächerliches Nein«, raunte sie, »dein Fleisch sagt längst Ja.«

Asandros öffnete die Schenkel und gab sich ihren Liebkosungen hin. »Dein Sieg, Elena. Du bist es, die erobert. Ich kann dich nicht nehmen, nimm du mich!«

Da setzte sie sich auf ihn, ließ ihn in sich gleiten und Welle um Welle gegen ihn anbranden, und Asandros riss sie über sich und küsste hitzig ihre Brüste, ihren Hals und ihre Lippen. »So tief gefallen«, murmelte er, »und so nah den Göttern.« Seine Muskeln spannten sich und zitterten, während seine Seele den Körper verließ und über treibende Schilfinseln flog.

9

Zwei Tage später erhielt Asandros unerbetenen Besuch. Tyrandos erschien in der hohen Würde seines Amtes mit der geweihten Stirnbinde, und seine Diener trugen ihm die heiligen Geräte hinterher. Asandros konnte dem hohen Gast nicht die Tür weisen. Pheidon führte ihn in das Megaron, und erst nach einer geraumen Weile erschien Asandros. Er blieb mit verschränkten Armen an der Tür stehen. »Ich achte dein Amt, nicht den Menschen. Was willst du, Tyrandos?«

»Natürlich dich zu deiner Aufnahme beglückwünschen.« Tyrandos legte seinen weiten, schwarzen Mantel ab, darunter trug er ein goldfarbenes Gewand, das ihn ausnehmend gut kleidete. Die Stirnbinde hatte er gegen einen goldenen Reif getauscht. »Leider war ich gestern Abend nicht unter den geladenen Gästen, deshalb hole ich heute meine Glückwünsche nach.«

Asandros löste sich von der Tür und schlenderte durch den Raum. »Du weißt, dass ich darauf verzichten kann. Was willst du wirklich von mir?«

»Ich hatte etwas mehr Dankbarkeit erwartet.« Tyrandos musterte Asandros wohlgefällig in seiner ledernen Weste und dem kurzen Rock.

Asandros tat, als sehe er den lüsternen Blick nicht. »Auf deine Stimme hätte ich verzichtet«, erwiderte er kühl. »Es hätte ein Unentschieden gegeben, und die Wahl wäre wiederholt worden.«

»Du vergisst die drei anderen Stimmen.«

»Welche?«

»Die mein Gold gekauft hat.« Tyrandos besah seine Fingernägel.

»Das ist nicht wahr!«

»Willst du ihre Namen? Ja, Asandros, dein Amt verdankst du allein mir, das ist sicher hart für dich, aber so ist es eben.«

»Dann lehne ich es ab!«

»Mit welcher Begründung?«

»Dass drei der Männer von dir gekauft wurden!«

»Hast du Beweise?«

»Nein! Genauso wenig wie damals. Aber diesmal hast du den Bogen überspannt.«

Tyrandos hob die Hand und lächelte. »Sei nicht so aufgebracht. Ich hätte Grund, auf dich wütend zu sein – damals im Goldenen Vlies, erinnerst du dich? Wo ist er eigentlich, der hübsche Hebräer?«

»Verlass auf der Stelle mein Haus!«

»Du hast mir noch nichts angeboten.« Tyrandos erhob sich und ging auf Asandros zu. »Auch diese Unhöflichkeit verzeihe ich dir. Und nun hör mir gut zu: Du kämpfst für mehr Menschlichkeit, aber du wirst bei deinen Freunden keinen Anklang mit diesen neuen Ideen finden. Sie fürchten sich, denn sie sind alle gleich, diese Eckensteher, diese Weltverbesserer, Menschenfreunde und Philosophen! Wenn sie von dem Wert des Menschen sprechen, meinen sie ihren eigenen, nicht den der hunderttausend Frauen, Metöken und der noch einmal so vielen Sklaven. Aber sich selbst halten sie für vortrefflich, und du tust das auch. Mich hingegen verachtest du, weil ich dir die Wahrheit gesagt habe. Die Wahrheit ist manchmal unangenehm und schmutzig, aber ziehst du die Heuchelei vor?«

»Du willst dich also für die Rechte von Frauen und Sklaven einsetzen?« Asandros lachte höhnisch. »Das ist ja, als würde die Katze für die Mäuse kämpfen.«

»Wenn niemand außer der Katze für die Mäuse kämpft, kann man nicht wählerisch sein. Manchmal läuft sie auf Samtpfoten.«

»Du bist großer Reden mächtig, Tyrandos, aber du hast mir nichts Neues erzählt. Weil mir diese Dinge bekannt sind, will ich sie ändern, aber wer würde einen Mann wie dich dabei an seiner Seite wollen, der das Böse liebt?«

»Mich fasziniert auch das Gute, ich ziehe Vergnügen aus allen menschlichen Eigenschaften.«

»Und dein Preis, Tyrandos?«

Der lächelte boshaft. »Du hast ihn bereits entrichtet. Du hast dich mit meiner Stimme und meinem Gold wählen lassen. Ich wollte mich nur noch einmal deiner Dankbarkeit versichern.«

Asandros sah ihm kalt ins Gesicht. »Ich habe dich angehört, und jetzt wirst du gehen.«

Tyrandos warf sich schwungvoll seinen Mantel über. »Die Götter verliehen dir viele Gaben, Asandros, aber du handelst unklug. Haben dir das nicht schon andere gesagt?«

»Pheidon? Geleite den hohen Herrn zur Tür!«

Pheidon erschien und grinste unverschämt. »Der edle Herr Tyrandos will uns wieder verlassen? Das sehr schade.«

»Missgeburt!«, zischte Tyrandos und bestieg seine Sänfte.

10

Asandros gehörte nun zum Archontat des Polemarchen Dykomedes. Zu seinen gesellschaftlichen Pflichten gehörte es, die Archonten nebst ihrem umfangreichen Beamtenstab einzuladen, dazu musste er einen Türhüter für den Empfang mieten, einen guten Koch, zwei Küchenhilfen und den Verpächter der Sklaven, der für den reibungslosen Ablauf sorgte. Das Haus des Achylides erwies sich für diese Feierlichkeiten als zu klein, deshalb mietete er sich eine vorübergehend leerstehende Villa in derselben Straße, deren Hausherr im Ausland weilte.

Achylides sorgte aus eigenem Geldbeutel für zwei Mundschenken und Musikanten, die zwar eine Augenweide waren, aber weniger gut die Laute schlugen.

Alle Freunde waren eingeladen, aber auch einige seiner Feinde, die Asandros nicht übergehen durfte. Ephialtes, der ihm sehr steif gratuliert hatte, und sein missgünstiger Sprössling Dioskorides, der in Gegenwart seines Vaters Haltung bewahrte, aber sich den Rest des Abends mit seinen Freunden umgab, mit denen er tuschelte, daneben etliche gehässige Blicke verteilte.

Tyrandos hatte sich entschuldigen lassen.

Asandros war bekleidet mit einem unverschämt kurzen Chiton, goldenen Sandalen, goldenen Armreifen und einem Stirnband, das ihm ein Knabe mit Blüten bekränzt hatte. Auf seinem Gürtel trug er das Zeichen seines Amtes: zwei gekreuzte Schwerter.

Gerade klagte Asandros Spyridon sein Leid. Er gehöre jetzt wohl zum Areopag, aber zugeteilt worden sei er dem Heerwesen, dabei hätte er angestrebt, in das Sechsmännerkollegium aufgenommen zu werden, die sich mit dem Gerichtswesen befassten. »Dort hätte ich etwas für die Schwachen tun können«, murrte er, »nun bin ich wieder dort, wo ich immer schon gewesen bin: beim Kriegshandwerk.«

»Wahrscheinlich, weil du das am besten beherrschst. Zumindest glaubt man das von einem Spartaner.«

»Nein, nein, man hat mich dahin abgeschoben, weil man bei den Rechtspflegern Unruhe vermeiden wollte. Du kennst ja meine Ansichten.«

»Sie sind – ich will mich vorsichtig ausdrücken – der Zeit voraus, hm?«

»Das hat Solon auch gesagt. Wahrscheinlich wollt ihr beide damit nur andeuten, dass ich etwas verrückt bin.«

»Das bist du auch«, vernahm Asandros hinter sich eine bekannte Stimme. Solon ließ sich mit mildem Lächeln bei ihm nieder. Er wandte sich an Spyridon: »Denk dir, Asandros hatte vor, über die gesellschaftliche Stellung der Frau in Athen einen Vortrag vor dem Areopag zu halten.«

»Das tut doch bereits seine Schwester.«

»Ja, aber das genügt nicht!«, ereiferte sich Asandros. »Wir halten unsere Frauen wie Gefangene. Jeder Sklave hat mehr Freiheiten. Und das alles unter dem Mäntelchen der Ehrbarkeit. Die Wahrheit ist doch, dass wir Männer unser angenehmes Leben nicht aufgeben wollen. Das müssen die Athener von einem Mann erfahren.«

»Langsam!« Solon hob die Hand und lächelte. »Mir musst du keinen Vortrag halten, aber ich darf dich daran erinnern, dass auch die Philosophie den Frauen die gleichen Fähigkeiten und Rechte aberkennt.«

»Das beeindruckt mich nicht im Geringsten. Alle Philosophen sind Männer.«

Spyridon lachte. »So redest du doch nur, weil deine Schwester dich im Netz hat.«

»Sie hat auch andere im Netz.« Asandros wies auf seinen Freund. »Dich und ...« Er sah den Archonten an: »– dich, Solon. Ich hörte, du besuchst hin und wieder ihre – Symposien.«

Solon kratzte sich am Kinn. »Das tue ich, denn Elena ist eine kluge Frau. Aber wehe uns Männern, wenn alle Frauen so klug wären.« Dann lachte er. »Es ist schon richtig, man muss brennen für Veränderungen, aber sich nicht verbrennen. Ein provokanter Auftritt würde den Frauen mehr schaden als nützen. Auch kleine Schritte führen zum Ziel.«

Asandros verschränkte die Arme und brummte: »Ich muss mich aufregen, wenn ich Ungerechtigkeit sehe. Und was die Sklaverei angeht ...«

»Großer Zeus! Nicht auch noch die Sklaven! Deine Ansichten könnten Athen in einen Bürgerkrieg stürzen. Wir haben genug Schwierigkeiten mit der Landbevölkerung.«

»Du bist also der Meinung, Sklaven und Frauen sollten auf ewig geknechtet bleiben, Solon?«

Der schüttelte das Haupt. »Auf ewig vielleicht nicht.« Er trank bedächtig einen Schluck Wein. »Aber ich meine, deine Auffassungen kommen um Jahrhunderte zu früh.«

»Zu früh? Du glaubst, sie werden sich irgendwann durchsetzen?«

Solon zuckte die Achseln. »Weshalb nicht? Nur ein Narr glaubt, dass sich in tausend Jahren nichts verändern wird. Aber nur allmählich, und das mag deinem hitzigen Gemüt nicht gefallen.«

Asandros seufzte und verwickelte Solon in ein anderes Gespräch, froh, dass dieser nicht die leidige Ehegeschichte ansprach.

Joram unterhielt sich mit Dykomedes. Obwohl er nie an einer Schlacht teilgenommen hatte, gab er unbekümmert gewaltige Kriegserlebnisse zum Besten. Da gesellte sich Elena zu ihnen. Der

Stoff ihres Gewandes war so hauchfein, dass er kaum noch etwas verschleierte. Dykomedes vermochte den Blick nicht von ihren wippenden Brüsten zu wenden und verhedderte sich beim Sprechen. Joram lächelte höflich.

Elena tippte ihn an. »He, du großer Kriegsheld! Wie viele Städte hast du schon erobert?«

»Fünf«, gab Joram ungerührt zur Antwort.

»Oh? Und alle Einwohner massakriert, wie?« Elena beugte sich nach vorn und fuhr sich über die Kehle. »Alles Halsabschneider da unten in der Wüste, nehme ich an.«

»Hast du zu viel getrunken?«, fragte Joram behutsam.

»Nicht mehr als du.« Elena setzte sich auf Jorams Liege. »Rutsch doch mal zur Seite, oder lässt man in Juda die Frauen stehen?«

Joram warf einen vorsichtigen Blick auf Asandros, doch der redete gerade eifrig auf Solon ein. »In Juda«, sagte er und lächelte dünn, »sind die Frauen zurückhaltender und setzen sich nicht zu den Männern.«

»Wie langweilig«, hauchte sie, beugte sich über ihn, und bevor er ausweichen konnte, hatte sie ihm ihre Lippen auf den Mund gedrückt. »Es wäre eine Sünde, einen so hübschen Mund ungeküsst zu lassen.« Dann raunte sie in sein Ohr: »Oder lässt du da nur Asandros heran?«

Aus den Augenwinkeln sah Joram, dass Dykomedes ihn beobachtete. Er zog Elena zu sich herab und erwiderte flüchtig den Kuss. »Wie kommst du darauf, dass ich Männer küsse?«, fragte er.

Sie richtete sich auf, nahm eine Strähne ihres Haars und kitzelte ihn an der Nase. »Ich weiß es eben, auch, dass es beim Küssen nicht bleibt.« Joram musste niesen. Elena lachte und führte seine Hand an ihre Brüste. Dabei sah sie ihm tief in die Augen. »Spürst du gar nichts dabei?«

Joram lächelte schwach. »Nichts. Aber wenn du mich unbedingt verführen willst, sieh dich vor diesem Eupatriden vor. Dioskorides beobachtet dich.«

»Dieser unhöfliche Klotz! Gerade er ist mehr in Bordellen zu Haus als im Kontor seines Vaters.«

Joram führte Elenas Hand sanft zur Seite. »Aber er ist ein Mann. Ich glaube, noch ist Athen nicht so weit, sich deinen Auffassungen anzuschließen.«

Asandros hörte Stimmengewirr. Aus der Ecke von Dioskorides kamen höhnische Rufe. Asandros sah, wie Elena auf ihn zuging, und ehe er selbst eingreifen konnte, hatte sie ihm eine Maulschelle gegeben.

»Das bringt deiner Schlampe eine Anklage ein!«, schrie Dioskorides. Er und seine Freunde erhoben sich geräuschvoll. Ephialtes stand bleich daneben. Da rief Achylides spitz: »Und wir verzichten auf eine Anklage, obwohl uns dein Gesicht schon lange beleidigt.«

Bevor Asandros einschreiten konnte, hatten sie das Fest verlassen. »Das ist kein guter Auftakt für dein Amt«, sagte Solon, der dem blassen Archonten zum Abschied steif zugenickt hatte. »Elena muss sich zurückhalten.«

»Weshalb?«, brummte Asandros, der zu Solon zurückgekehrt war. »Von mir hat er auch schon etliche Hiebe einstecken müssen.«

11

Asandros war ein Mann, der sich trotz seines hohen Amtes – er nannte sich persönlicher Berater des Polemarchen – täglich in den Räumen seines Ministeriums einfand, wo er genauso eifrig wie in Babylon die Athener Verhältnisse studierte. Er kannte bald jeden mehr oder weniger namhaften Herrscher im hellenischen Raum und welche Haltung er gegenüber Athen einnahm. Er versuchte, die Zusammenarbeit mit ihnen durch Gesandte zu verstärken, dabei kamen ihm seine Erfahrungen aus Sparta zugute. In den wichtigsten Küstenstädten und an den bedeutendsten Höfen arbeiteten Informanten für ihn, sodass Asandros, ohne es zu wollen, der Gründer einer Geheimpolizei wurde, die immer mehr Fäden in der Hand hielt. Er machte auch sehr brauchbare Vorschläge zur Verteidigung der Stadt, legte einen Plan für den Bau einer Mauer vor, doch diese Pläne verschwanden wegen angeblichen Geldmangels erst einmal im Archiv.

Sein Tagesablauf verlief regelmäßig. Vormittags hielt er sich in seinen neuen Diensträumen im Verwaltungsgebäude neben dem Theseion auf. Am manchen Nachmittagen besuchte er das Gymnasion, die Abende verbrachte er mit seinen Freunden außer Haus.

Heute waren Haus und Hof voller geladener Gäste, und das Gelage unterschied sich von denen anderer Häuser nur dadurch, dass keine Frauen anwesend waren. Besonderer Anlass war der Auftrag des Areopags an Achylides für eine Titanengruppe, ein gewaltiges Vorhaben.

Während gemietete Knaben, blumenbekränzt, die Gäste bedienten, dabei selbst Kränze verteilten, manchmal auch flüchtige Berührungen und Küsse, aber nicht mehr, ergingen sich die geschwätzigen Athener in lebhaften Gesprächen. Zu fortgeschrittener Stunde und mit zunehmendem Weingenuss wagten einige zur Laute zu singen, andere trugen Gedichte vor.

Frivole Scherze flogen von Mund zu Mund, und jeder gab einen Vers zum Besten, holperig oder geschliffen, der Beifall war ihm sicher.

Spät am Abend, als die Stimmung auf dem Höhepunkt war, kam ein Bote und überbrachte Asandros eine Nachricht: Einen zusammengerollten Papyrus vom Kapitän der Elibaal aus Byblos. Asandros zuckte zusammen, doch dann sah er das Siegel seines Vaters aus Tadmor und atmete auf, sein blass gewordenes Gesicht bekam wieder Farbe. Nachdem er das Schreiben durchgelesen hatte, schlug er sich auf die Schenkel und rief: »Eine gute Nachricht, Freunde! Schafft mehr Wein herbei! Beim Ares! Mein Vater hat sich verliebt!«

»In einen Mann?«, fragte Glyphidon einfältig.

»Trottel! Wäre ich denn auf der Welt, wenn mein Vater bei Männern gelegen hätte? Sie ist die schönste Frau der Welt, schreibt er, und er wird sie heiraten. Es gibt eine Hochzeit! Und er will mich sehen. Bei Zeus, ich glaubte schon ...« Asandros verstummte, denn ihm wurde bereits eingeschenkt, und die Glückwünsche seiner Freunde verscheuchten den Anflug von Unbehagen.

Zwei Tage später bestieg Asandros die Elibaal, mit der die Nachricht gekommen war. Joram begleitete ihn nicht, denn er fürchtete Midians Zorn, und in Tadmor befand er sich in dessen Machtbereich.

12

Staubig vom mehrtägigen Wüstenritt und noch mit dem Reiseburnus bekleidet, war Asandros, ohne sich eine Ruhepause zu gönnen, von der Karawanserei außerhalb der Stadtmauern zum Palast seines Vaters geeilt. Schon auf dem Weg begegnete er ehemaligen Waffengefährten, die ihn mit großer Freude umringten und ihn gar nicht wieder gehen lassen wollten. Asandros musste sich losreißen. »Wir sehen uns später!«, rief er. »Ich komme zu euch in die Garnison, aber zuerst muss ich meinen Vater begrüßen.«

Er erklomm die flachen Stufen des säulengekrönten Vorbaus mit langen Schritten, nahm zwei, drei Stufen auf einmal, die riesigen erzenen Tore standen offen. Mit wehenden Rockschößen stürmte er in die große Halle und stand – vor Midian!

Zuerst glaubte Asandros, es narre ihn das Licht oder die Wüstensonne habe seine Wahrnehmung getrübt. Aber die hochgewachsene Gestalt mit dem langen, geflochtenen Haar, dem Goldgeschmeide auf viel nackter Haut, die gespreizten Beine anmaßend in den Boden gestemmt, ließ keinen Zweifel zu. *Eine Falle!*, durchzuckte es Asandros. *Was tut Midian in Tadmor? Und mein Vater, ihm muss etwas passiert sein. Aus welchem Grund sollte er Midian –?* Asandros kniff die Augen zusammen, die tagelang grelles Sonnenlicht gewohnt gewesen waren. Die Rubine an Midians Arm- und Fußspangen glühten, Goldfäden glitzerten in seinem reich bestickten Rock. Mit all seiner großspurigen Pracht trat ihm der Tartan entgegen, ihm, der aus Staub und Hitze kam, angetan mit den Kleidern eines Nomaden.

»Was tust du in Tadmor?«, würgte Asandros hervor, die Hand am Schwert.

»Das Gleiche wie du, denke ich.« Die samtene, spöttische Stimme! Sie betäubte wie Wein und kündete Unheil. Dann eine sanfte, einladende Geste, als stünde ein liebender Vater vor seinem Sohn. »Ich habe es mir nicht nehmen lassen, dich vor allen anderen im Haus deines Vaters zu begrüßen. Aber steh doch nicht da wie ein Zaunpfahl, komm näher!«

Asandros' Augen gewöhnten sich an das Halbdunkel in der Halle. Er streifte sich vorsichtig das Kopftuch ab, dabei ließ er Midian nicht aus den Augen. »Wo ist mein Vater? Wenn du ihm etwas angetan hast ...«

Midians Hände gingen beschwichtigend in die Höhe. »Ich sollte deinem Vater etwas angetan haben? Wie kommst du auf diesen Unsinn?« Seine Stimme klang gekränkt. »Ich bin als Hochzeitsgast hier wie du.«

Asandros lachte ärgerlich. »Erzähl mir nicht, mein Vater hätte dich eingeladen!«

»Nicht jeder ist mir so feindlich gesonnen wie du.« Midian kam näher, und Asandros wich zurück. Midian roch nach einer Mischung aus Sandelholz und Moschus, beim Tartaros! Er hatte alle Mittel aufgeboten, um zu verführen. Oder weshalb sonst sollte sich Midian in diese Duftwolke gehüllt haben?

»Bleib mir vom Leib!«, zischte Asandros und packte sein Schwert fester.

Midian breitete die Arme aus. »Bei Baals Gemächte! Was für kriegerische Gesten einem Unbewaffneten gegenüber.« Er zog lächelnd einen Dolch. »Es sei denn, der gewaltige Wüstenkämpfer fürchtet dieses Küchenmesser. Nun ja«, Midian steckte es wieder weg. »Nicht einmal damit würde ich dich ritzen, wir haben schließlich keinen Grund, uns zu bekämpfen, nicht wahr?«

»Gib den Weg frei!«, verlangte Asandros ungeduldig. »Die Spinne kann noch lernen von deinem Gespinst aus Beschwichtigung und Lügen. Ich will zu meinem Vater.«

Midian trat zur Seite und deutete eine leichte Verbeugung an.

»Ich hindere dich nicht daran.« Als Asandros an ihm vorbeilaufen wollte, schob Midian einen Fuß davor. »Eins solltest du, bevor du zu ihm gehst, wissen, denn an deinem Verhalten erkenne ich, dass du ahnungslos bist. Ich habe das gleiche Recht wie du, in Tadmor zu sein, denn immerhin wird dein Vater meine Mutter heiraten – also: willkommen Bruder!«

Asandros verharrte mitten im Schritt, als sei der Himmel auf ihn gestürzt. »Atargatis?«, krächzte er und wich zurück vor Midian wie vor dem Haupt der Medusa. »Das ist schändlich«, flüsterte er. »Schändlich und feige. Wollt ihr euch an mir rächen, indem ihr meinen Vater zugrunde richtet?«

Midian sah sich um und machte eine Armbewegung. »Komm, die Dienerschaft macht lange Ohren. Gehen wir auf die Dachterrasse.« Und als Asandros wie festgewurzelt stehen blieb, fuhr Midian fort: »Du tust mir unrecht. Es war allein die Entscheidung meiner Mutter.«

»Aber du billigst sie!«, zischte Asandros.

Midian zuckte die Achseln. »Kommt es darauf an? Was sich meine schöne Mutter in den Kopf setzt, das tut sie. Ich bin daran vollkommen unschuldig.«

»Diese Hochzeit!«, keuchte Asandros und reckte wütend die Faust, »diese Hochzeit wird nicht zustande kommen. Niemals!«

»Wie willst du das verhindern? Deinem Vater läuft bereits der Speichel aus dem Mund vor Begierde.«

»Mag sein!« Asandros stürmte vorwärts zu den Gemächern seines Vaters. »Aber ich werde ihm die Augen öffnen!«

»Vergebens!«, rief Midian ihm hinterher. »Heile einen Verliebten von seiner Narrheit! Asandros, du weißt ...«

Doch Asandros hörte es nicht mehr. Im Sturmschritt eilte er durch die Flure, plötzlich trat ihm sein Vater entgegen, die Arme ausgestreckt, und Asandros flog an seine Brust.

»Söhnchen! Wie schön, dich zu sehen!« Zalmunna hielt Asandros auf Armeslänge von sich. »Bei Ammon! Siehst aus wie einer der Kedarim, und nach Schweiß riechst du, wie es sein soll. Hat dir der Wüstenwind den Lack abgeschmirgelt?«

Asandros lächelte flüchtig. »Scheint so. Vater, ich ...«

»Du kommst spät zu mir, ich hörte, du seist schon vor einer ganzen Weile angekommen. Mit wem hast du denn so lange geturtelt, bevor du deinen alten Vater begrüßen kamst?« Zalmunna legte seinen Arm schwer auf die Schultern seines Sohnes. »Kann es mir schon denken, wer dir am Tor begegnet ist.«

»Vater – stimmt es, was Midian gesagt hat? Du wirst seine Mutter heiraten?«

Zalmunna grinste und klopfte sich auf die Brust. »Die Frau hat

Geschmack, das muss man sagen. Bald seid ihr Brüder, du und dein undurchsichtiger Geliebter. Das ist doch eine prächtige Überraschung, was?«

»Eine Überraschung, die mich frösteln lässt, Vater! Jage diese Frau davon, sie ist böse!«

Zalmunna zog, verwundert wegen solcher Heftigkeit, die Brauen zusammen. Dann schüttelte er den Kopf und klopfte Asandros auf die Schulter. »Komm! Wir trinken jetzt einen Wein zusammen und reden wie Männer darüber.«

Asandros folgte seinem Vater wie betäubt. Sie gingen durch das Haus, in dem Asandros ein paar schöne Wochen verbracht hatte. Gerade schien es wieder in ruhigen Bahnen zu laufen, da stieß die Giftschlange aus ihrem babylonischen Hinterhalt erneut zu. Und diesmal heimtückischer denn je. Asandros hatte Midian kein Wort geglaubt. Unschuldig! Das sollte er seinen Wölfen erzählen. Das treffliche Gespann hatte, wo Dolch und Schwert nichts genützt hatten, nunmehr mithilfe weiblicher Bosheit eine Schlinge ausgelegt, geflochten aus Leidenschaft, nahezu unzerreißbar.

Von seinem Vater erfuhr Asandros, dass Atargatis seit fünf Wochen in Tadmor war, Midian war erst kürzlich eingetroffen, aber rechtzeitig genug, um Asandros genüsslich die Neuigkeit als Erster zu verkünden. Und jetzt saß Asandros vor seinem Vater und versuchte schon geraume Zeit, ihn vor dem, wie er meinte, größten Fehler seines Lebens zu bewahren. Leider war Zalmunna nicht nur verliebt, er hatte auch die besseren Argumente.

»So, Midians Mutter ist eine Natter, eine Viper, eine Kobra. Zu viele Schlangen! Und außerdem ist sie menschenfressend, blutsaugend, kindermordend, habe ich etwas vergessen?«

»Nein«, brummte Asandros.

»Unnötig zu erwähnen, dass sie eine atemberaubend schöne Frau ist.« Zalmunna hüstelte. »Dennoch würde ich sie noch heute von der höchsten Zinne stürzen, wenn du recht hättest. Aber wo sind die Beweise, mein Sohn?«

Asandros öffnete seufzend die Handflächen. »Glaub es mir einfach. Ich lüge dich doch nicht an.«

»Nein, lügen tust du nicht. Aber wir wissen beide, dass du von Frauen nicht viel verstehst, und Männer, denen bei blühender Weiblichkeit die Knie weich werden, sind dir unheimlich. Offensichtlich vermutest du hinter jeder schönen Frau einen tückischen Sumpf, in dem die armen Männer reihenweise versinken.«

Natürlich! Sein Vater hatte es nicht verwunden. Noch am Grab würde er ihm seine Neigung zum anderen Geschlecht vorwerfen. »Das ist ungerecht. Ich habe mich aufrichtig gefreut, als ich las, du habest die schönste Frau der Welt gefunden.«

Zalmunna lehnte sich zurück. »Das glaube ich sogar. Erinnere dich aber, dass ich dir, als du es für richtig hieltest, den schönsten Mann der Welt anzubeten, keine Vorwürfe gemacht habe. Ich nehme doch an, du hältst ihn dafür – ich spreche natürlich von ihrem Sohn Midian.«

Asandros ließ die Faust auf den Tisch fallen. »Eben deshalb muss ich dich warnen, weil ich taub und blind war und ihm ...«

»Ihm was? Hat er dich gefoltert, einen Mörder auf dich angesetzt? Hat er dein Haus angezündet? Was du mir von den Schwarzen Wölfen erzählt hast, ist lange her. Midian ist Tartan und untadelig in seinem Amt. Auch in Nebukadnezars Abwesenheit gibt es keine Unruhen, keine Klagen.«

»Aber diese Hochzeit ...«

»Midian wusste nichts von den Plänen seiner Mutter, das hat er mir geschworen.«

»Und das glaubst du?«

Sein Vater nickte. »Er sagte auch, er sei nur deinetwegen nach Tadmor gekommen, um sich mit dir zu versöhnen. Du kennst ihn ja. Er ist einfach zu stolz, dich darum zu bitten, aber er möchte, dass ihr wirklich gute Freunde werdet.«

Asandros spürte, wie sich ihm vor Freude die Kehle zuschnürte. »Hat er das gesagt?«

»Nicht direkt, aber was er sagte, klang aufrichtig.«

»Oder es ist eine besonders arglistige Täuschung, um mir Sand in die Augen zu streuen, damit er und seine Mutter ihre Pläne ungehindert verwirklichen können.«

»Du bist allzu misstrauisch, Asandros. Wenn ich die Hochzeit absagen lassen soll, dann bring bessere Gründe vor als deine veralteten Bedenken.«

»Wann wird der denkwürdige Tag sein?«, fragte Asandros müde.

»Nachdem du eingetroffen bist, können die Vorbereitungen beginnen. Da wir hier in Tadmor sind, betreiben wir keinen großen Aufwand, nur etwa zweihundert Gäste. In fünf Tagen, denke ich.«

13

Midian stand auf dem Dach des Palastes, stützte seine Hände auf die steinerne Brustwehr, betrachtete den Horizont und lächelte entspannt. Nach ihrer Begegnung in der Halle fühlte sich Midian dem Mann mit dem Flammenschwert wieder gewachsen. Nun, wo Atargatis seinen Vater heiratete, würde sie Asandros' Herz nicht mehr fordern. Er musste seine Gefühle nicht mehr unter Kontrolle halten, sie würden sich so unbeschwert lieben dürfen wie bei ihrem Abschied, der ihn mehr Kraft gekostet hatte, als er zugeben mochte.

Gewiss, seine Mutter war nicht zahm geworden, und sie verfolgte ihre Pläne mit dieser Heirat. Aber beim Gehörnten! Er hatte damit nichts zu tun, und wollte auch nichts von ihnen wissen, jedenfalls nicht, bis Asandros Tadmor wieder verlassen hatte.

Natürlich! Er wird versuchen, seinem Vater die Hochzeit auszureden. Midian lachte vor sich hin. *Er kann sich seinen Atem sparen. Zalmunna glaubt an ihre Liebe. Aber ich weiß, sie hat immer nur meinen Vater Zamoran geliebt mit einer Besessenheit, als sei er kein Schafhirte, sondern ein Gott gewesen.*

Eine scharfe Zunge hat Asandros mitgebracht. Wenn schon! Wer eine Atargatis überstanden hat, fürchtet keinen Asandros mehr. Fast hätte ich ihn nicht wiedererkannt, den stets gepflegten Hauptmann Nebukadnezars, aber beim Sirrusch! Staubgepudert und mit ausgedörrten Lippen hat er mir noch besser gefallen.

Als er sonnenheiß und verbrannt durch das Tor gestürmt kam, da hätte ich gern mein Geschmeide und meinen glitzernden Rock abgeworfen und ihn umarmt. Aber ich sah nur Erschrecken in seinem Blick. Was gilt es? Ich werde nicht um seine Zuneigung winseln. Doch hier ist Tadmor, und das ist mein Himmel.

Asandros hatte sich niedergelegt. Die Reise hatte ihn ermüdet, das Gespräch mit seinem Vater erschöpft. Dieser hatte, wie er sich ausdrückte, ein gemeinsames Abendessen im Familienkreis vorgesehen. Das bedeutete, zusammen mit Atargatis und Midian an einem Tisch zu sitzen, gemeinsam das Brot zu brechen, auf eine rosige Zukunft zu trinken, ein liebenswürdiges Lächeln in die Lippen geschnitzt.

Beim Aufwachen schoss Asandros dieses Bild einer verlogenen Harmonie als Erstes durch den Sinn und bereitete ihm Kopfschmerzen. Die Sonne war bereits untergegangen, ein Diener hatte in mehreren Ecken des Zimmers Öllampen entzündet. Sein Vater hatte ihm ein Festgewand aus blauer Wolle und ein silbergewirktes Stirnband bringen lassen. Asandros hätte nicht wenig Lust gehabt, beides aus dem Fenster zu werfen. Aber seine Reisekleider waren fort, wahrscheinlich längst in den Händen fleißiger Wäscherinnen. »Ein Bad! Ein eiskaltes Bad!«, herrschte Asandros die Sklavin an, die hinter dem Vorhang auf seine Befehle wartete.

Das Wasser in der mit Marmor ausgekleideten Wanne war lauwarm und trübe. Es stammte aus einem künstlich angelegten Teich hinter dem Palast. Zwei Sklavinnen schleppten das Wasser in Trögen herbei. Als Asandros nackt in die Badestube trat, kicherten sie. Er wurde rot und schämte sich. »Was ist denn das für eine

Brühe?«, fuhr er sie an.

»Brunnenwasser zum Baden ist Verschwendung«, sagte eine der Sklavinnen schnippisch und warf ihrer Gefährtin einen vielsagenden Blick zu.

Sie hatte recht. Asandros hatte vergessen, dass Wasser hier kostbar war. Aber er war nun einmal schlecht gelaunt. »Möchte wissen, ob die reizende Atargatis auch so ein Schlammbad nimmt!«, fauchte er. »Außerdem will ich Badediener! Schämt ihr euch gar nicht, einen nackten Mann anzustarren?«

»Wir sind doch nur Slavinnen«, gab die eine kokett zurück. »Was wir sehen, zählt überhaupt nicht.«

»Ja«, nickte die andere und bemühte sich um eine ernsthafte Miene. »Wir haben das gar nicht bemerkt – dass du nackt bist, Herr. Wenn du es uns nicht gesagt hättest ...«

»Gewiss, deshalb kichert ihr auch wie Gänse, die dem Metzger entwischt sind. Raus mit euch! Und schickt mir einen anstelligen Sklaven, der etwas von Körperpflege versteht.«

»Ja Herr.« Sie liefen hinaus, steckten noch in der Tür die Köpfe zusammen, und Asandros hörte sie etwas Schamloses über den Badediener und die Besonderheiten der Körperpflege tuscheln.

»Weiber!«, brummte er und legte sich in die Wanne. Etwas später kam ein Mann herein, kahl, gedrungen, schwarz behaart, um den gewölbten Bauch ein Tuch geschlungen. Er verbeugte sich. »Ich bin Himmon, der Badediener.«

Asandros stöhnte, stieß Verwünschungen aus, vornehmlich gegen die beiden Sklavinnen, während Himmon Tücher, Duftöle, Schwämme, Bürsten und andere Utensilien bereithielt, um seine Pflicht zu tun. Er war ein untadeliger Badediener und wunderte sich nur, dass der Herr Zalmunna seinen Sohn stets als umgänglichen und liebenswürdigen Mann bezeichnet hatte.

Zalmunna kam und geleitete seinen Sohn selbst hinunter in das Esszimmer. Er trug ein dunkelrotes Gewand, über der Brust geschnürt, in der Mitte mit einem weißen, wollenen Tuch gegürtet. Asandros freute sich an seinem Anblick und lächelte. Er lächelte immer noch, als sie den Raum betraten. Zum Garten hin war er offen, die Vorhänge zugezogen, die Luft angenehm frisch. Asandros sah Atargatis, die Schöne. Atemberaubende Ohrgehänge, das Haar im Nacken geflochten. Ihr weißes Gewand war unter dem Busen gegürtet und bedeckte züchtig die Schultern. Aber der fließende, glänzende Stoff verbarg nichts von ihren Reizen, schmiegsam und gleitend, wirkte er wie lebendig auf ihrer seidigen Haut. Atargatis schien nicht zu altern. *Bosheit hält jung*, dachte Asandros ebenso boshaft, während er höflich lächelte.

Auch Midian hatte den züchtigen Weg gewählt. Sein hochgeschlossenes, schwarzes Gewand mit den weiten Ärmeln war schlicht geschnitten, die kunstvoll eingewebten Silberfäden machten es zu einer Kostbarkeit, der breite Gürtel mit dem Sirrusch war ein Schmuckstück. Das lange Haar fiel ihm offen in den Rücken, ein silberner Stirnreif hielt es aus dem Gesicht. Er sah hinreißend aus, und Asandros lächelte nicht mehr.

Er nickte allen kühl zu, und nahm den Platz links neben seinem Vater ein, während Atargatis zu seiner Rechten lag. Es wurden einige Höflichkeiten ausgetauscht, wobei Zalmunna am meisten redete, um kein peinliches Schweigen entstehen zu lassen. Dabei lag ihm das oberflächliche Geplauder überhaupt nicht. Aber der Weinkeller Zalmunnas war voll, und die Dienerschaft wusste, was zu tun war, um keine schlechte Stimmung aufkommen zu lassen.

»Wie lange haben wir uns nicht gesehen, Asandros? Ist es möglich, dass du seit unserer letzten Begegnung noch schöner geworden bist?«, flötete Atargatis.

»Das ist durchaus möglich. Von dir kann ich das leider nicht sagen, weil keine Steigerung mehr möglich war.«

»Du musst das irgendwo gehört haben«, spottete Atargatis, »denn wahrgenommen hast du das schwerlich.«

»Ich erkenne Schönheit auch bei Frauen.«

»Aber du verschmähst sie?«

Zalmunna sah sich nach einem Diener um und schlug dann nach einer Fliege. Midian trank bedächtig seinen Wein.

»Frauen sind kalt von hinten.«

Die Stille war zum Greifen. Midian prustete plötzlich in seinen Becher, und Zalmunna glaubte, die Situation retten zu können, indem er hinzufügte: »Aber heiß von vorn.«

Das Essen wurde aufgetragen. Als Vorspeise gab es Flusskrebse in Sauerrahm. Asandros lobte das Essen. Atargatis fing warnende Blicke von Midian auf, aber sie beachtete sie nicht. »Kalt oder heiß«, nahm sie die heikle Sache wieder auf, »wir beide werden damit zukünftig ja keine Schwierigkeiten haben, Asandros. Unzüchtige Gedanken verbieten sich von allein, denn in einer Woche bin ich deine Mutter.«

Asandros zuckte zusammen, Atargatis hatte gut getroffen. Deine Mutter! Was für ein unerträglicher Gedanke. Alles in ihm schrie danach, sie zu beleidigen, zu demütigen, aber das wollte sie doch! Ihn herausfordern. Vor Midian und vor seinem Vater sollte er die Beherrschung verlieren. Beim Styx! Wenn er seine Worte auch mühsam zurückhielt, so sah es ihm doch jeder an, dass er vor Wut zitterte. Deshalb schob er bedächtig etwas Krebsfleisch in den Mund und gab kühl zur Antwort: »Verzeih mir, aber bist du sicher, dass Muttergefühle dich davon abhalten würden, einen schönen

Schwanz in den Mund zu nehmen – den deines Sohnes Midian beispielsweise?«

»Asandros!« Zalmunna schoss in die Höhe. »Das geht zu weit!«

»Zu weit?« Asandros schüttelte sein Haar. »Nicht weit genug. Ich verwette meine Eier, dass die beiden es längst miteinander getrieben haben und nicht nur mit dem Mund.«

»Du entschuldigst dich auf der Stelle!«, brüllte Zalmunna. »Und diese unflätigen Ausdrücke will ich in Gegenwart einer Frau nicht mehr hören.«

»Wir sind hier unter Männern!«, schrie Asandros zurück. »Und diese Frau dort, sie ist schlimmer als ein Mann.«

Zalmunna lief rot an vor Zorn. Beinah wäre das gemeinsame Abendessen damit beendet gewesen, da sagte Midian kühl: »Niemand fühlt sich hier beleidigt, denn es ist wahr. Meine Mutter und ich schliefen oft miteinander. Die Erde hatte sich nicht aufgetan und die Götter lachten darüber, denn sie tun es selbst, und wir hier sind erhaben über weltliche Gesetze. Wir suchen das Vergnügen dort, wo wir es finden.« Er lächelte Zalmunna an. »Die Krebse sind ausgezeichnet.«

Niemand antwortete auf dieses frevelhafte Geständnis, und Zalmunna vergaß nicht, dass Midian der Tartan war. Inzwischen war es kühler geworden. Diener kamen herein und stellten Tongefäße mit glühender Kohle auf, in denen Zedernholzspäne verbrannten und einen angenehmen Duft verbreiteten. Dann kam der nächste Gang: gekochte Entenbrüstchen mit Feigen in Weinsoße. Dazu wurde bernsteinfarbener Kretawein ausgeschenkt.

»Es ist natürlich nicht wahr«, nahm Atargatis das Wort, nachdem die Diener gegangen waren, »Midian und ich haben niemals getan, was gegen herkömmliche Sitten verstößt, obwohl er sicher ein feuriger Liebhaber ist. Aber die Jugend sollte unter sich bleiben.« Sie schenkte Zalmunna einen zärtlichen Blick. »Heute bevorzuge ich reifere Männer.«

Zalmunna wischte sich Soße aus dem Bart, er war tatsächlich wieder einmal rot geworden, diesmal vor Verlegenheit. »Sehr freundlich, dass ihr beide ...«

»Nicht nötig, Vater«, unterbrach ihn Asandros, »ich entschuldige mich.« Er sah Atargatis kalt an. »Vergib mir, ich habe meine Beherrschung verloren, es wird nicht wieder vorkommen.«

Sie nickte herablassend, und die nächsten Minuten sagte niemand etwas.

Midian lutschte hörbar eine Feige aus. »Ganz köstlich. Aber der Kreterwein ist nicht mein Geschmack, zu harzig. Zalmunna, hast du noch von dem vorzüglichen judäischen Wein aus schwarzen Trauben?«

Der nickte. »Er wird zum nächsten Gang gereicht. Lammbraten in süßsaurer Granatapfelsoße mit grünem Pfeffer.«

»Alles, was Recht ist«, grinste Midian seine Mutter an. »Zalmunnas Küche ist nicht schlecht, hoffentlich schadet sie nicht deiner Figur.«

Das Geplänkel um die besten Weinsorten und die schmackhaftesten Soßen ging noch eine Weile hin und her, während Asandros der Appetit immer mehr verging. Die Vorstellung, diese Gesellschaft noch etliche Tage zu ertragen und am Ende der glanzvollen Vermählung beiwohnen zu müssen, quälte ihn. Wie gern hätte er jetzt bei Brot, Sauermilch und Zwiebeln draußen in der Garnison gesessen. Auch wenn Midian sein Messer gezogen hätte, wäre ihm das lieber gewesen als diese unerträgliche Spannung, die jetzt in heuchlerischen Frohsinn umgeschlagen war.

Ärgerlich kippte er den Rest des harzigen Weines hinunter und schenkte sich aus dem großen Krug auf dem Tisch nach. Nach dem verpfuschten Abend erwartete ihn eine einsame Nacht. Er hoffte es, und er fürchtete es.

Der Lammbraten kam, Atargatis nahm sehr wenig, Asandros wünschte sich eine Pause, aber Lammbraten durfte nicht kalt werden, Zalmunna als Gastgeber übte Bescheidenheit, Asandros dankte, nur Midian machte sich ohne Schwierigkeiten darüber her. Beinah musste Asandros über Midian lächeln, wie dieser, unbekümmert um den spärlichen Appetit der anderen, große Stücke aus dem Braten säbelte, aber er tat nicht.

Mit bemühten Belanglosigkeiten verstrich der weitere Abend. Zalmunna fragte, ob Musik gewünscht werde, Atargatis bejahte heftig und sah Midian fragend an, der zuckte die Achseln, und Asandros war es auch recht, denn das ersparte ihnen krampfhaftes Geplauder. Die Flöten, Harfen und Zimbeln hielten ihren Einzug. Alle taten, als lauschten sie hingebungsvoll, und doch war jeder mit seinen Gedanken woanders. Nach einer gnädigen Unterbrechung des Essens wurde spät nach Mitternacht der Nachtisch serviert: in Honig gegarte Zitronenschalen, Mandelcreme und Dattelmus. Das weckte auch Asandros' Appetit, aber wieder war es Midian, der davon das meiste vertilgte, obschon er gern so tat, als verachte er Näschereien.

Obwohl die Mandelcreme auf der Zunge zerging, fragte sich Asandros verzweifelt, weshalb sein Vater denn überhaupt kein Erbarmen mit ihnen hatte und sie diese Posse stundenlang spielen ließ. Er hätte ihn längst um Aufhebung der Tafel gebeten, aber alle hatten ihre Plätze so weit voneinander, dass ein Flüstern zum Nachbar unmöglich war. Es wäre ohnehin vergeblich gewesen, denn die Reihenfolge der Gänge hatte Atargatis festlegen lassen, und diese sah zu sehr später Stunde noch Nussbällchen und gesalzenes Brot aus Käseteig vor, dazu gab es Honigbier, für Asandros eine schiere Kriegserklärung. Aber da die Unterhaltung nichts hergab, knabberte er und trank er, und dann war er so müde, dass es ihm gleichgültig war, allein schlafen gehen zu müssen.

Als Zalmunna den Abend für beendet erklärte und etwas vom wohlverdienten Schlaf murmelte, konnte Asandros kaum glauben, dass die Marter zu Ende sein sollte. Alle erhoben sich von ihren Liegen, schweigend gingen sie auseinander. Midian, der am meisten getrunken hatte, schwankte an Asandros vorüber, rempelte ihn absichtlich an, entschuldigte sich übertrieben höflich und taumelte weiter. Asandros ignorierte diesen plumpen Annäherungsversuch.

In seinem Zimmer entledigte er sich seiner Kleider, warf sich auf sein Bett, küsste das Bettzeug und murmelte: »Endlich allein auf meinem Laken.«

Er war sofort eingeschlafen.

14

Asandros erwachte früh am Morgen. Die Hochzeit seines Vaters ging ihm nicht aus dem Kopf. Er schlüpfte in seine Kleider, gürtete sich mit dem Schwert und verließ den Palast durch eine Seitentür, die in den Garten führte. Asandros wollte frische Luft und einen klaren Kopf. Dann wollte er die Garnison besuchen, um auf andere Gedanken zu kommen. Wenn Midian ihn später aufsuchen wollte, mochte er das tun.

Niemand begegnete ihm zu dieser frühen Stunde, nur an der Tür stand ein schläfriger Wächter, mit dem Asandros ein paar freundliche Worte wechselte. Dann trat er hinaus in die Morgensonne, ging den palmengesäumten Weg hinunter, der zu dem kleinen Teich führte, aus dem auch sein Badewasser stammte, und freute sich an der Einsamkeit. Der schattige Pfad zur Rechten, gesäumt von Tamarisken und Eukalyptusbäumen, führte zu den Garnisonsgebäuden, der Linke endete in einem größeren Bogen wieder beim Palast an der hölzernen Pforte, wo die Gästezimmer lagen. Schon wollte Asandros den Weg zur Garnison einschlagen, da hörte er von links ein Geräusch. Ein Mann trat aus den Büschen. Eigentlich nicht ungewöhnlich, es konnte der Gärtner sein, aber dieser Mann sah sich vorsichtig um, als wolle er niemand begegnen, dann huschte er über den Weg und verschwand wieder im Buschwerk. Asandros war unwillkürlich hinter einen Palmenstamm getreten und wunderte sich, dass der Mann nicht den Weg benutzte.

Er folgte ihm und erblickte ihn wieder, als er zaghaft an die hölzerne Pforte pochte. Asandros lächelte. Ein Sklave offensichtlich, der sich zu seiner Geliebten schlich. Doch dann fiel ihm ein, dass sich dort die Gästezimmer befanden. Nach einer kurzen Weile öffnete sich die Tür, eine Gestalt in weitem Kapuzenmantel kam heraus, aber Asandros erkannte sie: Es war Atargatis.

Die beiden verschwanden zwischen den Bäumen, und Asandros folgte ihnen. Er kannte den Garten wie sein Zuhause, und er vermutete, dass sie zu dem alten Brunnen wollten, der kein Wasser mehr spendete und deshalb wieder zugewachsen war. Er hatte recht. Die beiden wähnten sich in dem Dickicht ungestört, aber es bot auch Asandros einen ausgezeichneten Schutz. Als Atargatis und der Fremde bei dem alten Gemäuer standen, konnte Asandros sich auf Schrittweite nähern und jedes Wort verstehen.

»Hat dich jemand bemerkt, als du gekommen bist, Melikor?«

Der Mann mit Namen Melikor schüttelte den Kopf. »Ich bin die ganze Nacht geritten. An der kleinen Tür, die du mir genannt hast, stand keine Wache. Niemand weiß, dass ich hier bin.«

»Gut. Wie steht unsere Sache in Babylon? Hat Parthamaspates die nötigen Vorkehrungen getroffen?«

Parthamaspates?, erinnerte sich Asandros. *Ein Sinpriester, damals im Gefolge des Xandrames.*

»Ja Herrin. Du magst unbesorgt sein. Parthamaspates weiß, was zu tun ist. Die Stadt wird bereit sein zur kampflosen Übergabe. Und wie stehen die Dinge hier in Tadmor? Die Zeit drängt. Nebukadnezar belagert bereits Jerusalem.«

»Ich weiß. Meine Vermählung mit Zalmunna wird in fünf Tagen sein. Fünftausend gut bewaffnete Krieger hören auf seinen Befehl. In einem Monat werden sie vor dem Ischtartor stehen.«

»Aber wird Zalmunna seine Männer nach Babylon führen? Ich hörte, er sei Nebukadnezar treu ergeben?«

Atargatis' Hand fegte durch die Luft. »Der alte Narr ist vor Liebe blind. Er wird tun, was ich von ihm verlange – ihm abschmeichele, verstehst du? Sollte er seine Treue dem König gegenüber jedoch übertreiben, dann wird etwas Gift im Wein nachhelfen, und dann unterstehen seine Truppen meinem Befehl.«

»Dem Befehl einer Frau?«, wagte Melikor zu bezweifeln.

»So steht es in unserem Ehevertrag. Ich werde gleichberechtigt in Tadmor neben ihm herrschen.«

Melikor hob die Hand. »Dann wird alles gelingen. Möge dein Sohn bald den Thron besteigen und ewig herrschen.«

»So wird es sein. Nur Zalmunnas Sohn ist ein Ärgernis. Er ist gegen die Hochzeit und hasst mich ebenso inbrünstig wie ich ihn. In den kommenden fünf Tagen wird er alles versuchen, die Hochzeit zu vereiteln. Ich hätte ihn längst beseitigen lassen, aber das würde Midian mir nicht verzeihen. Also kann ich nur hoffen, dass er nach der Feier so rasch wie möglich aus Tadmor verschwindet.«

»Was, wenn es ihm gelingt, die Hochzeit zu hintertreiben, Herrin?«

»Keine Sorge. Asandros speit zwar Gift und Galle, aber dabei vergisst er sein gutes Benehmen, und damit erreicht er bei seinem Vater das Gegenteil.«

»Und dein Sohn? Weshalb will er den Mann verschonen, der ihm den Thron streitig machen kann?«

Atargatis lachte bitter. »Midian ist vernarrt in den hübschen Griechen, deshalb habe ich ihn auch noch nicht eingeweiht in unseren Plan. Er ist imstande und stellt sich gegen mich, wenn ich seinem Angebeteten ein Haar krümme. Ist Asandros erst wieder in Athen, werden meinen Sohn weniger Skrupel plagen. Und nun eile dich, geh!«

Asandros im Gebüsch ballte die Fäuste, aber überrascht war er nicht. Während Atargatis wieder zum Palast zurückging, folgte er Melikor und passte ihn an der verlassenen Tür ab, durch die er gekommen war. Er legte dem Überraschten von hinten den Arm um die Kehle und zog ihm mit der anderen Hand den Dolch aus dem Gürtel. »Schrei nicht, sonst töte ich dich!«

»Asandros!«, gurgelte Melikor.

»Ganz richtig. Vorwärts! Wir gehen jetzt zu meinem Vater, und dort wiederholst du alles, was dir Atargatis soeben am Brunnen gesagt hat.«

»Ja Herr, gewiss Herr, ich sage alles«, winselte Melikor.

Asandros stieß ihm die Faust in den Rücken. »Schneller! Nicht so lahm.«

Melikor stolperte und fiel auf die Knie. Angstvoll bedeckte er mit dem Handrücken sein Gesicht. »Bitte keine Folter, ich ertrage keine Schmerzen.«

»Niemand wird dich foltern, wenn du die Wahrheit sagst. Steh auf!«

Doch Melikor stand nie mehr auf. Sein Gesicht verzerrte sich vor Schmerz, dann fiel er auf den Rücken. Erst jetzt bemerkte Asandros den Ring an Melikors Hand; er enthielt einen Hohlraum, und der war jetzt leer. Melikor hatte Gift genommen und Asandros keinen Zeugen mehr.

Asandros zerrte die Leiche in die Büsche und überlegte seine nächsten Schritte. Sein Vater würde ihm vielleicht wieder nicht glauben, jedenfalls wollte Asandros kein Wagnis eingehen – blieb Atargatis selbst. Vor Zeugen würde sie alles abstreiten – nun, er hatte ohnehin nicht im Sinn, sich weitere Lügen anzuhören. Er hoffte nur, dass Midian immer noch schlief, ihm wollte er jetzt nicht über den Weg laufen. Er schlich zu der hölzernen Pforte, die zu den Gästezimmern führte. Sie war verschlossen. Asandros klopfte, und es öffnete eine Wache. »Die Herrin Atargatis erwartet mich.«

Der Mann schaute verwundert, weil Asandros durch die Hintertür kam, aber Zalmunnas Sohn stellte man keine Fragen. Wenig später stand Asandros im Atargatis' Gemächern, wo eine Sklavin ihm entgegenlief und flüsterte: »Die Herrin lässt sich gerade ankleiden und frisieren.«

»Sag ihr, sie ist schön genug für mich!«, herrschte Asandros sie an, »verschwindet hier. Alle!«

»Was ist das für ein Lärm?« Atargatis' Stimme drang durch die Räume.

Asandros scheuchte zwei Vorhänge zur Seite und ging in die Richtung, aus der die Stimme gekommen war. »Ich bin es, Asandros!«

»Oh!« Atargatis begriff sofort, dass sie ihre Dienerinnen entlassen konnte. Wie scheue Vögel huschten sie hinaus. Asandros ging mit raschen Schritten auf sie zu, während Atargatis sich langsam auf ihrem Hocker umdrehte. »Was für eine Überraschung! Ich nehme doch an, dass dich nicht die Leidenschaft in mein Schlafzimmer führt?« Langsam erhob sie sich. Sie trug einen Überwurf aus leichtem Stoff, das Haar fiel lang und lockig über die Schultern. Ihre Stimme war honigsüß. »Wenn du ein Mann wärst, Asandros, ich meine, ein richtiger Mann, dann müsste ich dich ernsthaft tadeln, mich in diesem Zustand aufzusuchen, aber bei dir ist die Gefahr wohl genauso gering wie bei einem Eunuchen.«

»Halte dich nicht mit Gehässigkeiten auf. Dein Spiel ist zu Ende, aus der Hochzeit wird nichts!«

Atargatis zuckte kurz zusammen. Asandros würde nicht so auftreten, wenn nicht etwas vorgefallen wäre. Trotzdem entgegnete sie ungerührt: »Dass du gegen diese Heirat bist, weiß ich längst, aber die Entscheidung liegt bei deinem Vater, nicht bei dir, Asandros.«

»Wäre er hier, Atargatis«, sagte Asandros, während er dicht an sie herantrat, »dann würde er dir dasselbe sagen, wenn er wüsste, was mir ein gewisser Melikor erzählt hat, den ich im Garten getroffen habe.«

»Melikor?«, wiederholte sie heiser.

»Ein Tempeldiener aus dem Haus des Parthamaspates, ein geschwätziger Mann. Nicht nur mein Vater, auch Nebukadnezar wäre sehr erstaunt über die Umtriebe seiner schönen Ischtarpries terin.«

Atargatis' Blicke huschten umher und streiften flüchtig den Dolch, der auf einem Tischchen lag. Asandros tat, als habe er es nicht bemerkt. Er verschränkte die Arme und wandte ihr scheinbar ahnungslos den Rücken zu, bevor er fortfuhr: »Auf Hochverrat steht der Tod, und auch mein Vater möchte noch nicht an deinem Gift sterben.«

Ein Schatten, ein Aufblitzen, Asandros wirbelte herum und packte Atargatis am Handgelenk. Dann entwand er ihr den Dolch und warf ihn fort. »Miss dich nicht mit einem Krieger, Frau!«

Sie drehte sich, versuchte, Asandros zu kratzen und zu beißen und nach ihm zu treten. Zum ersten Mal war sie verzweifelt, denn sie wusste, dass ihre Schönheit sie diesmal nicht retten würde. »Also gut!«, zischte sie. »Du hast gewonnen! Lass mich los, ich gehe zurück nach Babylon.«

»Zurück nach Babylon?«, höhnte Asandros, während er sie erbarmungslos an seinen Körper zog, sein Gesicht dicht an ihrem. »Damit du dort in Ruhe neue Pläne schmiedest, schändlicher noch als die, meinen Vater zu hintergehen und deinen König zu verraten? Nein, Atargatis, ich werde dich töten.«

»Das wagst du nicht!«, schrie sie ihn mit heißem Atem an.

Asandros lächelte kalt. »Mir bleibt keine Wahl, schönste aller Frauen. Melikor hat Gift genommen, ich habe keinen Zeugen für deine Bosheit. Der einzige Weg, das Unglück von meinem Vater abzuwenden, ist dein Tod.«

Atargatis wurde starr unter seinem Griff. »Dein Vater wird dich verfluchen, und Midian wird dich ...«

Atargatis beendete ihren Satz nicht, Asandros' Schwert war ihr tief in den Leib gedrungen. Sie wurde schwer in seinen Armen, sehr blass, und ihre Lippen öffneten sich zu einem ersterbenden Flüstern. »Ruhelos, ein abgezehrter Schatten, sollst du deine Tage verbringen. Du sollst verflucht sein, Asandros!«

Er ließ sie zu Boden gleiten. »Flüche sind für Priester und kleine Kinder!« Er wischte das Schwert am Vorhang ab – und sah seinen Vater in der Tür stehen. Asandros erschrak und machte eine fahrige Bewegung. »Ich musste es tun«, stammelte er, »ich ...«

Zalmunna hob müde die Hand. »Ich habe schon eine ganze Weile gelauscht.« Sein Gesicht schien um Jahre gealtert. »Bei Hammon, ich hätte eher auf dich hören sollen, dann hätte es keinen Mord zu geben brauchen.« Beherrscht wollte er klingen, aber Zalmunna rang mühsam nach Atem. Zu furchtbar war der Anblick der blutüberströmten Frau, deren Leidenschaft und Schönheit ihn wieder zu einem jungen Helden gemacht hatte – zu einem alten Narren, wie er jetzt erkennen musste.

Asandros wischte sich mit dem Handrücken über die feuchte Stirn. Jetzt erst merkte er, dass er schwitzte. »Kein Mord, Vater. Sie hat den Tod verdient. Den Göttern sei Dank, dass du selbst Zeuge ihres Verrats an dir und dem König geworden bist.«

Zalmunna nickte abwesend. »Ihre Sklavin hat mich benachrichtigt, sie sagte, es gebe Streit zwischen euch.« Er starrte auf die Tote, und seine Lippen zitterten. Asandros drängte ihn hinaus. »Sieh nicht hin! Vergiss sie! Komm!«

Zalmunna folgte seinem Sohn. »Wie wirst du es Midian beibringen?«

Asandros schickte ihm einen wilden Blick und hob das Schwert. »Mit dem hier in der Hand, Vater.«

»Was willst du jetzt tun?«

»Ich muss es Midian sagen.«

Zalmunna packte ihn bei den Schultern. »Das darfst du nicht tun. Er wird dich umbringen. Flieh aus Tadmor, so schnell du kannst, ich lenke ihn ab.«

Asandros schnaubte verächtlich. »Wofür hältst du mich, Vater? Für einen feigen Mörder, den seine Tat zur Flucht treibt? Es war eine Hinrichtung, und ich stehe dazu. Wenn Midian das anders sieht, werden wir es austragen, Mann gegen Mann.«

»Ich bitte dich, Asandros!« Zalmunna hob beschwörend die Hände. »Vergiss deinen Stolz. Midian wird rasen in seinem Zorn, er wird ...«

»Ja, er wird rasen. Und während Midian tobt, soll ich mich feige davonmachen und dich seinem Wüten überlassen? Das kannst du nicht ernsthaft wollen, Vater.«

Der senkte den Kopf. »Nein«, flüsterte er. »Das kann ich nicht.«

15

Midian lag, nur mit einem Lendentuch bekleidet, in der Sonne und aß Grütze mit Honig. Und als die Grütze alle war, schleckte er den Honig mit den Fingern aus dem Topf. Er dachte an Asandros. Er dachte auch an seine Mutter und hoffte, dass sie noch schliefe oder wenigstens in ihren Gemächern bleiben würde, während er mit Asandros redete. Miteinander reden, miteinander schlafen, alles zudecken und begraben, was sie immer wieder getrennt hatte, würde das gehen? Der Anlass ihres Wiedersehens war dazu wenig geeignet, weil Asandros ihm misstraute, aber es musste hier geschehen, in Tadmor, denn wann sonst würden sie sich wieder begegnen? Natürlich wusste Midian, dass er dabei einige Schritte auf Asandros zugehen musste. Es würde ihn hart ankommen, aber wenn er wollte, dass sie sich am Ende wirklich als gute Freunde trennten, dann hatte er keine andere Wahl.

Mittlerweile war der Honigtopf ebenfalls leer, und Midian dachte, dass es an der Zeit sei, ihn aufzusuchen. Bei der Wahl seiner Kleidung dachte Midian an etwas Schlichtes, kein Schmuck, keine Waffe, nichts, was herausfordern könnte. Dazu hatte er immer noch seinen Körper und sein Lächeln.

Das lange, braun gestreifte Hemd mit dem wollenen Gürtel, das ihm ein Sklave aus dem Kleiderbestand der Schildwachen herausgesucht hatte, machte aus Midian noch lange keinen Bauern oder Händler, und er wusste es. Er ging durch die stillen Gänge des Palastes, scheute sich aber, geradewegs Asandros' Gemächer aufzusuchen. Lieber schlug er den Weg zum Garten ein und gab sich bei dem Torwächter leutselig, um die rechte Stimmung aufkommen zu lassen. Was für ein schöner Tag, ob er schon lange Zalmunna diene, ob er Kinder habe. Midian beherrschte anteilnehmendes Geschwätz. Der Mann freute sich über die Aufmerksamkeit des hohen Gastes und breitete zuvorkommend sein gesamtes Leben vor Midian aus, der gelangweilt am Tor lehnte und abwesend nickte. Als der Mann – durch die Anteilnahme ermuntert oder auch nur aus Höflichkeit – seinerseits seiner Hoffnung Ausdruck gab, Midians Gemahlin und Kinder möchten sich bei guter Gesundheit befinden, wusste Midian, dass seine Strategie falsch gewesen war. Statt gleichmütig zu werden, wünschte er sich, der Mann möge unversehens an einem Frosch ersticken. Schon wollte er das Gespräch unhöflich beenden, da hörte er Schritte hinter sich.

Er wandte sich um und sah Asandros auf ihn zukommen, das blanke Schwert in der Hand. Blut klebte daran und auch an seinem Gewand. Midian ahnte, dass ihm keine freundschaftliche Auseinandersetzung bevorstand. Er wahrte Abstand wie vor einem Feind. »Was ist passiert?«, fragte er rau.

Keine Antwort, offensichtlich war Asandros überrascht, ihn hier am Tor zu treffen. Wie Statuen verharrten sie.

»Was ist passiert?«, wiederholte Midian, schärfer als vorher und löste sich vom Tor.

»Komm nicht näher!«, rief Asandros und hob die Waffe. »Midian. Ich – habe deine Mutter getötet.«

Es war so ungeheuerlich, dass Midian es nicht glauben konnte. Atargatis sollte – tot sein? Getötet von Asandros? Ja, es musste wahr sein. Er hielt ihm ein blutiges Schwert entgegen, er bedrohte ihn. Atargatis tot – und der geliebte Mann als Mörder vor ihm – was für eine grausame, was für eine endgültige Lösung!

Dann ging alles sehr schnell. Midian entriss der Torwache die Lanze. Taub und blind vor Wut schleuderte er die Lanze auf Asandros. »Stirb und verschwinde aus meinem Leben!«, brüllte er. Jeden anderen hätte die Lanze durchbohrt, doch Asandros hatte sich blitzschnell zu Boden geworfen. Dennoch streifte sie ihn am Bein. Er wollte sich erheben, taumelte und wusste, dass so ein Augenblick der Schwäche vor einem Mann wie Midian tödlich sein konnte. Doch dieser besaß keine Waffe mehr und schrie ihn nur an: »Verschwinde! Aus meinen Augen, du Pesthauch, der mein Leben vergiftet hat!«

Asandros war wie betäubt. Plötzlich fühlte er sich leer, denn tief im Innern spürte er, dass er wieder mit Midians erbarmungslosem Hass leben musste. Er hatte ihm eine Niederlage bereitet, und das würde er ihm weniger verzeihen als den Tod seiner Mutter.

Atargatis! Midian musste doch einsehen, dass er nicht anders hätte handeln können. Er streckte die Hand nach ihm aus, wollte erklären, sich rechtfertigen, doch da legte sich ihm eine Hand auf die Schulter. Jemand zog ihn fort. Es war sein Vater. Asandros ließ sich mitziehen wie eine Strohpuppe.

Midian schenkte ihm keinen Blick und stürmte hinaus. Dann hörte Asandros einen Schrei, so durchdringend, als stünden die Toten aus den Gräbern auf. Asandros umarmte seinen Vater und vergrub sein Gesicht an dessen Brust. »Ich will das nicht hören!«

Zalmunna drückte ihn an sich. »Du wirst abreisen, sofort. Draußen in der Wüste, auf dem Meer und in Athen, da wird es aufhören.«

»Was wird aufhören?«, murmelte Asandros.

»Der Schmerz um eine verlorene Liebe.«

Noch in der Nacht war Asandros abgereist, er war förmlich von diesem Ort geflohen. Nicht aus Angst um sein Leben, aber vor seinem Schmerz und Midians Feindschaft, und sie, das wusste er, würde am schwersten zu ertragen sein, denn er hatte sie schon einmal gespürt und wäre danach fast einem Fieber erlegen.

Asandros hatte die Wüste durchquert, war über das Meer gefahren und nach Athen zurückgekehrt, aber er hörte immer noch Midians Schrei. Er verfolgte ihn bis in seine Träume.

Wieder daheim bei Achylides und Joram erschien ihm das Erlebte so unwirklich. Ihm war, als würde er in eine andere Welt zurückkehren. Mit kargen Worten berichtete er von den Ereignissen, von der Hochzeit und dass er Atargatis getötet hatte. Er wollte seine Gefühle hinter knappen, nichtssagenden Worten verbergen.

Joram reagierte auf die Nachricht von Atargatis' Tod merkwürdig erleichtert. Er hatte diese Frau nie gemocht, und nun errichtete Midians Hass eine schier unüberwindliche Mauer zwischen Babylon und Athen. Vielleicht konnte er sich nun endlich von Midian lösen.

»Du hast richtig gehandelt«, sagte Joram. »Du hast ein perfides Spiel verhindert und deinen Vater vor einem Unglück bewahrt. Der Tod dieser Priesterin dient der Welt zum Segen.«

»Glaubst du, Midian sieht das genauso?«, fragte Asandros bitter.

»Er wird darüber hinwegkommen. Ohnehin bezweifele ich, dass er sie je geliebt hat.«

Ja, dachte Asandros, *das wissen wir nicht, aber sein Schrei gellt mir immer noch in den Ohren. Das war kein Schmerz um seine Mutter, es war das Geheul eines Unterlegenen, es war schierer Hass.*

Natürlich grämte er sich darüber, dass ihn Midians Hass immer noch so tief berührte. Warum vergaß er ihn nicht einfach? Sollte er doch ganz Babylon in Brand stecken, was kümmerte ihn das noch? Er lebte in dem lichten Athen. Doch das goldene Licht Griechenlands vermochte es nicht, seine Schwermut zu erhellen. Denn in Tadmor hatte er etwas zurückgelassen. Er hatte dort etwas versäumt, das er nie wieder nachholen konnte. Er sah Midian in seinem schwarzsilbernen Gewand vor sich, wie er ihn zur Begrüßung angelächelt hatte. Und jetzt aus der Entfernung wusste Asandros, dass darin kein Falsch gelegen hatte. Neben dem körperlichen Verlangen war der Wunsch nach echter Freundschaft in ihnen aufgeleuchtet. Auch sein Vater hatte ihm dies bestätigt, doch er hatte ihm nicht geglaubt. Nach dem gemeinsamen Essen hatte Midian ihn gestreift, scheinbar trunken, doch in Wahrheit war es eine Aufforderung gewesen, die Nacht mit ihm zu verbringen. Er, Asandros, hatte es nicht gemerkt, nicht merken wollen, weil ihn dieser furchtbare Abend bedrückt hatte. Doch hier in Athen wurde ihm bewusst, dass er etwas Unwiederbringliches ausgeschlagen hatte.

Asandros saß jetzt häufiger als sonst bei Achylides und ließ seinem Kummer freien Lauf. Dort konnte man allerdings wegen des Lärms sein eigenes Wort nicht verstehen. Steinmetzgehilfen waren damit beschäftigt, die Marmorblöcke für die Titanengruppe vorzubereiten, bevor der Meister selbst Hand anlegte, und Joram half ihnen dabei. Doch obwohl Achylides wegen dieses Auftrags sehr beschäftigt war, nahm er sich stets Zeit für Asandros.

»Ich habe getötet und war darauf vorbereitet, selbst getötet zu werden«, sagte er. »Doch jetzt verfolgt mich Midians hasserfüllte Stimme und der klagende Schrei um seine Mutter. Als wir uns in Babylon trennten, spürte ich, dass wir uns wahrhaftig liebten, und der Abschied drückte uns beiden den Atem ab. Ich bereue meine Tat nicht, doch Midian wird sie mir niemals verzeihen.«

Geduldig hörte sich Achylides Asandros' Kummer an, und wenn sie über etwas anderes sprachen, so kam Asandros doch am Ende immer wieder auf Tadmor zu sprechen. Achylides liebte Asandros wie einen Geliebten, einen Freund und einen Sohn. In dieser Zeit besonders wie einen Sohn. Und verständnisvoll wie ein Vater lieh er ihm Herz und Ohr. Doch mit der Zeit wurde der Vater ungeduldig wie mit einem greinenden Kind, das nicht aufhören will. Und dann tat Asandros etwas für alle Unbegreifliches.

Asandros eröffnete dem Polemarchen Dykomedes, dass er sein Amt niederlegen wolle. Und da er mit heftigen Widerständen gerechnet hatte, sagte er ihm die Wahrheit, was ihn als Mann und besonders als Spartaner hart ankam, ihn aber tatsächlich für sein Amt untauglich machte, und das musste Dykomedes einsehen. Er erklärte ihm, es habe sich seiner eine tiefe Melancholie bemächtigt, derer er sich zwar schäme, die aber so hartnäckig in ihm wohne, dass er von seinem Amt zurücktreten müsse, wo es um landeswichtige Entscheidungen gehe.

»Ich habe immer für dich gekämpft, mich immer für dich eingesetzt«, erwiderte Dykomedes, »denn ich weiß, dass du einer meiner besten Männer bist, und hier spreche ich nicht nur von deinen militärischen Fähigkeiten. Du hast einen aufrichtigen Charakter, und dass du dein Ausscheiden nicht mit Ausflüchten begründest, spricht dafür. Kein Mann würde leichten Herzens zugeben, dass seine Seele erkrankt ist, das ist etwas für Weiber. Aber ich weiß, dass du kein Weib bist, Asandros. Deshalb glaube ich dir, und deshalb stelle ich dich frei. Obwohl es mich schmerzt, dich zu verlieren. Allerdings – und das musst du mir versprechen – nur solange, bis deine Seele wieder geheilt ist. Das Archontat ist immer für dich offen.«

Asandros war seinem Obersten für dieses Verständnis unendlich dankbar. Doch nun erhob sich die Frage, wie Asandros sein Leben künftig gestalten wollte. Er war kein armer Mann. Aus Babylon hatte er eine hübsche Summe mitgebracht, aber sie würde nicht ewig reichen. Außerdem war der Müßiggang seine Sache nicht. Er förderte nur das Grübeln und würde ihn nicht von seinen düsteren Gedanken ablenken.

Besonders Joram fiel es schwer zu verstehen, wie ein Mann sich so klaglos von der Macht verabschieden konnte, aber das lag daran, dass Asandros ihm über Midian einiges verschwiegen hatte. Auch Achylides zeterte und schimpfte auf alles und jeden, und doch war er es, der eine zündende Idee hatte. Und als er erkennen musste, dass Asandros nicht umzustimmen war, versuchte er, sie Asandros schmackhaft zu machen.

»Ich wüsste, wie du dir deinen Lebensunterhalt verdienen kannst«, begann er feierlich, als wolle er ihm den Thron von Sardeis anbieten. »Eine Sache, die dir eine Menge Geld einbringen wird, weil du beste Voraussetzungen dafür mitbringst, und bei der du außerdem viel Spaß haben kannst, und den hast du wirklich nötig.«

Asandros lächelte. »Mach es nicht so spannend, alter Freund.«

»Joram könntest du dabei auch gebrauchen.«

»Aber der hilft dir doch schon in deiner Werkstatt?«

Achylides winkte ab. »Er leistet Hilfsdienste, weil er nicht weiß, was er sonst machen soll. Wie du mir erzählt hast, war er drüben in Babylon ein Wegelagerer, was ich dem hübschen Jungen gar nicht zugetraut hätte. Nun ja, hier in Athen wird er da Schwierigkeiten haben, sich angemessen zu betätigen.«

»Und was ist nun angemessen für uns beide, göttlicher Achylides?«

»Hm.« Beim Zerberus! Es war doch etwas heikel, Asandros den Vorschlag zu unterbreiten. »Kennst du die Weinrankengasse?«

»Ja. Das ist eine hübsche Straße im Hafen von Phaleron. Man hat dort einen wunderbaren Ausblick auf die Bucht.«

»So ist es. Und dort kenne ich eine Taverne, die Silberquelle. Keine Absteige für Habenichtse, beinahe schon eine kleine Villa mit Säulen vor dem Portal und ...«

»Ja«, unterbrach ihn Asandros, »und wen soll ich dort aufsuchen?«

Achylides seufzte. »Geduld. Du musst wissen, ich kenne sie von früher, also aus meiner Jugendzeit. Dort habe ich manche süße Stunde verbracht. Natürlich in den Hinterzimmern.«

»Du meinst, die Taverne ist ein getarntes Bordell«, stellte Asandros kühl fest.

»Bordell! Wie sich das anhört, so schmuddelig. Sie ist ein Treffpunkt großer Geister und ...«

»– und großer Schwänze«, unterbrach ihn Asandros, sichtlich amüsiert darüber, wie Achylides sich herausreden wollte.

»Sei doch nicht so vulgär. Dort treffen sich Leute ...«

»Komm bitte zum Punkt, Achylides.«

»Gewiss.« Er räusperte sich. »Vor vier Jahren wurde die Taverne von einem gewissen Aslan übernommen, niemand weiß, woher er kam, er war plötzlich da und machte die Silberquelle zu einer wahren Goldgrube. Aber er ist ja auch ein vorzeigbarer Bursche.«

»Eine abgelegte Liebschaft von dir? Und weiter?«

»Pah, der würde sich mit mir nicht abgeben. Außerdem steht er, soviel ich weiß, selbst niemandem zur Verfügung.« Achylides wischte sich umständlich über den Mund. »Zufällig ist mir zu Ohren gekommen, dass die Taverne jetzt zum Kauf angeboten wird. Da solltest du zugreifen, Asandros.«

Dieser hob die Augenbrauen. »Ich soll ein Bordell betreiben?«

»Ach was!« Achylides wischte mit einer Handbewegung sämtliche noch folgenden Einwände vom Tisch. »Keine Frauen, nur hübsche junge Männer, verstehst du? Das ist doch kein Bordell! Dort gehen die Edelsten von Athen einer Liebhaberei nach. – Das Personal kannst du übernehmen«, fügte er rasch hinzu, bevor Asandros etwas einwerfen konnte. »Du brauchst nur den Kaufpreis hinzulegen, mit Aslan wirst du bestimmt einig. Und von außen ist die Silberquelle eine ganz gewöhnliche Taverne. Sie verfügt allerdings über einen ausgedehnten Garten und zwei Höfe, zu denen niemand Zutritt hat, wenn du verstehst, was ich meine.«

Asandros lachte trocken. »Ich soll also in der Tür stehen wie die Lustknaben, die den vorübereilenden Passanten dreist zwischen die Beine greifen?«

»Ja, ja, außerordentlich plump, diese Bengel. Aber du sollst dich doch nicht selbst anbieten.«

»Aber du willst meinen Ruf ruinieren.«

»Aslan hat einen sehr guten Ruf.«

»Ja, als Bordellwirt möglicherweise. Aber ich hatte ein öffentliches Amt inne.«

»Ganz recht, du hattest es inne. Du hast es jedoch verworfen. Was glaubst du denn, was dir sonst noch entspräche? Glaub mir, ich habe mir den Kopf zermartert, und die Sache mit der Silberquelle ist wirklich grandios. Sie wird deinen Kopf frei machen für die angenehmen Dinge des Lebens. Der Spuk von Tadmor wird vergehen wie verdunstetes Wasser.«

Natürlich wies Asandros den Vorschlag weit von sich. Aber er ließ ihn nicht los. Als er Joram davon erzählte, meinte dieser: »Du bist ein Mann des Schwertes und der kühnen Tat, Asandros. Aber offensichtlich willst du das vergessen. Unter diesen Umständen halte ich Achylides' Empfehlung für klug. Erinnere dich, wo wir uns zum ersten Mal begegnet sind. Es war in Harran, nicht wahr? Wir trafen uns in einem solchen Haus, weil wir dort etwas suchten, etwas erhofften. Angenehme Gesellschaft, ein nettes Gespräch, ein Aufflammen erloschener Gefühle, das Kühlen hitziger Begierden. Wir schämten uns nicht, so ein Haus aufzusuchen, wir verachteten den Besitzer nicht, wir sahen nicht auf die Burschen herab, die für uns bereit waren. Wir haben einfach genossen. Wie könntest du da meinen, es sei deinem Ruf abträglich, selbst ein solches Haus zu führen?«

Von dieser Seite hatte es Asandros noch nicht betrachtet. Er wäre niemals auf den Gedanken gekommen, die Gäste mit dem Wirt auf eine Stufe zu stellen. Und doch fand er nach einigem Nachdenken, dass Joram recht hatte. Vielleicht war ein Ort der Lustbarkeit in seiner Gemütsverfassung genau das Richtige. Schließlich war er über seinen Lebenswandel keinem mehr Rechenschaft schuldig.

Asandros besuchte die Silberquelle gegen Mitternacht. Er trug eine knappe Tunika, bis zum Knie geschnürte Sandalen und einen leichten Überwurf aus feiner Wolle. Ein silberner Reif bändigte sein Haar, silberne Reifen schmückten seine Hand- und Fußgelenke. Diesen Aufzug meinte er, einem solchen Haus schuldig zu sein. Selbst Midian betonte seine Schönheit gern mit prächtigen Gewändern und kostbarem Schmuck, wenn er etwas erreichen wollte. Doch diesen Gedanken verdrängte er schnell. Er wusste, sein Körper war noch immer schlank, muskulös und geschmeidig, denn er besuchte nach wie vor regelmäßig das Gymnasion.

Ein schöner Nubier, so schwarz wie die Nacht, bekleidet mit einer silbernen Tunika, begrüßte ihn lächelnd. »Ich bin Mundhir.« Als er hörte, der Gast wolle den Inhaber persönlich sprechen, setzte er zu einer Antwort an, aber Asandros kam ihm zuvor: »Es ist etwas Geschäftliches.«

»Geschäftlich ist hier alles«, erwiderte Mundhir freundlich. »Worum geht es denn?«

»Ich hörte, die Taverne sei zu verkaufen?«

»Oh! Ja, natürlich.« Mundhir führte ihn über einen kleinen Innenhof in den Empfangsraum und bat ihn, sich zu setzen. Asandros wurde genötigt, an einem Tisch Platz zu nehmen, der bereits für einen Besucher gedeckt war. Hier schien man auf einen höflichen und reibungslosen Ablauf Wert zu legen.

Etwas später kam ein Mann herein, der einen knappen Chiton und leichte Sandalen trug. Sein Anblick löste in Asandros sofort etwas aus, was er nicht benennen konnte. Er war kahlgeschoren und dennoch von fremdartiger Schönheit. Er besaß kantige, ausgeprägte Züge, einen willensstarken Mund und mandelförmige Augen, die ihn vielsagend musterten. Ein Grieche war er nicht. Woher mochte er kommen?

Er setzte sich unbefangen zu Asandros. »Willkommen in der Silberquelle. Ich bin Aslan, der Besitzer. Und mit wem habe ich das Vergnügen?«

»Ich bin Asandros und wohne vorübergehend bei dem Bildhauer Achylides. Von ihm hörte ich, dass diese Taverne zu verkaufen sei.«

Asandros entging es nicht, dass bei dem Namen Achylides ein Funken in Aslans Augen aufblitzte. »Oh ja, ich hörte von dir. Du hast doch dem Phaeton als Modell gedient, der in Hissarions Garten steht.«

Asandros stieg eine leichte Röte in die Stirn. »Das stimmt, es ist aber schon eine Weile her.« Er hoffte insgeheim, dass dieser Aslan nichts von seinem Amt im Archontat wusste.

Aslan nickte versonnen, und sein Blick streifte Asandros mit Kennermiene. »Du wärst ein würdiger Nachfolger für dieses Haus. Es zählt zu den ersten Häusern Athens.«

»Obwohl es ein ...« Asandros unterbrach sich. »Ist das, was sich hier abspielt, denn vom Areopag gestattet?«

»Nicht offiziell natürlich. Aber solange die Aristokratie Athens diesen bescheidenen Tempel der Lüste gern aufsucht, wird er Bestand haben. Man kommt, man genießt und redet nicht darüber.« Er öffnete seinen Mund zu einem charmanten Lächeln, das Asandros ganz gegen seinen Willen bezauberte.

»Darf ich fragen, weshalb du das Haus aufgeben willst?«

»Ich habe die Absicht, mich mit meinem Vermögen zur Ruhe zu setzen.«

»Dann wirft das Haus hier so viel ab?«

»Durchaus. Ich betreibe die Taverne jetzt seit vier Jahren. Selbstverständlich wirst du einen Einblick in die Bücher erhalten, falls es zum Abschluss kommt.«

»Der Preis dürfte entsprechend sein.«

»Ich nehme an, du verfügst über eine gewisse Summe, sonst wärst du nicht hier. Aber ich werde nicht mit dir feilschen. Über den Preis werden wir uns ganz bestimmt einig.«

Als Asandros die Taverne eine Zeit später verließ, war er, wenn man von einigen Formalitäten absah, stolzer Besitzer der Silberquelle. Er hoffte nur, dass dieser geheimnisvolle Aslan ein ehrlicher Bursche war und ihn nicht übers Ohr gehauen hatte, denn für seinen eigenen Verstand hatte Asandros vorübergehend nicht einstehen können. Ihm war, als hätte er zu viel Wein getrunken, obwohl er an dem Becher nur genippt hatte. Er konnte sich diesen Zustand nicht erklären. Gewiss, der Mann sah gut aus, hatte ein sicheres Auftreten und höfliche Manieren, doch so leicht brachte Asandros ein schöner Mann nicht ins Wanken.

Aber warum sollte er solche Gefühle nicht zulassen? Er würde diesen Mann nie wiedersehen.

16

Wochen waren seit jenem Tag ins Land gegangen. Wer gewisse Dienste suchte und zudem anspruchsvoll war, dem wurde das Gasthaus in der Weinrankengasse empfohlen. Es war ausgestattet mit einem Säulenportal, Marmorfassaden und besaß drei Stockwerke, deren Zimmer unterschiedlich eingerichtet waren und selbst für die verwöhnten Athener Außergewöhnliches bereithielten. Hier boten junge, ansehnliche Männer Knabenliebhabern ihre

Dienste an. Aber auch die heimlichen Gelüste jener, die reifere Männer bevorzugten, was als verworfen galt, wurden befriedigt. Ein Haus mit männlichen Hetären, die ihre Gäste ebenso geistreich und körperlich verwöhnten, wie man es von den Frauen dieses Standes kannte, das war beispiellos und empörend, aber es war auch göttlich. So etwas konnte es nur in Athen geben.

Die meisten Gäste waren wohlhabend, trugen gold- und silberbestickte Gewänder, feine Überwürfe, kostbare Gürtel und edle Waffen. Ausgesucht schöne Knaben mit nackten Oberkörpern bedienten die Gäste; sie waren flink und freundlich, doch wenn jemand es wagte, lüstern die Hand nach ihnen auszustrecken, erschien ein starker Sklave, packte den Gast und beförderte ihn nach draußen, denn so viel Luxus hatte seinen Preis. In der Silberquelle gab es allenfalls heiße Blicke umsonst.

Asandros hatte seinen Entschluss noch nicht bereut, obwohl er sein gesamtes Vermögen investiert hatte. Aber Aslan hatte recht gehabt, die Taverne war eine Goldgrube. Wohl war es für ihn eine ungewohnte Beschäftigung, aber das erprobte Personal nahm ihm alle Schwierigkeiten ab, und nach kurzer Zeit wussten auch alle, dass sie mit ihm keinen schlechten Tausch gemacht hatten. Die vielen Gäste, die entspannte Atmosphäre nahmen Asandros gefangen, lenkten ihn ab und verdrängten allmählich Tadmor.

Es war um die Mittagszeit und heiß. Die Stadt döste. Menschen und Tiere suchten den Schatten. Die Gaststube in der Silberquelle war geschlossen. Asandros saß mit Freunden im Hof, sie sprachen über ihre Geschäfte und die wichtigen Dinge, die Männer stets erörtern, um die Welt zu retten. Da störte Mundhir, der Nubier, er meldete einen Besucher.

Asandros seufzte, entschuldigte sich, und begab sich in den Empfangsraum. Gewöhnlich hätte er zu dieser Tageszeit keinen Besucher empfangen, aber Mundhir hatte verschwörerisch gegrinst und gemeint, es sei hoher Besuch, aber er wollte nicht sagen, wer es ist. Asandros liebte keine Überraschungen. Dennoch war er auf den Besucher gespannt. Mundhir würde ihm keine Laus in den Pelz setzen wollen.

Unter dem Portal stand ein Mann, der trotz der Hitze in ein knöchellanges Gewand gekleidet war. Um den Hals trug er eine breite Goldkette. Es war Aslan. Asandros' war für Sekunden sprachlos, denn was er beim Anblick dieses Mannes empfand, verwirrte ihn. Er spürte eine jähe Hitze in den Lenden und gleichzeitig eine unbekannte Gefahr. Daher dauerte es einige Augenblicke, bevor er sich fasste und ein geschäftlich liebenswürdiges Lächeln aufsetzte. »Aslan! Ich freue mich, dich zu sehen. Wolltest du dich erkundigen, wie die Geschäfte laufen? Es könnte nicht besser sein.

Ich bin sehr zufrieden.«

»Das freut mich. Es ist mir aber bereits zu Ohren gekommen. Ich wusste, dass ich mit dir keinen Fehlgriff getan habe.«

Asandros machte eine einladende Handbewegung. »Was führt dich zu mir? Wollen wir in mein Arbeitszimmer hinaufgehen?«

Aslan zögerte und sah sich um. Als er sah, dass sie allein waren, sagte er: »Ich möchte dich bitten, mich in meinem Haus aufzusuchen. Es ist ein altes, aber schönes Gebäude im Piniengrund. Man kann dort auf das Meer blicken.«

Asandros sah ihn überrascht an. Diesen Wunsch hatte er nicht erwartet. Aber Aslan mochte seine Gründe haben. Weshalb also versetzte es ihm diesen Stich, weil ihn jemand zu sich einlud, mit dem er ein gutes Geschäft abgeschlossen hatte? Dennoch war es außergewöhnlich, dass der Hausherr deswegen selbst vorbeikam. Eine Einladung stellte man im Allgemeinen durch einen Boten zu. Aber vielleicht hielt dieser Mann nicht viel von Etikette. Obwohl Asandros kein gutes Gefühl dabei hatte, konnte er eine Einladung schlecht ausschlagen, das wäre unhöflich gewesen. »Vielen Dank, das ist sehr freundlich. Irgendwann in den nächsten Tagen? Wann wäre es dir angenehm?«

»Nicht in den nächsten Tagen.« Nun hatte Aslans Stimme einen tieferen Ton angenommen. »Ich würde dich gern heute bei mir sehen. Jetzt gleich.«

»Das ist – ein ungewöhnliches Anliegen«, erwiderte Asandros unsicher, »gibt es einen Grund für diese Eile?«

Aslan sah sich erneut um, dann wandte er sich Asandros zu, und in seinen Blick stahl sich etwas Zwingendes. »Ja. Ich möchte mit dir schlafen. Heute noch.«

Das war unverblümt und brüskierend, denn Asandros stand keinem Gast zur Verfügung, und Aslan musste das wissen. Dennoch erregte ihn dieser Wunsch sofort, und er versäumte eine scharfe Zurechtweisung.

»Ich weiß, dass es nicht deine Aufgabe ist, aber ich fühle, dass du dazu bereit bist«, fügte Aslan mit dunkler Stimme hinzu. »Und bei mir daheim fühle ich mich sicherer.«

»Das ist – ziemlich anmaßend«, stieß Asandros hervor. »Weshalb suchst du nicht dein Vergnügen bei den Dienern dieses Hauses?«

Aslan senke seine Stimme zu einem Flüstern. »Du warst in Babylon, nicht wahr?«

Asandros erschrak. »Ja«, murmelte er.

»Dann wirst du vielleicht wissen, was mit den Knaben geschieht, die nach Babylon verkauft werden?«

Asandros entfuhr ein leises Stöhnen. Naharsin! Wie konnte er diesen Ort des Schreckens jemals vergessen. Ein bestürzender Gedanke durchzuckte ihn. Kannte Aslan ihn aus Babylon? Wusste er gar, dass er Naharsin aufgesucht hatte, und glaubte er etwa –?

»Du bist blass geworden, also weißt du es«, stellte Aslan fest. »Deshalb wirst du Verständnis für mich aufbringen.«

»Verständnis wofür?«

»Dass man mich als Knaben auf diese Weise verstümmelt hat. Ich gehe nicht gern zu den Lustknaben. Auf ihren Gesichtern erblicke ich Abscheu und Mitleid, beides raubt mir das Vergnügen, die Lust. Deshalb bin ich nur selten mit einem Mann zusammen.«

Asandros beschlich ein rätselhaftes Unbehagen. Aslan tat ihm leid, aber was wollte er? Liebe aus Mitleid?

Aslan schien zu ahnen, was Asandros bewegte. Er neigte leicht den Kopf. »Ich sehe ganz passabel aus und bin gutgewachsen. Es wird dir also nicht schwerfallen. Zumal du mich wolltest, seit du mich zum ersten Mal gesehen hast. Ich will dich mit dieser Feststellung nicht kränken, aber ich habe genug Erfahrung, um es zu merken. Ich kann es wittern wie ein Tier, verstehst du?«

Asandros blieb der Atem weg. Jedes einzelne Wort peitschte seine Lust, machte es ihm unmöglich, sich gegen diesen Mann zu stellen. Er war unheimlich, er wirkte gefährlich, und das war es, was Asandros anzog.

Um überhaupt etwas zu sagen, fragte er mit belegter Stimme: »Und wer hat dich an Babylon verkauft?«

»Meine Mutter.«

17

Hätte Achylides mehr Zeit gehabt, wäre er schon früher in der Silberquelle erschienen, denn über Asandros war ihm einiges zu Ohren gekommen. So dauerte es eine Weile, bis er dort nach dem rechten sah. Asandros war nicht zu Hause, und Achylides erkundigte sich bei Joram nach ihm. Er tat das an einem kalten, nebligen Abend bei einer Schale heißem, gewürztem Wein. Die Gaststube war voll, die oberen Zimmer besetzt, und Joram hatte wenig Zeit. Nur kurz konnte er bei Achylides Platz nehmen.

»Asandros? Seit Wochen ist er kaum eine Nacht zu Hause. In den Morgenstunden kommt er, dann schläft er bis Mittag. Mit uns spricht er wenig, nur das Nötigste. Iordanis und ich kümmern uns um alles. Er vernachlässigt seine Geschäfte.«

Achylides sah sich um. »Aber es läuft doch alles prächtig, oder?«

»Sicher, denn die Taverne hat einen guten Ruf, aber viele fragen nach Asandros. Ohne ihn hat die Silberquelle einfach keine Seele.«

Achylides nickte. »So ist es. Und wo treibt sich unser schöner Freund herum?«

Joram zuckte die Achseln. »Weiß ich nicht. Aber wo er auch hingeht, es scheint ihn nicht aufzuheitern. Wenn er mir begegnet, macht er wohl einen Scherz, schlägt mir auf die Schulter, he, alter Bursche, ich bin doch immer noch derselbe! Aber mich kann er nicht täuschen. Seine Augen glänzen fiebrig, er kann meinem Blick nicht standhalten, seine Bewegungen sind fahrig.«

»Dann müssen wir etwas tun«, brummte Achylides, »nicht wahr? Ich schlafe heute Nacht hier – in Asandros' Zimmer.« Er wollte Joram nicht verraten, dass er schon seit längerem Bescheid wusste.

Obwohl Achylides sich vorgenommen hatte, wach zu bleiben, war er doch eingeschlafen. Es war bereits heller Tag, als er an der Schulter gerüttelt wurde. Asandros stand vor ihm, übernächtigt, verschwitzt, mit zerdrücktem, fleckigem Chiton. »Was ist denn das, Achylides? Hast du kein Bett zu Hause?«

Achylides rieb sich die Augen, gähnte herzhaft und reckte sich. »Bei Achill! Du hast mich auch schon zärtlicher geweckt.« Er schwang seine nackten Füße aus dem Bett und bedeckte dabei züchtig mit dem langen Hemd seine Blöße.

»Tut mir leid, dass ich so unleidlich bin, aber ich bin sehr müde. Ist etwas vorgefallen?«

»Ich wollte dich gestern zu einer rechtschaffenen Zeit sprechen, aber Joram sagte mir, du gäbest deine Audienzen jetzt immer in den Morgenstunden, stimmt das?«

»Ich komme und gehe, wann ich will. Ist das alles?«

»Wohin gehst du denn jede Nacht? Darf man das erfahren?«

»Ich amüsiere mich. Das hast du mir selbst geraten oder nicht?«

»Gewiss.« Achylides nickte. »Aber ich meinte damit nicht, dass du die Taverne vernachlässigen sollst und deine Freunde.«

»Glyphidon, Iordanis, Mundhir und die anderen kommen gut allein zurecht. Ich richte mir mein Leben so ein, wie es mir passt. Bist du als mein Sittenwächter hier?«

»Das liegt mir fern, oh ja, sehr fern. Und was sagt Joram dazu?«

»Joram und ich sind keine Eheleute. Er ist ebenfalls frei zu tun, was er möchte.«

Achylides schritt durch den Raum, nahm sein Gewand vom Stuhl und sagte: »Ich möchte mich jetzt anziehen, würdest du dich bitte umdrehen.«

Asandros drehte sich um. »Und ich möchte mich ausziehen und schlafen. Wenn du nichts dagegen hast, verlegen wir unser

Gespräch auf heute Nachmittag.«

Achylides zog sein Nachthemd aus. »Das geht leider nicht, denn wie du weißt«, er schielte nach hinten, ob Asandros auch nicht guckte und griff schnell nach seiner Tunika, »wie du weißt, bin ich sehr beschäftigt und – oh!« Achylides drückte das Gewand an seine Brust und starrte auf Asandros' etwas zerschundenen Oberkörper. »Was ist denn das?«

Asandros ließ das Lendentuch fallen und warf es in den Raum. »Die Krallen meines Liebhabers. Sag nur nicht, Achylides, dass du so etwas noch nie gesehen hast?«

Achylides schluckte. »Es geht ziemlich wild zu bei euch, wie?«

»Wir geben einander, was wir brauchen, und dann gehen wir unserer Wege.« Asandros warf sich auf das Bett und blinzelte Achylides zu. »Du hältst deine Tunika zu hoch, ich kann alles sehen.«

»Oh, du Lüstling, du! Ich bin ein alter Mann, und du starrst mich an. Dreh dich zur Wand, sofort!«

Asandros wälzte sich herum, zog sich die Decke über den nackten Hintern und tat, als schliefe er schon.

Achylides schlüpfte in seine Tunika und setzte sich auf einen Stuhl. »Ich weiß, dass du noch nicht schläfst, Asandros. Und was ich dir zu sagen habe, das werde ich dir jetzt sagen. Du solltest neue Lebensfreude schöpfen, aber keinem hörig werden.«

»Du redest Unsinn«, brummte Asandros, »ich bin keinem hörig.«

»Es ist ein weiter Weg zum Piniengrund, Asandros. Wer wohnt denn dort?«

»Ach, man schleicht mir nach?«

Achylides winkte ab. »Nach Haus kommst du zerzaust wie einer, der unter die Räuber gefallen ist, und das Nacht für Nacht. Ist das gesund?«

»Ich weiß nicht, ob es gesund ist, Achylides. Ich weiß nur, dass ich bei ihm vergessen kann. Er ist wild und unersättlich, er erschöpft mich, und ich kann schlafen.«

»Ich bin angezogen, du darfst mich also wieder ansehen, wenn du mit mir redest«, erwiderte Achylides spitz.

Asandros drehte sich herum. »Um was geht es eigentlich? Willst du mir vorschreiben, wie ich mein Leben zu leben habe?«

Achylides glättete die Falten über seinen Knien und überhörte die Frage. »Du bist also bei Aslan, um zu vergessen?«

»Wenn du es weißt, weshalb tust du so scheinheilig? Ja, er ist begehrenswert, das Einzige, was stets für mich zählte. Und im Rausch vergesse ich alles.«

»Ha!« Achylides hob theatralisch die Hände. »Jetzt tut er, als habe er niemals geliebt. Aber wie du willst, du hast ja recht, Liebe macht närrisch, und du bist ein vernünftiger Mann. Aber glaubst du, dass Rausch und Vergessen dem Zalmunnas Lendenspross ziemen? Ich nenne das Versinken in Selbstmitleid, mein Sohn.«

»Ha!«, äffte Asandros ihn nach, »jetzt spielst du den besorgten Vater. Du solltest an deine Skulpturen gehen, das Handwerk verstehst du wenigstens.«

Achylides erhob sich würdevoll. »Ich verstehe etwas von der Bildhauerei und sehr viel von der Liebe, mehr als du, Asandros, denn als – sagen wir reiferer Mann habe ich mehr Erfahrung. Reiß dich endlich zusammen und stehe wieder zu deinen Freunden und zu deiner Arbeit!«

»Misch dich nicht ein in mein Leben!«, schrie Asandros. »Verschwinde und lass mich schlafen!«

»Oh ja, ich gehe. Aber ich komme wieder, und ich werde mich einmischen, weil ich dein Freund bin und ...« Achylides klopfte sich an die Stirn. »weil mein Schädel härter ist als Marmor.«

Als Achylides hinausging, wäre Asandros gern aufgesprungen, ihm hinterhergelaufen und hätte ihn umarmt, aber trotzig blieb er liegen und drehte ihm wieder den Rücken zu.

Achylides hatte gute Absichten, aber wenig Zeit. Die Arbeit hielt ihn fest, und ihr kurzes Zusammentreffen blieb ohne Wirkung. Asandros setzte seine Nächte mit Aslan fort. Aber er wusste, dass Achylides recht hatte. Er hatte sich mit ständiger Ekstase betäuben wollen, doch die Leidenschaft drohte zu einer Sucht zu werden. Wie ein bösartiges Fieber war es über ihn gekommen. Er konnte keinen Tag mehr sein, ohne Aslans bereitwilligen Körper unter sich zu spüren und ihn zu reiten bis zu Erschöpfung. Denn dieser Mann wollte nichts anderes. Es schenke ihm Erfüllung, hatte er gesagt; ein Zustand, den zu erreichen er nie zu hoffen gewagt hatte. Aber Asandros wusste, dass er dem Wahnsinn ein Ende machen musste.

Er starrte auf den erschöpften, geschmeidigen Körper neben sich. Obwohl er sich vollkommen unterwarf, hatte Asandros nie das Gefühl, Aslan sei schwach. Häufig schien es ihm, als ziehe er ihn mit seinen maßlosen Forderungen in einen Abgrund hinab. »Wenn du nicht wiederkommst, werde ich sterben«, hatte er gesagt. Sonst sprachen sie nicht viel. Wenn Asandros ihn vorsichtig nach seiner Vergangenheit fragte, schüttelte er den Kopf. Er wollte nicht darüber sprechen. Asandros konnte das verstehen, er wollte sich nicht vorstellen, was Aslan alles durchgemacht hatte, bis er es geschafft hatte, durch die Silberquelle ein reicher Mann zu werden. Aber durch sein Schweigen blieb ihm der Mann ein Rätsel.

»Woran denkst du?«, fragte ihn Aslan.

»An unser Spiel. Es wird so – alltäglich. Ich brauche Feuer, und du gibst mir Asche.«

Aslan hob den Kopf. »Du willst mich verlassen?«

»Nein.« Asandros sah ihm in die mandelförmigen Augen, in die er stets hineinfiel wie in dunkles Wasser. »Du musst etwas für mich tun. Eine Sache, die ich jetzt brauche, verstehst du?«

Aslan nickte. »Du musst es nur aussprechen.«

»Du sollst mich auspeitschen.«

Aslan erhob sich. Er zeigte keinerlei Betroffenheit. »Wozu brauchst du den Schmerz, Asandros?«

»Ich muss wieder zu mir selbst finden. Dieser Wahnsinn mit uns beiden, der muss aufhören.«

»Du willst mich also doch verlassen.«

Asandros schüttelte verzweifelt den Kopf.

»Ich hole eine Peitsche. Ich werde dich schlagen, aber ich tue es nicht gern.«

Als er zurückkam, erwartete ihn Asandros, nackt auf dem Bauch liegend. Matt glänzend wie aus dunklem Elfenbein geschnitzt ruhte sein Körper auf den Kissen, und zwischen den schlanken Säulen seiner Schenkel lockte es scharlachfarben. Doch diese Tür war Aslan auf alle Zeiten verwehrt.

»Komm einmal die Woche, es muss mir genügen«, sagte Aslan. Dann schlug er zu.

18

Asandros saß über den Abrechnungen. Zwei Tage hatte er mit Fieber im Bett gelegen, aber verboten, einen Arzt zu rufen. Dafür war Joram zu Achylides gegangen, denn er konnte mit Asandros nicht mehr vernünftig reden. Joram hatte ihm erzählt, was sie als Grund für das Fieber vermuteten, denn Asandros war an jenem Morgen von Mundhir gesehen worden, wie er mit blutigem Gewand die Treppe hinaufgetaumelt war. Peitschenstriemen! Mundhir hatte gesehen, wie sie sich unter dem Stoff abzeichneten. Und er hatte nicht gewagt, Asandros anzusprechen.

Als Achylides von dem Vorfall erfuhr, ließ er seinen Meißel fallen. Aber er machte sich nicht sofort auf den Weg. Zuerst überdachte er die Lage, dann machte er einen Spaziergang an den Hafen, und dann erschien er in der Silberquelle.

»Ich weiß, ich komme ungelegen. In letzter Zeit komme ich stets ungelegen, nicht wahr?«

Asandros stützte den Kopf in die Hände und seufzte. »Komm herein, Achylides.«

»Ich bin ja schon drin. Aber einen Platz könntest du mir anbieten.« Achylides lüpfte zart den Gewandsaum und setzte sich, ohne eine Antwort abzuwarten, auf eine Bank. »Freut mich, dass du wieder wohlauf bist. Was hat dich denn auf das Krankenlager geworfen?«

Asandros schob die Wachstäfelchen von sich und wandte sich Achylides zu. »Danke, dass du dich um mich sorgst, aber ich kann auf mich aufpassen. Wie du siehst, überprüfe ich gerade die Geschäftseinnahmen. Die Steuereinnehmer warten nicht. Was macht deine Titanengruppe?«

»Fortschritte. Aber du bist mir ausgewichen.«

Asandros lächelte herzlich. »Halsschmerzen und Fieber, nichts weiter.«

»Ja, ja, die Winternebel machen einem jetzt arg zu schaffen.« Achylides hüstelte, und Asandros sagte: »Du solltest um diese Zeit auch lieber zu Hause bleiben. In deinem Alter ...«

»Was ist mit meinem Alter?« Achylides Stimme wurde schrill, er war aufgesprungen. »Du meinst wohl, Männer in meinem Alter seien senile Dummköpfe, denen du deine Halsschmerzen verkaufen kannst? Was ist mit den Peitschenstriemen auf deinem Körper?«

Asandros wurde blass. »Woher weißt du das?«

»Gleichgültig. Sag mir lieber, woher du sie hast.«

Asandros biss sich auf die Lippen und baute kleine Türmchen aus den Tafeln vor sich auf. »Von Aslan. Sie steigern das Lustgefühl, wusstest du das nicht?«

»Na, wofür hältst du mich? In meiner Jugend wusste ich ein paar zarte Rutenstreiche auf den Hintern wohl zu schätzen, aber ich ließ mich nicht gleich zum Krüppel schlagen.«

Asandros erhob sich und legte Achylides sanft die Hand auf die Schulter. »Schon gut. Ich mag es eben etwas härter, und umgebracht hat es mich auch nicht. Mach dir keine Sorgen. Es wird nicht wieder vorkommen.«

»Hast du ihn auch geschlagen?«

»Nein. Ich wollte geschlagen werden. Mag sein, dass er dabei übertrieben hat, aber wir hatten darin beide keine Erfahrung.«

»Wenn es dir nur Spaß macht, Asandros. Aber das war kein Spaß. Du hast Tadmor immer noch nicht überwunden.«

»Das braucht eben seine Zeit.« Asandros ließ sich neben Achylides auf der Bank nieder. »Es war doch alles meine Schuld. Ich habe Atargatis getötet, weil ich sie gehasst habe, dabei hätte es sicher einen anderen Ausweg gegeben. Ich ...«

»Schluss jetzt!« Achylides klatschte in die Hände. »Du kannst ihn hereinbringen, Mundhir!«

Mundhir, der Nubier, erschien mit einem Wesen, das Asandros bei näherem Hinsehen für einen etwa zwölfjährigen Jungen hielt. Bis auf ein zerrissenes Stück Stoff um die Lenden war er nackt, und schmutzig war er auch. Aber er hatte das Gesicht eines Engels. Achylides schob den Jungen nach vorn. »Endymion, hab keine Angst und komm näher. Hier tut dir niemand etwas.«

Asandros musterte ihn kurz. »Wer ist denn das?«

»Endymion, er heißt Endymion«, erwiderte Achylides ungerührt.

»Und was will er hier?«

»Er sucht Arbeit und ein gutes Zuhause.«

»Ach ja? Dann gib ihm doch eins.«

»Das würde meinem Ruf schaden. Er ist ein Stricher aus dem Hafen. Keiner, der sich netten Freiern anbietet und Silber dafür bekommt. Eine Kielratte. Lässt sich Schwänze in den Mund und sonst wo hinstecken, was soll ich es dir erklären, du kennst das Gewerbe ja auch.«

»Achylides!«, rief Asandros aufgebracht, »du weißt genau, dass ich keine Kinder beschäftige.«

»Ich weiß. Ich dachte, du nimmst ihn als Küchenjungen.«

»Was? Diesen stinkenden ...«

Achylides lächelte dünn und scheute sich nicht, dem Jungen kurz den Arm um die Schultern zu legen. »Er hat die Krätze, er hat Läuse, und er hat immer Hunger. Ein blindes Schicksal hat ihn ins Leben gespuckt, und das Leben wird ihn auch wieder ausspucken, als sei er ein verfaulter Fisch und kein Mensch.«

»Na und? Was bringst du mir den Abschaum hierher? Von der Sorte gibt es wahrscheinlich Hunderte.«

»Aber Endymion steht vor dir. Eine Kielratte, weißt du, was das ist? Er geht hinunter in die Luken zu den gefesselten Rudersklaven, zu den Aufsässigen, denen die Ketten niemals abgenommen werden. Sie sind wie Tiere, und er lässt alles mit sich machen. Dafür gibt ihm der Bootsmann etwas zu essen und zwei Kupferstücke.«

Asandros räusperte sich. »Man sollte das Kind nicht zu diesen Männern lassen. Aber was habe ich ...«

»Endymion ist kein Kind mehr, er ist schon fünfzehn«, unterbrach ihn Achylides. »Er sieht aus wie zwölf, das kommt vom Hunger. Er ist nicht mehr gewachsen.«

»Na gut, lass ihm in der Küche ein warmes Essen geben und ein Silberstück. Und dann entferne ihn bitte. Ich bin nicht verantwortlich für die Grausamkeiten dieser Welt.«

»Du musst dich nur um Endymion kümmern.«

»Aber ich kann ihn nicht nehmen.«

672

»Ein Bad, ein paar Salben, ein paar Duftöle, eine kräftige Haarbürste und reichlich zu essen werden wahre Wunder an dem Knaben vollbringen.«

»Darum geht es nicht. Er ist zu ...« Asandros verschluckte den Satz mit einem Fluch. »Wenn er dir so leidtut, dann nimm ihn selbst; er kann Joseba helfen!«

»Ich brauche ihn nicht.«

»Ach! Und ich brauche ihn?«

»Ganz gewiss, mein Freund. Immer, wenn du Endymion siehst, wirst du dich daran erinnern, wie gesund, schön und wohlhabend du bist, wie geborgen bei deinen Freunden, wie beliebt in ganz Athen. Vor diesem Knaben bist du wie ein Gott, Asandros, aber eins hat Endymion dir voraus: Nie hat er sich freiwillig auspeitschen lassen! Und warum nicht? Das Leben hat ihm überhaupt keine Zeit gelassen, sich in Selbstvorwürfen zu wälzen. Niemand musste ihm zurufen: Sei ein Mann! Er war einer, sonst hätte er nicht überlebt.«

Asandros schoss das Blut zu Kopf. Er setzte sich wieder an seinen Arbeitstisch und machte eine unwirsche Handbewegung. »Also dann – zuerst ins Bad mit ihm, später sehen wir weiter.«

»Zuerst essen«, sagte Endymion, während er sich mit beiden Händen im Haar kratzte. Asandros warf ihm einen strengen Blick zu. »Kannst du überhaupt kochen – Endymion?«

Endymion konnte nicht kochen. Dafür aß er für zwei. Um seine Körperpflege wollte sich niemand kümmern, und Asandros musste vom Badehaus zwei Sklavinnen mieten, die sich des Jungen annahmen. Sie weichten ihn stundenlang in warmem Wasser, bestrichen seine Wunden und Geschwüre dick mit Salbe und wickelten Tücher darum, sodass Endymion am Ende aussah wie eine einbalsamierte Leiche, und aus den Verbänden ragte sein inzwischen kahl geschorener Kopf. Zwei Wochen ließ er sich verwöhnen, dann wurde er endgültig ausgewickelt, wieder gebadet, mit leicht duftenden Ölen eingerieben und in eine saubere Tunika gekleidet. In diesem Zustand durfte er die Küchenräume betreten. Dort zeigte er sich willig und führte alle Arbeiten aus, die man ihm auftrug, insbesondere jene, die bei den anderen nicht beliebt waren.

Trotzdem war er schwer zu ertragen. Er sprach nicht viel, doch wenn er den Mund auftat, gab er unflätige Redensarten von sich. Er misstraute allen. Wenn jemand nur einen Soßenlöffel hob, duckte er sich aus Angst vor Schlägen, und wenn er merkte, dass keine Gefahr drohte, spuckte er hinter ihm aus. Wenn ihm danach war, stellte er sich in eine Ecke und masturbierte, was selbst in einem Haus wie der Silberquelle auf Befremden stieß. Er bot sich auch ungeniert jedem an, von dem er sich einen Leckerbissen erhoffte. Und er lachte nie.

Asandros kümmerte sich nicht um ihn. Er hatte Achylides den Gefallen getan, mochten die in der Küche zusehen, wie sie mit ihm zurechtkamen. Eines Tages aber begegnete er ihm an der Tür zum Hof, als Endymion gerade den Abfall hinaustrug. Endymion wich Asandros scheu aus und wollte vorbei schlüpfen. Asandros hätte ihn fast nicht erkannt. »He, Kleiner! Bist du nicht Endymion?«

»Bin ich.« Der Junge blieb stehen und sah zu Boden.

Asandros tätschelte ihm den Kopf. »Gut siehst du aus, und dein Haar ist auch schon wieder gewachsen. Gefällt es dir bei uns?«

Endymion zuckte zusammen. Er wich der Hand aus. »Gute Arbeit hier. Die da drin ...« Er machte eine Kopfbewegung. »Die brauchen mich. ›Endymion mach dies‹ und ›Endymion mach das‹. Und ich mache. Ich laufe den ganzen Tag.«

Asandros nickte abwesend. »Ja, ja. Schmeckt dir denn wenigstens unser Essen?«

»Das ist verflucht gut. Keine Krötenköpfe und so 'n Zeug.«

»Na, das freut mich.« Asandros gab ihm noch einen freundlichen Klaps und entfernte sich.

Endymion starrte ihm hinterher, nachdenklich nagte er an seiner Unterlippe. »Eselsschänder, es sind alles Eselsschänder!«, murmelte er, während er mit dem Korb über den Hof ging.

Einige Tage später begegneten sie sich wieder, und wieder hatte Asandros einige freundliche Worte für ihn. Endymion wurde blass, wich seinem Blick aus und huschte fort. Asandros dachte, der Junge könnte sich dankbarer erweisen für seine Freundlichkeiten. Aber es beschäftigte ihn nicht sonderlich. Als er bei anderer Gelegenheit mit Thevestos, dem Koch, sprach, fragte er ihn nebenbei, wie er mit Endymion zufrieden sei.

»Ein schwieriger Junge, aber er hat es nicht leicht gehabt. Er tut, was man ihm sagt, mehr kann man von ihm nicht erwarten.«

»Ist er besonders scheu und ängstlich?«

»Der?« Thevestos lachte. »Das kann man nicht gerade sagen. Eher verschlossen und ernst. Gefallen lässt er sich nichts, und wir sagen auch nichts mehr. Wenn Endymion loslegt, wird eine hartgesottene Söldnerschar noch schamrot.«

»Weshalb weicht er mir dann so ängstlich aus, obwohl ich immer freundlich zu ihm bin?«

»Nun, du bist sein Herr und Wohltäter. Solche wie er überleben, weil sie zu kriechen wissen.«

»Bin ich jemand, der von seinen Sklaven verlangt, dass sie vor ihm kriechen?«

»Beim Zeus, nein! Aber woher soll Endymion das wissen?«

Asandros gab sich damit zufrieden.

Eines Tages nahm sich Thevestos den Knaben Endymion vor. Der hockte auf dem Boden und nahm Hühner aus. Wenn niemand hinsah, verschlang er Herz und Leber roh. In einem anderen Haus wäre Endymion dafür geschlagen worden, für Asandros war es undenkbar, Menschen zu schlagen, die unter seinem Dach wohnten. Diebe hätte er allenfalls davongejagt, aber das Geschenk des Achylides jagte man nicht einfach davon. Und so besaß Endymion einige Rechte mehr als andere Haussklaven.

Endymion lief noch das Blut aus dem Mund, als Thevestos ihn ansprach. Mit einer trägen Handbewegung wischte er es weg. Thevestos wandte sich angeekelt ab. »Sag mal, Bursche! Weshalb benimmst du dich dem Herrn Asandros gegenüber wie ein furchtsames Reh? Einen so guten Herrn findest du in ganz Athen nicht. Solltest du nicht einmal hingehen, seine Füße küssen und dich bedanken?«

Endymion Blicke huschten umher. Die anderen Sklaven sahen nicht herüber. »Es ist ein schlechtes Haus!«, stieß er hervor.

Thevestos, ein beleibter Korinther, war gewöhnlich nicht aus der Ruhe zu bringen, doch diese Schmähung war zu viel für ihn. Er holte mit seiner großen Hand aus, Endymion duckte sich, dabei änderte sich sein Gesichtsausdruck nicht, er hatte keine Angst vor dem Koch, er wollte nur dem Schlag ausweichen, aber Thevestos hielt inne. »Du Schiffsratte! Einer wie du, der sich von Abfällen und Schlägen ernährt hat, will dieses Haus ein schlechtes Haus nennen? Wäre ich dein Herr, mein Freund, dann würde ich dich – ach was!« Thevestos seufzte. »Strafen beeindrucken dich nicht mehr, was?«

»Ihr seid alle so fürchterlich dumm!«, sagte Endymion und schüttelte den Kopf. »Euer guter Herr Asandros – ha!« Er klatschte das ausgenommene Huhn auf eine Platte und griff sich das nächste. »Sein Haus ist fein, und er selbst – ein Bespringer wie ihn Zeus selbst sich wünschen würde. Doch wo hätte man je gehört, dass sich ein Mann wie er eine Kielratte ins Haus holte? Einfach so?«

»Hm.« Thevestos hatte auch schon darüber nachgedacht. Manchmal war sein Herr eben zu gut. »Sein Freund Achylides hat dich doch gebracht?«

»Stecken alle unter einer Decke, jawohl!«

»Unter welcher Decke?« Jetzt wurde Thevestos hellhörig. »Was meinst du damit?«

»Ich weiß genau, weshalb ich hier bin.« Endymion warf Herz und Leber zögernd auf die Platte.

Thevestos stemmte die Hände in die Hüften. »Du treibst Spielchen mit meiner Geduld. Am Ende verdresche ich dich doch noch.«

»Er geht zu dem Sonnenanbeter!«, stieß Endymion hervor. »Das tut er doch? Fast jede Nacht?«

Thevestos räusperte sich. »Nun ja, das ist allein seine Sache, darüber sollten die Diener nicht klatschen.«

»Klar!« Endymion lachte rau. »Das soll niemand wissen, und ich werde hier inzwischen gemästet, bis ich reif bin.«

»Reif? Mein Junge, was die beiden tun, weiß jeder, nur reden muss man nicht darüber, und du bist der Letzte, der dieses Treiben verurteilen darf.«

Endymion wischte sich die Nase. »Was die beiden im Bett tun, das meine ich nicht. Und ich sage auch nichts mehr.«

Thevestos schlug ihm auf die Hand. »Dann kann ich dir auch nicht helfen. Du bist verstockt und aufsässig. Wenn du so weitermachst, wird Asandros dich wieder auf die Straße setzen, auch seine Geduld ist nicht endlos.«

Der Koch wandte sich wieder seiner Arbeit zu, und Endymion nahm weiter Hühner aus, dabei murmelte er Undeutliches vor sich hin. Er meinte Bescheid zu wissen, besser als die anderen.

19

Dykomedes hatte soeben ein Schreiben erhalten. Er überflog es und sann eine Weile über den Inhalt nach. Dann befahl er dem Boten, zur Silberquelle zu gehen und Asandros zu ihm zu bitten.

Asandros war höchst erstaunt über diese Einladung. Aber er machte sich sofort auf den Weg. Die beiden Männer umarmten sich herzlich. »Wie ich hörte, geht es deiner Taverne besser als mir. Aber etwas blass siehst du aus.«

Asandros lächelte flüchtig. »Das kommt von den langen Nächten und zu wenig Schlaf. Was kann ich für dich tun, Dykomedes?«

»Du wunderst dich sicher, dass ich dich rufen ließ. Ich habe ein Schreiben erhalten und möchte dich um einen Rat bitten.«

»Mich? Ich bin nicht mehr ...«

»Ich weiß.« Dykomedes bot ihm einen Becher Wein an. »Ein Rat unter Freunden ohne weitere Verpflichtung.«

»Ich bin immer bereit, dir zu helfen. Worum geht es?«

Dykomedes hielt ihm das Schreiben hin. »Man informiert mich über Vorgänge in Sparta. Dein König Eurykrates hat hohen Besuch aus dem Zweistromland.«

»Hohen Besuch?« Asandros zog die Stirn kraus. »Welche Interessen verfolgt Nebukadnezar in Sparta?«

»Eben das möchte ich wissen. Du kennst doch sicher seine wichtigsten Beamten?«

Asandros nickte. »Hast du einen Namen?«

»Es ist sein Tartan.«

Asandros wich alles Blut aus dem Gesicht, ihm rutschte der Becher aus der Hand, sein schöner weißer Chiton färbte sich rot. Sofort eilte ein Sklave herbei, aber Asandros verscheuchte ihn mit einer Handbewegung. »Der Tartan?«, wiederholte er heiser.

Dykomedes lehnte sich zurück. »Wie ich sehe, kennst du ihn. Und ihr scheint nicht gerade Freunde zu sein.«

»Freunde?« Asandros starrte abwesend auf die Weinlache am Boden. »Seinetwegen habe ich Babylon verlassen.«

»Er ist also dein Feind. Und er ist gefährlich, nehme ich an?«

»Wenn es der ist, den ich meine – immerhin ist seither einige Zeit vergangen.« Asandros bemühte sich um Fassung. »Es könnte ein anderer sein, am Euphrat herrschen unruhige Zeiten.« Ein Sklave erschien mit einem neuen Gewand, und Asandros nahm es entgegen. Er legte es neben sich.

»Darf ich das aufwischen?«

Asandros nickte und lächelte Dykomedes verlegen an. »Dein Diener muss glauben, ich sei jetzt schon betrunken.«

»Beim Zeus, lass doch den Schwachkopf! Was, wenn es der ist, den du kennst? Kann er für Athen zur Gefahr werden?«

»Wenn Midian sich Athen ausgesucht hat, verspeist er es zum Frühstück«, erwiderte Asandros grimmig.

»Athen?«, wiederholte Dykomedes. »Aber er ging nach Sparta. Was will er dort?«

»Ich weiß es nicht.« Asandros zuckte die Achseln und verbarg nur mühsam, dass er die Wahrheit ahnte. Midian in Sparta! Das konnte nur bedeuten, dass er dort nach ihm suchte. Er räusperte sich. »Zuerst muss ich mir Gewissheit verschaffen, ob es Midian ist, wenn ja, müssen wir die Augen offen halten. Er ist unberechenbar.«

»Fürchtest du ihn?«

Asandros sah Dykomedes in die Augen. »Ja.«

»Oh!« Dykomedes leckte sich nachdenklich die Lippen. »Dann ist er ein wirklicher Gegner.«

»Midian dient dem Herrn der Finsternis.«

Dykomedes zog die Brauen zusammen. »Dieser Finsterling ist doch sterblich wie jeder Mensch, oder?«

»Das sollte man annehmen.«

»Was für ein geheimnisvoller Mann!« Dykomedes fuhr sich durch den Bart. »Hast du eine Möglichkeit, geheime Verbindungen zu Sparta aufzunehmen?«

Asandros zögerte. »Ich habe dort einen Freund in gehobener Stellung. Ich werde ihm schreiben.«

Unter der Geschäftspost, die vor dem Kommandanten des Erzbergwerkes in Pharis auf dem Tisch lag, befand sich auch ein Schreiben aus Athen, gesiegelt vom Polemarcheion. Ilkanor griff neugierig danach. Es war auf feinem Pergament in einer geschwungenen Handschrift geschrieben. Bei der Anrede stutzte er:

Mein Freund Ilkanor! Der Segen der Götter ruhe auf dir und deinen Geschäften. Wie mag es dir gehen?

Habe ich einen Freund im Areopag beim Heerwesen?, dachte er kopfschüttelnd. *Das wäre verhängnisvoll für mich.* Er las weiter:

Sicher wirst du überrascht sein, von mir zu hören. Ich erfuhr, dass du die Erzbergwerke in Pharis leitest. Ich wünsche mir sehr, dass du in deiner Stellung das harte Los der Minenarbeiter etwas erleichtern kannst und es auch tust.

Ilkanor ließ wie betäubt das Schreiben sinken. »Asandros«, flüsterte er, und seine Wangen röteten sich. Niemand sonst auf der Welt würde eine solche Bitte an ihn richten. Es dauerte eine Weile, bis er sich aufraffen konnte, das Schreiben weiterzulesen:

Ich habe nach meiner Flucht nichts von mir hören lassen und denke, das war dir recht. Inzwischen, so hoffe ich, ist meine Akte so tief im Archiv vergraben, dass sie keiner mehr findet. Es ist ungehörig, dich in meiner ersten Nachricht gleich mit einer Bitte zu belästigen, aber ich verlange keinen Landesverrat von dir. Mir wurde zugetragen, dass sich der Tartan von Babylon bei Eurykrates aufhält. Du solltest wissen, dass ich zwei Jahre in Babylon war und mit dem Tartan gut bekannt bin. Allerdings weiß ich nicht, ob es sich bei diesem Besucher um denselben Mann handelt, in Babylon verliert man seinen Kopf schneller als seine Geldbörse. Kannst du mir seinen Namen mitteilen? Wenn es sich um meinen alten Freund handelt, möchte ich nicht, dass er Hellas verlässt, ohne bei mir zu Gast gewesen zu sein, so wie ich es oft bei ihm in Babylon gewesen bin. Ich warte auf deine Antwort. Mehr möchte ich diesem Brief aus verständlichen Gründen nicht mitgeben.
Asandros grüßt Ilkanor.

Ilkanor schloss die Augen. Er sah alles vor sich: den Kerker, wie er Asandros den Schlüssel übergeben, wie er ihn umarmt hatte. So lange war das her und doch schien es gestern gewesen zu sein. Er trat hinaus auf die schmale, staubige Veranda seines Hauses und sah hinüber zu den Querbalken, an denen drei Männer hingen, von Peitschenhieben zerfetzt, in der Sonne verschmachtet. »Du musstest nicht hier leben«, murmelte er. »Du bist fortgegangen. Von mir erwartet man jedes Jahr eine Steigerung der Erträge; ich besitze nicht die Geldmittel, um die Arbeitsverhältnisse zu verbessern.« Er wandte sich ab und legte das Schreiben auf den Tisch zu den übrigen. *In Babylon warst du also, und jetzt sitzt du im Areopag. Aufgestiegen bist du. Aber warum nicht? Wenn es einer verdient hat, dann du.* Er rief einen seiner Wachleute: »Klearchos!«

Der kam herbeigelaufen und stand stramm. »Klearchos, du bist doch erst seit zwei Tagen hier. Warst du nicht vorher der Eskorte zugeteilt, die diesen Babylonier geleitete?«

Klearchos nickte. »Ja, Kommandant!« – In Sparta hatte jeder Vorgesetzte einen militärischen Rang, auch wenn er mit dem Kriegswesen unmittelbar nichts zu tun hatte.

»Dann erinnerst du dich vielleicht an den Namen des babylonischen Gesandten?«

»Ja, Kommandant! Er heißt Midian.«

»Gut. Du kannst wieder gehen, Klearchos.«

Midian, dachte Ilkanor. *Ein Name, der leicht zu behalten ist.* Er setzte sich an den Tisch und rollte ein frisches Pergament glatt. Es drängte ihn, Asandros sofort zu antworten, doch dann rollte er es wieder zusammen. Diesen Babylonier sollte ich mir mit eigenen Augen ansehen, überlegte er. Vielleicht will Asandros wirklich nur seine Gastfreundschaft erwidern, vielleicht steckt aber auch mehr dahinter. Immerhin hat Sparta zu Athen nicht das beste Verhältnis.

Ilkanor kannte den Hauptmann der Palastwache und suchte ihn auf. Er fand Parmenion in dem kleinen Wachraum neben der Kaserne. Er saß vor einem klobigen Holztisch auf einer roh zusammengezimmerten Bank, das Schwert neben sich, und stützte seinen Kopf in die Hände. Seine drei Begleiter nahmen sofort Haltung an, als Ilkanor eintrat, Parmenion sah mürrisch drein. Als er Ilkanor erkannte, hellte sich seine Miene etwas auf. Er schob ihm eine Kanne mit abgestandenem saurem Wein hinüber. »Gibt es Schwierigkeiten in Pharis?«

Ilkanor goss zwei Fingerbreit in den ausgebeulten Becher, der auf dem Tisch stand, trank und verzog das Gesicht. »Nein, aber du scheinst welche zu haben.«

»Nicht gerade Schwierigkeiten.« Parmenion machte eine Kopfbewegung, und die drei Männer verließen den Raum. Er steckte sein Schwert ein und rückte zur Seite. »Seit ein paar Tagen haben wir Besuch aus Babylon. Seitdem gleicht der Palast einem aufgescheuchten Hühnerhof, und Eurykrates spreizt sich darin wie ein Gockel.«

Ilkanor schob die ungenießbare Flüssigkeit etwas von sich. »Der Tartan. Ist er wirklich ein so wichtiger Mann?«

Parmenion spuckte aus. »In Babylon mag er das sein, das Ärgernis ist nur, dass er sich hier in einer Selbstherrlichkeit aufführt, als sei Sparta eine babylonische Provinz.«

»Und Eurykrates duldet das?«

Parmenion schnaubte verächtlich. »Der König fühlt sich geschmeichelt wie eine abgetakelte Hure, zu der sich noch einmal ein reicher Freier verirrt hat. Da wurde eine Tafel hergerichtet, ich sage dir, Ilkanor, solche Sachen sieht ein spartanischer Soldat sein Leben lang nicht. Während die Babylonier schmatzten und rülpsten, durften wir strammstehen. Dann beschwerten sie sich über den Wein, und Eurykrates hatte nichts Eiligeres zu tun, als nach Ephraios zu schicken, der Attika mit seinem ekligen süßen Zeug beliefert.« Parmenion stieg die Hitze ins Gesicht, er fuhr sich durchs Haar. Für einen Spartaner redete er ungewöhnlich viel. Ilkanor hörte geduldig zu. »Ich glaube«, fuhr Parmenion fort, nachdem er sich mit einem weiteren Schluck gestärkt hatte, »dass der Tartan in seiner Heimat Kniefälle gewohnt ist. Er schaute recht ungnädig, weil wir nicht einmal mit dem Kopf nickten. Dabei sind die Babylonier es, die kein Benehmen kennen. Sie kleiden sich wie Weiber, und manche benehmen sich auch so.«

»Und was meinst du, wollen die Babylonier bei uns?«, unterbrach Ilkanor den Redefluss.

Parmenion klatschte seine breite Hand auf den Tisch und zerquetschte eine Fliege. »Niemand weiß das. Suchen sie einen Bündnispartner? Aber gegen wen? Nach dem, was ich aufgeschnappt habe, geht das Ganze über einen Höflichkeitsbesuch nicht hinaus. Dem Ephorat zeigte der Tartan die kalte Schulter, eine Versammlung in der Gerusia langweilte ihn tödlich. Er wagte es sogar, Speusippos bei seiner Ansprache zu unterbrechen, weil sie ihm zu lang war.«

Ilkanor stieß einen Pfiff aus. »Man muss sich fragen, wer ihn unterstützt, dass er sich solche Unverschämtheiten herausnimmt. Freunde macht er sich mit diesem Verhalten in Sparta kaum.«

»Freunde?« Parmenion lachte trocken. »Dieser Mann wirbt nicht um Freundschaft, er lässt durchblicken, dass *wir* uns um *seine* Freundschaft bemühen müssten. – Aber du wolltest mich sprechen, Ilkanor? Es tut mir leid, dass ich dich mit meinen Sorgen überfallen habe, das ist sonst nicht meine Art.«

»Eben wegen des Tartans bin ich hier. Ich wollte Näheres über ihn wissen, über diesen – äh – Midian?«

Parmenion nickte. »Ja, so heißt er. Und Augen hat er, so schwarz wie die Pforten des Hades. Ich sage dir, der Mann ist gefährlich.«

»Ich dachte, die Babylonier seien Weiber?«

»Der nicht. Er trägt zwar auch einen langen Rock mit Fransen und Schnüren und glitzert von oben bis unten von Gold und Silber, aber darunter steckt ein Herakles. Ich wette, er läuft nicht immer so aufgeputzt herum.«

»Dieser gefährliche Mann – ich weiß zufällig, dass er Verbindung zu einem spartanischen Verräter hat.«

»Ach! Hast du das schon dem Ephorat gemeldet?«

»Noch nicht. Ich wollte mich zuerst bei dir erkundigen.«

»Und weshalb hängt dieser Verräter noch nicht am Kreuz?«

»Weil er vor vier Jahren aus Sparta geflohen ist. Heute lebt er in Athen, und weißt du, wo er sitzt? Im Archontat, ist die rechte Hand des Polemarchen.«

Parmenion machte schmale Augen. »Woher weißt du das alles?«

»Er hat mir geschrieben.«

»Wer? Der Verräter?«

»Ja. Ich war einmal sein Freund – das war vor dieser scheußlichen Sache. Du wirst vielleicht davon gehört haben. Asandros, der Sohn des Eurysthenes.«

»Dieser Wahnsinnige, der zwölf seiner Gefährten geschlachtet hat?«

Ilkanor nickte. »Eben der.«

Parmenion hieb mit der Faust auf den Tisch. »Ich erinnere mich. Die Umstände seiner Flucht sind nie aufgeklärt worden, aber einer der Kerkerwächter war gleichzeitig verschwunden. Man vermutete Bestechung.«

»Asandros war überall sehr beliebt.«

Parmenion verzog den Mund. »Beliebt? Was soll das heißen? Welcher aufrechte Spartaner konnte ihm diese Tat verzeihen? Für einen Heloten hat er seine eigenen Landsleute getötet.«

Ilkanor seufzte. »Verabscheuenswert, in der Tat, aber lassen wir die Vergangenheit ruhen. Viel wichtiger ist, dass er ein Freund dieses Midian ist. In Babylon hat er zwei Jahre dessen Gastfreundschaft genossen.«

»Was schließt du daraus?«

»Noch nichts, aber wir müssen die Sache im Auge behalten. Könntest du es einrichten, dass der Tartan mich empfängt? Vielleicht bekomme ich heraus, was er wirklich hier will.«

»Weshalb befragst du nicht gleich das Orakel in Delphi? Diese Babylonier sind so unergründlich wie ein Sumpf.«

»Ich will es trotzdem versuchen.«

»Gut. Ich kenne den Hauptmann, der sein Quartier bewacht. Vielleicht kann er dir weiterhelfen.«

20

Midian hatte sich die Reise nach Griechenland und seine Vorgehensweise dort gründlich überlegt. Nun, nach dem Tod seiner Mutter, würde er ihr Vermächtnis erfüllen, das war er ihr schuldig. Außerdem würde ihn die Reise auf andere Gedanken bringen und endlich etwas für Abwechslung sorgen von seinen Regierungsgeschäften. Er hatte es für das Beste gehalten, mit der Würde seines Amtes aufzutreten. So war er mit einem Beamtenstab und der erforderlichen Dienerschaft aufgebrochen.

Bereits auf der Reise zur Küste hatte er festgestellt, dass die Straßen sicher waren. Weshalb also war Joram nicht längst zu ihm zurückgekehrt? In Harran ließ Midian seinen Tross zurück und machte einen Abstecher nach Jerusalem. Wie aufgescheuchte Hühner trieb er Jojakims Hofstaat vor sich her, bis er dem blassen Jüngling gegenüberstand. Der verschluckte sich vor Angst beim Sprechen, aber seinem Gestammel konnte Midian doch entnehmen, dass Joram niemals in Jerusalem angekommen war.

Diese Nachricht versetzte Midian zwei Tage in einen lähmenden Zustand. Er hielt Joram für tot. Seinen Vetter in Hebron hatte er niemals erwähnt, deshalb wusste Midian nichts von ihm. Er musste unverrichteter Dinge nach Harran zurückkehren. Der Schmerz entfachte seinen Hass. Er schickte eine falsche Nachricht an Nebukadnezar: »Jojakim plant einen Aufstand mithilfe der Ägypter. Schicke Nergalscharrussur, deinen besten Feldherrn, und zähme diesen Knaben! Mach das Felsennest am besten dem Erdboden gleich! Schone niemanden! Sonst wirst du dein Leben lang Ärger mit diesen aufsässigen Hebräern haben. Dies rät dir Midian.«

Dann brachen Midian und sein Gefolge auf nach Ugarit, wo Midian kurzerhand ein Schiff samt Kapitän mietete, um sich nach Griechenland einzuschiffen. Eingepfercht in eine Kabine, an Deck umgeben von grüngesichtigen, spuckenden Männern, wurde Midian immer gereizter. Außerdem war sein Zorn über seine vergebliche Reise nach Jerusalem noch nicht verflogen. Als der Kapitän und seine Mannschaft an Land gingen, ließ er das Schiff in der

Nacht von ein paar gekauften Strolchen in Brand setzen und ergötzte sich an dem Feuer, zumal er wusste, dass eine fünfköpfige Wache an Bord geblieben war.

Nun saß er in Sparta, und seine Männer beschwerten sich über die einfache Unterbringung und die Trostlosigkeit in der Stadt. Midian beschwichtigte sie und stellte ihnen in Aussicht, dass sie bald nach Korinth aufbrechen würden. In dieser Hafenstadt, so habe er gehört, genieße man das Leben wie in Babylon.

Midian war in einem flachen Steingebäude untergebracht, das einer Kaserne glich. Die Betten waren hart, der von Ephraios herangeschaffte Wein verwässert, das Essen geschmacklos. Midian war jetzt fünf Tage in Sparta, und er hatte es bereits satt. Dieser aufgeblasene Haufen herrischer Krieger, die glaubten, dass ihnen die Welt gehörte, weil sie so laut mit ihren Schwertern rasselten! Die niemals lachten, beim Gehen den Boden stampften wie Büffel oder steif wie ein Stock in der Gegend standen. Midians sinnenfroher Natur waren sie zuwider, und er dachte, dass Asandros es richtig gemacht hatte, ihnen den Rücken zu kehren.

Er hatte sich seines höfischen Gewandes mit Wonne entledigt und sich den grauen, aber bequemen spartanischen Peplos übergezogen. Ein Mann wie er verlor auch in diesem tristen Kleidungsstück nicht seine Ausstrahlung. Gerade trat er vor die Tür seiner anspruchslosen Behausung, als der Hauptmann Ktesias an ihn herantrat. Er hatte seine Lanze gepackt wie ein Banner und das Kinn vorgereckt wie ein Krokodil, das den Hecht bemerkt hat. Der einheimische Rock an dem babylonischen Gesandten irritierte ihn, aber ein Spartaner gab das nach außen nie zu erkennen. »Der Kommandant der Erzbergwerke möchte dich sprechen, edler Abgesandter Nebukadnezars.«

Ktesias' Zunge krümmte sich bei dieser Anrede, aber ihm war befohlen worden, dem Babylonier mit ausgesuchtem Respekt zu begegnen.

Midian erkannte den Hauptmann der Leibwache, die ihm und seinem Gefolge zugeteilt worden war. In langen, mühseligen Stunden hatte er bei einem griechischen Gewürzhändler in Babylon Griechisch gelernt und sprach es leidlich.

»Der Erzbergwerke?«, fragte Midian verwundert und schlang sich ein Band in sein langes Haar, um es hochzubinden. Ktesias war der Meinung, dass nur Weiber so lange Haare tragen sollten, aber wenn dieser Mann lächelte, war es, als blecke der dreiköpfige Zerberus die Zähne. Ein Weib war er bestimmt nicht. »Was sollte der von mir wollen? Er soll morgen wiederkommen, ich bin auf dem Weg in die Stadt.«

»Allein?«, fragte Ktesias befremdet, denn der Tartan war ohne

Begleitung vor die Tür getreten.

»Bin ich eine Jungfrau, die man nur behütet ausgehen lässt?«

»Das darf ich nicht zulassen, ich habe Befehl ...«

»Was für ein Befehl ist das? Du bleibst auf deinen Hacken sitzen. Das fehlte noch, dass ihr Sauertöpfe mich wie Schatten in die Tavernen begleitet.«

»Tavernen?« Der Babylonier brachte es fertig, selbst einen Spartaner mit offenem Mund dastehen zu lassen.

»Gasthäuser, Spelunken, Freudenhäuser, ja! Das werdet ihr doch in eurer traurigen Hauptstadt haben, oder?«

»Aber ein Mann von Rang kann dort nicht unbegleitet erscheinen.«

»Ein Mann von Rang darf sich bei euch zu Tode langweilen, was? Hör mir zu, heute Abend gibt euer Zweitkönig Archidamos einen Empfang. Ich habe nichts dagegen, wenn das Essen und der Wein so gut sind wie bei Eurykrates, aber auf euren Festen geht es mir zu steif zu. Daher muss ich mich vorher entspannen, das verstehst du doch. Ich meine, du bist doch ein Mann, auch wenn du Spartaner bist, he?« Midian grinste und packte ihn mit einem festen Griff zwischen den Beinen. »Da wird doch auch so ein harter Krieger wie du was hängen haben?«

Ktesias wurde rot. Er hätte sich gern ein Lächeln erlaubt, aber das galt als schwächlich. »Natürlich nehme ich die Gefälligkeiten käuflicher Frauen in Anspruch«, antwortete er steif, »allerdings nicht im Dienst. Wenn du solche Orte aufsuchen möchtest, werden meine Männer und ich dich in gebührlichem Abstand begleiten. Wir werden uns unauffällig in der Nähe des Hauses aufhalten und dein Vergnügen nicht stören.«

»Das hört sich schon besser an. Vielleicht kannst du mir gleich ein passendes Haus empfehlen, Hauptmann?«

Sie marschierten die leicht abschüssige Straße hinunter, vorbei an den hohen, eng stehenden Häusern, die von den spartanischen Bürgern bewohnt wurden.

Zu drei Gasthäusern hatte Ktesias ihn mittlerweile geführt, doch sie waren alle besetzt von jungen Soldaten, die Stadturlaub hatten, und alten Männern, die mit ihren Kriegserlebnissen prahlten. Midian hatte den Kopf geschüttelt. Sie erreichten den Stadtrand, wo die mehrstöckigen, engen Wohnhäuser von niedrigen Hütten abgelöst wurden; enge, gewundene Gassen durchzogen das Viertel, bewohnt von Händlern und Handwerkern.

Die Kaufleute hatten ihre Waren auf der Straße ausgebreitet, die Handwerker saßen vor ihren Werkstätten, die Kinder spielten im Straßenschmutz. Midian nickte zufrieden. Er hatte einen forschen Schritt vorgelegt. »Hier sollten wir nicht weitergehen!«, rief

Ktesias, etwas außer Atem, denn er lief in voller Rüstung.

Midian sah sich um. »Mir gefällt es hier. Und da drüben«, er wies mit dem Finger auf ein windschiefes Dach, aus dessen Luken Rauch auf die Straße zog, »sieht es mir nach einer guten Taverne aus.« Er schnupperte. »Sie braten gerade Fisch. Forelle in Zitronensoße! Darauf habe ich jetzt Appetit.« Midian ließ den Hauptmann einfach stehen und marschierte auf das Gasthaus zu. Ktesias sah, wie er sich unter der niedrigen Tür bückte und dahinter verschwand. Er schüttelte den Kopf, verteilte seine Männer im Umkreis und stellte sich selbst neben dem Stand eines Bäckers auf, der ihn misstrauisch beäugte und dann herzhaft in eine knusprige Wecke biss. Ktesias mit seinem hungrigen Magen verzog keine Miene.

Er stand nicht lange dort, da erschien Ilkanor. »Wo ist er?«

»Dort in dem strohgedeckten Gasthaus, wo der Rauch aus den Fenstern steigt. Die Harpyien mögen ihn fressen! Mit aufrechten spartanischen Kriegern wollte er nicht trinken, jetzt besucht er eine verräucherte Fischerkate bei den Eselsschändern.«

»Dann werde ich ihm dort Gesellschaft leisten.«

In der Taverne Priapos, in der es nach Fisch, Schweiß und billigem Wein roch, konnte sich Midian den besten Platz aussuchen, denn die Gäste verließen ihre Tische und drückten sich an die Wand. Die einzige Person, die nicht aus der Ruhe zu bringen war, stand am rußigen Herd und briet in einer riesigen Pfanne Fische und Garnelen. Arethusa wog mindestens zwei Zentner und hatte das Gesicht eines aufgegangenen Mehlkloßes. Ihr Haar glänzte vor Öl und war in einem gewaltigen Knoten im Nacken gebunden. Beim Anblick des Fremden schob sie anerkennend die Lippen vor und stemmte dann die Fäuste in die Hüften. »Ihr Rickenschwänze, ihr Zwiebelfresser! Setzt euch wieder auf eure Hintern, wenn ihr zu essen haben wollt.«

Midian lachte. Er trat an den Herd und hob mit spitzen Fingern eine Garnele aus dem spritzenden Fett. »Gibst du mir die?«

Der Mehlkloß grinste. »Du kannst die ganze Pfanne haben.«

»Gute Frau, du wusstest, wie hungrig ich bin.« Midian griff sich zwei schmutzige Lappen und hob die riesige Pfanne vom Feuer. Er stellte sie mitten in den Schankraum auf den Lehmboden, zog sich einen Schemel heran und rief: »Bring noch Brot und Wein, meine kugelrunde Freundin!« Er machte eine leutselige Handbewegung in die Runde. »Setzt euch wieder, ich fresse keine Spartaner, nur Fische, wie ihr seht.«

Arethusa holte von hinten eine ebenso große Pfanne, goss sie halb voll mit Öl und klatschte frische Fische und Garnelen hinein, die sie aus einem Wassereimer zog. Dann griff sie tief in mehrere

Töpfe und streute reichlich grünes, rotes und gelbes Pulver über das Ganze. Midian wusste nicht, was das war, aber das Essen schmeckte vorzüglich. Er spuckte die Garnelenschalen auf den Boden und häufte Gräte neben Gräte. Vorsichtig nahmen die übrigen Gäste wieder Platz.

»Was seid ihr denn so schreckhaft?«, fauchte Arethusa, »das ist doch kein Spartaner, der mit Blutsuppe groß geworden ist. Das ist ein Mensch. Ihr habt wohl lange keinen Menschen gesehen, ihr Stinkpflanzen!«

»Du führst ein loses Mundwerk«, lachte Midian, »gehört dir die Taverne, Rose von Sparta?«

»Natürlich, und ich mache die beste Fischpfanne weit und breit.«

»Schmeckt köstlich«, nickte Midian, wischte sich die fettigen Finger an seinem Rock ab und griff sich den nächsten Fisch. Da fiel ein Schatten auf ihn. Das zaghaft begonnene Gespräch ringsum war schlagartig verstummt. Midian drehte sich um, hinter ihm stand ein junger Spartaner mit harten Augen und kaltem Lächeln. »Darf man sich dazusetzen?«

Midian sah sich verwundert um. »Du bist hier nicht beliebt, wie? Nimm dir einen Schemel, mein Freund!« Midian wies auf die Pfanne. »Nimm dir, ich glaube, es reicht doch für zwei.«

»Nein, danke.«

Midian sah an dem Mann hoch. »Spuck den Stock aus, den du verschluckt hast, sonst kannst du wieder gehen.«

»Ich bin Ilkanor aus Pharis, mir unterstehen die Erzbergwerke dort.«

»Der bist du?« Midian hob den Krug an die Lippen und trank ihn halb leer. »Ein Sklavenschinder also. Willkommen bei Midian, dem Wolf. Willst du nicht doch einen Fisch?«

Ilkanor zog sich ebenfalls einen Schemel heran und ließ sich in gebührender Entfernung von Midians fettigen Händen und dem Haufen Gräten nieder. »Ich habe schon gegessen.«

»Weshalb bist du mir gefolgt? Schickt dich König Archidamos?«

»Nein. Asandros.«

Midians Kopf fuhr herum. Sein Blick durchbohrte Ilkanor. »Wo ist er?«

»In Athen.«

»Das weiß ich! Was heißt, er schickt dich?«

»Er hat mir einen Brief geschrieben. Darin lädt er dich in sein Haus ein – wenn du der richtige Tartan bist.« Ilkanor musterte Midian mit kundiger Miene. »Ich denke, du bist es.«

»Woher kennst du Asandros?«

»Asandros und ich wuchsen zusammen in der Agoge auf und

wurden dort zu Kriegern erzogen. Ich bin Ilkanor, der Sohn des Lysandros.«

»Ich bin Midian, der Sohn der Atargatis.«

»Du nennst dich nach deiner Mutter?«

»Ja.« Midian betrachtete Asandros' Jugendfreund eingehender. »Er schrieb dir, dass er mich einlädt? Wozu sollte er so etwas Dummes tun? Käme ich nach Athen, würde er mich ausweisen lassen.«

»Dann – stimmt es nicht, dass ihr Freunde seid?«

»Wer das behauptet, lügt, dass die Himmelskuppel herabfällt.« Midian lächelte niederträchtig. »Asandros wurde nackt aus Babylon gepeitscht, aber das hätte ich an seiner Stelle auch verschwiegen.«

»Jetzt bist du es, der lügt!«, schrie Ilkanor. Die Gäste zuckten zusammen und waren wieder still. »Niemand peitscht Asandros nackt aus einer Stadt!«

Midian hob eine abgenagte Gräte hoch und betrachtete sie. »Du magst ihn anders in Erinnerung haben, aber inzwischen ist er arg heruntergekommen.«

»So heruntergekommen, dass er jetzt im Areopag sitzt?«, höhnte Ilkanor.

»Oh, hat er das erreicht?« Über Midians Züge glitt flüchtig ein warmer Schein, dann wurde sein Lächeln wieder zynisch. »Die Athener sollen käuflich sein, stimmt das nicht?«

»Es stimmt, aber Asandros würde niemanden bestechen.«

»Du verteidigst einen Verräter und Mörder mit beredter Zunge, das wundert mich.« Midian nahm einen großen Kanten Brot und wischte das Bratenfett auf. Dann warf er ihn dem großen schwarzen Hund zu, der schläfrig neben dem Herd lag. Arethusa tätschelte das Tier mit ihrer fleischigen Hand. »Ein guter Mann, so ein guter Mann, was Pollux?«

Ilkanor warf einen kurzen Blick auf den Hund. »Asandros wurde verurteilt und floh, aber er ist kein Lump. Ihr seid also verfeindet?«

Midian zuckte die Achseln. »Was für eine Bedeutung hätte das für dich oder für Sparta?«

»Du und Asandros, ihr seid einflussreiche Männer, Athen und Sparta sind nicht eben befreundet. Weshalb bist du wirklich nach Sparta gekommen?«

»Aus meiner Mission muss ich kein Geheimnis machen. Ich will etliche wichtige Städte bereisen, um die griechische Kultur kennenzulernen. Mein König möchte einige Sitten und Gebräuche, vielleicht auch Gesetze, in seinem eigenen Land einführen.«

Das haben die Babylonier auch dringend nötig, dachte Ilkanor. Er lächelte dünn. »Und hast du in Sparta Erwähnenswertes gefunden?«

»Eure Zucht und Härte, eure Kriegskunst sind beispielhaft.«

»Es braucht Jahrzehnte, das zu lernen. Wohin gehst du demnächst?«

»Korinth, Theben, Ephesus? Was würdest du empfehlen?«

»Du willst Athen wirklich wegen Asandros meiden?«

»Ich werde es mir überlegen.« Midian setzte eine unbeteiligte Miene auf. »Ich will auch mit Priestern sprechen, fremde Götter kennenlernen, ihre Kulte, ihre Mysterien. Ich hörte von einem – hm – weisen Mann in Athen, Tyrandos – hast du je von ihm gehört?«

Ilkanor schüttelte den Kopf. »Hast du schon unseren Apollotempel in Amyklai besucht? Sein Priester Erytraios hat einen guten Ruf weit hinaus über Spartas Grenzen.«

»Danke für die Empfehlung, ich werde ihm einen Besuch abstatten. Morgen.«

21

Asandros und Joram saßen auf den Stufen des Lykeions, und Asandros riss hastig das Siegel von dem Schreiben aus Sparta. »Ich lese es dir vor«, sagte er leise, dann entrollte er das Pergament und überflog die ersten Zeilen.

Ilkanor grüßt Asandros.

Mein Herz wollte zerspringen, als ich deine Zeilen sah, aber ein Spartaner bewahrt jederzeit kühles Blut. Ich sehe dich lächeln, wenn du das liest. Ich bin froh, dass du wohlauf bist und eine geachtete Stellung hast. Ich schreibe dir das ohne Furcht, man würde es nicht wagen, meine Schreiben zu öffnen, so wie es oft mit Briefen ins Ausland geschieht.

Der Name des Tartans ist Midian. Er leugnet, dein Freund zu sein, im Übrigen ist er ein hochfahrender Mensch mit schlechten Manieren, auch wenn er blendend aussieht. Er strotzt vor Selbstgefälligkeit, und ich glaube, der einzige Mensch, dem er Achtung zollt, ist er selbst. Er behauptet, unsere Kultur und Mysterien kennenlernen zu wollen. Wenn er lacht, ist er hinreißend, aber ich weiß trotzdem, dass er lügt.

Jeden Morgen sehe ich die Sklaven und Sträflinge zu den Minen gehen, ich bin unnachsichtig mit ihnen, du würdest es grausam nennen, aber so erwartet man es von mir. Ich werde auch zukünftig meinen Posten ausfüllen, aber fortan, wenn ich sie hinausgehen sehe, werde ich wieder deine Stimme hören. Dann werde ich vielleicht etwas fühlen, zu dem ich nicht erzogen wurde.

Die Götter mögen dich beschützen, besonders Eros.

Asandros ließ das Schreiben sinken, und Joram sah Schmerz in seinen Augen. Aber was kümmerte ihn dieser Ilkanor? »Midian also!«, stieß er hervor. »Er ist meinetwegen hier, nicht wahr?«

Asandros, der in Gedanken kurz bei seinem Jugendgefährten geweilt hatte, sah Joram an. »Ich fürchte, soviel Aufwand würde er um einen Freund nicht treiben, nicht einmal deinetwegen. Oder will er seine Mutter rächen und mich töten? Nein.« Asandros starrte nachdenklich auf die nackten Zehen, die unter seinen Sandalen hervorschauten. »Es geht um etwas anderes.«

»Er muss unseretwegen hier sein«, beharrte Joram. »Der Zufall ist zu groß, den kannst du nicht erklären.«

»Zufall? Nein, das ist es nicht, wir sind durchaus betroffen, hast du seine Aufgabe vergessen? Sind wir nicht beide, ohne es zu wollen, mit ihr verbunden?«

»Jahwe?«, fragte Joram. »Du meinst, Jahwe in Griechenland?«

»Nein.« Asandros Züge wurden hart. »Nicht Jahwe, sondern die Verwirklichung der abscheulichen Vision seiner Mutter, die eurem Gott nur einige Charakterzüge entleiht. Ich fürchte, dass Midian hier die Saat seiner Mutter säen will und die Letzte, die endgültige Schlacht schlagen will – die Schlacht mit mir.«

Joram sprang von den Stufen hoch. »Bei Belial! Ich hoffe, du hast unrecht! Sagtest du nicht, dass Midian sein Amt in Babylon gemäßigt ausgeübt hat?«

»Ja, doch nach Tadmor hat sich sein Sinn sicher verfinstert. Bei Zeus, ich wünschte, er käme nur aus enttäuschtem Verlangen, er käme nur, um dich heimzuholen. Aber das ist es nicht. Er würde dich schließlich nicht in Sparta suchen.«

»Was, wenn Midian nach Athen kommt?«

Asandros sah Joram kühl an. »Ich hoffe, er kommt bald. Hier können wir seine Schritte verfolgen und möglicherweise etwas gegen sie unternehmen.«

Joram setzte sich wieder neben Asandros auf die Stufen, sah hinauf in den wolkenlosen Himmel und schlang die Arme um seinen Körper. »Mich friert an diesem heiteren Tag.«

Die Nachrichten, die den Areopag über den Tartan von Babylon erreichten, lauteten, dass er aus Sparta abgereist und sich nach Korinth begeben habe. Midians Gefolge war in der Tat mit großem Gepränge von dem Tyrannen Periandros empfangen worden, er selbst jedoch hatte sich bald abgesetzt und seine Leute mit einer entsprechenden Botschaft zu Nebukadnezar zurückgeschickt. Während man ihn wieder in Babylon wähnte, zog er als Hirte verkleidet über das Land. Er übernachtete bei gastfreundlichen Bauern und begründete sein fehlerhaftes Griechisch mit mangelnder Bildung.

In den Dörfern sorgten die Frauen dafür, dass es dem bemerkenswerten Hirten an nichts fehlte. Wenn Midian unterwegs war, versteckte er sein langes Haar unter einem fransenbesetzten Tuch. Mit einer Schultertasche für den Proviant und einem festen Stock, der auch als Waffe taugte, durchquerte er die attische Landschaft zielstrebig wie ein Wolf, der Beute wittert. Als er sich Athen näherte, fragte er die Bauern nach den Tempeln in ihrer Gegend, und sie schickten den gottesfürchtigen Mann gern auf den Weg. Midian mied die Priester, die als angesehen und klug bezeichnet wurden, er suchte die einfältigen auf. Bald erfuhr er von den geschwätzigen alten Männern, die sich in ihrer Abgeschiedenheit langweilten, über Tyrandos und die Mysterienkulte so viel, wie ein Uneingeweihter wissen durfte. Dann tischte er eine zu Herzen gehende Geschichte auf. Er sei mit einer Blutschuld belastet und werde keinen Frieden finden, ohne von ihr gereinigt zu werden.

Eifrig empfahl man ihm den Eumolpiden, und einen senilen Eremiten beeindruckte er so sehr, dass der ihm den geheimen Eingang in den Berg verriet. Der Eremit vermutete natürlich nicht, dass Tyrandos dort Unziemliches trieb; er glaubte, dass die Auserwählten durch dieses Tor geradewegs das Elysion beträten. »Erwähne nicht, dass ich es dir gesagt habe, aber dort, wo der Gang in die Erde hinabführt, bist du den Göttern am nächsten.«

»Das ist es, wonach ich dürste«, hatte Midian ihm geantwortet und sich in der Morgendämmerung die bezeichnete Stelle angesehen. Der Eingang war hinter Gestrüpp verborgen, und hätte man ihn entdeckt, man hätte ihn für die Höhle eines Raubtiers gehalten. Midian ging hinein, stand aber bald vor einer mit Eisenriegeln verschlossenen Tür. Er kehrte um, durchsuchte das Gebüsch nach einem geeigneten Versteck, und kehrte dann zu dem Eremiten zurück, der ihn mit Butter, Käse und Eiern bewirtete und ihm riet, in der Abenddämmerung auf den Priester zu warten.

Vier Abende verbrachte Midian mit der Geduld einer Katze in dem Gebüsch, dann hatte er Glück. Eine Gruppe von sechs Männern kam im Schutze der Nacht über den Hügel geritten. Midian kniff die Augen zusammen, im unsicheren Sternenschein sah er einen Mann in weitem Umhang vorausreiten. Seine Begleiter trugen Helme und waren bewaffnet. Midian spähte in die Dunkelheit, ob noch mehr Männer folgten, das geschah nicht. Seine Hand lag am Schwert, das er jetzt statt des Hirtenstabs bei sich trug. »Tyrandos?«, rief er halblaut.

Der zügelte augenblicklich sein Maultier. Der Schrecken fuhr ihm in die Glieder, ein Fremder hatte sich hier versteckt. Er kannte den geheimen Eingang zum Berg. Seine Leibwächter hielten sofort ihre Lanzen bereit. Sie starrten in die Büsche, aus der die Stimme gekommen war. Midian, der sie gut sehen konnte, lachte leise. »Tyrandos!«, rief er mit gedämpfter Stimme, »fürchte dich nicht, ich bin ein Freund.«

»Wer bist du? Sag deinen Namen!« Tyrandos war entschlossen, diesen Eindringling zu töten.

»Ich bin Midian«, kam eine dunkle, schmeichelnde Stimme.

»Ich kenne keinen Midian«, gab Tyrandos abweisend zur Antwort, während seine Begleiter sich anschickten, das Gebüsch zu umstellen.

»Ruf deine Männer zurück!«, zischte Midian. »Ich möchte sie nicht töten.«

Tyrandos machte eine Kopfbewegung, und sie stürmten mit vorgehaltenen Lanzen ins Gebüsch. Da schien es, als wüchse ein Dämon aus dem Unterholz, er brüllte wie tausend Teufel. Eine Gestalt mit fletschenden Zähnen, mächtig wehendem Haarschopf und der Behändigkeit und Stärke eines Steppenlöwen. Sein breiter Oberkörper verdunkelte den Himmel, und sein Schwertarm hob sich zum schnellen Tod.

Tyrandos sah seine Begleiter hingemäht vor sich liegen, und aus dem Gebüsch stieg ein großer, dunkler Krieger. Er trat in den Schein seiner Fackel mit dem erbarmungslosen Lächeln des erfahrenen Kämpfers und einem langen Schwert in der Hand.

Ein bezahlter Mörder!, durchzuckte es Tyrandos. Regungslos erwartete er den Todesstreich, doch Midian hob die blutige Waffe nur zur Begrüßung. »Wahrlich, du musst ein bedeutender Priester sein. Nun habe ich schon so viele Tempel besucht, doch noch niemand hat sich mit einer Leibwache umgeben und war so misstrauisch wie du.« Midian lachte kehlig. »Du musst viel zu verbergen haben, das gefällt mir.«

Tyrandos begriff, dass Midian nicht beabsichtigte, ihn zu töten. Er wagte ein dünnes Lächeln. »Wer schickt dich?«

»Der Fürst der Unterwelt.«

»Was will er von mir?« Tyrandos hatte seine Beherrschung wiedergefunden.

»Er will, dass du ihm dienst wie alle bösen Geister.«

Er kennt nicht nur den Eingang, er kennt meine Geheimnisse, dachte Tyrandos, aber es ängstigte ihn nicht mehr. Plötzlich flößte ihm dieser dunkle Fremde Vertrauen ein. Er lachte heiser. »Das tue ich bereits.«

»Aber nicht in der erforderlichen Fülle; Maßlosigkeit ist das Gesetz der Schurken. Bist du gierig nach Macht, zügellos in der Begierde und haltlos bei Schandtaten?«

Tyrandos schreckte nicht zurück vor diesem Mann, denn er spürte unfehlbar einen verwandten Geist. »Das bin ich«, gab er mit fester Stimme zur Antwort.

Midian bewunderte bei diesen Worten einmal wieder seine Mutter. »Ich weiß, und doch bist du armselig, da du nicht anstrebst, den gesamten Erdkreis zu knebeln.«

»Den ...« Tyrandos musste ein heißes Würgen hinunterschlucken. »Den gesamten Erdkreis?«

»Wolltest du dich mit weniger zufriedengeben?«

Tyrandos machte eine weit ausholende Geste. »Sei Gast in meinem Berg, geheimnisvoller Fremder!«

Tyrandos führte Midian in seine Gemächer, wo er glaubte, sicher zu sein, denn nirgendwo fühlte er sich unangreifbarer als hier. Aber die Gefährlichkeit, die von dem geschmeidigen Fremden ausging, erschöpfte sich nicht in dem überraschenden Niedermetzeln seiner Männer, sie lebte in seinen Augen. Und obwohl Tyrandos wie die meisten Priester, die ihre Sache mit den Göttern voranbringen wollten, nicht an diese glaubte, hielt er vorübergehend für möglich, dass dieser Midian wirklich aus dem Hades zu ihm heraufgestiegen war. Diesen Mann musste er nicht hinhalten mit albernen Schauspielen, diesen Mann würde vielleicht nicht einmal seine Schatzkammer beeindrucken. Tyrandos wusste, wer übermäßig reich an Gold ist, giert nach anderen Schätzen.

Midian sah sich in dem üppig mit Kissen und Samtvorhängen ausgestatteten Zimmer um, es roch nach einem aromatischen Harz. Er ließ sich mit seiner blutbespritzten Hose respektlos in die Kissen fallen. Seine Weste aus Schaffell stand über der Brust offen, und er spürte Tyrandos Blick darauf. Midian war es zufrieden. Ein Mann, der einen begehrte, war wie ein Tiger an der Leine. Man durfte sich diese Leine nur nicht selbst anlegen lassen.

Tyrandos gab draußen leise Befehle, welche die getöteten Leibwächter betrafen, dann kam er herein, ohne Mantel, bekleidet mit einfachem Chiton. Bei Midians Anblick dachte er an den wirksamen Wein, über den er verfügte, doch er verwarf diesen Gedanken und ließ Unverfängliches servieren. »Du trägst die Kleidung eines Hirten – eine Tarnung, nehme ich an?«, begann Tyrandos zwanglos das Gespräch.

»Ich hüte Schafe, so wie du, mein Freund.« Midian lehnte sich zurück, wobei seine nackte Brust sich wölbte. »Hast du davon gehört, dass der Tartan Nebukadnezars den Königen Eurykrates und Archidamos von Sparta einen Besuch abgestattet hat?«

»Es kam mir zu Ohren, doch Sparta ist nicht mein Jagdgebiet.«

»Jener Tartan sitzt vor dir.«

Midian gelang es nicht, Tyrandos aus der Fassung zu bringen, nicht einmal seine Hand zuckte. »Hättest du das draußen am Eingang gesagt, ich hätte meine Männer zurückgehalten.«

»So bleibt dir ein Eindruck, der nachhaltiger ist.«

Tyrandos lächelte matt. »Schickt dich dein König, oder spielst du dein eigenes Spiel?«

»Ich verlasse die Deckung erst, wenn es geboten scheint.«

»Ich nehme an, du wirst mir nicht verraten, wie du mein Versteck gefunden hast?«

»Es war einfacher, als du glaubst, aber das ist unwichtig.«

»Und du hast die weite Reise nur unternommen, um einen unbedeutenden Dionysospriester aufzusuchen?«

Er ist schlau, dachte Midian. *Er begreift, dass nicht Sparta mein Ziel war.* »Dein Ruf ist bis an das Ohr Marduks gedrungen und an das Ohr des großen Ahura«, tönte Midian. »Im Tempel des Baal kennt man ihn und Jahwes Heerscharen besingen ihn.«

»Was weißt du über Persephone, Orpheus, Dionysos und Demeter?«, hielt Tyrandos dagegen.

Midian hob die Schultern. »Nicht viel. Sind es nicht Gestalten, die der Wind erfunden hat, denen Wolken die Form gaben und die Nebel Wirklichkeit?«

»Und deine Götter?«

Midian breitete die Arme aus. »Spukgestalten armseliger Hirne, die die Wahrheit nicht ertragen.«

»Und was ist die Wahrheit?«, fragte Tyrandos lauernd.

»Dass die Welt schlecht ist, dass sie dem Teufel gehört und dass nur seine Diener sie genießen werden!«

Tyrandos legte bedächtig die Finger aneinander. »Aber was schlecht ist, muss gut genannt werden, und was des Teufels ist, muss im Engelsgewand daherkommen, nicht wahr?«

»Ich sehe, der weite Weg war nicht vergebens.«

»Ich ahnte nicht, dass im fernen Babylon verwandte Seelen leben.«

»Sie leben auf der ganzen Welt, Tyrandos. Und sie warten. Doch nur wenige können die Führer sein. Um es noch deutlicher zu sagen: zwei sind es, die sich die Welt teilen werden.«

»Und dabei hast du an mich gedacht?«

»Ich verbinde mich nur mit Ebenbürtigen.«

Tyrandos, der wusste, dass man den Bären mit Honig fängt,

lehnte sich zurück. »Also – was erwartest und was verlangst du von mir?«

»Ich will in die Mysterien eingeweiht werden.«

Tyrandos zögerte kurz, dann nickte er. »Und was noch?«

»Das Geheimnis, mit welchen Mitteln du die Schafe zur Tränke lockst.«

»Ich gebe vor, ihre Wünsche und Hoffnungen zu befriedigen. Außerdem bin ich – sagen wir außergewöhnlich wohlhabend. Wer durch den Aberglauben nicht ins Wanken gerät, den lässt Gold schwanken. Durch dieses Netz schlüpfen nur wenige.«

»Auch diese wenigen unschädlich zu machen, muss unser Ziel sein.«

»Und – was gewinnst du dabei?«

»Ich helfe dir, hier an Einfluss zu gewinnen, dir mehr Anhänger zuzutreiben und die Lehre weit über die Grenzen Attikas hinaus zu verbreiten. Gibt es nicht überall an den Küsten griechische Handelsniederlassungen? Jede Ansiedlung, die mehr als drei Hütten umfasst, sollte auch einen Tempel besitzen, wo ein geschulter Priester samt seinem Werkzeug ...«

»– den heiligen Geräten –«, unterbrach Tyrandos.

Midian nickte. »... mit eben diesen ausgestattet den dortigen Kaufleuten ein Teil ihres Gewinns aus der Tasche zieht und ihnen dafür den ewigen Seelenfrieden verkauft.«

»Möglicherweise undurchführbar«, lächelte Tyrandos, »aber wie reizvoll, es zu denken. Dann willst du also in Babylon auch die alten Götter stürzen und Dionysos an ihre Stelle setzen?«

Midian schüttelte den Kopf. »Wir sind uns einig, dass alle Götter auswechselbar sind. In Babylon soll es Jahwe sein, und mein Ziel ist es, seine Lehre und eure Mysterien zu einer neuen großen Bewegung zu verschmelzen. Hier im Westen magst du Persephone oder Dionysos an ihre Spitze stellen, was sind schon Namen? Wichtig sind nur die Inhalte.«

»Beim Nachen des Charon! Wir würden allmächtig«, stieß Tyrandos hervor. »Denk doch nur an den unermesslichen Reichtum, der uns zufließen würde. Ganze Reiche könnten wir kaufen, ihre Tyrannen zu unseren Spielzeugen machen.«

Midian nickte. »Ja, Macht und Reichtum sind erstrebenswert, doch ein weiteres wichtiges Ziel hast du dabei übersehen.«

»Was kann es darüber hinaus noch geben?«

Midian lächelte böse. »Die Lust am Leiden der verächtlichen Geschöpfe, die sich Menschen nennen.« Midian leckte sich die Lippen. »Es seien ihnen ewige paradiesische Freuden gegönnt – nach dem Tod. Zu Lebzeiten sollen sie keine anderen Freuden kennenlernen, als die, ausgebeutet und geschunden jenen Tag zu ersehnen, wo sich ihnen die Pforten des Todes öffnen. Doch selbst diese sollen sie mit Zittern und Zagen erwarten, denn vielen ist es bestimmt, vom schmalen Grat hinabzufallen ins Feuer der ewigen Verdammnis.«

Tyrandos Augen hatten Feuer gefangen. »Was für eine Vision! Ich selbst bin ein Liebhaber dieser Verheißung. Nur der an Leib und Seele Gemarterte wird im Elysion die höchste Seligkeit erfahren.«

»Ich weiß es«, erwiderte Midian kühl, »deshalb verbünde ich mich mit dir. Die Askese knebelt menschliches Glück aufs Vortrefflichste, und uns bleibt obendrein das Vergnügen zu wissen, dass es alle Betrogene sind.«

Die Augen der beiden Männer glühten in der Erwartung, und sie berauschten sich gegenseitig an ihren Einfällen. »Schon jetzt fühle ich mich wie Zeus, der die Donnerkeile schwingt«, lachte Tyrandos. »Ich werde den Adler des Prometheus freilassen, auf dass er sich ewig an der Leber der Menschheit sättige!«

Tyrandos Lüsternheit sprang Midian an wie ein Tiger, aber er begegnete gelassen dem schlüpfrigen Blick. »Ja, möge die Drachensaat aufgehen. Sag mir, in welchem Lager stehen unsere Feinde?«

»Wo werden sie sitzen«, erwiderte Tyrandos mit erzwungener Ruhe. »In den Gymnasien, den Stätten der Bildung und Aufklärung. Solche Orte müssten geschlossen werden.«

»Nein, aber sie sollten nur jenen offenstehen, die unsere Ziele verfolgen.«

»Einiges erreicht man mit Gold«, fuhr Tyrandos fort. »Die Hälfte der Beamten ist bestechlich, andere kann man einschüchtern. Wer mit gekauften Stimmen im Amt sitzt, ist Wachs in meinen Händen.«

»Tue hier weiterhin dein Bestes, ich werde inzwischen einen kleinen Streit anzetteln. Wohldosierte Kriegsgräuel treiben einem mehr Anhänger zu als tausend fleißige Priester.« Midian grinste. »Sparta blickt neidisch auf die Silbergruben in Laurion. Und außerdem sind ihnen die verweichlichten Athener ein Gräuel.«

»Und die Athener blicken verächtlich auf die Spartaner«, grinste Tyrandos. »Es stimmt, die beiden Städte sind Rivalen. Wir unterstützen dabei natürlich Athen.«

»Unterstütze Athen oder Sparta, was macht das aus?« Midian lachte. »Es ist doch nichts als ein großartiges Würfelspiel. Welche der beiden Städte auch immer gewinnt, wir werden aus dem verwüsteten Land stets als Sieger hervorgehen.«

Mit noch mehr Wein begossen die beiden Männer ihre grausamen Spiele, schwelgten gemeinsam in Bösartigkeiten, mit denen sie die Menschheit beglücken wollten, und berauschten sich an den eigenen Schreckensbildern, bis sie trunken vom Wein einschliefen. Über dem Berg ging die Sonne auf.

22

Achylides summte vergnügt ein Liedchen vor sich hin. Soeben kam er von Skyphios, dem er eine Zeusbüste geliefert hatte. Gleichzeitig hatte er von ihm einen neuen Auftrag für ein Gorgonenhaupt erhalten. Mit den Schlangen werde ich viel Arbeit haben, hatte er bemerkt, worauf Skyphios den Preis verdoppelt hatte. Aber nicht nur deswegen war Achylides gut gelaunt. Die Söhne des Skyphios waren richtige Augenweiden, dabei so gut erzogen. Gleich an der Haustür hatten sie dem Fuhrmann die schwere Zeusbüste abgenommen. Während der Mahlzeit warfen sie ihm scheue, bewundernde Blicke zu, die dem Künstler galten, aber Achylides deutete sie bewusst anders und plauderte munter wie ein Jüngling, wofür ihm der Hausherr und seine beiden Söhne Komplimente machten.

Achylides weilte in Gedanken noch bei diesem vortrefflichen Gastmahl. Beschwingt schritt er aus und überquerte die Agora dort, wo die Menschenmenge am dichtesten war, wo auf jeder Bank, unter jedem Baum funkelnde, schwarze Augen und schlanke Schenkel zu besichtigen waren. Ja! Die Welt war voll von schönen Knaben, und Achylides hatte das Gefühl, sie alle schauten auf sein tänzelndes Gesäß. Als er am Hephaisteion vorbeikam, dessen Säulen sich halb hinter blühenden Büschen versteckten, löste sich von dort eine Gestalt. »Bist du Achylides, der Bildhauer?«

Achylides drehte sich um. »Der bin ich mein Freund! Was –?« Er öffnete den Mund, als erwarte er ein fliegendes Brathuhn. Ein Nachtwesen von unwirklicher Schönheit, von den neidischen olympischen Göttern auf den Meeresgrund verbannt, erschien ihm am helllichten Tag. Es lächelte, und darin lag der Zauber der ganzen Welt.

»Kann ich kurz mit dir sprechen?«

Achylides schloss den Mund und fuhr sich über die Augen. Die Erscheinung blieb, ihre dunkle Stimme betäubte ihn wie Hanfsamen. »Mich sprechen?«, krächzte er.

»Ja. Gehen wir doch in den kleinen Park hinter dem Tempel, da sind wir ungestört. Hier schnattern viel zu viele Menschen, meinst du nicht auch?«

Was habe ich bei Skyphios getrunken?, dachte Achylides. *Einen Becher Wein, nein zwei waren es, aber es ist leichter Landwein ge-*

wesen. Er nickte benommen, und kurze Zeit später saß er auf einer steinernen Bank, halb verborgen unter blühendem Gesträuch, um ihn herum Stille und das göttliche Wesen neben ihm. So nah saß es, dass Achylides seinen herben Duft und seine Wärme spürte. Achylides wagte einen Blick zur Seite. Gekleidet war der Himmlische allerdings sehr erdverbunden: Derbe Sandalen, ein abgewetzter lederner Rock, gehalten von einem breiten Tuch, darüber eine Weste aus Schaffell.

Ein Satyr aus den Eichenwäldern vielleicht, überlegte Achylides. *Wenn er aus den Tiefen der Meere stammte, wäre er sicherlich nackt und hätte sich goldbraunen Tang um die Hüften geschlungen. Das hätte mir noch besser gefallen, aber dann wäre ich sicher schon einem Herzschlag erlegen. Was kann er von mir wollen? Eine Skulptur vielleicht?*

»Ich bin fremd in Athen und suche einen Freund. Vielleicht kannst du mir behilflich sein?«

Achylides musste tüchtig schlucken, bevor er antworten konnte. »Gern, wenn ich kann.« Der muntern Plaudertasche blieben die Worte auf der Zunge kleben.

»Wie ich hörte, wohnt bei dir Asandros, der Spartaner?«

»Asandros?« Achylides strömte das Blut zu Kopf. Dieser Göttergleiche war ein Freund von Asandros? Beim Hermes! Dann würde er ihn besuchen, seine unvergleichlichen Füße in sein Haus setzen – Achylides warf einen verschämten Blick auf die nackten Zehen, die gewöhnlicher Straßenschmutz zierte. »Er übernachtet manchmal bei mir, ja.« Dass Asandros ein Bordell betrieb, wollte er einem Fremden nicht gleich verraten. Er wagte es, seinen Begleiter mit dem prächtigen Haarschweif anzusehen. »Und wie ist dein Name –?« *Bewundernswerter!,* wollte Achylides hinzufügen, aber er schluckte es hinunter.

»Samaron. Hat Asandros mich nie erwähnt?«

»Samaron«, wiederholte Achylides, wobei seine Lippen mümmelten, als ließe er einen Honigkuchen darauf zergehen. »Nein.«

»Wir kennen uns aus Babylon.«

Er verstand: Das war kein Satyr, sondern ein Babylonier. Aber weshalb hatte Asandros diesen Mann nie erwähnt? »Er ist heute Abend nicht zu Hause«, brachte er schließlich heraus. »Sein Freund und er sind zu einem Gastmahl geladen.«

»Ich verstehe. Du kannst mir nicht sagen, in welchem Haus das Gastmahl stattfindet?«

»Du wirst nicht eingelassen.«

»Ich kann ja an der Pforte auf ihn warten, es ist eine milde Nacht.«

»Willst du nicht ...« Achylides schluckte und nahm all seinen

Mut zusammen. »willst du nicht lieber in meinem Haus auf ihn warten?«

»Ein großzügiges Angebot. Leider bin ich nur noch diese Nacht hier, morgen früh geht bereits mein Schiff nach Tyrus. Ich hatte Geschäftsfreunde in Korinth besucht und wollte Asandros vor meiner Abreise gern noch einmal sehen. Kannst du es mir nicht zeigen, das Haus des – äh –?«

Achylides fiel ein, dass man in Athen alle Babylonier für Lügner hielt. Er überlegte noch, was er klugerweise antworten sollte, als der Fremde seinen Arm hinter Achylides auf der steinernen Lehne ausstreckte und Achylides dabei wie zufällig berührte. Dann schenkte er ihm ein Lächeln, das Säulen zu Staub zerbröselt hätte. »Traust du mir nicht?«

Einem solchen Lächeln nicht zu vertrauen, wäre Gotteslästerung, der leichten Berührung dieses Armes zu widerstehen, sträflicher Unverstand. Achylides lehnte den Kopf vorsichtig zurück, um die warme Haut im Nacken zu spüren. »Er und Joram sind bei Sosiades«, sagte er leise.

Da wurde der Arm jäh zurückgezogen. Das Lächeln des Fremden war zu einer Maske erstarrt. »Wer, sagtest du, begleitet ihn?«

Was habe ich Furchtbares gesagt?, überlegte Achylides entsetzt. »Habe ich dich erzürnt?«

»Nein! Der Name, wie war sein Name?«

»Joram? Kennst du ihn auch?«

Der Schöne rang sich ein mühsames Lächeln ab. »Joram? Ach, ich verstand Hiram. Nein, nein, ihn kenne ich nicht. Wohnt er auch bei dir?«

»Ja, er und Asandros kamen ja gemeinsam mit der Tethys.«

Midian, der sich aus Vorsicht den Namen Samaron zugelegt hatte, schwieg etwas zu lange. Er musste viel Kraft aufbringen, um nicht vor Wut zu zittern, dann lachte er hastig und legte Achylides freundschaftlich die Hand auf den Schenkel. »Du wirst es mir doch zeigen, das Haus des Sosiades?«

Achylides Schenkel fühlte sich an wie Brotteig, in den die warme Hand des Fremden mühelos einsank. Er schloss kurz die Augen und hielt es für unmöglich, dass diese Hand höher rutschte. Sie tat es – scheinbar arglos und mit nachhaltigem Druck. »Nicht wahr?«

»Es ist eine Villa am Ilissos, gleich neben dem Heiligtum des Apollo Pythios.«

»Du vergisst, dass ich hier fremd bin. Willst du mich nicht dahin begleiten?«

Achylides Misstrauen kämpfte einen aussichtslosen Kampf gegen die Aussicht, noch eine Weile in der Nähe des Fremden bleiben zu können. Er nickte stumm.

Als Achylides mit Midian an seiner Seite über die Agora schritt, war ihm als wüchse er hoch hinaus über den Gipfel des Hymettos. Er schwebte über die Kieswege wie ein Federflaum, und er war dankbar dafür, dass es ein weiter Weg war bis an die Ufer des Ilissos. Sie mussten die ganze Stadt durchqueren.

Midian war schweigsam und schritt gewaltig aus, doch als Achylides nicht mit ihm Schritt halten konnte, drehte er sich um und wartete. »Ich bin ein alter Mann«, entschuldigte sich Achylides dunkelrot, aber Midian zog ihn kraftvoll zu sich heran und sagte: »So? Ich habe ganz andere Dinge gehört. Die hübschen Knaben Athens sollen sich darum reißen, dir nackt Modell zu stehen?«

Barmherziger Zeus!, dachte Achylides. *Ist mein Ruf so schlecht, dass bereits ein Fremder darum weiß?* In seiner Verblüffung vergaß er, sich angemessen gegen diesen Überfall zu wehren und genoss das kurze Ruhen in Midians Arm. Der ließ ihn wieder los. »Ist doch keine Schande, wenn man ein so berühmter Bildhauer ist.«

»Woher weißt du das?«

Midian zögerte nur kurz. »Nun, dein Ruf ist bis Korinth gedrungen.«

Er lügt, dachte Achylides. *Aber welche Lüge würde man ihm nicht verzeihen?* »Ich – schaffe Götter aus Marmor und Bronze«, stotterte er, »sie sind meistens nackt, weil wir Griechen die Schönheit des Körpers verehren. Findest du das unanständig?«

»Nein, durchaus nachahmenswert. Dann dürfte ich bei dir eine Aphrodite bestellen?«

»Eine Aphrodite?«, stieß Achylides enttäuscht hervor. Wenn es um seine Arbeit ging, kannte er keine Schüchternheit. »Weshalb soll sich dein Auge an glatten, weichen Formen langweilen? Nimm einen helmbewehrten Ares oder den bogenschießenden Apollo, das sind echte Herausforderungen.«

»Oder einen Phaeton«, ergänzte Midian unschuldig.

Achylides verschluckte sich beinah. »Wie kommst du darauf?«

»Aber einen ohne Rock, darauf muss ich bestehen.« Achylides sah ein fröhliches Grinsen bei Midian.

»Das weißt du also auch. Ein bisschen zu viel für einen Fremden, der erst kurz in Athen weilt.«

»Ich halte nur meine Augen und Ohren offen.«

Achylides überlegte kurz. »Könntest du deine Abreise nicht verschieben?«

»Vielleicht. Wenn du mir einen guten Grund nennst.«

Achylides wurde rot wie ein Knabe. »Würdest du mir Modell stehen?«

»Ich? Du meinst, ob ich stundenlang vor dir stillstehen will und das womöglich noch nackt?«

Achylides hob die Arme. »Beim Schild des Ares! Weshalb musst du alle Verleumdungen über mich glauben? Ich diene nur der Kunst, und wenn ich ein Kunstwerk wie dich übersehen würde, müsste mich Zeus mit Blindheit strafen. Täglich eine Stunde, wäre das zu viel, du Sonnengeborener?«

»Von mir gibt es bereits eine Figur aus Alabaster.«

»Sicher keine gute Arbeit«, meinte Achylides wegwerfend. »Asandros sagte mir, dass die babylonischen Bildhauer Stümper seien.«

»Wen würdest du denn erschaffen? Dionysos?«

»Bei der Brustwehr Achills! Einen weibischen Säufer mit aufgeschwemmtem Bauch, dem die Trauben in den offenen Mund hängen? Du gleichst jenen sagenhaften Götterbildern, die an mondhellen Nächten aus dem Meer auftauchen, um ihre Schönheit mit den Plejaden zu messen.« Achylides lief tänzelnd vor ihm her, dabei nahm er bereits mit den Armen in der Luft Maß.

»Pass auf, die Leute drehen sich bereits nach dir um.«

Achylides winkte ab. »Die kennen mich. Sie sagen, dort geht Achylides, der Bildhauer, mit seinem neuen Modell. Was könnte schmeichelhafter für mich sein?«

Und mich halten sie für den größten Trottel Athens, dachte Midian. »Das Entzücken ist auf meiner Seite«, lächelte er zurück. »Was hältst du von dem Göttervater Zeus?«

»Dieser Graubart? Dieser Frauenverführer? Nur bei seinem Mundschenken hat er Geschmack bewiesen.«

»Dann Ares oder Apoll, beide hattest du bereits genannt.«

»Gewiss, Stärke und Schönheit, du besitzt beides, und doch, das trifft es nicht. Dich umweht der Hauch ferner Gipfel und unendlicher Wüsten, dich begleitet das Flügelschlagen des Adlers, der heisere Schrei des Geiers. Du bist die dunkle Nacht, das funkelnde Firmament. Ich fühle, mit dir muss ich etwas völlig Neues schaffen. Einen – neuen Gott!«

Midians Augen funkelten. »Ein neuer Gott? Das klingt gut.«

»Du bist selbst begeistert? Die Glücksgöttin verfolgt mich! Nun brauchen wir nur noch einen Namen!«

»Wie wäre es mit – Belial?«

»Belial? Ein Name, so dunkel wie dein unergründlicher Blick.« Achylides blieb stehen und spreizte beide Handflächen. »Ich sehe es, wie ich dein Antlitz neu belebe. Deinem Lächeln schenke ich die Sanftheit einer Sommernacht, in der sich Verliebte treffen. Doch dein Körper stürmt vorwärts mit der Gewalt des Sturms, und du trägst eine Fackel, die ihren Schein gegen den schwarzen Himmel wirft.«

Midian packte die in der Luft gestaltenden Hände und hielt sie ruhig. »Es wird ein Meisterwerk«, sagte er rau, »aber du solltest keinen hellen Marmor dazu nehmen. Nimm schwarzen Basalt! Wenn du ihn polierst, glänzt er wie Obsidian.«

»Du – hast recht«, flüsterte Achylides, der Schweiß rann ihm von der Stirn. »Ach, wie du meine Hände fasst. Ich sterbe davon.«

»Dann würde dein Kunstwerk nie begonnen.« Midian ließ ihn lächelnd los.

»Basalt sagtest du? Das ist schwierig, sehr schwierig, er ist hart und splittert leicht.«

»Eine Herausforderung für einen kühnen Bildhauer wie dich.«

»Die Achylides annimmt!«, jubelte er und stieß seine Faust in den Himmel. »Im Eridanos werde ich meine Werkzeuge versenken, wenn ich nicht Belial erschaffe!«

Ja, setz mir ein Denkmal, dachte Midian. *Belials Werke sollen bald folgen und es weihen.*

Sie gingen an einer hohen Hecke entlang. »Hier ist es«, sagte Achylides. Er wies auf ein Tor, flankiert von vier dorischen Säulen. Dahinter öffnete sich ein gepflegter Garten mit Springbrunnen und Kieswegen, gesäumt von marmornen Figuren. Hinter dunkelgrünem Oleander leuchteten rote Ziegel, schimmerten weiße Stufen. Achylides blieb in achtbarer Entfernung stehen.

Eurylaos, der Türhüter, erkannte ihn, wie er unschlüssig auf und ab ging. Er rief ihn an: »He, Achylides, du bist doch nicht zu Fuß gekommen? Kannst du dir keine Sänftenträger mehr leisten?« Eurylaos warf einen flüchtigen Blick auf den hochgewachsenen Fremden neben ihm. »Und wer ist das? Ein thessalischer Schafhirte?«

»Ist Asandros unter den Gästen?«

»Er ist da, ja, aber ich fürchte ...« Eurylaos sah Midian befremdet an, »ich fürchte, ich kann euch nicht einlassen. Dich kenne ich ja, aber dein Freund ...«

»Er ist ein Freund von Asandros.«

»So? Aber gewaschen sollte man schon sein an Sosiades Tafel, und nicht nach Ziegenkäse riechen.«

Midian tat einen Schritt nach vorn, aber Achylides wagte es, ihm auf die Sandale zu treten, und er beschwor Midian, kein Aufsehen zu erregen.

Midian zögerte verblüfft, dann lachte er herzlich. »Noch nie hat jemand gewagt, mir auf die Zehen zu treten.« Er warf einen nachdenklichen Blick hinüber zu dem versteckten Gebäude, dann sah er an sich hinab. »Hm«, brummte er, »es wird ja wohl öffentliche Bäder in Athen geben und einen Basar, wo man Gewänder kaufen kann?«

»Gewänder schon, aber keine Bäder.« Achylides biss sich auf die Lippen. »Der vornehme Athener badet zu Haus, in die Bäder geht nur das – einfache Volk.«

»Einfache Schafhirten, wie ich? Worauf warten wir noch? Wenn wir zurückkommen, werden wir aussehen wie Prinzen.«

Und so geschah es, dass Achylides einen Nachmittag mit Midian erleben durfte. Zuerst gingen sie auf den Basar und kauften standesgemäße Gewänder für Midian, dann in das nächstgelegene Bad.

Ein dicker Sklave schlurfte voran und öffnete eine Kammer, in der ein Holztisch, drei Schemel und eine große Wanne standen. »Eure Kleider könnt ihr auf den Tisch legen. Warmes oder kaltes Wasser?«

»Erst warm, dann kalt«, sagte Achylides schnell. Midian war schon dabei, sich auszuziehen.

»Öle, Salben, Seife?«

»Ja, bring alles, aber vom Besten! Wir wollen duften wie eine Blumenwiese.« Als sich Achylides umdrehte, stieß er einen spitzen Schrei aus, denn Midian saß bereits nackt in der Wanne und wartete auf das Wasser. Achylides schlug sich beide Hände vor die Augen. »Du hättest ein Lendentuch anbehalten müssen! Wie soll ich jetzt zu dir in die Wanne steigen? Bin ich ein lüsterner Faun?«

»Ich bade immer nackt. Sind wir nicht unter Männern?«

»Ach, du Heuchler! Du kennst doch meine Schwäche.« Achylides behielt ein schmales Hüfttuch an und stieg mit abgewandtem Gesicht zu Midian hinein. Die Wasserträger kamen mit großen, dampfenden Eimern herein und füllten die Wanne.

Achylides verbrachte einige seiner glücklichsten Stunden in diesem Bad, und als sie es sauber, erfrischt und neu gekleidet verließen, war es bereits Nacht geworden. Sie ließen sich in einer Sänfte zu Sosiades' Villa bringen.

Als sie am Tor eintrafen, hörten sie Stimmen und Gelächter. Eine Gruppe von jungen Leuten kam durch den Garten. »Wir haben Glück«, rief einer von ihnen, »soeben ist eine Sänfte angekommen. Eurylaos, lass die Träger nicht fortlaufen!«

Ein stämmiger, bärtiger Jüngling mit weinbeflecktem Chiton lief seinen bereits schwankenden Gefährten voraus und winkte lachend. »Fünf sind wir.« Als er Midian sah, blieb er stehen. »Wer bist du denn? Dich habe ich hier noch nie gesehen.« Sein Blick fiel auf Achylides, und sein Mund verzerrte sich zu einem höhnischen Grinsen. »Oh, unser sinnenfreudiger Bildhauer! Jetzt verstehe ich. Wo hast du denn diesen feurigen Goldjungen aufgetrieben? Ich wette, der stößt noch besser als Asandros.«

Achylides holte tief Luft, doch bevor er einen Laut ausstoßen konnte, lag der Spötter schon mit blutendem Gesicht am Boden. Achylides wurde weiß wie sein Chiton. »Samaron! Was hast du getan? Das ist Dioskorides, der Sohn des Ephialtes!«

»Dann ist Ephialtes ein beklagenswerter Mann.«

Dioskorides wischte sich das Blut aus dem Gesicht und rappelte sich hoch. Obwohl er ein guter Faustkämpfer war, wagte er keinen Widerstand gegen den Fremden, der ihm fast den Kiefer gebrochen hätte. Er zog sich einige Schritte in den Schutz seiner Gefährten zurück. »Dafür wirst du hingerichtet!«, zischte er und spuckte Blut durch eine Zahnlücke.

»Ich zittere bereits.« Midian sah Eurylaos fragend an. »Dürfen wir nun eintreten, oder müssen wir uns erst so schlechte Manieren zulegen, wie dieser Gast, um des Hauses würdig zu sein?«

Eurylaos saß der Schreck noch in den Gliedern, er sah verwirrt von einem zum anderen. Wer war dieser Fremde, der es wagte, den Eupatridenspross niederzuschlagen? »Merkwürdige Freunde bringst du mit, Achylides.«

»Und ihr habt merkwürdige Gäste«, bellte Midian. »Asandros ist von diesem Mann beleidigt worden.«

»Ich habe keine Beleidigung gehört«, erwiderte Eurylaos, »du etwa, Achylides? So wird nun einmal geredet in einem Bordell.«

Midian blieb auf der Schwelle stehen. »Asandros arbeitet in einem Bordell?«

»Asandros!«, stieß Dioskorides hervor. »Der Langhaarige ist ein Freund von Asandros!« Er brachte einige Schritte zwischen sich und Midian und höhnte aus sicherer Entfernung: »Wie viele Drachmen nimmt Asandros für eine Nacht?«

Achylides wollte Midian rasch durch die Tür schieben, aber dieser wandte sich an Dioskorides: »Wäre ich in meinem Land«, zischte er ihm zu, »ich ließe dir für deine üble Nachrede die Haut abziehen und deine Zunge mit glühenden Haken herausreißen. Hier muss es mir genügen, dass du deinen Freunden ein erbärmliches Schauspiel deiner Feigheit bietest.«

»Ich würde dir raten, schnellstens in dein Land zurückzukehren, Folterknecht!«, schrie Dioskorides. »Asandros ist doch nur in der Welt herumgereist, um seinen Hintern an den Meistbietenden zu verkaufen.« Nach diesen Worten bestieg er rasch die Sänfte.

Midian warf ihr einen finsteren Blick hinterher. »So eine gehässige Schmeißfliege!«

»Vergiss ihn lieber! Dioskorides Vater ist einer der mächtigsten Männer Athens!«

Midian sah Achylides verächtlich an. »Soll ich einen Freund vor so vielen Ohren ungestraft beleidigen lassen?« Dann neigte er interessiert sein Ohr. »Was ist denn dran an dem Gerücht?«

Achylides tat, als habe er nichts gehört. »Was ist denn nun?«, fuhr er Eurylaos ungnädig an. »Wir sind gewaschen, angemessen gekleidet und duften nach sämtlichen syrischen Ölen. Worauf wartest du noch? Wenn du Bedenken hast, sag Asandros, er soll zu uns herauskommen.«

Da kam ihnen auf den Stufen der Villa der Hausherr entgegen. Sein Blick streifte Midian, dann erkannte er Achylides. Er lächelte erfreut. »Willkommen, willkommen! Dein Meleagros mit dem Eber sind Stadtgespräch. – Ich hörte, es habe am Tor eine Schlägerei gegeben?« Er sah Midian fragend an.

Der trat auf ihn zu. »Ein gewisser Dioskorides glaubte uns anbellen zu dürfen, edler –?«

»Sosiades. Ich bin der Hausherr. Und wie ist dein Name?«

»Samaron. Samaron aus Babylon.«

»Du hast dir einen gefährlichen Feind gemacht, Samaron aus Babylon«, erwiderte Sosiades mit gekrauster Stirn. »Gleichwohl, ich weiß, dass Dioskorides ein hitziges Gemüt hat. Wie kann ich dir behilflich sein?«

»Er kam mit mir«, mischte sich Achylides ein. »Er ist ein Freund von Asandros.«

»Oh!« Sosiades lächelte. »Darauf hätte ich selbst kommen können.« Er machte eine einladende Handbewegung. »Willkommen in meinem Haus, Samaron. Asandros wird sich bestimmt freuen, einen Bekannten aus Babylon wiederzusehen.«

Sosiades eilte voraus und führte Achylides und Midian selbst in das Megaron. In der Tür blieb er stehen und ließ seine Blicke schweifen. »Ich sehe Asandros nicht, aber er wird wohl bald zurückkommen. Ich setze euch zu seinen Freunden.«

Joram und Spyridon unterhielten sich angeregt; beide waren bereits angeheitert, und ihre Blumenkränze, mit denen jeder Gast geschmückt wurde, hingen etwas schief. Spyridon hatte den Eingang besser im Blick. »Sieh doch, Sosiades kommt mit Achylides. Der Schwerenöter hat es heute nicht bei seinen Marmorfiguren ausgehalten. – Wer ist denn das hinter ihm? Da erblasst ja der Olymp vor Neid und Adonis stürzt sich in den Abgrund.«

Joram wandte träge den Kopf. Dann stieß er einen erstickten Schrei aus. Jäh brach ihm der Schweiß aus.

Sosiades wollte die Männer miteinander bekannt machen, doch Midian wehrte ab. »Wir kennen uns bereits.« Dann versenkte er seinen Blick in die Augen Jorams, die ihn mit dem Ausdruck eines gehetzten Hasen anblickten. Keiner sagte ein Wort. Nach einem langen, unerträglichen Schweigen sagte Midian leise und mit grausamer Kälte: »Verräter!«

Das Schweigen wurde unerträglich. Sosiades fasste sich als Erster, er räusperte sich und sprach: »Samaron, Freund! Ich hieß dich willkommen, aber wie es scheint, bist du hier, um alte Händel auszutragen. Mein Haus ist nicht der richtige Ort dafür. Setz dich in Frieden zu uns, oder ich muss dich auffordern zu gehen.«

Midian sah ihn kühl an. »Vergib mir, ich habe die Beherrschung verloren, es wird nicht wieder vorkommen.« Er nahm Joram gegenüber seinen Platz ein, und ein bestürzter Achylides neben ihm. Dieser Samaron kannte Joram also doch. Jetzt erinnerte sich Achylides auch an seine brüske Haltung im Park, an die jähe Verdunkelung seiner Züge bei Nennung dieses Namens.

Am Tisch herrschte frostiges Schweigen. Schließlich sagte Joram mit matter Stimme: »Spyridon, bitte geh! Du hast damit nichts zu tun.«

Spyridon zögerte, Midian warf ihm einen verächtlichen Blick zu. »Geh«, wiederholte Joram, »ich bin nicht in Gefahr.«

»Darauf würde ich nicht schwören«, zischte Midian, als Spyridon sich entfernte.

Joram rang um Fassung. »Seit wann bist du in Athen? Wir dachten, du seist in Korinth?«

Midian schnippte mit den Fingern. »Seit wann bist du in Athen? Ich dachte, du seist in Jerusalem!«

Joram schluckte bitteren Speichel hinunter. »Ich habe mich für Asandros entschieden.«

In Midians versteinertem Gesicht regte sich nichts. »Du wirst dich für mich entscheiden oder für den Tod.«

Achylides stöhnte auf, verstummte aber sofort unter Midians eisigem Blick.

»Dann hättest du auch Asandros gegen dich.«

»Glaubst du, es fällt mir schwer, zwei Männer zu töten?«

Achylides stöhnte leise auf. Samaron war auch kein Freund von Asandros.

»Wenn du uns beide tötest, wirst du keine glückliche Stunde mehr im Leben haben. Reue und Verzweiflung werden dich in den Wahnsinn treiben, großer Sohn Belials!«

Midian schwieg dazu, und Achylides glaubte seinen Ohren nicht zu trauen, dass Joram auch diesen Belial kannte, der doch ein neuer Gott sein sollte.

»Weshalb sagst du nichts?«, fragte Joram herausfordernd. »Weshalb höre ich nicht die Geschichte vom sturmgepeitschten Zagros, der dein Herz so hart wie ein Fels gemacht hat?«

Midian starrte in sein Trinkgefäß und lächelte bösartig den Wein an. »In den Wahnsinn würde es mich treiben? Dann herrscht eben ein Verrückter über Babylon, das wird der Stadt guttun.«

»Lass doch solche Reden! Wir können alle drei Freunde sein, das willst du doch auch. Bist du nicht hierhergekommen, um mit uns ein vernünftiges Gespräch zu führen?«

»Ob ich mit dem Mörder meiner Mutter vernünftig reden kann, weiß ich nicht. Und als ich hörte, dass du in Athen bist, zerstob mir die Vernunft wie Asche.«

»Deine Mutter hat Asandros herausgefordert, und du weißt es.«

»Ja. Dennoch bin ich ihr Sohn und habe die Pflicht ...«

»Nein, du hast die Pflicht, zu deinen Freunden zu stehen, begreif es endlich!«

»Hast du zu mir gestanden?«

»Ich wollte dich nicht verlassen, nicht so, aber dann kam Asandros, und endlich sah ich eine Möglichkeit, frei zu werden. Frei von dir, Midian, obwohl ich dich immer noch liebe, aber mich haben die Ereignisse verändert. Ich kann nicht mehr mit der Gewissenlosigkeit eines Schwarzen Wolfes an deiner Seite jagen. Möchtest du wirklich, dass ich daran zugrunde gehe?«

Achylides war inzwischen völlig verstummt vor Entsetzen. Dieser Mann hieß gar nicht Samaron, sondern Midian, und es war jener Mann aus Tadmor, der Asandros hasste und ihn in die Verzweiflung getrieben hatte.

Midian beachtete ihn nicht. Er spielte gereizt mit seiner Weinschale. Enttäuschung und verletzter Stolz hatten ihm den Atem genommen und sein Hirn mit Mordgedanken angefüllt, doch Joram nach so vielen Monaten so nah zu sein, seine vom Wein geröteten Wangen zu erblicken, den Blumenkranz im dunklen Haar – Blumen im Haar eines Schwarzen Wolfes? Plötzlich lächelte Midian, ohne es zu wollen. Jäh verschloss er sich wieder, aber Joram hatte es gesehen, Achylides auch, und er atmete auf.

Dann sah Midian Asandros auf sich zukommen. Schimmernd schön in seinem weiß-goldenen Chiton von atemberaubender Kürze, hinreißend selbstbewusst und kühl.

Asandros hatte man die Ankunft eines gewissen Samaron gemeldet, doch nach der ersten flüchtigen Beschreibung des Besuchers wusste er, dass es Midian war. Er hatte ihn in Athen erwartet, und nun war er gekommen. Er hatte die knappen Minuten dazu genutzt, sich auf diese Begegnung vorzubereiten. Auf Midian und seinen Hass. Sein Blick streifte kurz Joram und Achylides.

Und doch siehst du nur mich, dachte Midian. *Müssen wir immer wieder dasselbe Spiel spielen? Wir müssen es wohl.* Seine Miene wurde undurchdringlich, bis auf ein feines Lächeln, das Überlegenheit beweisen sollte.

Asandros blieb vor Midian stehen und sah auf hin hinab. »Samaron? Weshalb verbirgst du dich hinter diesem kindischen Namen? Ich wusste sofort, dass du es bist, Midian.« Er nahm den Kranz aus seinem Haar und ließ ihn gelangweilt durch die Finger gleiten. »Wir dachten, du seist in Korinth?«

Midian streifte sich seinerseits einen Armreif ab und ließ ihn um den Finger kreisen. »Der Wind weht, wo er will.«

»Ich werde deine Anwesenheit selbstverständlich dem Archontat melden.«

Midian erhob sich von der Liege, um Asandros hochmütigem Blick besser begegnen zu können. »Dein gutes Recht, aber es geht ihn nichts an. Ich bin als dein Freund hier, nicht als Tartan.«

Asandros zerpflückte mit zwei Fingern eine Blüte. »Leg dich wieder hin, du erregst Aufsehen.«

»Nur, wenn du dich ebenfalls niederlegst. Wie lange, glaubst du, möchte ich den herablassenden Blick aus deiner Höhe noch ertragen?«

»Wärst du in Babylon geblieben, brauchtest du ihn nicht zu ertragen«, erwiderte Asandros kalt, zog sich aber eine Liege heran.

»Es ist nicht meine Schuld, wenn du in deiner Überheblichkeit glaubst, ich sei deinetwegen in Athen«, sagte Midian, während er nach seiner Weinschale griff. »Allerdings bin ich deinetwegen bei Sosiades. Hätte ich Athen verlassen sollen, ohne dich aufzusuchen?«

»Ich dachte, diesen Pesthauch wolltest du nie wiedersehen?«

»Tadmor? Das ist vergangener Rauch.«

Asandros hätte das gern geglaubt, aber Midians Wahrheiten waren schlüpfrig wie ein Wurm.

»Weshalb bist du dann hier?«, fragte Asandros scharf. »Wir sind alle schon sehr gespannt auf deine Antwort.«

Natürlich konnte Midian nicht antworten, weil er gerade trank, und er leerte genüsslich die ganze Schale. Nachdem er sie abgesetzt hatte, wischte er sich gemächlich den Mund und sagte: »Ich hörte, man könne dich inzwischen kaufen?«

Asandros blieb eiskalt. »Das geschah nur einmal, als ich meine Seele an dich verkaufte.«

Midian lächelte spröde. »Aber hier verkaufst du deinen Hintern an den Meistbietenden?«

Asandros blieb gelassen. »Wäre es so, so müsste ich mich dessen nicht schämen. Gewalttaten beschmutzen einen, nicht die Wollust. Und nun sprich, was tust du in Athen?«

»Ich besuchte einen Freund.«

»Den wir gern kennenlernen möchten.« Asandros ließ den Kranz an einem Finger baumeln.

Midian sah lächelnd in die Runde und zupfte seinen Rock dabei ein wenig höher. »Was spielst du so aufreizend gleichgültig mit deinem Kranz? Wir wissen doch alle, was du jetzt denkst. – Du und Joram und auch unser Freund Achylides.«

»Nein, ich nicht!«, rief der hastig.

»Was für ein schlimmer Mensch!« Midian beugte sich lächelnd hinüber zu ihm. »Woran denkst du nicht?«

»An – eh – an gewisse Dinge eben.«

Midian hob den Zeigefinger. »Sollten das etwa schmutzige Dinge sein?«

»Du lenkst von meiner Frage ab, Midian!«, kam es eisig von Asandros.

»Meinst du?« Midian streifte sich den Armreif wieder über. »Könnte es nicht sein, dass ich sie nicht beantworten will?«

»Weil du etwas zu verbergen hast? Eine Gemeinheit, eine Intrige, eine Schändlichkeit?«

»Wie schlecht du von mir denkst! Ich möchte sie noch nicht beantworten.« Er winkte einem Knaben. »Hast du für mich keinen Kranz?« Midian blinzelte Achylides zu. »Was, meinst du, passt zu mir?«

»Stechpalmen und giftiger Fingerhut!«, rief Asandros.

Achylides kam ins Stottern, der Knabe verschwand, zurück kam er mit einem Kranz roter Anemonen. »Für den Festkönig«, sagte er strahlend. Der Schwarze Wolf ließ sich bekränzen, und die Blumen verliehen ihm einen spröden Zauber.

»Die Blutstropfen des verwundeten Adonis«, flüsterte Achylides. Er hatte sich inzwischen gefasst und war dabei, Asandros besser zu verstehen. »Kennst du die Sage?«

»Nein. Erzähl sie mir.«

»Er war der schönste Jüngling, der je auf Erden gelebt hat«, seufzte Achylides. »Seine Geliebte allerdings war Aphrodite. Kann man's ändern? Wie dem auch sei, vielleicht hatte er sie satt und ging deshalb auf die Jagd, dort jedenfalls griff ihn ein wilder Eber an und verwundete ihn tödlich. Aus seinen Blutstropfen ließ die untröstliche Aphrodite das rote Buschwindröschen sprießen.«

»Wie herzbewegend!« Midian sah spöttisch auf Joram und Asandros. »Aus eurem Blut würden heute Abend Disteln wachsen, nehme ich an.«

Asandros und Joram wechselten Blicke. Sie wussten, was der andere dachte, was er fühlte. War das nicht ein Abend, geschaffen für gemeinsames Lachen, Trinken, für Umarmungen und Küsse, für Freundschaft und für Liebe? – Wenn man nur Midian vertrauen und die Vergangenheit auslöschen könnte.

Nur Achylides hatte seine gute Laune wiedergefunden. Er kannte auch nicht Dur-el-Scharan, das Tal der Pfähle und die Höhle des Xandrames. Er hatte nicht Midians Mutter gekannt und ihren heimtückischen Plan.

»Was sollen wir hier länger mit nutzlosen Sticheleien die Nacht vertändeln?«, sagte Asandros. »Gehen wir an einen Ort, wo wir wie Männer miteinander reden können. In welchem Gasthaus bist du abgestiegen?«

»Er ist natürlich heute Nacht mein Gast«, warf Achylides rasch ein.

Keiner antwortete darauf, jeder belauerte den anderen, aber aus dem Schweigen wurde Zustimmung. Asandros erhob sich schließlich und sagte kühl: »Ja, soviel ich weiß, ist das Gästezimmer frei.«

»Und seit Solons Besuch aufgeräumt«, fügte Achylides lächelnd hinzu.

23

Als Pittakos Lärm an der Pforte hörte, schlurfte er brummelnd hinaus. Achylides schickte ihn schnell wieder ins Bett. Asandros und Joram zündeten Lampen an, und Achylides fegte mit einem breiten Besen eine Schneise in den Fußboden seines Ateliers. Joram schleppte eine Liege ins Gästezimmer, da legte sich ihm Midians Hand schwer auf die Schulter. »Stell sie auf den Hof, ich schlafe draußen.«

Joram ließ sie polternd auf die Fliesen fallen und wollte in die Küche gehen, wo Asandros nach Wein und etwas Essbarem suchte, da packte Midian ihn hart am Handgelenk. »Und du schläfst bei mir heute Nacht, verstanden?«

Der Griff war schmerzhaft, und er weckte in Joram Sehnsüchte, die nie gestorben waren, nur sehr tief begraben. Er war zu schwach, die Forderung abzulehnen. »Und Asandros?«, flüsterte er.

Midian lachte leise. »Ihm lasse ich die Wahl. – Wo ist er denn?«

»In der Küche. Wir müssen doch unserem Gast etwas anbieten.«

»Verdingt sich Asandros bei Achylides als Koch?«

»Die Sklaven schlafen, es ist Nacht.«

»Oh ja.« Midian nickte ernsthaft. »Raubt ihnen nur nicht ihre Nachtruhe.« Er breitete die Arme aus. »Willkommen im Narrenhaus! Hier schlafen die Sklaven, die Gebieter fegen und kochen, und der Gast macht sich selbst das Bett.«

Asandros, der das in der Küche hörte, rief: »Joram! Komm und hilf mir tragen! Der große Krug mit Kretawein ist zu schwer für Midians schwache Arme.«

Joram lief in die Küche, während Midian halblaut rief: »Richtig!

Nicht eine Olive hebe ich auf, während die Sklaven schnarchen.«

»Er will, dass ich draußen bei ihm schlafe«, flüsterte Joram Asandros zu.

Der lächelte bitter. »Willst du nicht?«

»Ich will es, und dafür schäme ich mich.«

»Fass da drüben an!« Asandros und Joram trugen den Krug gemeinsam auf den Hof, wo Achylides bereits Fackeln an den Säulen des Laubenganges entzündet und einen Tisch aufgestellt hatte. Während Midian durch die Laubengänge schlenderte, richteten die anderen alles zum Nachtimbiss her.

Der geharzte Kreterwein ging ins Blut und löste die anfängliche Spannung. Achylides empfand olympische Wonnen in dieser Nacht. Es war eine Freude, die drei Männer zu beobachten, wie sich ihre Wangen im Streit erhitzten, wie sie lachten und sich wie zufällig berührten. Aber Achylides wusste, was der Anstand gebot. Mehrmals gähnte er auffällig und sagte schließlich: »Ein alter Mann wie ich muss jetzt schlafen gehen. Mit euch ist es reizend, aber mir fallen die Augen zu.«

Obwohl Asandros und Joram ihn baten zu bleiben, erhob sich Achylides und schwankte zu seiner Kammer. »Nein, nein, es ist Zeit, und ihr solltet auch bald schlafen gehen.«

Kaum war Achylides verschwunden, erhob sich auch Asandros. »Die Fackeln sind fast heruntergebrannt. Ich gehe auch schlafen.«

Joram stand ebenfalls auf. »Ich hole die Liege.«

Midian wischte mit einem einsamen Stück Brot das letzte Fett aus der Schüssel und fragte kauend: »Wozu ein Bett, Joram? Du und ich, wir schlafen auf dem Erdboden, genau wie damals in den warmen Sommernächten an den Südhängen des Zagros. Erinnerst du dich? Nach der großen Schneeschmelze brauste der Badhar donnernd zu Tal, und wir folgten seinem Lauf hinunter in die Dörfer.«

Asandros löschte die Fackeln. »Wie ihr wollt. Ich wünsche den Schwarzen Wölfen eine gute Nacht.« Als er bei der letzten Fackel stand, rief Midian: »Eine lass brennen, sonst fallen Joram und ich in der Finsternis noch in den Brunnen.«

Asandros wandte sich schweigend ab, da vertrat ihm Midian den Weg. »Wohin willst du?«

»In meine Kammer.«

Midian legte den Kopf zur Seite, als habe er schlecht gehört. »Was? Ich komme Tausende von Meilen angereist, und du willst allein schlafen?«

»Lass mich durch.«

»Was willst du dort? Die Kakerlaken zählen?«

»Wozu diese Heuchelei, Midian? Die tausend Meilen hast du ja nicht meinetwegen zurückgelegt. Und für dich ist doch ohnehin gesorgt. Ich nehme an, dass ihr in dieser Nacht noch einiges vorhabt.«

Midian lachte leise und sagte mit weicher Stimme: »Was das sein könnte, weißt du am besten. Ich nehme an, du hast unsere letzte Nacht in Babylon nicht vergessen?«

Asandros spürte sein Blut in der Halsschlagader pochen, und seine Augen wurden dunkel und glänzend vor Verlangen. Hastig trat er aus dem Licht der Fackel ins Dunkle, Midian hingegen trat in das Licht und ließ sich vom Feuerschein veredeln.

»Damals waren wir übereingekommen, uns nie wiederzusehen«, sagte Asandros rau. »Und Tadmor war nur ein bösartiges Zwischenspiel.«

»Das Schicksal wollte es anders, und nun bin ich hier. Du hast mir Joram entfremdet, und er folgte dir. Habe ich gewütet? Wurde ich gewalttätig? Nein! Denn was hätte ich tun sollen? Uns alle umbringen?«

Asandros hob die Hand. »Wir sind beide glücklich darüber, dass du es gelassen aufgenommen hast. Glaub mir, ich missgönne euch diese Nacht nicht. Joram hat die älteren Rechte.«

»Du verstockter Spartaner!«, schrie Midian. »Leg ihn doch endlich ab den Eispanzer, in den du dich seit Babylon geflüchtet hast. Auf der Überfahrt durfte ich kein Schifffstau anschauen, wenn ich mir vorstellte, dich bald wiederzusehen. Und du schwätzt von älteren Rechten.«

»Und ich höre noch immer deinen Schrei, aus tiefstem Hass geboren, der meinen Tod wünscht.«

Midian schloss die Augen zu einem Spalt und legte den Kopf zur Seite. »Fantasierst du?«

»Du hast nicht geschrien?«

»Bei der tiefsten der sieben Höllen! Ich schrie, weil ich ...« er zögerte, sah Asandros kurz an und wandte dann den Blick ab. »Ich schrie, weil ich unsere Freundschaft zerrinnen sah wie Sand zwischen den Fingern.«

Asandros hatte plötzlich den Wunsch, sich irgendwo anzulehnen. Der Schrei hatte nicht seiner Mutter gegolten? Die ganze Zeit war er einem fürchterlichen Irrtum erlegen? Er warf einen unsicheren Blick auf Joram, der unter einem Oleander saß und die Auseinandersetzung mit Spannung verfolgte. »Das habe ich nicht gewusst«, flüsterte Asandros.

»Nein? Weißt du überhaupt, wie es mir ergangen ist? Ich war wie betäubt vor Schmerz, Joram hatte mich verlassen, du hattest mich verlassen.« Er öffnete entsagungsvoll die Handflächen. »Ich – nun ja, ausgehalten habe ich es schon, schließlich bin ich kein Weiberrock, aber ...«

»Ich verstehe nicht, was du willst«, stieß Asandros heiser vor Erregung hervor. »Du möchtest, dass wir drei zusammen ...?«

»Mach nicht so ein entsetztes Gesicht, als hättest du ein Keuschheitsgelübde abgelegt. Drei nackte Hintern unter den Sternen von Athen, hört sich doch gut an, hm?«

»Wenn es drei Freunde wären, Midian.« Asandros bemühte sich, seine Stimme wieder unter Kontrolle zu bringen. »Deine Absichten in Athen sind mir aber noch unbekannt, und ich fürchte ...«

»Was denn?«, unterbrach Midian ihn unwillig. »Nimm an, ich wollte Blut und Feuer vom Himmel regnen lassen, so müssten wir doch diese letzte Nacht miteinander teilen, weil wir drei eins sind.« Midian öffnete langsam seinen Gürtel, und als Asandros zurückweichen wollte, packte er ihn am Arm und zog ihn zu sich in den Feuerkreis. »Komm! Zeig uns, wie standhaft du bist. Werden wir wirklich nur erloschenes Verlangen zu sehen bekommen?«

»Du kannst nicht zurück, Asandros«, warf Joram jetzt ein. »Du würdest verbrennen in dieser Nacht.«

Asandros öffnete überrascht die Lippen zu einer Antwort, die er nie geben sollte. Ihm war, als sei der letzte spröde Ast gebrochen, an den er sich geklammert hatte. Der Sturz in die Tiefe war nicht aufzuhalten. Er stolperte an Midian vorbei zum Tisch, schöpfte mit der großen Kelle Wein und setzte sie an den Mund. »Schenk mir Vergessen«, murmelte er. Und als ihn während des Trinkens Midians Arme umschlangen, seinen Gürtel und seine Schulterspangen lösten, da wusste er, es war die Quelle Lethe, aus der er getrunken hatte, die barmherzig jede Erinnerung auslöscht.

Die Sonne des darauffolgenden Tages war erbarmungsloser. Achylides hatte bereits in der Frühe einen Blick auf den Hof geworfen, dann allen Sklaven verboten, den Hof zu betreten und sie in aller Hast mit Aufgaben außerhalb betraut. Als alle aus dem Haus waren, begab sich Achylides in seine Werkstatt und begann lärmend zu arbeiten. Er räumte auf. An seine Figuren wagte er sich heute nicht. Wie hätte er auch mit sicherer Hand den Meißel führen können bei dem Anblick, der ihm am Morgen vergönnt gewesen war?

Nach einiger Zeit schaute ein verschlafener, nur mit einem Hüfttuch bekleideter Joram zu ihm hinein. »Wo sind sie alle?«, nuschelte er.

Achylides wuchtete eine halb fertige Athenebüste vom Tisch. »In der Stadt Besorgungen machen.« *Wie hübsch der Junge an diesem Morgen ist!*, dachte Achylides, fuhr aber mürrisch fort: »Hilf mir lieber, du siehst ja selbst, wie es hier aussieht.«

Joram hatte nämlich begonnen, sich als Schüler des Achylides zu betätigen, nicht im Dienste des Eros, sondern der Bildhauerei, und er stellte sich sehr geschickt an.

Er ließ sich auf einen unbearbeiteten Klotz fallen. »Im Hof sieht es noch schlimmer aus. Müssen wir das alles selbst wegräumen? Ist nicht einmal Joseba da?«

»Sie geht spazieren. Ist ja auch ein herrlicher Tag.«

Jetzt begriff Joram und stellte keine weiteren Fragen. »Dann mache ich heute das Frühstück, ist es recht?«

In der Zwischenzeit standen Midian und Asandros am Brunnen und wuschen sich. Asandros versuchte, nicht an die vergangene Nacht zu denken und vernünftig zu bleiben. »Man erwartet mich heute im Polemarcheion«, sagte Asandros. »Und man erwartet Auskünfte von mir, was deine Person angeht.«

»Was hast du ihnen über mich erzählt?«

»Nichts, was Babylon betrifft. Aber dass du undurchsichtig bist und dich sicher auf keiner Vergnügungsreise befindest.«

»Wir müssen darüber reden, nicht hier.« Midian sah sich um. »Und allein, ohne Joram.«

»Ohne Joram? Auf keinen Fall. Er wird nicht ausgeschlossen.«

»Wer will das tun, du Dummkopf? Ich will, dass wir drei eins sind, so wie in dieser Nacht.«

»Schöne Worte«, lächelte Asandros. »Ist das ein neuer Midian oder eine besonders hinterhältige Taktik?«

»Bei Belial! Ohne euch beide wäre ich unabhängig bei der Verfolgung meiner Pläne, aber leider hänge ich an euch fest wie angeleimt. Joram muss ich nicht überzeugen, er folgt mir, wenn du mir folgst. Du, Asandros, bist mein Gegner, und weil ich dich nicht vernichten kann, muss ich dich gewinnen.«

»Wofür? Für den schändlichen Plan deiner Mutter?«

»Lass uns später darüber reden«, murmelte Midian, denn Joram kam auf den Hof, in der Hand ein riesiges Tablett mit einer Fülle von Töpfen und Schälchen. Midian lief zum Tisch und beseitigte die Unordnung von letzter Nacht durch eine gewaltige Armbewegung. »Du bist ein wahres Kleinod, Joram. Weshalb hast du diese Fähigkeiten auf Dur-el-Scharan stets verborgen? Die alten Weiber hätten wir in die Schlucht stürzen können.«

Ihre Unterhaltung beim Frühstück beschränkte sich auf schlüpfrige Bemerkungen über die letzte Nacht. Danach eilte Achylides beflügelt wieder an seine Arbeit. Asandros nahm Joram zur Seite und bat ihn, an diesem Nachmittag Achylides zu helfen. »Midian möchte mit mir reden. Auch ich denke, dass die Zeit reif ist, das zu tun. Wir werden zum alten Heratempel gehen, dort ist es menschenleer.«

Joram nickte. »Gewiss. Aber vergiss nie, was immer er dir auch erzählt, du darfst ihm niemals trauen.«

»Ich bin sicher, dass er uns beide aufrichtig liebt, du nicht?«

»Was nützt das, wenn er den Rest der Menschheit hasst?«

»Ein Mensch kann sich ändern«, murmelte Asandros, aber Joram schüttelte bedrückt den Kopf. »Nicht Midian.«

24

Weit draußen vor den Stadtmauern gab es einen alten, halb vergessenen Tempel, der einmal der Hera geweiht gewesen war. Inzwischen war er verfallen, aber das machte seinen besonderen Reiz aus. Eichen und Ulmen wölbten ihre schattigen Kronen über ihm, als wollten sie seine heiligen Mauern auch weiterhin beschützen.

»Was für ein verträumter Ort«, bemerkte Midian, als er sich auf eine mit Flechten überzogene Bank setzte.

»Du wolltest einen ungestörten Ort. Ist dir der Flecken zu entrückt?«

»Es ist schön hier«, gab Midian zu. »Ein Ort, würdig des Eros, doch heute sollten wir die Schirmherrschaft der Athene erflehen.«

»Erstaunlich, wie gut du Bescheid weißt. Ja, möge ihre Weisheit unsere Worte und Taten lenken.«

Midian verschränkte die Arme. »Du hast sicher viele Fragen an mich. Fang an!«

»Weshalb bist du hier?«

»Das kannst du dir doch denken. Ich erfülle den Auftrag meiner Mutter.«

»Dann planst du Mord und Zerstörung.«

»Du urteilst voreilig. Ich bin hier, um die vielfältigen religiösen Strömungen im Land zu bündeln, zu festigen und zu verbreiten. Ebenso werde ich dafür sorgen, dass sie in die heiligen Schriften der Hebräer einfließen. Dagegen ist wohl nichts einzuwenden?«

»Es klingt harmlos«, gab Asandros zu, »aber das Ziel deiner Mutter ist Rache.«

»Vergiss die schöne Atargatis! Sie ist tot. Auf uns kommt es an! Weshalb müssen Männer wie wir sich in unsinniger Gegnerschaft aufreiben?«

»Weil es kaum zwei Männer gibt, die ernsthafter zur Gegnerschaft gezwungen sind als wir.«

Midian breitete lebhaft die Arme aus. »Licht und Finsternis? Gut und Böse? Das dachte ich auch einmal. Aber wir haben uns beide geirrt. Beide liefen wir einer Chimäre nach und merkten es nicht.«

»Welcher Chimäre bin ich nachgelaufen?«

»Du willst die Menschheit retten, ich wollte sie vernichten. Beides sind Hirngespinste, nicht wahr? Ist es nicht sinnvoller, uns in der Mitte zu treffen?«

»Was verstehst du unter der Mitte?«

»Mit unangenehmen Wahrheiten leidenschaftslos umgehen.«

»Nein! Du willst eine neue Religion, neuen Aberglauben, neue Furcht.«

Midian schüttelte den Kopf. »Freie Menschen wie du und ich brauchen keine Götter, aber wer ist schon frei? Ein rechtschaffener Mensch braucht keine Gesetze, aber wer ist schon rechtschaffen? Deshalb sind Götter wichtig, deshalb sind Gesetze wichtig.«

»Aber du willst die Menschen in ihrer Unfreiheit bestärken, du liebst keine rechtschaffenen Untertanen. Ich hingegen möchte den Menschen Mut machen, so frei zu werden wie wir.«

Midian klopfte gereizt auf den Stein. »Sinnloses Bemühen! Kannst du den Wind auf Krüge ziehen?«

»Du willst deinen Jahwe auf Krüge ziehen, der die Menschen unglücklich macht, und ich soll dir dabei helfen.«

»Das ist nicht wahr! Ich will nur, was verstreut ist, sammeln. Aus der Vielfalt schmiede ich ein Ganzes. Das wird die neue Offenbarung, an die alle Menschen glauben können.«

»Die Menschen sind mit dem Glauben zufrieden, den sie haben.«

»Was für ein verhängnisvoller Irrtum, Asandros. Gerade du solltest es besser wissen. Welcher Gott ist denn da für die Schwachen, die Sklaven und die Frauen, die du aus Erniedrigung und Knechtschaft befreien möchtest? Welcher, Asandros?«

»Diese Hilfe erwarte ich nicht von den Göttern! Hier müssen die Menschen selbst handeln.«

»Oh, diese hehren Worte! Leider sind sie nicht mehr wert als ein Hundefurz. Hast du schon einmal dabeigesessen, wenn ein Haufen Weiber zusammensitzt und schwätzt? Und die Sklaven? Gib einem Sklaven die Freiheit, und er schindet seine Sklaven doppelt. Ist es so oder nicht?«

»Ja. Du brauchst mir keine Vorträge über die menschlichen Schwächen zu halten, Midian! Aber wozu sind wir stark, wenn nicht dazu, um den Schwachen zu helfen?«

»Nun, hier sind wir uns ja einig«, lächelte Midian. »Nur über die Art der Hilfe sind wir noch uneins. Und hier ist mein Weg der richtige.«

»Der Weg eines Menschenverächters!«

»Mit den Flusskrebsen kannst du nicht vom Meer reden.«

»Lass deine Weisheiten, erkläre dich deutlicher!«

»Die Massen verstehen unsere Sprache nicht.«

»Aber dein Jahwe macht sie klug, wie?«

»Nein, aber er macht sie genügsam. Unwissen macht glücklich. Der Wissende lebt ohne Illusionen – ein hoher Preis, den nur wenige zahlen wollen. Meine Religion macht Menschen, die ihr Los zufrieden annehmen und so den übrigen nicht im Weg stehen.«

»Du bist der alte Zyniker geblieben.«

»Nein, ich sehe die Dinge nur, wie sie sind, Asandros. Während du an Wolkenschlössern baust, denke ich an eine neue Ordnung, die jedem etwas bietet.«

Asandros sah Midian nachdenklich an. »Gut, unterstellen wir, es sei so. Wo bleibt dann die göttliche Rache der Atargatis?«

Midian hob die Schultern. »Ich befolge ihre Befehle. Was die Menschen aus der neuen Religion machen, ist ihre Sache. Man kann mit einem Messer töten, aber auch Brot schneiden.«

»Das Messer in der Hand eines Mörders ist stets gefährlich, auch wenn er manchmal sein Brot damit schneidet. Wenn diese neue Religion von allen Menschen angenommen wird, ist sie ein gefährliches Machtinstrument. Wie willst du verhindern, dass es missbraucht wird?«

Midian lächelte und sah hinauf in den seidigen Himmel, der durch das dunkelgrüne Laub schimmerte. »Gar nicht. Die neue Religion wird sich stets zum Segen auswirken. Vielleicht befreit sie die Sklaven, dann jammern die Grundbesitzer. Oder sie bringt Krieg und Hungersnöte, dann jammert das Volk. Aber was sind schon irdische Qualen, wenn das Paradies auf sie wartet?«

Asandros lachte bitter. »Wie kannst du erwarten, dass ich dich dabei unterstütze?«

»Ach, ich habe nur gescherzt.« Midian stützte sich auf seine Schenkel. »Du wirst niemals das Leiden in der Welt abschaffen, aber du kannst ihm einen neuen Sinn geben. Nicht Leid vermeiden, sondern Leid mit Gleichmut ertragen, das muss das Ziel sein.«

Asandros verzog angewidert den Mund. »Du möchtest aus der Menschheit einen Wurm machen und mich zu deinem Gehilfen.«

»Willst du leugnen«, fragte Midian, »dass der Mensch durch Glück träge wird, am Leid jedoch reift? Eine Religion, die nicht das Glück, sondern Leiden zum Ziel hat, macht mehr mündige Menschen, als eure Philosophen an den Straßenecken je schaffen werden. So gesehen, bin ich der wahre Menschheitsbeglücker, und in einigen Hundert Jahren – wer weiß, dann geht der Same vielleicht auf, und es blühen deine Blumen.«

»Wenn die Zeit dafür reif ist«, murmelte Asandros.

»Was sagtest du?«

»Nichts. – Nimm an, ich fände etwas Gutes an deiner Sache. Was erwartest du von mir?«

»Dass du stillhältst. Ich will mich nicht im Kampf mit dir verschleißen.«

»Ich bin dem Heerwesen nicht mehr unterstellt. Ich kann dir nicht entgegentreten, selbst wenn ich wollte.«

»Du besitzt dein Amt nicht mehr? Was ist passiert? Wer hat dich verleumdet?«

Asandros spürte, wie Wärme ihn durchflutete, weil Midian nicht einen Augenblick annahm, es sei sein eigenes Verschulden gewesen. »Es war mein eigener Entschluss«, murmelte er. Denn in diesem Augenblick erkannte er, dass er diesen Entschluss nie hätte treffen müssen, nie hätte treffen sollen. Seine Seele war an einem Missverständnis erkrankt. Aber an der Situation ließ sich nun einmal nichts ändern. »Ich betreibe eine Taverne. Sie läuft gut, ich werde langsam ein wohlhabender Mann.«

Midian starrte ihn an. »Dann ist es wahr? Du besitzt ein Bordell?«

»Eine Taverne«, betonte Asandros. »Aber natürlich biete ich meinen Gästen auch andere Zerstreuungen an.«

»Beim heiligen Sirrusch! Ein Mann wie du! Weshalb hast du das getan?«

Asandros entschloss sich, die Wahrheit zu sagen. »Nach Tadmor musste ich ein neues Leben anfangen.«

»Ein neues Leben? Ja, aber doch nicht so eins. Willst du dein Leben lang anderen Männern die Schwänze lecken?«

»Werde doch nicht so gewöhnlich, Midian. Ich besitze die Taverne nur, ich biete mich nicht an. Aber ich überlege, ob das nicht mehr Spaß macht, als zwanzig Männer im Zweikampf zu erschlagen.«

»Ha!« Midian gab ihm einen Stoß vor die Brust. »Du warst schon immer zu weich, das war dein Fehler. Männern wie uns sollte beides gefallen.«

»Du solltest froh sein über diese Veränderung. Als Bordellwirt kann ich kaum dein Feind sein.«

»Aber du kannst meine Pläne dem Polemarchen verraten.«

»Solange es keine Unruhen gibt und die Sache zwischen dir und irgendwelchen Priestern ausgetragen wird, mische ich mich nicht ein. Dafür ist der Archon Basileus zuständig.«

Midian räusperte sich. »Vielleicht wirst du anders denken, wenn ich dir sage, mit welchem Priester ich mich verbündet habe.«

Asandros wurde blass. »Doch nicht mit Tyrandos?«

»Bei Belial, ja, mit ihm! Er ist der heimliche Herrscher Athens, wusstest du das nicht?«

»Ob ich das nicht wusste?«, schrie Asandros. »Wer weiß es nicht, dass diese Kröte überall ihr Gift verspritzt? Dass der halbe Areopag mit seinem Gold regiert, dass die Menschen ihren Verstand verlieren, wenn er zu ihnen predigt, und sich ihm ganz ausliefern. Barmherziger Gott! Du und Tyrandos! Weshalb bin ich nicht gleich darauf gekommen?«

Midian starrte auf seine Zehen. Das war der schwierigste Teil ihres Gesprächs. »Meine Mutter machte mich auf ihn aufmerksam.«

Asandros ließ sich wieder fallen und fuhr sich über die Stirn. »Tyrandos ist mein größter Feind. Ich hasse ihn abgrundtief.«

Midian lächelte anzüglich. »Weshalb? Weil er grausam ist? Lüstern? Machthungrig? Zu allen Schändlichkeiten mit Freuden bereit? Weil er so ist wie ich, Asandros?«

Asandros starrte Midian an. Diese Wahrheit entsetzte ihn.

»Und doch haben wir uns letzte Nacht alle drei unsere Liebe gestanden, oder nicht?«

Asandros zitterte vor Scham und Zorn. »Ja«, stöhnte er.

Midian stand auf und setzte sich zu ihm. »In Babylon flohen wir voreinander, ich lief meiner Schwäche davon und du deinem Gewissen. Aber zu den zärtlichen Worten, die wir gestern Nacht füreinander fanden, bekenne ich mich immer noch. Versöhn dein Gewissen und versöhn dich mit Tyrandos.«

»Tyrandos die Hand reichen?«, flüsterte Asandros. »Das geht über meine Kraft.«

»Hör mir zu, Asandros!« Midian legte den Arm um ihn. »Meine Mutter wollte, dass ich dich vernichte, aber ich habe mich geweigert.«

»Warum?«, fragte Asandros dumpf.

»Weil ich dich mehr liebe, als für mich gut ist. Weil ich nicht mehr dagegen ankämpfen will, und du solltest es auch nicht tun.«

»Für dich ist es leichter«, sagte Asandros leise.

»Nein. Wäre es nur Leidenschaft, wärest du austauschbar, und es wäre leicht. Mich einem Gefühl stellen zu müssen, das ich stets für einen gefährlichen Wahn hielt, ist hart.«

»Aber du liebst doch auch Joram?«

»Joram war nie mein Gegner, er war ein Schwarzer Wolf.«

»Lass mich die Sache überdenken«, murmelte Asandros. Schweigend saßen sie eine Weile beieinander. Asandros konnte an Midians Schulter keinen klaren Gedanken fassen. *Ich bewege mich auf einen Abgrund zu. Ich falle, falle – Traue ihm niemals, was immer er auch sagt! Ich falle ...*

Später liebten sie sich unter den Eichen, und in Midians Armen trank Asandros abermals aus der Quelle des Vergessens.

Midian hatte sich seit jener bedeutsamen Nacht nicht mehr blicken lassen. Inzwischen waren etliche Tage vergangen.

Achylides hatte ein neues Werk begonnen, einen Belial aus schwarzem Basalt. Die groben Arbeiten an der Titanengruppe hatte er seinen Gehilfen überlassen, er beschäftigte mittlerweile fünf. Die Rohform Belials hatte er bereits herausgehauen. Nachdenklich betrachtete Joram das Gebilde. Achylides arbeitete mit glühenden Wangen, er hatte Jorams Eintreten nicht bemerkt. »Belial soll er heißen?«, fragte Joram. »Wie kommst du auf diesen Namen?«

»Midian selbst schlug ihn vor. Ein Name für einen neuen Gott. Gefällt er dir nicht?«

»Nein. Belial ist kein Gott, das ist der Name eines gefährlichen Dämons.«

»Ein Dämon?« Achylides war begeistert. »Wie wundervoll! Ja, Midian ist dämonisch, findest du nicht?«

Joram befühlte den kantigen Stein. »Dämonen sind böse, Achylides.«

»Wer ist böse?« Elena lugte um die Ecke. »Darf man nähertreten?« Sie wischte sich den Schweiß aus der Stirn. »Ist das heiß heute!« Sie schlenderte heran und besah sich den schwarzen Stein. »Wann lerne ich endlich euren geheimnisvollen Gast kennen? Oder ist er abgereist?«

Joram tauchte den Zipfel eines Tuches in einen Topf mit einem weißen Brei und rieb damit eine Zeusbüste ab, bis der Marmor glänzte. »Er wohnt bei Tyrandos.«

»Bei dem Hierophanten?«

»Ja.« Joram sah sie schräg an. »Ich würde Midian an deiner Stelle aus dem Weg gehen.«

»Asandros hat mir alles über ihn erzählt.« Elena strich einem Jüngling über die bronzenen Locken. »Ich weiß, er ist gefährlich, aber hier ist nicht Babylon.«

»Und Midian ist nicht Dioskorides. Frauen wie dich frisst er zum Frühstück.«

»Wie mich?« Elena lachte, nahm Joram das weiß beschmierte Tuch aus der Hand und betupfte seine Wangen auf beiden Seiten. »Was willst du denn damit sagen?«

Joram wischte den Gips mit dem Handrücken ab. »Midians Bedarf an männermordenden Frauen ist gedeckt. Er hatte eine Mutter.«

»Oh!« Elena wandte sich an Achylides. »Hast du das gehört? Ich sei männermordend.« Sie ging zu ihm und gab ihm einen Kuss auf die Wange. Schon machte Achylides eine abwehrende Bewegung, aber sie hob den Finger. »Wehe, du wischst ihn wieder ab!« Dann hielt sie Joram den gespitzten Mund hin. »Küss mich, du männliche Circe.«

Er spitzte ebenso den Mund und berührte flüchtig ihre Lippen. »Huh, ihr leidenschaftslosen Gesellen. Da verführe ich lieber den asketischen Dionysospriester. Vielleicht macht er mich dann zu seiner Muse – Myste wollte ich natürlich sagen.« Dann zwinkerte sie Joram zu und machte eine leichte Kopfbewegung zum Ausgang hin. Joram wischte sich die mit weißem Marmorstaub bedeckten Hände an einer ledernen Schürze ab und ging mit ihr hinaus. Elena zog ihn in den Schatten des Laubenganges. »Ich muss mit dir reden, aber Achylides muss es nicht hören. Er macht sich sonst Sorgen, außerdem ist er in diesen Midian vernarrt.«

Joram spannte seine Gesichtsmuskeln. »Was weißt du?«

»Nichts. Aber es beunruhigt mich, dass dieser böse Traum in Athen ist, von dem Asandros glaubte, er sei vorüber.«

Jorams Züge verhärteten sich. »Was hat Asandros dir erzählt? Was weißt du von Midians Auftrag?«

»Ich weiß nur, dass er in Babylon irgendwelche Pläne verfolgt hat. Ihr wart beide seine Freunde, mehr als Freunde!« Elena sah Joram eindringlich an. »Aber heute scheint ihr ihn beide zu fürchten. Ist Midian gekommen, um euch zu vernichten?«

»Nein.« Joram machte eine abwehrende Handbewegung. »Nein«, wiederholte er fast beschwörend, »er hat sich mit Tyrandos zusammengetan, aber ...« Joram zögerte. »ich glaube, er liebt uns wirklich«, flüsterte er, »und dennoch wird er uns das Unheil bringen.«

»Was für ein Unheil?«

»Ich weiß nicht, was es sein wird, aber es nähert sich auf dunklen Schwingen, unaufhaltsam, denn unsere Liebe ist verdammt. Auch ich bin verflucht, Elena. Alle drei sind wir dem Verderben ausgeliefert.«

Elena starrte Joram an. »Das müssen wir verhindern!«

Joram sah Elena traurig an und schüttelte langsam den Kopf. »Man kann es nicht verhindern«, murmelte er.

»Nicht verhindern? Wir sollen alle untätig bleiben und schicksalsergeben in den Abgrund stürzen?«

Joram lächelte müde. »Midian ist dieser Abgrund, und Asandros liebt ihn mehr als sein Leben.«

»Mehr als ...« Elena verstummte. Dann zog sie die Stirn kraus. »Sagtest du nicht, dass Midian ihn auch liebt? Dass er euch beide liebt?«

Joram nickte. »Ich denke, so ist es. Aber auch er ist nur ein Getriebener, selbst er wird es nicht verhindern können.«

Auf den Stufen des Dionysostempels lagen die Menschen und erflehten Worte der Erleuchtung von Tyrandos. »Gib uns von deiner reinigenden Kraft, lass uns würdig werden, das heilige Telesterion zu betreten und die Mysterien zu erfahren, die uns den Weg zu den himmlischen Freuden weisen.«

Aber Tyrandos war nicht bei der Sache. Der Brand, der in ihm schwelte, machte ihn gereizt. Ekel über diese lästigen Wesen ergriff ihn, und so gab er barsch zur Antwort: »Was wollt ihr? Das ewige Leben? Vor mir sehe ich nur Kreaturen, die die ewige Schwärze des Tartaros verdienen. Meint ihr, ich schaue nicht in eure Herzen? Ihr seid Heuchler und Betrüger!«

»Das sind wir«, schrien sie, rauften sich die Haare und zerrissen sich die Gewänder. »Würmer sind wir, die das Paradies nicht verdienen. Doch du kannst uns rein machen, du allein!«

Tyrandos breitete die Arme aus und ließ seinen purpurn gefütterten Mantel wehen. »Wenigstens Einsicht ist bei euch. Dennoch! Hinfort mit euch! Tut Buße, bevor ihr wieder vor meinem Angesicht erscheint. Glaubt ihr, die ewige Seligkeit sei ohne Opfer zu haben? Oder auf dem Basar gegen ein paar Oboloi zu kaufen?«

»Was sollen wir tun? Wir haben deine Gebote gehalten.«

Tyrandos ließ die Hand vorschnellen wie ein zustoßender Habicht und zeigte auf den einen oder den anderen. »Geißelt euch, wenn unkeusche Wünsche oder Habgier in euch aufsteigen! Brennt euer sündiges Fleisch mit dem Eisen. Der Schmerz wird euch von schmutzigen Gelüsten befreien. Quält eure irdischen Leiber, denn sie sind verflucht, weil sie euch daran hindern, zu den Mysterien zu gelangen. Die Mysterien sind göttlich, und das Göttliche ist Geist. Nur, wer sein Fleisch verachtet, kann zu ihm aufsteigen. Wohlan! Opfert euer kurzes, irdisches Wohlergehen einem himmlischen in der Ewigkeit!«

Die Menschen schwiegen bestürzt, und Tyrandos sah ein, dass er sie zu sehr verschreckt hatte. »Indes«, lenkte er ein, »nur wenige Auserwählte besitzen so viel Stärke. Gott weiß das und ist geduldig mit euch.« Er machte eine schwungvolle Handbewegung. »Niemand soll ausgeschlossen sein vom ewigen Leben. Und nun hinweg mit euch!«

Tyrandos verschwand im Innern des Tempels, legte hastig seinen Mantel ab, legte sich einen kurzen Umhang um und verschwand durch eine Hintertür. Der Grund seiner Unruhe war Midian, den er schon etliche Tage nicht mehr gesehen hatte. Seit er den Babylonier kennengelernt hatte, war er wie eine lodernde Fackel, die Himmel und Erde in Brand setzen wollte. Nun hatte er sich für den Nachmittag wieder angekündigt. Es dämmerte schon, als Midian in seinem Haus auf dem Kolonos Agoraios eintraf. Tyrandos erwartete ihn auf den Stufen der Terrasse.

»Hellas gehört uns«, begrüßte Midian ihn mit strahlendem Lächeln.

Tyrandos öffnete die Arme und machte eine einladende Geste zum Eingang hin. Stumme Sklaven huschten vorbei. Auf der Terrasse war ein Nachtmahl angerichtet. Tyrandos erbrach das Siegel eines Kraters und schenkte ihm ein. »Palmwein. Eine phönizische Lieferung.«

»Wie aufmerksam.« Midian leerte den Becher in einem Zug. »Vorzüglich – aus der Gegend von Tadmor, würde ich sagen.«

Tyrandos stellte den Krater auf den Tisch und nahm mit gemessenen Bewegungen Platz. »Heute habe ich einen kleinen Vorstoß gewagt. Die Schafe blökten eifriger als sonst.«

Midian schenkte sich erneut ein. »Wenn wir umsichtig ans Werk gehen, wird man im Areopag unsere religiösen Bemühungen loben.« Er nahm sich einen Hirsekuchen und tunkte ihn in die Soße. »Unser gefährlichster Gegner wird stillhalten.«

Tyrandos sah ihn fragend an. »Unser gefährlichster Gegner? Bisher wusste ich nicht, dass wir einen haben, und in Athen kenne ich alle wichtigen Männer.«

»Vielleicht hast du ihn bisher unterschätzt, mein Freund. Es ist Asandros.«

»Du kennst Asandros?«

Midian konnte dem Tonfall nicht entnehmen, ob Tyrandos darüber erfreut oder entsetzt war. »Aus Babylon. Darauf hättest du auch selbst kommen können.« Er machte eine nachlässige Handbewegung. »Ich weiß, dass ihr verfeindet seid, aber das wird aufhören, verstanden?«

Tyrandos nahm sich auch einen Kuchen. »Wer behauptet, wir seien Feinde? Einmal gab es da ein Missverständnis, das ist lange her. Inzwischen übt Asandros ein Amt aus, zu dem ich ihm verholfen habe.«

»Falsch. Er übt es nicht mehr aus.«

Tyrandos zuckte die Achseln. »Ist das meine Schuld?«

Midian blies verächtlich eine Fliege von seinem Arm. »Ich bin nicht beschränkt wie deine Mysten, Tyrandos. Denen magst du erzählen, der Himmel verkauft warme Plätze, aber ich weiß, dass Asandros dich hasst. Weshalb hast du ihm geholfen?«

Tyrandos ließ sich nicht aus der Ruhe bringen. »Ja, er hasst mich, leider.« Seufzend schlug er die Enden seines Mantels keusch über seine Knie. »Aber ich habe ihn immer geliebt. Und Liebe verzeiht.« Aber insgeheim hatte es ihn verdrossen, dass sich der Spartaner auf diese Weise seinem Einfluss entzogen hatte. »Wie kannst du da von Feindschaft reden?« Er klemmte die Zipfel seines Mantels zwischen die Knie. »Kennst du auch Asandros' hebräischen Freund, diesen Joram?«

»Ja, ein großartiger Mensch, ich hoffe, du denkst ebenso?«

»Zweifellos – und so hübsch.« Tyrandos lächelte. »Wie stehst du wirklich zu den beiden Männern?«

Midian goss die letzten Tropfen in seinen Becher und sah in den leeren Krater. Tyrandos schnippte mit den Fingern. Sofort wurde neuer Wein gebracht. Midian hob den Becher. »Die beiden sind meine Freunde – bis die große Schafschur kommt.«

»Und Asandros' Schwester?«

Midian zuckte zusammen. »Asandros hat eine Schwester?«

»Das hast du nicht gewusst?«

»Ich kümmere mich nicht um Weiber.« Midian lächelte geringschätzig. »Jedenfalls nicht in solchen Angelegenheiten. Was hätte sie mit unseren Plänen zu tun?«

»Unterschätze Elena nicht. Sie hat viele Freunde und durch die Frauen, die sie betreut, Ohren in vielen Häusern.« Tyrandos berichtete kurz das Wesentliche.

Midian blieb unbeeindruckt. »Die halbe Stadt lauscht also Weibergeschwätz? Gleichgültig! Wenn sie Asandros' Schwester ist, geschieht ihr nichts.« Er lehnte sich in die Kissen und ließ den Dämon in seinen Augen tanzen. »Solange ich es für richtig halte.«

27

Midian saß auf den Stufen des Theseions und fütterte die Tauben, dabei beobachtete er das Gebäude gegenüber, in das er Asandros hatte gehen sehen. Er lächelte. Wenn Asandros zu Achylides ging, musste er auf dem Weg an ihm vorüberkommen. Für die Silberquelle war es noch zu früh. Midian ließ eine Taube auf seine Hand flattern und sah geflissentlich in die andere Richtung. Die Schritte näherten sich im Rhythmus seines eigenen Herzschlags. Warum war es immer noch so? Warum konnte er es nicht beenden? Die Schritte waren verstummt, jetzt fiel der Schatten auf ihn.

»Midian!« Wie viel Verwunderung, Schmerz und Freude legte Asandros in diesen Namen, denn er hatte ihn seit ihrem Stelldichein beim Heratempel nicht mehr gesehen. »Drehst du jetzt harmlosen Täubchen die Gurgel ab?«

Midian drehte sich um, hob den Arm, und die Taube flatterte davon. »Ich bevorzuge stärkere Hälse.« Er erhob sich. »Ich habe auf dich gewartet. Wie eine liebende Frau auf den Gatten, wie findest du das?«

»Erstaunlich. Und weshalb?« Asandros bewahrte kühles Blut, obwohl ihm Midians Anblick nach so vielen Tagen süß war wie Zimtwein.

»Wir haben uns lange nicht gesehen.« Midian legte stürmisch bewegt seine Hände auf die Brust. »Mein Herz hat dich vermisst.« Er blinzelte und grinste. »Meine Lenden auch ein bisschen.«

Asandros lachte. »Das mit dem Herz ist Schwindel.« Er wusste, in Midian hausten tausend Dämonen, aber wenn sein Dämon Charme hieß, war er unwiderstehlich. »Besuchst du uns? Irgendwo wird Joseba noch einen Kanten Brot für dich haben.«

»Und was macht mein Belial?«

»Fortschritte.«

»Ich – hörte, du hast eine Schwester? Warum hast du mir das nie gesagt?«

Asandros Miene verschloss sich. »Wozu? Elena und ich – wir sehen uns nur selten.«

»Ist sie genauso schön wie du?«

Asandros blieb stehen. »Du lässt die Finger von ihr!«

Midian hob beide Hände. »Ich bin ein Ehrenmann, wenn es sich um Schwestern handelt. Dennoch wüsste ich gern, wer der Glückliche ist, der seine Finger auf ihre – wie ich annehme samtweiche – Haut legen darf.«

»Niemand! Und du zuallerletzt!«

»Hm.« Midian lächelte vor sich hin. »Nachdem, was ich über sie gehört habe, entscheidet deine Schwester das selbst.«

»Ja, aber mach dir keine Hoffnungen. Sie weiß Bescheid über dich.«

»Das finde ich ziemlich unhöflich.« Sie bogen in das Kerameikosviertel ein. Midian stieß Asandros in die Seite. »Und du hast ihr alles erzählt? Auch unsere erste Begegnung am Fluss?«

»Waren wir einmal an einem Fluss?«

»Oh! Du hast es vergessen, ich verstehe. Dann muss ich dein Gedächtnis diese Nacht wohl auffrischen.«

Sie begaben sich in Achylides' Werkstatt, und diesem fiel bei Midians Anblick vor Freude der Meißel aus der Hand. Midian hob ihn auf, reichte ihn Achylides und bewunderte seine Statue, die bis auf das Abschleifen und Polieren fertig war. Joram kam herein, in jeder Hand eine kleine Skulptur, und blieb wie angewurzelt stehen. Ihm folgte Josebas kleine Tochter. Sie stellte sich vor Midian hin. »Wer bist du?«

»Ich bin Midian.« Er holte Nüsse aus seiner Gürteltasche und häufte sie in die kleinen Hände, dabei zwinkerte er Joram zu. Joram lächelte, weil Midian das erwartete.

Josebas Tochter lief mit den Nüssen hinaus. »So ein folgsames Kind«, sagte Midian, Achylides nickte, nur Joram sah Midians verächtlichen Blick, den er dem Kind einer Sklavin nachwarf.

»Du warst lange fort. Was für Neuigkeiten dürfen wir über Tyrandos erfahren?«, fragte Joram und stellte die Skulpturen an die Wand.

»Er ist sehr beschäftigt, er bereitet die Mysterien vor.« Midian ging auf ihn zu, umarmte ihn und küsste ihn freundschaftlich auf die Wange. »Ich wohne bei Tyrandos, weil er ein geräumiges Haus hat. Aber ich vermisse euch.«

»Wir haben dich auch vermisst«, sagte Achylides. »Aber bald ...« Er wies auf sein Werk. »Bald werden wir dich für immer bei uns haben, Anbetungswürdiger!«

Midian zog Achylides lachend in seine Arme und drückte ihm einen schmatzenden Kuss auf die Stirn. »Wahrlich! So muss man mich anreden.« Er ließ den nach Atem ringenden Mann los und wandte sich an Asandros und Joram. »Habt ihr es gehört? Anbetungswürdig! Wenigstens einer, der meine Bedeutung begreift!«

Gut gelaunt begaben sie sich ins Esszimmer. Midians Überschwang war ansteckend. Er gab sich Mühe, denn er wollte mit beiden schlafen. In Athen war er auf schmale Kost angewiesen. Die Huren selbst der schmierigsten Bordelle wunderten sich über den starken Mann, der stets nur Handlangerdienste verlangte. Einige boten sich unentgeltlich feil, aber er wollte sich auf nichts einlassen.

Noch nicht. Später freilich, wenn er und Tyrandos die religiösen Bräuche um besondere Riten erweitert haben würden – Handlungen, welche die Eifrigsten im Eilverfahren ins Paradies beförderten –, dann käme man jede Nacht auf seine Kosten.

Mitten im angeregten Gespräch trat ein Bote ins Zimmer und überbrachte ein Schreiben des Obersten Gerichtshofes. Ahnungslos nahm Asandros es entgegen, entließ den Boten mit freundlichem Nicken und öffnete die Wachstafel. Sie trug Solons Siegel. Rasch überflog er das Schreiben. Midian und Joram sahen, dass Asandros blass wurde. Er las es zweimal, dann ließ er es sinken und klappte es zu.

»Schlechte Nachrichten?«, fragte Joram.

»Alles Geschriebene enthält schlechte Nachrichten«, brummte Midian. »Ein mutiger Mann sagt frei heraus, worum es geht. – Worum geht es denn?« Trotz seiner Abneigung gegen Geschriebenes beugte er sich neugierig nach vorn.

»Eine Anklage«, murmelte Asandros. »Sie laden mich auf den Areshügel. Zwei Tage vor dem Fest des Schlachtenhelfers Apollo.«

»Solon?«, rief Joram. »Unmöglich!« Auch er hatte das Siegel des

Eponymos erkannt.

Midians hob die Augenbrauen. »Sieh mich nicht so an, Asandros, ich habe damit nichts zu tun. Wie lautet die Anklage?«

»Der Ankläger ist Dioskorides, der Sohn des Ephialtes. Die Anklage lautet auf ...« Asandros zögerte, sein Blick flatterte, und seine Knöchel traten vor Anspannung weiß hervor. »Auf Inzest«, schloss er tonlos.

»Oh!« Midian und Joram tauschten einen schnellen Blick. Midians Lippen spannten sich genüsslich. »Und ist daran etwas Wahres?« Die Sache gefiel ihm, sie würde vielleicht spannend werden.

»Der Mann lügt natürlich!«, schnaubte Joram. »Ich kenne den Kerl. Elena hat ihn geohrfeigt, dafür will er sich jetzt rächen.«

»Dioskorides, Sohn des Ephialtes«, wiederholte Midian nachdenklich. »Ich glaube, den kenne ich auch. Ein erbärmlicher Wicht, verlogen und feige.« Er zuckte die Schultern und hieb Asandros auf die Schulter. »Ich nehme ihn mir in einer dunklen Gasse vor, er wird wünschen ...«

»Trottel!«, zischte Asandros. »Glaubst du, dazu bin ich nicht selbst Manns genug? Hinter Dioskorides steht sein Vater Ephialtes, einer der mächtigsten Männer Athens, doch was noch wichtiger ist ...« Asandros holte tief Atem. »Die Anschuldigung ist wahr.«

Joram schlug sich die Hände vor die Stirn. »Bist du von den Göttern verlassen, Asandros? Das kann deine Verbannung aus Athen bedeuten!«

Midian umarmte Asandros. »Hör nicht auf diesen hebräischen Spießer. Was geht es den Gerichtshof an, wo du dein Wasser abschlägst? Oder hast du ihr ein Kind gemacht?«

»Nein – das heißt«, fügte Asandros hastig hinzu, »ich hoffe nicht. »Elena hat gesagt, sie kann sich schützen.«

»Na dann!« Midian klopfte ihm beruhigend auf den Rücken. »Mach dir keine Sorgen um diese Verhandlung, sie wird nicht stattfinden.«

»Verstehe. Du willst den Areopag ausrotten?«, spottete Asandros.

»Nein, du wirst einfach nicht hingehen, weil man dich wieder ausladen wird. Und nun ...« Midian machte eine unanständige Handbewegung – wir drei machen uns dabei bestimmt nicht strafbar, schließlich sind wir keine Brüder.«

28

Als Midian am nächsten Morgen in das Haus des Eleusispriesters zurückkehrte, dachte er vor dem Einschlafen noch eine Weile über die schönen Stunden nach, die er mit den beiden Männern verlebt hatte. Mit Asandros und Joram zusammen zu sein, war nicht nur ein vorübergehender Rausch, es waren glückliche Augenblicke, wie er sie zum ersten Mal mit Asandros am Fluss erlebt hatte. Dieses Erlebnis hatten sie nie wiederholen können, doch hier in Athen verspürte er ähnliche Empfindungen. Nicht so wild und überschäumend wie in dem schlingernden Boot, wo er zum ersten Mal als Mann nicht versagt hatte. Das Gefühl war sanfter, ruhiger, aber auch nachhaltiger.

Vom Hof her hörte er Tyrandos seinen Dienern etwas zurufen, und als er seine Stimme vernahm, kroch plötzlich ein Ekelgefühl in ihm hoch. Vor Tyrandos, dessen Seele an die Fäulnis von Gräbern erinnerte und mit dem er sich verbünden wollte. Wollte er es denn? Oder hatte er sich mit ihm damals im Berg nur an den eigenen Worten berauscht? War nicht alles der perfide Plan seiner Mutter gewesen, und war er verpflichtet, ihn zu erfüllen? Nur, wenn er selbst davon überzeugt war, aber war er das? Hatte er nicht Babylon in Nebukadnezars Abwesenheit vorbildlich verwaltet? Wer hatte ihn dazu gezwungen? Niemand. Und wenn es niemand war, dann musste diese Entscheidung aus seinem Innern gekommen sein. Weshalb sollte er die Menschheit in Verzweiflung stürzen wollen, wenn er doch auf das Aufblühen Babylons stolz war? Das passte nicht zusammen.

Was mochte inzwischen in der Stadt der Götter vor sich gehen? Stand auch ohne ihn dort alles zum Besten? War er entbehrlich? Das wäre ein Ärgernis. Plötzlich sehnte er sich danach, die Stadt am Euphrat und die blauen Ziegel des Ischtartores wiederzusehen.

An diesem Morgen dauerte es lange, bis er endlich in den Schlaf fiel. Das Grübeln hatte ihn wachgehalten. Und er war zu einem Entschluss gekommen. Er würde die Sache mit Tyrandos vergessen und nach Babylon zurückkehren. Aber vor seiner Abreise hatte er noch etwas zu erledigen. Etwas sehr Wichtiges. Er musste es bald tun.

29

Elena umarmte ihre letzten Schülerinnen und geleitete sie zum Tor. Zuletzt küsste sie Phryne und versicherte ihr zum wiederholten Mal, dass Asandros keine andere als sie zur Ehefrau nehmen würde. Sie erinnerte sie daran, morgen zum Symposion zu kommen und Spyridon mitzubringen.

Als die Letzten gegangen waren, war es dunkel. Elena rief nach

Larissa und ließ sich ihren Mantel bringen.

»Du gehst noch aus? Allein und zu Fuß?«

Elena strich ihr über die Wange. »Du weißt doch, dass ich ausgebildet wurde, mich gegen Flegel zu verteidigen, außerdem ist es ein milder Abend.«

Sie warf sich den Mantel über und bedeckte ihre Locken mit einer Kapuze. Bis zum Kolonos Agoraios war es ein Fußweg von einer halben Stunde. Er ging stetig bergan, Tyrandos Haus lag auf einem Hügel. Elena hatte es nicht eilig. Während Fußgänger und Sänften an ihr vorübereilten, überdachte sie ihr Gespräch mit Joram. Tyrandos war einer der ersten Männer gewesen, der ihr Haus am Achäischen Tor besucht hatte. Ein aufgeschlossener Geist, dieser Priester, hatte sie geglaubt. Er hatte sie in ihrem Tun ermutigt, und seinem Beispiel war es auch zu danken, dass andere Athener den Weg zu ihr gefunden hatten. Doch jetzt war sie von seinen reinen Absichten nicht mehr überzeugt und wollte ihn zur Rede stellen.

Aber Tyrandos war nicht zu Hause. Der Gebieter befinde sich in Eleusis, sagte der Hausverwalter, und er wisse nicht, wann er den Herrn zurückerwarten dürfe. Aber wenn sie eine Nachricht hinterlassen wolle?

Elena spähte misstrauisch zum Portal des Hauses. »Merkwürdig«, log sie unbekümmert, »der Hierophant hatte mich bei unserem letzten Treffen gebeten, ihn heute Abend aufzusuchen.«

»Der Gebieter ist sehr beschäftigt. Möglich, dass es ihm entfallen ist«, erwiderte der Hausverwalter. »Aber der babylonische Gesandte, der augenblicklich unser Gast ist, ist anwesend. Vielleicht möchte die Herrin ihn sprechen? Er vertritt den Gebieter in wichtigen Angelegenheiten.«

»Midian?«, entfuhr es Elena unbedacht.

Des Hausverwalters Miene blieb unbewegt. »Das ist sein Name. Darf ich dich melden?«

»Elena aus Sparta«, erwiderte sie beherrscht, doch ihr Herz klopfte unruhig wie ein gefangener Vogel. Jetzt würde sie diesem Verhängnis im Leben ihres Bruders zum ersten Mal gegenübertreten.

Tyrandos' Villa besaß zwei Höfe. Der Zweite, der gewöhnlich Frauen vorbehalten war, stand bei Tyrandos hohen Gästen offen. Jetzt wohnte dort Midian. Er hatte geschlafen, um wach zu sein für die Nacht. Nach dem Diener, der ihn geweckt hatte, warf er eine bronzene Schale. Midian zielte gut, deshalb verfehlte sie den Kopf des Unglücklichen. Es wäre lästig gewesen, die Diener zu oft zu wechseln. Ein neuer Sklave machte vieles falsch, was das Wohlbefinden seines Gebieters beeinträchtigt hätte.

Stumm hob der Diener die Schale auf. »Die Herrin Elena aus Sparta«, sagte er und zog sich vorsichtig aus der Tür zurück.

»Asandros Schwester?« Midian sprang aus dem Bett. »Lass sie herein, sofort!«

Der Diener zögerte. »Sofort? Soll ich den Gast nicht zuerst ins Peristyl führen?« Midian trug nur ein Lendentuch.

Der lachte und griff nach einem Umhang, der auf dem Bett lag. »Der genügt. Was ich darunter trage, entzückt eine Frau mehr als jedes purpurne Gewand. Und lass auftischen und das Gästezimmer richten, ich denke, dass die Herrin über Nacht bleibt.«

Der Diener entfernte sich und war froh, dass er nicht in Babylon lebte.

Der Raum, den Elena betrat, war eine Mischung aus griechischem Maß und orientalischer Fülle. Der mit farbigen Mosaiken geschmückte Marmorboden spiegelte üppige Vorhänge, zierliche Möbel aus edlem Holz und nackte, bronzene Knaben. Auf einem dreistufigen Podest erhob sich wie ein Herrscherthron das goldene, löwenfüßige Bett, verschwenderisch mit seidenen Kissen und Decken ausgestattet. Heizpfannen in den Nischen verbrannten süß riechendes Holz.

Und mitten im Zimmer stand ein hochgewachsener Mann, schön und fremdartig wie die Düfte dieses Zimmers; barfüßig, das lange Haar zu einem Zopf geflochten, um den jede Frau ihn beneidet hätte. Goldene Spangen an Hand- und Fußgelenken vollendeten das verwirrende Bild.

Der Babylonier kam auf sie zu und lächelte gewinnend. »Asandros Schwester? Ja, du bist es. Du hast seine Augen, und dein Haar hat wie seins die Farbe wilden Honigs – nein, es ist etwas heller, eher wie goldener Zypernwein.«

Elena lächelte kaum merklich. »Genug der Metapher, sonst müsste ich deine schwarzen Augen mit dem finsteren Abgrund deiner Seele vergleichen.«

Midian kam näher und wies auf eine Nische, wo um einen niedrigen Tisch mehrere Sitzkissen zum Verweilen einluden. »Gegen diesen Vergleich hätte ich nichts.«

Elena streifte ihren Mantel ab und hielt ihn Midian hin. Sie trug einen weißen, unter dem Busen gegürteten Chiton, der nur ihre gebräunten Arme freiließ. Midian legte den Mantel auf sein Bett. Als sie an ihm vorüberging, spürte er einen zarten Duft von Koriander. »Was darf ich dir anbieten? Wir haben fünf Weinsorten, den ...«

»Ich trinke Wasser mit Zitronensaft.«

»Eine ausgefallene Sorte.« Midian lächelte sie an. »Das war hoffentlich ein Scherz?«

Elena lächelte nicht. »Bei dir möchte ich einen klaren Kopf behalten.«

»Ein Vorsatz, der auch mit Zitronensaft nur schwer zu halten sein dürfte«, gab Midian geschmeidig zur Antwort. Er rief nach dem Diener, der hinter der Tür auf die Befehle des Gebieters wartete, und verlangte frisch ausgepressten Zitronensaft und ein paar Kleinigkeiten zu essen. »Ich trinke Dattelwein«, wandte er sich an Elena. »Ein sentimentales Zugeständnis an meine Heimatgefühle.« Er ließ sich ihr gegenüber nieder, dabei verrutschte sein Umhang, und Elena sah, dass er darunter nur ein Lendentuch trug. Sie senkte nicht verschämt wie andere Frauen den Blick, sondern genoss den Anblick seines schönen Körpers. Mochte Midian auch ein Ungeheuer sein: Seine Gegenwart überwältigte, das musste sie zugeben.

Midian bemerkte ihren schamlos kühlen Blick. »Dein Besuch ehrt mich. Sicher hat Asandros dir Schlechtes über mich berichtet? Ich hoffe, du hast nur die Hälfte geglaubt.«

»Auch die Hälfte genügt, um dich in den Tartaros zu wünschen. Ich wollte eigentlich Tyrandos besuchen.«

»Wie leichtsinnig! Muss Tyrandos nicht auf seinen Ruf achten, den Ruf eines asketisch lebenden, keuschen Mannes?«

Elena lachte verächtlich. »Tyrandos ist ein geiler Ziegenbock.« Sie lehnte sich zurück und schlug die Beine übereinander. »Machen wir uns nichts vor, du weißt es, ich weiß es.«

»In der Tat«, murmelte Midian und betrachtete seinerseits schamlos ihre halb entblößten Schenkel. »Du gleichst nicht nur Asandros, sondern auch der vortrefflichen Atargatis.«

»Ich habe nicht die Ehre, sie zu kennen.«

»Eine Frau, die sich nichts von Männern sagen ließ.«

Elena verzog den Mund. »Wüssten die Frauen, wie wenig die Männer der Welt zu sagen haben, würden nur wenige auf sie hören. Ich lehre diese Dinge in meiner Schule. Wenn du noch andere selbstbewusste Frauen kennenlernen möchtest, besuch mich doch einmal.«

»Zweifellos wäre ich unter so viel Klugheit fehl am Platz«, lächelte Midian. »Ich bin nur ein ungebildeter Bergbewohner.« Er sah zur Tür. »Ah, da kommt unser Essen. Und auch dein Zitronensaft, wie ich hoffe.«

Sie aßen schweigend.

»Nimmst du keinen Honig zur Zitrone?«

»Hast du Honig?«

»Mehr als du glaubst. – Gib mir deinen Becher.« Midian öffnete einen kleinen Behälter.

»Deine Anspielungen sind einfallslos.«

»Und weshalb siehst du mich die ganze Zeit an wie einen Paradiesvogel?«

»Ich betrachte den Mann, den Asandros mehr liebt als sein Leben.«

Midian zuckte leicht zusammen. Dann häufte er Honig in Elenas Becher. »Wie dramatisch! Und du liebst ihn mehr als einen Bruder, nicht wahr?«

Jetzt war es Elena, die blass wurde, aber sie blieb gelassen. »Mag sein? Aber ich wüsste doch gern, wie weit du Asandros' Liebe erwiderst.«

Midian rührte langsam um und häufte abwesend einen zweiten Löffel hinein. »Sagen wir, ich liebe ihn mehr als angemessen ist.«

Elena nahm den Becher aus seiner Hand. »Weshalb spricht Joram dann von einem unabwendbaren Unheil, das Asandros durch dich droht?«

»Was für ein Unheil?«, fragte Midian scharf.

»Das weiß er auch nicht. Deshalb wollte ich es von dir hören.«

Midian lächelte erleichtert. »Joram redet Unsinn. Hör nicht auf ihn! Er ist ein netter, hübscher Bursche, aber doch leider sehr abergläubisch. Sein Vater ist Priester, solche Leute sehen überall Visionen, haben düstere Ahnungen, stoßen wilde Prophezeiungen aus. Ich glaubte, Athens reine Luft habe ihn davon geheilt.«

Elena nippte an dem Saft. »Jetzt ist er viel zu süß. – Und was verbindet dich mit Tyrandos?«

»Ausschließlich spirituelle Dinge. Frag Asandros, ich habe ihm nichts verheimlicht.«

Elenas Augen funkelten. »Wenn zwei so gottlose Männer sich dem Spirituellen widmen, ist Vorsicht geboten.«

Midian funkelte zurück. »Nur gottlose Männer können eine vernünftige Religion gestalten. Darf ich nun fragen, was dich zu Tyrandos führt?«

»Er hat mich in sein Haus gebeten. Er ist schon seit geraumer Zeit Gast bei meinen Symposien.«

»Oh! Tyrandos ist also ein Förderer weiblicher Rechte?«

Elena zögerte, bevor sie antwortete, und nippte an ihrem Zitronensaft. »Ja, er hat mir bei meinen Bemühungen sehr geholfen.«

»Ich werde dir auch helfen.« Midian lächelte entwaffnend. »Damit du nichts Schlechtes von mir denkst. Wusstest du, dass man Asandros wegen Inzest vor dem Areopag anklagen wird? Und du wirst sicher auch noch vorgeladen.«

»Das ist nicht wahr!« Trotz des warmen Lichtes der Öllampen sah Midian, wie blass Elena wurde. »Wer – wer konnte davon wissen?«

Midian sah ihre Betroffenheit, aber keine Scham, keine Reue.

Das gefiel ihm. »Der Ankläger ist Dioskorides, Asandros meinte, der habe ihn schon einmal bespitzelt, als es darum ging, ihn von den Spielen fernzuhalten. Wahrscheinlich hat Dioskorides Bedienstete deines Hauses bestochen. Lass sie foltern, dann wird die Wahrheit bald ans Licht kommen.«

»Ich habe nur eine Dienerin«, murmelte Elena. »Sie würde mich niemals verraten.«

»Nein?« Midian schob sich ein scharf gewürztes Fleischbällchen in den Mund. »Die Folter hat schon so manchen Irrtum aufgeklärt.«

»Ein Ratschlag, wie man ihn von Midian nicht anders erwarten darf?«

»Du wirst keinen Besseren bekommen. Aber keine Sorge. Mit Tyrandos' Hilfe werden wir die Anklage abschmettern.«

»Eine Anklage, die von Dioskorides und Ephialtes erhoben wurde?«, fragte sie bestürzt. »Sie wird einfach für nichtig erklärt?«

»So ist es.« Midian hob die Augenbrauen. »Natürlich werden wir einige Leute nicht unwesentlich bestechen müssen – wenn du deswegen Skrupel hast, mach einen besseren Vorschlag.«

»Ich habe keinen.« Elena schob den Teller von sich. »Du und Tyrandos, ihr habt also den Areopag in der Hand?«

»Wäre es dir lieber, ihr würdet aus Athen verbannt?«

»Das ist keine Antwort auf meine Frage.«

Midian ließ den Umhang von seinen Schultern gleiten. »Gefällt dir diese Antwort besser?«

»Nach der Maske fällt die Hülle, wie sinnig.«

»Hast du nicht darauf gewartet?«

Elena schob die Zungenspitze vor und leckte langsam ihren Finger ab bis zur Spitze. »Ich habe mehr erwartet. Noch trägst du dein Lendentuch.«

Midian bog sich nach hinten und lachte aus vollem Hals. »Während du deinen Körper verhüllst wie eine Raupe vor dem Schlüpfen?«

Sie stellte sich vor ihn hin. »Du willst doch ein Abenteuer mit mir, nicht wahr? Dann will ich dich nackt sehen.«

Midian packte brutal ihr Handgelenk. »Hör mir zu!«, stieß er heiser hervor. »Du darfst mich herausfordern, wenn du stark genug dazu bist. Ich mag es nicht lauwarm. Aber wehe dir, wenn du nur ein freches Mundwerk hast.«

Elena warf den Kopf nach hinten. »Lass sofort meinen Arm los!« Ihre Augen glitzerten wie Eis. Ein helles Licht senkte sich auf Midian herab wie das flammende Schwert aus seinem Traum. Seine Lippen spannten sich, er betrachtete sie aus halb geschlossenen Lidern. *Eine zweite Atargatis*, dachte er, *oder ein Verhängnis?*

»Gut«, sagte Midian gedehnt. Er erhob sich und ging die Stufen hinauf. Vor seinem Bett blieb er stehen und wandte sich zu ihr um. Er ließ sein Hüfttuch fallen. »Zufrieden?«

Elena nickte langsam. »Ich bin zufrieden.« Ihre Stimme war kalt, die Wünsche jedoch, die in ihr aufstiegen, machten ihren Schoß hitzig und feucht. Über ihre Augen legte sich ein Schleier. Der Mann auf den Stufen lächelte, das Gold an Händen und Füßen betonte seine Nacktheit, die ihn nicht demütigte, wie Elena gehofft hatte. Noch am Tisch hatte sie ein starkes Verlangen danach gehabt, den Mann zu erniedrigen, dem Asandros verfallen war. Sie wusste jetzt, dass sie Midian auf diese Weise nur amüsierte. Und obwohl es sie große Überwindung kostete, gab es nur einen Weg, diesen Raum als Sieger zu verlassen.

Midian legte sich auf das Bett und verschränkte die Arme hinter dem Kopf. »Komm her, wenn du dich nicht fürchtest.« Er bewegte sich nicht. Er wusste, sie würde kommen. Noch niemand hatte ihm widerstanden. Nicht einmal seine Mutter, die stolze Atargatis.

Sie heftete ihren Blick dreist auf sein Geschlecht. »Das ist des Mannes Ärgernis, dass er seine Erregung so schlecht verbergen kann, nicht wahr?«

»Wie merkwürdig. Ich habe meinen Schwanz noch nie als Ärgernis betrachtet und meine Beischläfer auch nicht.«

Elena erhob sich. »Ich versichere dir, ich bin beeindruckt. Aber ich muss dich enttäuschen. Zu Diensten sein kann ich dir nicht, ich bin Spartanerin, aber keine Hure.«

Mit diesen Worten drehte sie sich um und verließ mit langsamen Schritten den Raum. Bei jedem Schritt fürchtete sie, von Midian gepackt zu werden, aber nichts geschah. Sie öffnete die Tür und verschwand, wie sie gekommen war.

Midian hatte sie gehen lassen. Er war viel zu verblüfft, um reagieren zu können. Erst als die Tür sich hinter ihr schloss, begriff er, dass er sich vor einer Frau zum Narren gemacht hatte.

30

Dykomedes hatte nie an Asandros' Tüchtigkeit gezweifelt. Sein spartanisches Pflichtbewusstsein und seine Gewissenhaftigkeit hatten ihn stets begeistert. Er war daher entsetzt, als er von der Anklage erfuhr. Er schwor, seinen besten Mann, wie er Asandros immer noch nannte, nicht wieder herzugeben und wenn dieser es mit hundert Schwestern getrieben haben sollte. Wo diese Verleumder steckten, wollte er wissen, wer diese Schurken bezahlt habe, die ihre Nase in fremde Schlafzimmer steckten. Er riet Asandros, alles abzustreiten, dann würde die Gegenpartei ja Zeugen benennen müssen, und dann werde man sehen, wie die Anklage in sich zusammenfalle. Als aber Asandros ihm in seiner Ehrlichkeit gestand, die Anschuldigung sei wahr, richtete sich Dykomedes Zorn auf die athenische Gesetzgebung, die es vom Schwanz abhängig mache, wie Athen verteidigt werde. Wem denn ein Schaden erwachsen sei, und Asandros habe seine Schwester schließlich nicht vergewaltigt. Sicher stecke dieser Eleusispriester dahinter, der allen Lebensfreuden abhold sei.

Asandros Sorge war es, dass sie Elena vorladen und sie vor allen bloßstellen würden. Das berührte sie wenig. Sie offenbarte Asandros, dass sie bereits an einer Verteidigungsrede arbeite, die sie beide zwar nicht vor der Verurteilung retten, an die sich der ehrenwerte Areopag aber noch lange wie an ein Donnerwetter erinnern werde. Asandros konnte es ihr nicht ausreden. Midians Versprechen trauten beide nicht.

Aber am Tag vor dem Gerichtsverfahren kam das Schreiben, die Anklage sei niedergeschlagen worden. Man habe bei der Voruntersuchung festgestellt, dass der Ankläger Dioskorides heimtückisch und mit falschen Anschuldigungen einen ehrbaren Athener Bürger und seine wohl allein, aber wie jedermann wisse, keusch lebende Schwester in Misskredit bringen wollte. Die Motive des Klägers seien ebenfalls ersichtlich. Er sei in Gegenwart vieler Mitglieder des Areopags von der Schwester des Angeklagten geohrfeigt worden. Der tätliche Angriff einer Frau auf einen Mann sei zwar unüblich, man habe aber ermittelt, dass dieser Ohrfeige eine Beleidigung des Anklägers vorausgegangen sei. Der Ankläger Dioskorides wird wegen Verleumdung und falscher Anklage zu einer Geldbuße von dreihundert Drachmen verurteilt.

Asandros las das Schreiben immer wieder. Er konnte sich nicht darüber freuen. Ihn fröstelte, welche Macht Tyrandos besaß und wie bestechlich und beeinflussbar der Oberste Gerichtshof war. Wenn das Bündnis dieser unerschöpflichen Goldquelle mit Midians gespenstischem Heilsplan erst festgeschmiedet sein würde, waren die Folgen nicht auszudenken.

Joram und Elena dachten wie er, aber sie waren sich einig, dass Asandros die Hände gebunden waren. Er hatte keine Beweise, weder gegen Tyrandos noch gegen Midian. Und hätte er Beweise gehabt – man hätte sie nicht sehen wollen.

31

Es war früher Vormittag, aber die Sonne brannte bereits heiß.

Asandros war gerade aufgestanden, denn vergangene Nacht hatte er mit Freunden und Bekannten unten in der Gaststube lange gezecht, und es wäre unhöflich von Asandros gewesen, sie beim Trinken allein zu lassen. Er steckte den Kopf zur Tür hinaus und fragte seinen Diener Glyphidon, ob Joram schon auf sei.

»Er wartet im kleinen Hof auf dich, hungrig wie ein Wolf.«

»Wie ein Wolf«, murmelte Asandros. Er lächelte unverbindlich. »Warum hat er nicht ohne mich angefangen?«

Als Asandros die Treppe zum Hof hinunterstieg, sah er Joram im Schatten rotblühender Oleanderbüsche vor etlichen Schalen und Schüsseln sitzen, die Hand zum morgendlichen Gruß erhoben. Asandros grüßte zurück. Dabei streifte sein Blick wie jedes Mal die schwarze Statue. Achylides war ein Meisterwerk gelungen. Midian war dargestellt als nackter Fackelläufer mit wehenden Haaren. Immer, wenn er die Treppen herunterkam, schien es ihm, als wolle Midian in raschem Lauf die Stufen erklimmen, ihm entgegenstürmen und ihn umarmen. Das gefiel ihm.

Seit ein paar Tagen stand der schöne Fackelläufer im Garten der Silberquelle. Asandros hatte sich nicht mehr dagegen gewehrt, ihn dort aufzustellen, und Achylides war beglückt. Midian hatte sich in letzter Zeit ausgesprochen friedlich verhalten, was jedoch die Ruhe vor dem Sturm bedeuten konnte. Joram und Asandros überspielten ihr Unbehagen über seine steinerne Gegenwart, indem sie über ihn Scherze machten, wenn sie an der Statue vorüberkamen.

Asandros ging auf Joram zu, küsste ihn flüchtig und seufzte. »Mein Kopf brummt, und gerade heute muss ich unbedingt zum Sklavenmarkt. Gestern soll ein Schiff aus Massilia angekommen sein. Weshalb hast du denn noch nichts gegessen?«

»Weil ich gern mit dir zusammen esse, dann schmeckt es mir besser.«

Asandros lächelte flüchtig. »Tut mir leid. Aber ich konnte gestern Abend unmöglich loskommen. Weshalb bist du denn schon so früh gegangen?«

»Ehrlich gesagt«, Joram tauchte sein Brot in gewürzten Wein, »es fällt mir schwer, deine Freunde zu meinen Freunden zu machen. Ich habe wenig mit ihnen gemeinsam.«

»Gefällt es dir nicht bei mir?«, fragte Asandros betroffen.

»Bei dir schon.« Joram kaute länger als nötig auf dem durchweichten Brotkrumen herum. »Aber wenn ich da unten sitze, glauben deine Gäste, ich sei käuflich wie deine Lustknaben.«

»Na und? Sei doch nicht so zimperlich. Du bist eben ein schöner Mann.« Asandros zog eine Schüssel mit saurer Milch zu sich heran. »Hast du den Honig gesehen?«

Joram schob ihm die Schale hinüber. »Und dir werfen sie auch schamlose Blicke zu, hast du das noch nicht bemerkt? Und ausgerechnet die mit den fettesten Hintern und den Hamsterbäckchen.«

»Kann nicht jeder so schön sein wie wir.« Asandros tätschelte Jorams Arm.

»Als ich dich kennenlernte, warst du anders.« Joram aß eine getrocknete Feige. »Hier in Athen hast du dich verändert.«

»Ja, mag sein. In Sparta wollte man aus mir einen Zerberus machen, der zähnefletschend die Tore des Hades bewacht, in Babylon musste ich gegen Aberglauben und Barbarei kämpfen. Jetzt bin ich der, der ich immer schon sein wollte.«

»In Babylon warst du ein Mann, das hat mir besser gefallen. Dort hast du sogar Midian getrotzt.«

Asandros warf dem schwarzen Standbild einen amüsierten Blick zu. »Hältst du es für einen Fehler, dass wir ihn hier aufgestellt haben?«

Joram hieb mit der flachen Hand auf den Tisch. »Du weichst mir aus!«

Asandros sah ihn kalt an. »Der Mann, der sich gegen Midian stellte, der will ich nie mehr sein, verstanden?«

»Und wenn er dich wieder herausfordert?«

»Auch darauf bin ich vorbereitet.«

Joram brummte etwas, schob noch eine Feige nach und erhob sich. »Soll ich für dich auf den Sklavenmarkt gehen? Wenn du Kopfschmerzen hast, solltest du dich lieber etwas in den Schatten legen.«

»Das wäre eine Wohltat.« Asandros stand auf und küsste Joram auf die Stirn. »Du bist ein wahrer Freund.«

»Und der Einzige, der deinen Geschmack trifft.«

»Du sagst es. Also pass auf!« Asandros legte Joram den Arm um die Schultern, während sie die Treppe hinaufstiegen. »Goldgelockte sind gefragt, aber achte darauf, dass sie über vierzehn Jahre sind. Keine Geprügelten oder Verschüchterten und keine Aufsässigen. Wenn dir einer gefällt, fragst du ihn, ob er bei mir arbeiten möchte. Ich kann nur Freiwillige gebrauchen.«

»Das erzählst du mir jedes Mal.«

Unter den Säulen des Prytaneions und auf den Stufen des Athenetempels fand einmal wöchentlich der Sklavenmarkt statt. Schaulustige und Käufer drängten sich auf dem Platz. Die Reichen und Vornehmen mieden den Schweißgeruch der Menge und hatten ihre Einkäufer geschickt. Im Gürtel den wohlgefüllten Beutel, verfolgten sie mit unbewegten Mienen die Darbietungen der Sklavenverkäufer. Erfahrene wussten, wer am lautesten schrie, am eindringlichsten anpries, verkaufte die schlechteste Ware. Und Luxussklaven wurden ohnehin nicht öffentlich versteigert, da wurde die Kundschaft schon diskret in ein Zelt gebeten.

Joram schlenderte über den Platz, manchmal blieb er irgendwo stehen, verfolgte eine Zeit lang das Feilschen, aber sein geübtes Auge hatte noch nichts entdeckt, was Asandros' Billigung gefunden hätte. Im Gewühl legte sich eine Hand auf seine Schulter. »Joram! Sei gegrüßt. Kaufst du Sklaven für Asandros?«

Joram drehte sich um. Es war Pytheas, ein Freund des Hauses, handelte mit allem, was Geld brachte, und auch mit Sklaven.

»Sei gegrüßt, Pytheas. Wo werden denn die Sklaven aus Massilia feilgeboten?«

Pytheas stieß Joram freundschaftlich in die Seite. »Die willst du doch wohl nicht kaufen? Ungebildete Waldbewohner aus den Uferdickichten des Rhodanus. Stammen alle aus Überfällen und eignen sich nur für schwere, körperliche Arbeit.«

»Du meinst, sie sind aufsässig?«

»Nun, lieben werden sie uns nicht. Chrysippos verkauft sie, aber erst, nachdem er die Frauen losgeworden ist.«

»Sind sie blond? Wenn sie blond sind, sehe ich sie mir trotzdem einmal an. Danke für die Auskunft.«

Joram bahnte sich einen Weg durch die Menge hinüber zum kleinen Serapistempel, wo Chrysippos gerade breitbrüstige, stämmige Arbeitssklavinnen aus Kilikien anpries. Joram wartete auf die massilischen Knaben und lehnte die Schulter gelangweilt an eine Säule. Ein Arm legte sich plötzlich links um ihn, dann ein Zweiter von rechts, er fühlte sich mit unwiderstehlicher Kraft an einen warmen, starken Körper gezogen, und er hörte eine dunkle Stimme: »Ich zahle gut für hebräische Priestersöhnchen.«

Er wusste sofort, wer es war. Joram versuchte, sich loszumachen, aber aus Midians Umarmung gab es kein Entrinnen. Trotzdem versuchte Joram, die Hände von sich wegzudrücken – sinnlos!

»Du willst doch gar nicht, dass ich dich loslasse«, gurrte Midian, den Mund nahe an Jorams Ohr.

»Lass mich endlich los, man sieht zu uns herüber.«

»Kein Mensch beachtet uns.« Midian drückte Joram seine Lippen in den Nacken. »Und wenn, dann platzen sie vor Neid.«

»Midian, bitte!« Joram schloss beschämt die Augen. »Wir sind hier nicht in einem Bordell.«

»Weiß ich doch«, flüsterte Midian, »sonst würde ich dich ganz woanders küssen.«

Joram versagten Atem und Stimme. »Ich wollte Sklaven kaufen – lass mich!«, krächzte er.

Midian lockerte seinen Griff, seine Hände glitten an Jorams Hüften und Schenkeln hinunter. »Ich lasse dich los, aber entwisch mir nicht. Ich finde dich doch.«

Joram stieß Midians Hände beiseite und drehte sich wütend um. »Ich laufe dir schon nicht davon.«

Midian packte ihn sanft am Handgelenk. »Was für Sklaven wolltest du denn kaufen? Strichjungen für Asandros? Schafft er den Andrang nicht mehr allein?«

»Du sollst nicht so abfällig über ihn reden.«

»Verstehst du denn keinen Spaß mehr? Asandros würde darüber lachen.« Midian strich sich mit anmutiger Geste das Haar in den Nacken. Er wies auf Chrysippos, der seine Frauen inzwischen offensichtlich alle an den Mann gebracht hatte. »Da kommen deine Lustbengelchen.«

Joram warf kaum einen Blick auf sie. Es war ihm unmöglich, jetzt an die Sklaven zu denken. Er hasste sich, weil Midians Gegenwart ihn schon wieder willenlos machte. »Was willst du eigentlich? Weshalb bist du hier?«

»Ich muss zurück nach Babylon. Das wollte ich dir sagen. Aber nicht ohne dich. Mein Schiff geht heute Abend. Und du wirst mit mir auf dem Schiff sein.«

Joram war erleichtert und gleichzeitig bestürzt. »Du redest irre. Weiß Asandros, dass du zurückwillst?«

»Nein, ich hasse Abschiede.«

»Ich verlasse ihn nicht, das weißt du.«

Midian drängte Joram vom Serapistempel fort. »Dann komm wenigstens heraus aus diesem Gewühl. Diese strohhaarigen Burschen aus Massilia sind ohnehin nichts für euren Edelpuff.«

Joram ließ sich abdrängen. Schweigend ging er neben Midian her. Am liebsten hätte er sich Augen und Ohren verstopft. Aber auch blind und taub hätte er sein rasendes Herz nicht besänftigen können. Dass Midian ihn immer noch wollte, machte ihn kraftlos wie ein dürrer Stecken.

Midian führte ihn zu dem verschwiegenen Heratempel. Er nötigte Joram, sich auf die mit Flechten überzogene Bank zu setzen, dann setzte er sich daneben, machte die Beine lang und sagte: »Ein herrlich verträumter Ort, kanntest du ihn? Nichts als das Rauschen der Bäume und ...«

»Halt den Mund!«, zischte Joram.

Und Midian schwieg – aus Berechnung. Dann war es Joram, der das Schweigen brach. »Ich kann Asandros nicht verlassen.«

»Doch. Du gehörst nicht hierher. Du gehörst in das Land zwischen den Strömen, nicht an den Ilissos.«

»Du meinst, du bestimmst, wohin ich gehöre. Gleich wirst du mir auch noch sagen, du willst mich aus Liebe, aber es ist nur deine gekränkte Eitelkeit, mit leeren Händen nach Babylon zurückkehren zu müssen.«

»Aus Eitelkeit, aus Liebe, das sind doch alles nur Worte. Ich brauche dich, aber Asandros braucht dich nicht. Er hat hier alles, seine Freunde, seine Liebhaber und sein Auskommen.«

Joram lachte höhnisch. »Du brauchst mich? Ich weiß, du kannst schön singen. Dieses Lied kannte ich noch nicht.«

Midian verschränkte die Hände hinter dem Kopf und streckte sich. »Erinnerst du dich, als ich zum ersten Mal gesungen habe? Damals in Dur-el-Scharans Halle? Sage mir Ostwind, wann es tagt ...« Midian begann, die Melodie zu summen, und Joram verging vor Sehnsucht. »Es war auch unsere erste Liebesnacht.«

»Ich erinnere mich auch an unsere Letzte«, würgte Joram hervor. »Als du mein Verlangen benutzt hast für deinen Hass.«

Midian bohrte seinen Zeh in den Sand. »Ich hielt dich für einen Verräter – es tut mir leid.«

»Das freut mich«, entgegnete Joram rau. »Ich weiß deine Reue wirklich zu würdigen, ich wünschte nur, du würdest mich endlich wie Asandros behandeln und nicht wie deinen Pferdejungen!«

Midian ließ ihn los, seine Augen verengten sich. »Was meinst du denn damit? Möchtest du es mir besorgen?«

Statt einer Antwort schob Joram aufmüpfig den Kopf in den Nacken.

Midian lachte kurz. »Glaubst du, ich hätte Asandros gestattet, mich wie eine Frau zu nehmen? Er hatte nicht lange gefragt, er hat es einfach getan. So handelt ein Mann!«

»Ich bin nicht so stark wie Asandros, aber kein Weib!«, schrie Joram.

Midian verschränkte die Arme. »Nein, bist du nicht, obwohl es lange her ist, dass du Kehlen durchgeschnitten hast.«

Joram schwieg. Irgendwie ging es ihm jetzt besser, Midian hatte eins seiner kleinen Geheimnisse gelüftet. Hatte Asandros ihn wirklich vergewaltigt? Er stellte sich vor, wie Midian getobt und gewütet haben musste und lächelte vor sich hin.

Nach einer Weile fragte Midian: »Wenn ich es zulasse, wirst du dann mit mir kommen?«

Joram sah ihn verblüfft an. »Ich – muss mit Asandros reden«, murmelte er.

»Tu das.« Midian machte sich an seinem Gürtel zu schaffen. »Willst du es gleich tun?«

Joram sah ihm mit offenem Mund zu. »Ich glaube, ich kann nicht«, stammelte er. Kälteschauer durchrieselten ihn. Er fühlte sich wie ein gefangenes Tier

Midian ließ Gürtel und Tunika auf den Boden fallen. Sonnenstrahlen, die durch das dichte Laub fielen, zuckten über Midians

Schenkel, die hoch und fest standen wie die Säulen einer Festung. Nun war die Käfigtür zugefallen, kein Ausbrechen mehr möglich. Joram sprang auf, hoffte immer noch, entrinnen zu können. »Beim Herrn der Heerscharen, ich kann es nicht tun!«

Midian packte ihn. »Lauf nicht weg! Warum nicht? Steht er dir nicht?« Midian drückte Joram hinunter auf den Waldboden, sein Zappeln beachtete er nicht. Dann kniete er sich über ihn und riss an Jorams Gürtel. »Beschwer dich jetzt bloß nicht, wenn ich dich zu deinem Glück zwingen muss!«

Joram tastete über den Boden, bekam schwarzen Sand in die Finger, wollte ihn Midian ins Gesicht schleudern, aber dieser wich ihm aus, spreizte Joram die Beine und rief: »Schlecht gezielt. Und nun, beim gehörnten Baal, halt still! Dein Schweif flattert wie ein Wimpel im Wind.«

Jorams Körper erschlaffte, und er schloss die Augen. Aber sein Blut schoss ihm mit Gewalt in den Schaft. Midian nahm ihn tief in der Kehle auf, leckte ihn mit breiter Zunge, verweilte kreisend an der Spitze und zog sich dann zurück. Joram gab wimmernde Laute von sich. Schon lag Midian auf ihm, drückte ihm das eigene harte Fleisch in den Bauch und füllte ihm den Mund mit seiner Zunge. Dann glitt er wie ein Fisch von Joram herab und rollte sich auf den Bauch.

Unter glänzendem Schweiß spannten sich seine Muskeln, wie Öl glitten Sonnenstreifen darüber hin. Benommen starrte Joram auf die ihm dargebotene Schönheit. Midians Kopf ruhte auf seinem rechten Arm. Er blinzelte Joram an und ließ seine Zunge hervorschnellen. »Komm!«, rief er heiser. »Komm schon!«

Jorams Geschlecht schmerzte vor Lust, und plötzlich befand er sich auf dem heißen, feuchten Rücken und stieß zu, schnell und hastig, immer in der Angst, der Traum unter ihm könnte sich verflüchtigen, während Midian leise unter ihm schnaufte. Joram richtete sich auf, stemmte die Knie in den Boden, legte noch mehr Kraft in seinen wilden Tanz und schrie. Und je länger der Tanz dauerte, desto heiserer wurde er. Bis er auf Midians Rücken sank und ihm seinen erlösten Atem ins Ohr keuchte.

»Nicht schlecht für das erste Mal«, brummte Midian und führte Jorams zitternde Hände an sein Geschlecht. »Aber an mich hättest du auch denken können.«

»Es war schön, wirklich schön«, flüsterte Joram. Aber seine Hände vollbrachten nichts mehr, und Midian musste sich selbst behelfen.

Asandros erkannte Joram am Schritt, wie er die Treppe herunterkam. Er selbst lag faul in einer Hängematte. »Erfolgreich gewesen?«, rief er, ohne die Augen zu öffnen, dabei reckte er sich herzhaft und brachte die Hängematte zum Schaukeln.

»Nein.«

Asandros schwang seine Beine heraus und musterte Joram verwundert von oben bis unten. »Wie siehst du denn aus? Gab es eine Schlammschlacht auf dem Sklavenmarkt?«

Joram errötete und versteckte seine schmutzigen Hände auf dem Rücken, seine Knie konnte er nicht verstecken. »Ich habe Midian auf dem Sklavenmarkt getroffen, das heißt, er traf mich.«

»Und? Was wollte er?«

Joram setzte sich an den Tisch, wo sie schon ihren Morgenimbiss eingenommen hatten. Immer wieder hatte er sich auf dem Weg die Worte zurechtgelegt, aber keins war geeignet, seinen kläglichen Zwiespalt zu bemänteln. Abwesend rieb er sich den Sand von den Knien. »Midian muss zurück nach Babylon, und er will, dass ich mit ihm gehe!« Nun war es heraus!

Asandros setzte sich zu Joram, der seinen Kopf zwischen die Schultern, das Kinn auf die Brust gesenkt hatte. »Und?«, fragte er scharf. »Wirst du gehen?«

Joram schwieg, und Asandros schnaubte verächtlich. »Ich brauche nicht zu fragen.« Er hob Jorams Kinn hoch. »Sieh mich an! Wie hat er es geschafft?« Er lachte zu seinen eigenen Worten. »Auch das unnötig zu fragen. Habt ihr es getrieben? Ja! Ihr habt es getrieben! Wo? Im Wald?«

Joram wurde dunkelrot, und das machte ihn noch hübscher. »Wenn du sagst, ich soll bleiben«, sagte er leise, »dann bleibe ich.« Und nach einem kurzen Zögern: »Bitte, sag es!«

»Und wenn ich es sage, und wenn du dich weigerst, was wird Midian dann tun?« Asandros legte Joram eine Hand auf den Arm. »Versteh mich nicht falsch. Um dich von hier wegzubringen, müsste er mich erst töten, doch du willst es ja selbst.«

»Ich liebe dich, Asandros.«

»Ich weiß.« Asandros wandte sich ab. »Wann geht sein Schiff?«

»Heute Abend.«

Asandros schloss die Augen. »Heute Abend schon?«

»Ja.« Joram erhob sich und ging nervös auf und ab.

Asandros hieb mit der Faust auf den Tisch. »Schlau und grausam eingefädelt von Belials Sohn! Nicht einmal einen lausigen Tag Bedenkzeit haben wir. Nicht einmal einen vernünftigen Abschied gönnt er uns. – Welches Schiff?«

»Die Eos.« Joram starrte zu Boden. »Wirst du da sein?«

»Nein! Sein Anblick würde mir Übelkeit bereiten!«

»Asandros!« Joram blieb vor ihm stehen. »Ich ...« Er umarmte ihn heftig. »Ich gehe nicht, ich gehe nicht!«

»Doch.« Asandros schob ihn von sich. »Du wirst gehen. Und geh schnell, sonst versäumst du die Abfahrt.«

»Nicht im Zorn. Bei Gott, ich weiß einfach nicht, was ich tun soll!«

»Auf dich bin ich nicht zornig, Joram, ich hoffe nur, du weißt, was du tust.« Asandros nahm sein Gesicht in die Hände und küsste ihn zärtlich. »Wenn du deine Entscheidung bereust, mein Haus steht dir immer offen. Geh in Frieden.« Dann umarmten sie sich stumm und lange.

»Ich muss jetzt packen«, murmelte Joram, riss sich los und rannte die Treppen hinauf.

Asandros sah ihm nach, dann brüllte er über den Hof: »Glyphidon!«

Der kam aus seinem Zimmer gelaufen, weil er dachte, es sei ein Feuer ausgebrochen, prallte mit Joram zusammen, starrte ihm verdutzt in das tränenüberströmte Gesicht, da war Joram schon an ihm vorbei, und Glyphidon beugte sich über das Geländer: »Was ist denn mit Joram los?«

»Nichts!« Asandros wies mit ausgestreckter Hand auf den Fackelläufer. »Sorg dafür, dass das Ding dort von hier verschwindet! Sofort!«

»Was?« Glyphidon rieb sich die Ohren. »Ist das heute ein Tollhaus? Wohin denn? Vor das Portal?«

»Wirf es von den Klippen oder schaff es in den Steinbruch! Nur fort aus meinen Augen damit!«

»Natürlich! Mache ich sofort!« Glyphidon nickte eifrig, kratzte sich hinter dem Ohr und verschwand. *Dicke Luft*, dachte er. *Aber die Harpyien sollen mich fressen, wenn ich das gute Stück ins Meer werfen lasse. Morgen würde mich Asandros dafür durchprügeln. Morgen, wenn er sich wieder beruhigt hat und Joram auch. Beim Zeus! Die beiden hängen doch an diesem Stück, als wärs ihre Mutter.*

Asandros sah ihm nach, dann klammerte er sich an das Geländer und stöhnte laut auf. Midian verließ ihn ohne Abschied und nahm Joram mit. Was für ein grausamer Augenblick. Er fühlte sich, als würde er sterben. Und er wusste nicht einmal, wessen Abschied ihn mehr schmerzte.

Bei Achylides, dem Bildhauer, klopfte es heftig ans Tor, aber sein alter Sklave Pittakos war schon halb taub, außerdem war er hinten im Gärtchen beim Unkrautzupfen. So eilte der Hausherr selbst aus der Werkstatt. »Pittakos, es ist jemand draußen, hörst du nicht?«

Nichts rührte sich, und Achylides überlegte, wer es sein könnte. Er erwartete keinen Besuch, dennoch ging er hin und öffnete. Vor der Tür stand ein großer, schmutziger Bursche mit einem ledernen Schurz und Händen so groß wie Schaufeln. Achylides Hoffnung erstarb. »Was willst du?«, fragte er spitz und drehte das Gesicht weg von dem Knoblauchatem, der ihn anwehte. »Du hast dich wohl in der Haustür geirrt?«

»Bist du Achylides, der Bildhauer?«

»Der bin ich, aber jemanden wie dich lasse ich nicht zur Vordertür herein.«

»Wenn du Achylides bist, bin ich hier richtig. Ich soll was abliefern.«

»Ich habe nichts bestellt.«

Achylides wollte die Tür zudrücken, aber der grindige Fuß stand schon dazwischen. »Eine Statue.«

Achylides steckte den Kopf zur Tür hinaus. »Wo ist sie denn?«

Da sah er Glyphidon um die Ecke kommen, der winkte, und Achylides' Stimmung hob sich. »Warte am Karren!«, beschied Glyphidon dem Fuhrunternehmer. Dann küsste er Achylides auf die Wange und trat ein.

Kurze Zeit später zerschnitt ein schriller Schrei die Luft. »Er will Midian auf den Abfall werfen?« Achylides wischte sich mit dem Handrücken den Schweiß von der Stirn. »Wo ist es, das Scheusal, das sich Asandros nennt? – Pittakos! Meinen Mantel! Pittakos!«

Glyphidon drückte Achylides sanft auf einen Stuhl im Speisezimmer. »Beruhige dich. Ich bringe uns erst einmal Wein. Natürlich kommt er nicht auf den Abfall, deshalb bin ich ja hier.«

Achylides haschte nach Glyphidons Hand und hielt sie fest. »Oh, deine Fürsorge tut so gut, Glyphidon. Ja, bring uns Wein, die Amphore steht in der Küche.«

Nachdem sie beide getrunken hatten, erzählte Glyphidon, was sich zugetragen hatte.

»Beim Schweif eines Satyrs! Ich wusste gar nicht, dass – äh – mein Modell immer noch in Athen war.«

»Ja, stell dir vor, er muss tagelang um Joram herumgeschlichen sein, und dann hat er ihn am Ende herumgekriegt. Es war ein schwerer Schlag für Asandros.«

»Natürlich!« Achylides war voller Anteilnahme. »Die rabenschwarzen Locken, der weiche Mund, die fein gemeißelten Züge, ein echter Verlust.«

»Vergiss nicht die inneren Werte«, brummte Glyphidon, »Joram war ein Freund. Wie auch immer, Asandros befahl mir in einem Wutanfall, die Statue fortzuschaffen. Ich hielt es für einen Scherz, später glaubte ich, er werde sich beruhigen, aber heute Morgen stand er mit einer Axt davor und meinte, er werde die Sache selbst in die Hand nehmen. Da musste ich handeln, und ich dachte, ich bringe sie am besten zu dir, du bist schließlich ihr Schöpfer, außerdem – hm – du mochtest diesen Babylonier doch auch.«

»Das stimmt.« Achylides erhob sich mit einem Ruck, dass der Tisch wackelte, und tippte Glyphidon vor die Brust. »Aber weitaus mehr liebt ihn Asandros, deshalb kommt die Statue wieder dahin, wo sie gewesen ist.«

»Aber ...«

»Ruhe! Du kennst Asandros nicht so wie ich. Aber das macht nichts, weil Asandros sich nämlich selbst nicht so genau kennt. – Pittakos! Ach was! Der pflegt wieder seine Radieschen. Bring mir doch bitte den Mantel, Glyphidon. Er ist in der Truhe da drüben.«

Sie eilten die kurze Gasse hinunter bis zur Ecke, wo der Fuhrunternehmer beim Wagen wartete. Achylides traf beinahe der Schlag. »Belial auf einem Ochsenkarren!« Er drohte dem Burschen auf dem Sitz. »Herunter da, gib mir die Zügel. Beim Ares! Wenn du ihn beschädigt hast, lasse ich dich kreuzigen! Hast du wenigstens genug Stroh untergelegt?«

Achylides hatte es schließlich geschafft, ohne einen Herzanfall die Silberquelle zu erreichen. Midian war wieder auf seinen alten Platz geschafft worden, aber Asandros und Achylides saßen sich schon seit zwei Stunden in der Gaststube gegenüber. Sie hatten sich angeschrien, Asandros war beleidigend geworden, Achylides ausfallend, und da alle bitteren Worte gesagt waren, schwiegen sie. Asandros leerte einen Becher nach dem anderen, Achylides trank Fruchtsaft und trommelte leise auf den Tisch.

Langsam füllte sich die Gaststube. Asandros räusperte sich. »Ich muss mich jetzt um meine Gäste kümmern.«

Achylides trommelte lauter. »Bleibt er?«

Asandros warf Glyphidon einen Blick zu, aber der schickte seinen zur Decke.

»Er bleibt«, knurrte Asandros resigniert.

»Und du gibst zu, dass ich mit allem recht hatte, was ich gesagt habe? Dass du seinen Anblick nur deshalb nicht erträgst, weil du alles dafür geben würdest, in seinen Armen zu ruhen und dass du Joram darum beneidest? Kurz, dass du Midian mehr liebst als dein Leben?«

744

»Nein!« Asandros schlug mit der flachen Hand auf den Tisch.

»Doch!«, schrie Achylides und hielt dagegen.

Die Gäste wurden auf sie aufmerksam. »Glyphidon!«, rief Asandros, »Bring Achylides Wein! Lass ihn sich berauschen, den alten Mann, mehr bleibt ihm doch nicht.«

»Ich habe es gehört, Asandros! Ich habe es genau gehört, aber es trifft mich nicht. Ich bin alt, na und? Aber so alt nun auch wieder nicht. Es gibt Ältere. Bring schon den Wein, Glyphidon. Ich trinke ihn. Weil deine süße Hand ihn mir kredenzt. Du bist nicht ein so garstiger Barbar wie dieser Mensch hier neben mir.«

Da öffnete sich die Tür, und Asandros stieß einen kleinen Schrei aus. »Joram!«

Dieser sah blass aus und übernächtigt. »Ich bin geblieben«, flüsterte er. Dann begann er zu taumeln, und Asandros sprang auf und hielt ihn. »Bei Zeus, wo bist du gewesen?«, murmelte er.

»Ich war im Hafen, habe das Schiff gesehen, das Schiff und – ihn, wie er unruhig auf und ab lief und auf mich wartete. Ich wollte zu ihm laufen, ihn umarmen. Aber meine Beine trugen mich nicht. Ich hockte in meiner dunklen Ecke, unfähig, einen Entschluss zu fassen, wie lange, weiß ich nicht mehr. Und als ich den Kopf hob, da legte das Schiff ab.«

Asandros drückte ihn bewegt an sich. »Ich verstehe dich Joram. Oh, ich verstehe dich so gut.«

34

Hissarion, der Besitzer der größten Weberei Athens, war ein angesehener Bürger der Stadt, denn er war wohlhabend und ließ sich oft auf Banketten und Symposien sehen, wo er hoffte, andere angesehene Bürger zu treffen. Er liebte gutes Essen, davon zeugte sein Leibesumfang, und er liebte die Kunst. Nicht, dass er viel davon verstanden hätte, er schmückte sich mit ihr wie eine Frau mit Ketten und schönen Kleidern, denn Kunstverstand zierte den Mann von Welt, und das war Hissarion. Ein Mann von Welt, dessen Tuche selbst die geheimnisvollen Hyperboräer schmückten, wie er sich rühmte. Seit einiger Zeit hatte er seinen Betrieb vergrößert und ließ nun auch Amphoren und andere Tonwaren herstellen, die er von seinen Sklaven bemalen ließ.

Damals hatte er sich von dem Bildhauer Achylides einen Sonnenwagen vor das Portal seines Hauses stellen lassen. Ganz Athen hatte darüber gesprochen, vor allem über den prächtigen Wagenlenker Phaeton und den schönen jungen Mann, der Phaeton Modell gestanden hatte: Asandros, ein Sohn Spartas. Achylides war ganz närrisch gewesen vor Freude, als er ihn gefunden hatte, und Hissarion hatte dem kauzigen Künstler alle Eigenarten verziehen. Zwei Sklaven waren dafür verantwortlich, dass das Kunstwerk stets sauber poliert wurde und das Auge des Betrachters erfreute. Viele blieben stehen, manche erkannten die Figur des Phaeton im zweispännigen Wagen und sagten: Asandros? Besitzt er nicht eine Taverne in der Weinrankengasse? Andere besahen sich bei der Gelegenheit Hissarions Tuche, Vasen und Krüge, schwatzten mit dem leutseligen Hausherrn, lobten ihn wegen seines guten Geschmacks – ein Lob, das eigentlich den Sklaven gebührte – und einige bestellten oder kauften.

Dann brach das Unglück über Hissarion herein.

Jordanis, der Torwächter, hatte einen fürchterlichen Lärm gehört. Es klang, als würde etwas zerschlagen. *Die Amphoren!*, fuhr es ihm durch den Kopf, aber Jordanis war nicht der Tapferste, und erst einmal verbarg er sich hinter einem Busch. Die Amphoren waren es nicht, der Lärm kam von dort, wo der Sonnenwagen stand. Und es hörte sich so an, als zertrümmere ihn jemand. Diesen Gedanken konnte Jordanis einfach nicht zulassen, denn wer täte so etwas Sinnloses? Und dann hörte es das Gelächter – ein wahrhaft dämonisches Gelächter!

»Er hatte ein dunkles Gesicht, Hauer wie ein Eber, und um seinen Kopf schwirrten schwarze Vögel«, berichtete Jordanis atemlos.

»Und warum hast du ihn nicht mit deinem Knüppel niedergeschlagen?«, schnaubte Hissarion und tupfte sich den Schweiß von seinem hochrot angelaufenen Gesicht.

»Wie denn Herr, einen Geist?«, flüsterte Jordanis.

»Du Schwachkopf!«, brüllte Hissarion. »In Athen gibt es keine Geister, nur Neider, hörst du? Und bezahlte Mörder. Und dieser Schurke ist ein bezahlter Mörder gewesen, darauf verwette ich eine Schiffsladung feinster Tuche. Und wer dahintersteckt, kann ich mir auch schon denken. Stavrakios, das Schielauge. Seine Sklaven sind Pfuscher, nur Spinnen und Käfer nisten in seinen Krügen. Ich werde die Sache vor den Areopag bringen, jawohl, das werde ich!«

Fluchend kehrte Hissarion ins Haus zurück, und Jordanis war froh, dass sein Herr ihn erst einmal vergessen hatte.

Bei Gericht versprach man Hissarion, alles zu tun, um diesen Kunstschänder seiner gerechten Strafe zuzuführen, doch alle Ermittlungen blieben erfolglos. Man stimmte Hissarion zu, dass es die Tat eines neidischen Konkurrenten gewesen war, aber da es nicht um ein Menschenleben, sondern nur um Marmor ging, ließ man es bald auf sich beruhen, nicht ohne Hissarion begütigend darauf hinzuweisen, dass nicht nur der Bildhauer Achylides noch lebe, sondern, wie er wisse, auch sein schönes Modell immer noch in Athen weile, dass also einem neuen Phaeton nichts im Weg stünde. Und der Sonnenwagen selbst mitsamt den Pferden sei doch heilgeblieben.

Achylides selbst hatte für diesen milden Hinweis nicht das geringste Verständnis. Er bestand darauf, die Angelegenheit als Gotteslästerung zu behandeln, schließlich handele es sich um die Schändung eines Heiligtums. Leider hatten die Richter für seine Auffassung nur ein mitleidiges Lächeln übrig, was Achylides zu weiteren Schimpftiraden veranlasste. Doch am Ende ließ er sich von Asandros besänftigen, der ihn darauf hinwies, dass sein geheiligtes Abbild ohnehin bei Hissarion fehl am Platze gewesen und er gern bereit sei, noch einmal Modell zu stehen, dann aber für einen Kunden, der diese Arbeit zu schätzen wisse.

Joram meinte zwar, dass ein Racheakt Midians dahinterstecken könne, weil er ihm nicht nach Babylon gefolgt war, doch zu dem Zeitpunkt der Zerstörung befand sich dieser bereits seit Tagen auf dem Weg dorthin, konnte mithin als Täter nicht infrage kommen. Kurz erwogen sie die Möglichkeit, dass Midian gar nicht abgereist sei und sich heimlich noch in Athen aufhalte, aber Asandros glaubte das nicht. »Weshalb sollte er sich vor uns verstecken?«, hielt er Joram entgegen. »Das ist nicht Midians Art. Wenn er etwas mit uns auszufechten hat, dann erscheint er mit blank gezogener Waffe bei uns und zertrümmert keine Statuen.«

35

Midian war auf den Hymettos gestiegen, von dessen Gipfel man ganz Athen überblicken konnte. Zwei Tage hatte Midian auf die Stadt hinuntergestarrt, auf den Ort seiner Niederlage. Nicht einmal damals, als er auf den eisernen Stier zugeschritten war, hatte er sich so elend gefühlt. Hunderte von Augenpaaren hatten seinem Triumph beigewohnt, denn wie ein Sieger, nicht wie ein zum Tod Verurteilter, hatte er auf dem Gerüst gestanden und der Stadt Babylon ihr Totenlied gesungen. Doch jetzt fühlte er sich wie ein geprügelter Hund. Er hatte im Hafen auf Joram gewartet, und als das Schiff ablegte, war er nicht an Bord gegangen. Er hatte weiter gewartet, doch der Mann, dem er sich auf schimpfliche Art hingegeben hatte, war nicht gekommen. Am Tag darauf hatte er Joram überall vergeblich gesucht, bis er schließlich erfahren hatte, dass er zu Asandros zurückgekrochen war.

Jetzt lauerte er in den Felsen, schnüffelnd und scharrend, als müsse er in dieser Einsamkeit jemand beeindrucken. Aber der Wind trug ihm nur den Geruch von Schafsdung herüber, und seine wütenden Attacken gegen Büsche und Steine fürchteten nicht einmal die Springmäuse. Wieder hatte ihm Asandros eine Niederlage bereitet, denn er zweifelte nicht daran, dass dieser Joram überredet hatte zu bleiben, aber momentan hatte er nicht einmal mehr die Kraft, ihn zu hassen. Er fühlte sich wie ein gefangenes Tier, das ziellos im Käfig auf und ab lief. Vieles ging ihm durch den Kopf, aber er wusste nicht, wofür er sich entscheiden sollte. Für Babylon? Für Tyrandos? Für die Verzweiflung, wenn er Asandros und Joram tötete?

Dann hatte er den Rauch gesehen, ein winziges, weißes Fähnchen, ziemlich weit oben, gar nicht weit von seinem Schlupfwinkel. *Hüte deine Schafe, Schäfer!*, dachte Midian. *Der Wolf hat dich bereits erspäht. Die Frage ist nur, bringe ich dich gleich um, oder röste ich dich lebendig, wenn ich deine elende Hütte anzünde, denn mir ist danach.*

Midian tat weder das eine noch das andere. Vielleicht wusste er, dass ihn in seinem Blutrausch nichts mehr aufhalten konnte. Am nächsten Tag sah er das Rauchfähnchen wieder. Unbekümmert erhob es sich in die Luft, dreist, wie Midian fand, und er sah nicht mehr hin. Er starrte auf die weißen Häuser mit ihren roten Dächern, die in der heißen Luft flirrten. Die blaugrünen Ziegel, mit denen das Ischtartor geschmückt war, fielen ihm ein. Dort war er mächtig, weshalb war der Gedanke an eine Rückkehr dann so unerträglich?

Am dritten Tag stieg er hinunter vom Berg und stand vor dem Schäfer, der ihn verwundert, aber unerschrocken musterte. Das Feuer war fast erloschen, aber unter der Asche glomm es noch. Der alte Mann stocherte darin, legte zwei frische Brotfladen auf die heißen Steine und schöpfte wortlos aus einem Rinnsal neben seiner Hütte Wasser. Er reichte Midian den Becher. Erst, als Midian getrunken hatte, fragte er ihn, woher er komme.

»Von da oben, alter Mann«, sagte Midian und wies mit dem Daumen hinauf.

»Kein gutes Land da oben«, sagte der Schäfer. »Nur Schlangen und andere wilde Tiere. Kaum Wasser.«

Midian hockte sich zu dem Schäfer vor die Hütte und sah sich um. Ein einfältiger, zahnloser Mann, sonst schien niemand hier zu wohnen. Es lohnte wirklich nicht, diese faltige Gurgel durchzuschneiden. »Ich habe gehört, in Athen kann man reich werden«, begann er das Gespräch, um nicht schweigend herumzusitzen.

Der Alte kicherte und entblößte zwei gelbe Zahnstümpfe. »So einer wie du vielleicht. Siehst nicht aus wie ein Schafhirte.« Er erhob sich, reckte seine Glieder und wies hinunter. »Siehst du die Bucht von Phaleron? Etwas weiter nördlich ankert die ›Anemos‹, sie gehört Barbur, meinem Bruder. Er hat vielleicht eine Beschäftigung für dich.«

Midian griff nach dem Brot. »Als Ruderer?«

Der Alte schlurfte in die Hütte. Als er wieder herauskam, hatte er Oliven und Zwiebeln dabei und grinste verschmitzt. »Wirst schon sehen, was mein Bruder für einer ist. Der ist ebenso groß und stark wie du und kann mehr als Schafe hüten. Rudern lässt er andere, solche, die nichts im Kopf haben, verstehst du?«

»So. Und ich habe etwas im Kopf?«

»Gewiss. Und Hunger in den Augen. Nicht nach Brot, ich meine anderen Hunger, und der ist gut, wenn man reich werden will.«

Der Schäfer legte Holz nach, und Midian starrte in den Rauch. *Den alten Schwätzer zu töten, wäre töricht, der steht bereits mit einem Bein im Grab, und das verfluchte Athen kann ich nicht zerstören. Was also hält mich hier? Vielleicht segelt das Schiff nach Osten, vielleicht ist der Kapitän genauso ein Trottel wie sein seniler Bruder, vielleicht könnte ich viel Spaß haben an Bord. Dann sollte ich auf dem Schiff sein.*

Midian legte dem Schäfer ein Silberstück hin und stieg ins Tal hinab.

Die ›Anemos‹, ein ehemaliger Dreißigruderer mit hochgezogenem Vordersteven und einem in grauen Vorzeiten himmelblauen Anstrich, lag mit verfaulten Planken etliche Stadien außerhalb des Hafens in einer kleinen Bucht, die von felsigem Gelände umgeben war. Niedrige Häuser, errichtet aus Feldsteinen und Lehm, säumten das Ufer, in den Felsen klebten armselige Bretterverschläge wie Schwalbennester. Der Strand war bedeckt mit Unrat, in dem die Möwen kreischend nach Essbaren wühlten. Es stank nach Kot und verfaultem Fisch.

Midian fand Barbur in einer Schenke. Von innen sah sie geräumig und einigermaßen sauber aus. Midian hatte schon schlimmere Absteigen gesehen. Ein großer, stämmiger Mann erhob sich in der Ecke. »Wer fragt nach mir?«

»Midian, Zamorans Sohn.«

»Kenne beide nicht.« Barbur kam aus der dunklen Ecke heraus und musterte Midian von oben bis unten, die rechte Faust in die Hüfte gestemmt. An der linken Hand fehlten ihm zwei Finger. »Du bist nicht von hier. Nicht aus Athen, stimmt's?«

»Stimmt. Mein Vater war kein Krämer.«

Verhaltenes Gelächter antwortete ihm ringsum.

»Was war er dann?« Barbur kniff die wässrig blauen Augen zu einem Spalt zusammen. »Pirat?«

Jetzt galt das Gelächter ihm. Midian sah sich kurz um in der Gaststube. Der Kleidung nach waren es Fischer, aber ihre Gesichter waren verschlagen, narbig und – gierig. Midian kannte solche Gesichter, Männer wie diese betrieben nicht das ehrenwerte Fischereihandwerk.

»Mein Vater war Fürst der Midianiter«, erwiderte Midian, ohne eine Miene zu verziehen. »In seinem Land bot man durstigen Fremden einen Schluck Wein an.«

Zu Midians Erstaunen kannte Barbur sich aus. »Midianiter? Kamelnomaden vom Schilfmeer, südlich von Ezjon-Geber. Im Leben kein Haus, im Tode kein Grab. Die hatten auch einen Fürsten? Na, wenn du es sagst.« Er gluckste, und jetzt lachten alle laut.

Midian lachte nicht. »Ich hatte wenigstens einen Vater, während dich eine verfaulte Muschel ausgespuckt hat.«

Barbur grinste breit. »Deswegen darfst du mich auch Perle nennen. Da, setz dich! Sollst nicht sagen, Barbur und seine Leute hätten einen armen Wandersmann verdursten lassen.«

Sie saßen sich gegenüber, sie tranken miteinander, und sie verstanden sich, ohne es auszusprechen: Das Gesetz galt beiden so viel wie eine Tonscherbe oder ein Fetzen Pergament. Midian erfuhr, dass Barbur aus dem Westen stammte, einem Land, das Tusculum hieß, dass er ein Pirat gewesen war und die Welt gesehen hatte. Seine Mannschaft saß hier in der Gaststube und machte den braven Athenern weis, dass sie ihren Lebensunterhalt mit Fischfang verdiente. Seit die ›Anemos‹ leckgeschlagen war, hatte Barbur in dieser Bucht den Anker ausgeworfen und sich mit dem Rest der Beute und dem Rest seiner Männer hier niedergelassen. Der Flecken trug den klangvollen Namen Kallichoron, und außerdem beherbergte er Tagediebe, echte Diebe, Bettler, Dirnen, Betrüger und sonstiges Lumpenpack. Barbur, der an Bord der ›Anemos‹ wohnte, herrschte über sie wie ein kleiner König.

»So, so, mein Bruder hat dich geschickt«, murmelte er. »Der alte Kimon. Schade um ihn, der Mann ist für diese Welt verloren. Grundehrlich, da ist nichts zu machen.«

»Du segelst also nicht mehr? Habe ich das richtig verstanden?«

»Schon seit acht Jahren nicht mehr. Habe mich ausgetobt, aber hier ist es auch ganz lustig.«

Midian hob die Brauen. »Zweifellos.«

»Du kannst hierbleiben, wenn du willst. Einen Mann wie dich kann ich immer gebrauchen.«

Midian sah in seinen Becher. Barburs Worte gingen an ihm vorbei wie Mückensurren. Andere Gedanken gingen ihm durch den Kopf. Ein Haufen Gesetzloser! Männer, mit denen er Angst und Schrecken in Athen verbreiten könnte wie damals in Babylon. Aber die Gedanken verliefen sich. Schließlich verwarf er sie ganz. Wenn er ein Mann war, musste er zu seiner Niederlage stehen. Er musste Athen vergessen und verlassen und das so schnell wie möglich.

»Ich suche ein Schiff, keine Arbeit«, gab er grinsend zur Antwort. »Ich will zurück nach Ezjon-Geber zu den Kamelnomaden vom Berge Jamal.«

»Schiffe gibt es genug, aber die Überfahrt kostet eine Kleinigkeit.« Barbur rieb die Finger. »Wie sieht es damit aus?«

»Werden zwanzig davon reichen?« Midian warf ein Goldstück auf den Tisch. Barbur starrte darauf. »Davon hast du noch mehr?«

»Könnte sein.«

Wie Fliegen um den Honig versammelten sich die Männer um den Tisch. Barbur leckte sich die Lippen. »Unklug von dir, dein Gold hier so offen zu zeigen.«

»Glaubst du?« Midians Hand klopfte auf den Griff seines Dolches. »Ich schlitze gern Bäuche und Kehlen auf. Man muss mich nicht lange bitten.«

Barburs breite, behaarte Hand legte sich auf Midians Schulter. »Ruhig Blut, Freund. Wir bestehlen nicht unseresgleichen.«

Midian verzog das Gesicht bei dieser vertraulichen Anrede, verlangte nach mehr Wein und schlug vor zu würfeln, wenn sie sein Gold haben wollten.

Fünf Tage blieb Midian in Kallichoron, weil die Gesellschaft ihn entfernt an das Leben auf Dur-el-Scharan erinnerte und ihn seine trüben Gedanken vergessen ließ. Er trank mit den Männern um die Wette, verspielte sein Gold, gewann es wieder, prügelte sich und erstach einen einäugigen Steuermann, der sich nicht an die Regeln halten wollte. Nachts schlief er auf der ›Anemos‹, und Barbur verlor sein Piratenherz an den dunklen Fremden. Mit ihm wäre er sofort wieder losgezogen auf Kaperfahrt, aber der Fremde wollte nicht.

Die Mädchen, die Barbur ihm unter Deck schickte, warf Midian ins Wasser. Kreischend und schimpfend schwammen sie an Land. Barbur verstand das nicht. »He Midian, das sind Weiber und keine Küchenabfälle. Sind sie dir nicht hübsch genug?«

»Ich mache mir nichts aus ihnen«, log Midian, denn er ahnte, dass nicht einmal die Piraten Verständnis für seine außergewöhnlichen Liebespraktiken gehabt hätten. Noch keine Frau hatte sie überlebt.

Barbur zupfte an seinen grau-roten Bartfusseln. »Bei Poseidon! Du – äh – fasst doch den Löffel nicht am anderen Ende an, oder?«

»Keine Sorge«, brummte Midian. »Ich habe nicht vor, mich an dir zu vergehen.«

Barbur schwieg, und dieser Punkt war auch geklärt. Dachte Midian, aber am nächsten Abend beim Wein in seiner Kajüte rutschte Barbur unruhig auf seinem Stuhl hin und her, zupfte häufiger als sonst an seinem Bart und brummte schließlich: »Schade, dass dir die Weiber nicht gefallen, du versäumst was, glaub es mir. Aber was soll's. Mich gehts nichts an, und schließlich sind wir Freunde.«

»Was soll denn diese Vorrede?«, fragte Midian misstrauisch.

Barbur räusperte sich. »In Athen kenne ich ein Haus, das wäre bestimmt das richtige für dich. Ist nicht gut, wenn ein Mann den Druck nicht ablassen kann. Gold genug hast du auch.«

»Ich weiß, wo es so etwas zu kaufen gibt«, gab Midian barsch zur Antwort.

»Ich meine aber keine Straßenjungen.« Barbur grinste vertraulich. »So ein hübscher Kerl wie du kann was Edles verlangen. Ich weiß, dass dort sogar Männer vom Areopag verkehren. Na, ist das eine Gesellschaft für einen Fürstensohn?«

»Ich bin nicht interessiert.«

Barbur übersah den drohenden Blick und dass Midian seine Hand so fest um den Becher schloss, dass seine Knöchel weiß hervortraten. »Weil du nicht weißt, was dir dort geboten wird. Das ist ein Bordell von Männern für Männer, so etwas habe ich noch in keiner griechischen Hafenstadt gesehen, weil's verboten ist. Knabenliebe – oh ja, das feiern sie, die Hellenen, wenn sie denn hübsch versteckt, reinlich und möglichst in poetischen Versen daherkommt, aber wenn bei so einem Knäblein die ersten Haare sprießen, ist er ein Mann und – schwupps! – schon ist es aus mit dem Eros.«

»Was du nicht sagst. Und warum ist das in Athen erlaubt?«

»Was glaubst du denn? Natürlich ist es nicht erlaubt. Von außen ist die Silberquelle eine ganz normale Taverne, wo ein braver Bürger sein Bier trinken kann. Aber in den Hinterzimmern – na, mehr will ich nicht sagen. Du solltest dich an den Besitzer halten: Asandros, den schönsten Mann Athens, wie es heißt, aber das kann ich nicht beurteilen. Asandros' Hintern jedenfalls soll nicht nur unseren edlen Eupatriden begeistert ha...«

Barburs Worte gingen in einem Gurgeln unter. Midian hatte ihn bei der Kehle gepackt und schüttelte ihn. Barbur lief blaurot an, würgte und keuchte. Midians Lippen waren zurückgezogen, er hatte seine Zähne entblößt und knurrte wie ein Wolf. Barburs Körper zuckte, seine Hände griffen ins Leere.

Als sein Körper begann, schlaff zu werden, ließ Midian ihn los, atmete erregt und starrte auf Barbur, der sich stöhnend an die Kehle griff und sich mühsam am Tisch hochzog. »Bei den Pforten des Hades! Was ist denn in dich gefahren?«, röchelte er.

Midian hatte sich wieder gefasst. Er lehnte sich zurück und

strich sich das Haar aus dem Gesicht. »Ich weiß nicht. Manchmal fährt in mich ein Dämon. Vergiss es!«

»Habe ich dich beleidigt?«

»Vergiss es!«, brüllte Midian. »Mit deinen Weiber- und Erosgeschichten hast du mich ganz verrückt gemacht. Komm! Lass uns weitertrinken!«

In dieser Nacht war es passiert. Volltrunken war Midian durch die Gassen Athens gestolpert, in der Hand ein riesiges Enterbeil. Zur Weinrankengasse? Dumpf war Midian bewusst, dass dies ein großer Fehler gewesen wäre. So hieb er, Unsinniges lallend, mit kreischendem Lachen nur das Ebenbild in Hissarions Garten in Stücke.

36

Im Morgengrauen war Midian auf die ›Anemos‹ gewankt, hatte sich auf das Strohlager in seiner Kajüte geworfen und war sofort eingeschlafen. Er erwachte am späten Nachmittag, und sogleich erinnerte er sich seiner ›mannhaften‹ Tat. Er sah Asandros und Joram vor sich, wie sie kopfschüttelnd vor den Trümmern standen, zweifelnd einander ansahen, und er hörte sie sagen: Jetzt hat Midian den Verstand verloren, schade um ihn.

Die Hitze der Beschämung brannte auf seinem Gesicht. Noch etwas benommen rappelte er sich auf, kletterte an Deck und sprang ins Wasser, um den heißen Kopf zu kühlen und den Schmerz zu vertreiben, der darin wütete. Danach ging es ihm besser.

Später machte er sich auf den Weg zum Hafen und bezahlte für eine Überfahrt auf der ›Thalassia‹ nach Tyrus, die in vier Tagen auslief. Noch vier Tage, um die Gedanken zu ordnen. Vier Tage, um Abschied zu nehmen von der verfluchten, von der geliebten Stadt.

Zwei Tage verkroch er sich in Kallichoron, hing düsteren Gedanken nach. Er suchte Streit, aber man ging ihm aus dem Weg. Dann hatte er das stinkende Dorf satt und begab sich wieder in die Stadt. Bei einer Gruppe Ringer blieb er stehen in der Hoffnung, wenigstens einen guten Kampf genießen zu können. Doch der Kampf war ihm zu zahm, und er wandte sich ab. Dabei stieß er gegen einen Mann, der mit verschränkten Armen hinter ihm gestanden hatte und auch den Ringern zusah.

Statt sich zu entschuldigen, stieß Midian einen Fluch aus, als habe ihm der Mann die Straße versperrt. Er war es gewohnt, dass man ihn fürchtete, und hielt Rücksichtslosigkeit für sein Vorrecht.

Aber der Fremde war offensichtlich kein Feigling. »Du Flegel!«, empörte er sich, »kannst du nicht aufpassen?«

Midian wollte ihm die Faust ins Gesicht schlagen, doch der Fremde blockte den Schlag ab wie ein geübter Kämpfer. Damit hatte Midian nicht gerechnet, aber mit dem, was nun folgte, erst recht nicht. Der Mann wich zwei Schritte vor ihm zurück und stammelte: »Beim heiligen Stier des Mithras! Das ist nicht möglich.«

Midian rieb sich das Handgelenk, seine Wut war verraucht. Er schätzte gute Männer, und hier war er offensichtlich an einen geraten. Vor ihm stand ein kahlköpfiger Mann mit dem sehnigen Körper eines kampfgewohnten Mannes. Er hatte fremdländische Züge, und seine Haut hatte die Farbe alter Bronze. Ein gut aussehender Mann. Aber weshalb starrte ihn dieser an, als sehe er ein Gespenst?

»Kennen wir uns?«, fragte Midian spöttisch.

»Wer bist du?« Der Mann sprach ein fließendes Griechisch, aber mit einem gutturalen Klang. Doch in seiner Stimme lag Fassungslosigkeit.

»Ich bin Midian, und wer bist du?«

»Ich bin Aslan, der Sonnenläufer.«

»Müsste ich dich kennen?«

»Ich weiß nicht. Midian? Den Namen habe ich noch nie gehört. Er erwähnte ihn nie.«

»Wer erwähnte ihn nie?«

»Mein Vater.«

»Mein Freund, ich kenne weder dich noch habe ich das Vergnügen, deinen Vater zu kennen. Aber du hast meinen Schlag gut abgewehrt. Wo hast du das gelernt?«

»Bei meinem Meister.«

»Dann richte ihm meinen Respekt aus.« Midian wollte gehen, da flüsterte ihm der Mann zu: »Wir müssen miteinander reden, aber nicht hier.«

»Dazu sehe ich keine Veranlassung.«

»Es ist natürlich möglich, dass ich dich nur verwechsele.«

»Hm, hoffentlich nicht mit einem Sandläufer aus Nubien«, brummte Midian.

»Wenn man dich verwechseln kann, dann nur mit dem Sohn des Zeus persönlich.« Aslan lächelte wie eine Sphinx, oder hatte er gar gezwinkert? Midian berührte dieses Lächeln in einer Weise, die er sich nicht erklären konnte und die ihn ärgerte, weil es sich wie eine Gemeinsamkeit anfühlte, die er für völlig abwegig hielt.

»Möglicherweise verbindet uns aber auch ein Geheimnis«, fuhr der Fremde fort. Seine Mandelaugen hatten jetzt etwas Tiefgründiges.

Plötzlich überfiel Midian ein Unbehagen. Wollte dieser mysteriöse Mensch ihn womöglich hinters Licht führen? Jagamal fiel ihm ein, der dürre Priester aus Samucha, der ihn im Auftrag seiner Mutter arg übertölpelt hatte.

»Kommst du vielleicht aus der Silberquelle? Hat Asandros dich geschickt, um mir einen Streich zu spielen?«

Midian sah, wie der Fremde merklich zusammenzuckte. »Meinst du die Taverne in der Weinrankengasse?«

Midian nickte.

Die Gelassenheit, die der Fremde bis jetzt ausgestrahlt hatte, schien ihn für einen Moment zu verlassen. »Ich – habe von ihr gehört, sie ist keine gewöhnliche Taverne, nicht wahr? Aber einen Asandros? Nein, den kenne ich nicht.«

Midian glaubte ihm kein Wort. »Hm, du sagtest vorhin, du seist ein Sonnenläufer? Was ist das?«

»Die sechste Stufe bei den Mithrasmysterien. Er hat nur für Eingeweihte eine Bedeutung, für gewöhnliche Menschen nicht.«

Beim Barte eines verlausten Syrers!, dachte Midian gallig. *Ich ziehe Priester an wie faules Fleisch die Fliegen.* »Mit ›gewöhnlich‹ scheinst du mich zu meinen.«

»Nein, ich erkenne, dass du außergewöhnlich bist. Aber ich weiß noch nicht, auf welche Art und Weise. Es gibt auch außergewöhnliche Schurken.«

Midian grinste vage. »Dann bist du kein Liebesdiener aus der Silberquelle, du bist wirklich ein Priester?«

»Ich übe mein Amt nicht mehr aus. Aber man bleibt ein Leben lang das, was man geworden ist.«

Midian deutete eine spöttische Verneigung an. »Du bist ein rätselhafter Mann, und ich würde dein Geheimnis gern entschleiern, aber ich habe andere, dringende Geschäfte zu erledigen.«

Aslan neigte zustimmend den Kopf. »Ich dränge dich nicht. Wenn es in den Sternen geschrieben steht, werden wir uns wiedersehen.«

Es war dunkel, als Midian auf die ›Anemos‹ zurückkehrte. Wenig später becherte er mit Barbur, und unter dem Sternenhimmel auf dem Deck des dümpelnden Schiffes erschien Midian der Vorfall wie ein Spuk. Priester oder Hure, Asandros steckte dahinter, da verwettete er seine Eier. Und wenn er sich nicht so sehr vor einer Begegnung gefürchtet hätte, wäre Midian schnurstracks zur Silberquelle gelaufen, um Asandros zur Rede zu stellen. Nicht im Zorn, nur um klarzustellen, dass er seinen Streich durchschaut hatte: Rache für die Zertrümmerung des Phaeton.

»Du ziehst ein Gesicht, als sei dir der Großmast auf den Kopf gefallen«, brummte Barbur. »Das kommt davon, dass du meine Ratschläge nicht befolgst. Wein ist gut für die Kehle, aber weiter unten brauchst du etwas anderes.«

Midian sah ihn unter gesenkten Lidern an. »Gibt es in Athen einen Mithraspriester, kahler Schädel, guter Kämpfer und trägt den Namen Aslan?«

Barbur blinzelte. »Schon merkwürdig, dass du mich gerade nach dem fragst.«

»Du kennst ihn also?«

»Kennen?« Barbur holte eine blankgescheuerte Figur aus seinem Gürtel und drückte sie an seine Lippen. »Tanit steh mir bei! Kennen tu ich ihn nicht. Aber sein Meister ist ein mächtiger Mann aus dem Fernen Osten, der sich seit einiger Zeit in Athen niedergelassen hat. Er gehört zu einer Sekte der Sonnenanbeter, und man sagt ihm Zauberkräfte nach. Ist er dir etwa über den Weg gelaufen?«

»Kann man so sagen. Erzähl mir mehr von ihm.«

Barbur rieb die Figur unter dem Rock an seinem Geschlechtsteil. »Tanit, erhalte mir meine Manneskraft«, murmelte er. Dann steckte er den Talisman wieder in den Gürtel. »Dieser Kahlkopf soll schon Leute verflucht haben, und dann fault er dir ab.«

Midian stieß verächtlich die Luft durch die Nüstern. »Mit solchen Geschichten schreckt man kleine Kinder. Was steckt wirklich dahinter?«

»Bei Poseidons Dreizack! Woher soll ich das wissen? Mit solchen Leuten verkehre ich nicht. Die Griechen sind eben ein wunderliches Völkchen.«

Das fand Midian nicht. Die Dämonenfurcht in Babylon war weitaus ausgeprägter. Außerdem war dieser Aslan kein Grieche. Kam er womöglich aus Babylon? War er ein Feind, der hier in Athen unvermutet auf seinen Widersacher gestoßen war? War er deshalb so erschrocken? Das erschien Midian am wahrscheinlichsten. Man konnte schließlich nicht alle seine Feinde kennen. Doch was verschwendete er seine Gedanken an ihn? Deshalb zuckte er die Achseln. »Ist auch nicht mehr wichtig. Morgen Abend geht mein Schiff.«

»Schade«, sagte Barbur. »Bist du ganz sicher, dass du das schöne Athen schon verlassen willst?«

»Glaub mir, Barbur, jeder Tag in Athen ist ein Tag zu viel.«

37

Seit Midians Ankunft in Athen waren Asandros' Besuche bei Aslan seltener geworden. Er brauchte ihn nicht mehr, das Fieber war erloschen, und es war nur noch ein Akt der Gewohnheit und vielleicht auch des Mitleids, dass er ihn aufsuchte. Da Aslan stets sehr schweigsam war, beschränkten sich die Besuche auf die körperliche Vereinigung, aber das genügte Asandros nicht mehr, obwohl er für den rätselhaften Mann eine gewisse Zuneigung empfand.

Umso erstaunter war er, als Aslan ihn zu einer völlig unüblichen Zeit in der Silberquelle aufsuchte. Schon auf den ersten Blick bemerkte er, dass Aslan, der gewöhnlich in sich selbst ruhte, nicht die vertraute Gelassenheit ausstrahlte. Seine Bewegungen waren hastiger als sonst, und seine Augen flackerten leicht.

»Ich muss mir dir sprechen!«, stieß Aslan ohne Vorrede und ohne Begrüßung hervor.

Asandros war leicht beunruhigt. Er hoffte, dass Aslan nichts Unmögliches von ihm verlangen würde. »Natürlich.« Er machte eine höfliche Handbewegung hin zum Inneren des Hauses. »In meinem Zimmer sind wir ungestört. Ich gehe voran, wenn du es erlaubst.«

Sie gingen die Stiege hinauf. Asandros' Zimmer lag nach Süden, die Tür zur Dachterrasse war offen, die zugezogenen Vorhänge bauschten sich leicht im Wind. Ein großes Bett und ein großer Tisch beherrschten das Zimmer. Der Tisch war übersät mit persönlichen Gegenständen, das meiste waren Schriftrollen, dazwischen verstreut lagen babylonische Rollsiegel und einige Tontafeln, bedeckt mit merkwürdigen Zeichen.

Asandros bat Aslan, sich zu setzen, und schuf mit einer großzügigen Armbewegung etwas Platz auf dem Tisch. Einem wie aus dem Nichts herbeigeeilten Diener trug er auf, Erfrischungen zu bringen.

»Bitte«, wehrte Aslan ab. »Mach meinetwegen keine Umstände.«

»Das sind keine Umstände. Du bist hier willkommen. Dennoch überrascht mich dein Besuch. Was kann ich für dich tun?«

»Was kannst du mir über einen gewissen Midian sagen?«

Asandros' freundliches Lächeln verschwand. »Weshalb sollte ich etwas über ihn wissen?«

»Ich begegnete ihm zufällig. Er erwähnte deinen Namen und die Silberquelle. War er – wie soll ich mich ausdrücken – ein Freund dieses Hauses?«

Asandros' Stimme wurde abweisend. »Ich spreche nicht über Midian.«

»Ich muss ihn finden. Es ist wichtig.«

»Er ist nicht mehr in Athen.«

Aslan war sichtlich betroffen. »Er ist nicht mehr hier? Und wohin ist er gegangen?«

Asandros fand es merkwürdig, ja sogar beunruhigend, dass Aslan sich nach Midian erkundigte. Was verband diese beiden Männer? »Nach Babylon, nehme ich an«, sagte er schroff.

»Weshalb nach Babylon?«

»Weil er dort zu Hause ist.«

»Und aus welchem Grund ist er in Athen gewesen?«

Asandros lehnte sich zurück. »Viele Fragen. Was willst du von Midian?«

Ein Diener brachte Erfrischungen und schaffte es, sie irgendwo auf dem Tisch unterzubringen.

»Ich sagte es schon, ich muss mit ihm reden.«

»Gewiss, und warum?«

»Das möchte ich für mich behalten.«

»Dein gutes Recht. Aber warum sollte ich dir dann deine Fragen beantworten?«

»Weil es eine Sache nur zwischen ihm und mir ist. Du hast damit nichts zu tun.«

»Wenn du meinst. Dann such ihn in Babylon.«

»Vielleicht werde ich das tun. Wie gut kennst du ihn?«

»Ich wiederhole: Was willst du von Midian?«

»Ich möchte nicht darüber sprechen. Du würdest vieles nicht verstehen.«

Asandros fand das Verhalten Aslans recht besorgniserregend. Midian, das bedeutete meist Gefahr, und wenn diese beiden Männer ein Geheimnis teilten, war es für die übrige Menschheit sicher nicht zum Vorteil.

»Dann erklär es mir.«

Aslan ließ seine Blicke schweifen und suchte nach einer Ausrede. Umständlich nippte er an seinem Getränk. »Hat er jemals von Subandhu gesprochen?«

»Vielleicht, weiß ich nicht. Midian kannte viele Leute, ich kann mich jedenfalls nicht erinnern. Wer soll das sein?«

»Subandhu ist mein Vater.«

»Sollte Midian ihn kennen?«

»Das wollte ich ihn fragen. Unter anderem.«

»Nun, was deinen Vater angeht, kann ich dir wirklich nicht helfen.«

Aslan sah Asandros mit seinem merkwürdigen Blick an. »Kennt ihr euch schon lange?«

»Zu lange, würde ich sagen. Wir sind so etwas wie – Freunde. Aber Midians Freundschaft ist schwer zu ertragen. Sei froh, dass du ihm in Athen nicht mehr begegnet bist.«

Aslan lächelte abwesend. »Wenn ihr Freunde seid, dann weißt

du sicher etwas über seine Vergangenheit.« Er hob beschwichtigend die Hand. »Ja, ich werde dir sagen, weshalb ich Midian sprechen wollte. Aber da er fort ist, kannst du mir vielleicht sagen, was ich wissen muss.«

»Dann sprich!«

»Wie ich dir schon sagte, ich begegnete ihm zufällig, aber sein Anblick hat mir einen kleinen Schock versetzt. Denn weit im Osten gibt es einen Tempel, und auf ihm steht ein Abbild dieses Mannes, aber es kann nicht Midian sein, denn es wurde vor drei Jahrzehnten gemacht.«

Überrascht fragte Asandros: »In Tissaran?«

Aslan zuckte zusammen. »Du kennst es?«

»Ich war nie dort, aber Midian hat mir von der Statue erzählt. Er meinte allerdings, sie stelle ihn selbst dar. Offensichtlich hat er gelogen.«

»Er kannte sie also? Bei Mithras, dann muss er Zamorans Sohn sein. Denn die Statue stellt den Fürsten der Midianiter dar. Und seine Mutter ist ...« Aslan zögerte.

»... war die schöne Atargatis«, ergänzte Asandros lächelnd. »Beim Zeus, ich wusste nicht, dass Midian ein Fürstensohn ist.«

»War? Ist sie tot?«

»Ja.«

»Wie ist sie gestorben?«

»Sie wurde hingerichtet«, erwiderte Asandros schroff.

»Dann hat die Gerechtigkeit sie ereilt.« Aslan senkte den Blick, um sich zu sammeln. »Sie war auch meine Mutter.«

Wenn die Decke herabgestürzt wäre, hätte Asandros nicht fassungsloser sein können. Es dauerte einen Augenblick, bevor er stammeln konnte: »Dann wärst du – dann wärst du Midians Bruder?«

Aslan nickte. »Verstehst du jetzt, weshalb es für mich so wichtig gewesen wäre, mit ihm zu sprechen. Zamoran und mein Vater Subandhu waren Freunde. Er war ein Anhänger des strahlenden Mithras, daneben aber auch ein Steinmetz, und von der Priesterin der Anath erhielt er den Auftrag, Zamoran in Stein zu schlagen. Mein Vater glaubte, einem göttlichen Befehl zu gehorchen.«

Asandros konnte den Blick plötzlich nicht von Aslan wenden, so als müsse er in seinen Zügen, seinen Gesten, seinem Lächeln überall Midian erkennen. Sein Gefühl hatte ihn nicht getrogen, dieser Mann hatte ein Geheimnis gehütet. Was würde Midian zu diesem Bruder sagen? »Es tut mir leid, Aslan, dass ich so abweisend war, aber jetzt hast du meine volle Anteilnahme. Erzähl mir mehr davon.«

Aslan nickte. »Zehn Jahre arbeitete mein Vater an der Figur. Er nahm kein Geld dafür. Nicht einen Schekel Kupfer. Aber er stellte eine Bedingung. Die göttliche Atargatis müsse mit ihm das Lager teilen.«

Asandros stieß einen verblüfften Laut aus.

»Sie war damit einverstanden, obwohl sie nur einen Mann in ihrem Leben geliebt hat: Zamoran. Aber ohne meinen Vater würde es keine Statue geben. Denn niemand als er war dazu in der Lage, und meine Mutter wusste das.« Aslan lächelte bitter. »Von einem Achylides hatte sie noch nie gehört.«

Asandros nickte flüchtig.

»Aus dieser Verbindung bin ich entstanden. Aber als die Statue fertig war, nahm sich mein Vater das Leben.«

»Wegen Atargatis?«

Aslan schüttelte den Kopf. »Nein, sie hatte damit nichts zu tun. Mein Vater setzte seinem Leben ein Ende, weil er der Meinung war, nie wieder etwas Vollkommeneres erschaffen zu können. Nach diesem Werk sei alles Bemühen nur noch Asche. Für ihn lohnte es sich nicht, das Leben fortzusetzen. Ich war ein zehnjähriger Knabe, aber ich achtete seinen Entschluss, denn ich glaubte, er käme von Mithras.«

»Und von einem Bruder hast du nichts gewusst?«

»Nein. Dort gab es kein Kind.«

»Wohin bist du dann gegangen?«

»Mein Vater glaubte mich in guter Obhut bei meiner Mutter, aber sie hat mich vom ersten Tag an gehasst, weil sie gezwungen gewesen war, mit meinem Vater zu schlafen. Nach seinem Tod hat sie mich nach Babylon verkauft.«

»Ja, sie war eine böse Frau«, nickte Asandros und erinnerte sich mit Schaudern an seine Begegnung mit ihr, nachdem er geglaubt hatte, Midian sei im Stier verbrannt. Damals war er ahnungslos gewesen.

Aslan sah zur Seite und schaute in die Ferne, als betrachtete er seine Vergangenheit wie in einem Spiegel. »Den Rest kennst du«, sagte er leise.

Asandros wusste, was Aslan meinte, aber es waren noch viele Fragen offengeblieben. Dennoch hatte ihn dessen Geschichte sehr bewegt. Er wollte diesem Mann keinen weiteren Schmerz bereiten, indem er ihm die Wahrheit über Midian erzählte. Seinetwegen war er froh, dass dieser nicht mehr in Athen war.

»Was Midian angeht, kannst du nun sicher sein, Aslan. Wirst du ihm nachreisen?«

Aslan schüttelte den Kopf. »Ich glaube an das, was die Sterne uns sagen. Und wenn dort geschrieben steht, dass wir uns wieder begegnen sollen, dann wird es geschehen. Ich spüre, dass das

Schicksal noch etwas für uns bereithält.«

»Hoffentlich etwas Erfreuliches«, bemerkte Asandros etwas lahm.

»Es wird etwas Entscheidendes sein.« Aslan lächelte und machte Anstalten, sich zu erheben. »Ich habe dich aufgehalten. Danke für deine Geduld. Ich hätte dir gleich vertrauen sollen.«

Asandros berührte seinen Arm. Es war die erste zärtliche Berührung zwischen ihnen. »Nein, ich entschuldige mich für mein schroffes Auftreten. Und nun komme bitte mit in den Hof. Ich will dir etwas zeigen.«

Aslan starrte auf den Fackelläufer, der wie lebendig wirkte. »Das kann ich nicht glauben!«, stieß er andächtig hervor. »Wer hat dieses Meisterwerk erschaffen? – Achylides?«

Asandros nickte. »Er ist ein großer Künstler.«

»Er ist ein Gott!« Aslan trat näher und strich über den glänzenden Stein. »Ich hätte nie geglaubt, dass jemand auf der Welt meinen Vater übertreffen könnte. Er selbst hielt es für unmöglich, für diese Überzeugung hat er sein Leben gegeben.« Unendlich zärtlich berührten seine Finger jede Einzelheit. »Jetzt weiß ich, dass er einem Irrtum erlegen ist.« Dann sah er Asandros ernst an. »Ich ahnte nicht, dass dich so viel mit ihm verbindet. Durch dieses Meisterwerk ist Midian dir immer nah.«

»Er war mein Geliebter. Ich wäre für ihn gestorben, und vielleicht würde ich das auch heute noch tun. Aber ...« die Erinnerung erstickte Asandros' Stimme. »Wenn du willst, Aslan, dann schenke ich ihn dir.«

»Unmöglich! Du scherzt! Das kann ich nicht annehmen.«

»Doch. Du verbindest keine bitteren Gedanken mit ihm so wie ich.«

38

Endymion lief schreiend in die Küche. Dort hockte er sich in einen Winkel und war durch nichts mehr hervorzulocken. »Er ist da! Er will mich holen.«

Es dauerte eine Weile, bis Thevestos wusste, wen Endymion meinte. »Aslan? Na, hat er dich geholt? Der tut dir nichts. Er ist der ehemalige Besitzer dieser Taverne.«

»Er wartet den Spruch der Götter ab.«

»Du bist ein Narr, Endymion! Geh an deine Arbeit! Und wehe dir, wenn du von seinem Besuch etwas verlauten lässt.«

Thevestos hielt es jetzt doch für angebracht, Asandros zu unterrichten, weil er sich auf Endymions Zurückhaltung nicht mehr verlassen konnte. Noch am selben Tag stand Endymion mit zitternden Knien in Asandros' Arbeitszimmer, dort, wo Achylides ihn damals abgeliefert hatte. »Was weißt du über Aslan?«, fragte Asandros ohne Umschweife. »Und versuch keine Ausflüchte. Denn wenn du lügst, nehme ich dich tatsächlich am Kragen und schneide dir die Kehle durch, verstanden?«

»Oh, du weißt es also«, würgte Endymion hervor. »Dann ist es wahr.« Er warf sich zu angstvoll zu Boden.

»Steh sofort auf!« Asandros ging auf Endymion zu und zerrte ihn hoch. »Rede! Was hast du gegen den Mann?«

Endymion schwieg, und erst nach weiteren fürchterlichen Drohungen ließ er sich zum Reden bewegen. »Er kam zweimal in den Hafen. Ich habe seine schöne Sänfte gesehen. Er ließ sie bei den Lagerhäusern stehen und ging zu Fuß weiter. Einen weiten, dunklen Mantel trug er. Mit seinen guten Ziegenlederstiefeln kam er zu uns hinaus, wo wir in den Höhlen der Plejaden schliefen. Er war so schön, genau wie du, Herr. Und er holte Silber aus seinem Beutel. Oh, gütiger Hermes! Silber! Dann nahm er Hermion mit. Der Priester kam noch viermal, und jedes Mal nahm er einen von uns mit. Sie kamen nie zurück, aber wir beneideten sie. Bis mir Attalos, der Bootsmann, die Wahrheit sagte. Dass die Eingeweihten bei ihrer Aufnahme in eine Grube steigen und mit Blut übergossen werden. Gewöhnlich ist es das Blut von Schafen und Ziegen, aber wer mächtig werden will, tut es mit Menschenblut. Und Aslan ist mächtig, denn sein Gott schenkt ihm dadurch seine verlorene Manneskraft.«

Asandros brauchte eine Weile, um das Gehörte zu überdenken. *Hatte Aslan nicht von Mithras gesprochen? War er ein Priester jenes Gottes? Was verbarg ihm dieser Mann?* Zu Endymions Verwunderung schalt er ihn nicht wie der Koch, sondern legte ihm die Hand auf die Schulter und sagte: »Ich werde das überprüfen. Sprich mit niemandem darüber. In meinem Haus brauchst du keine Angst zu haben, ich halte nichts von solchen Ritualen.«

Endymion küsste Asandros die Hand und huschte hinaus. Natürlich glaubte er ihm kein Wort, weil die Gebieter ihren Sklaven niemals die Wahrheit sagten. Ab heute musste er eben noch wachsamer sein als sonst.

Asandros nahm sich vor, Aslan darauf anzusprechen. Vielleicht stimmte ein Teil von dem, was Endymion erzählte. Und wenn sich Aslan etwas Böses hatte zuschulden kommen lassen, dann hätte er einen Grund, ihm fern zu bleiben und wieder ein normales Leben zu führen.

Asandros schämte sich ein wenig, so zu denken, denn er wusste, dass Aslan ihn stets erwartete, hungrig nach seiner Behandlung.

Doch nachdem er wusste, dass es sich bei ihm um Midians Bruder handelte, wollte er dieses Verhältnis mehr denn je beenden.

Schon am Tag danach suchte er ihn im Piniengrund auf. Über Aslans meist unbewegte Züge huschte ein freudiger Schein, denn er hatte noch nicht mit ihm gerechnet. Wenn Asandros ihn besuchte, lief es immer gleich ab. Auch jetzt löste Aslan schweigend seinen Gürtel, Worte fielen selten dabei. Doch Asandros schüttelte den Kopf. »Nein, Aslan, nicht heute. Ich muss mit dir reden.«

»Wegen Midian?«

»Nein. Es geht um etwas anderes.«

Eine winzige Enttäuschung spiegelte sich in seinen Augen. »Du wirst nicht wiederkommen? Du kannst mir gern die Wahrheit sagen.«

»Wegen der Wahrheit eben bin ich hier. Kennst du einen Endymion?«

Asandros beobachtete Aslan scharf, aber dieser schüttelte gelassen den Kopf. »Nein.« Es sah nicht so aus, als lüge er.

»Und einen Hermion?«

»Hermion?« Aslan schien nachzudenken. »Der Name kommt mir bekannt vor. Vielleicht einer von den Jungen am Hafen?«

»Holst du dir oft von dort Knaben?«

An Asandros scharfem Tonfall erkannte Aslan, was dieser meinte. Er runzelte die Stirn. »Nicht für meine Zwecke. Oh, ich sehe, du unterstellst mir etwas absolut Niedriges und Schlechtes.« Er band sich den Gürtel wieder fest. »Vielleicht muss es mich nicht wundern, denn du weißt wenig über mich.«

»So ist es. Es ist ja nicht so, dass ich nie danach gefragt hätte.«

»Es hatte mit unserem – sagen wir Zeitvertreib – nichts zu tun, deshalb schwieg ich. Denn an viele Dinge aus meiner Vergangenheit werde ich nicht gern erinnert. Woher weißt du von den Knaben?«

»Ist das nicht gleichgültig? Was machst du mit ihnen?«

»Es sind Gefallene, so wie ich einer war. Ich habe immer wieder Kinder aus Schmutz und Elend geholt. Ich bin sehr wohlhabend, wie du weißt. Ich nutze mein Vermögen, um zu helfen.«

Asandros musterte ihn misstrauisch. »Das würde ich gern glauben, aber weshalb behauptet mein Küchenjunge, du würdest Kinder schlachten für ein Blutritual deines Gottes?«

Aslan führte entsetzt die Hand zum Mund. »Ich weiß nicht, wie er darauf kommt. Es ist eine Lüge.«

»Bist du ein Priester des Mithras?«

»Nein, aber dereinst wurde ich ihm geweiht. Ich erreichte die sechste Stufe, daher bin ich ein Sonnenläufer. Es ist ein Mysterium, aber es ist völlig harmlos. Die Mithrasanhänger beobachten die Sterne, sie kennen die Tierkreiszeichen und verfolgen ihre Laufbahn.«

»Ohne Blutopfer?«

Aslan lächelte. »Selbstverständlich. Mithras oder Mithra, wie er in meiner Heimat heißt, ist ein guter und friedliebender Gott, der Gott des Vertrages und des Bundes. Auch mein Vater verehrte ihn.« Er wies auf den Diwan. »Aber wollen wir uns nicht setzen? Ich bin kein blutsaugender Dämon, glaub mir.«

»Ich möchte dir glauben«, sagte Asandros, während er der Aufforderung nachkam, »aber Endymion kann sich das doch nicht alles ausgedacht haben. Er sagte, die anderen kamen nicht wieder.«

»Weshalb sollten sie auch in diese Hölle zurückkehren, aus der ich sie herausholte? Aus einer Hölle, die ich auch einmal erlebte. Vielleicht hat er etwas aufgeschnappt von Stieropfern, wo die Gläubigen in seinem Blut baden. Doch dieser Brauch ist griechisch und hat nichts mehr mit dem Mithra meiner Heimat zu tun. Manchmal besuche ich den Mithrastempel, weil ich dort Freunde habe, aber ich nehme nicht mehr an ihren Gottesdiensten teil.«

»Ich werde das nachprüfen.«

Aslan begegnete ruhig seinem scharfen Blick. »Das kannst du unbesorgt tun.«

Asandros schwieg. Hatte er Aslan Unrecht getan, weil ein dummer Junge auf Gerüchte hereingefallen war? Auf abergläubisches Geschwätz? Aber das lag nur daran, sagte er sich, weil Aslan ein Geheimnis aus seiner Herkunft gemacht hatte.

»Wenn ich dich zu Unrecht beschuldigt habe, tut es mir leid«, sagte er.

»Schon gut.« Aslans Stimme war kühl. »Du willst jetzt sicher gehen.«

Asandros warf ihm einen seitlichen Blick zu. »Willst du nicht darüber sprechen? Über das, was dein Leben offenbar so überschattet hat?« Er zögerte. »Ich weiß ja, dass du als Zehnjähriger ...«

»Dass man mich kastriert hat wie einen Bullen, den man zum Ochsen macht, meinst du? Ja, damit teilte ich das Los vieler. Aber mich und einige andere brachte man an einen besonderen Ort. Wir waren auserwählt, verstehst du?« Aslan stieß ein Gelächter aus, wie es Asandros noch nie bei ihm gehört hatte. »Es kamen Männer zu uns, um die Behandlung an uns zu vollziehen, aber dafür waren sie nicht ausgebildet. Eine Menge Schekel haben sie in der Hand jenes Ungeheuers gelassen dafür, dass sie uns besuchen durften. Und sie ließen sich eine Menge Zeit bei ihrer Arbeit, denn schließlich hatten sie für alles bezahlt, was sie uns ...« Aslan begann plötzlich zu zittern und wischte sich den Schweiß von der Stirn. »Tut mir leid, ich kann nicht weiter – ich habe noch nie darüber gesprochen«, flüsterte er.

Asandros war schrecklich kalt geworden. »Ein Ungeheuer, sagtest du? Hieß der Mann vielleicht Naharsin?«

Aslan starrte ihn an. »Du kennst Naharsin?«, gurgelte er. Dann begriff er, was das bedeutete, und er wurde aschgrau im Gesicht. »Du kennst diesen Mann? Du weißt, was er getan hat?« Seine schmalen Augen funkelten vor Hass. »Dann warst du da! Du warst in dem Zimmer!«

»Ja«, sagte Asandros, seine Stimme war nur noch ein Hauch. »Ich war da, aber nicht so, wie du denkst. Ich habe das Haus schließen lassen, Naharsin wurde hingerichtet, und er starb keinen leichten Tod.«

»Ist das wahr? Aber wie konntest du –?«

»Ich diente Nebukadnezar, davor seinem Vater Nabupolassar. Ich tat es im Namen des Königs, der Menschlichkeit und der Gerechtigkeit.«

»Möge Mithras dich segnen!«, stammelte Aslan, und Asandros sah, wie dem harten Mann die Tränen über das Gesicht liefen. Er umarmte ihn und zog ihn zu sich heran. Lange hielten sie sich so. Wenn jemals eine Mauer zwischen ihnen gewesen war, in diesem Augenblick zerfiel sie zu Staub.

Aslan klopfte Asandros auf den Rücken. »Jetzt musst du aber gehen, ich bin es nicht gewohnt, meine Gefühle zu zeigen.«

Asandros küsste ihn sanft auf die Stirn. »Aber zuvor sollten wir uns einem anderen Zeitvertreib widmen, was denkst du darüber?«

39

Midian hatte noch einen Tag, bevor die Thalassia den Hafen verließ. Die Unruhe, die sich seiner bemächtigt hatte, ließ ihn nicht los. Wenn er jetzt Athen verließ, würde es für immer sein. War es nicht das, was er wollte: Endlich frei sein von dem Mann mit dem Flammenschwert? Andererseits – hatte er denn überhaupt noch eine Bedeutung, wenn das Vorhaben seiner Mutter nichtig geworden war? War er denn noch ein Gegner?

Nein, sagte sich Midian, der Kampf ist vorüber, und ich bin es, der ihn verloren hat. Asandros ist kein Gegner, er ist der Sieger, was noch unerträglicher ist. Und er hat mir Joram entfremdet. Einen Mann, der mit den Schwarzen Wölfen gezogen ist, der nicht leben konnte ohne mich. Aber der Grieche hat ihn in seiner Honigfalle gefangen, und alles hat sich als Trugbild und Täuschung erwiesen. Aber ich weiß, ich kann nicht gehen, ohne ihn noch einmal zu sehen. Und dann überlasse ich es der Fügung, was geschehen wird.

Er hatte Asandros nie in der Silberquelle besucht, daher kannte man ihn dort nicht. Nachdem er eine Weile um das Haus herumgestrichen war, betrat er es, legte sich für die erste Überraschung ein paar treffliche Bemerkungen zurecht, und fragte einen jungen Mann, der nach seinen Wünschen fragte, ob der Herr des Hauses zu sprechen sei.

»Das tut mir leid, er ist ausgegangen.«

»Oh, ich müsste ihn ganz dringend sprechen. Weißt du zufällig, wohin?«

Der junge Mann lächelte, denn die schönen Augen des Gastes ruhten mit Wärme auf ihm. »Ganz zufällig hörte ich, wie er zu den Sänftenträgern sagte, zum Piniengrund. Aber ich will seinen Freund Joram fragen, der wird ...«

»Nein, nicht nötig«, wehrte Midian hastig ab. Er wusste, wenn er ihm jetzt begegnete, würde er sich nicht in der Gewalt haben. Dass Joram sich in der Silberquelle aufhalten könnte, hatte er nicht bedacht. Er hatte ihn sonst stets bei Achylides getroffen.

Midian kannte den Piniengrund, er war malerisch gelegen, aber er hätte nicht zu sagen gewusst, wen Asandros dort treffen wollte. Prächtige Villen standen verstreut auf einer Anhöhe, die von einem Pinienwald bedeckt war. Durch die zartgrünen Baumwipfel schimmerte das Meer. Hier wohnte nicht die Unterschicht. Welches Haus mochte Asandros besucht haben? Midian schlenderte durch den Wald und nahm die Villen in Augenschein, als er unterhalb des Hanges Stimmen hörte. Er schlüpfte hinter einen Baum und sah hinunter auf den schmalen, kiesbedeckten Strand. Dort saßen zwei Männer auf einem Felsen und wandten ihm ihre Rücken zu. Der zur Linken war Asandros, sein rechter Arm ruhte auf den Schultern des anderen Mannes, und Midian wollte verflucht sein, wenn er nicht auch diesen kannte. Der markante, kahl geschorene Kopf war ihm noch in lebendiger Erinnerung, auch wenn er ihn jetzt nur von hinten betrachten konnte und er leicht auf Asandros' Schultern ruhte. Nur mit äußerster Willensanstrengung drängte Midian einen Wutschrei in seine Kehle zurück. *Ich kenne keinen Asandros*, hörte er den Fremden sagen, doch seine vertraute Haltung wies nicht nur darauf hin, dass er ihn kannte. Es war offensichtlich, was diese beiden Männer miteinander verband.

Midian neigte nicht zur Eifersucht. Er hielt es für natürlich, ein Abenteuer zu genießen, wo es sich bot. Aber das hier war etwas anderes. Er war schändlich angelogen worden in einer Sache, die eigentlich keine Lüge wert gewesen war. Wenn der Fremde es dennoch für wichtig gehalten hatte, Asandros' Bekanntschaft zu leugnen, dann musste es ein Komplott dieser beiden Männer geben. Ein Komplott, das sich natürlich gegen ihn selbst richtete. Er hatte die Verblüffung im Gesicht des Fremden nicht vergessen. Wie war noch sein Name gewesen? Aslan, ja! Aslan, der Sonnenläufer. Wer es nötig hatte, sich mit solchen Titeln zu schmücken, war ein Schurke und Schwindler. Und Asandros? Woher kannte er diesen Aslan? War er mehr als nur sein Liebhaber? Midian knirschte mit den Zähnen. Ein gut aussehender Mann, dieser Sonnenläufer, ein nicht alltäglicher Mann, ein Mann, der Asandros gefallen mochte. Mit dem er sich getröstet hatte, als sein schöner Feind aus Athen verschwunden war. Joram genügte ihm nicht. Nein. Asandros hatte schon immer eine Vorliebe für das Abgründige gehabt, sonst wäre er ihm, Midian, nicht verfallen. Aber das schien vorbei zu sein. Nun hatte er Joram und Aslan. Und er selbst hatte nichts. Nichts! Er war zum Besten gehalten worden, man hatte ihn abgelegt wie einen zerschlissenen Rock. Das hatte der Mann getan, vor dem er in die Knie gegangen war, obwohl er ihn zum eisernen Stier verurteilt und seine Mutter getötet hatte. Für den er bereit gewesen war, die Fackel zu löschen, mit der er das Glück der Menschheit hatte verbrennen wollen.

Midian erhob sich und hastete davon. Erst, als er außer Hörweite war, lehnte er sich an einen Baum und stöhnte laut auf. *Ich werde sie töten!*, dachte er. *Mit einer Lanze werde ich beide gleichzeitig durchbohren, damit sie aneinander geschmiedet gemeinsam verfaulen. Doch was war schon der Tod für Asandros? Kurze Qual und dann ewiges Vergessen. Nein!* Er ballte seine Hände zu Fäusten. *Noch lebt Tyrandos, lebt unser Plan. Er wartet auf mich, ich weiß es. Noch ist nichts zu spät. Asandros und mit ihm sein geliebtes Athen werden spüren, was es heißt, Midian herauszufordern.*

40

Midian hatte wieder Kontakt mit Tyrandos aufgenommen und ihm die alte Idee mit den Silbergruben schmackhaft gemacht. Tyrandos, der schon geglaubt hatte, der plötzlich aufgetauchte Babylonier habe sich als Windei entpuppt, war wieder Feuer und Flamme. Während Athen und Sparta sich zerfleischten, würde man neue Netze knüpfen, neue Abhängigkeiten schaffen und die Macht vergrößern. Tyrandos hatte König Archidamos von Sparta den Plan in einem entsprechenden Schreiben erläutert. Und nachdem sie ihre Intrige mit etlichen Krügen Wein begossen hatten, fühlte sich Midian wieder gewappnet, Asandros und Joram gegenüberzutreten.

Asandros legte seinen Gürtel ab. »Pheidon? Pittakos?«

Der Alte schaute herein. »Sorg bitte dafür, dass mir ein Bad gerichtet wird. Und sag Joseba, ich möchte einen leichten Abendimbiss.« Obwohl er in der Silberquelle wohnte, suchte er doch weiterhin regelmäßig seinen Freund Achylides auf, in dessen Haus er sich stets geborgen fühlte.

Als Asandros in der Wanne lag, klopfte es heftig an das Tor. Pheidon ging öffnen. Draußen stand ein Fremder. Er machte einen abgehetzten Eindruck, sein Atem ging keuchend. Pheidon setzte ein einfältiges Lächeln auf. »Ja?«

»Wohnt hier der Spartaner Asandros, der Sohn des Eurysthenes?«

Pheidon musterte den Fremden von oben bis unten. Er gefiel ihm nicht. »Das ist Haus von Gebieter Achylides, der Gebieter Asandros ist im Bad. Ist sehr müde, will heute keinen mehr sehen.«

Pheidon wollte die Tür wieder schließen, da stieß der Fremde sie mit dem Fuß auf. »Ich warte.« Ohne Pheidon eines Blickes zu würdigen, ging er an ihm vorbei in den Hof.

Pheidon sah ihm finster nach, aber es war nicht ratsam, dem Fremden zu widersprechen. Er hatte einen stechenden Blick und trug ein Schwert. Pheidon legte den Kopf schief und überlegte. Er ging auf ihn zu. »Name von edlem Herrn?«

Der Fremde verschränkte die Arme und setzte sich auf den Brunnenrand. »Ilkanor aus Sparta!«

»Ilkanor?« Asandros sprang nackt aus der Wanne. Pheidon warf ihm ein Tuch zu. Asandros band es sich im Laufen um die Hüften. Auf dem Hof umarmten sich die beiden Waffenbrüder. Asandros Tuch kam ins Rutschen, und Ilkanor machte sich rasch los. Er lächelte spröde. »Mich hast du nicht erwartet, wie?«

Asandros knotete die Enden fester. »Nein, mein Freund. – Du kommst doch als Freund?«

Ilkanor nickte. »Als Freund und als Verräter.«

»Das glaube ich nicht.« Asandros legte ihm den Arm um die Schultern. »Komm ins Haus, es müsste gerade angerichtet sein.«

Ilkanor setzte sich an den Tisch, aber die Speisen beachtete er nicht. »Dieser Midian!«, stieß er hervor. »Er wird uns alle ins Verderben stürzen, wenn wir nicht wachsam sind!«

»Beim Herakles! Was meinst du damit?« Asandros erschrak zutiefst; er wollte keine neuen furchtbaren Enthüllungen über Midian erfahren. »Ist er denn nicht in Babylon, sondern in Sparta?« Asandros goss ihm Wein ein.

»Er war es. Wo er sich jetzt aufhält, weiß ich nicht.« Ilkanor hob abwesend den Becher. »Du kennst die Rivalität unserer Könige Archidamos und Eurykrates. Eurykrates ...« Ilkanor machte eine herrische Handbewegung. »war schon immer ein Feigling.«

»Ein Freund des Friedens«, verbesserte Asandros, »während Archidamos das Schwerterrasseln nicht lassen konnte.«

»Sieh es, wie du willst. Midian hat sich Archidamos' Kriegsgelüste zunutze gemacht. Damals muss es ihm gelungen sein, ihn zu überreden, einen Angriff auf die attische Südgrenze zu wagen.«

»Dort liegen die Silberminen von Laurion!«, stieß Asandros hervor.

Ilkanor nickte. »Du weißt, dass Sparta sie schon immer gern besessen hätte.«

Asandros hieb auf den Tisch. »Archidamos mag seinen begehrlichen Blick darauf werfen, aber er würde nie wagen, die Grenze nach Attika zu überschreiten.«

»Gewöhnlich nicht. Aber jemand hat ihm eingeflüstert, dass die Silbergruben zur Zeit des Überfalls unbewacht sein würden, weil alles zu den Mysterien eilt.«

»Alles? Aber doch nicht das Wachpersonal, nicht die Grenzsoldaten!«

Ilkanors Blick wurde hart. »Midian hat Verbindung zu einem gewissen Tyrandos, und dem muss es gelungen sein, selbst vernünftige Männer für seine Torheiten zu begeistern. Während der zwölftägigen Mysterien wird es nur eine Notbesatzung an der Grenze geben, und die Silbergruben werden von Sklaven bewacht.«

»Das wird Dykomedes niemals erlauben!«, schnaubte Asandros.

»Der Polemarch? Den Befehl über die Grenztruppen hat Timoleon, und der tut da draußen, was ihm gefällt. Galenor, der die Silberminen leitet, ist mit ihm befreundet, und beide sind von diesem Tyrandos gekauft.«

Asandros wurde blass. »Woher weißt du das alles?«

»Von Parmenion, dem Hauptmann der Palastwache. Und Parmenion ist mein Freund.«

»Schön!« Asandros starrte Ilkanor an. »Und weshalb erzählst du es mir? Die Silbergruben würden euch reich machen.«

»Aber es würde zu einem langen und grausamen Krieg kommen.«

»Ha!« Asandros lachte unfroh. »Seit wann stört das einen Spartaner?«

»Weil die Hinterlist dieses Babyloniers dahintersteckt.«

»Midian? Nun, er wird seinen Anteil an den Silbergruben haben wollen. Er fordert immer einen hohen Preis. Weshalb verrätst du mir den Plan?«

»Wem würde Dykomedes die Truppen anvertrauen?«

Asandros zögerte. »Vielleicht mir.« Er konnte Ilkanor unmöglich verraten, dass er inzwischen eine Taverne betrieb.

Ilkanor legte Asandros die Hand auf die Schulter. »Überrede

ihn, Asandros. Dir könnte es gelingen, einen Krieg zu verhindern.«

Asandros schob Ilkanors Hand abwesend zurück. »Krieg!«, murmelte er und dachte daran, dass Dykomedes ihm die Tür zur Rückkehr offen gelassen hatte. Aber wollte er wirklich zurück? Er überlegte kurz, dann sagte er: »Archidamos soll die Grenzen bewacht und die Silbergruben nicht verlassen vorfinden. Wenn er vernünftig ist, wird er sich vor der Übermacht zurückziehen, und es wird zu keinem Blutvergießen kommen. Danke für die Nachricht, Ilkanor.«

»Glaub nicht, es sei mir leichtgefallen. Ich tat es nicht aus Edelmut. Ich fürchte, dieser Midian will mehr als einen Anteil an den Silbergruben. Er zieht Gewinn aus allgemeiner Unruhe, Gemetzel, Gesetzlosigkeit, um dann über zwei geschwächte Gegner zu triumphieren.«

Asandros fuhr sich über die trockenen Lippen. Er wollte sie mit Wein befeuchten, aber seine Hand zitterte, als er den Becher zum Mund führte. Einer jähen Rührung nachgebend, erhob sich Ilkanor und umarmte den Freund. »Mögen unsere Lanzen nie gegeneinander gerichtet sein.«

Noch in der Nacht machte sich Ilkanor auf den Rückweg.

41

Asandros unterrichtete Dykomedes unverzüglich von dem beabsichtigten spartanischen Überfall, allerdings, ohne dabei Midians Namen zu nennen. Er selbst bat darum, ihm den Befehl zu übertragen, falls die Vermutung seines Freundes zuträfe. Dykomedes war hocherfreut über Asandros' Sinneswandel und versprach ihm für den Ernstfall eine Abteilung von dreihundert Mann.

Dann ergriff er einige Maßnahmen. Timoleon, der bestochene Heerführer, wurde von seinem Posten abberufen. Dykomedes holte ihn nach Athen mit der Begründung, er habe sich wegen seines unermüdlichen Einsatzes und unbequemen Lebens da draußen einige Wochen Ruhe in der Hauptstadt verdient, außerdem benötige man hier seinen Rat. Galenor, der Leiter der Silberminen, hatte einen kleinen Unfall. Großzügig erlaubte man ihm, sein gebrochenes Bein in Athen bei seiner Familie auszukurieren.

Es war früh am Morgen, Achylides und die Sklaven schliefen noch. Nur Joseba stand bereits in der Küche, dort hörte sie das Klopfen nicht. So öffnete Asandros selbst. In der Tür stand Aslan. Er lächelte verlegen. »Habe ich dich aus dem Bett geholt?«

»Nein.« Asandros lachte. »Die Spartaner sind Frühaufsteher. Komm herein!«

Seit ihrer letzten Begegnung im Piniengrund waren sie Freunde geworden. Und Aslan hatte einiges von seiner Zurückhaltung aufgegeben. »Ich wollte dich überreden, mit mir die Aufführung eines Satyrspiels anzuschauen. Geschrieben hat es ein junger aufstrebender Dichter. Aischylos heißt er und kommt aus Eleusis.«

»Aus Eleusis kommt nichts Gutes«, brummte Asandros, dann lächelte er. »Und dieses Satyrspiel wird in den Morgenstunden aufgeführt?«

»Nein, nein. Heute Nachmittag im Dionysostheater. Aber ich dachte, um diese Zeit bist du vielleicht zu beschäftigt. So kannst du es einplanen.«

»Danke, ich komme gern. Joram vertritt mich hervorragend.«

»Hast du es ihm schon gesagt?«

»Dass du Midians Bruder bist? Nein. Du solltest es ihm selbst sagen, wenn wir uns alle besser kennengelernt haben.«

»Joram ist ein feiner Mensch, aber etwas bedrückt ihn, habe ich recht?«

Asandros nickte. »Seine Seele muss sich anfühlen, als sei sie in zwei Teile gespalten. Er liebt Midian mehr als mich, musst du wissen, aber er schämt sich dessen. Es hat mit seiner Vergangenheit zu tun.«

»Wir haben alle eine Vergangenheit«, erwiderte Aslan ernst. »Man muss versuchen, mit ihr zu leben und, wenn möglich, sie zu überwinden. Du hast mir dabei sehr geholfen. Und ich nehme an, du hilfst auch Joram. Er weiß das, deswegen ist er bei dir geblieben.«

Vorn am Tor hörten sie plötzlich Lärm. Achylides hinten in seiner Werkstatt hörte selten etwas, also musste es einer der Sklaven sein, die sich mit einem Besucher stritten.

Kurz darauf kam Pheidon schon ins Zimmer gestürzt. »Gebieter, ich sagen diesem unhöflichen Menschen, nicht einfach reinkommen, du Besuch ...« Er wurde beiseitegeschoben und für jemanden wie Midian verhältnismäßig sacht. Mit anmaßender Haltung und entwaffnendem Lächeln betrat er den Raum, um zu einer großen Rede anzusetzen, doch sein Lächeln erstarb jäh, als er Aslan erblickte. Und Asandros starrte ihn an, als sei er ein Wesen aus der Unterwelt. Es breitete sich eine lähmende Kälte aus, als hingen Eiszapfen von der Decke.

Asandros löste sich als Erster aus der Starre. »Du bist wieder in Athen?«

Midians Blicke huschten von Asandros zu Aslan und wieder zurück. Seine gleisnerischen Worte, die er vorbereitet hatte, zerrannen wie Wasser. Nun musste er eine neue Taktik anwenden. Die Augenblicke des Schweigens hatten ihm jedoch genügt, sich auf die neue Lage einzustellen. »Ich war nie fort«, erwiderte er leichthin und nickte Aslan kühl zu. »Ich glaube, ich habe dich schon einmal gesehen.«

Aslan gab den kühlen Gruß mit einem freundlichen Nicken zurück. »Ich sagte doch, dass wir uns wiedersehen werden. Die Sterne lügen nicht.«

Midians Augenbrauen zuckten kurz, dann erwiderte er milde lächelnd: »Die Sterne vielleicht nicht, Aslan, aber du. Du hattest behauptet, Asandros nicht zu kennen.«

»Damals schien es mir klüger, dies zu sagen.«

»Du bist also nicht mit dem Schiff abgereist«, unterbrach Asandros schroff das Gespräch.

»Nein.« Midian setzte sich zu Aslan auf die Bank, wo er Asandros im Blick hatte. »Die Trennung von dir und Joram fiel mir doch schwerer als ich dachte.« Sein Lächeln war so falsch wie eine golden angemalte Kupfermünze.

In Asandros' Gesicht zuckte kein Muskel. »Ich möchte dich allein sprechen, Midian. Komm mit in mein Arbeitszimmer.«

Auch Aslan erhob sich. »Wir hatten alle noch kein Frühstück. Ich will mich darum kümmern.«

Asandros hatte sich bei Achylides eine kleine Kammer eingerichtet, wo er sich in Ruhe den Schriftstücken widmen konnte, die Solon ihm zu lesen empfohlen hatte. Wachstäfelchen und Rollen lagen ordentlich in Regalen an der Wand. Darunter auf einem Holztisch befanden sich eine erloschene Öllampe, zwei Griffel und ein Behälter mit Tusche. Asandros schob Midian einen Schemel zu.

»Wo warst du, wenn nicht in Babylon?«

Der prüfte erst einmal die Haltbarkeit. Der Schemel hielt ihn aus. »Eine Schreibstube? Sehr behaglich eingerichtet.« Midian nahm einen Griffel und spießte unsichtbare Gegner auf. »Wusstest du, dass ich lesen kann?«

»Du hast mir meine Frage noch nicht beantwortet«, kam es eisig.

Midian begann, sich mit dem Griffel die Nägel zu reinigen. »Ich war in Korinth, um mich zu amüsieren. Natürlich hätte ich dich gern mitgenommen, aber du bist unabkömmlich im Dienste Athens.«

»So, du warst in Korinth.« Asandros nahm den anderen Griffel und klopfte damit auf die Tischplatte. »Seit wann bist du zurück?«

»Seit gestern.«

»Was hast du demnächst vor?«

»Weshalb bist du so verstimmt? Du bist kälter als der Nachtfrost im Zagros.«

»Vielleicht gräme ich mich wegen der entgangenen Vergnügen in Korinth.«

Midians Augen zogen sich kaum merklich zusammen. Er lächelte kühl. »Ich gehe nach Eleusis. Komm doch mit, wenn du eine Schafherde sehen willst.«

»Würde ich gern.« Asandros lächelte ebenso kalt zurück. »Leider werde ich in Laurion gebraucht.«

Midian schwieg. Das also war es! Jemand hatte seinen Plan durchkreuzt. Erstaunt zog Midian die Augenbrauen hoch. »Laurion?«

»Ja. Stell dir vor, König Archidamos von Sparta hat vor, die Silberminen zu überfallen und das ausgerechnet während der Mysterien. Findest du das anständig?«

Midian betrachtete angestrengt seine großen Zehen. »Archidamos? Oh ja, ich kenne ihn, er bewirtete mich mit ziemlich saurem Wein. Ein Trottel, wenn er es mit dir aufnehmen will.«

»Das sehe ich auch so.«

»Wurdest du denn wieder in Gnaden aufgenommen?«

»Dykomedes weiß, was er an mir hat.«

Midian lachte gezwungen. »Möglicherweise bist du einem Gerücht aufgesessen? Woher weißt du von der Sache?«

»Ich habe Freunde in Sparta.«

»Diesen Ilkanor, wie?«

»Schon möglich.«

»Hm. Bist du sicher, dass dieser Ilkanor dich nicht in eine Falle locken will? Die Silberminen sollen so ziemlich der bestbewachte Ort Attikas sein.«

»Es sei denn«, höhnte Asandros, »ihre Bewacher sind mit Gold gekauft, um im entscheidenden Augenblick wegzusehen. Von einem Mann, der sehr reich sein muss. – Wer könnte das deiner Meinung nach sein, Midian? Und wem könnte daran gelegen sein, einen Krieg zu entfesseln, der Not und Elend nach sich zieht?«

Midian blähte die Nasenlöcher und stieß hörbar die Luft aus. »Sicher glaubst du, dass ich es sei.«

Asandros beugte sich vor. »Ich glaube es nicht, ich weiß es. Du und Tyrandos, ihr habt die Sache ausgeheckt.«

Midian war darauf vorbereitet. Er streckte lässig seine Beine aus und strich abwesend über seine Schenkel. »Wirst du es dem Areopag sagen?«

»Nein, ich habe keine Beweise, dass es Tyrandos' Gold war und dass du Archidamos den Plan eingeflüstert hast. Und Ilkanor wird nicht vor dem Areopag aussagen.«

Da erhob sich Midian. »Nun gut, ich war es. Ich hatte dabei nur dein Wohlergehen im Auge. Mit dir an der Spitze hätten die Athener Truppen Sparta hinweggefegt. Siegeskränze hätte man dir gewunden, zum Polemarchen hätte man dich gemacht.«

Asandros stellte sich vor Midian hin. »Deine Fürsorge überwältigt mich. Gestattest du mir dennoch, mein Leben selbst zu gestalten? Aus welchem Grund sollte ich Sparta hinwegfegen?«

»Um nicht mehr diese Wachstäfelchen bekritzeln zu müssen!«, schrie Midian und wies verächtlich auf die Regale. »In deine Faust gehört ein Schwert, kein Griffel!«

Jetzt waren ihre zorngeröteten Gesichter ganz nah beieinander. »Das Treffen mit Archidamos wird ohne Blutvergießen ausgehen!«, schrie Asandros, »auch wenn du daran erstickst!«

»Du solltest Amme werden! Pass bloß auf, dass dir keine Brüste wachsen!«

»Wieder hast du mich hintergangen, so wie in Babylon. Was sind deine nächsten schurkischen Pläne?«

»Mit dir ins Bett zu gehen«, gab Midian unverschämt zur Antwort.

»Aslan wartet mit dem Essen«, gab Asandros kalt zur Antwort. Er erhob sich und verließ den Raum.

42

In letzter Zeit hielt sich Joram häufiger bei Elena auf. Beide machten sich Sorgen um Asandros, und das verband sie. Beide wussten nichts von Laurion, aber Joram befürchtete Midians Umtriebe. Seit jenem Tag, als er Midian am Hafen im Stich gelassen hatte, fürchtete er dessen Rache. In Midians Augen hatte er ihn verraten, und Midian vergaß nichts und vergab nichts. Seinen Verdacht hatte er Elena mitgeteilt, und diese stimmte ihm zu. Midian hatte sie stärker beeindruckt, als sie zugeben mochte, doch sie hatte seine Gefährlichkeit sofort erkannt, und auch sie hatte seine Rache befürchtet, nachdem sie ihn unbefriedigt zurückgelassen hatte. Wenn sie ausgeblieben war, so mochte das lediglich bedeuten, dass sie inzwischen Zeit gehabt hatte zu wachsen. Mit Asandros wollten sie über ihre Bedenken nicht sprechen, beide trauten ihm hier keine mannhaften Entscheidungen zu.

Wohl war mit Midians Abreise die Gefahr unschöner Verwicklungen geringer geworden, doch die vielköpfige Hydra Tyrandos lauerte noch in ihrer Höhle. Hatte er Asandros nicht auf seine Seite ziehen können, dann arbeitete er sicher an seiner Vernichtung. Deshalb waren sie sich einig. Tyrandos musste verschwinden, unauffällig, ohne Spuren, als sei er auf geheimnisvolle Weise vorzeitig ins Elysion entschwebt. Auf Asandros durfte kein Verdacht fallen.

War der Hierophant erst einmal tot, waren auch Midians Pläne hinfällig, die er vielleicht auch von Babylon aus verfolgen wollte. Mochte er dreist eines Tages mit neuen finsteren Absichten zurückkehren, man wäre vorbereitet. Er würde dann einem harmlosen und dem Areopag willfährigen Nachfolger gegenüberstehen.

Es war schon gegen Abend, als Joram zur Silberquelle zurückkehrte. Um diese Zeit war viel Betrieb, und Joram suchte sofort Mundhir auf, um seine Hilfe anzubieten.

»Asandros ist oben, er sucht dich. Er will dich sprechen.«

»Danke.« Joram eilte die Treppe hinauf. Asandros empfing Joram recht aufgeräumt. »Wo treibst du dich denn herum? Warst du bei meiner Schwester?«

Noch etwas außer Atem ließ sich Joram auf einen Hocker fallen. »Ja.«

»Du wirst doch nicht das Ufer wechseln wollen?«, neckte ihn Asandros.

Joram lächelte. »Würdest du sie mir denn geben?«

»Auf keinen Fall. Aber ich würde ohnehin nicht gefragt.« Asandros verschränkte die Arme. »Ich habe zwei Neuigkeiten für dich, und es ist gut, dass du sitzt.«

»Schlechte Neuigkeiten?«

»Das kommt wohl auf den Standpunkt an. Midian ist in Athen. Und bevor du etwas sagst: Er war nie fort.«

Joram tat einen tiefen Atemzug. »Er hat das Schiff also nicht genommen?«

»So scheint es.«

»Dann war er das auch mit dem Phaeton!«, erinnerte sich Joram sofort.

Asandros nickte. »Das ist anzunehmen, aber das wollen wir lieber vergessen, schon wegen Achylides.«

»Und woher weißt du, dass er in Athen ist?«

»Midian hat mich bei Achylides besucht.«

»Wie? Einfach so?«

»Du kennst doch Midian. Wenn es seinen Zwecken dient, spielt er das harmlose Gänseblümchen.«

»Aber er ist nicht harmlos? Heckt er etwas aus?«

Asandros wollte Joram nicht beunruhigen, aber vor allem schwieg er wegen Elena. »Nein, er war recht gut gelaunt. Er war enttäuscht, dich nicht anzutreffen.«

Asandros bemerkte, wie Joram sofort das Blut in die Wangen schoss. »Sag nicht, er hat dich beschwatzt und gemeint, er sei geblieben, weil er ohne uns nicht leben kann.«

Asandros lächelte. »So ähnlich war es. Und nun das andere. Es betrifft Aslan.«

Joram schaute finster. »Dieser Mensch, dem du verfallen warst wie ein Säufer dem Rebensaft?«

»Nun übertreib nicht«, brummte Asandros. »Es ging mir schlecht damals. Und an dir wollte ich meine schlechte Stimmung nicht auslassen.«

»Was ist mit Aslan?«

»Er ist Midians Halbbruder.«

Joram riss verblüfft die Augen auf. »Von Midian gibt es eine doppelte Ausfertigung? Das erträgt doch kein Mensch.« Dann beugte sich Joram neugierig vor. »Das ist spannend. Erzähl!«

43

Endymion gefiel es in der Silberquelle. Aber die Angst ließ ihn nicht los. Wenn sein Herr Asandros mit blutigen Opfern, wie er sagte, nichts zu tun hatte, was verband ihn dann mit dem Mithraspriester? Endymion zermarterte sich den Kopf, womit er das unerhörte Glück auf sich gezogen hatte, in dieses Haus zu kommen. Glück oder ein schurkischer Plan? Gewiss, nun waren bereits Monate vergangen, ohne dass es das geringste Anzeichen von Gefahr gegeben hatte, außer eben diesem Aslan, der hin und wieder auftauchte. Vielleicht hob man ihn, Endymion, für einen besonderen Anlass auf?

Endymion saß allein hinter einem Oleander und betrachtete den Sternenhimmel. Jetzt im Frühling waren die Abende wieder lau, und die ganze Nacht gehörte ihm. Nie zuvor hatte er auch nur geahnt, dass Leben so etwas Herrliches sein konnte. Hätte er es aber geahnt, so hätte er nicht gewagt, es auf sich zu beziehen. Dimmi, der kleine Schwanzbeißer, war Ungeziefer, so hatte er es stets gehört. Wenn er jetzt tief einatmete, roch er den Duft der Narzissen, warme Erde, salzige Luft vom Meer. So roch das Leben, und dieses Leben wollte er. Wenn nur die Angst nicht gewesen wäre, dass ihn am Ende eine fürchterliche Strafe für so viel unverdientes Glück ereilen könne. Natürlich konnte er weglaufen, aber wohin? Zurück ins Elend?

Er saß und lauschte in die Stille. Im Haus schliefen schon alle, die Zimmer der Gäste befanden sich im zweiten Hof. Auch von dort kam kein Geräusch herüber. Doch plötzlich vernahm er Schritte und leises Sprechen; einer begann laut und falsch zu singen. Endymion bog die Zweige etwas auseinander und erkannte zwei Männer, die über den Hof torkelten. Der eine war groß und dick, er war es, der so falsch sang. Er hielt einen schlanken Mann im Arm, der leise auf ihn einredete. Schließlich ließ sich der Dicke auf eine Bank fallen, der andere redete immer noch, der dicke Mann machte eine Handbewegung, und der andere verließ den Hof.

Freier hatten im ersten Hof nichts zu suchen. Endymion grinste und beschloss, den Mann ein bisschen zu erschrecken. Er kam hinter dem Oleander hervor, doch der Dicke war nicht erschrocken, oder war er schon zu betrunken, um Angst zu haben? Er winkte Endymion. »He, dich habe ich hier noch nie gesehen. Wer bist du?«

»Endymion.«

»Endymion, Endymion!« Die Stimme des Dicken war ungeduldig. »Komm her! Näher!«

Endymion verfiel in seine alte Gewohnheit und kam Hüften schwenkend näher. Auf der Brust des Dicken blitzte es wertvoll, das sah er sofort, und wenn er mit einem kurzen Bücken ein Kupferstück – von diesem Mann vielleicht sogar ein Silberstück – erhalten würde? Der Dicke wusste doch nicht, dass er nur der Küchenjunge war.

Der Dicke packte fest seinen Arm. »So junges Fleisch? Asandros nimmt doch sonst keine Kinder. Etwas mager bist du, aber zart, sehr zart, und du hast ein Gesicht wie Honig.« Er sah sich um. »Niemand da. Gut so, leg dich hier über die Bank.«

Endymion gehorchte, und während er sich vornüberbeugte, sah er einen kostbaren Dolch am Gürtel des Mannes und die breite Kette auf der Brust, die ein Vermögen wert sein musste. Der Dicke befingerte ihn und gleichzeitig sich selbst. *Zu betrunken*, dachte Endymion. *Soll mir recht sein. Seinen Knüppel muss ich mir nicht antun, und wenn er nichts zahlt, schreie ich das Haus zusammen.*

Als der Dicke fertig war, setzte er sich schnaufend auf die Bank, Endymion erhob sich und fragte, ob noch weitere Dienste erwünscht seien.

»Auf dir möchte ich einen wilden Ritt machen, Bürschlein, aber heute Nacht geht es nicht, zu viel Wein. Ich komme morgen wieder. Wie alt bist du?«

»Zwölf«, log Endymion, der wusste, was dem Dicken angenehm war.

»Zwölf«, wiederholte der Dicke schmatzend, als nasche er Butterwecken. »Lass ihn mich noch einmal sehen, deinen jungen Hahn.«

»Hast du auch ein bisschen Kupfer dabei, Herr?«

Der Dicke lachte. »Ob ich Kupfer habe? Beim Ares! Ich bin nicht dafür berühmt, dass ich mit Kupfer zahle. Aber gezahlt wird doch bei Mundhir?«

»Schon.« Endymion zeigte vor, was er hatte. »Aber wenn es gefallen hat, nehme ich gern ein Trinkgeld.«

Der Dicke holte einen Beutel aus den Falten seines Gewandes. Endymions Blick wurde starr wie der einer Schlange, denn der Beutel war gefüllt mit Gold- und Silberstücken. »Nimm dir was heraus. Und dann ...« Der Dicke wälzte sich ächzend auf die Bank und legte sich lang: »dann gibst du mir etwas Feines zu lutschen, ja?«

Endymion nickte, griff in den Beutel, und als seine Finger hineintauchten, war ihm, als tauche er in ein neues Leben. Er nahm ein Silberstück heraus, kletterte dann dem Dicken auf die Brust, spreizte die Beine und schob dem Dicken geschickt die Rute in den Mund.

Während der mit geschlossenen Augen schmatzte, handelte Endymion wie im Traum. Es war der Traum einer Kielratte, die das Leben gewann durch den Tod eines nutzlosen, geilen, dicken Mannes. Es war so leicht, ihm mit dem eigenen Dolch die Kehle durchzuschneiden, so leicht, den schweren Beutel an sich zu raffen und den Hof zu verlassen. Athen zu verlassen. Niemand würde ihn finden. Nicht einmal der Sonnenläufer.

Es war Mundhir, der den Toten am nächsten Morgen fand. Und sein ebenholzfarbenes Gesicht wurde aschgrau. Er zitterte am ganzen Leib und ließ sich auf die Bank fallen, von der die Leiche heruntergerutscht war. Endlich hatte er sich so weit beruhigt, dass er gehen konnte. Er stürmte hinauf zu Asandros' Gemächern, hämmerte an die Tür und schrie das ganze Haus zusammen. Aber Asandros war nicht daheim. Glyphidon erschien verschlafen auf der anderen Seite des Balkons und fragte Mundhir, weshalb er denn so lärme?

Der fiel auf die Knie und tat, als häufe er Erde auf sein Haupt. »Wir sind alle verloren«, wimmerte er.

Glyphidon erschrak. Er wand sich ein Tuch um die Hüften und kam herbeigelaufen. Mundhir sah ihn mit angstverzerrtem Gesicht an. »Thrasylos ist ermordet worden!«

Kurz darauf standen beide ratlos bei dem Leichnam. »Wer hat das getan?«, stieß Glyphidon hervor. »Von uns kann es doch niemand gewesen sein.«

»Vielleicht ein Freier«, stammelte Mundhir. »Oder ein gedungener Mörder, der sich als Freier ausgegeben hat.«

»Wir müssen auf Asandros warten«, sagte Glyphidon. »Er soll entscheiden, was zu tun ist.«

44

Asandros hatte noch einmal mit Dykomedes gesprochen, doch es wurden noch keine Truppen in der Nähe der Silberminen gesichtet. Als er in die Silberquelle zurückkehrte, überraschte in Mundhir mit einer schlimmen Nachricht. Thrasylos, ein Vetter des Tyrannen Periandros von Korinth, der in Athen Freunde besucht hatte, war in der Silberquelle ermordet worden. Das war eine Katastrophe.

»Wer tut so etwas Furchtbares?«, fragte Glyphidon.

»Wahrscheinlich ein Raubmord«, meinte Mundhir. »Seine Geldbörse hat gefehlt. Er war halb nackt, also ist es während des Liebesspiels passiert.«

Mit einer Kaltblütigkeit, wie er sie als Schwarzer Wolf besessen hatte, riet Joram, den Leichnam verschwinden zu lassen. »Gibt sonst nur Ärger.«

»Nein, es gibt zu viele Zeugen, dass sich Thrasylos bei uns aufgehalten hat«, widersprach Asandros.

»Endymion ist verschwunden«, meldete der Koch Thevestos.

»Der wird schon wiederauftauchen. Er gehörte ja nicht zu denen«, meinte Mundhir.

»Ich werde den Mord melden.«

Die nächsten Tage gerieten für Asandros zu einem einzigen Albtraum. Er verfluchte sich, dass er nicht auf Joram gehört hatte. Man hatte ihn verhaftet und verhört. Immer wieder stellten sie ihm Fragen, die er nicht beantworten konnte. Dann warfen sie ihn in ein lichtloses Verlies, wo er nicht wusste, ob es Tag oder Nacht war und was inzwischen draußen geschah. Er hatte das Gefühl, die Welt habe ihn verschluckt. Niemand sagte ihm etwas, niemand kam, um ihn zu besuchen. Wo waren seine Freunde Achylides und Aslan? Wo war Elena? Wo war Joram? Und wo war Midian? Oder steckte er selbst hinter dieser Tat, um sich eines Gegners zu entledigen, der ihm wegen der Silbergruben in die Quere gekommen war? Nur die Schale mit Hirsebrei, die dreimal täglich durch die Klappe geschoben wurde, bewies, dass man ihn nicht vergessen hatte.

Auf seine Fragen bequemte sich der Wärter zu einer knappen Antwort: »Besuch ist verboten.« Asandros war das unbegreiflich. Er hatte pflichtbewusst einen Mord gemeldet und wurde jetzt wie ein Landesverräter behandelt. Und dann schoss ihm ein furchtbarer Gedanke durch den Kopf. Warum war er nicht gleich darauf gekommen? Die Königskobra Tyrandos hatte geduldig gewartet, bis sie zubeißen konnte.

Als man ihn aus der Zelle holte, erfuhr er, dass man auf Periandros gewartet hatte, den Herrscher von Korinth und Vetter des Ermordeten. Periandros war ein weithin berühmter Herrscher, der Korinth nicht nur zu einer hohen wirtschaftlichen Blüte geführt, sondern sich auch in vorbildlicher Weise um seine Untertanen gekümmert hatte. Verarmten Bauern hatte er Land zugeteilt, den Erwerb von Sklaven verboten, den Erwerbslosen Arbeit beschafft. Schon zu seinen Lebzeiten zählte man ihn zu den sieben Weisen.

Asandros wurde ihm in Ketten vorgeführt. Der Herrscher von Korinth war ein mittelgroßer, gedrungener Mann mit einem kantigen Gesicht und wachen Augen. Sein Haar war bereits licht an den Schläfen. Er trug einen langen, gegürteten Chiton, darüber den Himation, dessen ordentlicher Faltenwurf von seiner Würde zeugte. Er stand hinter einem wuchtigen Tisch mit marmornen Säulen und sah flüchtig auf, als sie Asandros brachten. Eine kurze Handbewegung. »Nehmt ihm die Fesseln ab.«

Asandros blinzelte. Obwohl kein Tageslicht in den Raum fiel, schmerzte ihn das Licht der Fackeln und Öllampen.

»Komm näher!«

Asandros tat einige unsichere Schritte. Seine Zelle war so klein gewesen, dass er nur gebückt gehen und nur jeweils drei Schritte zu jeder Seite hatte machen können.

»Kannst du stehen, oder willst du dich setzen?«

»Ich kann stehen«, murmelte Asandros.

Als die Wachen gegangen waren, kam Periandros hinter dem Tisch hervor und musterte Asandros. »Du betreibst also dieses ungewöhnliche Bordell, wo mein Vetter den Tod gefunden hat? Hätte ich seine Veranlagung, könnte ich ihn vielleicht sogar verstehen. Auch nach vier Tagen Dunkelhaft sieht man dir an, dass du ein schöner Mann bist. Ich bin Periandros, hast du von mir gehört?«

»Du bist der Herrscher von Korinth, der Sohn des Kypselos«, antwortete Asandros und verfluchte seinen Stolz, dass er nicht um einen Stuhl gebeten hatte. Er fühlte sich schwach und schwindelig.

»Hm, du bist gebildet und kein gewöhnlicher Bordellwirt, eher ein Krieger, den ein Kettenhemd mehr schmückte als ein goldumsäumter Chiton.«

»Und ich habe es getragen. Aber auch ein Krieger kann sich dem Liebesdienst widmen, wenn kein Krieg ist, nicht wahr?«

Periandros nickte versonnen. »Nun, als ich von dem Tod meines Vetters erfahren habe, bat ich darum, den Fall selbst überprüfen zu dürfen. Bei vornehmen Personen wird manches vertuscht.«

Asandros bemühte sich, den Worten zu folgen, aber es summte nur in seinen Ohren. Er starrte einen Flecken an der Wand an, um seine Augen offenzuhalten.

»Ich bin kein Feind deines Gewerbes«, fuhr Periandros fort. Seine Stimme war emotionslos, aber angenehm. »Es liegt mir fern, dich oder meinen Vetter deswegen zu verurteilen. Verurteilt aber werden muss sein Mörder.«

»Ich habe ihn nicht ermordet.« Asandros sagte diesen Satz, als habe er ihn schon Dutzende Male wiederholt.

Periandros nickte. »Das weiß ich. Aber auch, wenn du es nicht mit eigener Hand getan hast – ein Angehöriger eines Herrscherhauses ist ermordet worden, eine Verschwörung kann dahinterstecken, und ein Lusthaus ist von jeher ein fruchtbarer Boden für Intrigen und Hochverrat gewesen.«

»Ich weiß nichts von einer Verschwörung.« Asandros brachte die Worte langsam und stockend heraus. »Es kann sich doch ebenso gut um einen Raubmord gehandelt haben. Es waren Gäste im Haus.«

»Gewiss. Die Ermittlungen haben ergeben, dass meinem Vetter ein Geldbeutel mit einer nicht unbeträchtlichen Summe fehlte. Der junge Mann, der ihn in nämlicher Nacht zuletzt gesehen hat, ein gewisser Dionys, hatte beschworen, diesen Geldbeutel gesehen zu haben. Er behauptete, er habe meinen Vetter in jener Nacht auf dessen Wunsch allein gelassen. Es habe sich sonst niemand im Hof oder im Garten aufgehalten.«

»Wenn er es sagt, wird es stimmen.«

»Ja, da haben wir ein Problem. Er ist natürlich der Hauptverdächtige, aber bisher konnten wir keinen deiner Sklaven verhören, nicht mit der nötigen Strenge verhören, weil – nun, es stellte sich heraus, dass du überhaupt keine Sklaven besitzt. Alles Freigelassene.«

»So ist es.«

»Und Freigelassene dürfen nicht der Folter unterzogen werden. Das bedeutet, jeder von ihnen kann die Tat begangen haben und uns die schönsten Lügen auftischen.«

»Niemand von meinen Leuten ist es gewesen!«, gab Asandros scharf zur Antwort. Plötzlich taumelte er, und Periandros sprang ihm bei, packte ihn am Arm und nötigte ihn, sich auf einem Hocker niederzulassen. »Spiele hier nicht den Helden. Wenn du dich für deine Diener verbürgst, müssen wir uns an dich halten, und das haben wir getan.«

Asandros sah Periandros müde an. »Und deshalb muss ich es gewesen sein?«

»Nein, aber du trägst die Verantwortung. Dein Türsklave, ein gewisser Mundhir ...«

»Auch er ist ein Freigelassener.«

»Nun – dein Diener Mundhir, ein Nubier, hat uns die Namen

der Gäste, die sich damals in den hinteren Räumen aufhielten, nicht verraten wollen. Deine Anweisung, sagte er. Jeder Gast habe bei dir das Recht auf Anonymität.«

»Das ist richtig. Sie ist Voraussetzung für so ein Haus.«

»Wenn du deinem Diener erlaubst ...«

»Ich werde es ihm nicht erlauben. Aber Thevestos, mein Koch, meinte, der Küchenjunge sei verschwunden.«

Periandros nickte. »Er wurde nicht gefunden. Wenn der Junge nicht gefasst wird, wirst du den Kopf hinhalten müssen. So stehen die Dinge leider, mein Freund.«

»Ohne Beweise, ohne Gerichtsverhandlung?«

Periandros seufzte. »Hier ist nicht Korinth. Ich kann in Athen nur Rat gebend tätig werden. Beim Tod eines so vornehmen Mannes sind rasche und strenge Maßnahmen erforderlich, sonst glaubt der Pöbel, er könne sich erheben.«

»Glaubst du an meine Schuld, Periandros?«

»Nein. Aber man muss dem Hund einen Knochen hinwerfen, damit er nicht seinen Herrn beißt. Das heißt, wir müssen einen Mörder haben.«

»Und der muss ich sein?«

Periandros sah ihn lange an. »Ich habe mir ein Bild von dir machen können. Ich würde dich nicht verurteilen, aber du scheinst mächtige Feinde im Areopag zu haben. Ich kann nichts für dich tun.«

Periandros schlug ein Becken an, und der eintretenden Wache befahl er: »Nehmt ihn wieder mit.« Dann nach kurzem Zögern: »Bringt ihn in eine der oberen Zellen. Ich wünsche, dass er bis zur Verhandlung anständig behandelt wird.«

Jetzt durften ihn seine Freunde endlich besuchen. Achylides war völlig aufgelöst und gab sich selbst die Schuld an allem. »Es war dieser kleine Mistkäfer Endymion, da bin ich sicher«, fauchte er, »und ich habe ihn dir ins Haus geschleppt.« Er schluchzte laut auf. »Wenn sie dich hinrichten, brenne ich die Stadt nieder!« Pheidon weinte, und seine Freunde aus der Silberquelle ebenfalls. Asandros erfuhr, dass sie alles getan hatten, was in ihren Kräften stand, um ihn hier herauszuholen, aber niemand hatte etwas erreicht, und einflussreiche Gäste, die ihre Verbindungen gehabt hätten, hielten sich bedeckt, damit ihre nächtlichen Abenteuer nicht an die Öffentlichkeit gelangten.

»Wo sind Joram und Aslan?«, fragte Asandros.

Niemand wusste es. Nach Midian brauchte er gar nicht erst zu fragen. Immer mehr verdichtete sich sein Verdacht gegen ihn. Allerdings hatte dieser keine Verbindungen zum Areopag. Die hatte nur Tyrandos. Selbst wenn Endymion der Mörder war, so konnte er doch von dem Priester angestiftet und bezahlt worden sein. Die Ungewissheit war am schlimmsten.

Dann kamen Elena und Joram. Umarmen durften sie ihn nicht, sie mussten Abstand zu ihm wahren. Und am Zelleneingang stand ein Wächter. »Wir alle haben versucht, bei den geeigneten Leuten um Unterstützung zu werben«, sagte Joram, »aber ich bin kein Athener Bürger und habe nicht den geringsten Einfluss. Doch mit Aslan habe ich mich in Verbindung gesetzt. Er lässt dir ausrichten, dass er alles tun wird, um dich hier herauszuholen. Ich glaube, er verfügt über gute Kontakte. Aber er hält es nicht für klug, dich zu besuchen, wenn er sich für dich verwenden will.«

»Ich habe mich bereits nach einem Rechtsbeistand für dich bemüht«, sagte Elena, »doch niemand wollte deinen Fall aufgreifen.«

Asandros nickte. »Sie haben Angst. Gegen mich ist eine Verschwörung im Gange, gegen die ihr machtlos seid. Ich soll für etwas verurteilt werden, was ich nicht getan habe. Sie haben auch Periandros gegen mich eingenommen, was leicht war, denn er kennt mich nicht.«

»Ja, wir sind der Meinung, dass Tyrandos dahintersteckt«, sagte Joram. »Aber an ihn kommen wir nicht heran.«

»Jedenfalls nicht mit den gesetzlich zulässigen Mitteln«, meinte Elena. Sie verriet nicht, dass sie bereits einen Plan hatte. Allerdings keinen, der Asandros' Freilassung bewirken würde.

»Und Midian?«, wagte Asandros zu fragen.

Joram lachte bitter. »Er ist wie vom Erdboden verschluckt.«

»Wahrscheinlich hat er sich wieder bei Tyrandos verkrochen«, bemerkte Elena spitz. »Aber spielt das eine Rolle? Der Mann würde ohnehin nichts für dich tun, Asandros.«

Asandros nickte nachdenklich. *Midian konnte nichts Besseres passieren, als mich gerade jetzt außer Gefecht zu setzen, seit er weiß, dass ich ihm hinter die Intrige mit den Silbergruben gekommen bin.* Aber das erwähnte er nicht.

»Wir haben erfahren, dass morgen die Verhandlung ist«, bemerkte Joram zögernd.

»Morgen schon?«, stieß Asandros betroffen hervor. »Dann bleibt für irgendwelche Maßnahmen ohnehin keine Zeit mehr.«

45

Midian hielt sich tatsächlich bei Tyrandos in seinem Haus am Kolonos Agoraios auf. Beide Männer hatten ihre Hände bei der Mordsache in der Silberquelle ausnahmsweise nicht im Spiel. Hier lagen Asandros, Joram und Elena mit ihren Annahmen falsch.

Aber beide Männer erkannten sofort, was für einen glücklichen Zufall ihnen der Wind da ins Haus geweht hatte. Die Gefahr Asandros war ausgeschaltet. Zwar war der Plan mit Laurion verraten und Dykomedes hinterbracht worden, aber das war nebensächlich. Wichtig war, dass es zu einem Kampf kam und zu Unruhen, die man für die eigenen Absichten nutzen konnte. In solchen Zeiten hingen die Schafe mit besonderer Inbrunst an ihren Hirten. Asandros hingegen hätte alles versucht, die Angelegenheit gütlich zu regeln, und wie Midian ihn kannte, wäre ihm das auch gelungen.

Tyrandos jedoch hatte noch eine andere Rechnung mit dem Spartaner zu begleichen, dessen hochmütige Zurückweisung ihm wie ein Stachel im Fleisch saß. Und er hatte auch bereits die notwendigen Schritte unternommen, damit ihm die Rache nicht wieder wie ein Aal durch die Finger schlüpfte.

»Jetzt rettet diesen Hund nichts mehr«, bemerkte er genüsslich und hatte wieder einmal Midian falsch eingeschätzt, den er für genauso skrupellos hielt wie sich selbst.

Der hob die Augenbrauen. »Du hast etwas eingefädelt?«

Tyrandos lächelte selbstgefällig. »Es war so kinderleicht, dass es schon fast einer Kränkung meiner Begabung gleichkam. Parmenides, der oberste Richter, lebt schon eine geraume Zeit nicht schlecht von meinen Zuwendungen.«

»Was hast du mit ihm vereinbart?«

»Vereinbart? Was gibt es bei einem Mord noch zu vereinbaren? Er wird die Todesstrafe aussprechen, und dann bist du deinen ärgsten Feind endlich los, und das, ohne dir selbst die Finger schmutzig zu machen.«

Midians Finger trommelten ärgerlich auf dem Tisch. »Du bist mir zu eigenmächtig vorgegangen. Asandros soll kaltgestellt werden, aber nicht getötet. Er ist nach wie vor mein Freund.«

»Du hast immer noch Gefühle für diesen Mann? Nach allem, was du mir erzählt hast? Nach all den Erniedrigungen, die er dir zugefügt hat?«

Die Ader an Midians Schläfe zuckte. »Du musst dich nicht mit mir auf einer Stufe wähnen, weil wir uns für dieselbe Sache verbündet haben, Tyrandos. Da, wo bei dir nur ein schwarzer Abgrund gähnt, haben Menschen wie ich immerhin einen Rest von Anstand.«

»Du meinst, du schuldest Asandros Anstand?«, schnaubte Tyrandos, ziemlich erbost über Midians herablassende Antwort.

»Ich schulde ihm gar nichts«, erwiderte Midian kalt. »Aber ich liebe ihn. So etwas spreche ich nicht gern aus. Das Wort Liebe klingelt in meinen Ohren und hallt in meinem Innern nach, und das macht mich schwach, und Schwäche kann ich mir nicht leisten. Dennoch erlaube ich mir, davon zu kosten, wie man auch in Maßen einen guten Wein genießt, ohne davon betrunken zu werden.«

»Es gibt andere Freuden ...« wagte Tyrandos zögernd einzuwerfen.

»Die mir nicht unbekannt sind«, gab Midian scharf zurück. Dann grinste er. »Ich schätze eben die Abwechslung.« Er hob den Arm und wedelte mit der Hand. »Also sieh zu, dass du Parmenides ein anderes Urteil nahelegst.«

Tyrandos schien verschnupft. »Das wird schwierig. Mord erlaubt nun einmal keine mildere Strafe.«

Midian stieß ein verächtliches Zischen aus. »Erzähl mir nicht, es ginge hier um die Anwendung des Gesetzes, du Heuchler.«

»Und welche Strafe wäre dir angenehm?«, fragte Tyrandos mit einem sarkastischen Unterton.

»Keine Körperstrafen, keine Haft. Alles andere wird Asandros schon überstehen.«

46

Das Fest zu Ehren des Schlachtenhelfers Apollon war vorüber. Doch das war nur das Atemholen für das größte aller Feste, die Mysterien von Eleusis. Bereits Wochen vorher ergriff die Menschen eine freudige Erwartung. Tyrandos erlebte seine große Zeit. So viele Menschen jubelten ihm zu, wollten den Saum seines Mantels küssen, Hunderte strebten nach neuen Weihen. In diesen unruhigen Zeiten waren es Männer wie er, welche die Hungrigen und Verzweifelten sammelten, ihnen Hoffnung gaben, sie ablenkten und zufrieden machten mit ihrem Los. Ohnehin hatte die vermögende Oberschicht Federn lassen müssen durch Solons allgemeinen Schuldenerlass. Sie wollten der arbeitenden Bevölkerung keine weiteren Zugeständnisse machen, sonst hätten sie am Ende nicht mehr von dem Ertrag ihrer Güter, sondern von ihrer Hände Arbeit leben müssen.

Ein unerträglicher Gedanke, fand Tyrandos. Erschöpft von einer langen Rede begab er sich in den kleinen Dionysostempel, wo sich auch eine Kammer befand, in der er sich ausruhen konnte. Auf den Stufen vor der Statue des weintrunkenen Gottes saß Elena.

Obwohl sie allein waren, zog sich Tyrandos rasch die Kapuze über den Kopf. »Was tust du hier?«, flüsterte er. »Das ist kein Ort für dich.«

Elena streckte die Hand aus und zog Tyrandos die Kapuze vom

Kopf. Dabei streiften ihre Finger leicht seine Wange. »Hülle dich doch nicht so geheimnisvoll in weite Umhänge.«

Er hielt ihren Arm fest, aber nicht so, als wolle er ihn abwehren. »Man muss uns beide nicht zusammen hier sehen. Die Menschen denken leicht etwas Falsches.«

Elena lachte leise. »Weil dein Fleisch nicht so enthaltsam ist, wie du vorgibst?«

»Komm mit in meine Kammer«, stieß Tyrandos heiser hervor. Aufgeregt stieß er sie an. »Geh schon!« Tyrandos sah sich vorsichtig um, dann verschwanden sie hinter dem Altar. In der Kammer legte er seinen Umhang ab. Er starrte Asandros' Schwester an, seine unnahbare Göttin, derentwegen er sogar Stunden inmitten ihrer albernen Weiber verbracht hatte. Stunden, in denen er gesenkten Hauptes voller unzüchtiger Gedanken an ihr Fleisch sich all den Unsinn angehört hatte, dass Frauen sich aus der Knechtschaft des Mannes befreien müssten.

Leider war Elena nicht nur klug und unnahbar, sondern auch Asandros' Schwester. So hatte er sich damit begnügen müssen, zeitweilig ihre Nähe zu suchen. Als ihm die pikante Affäre mit ihrem Bruder zu Ohren gekommen war, hatte er sich die Hände gerieben. Zu früh! Midian hatte ihm zu verstehen gegeben, dass er einiges Gold hergeben müsse, damit diese Sache, mit der er Elena in der Hand gehabt hätte, im Sande verlief.

Doch nun hatte sich erneut eine Gelegenheit ergeben. Tyrandos meinte zu wissen, weshalb Elena ihn gerade jetzt aufsuchte. Er versuchte, sich beherrscht zu geben. »Was führt dich zu mir, edelste und klügste aller Athenerinnen?«

»Ich bin Spartanerin. Noch besitze ich nicht das Bürgerrecht.«

»Das kann geändert werden.« Seine Stimme war heiser. »Du hast noch keinen Antrag gestellt.«

Plötzlich umarmte sie den überraschten Priester und hauchte ihm einen Kuss auf die Wange. »Ich habe mich noch nicht dafür bedankt, dass du Asandros und mir die Schande erspart hast, vor dem Areopag aussagen zu müssen. Natürlich ist kein Wort wahr, aber ich wäre schon vor Scham gestorben.«

Tyrandos hatte flüchtig den Druck ihrer Brüste gespürt, ihn schwindelte, und er bat darum, sich setzen zu dürfen. »Ich habe niemals auch nur ein Wort geglaubt. Jeder vernünftige Mann weiß, dass dein Ruf wie auch der deines Bruders untadelig ist und dieser Dioskorides ein Raufbold und Trunkenbold, mag er auch Eupatride sein. Daher war es mir heilige Pflicht, den Areopag von eurer Unschuld zu überzeugen, bevor er euch vor Gericht zerren konnte. Ich freue mich, dass man dort auf meine Argumente gehört hat.«

Elena senkte artig den Blick. »Ich habe es immer gewusst, dass du ein Mann bist, dem seine Pflichten heilig sind. Ich möchte mich bei dir bedanken, aber Worte sind zu dürftig.«

»Euer beider Unschuld makellos erhalten zu haben, war mir Lohn genug«, erwiderte Tyrandos geschmeidig, während er daran dachte, was für ein himmlischer Lohn ihr Schoß und ihre Brüste bargen.

»Ich weiß, du verlangst nichts. Aber ich bin erneut in großer Sorge. Du wirst von dem Prozess gegen Asandros gehört haben. Man will ihn wegen Mordes verurteilen, aber er ist unschuldig.«

»Ich zweifele nicht daran, meine liebe Elena, aber werden das die Beweise während der Verhandlung nicht ans Tageslicht bringen?«

»Ich fürchte, einige im Areopag haben sich gegen ihn verschworen. Sie wollen seinen Tod. Du hast doch schon einmal bewiesen, dass deine Fürsprache Wunder bewirken kann. Ich würde mich auch erkenntlich zeigen.« Sie setzte sich zu ihm und hörte sein schweres Atmen.

»Natürlich möchte ich etwas für dich tun«, erwiderte er sanft. »Ich habe zwar keine Stimme im Rat, aber die Meinung des Hierophanten wird dort respektiert.«

»Oh, ich wäre dir unendlich dankbar dafür.« Leicht legte sie ihre Hand auf seinen Schenkel. Er zuckte zusammen, ließ sie aber gewähren. »Was für ein Glück, dass du selbst deinen asketischen Predigten nicht folgen musst«, hauchte Elena. Tyrandos wollte widersprechen, doch die Kehle war ihm wie zugeschnürt. »Ich habe daher überlegt, dass ich dir meinen Körper schenke«, fuhr sie mit süßer Stimme fort.

Tyrandos öffnete den Mund, räusperte sich und erwiderte mit einem leichten Unterton der Empörung: »Die Mysterien sind heilig, und dein Vorschlag ist blasphemisch.«

Und du bist die fleischgewordene Blasphemie, dachte Elena heiter. Sie schob ihre Hand unter seinen Rock, den Schenkel hinauf, seine Haut war heiß und trocken. »Ich weiß, ich könnte einen standhaften Mann wie dich niemals verführen, wenn ich auch oft davon geträumt habe. Du bist ein schöner Mann, Tyrandos.«

»Nimm deine Hand ...« Tyrandos konnte den Satz nicht zu Ende bringen, und hätte es sein Leben gekostet.

»›Nimm deine Hand höher hinauf‹, wolltest du sagen?« Ihr Arm verschwand gänzlich unter seinem Rock, und sie liebkoste seine Männlichkeit mit sanftem Druck. »Auch dein Fleisch hat das Recht auf Erlösung«, fuhr sie mit sanfter Stimme fort. »Natürlich nicht schwellend in unzüchtiger Begierde, sondern im Dienst der heiligen Hochzeit.«

Tyrandos Stöhnen entlud sich in einem prustenden Gelächter.

Elena zog die Hand zurück, er packte sie. »Köstlich gesprochen, meine Göttin, doch weshalb unterbrichst du die Stärkung des gottesfürchtigen Werkzeugs?«

»Der Gottesdienst, zu dem wir beide berufen sind, kann nicht hier stattfinden, Göttlicher. Die Hochzeit des Hierophanten kann nur in deinem heiligen Berg stattfinden.«

»Unmöglich!«, entfuhr es ihm. »Was weißt du vom Inneren des heiligen Berges?«

»Das, was mir Asandros erzählt hat«, antwortete sie freimütig.

»Dann wirst du auch wissen, dass niemand außer den Mysten dort Zutritt hat. Selbst Asandros musste seinerzeit mit verbundenen Augen kommen.«

»Und Midian?«

»Midian habe ich die Weihen eines Hierophanten erteilt. Er und ich dienen jetzt demselben Ziel.«

»Midian ein Hierophant? Sicher war er von dieser Würde sehr beeindruckt.« Elena blinzelte Tyrandos unter halb geschlossenen Lidern an. »Willst du mir verwehren, was du Midian gewährst? Deiner zukünftigen heiligen Gemahlin?«

»Du verspottest mich! Was willst du in dem heiligen Berg?«

»Heilig? Ich meine, es ist ein von aller Welt abgeschiedenes und sehr reizvolles Versteck.«

»Dort geschieht nichts Ungesetzliches.«

»Aber es könnte geschehen, wenn man nur wollte, nicht wahr? Ich denke da an deinen außergewöhnlichen Wein. Wenn man ihn trinkt, weiß man nicht mehr, was Hahn und was Henne ist.«

»Gerüchte.« Tyrandos griff in ihr dichtes Haar. »Ein gewöhnliches Rauschmittel, um die Sinne zu stimulieren, nichts Verbotenes.«

»Nun, dann hast du ja nichts zu befürchten. Ich würde gern wissen, wie dieser Wein auf mich wirkt.«

»Es gibt einen Pilz«, erwiderte Tyrandos gedehnt, »die Mänaden kannten ihn. Sie versetzten ihren Wein damit, wenn sie bei Vollmond durch die Wälder streiften und alles mit bloßen Händen zerrissen, was ihnen begegnete. Ein alter dionysischer Brauch, der heute verboten ist.«

»Warum sollten wir den Wein dann nicht in deinem Berg zusammen kosten? Danach streifen wir berauscht durch dein Reich wie unterirdische Götter!«

»Hast du denn keine Angst?«

»Wovor?«

»Dass wir Dinge tun könnten, die einen vernünftigen Menschen erbleichen ließen?«

»Dummkopf! Ich bin hungrig, das zu erfahren, Tyrandos.«

Als er sie packen wollte, entzog sie sich geschmeidig, und er stöhnte auf. »Gut. Ich bin augenblicklich sehr beschäftigt – mit den Vorbereitungen der Mysterien. Ich werde dich in diesen Tagen mit meiner Sänfte abholen lassen. Halt dich bereit.«

»Denk an dein Versprechen, Tyrandos. Zuerst muss Asandros frei sein.«

»Natürlich.« Tyrandos lachte in sich hinein. Asandros frei? Niemals! Aber mit seiner Schwester würde er im Berg sein Vergnügen haben. Tagelang. So lange, bis er sie satthatte.

47

Die Verhandlung vor dem Gerichtshof war kurz. Das Urteil aus dem Mund des scharfnasigen Richters mit den Wieselaugen war niederschmetternd: Tod durch Speeren und Hinabstürzen des Körpers in eine Schlucht. Noch während Asandros sich auf die Lippen biss und versuchte, den Spruch wie ein Mann aufzunehmen, erhob sich Parmenides und sagte mit seiner kratzigen Stimme: »Der Hohe Rat von Athen erwog jedoch nach Lage der Dinge, hier Gnade walten zu lassen. Das Urteil wurde umgewandelt in lebenslange Verbannung aus Athen.«

Asandros saß da wie betäubt. Menschen gingen an ihm vorüber, einige sagten etwas zu ihm, sie lächelten oder sie gingen schweigend vorbei. Dann legte sich ihm eine Hand schwer auf die Schulter. Es war Periandros. »Wie es scheint, hattest du Fürsprecher, mein Freund. Ich allein hätte den Hohen Rat nicht zu diesem milden Urteil bewegen können.«

»Fürsprecher? Wer war es?«

»Der Polemarch Dykomedes und Aslan, ein wohlhabender Mithraspriester, der hohes Ansehen genießt. Beide sind immer wieder beim Areopag vorstellig geworden.«

Asandros schloss die Augen, weil ihm vor Freude und Rührung die Tränen kamen. Seine Freunde hatten ihn doch nicht vergessen.

»Wie viel Zeit habe ich noch, um Athen zu verlassen?«

»Vierundzwanzig Stunden.«

48

Es war schon spät. Die Kronen der Eichen hinter dem Heratempel hoben sich schwarz vom blassen Himmel ab und rauschten leise im Nachtwind. In ihren tiefdunklen Schatten saß Joram auf einer Bank. Es dauerte nicht lange, da kam ein Mann auf ihn zu und setzte sich schweigend neben ihn. Beide sprachen eine Weile kein Wort. Es war schon so viel gesagt worden. Die Stille umgab sie wie ein schützender Mantel. Und doch musste noch so viel ausgesprochen werden.

Midian hatte die Botschaft erhalten, als er in das Haus am Kolonos Agoraios zurückgekehrt war:

> Heute Abend beim Heratempel.
> Joram.

»Es war hier, als du mich verraten hast«, brach Midian schließlich das Schweigen.

»Ich habe dich nicht verraten, denn ich hatte dir nichts versprochen.«

»Nicht mit Worten, aber mit deinem Körper. Hast du das vergessen? Ich habe dich rangelassen.«

»Wenn es dir nicht gefallen hat, tut es mir leid. Mir hat es gefallen.«

»Du weißt nicht, was ich durchgemacht habe, nachdem du nicht gekommen warst.«

»Verletzter Stolz. Ich weiß. Was glaubst du, macht Asandros gerade durch?«

»Ach! Bist du seinetwegen hier?«

»Nicht nur. Aber es befremdet mich, dass du ihn nicht einmal besucht hast in seiner Zelle.«

»Ich glaube nicht, dass Asandros sich von mir trösten lassen wollte«, entgegnete Midian schroff und dachte an die Silbergruben. »Aber wenn du glaubst, ich hätte etwas damit zu tun, dann irrst du dich.«

»Und du konntest ihm auch nicht helfen? Dein Busenfreund Tyrandos ist doch mächtig einflussreich.«

»Ich habe es versucht, aber Tyrandos hasst Asandros. Da war nichts zu machen. Aber er ist doch nicht zum Tod verurteilt worden.«

»Findest du, eine Verbannung aus Athen spaßig?«

Midian zuckte die Achseln. »Er wird doch nicht in die Welt gestoßen wie ein mutterloses Kind. Bei mir in Babylon ist er jederzeit willkommen. Und du auch, Joram.«

»Wann wirst du zurückgehen?«

»Ich weiß es noch nicht.«

»Weil deine Schurkereien, die du mit Tyrandos ausbrütest, noch nicht gediehen sind?«

»Es sind keine Schurkereien. Wir überlegen lediglich, wie wir verschiedene Religionen zu einer einzigen zusammenschmieden können, zum Wohle aller. Wenn du mir nicht glaubst, frag Asandros. Wir haben das durchgesprochen.«

Wieder schwiegen sie eine geraume Zeit.

»Hattest du noch einen Grund, mich hier am Heratempel zu treffen?«, fragte Midian nach einer Weile.

»Ja.« Joram legte eine kleine Pause ein. »Ich möchte dich diese Nacht ganz für mich allein.«

Diese Sprache verstand Midian, und auf sie zu hören, war ihm auch lieber als Vorwürfen auszuweichen. Gut gelaunt zog er Joram an sich. »Das heißt, du willst mehr als nur mit mir reden?«

Joram war für einen Augenblick versucht, seinen Kopf an Midians Brust zu lehnen, um in seiner Umarmung zu verharren, bis die Gespenster der Furcht seine Brust verließen. Aber der Mann, den er liebte, war kein Ort der Zuflucht, keine Quelle des Trostes. Dennoch war es süß, immer noch so unendlich süß, von seinem Arm gehalten zu werden.

»Du fehlst mir.«

»Das hättest du dir überlegen sollen, bevor du dich wieder für Asandros entschieden hattest«, gab Midian kühl zur Antwort, aber dann neigte er sich zu ihm und küsste ihn auf die Stirn. »Du fehlst mir auch, das weißt du. Du und Asandros. Alle anderen Menschen sind mir gleichgültig.«

Aus dem Tempel fiel der blasse Schein einer Öllampe. Sonst war es finster, kein Stern, kein Mondlicht drang durch die dichten Baumkronen. Vom Fluss her kam feuchte, kühle Luft. Er wickelte Joram in seinen Mantel. So saßen sie beieinander, wurden ihrer Körper gewahr und lauschten ihrem gemeinsamen Atem. Joram spürte warme Lippen an seinem Hals, ein behutsames Tasten zwischen seine Schenkel und genoss alles wie ein Geschenk. Midian schnurrte wie eine Katze.

Plötzlich umarmte ihn Joram und küsste Midian leidenschaftlich auf den Mund.

»Bei Belial, bist du heiß heute!«, rief Midian atemlos, nachdem Joram ihn wieder freigegeben hatte.

Joram grub Midian seine Nägel ins Fleisch. »Halt mich fest! Halt mich!«

»Wovor hast du Angst?« Midians Zungenspitze glitt ihm über die Kehle, heiß und feucht hinauf zum Ohr, kitzelte ihn. »Sag es mir, hm?«

»Dass ich vergessen könnte wie du atmest, wie du schmeckst, wie du riechst. Und wie du liebst.«

Midian lachte verhalten. »Das verspricht, eine spannende Nacht zu werden.«

»Schlaf mit mir, Midian. Nur einmal!«

»Nein!« Das kam schnell und hart.

Joram schwieg.

»Weshalb willst du sterben?«, fuhr Midian ihn an.

»Vielleicht ist meine Zeit um.«

»Du schwätzt Unsinn!« Midian zog seine Hand von ihm. »Was ist los mit dir? Hast du mich hierhergelockt, damit ich dein Henker werde? Hast du Sehnsucht nach dem Tod?«

»Der Tod hat Sehnsucht nach mir. Er sucht mich, seit du ihn gerufen hast – damals ...«

»Du redest irre. Das Leben in Achylides Haus scheint dir nicht zu bekommen.«

Joram wusste, dass die Auseinandersetzung zu nichts führen würde. »Gut, gut, vergiss es! Ich weiß nicht, was mich bedrückt heute Nacht.«

»Lästiger Trübsinn, den ich dir vertreiben werde, auch ohne mit dir zu schlafen. – Joram, Geliebter!« Midian zog ihn an sich und küsste ihn zärtlich auf die Augen, die Lippen, den Hals. »Bei Belial! Ich möchte dich so gern in Liebe umarmen. Ich wünsche es mir so sehr.«

Sie legten ihre Kleider ab, hüllten sich in ihre Mäntel und schenkten sich all die Zärtlichkeiten, die ihnen erlaubt waren. Doch mit der Zeit wuchs das Verlangen, und ihre Vernunft wurde hinweggewirbelt wie welkes Laub. Midian umarmte Joram, der sich ihm entgegen drängte, sich erregt an ihm rieb und dann auf den Bauch legte und sich anbot. Diesmal nahm Midian das Geschenk an, ohne zu überlegen. Sein Kopf war wie leergefegt, als die rote Lohe über ihm zusammenschlug.

Als er aus seinem Taumel erwachte und erkannte, was er getan hatte, stieß er einen Schrei aus, aber Joram stöhnte: »Warum schreist du denn so? Willst du einen Wächter herbeilocken?«

»Was? Du lebst? Dir ist nichts geschehen?«

»Ich fühlte mich nur wie von einem Büffel in den Boden gerammt, aber sonst bin ich heil geblieben.«

Hörte er Midian aufschluchzen? Da musste er sich verhört haben. Aber er fühlte, wie dieser seinen Körper hastig mit Küssen bedeckte.

Jorams Seele aber flog aus wie eine Schwalbe an einem Frühlingstag, weil Midian ihn liebte.

49

Vor Elenas Haus hielt eine Sänfte. Eine verhüllte Gestalt trat aus der Tür, sah sich vorsichtig um und stieg ein. Es war bereits dunkel, aber die Träger kannten den Weg: die heilige Straße nach Eleusis.

Auf halbem Weg verließen sie die Straße und folgten einem Pfad durch die Hügel. Sie hielten vor einer Gruppe Weißdornbüsche. Dahinter verbarg sich der Eingang einer Höhle. Die Träger nannten das Losungswort, und die Tür öffnete sich.

Die Gestalt in dem dunkelgrünen Umhang stieg aus der Sänfte, ein Wächter leuchtete ihr mit einer Fackel voran und führte sie durch einen langen, dunklen Gang. Vor einer unscheinbaren Tür blieb er stehen. Er klopfte. »Der Besuch!«

Tyrandos öffnete. »Komm herein!«, rief er. »Der Wein wartet bereits auf uns.«

Er fasste sie am Ärmel, sie trat näher. Der Tisch war gedeckt mit erlesenen Speisen. »Nimm doch die Kapuze ab, hier musst du dich nicht mehr verstecken.«

»Gern, Tyrandos.« Joram strich die weite Kapuze nach hinten und ließ den Mantel zu Boden gleiten.

Tyrandos wich zurück, stolperte über einen Teppich und konnte sich gerade noch am Tisch festhalten. »Du?« Der Schmerz, hintergangen worden zu sein, zerriss ihn fast, doch er behielt die Fassung. »Dummkopf!«, zischte er. Sein schneller Blick erfasste, dass Joram offensichtlich unbewaffnet war. »Hier kommst du nie wieder heraus.«

Joram ging an dem Priester vorbei und ließ sich in einen Sessel fallen. »Du willst mich umbringen? Dann wärst du schlecht beraten. Du weißt, dass ich auch Midians Freund bin.«

»Midian – er weiß, dass du hier bist? – Nein«, beantwortete Tyrandos seine eigene Frage, »wenn Midian dich einweihen wollte, hätte er dich selbst mitgebracht. Du aber hast dich mithilfe des Umhangs hier eingeschlichen.«

»Schlau, Tyrandos, aber du kannst mir glauben, dass ich mich abgesichert habe, bevor ich in deinen Berg kam.« Joram sah sich um. »Außerdem bist du ein schlechter Gastgeber.«

Abwesend brachte Tyrandos ihm Wein. »Und was willst du hier?«

»Eine Gegenfrage, Priester. Was fürchtest du?«

Tyrandos sah den hübschen Hebräer von der Seite an. »Ich fürchte nichts, aber es gefällt mir nicht, wie du dich hier einschleichst und dass du den geheimen Eingang kennst.«

»Und was willst du hinter deinem geheimen Eingang verbergen, Tyrandos?«

»Ich habe Feinde, Neider. Ein Mann wie ich muss Vorsorge treffen.«

»Hm. Das sehe ich ein.« Joram roch an dem Wein. »Aber wenn

du mit Midian ein Bündnis geschlossen hast, um die Menschheit mit einer neuen Religion zu retten, dann kannst du seine Freunde nicht übergehen.«

»Gut. Reden wir darüber.« Tyrandos setzte sich Joram gegenüber und sah ihn lauernd an. »Ich erwarte Midian hier, heute Nacht schon oder morgen früh. Sei solange mein Gast, dann sprechen wir offen über alles.«

Joram nickte gleichmütig und trank.

Tyrandos traute Joram nicht, aber in seinem Berg fühlte er sich sicher. Von dem unbewaffneten Hebräer mit den mädchenhaft schönen Zügen ging keine Gefahr aus, der Feind hieß Asandros. Und der musste Athen in Kürze verlassen. Er hatte nie begriffen, dass ein Mann wie Midian ihm so verbunden sein konnte. Abwegige Gelüste mit ihm zu teilen – ja, denn Asandros war ein begehrenswerter Mann. Aber echte Freundschaft, das war wie ein Messer im Rücken.

Über den Rand seines Bechers hinweg erkannte Joram, dass Tyrandos ihn beobachtete. *Er liegt auf der Lauer, ob ich einen Fehler mache,* dachte Joram. *Aber ich darf mir keinen erlauben. Entkommt mir Tyrandos, ist alles verloren. Sein Blick fiel auf das Kohlenbecken. Er erhob sich langsam.*

»Wohin willst du?«

»Eine Harzkugel ins Feuer werfen.«

»Bemüh dich nicht.« Tyrandos stand auf. »Du bist doch mein Gast.« Er ging selbst hinüber zu der Nische, wo die mit Glut gefüllte Räucherschale auf einem eisernen Dreifuß stand. Jorams Blick fiel auf das Schüreisen, das neben dem Behälter mit den Kügelchen stand. Tyrandos ließ zwei Kügelchen in die Glut fallen. Sofort verbreitete sich ein würziger Duft.

»Welche Köstlichkeit hebst du in dem schwarzen Stamnos auf?«, fragte Joram und wies auf das bauchige Gefäß, das einige Schritte entfernt an der Wand stand.

»Zypernwein, er ist aber sehr süß. Magst du so etwas?«

»Lass mich doch einmal kosten. Du wirst hier unten nicht das Schlechteste haben.«

»Gewiss, der Wein ist etwas für Kenner, aber doch nicht jedermanns Geschmack.« Tyrandos lächelte Joram an. »Er steigt sehr schnell zu Kopf.«

»Mach mich trunken, was liegt daran?«

Tyrandos warf Joram einen dunklen Blick zu. »Nichts«, murmelte er, »es wäre reizvoll.«

Er wandte sich dem Gefäß zu, nahm einen Becher von einem kleinen Tischchen daneben und schöpfte Wein hinein. Als er das Geräusch hörte, war es zu spät. Mit einem erstickten Schrei und einer blutenden Kopfwunde brach er zusammen. Noch zwei schnelle, wilde Schläge trafen ihn, bevor er einen gellenden Schrei ausstoßen konnte. Der Schürhaken zerschmetterte ihm den Kiefer, sein zweiter Schrei erstickte in blutigem Gurgeln.

Joram zerrte den zappelnden Priester zur Kohlenpfanne und zwang sein Gesicht in die Glut. Tyrandos stöhnte tief und grässlich, er klammerte sich an Jorams Beine, krallte ihm seine Nägel ins Fleisch, während das Feuer sich in sein Gesicht fraß. Beizender, stinkender Rauch stieg auf. Tyrandos Körper zuckte, als müsse er sich übergeben. Joram drückte Tyrandos in die Glut, bis er still war.

Angelockt durch das Schreien, stürmten drei Männer mit erhobenen Lanzen herein. Joram lächelte ihnen entgegen, der schlaffe Körper des Hierophanten glitt aus seiner Hand und fiel dumpf auf den Boden. Die erste Lanze durchbohrte Joram die Brust, die anderen beiden drangen in sein Gedärm. »Midian«, flüsterte er. Immer noch lächelnd sank er zu Boden. Die dunklen Vögel öffneten ihre Schwingen und flogen lautlos davon.

50

Asandros hatte noch keine Zeit gefunden, seine Angelegenheiten zu regeln, geschweige, einen klaren Gedanken zu fassen. Um seine Zukunft machte er sich keine Sorgen, er fühlte sich stark genug, überall in der Welt sein Auskommen zu finden, aber die Vorstellung, seine Freunde verlassen zu müssen, war furchtbar. Gerade noch hatte er den heulenden Achylides beruhigen müssen, war dann in die Silberquelle geeilt, um dort alle zu beruhigen. Da kamen Aslan und Dykomedes durch die Tür gestürmt und riefen ihm zu, auch das Verbannungsurteil sei aufgehoben worden. Er müsse Athen nicht verlassen.

Asandros konnte es kaum glauben. »Hat man denn den wahren Mörder gefunden?«, stammelte er.

Dykomedes winkte ab, und Aslan grinste vor sich hin. »Ich habe den Herren erklärt, dass Athens Sicherheit auf dem Spiel steht. Ich brauche dich in Laurion, wenn es da losgeht. Auf bestochene Richter kann ich hier keine Rücksicht nehmen.«

»Dann ist es also bewiesen, dass Parmenides bestochen wurde? Von wem? Von Tyrandos?«

Dykomedes lachte. »Wahrscheinlich, aber um das zu beweisen, hätten wir ganz Athen umgraben müssen. Die wundersame Bekehrung des Richters hast du Aslan zu verdanken.«

Asandros' Augen leuchteten auf. »Erzähl!«

Aslan wirkte verlegen, so eine Regung hatte Asandros noch nie an ihm beobachtet. »Ich habe meine Methoden, jemanden zum Sprechen zu bringen, zum Schweigen oder seine Meinung zu ändern, ganz wie es gewünscht wird.«

»So!«, rief Asandros und musste wider Willen grinsen. »Du folterst also alte Männer.«

»Ich würde es nicht Folter nennen, eher die unerschütterliche Macht der Überzeugung.«

Asandros umarmte Aslan, Dykomedes packte er fest bei den Handgelenken. »Ich danke euch.«

»Ach, das war doch selbstverständlich«, wehrte Dykomedes ab.

»Entschuldigt mich. Aber das muss ich sofort Achylides sagen. Er wollte sich schon aus Gram als Eremit in die Berge zurückziehen.«

Dykomedes nickte. »Ich erwarte dich morgen bei mir zu einer Besprechung der Lage. Meine Späher berichteten mir, dass spartanische Krieger die Grenze bei Argos überschritten hätten. Aber heute Abend wirst du sicher im Kreise deiner Freunde deine Freilassung feiern wollen.«

So geschah es. Sie feierten in der Silberquelle. Alle waren gekommen. Nur Midian nicht. Und Joram auch nicht. Elena hatte keine Ahnung, wo er stecken konnte. »Gestern war er nicht bei mir, er wollte sich mit einem Freund treffen.«

»Dann weiß er noch gar nichts von der guten Neuigkeit?«

»Offensichtlich nicht.«

»Du kennst diesen Freund nicht?«

»Nein. Joram war seit einigen Tagen etwas merkwürdig. Vielleicht hat er jemand kennengelernt, von dem er sich erhofft hat, dass er etwas für dich tun kann.«

Achylides hatte ihn auch schon etliche Tage nicht mehr gesehen, aber er hatte sich keine Gedanken gemacht, weil Asandros diese völlig in Anspruch genommen hatte.

»Dann wartet eben noch eine wunderbare Überraschung auf ihn«, lächelte Asandros.

Achylides war gerade fröhlich pfeifend in seiner Werkstatt verschwunden. Asandros und Aslan waren noch am Tisch sitzen geblieben, wo sie gerade das Frühmahl hinter sich gebracht hatten, das wegen der späten Nacht eigentlich schon ein Mittagsmahl gewesen war. Sie ließen noch einmal die letzten Tage im Gespräch an sich vorüberziehen. Da schlurfte Pittakos herein. »Dieser Midian ist draußen«, brummte er.

Asandros und Aslan warfen sich einen schnellen Blick zu. »Er ist doch sicher schon drin, wie ich ihn kenne«, rief Asandros beherrscht und sah zur Tür. Tatsächlich stand Midian bereits davor und kam herein mit einem Lächeln, so unschuldig wie ein kleines Kind. Sein Blick streifte rasch Aslan, dann den Tisch, wo noch die Reste der Mahlzeit standen.

»Ich wurde nicht eingeladen?«, fragte er und sah sich nach einer Sitzgelegenheit um.

»Du kommst stets ungeladen. Ich hätte dich eher erwartet. Allerdings nicht bei Achylides, sondern im Kerker.«

»Hätte ich gewusst, wie es um dich steht.« Midian griff sich drei Kissen vom Diwan, stapelte sie übereinander und nahm auf ihnen Platz. So hatte er die beiden Männer am besten im Auge. »Leider war ich zu dem Zeitpunkt nicht in Athen.«

»Nein, wahrscheinlich in Laurion.«

»Aber nein, ich war in Korinth. Bevor die Mysterien hier das Fieber entfachen, wollte ich mich dort ein wenig austoben. – Du wurdest des Mordes angeklagt, habe ich gehört? Wer von den Dummköpfen im Areopag traut so einem Tugendbolzen wie dir denn einen Mord zu?«

»Der Dummkopf Parmenides beispielsweise. Aber er hat gestanden, bestochen worden zu sein.«

»Hm, das sind ja Abgründe von Unredlichkeit. Ich schwöre dir, in Babylon gibt es das unter meiner Herrschaft nicht.«

»Leider lebt Tyrandos nicht in Babylon.«

»Was willst du denn damit sagen?« Midian pickte sich eine Olive vom Tisch. »Jedenfalls hast du mich nicht gebraucht. Wie ich heute Morgen hörte, wurde das Urteil völlig aufgehoben.«

»Das ist richtig. Deshalb stehe ich auch Dykomedes wieder voll und ganz zur Verfügung.«

Midian überhörte diese Bemerkung und sah sich um. »Wo ist eigentlich Joram? In der Silberquelle war er auch nicht.«

»Ich bin nicht sein Hüter«, erwiderte Asandros gereizt. »Vielleicht will er dir aus dem Weg gehen.«

»Joram?« Midian lächelte bei der Erinnerung an ihr letztes Erlebnis. »Wie kommst du nur darauf? Vorige Nacht waren wir – nun ja, wir haben uns sehr gut unterhalten.«

Asandros war verblüfft und gleichzeitig erleichtert. »Er war bei dir? Aber wohin ist er dann gegangen? Bei meiner Schwester war er auch nicht.«

Midian grinste. »Bei deiner Schwester? Hat er seine Veranlagung gewechselt?«

»Sie sind nur gute Freunde.«

»So wie du und Aslan, nicht wahr?«

Aslan hielt den Blick gesenkt.

»Und so schweigsam«, fügte Midian gehässig hinzu. »Das ist immer ein Vorteil im Bett. Vom vielen Reden kriegt man ihn nicht rein.«

Asandros hätte Midian dafür gern die Faust ins Gesicht geschlagen, aber Aslan war selbst ein Mann. Er hätte es nicht gewollt, dass man sich für ihn schlug.

Aslan schnitt sich noch ein Stück Brot ab und tunkte es in eine scharfe Soße. Er lächelte Midian an. »Ich hörte, du seist der Tartan von Babylon?«

»So ist es. Und du wirst mir jetzt sagen, weshalb du bei den Ringern über meinen Anblick so erschrocken warst.«

»Ich war nicht erschrocken, ich war verblüfft. Aber es hat sich ja inzwischen alles aufgeklärt. Asandros war so freundlich, mir meine Fragen bezüglich deiner Person zu beantworten. Aber ich habe doch noch eine Frage an dich.«

Midian warf Asandros einen wütenden Blick zu. »Du redest hinter meinem Rücken über mich? Verbreitest Lügen?«

Asandros zuckte nur die Achseln und sah Aslan an.

»Beruhige dich«, sagte dieser. »Er hat mich nur über deine Herkunft aufgeklärt. Zamorans und Atargatis' Sohn. Das stimmt doch?«

»Und wozu wolltest du das wissen?«

»Später. Beantworte mir nur eine Frage: Als Tartan wusstest du sicher darüber Bescheid, was im Haus eines gewissen Naharsin vor sich ging?«

Midian war jetzt sicher, dass Aslan ihn aus Babylon kannte. War er vielleicht mit den Mardukpriestern verschwägert? Er nickte. »Viele haben davon gewusst.«

»Aber ein Tartan ist der zweite Mann im Reich. Sollte er nicht dafür sorgen, dass so ein Haus geschlossen wird?«

Midian warf Asandros einen raschen Blick zu, doch der wich ihm aus. »Nun, es wurde geschlossen«, erwiderte Midian ungehalten. »Weshalb hat das für dich eine Bedeutung?«

»Von dir?«, fragte Aslan, ohne auf Midians Frage einzugehen.

Midian räusperte sich. »Asandros setzte sich dafür ein, und ich sorgte dafür, dass es geschah. Wozu willst du das wissen?«

»Weil es wichtig für mich ist. Ich möchte nicht hören, dass mein Bruder mit Unholden wie Naharsin unter einer Decke gesteckt hat.«

»Ich kenne deinen Bruder nicht.«

»Ja, manchmal kennt man sich selbst nicht«, spottete Aslan. Sogar Asandros musste lächeln.

»Was sollen deine Andeutungen?«

»Atargatis, die Schöne. Sie war auch meine Mutter.«

Ein Bannstrahl hätte Midian nicht härter treffen können. Völlig fassungslos irrten seine Blicke hin und her und richteten sich schließlich durchbohrend auf Aslan. »Kannst du das beweisen?«

»Mein Vater lebt nicht mehr und, wie ich erfuhr, ist unsere Mutter ebenfalls tot. Aber kannst du beweisen, dass du ihr Sohn bist?«

»Ich bin ...« Midian stockte. Ihm wurde bewusst, dass er keine Beweise hatte. Atargatis hatte es ihm gesagt, aber sie war tot. »Mein Standbild steht auf ihrem Tempel«, rief er triumphierend.

»Nein, das deines Vaters Zamoran.«

»Na und? Es gleicht mir wie ein Ei dem anderen.«

»Und wer hat es gemacht?«

»Irgendein Bildhauer vermutlich.«

»Nicht irgendein Bildhauer, es war mein Vater Subandhu, den unsere Mutter aus Samarkand geholt hatte. Wenn du willst, erzähle ich dir jetzt die ganze Geschichte. Und danach wirst du nicht mehr zweifeln.«

Midians Blick streifte Asandros. »Was weißt du darüber? Sagt er die Wahrheit?«

»Ja, aber hör zu und entscheide selbst.«

Ganz entgegen seiner sonstigen Art lauschte Midian gebannt, was Aslan ihm über die Statue, Tissaran und seine Mutter zu sagen hatte. Eine unfassbare Geschichte. Seine Zweifel lösten sich nach und nach in Luft auf. Und mit jedem Satz, mit jedem Wort verflüchtigte sich sein Hass auf ihn, denn ein Bruder, das war für Midian jemand, der zu ihm gehörte wie die Schwarzen Wölfe, er war Blut von seinem Blut. Von jetzt an würde er Aslan mit anderen Augen ansehen. Er war sein Halbbruder. Und was auch wichtig war, er konnte nicht Asandros' Liebhaber sein. Denn mit einem derart Verschnittenen konnte Asandros unmöglich ein Verhältnis haben. Midian hatte schon mit solchen Männern verkehrt, sie waren schließlich noch brauchbar, aber über diese Abenteuer schwieg er lieber. Asandros hätte sie arg missbilligt.

Als Aslan mit seiner Geschichte am Ende war, wusste Midian erst einmal nichts zu sagen. Wie verhielt man sich einem Bruder gegenüber? Asandros hatte Midian noch nie so unsicher erlebt. Sollte Aslan in ihm eine menschliche Seite angerührt haben, von der er nichts wusste?

Ja, Midian überwältigte der Umstand, einen Bruder zu haben, aber tiefsinnig wurde er deshalb nicht. Spontan umarmte er Aslan. »Du bist vielleicht das Beste, was Atargatis hervorgebracht hat.«

Aslan erwiderte die Umarmung lachend. »Und du bist nichts?«

»Ich bin Midian! Ich bin *der* Beste! Aber ob ich *das* Beste bin, das möchte ich stark bezweifeln.« Er zwinkerte Asandros zu, und dieser lächelte zurück. Die Stimmung war einfach zu einmalig, um jetzt über zukünftige Schwierigkeiten nachzudenken.

Der Tag hatte frostig begonnen, unbeschwert ging er zu Ende.

In einer Hafenschenke in Phaleron feierten sie das Ereignis. Asandros bedauerte nur, dass Joram nicht dabei war. Leicht betrunken wankten sie hinaus. Ein Tag wie Samt und Seide neigte sich dem Ende zu. Aslan ließ sich eine Sänfte kommen, die ihn in den Piniengrund zurückbrachte, denn er wusste, was sich gehörte. Midian und Asandros verbrachten die Nacht miteinander. Erst, als sie kurz vor Morgengrauen einschliefen, ging Asandros flüchtig der Gedanke an Laurion durch den Kopf.

Asandros tastete im Halbschlaf nach Midian, griff aber ins Leere. Er schlug die Augen auf. Das Bett neben ihm war leer. »Midian?«, rief er halblaut. Er stolperte hoch und prallte in der Tür mit Pittakos zusammen. »Wo ist Midian?«

»Gegangen«, erwiderte er kühl, »aber draußen stehen vier Männer, sie kommen von Dykomedes.«

Asandros stieg das Blut zu Kopf. Eine Nacht vertändelt, während der Polemarch ihn erwartet hatte. Gereizt schob er Pittakos zur Seite und murmelte etwas Unverständliches, während er zum Brunnen ging, um sich zu waschen. Wieder einmal spürte er Ärger in sich aufsteigen. *Weshalb ist Midian wieder ohne Abschied gegangen, obwohl wir die Sache mit Laurion noch nicht geklärt haben? Im Grunde haben wir gar nichts geklärt. Ich weiß nicht, was Midian plant, aber ich muss immer das Schlimmste annehmen, auch wenn der Tiger gestern ein Kätzchen war.*

Er kleidete sich rasch an und fragte Dykomedes' Männer, ob man etwas über Laurion und die Spartaner wisse. Sie nickten. »Es drängt. Du solltest dich darauf vorbereiten, noch heute aufzubrechen. Dykomedes ruft bereits die Männer zusammen. Aber er wird dir das gleich selbst sagen.«

Alles überstürzte sich in letzter Zeit, aber Asandros zögerte nicht, wenn man ihn an seine Pflicht gemahnte. Er hoffte, man würde ihm noch Zeit geben, sich von seinen Freunden zu verabschieden.

Als er schon in der Tür stand, lief ihm Elena entgegen. »Wie schön, dich zu sehen.« Asandros umarmte sie, küsste sie auf die Wange. »Du machst dir doch keine Sorgen? Du weißt, es wird keine Schlacht geben, wenn ich es vermeiden kann.«

Sie küsste ihn auf die Nasenspitze. »Komm mit dem Schild zurück oder auf ihm«, neckte sie ihn. »Ist das nicht die Art, wie eine Spartanerin ihren Helden verabschiedet? Ich mache mir mehr Sorgen um Joram.« Sie sah sich um. »Ist er immer noch nicht aufgetaucht?«

»Nein, ich dachte, du wüsstest mehr.«

Elena verstand es, ihren Schrecken zu verbergen. »Ich werde Joseba ein wenig zur Hand gehen und Achylides trösten, solange du fort bist.« Sie gab ihm einen leichten Stoß. »Deine Krieger warten, reiß dich los!«

51

Midian hatte sich nach der gemeinsamen Nacht mit Asandros auf den Weg zu Tyrandos gemacht. Er konnte die Auseinandersetzung um die Silbergruben nicht mehr verhindern, und wer den Richter Parmenides unter Druck gesetzt hatte, wusste er auch nicht. Er wollte Tyrandos fragen, wer da so viel Macht besaß.

Am frühen Vormittag erreichte Midian den geheimen Eingang im heiligen Hügel bei Eleusis. Erymanthos, der Hauptmann der Leibwache, hatte ihn bereits erwartet. Er stürzte ihm entgegen und schrie: »Tyrandos ist tot! Ermordet von einem Wahnsinnigen.«

Midian starrte den Mann an. »Tot?«, rief er heiser. Wie eine eisige Faust schmetterte ihn dieses Wort nieder. Der Boden unter ihm schien zu schwanken, er musste sich an der Wand abstützen. *Gescheitert!*, durchzuckte es ihn. *Wir sind gescheitert!*

Erymanthos, ein untersetzter Mann und brutaler Schlächter, zitterte wie ein Kind. Midian packte ihn an seinem Brustriemen. »Ein Wahnsinniger, sagst du? Wie konnte er in den Berg eindringen? Dafür wirst du langsam sterben!«

Erymanthos heulte auf. »Du tust mir unrecht! Der Mörder ist nicht eingedrungen, Tyrandos hat manchmal Besuch hier unten, du verstehst schon. Diesmal war es ein hübscher junger Mann.«

Aus Midians Brust kam ein tiefes, heiseres Grollen. »Lebt diese Hure?«

»Meine Männer töteten ihn. Drei Lanzen haben ihn durchbohrt.«

»Elende Versager! Solche Mörder lässt man am Leben für einen langen, grässlichen Tod.« Midian stieß Erymanthos brutal zur Seite und stürmte vorwärts. »Tyrandos!«, brüllte er, »du dreifach gehörnter Bock bist ein Opfer deiner Geilheit geworden und richtest auch mich damit zugrunde. Deinen Schwanz sollen die Hunde fressen! Was wird jetzt aus unseren Plänen?«

Blut stieg ihm in die Augen, er fletschte die Zähne und rannte wie ein tollwütiger Hund durch die unterirdischen Gänge. Die Männer flohen vor ihm wie vor einer Kobra, die ihren Nackenschild bläht.

Midian stieß die Tür auf, bereit, beide Leiber noch im Tod zu zerreißen. Dann schwankte er auf der Stelle wie eine halb entwurzelte Eiche, seine Arme hingen schlaff herunter, und in seiner

Kehle schwollen Wut und Entsetzen zu einem so schrecklichen Geheul, dass die erschrockenen Priester glaubten, die Toten stünden aus ihren Gräbern auf. Es ging über in schluchzende Töne, und dann hörte es sich an wie die Klage eines verwundeten Wolfes.

Midian zog die Speere aus dem bleichen Körper und nahm ihn in die Arme. Keinen Blick gönnte er dem anderen Körper, der mit verkohltem Schädel auf dem Rücken lag. Er wiegte Jorams Oberkörper, legte den Kopf in den Nacken und sang ihm das Totenlied. Es sang vom Frühling, wenn im Zagros das Eis brach, von der Freiheit des Windes, dem Stolz des Adlers und der Klage der Wölfin, die ihr Junges verloren hatte.

Endlich hob er Joram auf, hüllte ihn in ein kostbares Tuch, trug ihn hinaus und befahl den vorsichtig sich nähernden Männern, ein Grab auszuheben. Ihre fassungslosen Gesichter beachtete er nicht. Er bettete Joram in die Grube, bedeckte ihn mit einem Teppich und legte ihm das eigene Schwert an die Seite. »Warum bist du nicht in meiner Umarmung gestorben«, flüsterte er. »Dann hätte ich mich über deinem entseelten Leib getötet, und wir hätten gemeinsam in Belials Reich zu seiner schaurigen Musik getanzt.«

Die Grube wurde zugeschüttet und Midian befahl, einen Felsen darüber zu rollen. Einen Tag und eine Nacht saß er tränenlos an dem Grab, heimgesucht von Belials fürchterlichsten Dämonen. Das höhnische Gelächter seiner Mutter füllte ihm den Kopf wie flatternde Totenvögel. Weshalb heißen deine Freunde nicht Naharsin und Xandrames? Nur scharfe Schwerter schlagen tiefe Wunden, Asandros hat es stumpf gemacht, unbrauchbar, du rostest vor dich hin, Midian!

In der Morgendämmerung lag er zusammengekrümmt auf dem Grab, die Finger tief ins Erdreich gegraben.

Später rief er Erymanthos zu sich und befahl: »Versammele die Priester und alle übrigen, die Tyrandos in sein Vertrauen gezogen hat.«

Erymanthos nickte erleichtert. Er hatte schon befürchtet, dieser Wilde würde ihn lebendig verspeisen.

Midian stellte sich vor die versammelten Männer und sprach mit unbewegter Miene zu ihnen: »In vier Tagen beginnen die Mysterien. Die Menschen werden in das Telesterion strömen, doch Tyrandos ist tot, deshalb werde ich sein Vermächtnis erfüllen. Ich werde Tyrandos' Stelle einnehmen, bis die Feiern vorüber sind. Hat jemand Einwände?«

Natürlich hatte niemand Einwände, und so fuhr Midian fort: »Wir alle hier wissen, dass Tyrandos sich die Dummheit der Menschen zunutze gemacht hat, um ein Leben zu führen, wie es denkenden Menschen zukommt, und ihr habt daran teilgehabt. Es ist euch gut gegangen, und es wird euch auch weiterhin gut gehen, wenn ihr meinen Anordnungen folgt.« Midian machte eine Pause. Angespanntes Schweigen antwortete ihm. »Ich weiß, wo Tyrandos seine unermesslichen Schätze aufgehäuft hat, und ich habe den Schlüssel zu dieser Schatzkammer. Alles soll denen gehören, die mir gehorchen, ich will nichts für mich, denn ich bin ein vermögender Mann und eifere anderen Zielen nach als Reichtum.«

Jetzt erhob sich ein dumpfes Geraune. Gierige Augen starrten ihn an. Die sagenhafte Schatzkammer – würde man sie zu sehen bekommen? Midian spürte ihre Habgier wie ein heißes Hecheln auf seiner Haut. Er hob die Hände. »Wer meine Befehle befolgen will, der trete nach rechts. Aber zuvor bedenkt, dass ich harte Forderungen an euch stellen werde. Wer versagt, muss sterben.«

Trotz dieser Drohung begaben sich alle auf die rechte Seite. Midians Züge waren kalte Verachtung. Er eröffnete den Anwesenden seinen Plan, und Erymanthos und seine Männer metzelten alle nieder, die Einspruch wagten oder Anzeichen von Entsetzen oder Furcht zeigten.

Während Asandros in Laurion den Spartanern entgegentrat, befand sich Attika im Fieber der Eleusinischen Mysterien. Jeder frei geborene Hellene durfte an ihnen teilnehmen. Bereits im Frühjahr hatten sich die Gläubigen am Ilissos versammelt und waren in die anfänglichen Geheimnisse von Tod und Leben, Niedergang und Auferstehung eingeweiht worden. Jetzt im Herbst sollten sie des ganzen Geheimnisses teilhaftig werden und als Schauende das Telesterion verlassen.

Dort, in einer quadratischen Säulenhalle, die ringsum mit Sitzreihen ausgestattet war, wurde das Schauspiel der Entführung geboten. Ein Auferstehungsmythos, wie ihn die meisten Völker kannten: Persephone, die Tochter der Ackergöttin Demeter, wurde von Hades, dem Gott der Unterwelt, geraubt. In ihrer Trauer ließ Demeter alle Pflanzen auf der Welt verdorren, und Hades wurde von den olympischen Göttern gezwungen, die liebliche Persephone jeweils die Hälfte des Jahres auf die Oberwelt hinaufzuschicken. Das war die Zeit des Frühlings, der Aussaat und der Fülle.

Doch das erbauliche Schauspiel allein war nicht das Ziel der Gläubigen. In einem feierlichen Akt offenbarte ihnen Persephone, wie sich die Seelen verhalten mussten, um in das Reich der Seligen zu gelangen, wenn sie in der Unterwelt vor sie traten.

So fanden sich die Menschen aller Regionen in den Mysterien wieder, vereint in ihrer Sehnsucht nach ewigem Leben. Unter Tyrandos war die düstere orphische Seite betont worden, das Bekennen der Sünden, die Bereitschaft zu Opfer und Askese. Doch die

Menschen nahmen alles auf sich, um das letzte Geheimnis zu erfahren, und Persephone offenbarte sich nur in Gegenwart des Hierophanten.

Aber der Hierophant hatte kein Gesicht mehr, er war tot. Nirgendwo wehte sein Purpurmantel über den Häuptern der Menge. Vor der bunten Halle in Athen hatten sich die Mysten versammelt, erkenntlich an ihren safranfarbenen Binden, die sie sich um den rechten Arm und den linken Fuß gewickelt hatten. Gewöhnlich trat jetzt einer der Beamten des Basileus heraus und verbot allen Uneingeweihten, Barbaren und Unreinen die Teilnahme an dem Fest. Dann warteten alle auf den Ruf: Mysten ins Meer! Aber nichts geschah. Der Basileus wurde von den Dionysospriestern um Geduld gebeten, es sei etwas nie Dagewesenes im Gange.

Unruhe bemächtigte sich der Menge. Von allen Seiten drängten neue Massen auf den Platz, welche sich an der Prozession über die Heilige Straße beteiligen wollten. Da endlich trat Zagreus heraus, ein dickleibiger Priester, der den Namen des orphischen Dionysos angenommen hatte, und begann zu sprechen: »Tyrandos, der Hüter der heiligen Geräte kann euch heute nicht voranschreiten auf der Heiligen Straße, denn er darf Eleusis nicht verlassen. Was hat sich ereignet? Die Göttin legte dem Hierophanten ihre Hand auf den Scheitel und verkündete die frohe Botschaft: Alle hundert Jahre stehen die Himmel offen für alle Menschen, ob Eingeweihte oder Suchende, ob Barbaren oder Hellenen. Heute werden all jenen ihre Sünden vergeben, die das Telesterion betreten und an den Mysterien teilnehmen. Niemand wird ausgeschlossen von dem heiligen Ort.«

Zagreus redete noch weiter, aber ein ohrenbetäubender Jubel übertönte seine Worte. Und weil er sich kein Gehör mehr verschaffen konnte, brummte er: »Lauft schon! Das Elysion erwartet euch.«

Dann verschwand er im Innern der bunten Halle, wo gerade eine Gruppe von Priestern dem verwirrten Basileus die neue Lage auseinandersetzte. Mermeros war ein ehrwürdiger Greis, und er schüttelte ständig das Haupt. Davon habe er noch nie etwas gehört, dass die streng gehüteten Geheimnisse der Offenbarung allen zugänglich sein sollten, doch die Priester beschwatzten ihn, wie es auf der Welt nur sie verstehen, sodass dem armen Mermeros letztendlich die Ohren klingelten und er hinausging, um den aufgeregten Menschenmassen die Erlaubnis zum Aufbruch zu erteilen.

Ein Mann, der sein Gesicht mit seiner Kapuze verhüllte, löste sich von der Menge und strebte eilig auf eine Sänfte zu, die am Rand wartete.

Ein langer Zug setzte sich in Bewegung; niemandem fiel es ein, sich zuvor im Meer von seinen Sünden reinzuwaschen. Sie strebten in aller Hast nach dem etwa hundert Stadien entfernten Eleusis, ein durcheinander schwatzender, singender, tanzender Haufen, der weihevolle Frömmigkeit vermissen ließ.

Im Telesterion eilte Erymanthos bleich und schweißüberströmt zu Midian. »Es kommen Tausende!«, keuchte er. »Wir können sie nicht alle aufnehmen.«

»Tausende?« Ein furchtbares Lächeln teilte seine unbewegten Züge. »Das Berginnere ist groß, und die Mysterien währen zwölf Tage. Zeit genug, sie nach und nach mit dem Mysterium der Ewigkeit zu beglücken.«

»Und wenn man in Athen Verdacht schöpft?«

»Wir haben ihnen doch den vortrefflichen Zagreus geschickt, und Mermeros ist ein alter Trottel. Vor Ablauf von zwei Wochen wird niemand wagen, uns nachzuspüren. Und sollte Verdacht aufkommen, wer würde es wagen, ihn zu äußern? Einen grässlichen, absurden Verdacht!« Midian lachte hässlich. »Und selbst dann dürfte es schwierig sein, eine Sondererlaubnis für das Betreten des Telesterions zu erhalten, das gewöhnlich mit dem Tod geahndet wird.«

Erymanthos zögerte. »Wird es denn alle treffen? Es wäre ein gewaltiger Aderlass an Attikas Bevölkerung.«

Midians Blick traf ihn eiskalt. »Ich frage mich, Erymanthos, ob du dir auf deinem herrlichen Landgut bei Halikarnassos darum noch ernsthafte Sorgen machen wirst.«

52

Während die Athener und die Spartaner sich in Laurion auf Speerwurfweite gegenüberstanden, wurden die ersten Menschen in das Telesterion hineingelassen. Sie kamen, wie sie sich drängten: Männer, Frauen, Kinder, Geweihte, Barbaren, Bauern und Handwerker. Das ewige Leben gab es nicht jeden Tag geschenkt.

Priester in langen Gewändern wiesen den Menschen ihre Plätze zu. Alle sahen gebannt auf den Mann an der Stirnwand des Saals. Er trug einen purpurn gefütterten Mantel, sein Gesicht verhüllte ein Tuch. Machaon, ein ehemaliger Kybelepriester, seit einiger Zeit Tyrandos willfähriges Werkzeug, verneigte sich vor dem Mann und sprach dann zu den Anwesenden: »Tyrandos, der Hüter der heiligen Geräte, heißt euch willkommen. Seit sein Auge die liebliche Persephone geschaut hat, ist er stumm vor Ergriffenheit, und auf seinem Gesicht liegt ihr göttlicher Glanz, den er demütig ver-

birgt.« Jetzt wichen die Wände im Hintergrund zur Seite, ein großes Tor wurde sichtbar, das in das Innere des Berges führte. Machaon und die anderen Priester gingen voran, und die ahnungslose
Menge folgte.

Nach einer Weile kamen die Priester zurück, ließen die nächs-
ten ein, machten sie mit dem stummen, ergriffenen und verhüllten
Tyrandos bekannt und geleiteten auch sie in das Innere des Berges.
Bei der Auswahl ging es dabei nicht immer friedlich zu. Es gab
wüste Beschimpfungen und Schlägereien, denn jeder wollte der
Erste sein. Nachdem auf diese Weise etwa dreihundert Menschen
Einlass gefunden hatten, sagte Machaon, der Tempel könne nicht
mehr Gläubige fassen, die anderen müssten bis zum nächsten
Morgen warten. Die Menschen waren darauf eingerichtet, mehrere
Nächte hier zu verbringen, und hatten Decken und Verpflegung
mitgebracht. Stets glich ja die Umgebung des Berges in diesen Ta-
gen einem Volksfest, und diesmal war es nicht anders.

Midian und die Priester waren nicht untätig gewesen. Die vier
Tage hatten sie genutzt, Tyrandos' unterirdische Welt herzurichten. Um die Gläubigen einzustimmen, wurden alle in den größten
Saal geführt, wo sie die Entführung der Persephone durch Hades
im Fackelschein und vor einem großartigen felsigen Hintergrund
miterleben durften. Jeder bekam einen Schluck Wein zu trinken.
Berauschende Düfte wirkten einschläfernd auf ihre Sinne und ver-
stärkten den Eindruck der Unwirklichkeit. Raunende Stimmen im
Hintergrund, klagende Gesänge und geheimnisvolles Kichern begleiteten die als Götter verkleideten Schauspieler, und die Bewegungslosigkeit ihrer hölzernen Masken entrückten sie der Welt
menschlicher Wesen.

Bereitwillig und taumelnd mit verzückten Gesichtern ließen
sich die Menschen nach Beendigung des Schauspiels tiefer in den
Berg führen. Niemand leistete Widerstand.

Von fern erblickten sie ein Licht. Sie eilten darauf zu und hoben
ihre Gesichter und Arme auf, als wollten sie das Licht trinken. Wie
eine Herde Schafe, die blindlings dem Leitbock folgt, taumelten
sie in eine riesige Grube, denn im Wein war ein Pilz, der wahnsinnig machte. Sie stürzten in das Licht und vergingen in prasselnden
Flammen.

Am nächsten Morgen musste sich Midian von vier seiner Helfer
trennen. Sie hatten sich geweigert, weiter an diesem Höllenspekta-
kel mitzuwirken. Neun Männer der Leibgarde und fünf Priester
blieben Midian, auch hier einige mit grünen Gesichtern und
schlotternden Knien, doch vor Midian rissen sie sich zusammen.
Die Aussicht auf das Gold in der sagenhaften Schatzkammer des

Eumolpiden einte sie. Alle hielten Midian für wahnsinnig, und Erymanthos brummte im Kreis seiner Gefährten: »Wir tun es für Gold und verschwinden nach der Sache so schnell wie möglich von hier, aber was hat er davon?« Fragen mochte Midian niemand, auch wagte es keiner, nach der Schatzkammer zu fragen, obwohl sich der Verdacht einnistete, sie könne eine bloße Erfindung sein.

Im Purpurmantel des Hierophanten und in Begleitung von Machaon und Erymanthos trat Midian vor das Telesterion und sah, dass noch viele Menschen auf den Eingang ins Paradies warteten. Auch strömten täglich neue hinzu, und keiner fragte, weshalb so viele hineingegangen waren, aber niemand herauskam. Vermutungen und Gerüchte gab es genug, doch die Wahrheit dämmerte auch den Besonnensten unter ihnen nicht.

Als sie der hohen Gestalt in Purpur ansichtig wurden, drängten die Menschen auf die Stufen, Mütter streckten ihm ihre Kinder entgegen, sie baten, dass er seine Hände über sie ausstrecke. Midian, der eine hölzerne Maske trug, hob die Arme, und die Menge sank ehrfürchtig in die Knie. Erymanthos dachte daran, was sich im Innern des Berges abgespielt hatte, und überlegte, ob ihn auf seinem Landgut diese Bilder jemals wieder verlassen würden – wenn er dieses Landgut jemals erhielt. »Es sind noch so viele«, murmelte er. »In Athen wird man Verdacht schöpfen.«

»Was für einen Verdacht?«, fragte Midian leise zischend. »Die Mysterien dauern zwölf Tage. Vorher unternimmt keiner etwas.«

»Aber es kommen immer mehr.«

»Zu wenig!« Midians Augen hinter der Maske glichen zwei Flammensäulen.

Später flüsterte Machaon Erymanthos zu: »Ich würde am liebsten Schluss machen, aber wir sind schon so weit gegangen, und es wäre ein Ärgernis, sich jetzt ohne das Gold davonzumachen.«

»Hast du es gesehen?«, zischte Erymanthos zurück.

»Nein. Fordere du ihn doch auf, uns die Schatzkammer zu zeigen.«

»Wir müssen es alle gemeinsam tun. Er braucht uns. Er kann uns nicht alle töten.«

Schließlich fasste Erymanthos Mut und ließ bei Midian durchblicken, dass die Männer ungeduldig seien. Und Midian versammelte sie und sprach zu ihnen: »Ich merke wohl, dass eure Hasenherzen nicht geschaffen sind, den Anblick der Hölle zu ertragen. Dabei frage ich mich, wie ihr wohl im Jenseits bestehen werdet, wo diese Qualen ewig und nicht auf einen Tag beschränkt sind.«

»Wenn es diese Hölle gibt!«, warf Machaon mutig ein.

Midian lächelte herablassend. »Eben! Wenn! Das ist ziemlich unsicher, nicht wahr? Aber man befindet sich auf der sicheren Seite, wenn man alles für möglich hält.«

»Und woran glaubst du selbst?«

»An das Diesseits, du Narr! Würde ich mir sonst auf Erden diesen Genuss verschaffen, wenn ich dafür im Jenseits büßen müsste?«

»Ein fragwürdiger Genuss, den nicht alle teilen«, murmelte Erymanthos.

»Vor allem ein flüchtiger Genuss.« Midian lächelte bösartig. »Du träumst von deinem Landgut, Erymanthos. Aber ich besitze eins in Babylon und langweilte mich dort. Deshalb verschaffe ich mir für einige Tage die Illusion, die Unterwelt zu beherrschen, verstehst du?«

»Jedem das seine«, erwiderte er grob, »du bekommst dein Vergnügen, aber wir haben das versprochene Gold noch nicht gesehen. Nicht, dass wir dich für einen Lügner halten, aber man ist doch eifriger bei der Sache, wenn man die Schätze stets vor Augen hat.«

»Ihr haltet mich vielleicht nicht für einen Lügner, aber offensichtlich für einen Trottel. Wenn ich euch das Gold zeige, bringt ihr mich um.« Midian fing einen nach dem anderen mit seinem Blick, und sie wichen ihm aus und senkten die Köpfe. »Ihr könnt mir vertrauen«, und drohend fuhr er fort: »Wenn ihr es nicht tut, ist das schlimm für euch. Ich finde auch andere.« Er entließ sie mit einer herrischen Handbewegung.

In Laurion hatten Eurykrates und Archidamos zähneknirschend mit einem entflohenen Mörder einen Waffenstillstand schließen müssen. Außer einigen Scharmützeln war es zu keinen Kampfhandlungen gekommen. Und in Eleusis bereiteten sich die Schauspieler auf ihren zweiten Auftritt vor – sie waren ahnungslos, was sich im Innern des Berges abspielte. Machaon und seine Priester öffneten das geheime Tor im Innern des Telesterions, und die Massen strömten hinein. Midian machte Erymanthos mit sechs neuen Helfern bekannt: Kräftige, narbenbedeckte Burschen mit Händen wie Schaufeln. »Zur Zwangsarbeit verurteilte Verbrecher aus den Asphaltgruben, ich habe sie ihren Besitzern abgekauft, dafür küssten sie mir die Füße. Sie werden die groben Arbeiten verrichten und sich nicht in einer Ecke übergeben, verstehen wir uns? Sie haben keine Zungen mehr, also können sie kein dummes Zeug schwatzen.«

Erymanthos und seine Männer schwiegen. Midian hatte sich eine brutale, aber absolut ergebene Leibgarde geschaffen.

Bevor er die Menschen in die Flammengrube schickte, ließ Midian es sich nicht nehmen, bei einigen Auserwählten die große Göttin zu spielen und sie auf seine Art und Weise ins Elysion zu befördern. Vor dem Eingang zu einem kleinen Gewölbe stand Machaon und flüsterte den zukünftigen Mysten zu: »Persephone. Sie selbst hat es heute übernommen, die Reinen und Unschuldigen an die Hand zu nehmen und in das Reich der Seligen zu führen.«

Dann kam der große Augenblick. Gut gekleidete Diener geleiteten sie einzeln vor ihren Thron. Persephone saß stumm und verschleiert auf einem Thron aus schwarzem Stein, und der Geweihte musste niederknien und warten, bis er angesprochen wurde.

Kreon, ein junger Bauer aus Böotien, war der Erste. Fast gelähmt vor Ehrfurcht und erzitternd in heiligem Schauer kniete er nieder und horchte auf das Rasen seines Herzens.

Die Göttin nahm den Schleier ab, Kreon wagte nicht, sie anzusehen. »Du darfst mich anschauen, Kreon!« Die Stimme war auffallend dunkel. Kreon hob langsam den Kopf und schrie leise auf. Er starrte in eine silberne Maske, die von einem Strahlenkranz scharfer Stacheln umgeben war. Die Göttin atmete geräuschvoll durch die Nase, als sauge sie die Angst des Mannes in sich auf. Sie schwieg und beobachtete, wie dem Mann der Schweiß überall am Körper austrat. Er rann in Bächen über seine Muskeln und sammelte sich in seinem Schoß. Plötzlich entlud sich ihr Schweigen in einem furchtbaren Gelächter. So konnte nur die Gemahlin des Hades lachen. »Was erwartest du, Elender?«

Kreon krümmte sich. »Enthüllungen«, flüsterte er.

»Weißt du, was dich hier erwartet?«, donnerte die Stimme über ihm. »Ewiges Grauen, ewige Martern, du bist verdammt!«

»Warum?«, kreischte Kreon in höchster Verzweiflung. »Ich bin sündenlos, ich habe den Saal der Prüfungen durchschritten.«

»Du bist sündenlos? Weshalb bist du dann hier? Bist du nicht Tyrandos auf den Leim gegangen und hast sein unsägliches Geschwätz geglaubt? Deine Sünde, mein Freund, ist die größte von allen: grenzenlose Dummheit!«

»Herrin, Gebieterin!«, schluchzte Kreon, »was soll ich tun? Was verlangst du von mir? Ist denn das ewige Leben nur ein Trugbild, eine unerreichbare Sehnsucht?«

»Eine Möglichkeit, die Götter zu versöhnen, gibt es, aber es ist ein Weg, den nur die Tapferen beschreiten.«

»Ich knie vor deinem Thron, um die Erlösung zu finden. Ich bin tapfer, prüfe mich, Gebieterin.«

Midian reichte Kreon einen Dolch. »Bestrafe dich um deiner Blindheit willen, mit der du geschlagen warst. Zerstöre dein Augenlicht, um auf diese Weise besser in dein Innerstes zu blicken. Tust du das, so wirst du bald wiedergeboren – als klügerer Mensch.«

Kreon fragte nicht lange und stieß sich das Messer gleich so heftig in das linke Auge, dass es ihm ins Gehirn drang und er tot zusammenbrach.

Midian sah auf ihn hinab. »Dummkopf! Ich wollte länger unterhalten werden.« Er winkte Machaon. »Bring den nächsten Trottel.«

Midians Herz schlug in satter Zufriedenheit. Endlich spielte er Belial, ließ er Menschen in seine Hölle taumeln und in der Verzweiflung brennen. Und vor den Toren des Telesterions warteten noch Hunderte, Tausende vielleicht. Die nächsten Tage, das glaubte er, würden sich sehr abwechslungsreich gestalten. Dass sich einer der Priester, die den Eingang bewachten, still entfernte, bemerkte niemand.

Als die Tore des Berges am nächsten Tag wieder geöffnet wurden, war der Hügel, der voller Menschen gewesen war, leer. Nur ein kleines Häuflein saß unter den Bäumen, und als Machaon heraustrat und sich verwundert umsah, erhob sich einer von ihnen und ging auf ihn zu. »Persephone hat zu uns gesprochen«, erklärte der alte Mann aufgeregt. »Sie erschien mit ihrem Gefolge und befahl uns, den Platz zu verlassen und wieder in unsere Häuser zurückzukehren.«

Machaon runzelte irritiert die Stirn. Sollte Midian seine Meinung geändert haben? Aber er hatte ihn soeben noch im Berg gesehen. Wann sollte er zu den Menschen gesprochen haben?

»Bist du sicher, dass es Persephone war?«, herrschte er den Alten an.

Der Alte zuckte die Achseln. »Die Leute haben es geglaubt. Sie war ganz in weiße Schleier gehüllt und sprach mit der Weisheit einer Göttin. Dieses Mal seien alle unsere Sünden getilgt, auch ohne der Mysterien teilhaftig zu werden, weil alle hundert Jahre ...«

»Ja, ja, schon gut!«, unterbrach Machaon den Alten und eilte mit fliegenden Gewändern zum Tempel zurück. Er ahnte Schlimmes.

53

Asandros und seine dreihundert Krieger waren beinahe ohne einen Schwertstreich nach Athen zurückgekehrt. Asandros war stolz auf seinen Erfolg und froh, dass es so glimpflich ausgegangen war und er das Komplott Midians mit Tyrandos hatte durchkreuzen können. Dykomedes beglückwünschte ihn zu dem Erfolg und heimlich sich selbst für die gute Wahl. Aber neben der Freude bedrückte ihn auch etwas. »Bei den Mysterien in Eleusis ist irgendetwas geschehen, was mir nicht gefällt, und was ich mir nicht erklären kann«, sagte er zu Asandros. »Da gibt es eine Menge Ungereimtheiten.«

Dieser nickte höflich, aber eigentlich wollte er sich mit den neuen Sorgen des Polemarchen jetzt nicht auseinandersetzen. Er drängte ihn, seine Freunde wiederzusehen. Vor allem wollte er wissen, ob Joram sich wieder eingefunden hatte.

Dykomedes berichtete von Gläubigen, die im Berg verschwunden waren, von Persephone, die leibhaftig erschienen sei und die Menschen ohne die erforderlichen Weihen nach Hause geschickt habe.

Asandros hatte für die Mysterien nicht viel übrig und nur mit halbem Ohr zugehört. Welchem Aberglauben die Menschen huldigten, das sollten die Priester klären, es war keine Aufgabe für einen Krieger.

»Zagreus hat bereits vor dem Aufbruch nach Eleusis so etwas wie eine hundertjährige Amnestie verkündet, das hat mir Mermeros berichtet«, fuhr Dykomedes fort.

Mermeros? Asandros erinnerte sich flüchtig, dass Mermeros der Basileus war, zuständig für alle religiösen Angelegenheiten. Nun, dann sollte sich Dykomedes an diesen wenden.

»Ich weiß nicht, woher er diese Berechtigung nahm, aber er ist ein Vertrauter des Hierophanten Tyrandos.«

Bei diesem Namen horchte Asandros auf. Hatte Tyrandos wieder irgendeinen Betrug inszeniert, um die Schafe zu täuschen? Aber was ging es ihn an? »Möchtest du, dass ich mich um die Angelegenheit kümmere?«, fragte er mit wenig Begeisterung in der Stimme.

»Wenn es die Lage erfordert, werde ich dich hinzuziehen. Jetzt sollst du erst einmal deine Freunde begrüßen und deinen Erfolg mit ihnen feiern.«

In der Silberquelle wurde Asandros freudig begrüßt, und natürlich wollte man seinen Sieg feiern und noch einmal die Niederschlagung der Anklage. Aber als er hörte, dass Joram seit seiner Begegnung mit Midian nicht wiederaufgetaucht sei, war er voller Unruhe. Hatte Midian überhaupt die Wahrheit gesagt? Er versprach, am Abend wiederzukommen, und suchte Achylides auf. Dieser war erleichtert, Asandros wohlbehalten wiederzusehen, aber auch er hatte nichts von Joram gehört. Was lag näher, als ihn wieder in den Händen von Midian zu vermuten?

54

Midian saß an Jorams Grab und sah in die Ebene hinunter auf die breite, gewundene Straße, die Eleusis mit Athen verband. Viele Menschen hatten in dem Berg den Tod gefunden. Und dann hatte es einen Verräter gegeben. Einen Mann, der sein perfides Spiel mit Persephone übernommen hatte, um die Leute zu retten. Aber Midian hatte den Schuldigen nicht gefunden. Weder Erymanthos noch Machaon noch sonst einem von den Dummköpfen traute er diese Dreistigkeit, diesen Mut und diese Schläue zu, zumal der Mann über Helfer verfügt hatte. Doch letzten Endes war auch das nebensächlich geworden.

Er hatte sein Versprechen gehalten und die Männer zu der Schatzkammer geführt. Während sie staunend in dem Raum herumgingen, hatte sich Midian entfernt, beide Tore des Berges verschlossen, und den Höhlenzugang von außen verbarrikadiert. Nur die sechs Männer aus den Asphaltgruben hatte er hinausgelassen mit genug Gold für jeden, sich davon ein Landgut zu kaufen.

Midian betrachtete mit ausdrucksloser Miene den Horizont. Der Wind spielte in seinem langen Haar. *So viele Schmerzen*, dachte er, *und doch konnten sie den großen Schmerz in mir nicht zum Erlöschen bringen und nicht die Qual verringern, die mir noch bevorsteht.*

Da knirschte Sand neben ihm, er drehte sich um. Ein Knabe mit einer Gerte stand da. »Bist du traurig?«

»Ja.« Midian überlegte nicht. Er empfand die Frage des Jungen als natürliche Antwort auf seine Gedanken. »Ein Freund ist tot.«

»Das ist schlimm.« Der Junge setzte sich auf einen Stein. »Letzte Woche starb Ajax, der war auch mein Freund.«

Midian sah den Jungen an, und als sei ihm erst jetzt klar, wem er geantwortet hatte, fragte er grob: »Wo kommst du her? Was machst du hier?«

»Ich hüte die Ziegen meines Großvaters.«

»Und wo sind deine Ziegen?«

Der Junge wies mit dem Finger hinter sich. »Da hinter dem Hügel. Hier sind Gras und Buschwerk zertrampelt von den vielen Menschen. Wo sind sie hingegangen?«

»In den Berg, sie sind alle im Berg, Junge.«

»Und was tun sie da?«

»Sie befinden sich in den Gefilden der Seligen.«

»Aber – dann sind sie ja tot!«

Midian lächelte kalt. »Du bist schlau und kannst wohl mehr als nur Ziegen hüten?«

»Ja, ich schnitze auch Flöten aus Weidenzweigen und spiele darauf.« Er holte eine aus seiner Brusttasche. »Soll ich dir etwas vorspielen?«

»Spiel etwas Lustiges, damit die toten Seelen danach tanzen

können.«

Midian hörte ihm zu, und dabei war ihm, als habe man ihm etwas Wichtiges im Leben gestohlen, aber er konnte nicht sagen, was es war. »Gib sie mir, ich will sehen, ob ich das auch kann.«

Midian entlockte ihr nur ein armseliges Piepsen, und der Knabe lachte. »Ich bringe es dir bei, wenn du willst.«

Midian gab die Flöte lächelnd zurück. »Ich beherrsche andere Instrumente. Spielte dein Freund Ajax auch?«

»Aber nein! Ajax war doch ein Hund!«

»So? – Und dein Großvater und du, ihr wolltet nicht hineingehen zu Persephone, der Herrscherin der Unterwelt?«

»Nee«, kam es breit, »davon hält Großvater nichts. Der spricht lieber mit seinen Ziegen und seinen Hunden, die betrügen ihn nicht, sagt er.«

»Du hast einen weisen Großvater.« Midian erhob sich, der Knabe ebenfalls. Midian sah, wie dicht er am Abhang stand, und ein grausamer Schatten lief über sein Gesicht. *Alles zu töten, was sich des Lebens freut, das habe ich mir in jener Nacht an diesem Ort geschworen. Ein anderes Vermächtnis hat die Welt von Midian nicht zu erwarten.* Er erhob die Hand zum Stoß, da drückte ihm der Knabe seine Flöte in die Hand. »Ich schenke sie dir, du bist nett. Aber jetzt muss ich zurück zu meinen Ziegen, Tyras bellt, ich glaube, da kommt jemand.«

Midian stand da mit der Flöte in der Hand und sah dem Jungen nach. »Du bist mir entwischt«, murmelte er, doch plötzlich empfand er Erleichterung. Er schob die Flöte unter den Felsen, der Jorams Grab deckte, und drückte sie tief in das Erdreich. Da sah er einen einsamen Reiter die Straße heraufkommen. Er war zu weit weg, um ihn zu erkennen, aber sein Helm blitzte in der Sonne, und Midian spürte, wer es war. »Du kommst spät«, murmelte er. »Ich habe lange gewartet.« Behänd glitt er hinter den Felsen, kletterte einen steilen Pfad hinab und begab sich querfeldein auf dem kürzesten Weg nach Athen.

Niedergetrampelte Büsche, unzählige Feuerstellen und Abfall bewiesen, dass hier viele Menschen übernachtet hatten. Doch sie waren fort, als hätte der Abgrund sie verschluckt. Asandros stieg vom Pferd und ging um das Telesterion herum. Es war fest verschlossen kein Mensch weit und breit. Hinter dem Gebäude erhob sich eine steile Felswand, und Asandros starrte sie finster an. Was verbirgst du, unseliger Berg? An einem Felsen auf frisch aufgeworfener Erde ging er achtlos vorüber. Er wusste, es gab einen verborgenen Eingang zu dem Berg, aber es war sinnlos, danach zu suchen, das Gelände war zu groß und zu unübersichtlich.

In der Ferne hörte er leises Geläut. Er ging ihm nach und sah eine Ziegenherde, die von einem etwa zehnjährigen Knaben und einem großen, schwarzen Hund bewacht wurde. Asandros ging auf ihn zu, der große Hund knurrte. »Ruhig, Tyras!« Der Knabe grüßte freundlich und Asandros grüßte zurück. »Wie heißt du?«

»Dymas.«

»Hast du die vielen Menschen vor dem Tempel gesehen, Dymas?«

»Ja. Viele gingen hinein und dann in den Berg. Und nun sind sie tot.«

»Tot?« Asandros musste seinen Schrecken hinunterschlucken. »Woher weißt du das?«

»Ein Mann hat es mir gesagt, aber es ist nicht schlimm. Es geht ihnen jetzt gut, sie sind in einem schönen, grünen Land, wo die Seelen immer tanzen. Ich habe für sie ein Lied gespielt.«

»Wer war dieser Mann? Kennst du seinen Namen?«

»Nein.« Dymas schüttelte den Kopf. »Er saß da drüben.« Er wies auf das Grab.

»Wie sah er denn aus?«

»Er hatte lange, schwarze Haare, wie meine Mutter, aber er sah traurig aus. Sein Freund war gestorben. Ich gab ihm meine Flöte, aber er konnte nicht darauf spielen.«

»Andere Männer waren nicht bei ihm?«

»Nein, er war ganz allein. Ich muss jetzt die Ziegen zurücktreiben. Willst du nicht mitkommen? Mein Großvater freut sich immer, wenn er Gäste hat.«

Asandros nickte abwesend und folgte dem Jungen. *Er hat Midian gesehen, daran besteht kein Zweifel, aber wo sind die anderen? Und welcher Freund ist ihm gestorben? Beim Hades, was ist hier geschehen, während ich in Laurion war?*

Asandros suchte Mermeros auf und ließ sich genau von ihm schildern, was sich am Tag des Aufbruchs abgespielt hatte. Je mehr er hörte, desto eisiger griff die Kälte nach ihm. Der Verdacht, dass Tyrandos die ahnungslosen Gläubigen in eine Falle gelockt hatte, verstärkte sich, und doch ahnte er nicht im Entferntesten die schreckliche Wahrheit. Da aber Tyrandos als ehrenwerter Mann galt, konnte er Mermeros von diesem Verdacht nichts sagen.

Zurück bei Achylides wartete schon Elena auf ihn. Die Hoffnung, sie habe Joram gesehen, zerschlug sich. Sie war sehr niedergeschlagen und hatte Asandros etwas zu sagen. Sie erzählte ihm von ihrem gemeinsamen Plan, Tyrandos zu töten und gleichzeitig das Geheimnis seines Berges zu lüften. Sie habe es erreicht, dass er sie in seinen Berg eingeladen hätte, und er wollte sie mit einer Sänfte abholen. Aber diese Sänfte sei nie gekommen. Seit jenem Tage habe sie auch Joram nicht mehr gesehen. Und nun befürchte sie, dass es da einen Zusammenhang geben könne.

Asandros hatte nicht vorgehabt, Elena von dem diesjährigen Ablauf der Mysterien und dem, was er von Dymas in Eleusis gehört hatte, zu erzählen, doch jetzt berichtete er stockend, dass sie recht haben könne. Tyrandos habe irgendeine Schandtat begangen, und Joram sei vielleicht dahintergekommen, und er habe ihn beseitigen lassen.

Elena schlug die Hände vor den Mund. »Nein!«

Asandros blickte finster. »Ich werde es herausfinden, und wenn ich den Berg Stück um Stück abtragen muss. Und dann wird Tyrandos wünschen, nie geboren zu sein.«

»Dass Midian darin verwickelt ist, glaubst du also nicht?«

»Was weiß ich!«, erwiderte er gereizt. »Er ist wieder einmal verschwunden und wird irgendwann mit seinem dämonischen Lächeln durch die Tür kommen, als sei nichts gewesen.«

Da klopfte es hart an das Tor. In der Küche saßen Pheidon und Pittakos, beide schwatzend und kauend, denn Joseba kochte, und dabei fiel mancher Bissen schon vorher ab. Ihr kleines Mädchen saß am Herd und malte mit rußigen Fingern Streifen auf seine Beine.

»Ein Fremder, das höre ich am Klopfen. Diesmal bist du dran, Pheidon.« Pittakos schob sich einen klebrigen Honigkuchen in den Mund.

Pheidon schlurfte hinaus. Als er den Riegel zur Seite schob, flog ihm das schwere Tor an den Kopf, und Midian stürmte herein. Pheidon befühlte seine Stirn, da würde er eine Beule bekommen. Mit offenem Mund starrte er Midian an. »Beweg deinen Hintern, du Missgeburt!«, zischte dieser und gab ihm noch einen Stoß vor die Brust. »Das lustige Sklavenleben ist nun vorbei!«

Pheidon war von Midian noch nie mit Achtung behandelt worden, doch so hatte er noch nie mit ihm geredet. Trotzdem war Pheidon Sklave genug, um sich von solchen Ausbrüchen nicht verwirren zu lassen. Schließlich war sein Herr Asandros und nicht Midian. »Kommt auch der Gebieter Joram?«

»Du fragst zu viel! Wo sind die anderen?«

»In der Küche. Joseba macht ...«

Midian ließ ihn stehen und erschien in der Küchentür. Joseba stand am Herd, ihr Kind spielte am Boden. »Wo ist er?«, brüllte er sie an.

Joseba sah sich um. »Wer?«, fragte sie zitternd.

Doch Midian ließ sie stehen und stürmte hinaus auf den Hof. Er sah sich nach Pheidon und Pittakos um, doch die hatten sich verkrochen. Er betrat die Werkstatt. Achylides hatte vor lauter Hämmern und Meißeln nicht einmal gemerkt, dass Midian gekommen war. Als er ihn sah, wollte er ihn erleichtert begrüßen, doch die Worte blieben ihm in der Kehle stecken, denn Midian stand da mit dem blanken Schwert in der Hand. »Zeus, steh mir bei«, hauchte Achylides und fiel in Ohnmacht. Seine Gehilfen drückten sich ängstlich an die Wand. Midian machte sich bereit, um sie abschlachten, doch da fiel sein Blick auf die schwarz glänzende, fackeltragende Statue, die Asandros vorübergehend wieder bei Achylides untergebracht hatte. Aslan hatte gemeint, er werde sie bei sich aufstellen, sobald er Midian als seinen Bruder umarmt habe.

Midian sah ihre vollkommene Schönheit, ihre harmonische Bewegung und ihre Sinnlichkeit. Er verharrte in Schweigen und berührte sacht sein Abbild. Der polierte Stein war wie Seide. Vorsichtig fuhr er über die Kanten und Rundungen, als wolle er sie in Besitz nehmen wie einen Geliebten. Ein versprengter Funke Menschlichkeit fiel in seine Finsternis, das flüchtige Aufzucken eines Bildes aus jener Welt, die vor Jorams Tod existiert hatte.

Achylides kam stöhnend wieder zu sich. Midian gab ihm einen Schlag an die Schläfe. »Schlaf weiter, Alter! Du verdienst zu leben.«

Er trat auf den Hof hinaus, während die Gehilfen eiligst die Flucht ergriffen. Am Brunnen sah er Elena stehen. Er lächelte wie ein Wolf. »Du bist hier?«

Elena erschrak vor seinem Zorn, aber mutig fragte sie: »Weißt du, wo Joram ist?«

»Bei Belial, er ist bei Belial, Elena.« Midians Stimme war leise und kalt. Er ging auf sie zu. Sie sah ein Wesen wie dem Hades entstiegen, die Zähne entblößt zu einem schaurigen Lächeln, menschlich nur noch in seinem Hass.

»Wo ist Asandros?«

»Er ist hier, Midian!«

Midian sah sich um und lächelte. »Ich sehe, du hast dein Schwert schon mitgebracht, Asandros.«

»Du hast Elena bedroht.« Asandros verscheuchte seine Schwester mit einer knappen Handbewegung. »Geh ins Haus! Niemand von den Leuten lässt sich hier blicken, verstanden?«

Zum ersten Mal gehorchte Elena ihrem Bruder sofort. Asandros ging auf Midian zu und blieb in angemessener Entfernung stehen. »Wo ist Joram?«, fragte er heiser.

»Joram ist tot.«

»Tot?«, wiederholte Asandros fassungslos, aber es hörte sich lächerlich an, denn er hatte es gewusst. Und er wusste, dass er auf alle seine Fragen von Midian nur eine Antwort erhalten würde: tot, alle tot. Er fragte trotzdem: »Und die anderen?«

»Welche anderen?« Midian spuckte aus. »Joram ist tot, und du fragst nach anderen?«

»Du hast ihn nicht getötet?«

Midian schüttelte seine Mähne wie ein zorniger Löwe. »Ich finde nachts vor Schmerz keinen Schlaf, und du fragst mich das?«

Asandros bewegte sich nicht. »Also – wer?«

»Tyrandos' Leibgarde durchbohrte ihn mit drei Lanzen.«

Asandros schloss kurz die Augen. »Tyrandos!«, flüsterte er. Dann schlug er einen vorsichtigen Bogen, Midian nicht aus den Augen lassend. »Und jetzt bist du gekommen, um mich zu töten, habe ich recht?«

Midian beobachtete ihn aus schmalen Augen. »Es gibt keinen Ausweg. Heute muss zwischen uns die Entscheidung fallen.«

Asandros schüttelte den Kopf. »Und warum? War auch das beim Heratempel alles nur Lüge, wieder nur Lüge, Midian?«

Über Midians Gesicht ging eine Bewegung, aber seine Hand am Schwert zitterte nicht. »Ich liebe dich, Asandros. Ich liebe dich mit einer grausamen, erstickenden Liebe. Ich muss wieder atmen können.«

Asandros begann, am ganzen Leib zu zittern. »Du liebst mich?« Es war kaum hörbar, er bewegte nur die Lippen. Und Midian spürte, wie ihm nie geweinte Tränen inwendig herabrannen wie heißes Öl. Die Faust um den Schwertgriff verkrampfte sich. »Wehr dich, Asandros!«

»Ich kann nicht kämpfen.« Asandros ließ die Waffe sinken. »Mich lähmt der Schmerz um Joram, mich lähmt unsere Liebe, ich kann nicht.«

»Schwächling!«, schrie Midian. »Soll ich dich einfach abschlachten?« Er wischte sich den Schweiß von der Stirn.

Asandros kam näher. »Wenn du es kannst.«

Midian ließ das lange Schwert pfeifend durch die Luft sausen. Asandros rührte keinen Muskel. Midian senkte das Schwert und wendete ihm den Rücken zu. Asandros blieb stehen. »Wozu quälen wir uns?«, fragte er. »Wir können nicht zusammenleben, aber töten müssen wir uns nicht. Geh zurück nach Babylon. Wir hatten unvergessliche Stunden, an die wir uns immer erinnern können.«

»Nach Babylon? Ich bin nach Athen gekommen, um dir dein Herz herauszureißen und es meiner Mutter vor die Füße zu legen.«

»Dann hol es dir.«

Midian ging auf Asandros zu und berührte ihn mit der Spitze seines Schwertes. »Du wirst um dein Leben kämpfen!«

»Nein!«

»Ich hacke dich in Stücke, wenn du es nicht tust!«

»Fang an!«

Midian stieß das Schwert heftig in den Boden. »Du Narr!«, schrie er ihn an. »Willst du nicht wissen, was in Eleusis geschehen ist?«

»Nein«, antwortete Asandros tonlos. »Es ist nicht mehr wichtig, wenn du mich tötest.«

»Alle, die in den Berg hineingingen, sind tot!«, schrie Midian. »Ich lud sie ein zu einem lustigen Totentanz, wie gefällt dir das?«

Asandros Gesicht hatte alle Farbe verloren. »Warum?«, stammelte er. »Bist du wahnsinnig geworden?«

»Ja! Wahnsinnig vor Schmerz um Jorams Tod, vor Wut über meine Niederlage, vor Grauen, dich töten zu müssen! Aber das Leiden von Hunderten hat meine Schmerzen nicht betäuben können.«

»Hunderte?«, wiederholte Asandros erschüttert. »Du konntest nicht Hunderte töten.«

»Das konnte ich nicht?« Midian lachte höhnisch. »Du hättest sie sehen sollen! Wie eine Herde Schafe hasteten sie auf das Licht zu, das ihnen das ewige Leben versprach, aber das Licht, das waren die glühenden Kohlen einer Grube, in die sie nacheinander stürzten und wo sie schreiend zu schwarzen Klumpen verbrannten! Ich habe den Anblick genossen. Und dann, als ich Persephone ...«

Ein gellender Schrei unterbrach Midians grausiges Geständnis. Asandros hatte sein Schwert gezückt, in seinen dunkelgrauen Augen war Nacht, ein Sturm tobte darin, und seine Stimme war Eis: »Dafür wirst du sterben, du Ungeheuer!«

Midian wirbelte die Klinge um sein Haupt, sein Körper war gespannt wie eine Bogensehne. »Ja Asandros! Lern endlich zu hassen!«

Asandros ließ ihn herankommen, wich ihm aus, zwei Schwerter zerteilten die Luft, zwei gleich starke Löwen peitschten den Sand, umkreisten sich und fletschten die Zähne. Ohne Deckung schwangen sie beidhändig ihre Schwerter, und jedes Mal hatte es den Anschein, als müssten Gliedmaßen abgetrennt oder tiefe Wunden geschlagen werden, doch sie waren vorsichtig und behände wie Katzen. Nur aus einigen Kratzern floss Blut, die sie nicht beachteten. Der Schweiß rann ihnen herab, ihre Muskeln zitterten. Sie umkreisten einander, um Atem zu schöpfen.

»Du bist gut, Asandros!«, keuchte Midian. »Schade, dass du bald zu Belial fahren wirst.«

»Du wirst vor mir ankommen, du Schlächter!«

Midian stieß ein schauerliches Gelächter aus. »Dann wird Joram mich willkommen heißen.« Er spürte, wie er es genoss, sich mit Asandros im Kampf zu messen, sich seiner Stärke zu stellen, seinen Hass zu atmen und seinen erregenden Wunsch zu töten. Zu erleben, wie seine Liebe endlich zerbrach an der Qual, die er ihm zufügen musste.

Mit der Zeit wurden ihre Bewegungen langsamer, ihre Schläge kraftloser. Midian tat einen Schritt rückwärts, dabei stolperte er über eine Scherbe aus Achylides Werkstatt. Er fing sich sofort, aber einen Augenblick war er unaufmerksam, Asandros schoss vor wie ein Falke, Midian spürte einen heißen Schmerz am Schenkel, nur eine Fleischwunde, aber er taumelte kurz, und Asandros hatte Gelegenheit, erneut auszuholen, aber der gewaltige Hieb fauchte an Midian vorbei.

Du lässt nach, dachte Midian, zu Beginn wäre dieser Streich tödlich gewesen. Oder hast du am Ende gezögert? Nein, du darfst nicht zögern. Der Sieger muss mitleidlos den Platz verlassen, berauscht von der Todesqual des Gegners, diese unselige Liebe für alle Zeiten erstickend.

»Das war schwach, Asandros! Du warst schon besser.«

»Hattest du schon die schwarzen Schwingen des Todes gespürt, ja?«

»Sie schweben über deinem Haupt, mein Freund.«

Asandros machte einen Ausfall, Midian parierte. Asandros machte eine Finte, Midian durchschaute sie. Er lächelte, als er wieder Hass durchbrechen sah. Er spürte den Brunnenrand im Rücken, das behinderte ihn kurz. Asandros heulte triumphierend und schlug zu. Midian rettete sich mit einem gewaltigen Satz zur Seite, die Waffe traf Funken sprühend den Stein und zerbarst in zwei Stücke. Asandros starrte auf den schartigen Stumpf in seiner Hand, Midian rollte sich ab, sprang hoch, lachte und ließ sein langes Schwert durch die Luft zischen.

Asandros wich zurück und sah sich um. Midian sah den gehetzten Blick, er umkreiste Asandros, drängte ihn wieder an den Brunnen, wippte spielerisch mit der Klinge. »Ist dein schönes Schwert zerbrochen, mit dem du mir den Schädel spalten wolltest, Spartaner? Wie bedauerlich!« Midian berührte Asandros mit der Schwertspitze am Bauch. »Es wird schön sein, dich zu töten. Betrachte es als unseren letzten Liebesakt, wenn meine Klinge in dich eindringt. Komm, Asandros! Schenk mir deinen Schmerz! Schenk mir ein letztes wollüstiges Aufbäumen!«

Asandros starrte in die heiße Flamme in den Augen seines Geliebten. Er öffnete die Lippen, er spürte sein Glied steif werden, eine jähe Lust am Tod lähmte seinen Willen. Dann glitt sein Blick an Midian vorbei, und er schüttelte heftig den Kopf. Midian schnaubte verächtlich. »Darauf falle ich nicht herein.« Da traf ihn ein Hieb im Rücken. Der arme Pheidon hatte sich mit einem

Knüppel herangeschlichen. Es tat nicht sehr weh, aber Asandros nutzte die Überraschung, schwang sich auf den Brunnenrand, und Midian hieb nach seinen Beinen. Dann wirbelte er herum, um Pheidon den Kopf abzuschlagen. Noch während des Schwungs sprang Asandros Midian an, seine Stiefel trafen ihn im Gesicht, Midian stürzte, verlor sein Schwert, und Asandros warf sich mit einem hellen Aufschrei auf ihn. Keuchend kniete er über ihm. Midian sah sein schweißverklebtes Haar, die im Siegesrausch zitternden Lippen, die blutverschmierte Brust, die sich unter heftigen Atemzügen hob und senkte, die abgebrochene Klinge zum Stoß erhoben. »Ja, töte mich«, stöhnte Midian. »Ohne dich und Joram ist mein Leben nur noch Asche.«

Aus Asandros' bleichen Zügen wich der Siegestaumel. Das Erschrecken über sein Tun traf ihn wie ein Keulenschlag. »Midian«, flüsterte er.

Da erscholl vom Eingang her ein scharfes »Halt!«

Asandros hob kurz den Kopf, Midian wollte nach seinem Schwert greifen, da trat ihm ein Stiefel auf die Hand. »Auseinander, ihr beiden!«

Aslan stand vor ihnen, bekleidet mit einem knöchellangen blauen Gewand, das mit silbernen Sternen bestickt war. Er trug keine Waffe, aber sein Auftreten war gebieterisch genug. »Steht auf!«

»Aslan!«, stammelte Asandros. »Weißt du, was Midian getan hat?«

»Ich weiß es.« Er hob Midians Schwert auf. »Stell dich auf die Beine, Bruder!«

Midian erhob sich zögernd und entfernte sich zwei Schritte rückwärts. »Was mischst du dich ein, Aslan?«, fragte er mit rauer Stimme.

Aslan streckte fordernd die Hand aus. »Deine Klinge auch, Asandros.«

Asandros reichte sie ihm wortlos.

»Ich werde nicht zusehen, wie sich mein Freund und mein Bruder gegenseitig zerfleischen.«

»Du tust uns keinen Gefallen«, zischte Midian.

»Diese Absicht hatte ich auch nicht. Ich tue mir nur selbst einen.«

Asandros lehnte sich schwer atmend gegen den Brunnen. »Weißt du wirklich, was Midian getan hat?«, wiederholte er.

»Natürlich. Ich war ja dabei.«

Die beiden Männer starrten ihn an. Asandros hatte plötzlich das Gefühl, den Verstand zu verlieren. »Das glaube ich nicht!«, krächzte er.

»Du warst dort?«, fragte Midian und legte zweifelnd den Kopf zur Seite. »Unmöglich.«

»Ich sah die Menschen in die Flammen stürzen, und ich sah dich, wie du als Persephone die Gläubigen dazu brachtest, sich selbst zu blenden. Ich hatte die Stelle eines deiner Priester eingenommen, den ich vorher getötet hatte. Ich nehme an, sein Tod war zu verschmerzen.«

Midian schüttelte ungläubig den Kopf. Obwohl Aslan leise sprach, hallte seine Stimme ihm in den Ohren wie die Posaunen am Jüngsten Tag.

»Nachdem ich Zagreus gehört hatte, ahnte ich, dass etwas Böses im Gange war, und ich mischte mich unter die Gläubigen. Hätte ich vorher gewusst, was mich erwartet, hätte ich den Berg von Kriegern umstellen lassen, die allen den Eingang verwehrt hätten. Doch innen erkannte ich, dass die Pforten geschlossen wurden. Niemand kam mehr heraus, und so schlüpfte ich in die Kleidung eines Priesters.«

Asandros schloss die Augen. Vor Erleichterung wurde ihm übel. Aslan hatte helfen wollen, er war nicht Midians furchtbarer Scherge gewesen.

»Einmal im Berg, konnte ich keinem mehr helfen. Hilflos musste ich mit ansehen, wie sie in ihr Verderben liefen; sah ich die Betrogenen, wie sie meinen Bruder belustigten, als sie sich selbst die Augen ausstachen. Hätte ich die Menschen auch gewarnt, sie hätten nicht entfliehen können, mich aber hätte man getötet. Ich dachte an die vielen, die noch draußen warteten, und wusste, dass ich wenigstens diese retten musste.«

»Dann warst du Persephone!«, stieß Midian hervor.

Aslan nickte.

Auf Midians Zügen breitete sich nach und nach das nackte Grauen aus. In seinen Augen spiegelte sich das Entsetzen, dass sein Bruder Zeuge seiner fürchterlichen Taten und nun zu seinem Ankläger geworden war.

»Als ich Joram gefunden hatte, wollte ich sterben«, erwiderte er mit teilnahmsloser Stimme. »Aber ich wollte nicht abtreten, ohne der Welt etwas zu schenken. Einen Vorgeschmack auf die Hölle, die Tyrandos und ich uns ausgedacht haben. Ausgeliehen habe ich sie mir von den Persern. Aber von ihr erzählt hat mir unsere Mutter.« Midian schenkte Aslan ein schauriges Lächeln. »Die Tschinvatbrücke aus glühendem Metall im Reiche der Drug, die die Toten überqueren müssen über einem Meer aus Feuer.« Midian hielt inne, um sich mit dem Unterarm den Schweiß abzuwischen, der ihm in die Augen lief. »Wir hatten uns an der Vorstellung berauscht, aber wir hatten auch eine Menge dabei getrunken.« Er ki-

cherte vor sich hin. »Es waren nur Worte, versteht ihr? Ich wollte
es nicht wahr werden lassen. Niemals! Ich wollte eine starke, eine
mächtige Religion schaffen, das ist wahr. Aber das nicht. Und dann
fand ich Joram, und die Welt, wie ich sie kannte, war plötzlich versunken, als habe ein tückischer Morast sie verschlungen.«

Midian warf Asandros einen beinah zärtlichen Blick zu. »Ich
wollte sterben, aber ich musste dich mitnehmen. Wir drei, wir gehören doch zusammen.«

»Du irrst dich, Bruder«, sagte Aslan. »Mittlerweile waren wir
vier, und zwei davon möchten noch nicht sterben.«

»Ja«, murmelte Midian. »Wieder einmal bin ich an dem Mann
mit dem Flammenschwert gescheitert. Wieder einmal habe ich
versagt. Asandros wird mich nicht töten, also tu du es, Bruder.«

Asandros hatte Midians Geständnis mit Schaudern, aber auch
mit größter Verwunderung zur Kenntnis genommen. Und es beschlich ihn eine vage Ahnung, dass dieser Mann tieferer Gefühle
fähig war als sie alle zusammen, wenn diese auch meistens zerstö-
rerisch waren. Dann sah er, wie Aslan den Kopf schüttelte. »Ich
töte meinen Bruder nicht.«

»Du musst es tun. Ich schuf diese Hölle nicht, um sie zu überleben.«

»Weil du diese Hölle jetzt in dir hast?«

Midian funkelte ihn an, aber dann senkte er den Blick. »Ja, so ist
es wohl.«

»Dann ertrag sie!«

Midian sah ihn mit leerem Blick an. Asandros' Blick mied er,
doch dieser schaute ihn an. Den Mann, den er verflucht, zum Tod
verurteilt, gehasst und gefürchtet, aber den er auch bis zum
Wahnsinn geliebt hatte. »Aslan hat recht.«

Midian schüttelte langsam den Kopf. »Wenn ich die Hölle in
mir trage, dann werde ich den Menschen die Hölle bereiten. Das
werdet ihr beide nicht wollen.«

Aslan streckte die Hand aus. »Komm mit, ich will dir etwas zeigen.«

Midian wollte ihm nicht folgen, aber Aslan hatte etwas Uner-
bittliches in seinem Wesen, dem er sich in diesem Augenblick
nicht entziehen konnte. Aslan ging mit ihm in die Werkstatt.
Achylides hatte sich offensichtlich wieder aufgerappelt, er war
nicht mehr da. Aslan wies auf die Statue und sagte: »Das bist du,
Midian. So hat dich ein Mensch geschaffen, der eine göttliche
Flamme in sich trägt. Schön und wild und vorwärtsstürmend, in
der Hand die Fackel, die den Menschen das Licht bringt. Siehst du,
was er in dir gesehen hat? Erkennst du es? Willst du sein wie diese
Statue oder wie Belial, der Fürst der Unterwelt? Du kannst immer

noch wählen.«

Midian berührte die glatte Oberfläche. »Ja, sie ist schön. Aber sie ist der Traum eines alten Mannes, ich kann niemals so werden wie sie.«

»Du kannst nach Babylon zurückkehren und das Licht dorthin tragen. Asandros hat mir erzählt, dass du schon damit begonnen hattest.«

»Babylon«, murmelte Midian. »Der Euphrat fließt durch diese Stadt. An seinen Ufern wächst das Schilf hoch, und auf seinem Wasser kann man zur Insel der Unsterblichkeit fahren. Asandros und ich, wir waren bereits auf dem Weg dorthin. Aber ich fürchte, nun werden wir nie in Tilmun ankommen.«

Aslan streckte ihm die Hand hin. »Gehen wir nach Babylon, Bruder. Ich werde dort an deiner Seite sein.«

»Du willst mit mir gehen? Warum? Du kannst mir nicht vergeben. Niemand kann das.«

»Nein, das kann niemand«, kam es von der Tür her. Asandros stand dort. »Aber ich gebe dir mein Wort, dass wir die Insel eines Tages erreichen werden. Nur wir beide, Midian, ganz allein in einem kleinen Boot. Es ist ein Versprechen.«

ENDE

Falls Ihnen das Buch gefallen hat, klicken Sie doch bitte auf meiner Amazon-Autoren-Homepage auf die Schaltfläche »Folgen« unter meinem Profilbild.